前　言

《儿女英雄传》是清朝八旗子弟文康所著长篇小说。

文康，生卒年月不详，大约道光初年至光绪初年在世，姓费莫氏，字铁仙，一字悔庵，别号燕北闲人，清朝小说家，满族镶红旗人，他是大学士勒保的孙子，曾任过理藩院郎中、徽州知府，后被任命为驻藏大臣，因病未能赴任。他出身显贵，早年家世盛极一时，晚年诸子不肖，家道中落，以至于家中物品变卖殆尽。有感于世运变迁、人情反复，文康以警教式的理想化的笔触，撰写了长篇白话小说《儿女英雄传》。

《儿女英雄传》又名《金玉缘》、《日下新书》，是一部熔侠义与言情于一炉的长篇小说。作者饱含真情地塑造了一位自己心目中的完人——安学海的形象：他老练干达，忠厚待人，且清廉自束，性格中有着可爱之处；一言一行均以忠孝节义为准绳，俨然一副封建礼教卫道士楷模。书中还成功地塑造了侠女十三妹何玉凤这个人物。十三妹救困扶危，疾恶如仇，轻财重义，智勇双全，是我国古代小说中侠女形象的典型，倘若和其他名著中的典型人物相比较，也毫不逊色。遗憾的是，这种任一己之力的济世英雄，本身就不免有空想色彩，所以小说后半部分又把她写成在安学海的熏陶濡染之下，成为一个循规蹈矩的贵妇人，这体现了作者的局限性。作者生活在清嘉庆、同治年间，当时清廷日趋腐败，已处于内外交困的境地，帝国主义列强的入侵，激发了太平天国运动，民族矛盾和阶级矛盾日益尖锐。作者目击朝政委顿，世风日下，再加上自家的衰落，不免对现实生活滋生不满与失望的情绪。可是作为一名封建士大夫，他既看不到摆脱社会危机的道路，又看不到个人的出路，只能在幻想中寻找自己心目中的“英雄”，企图通过过了时的传统封建礼教，来匡扶乱世，安济苍生。作者的思想倾向是与时代潮流相违背的，但反应的现实困境是真实的。作品揭露了封建官场政治的黑暗，展示了晚清时代科举、礼仪及市井生活的真实情状，一经问世，就受到了社会的广泛欢迎。除了内容切近现实以外，这部小说能吸引广大读者的还有文体形式和语言上的成就。它以民间说书人的口吻叙事,绘声绘色,娓娓动听,且故事性强,为普通老百姓所喜闻乐见。我国古典长篇小说深受民间说唱文学的影响,但像《儿女英雄传》那样既可供案头阅读,也可作说书人的唱本,实属少见。书中的语言为地道的北京话,且为了展现满族生活的需要,又融入不少满族的日常用语,不但生动地再现了当时的生活习俗和风貌,而且有着浓郁的地方色彩和民族色彩。

《儿女英雄传》现存最早刻本为清光绪四年(1878 年)北京聚珍堂活字本,此后翻刻甚多。也有续书出现,如《续儿女英雄传》32 回,光绪二十四年北京宏文书局印本。

中国古典文学名著丛书

儿女英雄传

上

[清] 文康 著

華夏出版社
HUAXIA PUBLISHING HOUSE

图书在版编目（CIP）数据

儿女英雄传 /（清）文康著. —北京：华夏出版社，2013.01（2024.09重印）

（中国古典文学名著丛书）

ISBN 978-7-5080-6430-7

Ⅰ. ①儿… Ⅱ. ①文… Ⅲ. ①章回小说-中国-清代 Ⅳ. ①I242.4

中国版本图书馆 CIP 数据核字（2011）第 073398 号

出版发行： 华夏出版社
（北京市东直门外香河园北里 4 号　邮编 100028）

经　　销： 新华书店

印　　制： 永清县晔盛亚胶印有限公司

版　　次： 2013 年 01 月北京第 1 版
2024 年 09 月北京第 2 次印刷

开　　本： 670×970　1/16 开

印　　张： 45.5

字　　数： 688.1 千字

定　　价： 90.00 元（上下）

目　录

缘起首回

开宗明义闲评儿女英雄　引古证今演说人情天理

侠烈英雄本色，温柔儿女家风；
两般若说不相同，除是痴人说梦。
儿女无非天性，英雄不外人情；
最怜儿女最英雄，才是人中龙凤！

八句提纲道罢。这部评话原是不登大雅之堂的一种小说，初名《金玉缘》；因所传的是首善[①]京都一桩公案，又名《日下新书》；篇中立旨立言虽然无当于文，却还一洗秽语淫词，不乖于正[②]，因又名《正法眼藏五十三参》，初非释家言也；后经东海吾了翁重订，题曰《儿女英雄传评话》。相传是太平盛世一个燕北闲人所作。

据这燕北闲人自己说：他幼年在塾读书，适逢一日先生不在馆里，他读到"宰予昼寝"[③]一章，偶然有些困倦，便把书丢过一边，也学那圣门高弟隐几而卧。才得睡着，便恍惚间出了书房，来到街头，只见憧憧扰扰，眼前换了一番新世界：两旁歧途曲巷中有无数的车马辐辏[④]，冠盖飞扬，人往人来，十分热闹；当中却有一条无偏无颇的荡平大路；这条路上只有一个瘦骨锐头鬓发根根上指的在前面挺然直立的走了去。闲人一时正不知自己走那条路好，想要向前面那个问问修途，苦于自己在他背后，等闲望不着他的面目；就待一步一趋的赶上借问一声，不想他愈走愈远，那条路

---

① 首善——《汉书·儒林传序》："故教化之行也，建首善自京师始。"意谓实施教化自京师开始，京师为四方的模范。后因称京师为首善之区。

② 不乖于正——和正史不相违背。

③ "宰予昼寝"——宰予白天睡觉。载于孔子弟子编纂的《论语》。宰予，一名宰我。春秋时鲁国人，字子我。孔子学生。以擅长言语著称，曾任齐临淄大夫。

④ 辐辏（fúcòu）——车辐凑集于毂上。比喻人或物集聚一处。辐，车轮中凑集于中心毂（gū）上的直木。

愈走愈高，眼前忽然一闪，不见了他，不知不觉竟走到云端里来了。没奈何一个人踽踽[①]凉凉站在云端里一望，才看出云外那座天。原来虽说万变万应，却也只得一纵一横。纵里看去便是宗动天，日天，月天，水天，火天，金天，木天，土天，二十八宿天：共是九天。横里看去便是无上天，四人天，忉[②]利天，坚首天，持鬘[③]天，常桥天，福生天，福受天，广来天，大梵天[④]，梵辅天，梵众天，少光天，光音天，无量光天，少净天，遍净天，无量净天，善见天，善现天，无想天，无烦天，无热天，无边空处天，无边识处天，无所有处天，非想天，非非想天，色究竟天，须欿[⑤]摩天，兜率陀天，乐变化天，还有一座他化自在天：共是三十三天[⑥]。他到的那个所在，正是他化自在天的天界。

却说这座天乃是帝释天尊[⑦]、悦意夫人所掌；掌的是古往今来忠臣孝子义夫节妇的后果前因。

这日恰遇见天尊同了夫人升殿。那燕北闲人便隐在一个僻静去处，一同瞻仰。只见那天宫现彩，宝殿生云；仙乐悠扬，香烟缭绕。左一行，排一层紫袍银带的仙官；右一行，列几名翠袖霓裳的宫嫔。阶下列着是白旄[⑧]黄钺[⑨]，彩节朱幡。金盖，银盖，紫芝盖，映日飞扬；龙旗，凤旗，月华旗，随风招展。雕弓羽箭，飞鱼袋画着飞鱼；玉辇金根，驯象官牵着驯象。

---

① 踽踽（jǔjǔ）——孤独貌。

② 忉（dāo）——佛经称欲界六天中之第二天。

③ 鬘（mán）——焚文 Soma 的译名，亦称华鬘，即连贯成串以为身首装饰的花。

④ 梵（fàn）天——佛教名词。佛教称三界中的“色界”初三重天为“梵众天、梵辅天、大梵天”。

⑤ 欿——kǎn。

⑥ 宗动天……共是三十三天——均为佛教用语。佛教对欲界之天的称谓。

⑦ 帝释天尊——帝释天，佛教的护法神。传说释迦牟尼降生时，他和梵天（主神之一）分侍两侧。尊，对佛的敬称。

⑧ 旄（máo）——用旄牛尾作装饰的旗子。

⑨ 钺（yuè）——盛行于西周的兵器。

飞电马，追风马，跨上时电卷风驰；龙骧①军，虎贲②军，用着他龙拿虎跳。一个个，一层层，都齐臻臻静悄悄的分列两边。殿上龙案头设着文房四宝，旁边摆着一个朱红描金架子，架上插着四面朱红绣旗，旗上分列着"忠孝节义"四个大字。

一时仙乐数声，画阁开处，左有金童，右有玉女，手提宝炉，焚着白檀紫降，引了那帝释天尊、悦意夫人出来。那天尊头戴攒珠嵌宝冕旒③，身穿海晏河清龙衮④，足登朱丝履，腰系白玉鞓⑤；那悦意夫不消说，自然是日月龙凤袄，山河地理裙了；身后一双日月宫扇，簇拥着出来。

那时许多星官神将早排列在阶下。只听殿头官喝道："有事出班早奏，无事卷帘退班。"只见班部丛中闪出四位金冠朱黻⑥的天官，各个手捧文册一卷，上殿奏道："今日正有人间儿女英雄一桩公案该当发落，请旨定夺。"早有殿上宫官接过那文册呈到龙案上。天尊闪目一看，降旨道："这班儿发落他阎浮⑦人世去，须得先叫他明白了前因后果，才免得怨天尤人。但是天机不可预泄，可将那'天人宝镜'⑧放在案前，叫他各人一照，然后发落。"值殿官领旨。早有一簇人抬过一座金镶玉琢凤舞龙蟠的光明宝镜来。

宝镜安顿完毕，天尊便把那架上的"忠孝节义"四面旗儿发下来，交付旁边四个值殿官捧到阶前，向空中只一展，但见凭空里就现出许多人

---

① 龙骧(xiāng)——气概威武，"龙骧虎步"。骧，本为右足白足之马。见《尔雅·释畜》。

② 虎贲(bēn)——勇士之称。《书·牧誓序》载："武王戎车三百两(辆)，虎贲三百人。"唐孔颖达疏："若虎之贲(奔)走逐兽，言其猛也。"

③ 冕旒(miǎnliú)——古代帝王、诸侯及卿大夫的礼冠，盖在顶上的叫延；以五彩缫绳穿玉，垂在延前的叫旒。

④ 衮(gǔn)——古代皇帝及上公的礼服。

⑤ 玉鞓(tīng)——嵌玉的皮带。

⑥ 黻(fú)——官服。

⑦ 阎浮——梵语。南赡部洲，欲称"阎浮提洲"。佛经中指印度，亦泛指中华及东方诸国。此指人间尘世。

⑧ "天人宝镜"——天人，仙人。通灵万象之镜。

来。为首的是个半老的儒者气象,装束得七品琴堂[①]样子,同着一个半老婆婆,面上一团的慈祥忠厚。次后便是一个温文儒雅的白面书生。又是两个绝代女子:一个艳如桃李,凛若冰霜;一个裙布钗荆,端庄俏丽。还有一个朱缨花衮的长官,一个赤面白髯的壮士。又是一个澹妆嫠妇[②],两双中年老年夫妻,还有个六七分姿色的青衣[③]侍婢。后面随着许多男的女的,老的少的,村[④]的俏的,都俯伏在殿外。

天尊发落道:"尔等此番入世,务要认定自己行藏[⑤],莫忘本来面目。可抬头向天人宝镜一照者。"众人抬起头来一看,只见那宝镜里初照是各人的本来面目,次后便见镜里大放光明,从那片光里现出许多离合悲欢荣枯休咎[⑥]的因缘[⑦]来。大众看了,也有喜的,也有怒的,也有哀的,也有乐的;这个扬眉吐气,那个掩目垂头;鼓舞一番,叹息一番。看够多时,只见那宝镜中金光一闪,结成一片祥云瑞霭,现出了"忠孝节义"四个大字。众人看了,一齐向上叩首,口中齐祝"圣寿无疆"。那殿头官又把旗儿一展,那些人依然凭空而去,愈走愈远,堕入云中,不见踪影。

悦意夫人向天尊道:"今日天尊的这番发落,可谓'欢喜慈悲'。只是,这班忠臣孝子,义夫节妇,虽然各人因果不同,天尊何不大施法力,暗中呵护,使他不离而合,不悲而欢,有荣无枯,有休无咎?也显得天尊的造化,更可以培养无限天和。天尊意下如何?"天尊道:"夫人,你不见那后边的许多人便都是这班儿牵引的线索,护卫的爪牙?至于他各人到头来的成败,还要看他入世后怎的个造因,才知他没世时怎的个结果。况这气

---

① 琴堂——《吕氏春秋·察贤》载:"宓(mì)子贱治单父,弹鸣琴,身不下堂而单父治。"后因称县衙为琴堂。宓子贱,孔子学生。鲁人。曾为单父(在今山东)宰。

② 澹(dàn)妆嫠(lí)妇——着淡装的寡妇。澹,同"淡";嫠,寡妇。

③ 青衣——汉以后卑贱者穿青衣,故称婢仆差役等人为"青衣"。

④ 村——粗俗;粗野。

⑤ 行藏——语出《论语·述而》:"用之则行,舍之则藏。"谓出仕时则推行自己的主张,退隐时则藏之以待时机。后因以指行止,即进退动态。

⑥ 休咎(jiù)——吉兆、凶兆。

⑦ 因缘——此处依佛教名词。佛教常以事物相互间的关系说明它的生起和变化的现象。事物生起或毁灭的主要条件称为因,辅助条件则称为缘。

数有个一定，就是作天的也不过奉着气运而行，又岂能合那气运相扭？你我乐得高坐在他化自在天看这桩儿女英雄公案。霎时好耍子也！”

悦意夫人道：“请问天尊：要做到怎的个地步，才算得个儿女英雄？”天尊道：

“这‘儿女英雄’四个字，如今世上人，大半把他看成两种人，两桩事；误把些使气角力好勇斗狠的认作英雄，又把些调脂弄粉断袖余桃①的认作儿女：所以一开口便道是某某英雄志短，儿女情长；某某儿女情薄，英雄气壮。殊不知有了英雄至性，才成就得儿女心肠；有了儿女真情，才作得出英雄事业。譬如世上的人，立志要作个忠臣，这就是个英雄心，忠臣断无不爱君的，爱君这便是个儿女心；立志要作个孝子，这就是个英雄心，孝子断无不爱亲的，爱亲这便是个儿女心。至于‘节义’两个字，从君亲推到兄弟夫妇朋友的相处，同此一心，理无二致。必是先有了这个心，才有古往今来那无数忠臣烈士的文死谏武死战；才有大舜的完廪浚井②，泰伯、仲雍的逃至荆蛮③；才有郊祁④兄弟的问答；才有冀缺⑤夫妻的相敬；才有汉光武、严子陵⑥的忘形⑦。这纯是一团天理人情，没得一毫矫揉造作。浅言之，不过英雄儿女常谈；细按去，便是大圣大贤身分。

“但是要做到这个地步，却也颇不容易。只我从开辟以来，掌了这座天关，纵横九万里，上下五千年，求其儿女英雄，英雄儿女，一身兼备的，也

---

① 断袖余桃——比喻友情深重。断袖：西汉人董贤很得哀帝的宠爱。一次他跟哀帝同床午睡，哀帝先醒，欲起床，可是一只袖子压在董贤身上。哀帝不忍弄醒他，就悄悄弄断了袖子；余桃：春秋时卫灵公宠幸弥子瑕。一次，弥将吃剩的半个桃子献给卫灵公，卫灵公很高兴，大加赞许。见《汉书·董贤传》、《韩非子·说难》。

② 完廪(lǐn)浚井——修缮粮仓，疏浚河流。廪，粮仓；浚，疏浚。

③ 泰伯、仲雍逃至荆蛮——泰伯，即“太伯”，周代吴国始祖。周太王长子。太王欲立幼子季历，他与弟仲雍同避江南，改从当地风俗、断发文身，成为当地君长。荆蛮，周对楚国的蔑称。

④ 郊祁——北宋文史学家宋郊(庠 xiáng)、宋祁。后人用以称人兄弟并类之词。

⑤ 冀缺——即郤(xì)缺，郤成子。春秋时晋国大夫。

⑥ 严子陵——刘秀同窗。刘秀即位曾招其谏议大夫不受，归隐富春山。

⑦ 忘形——放浪形骸。

只见得两个:一个是上古女娲氏。只因他一时感动了一点儿女心,不忍见那青天缺陷,人面的不同,炼成三百六十五块半‘五色石’,补好了青天,便完成了浩劫一十二万九千六百年的覆载;拈了一撮黄土,端正了人面,便画一个寅会至酉会八万六千四百年的人形。从儿女里作出这番英雄事业来,所以世人才号他作‘神媒’。一个是掌释教的释迦牟尼佛。只因他一时奋起一片英雄心,不许波斯匿①国那些婆罗门②外道扰害众生,妄干国事,自己割舍了储君③的尊严富贵,立地削发出家,明心见性,修成个无声无色无臭无味无触无法的不坏金④身,任那些外道邪魔,惹不动他一毫的烦恼忧思恐怖,把那些外道普化得皈⑤依正道,波斯匿国国王才落得个国治身尊,波斯匿国众生才落得个安居乐业。到后来父母同升佛果⑥,元配得证法华⑦,善侣都转法轮⑧,子弟并登无上⑨。从英雄上透出这种儿女心肠来,所以众生都尊他为‘大雄氏’⑩。

“此外三代⑪以下,秦不足道也。讲英雄,第一个大略雄才的莫如汉高祖。他当那秦始皇并吞六国统一四海全盛的时候,只小小一个泗上亭长,手提三尺剑,从芒砀⑫斩蛇起义,便赤手创成了汉家四百年江山,似乎称得起个英雄气壮了。究竟称不起,何也?暴秦无道,群雄并起,逐鹿中原,那汉王与西楚霸王项羽连合攻秦,约先入关者王之。汉王乘那项王

---

① 匿——小视意。

② 婆罗门道——印度古代宗教之一。主张善恶有因果、人生有轮回之说。

③ 储君——皇太子。

④ 金——即“佛”。

⑤ 皈(guī)——即“皈依”。佛教名词。一作“归依”。信仰佛教者的入教仪式。因对佛、法、僧三宝表示归顺依附,故亦称三皈依。

⑥⑦⑧⑨ 佛果、法华、法轮、无上——均为佛教用语。意为步入佛经佛道佛天。无上,无上天,佛天。

⑩ 大雄氏——对佛祖悉达多·乔答摩(即释加牟尼佛)的敬称。

⑪ 三代——指夏、商、周三个朝代。

⑫ 芒砀(dàng)——砀山,山名,在河南永城县东北。其北八里为芒山。

火[①]咸阳，弑义帝[②]，降子婴[③]，东荡西驰的时候，早暗地里间道入关，进位称王。那项王是个‘力拔山，气盖世’的角色，枉费一番气力，如何肯休；便把汉王的太公[④]俘了去，举火待烹，却特特的着人知会[⑤]他作个挟制。替汉王设想，此时正该重视太公，轻视天下，学那‘窃父而逃，遵海滨而处，终身欣然，乐而忘天下’[⑥]的故事，岂不是从儿女中作出来的一个英雄？即不然，也该低首下心先保全了太公，然后布告天下，问罪兴师，合项王大作一场，成败在所不计，也还不失为能屈能伸的大丈夫本色。怎生公然说‘我翁即而翁；而欲烹而翁，请分我一杯羹’？幸而项王无谋，被他这几句话牢笼住了，不曾作出来。倘然万有一失，他果的谨遵台命，把太公烹了，分杯羹来，事将奈何？要说汉王料定项王有勇无谋，断然不敢下手，兵不厌诈，即以君之矛还制君之盾，那项王是个杀人不眨眼的魔君，汉王岂不深知？岂有以父子天亲这等赌气斗智的？所以祸不旋踵，天假[⑦]吕后，变起家庭，赵王如意[⑧]死在鸩[⑨]毒，戚夫人惨极人彘[⑩]，以致孝惠不禄[⑪]。这都因汉高祖没有儿女真情，枉作了英雄事业，才遗笑千古英雄。

“再要讲到儿女，第一个情深义重的莫如唐明皇。为了一个杨贵妃，焚香密誓，私语告天，道是‘在天愿为比翼鸟，在地愿为连理枝’。这番恩爱似乎算得是个儿女情长了。究竟算不得，何也？当元宗天宝改元以后，

---

① 火——放火烧。

② 弑(shì)义帝——弑，封建社会对臣杀君、子杀父行为的称谓。义帝，秦末项梁起义时所拥立的楚怀王熊氏，名心。

③ 降子婴——迫使子婴投降。子婴，秦始皇孙，二氏兄子。

④ 太公——古代对“祖”或“父”的尊称。此指“父”。

⑤ 知会——通知。

⑥ “窃父而逃”句——语出《孟子·尽心上》。孟子对其弟子桃应所问“舜的父亲杀了人，舜会怎样”的回答。孟子认为，“舜视弃天下犹弃敝屣也”，他会带着他的父亲悄悄地逃到东海之滨，在那里度过一生。敝屣(xǐ)，草鞋。

⑦ 天假——借助皇天之力。

⑧ 赵王如意——汉高祖刘邦与妃戚夫人之子。

⑨ 鸩(zhèn)——传说中一种羽毛为紫绿色并含剧毒的毒鸟。酒浸其羽，即为可毒杀人的鸩酒。

⑩ 彘(zhì)——猪。

⑪ 不禄——死的讳称。不终其禄。

把个杨贵妃宠得迭荡骄纵,帏薄不修①。那杨贵妃的来历倒也不消提起,致伤忠厚。独怪他既有个梅妃,又想着杨妃;及至得了杨妃,便弃了梅妃;又不能终弃梅妃,以至惹下杨妃:自己左右的两个人尚且调停不转,又丢下六宫佳丽,私通三国夫人②,除了选色征歌之外,一概付之不闻不问,任着那五王交横③奸相当权,激反胡奴。渔阳④兵起,他却有贼不讨,转把个不稳的天下丢开不问,带上个受累的贵妃避祸而行⑤;及至弄到兵变马嵬⑥,六军⑦抗命,却又束手无策,不知究奸相,责骄帅,斩乱兵,眼睁睁的看着人把个平日爱如性命的宝贝生生逼死。息壤⑧在彼,'七月七日长生殿'的话,岂忘之乎?况且《春秋》通例,法在诛心⑨。安禄山之来,为杨贵妃而来,不是和唐家有甚的不共戴天之仇。唐明皇之走,也明知安禄山为着杨贵妃而来,和唐家没甚不共戴天之仇;所以才不辞蜀道艰难,护着贵妃远避。及至贵妃既死,还瞻顾何来?自然就该'王赫斯怒'⑩,拨转马头,馘⑪安禄山之首,悬之太白,也还博得个'失之东隅,收之桑榆'⑫,给天下儿女子吐一口气。何以又'三郎郎当'⑬,愈走愈远?固无怪肃宗即

---

① 帏(wéi)薄不修——指家庭生活淫乱。修,正。

② 三国夫人——三国 唐朝虢(guǒ)国、韩国和秦国。其夫人均为唐玄宗之宠妃杨贵妃(杨太真)之姊妹。

③ 五王交横——指唐朝自开元天宝始,藩镇割据,边镇节帅在各自辖区内扩充军队、委派官吏、拥兵作乱,威胁中央统治的政治局面。

④ 渔阳——秦置古县,在今密云县西南。系秦二世发闾左戍之地。

⑤ 行——逃。

⑥ 马嵬(wéi)——即马嵬驿。今陕西省兴平县西。

⑦ 六军——泛指朝廷的军队。

⑧ 息壤——战国秦邑名。秦武王派甘茂伐宜阳,甘茂恐武王半途而废,二人乃誓盟息壤。后因以"息壤"为信誓的代辞。

⑨ 法在诛心——宗旨在于正心。法,一切事物。诛,正。

⑩ "王赫斯怒"——语出《诗·大雅·皇矣》。勃然震怒。

⑪ 馘(guó)——古代战时以割取所杀敌人的左耳计取战功。

⑫ "失之东隅(yū),收之桑榆"——语出《后汉书·冯异传》。东隅,日出处;桑榆,日落处。

⑬ "三郎郎当"——三郎,宫中人称唐明皇为"三郎"。郎当,此谓潦倒、颓唐意。

位灵武，不候成命。日后的南内西内，左迁右迁，父子之间，愈弄愈弄出一番不好处的局面来。就便杨贵妃以有限欢娱，无多受享，也使他落了一生笑柄，万古羞名。这都因唐明皇没有英雄至性，空谈些儿女情肠，才哭坏世间儿女。

"可见'英雄儿女'四个字，除了神媒、大雄之外，一个有名的大度赤帝子[①]、风流李三郎尚且消受不得，勉力不来，怎的能向平等众生身上求全责备？

"方今正值天上日午中天，人间尧舜在上，仁风化雨所被，不知将来成全得多少儿女英雄，正好发落这班儿入世，作一场儿女英雄公案，成一篇人情天理文章，点缀太平盛事。这便是今日绣旗齐展，宝镜高悬，发落这桩公案的本意也。"

悦意夫人听了，一一领会。一切天人皆大欢喜。只见天尊把龙袖一摆，殿头官才喝得声"退班"。

那燕北闲人耳轮中只听得一片喧哗，喊道："捉！捉！捉！"随着便是地坼山崩价一声响亮。吓得他一步踏空云脚，一个立足不稳，早从云端里落将下来，一跤跌醒，却是一场大梦。睁开眼来看看，但见院子里一班逃学的孩子正在那里捉迷藏耍子，口里只嚷道："捉！捉！捉！"面前却立着和他同砚[②]的一个新安毕生，手里拿着一方界尺，拍的那桌子乱响，笑嘻嘻的叫道："醒来！醒来！清天白日，却怎的这等酣睡？"他道："我正梦着一段新奇文章，不曾听得完，却被你们这般人来打断了。"说着，便把他梦中所闻所见，云端里的情节，详细告诉了那毕生一遍。毕生道："先生不在馆，你看他大家在那里捉迷藏捉得好不热闹！我正要拉你去一同作耍，你倒捉住我说这云端里的梦话！快来捉迷藏去！"说着，拉了他便走。

那闲人也就信步随了他去，一时早把梦中的话忘了一半。不因他这番一个迷藏一捉，一生也不曾作得一个好梦，只着了半世昏迷，迷而不觉，也就变成"不可圬[③]也"的一堵"粪土之墙"，"不可雕也"的一块"朽木"，

---

① 赤帝子——此借用汉对高祖刘邦的称颂。刘邦曾拔剑斩蛇（白帝子）。汉以火德王，火赤色，因神化称之。

② 同砚——同桌学习的同学。

③ 圬（wū）——此处作"涂"。

便落得作了个“燕北闲人”。

列公牢记话头：只此正是那个燕北闲人的来历，并他所以作那部《正法眼藏五十三参》的原由；便是吾了翁重订这部《儿女英雄传评话》的缘起。这正是：

云外人传云外事，梦中话与梦中听。

要知这部书传的是班什么人，这班人作的是桩什么事，怎的个人情天理，又怎的个儿女英雄，这回书才得是全部的一个楔子，但请参观，便见分晓。

第 一 回

隐西山闭门课骥子[①]　捷南宫垂老占龙头

《儿女英雄传》的大意都在“缘起首回”交代明白，不再重叙。这部书究竟传的是些什么事？一班什么人？出在那朝那代？列公压静，听说书的慢慢道来。

这部书近不说残唐五代，远不讲汉魏六朝，就是我朝大清康熙末年雍正初年的一桩公案。我们清朝的制度，不比前代：龙飞东海，建都燕京；万水朝宗，一统天下。就这座京城地面，聚会着天下无数的人才。真个是冠盖飞扬，车马辐辏！与国同休的，先数近支远派的宗室觉罗[②]，再就是随龙进关的满州蒙古汉军八旗[③]，内务府三旗，连上那十七省的文武大小汉官，何止千门万户！说不尽的“九天阊阖[④]开宫殿，万国衣冠拜冕旒”！这都不在话下。

如今单讲那正黄旗汉军有一家人家。这家姓安，是个汉军世族旧家。这位安老爷本是弟兄两个，大哥早年去世，止剩他一人，双名学海，表字水心，人都称他安二老爷。论他的祖上，也曾跟着太汗老佛爷[⑤]征过高丽，平过察哈尔[⑥]，仗着汗马功劳上头，挣了一个世职，进关以后，累代相传，京官外任都做过。到了这安二老爷身上，世职袭次完结，便靠着读书上进。所喜他天性高明，又肯留心学业，因此上见识广有，学问超群，二十岁

---

① 骥(jì)子——《北史·裴延俊传》载，延俊叔父宣明的两个素有逸才的儿子景鸾、景鸿分别被延俊称呼为“骥子”、“文龙”。后因用作佳弟子代称。

② 觉罗——清制。奉努尔哈赤的父亲显祖塔克世为大宗，其子孙称为宗室；对其叔伯兄弟的旁支子孙称为觉罗。

③ 八旗——清满族的一种社会组织形式。初为努尔哈赤创建的黄、白、红、蓝四旗，后增建镶黄、镶白、镶红、镶蓝四旗，称“八旗满洲”。

④ 阊阖(chānghé)——传说中的天门。

⑤ 太汗老佛爷——清太宗皇太极。

⑥ 察哈尔——蒙语“边”。于辽东边外，系明代蒙古汗的直辖部。

上就进学中举。怎奈他“文齐福不至”,会试了几次,任凭是篇篇锦绣,字字珠玑,会不上一名进士,到了四十岁开外,还依然是个老孝廉。孺人[①]佟氏也是汉军世家的一位闺秀,性情贤慧,相貌端庄,针黹女工不用讲,就那操持家务,支应门庭,真算得起安老爷的一位贤内助。只是他家人丁不旺,安老爷夫妻二位子息[②]又迟,孺人以前生过几胎都不曾存下,直到三十以后才得了一位公子。

这公子生得天庭饱满,地格方圆,伶俐聪明,粉妆玉琢,安老爷、佟孺人十分疼爱。因他生得白净,乳名儿就叫作玉格,单名一个骥字,表字千里,别号龙媒,也不过望他将来如“天马云龙,高飞远到”的意思。小的时候,关煞花苗都过,交了五岁,安老爷就叫他认字号儿[③],写顺朱儿[④];十三岁上就把《四书》《五经》念完,开笔作文章作诗都粗粗的通顺。安老爷自是喜欢。过了两年,正逢科考,就给他送了名字。接着院考[⑤],竟中了个本旗批首。安老爷、安太太的喜欢自不必说,连日忙着叫他去拜老师,会同案,谒官拜客。诸事已毕,就埋头作起举业的工夫来。

那时候公子的身量也渐渐的长成,出落得目秀眉清,温文儒雅;只因养活得尊贵,还是乳母丫鬟围随着服侍;慢说外头的戏馆饭庄东西两庙[⑥]不肯教他混跑,就连自己的大门也从不曾无故的出去站站望望;偶然到亲戚一家儿走走,也是里头嬷嬷妈、外头嬷嬷爹的跟着,因此上把个小爷养活得十分腼腆:听见人说句外话[⑦],他都不懂;再见人举动野调些,言谈粗鲁些,他便有气,说是下流没出息;就连见个外来的生眼些的妇女,也就会臊的小脸儿通红,竟比个女孩儿来得还尊重。

那安老爷家的日子虽比不得在先老辈手里的宽裕,也还有祖遗的几处房庄,几户家人。虽然安老爷不善经理家计,仗着这位太太的操持,也

---

① 孺人——明清时七品官母或妻的封号。旧时也通用为妇人的称号。

② 子息——子,子女。息,生。

③ 字号儿——儿童识字卡片。

④ 顺朱儿——红仿。即红习字帖。

⑤ 院考——清代由各省学政主持的考试。

⑥ 东西两庙——指旧时北京的护国寺(西庙)和隆福寺(东庙)。分别在每月七、八日和九、十日有庙市。见樊彬《燕都杂咏》。

⑦ 外话——区别于官话的街头市井话。

还可以勉强安稳度日。他家的旧宅子本在后门东不压桥[①]地方，原是祖上蒙恩赏的赐第，内外也有百十间房子；自从安老爷的老太爷手里因晚年好静，更兼家里人口稀少，住不了许多房间，又不肯轻弃祖业，倒把房子让给远房几家族人来住，留了两户家人随同看守，为的是房子既不空落，那些穷苦本家人等也得省些房租，他自家却搬到坟园上去居住。他家这坟园又与别家不同，就在靠近西山一带。这地方叫作双凤村。相传说，从前有人见两只彩凤落在这地方山头上，百鸟围随，因此上得了这个村名。

这地原是安家的老圈地[②]，到了安老爷的老太爷手里就在这地里踹了一块吉地，作了坟园，盖了阴阳两宅；又在东南上盖了一座小小庄子，虽然算不得大园庭，那亭台楼阁，树木山石，却也点缀结构得幽雅不俗。附近又有几座名山大刹。围着庄子都是自己的田园，佃户承种交租。

那安老爷的老太爷临终遗言曾嘱咐安老爷说："我平生在此养静，一片心神都在这个地方；将来我百年以后，不但坟园立在这里，连祠堂也要立在这里。一则，我们的宗祠里本来没有地方了；二则，这园子北面，土山以后，界墙以前，正有一块空地，你就在这地方正中给我盖起三间小小祠堂，立主供奉。你们既可以就近照应，便是将来的子孙，有命作官固好；不然，守着这点地方，也还可以耕种读书，不至冻饿。"后来安老爷便谨遵父命一一的照办。此是前话不提。

传到安老爷手里，这位老爷天性本就恬淡，更兼功名蹭蹬[③]，未免有些意懒心灰，就守定了这座庄园，课子读书，自己也理理旧业；又有几家亲友子弟，因他的学问高深，都送文章请他批评改正，一天却也没些空闲；偶然闲来，不过饮酒看花，消遣岁月，等闲不肯进城。安太太又是个勤俭当家的人，每日带了仆妇侍婢料理针线，调停米盐。公子更是早晚用功，指望一举成名，不干外事。外头只有几个老成家人支应门户。又有公子的一个嬷嬷爹，这人姓华，名忠，年纪五十岁光景，一生耿直，赤胆忠心，不但

---

① 后门东不压桥——后门，北京市中轴线北端的地安门曾俗称后门；东不压桥，胡同名称，在现地安门东大街。

② 圈地——清朝迁都北京后，在"近京五百里内州县"大规模圈地，安插迁京旗人。

③ 蹭蹬（cèngdèng）——失势难进。

在公子身上十分尽心,就连安老爷的一应大小家事,但是交给他的,他无不尽心竭力,一草一木都不肯糟踏,真算得“奶公子里的一个圣人”;因此,老爷、太太格外加恩待他,不肯当一个寻常奶公子看待。这安老爷家通共算起来,内外上下也有三二十口人,虽然算不得簪缨①门第,钟鼎②人家,却倒过得亲亲热热,安安静静,与人无患,与世无争,也算得个人生乐境了。

这年正逢会试大比之年。新年下安老爷、安太太把家中年事一过,便带了公子进城拜过宗祠,到至亲本家几处拜望了拜望,仍旧回家。

匆匆的过了灯节,那太太便将安老爷下场的考篮③,号帘④,装吃食的口袋,盒子,衣帽等物打点出来。安老爷一见便问说:“太太,你此时忙着打点这些东西作什么?”太太说:“这离三月里也快了;拿出来看看,该洗的缝的添的置的,早些收拾停当了,省得临时忙乱。”那安老爷拈着几根小胡子儿含笑说:“太太,你难道还指望我去会试不成?你算,我自二十岁上中举,如今将近五十岁,考也考了三十年了,头发都考白了,‘功名有福,文字无缘’,也可以不必再作此痴想!况你我如今有了玉格这个孩子,看去还可以望他成人,倒不如留我这点精神心血用在他身上,把他成就起来,倒是正理。太太,你道如何?”

太太还没及答话。公子正在那里检点那些考具的东西,听见老爷的话,便过来规规矩矩慢条斯理的说道:“这话还得请父亲斟酌。要论父亲的品行学业,慢道中一个进士,就便进那座翰林院⑤,坐那间内阁⑥大堂,也不是什么难事。但是功名迟早自有一定,天生应吃的苦也要吃的。就算父亲无意功名,也要把这进士中了,才算得作完了读书的一件大事。”安老爷听了,笑了一笑,说道:“孩子话!”那太太便在旁说道:“老爷,玉格

---

① 簪缨(zān yīng)——古时达官贵人的冠饰,用来把冠固着在头上。

② 钟鼎(dǐng)——即“钟鸣鼎食”。击钟列鼎而食,形容排场豪奢极侈。

③ 考篮——旧时读书人科举考试入考场的专用提篮。

④ 号帘——考场的门帘。

⑤ 翰林院——官署名。唐代初置。清沿明制。掌编修国史、记载皇帝言行的起居注,进讲经史,及有关秘书著作。

⑥ 内阁——清代最高级之官署。清沿明制,设三殿(保和、文华、英武)、三阁(文渊、体仁、东阁)大学士。

这话很是;我也是这个意思。这些话我心里也有,就是不能像他说的这么文诌诌的。老爷竟是依他的话,打起高兴来。管他呢! 中了,好极了;就算是不中,再白辛苦这一趟也不要紧,也是尝过的滋味儿罢咧。"

列公,这科甲功名的一途与异路功名却是大不相同;这是件合天下人较学问见经济的勾当,从古至今,也不知牢笼了多少英雄,埋没了多少才学,所以这些人宁可考到老,不得这个"中"字,此心不死。

安老爷用了半生的心血,难道果真就肯半途而废不成? 原是见了这些考具一时的牢骚话。及至听见公子小小年纪说了这一番大道理,心中暗暗欢喜;又恐怕小人儿高兴,只得笑着说是小孩子话;及至太太又加上一番相劝,不觉得就鼓起高兴来,说道:"既如此,就依你们娘儿们的话,左右是家里白坐着,再走这一趟就是了。"

说着,看看到了三月初间,太太把老爷的衣帽铺盖吃食等件打点清楚;公子也忙着拣笔墨,洗砚台,包草稿纸。诸事停当,这安老爷便坐车进城,也不租小寓,就在自己家里住下。这房子虽说有几家本家住着,正所儿没占,原备安老爷、太太、公子有事进城住的,平日自有留下的家人看守。这家人们知道老爷回家,前几天就收拾铺设扫地焚香的预备停妥。

到了三月初六日,太太打发公子带了随使家丁跟随老爷进城;进场出场,又按着日子打发家人接送,预备酒饭,打点吃食;公子也来请安问候,都不必细说。

三场已毕,这老爷出了场也不回家,从场门口坐上车,便一直的回庄园来。太太、公子接着问好请安,预备酒饭,问了一番场里光景。一时饭罢,公子收检笔砚,便在卷袋里找那三场的文章草稿;寻了半日只寻不着,便来问安老爷说:"文章稿子放在那里了? 等我把头场的诗文抄出来,好预备着亲友们要看。"安老爷说:"我三场都没存稿子。这些事情也实在作腻了。便有人要看,也不过加上几句密圈,写上几句通套批语,赞扬一番,说这次必要高中了;究竟到了出榜,还是个依然故我,也无味的很:所以我今年没存稿子。不但不必抄给人看,连你也不必看。这一出场,我就算中了。"说毕,拈须而笑。公子听了无法,只得罢了。

日月迅速,转眼就是四月。到了放榜的头一天晚上,这太太弄了几样果子酒菜预备老爷候榜,好听那高中的喜信。安老爷坐下就笑着说道:"这大概是等榜的意思了。听我告诉你们:外头只知道是明日出榜,其实场里今日早半天就拆弥封[1]填起榜来了。规矩是拆一名，唱一名，填一名。就有那班会想钱的人从门缝儿里传出信来，外头报喜的按着分头去报。如今到了这时候不见动静，大约早报完了，不必再等。你们就弄了这些吃的，我乐得吃个河落海干[2]睡觉。"说着，吃了几杯闷酒，又说了会闲话，真个就倒头酣呼大睡。

那太太同公子并内外家人不肯就睡，还在那里左盼右盼。看看等到亮钟[3]以后无信，大家也觉得是无望了，又乏又困，兴致索然，只得打点要睡。上房将在关了房门，忽听得大门打得三响，一片人声，报说头二三报报安老爷中了第三名进士。

列公，你道安老爷既中得这样高，为什么直到此时才报？原来填榜的规矩，从第六名填起；前五名叫作"五魁"；直等把榜填完，就是半夜的光景了，然后倒填五魁。到了填五魁的时候，那场里办场的委员以至书吏，衙役，厨子，火夫，都许买几斤蜡烛，用钉子钉的大木盘插着，托在手里，轮流围绕，照耀如同白昼，叫作"闹五魁"。那点过的蜡烛拿出来送人还算一件取吉利的人情礼物。因此上填到安老爷的名字已是四更天的光景。那报喜的谁不想这个五魁的头报，一得了信，便随着起早下圆明园的车马，从西直门连夜飞奔而来，所以到这里还没亮。

闲话休提。这太太因等不见喜信，正在卸妆要睡，听得外面喧嚷，忙叫人开了房门，出去打听。那门上的家人早把报条接了进来，给老爷、太太、公子叩喜。这一番吵，吵得安老爷也醒了，连忙披衣起来，公子呈上报条看了，满心欢喜；一时想起来，自己半生辛苦，黄卷青灯，直到须发苍然，才了得这桩心愿，不觉喜极生悲，倒落了几点泪。太太也觉心中颇有所感，忍泪含笑劝解说："老爷，这正该喜欢，怎么倒伤起心来呢？"

定了一会，大家才喜逐颜开，满脸堆下笑来。公子便去打点收拾手

---

① 弥封——旧时科举制度中先由弥封官将卷面折叠封藏考生姓名，防止舞弊的措施。

② 河落海干——痛痛快快。

③ 亮钟——指更夫在天亮前打的最后一次更。

本[①]拜帖职名[②]以及拜见老师的贽见门[③]包封套。家人们在外边开发喜钱。紧接着就有内城各家亲友看了榜先遣人来道喜，把位安太太忙得头脸也不曾好生梳洗得。正是“人逢喜事精神爽”，乏也忘了，困也没了，忙忙的带着丫鬟仆妇一面打点帽子衣服；又去平兑银两，找红毡，拿拜匣。所喜都是自己平日勤谨的好处，一件一件的预先弄妥，还不费事。安老爷看看太太忙得连袋烟也没工夫吃，便说道：“太太不必忙，今日没事，有一天的工夫呢，我后半天进城不迟，歇歇再收拾罢。”说着，自己梳洗已毕，忙穿好衣服，先设了香案在天地前上香磕头，又到佛堂祠堂行过了礼，然后内外家人都来叩喜。这些情节，都不必细讲。

安老爷一面料理了些自己随手用的东西，便催着早些吃饭。吃饭中间，公子便说：“虽然多辛苦了几次，如今却高高的中了个第三，可谓‘上天不负苦心，文章自有定论’。将来殿试，那一甲[④]一名也不敢必，也中个第三就好了！”安老爷说道：“这又是孩子话了！那一甲三名的状元，榜眼，探花，咱们旗人是没份儿的。也不是旗人必不配点那状元，榜眼，探花。本朝的定例，觉得旗人可以吃钱粮，可以考翻译，可以挑侍卫，宦途比汉人宽些，所以把这一甲三名留给天下的读书人大家巴结[⑤]去。这是本朝珍重名器[⑥]培植人材的意思。况且‘探花’两个字，你可知道他怎么讲？那状元自然要选一个才貌品学四项兼备的，不用讲了；就是探花也须得个美少年去配他，为的是‘琼林宴’[⑦]的这一天叫他去折取杏花，大家簪在头上，作一段琼林佳话。这是唐代的故事。你看我虽然不至于老迈不堪，也

---

① 手本——亦称“手板”，明清时下属见上司所用帖本。

② 职名——名片。

③ 贽(zhì)见门——上门礼贽。第一次求见人所送的礼物。

④ 一甲——明清科举进士殿试定制，分一、二、三甲。一甲赐进士及第；二甲赐进士出身；三甲赐同进士出身。一甲三名，第一名通称状元，第二、第三名分别称为榜眼、探花。

⑤ 巴结——争取。

⑥ 名器——人才。器，车服；名，爵号。

⑦ 琼林宴——皇帝赐与新进士的宴会。琼林，宋代名苑，在汴京(今开封)城西。

是望五[①]的人了。世上那有这样白头蹀躞[②]的探花！岂不被杏花笑人？果然那样，那不叫作探花，倒叫作笑话儿了！”公子道：“便不得探花，翰林也是稳的。”老爷说：“那又不然。在常情论：那名心重的，自然想点个翰林院的庶常；利心重的，自然想作个榜下知县；有才气的，自然想用分部主事；到了中书，就不大有人想了；归班更不必讲。我的见识却与人不同。我第一怕的是知县：不拿出天良来作，我心里过不去；拿出天良来作，世路上行不去。那一条路儿可断断走不得！至于那入金马，登玉堂[③]，是少年朋友的事业，我过了景了。就便用个部属，作呢还作得来，但是这个年纪还靴桶儿里掖着一把子稿满道四处去找堂官[④]，也就露着无趣。我倒想用个冰冷的中书，三年分内外用，——难道我还就外用不成？那时一纸呈儿，挂冠林下，倒是一桩乐事。不然，索性归了班，十年后才选得着。且不问这十年后如何，就在这十年里，我便课子读书，成就出一个儿子来，也算不虚度此生了。”

公子自是不敢答言。安太太听了说道：“老爷也忒[⑤]虑得远。我只说万事都是尽人事，听天命，自有个一定。”老爷说：“太太这话却倒不错。”

说话间，一时吃罢了饭，便有几家拜从看文章的门生学生赶来道喜。人来人往，应酬了一番，那天就不早了，安老爷才得进城。到了住宅，早有部里长班送信告知老爷中在第几房，并房师[⑥]的官衔，姓名，科分，住处。从次日起，便去拜房师，拜座师[⑦]，认前辈，会同年，会同门，公请老师，赴

---

① 望五——年龄近五十岁。

② 蹀躞(diéxiè)——头发饰物。以其颤动形容小步貌。

③ 金马玉堂——金马，汉代宫门名；门旁有铜马，曰“金马门”。玉堂，汉代殿名，阶陛皆玉，称为玉堂。

④ 堂官——清代对中央各部长官(大学士并尚书、侍郎)和各部以外的独立机构长官的称谓。

⑤ 忒(tuī)——太；过甚。

⑥ 房师——举人、贡士对荐举本人试卷的同考官的尊称。

⑦ 座师——举人、进士对本科主考官或总裁官的尊称。

老师请，刻齿录①，刻朱卷②。那房师座师见了都说："一见你这本卷子便知为老手宿儒，晚成大器。如今果然。可见文有定评。"说着，十分叹赏。

这安老爷一连忙了数日，不曾得闲，直等谢恩领宴诸事完毕，才得略略安静。五十岁的老头儿也得伏案埋头作起楷来③。

转眼复试朝考已过，紧接着殿试。那老爷的策文④虽比不得董仲舒的《天人三策》，却颇颇的有些经济议论，与那抄策料填对句的不同。那些同年见了，都道："定入高选。"怎奈老爷是个走方步的人，凡那些送字样子送诗篇儿这些门路都不晓得去作；自己又年届五旬，那殿试卷子作的虽然议论恢宏，写的却不能精神饱满，因此上点了一个三甲。

及至引见，到了老爷这排，奏完履历，圣人望下一看，见他正是服官从政的年纪，脸上一团正气，胸中自然是一片至诚，这要作一个地方官，断无不爱惜民命的理，就在排单里"安学海"三个字头上点了一个朱点，用了榜下知县。

少时引见一散，传下这旨意来。安老爷一听，心里说道："完了！正是我怕走的一条路，恰恰的走到这条路上来！"登时倒抽了一口气，凉了半截，心里的那番懊恼，不但后悔此番不该会试，一直悔到当年不该读书，在人群儿里险些儿不曾哭了出来。便有一班少年新进凑来携手作贺。有的说："班生此去，何异登仙！"又有的说："当年是'拥书权拜小诸侯'，而今真个'百里侯'矣！"又有一班外行朋友说是："这榜下即用是'老虎班'，一到就补好缺的。"又有的说："'在京的和尚，出外的官'，这就得了。"一面就答讪着荐幕友，荐长随⑤。落后还是几位老师认真关切，走来问道："外用了不必介意。文章政事都是报国。况这宦途如海，那有一定的？且回去歇歇再谈罢。"

---

① 齿录——收录。

② 朱卷——指科举制度中试卷名目之一。明清乡试、会试场内应试人的原卷（即"墨卷"）项由誊录人用朱笔誊录，方送考官批阅，称为朱卷，以防考官循私舞弊。

③ 作起楷来——指下文的"策文"。策文要用楷书书写。

④ 策文——即策论。策，策问。论，议论文。

⑤ 长随——明代指地位卑下、做随从的宦官。后泛指随从官吏听候使唤的仆役。

这老爷也只得一一的应酬一番。又有那些拜从看文章的门生跟着送引见；见老爷走了这途，转觉得依依不舍。安老爷从上头下来，应酬了大家几句，回到下处吃了点东西，向应到的几处勉强转了一转，便回庄园上来。

那时早有报子报知。家人们听见老爷得了外任，个个喜出望外。只有太太和公子见老爷进门来愁眉不展，面带忧容，便知是因为外用的原故，一时且不好安慰，倒提着精神谈了些没要紧的闲话。老爷也强为欢笑，说："闹了这许多天了，实在也乏了，且让我歇一歇儿，慢慢的再计议罢。"

谁想有了年纪的人，外面受了这一向的辛苦劳碌，心里又加上这一番的烦恼忧思，次日便觉得有些鼻塞声重，胸闷头晕，恹恹的就成了一个外感内伤的病；安太太急急的请医调治，好容易出了汗，寒热往来，又转了疟疾；疟疾才止，又得了秋后痢疾；无法，只得在吏部递了呈子，告假养病。每日价医不离门，药不离口，把个安太太急得烧子时香①，吃白斋②，求签许愿，闹得寝食不安；连公子的学业功课也因侍奉汤药渐渐的荒废下来。

直到秋尽冬初，安老爷才得病退身安，起居如旧。依安老爷的心里，早就打了个再不出山的主意了；怎奈那些关切一边的师友亲戚骨肉都以天恩祖德报国勤民的大义劝勉，老爷又是位循规蹈矩听天任命不肯苟且的人，只得呈报销假投供③。可巧正遇着南河高家堰一带黄河决口。俗语说："倒了高家堰，淮扬不见面"④。这一个水灾也不知伤了多少民田民命！地方大吏飞章入奏请帑⑤，并请拣发知县十二员到工差遣委用。这一下子又把这老爷打在候补候选的里头挑上了。

列公，安老爷这样一个有经济有学问的人，难道连一个知县作不来？何至于就愁病交加到这步田地？有个原故。只因这老爷的天性恬淡，见识高明，广读诗书，阅尽世态；见世上那些州县官儿不知感化民风，不知爱

---

① 子时香——大年三十夜子时(二十三时至翌日夜一时)烧香的称谓。

② 白斋——即素食，亦不放酱、盐。极表修持之虔诚。

③ 销假投供——假期休满前往任上报到。

④ 倒了高家堰，淮扬不见面——形容水势很大。淮扬，今河南东部、颖河北岸。

⑤ 帑(tǎng)——国库；国库所藏金帛。

惜民命，讲得是走动声气[1]，好弄银钱，巴结上司，好谋升转，什么叫钱谷[2]刑名[3]，一概委之幕友官亲家丁书吏，不去过问，且图一个旗锣伞扇的豪华，酒肉牌摊的乐事；就使有等稍知自爱的，又苦于众人皆醉，不容一人独醒，得了百姓的心，又不能合上司的式，动辄不是给他加上个"难膺民社"[4]，就是给他加上个"不甚相宜"，轻轻的就端掉了，依然有始无终，求荣反辱：因此上自己一中进士就把这知县看作了一个畏途。如今索性挑了个河工！这河工更是个有名的虚报工段，侵冒钱粮，逢迎奔走，吃喝搅扰的地方，比地方官尤其难作。自己一想：可见宦海无定，食路有方。天命早已安排在那里了，倒不如听命由天的闯着作去，或者就这条路上立起一番事业，上不负国恩，下不负所学，也不见得。

老爷存了这个念头，倒打起精神，次第的过堂引见，拜客拜行。一切琐屑事情都已完毕，才回到庄园，略歇息了歇息。便有那些家人回说："钦限紧急，请示商量，怎的起行？"那些家人，也有说该坐长船的，也有说该走旱路的，也有说行李另走的，也有说家眷同行的。安老爷说："你们大家且不必议论纷纷，我早有了一个牢不可破的主见在此。"这正是：

得意人逢失意事，一番欢喜一番愁。

要知那安老爷此番起行赴官怎的个主见，下回书交代。

---

① 声气——朋友意气相合为"声气相投"，传达消息为互通声气。引申为"来往应酬"意。

② 钱谷——主办钱粮、税收、会计的幕友。一般称为钱谷师爷、钱粮师爷。

③ 刑名——办理刑事判牍的幕僚。

④ 难膺(yīng)民社——难以承当人民和社稷的重任。即不配做地方官之意。

第　二　回

沐皇恩特授河工[①]令　忤大宪[②]冤陷县监牢

这回书紧接前回，讲的是那安老爷拣发了河工知县，把外面的公私料理应酬已毕，便在家打点起上路的事来。这日饭罢无事，想要先把家务交代一番，因传进了家中几个中用些的家人。内中也有积伶[③]些的，也有糊涂些的，谁不想献个殷勤，讨老爷喜欢，好图一个门印的重用。那知老爷早打了个"雇来回车"[④]的主意，便开口先望着太太说道："太太，如今咱们要作外任了。我想：我此番到外任去，慢讲补缺的话，就是候补知县也不知天准我作不准我作，还不知我准我作不准我作。"

说到这里，大家就先怔了一怔。太太只得答应了一声。又听老爷往下说道："我的怕作外官，太太是知道的；此番偏偏的走了这条路。在官场上讲，实在是天恩，我有个不感激报效的吗？但是我的素性是个拘泥人，不喜繁华，不善应酬；到了经手钱粮的事，我更怕。如今到外头去作官，自然非家居可比，也得学些圆通；但那圆通得来的地方好说，到了圆通不来，我还只得是笨作，行得去行不去我可就不知道了。所以我的主意，打算暂且不带家眷，我一个人带上几个家人轻骑减从的先去看看路数；如果处得下去，到了明秋，我再打发人来接家眷不迟。家里的事，向来我就不大管，都是太太操心，不用我嘱咐。我的盘缠，现有的尽可敷衍，也不用打算。我所虑者，家里虽有两个可靠的家人，实在懂事的少。玉格又年轻，万一有个紧要些的事儿以至寄家信带东西这些事情，我都托了乌明

---

① 河工——河道的疏防治理工程。

② 忤(wǔ)大宪——得罪于上司。忤，违逆；抵触。宪，朝廷委驻各行省的高级官吏。

③ 积伶——即"机灵"。

④ 雇来回车——即"打来回儿"。喻做事考虑全面，事前已为结局做好了安排。

阿——乌老大了。他虽和咱们满洲汉军隔旗,却是我第一个得意门生;他待我也实在亲热。那个人将来不可限量,太太白看着,几天儿就上去了。我起身后,他必常来。来时太太总见见他,玉格也可和他时常亲近。那是个正经人。此外第一件心事,明年八月乡试,玉格务必教他去观观场。”因向公子说:“你的文章,我已经托莫友士先生和吴侍郎给你批阅,可按期取了题目来作了分头送去。”公子一一答应。

说到这里,太太才要说话,只见老爷又说道:“哦!还有件事。前日我在上头遇见咱们旗的卜德成——卜三爷赶着给玉格提亲。”太太听见有人给公子提亲,连忙问道:“说得是谁家?”老爷道:“太太不必忙着问;这门亲不好作,大约太太也未必愿意。他说的是隆府上的姑娘。你算,我家虽不是查不出号儿来的人家,现在通共就是我这样一个七品大员,无端的去和这等阔人家儿去作亲家,已经不必;况且我打听得姑娘脾气骄纵,相貌也很平常。我走后,倘然他再托人说,就回复说我没留下话就是了。至于玉格今年才十七岁,这事也还不忙;我的意思总等他进一步,功名成就,才给他提亲呢。”太太说:“这家子听了去敢是不大合式。拿我们这么一个好孩子,再要中了,也不怕没那富室豪门找上门来,只怕两三家子赶着提来还定不得呢。”老爷说:“倒也不在乎富室豪门,只要得个相貌端正性情贤慧持得家吃得苦的孩子,那怕他是南山里北村里都使得。”太太说:“教老爷说的真个的!我们孩子怎么了就娶个南山里北村里的?——这时候且说不到这些事,倒是老爷才说的一个人儿先去的话还得商量商量。老爷虽说是能吃苦,也五十岁的人了,况且又是一场大病才好,平日这几个丫头们服侍,老婆子们伺候,我还怕他们不能周到,都得我自己调停,如今就靠这几个小子们,如何使得呢?再说万一得了缺,或者署事有了衙门,老爷难道天天在家不成?别的慢讲,这颗印是个要紧的。衙门里要不分出个内外来,断乎使不得!老爷白想想。”老爷说:“何尝不是呢!我也不是没想到这里。但是玉格此番乡试是断不能不留京的;既留下他,不能不留下太太照管他。这是相因而至的事情,可有什么法儿呢?”

那公子在一旁,正因父亲无法不起身赴官,自己无法不留京乡试,父子的一番离别,心里十分难过;就以父亲的身子年纪讲,沿路的风霜,异乡水土,没个着己的人照料,也真不放心;如今又听父母的这番为难是因自己起见,他便说道:“我有一句糊涂话不敢说,只怕父母不准。据我的糊涂见识,请父母只管同去,把我留在家里。”

老爷、太太还没等说完,齐说道:“那如何使得!”公子说:“请听我回明白了。要讲应酬世务,料理当家,我自然不中用。但我向来的胆儿小,不出头,受父母的教导不敢胡行乱走的这层还可以自信。至于外边的事,现在已经安顿妥当了。家里再留下两个中用些家人支应门户,我不过查查问问,便一意的用起功来;等乡试之后,中与不中,就赶紧起身随后赶了去,也不过半年多的光景。一举二得,不知可使得使不得?”

太太听了只是摇头,老爷也似乎不以为可,但是左归右归总归不出个道理来。还是老爷明决,料着自己一人前去有多少不便,大家彼此都不放心,听了公子的这番话,想了一想,便向太太道:“玉格这番话虽说的是孩子话,却也有些儿见识。我一个人去,你们娘儿两个都不放心;太太既同去,太太便没有什么不放心的了;有了太太同去,玉格又没什么不放心的了;可又添上了个玉格在家,我同太太的不放心:这本是桩天生不能两全的事。譬如咱们早在外任,如今从外任打发他进京乡试,难道我和太太还能跟着他不成?况且他也这样大了,历练①历练也好。他既有这志向,只好就照他这话说定了罢。太太想着怎样?”

那太太听了,自然是左右为难;但事到其间,实在无法,便向老爷说道:“老爷见的自然不错,就这样定规了罢。但是老爷前日不是说带了华忠去的么?如今既是这样说定了,把华忠给玉格留下。那个老头子也勤谨,也嘴碎,跟着他里里外外的,又放一点儿心。”老爷连说:“有理。我要带了华忠同去,原为他张罗张罗我的洗洗汕汕这些零星事情,看个屋子;如今把他留下,就该派戴勤去也使得。戴勤手里的事有宋官儿也照过来了。”

当日计议已定,便连日的派定家人收拾行李。安老爷一面又把自己从前拜从过一位业师跟前的世弟兄程师爷请来,留在家中照料公子温习举业,帮着支应外客。

那程师爷单名一个式字;他也有个儿子,名叫程代弼,虽不能文却写

---

① 历练——练习实践。

得一笔好字，便求安老爷带去，不计修金①，帮着写写来往书信。外边去的是门上家人晋升，签押家人叶通，料理家务家人梁材，还有戴勤并华忠的儿子随缘儿，大小跟班的三四个人，外荐长随两三个人，以至厨子，火夫人等；内里带的是晋升家的，梁材家的，戴勤家的，随缘儿媳妇——这随缘儿媳妇是戴勤的女孩儿——并其余的婆子丫鬟：共有二十余人。老爷一辆太平车，太太一辆河南棚车，其余家人都是半装半坐的大车。

诸事安排已毕，这老爷太太辞过亲友，拜别祠堂，便择了个长行吉日带领里外一行人等起身南下。

这日，公子送到普济堂，老爷便不教往下再送。当下爷儿娘儿们依依不舍，公子只是垂泪，太太也是千叮万嘱沾眼抹泪的说个不了。老爷便忍着泪说道："几天离别，转眼便得聚会，何必如此！"说着，又吩咐了公子几句安静度日奋勉读书的话，竟自和太太各个上车去了。

公子送了老爷、太太动身，眼望着那车去得远了，还在那里呆呆的呆望。那老爷、太太在车上也不由得几次的回头远望，只是恋恋不舍。这正是古人说的：

"世上伤心无限事，最难死别与生离。"

这公子一直等一行车辆人马都已走了，又让那些送行的亲友先行，然后才带华忠并一应家人回到庄园。真个的，他就一纳②头的杜③门不出，每日攻书，按期作文起来。这且不表。

且说那安老爷同了家眷自普济堂长行，当日住了常新店，沿路无非是晓行夜住，渴饮饥餐。不则④一日，到了王家营子，渡过黄河，便到南河河道总督驻扎的所在，正是淮安地方。早有本地长班⑤预先给找下公馆，沿河接见。上下一行人便搬运行李，暂在公馆住下。安老爷草草的安顿已

---

① 修金——报酬。修，指编纂、撰写。

② 纳——此作"埋"。

③ 杜——此作"闭"。

④ 不则——不到。

⑤ 本地长班——当地委派的随身使唤的仆人。

毕,便去拜过首县山阳县各厅同寅①,见过府道②,然后才上院投递手本,禀到禀见。

那河台③本是个从河工佐杂④微员出身,靠那逢迎钻干的上头弄了几个钱,却又把皇上家的有用钱粮作了他致送当道的进身献纳,不上几年,就巴结到河工道员⑤;又加他在工多年,讲到那些里头——挑坝,下埽,加堤的工程,怎样购料,怎样作工,怎样省事,怎样赚钱——那一件也瞒他不过:因此上历署两河事务,就得了南河河道总督。待人傲慢骄奢,居心忮刻⑥阴险。那时同安老爷一班儿拣发的十二人,早有一大半各自找了门路,要了书信,先赶到河工,为的是好抢着钻营个差委。及至安老爷到来,投递了手本,河台看了,便觉他怠慢来迟;又见京中不曾有一个当道大老写信前来托照应他,便疑心安老爷仗着是个世家旗人,有心傲上,随吩咐说:"教他等见官的日子随众参见。"

安老爷是坦白正路人,那里留心这些事,一般也随众打点些京里的土仪⑦给河台送去。及至送到院上,巡捕传了进去,交给门上。那门上家人看了看礼单,见上面写着不过是些京靴,缙绅⑧,杏仁,冬菜等件,便向巡捕官发话道:"这个官儿来得古怪呀!你在这院上当巡捕也不是一年咧,大凡到工的官儿们送礼,谁不是缂⑨绣,呢羽,绸缎,皮张,还有玉玩,金器,朝珠,洋表的?怎么这位爷送起这个来了?他还是河员送礼?还是看坟的打抽丰⑩来了?这不是搅吗?——没法儿,也得给他回上去!"说着,

---

① 同寅(yín)——对在同一处作官的人的称谓。

② 府道——知府、道台。知府管辖州县;道台为管辖省以下,府、州以上行政长官,设钱、粮、盐各道。

③ 河台——清朝河道总督。

④ 佐杂——清州县官署内助理官吏佐贰、首领、杂职三者的统称。

⑤ 道员——道台别称。

⑥ 忮(zhì)刻——忌恨而刻毒;刚愎。

⑦ 土仪——用土产作为送人的礼品。

⑧ 缙绅(jìnshēn)——指旧时官宦的衣着装束。亦作官宦的戏称。

⑨ 缂(kè)——即刻丝。我国特有的将绘画移植于丝织品的特种工艺美术品。

⑩ 看坟的打抽丰——即歇后语"吃鬼",向鬼索财。打抽丰,即"打秋风"。旧指利用多种关系向人索取财物、赠与。

回了进去，又从中说了些懈怠话。那河台心里更觉得是安老爷瞧他不起，又加上了三分不受用。当时吩咐出来，说："大人向不收礼，这样的费心费事，教安太爷留着送人罢！"

次日正是见官日子，安老爷也随众投了手本。少时传见，那河台先算定了安老爷是个不通世路没有能干的人，及至见面，递上履历，才知这老爷是由进士出身；又见他举止安详，言词慷慨，心里说："这人既如此通达谙练，岂有连个送礼的轻重过节儿①他也不明白的理？这分明看我是佐杂出身，他自己又是两榜，轻慢我的意思，倒得先拿他一拿！"因又动了个忌才之意，淡淡的问了几句话，就起身让走，送出来了。那安老爷也只道新官见面之常，不过如此，也不在意，从此就在淮安地方候补听差，除了三八上院，朔望②行香，倒也落得安闲无事。

安老爷本是个雅量，遇着那些同寅宴会却也去走走，但是一有了歌儿舞女，再遇见打牌摇摊③，可就弄不来了；久之，那些同寅也觉得他一人向隅，满座不欢，渐渐的就有些声气不通起来。这且不在话下。

却说河台一日接得邳州④禀报，禀称邳州管河州判病故出缺。这缺本是个工段最简的冷静地方，又恰巧到安老爷署事到班，便下札悬牌委了安老爷前往署事。安老爷接了委牌，禀辞出来，又到府里禀辞。淮安府见面，先谈了几句官话，便问："吾兄，你请定了幕中的朋友了没有？"安老爷说："卑职到此不久，人地生疏，正要合大人讨人呢。"知府说："很好。那前任请的朋友钱公就很妥当，你就请他蝉联下去罢。"说着，从靴掖儿⑤里掏出一个名条。安老爷连忙的接过来，见上面写着"钱如甫"三个字，当下收了。

这天便是山阳县请吃晚饭。饮酒中间，安老爷也请教了一番到工如何办事的话。那首县便说："办工首在得人。兄弟这里却有一个千妥万

---

① 过节儿——关键之处；接人待物的礼节和规矩。

② 朔望——朔日和望日，农历每月的初一和十五。

③ 打牌摇摊——均系赌博。摇摊，庄家以四枚骰子分四门放在上下合扣的赌罐内摇动，博者按门入注，若中，得彩三倍。

④ 邳(pī)州——今江苏省北部邳县西北。

⑤ 靴掖儿——塞藏于靴筒内可以折叠的票夹。

当的人；他从前就在邳州衙门，如今在兄弟这里，人浮于事，实在用不开。二哥，你带了他去，大可助你一臂之力。”说着，便叫了那人来叩见。安老爷一看，见那人生得大鼻子，高颧骨，一双鼠眼，几根黄须，看去就不像个安分之徒；因是首县荐的，便先问了问他的名姓。那人回称姓霍，名叫士端。那首县便道：“明日就到安太老爷公馆伺候去罢。”那人谢了一谢，便退下去。一时酒散。

安老爷次日便拜客辞行，带了家眷奔邳州而来，于路无话。到了那里，自有一班的书吏衙役迎接，并那到任堂规以至同城官员如何接风宴会，都不必烦琐。安老爷到任后，所喜工轻政简，公事无多，老夫妻二人就照平日在家一般的过起勤俭日子来，心中只是记挂着公子；所喜接得几封家信，知道家中安静，公子照常读书，也就无可惦念了。

一日，安老爷接着邳州直河巡检的禀报，报称沿河碎石坦坡一段被水冲刷，土岸蛰陷①，禀请兴修。安老爷接了禀帖，亲自带了工书人等到工查看，不过有十来丈工程，偶因木桩脱落，以致碎石倒塌散漫，却都不曾冲去，尽可捞用。那土工也蛰陷得无多，自己虽不懂，看了去，大约也不过百十金的事，回来便吩咐该房书役办稿，就在岁修银两项下动支赶办。

次日，房里送进稿来，先送师爷点定，签押呈上老爷标画。见那稿倒也办得明白，只那工段的尺丈，购料的堆垛，钱粮的多少，却空着没填；旁边粘着一个小小红签儿，上写着“请内批”三个字。那核办的师爷也不曾填写。老爷当下叫签押，说：“你去问问师爷，这数目怎么没填写，想是漏了。”

少停，签押回称说：“问过师爷，师爷说候老爷把钱粮数目批定，再核料物尺丈，向来是这等办的。”老爷说：“这怎么讲？难道我自己会销算不成？你大约没听清楚，等我自己问去罢。”说着，便起身来到书房。

那师爷听得东家过来了，连忙换上了帽子，作揖迎接，脚底下可还是两只鞋。送茶让坐已毕，老爷就问起这句话来。只见那师爷咬文嚼字的说道：“规矩是这等的，要东家批定了报多少钱粮，晚生才好照着那钱粮的数目核算工料的。”老爷说：“那丈尺是勘明白了；既有了丈尺，自然是核着丈尺算工料，核着工料算钱粮，怎么倒先定钱粮数目呢？况且叫我批

---

① 蛰陷——此指因节气变暖，冬眠动物出土而引起的土岸塌陷。

定,又怎样个约略核计多少呢？譬如就照前日现勘的丈尺,据先生你看应用多少钱粮?”那师爷说:“要照现勘的丈尺,多也不过百十金罢了。”老爷说:“可又来,就着这数目据实报出去,就是了。”那师爷连连摇头说:“这是作不来的。”老爷便问:“这又怎么讲呢?”那师爷道:“承东家不弃,请晚生在这衙门帮办公事,可不敢不倾心吐胆的奉告:我们这些河工衙门,这‘据实’两个字用不着行不去的哪。即如东家从北京到此,盘费日用,府上衙门,内外上下,那一处不是用钱的？况且京中各当道大老合本省的层层上司以至同寅相好都要应酬的,倒也不容易。这也在东家自己,晚生也不敢冒昧多说。但是就我们这衙门讲,晚生是有也可,没有也可,倒也不计较;只这内而门印跟班以至厨子火夫,外而六房三班①以至散役,那一个不是指望着开个口子弄些工程吃饭的？此犹其小焉者也。再加一个工程出来,府里要费,道里要费,到了院费更是个大宗;这以后委员勘工要费,收工要费,以至将来的科费部费:层层面面,那里不要若干的钱？东家是位高明不过的,请想想:可是‘据实’两个字行得去的?”

老爷听了这话,心下一想:“要是这样的玩法,这岂不是拿着国家有用的帑项钱粮来供大家的养家肥己胡作非为么？这我可就有点子弄不来了。”因向那师爷说道:“据先生你讲起来,这外费是没法的了。至于我家的家人断乎不必,我的这层更不消提起。”

那师爷见不是路,果然不愿意;但是三分匠人,七分主人,无法,只得含含糊糊的核了二三百金的钱粮报了出去。

从此衙门内外人人抱怨,不说老爷清廉,倒道老爷呆气,都盼老爷高升,说:“再要作下去,大家可就都扎上口袋嘴儿了!”

且不说众人的七言八语。却说一日忽然院上发下了一角公文。老爷拆开一看,原来是自己调署了高堰外河通判。老爷看毕,正在心里纳闷说:“我到这里不久又调署了高堰,这是何意？……”早见那长随霍士端兴匆匆的走上来道喜,说:“这实在是件想不到的事！这缺要算一个美缺,差不多的求也求不到;如今调署了老爷,这是上头看承得老爷重,再不然,就是老爷京里的有什么硬人情儿到了。这番调动,老爷可必得像模像样答上头的情才使得呢!”老爷便说:“我也不过是尽心竭力,事事从实,

---

①　六房三班——清代州县衙门吏役总称。

慎重皇上家的钱粮,爱惜小民的性命,就是答了上司的情了;难道还有个什么别的法子不成?"霍士端说:"这个全不在此。只这眼前便有一个机会,小的正要回老爷:这下月便是河台的正寿①,可不知老爷打算怎么样个行法?"老爷道:"那早已办妥当了。我上次在淮安首县就说过每人备银五十两公办寿屏寿礼,我已经交给首县了。"霍士端笑道:"难道老爷打算这样就完了不成?"老爷说:"依你还要怎样呢?"霍士端回说:"小的可敢说怎么样呢?不过是老爷待小的恩重,见不到就罢了,既见到了,要不拿出血心来提补②老爷,那小的就丧尽天良了。就小的知道的说:那淮徐道是绸缎纱罗;淮扬道办的秀气,是四方砚台,外面看着是一色的紫檀匣子,盛着端石砚台,里面却用赤金铸成,再用漆罩了一层,这份礼可就不菲;淮海道是一串珍珠手串,八两辽参;河库道办的更巧,是专人到大人原籍置一顷地,把庄头佃户兑给本宅的少爷,却把契纸装了一个小匣儿带到院上当面送的;就是那二十四厅也各有各的路数,各有各的巧妙。老爷如今就这五十两公分③,如何下得去?何况老爷现在调署这样一个美缺呢?"老爷说:"这可就罢了我了!慢说我没有这样家当,便有,我也不肯这样作法。"霍士端说:"这事老爷有什么不肯的?这是有去有来的买卖,不过拿国家库里钱捣库里的眼,弄的好巧了,还是个对合子④的利儿呢!不然的时候,可惜这样个好缺,只怕咱们站不稳。"老爷听到这里,便说:"你不必往下讲了;去罢,去罢。"那霍士端看这光景料是说不进去,便讪讪的退了下来,另作他自己的打算去了。

话休絮烦。安老爷自从接了调署的札文,便一面打发家眷到高家堰通判衙门任所,自己一面打点上院谢委⑤,就便拜河台的大寿。不日到了淮安,正遇河台寿期将近,预先摆酒唱戏,公请些个河员。众人的礼物都是你赌我赛,不亚如那临潼斗宝⑥一般。独安老爷除了五十两公分之外,

---

① 正寿——年龄逢五、十岁的生日。
② 提补——提醒。
③ 公分——意即"凑分子"。
④ 对合子——一对一,对本儿利。
⑤ 谢委——辞谢;告辞。
⑥ 临潼斗宝——指唐朝官员在陕西临潼盛行的以鸡相斗的游戏、赌博。

就是磕了三个头，吃了一碗面，便匆匆的谢委禀辞，上任而去。

不则一日，到了新任，只见那里人烟辐辏，地道繁华；便是衙门的气概，吏役的整齐，也与那冷清清的邳州小衙门不同。更兼工段绵长，钱粮浩大，公事纷繁，一连几日接交代，点垛料，核库册，又加上安顿家眷，把个安老爷忙得茶饭无心，坐卧不定，这才料理清楚。

列公，你道那河台既是和安老爷那等不合式，安老爷又是个古板的人，在他跟前没有一毫的趋奉，此外又不曾有个致意托情的，他忽然把安老爷调了这样一个美缺，到底是个什么意思？

列公有所不知，这从中有个原故。那高家堰外河地方正是高家堰的下游，受水的地方。这前任的通判官儿又是个精明鬼儿，他见上次高家堰开了口子之后，虽然赶紧的合了龙，这下游一带的工程都是偷工减料作的，断靠不住；他好容易耗过了三月桃汛，吃是吃饱了，掳是掳够了，算没他的事了，想着趁这个当儿躲一躲，另找个把稳道儿走走：因此谋了一个留省销算的差使，倒让出缺来给别人署事。那河台本是河工上的一个虫儿①，他有什么不懂的，只是收了人家的厚礼，不能不应，看了看这个立刻出乱子的地方，若另委别人，谁也都给过三千二千，一千八百的，怎好意思呢？没法儿，可就想起安老爷来了。偏看了看收礼的账，轻重不等，大家都格外有些尽心，独安老爷只有寿屏上一个空名字，他已是十分着恼；又见这安老爷的才情见识远出自己之上，可就用着他当日说的那个“拿他一拿”的主意了。想着如此把他一调，既压一压外边口舌，他果然经历伏汛，保得无事，倒好保他一保，不怕他不格外尽心；倘然他办不来，索性把他参了，他也没的可说：因此上才有这番调署。

那安老爷睡着梦里也算不到此！不想“皇天不佑好心人”，偏是安老爷到任之后，正是春尽夏初长水的时候。那洪泽湖连日连夜长水，高家堰口子又冲开一百余丈，那水直奔了高家堰外河上游而来，不但两岸冲刷，连那民间的田园房舍都冲得东倒西歪，七零八落。那安插难民自有一班儿地方官料理。这段大工正是安老爷的责成，一面集夫购料，一面通禀动帑兴修。那院上批将下来，批得是：

高堰下游工段经前任河员修理完固，历经桃汛无虞。该署员到

---

① 虫儿——俚语。比喻精通某行业务或熟知内情的人。

任，正应先事预防，设法保护；乃偶遇水势稍长，即至漫决冲刷，实属办理不善！着先行摘去顶戴，限一月修复，无得草率偷减，大干未便！

安老爷接着看了便笑了一笑，向太太说道："这是外官必有之事。况这穷通荣辱的关头，我还看得清楚，太太也不必介意，——倒是这国帑民命是要紧的。"说着，传出话去，即日上工，就驻在工上，会同营员，督率那些吏役兵丁工夫认真的修作起来。大家见老爷事事与人同甘同苦，众情踊跃，也仗着夫齐料足，果然在一月限内便修筑得完工；虽说不能处处工归实用，比起那前任并各厅的工程也就算加倍的工坚料实，大不相同了。一面完工，一面通报上去，禀请派员查收。

你道巧不巧？正应了俗语说的："屋漏更遭连夜雨，船行又遇打头风！"偏偏从工完这日下雨起，一连倾盆价的下了半个月的大雨，又加着四川、湖北一带江水异涨，那水势建瓴而下，沿河陡涨七八九尺丈余水势不等。那查收的委员又是和安老爷不大联络的，约估着那查费也未必出手，便不肯刻日到工查收。这个当儿越耗，雨越不住；雨越不住，水越加长；又从别人的上段工上开了个小口子，那水直串到本工的上泊岸里，刷成了浪窝子，把个不曾奉宪①查收的新工排山也似价坍了下来！

安老爷急得目瞪口呆，只得连夜禀报。那河台一见大怒，便批道是：——

甫②作新工，尚未验收，遽③致倒塌，其为草率偷减可知！仰即候参！

一面委员摘印接署，一面委员提安老爷到淮安候审。

那委员取出文书给安老爷看，见那奏稿上参的是革职拿问，带罪赔修。安老爷的顶子本是摘了去的了，国家的王法不敢不领，立刻就是两个官役看了起来。幸而安老爷是个读书明理阅历通达的人，毫无一点怨天尤人光景，但说："邻省水涨，洪泽湖倒灌，上段口岸冲决，我可有什么法子呢？断不敢说冤枉，总是我安学海无学无能，不通庶务，读书一场，落得这步田地，辜负天恩祖德，再无可说了。"只是安太太那里经过这些事情，

---

① 奉宪——奉命。

② 甫——刚刚；才。

③ 遽(jù)——骤然；突然间。

只吓得他体似筛糠,泪流满面。老爷说:“太太,事已至此,怕也无益,哭也无用。我走后,你急急的也到淮安找几间房子住下,再慢慢的商量个道理。”

话休絮烦。那安老爷同了委员起程,太太也在那衙门住不住了,便连夜的归着行李,拖泥带水的也奔淮安而来。

安老爷到淮投到①,本没有什么可问的情节,便交在山阳县衙门收管,追取赔修银两。还亏那山阳县因他是个清官,又是官犯,不曾下在监里,就安顿在监门里一个土地祠居住。

那太太到了淮安还那里找什么公馆去,暂且在东关饭店安身。那时幕友是走了,长随是散了,便有几个孤身跟班的,养活不开,也荐出去了,只剩下程代弼——程相公并晋升、梁材、戴勤、随缘儿几个家人并几个仆妇丫鬟无处可去。

可怜安老爷从上年冬里出任外官,算到如今,不过半年光景,便作了一场黄粱大梦!这正是:

世事茫茫如大海,人生何处不风波?

要知那安老爷夫妻此后怎的个归着,下回书交代。

---

① 投到——报到。

第　三　回

三千里孝子走风尘　一封书义仆托幼主

上回书交代的是安老爷因本管的河工两次决口，那河道总督平日又和他不对，便借此参了一本，革职拿问，带罪赔修，将安老爷下在山阳县县监，虽说是安顿在土地祠不至受苦，那庙里通共两间小房子，安老爷住了里间，外间白日见客，晚间家人们打铺，旁边的一间小灰棚只可以作作饭菜，顿顿茶水。安太太租了几间饭店暂且安身，幸而是个另院，还分得出个内外。只是那赔修的官项计须五千余金，后任工员催逼得又紧，老爷两袖清风，一时那里交得上，没奈何，只得写了家信打发梁材进京将房地田园折变；且喜平日看文章的这些学生里头颇有几个起来的，也只得分头写信托他们张罗，好拚凑着交这赔项；一面就在家信里谕知公子，无论中与不中，不必出京，且等看此地官项交完，或是开复原官，或是如何，再作道理。梁材候老爷的信写完封妥，收拾了当，即便起身。那老爷、太太自有一番的嘱咐不表。

列公，你看，拿着安老爷这样一个厚道长者，辛苦半生，好容易中得一个进士，转弄到这个地步，难道果真是"皇天不佑好心人"不成？断无此理。大抵那运气循环，自有个消长盈虚的定数，就是天也是给气运使唤着，定数所关，天也无从为力。照这样讲起来，岂不是好人也不得好报，恶人也不得好报，天下人都不必苦苦的作好人了？这又不然。在那等伤天害理的一纳头的作了去，便叫作"自作孽，不可活"，那是一定无可救药的了；果然有些善根，再知悔过，这人力定可以回天，便教作"天作孽，犹可违"。何况安老爷这位忠厚长者呢？看不得他飞的不高，跌的不重，须知他苦的不尽，甜的不来。这是一。再说安老爷若榜下不用知县，不得到河工；不到河工，不至于获罪；不至获罪，安公子不得上路；安公子不上路，华苍头不必随行；华苍头不随行，不至途中患病；华苍头不患病，安公子不得落难；安公子不落难，好端端家里坐着，可就成不了这番"英雄儿女"的情节，"天理人情"的说部。列公，却莫怪说书的饶舌。

闲话休提。却说那河台一面委员摘去安老爷的印信,一面拜发折子,由马上飞递而来,不过五六天就得见面。当朝圣人爱民如子,一见河水冲决,民田受害,龙颜大怒,便照折一道旨意,将安学海革职拿问,带罪赔修。这个旨意从内阁抄了出来,几天儿工夫就上了京报,那报房里便挨门送看起来。安公子虽是闭门读书,不闻外事,早有那些关切些的亲友得了信,遣人前来探听,也有就白来看看的,也有说打听任上一向有无家信的,却都不肯明说。

这日,有向来拜从安老爷看文章的一位梅公子——也是个世家——前来看望,见了安公子,便问:“老师这一向有信么?”安公子说:“便是许久没接着老人家的谕帖了。”梅公子又问说:“也没听见什么别的事呀?”安公子见他问的奇怪,连忙答说:“无所闻。这话从何而起?”梅公子道:“昨日听见个朋友讲起,说老师在河工上有个小小的挂误,却也不知其详。要是吏部认得人,何不托人打听打听?见了原奏,就可知道详细了。”

安公子听说,惊疑不定,要着人到乌宅打听,偏偏的乌大爷新近得了阁学钦差往浙江查办事件去了,别处只怕打听得不确,转致误事。当下那程师爷在座,便说道:“吏部有我个同乡在考功司①,等我去找他问问,就便托他抄个原奏的底子来看看,就放心了。”说着,连忙起身进城去打听。随后梅公子也就告辞。

安公子急得热锅上蚂蚁一般,一夜也不曾好生得睡。直到次日晌午,那程师爷才赶回来。一见公子,便说:“事体却不小,幸喜还不碍。”说着,从怀里把那抄来的原奏掏出来递给公子阅看。只见上面的出语写的是:

> 请旨革职拿问,带罪赔修,俟该参员果否能於限内照数赔缴,如式修齐,再行奏闻请旨。

公子看完,那程师爷又说道:“据部里说,只要银子赔完,工程报竣,还可以送部引见。照这案情,大约没有个不开复的,只不晓得老翁任所打算得出许多银子来不能?”公子道:“老人家带的盘缠本就无多,自己又是一文不要的,纵然有几两养廉,这几个月的日用,两三番的调任,大约也用完了,任上一时那里弄得出五六千银子来?家中又别无存项。偏乌克斋

---

① 考功司——清吏部考察官吏工作成绩的部门。

又上了浙江，如果他在京，大约弄个两三千金还容易。这便如何是好?”说着，便急得泪流不止。程师爷连忙说:“世兄，你且不要烦恼，等咱们大家慢慢计议出个道理来。”公子说:“我方寸[①]已乱，断无道理可计议了!”

时安老爷留在家中照料家务的还有个老家人，姓张，名叫进宝，原是累代陈人[②]，年纪有七十余岁;他见公子十分着急，便同华忠从旁说道:“我的小爷！你别着急！倘然你要急出个好共歹来，我们作奴才的可就吃不住了！如今有个商量。”因向程师爷说道:“我们小爷本就没主意，再经了这事，别为难他了，倒是程师老爷替想想行得行不得。这如今老爷是有了银子就保住官儿了;没有银子，保不住官，还有不是。老爷任上没银子，家里又没银子，求亲靠友去呢，就让人家肯罢，谁家也不能存许多现的。”程师爷便道:“不必定要如数。难道老爷在外头不作一点打算不成?如今弄多少是多少，也只好是‘集腋成裘’了。”

那张老头儿听了，说道:“好哇！正是这话了!”因又向公子道:“这话也不用远说，只这眼前就有一个地方可以打算，华忠他也知道。咱们这西山里不是有座宝珠洞吗？那庙里当家的不空和尚，他手里却有几两银子，向来知道他常放个三头五百的账，老爷常到他庙里下棋闲谈和他认得，奴才们也常见，如今就找他去。那和尚可是个贪利的，大约和他空口说白话也不得行。我们围着庄子的这几块地，年终不是有二百多银子租子吗?就把这个对给他，和他说明白了，按月计利，不论年分，银到归赎。合他借多少是多少，下余的再想法子。必得这样，那银子才打算得快。我们小爷是不懂这些事情的，程师老爷，你老白[③]替想想怎么样?”

那师老爷说道:“岂但白替想想！我承老爷的相待，我们又从幼就在一处，同亲弟兄一样，如今托我在家照料，我虽不能为力，难道连一句话也不肯说不成？慢讲照这样办法没有差错，就便有些差错，老爷日后要怪，就算你我一同商量的都使得。那银子有处寄去很好，倘然没有妥便，就是我走一趟也使得。”那张老头儿说道:“怎么惊动起师老爷来了？你老人

---

① 方寸——指心。亦作“方寸地”。

② 陈人——老人。指几代在安家为佣。

③ 白——明白。

家别看我这七十来岁的老头子，托我们老爷的福，也还把结①着跑的动，何况是报答主儿呢！”华忠听了，便插嘴道：“老大爷，你老人家算了罢！那可不是话！你要去，在你老人家可算得忠心报主咧，不是我说句怎吗儿②的话，这个年纪，倘然经不得辛苦，有点儿头疼脑热，可不误了大事了吗？你老人家弄妥当了，还是我跑罢。”那张进宝道：“你更离不得了；你去了，这位小爷出来进去的交给谁呀？”

两个倔老头子，你一言，我一语，推个不了，却都为主人的事。

公子怔了半天，说道：“你们先不必争吵，先打算银子去要紧。有了银子，我自己去。我已经想了半天了。你们想：老爷这番光景，太太不知急的怎么个样儿；再加上惦记着我，二位老人家心里更不知怎么难过：不如我去见见倒得放心。如果有了银子，就是嬷嬷爹跟我去，至多再带上一个人。咱们明日就起身。”程师爷笑道：“世兄，你可是不知世务之难了。那银子借得成否，还不得知；就便可成，还有许多应商的事，如何就定得明日起身呢？况且老翁把你留京，深望你这番乡试一举成名；如今场期将近，丢下出京，倘然到那里，老人家的公事已有头绪了，恐怕倒大不是老人家的意思。”公子说道：“不见得我这一进场就中；满算着中了，老人家弄到如此光景，我还要这举人何用？”程师爷道：“这是你的孝思不匮，原该如此；但此刻正是沿途大水，车断走不得，你难道还能骑长行牲口去不成？此事还得斟酌。”

那张进宝、华忠二人也是苦苦的相拦。怎奈公子主意已定，说：“你们大家都不用说了，再说我就真急了！”华奶公见公子发急，只得哄他，说道：“且等借了银子来，咱们慢慢再讲去的话。”因向程师爷说：“师老爷不知道，我们这位小爷只管像个女孩儿似的，马上可‘巴图鲁③’，从小儿就爱马，老爷也常教他骑，就是劣蹶些儿的马也骑得住；真要去，那常行牲口倒不必愁。”说着又道：“今日回回师傅，索兴别作那文章了罢。咱们回来

---

① 把结——努力、勤奋。

② 怎吗儿(már)——京语。此指“真情”、“不中听”意。

③ 巴图鲁(lū)——外来语(蒙)，“英雄，勇士”。是清廷赐予有军功者的称号，并在称号前加“硬勇、诚勇、毅勇”等定语。

带着小幺儿[1]们在这园子周围散诞[2]散诞。”程师爷道：“正是；不要过于那个，畅一畅罢。”公子口里答应着，只是发怔。

说话间，外边拿进两个职名来，一个上写着“管曰枌”，一个上写着“何之润”。原来那管曰枌号叫子金，是个举人；何之润号叫麦舟，由拔贡用了小京官，已经得了主事：都是安老爷造就出来的学生。也因晓得了安老爷的信息，齐来安慰公子。公子看了职名，即刻叫请。二人进来安慰了一番，公子也把方才的话一一的告诉二人。那管子金便先说道：“不想到老师如此的不顺。我们已写了知单去知会各同窗的朋友，多少大家集个成数出来；但恐太仓[3]一粟，无济于事。这里另备了百金，是兄弟的老人家同何老伯的。”何之润接着也说道：“偏是这个当儿乌克斋不在家。昨日老人家已经恳切写了一封信由提塘[4]给他发了去了。他在外面登高而呼，只怕还容易些；况且浙江离淮安甚近，寄去也甚便：老师这事情大概也就可挽回了。龙媒，你不必过于惦记，把身子养得好儿的好去见老人家。”公子一一的答应致谢。

少刻，又有那些亲友们来看。人来人往，乱了半天，也有说是必该亲去的，也有说还得斟酌的。公子此时意乱如麻，只有答应的份儿，也不及和那些人置辩。众人谈了几句，不能久坐，一一的告辞。

公子才送了出去，又见门上的人跑进来回道：“舅太太来了。”原来这舅太太就是佟孺人娘家的嫂子，早年孀居，无儿无女；佟孺人起身时曾托过他常来家里照应照应，今日也是听见这个信息前来看望，一进门，见了公子就说道：“你瞧，这是怎么说呢！”说着，便掏小手巾儿擦眼泪。一路进来，又慢慢的细问了一番。自有家中留下的两个女人并华嬷嬷支应装烟倒茶。

正说话间，那张进宝从庙里回来，进门先给舅太太请了安。公子便赶着问道：“怎么样？”张进宝回道：“奴才到了那里，那不空和尚先前有些推

---

① 小幺儿——小僮仆。

② 散诞——自在；舒散。

③ 太仓——设在京城中的大谷仓。

④ 提塘——提塘官。督、抚派驻京城，传递有关本省文书的官员。

托；后来听见老爷这事，他说：'既如此，老爷是我庙里的护法[①]，再没不出力的，都照你说的，怎么好怎么好[②]。但是多了没有，我这里只有二千银子，就全拿了去，可得大少爷写个字据。'依奴才看，他倒不是怕奴才这个人靠不住，他是靠不住奴才这岁数了。大概再多几两，他也还拿得出来；如今他只借给二千银子，他是扣着利钱说话呢。"公子更不问别的长短，便问："银子呢？"张进宝说道："那得明日兑了地立了字儿就可以拿来。"说着，便又将方才在外如何商量并公子怎样要去的话回了舅太太一遍。

舅太太听了，连忙说道："嗳哟！好孩子！那可使不得！二三千里地呢！这么太远的，你可不许胡闹！"公子本来生怕舅母拦他，听了这话，早急得满面通红，两眼含泪的说道："好舅母，别拦我了！我听见这信，心里已经急的恨不得立刻就飞到淮安见着面才好！再要拦着我不教去，我必憋出一场大病来，那时死了……"这句话没说完，就放声大哭起来。把个舅太太慌的拉着他的手说道："好孩子！好外外[③]！你别着急，别委屈！咱们去！咱们去！有舅母呢！"这公子才不言语了。

列公，这安公子是那女孩儿一般百依百顺的人，怎么忽然的这等执性起来？从来说："父子至性。"有了安老爷这样一个慈父，自然就养出安公子这样一个孝子。他这一段是从至性中来的，正所谓儿女中的英雄，一时便有个"富贵不能淫，贫贱不能移，威武不能屈"的意思；旁人只说是慢慢的劝着就劝转来了，那知他早打了个"九牛拉不转"的主意，一言抄百总，任是谁说，算是去定了。

话休絮烦。次日，张进宝便把外间的事情分拨已定，请公子在那借约上画了押，把银子兑回来。内里多亏舅太太住下，带了华嬷嬷并两三个仆妇给他打点那路上应穿的衣服，随手所用的什物。一时商定，华忠跟去，又派了一个粗使小子名叫刘住儿的跟着，好帮着路上照应。雇了四头长行骡子，他主仆三个人骑了三头，一头驮载行李银两。连诸亲友帮的盘费也凑了有二千四五百金。那公子也不及各处辞行，也不等选择吉日，忙忙的把行李弄妥，他主仆三人便从庄园上起身。两个骡夫跟着，顺着西南大

① 护法——佛教对拥护佛法、护持自己所得之法的人的称谓。

② 怎么好怎么好——怎么好就怎么办。全部依从之意。

③ 外外——外甥。

路奔长新店而来。到了长新店,那天已是日落时分。华忠、刘住儿服侍公子吃了饭,收拾已毕,大家睡下,一宿晚景不提。

次日起来,正待起身,只见家里的一个打杂的更夫——叫鲍老的——闯了进来,向着刘住儿说道:"你快家去罢!你们老奶奶子不济事儿咧!"那刘住儿一怔,还没及答言,华忠便开口问道:"这是那里的话!我走的时候,他妈还来托付我说:'道儿上管着他些儿,别惹大爷生气。'怎么就会不济事儿了呢?"鲍老说:"谁知道哇!他摔了一个筋斗就没了气儿了么!"华忠又问说:"谁叫你来告诉的?"鲍老说道:"他家亲戚儿。我来的时候,棺材还没有呢!"华忠说:"你难道没见张爷就来了么?"鲍老说:"我本是前儿和张爷告下假来要回三河去,因为买了点东西儿晚了,夜里个①才走,他家亲戚儿就叫我顺便报这个信来。来的时候,张爷进城给舅太太道乏②去了,没见着。"

两个人这里说话,刘住儿已经趴在地下哭着给安公子磕头,求着先放他回去发送他妈。华忠就撅着胡子说道:"你先别为难大爷。你听我告诉你:咱们这个当奴才的,主子就是一层天,除了主子家的事全得靠后。你妈是已经完了,你就飞回去也见不着了。依我说,你倒不如一心的伺候大爷去,到了淮安,不愁老爷太太不施恩。你白想想,我这话是不是?"

那刘住儿倒也不敢多说。公子听了,连忙说道:"嬷嬷爹,不是这样。他这一件事,我看着听着心里就不忍。再说我原为老爷的事出来,他也是个给人家作儿子的,岂有他妈死了不叫他去发送的理?断乎使不得。倒是给他几两银子,放他回去,把赶露儿换了来罢。"原来这赶露儿也是个家生子儿③。他本姓白,又是赶白露这天养的,原叫"白露儿",后来安老爷嫌他这名字"白"呀"白"呀的不好叫,就叫做了赶露儿,人也还勤谨老实。

华忠听公子这话,想了一想,因说道:"大爷这话倒也是。"便对刘住儿说:"你还不给大爷磕头吗?"

那刘住儿连忙磕了一个头,起来又给华忠磕头。华忠拿了五两银子,

① 夜里个——北方方言,"昨天"。
② 道乏——礼节。以问候辛苦代"问好""问安"。
③ 家生子儿——奴仆在主子家生的孩子。

回明公子赏了他,嘱咐说:"你这一回去,先见见张爷,告诉明白张爷,就说大爷的话,把赶露儿打发了来叫他跟了去。可告诉明白了他:我跟着大爷今日只走半站,在尖①站上等他,叫他连夜走,快些赶来。你赶紧把你的行李拿上,也就走罢。"

那刘住儿一面哭,一面收拾,一面答应,忙忙的起身去了。随后华忠又打发了鲍老,便一人跟着公子起行上路。

到了尖站,安公子从这晚上起就盼望赶露儿来,左盼右盼总不见到。华忠说:"今日赶不到的;他连夜走,也得明日早上来。大爷睡罢。"

谁想到了次日早上,等到日出,也不见赶露儿来。华忠抱怨道:"这些小行子②们再靠不住!这又不知在那里玩儿住了!"因说:"咱们别耽误了路,给店家留下话,等他来了,教他后赶儿罢。"说着,便告诉店里我们那里尖,那里住:"我们后头走着个姓白的伙计来了,告诉他。"店主人说:"你老万安罢。这是走路的常事,等他来,说给他就完了,误不了事。"

华忠便同了公子按程前进。不想一连走了两站,那赶露儿也没赶来。把个公子急的不住的问:"嬷嬷爹,他不来可怎么好呢?"华忠说道:"他娘的!这点道儿赶不上也出来当奴才!大爷不用着急,靠我一个人儿挺着这把老骨头也送你到淮安了。"

列公,你道那刘住儿回去也不过一天的路程,那赶露儿连夜赶来总该赶上安公子了,怎么他始终不曾赶上呢?有个原故。原来那刘住儿的妈在宅外头住着,刘住儿回家就奔着哭他妈去了,接连着买棺盛敛,送信接三③昏的,把叫赶露儿这件事忘的踪影全无。直等到三天以后,他才忽然想起,告知了张进宝,被张进宝着实的骂了一顿,才连忙打发了赶露儿起身。所以一路上左赶右赶,再赶不上公子。直等公子到了淮安,他才赶上。真成了个"白赶路儿"的了!此是后话不提。

却说那华忠一人服侍公子南来,格外的加倍小心,调停那公子的饥饱

---

① 尖——即"打尖"。指旅途中的休息。不吃饭的打尖,叫"茶尖"。

② 小行(háng)子——贱称。"东西"、"家伙"。也做"行子"、"行行子"。

③ 接三——丧仪。迷信人认为,人死后第三天死者的灵魂回故宅诀别,亲人迎接灵魂归来叫"接三"。

寒暖,又不时的催着两个骡夫早走早住。世上最难缠的无过车船店脚①呀！这两个骡夫再不说他闲下一头骡子,他还是不住的左支脚钱,右讨酒钱,把个老头子呕的嚷一阵,闹一阵,一路不曾有一天的清净。

一日,正走到茌平的上站。这日站道本大,公子也着实的乏了,打开铺盖要早些睡,怎奈那店里的臭虫咬的再睡不着。只见华忠才得躺下,忽又起来开门出去。公子便问:"嬷嬷爹,你那里去?"华忠说:"走走就来。"一回儿才得回来,复又出去。公子又问:"你怎么了?"华忠说:"不怎么着;想是喝多了水了,有些水泻。"说着,一连就是十来次。先前还出院子去,到后来就在外间屋里走动,哼啊哼的哼成一处,暧哟啊暧哟的暧哟成一团。公子连忙问:"你肚子疼呀?"

那华忠应了一声进来,只见他脸上发青,摸了摸,手足冰冷,连说话都没些气力,一会价便手脚乱动,直着脖子喊叫起来。公子吓得浑身乱抖,两泪直流,撮着手,只叫:"这可怎么好！这可怎么好!"

这一阵闹,那走更的听见了,快去告诉店主人,说:"店里有了病人了!"那店主人点了个灯笼,隔窗户叫公子开了门,进来一看,说:"不好！这是勾脚痧②！转腿肚子！快些给他刮出来打出来才好呢!"赶紧取了一个青铜钱,一把子麻秸,连刮带打,直弄的周身紫烂浑青,打出一身的黑紫包来,他的手脚才渐渐的热了过来。店主人说:"不相干儿了。可还靠不住。这痧子还怕回来。要得放心,得用针扎。"因向公子说:"这话可得问客人你老了。"公子说:"只要他好。——只是这时候可那里去找会扎针的大夫去呢?"店主人说:"你老要作得主,我就会给他扎。"

公子是急了,答应不上来,还是华忠拿手比着,叫他扎罢。他才到柜房里拿了针来,在"风门""肝俞""肾俞""三里"四个穴道:"扎了四针。只见华忠头上微微出了一点儿汗,才说出话来。公子连连给那店主人道谢,就要给他银子。店主人说:"客人,你别！咱一来是为行好,二来也怕脏了我的店。真要死了,那就累赘多了。"说着,提着那灯笼照着去了,还说是:"客人,你可想着关门。"公子关了门,倒招呼了半夜的嬷嬷爹,这才沉沉睡去,一宿无话。

---

① 脚——即脚牙。脚行(háng),脚夫。

② 勾脚痧——中暑。

次日，只见那华忠睡了半夜，缓过来了，只是动弹不得，连那脸上也不成人样了。公子又慰问了他一番。跑堂儿的提着开水壶来，又给了他些汤水喝。公子才胡掳忙乱的吃了一顿饭。那店主人不放心，惦着又来看，华忠便在炕上给他道谢。那店主人说："那里的话！好了就是天月二德①！"公子就问："你看着，明日上得路了罢？"店主人说："好轻松话！别说上路，等过二十天起了炕就算好的！"华忠说："小爷，你只别着急，等我歇歇儿告诉你。"

店主人走后，他便向公子说："大爷呀！真应了俗语说的，'一人有福，拖带满屋！'一家子本都仗着老爷；如今老爷走了这步背运，带轻的大爷你受这样苦恼，偏又遇着刘住儿死妈，——只可恨赶露儿这个东西到今日也没赶来！原说满破②着不用他们，我一个人也服侍你去了，谁想又害了这场大病，昨儿险些儿死了！在咱们主仆，作儿女作奴才都是该的；只是我假如昨日果然死了，在我死这么一千个也不过臭一块地，只是大爷你前进不能，后退不能，那可怎么好！如今活过来了，这就是老天的慈悲！"

那华老头儿说到这里，安公子已就是哭得言不得，语不得。他又说道："我的好小爷，你且莫伤心，让我说话要紧。"便接着说道："只是我虽活过来，要照那店主人说的二十天后不能起炕的话也是瞎话；大约也得个十天八天才扎挣得起来。倘然要把老爷的这项银子耽搁了，慢说我就挫骨扬灰，也抵不了这罪过：我的爷，你可是出来作什么来了？我如今有个主意：这里过了茌平，从大路上岔道往南二十里外有个地方，叫作二十八棵红柳树，那里有我一个妹夫子。这人姓褚，人称他是褚一官。他是一个保镖的。他在那地方邓家庄跟着他师父住。我这妹妹比我小十来多岁。我爹妈没了，是我们两口子把他养大了聘的，所以他们待我最好。如今他跟着他师父弄得家成业就，上年他还写了书子来教我们两口子带了随缘儿告假出去，脱了这个奴才坯子，他们养我的老。我想着受主子恩典，又招呼了你这么大，撂下走了，天良何在？那还想发生③吗？我可就回复了

① 天月二德——星相家以天德、月德为吉星。天月二德，意为吉星高照，有幸运、吉利之意。

② 满破——大不了，最多。

③ 发生——成长。原为"发育、生长"意。

他们，说：'等求着你们的时候再求你们去。'这书子我不还求大爷你念给我听来着么？如今我求他去，大爷，你就照我这话并现在的原故，结结实实的替我给他写一封书子，就说我求他一直的把你送到淮安，老爷自然不亏负他的。你可不要转文儿①，那字儿要深了怕他不懂。你把这信写好了带上，等我托店家找一个妥当人，明日就同你起身。只走半站到茌平那座悦来老店落程住下，再给骡夫几百钱，叫他把这书送到二十八棵红柳树叫褚老一找到悦来店来。他长的是个大身量，黄净子脸儿，两撇小胡子儿，左手是个六枝子。倘然他不在家，你这书子里写上，就叫我妹妹到店里来；该当叫什么人送了你去，这点事，他也分拨的开。我这妹子右耳朵眼儿豁了一个。大爷，你可千千万万见了这两个人的面再商量走的话！不然，就在那店里耽搁一半天倒使得。要紧，要紧！我只要扎挣的住了，随后就赶了来。——路上赶是赶不上了，算是辜负了老爷太太的恩典，苦了大爷你了！只好等到任上，把这两条腿交给老爷罢！"说着，也就呜呜咽咽的哭起来。

公子擦着眼泪，低头想了一想，说："有那样的，就从这里打发人去约他来，再见见你，不更妥当吗？"华忠说："我也想到这里了，一则隔着一百多地，骡夫未必肯去；二则如果褚老一不在家，我那妹子他也不好跑出这样远来；三则一去一来又得耽误工夫，你明日起身又可多走半站。——我的爷，你依我这话是万无一失的。"

公子虽是不愿意，无如自己要见父母的心急，除了这样也再无别法，就照着华忠的话，一边问着，替他给那褚一官写了一封信。写完，又念给他听，这才封好。面上写了"褚宅家信"；又写上"内信送至二十八棵红柳树邓九太爷宝庄问交舍亲褚一官查收"。写明年月，用了图书②，收好。

华忠便将店主人请来和他说找人送公子到茌平的话。那店主人说："巧了！才来了一起子③从张家口贩皮货往南京去的客人，明日也打这路走。那都是有本钱的，同他们走，太保得重了，也不用再找人。"华忠说："你还是给我们找个人好，为的是把这位送到了，我好得个回信儿。"店主

---

① 转文儿——咬文嚼字。

② 图书——图章。

③ 一起子——北方方言。一批、一伙儿、一帮。

人说:“有了,有了。那不值什么,回来给他几个酒钱就完了。”

公子见嬷嬷爹一一的布置的停当,他才略放下一分心,便拿了五十两一封银子出来给嬷嬷爹盘费养病。华忠道:“用不了这些,我留二十两就够使的了。还有一句话嘱你:这项银子,可关乎着老爷的大事;大爷的话,路上就有护送你的人,可也得加倍小心。这一路是贼盗出没的地方,下了店不妨,那是店家的干系,走着须要小心;大道正路不妨,十里一墩,五里一堡,还有来往的行人,背道须要小心;白日里不妨,就让有歹人,他也没有大清白昼下手的,黑夜须要小心。就便下了店,你切记不可胡行乱走。这银子不可露出来。等闲的人也不必叫他进屋门,为的是有一等人往往的就扮作讨吃的花子,串店①的妓女,乔妆打扮的来给强盗作眼线②,看道儿,不可不防。一言抄百语③,你‘逢人只说三分话,未可全抛一片心’。切记!切记!”

公子听了,一一的谨记在心。一时彼此都觉得心里有多少话要说要问,只是说不出。主仆二人好生的依依不舍。

话休絮烦,一宿无话。到了五更,华忠便叫了送公子去的店伙来,又张罗公子洗脸吃些东西,又嘱咐了两个骡夫一番,便催着公子会着那一起客人同走。可怜那公子娇生惯养,家里父母万般珍爱,乳母丫鬟多少人围随,如今落得跟着两个骡夫戴月披星,冲风冒雨的上路去了!这正是:——

青龙与白虎同行,吉凶事全然未保。

要知那安公子到了在平怎生叫人去寻褚一官,那褚一官到底来也不来,都在下回书交代。

---

① 串店——出入旅店。

② 眼线——暗中侦察情况,引领捕奴缉拿罪犯的人。

③ 一言抄百语——总之一句话。

第　四　回

伤天害理预泄机谋　末路穷途幸逢侠女

上回书交代的是安公子因安老爷革职拿问，带罪赔修，下在监中追缴赔项，他把家中的地亩折变，带上银子同着他的奶公华忠南来；偏生的华忠又途中患病，还幸喜得就近百里之外住着他一个妹丈褚一官，只得写信求那褚一官设法伴送公子，就请公子先到茌平相候。

这日公子别了华忠上路，那里正是将近仲秋天气，金风飒飒，玉露泠泠；一天晓月残星，满耳蛩声雁阵；公子只随了一个店伙两个骡夫和那些客人一路同行，好不凄惨！他也无心看那沿途的景致，走了一程，那天约莫有巳牌时分就到了茌平，果然好一座大镇市！只见两旁烧锅，当铺，客店，栈房，不计其数。直走到那镇市中间，路北便是那座悦来老店。

那店一连也有十几间门面，正中店门大开，左是柜房，右是厨灶，门前搭着一路罩棚，棚下摆着走桌①条凳，棚口边安着饮水马槽。那条凳上坐着许多作买作卖单身客人在那里打尖吃饭。旁边又歇着到站驴子，二把手车子，以及肩挑的担子，背负的背子，乱乱烘烘，十分热闹。到了临近，那骡夫便问道："少爷，咱们就在这里歇了？"

公子点了点头。骡夫把骡子带了一把，街心里早有那招呼买卖的店家迎头用手一拦。那长行骡子是走惯了的，便一抹头一个跟一个的走进店来。进了店，公子一看，只见店门以内，左右两边都是马棚更房，正北一带腰②厅，中间也是一个穿堂大门，门里一座照壁，对着照壁正中一带正房，东西两路配房。看了看，只有尽南头东西对面的两间是个单间，他便在东边这间歇下。那跟的店伙问说："行李卸不卸呀？"公子说："你先给我卸下来罢。"那店伙忙着松绳解扣，就要扛那被套。骡夫说："一个人儿不行；你瞧不得那件头小，分量够一百多斤呢。"

---

① 走桌——长方形的高脚桌。

② 腰——中。

说着，两个骡夫帮着抬进房来放在炕上；回手又把衣裳包袱，装钱的鞘马子[①]，吃食篓子，碗包等件拿进来。两个骡夫便拉了骡子出去。那跟来的店伙惦着他店里的事，送下公子，忙忙的在店门口要了两张饼吃了就要回去。公子给了他一串钱，又给嬷嬷爹写了个字条儿，说已经到了在平的话。打发店伙去后，早有跑堂儿的拿了一个洗脸的木盆，装着热水，又是一大碗凉水，一壶茶，一根香火进来，随着就问了一声："客人，吃饭哪，还等人啊？"公子说："不等人。就吃罢。"

却说那公子虽然走了几程路，一路的梳洗吃喝拉撒睡，都是嬷嬷爹经心用意服侍：不是煮块火腿，便是炒些果子酱带着；一到店必是另外煮些饭，熬些粥；以至起早睡晚，无不调停的周到。所以公子除一般的受些风霜之外，从不曾理会得途中的渴饮饥餐那些苦楚；便是店里的洗脸木盆也从不曾到过跟前。如今看了看那木盆实在腌臜，自己又不耐烦再去拿那脸盆饭碗的这些东西。怔着瞅了半天，直等把那盆水晾得凉了也不曾洗。接着饭来了，就用那店里的碗筷子滮[②]茶胡乱吃了半碗就搁下了。

一时间那两个骡夫也吃完了饭走了进来。原来那两个骡夫，一个姓苟，生得傻头傻脑，只要给他几个钱，不论什么事他都肯去作，因此人都叫他作"傻狗"；一个姓郎，是个极匪滑贼，长了一脸的白癜风，因此人都叫他"白脸儿狼"。

当下他两个进来便问公子，说："少爷，昨日不说有封信要送吗？送到那里呀？"公子说："你们两个谁去？"傻狗说："我去。"公子便取出那封信来，又拿了一吊钱，向他道："你去很好。这东南大道岔上下去有条小道儿，顺着道儿走二十里外有个地方叫二十八棵红柳树，你知道不知道？"傻狗说："知道哇，我到那邓家庄儿上赶过买卖。"公子说："那更好了。那庄上有个褚家。"说着，又把那褚一官夫妇的长相儿告诉了他一遍。又说："你把这信当面交给那姓褚的，请他务必快来。如果他不在家，你见见他的娘子，只说他们亲戚姓华的说的，请他的娘子来。"傻狗说："叫他娘子到这店里来，人家是个娘儿们，那不行罢。"公子说："你只告诉明白了他，他就来了。这是一封信。一吊钱是给你的。都收清了就

① 鞘（shāo）马子——马褡子，即披挂在马背上的大型褡裢。

② 滮（pào）——浸泡。

快去罢。"那白脸儿狼看见,说:"我和他一块儿去,少爷,你老也支给我两吊,我买双鞋。瞧,这鞋不跟脚了。"公子说:"你们两个都走了,我怎么着?"白脸儿狼说:"你老可要我作什么呀?有跑堂的呢。店里还怕短人使吗?"公子扭他不过,只得拿了两吊钱给他,又嘱咐了一番,说:"你们要不认得,宁可再到店里柜上问问,千万不要误事!"白脸儿狼说:"你老万安!这点事儿了不了!不用说了。"

说着,两人一同出了店门,顺着大路就奔了那岔道的小路而来。正走之间,见路旁一座大土山子,约有二十来丈高,上面是土石相搀的,长着些高高矮矮的丛杂树木,却倒是极宽展的一个大山怀①儿。原来这个地方叫作岔道口,有两条道:从山前小道儿穿出去,奔二十八棵红柳树,还归山东的大道;从山后小道儿穿过去,也绕得到河南。

他两个走到那里,那白脸儿狼便对傻狗说道:"好个凉快地方儿!咱们歇歇儿再走。"傻狗说:"才走了几步儿,你就乏了。这还有二十多里呢,走罢。"白脸儿狼道:"坐下,听我告诉你个巧的儿。"傻狗只得站住。二人就摘下草帽子来垫着打地滩儿②。白脸儿狼道:"傻狗哇,你真个的给他把这书子送去吗?"傻狗说:"好话哩!接了人家两三吊钱,给人搁下人家信吗?"白脸儿狼说:"这两三吊钱你就打了饱咯儿③了!你瞧,咱们有本事硬把他被套里的那二三千银子搬运过来还不领他的情呢!"

正说到这句话,只见一个人骑着一头黑驴儿见从路南一步步慢慢的走了过去。白脸儿狼一眼看见,便低声向傻狗说:"嚄!你瞧!好一个小黑驴儿!墨定儿似的东西!可是个白耳掖儿④,白眼圈儿,白胸脯儿,白肚囊儿,白尾巴梢儿。你瞧,外带着还是四个银蹄儿,脑袋上还有个玉顶儿。长了个全,可怪不怪?这东西要搁在市上,碰见爱主儿,二百吊钱管保买不下来!"傻狗说:"你管人家呢!你爱呀!还算得你的吗?"说着,只见驴上那人把扯手往怀一带就转过山坡儿过山后去了不提。

那傻狗接着问白脸儿狼:"你才说告诉我个什么巧的儿?"白脸儿狼

---

① 山怀——山坳。

② 打地滩儿——坐在地上。

③ 打饱咯儿——喻满足。

④ 白耳掖儿——白色的耳朵圈。

说:“这话可‘法不传六耳①’。也不是我坏良心来兜揽②你,因为咱们俩是‘一条线儿拴俩蚂蚱’,飞不了我迸不了你的。讲到咱们这行啊,全仗的是磨搅讹绷③,涎皮赖脸,长支短欠,摸点儿赚点儿才剩的下钱呢。到了这趟买卖算你我倒了运了!那雇骡子的本主儿倒不怎么样;你瞧跟他的那个姓华的老头子真来的讨人嫌:什么事儿他全通精儿,还带着挺倔挺横,想沾他一个官板儿④的便宜也不行!如今他是病在店里了,这时候又要到二十八棵红柳树找什么褚一官。你算,他的朋友大概也不是什么好惹的了。若照这么磨一道儿,到了淮安,不用说,骡子也干了⑤,咱们俩也赔了!”傻狗说:“依你这话,怎么样呢?”白脸儿狼说:“依我,这不是那个老头子不在跟前吗?可就是你我的时运来了!咱们这时候拿上这三吊钱先找个地方儿潦倒⑥上半天儿,回来到店里就说见着姓褚的了,他没空儿来,在家里等咱们。把那个文诌诌的雏儿⑦诳上了道儿,咱们可不往南奔二十八棵红柳树,往北奔黑风岗。那黑风岗是条背道,赶到那里大约天也就是时候了,等走到岗上头,把那小幺儿诳下牲口来往那没底儿的山涧里一推,这银子行李可就属了你我哩!你说这个主意高不高?”傻狗说:“好可是好,就是咱们驮着往回里走这一走碰见个不对眼的瞧出来呢,那不是活饥荒⑧吗?”白脸儿狼说:“说你是傻狗你真是个‘傻狗’!咱们有了这注银子还往回里走吗?顺着这条道儿到那里快活不了这下半辈子呀!”那傻狗本是个见钱如命的糊涂东西,听了这话便说:“有了!咱就是这么办啊!”当下二人商定便站起身来摇头晃脑的走了。

他两个自已觉着这事商量了一个停妥严密,再不想“人间私语,天闻若雷;暗室亏心,神目如电”;又道是“路上说话,草里有人听”。这话暂且

---

① 六耳——指第三个人;外人。

② 兜揽——勾引。

③ 磨搅讹绷——胡搅蛮缠,强词夺理。

④ 官板儿——铜钱。官制。板儿,铸钱工具。每板六十四枚。

⑤ 干(gàn)了——不好了。坏事了。此指骡子“掉膘”了。有时指死了。如“三儿也干了”。

⑥ 潦倒——即京语“撂倒”。躺下休息,睡觉。

⑦ 雏儿——原指小鸡。后指未经世故,没有阅历经验的年幼的人。

⑧ 活饥荒——喻拦路抢劫者,此谓“活受罪”。

不表。

且说那安公子打发两个骡夫去后，正是店里早饭才摆上，热闹儿的时候，只听得这屋里浅斟低唱，那屋里呼幺喝六，满院子卖零星吃食的，卖杂货的，卖山东料的山东布的，各店房出来进去的乱串。公子看了，说道："我不懂，这些人走这样的长道儿，乏也乏不过来，怎么会有这等的高兴？"说着，一时间闷上心来，又惦着嬷嬷爹此时不知死活；两个骡夫去了半天也不知究竟找得着找不着那褚一官；那褚一官也不知究竟能来不能来；自己又不敢离开这屋子，只急得他转磨儿的一般在屋里乱转。转了一会，想了想："这等不是道理，等我静一静儿罢。"随把个马褥子铺在炕沿上，盘腿坐好，闭上眼睛，把自家平日念过的文章一篇篇的背诵起来。背到那得意的地方，只听他高声朗诵的念道是："罔极之深恩未报，而又徒留不肖肢体，遗父母以半生莫殚之愁。百年之岁月几何？而忍吾亲有限之精神，更消磨于生我劬劳①之后！……"

正闭着眼睛背到这里，只觉得一个冰凉挺硬的东西在嘴唇上哧留了一下子，吓了一跳，连忙睁眼一看。只见一个人站在当地，太阳②上贴着两块青缎子膏药；打着一撒手儿大松的辫子；身上穿着件月白棉绸小夹袄儿；上头罩着件蓝布琵琶襟的单紧身儿，紧身儿外面系着条河南褡包；下边穿着条香色洋布夹裤，套着双青缎子套裤，磕膝盖那里都麻了花儿了，露着桃红布里儿；右大腿旁拖露着一大堆纯泥的白绉绸汗巾儿；脚下包脚面的鱼白布袜子，一双大掖巴鱼鳞金鞋，可是趿拉着；左手拿着擦的镜亮二尺多长的一根水烟袋，右手拿着一个火纸捻儿。只见他"噗"的一声吹着了火纸，就把那烟袋往嘴里给楞入。公子说："我不吃水烟。"那小子说："你老吃潮烟③哪。"说着，就伸手在套裤里掏出一根紫竹潮烟袋来。公子一看，原来是把竹根子上钻了一个窟窿就算了烟袋锅儿；这一头儿不安嘴儿，那紫竹的竹皮儿都被众人的牙磨白了。公子连忙说："我也不吃潮烟。我就不会吃烟。我也没叫你装烟。想是你听错了。"那卖水烟的一听这话就知道这位爷是个怯公子哥儿，便低了头出去了。

---

① 劬(qú)劳——劳苦貌。

② 太阳——太阳穴。

③ 潮烟——一种制做时掺水的烟。

这公子看他才出去就有人叫住在房檐底下站着唿噜唿噜的吸了好几袋，把那烟从嘴里吸进去，却从鼻子里喷出来。卖水烟的把水烟袋吹的忒儿喽喽的山响。那人一时吃完也不知腰里掏了几个钱给他。这公子才知道这原来也是个生财大道，暗暗的称奇。

不多一会，只听得外面嚷将起来。他嚷的是："听书罢？听段儿罢？《罗成卖绒线儿》，《大破寿州城》，《宁武关》，《胡迪骂阎王》，《婆子骂鸡》，《小大姐儿骂他姥姥》。"公子说："这怎么个讲法？"跟着便听得弦子声儿噔楞噔楞的弹着走进院子来。看了看原来是一溜串儿瞎子，前面一个拿着一枝柴木弦子，中间儿那个拿着个破八角鼓儿，后头的那个身上背着一个洋琴，手里打着一付扎板儿噔咚扎咭的就奔了东配房一带来。公子也不理他，由他在窗根儿底下闹去。好容易听他往北弹了去了，早有人在那里接着叫住。

这个当儿，恰好那跑堂儿的提了开水壶来沏茶，公子便自己起来倒了一碗放在桌子上晾着。只倒茶的这个工夫儿又进来了两个人。公子回头一看竟认不透是两个什么人：看去一个有二十来岁，一个有十来岁。前头那一个打着个大长的辫子，穿着件旧青绉绸宽袖子夹袄，可是桃红袖子。那一个梳着一个大歪抓髻，穿着件半截子的月白洋布衫儿，还套着件油脂模糊破破烂烂的天青①缎子绣三蓝花儿的紧身儿。底下都是四寸多长的一对金莲儿，脸上抹着一脸的和了泥的铅粉，嘴上周围一个黄嘴圈儿胭脂是早吃了去了。前头那个抱着面琵琶。原来是两个大丫头。

公子一见，连忙说："你们快出去！"那两个人也不答言，不容分说的就坐下弹唱起来。公子一躲躲在墙角落里，只听他唱的是什么"青柳儿青，清晨早起丢了一枚针。"公子发急道："我不听这个。"那穿青的道："你不听这个，咱唱个好的。我唱个《小两口儿争被窝》你听。"公子说："我都不听。"只见他握着琵琶直着脖子问道："一个曲儿你听了大半拉咧，不听咧？"公子说："不听了！"那丫头说："不听？不听给钱哪！"

公子此时只望他快些出去，连忙拿出一吊钱，掳②了几十给他。他便

---

① 天青——纯黑色。

② 掳（lǔ）——用如"捋"（luō），即用手把物脱下。

喜皮笑脸的把那一半也抢了去。那一个就说："你把那一撇①子给了我罢。"公子怕他上手，紧紧把那一百拿了下来又给了那个。那两个把钱数了一数，分作两份儿掖在裤腰里。那个大些的走到桌子跟前就把方才晾的那碗凉茶端起来咕嘟咕嘟的喝了。那小的也抱起茶壶来嘴对嘴儿的灌了一起子②才撅着屁股扭搭扭搭的走了。

且住！说书的这话有些言过其实！安公子虽然生得尊贵，不曾见过外面这些下流事情，难道上路走了许多日子，今日才下店不成？不然，有个原故。他虽说走了几站，那华奶公都是跟着他，破正站走，赶尖站住，尖站没有个不冷清的。再说每到下店必是找个独门独院，即或在大面儿上，有那个倔老头子，这些闲杂人也到不了跟前。如今短了这等一个人，安公子自然益发受累起来。这也算得"闻鼓鼙③而思将士"了。

闲话休提。却说安公子经了这番的吵扰，又是着急，又是生气，又是害臊，又是伤心，只有盼望两个骡夫早些找了褚一官来，自己好有个倚靠，有个商量。

正在盼望，只听得外面踏踏踏的一阵牲口蹄儿响，心里说："好了！是骡夫回来了！"他可也没算计算计此地到二十八棵红柳树有多远，一去一回得走多大工夫，骡夫究竟是步行去的骑了牲口去的一概没管，只听得个牲口蹄儿响便算定是骡夫回来了，忙忙的出了房门儿，站在台阶儿底下等着。只听得那牲口蹄儿的声儿越走越近，一直的骑进穿堂门来，看了看才知不是骡夫。只见一个人骑着匹乌云盖雪的小黑驴儿；走到当院里，把扯手一拢，那牲口站住，他就弃镫离鞍下来。这一下牲口正是正西面东，恰恰的和安公子打了一个照面。

公子重新留神一看，原来是一个绝色的青年女子。只见他生得两条春山含翠的柳叶眉，一双秋水无尘的杏子眼；鼻如悬胆，唇似丹朱；莲脸生波，桃腮带靥；耳边厢带着两个硬红坠子，越显得红白分明；正是不笑不说话，一笑两酒窝儿；说什么出水洛神④，还疑作散花天女。只是他那艳如

---

① 撇（piě）——用如"串"。

② 灌了一起子——喝了个痛快。

③ 鼓鼙（pí）——大鼓和小鼓。均为军中常用乐器。鼙，小鼓、骑鼓。

④ 洛神——三国时魏曹植《洛神赋》中洛水女神宓（mì）妃。

桃李之中却又凛如霜雪，对了光儿[1]好一似照着了那秦宫宝镜一般，晃得人胆气生寒，眼光不定。

公子连忙退了两步，扭转身子要进房去，不觉得又回头一看，见他头上罩着一幅元青绉纱包头，两个角儿搭在耳边，两个角儿一直的盖在脑后燕尾儿上；身穿一件搭脚面长的佛青粗布衫儿，一封书儿的袖子不卷，盖着两只手；脚下穿一双二蓝尖头绣碎花的弓鞋，那大小只好二寸有零，不及三寸。公子心里想道："我从来怕见生眼的妇女，一见就不觉得脸红；但是亲友本家家里我也见过许多的少年闺秀，从不曾见这等一个天人相貌！作怪的是他怎么这样一副姿容，弄成恁般一个打扮？不尴不尬，是个什么原故呢？"一面想着就转身上了台阶儿，进了屋子，放下那半截蓝布帘儿来，巴着帘缝儿望外又看。只见那女子下了驴儿，把扯手搭在鞍子的判官[2]头儿上，把手里的鞭子望鞍桥洞儿里一插。

这个当儿，那跑堂儿的从外头跑进来就往西配房尽南头正对着自己住的这间店房里让。又听跑堂儿的接了牲口随即问了一声，说："这牲口拉到槽上喂上罢？"那女子说："不用，你就给我拴在这窗根儿底下。"那跑堂的拴好了牲口，回身也一般的拿脸水，茶壶，香火来放在桌儿上。那女子说："把茶留下，别的一概不用。要饭要水，听我的信。我还等一个人。我不叫你，你不必来。"那跑堂儿的听一句应一句的回身向外边去了。

跑堂儿的走后，那女子进房去，先将门上的布帘儿高高的吊起来，然后把那张柳木圈椅挪到当门，就在椅儿上坐定。他也不茶不烟，一言不发，呆呆的只向对面安公子这间客房瞅着。安公子在帘缝儿边被他看不过，自己倒躲开，在那把掌大的地下来回的走；走了一回，又到帘儿边望望，见那女子还在那里目不转睛的向这边呆望；一连偷瞧了几次，都是如此。

安公子当下便有些狐疑起来，心里敁掇[3]道："这女子好生作怪！独自一人，没个男伴，没些行李，进了店又不是打尖，又不是投宿，呆呆的单向了我这间屋子望着，是何原故？……"想了半日，忽然想起说："是了！

---

① 对了光儿——一看而对了心思。

② 判官——"襻关"谐音。

③ 敁掇(diānduō)——即"掂掇"。思忖；估量。

这一定就是我嬷嬷爹说的那个给强盗作眼线看道路的什么婊子罢？他倘然要到我这屋里看起道儿来，那可怎么好呢？……”想到这里，心里就像小鹿儿一般突突的乱跳。又想了想，说：“等我把门关上，难道他还叫开门进来不成？”说着，跄踏的一声把那扇单扇门关上。谁知那门的插关儿掉了，门又走扇，才关好了，吱喽喽又开了；再去关时，从帘缝儿里见那女子对着这边不住的冷笑。公子说：“不好！他准是笑我呢！不要理他！只是这门关不住，如何是好？”左思右想，一眼看见那穿堂门的里边东首靠南墙放着碾粮食一个大石头碌碡①，心里说：“把这东西弄进来顶住这门就牢靠了；万一褚一官今日不来，连夜间都可以放心。”一面想，一面要叫那跑堂儿的。无奈自己说话向来是低声静气慢条斯理的惯了，从不会直着脖子喊人，这里叫他，外边断听不见；为了半晌难，仗着胆子，低了头，掀开帘子走到院子当中对着穿堂门往外找那跑堂儿的，可巧见他刁着一根小烟袋儿，交叉着手，靠着窗台儿在那里歇腿儿呢。

公子见了，闹了个“点手换罗成”，朝他点了一点手儿。那跑堂儿的瞧见，连忙的把烟袋杆望巴掌上一拍，磕去烟灰，把烟袋掖在油裙里走来问公子道：“要开壶啊，你老？”公子说：“不是。我要另烦你一件事。”跑堂儿的陪笑说道：“这是那儿的话！怎么烦起来咧？伺候你老，你老吩咐啵。”

公子才要开口，未曾说话脸又红了。跑堂儿的见这个样子，说：“你老不用说了，我明白了。想来是将才串店的这几个姑娘儿不入你老的眼，要外叫两个。你老要有熟人只管说，别管是谁咱们都弯转②的了来。你老要没熟人，我数给你老听：咱们这儿头把交椅数东关里住的晚香玉，那是个尖儿。要讲唱的好，叫小良人儿。你老白听听那个嗓子，真是掉在地下摔三截儿！还有个旗下金，北京城里下来的，开过大眼，讲桌面儿上那得让他咧！还有个烟袋疙疸儿，还是个雏儿呢。你老说，叫那一个罢？”

一套话，公子一字儿也不懂；听去大约不是什么正经话，便羞得他要不的，连忙皱着眉，垂着头，摇着手，说道：“你这话都不在筋节上！”跑堂

---

① 碌碡(liùzhóu)——一种由圆柱形石滚子和木框架构成的用于碾压的畜力工具。

② 弯转——辗转搞到。

儿的道:“我猜的不是?那么着你老说啵。”公子这才斯斯文文的指着墙根底下那个石头碌碡,说道:“我烦你把这件东西给我拿到屋里去。”

那跑堂儿的听了一怔,把脑袋一歪,说道:“我的太爷!你老这可是搅我咧!跑堂儿的说的是勤行①,讲的是提茶炭,端油盘,抹桌子,夶②板凳;人家掌柜的土木相连的东西我可不敢动!再说,那东西少也有三百来斤,地下还埋着半截子,我就这么轻轻快快的给你老拿到屋里去了?我要拿得动那个,我也端头号石头考武举去了,我还在这儿跑堂儿吗?你老这是怎么说呢?”

正说话间,只见那女子叫了声:“店里的,拿开水来。”那跑堂儿的答应了一声,趯身就往外取壶去了,把个公子就同泥塑一般塑在那里。直等他从屋里兑了开水出来,公子又叫他,说:“你别走,我同你商量。”那跑堂儿的说:“又是什么?”公子道:“你们店里不是都有打更的更夫么?烦你叫他们给我拿进来,我给他几个酒钱。”那跑堂儿的听见钱了,提着壶站住,说道:“倒不在钱不钱的;你老瞧,那家伙真有三百斤开外,怕未必弄得行啊!——这么着啵,你老破多少钱啵?”公子说:“要几百就给他几百。”跑堂儿的摇头说:“几百不行,那得‘月干楮’。”说着,又伸了两个指头。

这句话公子可断断不得明白了!不但公子不得明白,就是听书的也未必得明白,连我说书的也不得明白。说书的当日听人演说《儿女英雄传》这桩故事的时候就考查过《扬子方言》那部书。那部书竟没有载这句方言。后来遇见一位市井通品③,向他请教,他才注疏出来,道是:“‘月’之为言,二也,以月字中藏着二字也。‘干’之为言千,千之为言吊也。‘干’者,千之替语也;吊者,千之通称也。‘楮’之为言,纸也。纸,钱也。即古之所为寓钱喻制钱,一而二二而一者也。合而言之,‘月干楮’者,两吊钱也。不仅惟是,如‘流干楮’‘玉干楮’,自一二以至九十,皆有之。”自从听了这番妙解,说书的才得明白。如今公诸同好。

闲言少叙。那安公子问了半天,跑堂儿的才说明是要两吊钱。公子

---

① 勤行(háng)——勤杂行当;此指勤杂人员。

② 夶(bīn)——摒(bìn):排摒。

③ 市井通品——老百姓中博学多识、才能出众的人。

说:“就是两吊,你叫他们快给我拿进来罢。”跑堂儿的搁下壶,叫了两个更夫来。那俩更夫:一个生的顶高细长,叫作杉槁尖子张三;一个生得壮大黑粗,叫作压油墩子李四。跑堂儿的告诉他二人说:“来把这家伙给这位客人挪进屋里去。”又悄说道:“喂!有四百钱的酒钱呢!”

这李四本是个浑虫,听了这话,先走到石头边,说:“这得先问问他。”上去向那石头楞子上当的就是一脚,那石头风丝儿也没动,李四“嗳哟”了一声,先把腿蹲了。张三说:“你搁着啵!那非离了拿镢头把根子搜①出来行得吗?”说着,便去取镢头。李四说:“吩!你把咱们的绳杠也带来,这得俩人抬呀!”少时,绳杠镢头来了。这一阵嚷嚷,院子里住店的,串店的,已经围了一大圈子人了。

安公子在一旁看着那两个更夫脱衣裳,绾②辫子,磨拳擦掌的,才要下镢头,只见对门的那个女子抬身迈步,款款的走到跟前问着两个更夫说:“你们这是作什么呀?”跑堂儿的接口说道:“这位客人要使唤这块石头,给他弄进去。你老躲远着瞧,小心碰着!”那女子又说道:“弄这块石头何至于闹的这等马仰人翻的呀?”张三手里拿着镢头看了一眼,接口说:“怎么马仰人翻呢?瞧,这家伙不这么弄问③得动他吗?打谅④玩儿呢!”

那女子走到跟前,把那块石头端相了端相,见有二尺多高,径圆也不过一尺来往,约莫也有个二百四五十斤重。原是一个碾粮食的碌碡,上面靠边却有个凿通了的关眼儿,想是为拴拴牲口;再不,插根杆儿,晾晾衣裳用的。他端相了一番,便向两个更夫说道:“你们两个闪开。”李四说:“闪开怎么着?让你老先坐下歇歇儿?”

那女子更不答言。他先挽了挽袖子,把那佛青粗布衫子的衿子往一旁一缅,两只小脚儿往两下里一分,拿着桩儿,挺着腰板儿,身北面南,用两只手靠定了那石头,只一撼,又往前推了一推,往后拢了一拢,只见那石头脚根上周围的土儿就拱起来了;重新转过身子去,身西面东,又一撼,就

---

① 搜——刨;挖。

② 绾(wǎn)——系;盘结。

③ 弄问——“弄”、“问”。

④ 打谅——观察;打量。

势儿用右手轻轻的一撂，把那块石头就撂倒了。看的众人齐打夯儿的喝彩，就中也有"嚄"的一声的，也有"喈"的一声的，都悄悄的说道："这才是劲头儿呢！"

当下把个张三、李四吓得目瞪口呆，不由的叫了一声："我的佛爷桌子①！"他才觉得他方才那阵讨人嫌闹的不够味儿。那跑堂儿的一旁看了也吓得舌头伸了出来，半日收不回去。独有安公子看的心里反倒加上一层为难了。什么原故呢？他心里的意思本是怕那女子进这屋里来才要关门；怕门关不牢才要用石头顶；及至搬这块石头，倒把他招了来了。这个当儿，要说我不用这块石头了，断无此理；若说不用你给我搬，大约更不能行。况且这等一块大石头，两个笨汉尚且弄他不转，他轻轻松松的就把他拨弄躺下了，这个人的本领也就可想而知。这不是我自己"引水入墙""开门揖盗"么？只急得他悔焰中烧，说不出口，在满院子里干转。

这且不言。且说那女子把石头撂倒在平地上，用右手推着一转，找着那个关眼儿伸进两个指头去勾住了，往上只一悠就把那二百多斤的石头碌碡单撒手儿提了起来，向着张三、李四说道："你们两个也别闲着，把这石头上的土给我拂落净了。"两个人屁滚尿流，答应了一声，连忙用手拂落了一阵，说："得了！"那女子才回过头来满面含春的向安公子道："尊客，这石头放在那里？"那安公子羞得面红过耳，眼观鼻鼻观心的答应了一声，说："有劳；就放在屋里罢。"

那女子听了，便一手提着石头，款动一双小脚儿上了台阶儿，那只手撩起了布帘，跨进门去，轻轻的把那块石头放在屋里南墙根儿底下，回转头来，气不喘，面不红，心不跳。众人伸头探脑的向屋里看了，无不咤异。

不言看热闹的这些人三三两两你一言我一语的猜疑讲究。却说安公子见那女子进了屋子，便走向前去把那门上的布帘儿挂起，自己倒闪在一旁，想着好让他出来。谁想那女子放下石头，把手上身上的土拍了拍，抖了抖，一回身就在靠桌儿的那张椅子上坐下了。安公子一见，心里说："这可怎么好？怕他进来，他进来了；盼他出来，他索性坐下了！"心里正在为难，只听得那女子反客为主，让着说道："尊客，请屋里坐。"

这公子欲待不进去，行李银子都在屋里，实在不放心；欲待进去，和他

---

① 佛爷桌子——佛爷，"老天爷"；佛爷桌子，借物感叹，并不实指佛爷供案。

说些什么,又怎生的打发他出去;俄延了半晌,忽然灵机一动,心中悟将过来:“这是我粗心大意!我若不进去,他怎得出来?我如今进去,只要如此如此,恁般恁般,他难道还有什么不走的道理不成?”这正是:

也知兰蕙非凡草,怎奈当门碍着人?

要知安公子怎生开发那女子,那去找褚一官的两个骡夫回来到底怎生掇赚①安公子,那安公子信也不信,从也不从,都在下回书交代。

---

① 掇(duō)赚——哄骗、诳骗。

第　五　回

小侠女重义更原情　怯书生避难翻遭祸

这回书紧接上回，讲得是安公子一人落在茌平旅店遇见一个不知姓名的女子，花容月貌，荆钗布裙，本领惊人，行踪难辨，一时错把他认作了一个来历不明之人，加上一番防范；偏偏那女子又是有意而来，彼此阴错阳差，你越防他，他越近你，防着防着，索兴防到自己屋里来了！及至到了屋里，安公子是让那女子出来，自己好进去；那女子是让安公子进去，他可不出来。安公子是女孩儿一般的人，那里经得起这等的磨法？不想这一磨正应了俗语说，"铁打房梁磨绣针'，竟磨出个见识来了。

你道他有了个什么见识？说来好笑，却也可怜！只见他一进屋子，便忍着羞向那女子恭恭敬敬的作了一个揖算是道个致谢。那女子也深深的还了个万福[①]。

二人见礼已罢，安公子便向那鞘马子里拿出两吊钱来放在那女子跟前，却又说不出个所以然来。那女子忙问，说："这是什么意思？"公子说："我方才有言在先，拿进这石头来有两串谢仪[②]。"

那女子笑了一笑，说："岂有此理！笑话儿了！"因把那跑堂儿的叫来，说："这是这位客人赏你们的，三个人拿去分了罢。"

那两个更夫正在那里平垫方才起出来的土，听见两吊钱，也跑了过来。那跑堂儿的先说："这我们怎么倒'稳吃三注[③]'呢？"那女子说："别累赘！拿了去。我还干正经的呢？"三个人谢了一谢，两个更夫就和他在窗外的分起来。

那跑堂儿的只叫得苦：他原想着这是点外财儿，这头儿要了两吊，那头儿说了四百，一吊六百文是稳稳的下腰了，不料给当面抖搂亮了，也只

---

① 万福——唐宋时妇女相见行礼口称"万福"，后亦称妇女所行敬礼。

② 谢仪——为感谢他人而送的钱物。

③ 三注——骨牌（推牌九）所设"出门、天门、底门"全部赌注。

得"三一三十一"和那两个每人"六百六十六"的平分;分完了,也算多剩了两个大钱,掖在耳朵眼儿里,和两个更夫拿着镢头绳杠去了不提。

公子见那女子这光景,自己也知道这两吊钱又弄疑相了,才待讪讪①儿的躲开。那女子让道:"尊客请坐,我有话请教。请问尊客上姓?仙乡那里?你此来自然是从上路来,到下路去;是往那方去,从何处来?看你既不是官员赴任,又不是买卖经商,更不是觅衣求食,究竟有什么要紧的勾当?怎生的伴当②也不带一个出来就这等孤身上路呢?请教。"

公子听了头一句就想起嬷嬷爹嘱咐的"逢人只说三分话,未可全抛一片心"的话来了;想了想:"我这'安'字说三分可怎么样的分法儿呢?难道我说我姓'宝头儿',还是说我姓'女'不成?况且祖宗传流的姓,如何假得?"便直捷了当的说:"我姓安。"说了这句,自己可不会问人家的姓,紧接着就把那家住北京改了个方向儿,前往南河掉了个过儿,说:"我是保定府人。我从家乡来,到河南去,打算谋个馆地作幕③。我本有个伙伴在后面走着,大约早晚也就到。"

那女子笑了笑,说:"原来如此。只是我还要请教,这块石头又要他何用?"

公子听了这句,口中不言,心里暗想说:"这可没的说你了!怎么好说我怕你是个给强盗看道儿的,要顶上这门不准你进来呢?"只得说是:"我见这店里串店的闲杂人过多,不耐这烦扰,要把这门顶上,便是夜里也严谨些。"自己说完了,觉着这话说了个周全,遮了个严密,这大概算得"逢人只说三分话,未可全抛一片心"了。

只见那女子未曾说话,先冷笑了一声,说:"你这人怎生的这等枉读诗书,不明世事?你我萍水相逢,况且男女有别,你与我无干,我管你不着;如今我无端的多这番闲事,问这些闲话,自然有个原故。我既这等苦苦相问,你自然就该侃侃而谈;怎么问了半日,你一味的吞吞吐吐,支支吾吾?你把我作何等人看待?"

列公,若论安公子长了这么大,大约除了受父母的教训还没受过这等

① 讪讪(shàn)——难为情的样子。

② 伴当——代代相传的世仆。

③ 馆地作幕——教书工作。馆地,学馆;幕,幕僚。

大马金刀①儿的排揎②呢；无奈人家的词严义正，自己胆怯心虚，只得陪着笑脸儿，说："说那里话！我安某从不会说慌，更不敢轻慢人。这个还请原谅。"那女子道："这轻慢不轻慢倒也不在我心上。我是天生这等一个多事的人：我不愿作的，你哀求会子，这是枉然；我一定要作的，你轻慢些儿，也不要紧。——这且休提。你若说你不是谎话，等我一桩桩的点破了给你听。你道你是保定府人；听你说话，分明是京都口吻，而且满面的诗礼家风，一身的簪缨势派，怎的说得倒是保定府人？你道你是往河南去；如果往河南去，从上路就该岔道，如今走的正是山东大路，奔江南江北的一条路程，若说你往南河淮安一带还说得去，怎的说到是往河南去？你又道你是到河南作幕：你自己自然觉得你斯文一派，像个幕宾的样子，只是你不曾自己想想，世间可有个行囊里装着两三千银子去找馆地当师爷的么？"

公子听到这里，已经打了个寒噤，坐立不安。那女子又复一笑，说："只有你说的还有个伙伴在后的这句话倒是句实话；只是可惜你那个老伙伴的病又未必得早晚就好，来得恁快。你想，难道你这些话都是肺腑里掏出来的真话不成？"

一席话，把个安公子吓得闭口无言，暗想道："怎么我的行藏，他知道得这等详细？据这样看起来，这人好生作怪！不知是什么给强盗作眼线的！莫不竟是个大盗，从京里就跟了下来？果然如此，不但嬷嬷爹在跟前不中用，就褚一官来也未必中用！这便如何是好呢？……"

不言公子自己肚里猜度。又听那女子说："再讲到你这块石头的情节，不但可笑可怜，尤其令人可恼。你道是为怕店里闲杂人搅扰；你今日既下了这座店，站了这间房，这块地方今日就是你的产业了。这些串店的固是讨厌，从来说：'无君子不养小人'。这等人，喜欢的时节，付之行云流水也使得；烦恼的时节，狗一般的可以吆喝出去。你要这块石头何用？再要讲道夜间严谨门户；不怕你腰缠万贯，落了店都是店家的干系，用不着客人自己费心。况且在大路上大店里，大约也没有这样的笨贼来做这等的笨事。纵说有铜墙铁壁，挡的是不来之贼；如果来了，岂是这块小小

① 大马(mā)金刀——阵势气派。

② 排揎(xuān)——训斥。揎，本指卷起或捋起袖子。

的石头挡得住的？如今现身说法，就拿我讲，两个指头就轻轻儿的给你提来了。我白日就提得了来，夜间又有什么提不开去的？你又要这块石头何用？你分明是误认了我的来意，妄动了一个疑团，不知把我认作一个何等人，故此我才略略的使些神通作个榜样，先打破你这疑团再说我的来意。怎么你益发的左遮右掩，瞻前顾后起来？尊客，你不但负了我的一片热肠，只怕你还要前程自误！"

列公，大凡一个人，无论他怎样的理直气壮，足智多谋，只怕道着心病。如今安公子正在个疑鬼疑神的时候，遇见了这等一个神出鬼没的脚色，一番话说得言言逆耳，字字诛心，叫那安公子怎样的开口？只急得他满头是汗，万虑如麻，紫涨了面皮，倒抽口凉气，"乜"的一声撇了酥①儿了。

那女子见了，不觉呵呵大笑起来，说："这更奇了！'钟不打不响，话不说不明'；有话到底说呀。怎么哭起来了呢？再说，你也是大高的个汉子咧，方才若是小，——就是小，有眼泪也不该向我们女孩儿流哇！"

这句话一愧，这位小爷索兴呜呜咽咽的痛哭起来。那女子道："既这样，让你哭。哭完了我到底要问，你到底得说。"

公子一想："我原为保护这几两银子，怕误了老人家的大事，所以才苦苦的防范支吾。如今他把我的行藏说的来如亲眼见的一般，就连这银子的数目他都晓得，我还瞒些什么来？况且看他这本领心胸，慢说取我这几两银子，就要我的性命，大约也不费什么事。——或者他问我果真有个道理也未可知？……"左思右想，事到其间，也不得不说了。他便把他父亲怎的半生攻苦，才得了个榜下知县；才得了知县，怎的被那上司因不托人情，不送寿礼，忌才贪贿，便寻了个错缝子②参了，革职拿问，下在监里，带罪赔修；自己怎的丢下功名，变了田产，去救父亲这场大难；怎的上了路，几个家人回去的回去，没来的没来，卧病的卧病，只剩了自己一人；那华奶公此时怎的不知生死；打发骡夫去找褚一官夫妇，怎的又不知来也不来：一五一十从头至尾本本源源滔滔滚滚的对那女子哭诉了一遍。

那女子不听犹可，听了这话，只见他柳眉倒竖，杏眼圆睁；腮边烘两朵

① 撇了酥——哭。

② 错缝子——借口。

红云，面上现一团煞气；口角儿一动，鼻翅儿一扇；那副热泪就在眼眶儿里滴溜溜的乱转，只是不好意思哭出来。他便搭讪着理了理两鬓，用袖子把眼泪沾干，向安公子道："你原来是位公子。公子，你这些话我却知道了，也都明白了。你如今是穷途末路，举目无依，——便是你请的那褚家夫妇，我也晓得些消息，大约他绝不得来，你不必妄等。我既出来多了这件事，便在我身上还你个人财无恙，父子团圆。我眼前还有些未了的小事，须得亲至走趟，回来你我短话长说着。此时才不过午错时分，我早则三更，迟则五更必到；倘然不到，便等到明日也不为迟。你须要步步留神，第一拿定主意。你那两个骡夫回来，无论他说褚家怎样的个回话，你总等见了我的面再讲动身。要紧！要紧！"说着，叫了店家拉过那驴儿骑上，说了声"公子保重，请了"，一阵电卷星飞，霎时不见踪影。半日，公子还站在那里呆望，怅怅如有所失。

却说那女子搬那石头的时节，众人便都有些诧异；及至和公子攀谈了这番话，窗外便有许多人走来走去的窃听。一时传到店主人耳中。那店主人本是个老经纪；他见那女子行迹有些古怪，公子又年轻不知庶务①，生恐弄出些什么事来店中受累，便走到公子房中要问个端的。那公子正想着方才那女子的话在那里纳闷，见店主人走进来，只得起身让坐。

那店主人说了两句闲话，便问公子道："客官，方才走的那个娘儿们是一路来的么？"公子答说："不是。"店主人又问："这样，一定是向来认识在这里遇着了？"公子道："我连他的姓字名谁，家乡住处，都不知道，从那里认得起。"店主人说："既如此，我可有句老实话说给你。客官，你要知我们开了这座店，将本图利，也不是容易。一天开了店门，凡是落我这店的，无论腰里有个一千八百，以至一吊两吊，都是店家的干系。保得无事，彼此都愿意；万一有个失闪，我店家推不上干净儿②来。事情小还不过费些精神唇舌；到了事情大了，跟着经官动府，听审随衙也说不了。这咱们可讲得是各由天命。要是你自己各儿招些邪魔外祟来弄的受了累，那我可全不知道。据我看，方才这个娘儿们太不对眼，还沾着有点子邪道。慢说客官你，就连我们开店的，只管什么人都经见过，直断不透这个人来。

---

① 庶务——各种事务。此指"世故"。

② 推不上干净儿——喻被牵扯。

我们也得小心;客官,你自己也得小心。”

公子着急说:“难道我不怕吗?他找了我来的,又不是我找了他来的。你叫我怎么个小心法儿呢?”那店主人道:“我倒有个主意。客官,你可别想左了。讲我们这些开店的,仗的是天下仕宦行台①,那怕你进店来喝壶茶,吃张饼,都是我的财神爷,再没说拿着财神爷往外推的。依我说,难道客官你真个的还等他三更半夜的回来不成?知道弄出个什么事来。莫如趁天气还早,躲了他。等他晚上果然来的时候,我们店里就好和他打饥荒②了。你老白想想,我这话是为我是为你?”公子说:“你叫我一个人儿躲到那里去呢?”

那店主人往外一指,说:“那不是他们脚上的伙计们回来了?”公子往外一看,只见自己的两个骡夫回来了。公子连忙问说:“怎么样?见着他没有?”白脸儿狼说:“好容易才找着了那个褚爷,给你老捎了个好儿来。他说家里的事情摘不开③,不得来,请你老亲自去,今儿就在他家住,他在家老等。”

公子听了犹疑。那店主人便说:“这事情巧了。客官,你就借此避开了,岂不是好?”那两个骡夫都问:“怎么回事?”店家便把方才的话说了一遍。

骡夫一听,正中下怀,便一力的撺掇④公子快走。公子固是十分不愿,——一则是自己本有些害怕;二则当不得骡夫店家两下里七言八语;三则想着相离也不过二十多里地,且到那里见着褚一官也有个依傍;四则也是他命中注定合该有这场大难。——心中一时忙乱,便把华奶公嘱咐的走不得小路和那女子说的务必等他回来见了面再走的这些话全忘在九霄云外,便忙忙的收拾行李,背上牲口,带了两个骡夫,竟自去了。

列公,说书的说了半日,这女子到底是何等样人?他到此究竟为着些什么事?他因何苦苦的追问安公子的详细原委?又怎的知道安公子一路

---

① 行台——东汉以后,中央政务由三公改归台阁(尚书),习惯上遂以中央政府为“台”。清为行省。此处泛指当官的人和执政机关。

② 打饥荒——此指应付。

③ 摘不开——丢不开。

④ 撺掇(cuānduo)——怂恿;鼓动。

行藏？他既和安公子素昧平生，为什么挺身出来要揽这桩闲事？及至交代了一番话，又匆匆的那里去了？——若不一一交代明白，听书的听着岂不气闷？

如今且慢提他的姓名籍贯。原来这人天生的英雄气壮，儿女情深；是个脂粉队里的豪杰，侠烈场中的领袖。他自己心中又有一腔的弥天恨事透骨酸心，因此上，虽然是个女孩儿，激成了个抑强扶弱的性情，好作些杀人挥金的事业。路见不平便要拔刀相助；一言相契①便肯沥胆订交。见个败类，纵然势焰薰天，他看着也同泥猪瓦狗；遇见正人，任是贫寒求乞，他爱的也同威凤祥麟。分明是变化不测的神龙，好比那慈悲度人的菩萨！

那两个骡夫在岔道口土山前先看见的那个骑驴儿的，便是这个人。他从山下经过，耳轮中正听得白脸儿狼说"咱们有本事硬把他被套里的那二三千银子搬运过来还不领他的情呢"的这句话，心中一动，说："这不是一桩倚势图财的勾当么？"他便把驴儿一带，绕到山后，下了驴儿，从山后上去，隐在乱石丛树里窃听多时，把白脸儿狼、傻狗二人商量的伤天害理的这段阴谋听了个详细，登时义愤填胸，便依着那两个骡夫说的路数儿，顺了大道一路寻来，要访着安公子看看他怎生一个人，怎样一个来历；及至到那悦来老店访着了，见安公子那一番的举动，早知他是不通世路艰难人情利害的一个公子哥儿，看着不由得心中又是可笑又是可怜，想着这番情由又不觉得着恼：因此借那块石头作了一个见面答话的由头。

谁想安公子面嫩心虚，又吞吞吐吐的不肯道出实话。他便点破了疑团，一席话激出公子的实话来，才晓得安公子是个孝子。又恰恰碰上了他那一腔酸心恨事，动了个同病相怜的心意，想救他这场大难。方才又明听得两个骡夫商量不给褚一官送那封信去，便是安公子不受骡夫的赚②，不肯动身，又叫他一人怎样的登程？因此自己便轻轻儿的把这桩不相干没头脑的事儿一肩担了起来。想着先走这趟，把这事弄个彻底周全，也不值得问这两个骡夫，自己自然有个叫他好好的送安公子稳到淮安的本领；故此临行谆谆的嘱咐公子，无论骡夫怎样个说法，务必等他回来见面再行。

至于那老店主的一番好意，可巧成就了骡夫的一番阴谋，那女子如何

① 相契（qì）——相知。

② 赚——诳骗；欺哄。

算计得到？这又叫作“无巧不成书”。

如今说书的把这话交代清楚，不再絮烦，言归正传。却说那两个骡夫引着安公子出了店门，顺着大路转了那条小路，一直的奔了岔道口听那座大土山来。

书里交代过的：从这山往南岔道便是上二十八棵红柳树的路；往北岔道便是上黑风岗的路。他两个不往南走，引了安公子往北而行。

行了一程，安公子见那路渐渐的崎岖不平，乱石荒草，没些村落人烟，心中有些怕将起来，便说：“怎的走到这等荒僻地方了？”白脸儿狼答说：“这是小道儿，那比得官塘大道呢。你老看，远远的不是有座大山岗子吗？过了那山岗子不远儿就瞧见那二十八棵红柳树咧。”

公子只得催着牲口趱[①]向前去。行了一程，来到黑风岗的山脚下，只见白脸儿狼向傻狗使了个眼色，说：“你可紧跟着些儿走，还得照应着行李和那个空骡子。我先上岗子去看，有对头来的牲口，好招呼他一声儿；不然，这等窄道儿，挤到一块子可就不好开咧！”公子心下说：“不想这两个骡夫能如此尽心，到了倒得赏他一赏！”

那白脸儿狼说着，把骡子加上一鞭子，那骡子便凿着脑袋使着劲奔上坡去，晃的脖子底下那个铃铛唏唧哗唧的响。不想上了不过一箭多远，那骡子忽然窝里发炮[②]的一闪，把那白脸儿狼从骡子上掀将下来。

你道这是什么原故？这个书虽是小说评话，却没那些说鬼说神没对证的话。原来那白脸儿狼正走之间，路旁有棵多年的干老树；那老树，上半截剩了一个杈儿活着，下半截都空了，里头住了一窝老枭。这老枭，大江以南叫作“猫头鸱[③]”，大江以北叫作“夜猫子”，深山里面，随处都有。这山里等闲无人行走，那夜猫子白日里又不出窝，忽然听得人声，只道有人掏他的崽儿来了，便横冲了出来，一翅膀正扇在那骡子的眼睛上；那骡子护疼，把脑袋一拨甩，就把骑着的人掀了下来，连那脖子底下拴的铃铛也甩掉了落在地下；那骡子见那铃铛满地乱滚，又一眼岔，他便一踅头[④]，

---

① 趱（zǎn）——赶；加快。

② 窝里发炮——在内部争斗；搞内讧。

③ 鸱（chī）——鹞（yào）鹰。

④ 一踅（zhē）头——一扭头。

顺着黑风岗的山根儿跑了下去。那驮骡又是恋群的,一个一跑,那三个也跟了下来。

白脸儿狼摔的那草帽子也丢了,幸而不曾摔重。他见四头骡子都跑下去,一咕嗓身爬起来,顾不得帽子,撒开腿就赶。这赶脚的营生,本来两条腿跟着四条腿跑还赶不上,如今要一个人跟着四头骡子跑,那里赶得上呢;一路紧赶紧走,慢赶慢行,一直的赶至一座大庙跟前。那庙门前有个饮马槽,那骡子奔了水去,这才一个站住都站住了。傻狗先下了牲口,拢住那个骡子,骂道:"不填还人[①]的东西!等着今儿晚上宰了你吃肉!"

安公子在牲口上定了定神,下来,口里叹道:"怎么又岔出这件事来!"抬头一看,只见那庙好一座大庙,只是破败的不成个模样。山门上是"能仁古刹"四个大字,还依稀仿佛看得出来。正中山门外面,用乱砖砌着;左右两个角门,尽西头有个车门,也都关着。那东边角门墙上却挂着一个木牌,上写"本庙安寓过往行客"。隔墙一望,里面塔影冲霄,松声满耳,香烟冷落,殿宇荒凉。庙外有合抱不交的几株大树。挨门一棵树下放着一张桌子,一条板凳。桌上晾着几碗茶,一个钱笸箩。树上挂着一口钟。一个老和尚在那里坐着卖茶化缘。

公子便问那老和尚道:"这里到二十八棵红柳树还有多远?"那老和尚说:"你们上二十八棵红柳树,怎的走起这条路来?你们想是从大路来的呀?你们上二十八棵红柳树,自然该从岔道口往南去才是呢。"公子一听:"这不又绕了远儿了吗?"

说着,只见那白脸儿狼满头大汗的赶来了。公子问他道:"你看,如今又耽搁了这半天工夫,得什么时候才到呢?"白脸儿狼气喘吁吁的说:"不值什么!咱们再绕上岗子去,一下岗子就快到了。"

公子向西一望,见那太阳已经衔山,看看的要落下去,便指着说道:"你看,这还赶的过这岗子去吗?"

两个骡夫未及答言,那老和尚便说:"你们这时候还要过岗,可是不要命喝粥了[②]!我告诉你们,这山上俩月头里出了一个山猫儿,几天儿的工夫伤了两三个人了。这往前去也没饭店人家。依我说,你们今晚且在

① 不填还人——不听使唤;不招人喜欢。

② 不要命喝粥了——不想活了。原意"留条命喝粥"。

庙里住下，明日早起再过岗子去罢。”说着，拿起钟锤子来当当当的便把那钟敲了三下。只见左边的那座角门哗拉一响，早走出两个和尚来，——一个是个高身量，生得浑身精瘦，约有三十来岁；一个是个秃子，将就材料，当了和尚，也有二十多岁。——一齐向公子说：“施主寻宿儿①呀？庙里现成的茶饭，干净房子，住一夜，随心布施，不挣你的银钱。”

公子才点了点头，还没说出话来。那白脸儿狼忙着抢过来说：“你别搅局②，我们还赶道儿呢。”那两个和尚发话道：“人家本主儿都答应了，你不答应！就是我们僧家赚个几百钱香钱，也化的是十方施主的，没化你的！”不由分说，就先把驮行李的骡子拉进门去。傻狗忙拦他说：“你也不打听打听谁卖的胡琴儿，你就拉起来咧！”

白脸儿狼一见，生怕嘈嘈起来倒误了事，想了想，天也真不早了，就赶到岗上，天黑了，也不好行事；又加着自己也跑乏了，索兴今晚在庙里住下，等明早走，依就如法炮制，也不怕他飞上天去；便拦傻狗说：“不，咱们就住下罢。”他倒先轰着骡子赶进门来。

公子进门一看，原来里面是三间正殿，东西六间配殿，东南角上一个随墙门，里边一个拐角墙挡住，看不见院落。西南上一个栅栏，门里面马棚槽道俱全。那佛殿门窗脱落，满地鸽翎蝠粪，败叶枯枝。只有三间西殿还糊着窗纸，可以住人。

那和尚便引了公子奔西配殿来。公子站在台阶上看着卸行李。两个和尚也帮着搭那驮子；搭下来往地下一放，觉得斤两沉重，那瘦的和尚向着那秃子丢了个眼色道：“你告诉当家的一声儿，出来招呼客呀。”

那秃子会意，应了一声。去不多时，只见从那边随墙门儿里走出一个胖大和尚来。那和尚生得浓眉大眼，赤红脸，糟鼻子，一嘴巴子硬触触的胡子查儿，脖子上带着两三道血口子，看那样子像是抓伤的一般。他假作斯文一脉，走到跟前，打着问讯，说道：“施主辛苦了。这里不洁净，一位罢咧，请到禅堂里歇罢。那里诸事方便，也严紧些。”

公子一面答礼，回头看了看，那配殿里原来是三间通连，南北顺山③

---

① 寻宿儿(xiur)——方言。找住处。

② 搅局——搅扰；扰乱。

③ 顺山——顺着山墙。

两条大炕，却也实在难住，便同了那和尚往东院而来。一进门，见是极宽展的一个平正院落，正北三间出廊正房，东首院墙另有个月光门儿，望着里面像是个厨房样子。进了正房，东间有槽隔断堂屋，西间一通连，西间靠窗南炕，通天排插①。堂屋正中一张方桌，两个杌子，左右靠壁子两张春凳。东里间靠西壁子一张木床，挨床靠窗两个杌子。靠东墙正中一张条桌。左右南北摆着一对小平顶柜。北面却又隔断一层，一个小门，似乎是个堆零星的地方，屋里也放着脸盆架等物。

那当家的和尚让公子堂屋正面东首坐下，自己在下相陪。这阵闹，那天就是上灯的时候儿了。那天正是八月初旬天气，一轮皓月渐渐东升，照得院子里如同白昼。接着那两个和尚把行李等件送了进来堆在西间炕上。当家的和尚吩咐说："那脚上的两个伙计，你们招呼罢。"两个和尚笑嘻嘻的答应着去了。只听那胖和尚高声叫了一声："三儿，点灯来！"便有一个十五六岁的小和尚点了两支蜡烛来；又去给公子倒茶打脸水。门外化缘的那个老和尚也来帮着穿梭也价服侍公子。公子心里十分过意不去。

一时茶罢，紧接着端上菜来，四碟两碗，无非豆腐面筋青菜之流。那油盘里又有两个盅子，一把酒壶。那老和尚随后又拿了一壶酒来，壶梁儿上拴着一根红头绳儿，说："当家的，这壶是你老的。"也放在桌儿上。那和尚陪着笑向安公子道："施主，僧人这里是个苦地方，没什么好吃的，就是一盅素酒，倒是咱们庙里自己淋②的。"

和尚说着，站起来，拿公子那把壶满满的斟了一盅送过去。公子也连忙站起来说："大师傅，不敢当。"和尚随后把自己的酒也斟上，端着盅儿让公子说："施主，请。"

公子端起盅子来虚举了一举，就放下了。让了两遍，公子总不肯沾唇。那和尚说："酒凉了，换一换罢。"说着，站起来把那盅酒倒在壶里，又斟了一盅，说道："喝一盅。僧人五荤都戒，就只喝一口素酒。这个东西

① 通天排插——北方屋内通到房顶的一种木隔断。

② 淋——滤。

冬天挡寒，夏天煞水①，像走长道儿还可以解乏。喝了这一盅，我再不让了。”

那和尚一面送酒，公子一面用手谦让，说：“别斟了；我是天性不饮，抵死不敢从命。”一时匆忙，手里不曾接住，一失手，连盅子带酒掉在地下，把盅子砸了个粉碎，泼了一地酒。不料这酒泼在地下，忽然间嘭的一声，冒上一股火来。

那和尚登时翻转面皮说道：“呔！我将酒敬人，并无恶意！怎你酒也泼了！把我的盅子也摔了？你这个人好不懂交情！”说着，伸过手来把公子的手腕拿住，往后一拧。公子“嗳哟”了一声，不由的就转过脸去，口里说道：“大师傅！我是失手，不要动怒！”

那和尚更不答话，把他推推搡搡推到廊下，只把这只胳膊往厅柱上一搭，又把那只胳膊也拉过来交代在一只手里攥住，腾出自己那只手来在僧衣里抽出一根麻绳来，十字八道，把公子的手捆上。只吓得那公子魂不附体，战兢兢的哀求，说：“大师傅不要动怒！你看菩萨份儿上，怜我无知，放下我来，我喝酒就是了！”

那和尚尽他哀告，总不理他，怒轰轰的走进房去把外面大衣甩了，又拿了一根大绳出来，往公子的胸前一搭，向后抄手绕了三四道，打了一个死扣儿，然后拧成双股，往腿下一道道的盘起来，系紧了绳头。他便叫：“三儿！拿家伙来！”只见那三儿连连的答应，说：“来了！来了！”手里端着一个红铜旋子②，盛着半旋子凉水，旋子边上搁着一把一尺来长泼风也价似的牛耳尖刀。

公子一见，吓的一身鸡皮疙疸，顶门上轰的一声，只有两眼流泪气喘声嘶的份儿，也不知要怎样哀求才好，没口子只叫：“大师傅！可怜你杀我一个便是杀我三个！”

那和尚睁了两只圆彪彪的眼睛指着公子道：“呔！小小子儿，别说闲话！你听着！我也不是你的什么大师傅！老爷是行不更名，坐不改姓，有

① 煞(shà)水——除湿气。

② 旋子——盆。

名的赤面虎黑风大王的便是！因为看破红尘，削了头发。因见这座能仁古刹正对着黑风岗的中峰，有些风水，故此在这里出家，作这桩慈悲勾当。像你这个样儿的，我也不知宰过多少了。今日是你的天月二德。老爷家里有一点摘不开的家务，故此不曾出去。你要哑默悄静的过去，我也不耐烦去请你来了。如今是你肥猪拱门，我看你肥猪拱门的这片孝心怪可怜见儿的，给你留下囫囵尸首，给你口药酒儿喝，叫你糊里糊涂的死了就完了事了；怎么露着你的鼻子儿尖，眼睛儿亮，瞧出来了，抵死不喝。我如今也不用你喝了！你先抵回死我瞧瞧！我要看看你这心有几个窟窿儿！你瞧！那厨房院子里有一眼没底儿的干井，那就是你的地方儿！这也不值的吓的这个嘴脸，二十年又是这么高的汉子。明年今日是你抓周儿的日子，咱爷儿俩有缘，我还吃你一碗羊肉打卤过水面呢。再见罢！"说着，两只手一层层的把住公子的衣衿，哓喳一声，只一扯扯开，把大衿向后又掖了一掖，露出那个白嫩嫩的胸脯儿来。他便向铜旋子里拿起那把尖刀，右手四指拢定了刀靶，大拇指按住了刀子的掩心①，先把右胳膊往后一掣，竖起左手大指来，按了按公子的心窝儿。可怜公子此时早已魄散魂飞，双眼紧闭！

那凶僧瞄准了地方儿，从胳膊肘儿上往前一冒，劲对着公子的心窝儿刺来，只听噗，嗳呀，咕咚，当啷啷，三个人里头先倒一个。这正是：

雀捕螳螂人捕雀，暗送无常死不知。

要知那安公子的性命如何，下回书交代。

---

① 掩心——刀子血刃处。

第　六　回

雷轰电掣弹毙凶僧　冷月昏灯刀歼余寇

这回书紧接上回，不消多余交代。上回书表得是那凶僧把安公子绑在厅柱上，剥开衣服，手执牛耳尖刀分心就刺，只听得噗的一声，咕咚倒了一个。这话，听书的列公再没有听不出来的；只怕有等不及书里节目妄替古人担忧的听到这里先哭眼抹泪起来，说书的罪过可也不小！请放心，倒的不是安公子！怎见得不是安公子？怎见得不是安公子呢？他在厅柱上绑着，请想，怎的会咕咚一声倒了呢？然则这倒是谁？是和尚？和尚倒了就直捷痛快的说和尚倒了就完事了，何必闹这许多累赘呢？这可就是说书的一点儿鼓噪！

闲话休提。却说那凶僧手执尖刀，望定了安公子的心窝儿才要下手，只见斜刺里一道白光儿闪烁烁从半空里扑了下来；他一见就知道有了暗器了。

且住！一道白光儿怎晓得就是有了暗器？书里交代过的，这和尚原是个滚了马的大强盗①。大凡作个强盗也得有强盗的本领；强盗的本领讲的是"眼观六路，耳听八方"，慢讲白昼对面相持，那怕夜间脑后有人暗算，不必等听出脚步儿来，未等那兵器来到跟前早觉得出个兆头来，转身就要招架个着，何况这和尚动手的时节正是月色东升，照的如同白昼？这白光儿正迎着月光而来，有什么照顾不到的？

他一见，连忙的就把刀子往回来一掣，待要躲闪，怎奈右手里便是窗户，左手里又站着一个三儿端着一旋子凉水在那里等着接公子的心肝五脏，再没说反倒往前迎上去的理；往后料想一时倒退不及，他便起了个贼智，把身子往下一蹲，心里想着且躲开了颈嗓咽喉让那白光儿从头顶上扑

---

① 滚马强盗——被通辑的罪犯。

空了过去，然后腾出身子来再作道理。谁想他的身子蹲得快，那白光儿来得更快，噗的一声，一个铁弹子正着在左眼上。那东西进了眼睛敢是不住要站，一直的奔了后脑勺子的脑瓜骨，咯噔的一声，这才站住了。

那凶僧虽然凶横，他也是个肉人。这肉人的眼珠子上要着上这等一件东西，大概比揉进一个沙子去厉害，只疼得他"哎哟"一声，咕咚往后便倒；当啷啷，手里的刀子也扔了。

那时三儿在旁边正呆呆的望着公子的胸脯子，要看这回刀尖出彩，只听咕咚一声，他师傅跌倒了，吓了一跳，说："你老人家怎么了？这准是使猛了劲，岔了气了。等我腾出手来扶起你老人家来啵。"才一转身，毛着腰，要把那铜旋子放在地下好去搀他师傅。这个当儿，又是照前噗的一声，一个弹子从他左耳朵眼儿里打进去，打了个过膛儿，从右耳朵眼里儿钻出来，一直打到东边那个厅柱上，吧挞的一声打了一寸来深，进去嵌在木头里边。那三儿只叫得一声"我的妈呀！"镗，把个铜旋子扔了；咕咭，也窝在那里了。那铜旋子里的水泼了一台阶子。那旋子唏唧哗唧一阵乱响便滚下台阶去了。

却说那安公子此时已是魂飞魄散，背了过去，昏不知人，只剩得悠悠的一丝气儿在喉间流连。那大小两个和尚怎的一时就双双的肉体成圣，他全不得知；及至听得铜旋子掉在石头上镗的一声响亮，倒惊得苏醒过来。

你道这铜旋子怎的就能治昏迷不省呢？果然这样，那"点苏合丸""闻通关散""熏草纸""打醋炭"这些方法都用不着，倘然遇着个背了气①的人，只敲打一阵铜旋子就好了？

列公，不是这等讲。人生在世不过仗着"气""血"两个字。五脏各有所司，心生血，肝藏血，脾统血。大凡人受了惊恐，胆先受伤；肝胆相连，胆一不安，肝叶子就张开了，便藏不住血；血不归经，一定的奔了心去；心是件空灵的东西，见了浑血，岂有不模糊的理；心一模糊，气血都滞住了，可就背过去了。

---

① 背了气——昏迷。

安公子此时就是这个道理。及至猛然间听得那铜旋子锵唧唧的一声响亮，心中吃那一吓，心系儿一定是往上一提；心一离血，血依然随气归经，心里自然就清楚了。这是个至理，不是说书的造谣言。

如今却说安公子苏醒过来，一睁眼，见自己依然绑在柱上，两个和尚反倒横躺竖卧血流满面的倒在地下丧了残生。他口里连称怪事，说："我安骥此刻还是活着，还是死了？这地方还是阳世啊，还是阴司？我这眼前的这光景还是人境啊，还是……"他口里"还是鬼境"的这句话还不曾说完，只见半空里一片红光，唰，好似一朵彩霞一般，噗，一直的飞到面前。

公子口里说声"不好"，重又定睛一看，那里是什么彩霞，原来是一个人。只见那人头上罩一方大红绉绸包头，从脑后燕尾边兜向前来，拧成双股儿在额上扎一个蝴蝶扣儿；上身穿一件大红绉绸箭袖小袄；腰间系一条大红绉绸重穗子汗巾；下面穿一件大红绉绸甩裆中衣；脚下的裤腿儿看不清楚，原故是登着一双大红香羊皮挖云①实纳的平底小靴子；左肩上挂着一张弹弓；背上斜背着一个黄布包袱，一头搭在右肩上，那一头儿却向左肩胁下掏过来系在胸前；那包袱里面是什么东西却看不出来。只见他芙蓉面上挂一层威凛凛的严霜，杨柳腰间带一团冷森森的杀气，雄纠纠气昂昂的一言不发，闯进房去先打了一照②，回身出来，就抬腿吧的一脚把那小和尚的尸首踢在那拐角墙边，然后用一只手捉住那大和尚的领门③儿，一只手揪住腰胯提起来只一扔，和那小和尚扔在一处。他把脚下分拨得清楚，便蹲身下去把那刀子抢在手里直奔了安公子来。安公子此时吓得眼花缭乱，不敢出声，忽见他手执尖刀奔向前来，说："我安骥这番性命休矣！"

说话间，那女子已走到面前，一伸手，先用四指搭住安公子胸前横绑的那一股儿大绳向自己怀里一带。安公子"哼"了一声，他也不睬，便用手中尖刀穿到绳套儿里哧溜的只一挑，那绳子就齐齐的断了，这一股儿一

---

① 挖云——有云彩图案。

② 打一照——瞧一瞧。

③ 领门——衣领；领口。

断，那上身绑的绳子便一段段的松了下来。安公子这才明白："他敢是救我来了！——但是我在店里碰见了一个女子，害得我到这步田地，怎的此地又遇见一个女子？……好不作怪！……"

却说那女子看了看公子那下半截的绳子却是拧成双股挽了结子一层层绕在腿上的；他觉得不便去解，他把那尖刀，背儿朝上，刃儿朝下，按定了分中，一刀到底的只一割，那绳子早一根变作两根，两根变作四根，四根变作八根，纷纷的落在脚下，堆了一地。他顺手便把刀子哓嚓一声插在窗边金柱上，这才向安公子答话。这句话只得一个字，说道是："走！"

安公子此时松了绑，浑身麻木过了才觉出酸疼来；疼的他只是攒眉闭目，摇头不语。那女子挺胸扬眉的又高声说了一句道："快走！"安公子这才睁眼望着他，说："你……你……你……你这人叫我走到哪里去？"那女子指着屋门，说："走到屋里去。"安公子说："哪，哪，我的手还捆在这里，怎个的走法？"

不错，前回书原交代的，捆手另有一条绳子。这话要不亏安公子提补，不但这位姑娘不得知道，连说书的还漏一个大缝子呢！

闲话休提。却说那女子听了安公子这话，转在柱子后面一看，果然有条小绳子捆了手，系着一个猪蹄扣儿。他便寻着绳头解开，向公子道："这可走罢。"

公子松开两手，慢慢的拳将过来放在嘴边"咈咈"的吹着，说道："痛煞我也！"说着，顺着柱子把身子往下一溜，便坐在地下。那女子焦躁道："叫你走怎的倒坐下来了呢？"安公子望着他泪流满面的道："我是一步也走不动了！"

那女子听了，才要伸手去搀，一想"男女授受不亲"，到底不便，他就把左肩的那张弹弓退了下来，弓背向地，弓弦朝天，一手托住弓靶，一手按住弓梢，向公子道："你两手攀住这弓就起来了。"公子说："我这样大的一个人，这小小弓儿如何擎得住！"那女子说："你不要管，且试试看。"

公子果然用手攀住了那弓面子。只见那女子左手把弓靶一托，右手将弓梢一按，钓鱼儿的一般，轻轻的就把个安公子钓了起来。从旁看看，倒像树枝儿上站着个才出窝的小山喜鹊儿,前仰后合的站不住;又像明杖[1]儿拉着个瞎子,两只脚就地儿趿拉。

却说那公子立起身来站稳了,便把两只手倒转来扶定那弓面子,跟了女子一步步的踱进房来。进门行了两步,那女子意思要把他扶到靠排插的这张春凳上歇下。还不曾到那里,他便双膝跪倒,向着那女子道:"不敢动问:你可是过往神灵?不然,你定是这庙里的菩萨来解我这场大难,救了残生。望你说个明白!我安骥果然不死,父子相见,那时一定重修庙宇,再塑金身!"

那女子听了这话,笑了一声,道:"你这人越发难说话了!你方才同我在悦来店对面谈了那半天,又不隔了十年八年,千里万里,怎的此时会不认得了,闹到什么神灵菩萨起来?"

安公子听了这话,再留神一看,可不是店里遇见的那人么!他便跪在尘埃,说道:"原来就是店中相遇的那位姑娘!姑娘,不是我不相认:一则是灯前月下;二则姑娘的这番装束与店里见的时节大不相同;三则我也是吓昏了;四则断不料姑娘你就肯这等远路深更赶来救我这条性命。你真真是我的重生父母,再养……"说到这里,咽住一想:"不像话!人家才不过二十以内的个女孩儿,自己也是十七八岁的人了,怎生的说他是我父母爹娘,还要叫他重生再养?"一时怕惹恼了那位女子,又急得紫涨了面皮说不出一个字来。

谁想那女子,不但不在这些闲话上留心,就连公子在那里磕头礼拜他也不曾在意。只见他忙忙的把那张弹弓挂在北墙一个钉儿上,便回手解下那黄布包袱来,两手从脖子后头绕着往前一转,一手提了往炕上一掷,只听噗通一声,那声音觉得像是沉重;又见他转过脸去两只手往短袄底下一抄。公子只道他是要整理整理衣裳,忽听得喀吧一声就从衣襟底下忒楞楞跳出一把背儿厚,刃儿薄,尖儿长,靶儿短,削铁无声,吹毛过刃,杀人不沾血的缠钢折铁雁翎倭刀来。那刀跳将出来,映着那月色灯光,明闪闪,颤巍巍,冷气逼人,神光绕眼。

---

① 明杖——盲人用以探路的手杖。

公子一见，又“呵嗳”了一声。那女子道：“你这人怎生的这等糊涂？我如果要杀你，方才趁你绑在柱子上现成的那把牛耳尖刀杀着岂不省事些？”公子连连答说：“是，是；只是如今和尚已死，姑娘，你还拿出这刀来何用呢？”那女子道：“此时不是你我闲谈的时候。”因指定了炕上那黄布包袱，向他说道：“我这包袱万分的要紧，如今交给你；你挣扎起来上炕去给我紧紧的守着他。少刻，这院子里定有一场大闹。你要爱看热闹儿，窗户上通个小窟窿，巴着瞧瞧使得，可不许出声儿！万一你出了声儿，招出事来，弄的我两头儿照顾不来，你可没有两条命！小心！”说着，噗的一口先把灯吹灭了，随手便把房门掩上。

公子一见，又急了，说：“这是作什么呀？”那女子说：“不许说话！上炕看着那包袱要紧！”公子只得一步步的蹭上炕去，也想要把那包袱提起来；提了提，没问动，便两只手拉到炕里边，一屁股坐在上头，谨遵台命，一声儿不哼，纹风儿不动的听他怎生个作用。

却说那女子吹灭了灯，掩上了门，他却倚在门旁不则一声的听那外边的动静。约莫也有半碗茶时，只听得远远的两个人说说笑笑，唱唱咧咧的从墙外走来。唱道是：

“八月十五，月儿照楼，
两个鸦虎子①去走筹②。
一根灯草嫌不亮，
两根灯草又嫌费油。
有心买上一枝羊油蜡，
倒没我这脑袋光溜溜！”

一个笑着说道：“你是什么头口③，有这么打自得儿④没的有？”一个答道：“这就叫‘秃子当和尚，将就裁料儿’；又叫‘和尚跟着月亮走，也借他点光儿’。”

---

① 鸦虎子——虎子，小伙子；此指赌徒。
② 走筹——赌钱。
③ 头口——牲口。
④ 打自得儿——自得其乐。

那女子听了，心里说道："这一定是两个不成裁料的和尚！"他便吮破窗棂，望窗外一看，果见两个和尚嘻嘻哈哈醉眼模糊的走进院门。只见一个是个瘦子，一个是个秃子。

他两个才拐过那座拐角墙，就说道："咦！师傅今日怎么这么早就吹了灯儿睡了？"那瘦子说："想是了了事了罢咧！"那秃子说："了了事再没不知会咱们扛架桩①的。——不要是那事儿说合了盖②了，老头子顾不得这个了罢。"那瘦子道："不能，就算说合了盖儿了，难道连寻宿儿的那一个也盖在里头不成？"

二人你一言我一语的，只顾口里说话，不防脚底下当的一声踢在一件东西上，倒吓了一跳；低头一看，原来是个铜旋子。那秃子便说道："谁把这东西扔在这儿咧？这准是三儿干的。咱们给他带到厨房里去。"说着，弯下腰去拣那旋子起来。一抬头，月光之下，只见拐角墙后躺着一个人。秃子说："你瞧，那不是架桩？可不了了事了吗？"

那瘦子走到跟前一看，道："怎么个呀！"再弯腰一看，他就嚷将起来，说："敢则是师傅？你瞧，三儿也干了！这是怎么说？"秃子连忙扔下旋子，赶过去看了，也诧异道："这可是邪的！难道那小子有这么大神通不成？但是他又那儿去了呢？"秃子说："别管那些！咱们踹开门进去瞧瞧！"

说着，才要向前走，只听房门响处，嗖，早蹿出一个人来站在当院子里。二人冷不防，吓了一跳；一看，见是个女子，便不在意。那瘦子先说道："怪咧！怎么他又出来了？这不又像说合了盖儿了吗？既合了盖儿，怎么师傅倒干了呢？"秃子说："你别闹！你细瞧，这不是那一个。这得盘他一盘！"因向前问道："你是谁？"那女子答道："我是我！"秃子道："是你，就问你咧：我们这屋里那个人呢？"女子道："这屋里那个人你交给我了吗？"那瘦子道："先别讲那个；我师傅这是怎么了？"女子道："你师傅这大概算死了罢。"瘦子道："知道是死了；谁弄死他的？"女子道："我呀！"瘦

---

① 架桩——原指吃完鸡鸭剩下的骨架，江湖暗语指人的尸体。

② 合盖——指合成男女情事。强盗、流氓的蛮横语"已得手"意。

子道:“你讲什么情理弄死他?”女子道:“准他弄死人就准我弄死他,就是这么个情理。”

瘦子听了这话说的野,伸手就奔了那女子去。只见那女子不慌不忙把右手从下往上一翻,用了个“叶底藏花”的架式,吧,只一个反巴掌,早打在他腕子上,拨了开去。那瘦子一见,说:“怎么着?手里有活①,这打了我的叫儿②了。你等等儿,咱们爷儿俩较量较量!你大概也不知道你小大师傅的‘少林拳’有多么霸道!可别跑!”女子说:“有跑的不来了。等着请教。”

那瘦子说着,甩了外面的僧衣,交给秃子,说:“你闪开,看我打他个败火的红姑娘儿③模样儿!”

那女子也不和他斗口,便站在台阶前看他怎生个下脚法。只见那瘦子紧了紧腰转向南边向着那女子吐了个门户④,把左手拢住右拳头往上一拱,说了声“请”。

且住!难道两个人打起来了还闹许多仪注⑤不成?列公,打拳的这家武艺却与厮杀械斗不同,有个家数,有个规矩,有个架式。讲家数,为头数“武当拳”“少林拳”两家。武当拳是明太祖洪武爷留下的,叫作“内家”;少林拳是姚广孝姚少师留下的,叫作“外家”。大凡和尚学的都是“少林拳”。讲那打拳的规矩:各自站了地步,必是彼此把手一拱,先道一个“请”字招呼一声;那拱手的时节,左手拢着右手是让人先打进来,右手拢着左手是自己要先打出去。那架式,拳打脚踢,拿法破法,各有不同。

若论这瘦和尚的“少林拳”却颇颇的有些拿手,三五十人等闲近不得他;只因他不守僧规,各庙里存身不住,才跟了这个胖大强盗和尚在此作些不公不法的事。如今他见这女子方才的一个反巴掌有些家数,不觉得

---

① 手里有活——手上有真工夫。

② 叫儿——“叫字号”的略语。“正中下怀、搔着痒处”之意。

③ 红姑娘儿(niāngr)——北京土语称之为“赤包儿”。一种圆的、能消食败火的红色小果。

④ 吐门户——摆个架式。门户,架式。

⑤ 仪注——礼节。

技痒①起来;又欺他是个女子,故此把左手拢着右拳,让他先打进来,自己再破出去。

那女子见他一拱手,也丢个门户,一个进步便到了那和尚跟前,举起双拳,先在他面门前一晃,这叫作"开门见山",却是个"花着儿"。破这个架式是用左胳膊横着一搪,封在面门,顺着用右手往下一抹,拿住他的左腕子一拧,将他身子拧转过来,却用右手从他脖子右边反插将去把下巴一掏:叫作"黄莺搦嗉"。

那瘦和尚见那女子的双拳到来就照式样一搪;不想他把拳头虚着晃了一晃,趄回身去就走。那瘦子哈哈大笑,说:"原来是个玩女筋斗的,不怎么样!"说着,一个进步跟下去,举手向那女子的后心就要下手;这一着叫作"黑虎偷心"。他拳头已经打出去了,一眼看见那女子背上明晃晃直矗矗的掖着把刀;他就把拳头往上偏左一提,照左哈肋巴②打去,明看着是着上了。只见那女子左肩膀往前一扭,早打了个空,他自觉身子往前一扑,赶紧的拿了拿桩站住。

只这拿桩的这个当儿,那女子就把身子一扭,甩开左脚,一回身,噔的一声,正踢在那和尚右肋上。和尚"哼"了一声,才待还手,那女子收回左脚,把脚跟向地下一碾,轮起右腿甩了一个"旋风脚",叭,那和尚左太阳上早着了一脚,站脚不住,咕咚向后便倒。这一着叫作"连环进步鸳鸯拐"。是这姑娘的一桩看家的本领,真实的艺业!

却说那秃子看见,骂了声:"小撒粪的!这不反了吗?"一气跑到厨房拿出一把三尺来长铁火剪来,轮得风车儿般向那女子头上打来。那女子也不去搪他,连忙把身子闪在一旁,拔出刀来,单臂抡开,从上往下只一盖,听得噌的一声,把那火剪齐齐的从中腰里砍作两段。

那秃和尚手里只剩得一尺来长两根大镊头钉子似的东西,怎的个斗法?他说声"不好",丢下回头就跑。那女子赶上一步,喝道:"狗男女!那里走?"在背后举起刀来,照他的右肩膀一刀,唵嚓,从左肋里砍将过

---

① 技痒——亦作伎痒、枝痒。

② 哈(kā)肋(lè)巴——肩胛骨。

来,把个和尚弄成了黄瓜腌葱,剩了个斜岔儿了。他回手又把那瘦和尚头枭①将下来,用刀指着两个尸首,道:“贼秃驴!谅的这两个东西也不值得劳你姑娘的手段!只是你两个满口吣②的是些什么!”

正说着,只见一个老和尚用大袖子握着脖子从厨房里跑出来溜了出去。那女子也不追赶,向他道:“不必跑!饶你的残生!谅你也不过是出去送信,再叫两个人来。索性让我一不作二不休,见一个杀一个,见两个杀一双,杀个爽快!”说着,把那两个尸首踢开,先清楚了脚下。只听得外面果然闹闹吵吵的一轰进来一群四五个七长八短的和尚,手里锹镢棍棒,拥将上来。

女子见这般人浑头浑脑,都是些力巴③,心里想道:“这倒不好和他交手,且打倒两个再说!”他就把刀尖虚按一按,托地一跳跳上房去揭了两片瓦朝下打来。一瓦正打中拿枣木杠子的一个大汉的额角,噗的一声倒了,把杠子撂在一边。那女子一见,重新跳将下来,将那杠子抢到手里,掖上倭刀,一手抡开杠子,指东打西,指南打北,打了个落花流水,东倒西歪,一个个都打倒在东墙角跟前,翻着白眼拨气儿。那女子冷笑道:“这等不禁插打也值的来送死!我且问你:你们庙里照这等没用的东西还有多少?”

言还未了,只听脑背后暴雷也似价一声道:“不多!还有一个!”那声音像是从半空里飞将下来。紧接着就见一条纯钢龙尾禅杖撒花盖顶的从腰后直奔顶门。那女子眼明手快,连忙丢下杠子,拿出那把刀来往上一架,棍沉刀软,将将的抵一个住。他单臂一攒劲④,用刀挑开了那棍,回转身来,只见一个虎面行者,前发齐眉,后发盖颈,头上束一条日月渗金箍,浑身上穿一件元青缎排扣子滚身短袄,下穿一条元青缎兜裆鸡腿裤,腰系双股鸾带,足蹬薄底快靴,好一似蒲东寺不抹脸⑤的憨惠明,还疑是五台

---

① 枭(xiāo)——用如“削”。

② 吣(qìn)——猫、狗呕吐;很难听的骂人话。

③ 力巴——生手、外行。

④ 攒劲——把浑身的气力或精气神聚在一起;鼓劲。

⑤ 抹脸——勾脸、画脸谱。

山没吃醉的花和尚。

那女子见他来势凶恶，先就单刀直入取那和尚。那和尚也举棍相迎。他两个，一个使雁翎宝刀，一个使龙尾禅杖。一个棍起处似泰山压顶，打下来举手无情；一个刀摆处如大海扬波，触着他抬头便死。刀光棍势，撒开万点寒星；棍竖刀横，聚作一团杀气。一个莽和尚，一个俏佳人；一个穿红，一个穿黑；彼此在那冷月昏灯之下，来来往往，吆吆喝喝。这场恶斗，斗得来十分好看！

那女子斗到难解难分之处，心中暗想说："这个和尚倒来得恁的了得！若和他这等油斗①，斗到几时？"说着，虚晃一刀，故意的让出一个空子来。那和尚一见，举棍便向他顶门打来。女子把身子只一闪，闪在一旁，那棍早打了个空。和尚见上路打他不着，掣②回棍便从下路扫着他踝子骨打来。棍到处，只见那女子两只小脚儿拳回去踢跶一跳便跳过那棍去。那和尚见两棍打他不着，大吼一声，双手攒劲抡开了棍，便取他中路，向左肋打来。

那女子这番不闪了，他把柳腰一摆，平身向右一折，那棍便擦着左肋奔了胁下去；他却扬起左胳膊，从那棍的上面向外一绰，往里一裹，早把棍绰③在手里。和尚见他的兵器被人吃住了，咬着牙，撒着腰，往后一拽。那女子便把棍略松了一松。和尚险些儿不曾坐个倒蹲儿，连忙的插住两脚，挺起腰来往前一挣。那女子趁势儿把棍往怀里只一带，那和尚便跟了过来。

女子举刀向他面前一闪，和尚只顾躲那刀，不防那女子抬起右腿用脚跟向胸脯上一登，噎，他立脚不稳，不由的撒了那纯铁禅仗，仰面朝天倒了。那女子笑道："原来也不过如此！"那和尚在地下还待挣扎。只听那女子说道："不敢起动，我就把你这蒜锤子④砸你这头蒜！"说着，掖起那把刀来，手起一棍，打得他脑浆迸裂，霎时间青的红的白的黑的都流了出来，

---

① 油斗——长时间打斗。

② 掣(chè)——此用为"撤"。

③ 绰(chāo)——用如"抄"。

④ 蒜锤子——禅杖。

呜呼哀哉，敢是死了。

那女子回过头来，见东墙边那五个死了三个，两个扎挣起来在那里把头碰的山响，口中不住讨饶。那女子道：“委屈你们几个，算填了馅[①]了；只是饶你不得！”随手一棍一个，也结果了性命。

那女子片刻之间，弹打了一个当家的和尚，一个三儿；刀劈了一个瘦和尚，一个秃和尚；打倒了五个作工的僧人；结果了一个虎面行者：一共整十个人。他这才抬头望着那一轮冷森森的月儿，长啸了一声，说：“这才杀得爽快！只不知屋里这位小爷吓得是死是活？”说着，提了那禅杖走到窗前，只见那窗棂儿上果然的通了一个小窟窿。他把着往里一望，原来安公子还方寸不离坐在那地方，两个大拇指堵住了耳门，那八个指头握着眼睛在那里藏猫[②]儿呢。

那女子叫道：“公子，如今庙里的这般强盗都被我断送了。你可好生的看着那包袱，等我把这门户给你关好，向各处打一照，再来。”公子说：“姑娘，你别走！”

那女子也不答言，走到房门跟前看了看，那门上并无锁钥屈戌，只钉着两个大铁环子。他便把手里那纯钢禅杖用手弯了转来，弯成两股，把两头插在铁环子里，只一拧，拧了个麻花儿，把那门关好，重新拔出刀来，先到了厨房。只见三间正房，两间作厨房，屋里西北另有个小门，靠禅堂一间堆些柴炭。那厨房里墙上挂着一盏油灯，案上鸡鸭鱼肉以至米面俱全。

他也无心细看，趄身[③]就穿过那月光门，出了院门，奔了大殿而来，又见那大殿并没些香灯供养，连佛像也是暴土尘灰。因路到了西配殿一望，寂静无人。再往南便是那座马圈的栅栏门。进门一看，原来是正北三间正房，正西一带灰棚，正南三间马棚。那马棚里卸着一辆糙席篷子大车。一头黄牛，一匹葱白叫驴，都在空槽边拴着。院子里四头骡子守着个帘子在那里啃。一带灰棚里不见些灯火，大约是那些做工的和尚住的。南头

---

① 填馅——填缝子；堵空子。

② 藏猫——儿童捉迷藏的游戏。

③ 趄身——转身。

一间堆着一地喂牲口的草。草堆里卧着两个人。从窗户映着月光一看，只见那俩人身上止剩得两条裤子，上身剥得精光，胸前都是血迹模糊，碗大的一个窟窿，心肝五脏都掏去了。细认了认，却是在岔道口看见的那两个骡夫。

那女子看了点头道："这还有些天理！"说着，趄身奔了正房。那正房里面灯烛点得正亮，两扇房门虚掩。推门进去，只见方才溜了的那个老和尚守着一堆炭火，旁边放着一把酒壶一盅酒，正在那里烧两个骡夫的"狼心""狗肺"吃呢。他一见女子进来，吓的才待要嚷。那女子连忙用手把他的头往下一按，说："不准高声！我有话问你！说的明白，饶你性命！"不想这一按，手重了些，按错了笋子①，把个脖子按进腔子里去，"哼"的一声，也交代了。那女子笑了一声，说："怎的这等不禁按！"他随把桌子上的灯拿起来，里外屋里一照，只见不过是些破箱破笼衣服铺盖之流；又见那炕上堆着两个骡夫的衣裳行李，行李堆上放着一封信。拿起那信来一看，上写着"褚宅家信"。

那女子自语道："原来这封信在这里！"回手揣在怀里，迈步出门，嗖的一声，纵上房去；又一纵，便上了那座大殿。站在殿脊上四边一望，只见前是高山，后是旷野；左无村落，右无乡邻；止那天上一轮冷月，眼前一派寒烟。这地方好不冷静！又向庙里一望，四边寂静，万籁无声，再也望不见个人影儿，"端的是都被我杀尽了！"看毕，顺着大殿房脊回到那禅堂东院，从房上跳将下来；才待上台阶儿，觉得心里一动，耳边一热，脸上一红，不由得一阵四肢无力，连忙用那把刀拄在地上，说："不好！我大错了！我千不合万不合，方才不合结果了那老和尚才是！如今正是深更半夜，况又在这古庙荒山，我这一进屋子，见了他，正有万语千言，旁边要没个证明的人，幼女孤男，未免觉得……"想到这里，浑身益发摇摇无主起来。

呆了半晌，他忽然把眉儿一扬，胸脯儿一挺，拿那把刀上下一指，说道："痴丫头！你看，这上面是什么？下面是什么？便是明里无人，岂得暗中无神？纵说暗中无神，难道他不是人不成？我不是人不成？何妨！"

① 笋子——榫头。

说着，他就先到厨房，向灶边寻了一根秫秸在灯盏里蘸了些油，点只出来；到了禅堂门首，一着手扭开那锁门的禅杖，进房先点上了灯。

那公子见他回来，说道："姑娘，你可回来了？方才你走后，险些儿不曾把我吓死！"那女子忙问道："难道又有什么响动不成？"公子说："岂止响动，直进屋里来了！"女子说："不信门关得这样牢靠他会进来？"公子道："他何尝用从门里走，从窗户里就进来了！"女子忙问："进来便怎么样？"

公子指天画地的说道："进来他就跳上桌子，把那桌子上的菜舔了个干净！我这里拍着窗户，吆喝了两声，他才夹着尾巴跑了！"女子道："这到底是个什么东西？"公子道："是个挺大的大狸花猫！"女子含怒道："你这人怎的这等没要紧！如今大事已完，我有万言相告，此时才该你我闲谈的时候了。"

只见他靠了桌子坐下，一只手按了那把倭刀，言无数句，话不一夕，才待开口，还未开口，侧耳一听，只听得一片哭声，哭道是："皇天菩萨救命呀！"那哭声哭得来十分悲惨！正是：

好似钱塘潮汐水，一波才退一波来。

要知那哭声是怎个的原由，那女子听了如何，下回书交代。

第七回

探地穴辛勤怜弱女　摘鬼脸谈笑馘[1]淫娃

上回书表的是那个不知姓名穿红的女子在能仁寺扫荡了庙里的凶僧,救了安公子的性命,正待向安公子讲他前番在悦来店走的情由,此番到这庙里的原故,只听得一片哭声,口叫"皇天救命"。他便诧异道:"奇呀！这庙里的和尚被我杀得尽净,庙外又前是高山,后是旷野,远无村落,近无人家,况又是深更半夜,这哭声从何而来?"安公子说:"哭了这半日了;方才还像是拌嘴似的来着,我只道是街坊家呢。"女子说:"岂有此理。此处那有个街坊？事有蹊跷。"

说着,又听得哭起来。那女子便走到当院里顺着那声音听去,好似在厨房院里一般。他忙忙的掖好了刀来到那月光门里,只听得哭声越近,竟是在堆柴炭的那一间房里;走到那破窗户跟前一看,只见堆着些柴炭,并无人迹;看了看那门,却是锁着。他便用手扭断了锁进去,只见挨北墙靠西也有个小门关着,靠东柴垛后面合着装煤的一个大荆条筐,上面扣着一口破钟也有水缸般大小。他心里想道:"这口钟放得好蹊跷!"因把那破钟揭起,放在一边;再掀开筐一看,果见一个人黑魆[2]魆的作一堆儿蹲在那里喘气。

列公,你道这人为何在此？原来这庙里和尚作恶多端,平日不公不法的事也不止安公子这一件。就筐子里这个人,也是这日午间来打尖的;那和尚把他关锁在屋里,扣在大筐底下,并说不许作声,但要高声,一定要他性命,就交给那个秃子和那瘦的和尚换替照应。这人在筐里闷了半日,忽听得外面一阵喧闹,次后却听不见些声息,连那两个和尚也不来查看他;他一时急闷,饥饿难当,不由的一声哭喊;被这位好事的姑娘听见,就寻声

---

① 馘(guó)——削杀。将脸部削掉使人致死。

② 魆(xū)——暗。

救苦的搜寻出来。

那人还只道是和尚来了，吓得不敢作声。女子道："你这人不要害怕，我是来救你的。快些随我出来，到这月色灯光之下，问你个端的。"说着，自己先走进了厨房。那人听得是个女子声音，才慢慢的站起来，战兢兢的随后跟了来。

那女子正在那里拨那盏油灯，听他跟了来，回头一看，只见他年纪约莫五十余岁，是个乡下打扮。才待和他说话，不想那人奔向前来，叫了声："我的孩儿！我只道今生不能和你相见，原来你还好端端的在此！只是你妈妈怎么不见？"

女子一听，心里诧异说："这是那里说起？"因说道："想是闷糊涂了，认错了人。"那人揉了揉眼睛一看，才晓得是自己认差了，慌得他连忙跪下，道："姑娘，是我小老儿眼瞎了。姑娘，你是何人，前来救我？"女子说："你且莫问我，且把你的姓名原故说来。"那人说："这话说来话长。姑娘，既承你救了我这条草命，怎的领我去见见我那女儿老伴儿才好！"

女子心问道："你的妻女在那里？"那人说："那大师傅推推搡搡的把我推出来就锁我在这里。谁知道他弄到那里去了。"女子道："咈！既这等，我方才把这庙里走了个遍，怎的不曾见个人来？"

那人听了又哭起来道："天哪！这一定是没了命了！"女子道："你且莫哭。你耐心在这里歇歇儿等候，不可乱走，等我务必给你寻来才罢。"那人听了又磕下头去；即至起来，那女子早一路刀光出去了。

却说安公子正因女子寻那哭声，不见回来，心中在那里盼望；忽然听得女子进来，隔着排插说道："姑娘，你听，这隔壁又拌起来了。"

女子侧耳凝神的听了一会，那声音竟是从里间屋里来。他便进到里边留神向桌子底下以至床下看了一番，连连的摇头纳闷。

列公，你道他为何在桌子床下寻找起来？原来外间穷山僻壤，有等惯劫客商的黑店和不守清规的庙宇，多有在那卧床后边供桌底下设着地窨①子，或是安着地道；往往遇着孤身客人，半夜出来劫他的资财，不就害

① 窨(yìn)——地下室。

人性命,甚至关藏妇女在内。外省的地平[①],又多是用木板铺的,上面严丝合缝盖上,轻易看不出来。

这些勾当,大约一桩也瞒不过这女子。就便这能仁寺庙里的和尚平日怎的不公不法,他也略知;只是与自己无干,不值得管这闲事。及至方才和那个瘦子秃子两个和尚交手,听了那一段不三不四的,早料定这庙中除了劫财害命定还有些伤天害理的勾当作出来,因急切要救安公子,且不能兼顾到此。如今听了那个老头儿的一番话,早又动了他一个侠烈心肠,定要寻出那母女二人的所在,看是个什么情由。满屋里寻了一会,不见了踪迹,急的怒气填胸,说道:“今日就上天入地,一定要寻着他才罢!”说着,满屋里端相一会。看着北面那一槽隔断安的有些古怪,进了那小门一看,只见并无一物,止一条黑夹道子,从那间柴炭房北墙后面直通到两间厨房的西北墙角那个门去;从那门缝里,便看了厨房灯光,也不像有什么原故。踅身回来再找,只见那屋里放着的两个平顶柜,北边一顶搭着锁,南边一顶柜门虚掩;顺手开了那柜门,见里面搁着一顶旧僧帽和些茶碗茶盘随手动用的东西,一层尘土,像是不大开的光景。看完,又到北边那顶柜子跟前把锁头开开一看,心中大喜,说:“在这里了!”原来这顶柜子里面,中腰不安抽屉,下面也没踏板;那后面的背板一扇到底抹的油光水滑,像是常有人出入的样子。

那柜门一开,早听得隔着背板一个人说道:“我劝你的不是好话?张嘴就讲骂,动手就讲打!等大师傅回来,你瞧我给你告诉不给你告诉!告诉了,这里了你的小命儿,我见不得你!”又一个道:“那怕你这禽兽告诉!我此时视死如归,那个还要这性命!”又听得一个苍老声音说道:“事情到了这里,我们还是好生求他,别价破口。”

这女子听了,那里还按纳得住,一面把那把刀掖在背后,一面伸手就把那柜子背板一拍,拍的连声的响。只这一拍,听得里面哗啷哗啷的一阵铃铛响,就有个人接声儿说:“来了。”又听他一面走着,一面嘟囔道:“我告诉你,大师傅可是回来了。我看你可再骂罢!”外面听了,连连的又拍

---

① 地平——此指室内地面。

了两下。又听得里面说："来了。你老人家别忙啊。这个夹道子还带①是漆黑，也得一步儿一步儿的慢慢儿的上啊。"

说着，那声音便到了跟前。接着听得扯的那关门的锁链子响，又一阵铃声，那扇背板便从里边喽吱开了。那女子对面一看，门里闪出一个中年妇人。只见他打半截子黑炭头也似价的鬓角子，擦了一层石灰墙也似价的粉脸，点一张猪血盆也似价的嘴唇；一双肉胞眼，两道扫帚眉；鼻孔撩天，包牙外露；戴一头黄块块的簪子，穿一件元青扣绉的衣裳，卷着大宽的桃红袖子；妖气妖声，怪模怪样的问了那女子一声，说："我只当是我们大师傅呢！你是谁呀？"说着，就要关那门。

那女子探身子轻轻的用指头把门点住。那妇人说："你只不叫关门，你到底说明白了。你是谁呀？"那女子道："你怎的连我也不认得了？我就是我么！"那妇人道："可一个怎么你是你呢？"女子道："你不叫我是我，难道叫我也是你不成？"妇人道："我不懂得你这绕口令儿啊！你只说你作什么来了？谁叫你来的？你怎么就知道有这门儿？"

那女子原是个聪明绝顶的，他就借着那妇人方才的话音儿，说道："我是你们大师傅请我来的。你不容我进去，我就走。"妇人道："我们大师傅请你来的？请你来作什么？"女子道："请我来帮着你劝他呀。"

那妇人听了，这才咧着那大薄片子嘴答道："你瞧，'大水冲了龙王庙，一家人不认得一家人'咧！那么着，请屋里坐。"他这才把门开开。女子道："你先走。"只见他一面先走，口里说道："你瞧，大师傅可又找了个人儿劝你来了。人家可比我漂亮，我看你还不答应！"

女子让他走后，一脚跨进门去。只见里面原来是个夹墙地窨子。那门里一条夹道，约莫有二尺来宽，从北头砌就楼梯一般，一层层的台阶下去。靠西一带砖墙，靠东一层隔断板子，中间方窗，南头有个小门，从门里直透出灯光来。

女子看了，先把那扇背板门摘下来立在旁边才一步步的下台阶来；走到台阶尽处，进了那个小门，一眼就看见一个十七八岁的女子在里面，他

---

① 带——口语。"很"；"全"。

那形容和自己生的一模一样，倒像照着了镜子一般，不觉心里暗惊道："奇怪！都道是'人心不同，各如其面'；怎生有这等相像的？"定了一定，把那地窨子里周遭一看：下面一样的方砖墁地；上面横着一尺来见方的通连大木；大木上搪着一块一块的石板；料想这石板上便是那间堆柴炭的屋子。四围一看，西面板壁门窗，南北东三面却是砖墙，西北角留个进风出气的气眼。屋里正北安一张大床，床东头直上摆着三四个箱子，床西脚底下挂着个帘儿；靠西壁又是一张独睡床，靠东墙南首一架衣裳槅子，北首一桌两杌，靠南墙一张春凳。那女子便坐在那条凳上。旁边坐着个老婆儿，想是他的母亲。那老婆儿也是个村庄打扮。那女孩儿穿一件旧月白宫绸夹袄，系一条青串绸夹裙，头上略略的有些钗环，下面被裙儿盖着，看不出那脚的大小。但见他虽则随常装束，却是红颜绿鬓，俏丽动人；虽是乡间女儿，露着慧性灵心，温柔不俗。只是哭得粉光惨淡，鬓影蓬松，低头坐在那里垂泪，看着好生令人不忍。

这穿红的女子看罢，走到他跟前平平的道了一个万福，说道："这位姑娘，一个女孩儿人家，既把身子落在这等地方，自然要商量个长法儿。事款[①]则圆，你且住啼哭，休得叫骂。"

这句话还不曾说完，只见那穿月白的女子站起身来恶狠狠的向他面上啐了一口道："呀呸！放屁！这是什么所在！甚的勾当！还有何商量？你怎么叫我不要啼哭叫骂？我看你也是人家一个女孩儿，你难道就能甘心忍受不成？你快快给我闭了那张口！再要多言可莫怨我女孩儿家粗鲁！"那老婆儿忙拦道："儿啊，不要这样。这位姑娘说的是好话。"那女子又厉声道："什么好话！他不过与强盗通同一气！我倒可惜他这等一个好模样儿作这等的无耻不堪的行径！可不辱没了'女孩儿'三个字！"

列公，这《儿女英雄传》已演到第七回了。这位穿红的姑娘的谈锋，本领，性格儿，众位也都领教过了，大约他自出娘胎不曾屈过心，服过气；如今被这穿月白的女子这等辱骂，有个不翻脸的么？谁知儿女英雄作事，毕竟不同。他见这穿月白的女子这等的贞烈，心里越加敬爱，说："这才

---

① 款——缓。

不枉长的和我一个模样儿呢!”随即向后退了一步,把脸上的唾沫星子擦了擦,笑着叹了声,道:“姑娘,你受这等的委屈,自然该急怒交加,我不怪你。只是我要请教,难道只这等啼哭叫骂会子就没事了不成?你再想想。”穿月白的女子道:“还想些什么?我不过是个死!”穿红的女子听了,笑道:“蝼蚁尚且贪生,怎么轻轻儿的就说个‘死’字?”穿月白的女子道:“我不像你这等怕死贪生,甘心卑污苟贱,给那恶僧支使,亏你还有脸说来劝我!”

那个讨厌的女人见他一句一骂,看不过了,拿着根潮烟袋,指着那穿月白的女子,说道:“格格①儿!你可别拿着和我的你一铳子性儿和人家闹!你瞧瞧,人家脊梁上可掖着把大刀呢!”那穿月白的女子道:“那怕他一把刀!就是剑树刀山,我不怕!”

穿红的女子正要打叠②起无限的低情屈意安慰那穿月白的女子,又被这讨厌的妇人一岔;他便回头喝道:“这又与你何干?要你来多嘴!”那妇人道:“一个鼻子底下长着嘴,谁还管着谁不准说话吗?”穿红的女子道:“就是我管着你不准说话!”说着,就回手摸身后那把刀。那妇人见这样子便有些发毛,一扭头道:“不说就不说!你打谅我爱说话呢!我留着话还打点阎王爷呢!”

那女子才转身来向着那老婆儿道:“老人家,我看你这令爱姑娘一团的烈性,万种的伤心,此时就有什么样的话大约也和他说不进去。老人家,你问他一声:我们且离了这个地方,外面见见天光,可好不好?”

老婆儿听了,问他女儿道:“听见了?儿啊,这位姑娘敢是好意。”那穿月白的女子道:“什么地方我不敢去!就走!看他又把我怎的!”说着,站起来就走。那个妇人见了,扯住他道:“你站住!人家大师傅叫我在这儿劝你,可没说准你出这个门儿。你那儿走哇?守着钱粮儿过啵,你又走罗!”

那穿红的女子听了,拔下那把刀来用刀背把他的胳膊一拦,向那母女二人道:“你娘儿两个只顾走。”那母女见了也有些害怕,只得就走。那穿

---

① 格格——清代对皇族女儿的称呼。

② 打叠——收拾;安排;准备。

红的女子用刀指着那妇人道:“你也出去!”那妇人道:“又要我作什么呀?”口里只顾说,他却连忙拿了他的烟袋,潮烟,火纸,跟了出来。

那穿红的女子也随即拿了灯紧跟着出了那地窨子门。他恐怕那妇人到西间去看见安公子,又得费一番唇舌,便站在当门让他母女二人在那张木床上坐下,说道:“姑娘少坐,等我请个人来给你见见。”说着,便拉了那妇人脚不沾地的进了北边那隔断门,正不知他那里去了。

那穿月白的女子纳闷道:“这个人来的好生作怪!方才我乍听了那混帐女人的话,只道他果然是和尚找来劝我的。及至我那等拒绝他,他不着一些恼,还是和容悦色,宛转着说,看他竟是一片柔肠,一团侠气。——怎的此时又把那混帐东西拉了去?难道是又去请那个和尚去了不成?果然如此,好叫人不得明白。……”那老婆儿也是呆呆的发闷。

正盼望间,只见那女子同了那妇人拿着个火亮儿从夹道子里领了一个人来,望着他母女说道:“你娘儿们且见见这个人再讲。”

那穿月白的女子抬头一看,那里是和尚,原来是他父亲。他父女夫妻一见,“呀”的一声,就携手大哭起来。那老头儿道:“儿啊!千亏万亏,亏了这位姑娘救了我的性命!不然,此时早已闷死了!”

那穿月白的女子此时才知那穿红的女子全是一片屈己救人之心,正要下拜。只听他说道:“你们且不必繁文,大家坐好了,把你们的一往情由说明,我自有个道理。”

他父女夫妻就在木床上坐下。穿红的女子便在靠窗户杌子上坐下。那妇人也要挨着他坐。他喝声道:“你另找地方坐去!”那妇人道:“这可是新样儿的‘游僧撵住持’!我们的屋子,我倒没了座儿了!”说着,蹲下在那柜子底下掏出一个小板凳儿来塞在屁股底下坐了,一声儿不言语,噗哧噗哧只吃他的潮烟。

乱过了这一阵,那老头儿才望着穿红的女子说道:“姑娘,我小老儿姓张,名叫张乐世;乡亲叫顺了嘴,都叫我‘张老实’。我是河南彰德府人,在东关外落乡居住。哥儿两个。兄弟张乐天是学里的秀才,去年没了,剩了我一个人同了我这老伴儿带着女儿过日子。我这女孩叫作张金凤,今年十八岁了,从小儿他叔叔叫他念书认字,什么书儿都念过,什么字儿都认得,学得能写会算,又是一把的好活计。我这老婆子是京东人,他有个哥哥在京东帮人作买卖。要讲我家还算有碗粥喝,只因我们河南一连三年旱涝不收,慌乱的了不得,这些乡亲不是这家借一斗粱,就是那家要几升豆子,我那里供给得起?说声没有,他们就强夺硬抢,我和老婆儿说,这个地方儿可住不住了。我们商量着把几间房儿亩地典给村里的大户,又把家家伙伙的折变了,一共得了百十两银子,套上家里的大车,带上娘儿两个,想着到京东去投奔亲戚找个小买卖作。不想今日走岔了路,走到这条背道上来。走了半日,肚子里饿了,没处打尖,见这庙门上挂着个饭幌子[①],就在这里歇下。这庙里的师傅们把我们让到这禅堂来,吃了他一顿素饭,临走我拿了两挂儿东钱[②]——合六百六十六个京钱——给他。他家当家的大和尚摆手说:'一顿饭也值得收你的钱,我化你的善缘罢。'我说:'我一个乡老儿,你可化我个什么呢?'他说:'不化你东,不化你西,只化你盘头大闺女[③]。'我说:'这地方儿,我那里给你买木鱼子去呢?'他就指着女儿,说道:'你这不是现成的一个盘头大闺女么?'女儿听了,站起来就走。我们两口儿也抢白了他几句。待要出门,那大师傅就叉着门不叫我们走。这大嫂也不知从那里来,把他娘儿两个拉住。那大师傅就把我推推搡搡推到那间柴炭房里去扣在大筐底下。往后的事情,我就不知道了。"说着,向他老婆儿道:"后来是怎的,你告诉这位姑娘。"

那老婆儿哭眼抹泪的说道:"阿弥陀佛!说也不当家花拉的![④] 这位大嫂一拉就把我们拉在那地窨子里。落后那大师傅也来了,要把我们留下。说了半日,女儿只是拾头撞脑要寻死。也是这位大嫂说着让那大师傅出去,等他慢慢的劝我女儿。姑娘,你想想,这件事可怎么点得头呢?正闹得难解难分,姑娘你就进来了。

那穿红的女子道:"且住。你们是什么时候进去的?那和尚是什么

---

① 饭幌子——幌,即"望子",旧时店铺用来招引顾客的布招。

② 东钱——铁钱。

③ 盘头大闺女——木鱼别称,这里用作语意双关。

④ 不当家花拉的——北方方言。家,即"价"音。不当,对神灵的亵渎不敬。此为引申义"罪过"。

时候出来的？你这令爱姑娘可曾受他的作践？”那妇人道：“月亮爷照着膝膈眼子呢！人家大师傅甜言蜜语儿哄着他，还没说上三句话，他就把人家抓了个稀烂，还作践他呢！说得他那么软饽饽儿似的！”那穿红的女子也不理他。只见那老婆儿连连摇手，说：“受他什么作践倒没有价。”那穿红的女子点了点头儿，说：“这话我都明白了。既然如此，少时我见了那大师傅，央及央及他，叫他放你一家儿逃生，如何？”

那张金凤只是低头垂泪。那老两口儿听了，连连的作揖下拜，说道：“果然如此，我们来生来世就变个驴变个马报姑娘的好处！再不，我们就给你吃一辈子的长斋，都使得！”

那穿红的女子说：“这话言重。”才回头要向那妇人搭话，只听他自己在那里咕囔道：“放啊！我们还留着祭灶①呢！”

那穿红的女子见他这等的语言无味，面目可憎，那怒气已是按纳不住，无奈得问问他的来历，只得冷笑了一声，向他道：“就让你说。你把你是怎样一桩事情也说来我听听。”

那妇人道：“我还说话吗？我只打量你们把我当哑巴卖了呢！”说着，又伸着脖子抽了两口潮烟，磕了烟袋，灭了火纸。他才站起来满地张牙舞爪的说道：“这不当着他们俩老的儿么？你也不是外人，我讨个大，说咱们姐儿们今儿碰在一块儿算有缘。”那穿红的女子说：“你站住！别和我论姐儿们！我是我！他是他！你是你！”那妇人道：“亲香点儿倒不好！我今儿怎么碰见你们姐儿们都是这么撅巴②棍子似的呢！”

那穿红的女子催他说道：“你说罢！别累赘！”他才接着说道：“我贱姓王。——呸！我们死鬼当家儿的姓王！我们哥儿八个，我们当家儿的是第老③的。人家都知道挣钱养家，独他好吃懒做，喝酒耍钱，永远不知道顾顾我；我全仗着人家大师傅一个月贴补个三吊五吊的。赶④他死了，

---

① 留着祭灶——“放”的调侃语，意即“不能放”。因为祭灶的祭品很简单，所以要“留着”。

② 撅巴——生硬犟直。

③ 第老——兄弟姊妹排行最小的。

④ 赶——等。

我说，这还守个什么劲儿呢？我可就跟了这庙里的大师傅来了。要提起人家大师傅来，忒好咧，真别辜负了人家的心！你们瞧，我这脑袋上都是镀金的；这件衣裳是买了整匹的花儿洋绉现裁的；我这裤子汗塌儿①都是绸子的：总说了罢，算万道丝儿把我裹着呢！吃的更不用讲了。天天的肥鸡大鸭子。你想，咱们配么？"那女子说道："别咱们！你！"妇人道："我就是我！我到了这庙里没半年，人家大师傅花的那钱打我这么个银人儿都打出来了！——就是一样儿，活重些儿。"

那女子问道："你这样好吃好穿，还有什么重活叫你作呀？"妇人道："你不知道。我们这庙里爷儿六七个呢。大师傅是个当家的；二师傅是个带发儿修行，好本事浑实着的哪；还有个小大师傅，小二师傅：小大师傅打的一都的好拳；小二师傅是个扫脑儿，也不弱；还有个三儿。你等回来大师傅来了，你都见的着的。他们爷儿五哇，洗洗汕汕，缝缝连连，都得我。我一个人儿张罗的过来吗？可巧今天儿个早起，他们娘儿们来了，我们大师傅就要把他们留下。我乐得什么似的！谁知大师傅那么耐着烦儿俯给他，他还不愿意。人家拿出来的大红绸子，他也不要；还有五两的中锭，整个儿的大元宝，他也不要。末后大师傅翻箱倒笼找出小姆指头儿壮的一支真金镯子来，想着要给他带在手上呢，他伸手哓嚓的一下子把人家的脖子抓了个长血直流的！你瞧，他歹毒不歹毒？"

那女子问道："这之后便怎么样呢？"那妇人道："怎么样，人家大师傅拔出刀来就要杀他呀？你打量怎么着？我好容易救月儿②似的才拦住了！我说：'人生面不熟的，别忙，你老等我劝劝他。'谁知越劝倒把他劝翻了，张口娼妇，闭口蹄子！"说着，又对那穿月白的女子道："你瞧，娼妇头上戴这个？身上也穿这个？你怎么说呢！"

那穿红的女子问他道："这等说，你还不曾劝动他；少停你们大师傅回来，你怎么对他呢？"那妇人笑嘻嘻道的道："你听啊！如今不是我们大师傅找了你来了么？我瞧你这嘴又来得，你劝他他没个不答应的。你算，

① 汗塌儿——汗衫。

② 救月儿——也称护月。古人迷信，认为月食是天狗吃月亮。所以月食时人们用响锣鼓噪或祈祷的办法来挽救月亮。

我们庙里他们爷儿五哇，除了二师傅他是在外头跑海走黑道①儿的，三儿小呢，可巧剩他爷们三个，咱们姐儿三个；咱们闹个刘海儿的‘金钱垫香炉’，各抱一条腿儿，你瞧，这高不高？”

那穿红的女子本就一腔子的忿气，听这妇人说的这等无耻不堪，那里还忍耐得住；只见他一言不发，回手拔出那把刀来，刀背向地，刀刃朝天，从那妇人的下巴底下往上一掠，唰一声，早变了个血脸的人，不曾听他一声儿，咕咚往后便倒。这一倒，但见个东西翻在半空里，从半空打了一个滚儿，吧，掉在地下。大家一看，原来把那妇人的前脸子削下来了，落在平地，还是五官乱动。

那穿红的女子不禁持刀大笑，说：“这个东西怪不得他如此不堪无耻！原来他带着个鬼脸儿呢！”那老两口儿见了，吓得体似筛糠的道：“姑娘，你咱②的把他杀了？可不吓煞了人！”倒是那张金凤一见，十分痛快，说道：“杀得好！这等禽兽一般的人，留他在世上何用！”那老两口儿道：“儿啊！你那里知道！他是那大师傅的心上人！他回来见杀了他的人，你我都是没命的了！这越发不好了！”那穿红的女子笑道：“我看你们说来说去不过是怕那个大师傅；你们跟我见见那大师傅去。”

那张金凤听见要见和尚去，他便有些不愿意。穿红的女子笑道：“方才我听你刀山咧，剑树咧，死呀活呀的，倒像傻冲打的似的，怎么此刻完了本事了？不妨，跟我来。”说着，拉了他的手就走。那老两口儿也只得跟了出来。及至出了房门一看，只见那月光之下，满院横倒竖卧七长八短的一地死和尚。把个老婆儿吓得跌了一跤，幸喜窗户挡住不曾跌倒；老头儿吓得闭口无言。

那张金凤怔了一回，说道：“呀！如今世上那有这等的一个出众英雄来作这等的惊人事业？”那穿红的女子听了他这话，酒窝儿一动，蛾眉儿一挑，用两个指头指着鼻子笑着说道：“不敢欺，就是我！”当下姑娘脸上的那番得意，漫说出将入相，八座三台，大约立刻叫他登基坐殿，成佛升天，他也不换！

闲话休提。却说他把话说完，便把那父女夫妻三人让进房来，自己重

---

① 跑海走黑道——四处做强盗。

② 咱(zǎn)——同“怎”。

新进屋里一刀把那妇人的鬼脸儿扎起来往院子一丢,又把那尸首提起来也向那墙角一扔,说声“跟了你大师傅去罢!”把那张金凤看了,定了会神,这才大悟转来,说:“哦!我晓得了!你那里是什么劝我,竟是来救我一家儿的性命的一位恩深义重的姐姐!姐姐请上,受我全家一拜!”连那老两口儿也跪在尘埃拜个不住。忙得那穿红的女子说:“阿呀呀!你二位老人家快快请起,不可折了我的寿数!”他老两口儿起来。那女子又去拉张金凤。那张金凤跪着不肯起来,说道:“请问姐姐姓甚名谁?家乡何处?住在那里?怎的就晓得我在此地遭这场大难,前来搭救?望姐姐说个明白!我张金凤生必衔环①,死当结草②!”

那穿红的女子说道:“这话才叫作‘说也话长’。”说着,便把张乐世——张老头儿让在堂屋西边春凳上,张老婆儿母女二人让在东边春凳上。他自己却在北面靠桌上首杌子上坐下,把那把刀放在桌儿里边靠墙。大家这才侧耳凝神,听他说他的来历。只见他满脸堆欢,不慌不忙,未从开口,先将身子往西一探,向那西间的南炕叫了一声“安公子”。这正是:

人生第一开心事,辛苦功成闲话时。

要知那姑娘说出些什么言词,下回书交代。

---

① 衔环——《后汉书·杨震传》李贤注引《续齐谐记》载,东汉杨宝救了一只黄雀,某夜一黄衣童子以白环四枚相报,杨子、孙、曾孙皆成显贵。

② 结草——受恩深重,虽死亦报。春秋时魏颗不用父妾为父殉葬,嫁之。后与秦杜回作战时,见一老人结草绳将杜绊倒,助颗获胜。夜梦老人告知,乃系被嫁妾之父。见《左传·宣公十五年》。

第　八　回

十三妹故露尾藏头　一双人偏寻根觅究

这回书说书的先有个交代。列公,你看书中说的不知姓名的这个穿红的女子,不过是个过路儿的人遇见桩不相干儿的事,得了骡夫的一句话救了安公子,听得张老头儿的一声哭救了张金凤,便救了他两家的性命;杀了一晚,讲了万言;讲得来满口生烟,杀得来浑身是汗;被那张金凤骂得眼泪往肚子里咽,被那"王八的奶奶儿"呕得肝火往顶门上攻;直到此时方喘转这口气来,才落得张金凤明白他是片侠气柔肠;那排插后面还寄放着一个说煞说不清的安公子,还得和他费无限的唇舌。要讲一个闺门女子,这叫作不安本分,无故多事;要讲他这种胸襟,这番举动,就让是个血性男子也作不来。替他细想去:他是沽名?还是图利?难道谁求他作的?还是谁派他作的不成?总不过一个"不忍人之心",才动得了这片儿女心肠,英雄肝胆。只是天地虽大,苦人甚多,那里找的着许多的穿红女子来!

闲言少叙。却说这位姑娘见张金凤问他的姓名来历,欲待不说,不但打不破张金凤这个疑团,就连安公子直到此时也还不得知他是怎样一个人怎生一桩事;若此刻先对张金凤讲一番,回来又向安公子说一遍,又恐听书的道是重絮:故此他未曾开口,先向西间排插后面叫了声"安公子"。

这个当儿,张老夫妻两个,因方才险些儿性命不保,此刻忽然的骨肉团圆,惊喜交加,匆忙里并不曾听得那姑娘叫"安公子"三个字。张金凤听得明白,心里诧异道:"这里怎生的有个什么安公子?况且我看这人也是个黄花女儿,岂有远路深更和位公子同行之理?"就说是他的至亲兄弟,也该有个称呼,怎的称作公子,还称起他的姓来?此事好不明白!"

且不言张金凤在那里纳闷。却说安公子在排插后面炕里边守着那个黄包袱,听得东间忽而杀了一个人,忽而救了一个人,哭一阵,笑一阵,骂一阵,拜一阵,听得呆了。那位姑娘叫了他一声,他直不曾听见。姑娘见他不答应,又连叫道:"安公子,睡着了?"他这才听得,连忙的答应了一声"嗻",说:"不曾睡。"姑娘说:"既没睡,下炕来,有话和你说。"

只听他又应了一声，只是止听得人声儿，不见个人影儿。那姑娘急了，又催他说："怎么着，下不来炕了呢？"听他道："一身的纽襻子被那和尚撕了个稀烂，敞胸开怀，赤身露体，走到人前成何体面！"姑娘道："这又奇了。你方才不是这个样儿见的我么？难道我不是个人不成？"又听他慢条斯理的说道："呵呵呵！非也，非也！方才是性命呼吸之间，何暇及此！如今是患退身安哪。我是宁可失仪，不肯错步！"

姑娘听了，说道："我的少爷，你可酸死我了！这么着，我给你出个主意。你把那带子解开，衣裳一件一件的掩上，系上带子，套上你那件马褂儿，大约也就不至于赤身露体了罢？"只听他道："有理！"紧接着就像是在那里整理衣裳带子。

迟了一会，依然不见下来，但听他咳了一声，说："了不得了！这更下不去了！"姑娘闻说："这又是个什么缘故呢？"只这一句，再也听不见他答应。此时把个姑娘怄得冒火，和他嚷道："是怎么下不来，你到底说呀！凭他什么为难的事，你自说，我有主意。"他又俄延了半日晌才低声慢语的说道："我溺了。"姑娘一听，心里说道："这是怎么说呢？我这里又不曾冲锋打仗，又不曾放炮开山，不过是我用刀砍了几个不成材的和尚，何至于就把他吓的溺了呢？"

这姑娘心里只管是这等想，但是他已经溺了，凭是怎样的大本领，可怎么替他出这个主意呢？想了半日，无法，只好作硬文章了，说："你就溺了，也得下炕来！"

不想这句话一逼，"人急智生"，又逼出他一个见识来了。他见那姑娘催得紧急，便蹲在那排插的角落里把裤子拧干，拉起衬衣裳的夹袄来擦了擦手，跳下炕来；才一下炕，又朝着那位姑娘跪下了。那姑娘大马金刀的坐在上面，把眉一皱，说："你怎么这么俗啊？起来！"

列公，在下且慢讲那姑娘的话，百忙里先把安公子和张金凤的情形交代明白。在安公子是个尊重诚实位少年，此时只望那穿红的姑娘说明来历，商个办法，早早的上路去见他父母，两只眼并不曾照到张金凤身上；在张金凤此时幸而保得自己的身子，父母的性命，只知感激依恋那位穿红的姑娘，一条心更送不到安公子身上。但是从炕上跳下那样大一个人来，再没说看不见的。况且他虽说是个乡村女子，外面生得一副月貌花容，心里藏着一副兰心蕙性①,他平日见的只不过是些俗子村夫;今日萍水相逢,忽然见这等一个斯文一派的少年公子,自然不觉得眼光一闪;又见那公子跪在地下,把他羞得面起红云,抬身往里间就走。那穿红的姑娘一把拉住,说:"不许跑,跟姐姐这里坐着。"便把他拉在自己身后坐下。这才向安公子道:"我们方才作的这桩事,说的这段话,你都听明白了不曾?"

安公子道:"听明白了。"姑娘说:"如此很好,免得我重叙。"因指着张老夫妻二位向他道:"你看,这两位老人家可是一介平民,你可是个贵家公子,他们就不应同你一处坐,何况叫你同他叙礼;但是圣人说的,'素患难行乎患难',如今大家都在患难之中,这可讲不得你的门第,过去见个礼儿。"

安公子此时感激姑娘,佩服姑娘,真同天人一样。假如姑娘说日头从西出来,他都信得及,岂有个不谨遵台命的;忙答应了一声,一抖积伶儿②,把作揖也忘了,左右开弓的请了俩安。张老实慌得抢过来跪下说:"公子,你折煞我小老儿了!"那老婆儿也是拉着两只袖子,拜呀拜的拜个不住,口里说道:"阿弥陀佛!不当家花拉的!公子,见礼罢。"那姑娘又指张金凤向他道:"这里还有个人儿呢。这是我妹子,也见个礼儿。"又赶着说:"别请安了,作揖罢。"安公子转过身来恭恭敬敬的作了一个揖。那张金凤也羞答答的还了一个万福。

那姑娘先向张老说道:"老人家,劳动你先把这一桌子的酒菜家伙捡开,擦干净了桌子,大家好说话。"张老应了一声,便一件件的搬出门去堆在廊下。安公子此时经了那姑娘的这番琢磨,脸儿也闯老了,胆子也闯大了,也来帮着张老搬运。他一眼看见了那把酒壶就发起恨来道:"咦!这就是方才那贼秃灌我的那毒药壶!待我来!"说着,提了那把酒壶,站在檐下向那和尚跟前一扔,说:"如今我也会敬你一杯!"姑娘说:"这还要怎么?没来由!"

一时,张老擦净了桌子,那姑娘便把张老同公子让在西首春凳,张老婆儿让在东首春凳坐下。他才回头向张金凤道:"妹子,你方才问我的姓

---

① 兰心蕙(huì)性——以兰、蕙香草喻女子心性纯美。蕙,蕙草,俗称"佩兰"。

② 抖积伶儿——原意为北京地区对人死前生理上回光返照现象的称谓。此处比喻得意、忘乎所以。

名家乡住处,还说怎的就晓得你在这里遭这场大难前来搭救,不是这话吗？我是个不通世路隐姓埋名的人;况且你我如浮萍暂聚,少一时,‘伯劳东去雁西飞’,我这残名贱姓竟不消提起。至于我的家乡,离此甚远,即便说出个地名儿来,你们也不知道方向儿,也不必讲到。话下要问我的住处,说来却离此不远,也不过在四五十里之外,却是个上不在天下不在地的地方儿。”

安公子听了,说:“这等,难道姑娘你在云端里住不曾?”姑娘答道:“差也不多。”公子说:“那有个在云端里住的理呢?”

那姑娘也不和他分辩,接着又向张金凤道:“妹子,你想,我在五十里地的那边,你在五十里地的这边,我就不知道这府这县这山这庙有你这等一个人,怎的知道今年今月今日今时有你遭难的这桩事会前来搭救呢?”张金凤道:“既这等,姐姐因何到此?”那姑娘道:“我这个人虽是个多事的人,但是凡那下坡走马顺风使船以至买好名儿戴高帽儿的那些营生我都不会作。我今日可是为救一个人来了,却不是救你。”说着,把脸一沉,手一指,指着安公子道:“我可是特来救安公子你来了。不知你知道不知道？明白不明白?”

安公子听了,连忙站起来道:“姑娘,人非草木！方才我安骥只为自己没眼力,没见识,误信人言,以致自投罗网,被那和尚绑上要取我的心肝,那时我的生死关头,不过只争一线;若不亏姑娘前来搭救,再有十个安骥,只怕此时也到无何有之乡了。此恩终身难报,怎说得个不知！只是我知道姑娘是前来救我,却不知姑娘因何前来救我？更不得知姑娘因何一直赶到此地来救我？还求你说个明白。再求你留下名姓,待我安骥禀过父母,先给你写个长生禄位牌儿,香花供养。你的救命深恩再容图报。”那姑娘道:“幸而你明白是我救你;不然,大约你有三条命也没了！你那图报不图报的话不必提。我的姓名,你不必问;必要问,我就捏个假名姓告诉你何妨。”

那张金凤说道:“姐姐,不是如此;便是妹子这里也一定要请问姐姐个姓名。就便是姐姐施恩不望报,也得给我们这受恩的留些地步才好。姐姐要不说,妹妹只得又跪下了。”那姑娘连忙一把拉住说:“快休这样。我纵然不说姓名,自然也得说明来历;不然,叫你们大家看着我这个样儿,还是《平妖传》的胡永儿？还是《锁云囊》的梅花娘？还真个的照方才那秃孽障说的，我是个‘女筋斗’呢？我的姓名虽然可以不谈，有等知道我的，认识我的，都称我作十三妹。你们大家都叫我十三妹就是了。”

大家听了都称了声“十三妹姑娘”。这个地方儿要让安公子积伶了。他听了这话，想了一想，道：“姑娘，你这称呼是九十的‘十’字？还是金石的‘石’字？”十三妹道：“这随你算那个字都使得。”只见他不容再问，便长叹了口气，眼圈儿一红，说道：“你们要知我的来历，我也是个好人家的儿女。我父亲也坐过朝廷的二品大员。”

张金凤听了，忙站起来福了一福，道：“原来是位千金小姐，妹子不知，方才多多得罪。”那姑娘笑道：“你这话更可不必。你我不幸托生个女孩儿，不能在世界上烈烈轰轰作番事业，也得有个人味儿。有个人味儿，就是乞婆丐妇也是天人；没些人味儿，让他紫诰金闺①也同狗彘。小姐又怎样？大姐又怎样？还说句笑话儿：你也见过一个千金小姐和强盗撒对儿②的么？”那张老道：“什么话！那说书说古的菩萨降妖捉怪的多着呢！”

安公子接着问道：“姑娘既是位大家闺秀，怎生来得到此？”十三妹道：“你听我说：我父亲曾任副将，只因遇着了个对头，——这对头是个天大地大无大不大的一个大脚色③，正是我父亲的上司！”说到这里咽住，把脸一红，又说道：“却又因我身上的事得罪了那厮。他就寻个缝子，参了一本，将我父亲革职拿问，下在监里。父亲一气身亡。那时要仗我这把刀，这张弹弓子，不是取不了那贼子的首级，要不了那贼子的性命，但是使不得。什么原故呢？一则他是朝廷重臣，国家正在用他建功立业的时候，不可因我一人私仇，坏国家的大事；二则我父亲的冤枉，我的本领，阖④省官员皆知，设若我作出件事来，簇簇新⑤的冤冤相报，大家未必不疑心到我，纵然奈何我不得，我使父亲九泉之下被一个不美之名，我断不肯；三则我上有老母，下无弟兄，父亲既死，就仗我一人奉养老母，万一机事不密，我有个短长，母亲无人养赡：因此上忍了这口恶气。又恐那贼子还放我孀

① 紫诰金闺——紫诰，朝廷诏书。金闺，闺阁美称，亦称朝廷。
② 撒对儿——对打；放对儿，以武力对敌。
③ 脚色——有来历的人。
④ 阖(hé)——全。
⑤ 簇(cù)——鲜亮整洁。

母孤女不下,我叫我的乳母丫鬟身穿重孝,扮作我母女模样,扶柩还乡。我自己却奉了母亲避到此地五十里地开外的一个地方投奔一家英雄。这家英雄现年八十八岁,真算得个不读诗书的圣贤,不怕势利的豪杰!不想到了那里,正遇着他遭了桩不得意事情,几乎把前半世的英名丧尽。是我拔刀相助,不但保全了他的英名,还给他挣过一口大气来。他便情愿破业倾家,要把我母女请到他家奉养。只是我这人与世人性情不同,恰恰的是曹操一个反面。曹操曾说:'宁使我负天下人,不使天下人负我。'我却只愿天下人受我的好处,不愿我受天下人的好处。当下只收了他一匹驴儿,此外不曾受他一丝一粒,只叫他在这上不在天下不着地的地方给我结了几间茅屋,我同老母居住。又承他的推情,那里村中众人的仗义,每日倒有三五个村庄妇女轮流服侍老人家。颇不寂寞。我才得腾出这条身子来弄几文钱供给老母的衣食。只是我一个女孩儿家除了针黹女工那是我生财之道?说来不怕你大家笑话,我活了十九岁,不知横针竖线,你就叫我钉个纽襻子,我不知从那头儿钉起。我只得靠着这把刀,这张弹弓,寻趁些没主儿的银钱用度。"

那安公子听到这里问道:"姑娘,世间那有个没主儿的银钱?"姑娘道:"你是个纨裤膏粱,这也无怪你不知,听我告诉你:即如你这囊中的银钱是自己折变了产业去救你的令尊交国家的官项:这便是'有主儿的钱'。再如那清官能吏,勤俭自奉,剩些廉俸;那买卖经商,辛苦贩运,剩些资财;那庄农人家,耕种刨锄,剩些衣食:也叫作'有主儿的钱'。此外有等贪官污吏,不顾官声,不惜民命,腰缠一满,十万八万的饱载而归;有等劣幕豪奴,主人赚朝廷的,他便赚主人的,及至主人一败,他就远走高飞,卷囊而去;还有等刁民恶棍,结交官府,盘剥乡愚,仗着银钱霸道横行,无恶不作:这等钱都叫作'没主儿钱'。凡是这等,我都要用他几文。不但不领他的情,还不愁他不双手奉送!这句话要说白了,就叫作女强盗了!"

公子说:"姑娘言重。据这等听起来,虽那昆仑、古押衙、公孙大娘、线娘等辈,皆不足道也!强盗云乎哉!强盗云乎哉!"姑娘忙拦他道:"算了!够酸的了!"

那张金凤接着问道:"我看姐姐这等细条条的个身子,这等娇娜娜的个模样儿,况又是官宦人家的千金,怎生有这般的本领?倒要请教。"

那姑娘道:"这也有个原故。我家原是历代书香。我自幼也曾读书识字。自从我祖父手里就了武职,便讲究些兵法阵图,练习各般武备,因此我父亲得了家学真传。那时我在旁见了这些东西,便无般的不爱。我父亲膝下无儿,就把我当个男孩儿教养,见我性情和这事相近,闲来也指点我些刀法枪法,久之就渐渐晓得了些道理。及至看了那各种兵书,才知不但技艺可以练得精,就是膂①力也可以练得到。若论十八般兵器,我都算拿得起来。只这刀法,枪法,弹弓,袖箭,拳脚,却是老人家口传心授。又得那位老英雄赠我的这头驴儿。这驴儿日行五百里,但遇着歹人或者异怪物事,他便咆哮不止,真真是个神物!因此任我所为,就把个红粉的家风作成个绿林的变相。这便是我的来历。我可不是上山学艺,跟着离山老母②学来的!"

张金凤也嫣然一笑。张老夫妻在旁听了,只是点头咂嘴。安公子说道:"方才我看那些和尚都来得不弱,那个陀头尤其凶横异常,怎的姑娘你轻描淡写的就断送了他?——今听如此说来,原来家学渊源,正所谓'惟大英雄能本色,是真名士自风流'了!"

十三妹道:"你先慢讲这些闲话。如今我的话是说完了,要请教你了。你我在悦来店怎的个遇见,怎的个情由,他三位无从晓得,也与他三位无干,此时不必饶舌。只是我临别的时节,那等的嘱咐你,千万等我回来见面再走,你到底不候着我回店,索性等不到明日,仓猝而行,这怎么讲?这也罢了,只是你又怎的会走到这庙里来?倒要请教。"

安公子听了这话,惭惶满面,说道:"姑娘,你问到这里,我安骥诚惶诚恐,愧悔无地!如今真人面前讲不得假话。我在店里听了姑娘你那番话始终半信半疑。原想等请了褚一官来,见了他再作道理。不想那去请褚一官的骡夫还不曾回来,那店主人便来说了许多的混帐话,我益发怕将起来。正说着,两个骡夫回来,又备说那褚一官不能前来,请我今晚就在他家去住的话。那骡夫店家又两下里一齐在旁撺掇,是我一时慌乱,就匆匆而走。不想将上那座高岭,又出桩岔事,连那不通人性的哑巴畜生也欺负起人来,忽然的一惊,就跑到此地。要不亏两个骡夫沿途保护,他还不知跑到那里才止。偏偏的又投了这凶僧的一座恶庙,正所谓'飞蛾投火,

① 膂(lǚ)——体力、筋力。

② 离山老母——神话中的女仙。离山即骊山、梨山。

自取焚身’。姑娘,我死不足惜,只是我读书一场,不得报父母的大恩,倒误了父母的大事,已经十死莫赎了!如今幸而不死,又把姑娘你一片侠肠埋没得暧昧不明,我安龙媒真真的愧悔无地!”

十三妹道:“你也晓得后悔。我索性叫你大悔一悔。你不但不曾认清我这番好意,你连那骡子的好意都辜负了!听我告诉你:你方才口口声声骂的那个欺负你的畜生正是你的救命恩人;你心心念念感激的那两个骡夫倒是你的勾魂使者!”

安公子听了吃惊道:“姑娘,你此话怎讲?”那张老夫妻二人和张金凤听了这话更摸不着头脑。只听姑娘望着大家说道:“今日这场是非也叫作‘合当有事’。我今日因母亲的薪水不继,偶然出来走走。不想走到岔道口的山前,遇见两个人在那里说话。我骑着驴儿从旁经过,只听得一个道:‘咱们有本事硬把他被套里的那二三千银子搬运过来还不领他的情呢!’我听了这话,一想,这岂不是一桩现成的事?与其等他搬运,我何不搬运来用用?因把牲口一带,绕到山后,要听听这桩事的方向来历。”

安公子便问道:“究竟是两个什么人呢?”十三妹笑道:“好叫你得知,就是你感激不尽的那两个骡夫!”说着,便把他怎的抱怨,怎的商量,怎的说不到二十八棵红柳树送信,回来怎的赚安公子出店上路,怎的到黑风岗要把他推落山涧拐了银子逃走的话说了一遍;又把自己如何借搬弄那块石头搭话才得说明,临别又如何谆谆的嘱咐安公子不可轻易动身,他到底怀疑不信,以致遭此大难,向张金凤并张老夫妻诉了一番。

张金凤这才得明白这姑娘的始末根由。就连安公子也是此时才如梦方醒;只听他说道:“姑娘!我安龙媒枉读诗书,在你覆载包罗之下,全然不解!如今看了你这番雄心侠气,竟激动我的性儿了!我竟要借你这把钢刀一用!”说着,伸手就拿那刀。

十三妹一把按住问他道:“你这又作什么?这个东西可不是玩儿的;一个不留神,把手指头拉个挺大的大口子,生疼要流血的。你嬷嬷爹又没在跟前,谁给你吹①呀?”只见他满脸通红,说道:“这也顾不及许多了!姑娘,你务必借我一用!”十三妹说:“你要作什么罢?”安公子道:“我要寻着那两个骡夫,把这大胆的狗男女碎尸万段,消我胸中之恨!”十三妹道:

---

① 吹——在伤处吹气,以减轻疼痛。

“这桩事不劳费心；方才那位大师傅不曾取你的心肝的时候，二师傅已就把他两个的心肝取了去了。你要不信，给你个凭据看看。”说着，向怀里掏出那封信来递给公子。

安公子一看，果然是交骡夫送去的那封信，连说道：“有天理呀有天理！”十三妹说：“少爷，你别怄①我了！我还有许多话要讲呢。”

安公子这才归座。只见那十三妹指着他向张老夫妻并张金凤道：“你们三位可别打量这位安公子和我是亲是故；我和他也是水米无交，今日才见。然则一个萍水相逢的人，我因何替他出这样的死力呢？我本来的意思原是得了那骡夫口里一个信息，要擎这注现成银子；及至访着安公子，见他那番光景，知他是个正人，问起情由又知他是个孝子，我心里先暗暗的钦敬，便不肯动手。后来听到他令尊的那番委屈又与我父亲所遭的冤枉大略相同。因此，我从那任侠尚义之中又动个同病相怜之意，便想救他这场大难。”说着，回头又向安公子道：

“俗语说的：‘救火须救灭，救人须救彻。’我明明听得那骡夫说不肯给你送这封信去请褚一官，况且那褚一官，我也略晓得些消息，便去请他，他三五天里也来不了；到了他的娘子，你就等到一百年也未必来的了。就让你在悦来店呆等，不致遭骡夫的毒手，你又怎生的到得淮安？所以我才出去走那一趟，要把事情替你布置的周全停妥，好叫你上路趱程，早早的图一个父子团圆，人财无恙。不想我把事情弄妥了，赶回店来，你倒躲了。我问问店家，他和我言语支离，推说不知去向。及至问到他无话可支了，他才说是两个骡夫请你到褚家住歇去了。我一听，这事不好了：他两个既不曾到褚家去，褚家这话从何而来？可不是他赚你上黑风岗去是那里去？这岂不是我不曾提你出火坑来反沉你到海底去了么？我十三妹这场孽可也造得不浅！我就拨转头来，顺着黑风岗这条路赶了下来。才上得黑风岗的山坡，月光之下，只见一个牲口脖子上拴的铃铛和一个草帽子扔在路旁，我只说这一定是走这条路无疑了。不想前行了几步，转寻不出那牲口的脚踪儿来。眼前一片荒草，倒像人迹不到的一般。一直寻到岗子顶上，越不见个影儿。那月色照得如同白昼，我便探身往山涧下一望，也不得些情形，只得顺着牲口的脚踪找了回来，见那牲口脚踪儿踹的散乱，直奔了

① 怄(òu)——亦作“呕”。引逗。

这庙里来。

“至于这座庙里和尚的行径,我早已晓得。我一想,这事尤其不妙了。便算你幸而不曾遭那骡夫的暗算,依然脱不了强盗的明劫,还不是一样?我就一口气赶到庙前。还不曾见个端的,我那个驴儿先不住的打鼻儿不肯往前走。我看了看庙门,又关得铁桶相似。我便下了牲口,拴在树上,一纵身上了山门,往庙里一望,只见正殿院落漆黑,只有那东西两院看得见灯火。我就蹲身跳将下来。——只是我虽会蹲纵,我那驴儿可不会蹲纵。我便悄悄的开了左边角门,把牲口拉进来。见那东配殿里堆着些粮食,就先把牲口寄顿在那屋里,然后出来纵上房去。”

且住!列公,听说书的打个岔。你听这姑娘的话,就怪不得他方才把庙里走了个遍,就是不曾到东配殿了。原来他进庙来就偷偷儿的进去寄顿①了一回驴儿了,你我不知。

闲话休提,言归正传。再讲那十三妹说道:“及至我上了房隐在山脊后一看,正见那凶僧手执尖刀和公子你说那段话。彼时我要跳下去,诚恐一个措手不及,那和尚先下手伤了你的性命;因此暗中连放②了两个弹子,结果了两个僧人。至于后来的那班秃厮,都是经公子你眼见的,我原无心要他的性命,怎奈他一个个自来送死。也是他们恶贯满盈,莫如叫他早把这口气还了太空,早变个披毛戴角的畜生,倒也是法门③的方便。再说假如那时要留他一个,你未必不再受累,又费一番唇舌精神。所以才斩草除根,不曾留得一个。安公子,如今你大约该信得及我不是为打算你这几两银子而来了罢?”说到这里,回头又向着张金凤叫了声:“妹子,你听我这话,可是我特来救安公子,不是特来救你一家性命,这就不消再讲了。”

此时安公子被十三妹一番言语问得闭口无言,只有垂泪;半晌,叹了一口气,道:“姑娘,我安龙媒真是百口无词,只是姑娘你也有一些儿欠通之处。”

十三妹听了,说道:“怎么说了半天,我倒有了不是了呢?你倒说说,我倒听听。”

安公子说:“姑娘,你若在店里就把那骡夫要谋我资财害我性命的话

① 寄顿——存放。
② 放——投掷。
③ 法门——佛教名词。佛教徒称修行者所入之门。

直捷了当的告诉了我,岂不省了你一番大事?”

十三妹听了这话,倒不禁笑起来,说:“这话我一点儿不欠通,到底是你作梦呢!假如你是个老练深沉有胆有识的人,我说了这话,你自然就用些机关,加些防范。你只看我那等的剖白嘱咐你还自寻苦恼,弄到这步田地,那时再告诉你这话,不知又该吓成怎的个模样!甚而至于益发疑我,倒误把那个狼心狗肺的东西当作好人,和他诉起衷肠来,可不更误了大事了么?”

安公子听了,连连拍腿点头,说:“不错的!不错的!姑娘,你如今就说我酸也罢,俗也罢,我安龙媒对了你这样的天人,只有五体投地了!”说着,又拜了下去。

那十三妹把身子闪在一旁,也不来拉,也不还拜,只说了一句:“这倒不敢当此大礼。”张老也连忙站起来道:“我小老儿倒有一句拙笨话;也不用讲这个那个,只我们两家,六条性命都是姑娘你救的。安公子他为官作宦,怎么样也报了恩了;只是我们两口儿是一对老朽无用的乡老儿,女儿又是个女孩儿家,你这样大恩,今生今世怎生答报的了!”那老婆儿也在一旁说:“嗳!真话的!”

十三妹把手一摆,说:“老人家快休如此说,要说你两家性命不是我十三妹救的,这话也是欺人。只是我方才说过的,安公子还得感激那头骡子,我这妹妹还得感激那个没脸的女人。这话怎么讲呢?要不亏那个骡子忽然一跑,安公子早已上了山岗,被那骡夫推落山涧,我便来救也是迟了;我这妹子要不亏那没脸的女人从中多事,早已遭那凶僧作践,我便来救也是晚了。难道这果真是一个两条腿的畜生,一个四条腿的畜生作得来的不成?这是个天。难道谁又看见天那里怎的个支使,谁又听见天怎的个吩咐的不成?这便是你二人一个孝心,一个节烈所感,天才牵引了我来。正不是一桩偶然的事。如今安公子性命保住了,资财保住了,他的二位老人可保无事了;我这妹子的性命保住了,身子保住了,你二位老人家可保无事了。我虽然句句的藏头露尾,被你二人层层的寻根觅究,话也大概说明白了。‘千里搭长棚,没个的不散筵席’,你我‘将军不下马,各自奔前程’,恕我失陪。”说着,掖上那把刀,迈步出门往外就走。这正是:

镜中花影波中月,假假真真辨不清。

要知那十三妹忙碌碌的又向那里去,下回书交代。

第　九　回

怜同病解橐[①]赠黄金　识良缘横刀联佳偶

这回书紧接上回,讲得是十三妹向安公子、张金凤并张老夫妻把一往的原由来历交代明白,迈步出门,朝外就走。安公子一见慌了,只慌得手足无措,却又不好上前相拦。张老夫妻二人更是没了主意,也只说得个"姑娘不要忙"。只有张金凤乖觉;他见十三妹才把话说完,掖上那把雁翎宝刀,头也不回,抬身就走,他便连忙抢了两步,抢到十三妹面前,回身迎头一跪,双手抱住十三妹两腿,说:"姐姐那里去?你此时是去不得的了嚏[②]!"

安公子同张老夫妻见了,便也一同上前围着不放。十三妹道:"这又奇了。你们的事是拨弄清楚了,我的话也交代明白了,你们如何还不放我去?"张金凤道:"我是断断不放姐姐去的!"十三妹道:"既如此,你且起来。"

张金凤双关紧抱,把脸靠住了那姑娘的腿,赖住不动,说:"要姐姐说了不去我才起来。"十三妹用手把他扶起,说:"你且起来,我才说去不去的话。"说着,扶起张金凤。大家重复归坐。

只见十三妹笑向大家指着张老夫妻道:"他二位老人家罢了,你们两个枉有这等个聪明样子,怎么也恁般呆气。你们道我真个要去么?你看这等的深更半夜,古庙荒山,虽说救了你两家性命,这个所在被我闹得血溅长空,尸横遍地,请问,就这样撂下走了,叫我们两家四个无依无靠的人怎么处?就便你们等到天亮,各自逃生,大路上也难免有人盘问。这岂不是没救成你们倒害了你们了么?就算我是个冒失鬼,闹了个烟雾尘天,一概不管,甩手走了,我们想想,难道炕上那个黄布包袱我就这等含含糊糊的丢下不成?就算我也丢下不要了,你们只看墙上挂的我这张弹弓。我

---

① 橐(túo)——口袋;袋子。

② 嚏(niā)——吴方言,表祈使语气。

这张弹弓是铜胎铁背，镂银砑①金，打一百二十步开外，不同寻常兵器；从我祖父手里传流到今，算个传家至宝；我从十二岁用起，至今不曾离手。难道我也肯丢下他不成?”

张金凤道:“既如此，姐姐为何忽然说要去呢?”十三妹道:“一则看看你二人的心思；二则试试你二人的胆量；三则我们今日这桩公案，情节过繁，话白过多，万一日后有人编起书来，这回书找不着个结扣，回头儿太长:因此，我方才说完了话便站起来要走，作个收场，好让那作书的借此歇歇笔墨，说书的借此润润喉咙。你们听听，有理无理?”十三妹说明这段话，不但当时在场的大家听了把心放下，就连现在读书的也都说:“有理!”

却说安公子经了这一番喧闹，又听了这半日长谈，早把那黄布包袱忘在九霄云外；如今因十三妹提到，他才想起，连忙爬到炕上，双手抱起来送到十三妹跟前，放在桌儿上，说:“姑娘，这是你交给我看守着的那个包袱。我听你说的要紧，方才闹得那等乱烘烘的，我只怕有些失闪，如今幸而无事，原包交还，姑娘，请收明了。”姑娘道:“借重费神。只是我不领情，这东西与我无干，却是你的。”

安公子诧异道:“这分明是姑娘你方才交给我的，怎生说是我的东西起来?”十三妹道:“你听我说。方才在店里的时候，你不说你令尊太爷的官项须得五千余金才能无事么?如今你囊中止得二千数百两，才有一半；听起来老人家又是位一尘不染两袖皆空的，世情如纸，只有‘锦上添花’，谁肯‘雪中送炭’，那一半又向那里弄去?万一一时不得措手，后任催得紧，上司逼得严，依然不得了事，那时岂不连你这一半的万苦千辛也前功尽弃?所以今日晌午，我在悦来店出去走那一趟，就是为此。我从店中别后便忙忙的先到家中把今晚不得早回的原由禀过母亲；一面换了行装就到二十八棵红柳树找着我提的那位老英雄，要暂借他三千金了你这桩大事。若论这位英雄的家当，慢说三千金，就是三万金他一时也还拿得出来；若论他同我的气义，莫讲三万金，便是三十万金他也甘心情愿，我也用得他的。所以他听见我说个‘借’字就立刻照数的盘出来问我送到那里。我说:‘不必遣人运送，给我捆载停妥，就捎在我驴儿上带去罢。’倒亏他

① 砑(yà)——碾。砑金，犹镀金，涂金。

的老成见识，说道：'这三千金，通共也不过二百来斤，怕带不了去；但是东西狼犺①，路上走着，也未免触眼。'因问我：'还是本地用，远路用？如本地用，有现成的县城里字号票子；远路用，有现在的黄金，带着岂不简便些？'我听他说得有理，就用了他二百两足色黄金，大约也够三千银光景了。"说着，解开那包袱，又把两封纸包拆开，只见包着二百两同泰号朱印上色叶金。

安公子还不曾答话，那张老看了说，说："这样值钱的东西，二百二百的帮人，真可少见！又想的这样周到！姑娘，你不要真是个菩萨转世罢？"张老婆儿一旁看了，也不住的点头咂嘴，说道："只听说金子是件宝贝，镀个冠簪儿啊，丁香儿啊，还得好些钱呢。敢是真有这么大包的。你看看，黄澄澄的，怪爱人儿！阿弥陀佛！"那张金凤虽是个乡村女子，却天生得不落小家气象，且此时一心只有个十三妹姐姐，余事都不在心上，不过远远的看了一看，暗暗的敬服。

十三妹略无多言。只有安公子承这位十三妹姑娘保了资财，救了性命，安了父母，已是喜出望外。如今又见他这番深心厚意，宛转成全，又是欢欣，又是感激；想起自己一时的不达时务，还把他当作个歹人看待，又加上了一层懊悔，一层羞愧，只管满脸是笑，不觉得那两行眼泪就如涌泉一般流得满面啼痕；只听他抽抽噎噎的向那姑娘道："姑娘，我安骥真无话可说了！自古道：'大恩不谢。'此时我倒不能说那些客套虚文，只是我安骥有数的七尺之躯，你叫我今世如何答报！"说着，便呜呜的哭将起来。张老夫妻看了，也不住的在一旁擦眼抹泪，连张金凤也不觉滴下泪来。

十三妹道："大家不必如此。公子，你也且住悲啼，不须介意。要知天下的资财原是天下公共的，不过有这口气在，替天地流通这桩东西。说这是你的，那是我的；到头来，究竟谁是谁的？只求个现在取之有名，用之得当，就是了。用得当，万金也不算虚花；用得不当，一文也叫作枉费。即如这三千金，成全了你的一片孝心，老人家半世清名，这就不叫作虚花枉费。不但授者心安，受者心安，连那银子都算不枉生在天地间了。何况这几两银子我原说一月必还，又不是白用他的。这一月之内，自有那'没主儿的钱'送上门来替你还他，连我也不过作个知情底保的中人。这手来，

---

①　狼犺（kàng）——笨重。犺，健犬。

那手去,你又何必这等较量锱铢①?"安公子听了,只得领受收好不提。

再讲那十三妹这番解囊赠金,又了却一桩心事,便要商议打发他两家男女上路的话;只是看看这四个人之中,一个是瘦怯怯的书生,一个是娇滴滴的女子,那张老夫妻虽然年纪大些,又是一对乡愚,经了这番大难,一个个吓得神魂不定,坐立不安,这上路的事情一时从何商议;想了一想,便对大家说道:"如今诸事已妥,就该计议到你们的上路了;但是要计议大事,先得定了心神才得周到细密。如今我要不先把你们的心安了,神定了,就说万言,也是无益。大约此时你们心里:第一件,怕这一院子死和尚;第二件,怕有外人来闯破这场人命官司,性命干连;第三件,惹了这场大祸便走了,日后破案,也难免挂误。我告诉你们,这三件事都不要紧:人生在民不过仗着天地的一口气,及至死了,是个忠臣孝子,义夫节妇,超出轮回,这口气便去成神;是个平人,这口气再入轮回②,便去作鬼;到了这班混帐和尚,人死灯灭,就想作个鬼也不能:这是第一桩不必怕。再讲到这个地方,我方才表过的,前是高山,后是旷野,远无村,近无邻,这样深更半夜,绝没人来,就便这和尚再有些伙党找了来,仗我这口刀,多了不能,有个三五百人儿还搪住了:这是第二桩不必怕。至于虑到日后的挂误③官司,我若见不透日后的怎样收场,也不肯作眼前的这番事业:这是第三桩不必怕。这话不是空谈得的,少一时自然要还你们一个凭据。可不知你们四位信得及信不及?"

张老听了先说道:"姑娘的话也有个不信的!可是说的咧!不过怕来个人儿闯见,闹饥荒;鬼可怕他作�呀!我们作庄稼的,到了青苗在地的时候,那一夜不到地里守庄稼去,谁见有个鬼哪!"安公子接着说道:"是啊!鬼神者,二气之良能也。以二气言,则鬼者,阴之灵也,神者,阳之灵也;以一气言,则引而伸者为神,返而归者为鬼,其实一物而已,怕他则甚!怕他则甚!——只是姑娘到底怎样打发我们上路?"

---

① 锱铢(zīzhū)——锱、铢都是古代很小的重量单位。比喻极微小的数量。

② 轮回——佛教名词。原意是"流转"。认为众生各依所作善恶业因,一直在所谓六道(天、人、阿修罗、地狱、恶鬼、畜生)中生死相续,升沉不定,有如车轮的旋转不停,故称轮回。亦称六道轮回。

③ 挂误——被牵连入罪。

十三妹也没工夫和他掉那酸文，说道："你且不要忙；如今你们为难的事是都结了，我此刻却有件为难的事要求你诸位。"

话未说完，安公子先跳起来道："姑娘，你有什么为难的事？只管说！慢讲'上山捉虎，下海擒龙'，就便'赴汤蹈火，碎骨粉身'，我安龙媒此时都敢替你去作！"

那十三妹把眼皮儿挑了一挑，说道："如此好极了。你就先把这一院子死和尚给我背开他。"安公子听了皱着眉，裂着嘴，摇着头道："这桩事却难。"十三妹道："既这样，可诈什么关儿①呢？"因回头向张老夫妻道："这事得求你二位老人家。"张老道："这背死尸，小老儿却也来不得的呢。"姑娘笑道："岂有此理！难道咱们还管给他打扫地面么！"那老婆儿问道："到底作�哪？"

姑娘道："我从晌午起，闹到这时候儿了，这如今便再有这等的五六十里地我还赶得来，就再有那等的三二十和尚我也送的了。但是我从吃早饭后到此时，水米没沾唇，我可饿不起了。想来你们四位也未必不饿。"那老婆儿道："哎！这大半日，谁见个黄汤辣水来咧？就是这早晚那去买个馍馍饼子去呢？"姑娘道："不用买；我方才到厨房里见那里煮的现成的肉，现成的饭，想来是那班和尚的夜宵儿；咱们何不替他吃了，也算一场功德。"张老夫妻听了道："这敢是好。"

说着，趁着月色，老俩口儿连忙到厨房里去整顿。到了厨房，见那灯也待暗了，火也待乏了，便去剔亮了灯，通开了火。果见那连二灶上靠着一个钴子②，里头煮着一蹄肘子，又是两只肥鸡；大沙锅里的饭，因作在膛礶③口上，还是热腾腾的；笼屉里又盖着一屉馒头。那案子上调和作料一应俱全。

二人正在那里打点，只见安公子跑来帮着抓挠。张老儿道："公子，你不能；小心，看烫了手。你去等着吃去罢。"

安公子看了看，却也没处下手，只得走开。才走到正房，十三妹便问道："你又作什么来了？"安公子道："那里用不着我。"十三妹道："你看人

① 诈关儿——即"诈庙"。虚惊乱叫。

② 钴（gǔ）子——深口小锅。

③ 膛礶（guàn）——腔膛较大的罐。

家那样大年纪都在那里张罗，你难道连剥个蒜也不会么？”安公子道：“剥蒜我会。”说着，忙忙又跑了去不提。

却说那十三妹见他三人都往厨房去了，便拉了张金凤的手来到西间炕上坐下，这才慢慢的问他几岁上留的头，几岁上裹的脚，学过活计不曾，有了婆家没有，问了半天。怎奈那十三妹只管一长一短的问，那张金凤只有口里勉强支应的份儿，却紧皱双眉，一句话也说不出来。十三妹心中纳闷。说：“妹子，你如今祸退身安，正该欢喜，怎么倒发起怔来了？”

这句话一问，那张金凤越发脸上青黄不定，索性坐也不是，站也不是起来。把个十三妹急得拉着他问道：“你不是吓着了？气着了？心里不舒服呀？”张金凤只是摇头。

十三妹纳半天的闷儿忽然明白了，说：“我的姑奶奶！你不是要撒尿哇？”张金凤听了这句，才说道：“可不是；只是此刻怎得那里有个净桶才好。”十三妹说道：“这么大人了，要撒溺到底说呀，怎么憋着不言语呢？还这么凿四方眼①儿，一定要使个净桶！请问，一个和尚庙，可那里给你找马子去？快跟了我来罢！”说着，搀着张姑娘到东里间，替他四处一找，一时也找不出个撒溺的家伙来；一眼看见那和尚的洗脸盆在盆架儿上放着，里头还有半盆洗脸水，十三妹姑娘连忙拿到房门口儿泼在当院子里，进来便把那洗脸盆放在靠床沿跟前，催着他小解。

张金凤见了，这才忙忙的袖手进去解下裙子，退了中衣，用外面长衣盖严，然后蹲下去鸦雀无声的小解。一时完事，因向十三妹道：“姐姐不方便方便么？”十三妹道：“真个的，我也撒一泡不咱②。”因低头看了一看，见那脸盆里张姑娘的一泡溺不差什么就装满了。他便伸手端起来也泼在院子里，重新拿进房来小解。

这位姑娘的小解法就与那金凤姑娘不大相同了：浑身上下本就只一件短袄，一条裤子，莫说裙子，连件长衣也不曾穿着；只见他双手拉下中衣，还不曾蹲好，就哗拉拉锵啷啷的撒将起来。张金凤从旁看着，心里暗暗的说道：“看他俏生生的这两条腿儿，雪白粉嫩，同我一般，怎么会有这样的武艺，这样的气力？真也令人纳罕！”

---

① 凿四方眼儿——古板，拘泥不化。

② 不咱（zán）——北方口语。要不；要就。

说话间，十三妹站起整理中衣，张金凤便要去倒那盆子。十三妹道："那还倒他作什么呀？给他放在盆架儿上罢。"

且住！说书的，这十三妹既是一位正气不过的侠女，你为何这等唐突他起来？列公，非唐突也。一则是这位姑娘生性豪爽，一片天真，从不会学那小家女子，遮遮掩掩，扭扭捏捏；二则两个女孩儿在一处，本没有什么避讳；三则姑娘的这泡溺大约也是憋急了。这叫作"风火事儿，斯文不来"。

闲话休提。且说那张金凤整好衣裙，仍同十三妹回到西间坐下；此时气儿也缓过来了，脸儿也有红似白的了。两个人才掩上房门，一问一答的谈起心来。谈到婆家那里，张姑娘又低了头含羞不语。十三妹道："这男婚女嫁是人生大礼，世上这些女孩儿可臊的是什么，我本就不懂！好妹妹，我是个急性子人，你有话爽爽快快的说，不许怄我！"张金凤只得红着脸说了一句："还没有呢。"

十三妹道："我问你一句话，可不怕你思量。我听见说你们居乡的人儿都是从小儿就说婆婆家，还有十一二岁就给人家童养去的，怎么妹妹的大事还没有定呢？"张金凤道："这也有个缘故。只因我爹妈膝下无儿，想要招赘；又因我叔叔临危再三嘱咐，说：'一定要拣一个读书种子。'因此还不曾定。"

十三妹道："嗳哟！这乡村地方儿，可那里去找个真读书种子呢？就有也不过是个平等乡愚，如何消受得妹子你起？"说着，低头想了一想，又道："妹子，既如此，姐姐给你做个媒，提一门亲，如何？"

张金凤听了，低下头去，又不言语。十三妹站起来拍着他的肩膀儿，说："不许害羞，说话！"张金凤悄声道："姐姐，你叫我怎样个说法？此时爹妈是什么样的心绪？妹子是什么样的时运？况这途路之中那里还提得到此！"十三妹道："你这话，我听出来了；想是不知我说的是个什么人家儿，什么人物儿。这索性明明白白的告诉你：我要给你提的就是方才你见的这个安公子。你瞧瞧，门户儿，模样儿，人品儿，心地儿，大约也还配得上妹妹你罢？"

这张金凤再也想不到十三妹提的就是眼前这个人，霎时间羞得他面起红云，眉含春色，要住不好，要躲不好，只得扭过头去；怎当得十三妹定要问他个牙白口清，急得无法，说道："姐姐，这事要爹妈作主，怎生的只管问起妹子来?”十三妹道:“自然要他二位老人家作主,何消说得。只是我先要问你个愿意不愿意。”

那张金凤此时被十三妹磨的也不知嘴里是酸是甜,心里是悲是喜,只觉得胸口里像小鹿儿一般突突的乱跳,紧咬着牙始终一声儿不言语。倒把个十三妹怄的没法儿了,因说道:“我看这句话大约是问不出你来了,你瞧,我也认得几个字儿。”说着,走到堂屋里把那桌子上茶壶里的茶倒了半碗过来,蘸①着那茶在炕桌上写了两行字。

张金凤偷眼一看,只见写的,一行是“愿意”两个字,一行是“不愿意”三个字。只听十三妹笑道:“妹妹来罢。你要愿意,就把那‘不愿意’三个字抹了去,留‘愿意’两个字;你要不愿意,就把那‘愿意’两个字抹了去,留‘不愿意’三个字。这没什么为难的了罢?”说着,便去拉张金凤的手。

那张姑娘那里肯伸手去抹那字;只是怎禁得十三妹的劲大,被拉不过,只得随手一阵乱抹,不想可巧恰恰的把个“不”字抹了去。十三妹嘻嘻的笑道:“哦!单把个‘不’字抹了,这的是愿意,愿意,是不是?果然如此,好极了。这件事交给姐姐,保管你称心如意。”

这张金凤姑娘被十三妹缠磨了半日,脸上虽然十分的下不来,心上却是二十分的过不去;只在这过不去的上头,不免又生出一段疑惑来。

你道这是什么缘故?这张金凤原是个聪明绝顶的人;他心里想着:要论安公子的才貌品学,自然不必讲,是个上等人物了;尤其难得的是眼见他的相貌,耳听他的言谈,——见他相貌端庄就可知他的性情;听他的言谈儒雅就可知他的学问。——更与那传说风闻的不同。

虽然如此,一个人既作了个女孩儿,这条身子比精金美玉还尊贵;纵然遇见潘安、子建②一流人物,也只好“发乎情,止乎礼”。但是“止乎礼”,是人人有法儿的,要说不准“发乎情”,虽圣贤仙佛也没法儿。所苦的是这“情”字儿虽到海枯石烂也只好搁在心里,断断说不出口来。便是女孩儿家不识羞说出口来,这事也不是求得人的,也不是旁人包办得来的。不想今日无端的萍水相逢,碰见了这个十三妹,第一件先从泥里救了我的性命,第二件便从意外算到我的终身。这等才貌双全的一个安公子,

---

① 蘸(zhàn)——浸入、沾取。

② 潘安、子建——潘安,潘安仁,晋代美男子。子建,建安诗人曹植,字子建。

他还恐怕我有个不愿意，要问我个牙白口清，还不许不说，这个人心地的厚，肠子的热，也算到了头儿了。

只是他也是个女孩儿。俗语说的："人同此心，心同此理。"若说照安公子这等的人物，他还看不入眼，这眼界也就太高了，不是情理；若说他既看得入眼，这心就同枯木死灰，丝毫不动，这心地也就太冷了，更不是情理；若说一样的动心，把这等终身要紧的大事，百年难遇的良缘，倒扔开自己，双手送给我这样一个初次见面旁不相干的张金凤，尤其不是情理：这段缘故，叫人实在不能不疑！莫非他心里有这段姻缘，自己不好开口，却"明修栈道，暗度陈仓"，先说定了我的事，然后好借重我爹妈给他作个"月下老人"，联成一床三好，也定不得？若果如此，我不但不好辜负他这番美意，更得体贴他这片苦心，才报得过他来。只是我怎么个问法儿呢？……

这张姑娘只管如此心问口口问心的一番盘算，脸上那种为难的样子比方才憋着那泡溺还露着为难，忍不住赶着十三妹叫了一声"姐姐"，说道："姐姐，妹子虽则念了几年书，也知道了古往今来的几个人物，几桩公案；只是有一个故典，心里始终不得明白，要请教姐姐。"

十三妹早听出他话里有话，笑问道："你且说来我听。"张金凤道："记得那《大乘经》上讲的我佛未成佛以前，在深山参修正果，见那虎饿了便割了自己的肉来喂虎；见那鹰饿 了便刳①出自己的肠子来喂鹰。果然如此，那我佛的慈悲真算得爱及飞禽走兽了；只是他自己不顾他自己的皮肉肝肠，这是个什么意思？"

列公，这句话要问一个村姑蠢妇，那自然就一世也莫想明白了；这十三妹本是个玲珑剔透的人，他那聪明正和张金凤针锋相对，听了这话，冷笑了一声，接着叹了一口气，说："妹子，你可记得《汉书》有两句话道的最好？道是：'可为知者道，难为俗人言。'你我虽是倾盖②之交，你也算得我一个知己了。但是作姐姐的心事更自不同，只可为自己道，难为知者言。总而言之，一句话：慢说跟前这样的美满良缘，大约这人世上的'姻缘'二

① 刳——同"挖"。

② 倾盖——谓停车交盖，两盖稍稍倾斜。常形容朋友相遇亲切交谈；也指偶然接语的新朋友。此处即指后者。盖，车盖，形如伞。

字今生于我无分！”

张金凤听了这段话更加狐疑，还要往下问。听安公子在院子里说道：“嗄！嗄！好烫！快开门！”说着，只见他捧着一盘子热腾腾的馒头推门放在桌子上。他姐妹两个就连忙把话掩住不提。

紧接着张老夫妻把煮的肘子肥鸡连饭锅小菜酱油蒜片饭碗匙箸，分作两三趟都搬运了来，分作两桌。安公子同张老在堂屋地桌上；张金凤母女同十三妹在西间炕桌上。张老又把菜刀案板也拿来，把那肘子切作两盘分开。十三妹道：“那两只鸡不用切了，咱们撕了吃罢。”

安公子听见，就要下手去撕。十三妹想起他那两只手是方才拧溺裤裆的，连忙拦他道：“你那两只手算了罢！”安公子听了，说：“等我洗洗去。”说着，跑到东屋里，在那洗脸盆里就洗。十三妹嚷道：“用不着你多事；你不用在那盆里洗手。”安公子说：“不怕，水不凉，这是我才刚擦脸的，还温和呢。”把个张金凤急的又是害羞又是要笑，只得掉过头去。十三妹转毫不在意，如同没事人一般，只说了句：“你就洗了手，我也不准你动！”

说话间，那张老婆儿已经把两只肥鸡撕作两盘子放好；他老两口儿饿了一天，各各饱餐一顿；张姑娘、安公子也吃了些；只有十三妹姑娘风卷云残，吃了七个馒头还找补了四碗半饭这才放下筷子，道：“得了，我这肚子里是一点儿不为难了。咱们打仗啊，上路啊，商量罢。”张老道：“等我把家伙先拣下去，归着归着。”十三妹道：“还管他归着家伙吗！你老人家倒是沏壶茶来罢。”张老一面去沏茶。安公子帮着张老婆儿忙着把家伙都撤去，都堆在廊下。

一时，茶来了，大家嗽口喝茶。张姑娘同母亲这才在窗台儿上各人找着自己的烟荷包烟袋吃了一袋烟。大家照旧在堂屋里归坐已毕。

十三妹对众人说道：“饭儿是吃在肚子里了，上路的主意我也有了，就是得先和你两家商量。你两家四位里头，一边是到下路去的，一边是到上路去的，两头儿都得我护送，我纵有天大的本事，我可不会‘分身法儿’，我先护送你们那一头儿好？”安公子道：“姑娘先许的送我，自然是送了我去。”十三妹道：“这是你的主意，人家爷儿三个呢？在这庙里饿着等人命官司？”安公子道：“不然；他有爷儿三个，还怕路上没照应不成？”十三妹道："梦话！这里弄了这样一个'大未完'①，自然得趁天不亮走，半夜里难免不撞着歹人；即或幸而无事，你瞧，这爷儿三个，老的老，少的少，男的男，女的女，露头露脑，走到大路上，算一群逃难的还是算一群拍花的②呢？遇见个眼明手快作公的③，有个不盘问的吗？一盘问有个不出岔儿的吗？你算是没事了，你也想想这句话说的出口呀！"说毕，也不和他再谈，回头问着张老夫妻说："你二位老人家的意思怎么样？"

二人还未及答言，张金凤是个有心事的，他可把正话儿反说着，便对十三妹道："姐姐原是为救安公子而来，如今自然'送佛送到西天'。我爷儿三个托安公子的一点福星，蒙姐姐救了性命也是万分之幸，不见得此去再有什么意外的事；即或有事，这也是命中造定，真个的叫姐姐管我们一辈子不成？"

十三妹也不搭言，又回转头来向着安公子道："你听听，人家这才叫话。你听着脸上也下得来呀？心里也过的去呀？"把个安公子问的诺诺连声，不敢回答。

只见十三妹欠身离坐向张老夫妻道："这桩事，却得你二位老人家作主。要得安然无事，除非把你两家合成一家，我一个人儿就好照顾了。"张老道："怎么合成一家呢？"十三妹道："如今且把上路的话搁起，我的意思要先给我这妹妹提门亲，给你二位老人家招赘个女婿，可不知你二位愿意不愿意？"

张金凤听了，站起来就走。十三妹离坐，一把拉住按在身旁坐下，说："不许跑。"把个姑娘羞的无地自容，坐又不是，走又不能。只得听他父亲说道："姑娘，我一家子的性命都是你给的，你说什么有个不愿意的。只是这个地方，这个时候，那里去说亲去呀？"十三妹道："远不在千里，近只在目前。"因指着安公子道："就是他；你二位相看相看，中意不中意？"张老跳起来道："姑娘，这是偺话！他是个官宦人家，我是个乡老儿，怎么攀配得起？罪过！罪过！"十三妹道："这话你们不用管，只说愿意不愿意。"

---

① 大未完——大乱子。未完，乱子。

② 拍花的——专事拐卖儿童的人。拍花匪先强迫儿童嗅猛烈的嗅药，使其失去理智而得手。

③ 作公的——即"公干"，执行公务的差役。

张老听了瞅着老婆儿，老婆儿瞅着女儿。一时，老两口儿大不得主意起来。十三妹道："不用问你们姑娘；'在家从父，嫁从夫'，愿意不愿意，由不得他作主。"老婆儿道："好还怕不好喂，只是俺们拿傪赔送呢？"十三妹道："这话你们也不必管，就只成不成的一句话，不用犹疑。"张老心里啜掇了半日，说道："姑娘，这话这么说罢：我们公母俩是千肯万肯的咧，可是倒蹈门①儿的女婿，我们才敢应声儿呀。再这话也得问问安公子。"十三妹道："这事在我。"因含笑先拍了张金凤一把，说："姑奶奶，我喝定了你的'谢媒茶'了！"这才叫了声"安公子"，说道："你大概没什么推辞罢？"

谁想安公子起初见这位姑娘且不商量上路，百忙里要给张金凤说亲，已经觉得离奇；及至听说到自己身上，更加诧异，心里一想："这可又是件糟事！我从幼儿的毛病儿，见个生眼儿的娘儿们就没说话先红验；再要听见说媳妇儿那更了不得了。今日同这二位混，混了半夜，好容易脸不红了，这时候忽然又给说起媳妇来！就说媳妇儿也罢，也有这样'当面鼓，对面锣'的说亲的吗？这位媒人的脾气儿还带着是不容人说话，这可怎么好？我看这事比方才那和尚让酒还累赘！"

这小爷正在那里心里为难，听十三妹如此一问，他赶紧站起，连连的摆手说："姑娘，这事断断不可！"

十三妹道："哦，不可！想是你嫌我妹妹丑？"安公子道："非也；从来'娶妻娶德，选妾选色'。那战国的刘宣王也曾娶过无盐，蜀汉的诸葛武侯也曾娶过黄承彦之女，都是奇丑无对的；究竟这二位淑女相夫，一个作了英主，一个作了贤相，丑又何妨？况且这张家姑娘是何等的天人相貌，那里还说到得个'丑'字。不为此。"

十三妹道："既不为此，想来是你嫌我这妹妹穷？"安公子道："更非也。自古'浊富莫如清贫'；我夫子也曾说过：'富贵贫贱皆须以道得之。'这'贫富'二字原是市井小人的见识，岂是君子谈得的。穷又何妨？也不为此。"

十三妹道："也不为此，想来是你嫌我这妹妹家里没根基？"安公子道："尤其非也。姑娘，你这等一位高明人，难道连那'瑶草无尘根'的这

---

① 倒蹈门——即"倒插门"，指女婿入赘女家。

句话也不晓得？这‘根基’两个字，不在门庭家世上讲，要在心地品行上讲的。你只看张家姑娘这等的玉洁冰清，可是没根基的人做得来的？不为此，不为此。”

十三妹道：“你这话我听出来了，一定是你已经定下亲事了。这又何妨？像你这等的世家，三妻四妾的尽有，也没有什么断断不可的去处呀。”安公子急的摇头道：“不曾不曾，我并不曾定下亲事。”

十三妹笑道：“既不曾定亲，问着你，你这也‘飞也’，那也‘飞也’，尽着飞来飞去，可把我飞晕了！倒是你自己说说罢！”

安公子才说道：“姑娘，我安骥此番抛弃功名，折变产业，离乡背井，冒雨冲风，为着何来？为的是父亲身在缧绁①之中。我早到一日，老人家早安一日。不想我在途中忽然的主仆分离，到此地又险些性命不保。若不亏姑娘赶来搭救我，虽死也作个不孝之鬼。如今得了残生，又承姑娘的厚赠，恨不得立刻就飞到父亲跟前才好，那里还有闲工夫作这等没要紧的勾当？况且父亲的待我，虽然百般爱惜，教训起来却是十分严厉；今日这桩事，要不禀明而行，万一日后父亲有个不然起来，我何以处张金凤姑娘？又何以对姑娘你？姑娘，这事断断不可！”

十三妹听安公子的话说得有里有面，近情近理，待要驳他，一时却驳不倒；无如此时自己是“骑着老虎过海”，可真下不来了，只得勉强冷笑一声，说：“我的少爷，你这可是看‘鼓儿词’看邪了。你大概就把这个叫作‘临阵收妻’。你听我告诉你。你要说为老人家的事，如今银子是有了，我既说过保你个人财无恙，骨肉重逢，这话自然要说到那里作到那里。你要说定亲这件，也没要紧：自古‘不孝有三，无后为大’；况且俗语说的，‘过了这个村儿，没这个店儿’；你要再找我妹妹这么一个人儿，只怕你走遍天下，打着灯笼也没处找去。你要说虑到老人家日后有个不允，据我听你讲起你家太爷的光景来，一定是一位品学兼优阅历通达的老辈，断不像我这样古执不通。慢说见了我妹妹这等德言工貌的全才，就听见我这等的痴傻呆呆的作事，都没有个不允的理。你放心。况且事情到了这个地步了，只有成的理，没有破的理。你以为可，也是这样定了；你以为不可，也是这样定了。你可知些进退？”

---

① 缧绁（léixiè）——亦作“累绁”。拘系犯人的绳子，引申为囚禁。

张老夫妻一旁看了,自然不好搭话。张金凤更是万分的作难。不想“死心眼儿的”遇见“死心眼儿的”了。只见安公子气昂昂的高声说道:“姑娘,不可如此!‘三军可夺帅也,匹夫不可夺志也’!我安骥宁可负了姑娘作个无义人,绝不敢背了父母作个不孝子!这事断断不能从命!”

十三妹听了,登时把两道蛾眉一竖,说:“不信你就讲的这等决裂?很好!你既不能从命,我也不敢承情,算我年轻好事,冒失糊涂,我是没得说了,只怕有个主儿你倒未必和他讲的过去!”安公子道:“凭他什么主儿;难道还好强人所难不成?便是这等,我也不妨和他去讲。”

十三妹听了这话,满脸怒容,更不答话,一伸手,从桌子上绰起那把雁翎宝刀来在灯前一摆,说:“就是我这把刀要问问你这事到底是可哟是不可!还是断断不可!”

说话间,只见他单臂一扬,把刀往上一举,仆了安公子去,对准顶门往下就砍。这正是:

信有云鬟称月老,何妨白刃代红丝?

要知安公子性命如何,下回书交代。

第　十　回

玩新词匆忙失宝砚　防暴客谆切付雕弓

上回书讲的是十三妹仗义任侠救了安龙媒、张金凤并张老夫妻二人；因见张姑娘是个聪明绝顶的佳人，安公子又是个才貌无双的子弟，自己便轻轻的把一个月下老人的沉重耽在身上，要给他二人联成这段良缘；不想和安公子一时话不投机，惹动他一冲性儿，羞恼成怒，还不曾红丝暗系，先弄得白刃相加。

按这段评话的面子听起来，似乎纯是十三妹一味的少不更事，生做蛮来。却是不然。书里一路表过的这位十三妹姑娘是天生的一个侠烈机警人，但遇着济困扶危的事，必先通盘打算一个水落石出才肯下手，与那《西游记》上的罗刹女，《水浒传》里的顾大嫂的作事却是大不相同。即如这桩事，十三妹原因“侠义”两个字上起见，一心要救安张两家四口的生命，才杀了僧俗若干人；既杀了若干人，其势必得打发两家赶紧上路逃走，才得远祸；讲到上路，一边是一个瘦弱书生带着黄金辎重，一边是两个乡愚老者伴着红粉娇娃，就免不了路上不撞着歹人，其势必得有人护送；讲到护送，除了自己一身之外，责堪旁贷者再无一人；讲到自己护送，无论家有老母，不能分身远离，就便得分身，他两家一南一北，两路分程，不能兼顾，其势不得不把两家合成一路，讲到两家合成一路，又是一个孤男，一个幼女，非鸦非凤，不好同行，更兼二人年貌相当，天生就的一双佳偶，使他当面错过，也是天地间的一桩恨事，莫若借此给他合成这段美满姻缘，不但张金凤此身得所，连他父母也不必再计及到招赘门婿，一同跟了女儿前去，倒可图过半生安饱；如此一转移间就打算个护送他们的法儿也还不难，自己也算“救人救彻，救火救灭”，不枉费这番心力；此十三妹所以挺身出来给安龙媒、张金凤二人执柯作伐①的一番苦心孤诣也。又因他自

---

① 执柯作伐——古称为人作媒为“伐柯”或“执柯”、“作伐”；称媒人为“伐柯人”。

己是个女孩儿,看着世间的女孩儿自然都是一般的尊贵,未免就把世间这些男子贬低了一层;再兼这张金凤模样,言谈,行径,都与自己相同;更存了个"惺惺惜惺惺"的意见:所以未从作这个媒,心里只有张金凤的愿不愿,张老夫妻的肯不肯,那安公子一边直不曾着意,料他也断没个有愿不肯的理。谁想安公子虽是个年少后生,却生来的老成端正,一口咬定了几句圣经贤传,断不放松。这其间弄得个作媒的在那一头儿把弓儿拉满了,在这一头儿可把钉子碰着了,自然就不能不闹到扬眉裂眦①拔刀相向起来。这是情所必至,理有固然的一段文章。列公莫认作十三妹生做蛮来,也莫怪道说书的胡诌硬扭。

话休絮烦,言归正传。却说安公子见十三妹扬刀奔了他来,嗳呀了一声,双手握着脖子,望门外就跑。张老婆儿是吓得浑身乱抖,不能出声。张老见了,一步抢到屋门,双手叉住门框,说:"姑娘,这可使不得!有话好讲!"嘴里只管苦劝,却又不好上前用手相拦。

这个当儿,张金凤更比他父母着急。你道他为何更加着急?原来当十三妹向他私下盘问的时候,他早已猜透十三妹要把他两路合成一家,一举三得的用意,所以一任十三妹调度,更不过问,料想安公子在十三妹跟前受恩深重,也断没个不应之理。不料安公子倒再三的推辞,他听着如坐针毡,正不知这事怎的个收场,只是不好开口。如今见一直闹到拿刀动杖起来,便安公子被逼无奈应了,自己已经觉得无味;倘然他始终不应这句话,这十三妹雷厉风行一般的性子,果然闹了一个"大未完"来,不但想不出自己这条身子何以自处,请问这是一桩什么事?成一回什么书?莫若此时趁事在成败未定之天,自己先留个地步:一则保了这没过门女婿的性命;二则全了这一相情愿媒人的脸面;三则也占了我女孩儿家自己的身分;四则如此一行,只怕这事倒有个十拿九稳也不见得。

想罢,他也顾不得那叫避嫌那叫害羞,连忙上前把十三妹擎刀的这只右胳膊双手抱住往下一坠,乘势跪下,叫声:"姐姐请息怒,听妹子一言告禀。"因说道:"姐姐,这话不是我孩儿家不顾羞耻,事到其间不说是断断不得明白的了。姐姐的初意原是因我两家分途行走。兼顾不来,才要归作一路;归作一路,同行不便,才有这番作合。姐姐的深心,除了妹子体贴

① 眦(zì)——眼眶。

的到，不但爹妈不得明白，大约安公子也不得明白。若论安公子方才这番话，所虑也不为无理；只是我们作女孩的被人这等当面拒绝，难消受些；在我替我算计，此时惟有早早退避，才是个自全的道理，还有何话可说？所难的是姐姐方才当面给我两家作合的这句话，不但爹妈应准的，连天地鬼神都听见的，我张金凤可只有这一条道儿可走，没第二句话可商量。如今事情闹到这步田地，依我说，把这'婚姻'两字权且搁起，也不必问安公子到底可与不可的话，我就遵着姐姐的话，跟着爹妈一直送安公子到淮安。一路行则分辙①，住则异室，敢没什么不方便的去处。到了淮安，他家太爷太太以为可，妹子就遵姐姐的话，作他安家的媳妇；以为不可，靠着我爹爹耕种刨锄，我娘儿两个的缝联补绽，到那里也吃了饭了，我依然作我张家的女儿。只是我虽作张家女儿，却得借重他家这个'安'字儿虚挂个招牌字号。那时我便长斋②绣佛，奉养爹妈一世，也算遵了姐姐的话：一天大事就完了。姐姐此时何必和他惹这闲气？"

张姑娘这几句话说得软中带硬，八面儿见光，包罗万象。把个铁铮铮的十三妹倒寄放在那里为起难来了，只得勉强说道："咻，岂有此理！难道咱们作女孩儿的活得不值了，倒去将就人家不成？你看我到底要问出他个可不可来再讲！"

再说安公子若说不愿得这等一个绝代佳人，断无此理；只因他一团纯孝，此时心中只有个父母，更不能再顾到第二层。再加十三妹心里作事，他又不是这位姑娘肚子里的蛔虫，如何能体贴得这样到呢？所以才有这场决裂。如今听张金凤这几句话说了个雪亮，这是桩一举三得的事，难道还有什么扭捏的去处③？

那时他正在窗外进退两难，听得十三妹说"到底要问他个可不可"，便从张老膈肢窝底下，钻进来跪下向十三妹道："姑娘，不必动气了。我方才是一时迂执，守经而不能达权④；恰才听了张家姑娘这番话，心中豁然贯通。如今就求姑娘主婚，把我二人联成匹偶，一同上路。到了淮安，

---

① 分辙(zhé)——分乘车辆。

② 长斋——长年吃素。斋，吃素。

③ 去处——此同"道理"。

④ 守经达权——遵循事物的客观规律而又善于变通。经，道；权，变。

我把这段下情先向母亲说明。父亲如果准行，却是天从人愿；倘然不准，我豁着受一场教训，挨一顿板子，也没的怨。到了万万无可挽回，张姑娘他说为我守贞，我便为他守义，情愿一世不娶哪。这话皇天后土，实所共鉴；有渝此盟，神明殛之！姑娘，你道如何啦阿？"

十三妹见安公子这个光景，知他这话不是被逼无奈，直是出于天良至诚，不觉变嗔为喜，这才把他膀肶①儿一松，刀尖儿朝下一转，手里搬着那把刀向安公子、张金凤道："你二人媒都谢了，还和我闹的是什么假惺惺儿呢！"说着，把张姑娘搀起送到东间暂避。回身出来，便向张老夫妻道喜。

张老道："我的姑娘，你可真费大了心了！"张老婆儿道："我的菩萨！没把我唬煞了！这如今可好咧！"姑娘道："告诉你老人家罢，这就叫作'不打不成相与'。"说着，回头又向安公子道："妹夫，你可莫怪我卤莽。这是天生的一件成得破不得的事。大约不是我这等卤莽，这事也不得成。至于你方才拒婚的那段话却也说得不错，婚姻大事自然要听父母之命才是；但是父母也大不过天地。今夜正是圆月当空，三星在户。你看，这星月的光儿一直照进门来了。你二人都在客边，想来彼此都没个红定②，只是这大礼不可不行，就对着这月色昊光，你二人在门里对天一拜，完成大礼。"说着，便请张老招护了安公子，张老婆儿招护了张姑娘，拜过天地。

十三妹又走到八仙桌子跟前把那盏灯拿起来弹了弹蜡花放在桌子正中，说道："你二人就向上磕三个头，妹夫就算拜告了父母，妹妹就算参见了公婆。"

拜毕，十三妹又向张老夫妻道："你二位老人家请上坐，好受女儿女婿的礼。"二人道："我们罢了；闹了这半日，也该叫姑爷歇歇儿了。"十三妹道："不然，这个礼可错不得。"说着，便自己过去扶了张姑娘同安公子站齐了，双双磕下头去。张老道："白头到老的。这都是恩人的好处。我老两口儿下半世可就靠着姑爷了。"老婆儿道："那还用说哩；他疼咱们闺女，有个不疼咱俩的！"

一时，大礼行罢，把个张老喜欢的无可不可，说："等我沏壶热茶来，

---

① 膀肶(kēn)儿——肩膀挨腋窝处。

② 红定——此指婚庆喜事。

大家喝喝。”说着，拿了茶壶到厨房里沏茶去了。

安公子此时是怕也忘了，臊也忘了，乐的也不知该说那一句话是头一句，转觉得满脸周身的不得劲儿，在那里满地转转。

这个当儿，张姑娘还低着头站在当地不动。他母亲道：“姑娘，你这边儿坐下歇歇腿儿罢。”张姑娘只和他母亲努嘴儿，抬眼皮儿的使眼色，无奈这位老妈妈儿总看不出来。急得个张姑娘没法儿，只好卖嚷儿了；他便望空说道：“啊，我们到底该叩谢叩谢；这位恩深义重的姐姐才是。”

一句话把安公子提醒，连说：“有理，有理。”这才忙忙的跑过来同张姑娘双双跪下，向上给十三妹磕头。安公子这几个头真是磕了个死心落地的；只见他连起带拜的闹了一阵，大约连他自己也不记得是磕了三个啊还是磕了五个！

十三妹也敛衽①万福，还过了礼，便一把把张金凤拉到身旁坐下，看了他笑道：“啧！啧！啧！果然是一对美满姻缘！不想姐姐竟给你弄成了，这也不枉我这滴心血！”张姑娘听了，感极而泣，不觉掉下泪来。

正说着，张老沏了茶来。大家喝罢，十三妹道：“这咱们可就要归着行李了。”因对张老道：“你老人家带了你们姑爷，拿了灯，先到那地窨子里把他那几个箱子打开，凡衣服首饰以及零星有记认的东西一概不要，但是有的金银，不论多少，都给我拿出来。”

二人听了也不知什么意思，只得拿灯前去。进了那个柜门，张老道：“姑爷，你让我拿着灯罢。”说着，接过灯来照了安公子一步步从台阶儿下去。

二人进了地窨子门，果有几个箱子搁在床头上，一个个搬下来打开，里头不过是些衣饰之类，也不细看；只见每个箱子里，整的也有，碎的也有，都有两包三包银子，一一的拿出来堆在地下。回头看了看，床里边还放着个小包袱，提了提觉得沉重；打开一看，原来是他老婆儿和女孩儿的随身包袱，连家里带出来的那一百银子都在里头，也提在地下；重复拿着灯搬运出来，说明了原由。

十三妹略略的数了一数，通共也有个千把两银子，因先拣了一包碎的——约略不足百两——撂在一边；又把那小包袱仍交还他母女，然后指

---

① 敛衽(liǎnrèn)——犹敛袂，整一整衣袖。

了那十几包银子,向安公子道:“我图个便宜,你把这一千来的银子拿去,换给我一百金子使。”安公子听了,叫声“姑娘”,自己忙又改口道:“我怎么还是这等称呼!我自然也该称作‘姐姐’才是。——姐姐,这原是你的东西,怎说到换起来?”十三妹道:“你不换,我不要了。”安公子连说:“换!换!”就拿了一包过来。十三妹接在手里向张金凤道:“妹妹,咱们可不是空身儿投到他家去了;这一百金子算姐姐给垫个箱底儿罢。”随把包儿递给张老婆儿手里。那老婆儿道:“姑娘,作吗呢?罢呀!你疼你妹子还疼的不够喂,还给他这东西!”嘴里说着,手里可接过去了。张老看了,也一旁道谢不迭。

十三妹交明了,就催安公子收那银子。安公子再三的不肯,道:“姐姐,你难道不留些使?”十三妹道:“方才留的那一包碎的尽够我同母亲过冬的了。即或不够。左右有那一项‘没主儿的钱’,我什么时候用,什么时候取。你别累赘,快些收去,大家好打点起身。”安公子听了,无法,只得收下。

十三妹出了一回神,问着张老道:“我方才在马圈里看见一辆席棚儿车。”——想来就是他娘儿两个坐的。——“一定是你老人家赶了来的呀?”张老道:“可不是我,还有谁呢!”十三妹道:“这辆车连牲口都好端端的在那里呢。你老人家这时候就去把他收拾妥当了,回来把你们姑爷的被套,行李,银两,给他装在车上,把一应的东西装好,铺垫平了,叫他娘儿两个好坐。再把那驴儿解下边套来匀给你们姑爷骑。”说着,便问安公子道:“会骑驴呀?”安公子道:“马也会骑,何况于驴,难道我一路不是骑了包程骡子来的?只怕没有鞍子。”张老道:“有,我车上捎着个带马褥子的软屉鞍子呢。”十三妹道:“那就巧极了。牲口也有了,就叫你们姑爷骑上,跟着一伙同行。等都弄妥当了,咱们大家趁着天不亮就动身。我一直送你们过了县东关,那里自然有人接着护送下去,管保你们老少四口儿一路安然无事。这算完了我的事了。你们爷儿三个就去收拾起来,我同我这妹妹再多说一刻的话儿。”

大家听了,自是个个欢喜。张老道:“等我去看看牲口,把草口袋拿出来,先喂上他,回来好走路。”安公子道:“我也去;我在这里闲着作什么?”说着,一同去了。

这工夫,张家母女二人把行李金银一一包捆妥当。张老喂上牲口,同安公子进来，又叫上老婆儿帮着，三个搬运了几次，才得运完装好。只见张老又忙忙的回来向十三妹道："姑娘，我又想起件事情来了。咱们走后，万一天明进来一个人，这一院子的死和尚，可怎么好哇？"十三妹笑道："这个都在我；只管放心走路，横竖不与你我相干。"张老道："这样敢是好。我可招护车去了。你们娘儿们收拾收拾，也是时候儿了，上车罢。"

却说十三妹见诸事已毕，便叫安公子去屋里找分笔砚来用。安公子道："此时要笔砚何用？我这里现成。"说着，从怀里掏出一个小小的布包来打开，只见里面包着一块圆式砚台，用檀木盒儿装着。那块石头细腻精纯。那砚台盒子上面又密密的镌着铭跋字迹。端的是块宝砚！安公子又在鞋掖里取出笔墨来，研好了墨，连笔递将过去。

那十三妹左手托了砚台，右手把笔蘸得饱了，跳上桌子，回头叫安公子举灯照着，他便在那正中对着房门的北墙上，笔墨淋漓，写了两行大字。安公子一面拿灯光照着，一面眼睛随着笔一字字往下看，接着口中念道：

贪嗔痴爱四重关，这阇黎①重重都犯。他杀人污佛地，我救苦下云端，铲恶锄奸。觅我时，合你云中相见。"

念完，乐的他咂嘴摇头，拍腿打掌的呵呵大笑，说道："姐姐，我只见你舞刀弄棒，杀人如麻，以为奇特；再不晓得你胸中还埋没着如此的一段珠玑绵绣！只这书法也写得这等凤舞龙飞，真令人拜服！只是大家方才问姐姐你的住处，你只说在云端里住，如今这词儿里又是什么'云中相见'，莫非你真个在云端里不成？"十三妹笑道："我这都是梦话，你不用问他。"安公子摇着头道："不然，不然；这里边定有个道理。"说毕，还在那里呆呆的细揣摩那"云中相见"的这句话。

那十三妹早下了桌子，把笔砚放下，便把那把宝刀依旧的围在腰间，又向墙上取下那张弹弓来跨上，然后揣上那包银子，一口把灯吹灭，说道："别耽延了，走罢。"迈步出门，朝外先走。张家母女和安公子见了，也只得忙忙的随了出来。

这十三妹出得院门，先到配殿把驴儿拉上，就一直的奔了马圈；见那车辆牲口都已妥当，随即打发张家母女上了车。安公子也拉了他的牲口。

---

① 阇（shé）黎——高僧。泛指僧人。

十三妹又把自己的驴儿也交给他带着,开了门,让大家出去。

张姑娘在车里问道:“姐姐不走,还等什么?”十三妹道:“我还有点事儿,你们在外边略等。”说着,催了车辆牲口出门,自己重新把门关好,然后他才就地托的一纵纵上房去,从房外头跳将下来,便在驴儿上解下包袱,依然罩上那块青纱包头,穿上那件佛青布衫儿,重新挎上弹弓,骑上驴儿,趁着那斜月残星,护送着一行人逍遥自在的竟自投东去了。

走了一程,到了岔道口,那天才东方闪亮,就从那里上了大道,一直的向茌平县的北门关厢,从城外一路绕向东门关厢而来。出了东关厢①,十三妹见人烟渐渐稀少,向安公子道:“护送你们的那个人,我和他约在前面二十里外柳林里相候。我先走一步,招呼他去。你们随后赶来。”说着,一磕牲口,如飞而去。

安公子同张老随后趱着牲口赶来。走了约莫有一个时辰,早已远远的望着一带柳树林子。大家趱向前去,只见十三妹的那匹黑驴儿拴在一棵树上。大家到了跟前,安公子下了牲口,张家母女也从车上下来,转进树林。

十三妹早从里边迎了出来。安公子一见,就先问道:“姐姐说的护送我们那位在那里?请来相见。”十三妹道:“已经在此恭候多时。你不用忙。大家且在这树底下坐了歇歇儿再说。”因对众人说道:“你们大家自然都要见见这位护送你们去的人是怎样一个英雄;如今我实对你们说罢,你们此去,经过牤牛山、癞象岭、雄鸡渡、野猪林,都是歹人出没的去处;漫讲一个人护送,就有三个五个,十个八个人护送,也不过没事的时候仗个胆子儿,果然到有了事,依然无用。要得千妥万当,还只有我亲身送了你们去。无奈我家有老母,不能远离,如今我看这妹子面上把我这张弹弓儿借给你妹夫。”

说到这里,安公子道:“姐姐,只是我那里会打这弹弓儿?况且姐姐这张弹弓我又如何拉得开,使得动?”十三妹道:“不用你使;你只把他背在身上,一路虽然抵不得万马千军,大约也算得一个开路的先锋,保镖的壮士。”

大家听了,将信将疑,面面相视。十三妹道:“我这话,大家乍听自然

① 关厢——靠近城的道路和居民区。

不能见信,你们试想,我岂有拿着你两家若干条性命当儿戏的?你们今日走一站,明日就过牤牛山。那山上的头领,个个武艺来得,手下还集着百十个喽罗。这第一处就不好过。你们明日倒要趁着后半夜的月色早走。到了牤牛山跟前,这班人一定下山拦路,要借盘缠,你们千万不可和他动手。张老太爷,你也不必搭话,只把车拢住,这算让他一步。他一看就知是个走路的行家,便不动手了。——这可就用着妹夫你了。你只管仗着胆子,不必害怕:天下的强盗只有打算劫财的,断没无故杀人的。那时无论他是骑牲口是步行,你先下了牲口,只管上前和他搭话,切记不可说车上没银子。他们的本领,大凡有起客人经过,有无金银并那金银的数目多少都料估的出来。你就道车上却带着三五千金,只是要给老人家如何如何料理官司大事用的,不能匀出来奉送,其余随身行李,所值无多,只有这张弹弓还值得几两银子,就把来奉送。等他接过这弹弓去看了,不用你开口,他必先问我。那时他不但不敢收这张弹弓,只怕还要备酒备饭,帮助盘缠,也不可知。只是你们都不必领他的,也不必到他山上去,就说我的话,和他们借两个牲口,添上帮套拉这辆车,再拨两个老作人一直送你们到淮安界上。我日后见面,定自面谢。那时人也够用的了,牲口也够使的了,你们路上也可以快走了,你家太爷的公事也可以早完了。不但这样,再有了这两个人沿路护送,他们都是一气,不怕有一万个强盗,你们只管大摇大摆的走罢。——这是我给你们打算的万无一失的一条出路。大家只管放心前去,不必犹疑。"

说着,便从膀子上褪下那张弹弓来,双手递给安公子。又对着张金凤说道:"妹妹,妹夫,当着他二位老人家在此,你我今日这番相逢,并我今日这番相救,是我天生的好事惯了,你们倒都不必在意;只有这张弹弓是我的家传至宝,我从幼儿用到今日,刻不可离,如今因我这妹妹面上,借给妹夫,你千万不可损坏失落。你一到淮安,完了老人家的公事之后,第一件是我妹妹的终身大事,第二件就是我这张弹弓儿了。务必专差一个妥当人送来还我,这就是你'以德报德'了。要紧,要紧!"安公子听一句应一句。

这其间张姑娘心细,听了这话,便问十三妹道:"姐姐,你方才苦苦的不肯说个实在姓名住处,将来给你送这弹弓来,便算人人知道有个十三妹姑娘,到底向那里寻你交代这件东西?"

十三妹听了,低头想了想,说:“有了。方才妹夫他不是说褚一官和他奶公姓华的是至亲吗?将来等你家华奶公赶到任上,就专他送交褚一官转交一位邓九公。这邓九公便是我说的二十八棵红柳树住的那位老英雄。他还算我的师傅。褚一官正是他的亲戚。你家华奶公又是褚一官的亲戚。这样一交代,断不会错。你我话尽于此。‘送君千里,终须一别’,我也不往下送了。你老少四位夫妻前途保重。我们就此作别。”

大家热剌剌的听了“作别”二字,受恩深处,都不觉滴下泪来。那张金凤更哭的哽噎难言,忍泪向十三妹说道:“姐姐,你我此一别,不知几时再得见面!”十三妹道:“若论我,你今生见得着我也不定;见不着我也不定。但是万事都有个定数,事由天定,岂在人为?”说着,撒手说声“你们请罢”,走到树跟前解下那头驴儿就待骑上要走。

忽见安公子呵嗳了一声,双手把两腿一拍,直跳起来说:“了不得了!这事可不好了!”大家吓了一跳。连十三妹也拉着驴儿问他:“这是为何?”

安公子急得紫涨了脸,说道:“姐姐且不要走,也不必细问,我们此时且急急的赶回黑风岗那座能仁寺去再讲!”

十三妹道:“到底是怎么了?不是落了烟袋了?”安公子连连摇手道:“不是!不是!”张老夫妻也帮着问他。他才指手画脚的向大家说道:“方才这十三妹姐姐不是在庙里墙上题那两行《北新水令》的词儿吗?我因见那词儿的声调雄壮,更兼书法飞舞,又推敲‘云中相见’的这句话,不觉出了神,正在那里细看,不防姐姐就摧着快走,我一时大意,就随着大家出来,不想把那块砚台落在那庙里,这便如何是好!”

十三妹道:“我只道什么大不了事,原来就为这块砚台。能值几何!也值得这等失惊打怪!”安公子道:“姐姐,你有所不知。我这块砚台非寻常砚台可比,这是祖父留下的一块宝砚。祖父临终交付父亲。父亲半世苦功都在这砚台上面,临起身珍珍重重的赏给我说,叫我好好用功,对了这砚台就如同对着老人家一般,不可违背平日教训。日后到任上还要交还老人家。如今失落在这庙里,叫我拿什么回老人家的话?况且那砚台上的铭跋镌着老人家的名号。你我庙里又弄了这个‘未完’,万一被人勘破,追究起来,我当如何?走!走!走!我们快快回去!”

大家听了,也道:“这桩东西失落不得!”都没作理会处。十三妹沉吟了半晌,说:"这桩东西诚然不可失落;但是眼下我们这一群人断断没个回去的理。这件事你也交给我。我此番回家,得了空儿本也要看看听听那庙里和地方上的动静;如今我就立刻绕道先到那庙里,从庙后进去,把你这块砚台取了,拿到我家,给你好好的收着,断不至于失损。等你将来专人给我送弹弓来,就把那弹弓算个凭据取这砚台。我这里见了弹弓,交还砚台。那时两件东西各归本主,岂不是一桩大好事么?"

安公子还那里犹疑。张金凤听了这句话,正好在心坎儿上,连忙说道:"姐姐说的有理,就是这等一言为定,不可再改。"说着,倒催着十三妹快走。十三妹便一手带过那头驴儿,认镫扳鞍,飞身上去,加上一鞭,回头向大家说声"请了",霎时间电掣星驰,不见踪影。这正是:

神龙破壁腾空去,夭矫①云中没处寻。

要知后事如何,下回书交代。

---

① 夭矫(jiǎo)——屈伸貌。

第十一回

糊县官糊涂销巨案　安公子安稳上长淮

上回书讲的是雕弓宝砚自合而分，十三妹同安龙媒、张金凤并张老夫妻柳林话别，是这书中开场紧要关头。那十三妹别后，安公子一行人直望到望不见了，也就大家上了车辆牲口，投奔南河大路而去。这且不提。

折回来再讲那黑风岗的能仁寺。却说这能仁寺原是一座败落古庙，向来有两个游僧在内栖身抄化①；自从赤面虎这个凶僧占了这地面，把两个游僧赶出庙去，借着卖茶卖饭为名在此劫脱来往客人，那倒运的被他害了也不止一个。如今天理昭彰，惹着了这位杀人如戏的十三妹，杀了个寸草不留，自在逍遥的走了，临走又把庙门从里头关了个铁桶相似；这条道本是条背道，附近又等闲无人来拜佛烧香，就连本地的乡约地保也住的甚远：因此庙里只管闹的那等马仰人翻，外人竟一点消息不得知道。

自来"无巧不成话"；不想这在平县的西北乡偏偏出了一案，地保报到县里。这县官姓胡，原是个卖面茶的出身，到了正月节带卖卖元宵，不知怎的，无意中发了一注横财，忽然的官星发动，就捐了一个知县，选在茌平；地方上都叫他"糊太爷"。

这日胡知县接了地保的禀报，问了问，这西乡离县衙有三十多里，便传了次日下乡。那县衙的一班官役巴不得地方上有事，好去吃地保，又可向事主勒索几文。

到了次日，那些刑书、招房、仵作②、捕快人等一窝蜂的都跟了去；及至到了乡下，只见不过是两人口角彼此揪扭因伤致死的一桩寻常命案，照例相验，填了尸格③回来。

那地保规矩是送县官过了他管的地界才敢回去。这能仁寺正在他的

---

① 抄化——化缘。

② 仵(wǔ)作——负责验伤的吏役。

③ 尸格——验尸时签具的表格。

地界上,来回都从庙前经过。恰巧走到离庙不远。这位县官因早起着了凉,忽然犯了疝气,要找个地方歇歇弄口姜汤喝。跟班的便吩咐衙役叫地保预备地方。

地保想了想:"这一带都是是旷野荒山,那有人家去寻热水?"便想到这座能仁寺上,说:"前面不远有所古庙,就请太老爷的驾到那里将就座落罢。"便飞跑的到赶到庙前。那正中山门本是用乱砖从外面砌严了的;看了看,左右两个角门儿也关得结实,只得走到马圈门前叫门。一直叫了半日。也不听得有个人答应。

正在叫不开,那些三班衙役也有赶到前头来的。大家一顿乱推带踹,把个门插管儿弄折了,门才得开。地保忙着推门,同了众人进去,叫和尚出来接太老爷。但见空落落的院子,静悄无人,只有马棚里拴着四个骡子,饿的在那里打晃儿;当院里两条大狗因抢着一个血淋淋的东西在那里打架。大家喝开了狗一看,原来是和尚脑袋,吓了一跳。地保说:"不好!这不又出了案了吗?"连忙把这颗头抢在手里奔了那三间正房来找和尚,一进门就看见一个半老的和尚躺在地下,叫了一声,不见答应,敢是死了。

这个当儿,听见喝道的声音,县官轿子早已到门,众人连忙跑出去把上项事禀明。县官听了,打轿进门;下轿一看,心里纳闷说:"这可罢了我了!这一个和尚的脑袋好端端的在腔子上,那个脑袋可是那里来的呢?"旁边一个捕快班头跪倒回话,说:"回太老爷的话,这得拿凶手。"县官问道:"凶手是谁?"众人只得说道:"在庙里搜一搜就知道了。"县官说:"那么着,咱们就搜哇。"

众人答应一声,便顺着那带灰棚搜去;搜到南头那间,见关着扇门。大家把着窗户瞧了瞧,早瞧见草堆边露着两只脚,说:"得了!尸身有了!"连忙踹门进去一看,又是两个尸身,肝花五脏都被人掏了去了,却都有脑袋不算外,脑袋上还带着两条辫子。大家又来禀过县官。县官说:"这事更糟了!怎么和尚脑袋上会长出辫子来呢?这不是野岔儿①吗?"

当下乱了一阵,便出了马圈门,从大殿配殿一路查去,只见都是些破落空房。一直乱着查到东院,进了角门,将转过拐角墙一看,但见院子里横七竖八躺着一地和尚,也有有脑袋的,也有没脑袋的,也有囫囵的,也有

① 野岔儿——出乎意外且不合情理的事。

两截儿的;里头还有个没脸的,却是个妇人。众人发声喊说:“了不得了!”把个县官唬得目瞪口呆,脸上青黄不定,疝气也唬回去了,口中只说:“这是为什么事!”

那马步快手一个个乱着,腰间抽出铁尺,便去把住正房,厨房,院门,要想拿人。内中又有几个壮着胆子闯将进去,里外屋里,甚至地窨子里,搜了个遍,那有个凶手的影儿。乱了一阵,大家只得请县官进屋里坐下。

再说这位县官一进门就看见正面墙上写着碗口来大的两行字;看了看,倒有一大半子不认得,只得叫过个书办来念了一遍;听了听,也猜不透怎么个意思,为难了一会,说:“有了;好在咱们带着仵作呢,且相验相验就明白了。”只见那书办使了个眼色,暗暗的和他摇手。

原来这书办是本衙门刑房的一个掌案的老吏,平日无论有什么疑难大事,到他手里没有完不了的案,这案里头也没有作不出来的弊。

当下县官见他如此,便回避了众人,问他道:“方才我要叫仵作相验,你却摇手,这是怎么个意思?”那书办道:“这一案断乎办不得。例上杀死一家三命,拿不着凶手,本官就是偌大的处分;如今倒闹了十几条人命出来,倘然办出去,一时拿不着人,太老爷这前程如何保得住?”

县官道:“嗯!你这么个人,难道连个‘重赏之下,必有勇夫’也不知道吗?咱们只要多派几个人儿,再重重的悬上赏,还有个拿不住人的!”书办摇着头说道:太老爷要拿这个人只怕比‘海底捞针’还难。据书办的风闻,这起子和尚平日本就不是善男信女。至于这个杀人的,看起来也不是图财害命,也不是挟仇故杀,竟是一个奇才异能之辈,路见不平作出来的。”

县官道:“这你又从那里瞧出来的?”书办道:“太老爷只看他这两行字就知道了。头两句说:‘贪嗔痴爱四重关,这阇黎重重都犯。’这分明说是这班和尚平日劫人钱财,占人妇女,害人性命,伤天害理,无所不为。底下几句道:‘他杀人污佛地,我仗剑下云端,铲恶除奸。’这几句分明说他路见不平,替民除害,劈空而来。如同从云端里下来的一般,把这起子和尚屠了。末了一句道是:‘觅我时,合你云中相见。’这个‘你’字是谁?他分明指的是太老爷的大驾。见得他虽然在地方上杀了许多人,却不是畏罪而逃,你们要来找,我就在云中等着见你们。看这光景,就让太老爷悬千金的赏,靠我们衙门这班捕役怎么能够到云端拿人去?况且看这几句话的口气，这人的胆量智谋也就非同小可；就便见了他又如何敢动他呢？那个时候，怎么的结这个案？所以书办说这个案办不得。”

县官道：“照你这样说起来，这一案敢只算糟透了膛了！你还有个什么透鲜的主意没有？”书办道：“据书办的主意，这一堆尸身只好拣出三个来：一个是那胖大和尚，一个是那带发陀头，那个就是那没脸的妇人。请太老爷吩咐地保递上一张报单，就报说本庙僧人窝留妇女，彼此妒奸，那陀头一时气忿，把妇人用刀砍死，胖大和尚见砍了妇人，两下争竞，用棍将陀头卤门打伤，致命气绝，他自己畏罪，情急自戕。这等一办，把太老爷失察一家杀死三命的处分也躲开了，凶手也不用拿了。其余的尸身讲不起费些事刨个坑儿把他们一埋。眼前都是太老爷的牙爪，谁敢不遵？便是那地保，他地面上消弥了这等一个大案，也省得许多的拖累花消，他还有什么不愿意的？再把庙里一应的细软粗重分散给众人作个赏号，只怕大家还乐而为之。请太爷的示，书办这主意如何？”

把个胡县官乐得满脸陪笑说：“先生，倒底是你！我本来字儿也没你的深，主意也没你的巧妙！咱们就是这等办了！”书办道：“太老爷还得吩咐头儿一句。”说着，把那班头叫来。官吏二人，言三语四，又告诉了他一遍。

班头想了想，说：“也只得如此，小的们遵太老爷的吩咐，就去办去。只是一时那里有许多铁锹镢头刨那坑去？”低头为难了一会，忽然说：“有了；小的方才到厨房院里，见那里有口干井；如今把井面石撬起来，把这些个无用的死和尚都撺下去。庙里有的是砖头，瓦块，粪草，炉灰，盖好了，照旧把井面石压上，索性把井口塞了，吩咐地保找两个泥水匠在井面上给他砌起一座塔来，算个和尚坟。这场功德就完了。”县官听了，把手一拍，说：“这主意更高！少时批赏，你们俩是头分儿！”

二人先谢了出来，暗暗的告知众人。大家听了，一来是本官作主，二则又得若干东西，就不分书吏、班头、散役、仵作，甚至连跟班、轿夫，大家动起手来，直闹了大半日才弄停妥。留下地保，一面庙外找人掩埋那两个和尚一个妇人的尸身，一面找泥水匠砌塔，一面补递报单。

诸事料理完毕，大家趁此胡掳了些细软东西，只剩了四个张口货的驮骡，没人要，便入了太老爷的官马号。县官便打道回衙。

据地保那张报单，五路通详上去，奉到宪批，批了“如详办理”四个大字。把一桩惊风骇浪的大案，办得来云过天空！

那地保另找了两个老实和尚在庙募化焚修①，不上几年，倒把座能仁寺募化的重修庙宇，再塑金身。这是后话不表。列公，你道十三妹这两行字儿有多大神煞！

却说安公子一行人别了十三妹迤逦行来。张老路上向他道："姑爷，咱们今儿走半站罢？大家都得歇歇了。"

安公子正在那里心里盘算着想，十三妹此去不知果然可去给我找那块砚台；他这张弹弓不知果然可能照他说的那等中用；倘然两件事都无着，如何是好？心中万绪千头，在牲口上闷闷不语。忽听得张老和他说话，便答道："正是如此。"

说话间，又走了一程，只见前面有几座客店，就拣了一座干净店面住下。大家忙着搬行李，洗脸吃饭，都不必烦琐。

一时，诸事完毕。张老陪了安公子在一间；他母女二人另在一间住下。那张老婆儿便催张金凤道："姑娘，咱早些儿睡罢，昨儿闹了一夜了。"张姑娘道："咱们娘儿两个车上睡了一道儿了。你老人家这时候又困了？天还大亮的，那里就讲到睡觉了呢？咱们还有许多事没作呢。"张老婆儿道："还有�事呀？"张姑娘道："你老人家知道哟，不要尽只怄人来了。"张老婆儿道："可罢了我了。傓事儿呢？哦，你要溺尿啊。你那马桶早给你拿进来咧。"他女儿急了道："瞧！谁倒只是要撒溺呢！"张老婆儿道："这可闷杀我了，你说罢。"张姑娘这才低着头红着脸说道："你老人家瞧，他身上的那纽襻子都撕掉了，那条裤子湿漉漉的塌在身上的，叫人怎么受呢？"

一句话提醒了那老婆儿，说："可是的了。你等我告诉他换下来，我拿咱那个木盆给他把那个溺裤洗干净了；你给他把那纽襻子钉上。"说着，往外就走。张姑娘连忙叫住，道："妈，你老人家先回来。"那老婆儿道："还有什么呀？"张姑娘道："没什么了；你老人家可不要说我说的。"

那老婆儿一面答应，一面走到那屋里把前番话向安公子说了。这安公子才作了一天的女婿，又遇见这等一个不善词令的丈母娘，脸上有些下不来，说："我换上了，纽襻儿将就着罢。"说了两次。那丈母娘可憋不住

---

① 募化焚修——募化，化缘；焚修，修行。

了，说："姑爷，你换下来给我快拿去罢。不看时候，姑娘他也是着急。"张老又在旁边撺掇。这安公子才打发开丈母娘换下那条塌干了的溺裤子，连衣服一并着张老送了过去。

张姑娘见他母亲在那里忙着洗裤子，只得自己把那衣裳的纽襻子一个个的钉好了。他母亲直等把那洗的裤子收拾停妥，送了过去，娘儿两个才睡。

列公，这桩事却不可看作张姑娘不识羞，张老婆儿不辞劳。要知女婿有半子之亲，夫妻为人伦之始；有了这样天性才有这样人情。不然，一个根儿里①想不到一个根儿里不耐烦，你叫他从那一头儿羞，那一头儿劳起？这却与那等"女儿娇得惯，老儿烧得惯"的大不相同。

闲话少说。却讲那张老一心记挂着十三妹嘱咐的明日过牤牛山倒要早走的这句话，那天才四更便爬起来喂牲口，装车，便催着大家起来收拾动身；又嘱咐安公子道："姑爷，你可记着十三妹姑娘的话，到跟前千万莫要怕的说不出话来。"安公子笑道："你老人家放心，莫打量小婿还是昨日的安骥；我只从昨日受了那和尚的一番折磨，又经了十三妹姐姐的一番教化，不觉得胆粗气壮起来。况且死生有命。譬如昨日的事，可是怕得来的？今日不但性命无伤，而且姻缘成就，可见这事自有天作主。万事仗皇天，怕他怎的！——只是我倒不信这张小小的弹弓儿说得来这样的中用！"

那张姑娘算感激定了那位姐姐，信定他的话了，见安公子如此说，恐怕他一时犹疑误事，待要和他说，还是个没过门的媳妇，脸上未免下不来，只得搭讪着向父母说道："爹，妈，我这姐姐断不会说假话赚人的。况且他昨日不救我们有什么使不得？救了我们，他更不必顾我们路上的事，不借给这张弹弓又有什么使不得？他何必妄口说这大话？此理可信，我们断不可疑。"三人听了，齐说："有理。"

张老便算清了店钱，叫店家开了店门上路。此时正是二十前后天气，后半夜月色正亮。一行人出了店门，趁着月色行了一程，远远的早望见那座牤牛山。只见黑压压的树木丛杂，烟雾弥漫，气象十分凶恶，张老道："姑爷留神，快到了。"

---

① 根儿里——压根儿；原本。

一句话未完，只听得山腰里吱的一声骲头①响箭，一直射在半空里去。

说书的，这强盗这枝箭放着人不射他，为何要射在半空里？他只要使一枝梅针箭，那人岂不应弦而倒？为何倒要用骲头箭？他还是射鹄子呢？还是射帽子呢？

列公，不然。大凡作强盗的，敢于拦路劫财了，断不是三个五个，内中有了高的，把风的，动手的，接赃的，至少也有二三十个人，岂有大家挤擦在一块子理？自然是三个一群，五个一伙，藏在那山坳树影之中了望的。等到望见过往的客商到了，一枝响箭便算个号令，大家才不约而同的下山。这是一。二则既作绿林大盗便与那偷猫盗狗的不同，也断不肯悄悄儿的下来；放这枝响箭就如同告诉那行人说："我可来打劫来了！"——不然，为什么叫作"响马②"呢？

话休饶舌。却说那安公子一行人正走之间，忽然听得一声箭响；箭响过处，早见一群人簇拥着三个骑马的强人，拍喇喇从半山里跑将下来，一字儿摆开，拦住去路。只听为头的那个大声吆喝。他说的却不是"留下买路钱再走"的那句鼓儿词；他那话只得两个字，说："站住！"

张老是心里有了底儿的，听得一声"站住"，便把牲口拢住，鞭子往后鞦③里一掖，抄着手，靠了车辕站住不动，也不答话。这当儿，要说安公子果然不怕，没这情量。一则是曾经和尚那等的性命相扑和十三妹那等的电雷交作，觉得"曾经沧海难为水"；二则也仗着十三妹的这张弹弓是个护身符，料想无妨；三则事到其间也无法了：只得把驴儿一磕，迎上前去。

那三个骑马的强人正拦着路，见一个少年身背弹弓迎来，早各个的把兵器掣在手里闭住面门。当下安公子走到跟前，在驴儿上一拱手，说道："众位好汉请了。我们正要赶路，列位拦路不放前行，却是为何？"

那三个强人只认作他是个才出马的保镖的，答道："咻！行家莫说力把话！你难道没带着眼睛？还要问'却是为何'！所为的要和你借几两盘缠用用！"安公子道："列位且慢，盘缠却有几两，只是我费了万苦千辛

① 骲（bào）头——骨制的箭镞。

② 响马——旧称路途上抢劫财物者。因其行抢前先放响箭，故称。

③ 后鞦（qiū）——鞦，同"鞧"，牛马臀后的革带。

弄来要去救父亲性命的，因此不好奉送；但是列位既出宝山，断无撒手空回的理，我这里有小小的一张弹弓却还值得几文，这叫作‘宝剑赠与烈士’，拿去算发个利市，如何？”说着，就把弹弓褪下来递将过去。

那为头的强人道：“靠你这张弹弓又值得几何，也值文诌诌的费这些话！我劝你把这些话收了，快把金银献出来还有个佛眼相看；不然，太爷们就要动手了！”安公子道：“且请看看这弹弓；果然不值一笑，那时我再送金银不迟。”

那为头的强人听了，把手中的那竹节虎尾钢鞭伸过来把弹弓一挑，接在手中，先觉得分量沉重；重复在月光之下反覆一看，口中大叫，说：“了不得！险些儿不曾误了大事！”说着，掖起钢鞭，拿了弹弓，滚鞍下马。左右两个强人见了，不知是何原故，也下了马。手下的带过马去。只听为头的那强人向安公子问道：“尊客是从青云峰十三妹姑娘那里来么？”

安公子一听，“这‘十三妹’三个字是烂熟的了，这‘青云峰’可是那里呢，况且我又本不是从青云峰来。不用管他，且答应他半句。”因说道：“我正是从十三妹那里来。”强人道：“十三妹姑娘可有什么交代？”安公子道：“我同他分手的时节，他道我此番载着金银行走，定从牤牛山经过，难保列位不下来借盘缠。所喜列位都是些仗义疏财的豪客，与那寻常之辈不同，因此付我这张弹弓作一个讨关①的凭据。他还说，请列位看他这张弹弓份儿上借我两头牲口，还请两位壮士一直护送我们到淮安地面。日后十三妹见了列位，定当面谢。”

那强人听了，哈哈大笑，道：“言重！言重！这个怎敢！这弹弓还请收好。十三妹姑娘吩咐的话，一一如命。”说着，回头向那两个头目道：“就是你们老弟兄俩辛苦一趟罢。”二人领命，急忙回山打点行李牲口去了。

这里众人才你一言我一语问安公子的姓名。安公子道：“学生姓安，单名一个骥字。”只见内中一个小头目走过来问道：“尊客方才说到淮安，请问有位安太老爷，讳叫作学海的，同尊客可是一家？”安公子道：“那正是我的老人家；此番带了这项金银就为了父亲的官事。”

那小头目道：“原来是安少爷。那安老太爷是淮安地方上一点福星，

---

① 讨关——过关。关，关卡，要道。

小人们的家堂佛一般，真真廉明公正！不想被河台大人参了一本！谁人不说冤枉！小人从前原也作些小道儿上的买卖，后来洗手不干，就在河工上充了一个夫头。因看了看作官的尚且这等有冤没处诉，何况我们百姓？想了想，还是当强盗的好，因投奔山下落草。如今难得遇见我恩官的少爷。敢烦大哥把少爷请到寨里用些酒饭，也见得我们的义气。"安公子连连推谢，说："本该奉扰①，只是现同着家眷不便。"

那头目还再三的尽让。倒是为头的强人说："这话使不得。慢讲你恩官面上，只看十三妹姑娘，我们合山的人都该尽些人情；但是，公子是宦门，你我是绿林，隔着一道门槛儿呢，如何请到寨里去得？人情的事小，轻慢了公子的事大，竟可不必。"大家都说："有理。"那小头目也只索罢了。

说话间，上山去的两个人早已拉了两头骡子连他们的随身行李器械都带下来，随手就把那边套拴好套上牲口。那为头的便吩咐道："你二位这趟可莫当儿戏，一来要守十三妹姑娘的规矩，二则要保山寨的脸面，讲不得辛苦。一路上逢山开路，遇水叠桥，甚至打店看车，都是你二位的事。到了地土，不可露盘②儿，赶紧的回山要紧。"那二人诺诺连声，一一的领命。说完，他又向安公子道："公子，你我今日相逢，三生有幸。只是叫'礼'字儿管住了我们，连一杯水酒也不曾备得。——如今有这两个人同去，路上不怕冲风破浪，万无一失，保你安稳无事，直到淮安。日后倘然再见十三妹姑娘，只说我海马周三同着截江獭李老，避水貐韩七三个人凭着这张弹弓巴结了些些小事，不足挂齿。这天也快亮了，我们不往前送，就此告别回山。"说着，上了马，打声唿哨一群人马先回山去了。

这里李老、韩七早吆喝着车辆动身。安公子也上了牲口，仍旧背上弹弓同行。他一行人这才把心放下。

安公子在驴儿上心中着实的感念十三妹，口中不言，心内暗想道："再不想那等一个小小女子有许大的声名，偌大的神煞！只是我看那般人的汉仗③气概，大约本领也不弱，为何如此的敬重这位十三妹姑娘？是何原故呢……"

---

① 奉扰——谦词。遵奉打扰。

② 盘儿——"身份"。原为江湖切语"底细"、"字号"。

③ 汉仗——身材。

且不表安公子一路心中猜度。却说李老、韩七两个一路上真个的是小心谨慎，不辞劳苦；不但安公子省了多少心神，连张老也省得多少辛苦。沿路上并不是不曾遇见歹人，不是他俩人匀一个远远的先去看风，就是见了面说两句市语[①]彼此一笑过去，果然不见个风吹草动。

话休饶舌。不则一日，已近淮安地界。那截江獭、避水貐两个拢住牲口，向安公子道："前面再二十里就是淮安府城东关里了，我们不好前进，见见公子，我们回去了。"

安公子听说，先道了他二人的一路辛苦，又嘱咐上复他家寨主，回手便向车上取下两封银子来——每人五十两——给他们作盘费。两人那里肯受，齐声道："这个断不敢领：一则呢，是十三妹姑娘的委派；再我们头领也有话在头里。只要公子日后见着十三妹姑娘说我两个这一趟还不算藏私偷懒，我们这脸上就沾了光了。"说着，一个认镫跨上骡子，那个把边套拐绳搭在骡子上，骑上那头刬骡子，一直的向北去了。

安公子只得将银子收好，因向张老道："不想这强盗里边也有如此轻财仗义的！"张老道："姑爷，俗话儿说的，'行行出状元'；又说，'好汉不怕出身低'。那一行没有好人哪！——就是强盗里也有不得已而落草的！"

翁婿两个一路闲谈，已绕到东门关厢。那府在的地面本与小地方不同，又有河台大人驻扎在此，那繁华热闹也就不减一个小省份的省城。只见两边铺面排山也似价开着，大小客店也是连二并三。张老同安公子便找了一座小店安顿家眷行李。那张家母女二人进店下车，先张罗着洗脸梳头，预备好去叩见新婆婆，会新亲家。安公子向张老道："泰山[②]，你老人家张罗行李罢。我可要先打听母亲的公馆在那里去了。"张老说："这是要紧的。这里交给我。"

安公子随即出来；到了柜房里，只看那掌柜的是个极善相的半老老头儿，正在柜房坐着，面桌上摊着一本账，旁边搁着一面算盘，归着账目呢，见了安公子进来，起身道："客人要什么？"安公子拱了拱手，道："借问一声，有位安太老爷家眷的公馆在那条街上？"

那掌柜的听了，把安公子上下一打量，问道："客人，你问的可是那承

---

① 市语——市井隐语，即"切语"、"切口"。

② 泰山——旧时称妻父为泰山。

办高家堰堤工冤枉被参的安太老爷的家眷么?”安公子点头道:“正是。”

那老头儿未曾说话,先咳了一声,道:“你还要问他的什么公馆!这话说来真真叫人怒发冲冠,泪珠满面!”

一句话把个安公子吓得目瞪口呆,忙问:“却是为何?”那老头儿才拍着板凳道:“客人,你且坐了,等我慢慢的对你讲。”这正是:

不是雷轰随电掣,也教魄散共魂飞。

毕竟那掌柜的老头儿对安公子说出些什么话来,下回书交代。

第十二回

安大令[1]骨肉叙天伦　佟孺人姑媳祝侠女

这回书紧接上回，表的是安公子到了淮安府安顿了家眷行李便去打听安太太的公馆，急切里要想母子相见；不料一问店家，见他那说话的神情来得诧异，不觉先吃一大惊，忙问了端的。

那老头儿让他坐下才慢慢的说道："若讲我们这位安太老爷，真算得江北的第一位好官府！也不知怎么惹着这位河台大人了，把他革了职，下在监里，还追他的银子。这也罢了，说到这位官太太，既是安太老爷遭了事，凭他怎么样，我们这位山阳县也该看同寅的分上张罗张罗他：谁家保的过常常无事？也不要'前人撒土迷了后人的眼[2]'哪。谁想他全不理会！如今那位官太太落得自家找了个饭店住着！客人，你想可伤不可伤？你还问他的公馆在那条街呢！"

安公子听他絮絮叨叨闹了半天才说完了，敢则是这等样一套话，才得把心放下；心里说："这个人是怎么个说话法子？"只是他天生的这样的滞碾[3]人，也就无法；况且听他的话倒是一片良心，不好怪他；只得耐着烦，又问他道："这饭店在那里？"那店家道："就在东边儿，隔一家门面，聚合店就是。"

安公子听得，辞了店家，出了这店门，走了不上一箭多路，果有个聚合店，问了问，说："安官府的家眷在尽后一层住着。"安公子也不等通报，一直往后走了去。

却说安老爷当日出京，家人本就无多，自从遭了事，中用些的长随先散了，便有那班一时无处可走且图现成茶饭的，因养不开多人也都打发了。梁材是打发进了京了。安老爷只有戴勤同他女婿随缘儿，还有小程

---

① 大令——对县官的尊称。秦汉以后县官一般称令。

② 前人撒土迷了后人的眼——长辈办事不妥给后人带来贻害。

③ 滞碾(niǎn)——拘泥、固执、不知变通；也比喻言语、动作笨拙。

相公，在那里照料伺候。店中单剩下一个晋升带了两个粗笨杂使小子支应，偏值晋升又出去买东西去了。虽有两个打杂的在那里，他又不认得公子。因此公子进了店并不曾遇见自家一个人。一直进后院，见戴勤媳妇背着脸在墙根前洗衣服。公子也不及招呼他，忙忙的走进了房门，只见窄巴巴的三间小屋子；掀起里间帘子进去，一眼就看见太太坐在挨窗户在那里成裹①帽头儿呢。

那安太太正在低头作针线，一抬头见个行装打扮的人进来，正不知是谁，一时间断不想到是公子。公子早已请下安去。太太定睛一看，才看出是公子来；及至看出来，倒唬了一跳，不觉口中"哎哟"一声，说："我的孩子！你从那里来？你可作什么来了？"说着，慌得顾不的穿鞋，光着袜底儿就下了地，一把拉住公子，那眼泪望下直流。公子也觉心中十分伤惨，哽咽难言。

这个当儿，女人丫头听了太太说话都进来了，一看才知是大爷来了。这个忙着给太太拿鞋，那个又去给大爷倒茶。太太一面提鞋，口里还连连的问："谁跟了你来的？"公子生怕母亲猛然听见路上的情形一定是异常的悲伤惊恐，只得说："华忠和赶露儿跟出我来的。"

太太听得，便叫华忠。公子只推他那边店里看行李呢，因请太太坐下。太太又催他快说来的原由。公子才慢慢的回道："母亲且莫着忙，儿子先请示：我父亲这一向身子可安？应交的官项都有了不曾？"

太太听了，先叹了口气，道："咳！都是咱们家的家运！只说是出来作外官，谁想外官是这么个味儿！幸而你父亲的身子很好，——这也是自己素来的学问涵养，看得穿，把得定。——说这几天脸面倒好了。也不是他们叫我宽心哟？只是这官项这里才有了几百银子；给乌大爷带了信去，这些日子了也没个回信儿，真叫人怎的不着急呢！"公子道："母亲不必着急了；如今这项银子，儿子已经如数带了来了，只怕还有余。况且我父亲身子也很好，母亲也见着儿子了，这正该喜欢才是。"

安公子这话原是先要把母亲安慰住了然后好说路上的话。那安太太听了果然又是畅快又是纳罕，说："本可是的；只是小子你一时那里去张罗得这些银子？"说着，又问梁材："他难道这样快就到了家了么？"公子

① 成裹——缝制。

道："并不曾见着梁材。儿子这趟出来，说也话长。若不亏上天的慈悲，父母的荫庇，儿子险些儿不得与父母相见，作了不孝之人！"说到这里，自己掌不住先哭了。

太太见这光景，急得满面泪痕，忙又一把拉住他，道："这是怎么说？你快说给我听！"公子勉强陪笑道："母亲不要着急，儿子此刻是好好的见着母亲了，还有什么急的？只是这段情节不可不细细回禀父母知道。"安太太顺手就把他拉在挨炕一个杌凳①上坐下，说："你坐了说。"

这安公子斜签着坐②下，才从头把他在家怎的听见父亲被事的信，一心悬念，不及下场；怎的赶紧措办银两，带了他嬷嬷爹华忠并刘住儿出来；到了长新店，怎的刘住儿丁忧回去，叫赶露儿，赶露儿至今不曾赶到；到了茌平，华忠怎的一病几死，不能行路，只得打算找那褚一官来送我到淮安。

太太直着眼，皱着眉，听一句难过一句；听到这里，说："哟，这姓褚的又是个什么人儿啊？"公子连忙说明原故。太太又急着道："难道就这等一个生人就送了你来了吗？"公子道："要得他送来，倒又没事了。"太太问道："怎么？难道还有什么岔儿么？"

公子把到了店里怎的打发骡夫去找褚一官；那个当儿怎的来了个异样女子，并那女子的相貌，言谈，举止，装束以至怎的个威风出众，神力异常；落后怎的借搬那块石头进房坐下便不肯走；怎的他见面便知我路上的底细；怎的开口便问我南来的原由；及至问明原由，他怎的变色含悲起身就走；临走，又怎的千叮万嘱，叫务必等和他见面然后动身；怎的许护送我到淮安，保我父子团圆，人财无恙。

太太道："这个女孩儿怎的这等的神道③哇！就算他有本事罢，一个女孩儿家可怎么和你同行同住呢？莫非不是个正道人罢？只是他怎么又有那样的大力量呢？这可闷煞人了！"公子道："彼时儿子也是如此想；谁知大不然，他不但是个正道人，竟是一副儿女情肠，英雄本领，更兼一团的圣贤学问。若不亏此人，孩儿今日也见不着母亲了！"

太太听如此说忙问道："他走了可回来了没有？"公子道："请母亲往

---

① 杌(wù)凳——小矮凳。

② 斜签着坐——侧身斜坐。

③ 神道——神；神像。此指"神通广大"。

下听。这可就怨儿子自己糊涂了。正是他走后，去找褚一官的两个骡夫回来了。”

太太道：“是啊，这里头还夹杂的什么褚一官儿呢。他来了也就好了，到底有个作伴儿的呀。”公子说：“他并不曾来。据那骡夫说，他有事不得分身，他家离店不远，就请我到他那里去住。那时儿子一想，这女子虽然说得天花乱坠，只是他来的古怪，去的古怪，以至说话行事，无不古怪，心里有些信他不及；又加着骡夫店家两下里撺掇，都说这人来的邪道，躲了他为是：儿子一时‘慌不择路’，就打算同了两个骡夫奔到褚一官家去。那知两个骡夫不是好意；他并不曾到褚一官家去，要想把我赚到黑风岗推落山涧，拐了银子逃走。”

太太听了，急得搓手，道：“这是什么话呀！”公子道：“母亲放心，不妨，总是天恩祖德，五行有救。”说着，又把那到了黑风岗，骡夫怎生落下牲口，牲口怎的惊得飞跑，一直跑到一所大庙，才得站住的话说了一遍。

太太听到这里，不禁念了一声“阿弥陀佛”，说：“走到佛地上这可好了！”公子道：“母亲！那知这才闯进鬼门关去了！”当下又把那自进庙门直到被和尚绑在柱上要剖出心肝的种种苦恼情形详细说了一遍。

那安太太不听犹可，听了这话，登时急的满脸发青，唬得浑身乱抖，痛得两泪交流，“哎哟”一声，抱住公子，只叫：“我的孩子！你可受了苦了！你可疼死我了！你可坑死我了！”说罢，放声大哭。公子想起自己那番苦楚，痛定思痛，也不觉失声痛哭。两边仆妇丫鬟看见，无不落泪，个个上前相劝。

公子怕痛坏了老人家，只得忍泪劝道：“母亲请免伤心，儿子现在是好端端的见父母来了。母亲请想，假如那时候竟无救星，此时又当如何？”太太说：“这是什么话呢！要那样，可叫我们怎么活着呀！”说着，紧紧的拉住公子的手不放松，口里还说道：“咳！这都是气运领的，无端的弄出这样大事来！小子，在你吃这一场苦送这银子来可算你父亲没白养你；只是你叫我们作老家儿①的心里怎么受啊！”说着，抽抽噎噎的又哭起来。旁边丫鬟忙着倒上茶来。吃了一口，又递过手纸去衅②鼻涕。随缘

① 老家儿——北方对父母亲的一种称谓，亦指长辈。

② 衅(xìn)——用同“擤”，音 xiěng。

儿媳妇便忙着去湿手巾，预备擦脸。梁材家的才要装烟。太太说："我顾不得吃烟了！"因拉着公子问道："你说说，到底又遇见个什么救星儿呢？"

公子说："这往后都是活路了，母亲可不必再着急伤心了；不然，儿子心里一乱，益发说不上来了。"因说道："那日正在性命呼吸之间，忽然凭空里拍拍的两个弹子把面前的两个和尚打倒，紧接着就从半空飞下一个人来，松了绑绳，救了孩儿的性命。"太太问道："这又是谁呀？我的天爷！"公子说："母亲道是谁？就是那日在店中相会的那个女子。"

安太太此时也不及再说闲话，只有听一句，口心嗯一句，又诵两声佛号而已。公子随急又把女子怎的扫除了众僧，验明了骡夫，搜着了书信这些情节，一直说到赠金，送别，借弓的话，讲了一遍；就中只是张金凤这节一时且说不出口。

太太见公子说到这里，胸中脸上略为舒畅，才得腾出心来想事；想了想，便说道："据你这样说，那个姓褚的自然是没见着，到底是谁跟了你来的？"

公子听了，连忙站起来回道："母亲问到这里，这其中还有一段隐情，儿子不敢不禀知母亲，不敢就禀明父亲。这桩事，儿子出于万分不得已。此时实在作难，实在害怕。"太太说："什么事啊？你好歹的不要为难。我的孩子，你可搁不住再受委屈了。你如果有什么不得主意的事，不敢告诉你父亲，有我呢，我给你宛转着说。"

公子才把那张金凤的一段始末因由和那媒人怎么硬作，自己怎样苦辞，张家姑娘怎样俯就，所以然的原故，从头至尾，抹角转弯，本本源源，滔滔汩汩的告诉母亲一遍；并说："此来就亏这张老夫妻同了张金凤送来的。请示母亲，这事该当怎样才好？儿子不得主意。"说罢，跪了下去。

太太一面拉起他来，一面心里沉吟，暗说："这桩事倒不好处。若听那个女孩子的那番仗义，这个女孩儿的这番识体，都叫人可感可疼；至于亲家怯不怯①和那贫富高低倒不关紧要，但是我原想给孩子娶一房十全的媳妇，如今听起来，这张姑娘的女孩儿，身份性情自然无可说了，我只愁他到底是个乡间的孩子，万一长的丑巴怪似的可怎么配我这个好孩子呢？"想到这里，不禁便问了问那姑娘的岁数儿，身量儿，然后才问到模

---

① 怯(qiè)——土气。

样儿。

安公子听得这一问，红了脸，半日答不出来。其实，安公子不是不会说官话的人，或者说相貌也还端正，或者说举止也还大方，都没什么使不得；无奈他此时又盼事成，又怕事不成，把害怕，为难，畅快，欢喜，一股脑子搅成一团，一时抓不着话头；又挨磨①了一会儿，才讪不搭②的说了三个字，说道是："长的好。"

安太太听了这话，笑逐颜开，说："等我瞧瞧去。"说着，也不等人搀，站起来往外就走。公子忙笑着拦道："母亲那里去！自然是我过去告诉明白了，叫他来叩见母亲，岂有母亲倒去见他之理？"安太太道："叫人家孩子委屈了一道儿，就是他父母照应你一场，我也得给人道个谢去。"公子又笑道："讲行客拜坐客，也是等他二位来；难道母亲就这样跑到街上去不成？"

太太这才想过来，说："是呀，真真的，我也是叫你们唬糊涂了。"说着便叫晋升家的、随缘儿媳妇去请张太太和姑娘；又派晋升再同上一个粗使的小子请那位张老爷，就连行李一并搬过来。列公牢记话头：从此张老头儿、张老婆儿可就"老爷""太太"了。

闲话休提。安太太趁这个当儿便收了活计，吩咐备饭，腾挪屋子。一时，晋升家的、随缘儿媳妇也换了件干净衣裳，知会了外面的人，跟了大爷过去。

谁想出了院门，大爷要出恭，又抓住晋升细问老爷近日的起居脸面。那两个仆妇惦记着去看新大奶奶，带上那个小子慢慢的便先过去。将进得那边店门，早看见一个老头儿在那里喂驴。那小子上前问了一句，说："张太太住在那屋里？"那老头儿一时不知问的是谁。小子又说明原故。他才带了大家到店房门外，叫了声："妈妈儿，安家有客看你娘儿们来了。"说完，他依然去喂驴去了，那小子再不晓得这位就是亲家老爷！

却说晋升家的进了那间店房，只见他母女二人都在一处，才待说话，张太太就问说："你俩那个是安太太呀？"随缘儿媳妇到底是个小孩子，先忍不住要笑。晋升家的忙道："太太，不是，我们是家下人当奴才的。我

① 挨磨——拖延。

② 讪不搭——不好意思；尴尬。

们太太打发过来请太太和姑娘那边坐。”说着，便跪下去请安。把个张太太慌的两只手拜个不迭。二人转过身来，又拜张姑娘，请安。张姑娘知是婆婆的人，便不还礼，却也不十分羞涩，口中无言，双手拉了起来。

说话间，安公子也过来了，便把方才的话明白告诉张老。张老自是欢喜，因说道：“既这样，姑爷，你先同了他娘儿两个过去。我这里看着行李。别的不打紧，这银子可是你拿性命换来的，好容易到了地土上了，咱们保重些好。”公子连说：“有理。”

晋升早雇了两乘小官轿来，仆妇们便请张太太、张姑娘上轿，大家跟着，抬到聚合店里来。

安太太正在盼望，晋升进来回：“张太太同张姑娘过来了。”安太太连忙搀人迎将出去。张太太早进院门。只见他穿着一件簇簇新的红青布夹袄，左手攥着烟袋荷包，右手攥着一团蓝绸绢子。晋升家的跟着，生怕又开错了，上前说道：“这是我们太太。”安太太赶着过去双手拉手。张太太是两只手都占着呢，只得把攥绢子的那只手伸了两个指头拉住了安太太的手，一面哆嗦着，口里说：“好哇？太太。”安太太道：“不要这样称呼；看光景比我岁数儿大，该叫我妹妹才是呢。”张太太道：“我小呢，属小龙儿的，到年五十二了。”

安太太口里虽和张太太说话，那一副眼光早注到张姑娘跟前。只见他眉宇开展，气度幽娴，腮靥桃花，唇含樱颗；一双尖生生的手儿，一对小可可①的脚儿；虽然是个家常装束，却是满面春风，周身大雅。随缘儿媳妇半扶半搀的拉着，随在他母亲身后。见了安太太，垂下手来，安安详详的道了两个万福。安太太连忙拉住他问了问一路风霜光景；听他说话虽带点外路口音儿，却不侉不怯②。安太太心里先就有几分愿意，这才回头让张太太走；一看，张太太早已豪③着屁股，上了台阶儿，进了屋子了。安太太又让张姑娘。他此时见太太这等的温和慈厚，心里算早把这个婆婆认定了，那里肯先走。安太太便拉了他，说：“咱们娘儿们一块儿走。”比及到门，他到底让太太先进去才罢。

① 小可可——很小。

② 不侉（kuǎ）不怯——不土气。侉、怯，指语音不正，与本地语音不一致。

③ 豪（hāo）——此为“撅”。

一时,安太太和张太太分宾主坐下,丫鬟倒上茶来。安太太便让张姑娘上炕去坐。只听他低声款语答道:“这断不敢;我张金凤此番随爹妈护送了公子到此,原说给太太作些针线,或者作个指使,才不是‘闲茶闲饭养闲人’。日后名分所关,如何敢坐。”

一席话把个安太太疼的不由得赶着他叫了声:“我的儿!你千万不要如此!你在庙里和咱们两家那位恩人——媒人——说的话,我都尽情的知道了。你听我告诉你:不但人家那番恩义不可辜负,就是平白的见了你这样一个人,这门亲,我也愿意作。你放心罢。”

张姑娘听了这话,心里先“一块石头落了地”了。安太太说着,又叫:“玉格呢?”公子答应了一声进来。安太太道:“我细想这桩事,你媳妇方才的话是因你那日在庙里辞婚,他得站住女孩儿的身分;你辞婚是因不曾禀过我同父亲,不敢自主,你得循着人子的道理。如今虽不曾回你父亲,见了我,我就可以作大半主意。什么原故呢?第一,听着路上的情形,他这心地儿,性格儿,是无可讲了;就据这模样儿,只怕打着灯笼儿也找不出这样一个媳妇儿来;至于那贫富高低的话,不是咱们书香人家讲的。我就见有多少人家,因较量贫富高低,又是什么嫡庶,误了大事。这话不用和你商量,我看你的神情儿也没什么的不愿意。我估量着你父亲也必愿意。这又怎么见得呢?你还记得临出京的时候,你父亲说过‘只要得个相貌端庄性情贤慧持得家吃得苦的孩子,那怕南山里北村里的都使得’?看起今日这的局面来,这岂不是姻缘前定么?咱们今日就一言为定,不必再商。”

张姑娘听到这里,心里早“两块石头落了地”了。安太太回过头来便向张太太道:“老姐姐,你想我这话是不是?”张太太道:“我们是个乡下人儿,攀高咧,没的怪臊的,可说个�儿呢。俺这闺女可是个头儿的不弱,亲家太太,你老往后瞧着罢。听说着的呢。”

安太太带笑答应着,又问公子道:“你们路上匆匆的自然也不曾放个定?人家孩子可怪委屈的,我今日补着下个定礼罢。”说着,把自己头上带的一只累丝点翠嵌宝衔珠的雁钗摘下来给张姑娘插在鬓儿上,说:“第一件事是劝你女婿读书上进,早早的雁塔题名。”回手又把腕上的一副金镯子褪下来给他带上,圈口大小恰好合式,说:“和合双全的罢。”

张姑娘此时心里可是“三块石头落了地”了!带好钗钏,才要下拜。

安太太拦道："这点东西倒不要拜。今日是个好日子,你就先认了婆婆,咱们娘儿们好天天儿一处过日子;不然,你可叫我什么呢?至于你们磕双头,成大礼,那可得等你公公出来,择吉再办;这大节目是错不得的。"

当下早有仆妇丫鬟铺下红毡子,仍是晋升家的、随缘儿媳妇扶着那张姑娘,便在红毡上插烛也似价拜了四拜。安太太便坐着受完了礼,说:"你们搀起大奶奶来;吉祥话儿留着磕双头的时候再多说两句罢。"

张姑娘磕头起来便装了一袋烟给婆婆递过去。把个张太太一旁乐的张开嘴闭不上,说道:"亲家太太,我看你们这里都是这大盘头,大高的鞋底子。俺姑娘这打扮可不随溜儿;不,咱也给他放了脚罢。"安太太连忙摆手,说:"不用,我们虽说是汉军旗人,那驻防的屯居的多有汉装,就连我们现在的本家亲戚里头也有好几个裹脚的呢。"

原来张姑娘见婆婆这等束装,正恐自己也须改装,这一改,两只脚蹅蹅蹅的倒走不上来;今听如此说自是放心。安公子却又是一个见识,以为上古原不缠足,自中古以后也就相沿既久了,一时改了,转不及本来面目好看;听母亲如此说,更是欢喜,在外间屋里端了一碗热茶喝着,跐牙儿不住的傻笑。晋升家的、梁材家的一班儿陈些的人便来怄他道:"真好俊一位大奶奶!大爷还记得小时候儿见个媳妇子先脸红?这时候怎么不羞了?"公子笑着道:"你们不用怄我了!正经倒碗热茶我喝罢。"晋升家的道:"我的小爷!你手里端的那不叫热茶吗?咱的了?乐糊涂了?"说的大家大笑。公子也不禁笑将起来。

正热闹着,外边家人将银子行李一起起的搬来交代明白;那辆车并牲口就交给店里照看喂养。晋升已在前层收拾了两间洁净店房预备张亲家老爷住。

一时行李发完,张亲家老爷过来,安太太忙叫请。请了进来,只见他穿一件搭袜口①的灰色粗布袄;套一件新石青细布马褂;系一条月白标布搭包;本是毡帽来的,借了店里掌柜的一顶高提梁儿秋帽儿。见了安太太作了一个揖。安太太不会行汉礼,只得手摸头把儿,以旗礼答之。进房坐下,茶罢,安太太便道了一路照料的致谢,又把方才的话告诉一遍。那亲家老爷倒也本本分分的说了几句谦虚话,又嘱咐了女儿一番。虽说是说

---

① 搭袜口——清代上衣袖口里有小袖似袜口,以护腕。

乡下风味儿，比那位亲家太太就怯的有个样儿多了。坐了一会，便告辞外边坐去。安太太又说："你们亲家两个索性等消停再说罢。"那老儿答应话着，站起去了。

安公子这才敢去见父亲，并讨了母亲的主意。安太太也把怎的说法一一的教导他明白。这里便催着给亲家太太摆饭。

书中且不表这边的事。却说安老爷自从住在这土地祠里，转瞬将近一月，那银限日紧，手下凑了不足千金，寄乌学士告助的信至今不见回音，梁材进京往返总须两月，且不知究竟办的成否何如；眼前九月初旬已近，又正是放榜之期，不知公子三场诗文可能望中；更奇的是许久不接家信，不得家中近日情形，公子是出场就动身了啊还是不曾上路呢；更加此地虽有几个朋友可谈，在这县衙里又不得常见，只有程相公陪着谈谈，偏又是个不大通的：雨夕风晨，十分闷倦。这日饭后，正拿了一本《周易》在那里破闷，只听墙外人声说话，像有客来的光景。正待要问，随缘儿慌张张的跑将进来，说道："大爷来了。"老爷也不免唬了一跳。

说着，公子早已进门，请下安去，起来赶了两步，跪在老爷膝前，扶了腿，失声要哭。安老爷正在不得意之中，父子异相逢，也不免落泪；只是严父慈母所处不同，便不似太太那番光景，一面点头拉起公子来，说道："你可出来作什么？"因大概问了问何人跟随，一路行色光景，随即问道："你难道没下场吗？"

第一句公子就不好登答，只得敛神拭泪，答道："正在场前听见父亲这个信息，方寸已乱，自问下场也作不出好文章来；便侥幸中了，父亲现在这个地方，儿子还何心顾及功名末节？所以忙得不及下场，赶来见见父母。"老爷叹息一声，说："这却也难怪你，父子天性，你岂有漠然不动的理。了不过来也无济于事。我已经打发梁材进京去了。算这日期，你自然是在他到的以前就动身的。我早已料到你听见这信必赶出来，所以打发梁材兼程进京。一来为止住你来，二来也为将家里现有的产业折变几两银子凑着交这赔项。你这事虽不在行，到底还算个作纛旗儿①。如今你又出来了，这怎么样呢？"说着，皱了眉，宛转思索。

---

① 作纛(dào)旗儿——主帅，拿主意的人。纛，又读 dú。古时军队或仪仗队的大旗。

公子见这光景，回道："这事已经尊父亲的主意办妥当来了。"老爷道："你方才说不曾见着梁材，自然不曾见着我的谕帖，从那里遵起？"公子道："儿子想除此也别无办法，所以大胆就作主这样办了。"老爷道："这倒难为你了；只是了，我计算多也不过二千余金，终究还不足数。——强如并此而无，且慢慢的凑罢了。"公子道："据现有的数目，大约也敷衍着够了。"老爷说："这又是不知物力艰难的孩子话了。如今我这里才有不足千金；搭上这项不过三千金；我虽致信乌克斋，他在差次①还不知有无，便有，充其量也不过千金：连上下平色②，还差千余金呢！你看着世上的银子就这等容易！"公子回道："儿子此番带来约有七千金上下光景，便不候乌克斋的信，想也足用了。"

老爷听了这话，把脸一沉，问道："阿哥③！你在那里弄得许多银子？我平生于银钱一道一介不苟，便是朋友有通财之谊也须谊可通财的才可作将伯之呼；你若借了这事向亲友各家不问交谊一概的沿门托钵④摇尾乞怜起来就大不是我的意思了！"

公子此时心下一想，事到其间也不得不说了；况且父母跟前，便是自己作错了事，岂容有一字欺隐；莫若直捷痛快的尽情一吐，便是有干严怒也合受一场教训；便回道："并不曾求着亲友；只是这桩事说来头绪也乱，情节也多，先得求父亲不要吃惊，着急，生气，容儿子慢慢的细禀。"说着，便跪了下去。

安老爷平日虽是方正严厉，见这等娇生惯养一个儿子为了自己远路跋涉而来已是老大的心疼，只是有见于"爱之能勿劳乎"和那"玉不琢不成器"的这两句话，不肯骄纵了他；今又见他如此举动，满面惨惶，更加不忍，且料其中必另有一段原故，却也断想不到公子竟遭了这等一场大颠险；当下向公子道："你不必慌，只管起来明明白白的说。"公子这才站起身来，从家中得信起身一直到今日到店止，照方才回太太的话，应节省的节省，应加详的加详，并和张金凤联婚一段，一字不落，也都据实的禀了他

---

① 差(chāi)次——公务的等级班次。

② 平色——银子的重量和成色。

③ 阿哥(àg)——满人习俗，父母对儿子的称呼。

④ 钵(bō)——盛器，如"饭钵"。托钵，拿着饭钵，比喻乞讨。

父亲。

书中交代清楚：严父慈母，其性则一，其情不同。况且这位安老爷又是才学识三者兼备的人，当公子说的时节，便不肯用话打他的岔，默默凝神静气听去。但见他听着，忽而摇头，忽而点头，忽而抬头，忽而低头；那心里大约是惊一番，喜一番，感一番，痛一番；直等他把话听完了才透过口气来，不由得一阵酸心，两行热泪。公子也呜咽惶恐个不住。

安老爷定了一定，长出了一口气，才向公子道："这桩事我都听明白了。你想，我听着怎能不惊？到了此时，却急也无益，更无气可生，只是苦了你了！你如今不必害怕着忙，听我告诉你：你此番为我出来，这是天理人情，无所为错；况又受了这场掀天风浪，难道我还责备你不成？然而这事却是都由你少不更事而起。你想，这条路带着若干的银子，便华忠跟着且难保无事，何况你孤身一人？以致险遭不测。你想，倘然果遭不测，不但你成了罪人，连我也是个罪人了。比起你给我送银子来，孰轻孰重？及至你在店里遇见那个什么十三妹女子，却纯是你不学无识了。方才听你说起那情景来，他句句话与你针锋相对，分明是豪客剑侠一流人物，岂为'财''色'两字而来？你千不合万不合，不合那一走。这才是就叫作'吉凶悔吝生乎动'了哇。再讲到那骡夫和尚，原是天理人情之外的事，也难怪你见不及此。只是果然不走，这祸又从何而来呢？至于你受那十三妹的金银，允那张金凤的姻事：这两桩事，你自己以为大错，我倒原谅你。何也？圣人说，'观过知仁'，原不尽在'党'字上讲。当那进退维谷的时候，便是个练达老成人也只得如此，何况于你？又何况你心里还多着为我的一层？倒是我作老家儿的不曾荫庇到你，转叫你为我先受了累了：这是我心里难过的去处。如今这项金银也还算得从义路而来，此时也无法不受；况且我也正用得着，竟是用了他的，成全了那女子一番义举，合你一片孝心，我们再图后报。那张家姑娘，方才听你说来，竟是天作之合的一段姻缘，你可不准嫌他父母乡愚，嫌他鄙陋，稍存求全之见。如今竟是以前言为定。却等我完了官事出去给你们作合。想来你娘是没什么不肯的。"

公子听一句应一句，紧记了母亲的话，说且慢说方才放定的一层；今听安老爷如此一问，乘势回道："看母亲的光景也以为必当作合，是不得父亲的话，只不好就定。还叫儿子请示。"老爷说："那更好了；你略歇歇儿就先回去把这话说给你娘，并致意你岳父岳母，叫他二位好放心，你也无可为难着窄①了。”

安公子听完这话，一切得了主意，心里一想，暗道：“我安骥修了几生，有多的大造化，得这样恩勤覆育的二位老人家！”想到这里，转不禁痛定思痛，感深而泣。安老爷道：“这又哭什么？不必哭了。再哭就叫‘不着要’②了。”

公子这才收了泪痕，换出笑脸，详问父亲的起居眠食。老爷说：“你此时且不絮叨，先把方才的话必去说了，就换了衣裳来，跟我吃了饭，今日就在此住。我还有话说呢。你丈人那里，我请程相公替我陪去。”

公子领命退出，本是雇了乘小轿来的，就坐了那小轿飞奔回店，见了安太太，不及细说，笑嘻嘻的道：“我父亲没生气，都依了。”安太太道：“我早晓得了；我只管那等叫你去了，到底不放心，打发人跟了听去，回来回了，我都知道了。这好极了。你去陪你丈人吃饭去罢。”

公子又把父亲还叫回去并请程相公陪着的话回明，忙忙的换衣回去。他父子才得说一番无限离情，叙一番天伦乐事。

这话暂且不暇多谈，趸回来再讲店里。却说那张老有程相公在那里陪着，一个讲的是抄誊缮写，一个讲的是耕种刨锄，说了一晚，也不曾说到一处。那张太太是提着精神招护了一道女儿女婿，到了这里，放了乏③了，晚饭又多饮了一杯，更加村里的人儿不会熬夜，才点灯就有些上眼皮儿找下眼皮儿，打了两个呵欠，说道：“要不，咱睡罢？”张姑娘正要和婆婆多亲热一刻，说：“我还不困呢，妈先睡去罢。”那婆儿更无谦让，过西间去，脱了衣裳，躺下就睡了。

这里安太太叫张姑娘上了炕，才细细的问他家乡路上一切闲话。说到路上，那张姑娘不住的十三妹姐姐长，十三妹姐姐短，安太太这才知道那位救命的姑娘叫作十三妹。

张姑娘又把十三妹的形容举止并定亲以前怎样无私下问他许多的话都倾心吐胆的告诉了婆婆。安太太更是心感，因说道：“这位姑娘不要真是位菩萨转世罢！只是你们受了他的好处，还当面给他道了个谢，我可那

---

① 着(zhāo)窄——受窄；为难。

② 不着要——不像话；不着边。

③ 放乏——尽情休息。

里谢他一声去呢？我方才心里许了个愿，等十五日在天地前上个满堂供，焚个满斗香：一来答谢上天叫咱们父子婆媳完聚的天恩；二来祝赞着那十三妹姑娘增福延寿，将来得个好婆婆，好女婿。我还打算另设张桌儿望空遥拜他一拜，心里才过的去呢。”张姑娘道：“这个只怕使不得；他和媳妇结了姐妹，在婆婆看着也是孩子一样，这一拜也断当不起。媳妇倒有个见识：媳妇本也有个愿心许下，给他供个长生禄位，早晚礼拜，愿生生世世和他托生一处。婆婆想着，使得使不得？”安太太听了，说：“很好。说是这样，咱们娘儿们都是十五那天还愿。”婆媳二人又谈了许久，听了听，那天已交四更，才各归寝。

列公，听这回书不觉得像是把上几回的事又写了一番，有些烦絮拖沓么？却是不然。在我说书的不过是照本演说，在作书的却别有一段苦心孤诣。这野史稗官虽不可与正史同日而语，其中伏应虚实的结构也不可少；不然，都照宋子京①修史一般，大书一句了事，虽正史也成了笑柄了。至于听书的又那能逐位都从开宗明义听起？非这番找足前文，不成文章片段。并不是他消磨工夫，浪费笔墨，也因这第十二回是个小团圆，正是《儿女英雄传》的第一番结束也。这正是：

好向源头通曲水②，再从天外看奇峰。

要知后事如何，下回书交代。

---

① 宋子京——即宋祁，字子京。

② 曲水——古风。阴历三月三日，水滨欢宴，祓除不祥；水环曲成渠，相与饮乐。因称“曲水”。

第十三回

敦古谊集腋[1]报师门　感旧情挂冠寻孤女

这回书接着上回，表的是安公子回到店里，把安老爷的话回明母亲并上复岳父岳母。大家自是异常欢喜。张姑娘心里益发佩服十三妹的料事不差。那张老自有程相公照料。安公子便忙忙的换了家常衣服赴县衙而来。

那些散了的长随还有几个没找着饭主[2]满处里打游飞[3]的，听见少爷来了，又带了若干银子给老爷完交官项，老爷指日就要开复原官，都赶了来，借着道喜要想喝这碗旧锅的粥。老爷见这班人本无人味，又没天良，一个个善言辞去。内中只有个叶通，原是由京带出来的；虽也是个长随，因他从幼也读过几年书，读的有些呆气；自从跟了安老爷，他便说从来不曾遇见这等一位高明浑厚的老爷，立誓不再投第二个主人；安老爷给他荐了几处地方他都不肯去，甘受清苦。老爷见公子无人跟随，叫他且伺候公子。恰好赶露儿也赶到了。安老爷因他误事，正要责罚。吓的他长跪不起，只得把刘住儿到家一时痛亲昏聩忘说后才想起随即赶来的话回明。老爷见其情有可原，仍派他跟随公子。

说着，摆上饭来，又有太太送来几样可吃的菜并"下马面"。原来安老爷酒量颇豪，自己却不肯滥饮，每饭总以三五斤为度；因向公子道："我喝酒，你只管坐下先吃饭，不必等我。"公子便搬了个座儿坐在横头。

一时吃饭漱盥已毕，安老爷便命他隅坐侍谈，这才问了问京中家里一切情形，因长吁道："我读书半世，兢兢业业，不敢有一步逾闲[4]取败，就这'迂''拙'两个字是我的短处。不想才入宦海就因这两个字上误事，几乎

---

① 集腋(yè)——腋，兽腋下毛皮。此为集腋成裘(qiú，皮衣)意。

② 饭主——东家。转指"差事"、"职业"。

③ 打游飞——闲游、乞讨。

④ 逾闲——无视先贤所谓规矩法度。闲，规矩法度。

弄得身名俱败,骨肉沦亡。今日幸得我父子相聚,而且官事可完,如释重负。这都是上苍默佑,惟有刻刻各自修省勉答昊慈而已。至于你没出土儿就遭了这场颠沛流离,惊风骇浪,更自可怜。又安知不是我家素来享用稍过,福薄灾生,以致如此?经此一番,未必非福。此时都无可说了。只是我方才细想,你在那能仁寺遭的这场事,在那班和尚伤天害理,为天理所必诛,无所为冤;在那个女子,取义成仁,仁至义尽,无所为孽:我们心里便无所为过不去。我只虑地方上弄了这等一桩大案,倘然遇见个廉明官儿查究起来,倒是一桩未完的心事。"

公子说:"这事大料无妨;前日在路上听见各店里沸沸扬扬的传说在平县黑风岗庙里一个和尚,一个头陀,一个女人,因为妒奸,彼此自相残害,经本县的一位胡县官访查出来。那地方上百姓也有受过和尚荼毒的,人人称快,感念那位胡县官,都称他作'青天太爷'。"安老爷笑道:"此所谓'齐东野人'之语①也。"

那时叶通正在那里伺候老爷吃饭,便回道:"这话大约是真的。"老爷道:"你又怎么晓得?"叶通道:"这里的二府就和茌平的这位胡太爷是儿女亲家;奴才有个舅舅跟胡太爷,昨日打发来看姑奶奶,他也是这等说,还说胡太爷因此上台见重②,说他留心地方公事,还保了卓异了呢。"

老爷听了不禁大笑,说:"这可叫作'天地之大,无所不有'了!若果如此,不但那女子可以远祸,我们也可放心。"

公子答应了个"是",就趁势回道:"倒是儿子这里另有件未完的心事。"老爷忙问:"何事?"公子便把失了那块砚台的话说出来。老爷先说了句"可惜",便问:"怎的会丢了?"公子道:"只因正在贪看十三妹在墙上题的那折词儿,他又催促着走,一时匆匆的便遗失了。"老爷问:"又是什么词儿?"公子见问,便从靴掖里把自己记下的个底儿掏出来请老爷看。"

安老爷看了一会,说道:"个女子好生奇怪!也好大神煞!你看他这折《北新水令》,虽是不文,一边出豁③了你,一边摆脱了他,既定了这恶僧的罪名,又留下那地方官的出路。看他这样机警,那砚台必不肯使落他人

---

① 齐东野人之语——道听途说、无稽之谈。

② 见重——被重用。

③ 出豁——开脱。

之手。——只他这词儿里的什么‘云端’‘云中’自是故作疑人之笔;他究竟住在何处,你自然问明白了?”公子道:“也曾问过,无奈他含糊其词,只说在个‘上不在天,下不着地’的地方住。并且儿子连他这称谓都留心问过,问他这‘十三妹’三个字还是排行还是姓名,他也不肯说明。”老爷道:“嗯!这是什么话!无论怎样,你也该问个明白。在他虽说是不望报,难道你我受了人家这样大德,今生就罢了不成?”

公子见父亲教训,也不敢辩说“他怎生的生龙活虎一般,我不敢多烦琐”;他只得回道:“将来总要还他这张弹弓,取我们那块砚台;想来那时也可以打听得出来的。”

老爷只是摇头,一面口里却把那词儿里“云中相见”四个字翻来覆去不住的念;又用手把那“十三妹”三个字在桌子上一竖一画不住的写;默然良久,忽然的把桌子一拍,喜形于色,说道:“得之矣!我知之矣!”因忙问公子道:“这姑娘可是左右鬓角儿上有米心大必正的两颗朱砂痣不是?”

罢了!这公子实在不曾留心。只得据实答应。老爷又问道:“那相貌呢?”公子道:“说起相貌来却是作怪,就和这新媳妇的相貌一样,不但像是个同胞姊妹,并且像是双生姊妹。”

老爷道:“这又是梦话了;我又何曾看见你这新媳妇是怎生个相貌呢?”公子一时觉得说的忘情,扯脖子带脸臊了个绯红。老爷道:“这又臊什么?说呀。”公子只得勉强道:“此时说也说不周全,等父亲出去看了媳妇就明白了;大约这个是一团和气幽娴,那个是一派英风流露。”老爷听了,笑了一笑,说道:“文法儿也急出来了!”公子也陪着一笑。

列公,天下第一乐事莫如谈心;更莫如父子谈心;更莫如父子久别乍会异地谈心;尤其莫如父子事静心安苦尽甘来久别乍会的异地深夜谈心。安老爷和公子此时真真是天下父子第一乐境!正所谓“等闲难到开心处,似此开心又几回”了!

公子见老人家心开色喜,就便请示:“父亲方才说到那十三妹,父亲说:‘得之矣!知之矣!’敢是父亲倒猜着他些来历么?”老爷道:“岂但猜着!此事你固然不得明白,连你母亲大约也未必想的到此。我心里却是明白如见。此时且不必谈,等我事毕身闲再慢慢的说明。我自然还有个道理。”

公子听如此说，便不好问，只是未免满腹狐疑。那时不但安公子设疑，大约连听书的此时也不免发闷。无如他著书的要作这等欲擒故纵的文章，我说书的也只得这等依头顺尾的演说。大家且耐些烦，少不得听到那里就晓得了。

闲话搁起。一时安老爷饭罢，收拾了家具，又同安公子计议了一番公事如何清结，家眷怎的位置。公子便在父亲屋里小床上另打一铺睡下。众家人也分头安置。一宿无话。

次日清早，安太太便遣晋升来看老爷、公子，并叫请示："那银子怎的个办法？早一日完了官事，也好早一日出去。"老爷便教公子去告知他母亲："这事不忙在一刻，再候两三日，乌克斋总该有信来了，那时再定规。你也就去和你娘亲近亲近去。"

公子才要走，晋升回道："请大爷等一刻再走罢；将才奴才来的时候，街上正打道呢，说河台大人到码头接钦差去，已经出了衙门了，路上撞见，又得躲避。"

老爷问道："也不曾听见个信儿，忽然那里来了这等一个钦差？"晋升道："奴才也是才听见说，说是一位兵部的什么吴大人。这位钦差来得严密得很，只带着两个家人，坐了一只小船儿，昨夜五更到了码头，天不亮就传码头差到船上交下两角①文书来，一角札②山阳县预备轿马，一角知照③河台钦差到境。这里县太爷早到码头接差去了。"

安老爷心想："那个什么吴大人？莫非吴侍郎出来了？他是礼部啊。此地也不曾听见有什么案，这钦差何来呢？断不致于用着钦差来催我的官项呀？"大家一时猜度不出。老爷道："管他！横竖我是个局外人，于我无干，去瞎费这心猜他作什么！"

说着，只听得县门前道府厅县各各一起一起的过去，落后便是那河台鸣锣喝道前呼后拥的过去。直等过去了，公子才得回店。

话分两头。你道这位钦差是谁？原来就是那号克斋名乌明阿的乌大人。他在浙江差次就接到吏部公文，得知由阁学升了兵部侍郎，把浙江的

---

① 角——文书的标志写在封角上，因此也称"角"。

② 札——指令。

③ 知照——通知；关照。

公事查办清楚，拜了折子，正要回京复命谢恩；才由水路走出一程又奉到廷寄命他到南河查办事件。这正是回程进京必由之路。他便且不行文知照，把自己的官船留在后面同随带司员人等一起行走，自己却乔妆打扮的，雇了一只小船，带了两个家丁，沿路私访而来；直等靠了码头才知照地方官。把个山阳县吓得忙着分派人打扫公馆，伺候轿马，预备下程酒饭，闹的头昏，才得办妥。只是钦差究竟为着何事而来，不能晓得。

这正是首县第一桩要紧差使；为的是打听明白，好去答应上司，是个美差。他一到码头，便上手本叩安禀见，不想钦差止于传话道乏，不曾传见；看了看船上，只得两个家人，连门包都不收，料是无处打听；费尽方法，派了个心腹能干家人把船家暗暗的叫下来问他端的，又许他银子。那船家道："他雇船的时候，我只知他是伙计三个到淮安要账来的；一路也同我们在船头上同坐，问长问短的。一直到了码头，见大家出来接差，我才知道他是个官府。谁知道他作什么来的呀！"那家人听了无法，只得回复县官。把个山阳县急得搓手。

一时，大小官员都到，紧接着河台到船拜会。早见那位钦差顶冠束带满脸春风的迎出舱来。河台下船，只得在那小船里面向上请了圣安。乌大人站在一旁，说了句："圣躬甚安。"二人见礼坐下。

河台满脸青黄不定，勉强支持着寒暄几句，又不敢问到此何事。倒是乌大人先开口说道："此来没什么紧要事；上意因为此番回京，此地是必由之路，命顺路看看河工情形。这河工的事，自己实在丝毫不懂；前在浙江，但见那些办工的官员实在辛勤苦累。大人止把那沿路工段教人开个节略①见赐，便可照这节略略查一查回奏，就算当过这差去了。自己也急于要进京谢恩，恐不能多耽搁，地方上一切不必费事。这船上实在亵渎，下船就奉拜，再长谈罢。"

那河台听了这话才咕咚一声把心放下去。那恭维人的本领，他却从作佐杂时候就学得滥熟；又见乌大人这等谦和体谅，心里早打算到这满破个二三千银子送他也值，左右向那些工员身上捞的回来的：因此，着实的颂扬了钦差一阵才打道回院。河台走后，各官才上手本。乌大人都回说："船上过窄，公馆相见。"大家只得纷纷进城。

---

① 节略——提要。

河台早把自己新得的一乘八人大轿并自己新作全副执事①送来;又派了武巡捕带了许多材官②来接。乌大人便留了一个家人收拾行李,搬进公馆,自己只带一个家人跟着;前头全副执事摆开,众材官摆队的摆队,扶轿的扶轿,码头上三声大炮,簇拥着钦差那顶大轿,浩浩荡荡,鸦雀无声,奔了淮城东门而来。一进城门,武巡捕轿旁请示:“大人,先到公馆?先到河院?”那大人只说得一句“先到山阳县”。那巡捕应了一声,忙传下去,心里却是惊异:怎的倒先到县衙呢?”

那个当儿,山阳县的县官早到公馆伺候去了。原来外省的怯排场,大凡大宪来拜州县,从不下轿,那县官倒隐了不敢出头,都是管门家丁同着简房③书吏老远的迎出来,道旁迎着轿子,把他那条左腿一跪,把上司的拜帖用手举的过顶钻云,口中高报说:“小的主人不敢当大人的宪驾。”如今这山阳县门上听得钦差来拜他们太爷,他更比寻常跪的腿快,喊得声高。只见那钦差也不用人传话就在轿里吩咐道:“我不是拜你主人来了。”

那门丁听了,吓得爬起来,找了条小路,往回就跑;此时但恨他爹娘少生了两条腿。将跑到县门,钦差的轿子已到,他又同了衙役门前伺候。又听得钦差问道:“有位被参的安太老爷,想来是在监里呢?”门丁忙跪禀道:“不在县监,在县头门里典史衙门土地祠。”

钦差便命打道典史④衙门。把个管狱的典史登时吓得浑身乱抖,口里叫着:“皇天菩萨!自从周公作《周礼》,设官分职,到今日也不曾听得钦差拜过典史!这是什么勾当呀?”慌得他抓了顶帽子,拉了件褂子一路穿着,跑了出来跪在门外,口中高报:“山阳县典史郝whose⑤叩接大人。”

轿子过去了良久,他还在那里长跪不起。两旁众人都看了他指点着笑个不住。他也不知众人笑他何来。及至站起来,自己低头一看,才知穿

---

① 执事——此指旧时官吏出访时所用的牌伞等物。
② 材官——供差遣的低级武职。
③ 简房——书简房。
④ 典史——知县辅佐官。
⑤ 槷——音“niè”。

的那件石青褂子镶着一身的狗牙儿绦子①,原来是慌的拉错了,把他们官太太的褂子穿出来了！咳！正所谓“宦海无边,孽海同源,作官作孽,君自择焉”！

闲话休提。却说那钦差到了典史衙门,望见那土地祠,便命住轿,落平下来。只见跟班的从怀里掏出一个黑皮子手本来。众人两旁看了,诧异道:“钦差大人怎生还用着这上行手本！拜谁呀？便是拜土地爷也只合用个‘年家眷弟’的大帖。到底拜谁呀？……”

正在猜度,那家人把手本呈老爷看过,便交付巡捕,说:“拜会安太老爷。”那巡捕接了,偷眼一看,手本上端恭小楷写着“受业乌明阿”一行字,连忙飞奔到门投帖。

却说那时正近重阳,南闱乡试放榜。安老爷正得了一本《江南新科闱墨》在那里看,听得县衙前才得一片喧哗,旋即不闻声息,却也听惯了,不以为意,依然看那本文章。忽见戴勤匆匆的跑进来,回称:“钦差来拜”。虽安老爷的镇静,也不免惊疑,心里说:“难道真个的钦差来催官项来了不成？”伸手接过手本一看,笑道:“原来是他呀！只说什么‘吴大人’‘吴大人’,我就再想不起是谁了！”因慢慢的起身离座,说:“请进来罢。”

早见那乌大爷遍体行装的进来,先向安老爷行了个旗礼,请了安,起来又行了个外官礼,拜了三拜。安老爷也半礼相还。乌大爷起身又走近前来看了看老爷的脸面,说:“老师的脸面竟还好。只是怎生碰出这等一个岔儿来！”

一时,让坐茶罢。乌大人开口先说:“老师的信,门生接到了。因有几两银子不好转人送来,旋即奉了到此地来的廷寄,如今自己带了来。”又问:“老师的官项②现在怎样？”

安老爷不便就提公子来的话,便答说:“也有了些眉目了。”乌大爷道“门生给老师带了万金来,在后面大船上呢。一到就送到公馆去。”

安老爷忙道:“多了,多了。这断乎用不了。你虽是个便家,况你我还有个通财之谊,只是你在差次,那有许多银子？”乌大爷道:“这也非门生一人的意思。没接着老师的信以前,并且还不曾看见京报,便接着管子

① 狗牙儿绦(tǎo)子——状似狗牙的花边织物。

② 官项——官职。

金、何麦舟他两家老伯的急脚信，晓得了老师这场不得意。门生即刻给同门受过师恩的众门生分头写了信去，派了个数儿，教他们量力尽心。因门生差次不久，他们又不能各个的专人前来，便叫他们只发信来，把银子汇京都交到门生家里。正愁缓不济急，恰好有现任杭州织造的富周三爷，是门生的大舅子，他有托门生带京的一万银子。门生和他说明先用了他的，到京再由门生家里归还。这万金内一半作为门生的尽心，一半作为众门生的集腋。将来他们汇到门生那里，再从门生那里扣存也是一样。此时且应老师的急用。老师接到他们的信，只须付一封收到的回信就完了事了。"

安老爷道："非我和你客气，你大兄弟也送了几两银子来。再有二三千金便够了。这种东西，多也无用。再与者受者都要心安。"乌大爷道："老师，这几个门生现在的立身植品，以至仰事俯蓄①，穿衣吃饭，那不是出自师门？谁也该'饮水思源，缘木思本'的。门生受恩最深，就该作个倡首。就譬如世兄孝敬老师万金，难道老师也和他让再让三不成？再门生还有句放肆的笑话儿：以老师的古道，处在这有天无日的地方，只怕往后还得预备个几千银子赔赔定不得呢。"

安老爷听了，哑然大笑；因见他办得这样妥当，又说得这样恳切，不好再推，便说道："我说你不过，就是这样罢；我也和你说不到'却之不恭'，却是'受之有愧'了。"

那乌大爷又谦逊了一番；话完，便向他那家人使了个眼色。那家人早退下去。连戴勤等一并招呼开。彼此会意，就都躲在院门外坐下喝茶吃烟闲话。

却说那位典史老爷见钦差来拜安老爷，不知怎样恭维恭维才好；忙忙的换了褂子，弄了一壶茶，跟了个衙役，亲自送来让家丁们喝，也为趁便探听探听消息。谁想大家都堵着门坐着呢，不得进去。他一面让茶，一面搭讪着就要同坐。戴勤先站起来，道："郝老爷，你请治公罢。你在这里，我们不好坐。同你一处坐，主人知道也必嗔责。茶这里有，郝老爷别费心了。"那典史看这光景料是打不进去，只得周旋一阵，把那壶茶送给轿夫

---

① 仰事俯蓄——谓对上侍奉父母，对下养活妻子儿女。泛指维持一家生活，也作"事畜"。

喝去了。

却说安老爷见乌大人把人支开，料是有说的。只见他低声道："门生此来却不专为这事；现在奉旨到此访察一桩公事，一路也访得些情形，未敢为据，所以来请示老师。老师知之必确。"

安老爷忙问何事。乌大爷道："此地河台被御史参了一本，说他怎的待属员以趋奉为贤员，以诚朴为无用；演戏作寿，受贿婪赃；侵冒钱粮，偷工减料：以致官场短气，习俗颓靡等情。参得十分厉害。这事关系甚大。门生初次奉差，有些不得主意，所以讨老师教导。"

安老爷听了这话，沉了一沉，说："克斋，这话既承你以我为'识途老马'，我却有无多的几句话，只恐你不信。"因说道："我到此不久，就到邳州、高家堰署了两回事，河台的行止，我都不得深知。至于我之被参，事属因公，此中毫无屈抑。你如今既奉命而来，我以为国法不可不执，国体也不可不顾；察事不得不精，存心却不可不厚。老贤弟以为何如？"

乌大人觉得安老爷受了那河台无限的屈抑岂无个不平之鸣；谁知他竟无一字怨尤，益加佩服老师学识雅度；说了几句闲话，起身告辞。安老爷道："我可不能看你去，也不便差人到你公馆里，改日长谈罢。"说着，送到院门便不望外再送。

却说那山阳县知县得了这个信早差人禀知河台，说："钦差在县里和安老爷长谈。"那河台倒是一惊。才要问话，听得头门炮响，钦差早已到门，连忙开暖阁迎了出来。见那钦差仍是春风满面，说："才望了望敝老师，来迟了一步。"说着，一路进来坐下。可奈他绝口不谈公事，至要紧的话，问的是淮安膏药，那铺子里的好；竹沥涤痰丸，那铺子里的真。河台也只得顺着答应一番，因便装着糊涂问道："方才说贵老师是那一位？"乌大人道："就是被参的安令。"河台连忙道："这位安水心先生老成练达，为守兼优，是此地第一贤员；无奈官运平常，可可的遇见这等个不巧的事情。现在我们大家替他打算，'众擎易举'，已有个成数了，不日便可奏请开复。"乌大人道："这倒不敢劳大人费心。他世兄已经从京里变产而来，大约可以了结公事；况且敝老师是位一介不苟的，便承大人费心，他也未必敢领。"河台听了，大失所望。

钦差坐了一刻便告辞进了公馆。那时后面官船已到，几位随带司员也赶了来。那些地方官，钦差都请在一处公同一见。应酬已毕，少微歇息，吃些东西,早发下一角文书提河台的文武巡捕管门管账家丁。须臾拿到,便封了门,照着那言官指参的款迹连夜熬审起来。从来说:“人情似铁,官法如炉。”况且随带的那些司员又都是些精明强干久经审案的能员,那消几日,早问出许多赃款来。钦差一面行文,仍用名帖去请河台过来说话。

不一时,河台已到。钦差照旧以客礼相待;让坐送茶已毕,更将廷寄并那御史的参折和他的巡捕家丁的口供送给他看。河台一看,这才如梦方醒,只吓得他面如金纸,目瞪口呆;又见上面有“如果审有赃款,即传旨革职,所有南河河道总督,即着乌明阿暂署”的话。他慌忙看完,摘了帽子,向上跪倒磕头,口称他的名字,说:“犯官谈尔音昏聩糊涂,辜负天恩,但求重重的治罪,并罚锾报效。”原来那时候有个罚锾①助饷助工的功令。只因朝廷深知督抚的丰厚,那时的风气淳朴,督抚也不避丰厚之名,每逢获罪,都求报效若干银子助工助饷,也为图轻减罪名,所以他才有这番举动。说罢起来,戴上帽子。

乌大人道:“请大人具个亲供;便是自认罚锾,也得有个数目,好据供入奏。”那谈尔音道:“犯官打算竭力巴给十万银子交库。”乌大人道:“大人的情甘报效,我原不便多言;但是圣意甚严,案情较重,左右近年的案都有个样子在前头,大人还得自己斟酌斟酌,不可自误。”他答应了两个“是”,下去写具亲供。

一时,早有首府中军送过印来。乌大人即日拜印接署,便下了一个札子委山阳县伺候前印河台大人。这汉话就叫作“看起来了”!这个信传出去,那些绅衿百姓铺户听得,好不畅快!原来这河台姓谈,名尔音,号钰甫。便有等尖酸的,指了新旧河台的名号编了一副对联,道是:

“月向日边明,日月当空天有眼;
玉镶金作钰,玉金满橐地无皮。”

闲话搁起。却说那谈尔音下去写具亲供,见钦差的话来得严厉,一定朝廷还有什么密旨,如今报效得少了罢,诚恐罪名减不去,多了罢,实在心上舍不得;心问口,口问心,打算良久,连那些奇珍异宝折变了,大约也够了,且自顾命要紧:因此上一狠二狠写了二十万两的报效。那乌大人就把案归着了归着,据情转奏。

---

① 罚锾(huán)——罚款。锾,重量单位,一锾等于六两。

当朝圣人最恼的贪官污吏,也还算法外施仁,止于把他革职,发往军台效力。不日批折回来,那谈尔音便忙忙交官项上库,送家眷回乡,剩了个空人儿赴军台效力去了。只是这些金银珠宝,千方百计才弄得来,三言两语便花将去;当日嫌他来的少,今日转痛他去的多。也最可怜的,是他见过乌大人之后,不曾等安老爷交官项,早替他虚出通关,连夜发了折子奏请开复,想在钦差跟前作个大大的情面。也是发于天良,要想存些公道,只是迟矣晚矣!

却说安太太那边自从张金凤进门之后,在安太太是本不曾生得这等一个爱女,在张姑娘是难得遇着这等一位慈姑;彼此相投,竟比那多年的婆媳还觉亲热。

那张夫妻虽然有些乡下气,初来时众人见了不免笑他;及至处下来,见他一味诚实,不辞劳,不自大,没一些心眼儿,没一分脾气,你就笑他也是那样,不笑他也是那样:因此大家不但不笑他,转都爱他敬他。虽是两家合成一家,倒过得一团和气。

这日,安老爷收到乌大爷的帮项,即日把文书备妥,如数交纳,照例开复;又因此地正在官场有事,自己不好出,便告了两个月病假。早有公子领着家人们预备轿马前来。

这老爷离了土地祠,来到聚合店。安太太迎了出来。老夫妻本来伉俪甚笃,更兼在异乡同患难,又想到公子这场落难,彼此见了,十分伤感。亏得公子一旁极力劝慰方住。安太太便叫媳妇出来拜见,安老爷一看,又叫他近前来细看一番,因向太太道:"我告诉玉格的话,想来都说到了,不必再说。这个孩子天生的是咱们家的媳妇儿,等着消停消停就给他们办起这件喜事来。"

安老爷不吃烟,张姑娘便送上一碗茶来。一时,亲家太太也来相见。这亲家太太可不是那两日的亲家太太了:也穿上裙子了;好容易,女儿劝着,把那个冠子也摘了;见了安老爷,拜了两拜,口里说:"好哇,亲家,俺们在这里可糟扰了。"安老爷也和他谦了几句。人回:"亲家老爷进来了。"

安老爷迎进来,见礼归坐,着实谢了谢他途中照应公子。张老道:"亲家不要说这话;我的嘴笨,也说不上个什么来。咱都是一家人,往后只有我们沾光的。就只一件,我在家贫苦惯了,这几天吃饱了饭,竟白呆着就困了。亲家,这不是你来家了吗?有�笨活,只管交给我,管作的动,不的时候儿,这大米饭,老天可不是叫人白吃的。"

安老爷听了道:"就是这样。如今我第一桩大事就是你这个女婿。他只管这么大了,还得有个人儿招护着。这几日里边有个媳妇,不好叫他在里头不周不备。我可就都求了亲家了。"张老爷连忙答应。安太太道:"这几天就多亏了亲家老爷疼他。"一句话没完,张太太话来了,说:"�话呢!疼闺女有个不疼女婿的!"

大家正说到热闹中间,人回:"河台乌大人来拜。"把个张老夫妻吓得往外藏躲不迭。一时鸣锣喝道,乌大人已到店门。安老爷说:"请进来坐罢。"说着,便迎了进来。

那乌大人先给师母请了安,然后又和公子叙了一向的阔别。提到前任谈公的事,安老爷倒着实感叹了一番。乌大人因道:"门生看老师没什么大欠安,为何告起假来?"安老爷便说是"有些琐事",便把公子途中结亲一事略提了几句,只是不提那番骇人见闻的话。乌大人连忙道喜;又说:"此地总河的缺已调了北河的同峻峰过来了,也是个熟人。老师完了私事,何不早些出去?门生既可多听两次教导,等那同峻峰来,也可当面作一番嘱托。"安老爷道:"说得有理;我事情一清楚就出去的。"

乌大人长谈了半日,告辞而去。早有那些实任候补的官员听得河台大人到店来拜安老爷,长谈久坐,见安老爷又是大人的老师,那个不来周旋,也有送酒席的,也有送下程的;到后来就不好了,闹起整匣的燕窝,整桶的海参鱼翅,甚至尺头珍玩,打听着什么贵送什么来。老爷一概都璧谢①不收。

却说那日安老爷迎宾谢客,忙的半日不曾住脚,一直到下半日才得消停。那张姑娘便送过帽头儿来请换帽子,伏侍得直像个多年的儿媳妇,又像个亲生的女儿。

安老爷看了,自是欢喜,因对太太道:"我们如今事情正多,有两桩得先作起来:一件是为我家险遭一场意外的灾殃,幸而安然无事,这都是天公默佑我们,阖家都该办炷名香答谢上苍;那一件,无论怎样,这店里非久居之地,得找一所公馆。"安太太道:"这两桩事都不用老爷费心,公馆我

① 璧谢——犹"璧还"。敬辞,退回并感谢赠送之物或归还借用之物。

已经叫晋升找下了。"老爷道:"一处不够。"太太道:"找得这处很宽绰,连亲家都住下了。"老爷道:"不然;日后自然住在一处才是有个照应,眼前办这喜事必得两处办才成个一娶一嫁的大礼。"

太太听了,也以为是。恰好晋升进来回事,听得这话,便回道:"既老爷这样吩咐,也不再用找。那公馆本是大小两所相连,内里通着,外边各开大门。"安老爷道:"那更好了。"

房子说定,说道谢天。安太太便把自己怎的和媳妇许了十五日还愿的话并媳妇怎的要给那十三妹姑娘供长生禄位的话,一一的说明。安老爷便觉暗合了自己的主意,连连点头,道:"既如此,明日咱们全家叩谢,不必再看日子了。"

一家儿谈到饭罢掌灯。安老爷早叫人在外层收拾了三间洁净屋子下榻,出去又周旋了张老一番,才得就枕。一宿无话。

次日便是十五日,太太早在当院设下香案,香烛,供品。先是安老爷带了安公子,次后便是安太太带了张姑娘,各各一秉虔诚,焚香膜拜,叩谢上天加护之恩。拜完,安老爷便对两亲家道:"你二位老兄老嫂也该拜谢一番才是。"张老道:"我们正想着'借花儿献佛',磕个头儿呢。"

早有仆妇送上两束香来。张老上了香,磕过头。亲家太太也把香点着,举得过顶,磕下头去,不知他口里喃喃呐呐祝赞些什么;磕完头,将爬起来,只见他把右手褪进袖口去摸了半日,摸出两个香钱来递给安太太。安太太笑道:"亲家,这是作什么呀?你我难道还分彼此么?"亲家太太道:"不是价[①];这往后俺两口子的吃的喝的穿的戴的都仗着你老公们俩和姑爷哩,还有�儿说的呢?这烧香可是神佛儿的事情,'公修公德,婆修婆德',咱'各人儿洗面儿各人儿光',你不要,可不行的。"

安太太只是笑着不肯收。倒是安老爷说:"太太,既亲家这等至诚,收了再请两箍香上就是了。"安太太只得接过来递给一个丫鬟,摸了摸,那钱还是沍[②]的滚热的。

却说张姑娘随婆婆谢过了天,便忙着进房设了一张小桌儿供上那十

---

① 价(jie)——语气助词,相当于"地"。

② 沍(hù)——本意"冻结"。此为"渥(wù)"将物捂热。

三妹姑娘的长生牌，上写着“十三妹姐姐福德长生禄位”。安太太便向安老爷道：“我们玉格也该叫他来磕头个才是呢。”安老爷道：“且慢；他的事不是磕一个头可了事的，我另有办法。”安太太听了，便同张太太各拈了一撮香，看着那张姑娘插烛似价拜了四拜，就把那个弹弓供在面前。

话休絮烦。自此以后，安老爷夫妻二位便忙着搬公馆，办喜事。张老夫妻把十三妹赠的那一百金子依然交给安老爷、安太太办理妆奁。一婚一嫁忙在一处，忙了也不止一日才得齐备。那怎的个下茶①行聘，送妆过门，都不及细说。到了吉期，鼓乐前导，花烛双辉，把张金凤姑娘一乘彩轿迎娶过来，一样的参拜天地，遥拜祖先，叩见翁姑，然后完成百年大礼。这日安老爷虽不曾知会外客，有等知道的也来送礼道贺；虽说不“百辆盈门”，也就算“六礼全备②”了。

转眼就是安老爷假限将满，河台已经到任，乌大人已经回京，太太便带了儿子媳妇忙着张罗老爷的冠裳一切，便问：“那日出去销假？”安老爷道：“难道你们娘儿们真个的还忍得叫我再作这官不成？我平生天性恬淡，本就无意富贵功名；况经了这场宦海风波，益发心灰意懒。只是生为国家的旗人，不作官又去作什么？无如我眼前有桩大似作官的事不得不先去料理。”

太太公子见老爷说得恁般郑重，忙问何事。老爷道：“嗯！难道救了我一家性命的那个十三妹的这番深恩重义我们竟不想寻着他答报不成？”太太道：“何尝不想答报呢？只是他又没个准住处，真名姓，可那里找他去呢？”老爷说：“你们都不必管。我自有个道理。实和你们说，从乌老大谆谆请我出去那日我已经定了个告退的主意，只恐他苦苦相拦，所以挨到今日；如今挨得他也回京了，新河台也到任了，我前日已将告休的文书发出去了。从此卸了这副担子，我正好挂冠去办我这桩正事。此去寻的着那十三妹，我才得心愿满足；倘然寻不着他，那管芒鞋竹笠③，海角天

① 下茶——旧时婚姻以茶为聘礼叫“下茶”。

② 六礼——中国古代婚姻成立的手续。即纳采（送礼求婚）、问名（询问女方名字和出生日期）、纳吉（送礼订婚）、纳征（送聘礼）、请期（议定婚期）、亲迎（新郎亲自迎娶）。

③ 芒鞋竹笠——草鞋和竹斗笠。古人外出的常备用具。此指浪迹江湖。

涯，我一定要寻着这个女孩儿才罢！”这正是：

丈夫第一关心事，受恩深处报恩时。

要知安老爷怎的个去寻那个十三妹，下回书交代。

第十四回

红柳树空访褚壮士　青云堡巧遇华苍头

上回书既把安张两家公案交代明白，这回书之后便入十三妹的正传。

却说安老爷认定天理人情抛却功名富贵，顿起一片儿女英雄念头，挂冠不仕，要向海角天涯寻着那十三妹报他这番恩义。若论十三妹，自安太太以至安公子小夫妻张老老夫妻，又那个心里不想答报他，只是没作理会处；如今听了安老爷这等说了，正合众人的心事。当下商量定了，一面收拾行李，一面遣人过黄河去扣车①辆。那时梁材也从京里回来。只这几个家人，又有张亲家老爷和程相公外面帮着，人足敷用，况大家又都是一心一计，这番去官比起前番的上任转觉得兴头热闹。

话休烦琐。那消几日都布置停妥。安老爷本因告病一向不曾出门，也不拜客辞行，择了个长行日子便渡黄北上，一路无话。不则一日，到了离茌平四十里，下店打尖。这座店正是安公子同张金凤来时住那座店。

安老爷饭罢，等着家人们吃饭，自己便踱出店外看那些车夫吃饭，见他们一个个蹲在地下吃了个狼餐虎咽，沟满壕平。老爷便和他们闲话，问道："我们今日往茌平；从那里岔道下去有个地方叫作二十八棵红柳树，离茌平有多远？"内中有两个知道的说道："要到二十八棵红柳树为什么打茌平岔道呢？那不是绕了远儿往回来走吗？要上二十八棵红柳树，打这里就岔下去了。往前不远，有个地方叫桐口；顺着这桐口进去斜半签②着就奔了二十八棵红柳树了。到了那里，打邓家庄儿头里过就是青云堡；青云堡再走十来里地，有个岔道口；出了岔道口，那就是茌平的大道了。打这里去近哪。可就是这一头儿没得车道骑牲口，不，就坐二把手车子也行得。"

老爷把这话听在心里，看了看这座店虽然窄些，也将就住下了，进来

---

① 扣车——套车。

② 斜半(mò)签——方言。路径斜向。

便和太太商议道："太太，我看这座店也还干净严密，今日我们就这里住下罢。"太太道："再半站，今日就到茌平了。到了茌平，老爷不是还有事去呢么？为什么又耽搁半天的路程呢？"老爷道："我正为不耽搁路程；我方才在外头问了问，原来从这里有条小路，走着近便。我们今日歇半天，明日你们仍走大路到茌平等我，我就从这里小路走，干我的去。"太太道："罢呀，老爷可不要闹了；听起来，那小道儿可不是玩儿的！"老爷道："太太，你想是因玉格前番的事唬怕了。要知人生在世界之大，除了这寸许的心地是块平稳路，此外也没有一步平稳的；只有认定了这条路走。至于祸福，有个天在；注定的祸避不来，非分的福求不到。那避祸的，纵让千方百计的避开，莫认作自己乖觉，空竟立脚不稳，安身不牢；那求富的纵让千辛万苦的求得，莫认作可以侥幸，须知'飞的不高，跌的不重'。太太，你只看我同玉格，一个险些儿骨肉分离，一个险些儿身命俱败，今竟何如？这岂是人力能为的？"

太太见老爷说得有理，便说："既那样，就多带两个人儿去。"张老听了，说道："亲家太太放心；我跟了亲家去，保妥当。"安老爷笑道："怎么敢惊动亲家呢！此去我保不定耽搁一半天，家眷自然就在茌平住下听信；亲家，你自然照应家眷为是。我同了玉格带上戴勤、随缘儿，再带上十三妹那张弹弓，岂不是绝好的一道护身符么？"说着，便吩咐家人们今日就在尖站住下。因又叫戴勤："明日雇一辆二把手小车子我坐；再雇三头驴儿，你同随缘儿跟了大爷。我们就便衣便帽，乔妆而往。我自有道理。"

戴勤笑道："那短盘驴①搭上马褥子倒骑得；那侉②车子只怕老爷坐不来罢。"老爷道："你莫管，照我的话弄去就是了。"戴勤只得去雇小车和驴儿，心里却是纳闷，说："这是怎的个用意呢？……"

一时，老爷又叫戴勤家的、随缘儿媳妇来，问道："你母女两个从前在那家子跟的那位姑娘，你可记得他的生辰八字？他是几岁上裹脚，几岁上留头，合他那小时候可有什么异样淘气的事，你可想得起一两桩来？"戴勤家的经这一问，一时倒蒙住了；想了想，才说："奴才那位姑娘今年算计着是十九岁，属龙的，三月初三日生的；时辰，奴才可记不准了。"他女儿

① 短盘驴——短途驮运的驴子。

② 侉——此指"简陋"、"土气"。

接口道:“是辰时。那年给姑娘算命,那算命的不是说过,底下四个‘辰’字是有讲究的,叫什么什么地,什么一气,这是个有钱使的命;还说将来再说个属马的姑爷就合个什么论儿了,还要作一品夫人呢。”他妈也道:“不错,这话有的。”因又说道:“那姑娘是七岁上就裹脚,不怎么那一双好小脚儿呢。九岁上留的头。”随缘媳妇又说道:“小时候奴才们跟着玩儿,姑娘可淘气呀,最爱装个爷们,弄个刀儿,枪儿,谁知道都学会了呢！就只怕作活。奴才老爷太太常说:‘将来到了婆婆家可怎么好?’姑娘说的更好,说:‘难道婆婆家是雇了人去作活不成?’奴才们背地里还怄姑娘不害羞。姑娘说:‘我不懂,一个女孩儿提起公公婆婆羞的是什么?这公婆自然就同父母一样。你见谁提起爸爸奶奶来也害羞来着?’”

安老爷和太太听了点头而笑,说:“却也说得有理。”太太便问道:“老爷,此时从那里想起问这些闲话儿来?”张金凤也接口道:“不要这位姑娘就是我十三妹姐姐罢?”老爷拈须笑道:“你娘儿们先不必急着;横竖不出三日,一定叫你们见着十三妹,如何?”张姑娘听了,先就欢喜。

当晚无话,到了次日早起,张老、程相公依然同了一众家人护了家眷北行,去到在平那座悦来老店落程住下;安老爷同了公子带了戴勤、随缘儿便向二十八棵红柳树进发。

安老爷上了小车,伸腿坐在一边,那边载上行李,前头一个拉,后面一个推。安老爷从不曾坐过这东西,果然坐不惯;才走几步,两条腿早溜下去了。戴勤笑说:“奴才昨日就回老爷说坐不惯的。”老爷也不禁大笑,及坐好了,走了几步,腿又溜下去,险些儿不曾闪下来。那推小车子的先说道:“这不行啊！不,我把你老萨杭①罢。”老爷不懂这句话,问:“怎么叫‘萨杭’?”戴勤说:“拢住点儿,他们就叫煞上。”老爷说:“很好,你就把我萨杭试试。”只见他把车放下,解下车底下拴的那个弯柳杆子来,望老爷身旁一搭,把中间那弯弓儿的地方向车梁上一襻②,老爷将身往后一靠,果觉坐得安稳。公子背着弹弓,跨着驴儿,同两个家丁便随着老爷的车前前后后行走。

那时正是秋末冬初,小阳天气;霜华在树,朝日弄晴;雪敛出青,草枯

① 萨杭——拦住捆上。

② 襻(pàn)——古代衣裙带子。引申为系。

人健。安老爷此时偷得闲身，倍觉胸中畅快。一路走着，只听那推车的道："好了！快到了！"老爷一望，只见前面有几丛杂树，一簇草房，心里想道："邓家庄难道就是这等荒凉不成？"

说话间已到那里。推车的把车落下。老爷问："到了吗？"他说："那里！才走了一半儿呀！这叫十二铺。"老爷说："既这样，你为何歇下呢？"只听他道："我的老爷，这两条腿儿的头口可比不得四条腿儿的头口。那四条腿儿的头口饿了不会言语；俺这两条腿儿的头口饿了，肚子先就不答应咧，吃点吗儿①再走。"

随缘儿是不准他吃。老爷听了道："叫他们吃罢，吃了快些走。"

安老爷和公子也下来。只见两个车夫，三个脚夫，每人要了一斤半面的薄饼，有的抹上点子生酱，卷上棵葱；有的就蘸着那黄沙碗里的盐水烂蒜，吃了个满口香甜，还在那里让着老爷，说："你老也得一张罢？好齐整②白面哪！"

须臾吃毕，车夫道："这可走罢，管③走得快了。"说着，推着车子，果然转眼之间，就望见那一片柳树。那柳叶还不曾落净，远远看去，好似半林枫叶一般。公子骑着驴儿到跟前一看，原来那树是绿树叶红叶筋，因叫赶驴的在地下拣了两片，自己送给老爷看。老爷看了道："这树名叫作'柽柳'，又名'河柳'，别名'雨柳'。《春秋》僖公元年'会于柽'④的那个'柽'字，即此物也。"

闲话间已到邓家庄门首。老爷下车一看，好一座大庄院！只见周围城砖砌墙，四角有四座更楼，中间广梁，大门左右两边排列着那二十八棵红柳树，里面房间高大，屋瓦鳞鳞，只是庄门紧闭不开。

戴勤才要上前叫门，老爷连忙拦住，自己上前把那门轻敲了两下。早听见门里看家的狗瓮声瓮气如恶豹一般顿着那锁链子咬起来。紧接着就有人一面吆喝那狗，隔着门问道："找谁呀？"安老爷道："借问一声，这里可是邓府上？开了门，我有句话说。"只听那人道："开门，得我言语一声

① 吗儿（már）——什么。指代吃食。

② 齐整——质地好。

③ 管——包管；一定；一准儿。

④ 柽（chēng）——柽柳，植物名。亦称"观音柳"、"三春柳"等。

儿去。”

那人去不多时，便听得里面开得铁锁响。庄门开处，走出一个人来，约有四十余岁年纪，头戴窄沿秋帽，穿一件元青绉绸棉袄，套着件青毡马褂儿，身后还跟着两三个笨汉。那人见了安老爷，执手当胸，拱了一拱，问道：“尊客何来？”

安老爷心想这人一定是那褚一官了；因问道：“足下上姓？这里可是邓九公府上？”那人答道：“在下姓李。邓九太爷便是敝东人，不在家里，大约还得个三五天回来。尊客如有什么书信以至东西，只管交给我，万无一失，五日后来取回信。倘一定有什么要紧的话得等着面说，我这里付一面对牌①，请到前街客寓里住歇。那时饭食油烛草料以至店钱，看你老和我东人二位交情在那里，敝东回来，自然有个地主之情；不然，那店里也是公平交易，绝不相欺。”

说到这里，只听庄门里有人高声叫，说：“李二爷！发钥匙开仓！”他这里一面应着，一面听老爷的回话。老爷见访邓九公不着，只得又问道：“既如此，有位姓褚的，我们见见。”那人道：“我们这里姓褚的多呢，可不知尊客问的是那一位？”老爷道：“这人，人称他褚一官。”那人道：“要问我们褚一爷么？他老不在这里住了，搬到东庄儿去了。请到东庄儿就找着了。”

才说完，里面又在那里催，说：“李二爷！等你开仓呢！”那人便向安老爷一拱，说：“请便罢，尊客。”老爷还要问话，他早回头进去了。那两三个笨汉见他进去，随即把门关上。老爷只得隔着门又问了一声，说：“这东庄儿在那里？”里边应了一句说：“一直往东去。”说着，也走了。

安老爷此番来访十三妹，原想着褚一官是华忠妹夫，邓九公是褚一官的师傅，且和十三妹有师弟之谊，因褚一官见邓九公，因邓九公见十三妹，再没个不见着的；如今见褚邓二人都见不着，因向公子道：“怎生的这般不巧！又不知这东庄儿在那里。”

那安公子此时却大非两个月头里的安公子可比了；经了这场折磨，自己觉得那走路的情形都已久惯在行，因说道：“一直往东去，逢人便问，还怕找不着东庄儿么！”老爷说道：“固是如此，难道一路问不着还一直的问

① 对牌——一种木、竹制成的支领钱物的凭证。

到东海之滨找文王去不成？”公子笑道：“再没问不着的。”说着，跨上驴儿，跑到前头，只见过了邓家庄，人烟渐少，那时正是收庄稼的时候，一望无际，都是些蔓草荒烟，无处可问。走了里许，好容易看见路南头远远的一个小村落，村外一个大场院，堆着大高的粮食，一簇人像是在那里扬场呢。喜得他一催驴儿奔到跟前，便开口问道：“那里是个东庄儿啊？”只见那场院边有三五个庄家坐着歇乏，内中一个年轻的转问他道：“你是问道儿的吗？”公子道：“正是。”那人说：“问道儿下驴来问啊！”

公子听了，这才下了驴。那少年道：“你要找东庄儿，一直的往西去，就找着了。”公子道：“东庄儿怎么倒往西去呢？”内中一个老头儿说道：“你何苦！要他作什么？”因告诉公子道：“这里没个东庄儿；你照直的往东去，八里地就是青云堡，到那里问去。”

公子得了这句话，上了驴儿又跑回来。恰好安老爷的小车儿也赶到了，问道：“问的有些意思没有？”公子把几乎上赚的话说了。老爷笑道：“这还算好；他到底说了个方向儿。你没见长沮、桀溺待仲夫子①的那番光景吗？”

说着，又往前走了一程，果见眼前有个大镇店；还不曾到那街口，早望见一个人扛着个被套，腰里掖着根巴棍子，辟面走来。

公子这番不是前番了，下了驴，上前把那人的袖子扯住，道：“借光，东庄儿在那边儿？”

那人正低了头走，肩膀上行李又沉，走得满头大汗，不防有人扯了他一把，倒吓了一跳；站住抬头一看，见是个向他问路的。他一面拉下手巾来擦汗，一面陪个笑儿道：“老乡亲，我也是个过路儿的。”说完，大岔步便走了。

公子心里说道：“原来离了家门口儿问问路都是这等累赘！”老爷道：“这却不要怪他；这问法本叫作‘问道于盲’，找个铺户人家问问罢。”

说着，进了青云堡那条街。只见街口有座小庙，竖着一根小小旗杆。那庙门挂一块“三圣祠”的匾，却是锁着门。一进街来，南北对面都是些栈房店口，也有烧锅当铺杂货店面。

---

① 长沮(jū)、桀(jié)溺待仲夫子——指春秋时的两个隐士长沮和桀溺对孔子诘难讥讽之事。

话休絮烦，一连问了几处都不知有这个东庄儿。一直的走出了这五里长街，只见路南一座小野茶馆儿，外面有几个庄家汉在那里喝茶闲话。老爷说："下来歇歇儿罢。"说着，下了车，也到那灰台儿跟前坐下。随缘儿便从腰间拿下茶叶口袋来叫跑堂儿的沏了壶茶。

老爷问那跑堂儿说："你们这里有个东庄儿么?"那跑堂儿的见问，一手把开水壶搁在灰台儿上扶着，又把那只胳膊圈过来抱了那壶梁儿，歪着头，说道："咱们这里没个东庄儿啊！"老爷说："或者不在附近，也定不得。"跑堂儿指手画脚的道："不啊！客人，你顺着我的手瞧：西沿子那个大村儿，叫金家村。这东边儿的叫青村。正北上一攒子树那一块儿，那是黑家窝铺。这往近了说，那道小河子北边的一带大瓦房，那叫小邓家庄儿，原本是二十八棵红柳树邓老爷的房子；如今给了他女婿——一个姓褚的——住着，又叫作褚家庄。"

说到这里，老爷忙问道："这姓褚的可是人称他褚一官的不是?"跑堂儿说着："哇！就是他，他是镖行①里的。"

安老爷向公子说道："这才叫'踏破铁鞋无觅处，得来全不费工夫'呢！原来只在眼前。他在西庄儿说话，又是他家的房子，自然就叫作东庄儿了。"

公子听了，忙着放下茶碗，说："等我先去问他在家不在家，不要到了跟前又扑个空。"说着，也不骑牲口，带了随缘儿就去了。一过北道便远远望见褚家庄；虽不比那邓家庄的气概，只见一带清水瓦房，虎皮石下剪白灰砌墙，当中一个高门楼的如意小门儿，安着两扇黄油板门；门前也有几株槐树；两座砖砌石盖的平面马台石；西边马台石上坐着个干瘦老者，却是面西，正东看不见他的面目，怀中抱了一个孩子，又有个十七八岁的村童蹲在地下引逗那孩子耍笑；离门约有一箭多远，横着一道溪河，河上架着个板桥。

公子才走过桥，又见桥边一个老头子守着一个筐子，刁着根短烟袋蹲在河边在那里洗菜。公子等不得到门，便先问了他一声，说："你可是褚家庄的？你们当家的在家里没有?"问了半日，他言也不答，头也不回，只顾低了头洗他的菜。随缘儿一旁看不过，在他肩膀上拍了一下，说："吶！

① 镖行——镖局。专门为人保镖的行业。

问你话呢!”他这才站起来,含着烟袋,笑嘻嘻的勾了勾头。公子又问了他一句。他但指指耳朵,也不言语。公子道:“偏又是个聋子!因大声的喊道:“你们褚当家的在家里没有?”只见他把烟袋拿下来,指着口,啊啊啊了两声,又摇了摇头。原来是个又聋又哑的。真真“十哑九聋”,古语不谬!

不想公子这一喊早惊动了马台石上坐的那个人。只见他听得这边嚷,回头望了一望,连忙把怀里的孩子交给那村童抱了进去,又手遮日光向这边一看,就匆匆的跑过来;相离不远,只见手一拍,口里说道:“可不是我家小爷!”

公子正不解这人为何奔了过来;及至一听声音,才认出来不是别人,正是他嬷嬷爹华忠。原来华忠本是个胖子,只因半百之年经了这场大病,脸面消瘦,鬓发苍白,不但公子认不出他嬷嬷爹来,连随缘儿都认不出他爸爸来了。

一时彼此无心遇见,公子一把拉着嬷嬷爹。华忠才想起给公子请安。随缘儿又哭着,围着他老子,问长问短。华忠道:“咳!我这时候没那么大工夫和你诉家常啊!”因问公子道:“我的爷!你怎么直到如今还在这里转?我和你别了将近两个月,我是没一天放心。好容易扎挣①起来奔到这里,问了问寄褚老一的那封信,他并不曾收到,端的是个什么原故?我的爷!你要把老爷的大事误了那可怎么好!”说着,急得搓手顿足,满面流泪。

公子此时也不及从头细说,便指给他看着:“你看,那厢茶馆外面坐的不是老爷?”华叫道:“老爷怎么也到了这里?敢是进京引见?”公子道:“闲语休提;我且问你,褚一官在家也不?”华忠道:“他不在家,他这两天忙呢。”因看了看太阳,说:“大约这早晚也就好回来了。大爷,你此时还问他作什么?”公子道:“这话说也话长。你先见老爷去就知道了。”

华忠便同公子飞奔而来,于路不及闲谈。到了跟前,老爷才瞧出是华忠,因说:“你从那里来?”华忠早在那里摘了帽子,磕头,说:“奴才华忠闪下奴才大爷,误了老爷事,奴才该死,只求老爷的家法!”老爷道:“不必这样。难道你愿意害这场大病不成?起来。”华忠听了,才带上帽子爬

---

① 扎挣——勉强为之。

起来。

却说一旁坐着喝茶的那些人那里见过这等举动，又是“老爷”“奴才”，又是磕头礼拜，知道是知县下乡私访来了，早吓的一个个的溜开。跑堂儿的是怕耽误了他的买卖，便向安老爷说：“我看这个地方儿屈尊你老，再也不得说话，我这后院子后头有个松棚儿，你老挪到后头去，好不好？”

老爷正嫌嘈杂。公子听得有个松棚儿，觉得雅至有趣，连说“很好”，便留了戴勤看行李，跟了老爷挪过后面去。

公子到那一看，那里什么松棚儿！原来是四根破竹竿子支着，上面又横搭了几根竹竿儿，把那砍了来作柴火的带叶松枝儿搭在上面晾着，就着遮了日旸①儿，那就叫“松棚儿”！不觉得一笑，忙叫人取了马褥子来就地铺好。

爷儿两个坐下，老爷便将公子在途中遭难的事大略说了几句。把个华忠急得哭一阵，叫一阵，又打着自己的脑袋骂一阵。老爷道：“此时是幸而无事了，你这等也无益。”因又把公子成亲的事告诉他。他才擦擦眼泪给老爷、公子道喜；又问：“说的谁家姑娘？十几岁？”老爷道：“且不能和你说这个。你且说你怎的又在此耽搁住了呢？”

华忠回道：“奴才自从送了奴才大爷起身，原想十天八天就好了，不想躺了将近一个月才起炕。奴才大爷给留的二十两银子是盘缠完了。几件衣裳是当净了，好容易扎挣得起来，拼凑了两吊来钱，奴才就雇了个短盘儿驴子盘到他们这里。他们看奴才这个样儿，说给奴才作两件衣裳好上路，打着后日一早起身。不想今日在这里遇见老爷。也是天缘凑巧；不然，一定差过去了。”

老爷道：“这里自然就是你那妹夫褚一官的家了？他在家不在家？”华忠道：“他上县城有事去了，说也就回来。”老爷说：“他不在家也罢，我们先到他家等他去。我要见他，有话说。”

华忠听了，口中虽是答应，脸上似乎露着有个为难的样子。老爷道：“他既是你的至亲，难道我们借个地方儿坐也不肯？你有什么为难的？”华忠道：“倒不是奴才为难。有句话，奴才得先回明白了。他虽在这里住

---

① 旸(yáng)——即“阳”。日出、出太阳。

家，这房子不是他自己的，是他丈人的。”老爷道：“你这话怎么讲？褚一官是你妹夫，他丈人岂不就是你老子？怎么他又有个丈人起来？”

华忠听了，自己也觉好笑，又说道：“这里头有个原故。原来奴才那个妹子俩月头里就死了；他死的日子，正是奴才同大爷在店里商量给他写信的那两天，奴才也是到这里才知道。”安公子听了，便对安老爷道：“哦！这就无怪那日十三妹说他夫妻断不能来了。”

老爷连连点头，一面又往下听华忠的话。他又道：“奴才这妹子死后丢下一个小小儿子无人照管，便张罗着赶紧续弦。他有个师傅，叫作邓振彪，人称他是邓九公，是个有名的镖客。褚一官一向跟他走镖，就在他家同住。那邓九公今年八十七岁，膝下无儿，止有个女儿。他因看着褚一官人还靠得，本领也去得，便许给他作了填房，招作女婿。这老头子在西庄儿住家，因疼女儿便把这东庄儿的房子给了褚一官，又给他立了产业，就成果起这份家来。那邓九公一个月倒有二十天带了他一个身边人①在女儿家住；这个人靠着有了几岁年纪，又拙又横，又不讲礼，又不容人说话。褚一官是怕得神出鬼入。只有他个女儿降的住他。他这几日正在这里住着。每日到离此地不远一座青云山去，也不知什么勾当。据奴才看，好像有什么机密大事似的。那老头子天天从山里回来，不是垂涕抹泪便是短叹长吁，一应人来客往他都不见，并且吩咐他家等闲的人不许让进门来。如今老爷要到他家去，此刻正不差什么是那老头子回来的时候；万一他见了说上两句不知高低的话，奴才持不住。所以奴才在这里为难。”

老爷听了，也为起难来，说：“我找褚一官，正为找这姓邓的说话。这便怎么样呢？”华忠道：“老爷找他有什么话说？”

老爷指着公子身上背的那张弹弓，道：“我交还他这件东西，还访一个人。”华忠道：“依奴才糊涂见识，老爷竟不必理那个疯老头子。也罢了，此地也不好久坐。这街上有几座店口，奴才找处干净的请老爷歇息，竟等褚一官回来，奴才把他暗暗的约出来，老爷见了他，先问他个端的。请示老爷，可使得？”

老爷道：“自然要见见褚一官。既如此，就在这里坐着等他罢，近便些。你倒是在那里弄些吃的来，再弄碗干净茶来喝。”华忠忙道：“这容

① 身边人——即婢妾、侍妾。

易；奴才这个续妹妹却待奴才很亲热，竟像他亲哥哥一般，也因这上头他父亲才肯留奴才住下。奴才如今就找他预备些点心茶水来。”说着，一径去了。

华忠去后，安老爷把他方才的话心中默默盘算：“据他说邓九公那番光景，不知究竟是怎生一路人？……他家又这等机密，不知究竟是何等一桩事？……好叫人无从猜度！”

正在那里盘算着，只见华忠依然空着两手回来。安老爷道：“难道他家就连一壶茶都不肯拿出来不成?”华忠忙答道：“有，有；奴才方才把这番话对奴才续妹子说了。他先就说：既是老爷的驾到了，况又是奴才的主儿，不比寻常人，岂有让在外头坐着的理！及至奴才说到那弹弓的话，他便说：‘这更不必讲了。’叫奴才快请老爷和奴才大爷到他家献茶。他还说：便是他父亲有甚说话，有他一面承管。既这样，就请老爷大爷赏他家个脸过去坐坐。”安老爷听了甚喜，便同了公子步行过去。两个家人付了茶钱，连牲口车辆一并招护跟来。

却说安老爷到了庄门，只见有两个体面些的庄客迎出来见老爷，各个打恭，口里说：“二位当家的辛苦。”原来外省乡居没有那些“老爷”“少爷”称呼，只称作“当家的”，便如称“主人”“东人”一样；他这样称安老爷，也是个看主敬客的意思。

揖无不答，老爷也还了个礼。一进门来，只见极宽的一个院落，也有个门房；西边一带粉墙，四扇屏门；进了屏门，便是一所四合房，三间正厅，三间倒厅，东西厢房，东北角上一个角门，两间耳房，像是进里面去的路径。

那庄客便让老爷到西北角上那角门里两间耳房坐定。他们也不在此相陪，便干他的事去了。早有两个小小子端出一盆洗脸水，手巾，胰子，又是两碗漱口水，放下；又去端出一个紫漆木盘，上面托着两盖碗沏茶，余外两个折盅，还提着一壶开水。华忠一面倒茶，内中一个小小子叫他道：“大舅哇，我大婶儿叫你老倒完了茶进去一趟呢。”说着，便将脸水等件带去。

一时，华忠进去。老爷看那两间屋子，苇席棚顶，白灰墙壁，也挂两条字画，也摆两件陈设，不城不村，收拾得甚干净，因合公子道：“你看，倒是他们这等人家真个逍遥快乐。”

正说着，华忠出来，问道："回老爷，奴才这续妹子要叩见老爷。"老爷道："他父亲丈夫都不在家，我怎好见他？"

说话间，那褚家娘子已经进来。安老爷见了才起身离坐。只见他家常打扮，穿条元青裙儿，罩件月白袄儿；头上戴些不村不俏的簪环花朵；年纪约有三十光景，虽是半老佳人，只因是个初过门的新媳妇，还依然打扮的脂光粉腻。只听他说道："老爷请坐，小妇人是个乡间女子，不会京城的规矩，行个怯礼儿[①]罢。"说着，福了两福便拜下去。老爷忙说："不要行礼。"也恭恭敬敬的还了一揖。他回身又见了公子。

安老爷便道："我们是特地找褚一爷来说句话，倒惊动了，请进去歇着罢。"褚家娘子道："我丈夫不在家，大约也就回来。老爷既是我这大哥的主人，也同我们的衣食父母一样，我该当伺候的。并且还有一句话请老爷的示下。"安老爷道："既如此，请坐下好讲话。"

那褚家娘子那里肯坐。安老爷让再让三，说："大娘子，你不肯坐，我也只得站着陪谈了。"还是华忠从旁说："姑奶奶，既老爷这等吩咐，'恭敬不如从命'，你竟是伺候坐下好说话。"他才搬了一张杌子斜签着坐了；便问老爷道："我方才听见我们这大哥说，老爷带了一张弹弓到这里要访一个人；我大胆问老爷，这弹弓从何而来？还要访的又是何等样人呢？"

老爷见他问的不像无意闲谈，开口便道："我这弹弓是此地十三妹的东西。因我这孩子前番在路上遇了歹人，承这十三妹救了性命，赠给盘缠，又把这张弹弓借与他护送上路，我父子受他这等的好处，故此特地来亲身送还他这张弹弓；又晓他和你尊翁邓九公有师徒之谊，因此来找你们褚一爷引见九公，问明了那十三妹的门户，好去谢他一谢。"

那褚家娘子听了，道："这事幸得我先见着老爷。老爷假如这等问我家一官，管取他还摸不着头脑呢。我也再不想这张弹弓竟在老爷手里，只是可惜老爷来迟了一步，只怕这十三妹，老爷见他不着了。"

老爷忙问原故。只见他叹了口气道："要说起这十三妹来，真真的算个奇人罕事！他从两年前头奉了母亲到这里，谁也不知得他的来路，谁也不知得他的根由。他只说是逃荒来的。后来和我父亲结了师徒。我父亲见他母子无依，就要留他在家同住，他是执意不肯，在这东南青云山山岗

---

① 怯礼儿——对家乡礼仪的谦称。

儿上结了几间茅屋，自己同了他母亲住。”

老爷听了，便向公子道：“此‘云中相见’的这句词儿所由来也。”公子忙起身答应了一声。又听他往下说道：“我从作女孩儿的时候，和他两个人后来最为亲密；虽是这等亲密，他的根底，他可绝口不提。不想前几天他这位老太太死了，我和父亲商量，等他事情完了，这正好请他到家，我们作个长远姐妹，将来就在此地给他找个好好的人家，又可当亲戚走着，岂不好呢？谁想他遭了这样大事，哀也不举，灵也不守，孝也不穿，打算停灵七天，就在这山中埋葬，葬后他便要远走高飞。”

老爷诧异道：“他远走高飞到那里去？”褚家娘子道：“老爷可说么？大约他走的这个原故只有我父亲知道。也是他母亲死后，他才说的。我父亲把这事机密的了不得，不肯向人说，问着也是含含糊糊的。我这两日听那口风儿，看那神情儿，倒像不是件什么小事儿，也不知到底是什么因由。只是我想他究竟是个女孩儿，无论什么样的本领，怎生般的智谋，这万水千山，晓行夜住一个女孩儿就有多少的难处；因此我劝了他这几天，教他且莫着急，就走也等完了事，慢慢的商量一个万全的打算，再走不迟；无奈说破了嘴，他也是百折不回。为什么方才听得老爷的驾到了，又说带着张弹弓儿，我心里可就一动？什么原故呢？因前日他母亲死后，他忽然的告诉我父亲说他的这张弹弓借给人用去了，早晚必送来，他如今要走，等不得；又交给我父亲一块砚台，说：倘他走后有人送那弹弓来，把这砚台交那人带去，把那弹弓就留在我家作个记念。他也不曾说起老爷和少爷，更不曾提到途中相救的一个字。这砚台我父亲交给我了。我却断不想到这番原由就在老爷身上。如今恰好老爷少爷都到了，况且受过他的好处，正要访他。老爷是念书作官的人，比我们总有韬略，怎么得求求老爷想个办法劝着他，留住了他，也是桩好事。不然，这等一个人，此番一去，知他怎么个下落呢？可不心疼死人吗！”

安老爷听了这番话，正合了自己的心事，心里说：“看不得这乡间女子竟有如此的言谈见识！前番我家得了一个媳妇——张金凤——是那等的深明大义；今番我遇见这褚家娘子又是这等的通达人情：可见地灵人杰，何地无才！更不必定向锦衣玉食中去讲那德言工貌了！”因又把他方才的话度量一番，这十三妹要走的原故心里早已明白八九，只是此时不好说破，便对褚家娘子道：“大娘子，怎生说到一个‘求’字！这也正是我身上的事，如今就烦你少停引我见见尊翁，我二人商量个良策，定要把这桩事挽回转来。”

褚家娘子听了，连连摇手，说：“老爷，这不是主意。我这老人家虽和他有师徒之分，只是他老人家上了几岁年纪，又爱吃两杯酒，性子又烈火轰雷似的，煞是不好说话；外加着这两年有点子反老还童，一会儿价好闹个小性儿。就这十三妹的这桩事，我好容易劝得他活动些了，他老人家在旁边儿又是什么英雄咧，好汉咧，大丈夫要烈烈轰轰作一场咧，说个不了，把那个越发闹得回不得头下不来马了。老爷如今和他老人家一说，管保还是这套；甚而至于机密起来，还和老爷装糊涂，说不认得十三妹呢。”

老爷道：“若不仗尊翁作个线索，我纵有千言万语，怎得说的到那十三妹跟前？”那褚家娘子低头想了一想，笑道：“这样罢，老爷要得和我父亲说到一处，却也有个法儿，只是屈尊老爷些。”

老爷忙问：“怎样？”褚家娘子道：“他老人家虽说是这等脾气，却是吃顺不吃强，又爱戴个高帽儿。第一，最爱人赞一句，说是个英雄豪杰。第二，最喜欢人说这样年纪怎的还得这样精神饱满，心思周到。第三却难：他老人家酒量极大，不用讲家里，便是外面交遍天下，总不曾遇见个对手的酒量；往往见人不会吃酒，他说这人没出长儿①，没干头儿；只要遇着一个大量，和他老人家坐下，说入了彀②，大概那人说是西山煤是白的，他老人家也断不肯说灰色的；说太阳从西边出来，他老人家也断不肯说从西南犄角儿出来。只是那有这等一个大酒量呢？老爷白想想，这难不难？”

老爷听罢，哈哈大笑，说：“这三桩事都在我身上：第一，据他的本领，本是个英雄，就赞扬他两句也不是虚话；第二，论年纪，他比我长着几乎一半子呢，我就作个前辈看待他也很使得；第三，尤其容易，据我这酒量虽不曾和他同过酒席，大约也可以勉强奉陪。”

褚家娘子听了大喜，说：“果然如此，只怕这事有些指望了。”因又嘱咐安老爷道：“只是我老人家少刻见了老爷可难保得住礼貌周全，还求老爷海量担待他个老，更切切不可提我方才说的这番话。”老爷道：“不消嘱

---

① 出长儿——出息。

② 入彀(gòu)——本谓进入弓箭射程以内。此谓“入圈”、“投机”。彀，张满弓弩。

咐;既如此商定,岂但不提方才的话,并且连这弹弓也先不好提起。我自有道理。”因吩咐先把弹弓收好。

正说着,褚一官也回来了;他本是走江湖的人,什么不在行的,见了老爷也恭恭敬敬的请了安。他娘子便把安老爷的来意和方才这番话告诉了他。只见他口里答应,心里却是忐忑。他娘子道:“你不必着忙,万事有我呢。”褚一官道:“我不怕别的;他老人家是个老家儿,咱们作儿女的,顺者为孝,怎么说怎么好,就是他老人家抡起那双拳头来,我可真吃不克化[①]!”他娘子道:“也不到那个场中。你在这里伺候老爷,我预备点心去。”说着去了。少时,拿出点心粥汤来。

老爷一腔的心事,不过同公子吃了些,便拣下去;又问了问褚一官走过几省,说了些那省的风土人情,论了些那省的山川形胜。

正谈得热闹,只听得前面庄客嚷了一声,道:“老爷子回来了!”褚一官听了,发脚往外就跑。连那华忠也有些不得主意。两个服侍的小小子吓得踪影全无。这正是:

非关猛虎山头吼,早见群狐穴底藏。

要知那邓九公回来见了安老爷怎的个开交,下回书交代。

---

① 吃不克化——吃不消。克化,消化。

第十五回

酒合欢义结邓九公　话投机演说十三妹

上回书讲的是安老爷来到褚家庄探着十三妹的消息，正合褚一官闲话，听说邓九公回来了，早见那褚一官慌作一团，同了华忠同众庄客忙忙的迎出去。

老爷心里想道："这邓九公被他众人说的那等的难说话，不知到底怎生一个人物？待我先看他一看。"说着，依然戴上那个帽罩儿，走到角门，隐在门后向外窥探，恰好那邓九公正从东边屏门进来。只见他头戴一顶自来旧窄沿毡帽，上面钉着个加高放大的藏紫菊花顶儿，撒着不长的一撮凤尾线红穗子；身穿一件驼绒窄荡儿[①]实行的箭袖棉袄，系一条青绉绸搭包，挽着双股扣儿垂在前面；套一件倭缎厢沿加厢"巴图鲁"坎肩儿的绛色小呢对门长袖马褂儿，上着竖领儿，敞着纽门儿；脚下一双薄底儿快靴；那身材足有六尺上下来高；一张肉红脸，星眼剑眉，高鼻子，大耳朵；颏下一部银须，连鬓过腹，足有二尺来长，被风吹得飘飘然掩着半身；虽说八十余岁的人，看去也不过六旬光景；他一手搓着两个铁球，大踏步，从庄门上就嚷进来了。只听他一面走一面说道："你们这般孩子也忒不听说！我那等的嘱咐你们，说我这几天有些心事，心里不自在，亲友们来，凭他是谁，都回说我不能接待，等闲的人也不必让进来，你们到底弄得车辆牲口的围了一门口子！这是怎么个原故？——姑爷！真个的你住在这里就是你的一亩三分地，我一个钱的主意都作不得不成？"

褚一官连忙答说："老爷子，这又来了。这话叫人怎么搭岔儿呢？你老人家是一家之主，说句话谁敢不听；只因今日来的不是外人，是我大舅儿面上来的。亲戚理道[②]的，咱们怎么好不让人家进来喝碗茶呢？"

那邓九公道："哦，舅爷面上来的！舅爷到这里，我邓老九没敬错啊？

---

① 窄荡儿——窄襟儿。

② 亲戚理道——亲戚辈份。

谁家没个糟心的事？难道因为舅爷，我还说不得句话吗？不是我说句分斤掰两的话咧：舅爷有什么高亲贵友该请到他华府上去，偏要趁这个当儿热闹我是个什么讲究？”

华忠一听，说：“不好了，这是冲着我来了。”因陪笑道：“亲家爹，你老人家听我说：要是我平白的认得这等一个寻常人，我断不肯请他进来；只因他是个主儿。你老人家有什么不圣明的。”

那邓九公听了，把眉毛一拧，眼睛一窄巴，说：“什么行子①主儿？谁是主儿啊？我邓老九仗的是天地的养活，受得是父母的骨血，吃的是皇王的水土，我就是主儿！谁是主儿呀？那主儿卖几个钱儿一个？”

褚一官是怕安老爷听着不雅，忙拦道：“你老人家这句可不要。”邓九公见他如此说，便丢下华忠向着他道：“哦，我错了！露着你们先亲后不改，欺负我老迈无能！——这么着，不信，咱们爷儿们较量较量！”说着，挽起大宽的马褂儿袖子来，举拳就待动手。

老爷从门里看见，说：“这一动手可就不成事了！”连忙跑到跟前拖地一躬，说：“九公老人家且莫动手，听晚生一言告禀。”

那邓九公正在挥拳，忽见一个人从西角门儿里出来相劝；定睛一看，只见那人穿一件老脸儿灰色三朵菊的库绸缺衿儿棉袍，套一件天青荷兰雨缎厚棉马褂儿，卷着双银鼠袖儿，头上罩着个蓝毡子帽罩儿，看不出什么帽子有顶戴没顶戴来。他提着拳头看了一眼，便问褚一官道：“这又是谁？”

华忠恐他说别的，连忙说：“这就是我们老爷。”安老爷连喝道：“你这个人好蠢！怎么还这等说法？”因对邓九公道：“晚生是从此路过，遇见我们这姓华的，因此才见着这位褚一爷，提起来，知道九公也在这里。晚生久闻大名，如雷贯耳，要想拜见拜见。他两个是再三相辞，却是晚生一时不知进退，定要候着瞻仰尊颜。这事却与他两个无干。如今既是九公不耐烦，晚生立刻告退。断不可因我外人坏了自己的骨肉情分。”说罢，又是一躬。

那老头儿见安老爷这番光景，心里先有三分愿意，说：“且住；我也曾闻着我们这舅爷跟的是个官儿，这么着，尊驾先通个姓名来我听听。”这

① 行子——出行在外的人。

个当儿，他一只手只管得儿楞楞得儿楞楞的搓着那副铁球；那一只拳头可就慢慢的搭拉下来了。

安老爷见问，便说道："不敢；晚生姓安，名字叫作学海。"说了这句话，只见他两眼一怔，哈了一声说："你叫安学海？你莫非是作过南河知县被谈尔音那厮冤枉参了一本的安青天安太老爷吗？"安老爷道："晚生却是作过几天河工知县，如今辞官不作了。"

那邓九公听得，把手一拍，便对着众人道："我说你们这班孩子紫嘴子一抹汗儿①不中用！"褚一官道："又怎么了，老爷子？"邓九公睁着双大眼睛道："这位安太老爷的根基，你们大略着也未必知道。他是天子脚底下的从龙世家，在南河的时候不肯赚朝廷一个大钱，不肯叫百姓受一分累，是一个'清如水，明如镜'的好官：真是金山也似的人！这是一。再说我是淮安府根生土长，他作那里的知县就是我的父母官。今日之下人家到了咱们家就好比那太阳爷照进屋子里来了，怎么着，你们连个大厅也不开，把人家让到那背旮旯②子里去？这都是你们干出来的！"

褚一官一听，心里说："得了！够了我的了！"忙说："我们不行哟，还得你老人家操心哪！"说着，暗地里和那些庄客挤眉弄眼，说："走哇！咱们收拾大厅去！"

邓九公这才转到下手让安老爷大厅待茶。老爷才把帽罩子摘了，递给华忠，进了屋子。那邓九公连忙把那副铁球揣在怀里，向安老爷道："老父母，子民邓振彪叩见。可恕我腰腿不济，不能全礼。"说罢，打了一躬。老爷顶礼相还。

老爷此时早看透了邓九公是个重交尚义有口无心年高好胜的人；便道："九公，我安某今日初次登堂，见你这番英雄气概，况又这等年纪还是这样精神，真是名下无虚！我安某得见恁般人物，大快平生，我这里有一拜。"说着，借着还那一躬就拜了下去。慌得邓九公连忙爬下还礼不迭，说："我的老父母，你可不要折了我邓振彪的草料③！"还了礼，一面把那大巴掌攥住老爷的胳膊，那只手架着膈肢窝搀了起来，看他那起跪比安老爷

① 紫嘴子一抹汗儿——因着急而嘴巴变色，身上出汗。意为"雏儿，不中用"。

② 背旮(gā)旯(lá)——方言。狭窄偏僻之处。背，偏僻之处；旮旯，角落。

③ 草料——喻福分、寿命。此为谦称自己的福分浅薄。

还来得利便。

老爷起来又对他说道:“我们先交代句话:这‘父母官’‘子民’的称呼原是官场的俗套儿。请问:如今那些地方官又那个真对得住百姓?作得起个民之父母?况且我又是个下场的人,足下又不是身入公门,要一定这样的称呼倒觉俗气。就论岁数也比我长着三十余年。如不见弃,我今日就认你作个老哥哥,何如?”

邓九公听了,喜出望外,口里却作谦让,说:“这可不当!老父母,你是什么样的根基!我邓老九虽然痴长几岁,算得个什么,也好妄攀起来!”老爷道:“快休说这话;你我丈夫行事,‘四海之内,皆兄弟也’。”说着,早又拜了下去。邓九公也忙着平磕了头,起来拉了老爷的手,哈哈大笑,说道:“老弟,这实在是承你的错爱。劣兄今年活了八十七岁,再三年就九十岁的人了;天下十七省,不差什么走了一大半子,也交了无数的朋友,今日之下结识得你这等一个人物,人生一世算不白活了!”说着,只乐得他手舞足蹈,眼笑眉飞。褚一官等在旁看了,也自欢喜。

邓九公便对褚一官道:“这咱们‘恭敬不如从命’,过节儿错不得;姑爷,你也过来见见你二叔。”一官连忙过来重新行礼。老爷拉起他来。

这个当儿,华忠抖积伶儿,拿了把绸掸子来给老爷掸衣裳上的土。老爷笑道:“这不好劳动舅爷呀。”把个华忠吓得一面忍笑,一面掸着土,说道:“这里头可没奴才的事。”安老爷因命他:“你把大爷叫来。”邓九公道:“原来少爷也跟在这里?你们旗下门儿里都叫阿哥。快请!快请!”

安公子在那边早晓得了这边的消息;听见老爷叫,便带了戴勤、随缘儿过来。安老爷指了邓九公向公子道:“这是九大爷。请安。”公子便恭恭敬敬的请了个安。喜得个邓九公双手敬捧起他来,说:“老贤侄,大爷可和你谦不上来了。”又望着老爷说:“老弟,你好造化!看这样子,将来准是个八抬八座罢咧!”

一时,褚一官便用那个漆木盘儿又端上三碗茶来。老头子一见,又不愿意了,说:“姑爷,你瞧。怎么使这家伙给二叔倒茶?露着咱们太不是敬客的礼了。有前日那个九江客人给我的那御制诗盖碗儿,说那上头是当今佛爷作的诗,还有苏州总运二府送的那个什么蔓生壶和咱们得的那雨前[1]春茶,你都拿出他来。"

褚一官答应着,才要走。老爷忙拦说:"不用这样费事。我向来不大喝茶。我此时倒用得着一件东西,老哥哥可莫笑我没出息儿;还自怕你这里未必有。"

邓九公听了怔了一怔,说:"老弟,难道拿着你这样一个人吃鸦片烟不成?"老爷道:"不是,不是;我生平别无所好,就是好喝口绍兴酒,可不知你老人家里有这东西没有?"

邓九公见问,把两只手往桌子上一按,身子往前一探,说:"怎么说?老弟,你也善饮?"老爷道:"算不得善饮,不过没出息儿,贪杯。"邓九公道:"哦,哦,哦;我听听,也能喝个多少呢?"老爷道:"从前年轻的时候,浑喝,也不大知道什么叫醉;如今不中用了,喝过二三十斤也就露了酒[2]了。"

邓九公听了,乐得直跳起来,说:"幸会,幸会!有趣,有趣!再不想我今日遇见这等一个知己!愚兄就喝口酒,他们大家伙子竟跟着嘈嘈,又说这东西怎么犯脾湿,又是什么酒能合欢也能乱性。那里的话呢!我喝了八十年了也没见他乱性!你见那喝醉了的他打过自己骂过自己吗?这都是那没出息儿的人,不会喝酒,造出来的谣言!"说着,便向褚一官道:"既这样,不用闹茶了。家里不是有前日得的那四个大花雕吗?今日咱们开他一坛儿,和你二叔喝。"

褚一官说:"拉倒罢!老爷子,你老人家无论叫我干什么我都去,独你老人家的酒我可不敢动他:回来又是怎么晃瓢[3]了,温毛[4]了。——我又不会喝那东西,我也不懂,我缠不清,等我找了你老的女孩儿来,你老自己告诉他罢。再者,二叔在这里,也该叫他出来见见。"邓九公说:"这话倒是,你就去。"

原来褚家娘子虽是那等和安老爷说了,也防他父亲的脾气靠不住,正

---

① 雨前——成品绿茶之一。用采自谷雨前的细嫩芽尖制成,叶片较"明前"稍大。

② 露酒——不能再喝。露,用如"漏"。

③ 晃瓢——摇动得混浊了。

④ 温毛——用火温酒,使酒扑出来。

在窗后暗听；听见如此说，便出来重新见过，因说道："这些事都不用老爷子操心；我才听得老哥儿俩一见就这样热火，我都预备妥当了。再说，既要喝酒，必要说说话儿，这里也不是说话的地方儿；一家人罢咧，自然该把二叔请到咱里头坐去。再这天也不早了，二叔这等大远的来，难道还让到别处住去么？自然留他老人家在家多住两天。你老人家要有事只管去，家里横竖有人照应。"邓九公道："是呀，是呀！得亏你提补我！"因道："咳！老弟，一个人上了两岁岁数，到底不济了！我如今全靠我们这姑奶奶。你我就依着他住几天，咱们痛痛的多喝两场！"

安老爷听了，料这事也得大大的费一番说词，今日不得就走，便道："如此甚好，只是打搅了。"说着，便命家人把车子牲口打发了，行李搬进来，便同了九公进去，先到了正房。原来那正房却是褚一官夫妻住着。只见屋里也有几件硬木的木器，也有几件簇新的陈设，只是摆得不伦不类；这边桌子上放着点子家伙吃食，那边桌子上又堆着天平算盘账本子等类。

邓九公道："他这里闹得慌，咱们到我那小屋儿里坐去。"便让老爷出了正房，从西院墙一个屏门过去。只见当门竖着一个彩画的影壁；过了影壁，一个大宽转院落，两棵大槐树，不差什么就遮了半个院子，也堆着点子高高矮矮不成文理的山石，也种着几丛疏疏密密不合点缀的竹子；又有个不当不正的六角亭子在西南角上；那房子是小小的五间，也都安着大玻璃。一进屋门，堂屋三间，通连东西两进间。邓九公便让安老爷在中间北床坐下，公子在靠南窗坐下。

褚大娘子张罗着倒了茶便向邓九公道："把咱们姨奶奶也叫出来见见，也好帮帮我。"邓九公道："姑奶奶罢呀！没的叫你二叔笑话！"褚大娘子道："二叔很不笑话，我们也不可笑。"因说道："二叔，你老人家不知道。我父亲只养了我一个儿，我又没个弟兄，巴不得多一个亲人。再说，我父亲这个年纪了，我怎么样的服侍总有服侍不到的地方儿，所以说给他老人家弄个人。他老人家瞧了几个都不中意；到后来瞧见这一个，因他是我们淮安人，才留下了。虽说是没什么模样儿，绝好的一个热心肠儿。什么叫闹心眼儿，掉歪①，他都不会。第一是在我父亲跟前服侍的尽心。这就是我的大造化。等我叫他来，二叔瞧瞧。"安老爷说："好极了。也必该有这

① 掉歪——北方方言。闹别扭。

等一个人服侍。我倒得见见我们这位如嫂。”

褚大娘子听了，便自己向西间去找他；还不曾走到跟前，只听得那帘子嗯搭一声就出来了一个人。

安老爷在堂屋上首向西坐着，看得必真。看那人约略不上三十岁，穿着件枣儿红的绛色棉袄；套着件桃红衬衣；戴着条大红领子；挽着双水红袖子；家常不穿裙儿，下边露着玫瑰紫的裤子；对着那一双四寸有余金莲儿，穿着双藕色小鞋子，颜色配合得十分匀称；手上带着金镯子玉钏，丁当作响；镯子上还拴条鸳鸯戏水的杏黄绣手巾；头上庙簪儿珠挑金翠争光；簪儿边还配着根猴儿爬杆儿的赤金耳挖子；花枝招展，妆点鲜明。

褚大娘子看了，问道：“今日什么事这么打扮着？”只听他笑道：“说有客来了么。我说看老爷子叫我见呢。”

褚大娘子说着，又望他胸前一看，只见带着攮猪[①]也似的一大嘟噜[②]，因用手拔弄着看了一看。原来胸坎儿上带一挂茄楠香的十八罗汉香珠儿；又是一挂早桂香的香牌子；又是一挂紫金锭的葫芦儿；又是一挂肉桂香的手串儿；又是一个苏绣的香荷包；又是一挂川椒香荔枝；余外还用线络子络着一瓶儿东洋玫瑰油。这都是邓九公走遍各省给他带来的。这里头还夹杂着一副镂金三色儿一面檀香怀镜儿，都交代[③]在那一个二纽儿上。

褚大娘看了说：“我的小妈儿呀！你可坑死我了！怎么好好歹歹的都带出来了？”他又嘻嘻的笑道：“都怪香儿的么，叫我丢下那件子呢？”褚大娘子笑道：“怪香儿的，就该都搬运出来么？——跟我来啵！”说着，又给他拉拉袖子，整整花儿。

临近了，安老爷又细看了看，却倒是漆黑的一头头发，只是多些，就鬓角边儿不用梳掮头，那头发便够一指多厚；雪白的一个脸皮儿，只是胖些，那脸蛋子一走一哆嗦，活脱儿一块凉粉儿；眉眼不露轻狂，只是眉毛眼睫毛重些；鼻子嘴儿倒也端正，只是鼻梁儿塌些，嘴唇儿厚些，此外略无褒贬；更加脂香粉腻，刷的一口的白牙。把个邓九公疼的望着他，眼睛乐的

---

① 攮猪——今作“劁猪”，即“阉猪”。劁，读 qiáo。

② 一大嘟噜——劁猪人所持的马尾穗幌子。

③ 交代——放。

没缝儿,口笑的合不拢来。只见他将到跟前,就奔了安老爷去了。

邓九公道:“你来,等我告诉你。这位安二老爷,人家是在旗的世家,因为瞧的起我,才和我结了弟兄。”才说到这句,他便道:“是他,二叔哇?”九公道:“这又来了!到底是谁二叔啊?你见了,得称他老爷。”他听了便说道:“哦!老爷哪!那么请安。”说着,扎煞[1]着两只胳膊,直挺挺的就请了一个单腿儿安[2]。邓九公道:“你还是拜拜不结了,怎么又闹个安呢?”他道:“老爷么,不请安?”

安老爷也连忙站起来,还了个半揖,说:“很好;这位姨奶奶生得实在厚重,这是个多子宜男的相貌。”九公道:“老弟,不要这等称呼,你就叫他二姑娘。”老爷便怄九公道:“这样听起来,只怕还有位大如嫂呢罢?”他又接上话了,说:“没有价,就我一个儿,我叫‘二头[3]’。”褚大娘子笑说:“二叔听,我们是没心眼儿不是?有什么说什么。”

一句话没说完,他早趔身走了。褚大娘子说:“怎么走了?我还有话呢?”他道:“姑奶奶等着,我就来。”只见他去不多会儿,从屋里装出一袋烟来。那烟袋足有五尺多长,安着个七寸多长的菜玉烟袋嘴儿;那烟袋嘴儿上打着一个青线算盘疙疸;烟袋锅儿上还挑着一个二寸来大的红葫芦烟荷包,里面却不装着烟,烟是另搁在一个笸箩儿里。只见他一面嘴里抽着,走过来,从他嘴里掏出来,就递给安老爷,说:“老爷,抽烟儿呀。”

安老爷忙着欠身说:“我不吃烟。”他说:“不是湖广叶子呀,是渣头哇,里头还有豆寇皮儿哩。”老爷说:“我是不会吃烟。”他便说:“一袋烟可惜了的;不,姑奶奶抽罢。”

褚大娘子道:“我可要不上你那杆长枪来!你先搁下,我告诉你话。酒果子我那边都弄好了,回来在我那边招呼着送过来,你可在这里好好儿的张罗张罗。那几个小行行子靠不住。”因问:“黑儿他们都那里去了?”只听答应了一声,进来了一顺儿十一二岁的四个孩子:一个漆黑,一个大胖,一个奇丑,一个多麻,就叫作黑儿,胖儿,丑儿,麻儿。原是邓九公家的

---

① 扎煞(zhāshā)——两只胳膊张开状。

② 单腿儿安——旗人男子礼。即一条腿(左腿)微屈,右手下垂。

③ 二头——“二婚头”简称。

四个村童。和这位二姑娘要算这老头儿的一份仪从①，离不开的，所以到女儿家住着也带了来。

当下褚大娘子又嘱咐了四人几句，早有几个小脚儿老婆子送过酒果来。褚大娘子便和邓九公道："大爷请到我们那院里，我张罗他去罢。我瞧他在这里怪拘束的。"安老爷先道："很好；你就跟了大姐姐去。"因说："你也过来见见姨奶奶。"

公子只得过来作了个揖。那姨奶奶也拜了一拜，笑道："好个少爷！长的怪俊儿的！"褚大娘子道："哟！你怎么这些话哟？"他又道："姑奶奶，你只说我爱说话哩。你瞧瞧，他那脸蛋子有红似白儿的，不像那娘娘庙里的小娃娃子？"

邓九公、褚大娘子听了都呵呵大笑，连安老爷也忍不住笑起来。倒把个公子臊了个满脸绯红，便同了褚家娘子过那院去了。

列公切不可把这位姨奶奶误认作狎邪一路。自天地开辟以来原有这等混沌未凿的人。世间除了那精忠纯孝苦节大义四项人定可至诚格天之外；惟有这混沌未凿的人最蒙上天爱惜，无不富贵寿考，安乐终身。他绝不得有那红颜薄命，皓首无依之叹。只怕比起那忠臣孝子义夫节妇更上一层。真真令人起忻起羡也！

闲话休提，言归正传。却说这里摆下果菜，褚一官也来这里照料了一番去后，邓九公便取出一对大杯同安老爷高谈畅饮起来。

那安老爷酒在肚里，事在心里，暗暗盘算，说："这老头儿虽说粗豪，却是个久经世故的，须是不露一毫芒角才引得出他的真话来呢。"

酒过三巡，恰好那邓九公问起老爷的官场来。他道："老弟，你方才说如今辞官不作；我听得我们淮安亲友们来说，那谈尔音被御史参了一本，朝廷差了一位什么吴大人来把他拿问，老弟，你官复原职了。我想，老弟，你这年纪正好给朝廷出力，为什么倒要告退还乡？再说还乡又怎的不走官塘大路，从这条路来呢？"

安老爷道："九兄，你有所不知。想我半生苦志读书才巴结作个知县，不上半载便经了这等意外的风波。大约宦途的味儿不过如此，不如退归林下，遍走江湖，结识几个肝胆英雄，和他杯酒谈心，倒是人生一桩

① 仪从——侍从。

快事。”

邓九公听到这里,不由得端起杯来一饮而尽;又伸了一个大拇指头,说道:“高!”老爷便接着往下说道:“至于此来,却原为小儿出京的时候,这华忠一路跟随,病在店里;及至小儿到了淮上,久不见他南来的消息;此番走到这路,想这褚一官壮士正是他的至亲,寻着一官一问便知端的。因沿途访问,都说褚壮士在二十八棵红柳树住家,到了那里才知他就住在吾兄的宝庄上。我想‘既到灵山,岂可不朝我佛’？倒把打听华忠消息这桩事搁起,径投宝庄,拜识尊颜。谁想吾兄不在庄上,就连那褚壮士也说搬在东庄去了。我就一路跟寻到此。恰巧在此地庄外遇见华忠,得见一官,又知他作了吾兄的快婿。谈起来才知吾兄的大驾也在此地。不承望天缘凑巧,倒在此地相会;又得彼此情同针芥[①],一言订交。真是难得的一番奇遇!”

邓九公道:“原来老弟倒枉驾先到舍下？只是我多多失候,越发不安了。”安老爷道:“你我豪杰相逢,何必拘拘形迹!——我方才还同令婿议论海内的人物,提起一家有名的豪杰,不想问他,竟自不知底里。”

邓九公道:“老弟,你看不得这些年轻的小爷们,花说柳说的!不中用!一按[②]就没了!早呢!你问的这人,你既称到他是个豪杰,大约也不是什么无名之辈,你说给我听听。慢讲这大江南北,那怕三江、两湖、川、陕、云、贵,以至关里关外,但是个有点听头儿的,提起来大概都知道他个根儿襻儿。你问谁罢？”

安老爷道:“这人说来却不甚远,只在就近地方;只是隔了这几年,不知他现在的住处。”

邓九公听了,把嘴一撇,道:“甚吗？我们这个地方儿会有个有名儿的豪杰？老弟,那可是听了谣言来了!这地方要找绍兴坛子大的倭瓜,棒槌壮的玉米棒子,只怕还找得出来;要讲豪杰,劣兄在此地住了冒冒的七十年了,也没见过那豪杰是四方脑袋八楞[③]儿脑袋!”

安老爷正色道:“老哥哥,古人云,‘十室之邑,必有忠信’;又道是‘真

---

① 情同针芥——情投意合。芥,小草。

② 按——查究。

③ 楞——棱。

人不露相’。何地无才？这话倒不可如此讲。纵说是九兄你‘观于海者难为水’；只怕小弟说的这个人，老哥也看小他不起。大约你也必该认得他，并且除了你别人也不配认得他。”

邓九公听了，歪着头，想了一会，道：“嗯！谁？”因向老爷道：“老弟，你试把他的姓名说来，我领教领教。”安老爷拈着几根小胡子儿，眼睛望着邓九公，说道：“这人，人称叫他作十三妹。”

邓九公才听得“十三妹”三个字，早把手里的酒杯吧的往桌子上一放，说：“老弟！你是怎生晓得这个人？”安老爷道：“你且慢问我怎生晓得这人。你只说这人究竟算得个豪杰算不得个豪杰？你可认识他不认识他？”

邓九公见问，未从说话，先叹了一声，说：“老弟！若论此人，虽是三绺梳头，两截穿衣，不但算脂粉队里的一个英雄，还要算英雄队里一个领袖！说起来，天下的男子汉都该愧死！我岂止认得他，还要算我个知己恩人哩！”

安老爷一听，心里暗说：“有些意思了。”因说道：“话虽如此，他只是——他究竟是个年轻女子；老哥哥，你这样的年纪，这等的威名，说他是个知己有之，怎生说到是个恩人起来？这话倒愿闻一个详细。”九公道：“酒凉了，咱们换一换。”

说着，换上热酒来。二人酒到杯干。只那姨奶奶带了两三个婆子照料，几个村童来往穿梭也似价伺候，倒也颇为简便，且是干净。

说话间，褚大娘子又带人送过点心汤来让了一番。原来安老爷喝酒不大吃菜，只就着鲜果子小菜过酒；邓九公喝起来更是鲸吞一般的豪饮，没有吃菜的空儿；因此点心不过用了些，褚大娘子便叫人端去让姨奶奶吃完，散给那些孩子们了。

邓九公说：“姑奶奶，你张罗你的去罢。”褚大娘子道：“他们不用张罗，他们连面都吃了。那大爷才坐下，瞅着那么怪腼腆的，被我怄了他一阵，这会子熟化了，也吃饱了，同女婿和他大舅倒说的热闹中间的。”

说话间，姨奶奶吃完饽饽，合褚大娘子道：“姑奶奶在这里，我也瞧瞧大爷去。”九公道：“你走了，可小心了他们温毛了我的酒。”褚大娘子道：“只管去罢，有我呢。”

那姨奶奶便笑嘻嘻的走到九公跟前从袖子里掏出一个红灯花纸包囊

儿来,说:“老爷子,你瞧瞧这个。”

九公打开一看,原来是苏绣的一个大红缎子小脚儿香袋儿,一个石青平口抽子。九公问他:“这作吗呀?”他道:“我给那大爷好不好?”九公道:“好,好,你给去罢。”又捏着那抽子问他道:“这里头沉甸甸的又是什么东西?”他道:“可怎么空空儿的给他呢?我给他装上了一百老钱。”

九公哈哈大笑起来。褚大娘子说:“别笑,人家好哇,叫他也活动活动去罢。”说着,坐在一边,便听那邓九公向安老爷道:

“老弟,你方才问那十三妹,我怎生说到他是我的恩人,你可知道?愚兄是个‘败子回头金不换’。我自幼儿也念过几年书;有我们先人在日,也叫我跟着人家考秀才去。文章呢,倒糊弄着作上了;谁知把个诗倒了平仄,六韵诗我又只作了十句,给他落了一韵,连个复试也没巴结上。后来他老人家就没了。

“我看了看,我不像是这里头的虫儿,就结识了一班不安分的人使枪弄棒,甚至吃喝嫖赌无所不至,已经算走到下坡路上去了。还亏几个老辈子的说:‘放着你这样一个汉仗,这样一分膂办,去考武不好?为什么干这不长进的营生①呢?’

“我想一个没爷的孩子有个人出来告诉这么句正经话就算难得;我就一别头②的学着拉硬弓,骑快马,端石头,练大刀。这年学台下马,报了考。到了考的这天,我开得十六力的硬弓;那三百六十斤的头号石头,平端起来在场上要走三个来回;大刀单撒手舞三个面花,三个背花,还带开四门;马步箭全中。

“这么说罢,老弟,算概了③场了。不想到了末场,默写《孙武子兵书》,我又落了两个字,自己也没看出来。便有学院上的书办找来说,大人见我的武艺件件超群,要中我个案首,只因兵书里落了字打下来了,叫我花五百银子,依然保我个插花披红的秀才。那时候,要论我的家当儿,再有几个五百也拿出来了;只是我想大丈夫仗本事干功名,一下脚就讲究花钱,塌了锐气了。我就回他说:‘中与不中,各由天命。不走小道儿!’”

---

① 营生——活计、工作;谋生。

② 一别头——下狠劲。

③ 概了——镇住。

安老爷道:“这才是正人君子的作事!只怕这本领可要埋没了!”九公道:“你听么。他不中我倒也平常,谁想他单单把我搁在末尾儿一名,叫我坐红椅子①!

“我说:‘这就算他给朝廷开科取士来了!’一赌气子,我老师也没拜,‘鹿鸣宴②’也没赴,花红③也没领。我说:‘功名一路算没我了!’

“到后来,亲友们见我在家里闷坐着,便有几个镖行的朋友请我跟他们走镖;走了两年,我就自己立了字号,单身出马,整整的走了六十年,仗着老天养活,不曾擦过脸④,失过事,到今日之下吃这碗饱饭都是老天赏的。

“这年,到了八十岁了,我说:‘收船好在顺风时。’告诉亲友们:‘我可要摘鞍下马咧。’谁知那些有字号的大买卖行中苦苦的不放,都隔年下了关书聘金来请,只得又走了五年。我说:‘这可该收了。’便预先给各省捎下书子去,说来年一定歇马,一应聘金概不敢领。承那些客商们的台爱,都远路差人送彩礼来给我庆功;又大家给我挂了一块匾,写得是什么‘名镇江湖’四个大字。

“老弟,你想人家好看咱们,咱们有个自己不爱好看的吗?我那二十八棵红柳树庄上本也宽绰,西院里有教场一般的一个大院落,盖着五间正厅,那是我带了徒弟们教武艺的地方。我就在那个所在正中搭了座戏台,两旁扎起两路看棚来,在府城里叫了一班戏子,把那些远来的客人和本地城里关外的绅衿铺户以至坊边左右这些乡邻普通一请,一连儿热闹了三天。

“一日无事,二日安然;到了第三日正是本地那些乡邻们来吃酒看戏。那日人来的更多,厅上棚里都坐得满满的。再搭上那卖熟食的,卖糖儿豆儿赶小买卖的,两边站得千佛头一般。台上唱的是飞镖黄三太打窦二墩。正唱到黄三太打败了窦二墩,大家贺喜,他家里来报说生了黄天霸

---

① 坐红椅子——科举考试最末名的称谓。

② 鹿鸣宴——乡举考试后州县长官宴请得中举子的宴会。因宴会上歌《诗·小雅·鹿鸣》,故名。

③ 花红——旧时风俗。喜庆时插金花、披红绸,名为“花红”。

④ 擦脸——同“丢脸”;“失面子”。

了。大家都说：'这戏唱得对景，我们邓九太爷将来一定也要得这样一位相公。'就这个一杯，那个一盏，冷的热的轮流把我一灌，我可就喝得有些意思了。

"正在高兴，忽见我庄上看门的一个庄客跑了进来报说：'外面来了一个人，口称前来送礼贺喜。问他姓名，他说见面自然认得。'我就吩咐那庄客说：'莫问他是谁，只管请进来，大家吃酒看戏。'

"一时，请了进来。只见那人身穿一件青绉绸夹袄；斜披件喀喇马褂儿；歪戴顶乐亭帽儿；脚穿一双双襻①熟皮靿②子鞋；身上背着蓝布缠的一桩东西，虽看不见里面，约莫是件兵器；后边还跟着个人手里托着一个红漆小盒儿；走上厅来，把手一拱，说道：'请了。'只此两个字，他就挺着腰，叉着只脚，扭过脸去，拢着拳头站着。

"我心里说：'这个贺喜的来的古怪呀！……'因问他：'足下何来？'他道：'姓邓的！你非不认得我，我非不认得你，休推睡里梦里！今日听得你摘鞍下马，贺喜庆功，特来会你！'

"我仔细一看，那人却也有些面熟，只是猛可里想不出是谁；因对他说：'足下恕我眼拙，一时间想不起那里会过。'他说：'我叫海马周三！你我牤牛山曾有一鞭的交情！'

"这句话我想起来了。五年前后，我从京里保镖往下路去，我们同行有个金振声，他从南省保镖往上路来，对头走到牤牛山，他的镖货被人吃了去了，是我路见不平，赶上那厮打了一鞭，夺回原物；他因此怀恨，前来报仇，趁着我家有事，要在众人面前砢碜③我一场。

"我说：'朋友，你错怪了我了。这同行彼此相救是我们一个行规。况这事云过天空。今日既承下顾，掀过这篇子去，现成儿的酒席，咱们喝酒。你我就借着这杯酒解开这个扣儿，作个相与，你道如何？'早有那些在座的一同上前解和。

"老弟，你道我看众朋友的面上也算忒让了他了罢。谁知他倒不中抬举起来，说道：'不必让茶让酒！自你我牤牛山一别，我埋头等你，终要

① 襻——此指鞋襻。

② 靿(yào)——靴靿子，即靴筒。

③ 砢碜(kechěn)——北方话，同"寒碜"。揭发人的寒碜相，使之难堪、惭愧。

和你狭路相遇，见个高低。今日之下，你既摘鞍下马，我海马周三若暗地里等你也算不得好汉！今日到此，当着在座的众位，请他们作个证明，要和你借个一万八千的盘缠补还我牤牛山的那桩买卖。你是会的，破个笑脸儿双手捧来便罢；倘若不肯，我也不叫你过于为难，我这盒儿里装着一碗儿双红胭脂，一匣滴珠香粉，两朵时样的通草花儿，你打扮好了，就在这台上扭个周遭儿我瞧瞧，我尘土不沾，拍腿就走！'说罢，把个盒儿揭开放在当中桌上。老弟，你说，就让是个泥佛儿罢，可能听了不动气？"

安老爷道："这人岂不是惫懒[①]小人的行径了！"邓九公道："哈哈！老弟，你可也莫要小看了他！不想到这等一个人竟自能屈能伸，有抽有长！"说着，又干了一杯。

说话的这个当儿主客二位已都是五七十大杯过了手了。褚大娘子在一旁说道："我看老爷子今日的酒又有点儿过去了；人家二叔问的是十三妹，你老人家可先说这些陈谷子烂芝麻的作什么？"

邓九公道："姑奶奶，你当我说的是醉话吗？要不从这根子上说起，怎见得出那十三妹姑娘的英风义气来？见不出那十三妹姑娘的英风义气，这回书可还有什么大听头儿呢？再说人家听书的又知道我邓九公到底是个谁呢？"

安老爷便接着问道："后来吾兄便怎么样呢？"邓九公道："那时我一把无名孽火从脚跟下直透顶门，只是碍着众亲友不好动粗，我便变作一番哑然大笑。我说：'我只道你用个一百万八十万的，那可叫短[②]了我了，一万银还备得起！'回头我就叫人盘银子去。

"在座的众人还苦苦的相劝，道：'二位不可过于认真，有我们在此，大家缓商。'我便对他大家说道：'众位休得惊慌。我邓某虽不才，还分得出个皂白清浊；这事无论闹到怎的，场中绝不相累。'

"霎时把那银子搬齐，放在当院一张八仙桌儿上。我说：'朋友，纹银一万两在此；只是我邓老九的银子是凭精气命脉神[③]挣来的，你这等轻轻

---

① 备懒——疲倦懒散；撒泼调皮。
② 叫短——使人为难，拙于应付。即北京俗语"叫唿噜了"。
③ 精气命脉神——生命与血汗。比喻辛苦。

松松，只怕拿不了去！此地却是我的舍下，自古‘主不欺宾’，你我两家说明，都不许人帮，就在这当场见个强弱。你打倒了我，立刻盘了银子去，那怕我身带重伤，一定抹了脂粉，带了花朵，凑这个趣儿；万一我的兵器上没眼睛，一时伤犯了你，可也难逃公道！’

“说着，我便甩了衣裳，拿了我那把保镖的虎尾竹节钢鞭；他也脱去马褂，抖开他那兵器，原来也是把钢鞭，和我这鞭的斤两正不差上下。

“那时众人都出房来，远远的围了个大笸箩圈儿站着。便是我自己的人，也因我有话在前，不敢傍近。台上的戏也煞①住了，站了一台；闲人都眼睁睁的不看台上那出戏，要看台下这出戏。

“当下我两个一个站在北面，一个站在南头，亮了兵器，就交起手来。及至一交手，才知他不是五年前的海马周三了！原来他自从挨了我那一鞭之后，他隐项埋头去练这家武艺，要洗牤牛山前的那一张羞脸，一条鞭使了个风雨不透，休想破他一丝！

“我两个来来回回正斗得难分难解，只见从正东人群里闪一般撺出一个人来，手使一把倭刀，把我两个的钢鞭用刀背儿往两下里一挑，说：‘你二位住手！听我有句公道话讲！’

“那时我只道是来帮他的，他只道是来帮我的，各各收回兵器跳出圈子一看，只见那人身穿素妆，戴着孝髻，斜挎张弹弓儿，原来是个女子！”

安老爷擎杯道：“不必讲，这一定是十三妹无疑了！”邓九公绰着一部长髯，说：“老弟，不是他还有谁！

“那时我同周三两个才要和他答话，忽然正西上，哧，飞过一枝镖来，正奔了那十三妹的胸前。我将说得声‘招②家伙’，他早把身子一闪，那镖早打了空。接着又是第二枝打来，他不闪了，只把身子一蹲，伸手向上一绰，早把那枝镖绰在手里。说时迟，紧跟着就是第三枝打来；那时快，他把手里这枝镖迎着那枝镖发出去打个正着，只见噹的一声，冒了一股火星子，当啷啷，两枝镖双双落地！

“那四面看的人就海潮一般喝了个连环大彩。那发镖的人也不曾露

---

① 煞——停。

② 招——看。

个面儿，早不知吓到那里去了。

“他也更不去寻，更不在意，便向我和周三道：‘你二位今日这场斗，我也不问你们是非长短；只是一个靠着家门口儿，一个靠仗着暗器，便那赢了也被天下英雄耻笑！——这耻笑不耻笑却与我无干，只是我要问问：怎生输了的便该擦脂抹粉戴花？难道这胭粉花朵的里头便不许有个英雄不成？如今你两个且慢动手！这一桌银子算我的，你两个那个出头和我试斗一斗，且看看谁输谁赢，那个戴那朵花儿，擦那嘴胭脂，抹那脸粉！

“老弟，那个当儿，劣兄到底比周三多吃了几年老米饭，一看他那光景断非寻常之辈，不可轻敌，才待和他讲礼。那周三见坏了他的道路，又欺那十三妹是个女子，冷不防嗖的就是一鞭！那十三妹也不举刀相迎，只把身子顺着来，翻过腕子，从鞭底下用刀刃往上一磕，唰，早把周三的鞭削作两段。众人又是声喝彩。只就那喝彩的声音里头接着一片喊声，早从人轮子①里噗噗跳出二三十条梢长大汉来。”

安老爷问道：“这又是些什么人呢？”邓九公道：“这班人原来是那海马周三预先叫他的伙伴随了那起戏子乔装打扮混了进来预先一个个埋伏在此。

“那时才听得众人一声喊，这十三妹早上面一刀削断了周三的钢鞭，下面趁势就是一个泼脚把周三踢得爬在地下。他赶上一步，一脚踏住了脊梁，用刀指着那群贼伙道：‘你们那个上前，我就先宰了你这匹“海马”作个榜样！’

“那班人听了这话，生怕坏了他头领性命，都吓得不敢上前，倒退下去。他便对那班贼伙说道：‘就请你众人偏劳②，把那个红漆盒儿捧过来给你这位大王戴上花儿，抹上脂粉，好让他上台扭给大家看！’

“老弟，你这可就听出周三的有抽有长儿来了。只听他爬在地下，高声叫道：‘众弟兄休得上前，这位女英雄也且莫动手；我海马周三也作了半生好汉，此时我不悔我来得错，我只悔我轻看了天下的英雄。今日出丑当场，我也无颜再生人世，便是死在你这等一位英雄刀下也死得值，就请

① 人轮子——围观的人群。

② 偏劳——此为“动手”意。

砍了头去,不必多言。'——老弟,你只听听,十三妹这本领可是脂粉队里的一个英雄,英雄队里的一个领袖?"

安老爷用手把桌子一拍,说道:"痛快!"拿起杯来一饮而尽。褚大娘子道:"二叔怎的尽喝酒,也不用些菜?"安老爷道:"姑奶奶,你听,你老人家这段话还抵不得一看下酒的美品么?何用再去吃菜!"

邓九公一面喝着酒,一面说道:"老弟,这话还算不得下酒的美品呢!你看那十三妹打倒海马周三,他又言无数句,话不一席,叠两个指头,说出一番话来,待劣兄慢慢的说与你听,——才算得酒菜里一品美肴海错!管叫你连吃十大碗还痛快得不耐烦哩!"这正是:

何用《汉书》来下酒?者番①清话也消愁。

要知那邓九公又向安老爷说出些甚的情由,下回书交代。

---

① 者番——这番。

第十六回

莽撞人低首求筹画　连环计深心作笔谈

上回书讲得是安老爷义结邓九公，想要借那邓九公作自己随身的一个"贯索蛮奴①"，为的是先收服了十三妹这条孽龙使他得水安身，然后自己好报他那为公子解难赠金借弓退寇并择配联姻的许多恩义；又喜得先从褚大娘子口里得了那邓九公的性情，因此顺着他的性情，一见面便和他欢饮雄谈，从无心闲话里谈到十三妹，果然引动了那老头儿的满肚皮牢骚，不必等人盘问，他早不禁不由"口似悬河"的讲将起来；讲到那十三妹刀断钢鞭，斗败了周海马，作色掀须，十分得意。

安老爷听了说道："这场恶斗斗到后来怎的个落场呢？"邓九公道："老弟呀，那时只怕十三妹听了海马周三这段话，一时性起，把他手起一刀，虽说给我增了光了，我出了气了，可就难免在场这些亲友们受累！

"正在为难，又不好转去劝他。谁想那些盗伙一见他的头领吃亏，十三妹定要叫他戴花擦粉，急了，一个个早丢了手中的兵器跪倒哀求，说：'这事本是我家头领不知进退，冒犯尊威；还求贵手高抬，给他留些体面，我等恩当重报！'只听那十三妹冷笑一声，说：'你这班人也晓得要体面么？假如方才这九十岁的老头儿被你们一鞭打倒，他的体面安在？再说方才若不亏你姑娘有接镖的手段，着你一镖，我的体面安在？'众人听了，更是无言可答，只是磕头认罪。

"那十三妹睬也不睬，便一脚踏定周海马，一手擎着那把倭刀，换出一副笑盈盈的脸儿对着那在场的大众说道：'你众位在此，休猜我和这邓九翁是亲是故前来帮他；我是个远方过路的人，和他水米无交。我平生惯打无礼硬汉，今日撞着这场是非，路见不平，拔刀相助，并非图这几两银子。'说了这话，他然后才回头对那班盗伙道：'我本待一刀了却这厮性命！既是你众人代他苦苦哀求，杀人不过头点地，如今权且寄下他这颗驴

---

① 贯索蛮奴——外来语。侍从；保镖。

头！你们要我饶他，只依我三件事：第一，要你们当着在场的众位给这主人赔礼，此后无论那里见了，不准错敬；第二，这二十八棵红柳树邓家庄的周围百里以内不准你们前来骚扰；第三，你们认一认我这把倭刀和这张弹弓，此后这两桩东西一到，无论何时何地何人都要照我的话行事。这三件事件件依得，便饶他天字第一号的这场羞辱！你大家快快商量回话！'

"众人还不曾开口，那海马周三早在地下喊道：'只要免得戴花擦脂抹粉，都依，都依，再无反悔！'众人也一叠声儿合着答应。那十三妹这才一抬腿，放起周三。那厮爬起来同了众人走到我跟前齐齐的尊了我声'邓九公爷'，向我捣蒜也似价磕了阵头就待告退。

"老弟，古人说的好：'得意不可再往。'我邓老九这就忒够瞧的了。再说也不可向世路结仇。我就连忙扶起他来，说：'周朋友，你走不得。从来说："胜败兵家常事"；又道是："识时务者呼为俊杰。"今日这桩事，自此一字休提，现成的戏酒，就请你们老弟兄们在此开怀痛饮，你我作一个不打不成相与的交情，好不好？'周三他倒也得风便转；他道："既承台爱，我们就在这位姑娘的面前从这句话敬你老人家起。'当下大家上厅来，连那在场的诸位也都加倍的高兴。我便叫人收过兵器银两，重新开戏，洗盏更酌。

"老弟，你想这个过节儿得让那位十三妹姑娘首座不得？我连忙满满的斟了盅热酒送过去。他说道：'我十三妹今日理应在此看你两家礼成，只是我孝服在身，不便宴会。再者，男女不同席。就此失陪，再图后会。'说着，出门下阶，嗖的一声，托地跳上房去，顺着那房脊，迈步如飞，连三跨五，霎时间不见踪影。——我这才晓得他叫作十三妹！

"老弟，你听这场事的前后因由，劣兄那日要不亏这位十三妹姑娘，岂不在人轮子里把一世的英名丧尽？你道他怎的算不得我一个恩人？因此，那天酒席一散，我也顾不得歇乏了，便要去跟寻这人。这才据我们庄客们说：'这人三日前就投奔到此；那时因庄上正有勾当，庄客们便把他让在前街店房暂住，约他三日后再来，现在他还在店里住着。'

"我听了这话便赶到店里和他相见。原来他只得母女二人。他那母亲又是个既聋且病的。看那光景也露着十分清苦，我便要把和周三赌赛的那万金相赠，争耐他分文不取。及至我要请他母女到家赡养，他又再三推辞。问起他的来由，他说自远方避难而来，因他一家孤寡，生恐到此人地生疏，知我小小有些声名，又有几岁年纪，特来投奔，要我给他家遮掩个门户，此外一无所求。当下便和我认作师徒。他自己却在这东岗上青云山山峰高处踹了一块地方，结几间茅屋，仗着他那口倭刀自食其力，瞻着老母。我除了给他送些薪水之外，凭你送他什么，一概不取。只一个月头里借了我些微财物，不到半月，他依然还照数还了我了。因此，直到今日我不曾报得他一分好处。"

安老爷道："据这等听起来，这人还不单是那长枪大戟的英雄，竟是个挥金杀人的侠客。我也难得到此，老兄台，你和他既有这等的气谊，怎的得引我会他一会也好！"

邓九公听了这话，怔了一怔，说："老弟，若论你和这人彼此都该见一见才不算世上一桩缺陷事，只可惜老弟来迟了一步，他不日就要天涯海角，远走高飞，你见他不着了！"

安老爷故作惊疑，问道："这却为何？"只见邓九公未从说话，两眼一酸，那眼泪早泉涌一般落得满衣襟都是，连那白须上也沾了一片泪痕，叹了一声，道："老弟！劣兄是个直肠汉，肚子里藏不住话，独有这桩事我家里都不曾提着一字；不信，你只问你侄女儿就知道了原故。只因十三妹的这桩事大须慎密，不好泄漏他的机关。如今承老弟你问到这句话，我两个一见气味相投，肝胆相照，我可瞒不上你来。原来这位姑娘他身上有杀父大仇，只因老母在堂，无人奉养，一向不曾报得。不想前几天他这母亲又得了一个紧痰症，没了。他如今孝也不及穿，事也不及办，过了一七，葬了母亲，便要去干这大事。今日他母亲死了第四天了，只有明日后日两天。他此时的心绪避人还避不及，我怎好引你去见他？我昨日还问他归期。他说是：'大事一了，便整归装。但这桩事也要看看个机会，也得了得了事才好再回此地。'知他是三个月两个月！老弟，你又那里等得他？便是愚兄这几日也正为这事心中难过！"

安老爷又佯作不知的道："哦！原来如此！但不知他的父亲是何等样人？因何事被这仇家陷害？他这仇人又是何等样人，现在在什么地方？"邓九公摆手道："这事一概不知。"安老爷道："吾兄这句话是欺人之谈了；他既和你有师生之谊，又把这等的机密大事告诉了你，你岂有不问他个详细原由的理？"

一句话把邓九公问急了。只见他瞪了两只大眼睛，嚷起来道："岂有此理！难道我好欺你老弟不成？你是不曾见过他那等的光景，就如生龙活虎一般！大约他要说的话，作的事，你就拦他也莫想拦得他住手住口。否则，你便百般问他求他也是徒劳无益。况且他仇还没报，这仇人的名儿如何肯说？我又怎的好问？只有等他事毕回来，少不得就得知这桩快事了。”

安老爷道：“如此说来，此时既不知他这仇人为何人，又不知他此去报仇在何地，他强煞究竟是个女孩儿，千山万水，单人独骑，就轻轻儿的说到去报仇，可不觉得孟浪①些？在这十三妹的年轻任性不足深责；只是老哥哥，你既受他的恩情，又和他师弟相关，也该阻止他一番才是，怎的看了他这等轻举妄动起来？”

邓九公听了，哈哈大笑说：“老弟台！我说句不怕你思量的话，这个事可不是你们文字班儿②懂得的！讲他的心胸本领，莫说杀一个仇人，就万马千军冲锋打仗也了的了，不用旁人过虑：这是一。二则从来说：‘父仇不共戴天’；又道是：‘君子成人之美’。便是个漠不相关的朋友，咱们还要劝他作成这件事，何况我和他呢？所以我想了想，眼前的聚散事小，作成他这番英雄豪举的事大，我方才极力帮着他早些葬了他家老太太，好让他一心去干这桩大事，也算尽我几分‘以德报德’之心。此时我只有催促他的，怎的老弟你颠倒嗔我不阻止他起来？”

却说安老爷的话，一层逼进一层，引得个邓九公雄辩高谈，真情毕露，心里说道：“此其时矣！且等我先收伏了这个‘贯索奴’作个引线，不怕那条孽龙不弭③耳受教；待他弭耳受教，便好全他那片孝心，成这老头儿这番义举，也完我父子的一腔心事。”便对邓九公说道：“自来说：‘英雄所见略同’。小弟虽不敢自命英雄，这桩事却和老兄台的见识微微有些不同之处；既承不弃，见到这里，可不敢不言。——只是吾兄切莫着恼。你这不叫作‘以德报德’；恰恰是个‘以德报怨’的反面，叫作‘以怨报德’。那十三妹的一条性命生生送在你这番作成上了！”

邓九公听了骇然道：“哈！老弟，你这话怎讲？”安老爷道：“这十三妹

---

① 孟浪——卤莽。
② 文字班儿——文人们。
③ 弭(mǐ)——此为“顺从”意。

是怎的个英雄,我却也只得耳闻,不曾目睹;就据吾兄你方才的话听起来,这人大约是一团至性,一副奇才。至性人往往多过于认真,奇才人往往多过于好胜。要知一个人秉了这团至性这副奇才来,也得天赐他一段至性奇才的福田①,才许他作那番认真好胜的事业;否则一生遭逢不偶,志量不售②,不免就逼成一个'过则失中'的行径。看了世人,万人皆不入眼,自己位置的想比圣贤还要高一层;看了世事,万事都不如心,自己作来的要想古今无第二个。干他的事他也作,不干他的事他也作;作的来的他也作,作不来的他也作。不怕自己沥胆披肝,不肯受他人一分好处,只图一时快心满志,不管犯世途万种危机。久而久之,把那一团至性一副奇才弄成一段雄心侠气,甚至睚眦必报,黑白必分。这种人若不得个贤父兄良师友苦口婆心的成全他唤醒他,可惜他至性奇才终归名隳③身败,如古之屈原、贾谊、荆轲、聂政诸人,道虽不同,同一受病。此圣人所谓'质美而未学者也'。这种人有个极粗的譬喻,比如那鹰师养鹰一般:一放出去,他纵目摩空,见个狐兔,定要竦翅④下来一爪把他擒住;及至遇见个狡兔黠狐,那怕把他拉到污泥荆棘里头,他也自己不惜毛羽,绝不松那一爪;再偶然一个抓不着,他便高飘远举,宁可老死空山,再不飞回来重受那鹰师的喂养。这就是这十三妹现在的一副小照真容。据我看,他此去绝不回来。老兄,你怎的还妄想两三个月后听他来说那桩快事?"

邓九公道:"他怎的不回来?老弟,你这话我就想不出这个理儿来了。"安老爷道:"老兄,你只想,他这仇人我们此时虽不知底里,大约不是个什么寻常的人。如果是个寻常人,有他那等本领,早已不动声色把仇报了,也不必避难到此。这人一定也是个有声有势,能生人能杀人的角色。他此去报仇,只怕就未必得着机会下手。那时大事不成,羞见江东父老,便不回来了。此其一。便让他得个机会下手,他那仇家岂没个羽翼牙爪?再方今圣朝清平世界,岂是照那鼓儿词上玩得的?一个走不脱,王法所在,他也便不得回来了。此其二。再让他就如妙手空空儿一般报了仇,竟

---

① 福田——佛教认为积善可以得福报,犹如种田就会有收获。

② 不售——达不到。

③ 隳(huī)——毁坏。

④ 竦(sǒng)翅——张开翅膀。

有那本领潜身远祸，他又是个女孩儿家，难道还披发入山不成？况且听他那番冷心冷面，早同枯木死灰，把生死关头看破，这大事已完还有甚的依恋？你只听他合你说的‘大事一了，便整归装’；这两句话，岂不是句合你长别的话么？果然如此，他更是不得回来定了。此其三。——这等说起来，他这条性命不是送在你手里却是送在那个手里？”

邓九公一面听安老爷那里说着，一面自己这里点头；听到后来，渐渐儿的把个脖颈低下去，默默无言，只瞅着那杯残酒发怔。

这个当儿，褚大娘子又在一旁说道：“老爷子，听见了没有？我前日和你老人家怎么说来着？我虽然说不出这些讲究来，我总觉一个女孩儿家，大远的道儿，一个人儿跑不是件事。你老人家只说我不懂这些事。听听人家二叔这话说的透亮不透亮？”

那老头儿此时心里已是七上八下，万绪千头；再加上女儿这几句话，不觉急得酒涌上来，把一张肉红脸登时扯耳朵带腮颊憋了个漆紫，头上热气腾腾出了黄豆大的一脑门子汗珠子，拿了条上海布的大手巾不住的擦；半天，从鼻子里哼出了一股气来，望着安老爷说道：“老弟呀！我越想你这话越不错，真有这个理！如今剩了明日后日两天，他大后日就要走了，这可怎么好？”

安老爷道：“事情到了这个场中，只好听天由命了；那还有什么法儿！”邓九公道：“嗨！岂有此理！人家在我跟前尽了那么大情，我一分也没得补报人家，这会子生生的把他送到死道儿上去，我邓老九这罪过也就不小！就让我再活八十七岁，我这心里可有一天过得去呀！”

他女儿见父亲真急了，说道：“你老人家先莫焦躁，不如明日请上二叔帮着再拦他一拦去罢。”那老头儿听了益发不耐烦起来，说：“姑奶奶，你这又来了！你二叔不知道他，难道你也不知道他吗？你看他那性子脾气，你二叔人生面不熟的，就拦得住他了？”安老爷道：“这话难说。只怕老哥哥你用不着我；如果用得着我，我就陪你走一趟。俗语说的：‘天下无难事。’只怕死求白赖，或者竟拦住他也不可知。”

邓九公听了这句话，伸腿跳下炕来，爬在地下就磕个头，说：“老弟！你果然有这手段，你不是救十三妹，真算你救了这个哥哥了！”慌得安老爷也下炕还礼，说：“老哥哥，不必如此。我此举也算为你，也算为我。你只知那十三妹是你的恩人，却不知他也是我的恩人哩！”

邓九公更加诧异，忙让了安老爷归坐，问道："怎的他又是你的恩人起来？"安老爷这才把此番公子南来，十三妹在茌平悦来店怎的和他相逢；在黑风岗能仁寺怎的救他性命；怎的赠金联姻；怎的借弓退寇；那盗寇怎的便是方才讲的那牤牛山海马周三，见了他那张弓怎的立刻备了人马护送公子安稳到淮；公子又怎的在庙里落下一块宝砚，十三妹他怎的应许找寻，并说送这雕弓取那宝砚；自己怎的感他情意，因此辞官，亲身寻访的话：从头至尾说了一遍。

邓九公这才恍然大悟，说："怪道呢！他昨日忽然交给我一块砚台，说是一个人寄存的；还说他走后定有人来取这砚台，并送还一张弹弓；又嘱我好好的存着那弹弓作个记念。我还问他是个何等样人。他说：'都不必管，只凭这宝砚收那雕弓，凭那雕弓付这宝砚，万不得错。'路上的这段情节他并不曾提着一字。再不想就是老弟和贤侄父子。这不但是这桩事里的一个好机缘，还要算这回书里的一个好穿插呢！"说着，直乐得他一天烦恼丢在九霄云外，连叫："快拿热酒来！"

安老爷道："酒够了；如今既要商量正事，我们且撤去这酒席趁早吃饭，好慢慢的从长计较怎的个办法。"褚大娘子也说："有理。"老头儿没法，说道："我们再取个大些的杯子喝他三杯痛快痛快！"说着取来，二人连干了三巨觥。

恰好安公子已吃过饭同了褚一官过来，安老爷便把方才的话大略和他说了一遍。公子请示道："既是这事有个大概的局面了，何不打发戴勤去先回我母亲一句？也好放心。"邓九公听了道："原来弟夫人也同行在此么？现在那里？"褚大娘子也说："既那样，二叔可不早说。我们娘儿们也该见见，亲热亲热；再说既到了这里，有个不请到我家吃杯茶的？"邓九公也道："可是的！"立刻就要着人去请。

安老爷道："且莫忙。如今这才十三妹既访着下落，便姑奶奶你不去约，他同媳妇也必到庄奉候，好去见那位十三妹姑娘。今日这天也不早了，而且不可过于声张。"因吩咐公子道："不必叫戴勤去，留下他，我另有用处；就打发华忠带了随缘儿去把这话密密的告诉你母亲和你媳妇，也通知你丈人丈母。就请你母亲和媳妇坐辆车儿，止带了戴勤家的、随缘儿媳妇，明日照起早上路的时候从店里动身，只说看个亲戚，不必提别的话。留你丈人丈母和家人们在店里照料行李。他二位自然也惦着要来，且等事体定规了再说这话。你把华忠叫来，我当面告诉他，外面不可声张。”褚一官道：“我去罢。”

一时叫了华忠并随缘儿来。安老爷又嘱咐一遍，又叫他到一旁耳语了一番，只听他答应，却不知说的什么。老爷因向褚一官道：“这一路不通车道罢？”邓九公道：“从桐口往这路来没车道；从这里上茌平去有车道。我们赶买卖运粮食都走这股道。”褚大娘子又向褚一官道：“叫两个妥当些的庄客同他平儿们去。”老爷道：“两个人够了，这一路还怕什么不成！”褚大娘子道：“不是怕什么：一来，这一路岔道儿多，防走错了；二来，我们也该专个人去请一请；三来，大短的天，我瞧明日这话说结了，他娘儿这一见管取舍不得散。我家只管有的是地方儿，可没那些干净铺盖，叫他们把家里的大车套了去，沿路也坐了人，也拉了行李。”褚一官道：“索兴再备上两个牲口骑着，路上好照应。”说着，同了华忠父子出去打发他们起身去了。

邓九公先就说：“好极了。”因又向安老爷道：“老弟，看我说我的事都得我们这姑奶奶不是？”褚大娘子道：“是了！都是我哟！到了留十三妹，我就不懂了！”邓九公哈哈的笑道：“这又动了姑奶奶脾气了！”

大家说笑一阵。邓九公又去周旋公子，一时又打一路拳给他看，一时又打个飞脚给他看。褚大娘子在旁一眼看见公子把那香袋儿和平口抽子都带在身上，说道：“大爷，你真把这两件东西都带上了？你看，叫你的那活计一衬，这两件越发得样儿了！”公子道：“我原不要带的，姨奶奶不依么。我没法儿，只得把二百钱掏出来交给我嬷嬷爹才带上的。”

安老爷道：“姑奶奶，你怎么这等称呼他？”褚大娘子道：“二叔，使得。我们叫声二叔就同父母似的，这大爷跟前我可怎么好老大老大的叫他呢？我们还论我们的。万一我有一天到了二叔家里，我还和他充续嬷嬷姑姑呢！”因问着公子道：“是不是？”公子也只得一笑。安老爷道：“那我们又不敢那样论法了。”

说话间，那位姨奶奶早已带了人把饭摆齐。安老爷坐下看了看，也有厨下打发的整桌鸡鱼菜蔬和煮的白鸭子白煮肉；又有褚大娘子里边弄的家园的瓜菜，自己腌的肉腥并现拉的过水面，同蒸的大包子。老爷在任上吃了半年来的南席，又吃了一道儿的顿饭，乍吃着这些家常东西转觉得十分香甜可口。只见邓九公他并不吃那些菜：一个小小子儿给他捧过一个小缸盆大的霁盐海碗来，盛着满满的一碗老米饭；那个又端着一大碗肉，一大碗汤；他接来，把肉也倒在饭碗里，又盛了半碗白汤，拿筷子拌了岗尖的一碗，就着辣咸菜，呶噜噜，噶吱吱，不上半刻吃了个罄净。老爷这里才吃了一碗面，添了半碗饭，因道："老哥哥的牙口竟还好！"他道："不中了！右边儿的槽牙活动了一个了！"

一时饭毕，便挪在东间一张方桌前坐，便有小小子给安老爷端了盥漱水来。邓九公却不用漱盂，只使一个大锡漱口碗，自己端着出了屋子大漱大咯的闹了一阵，把那水都喷在院子里；回首又见那姨奶奶给他端过一个扬州千层板儿的木盆来，装着凉水，说："老爷子，使水呀。"

那老头儿把那将及二尺长的白胡子放在凉水里湃[①]了又湃，汕了又汕[②]；闹了半日，又用烤热了的干布手巾沍一回，擦一回，然后用个大木梳梳了半日；收拾得十分洁净光彩，根根顺理飘扬，自己低头看了，觉得得意之至。

褚大娘子便和那位姨奶奶忙忙的吃过饭。盥漱已毕，装了袋烟，也过来陪坐。那边便收拾家伙，下人拣了吃去。老爷看着，虽不同那钟鸣鼎食的繁华丰盛规矩排场，只怕他这倒是个长远吃饭之道！

话休絮烦。却说邓九公见大家吃罢了饭，诸事了当，他却耐不得了，向安老爷道："老弟，你快把明日到那里怎的个说法告诉我罢。"安老爷道："既如此，大家都坐好了。"

当下安老爷同邓九公对面坐了，叫公子同褚一官上面打横，褚大娘子也在下面坐了。

褚一官坐下就开口道："我先有句话：明日如果见了面，老爷子，你老人家可千万莫要性急，索兴让我们二叔先说。"安老爷道："不必讲，这出戏自然是我唱，也得老兄给我作一个好场面，还得请上姑爷姑奶奶走走场，并且还得今日趁早备下一件行头。"

邓九公问道："怎的又要什么行头？"安老爷道："大家方才不说这姑娘不肯穿孝吗？如今要先把这件东西给他赶出来临时好用。"褚大娘子忙道："都有了；那一天，我瞧着他老太太那光景不好，我从头上直到脚下

---

① 湃（pài）——此指用凉水镇冷。

② 汕——此指"涮"。

以至他的铺盖坐褥都给他张罗妥当了。他拿去执意不穿,是去报定了仇了,可叫人有什么法儿呢?”老爷道:“有了更好。”

邓九公便道:“老弟,你可别硬作呀;不是我毛草,他那脾气,性子,可真累赘!”安老爷笑道:“不妨:‘若无破浪扬波手,怎取骊龙颔下珠?’就是老妈妈论儿也道是:‘没那金钢钻儿也不揽那磁器家伙。’你看,我三言两语定叫他歇了这条报仇的念头;不但这样,还要叫他立刻穿孝尽礼;不但这样,还要叫他扶柩还乡;不但这样,还要叫他双亲合葬;不但这样,还要给他立命安身!——那时才算当完了老哥哥的这差,了结了我的这条心愿!”

邓九公道:“老弟,我说句外话,你莫要镑张①了罢!”老爷道:“不然,这其中有个原故,等我把原故说明白,大家自然见信了。但是这事不是三句五句话了事的,再也‘定法不是法’,我们今日须得先排演一番。但是,这事却要作得机密:虽说你这里没外人,万一这些小孩子们出去,不知轻重,露个一半句,那姑娘又神通,倘被他预先知觉了,于事大为无益。如今我们拿分纸墨笔砚来,大家作个笔谈。——只不知姑奶奶可识字不识?”褚一官道:“他认得字,字儿比我深,还写得上来呢。”老爷道:“这尤其巧了!”说着,褚一官便起身去取纸笔。

列公,趁他取纸的这个当儿,说书的打个岔。你看这十三妹从第四回书就出了头,无名无姓,直到第八回他才自己说了句人称他作十三妹,究竟也不知他姓甚名谁,什么来历。这书演到第十六回了,好容易盼到安老爷知道他的根底,这可要听听他的姓名了,——又出了这等一个西洋法子,要闹什么笔谈,岂不惹听书的心烦性燥么?

列公,且耐性安心,少烦勿燥。这也不是我说书的定要如此。这稗官野史虽说是个玩意儿,其为法则则如文章家一也:必先分出个正传附传,立位宾位,伏笔应笔,虚写实写,然后才得有个间架结构。

即如这段书是十三妹的正传,十三妹为主位,安老爷为宾位;如邓褚诸人,并宾位也占不着,只算个“愿为小相焉”!但这十三妹的正传都在后文,此时若纵笔大书,就占了后文地步,到了正传,写来便没些些气势,味同嚼蜡;若竟不先伏一笔,直待后文无端的写来,这又叫作“没来由”,

① 镑(bàng)张——张扬、吹嘘。

又叫作"无端半空伸一脚"，为文章家最忌。然则此地断不能不虚写一番；虚写一番，又断非照那稗官家的"附耳过来，如此如此'八个大字的故套可以了事：所以才把这文章的筋脉放在后面去，魂魄提向前头来。作者也煞费一番笔墨！

然虽如此，列公却又切莫认作不过一番空谈，后面自有实事，把他轻轻放过去，要听他这段虚文和后面的实事却是逐句逐字针锋相对。列公乐得破分许精神寻些须趣味也！

剪断残言。却说那褚一官取了笔墨砚来。安老爷便研得墨浓，蘸得笔饱，手下一面写，口里一面说道："九兄，你大家要知那十三妹的根底须先知那十三妹的名姓。"因写了一行给大家看，道："那姑娘并不叫作十三妹。他的姓是这个字。他的名字是这两个字。他这'十三妹'三字就从他名字上这字来的。"大家道："哦！原来如此！"

安老爷又写了一行，指道："他的父亲是这个名字，是这等官。他家是这样一个家世。"邓九公道："如何？我说他那等的气度，断不是个民间女子呢！这就无怪其然了！"褚大娘子道："这我又不明白了；既这样说，他怎的又是那样个打扮呢？"

安老爷道："你大家有所不知。"因又写了几句给大家看，道："是这样一个原故。就如我家，这个样子也尽有。"大家听了，这才明白。

安老爷又道："你大家道他这仇人是谁？真算得个天大地大帝大无大不大的大脚色！"因又写了几个字指给众人看，道："便是这个人。"邓九公道："啊哎！他怎的会惹着这位'太岁'，去和他结起仇来！"

安老爷道："他父亲和那人是个亲临上司。属员怎生敢去和他结仇？就为了这个姑娘身上的事。"说着，又写了两句，指道："便是这等一个情节。无奈他父亲又是个明道理尚气节的人，不同那趋炎附势的世俗庸流；见他那上司平日如此如此，更兼他那位贤郎又是如此如此，任他那上司百般的牢笼，这事他绝不吐口应许。那一个老羞成怒，就假公济私，把他参革，拿问在监，因此一口暗气而亡。那姑娘既痛他父亲的含冤，更痛那冤由自己而起：这便是他誓死报仇的根子。"

邓九公听了，抡起大巴掌来把桌子拍得山响，说道："这事叫人怎生耐得！只恨我邓老九有了两岁年纪，家里不放我走；不然的时候，我豁着这条老命走一趟，到那里，怎的三拳两脚也把那厮结果了！"

安老爷道:“不劳你老兄动这等大气。”因又写了一行,指道:“这人现在已是这等光景了。”邓九公道:“是呀;前些日子我也模模糊糊听见谁说过一句来着,因是不干己事,就不曾留心去问。这也是‘朝廷无私,天公有眼’。这等说起来,这姑娘更不该去了。”褚大娘子笑道:“谁到底说他该去来着?都不是你老人家什么英雄咧,豪杰咧,又是什么大丈夫烈烈轰轰作一场咧,闹出来的吗?”邓九公呵呵的笑道:“我的不是!我就知道有这些弯子转子吗?”

安老爷道:“这话倒不可竟怪我们这位老哥哥。我若不来,你大家从那里知道起?便是我虽知道,若不知道底里,方才也不说那等的满话。至于我此番来还不专在他救我的孩子的这桩事上。”因又写了几句,道:“我们两家还多着这样一层,是如此如此。便是这姑娘,我从他怀抱儿时候就见过,算到如今恰恰的十七年不曾见着。自他父亲死后更是不通音问。这些年,我随处留心,逢人便问,总不得个消息;直到我这孩子到了淮安,说起路上的事来,我越听越是他,如今果然不错!你看,我若早几日到,没他母亲这桩事,便难说话;再晚几日,见不着他这个人,就有话也无处可说;如今不早不晚,恰恰的今日我两个相聚,这岂是为你我报德凑的机缘?这真是上天鉴察他那片孝心,从前叫他自己造那番分救你我两家的因,今日叫你我两个结合救他一人的果:分明是天理人情的一桩公案。‘天视自我民视,天听自我民听。’据此看去,明日的事只怕竟有个八分成局哩!”

褚一官道:“岂但八分,十成都可保!”安老爷说:“这也难道。明日只怕还得大大的费番唇舌。我们如今私场演官场,可就要串起这出戏来了。”

说着,那位姨奶奶送过茶来。大家喝着茶。那姨奶奶便凑到褚大娘子耳边嘁喳了几句。褚大娘子笑着,皱皱眉道:“咳!不用哟!”邓九公道:“你们鬼鬼祟祟又说些什么?”褚大娘子笑着说:“不用问了。”

邓九公这几日是时刻惦着十三妹,生怕他那边有个什么岔儿,追着要问。那姨奶奶忍不住,自己说道:“今儿个他二叔和大爷他爷儿们不都住下吗?我想着他们都没个尿壶,我把你老的那个刷出来了。你老要起夜,有我的马桶呢。你跟我一堆儿撒不好喂?姑奶奶可只是笑!”大家听了,笑个不止。安公子忍不住回过头去把茶喷了一地。邓九公道:“很好,就是那么着；你只别来搅，耽误人家听书。”

一时茶罢笑止。邓九公道：“如今这个人的来历是澈底澄清的明白了；只是老弟用何等妙计能叫他照方才说的那样遵教呢？”

安老爷道：“从来只闻‘定计报仇’，不曾见过‘定计报恩’；然而这个人的情性非用条妙计断断制他不住；制他不住，你我这报恩的心也无从尽起。等我写出一个略节来大家商议。”说着，就提笔一条一条的写了一大篇，便望着邓九公、褚家夫妻道：“我们此去，我不必讲，自然是从送还这张弹弓说起；但是第一，只愁他收了弹弓不肯出来见我，便有话也没处说了。明日却请你爷儿三位借桩事儿分起先去，然后我再作恁般个行径而来。到那里，九兄，你却如此如此说，我便如此如此说，却劳动姑奶奶这般这般的暗中调度，便不愁他不出来见我了。及至我见着了他，还愁交代弹弓之后，我只管问长问短，他却一副冰冷的面孔寡言寡笑，我纵然有话，从那里说起？我便开口先问恁的一桩事，不愁他不还出个实在来。我听了便想作这般一个举动；他若推托，却请九兄从旁如此如此的一团和，我便得又进一步直入后堂了。及至到了里面，我一面参灵礼拜。假如他还过礼，依然孝子一般伏地不起，难道我好上前拉他起来和我说话不成？却得姑爷姑奶奶一位如此的一周旋，一位再如彼的一指点，九兄又从中作个代东陪客，我就居然得高坐长谈了。坐下，我开口第一句可便是这句话；他绝不肯说到报仇原由，一定的用淡话支吾，他但一支吾，我第二句便是这句话！”

安老爷说到这里，褚一官道：“说是这等说，二叔，你老也得悠着来呀。”安老爷道：“‘不入虎穴，焉得虎子？’不恁的一激，怎生激得出他报仇的那句话来？”邓九公道：“有理！不错的！就是这等！不妨！便是他有甚话说，有我从中和解呢！”

安老爷道：“到那时节，倒用不着和解；你但如此如此作去，他自然没话可说。但是这节关目，老兄，你可得作的像。我再如此用话一敲打，一定要叫他自己说出这句报仇的话来才罢。”

邓九公道：“他始终不说也难。”安老爷道：“老兄，你要知他是好胜不过的人，怎肯被人訾①着短处？有那等一句话在前头便不容他不说了。

---

① 訾（zǐ）——毁谤、非议。

但是说虽说了,凭怎的问他那仇人的姓名,可休想他说出来了。问来问去,不等他说,我便一口道破。”

邓九公拍手道:“好!”安老爷道:“九兄,你莫先赞好着。你须知他又是个机警不过的人。这桩事和那仇人的姓名无一刻不横在他心头,却又万分的机密,防着泄露;忽然的被一个蓦[①]生人当面叫破,他如何不疑?难保不无一场大动作。果的如此,此番却得仗老兄你解和了。”

邓九公道:“便是这样,也不妨事。他虽是难缠,却不蛮作。你只看他作过的那几桩事就是个样子了。”老爷道:“只要成全了他,就你我吃些亏也说不得。等过了这关,我却把他那仇人的原委说来,这却得大费一番唇舌才平得他那口盛气。等到把这事的原委说明,这是有证有据共闻共见的事情,难道还怕他不信,一定要去报仇不成?”

邓九公道:“是呀!到了这个场中,就算完了。”安老爷道:“完了?未必呀!只怕还有‘大未完’在后头呢!老兄,你切莫把他平日的那番侠烈认作他的得意,他那条肠子是凉透了!那片心是横绝了!也只为他父母这两桩大事未完,弄成这等一个‘游戏三昧[②]’样子!如今不幸,母亲已是死了;再听得父仇不消报了,可防他顿生他变。这倒是一桩要紧的关头!”

褚大娘子道:“不妨,那等我劝他。”老爷道:“这岂是劝得转的!你爷儿三个只要保护得他那一时的平地风波,此后的事都是我的责成。只消我如此如此恁般恁般一片说词,管取他一片雄心侠气立地化成宛转柔肠,好叫他向那快活场中安身立命也。”

邓九公听完,不住点头咂嘴抚掌捻须,说道:“老弟呀!愚兄闯了一辈子没服过人,今日遇见老弟你了!我算孙大圣见了唐长老了!你们念书的心里真有点子道理子!”

说着,把那字纸撕成条儿交与褚一官拿去烧了,以防泄露。安公子也便站起身来外面去坐。只有褚大娘子只管在那里坐着,默默出神。

安老爷道:“姑奶奶怎么没话?难道你舍不得你那世妹还乡不成?”

---

① 蓦(mò)——此处代“陌”。

② 三昧(mèi)——佛教名词。此指事物的诀要或精义。如称在某方面造诣深湛为“得其三昧”。

褚大娘子道:“他这样的还乡,不强似他乡流落？岂有不愿意之理？只是我方才通前彻后一想,这件事,二叔,你老人家料估得防范得计算得都不差,便是有想不到的想过去的去处,有这大谱儿在这里,临时都容易作。只是你老人家方才说的给我那十三妹妹子安身立命的这句话,究竟打算怎的给他安身？怎的给他立命？何不索兴说来我们听听,也得放心。”

安老爷道:“这不过等完事之后给他说个门户相对的婆家,选个才貌相当的女婿,便是他的安身立命了。姑奶奶,你还要怎样?”褚大娘子道:“我却有个见识在此。”因望着他父亲和安老爷悄悄儿的道:“我想莫如把他如此这般的一办,岂不更完成一段美事?”邓九公说:“好哇！好哇！我怎的就没想到这里！老弟,不必犹疑,就是这样定了这事。咱们也在明日定规。从明日起,扫地出门,愚兄一人包办了!”

安老爷连忙站起身来向褚大娘子道:“贤侄女,我的心事被你一口道着了,但是这桩事不大容易。”因又向邓九公道:“老哥哥,你明日切切不可提起;倘提着一字,管取你我今日这片心神都成画饼。所关匪细,且作缓商。”这正是:

　　整顿金笼关玉凤,安排宝钵咒神龙。

要知安老爷、邓九公次日怎的去见那十三妹,下回书交代。

第 十 七 回

隐名姓巧扮作西宾① 借雕弓设局赚侠女

这回书紧接上回，表的是安老爷同公子到了褚家庄会着邓九公和褚家夫妻，说起那十三妹姑娘葬母之后要单人独骑远去报仇，他安邓两家都受过十三妹从前相救之恩，正想报答，深虑那姑娘此去，轻身犯难，难免有些差池，想要留住他这番远行；又料着那位姑娘侠肠烈性，定是百折不回，断非三两句留得住他，因此大家密密的定了一条连环妙计。

当下计议得妥当，安老爷同公子便在褚家住下。褚家夫妇把正房东院小小的几间房子收拾出来请老爷、公子住歇。这房子是个独门独院，原是褚一官设榻留宾之所。这晚褚一官便在外相陪。一宿无话。

安老爷心中有事，天还没亮，一觉醒在枕上，听得远寺钟敲，沿村鸡唱，林鸦檐雀格磔②弄晴，便听得邓九公在那里催着那些庄客长工们起来打水熬粥，放牛羊，喂牲口，打扫庄院；接着就听得扫叶声，叱犊声，桔槔③声，此唱彼和，大有那古桃源的风景。老爷、公子也就起来盥漱。邓九公便过来陪坐。安老爷也道了昨日的奉扰。

邓九公道："老弟，咱们也不用喝那早粥了；你侄女儿那里给你包的煮饺子也得了，咱们就趁早儿吃饭。"褚一官早张罗着送出饭来，又有老爷、公子要的小米面，窝窝头，黄米面，烙糕子。大家饱餐一顿。

吃过了饭，那太阳不过才上树梢，早见随缘儿拽着衣掌提着马鞭子兴匆匆的跑进来。老爷问道："路上没什么人儿，你又跑在里头来作什么？你来的时候太太动身没有？"随缘儿回道："奴才太太同大奶奶已经到门

---

① 西宾——犹"西席"。旧时对家塾教师或幕友的敬称。

② 磔（zhé）——鸟鸣声。

③ 桔槔（gǎo）——亦称"吊杆"。一种春秋时代已使用的原始的提水工具。用一横木支着在木柱上，一端用绳挂一水桶，另一端系重物，使两端上下运动以汲取井水。

了。昨夜店里才交四更里头就催预备车，还是亲家老爷拦说：'早呢。'等到鸡叫头遍就动身来了。"

公子听说，连忙接了出去。老爷也陪邓九公迎到庄门。褚大娘子同那位姨奶奶带了许多婆儿丫头，也迎到前厅院子。大家远远的望见张姑娘，都觉诧异，只道："十三妹姑娘怎生倒会了安太太同来了呢？"及至细看，才看出他和十三妹面目虽然相仿，精神迥不相同。

一时，大家相见。老爷迎着太太，一面走着，一面便问了一句道："我昨日叫华忠的东西赶上了不曾？"太太道："得了；带了来了。"老爷又道："太太想着可该如此？"太太道："实在该的；只是那里补报的过人家来哟！"老爷道："正是了；我们'得尽一番心，且尽一番心'。"

邓九公听了这话，摸不着头脑；但是人家两口儿叙家常可怎好插嘴去问呢？只得心中闷闷的猜度。

说话间，大家一路穿过前厅，到了正房。这其间，邓九公见了安太太和张姑娘自然该有一番应酬；安太太、张姑娘见了褚大娘子也自然该有一番亲热；那位姨奶奶从中自然也该略略点缀；随缘儿媳妇也该拜见续姑婆；他家那些村婆儿从不曾见过安太太这等旗装打扮，更该有一番指点窥探。无如此时安老爷是忙着要讲十三妹；安太太、张姑娘是忙着要问十三妹；听书的是忙着要听十三妹；说书的只得一张口，说不及八面的话，只得"明修栈道，暗度陈仓"，一笔勾消，作一个"有话即长，无话即短"。

那安太太和张姑娘本是打了坐尖来的，褚大娘子却又丰丰盛盛备了一桌饭。太太不好却他美意，只得又随意吃了些。他又叫人在外面给那些车马跟人煮的白肉，下得新面，过水合漏①。里里外外上上下下轰轰乱乱匆匆忙忙的吃了一顿饭。把个褚大娘子忙了个手脚不闲。

须臾，饭罢。安老爷又嘱咐太太和媳妇只在庄上相候，等自己见过十三妹再叫人来送信；便同邓九公、褚家夫妻分了前后起身，迤逦往青云山而来。

话分两头。如今书中单表十三妹自从他母亲故后，算来已是第五日，只剩明日一天，后日葬了母亲就要远行去干那桩报仇的大事。这日清早起来便把那点薄薄家私归了三个箱子，一切陈设器具铺垫以至零星东西

---

① 合漏——北方一种用合漏床子直接挤压下锅的面条。

都装在柜子里；把些粗重家伙并坛子里的咸菜，缸里的米，养的鸡鸭，还有积下的几十串钱都散给看门的庄客长工和近村平日服侍他母亲的那些妇女；又把自己的随身行李放在手下：一切了当，觉得这事作得海枯石烂，云净天空，何等干净解脱，胸中十分痛快。

才得坐定，早见邓九公走进门来，他便起身迎着笑道："你老人家不说今日要歇半天儿吗？怎的倒这么早就来了？"邓九公道："我何尝不是要歇着；只因惦记着那绳杠，怕他们弄的不妥当。咱们这里虽说不短人抬，都是些劣把。这是你老太太'黄金入柜①'，万年的大事，要有一点儿不保重，姑娘，我可就对不起你了。所以我要趁今早在庄上看着打点好了。谁知昨日回去，见他们已经弄妥当了。我想只有今日一天，明日是个半宿②，这些远村近邻的必都来上上祭，怕没工夫；绳杠既弄妥当了，莫若趁今日咱们把他作好了，也省得临时现忙。你想，是这么着？"十三妹道："这全仗你老人家，我再无可说了。"

正说着，只见褚大娘子也来了，跟着两个老婆子，两个笨汉，一个背着个铺盖卷儿，一个抱着个大包袱。姑娘望着他道："这作什么呀？我这里的东西还嫌归着不清楚呢，你又扛了这么些东西来了。"褚大娘子道："我想明日来的人必多，你得在灵前还礼，分不开身；张罗张罗人哪，归着归着屋子啊，那不得人呢？再就剩这两天了，知道你此去咱们是一个月两个月才见？我也和你亲热亲热，所以我带了铺盖来，打算住下，省得一天一趟的跑。"姑娘道："难为你这等想得到。只是归着屋子可算你误了；不信，你看，我一个人儿一早的工夫都归着完了。"

褚大娘子一看，果见满屋里都归着了个清净，箱子柜子都上了锁；只有炕上几件铺垫和随手应用的家伙不曾动，因问道："你这可忙什么呢？你走后交给我给你归着还不放心哪？"姑娘道："不是不放心。"因指着那箱子道："这里头还剩我母亲和我的几件衣裳。母亲的我也不忍穿，我那颜色衣裳又暂且穿不着，放着白糟塌了，你都拿去。你留下几件，其余的送你们姨奶奶；剩下破的烂的都分散给你家那些妈妈子们。零零星星的东西都在这两顶柜子里，你也叫人搬了去。不要紧的家伙，我都给了这里

---

① 黄金入柜——死亡的婉称。

② 半宿——即"伴宿"。丧仪。居丧之家出殡前夜亲属守灵至天明。

照应服侍的人了，也算他们伺候我母亲一场。"

邓九公听见，道："姑娘，你几天儿就回来，这些东西，难道回来就都用不着了？叫个人在这里看着就得了，何必这等？"十三妹道："不然。一则这里头有我的鞋脚儿，不好交在他们手里。再说回来，难道我一个人儿还在这山里住不成？自然是跟了你老人家去。那时我短什么，要什么，还怕你老人家不给我弄么！"

邓九公道："就是这样，你也得带些随身行李走呀。"十三妹指着炕里边的东西说道："你老人家看，那一条马褥子，一个小包袱卷儿，里头还包着二三十两碎银子，再就是那把刀，那头驴儿，便是我的行李了，还要什么？"

邓九公看他作的这等斩钢截铁，心里想到昨日安老爷的话真是大有见识，暗暗佩服，还要说话。褚大娘子生怕他父亲一阵唠叨露了马脚，便拦他道："你老人家不用和他说了。他说怎么好就怎么好罢。我算缠不清我们这位小姑太太就完了！"十三妹听了，这才欢欢喜喜的把钥匙交给褚大娘子收了。

说话间，听得门外一阵喧哗，原来是褚一官押了绳杠来了。只见他进门就叫道："老爷子，都来了。搁在那里呀？"邓九公道："你把那大杠顺在外头；肩杠绳子垫子都堆在这院子里。你歇会子，咱们就作起来。"褚一官道："还歇什么！大短的天，归着归着，咱们就动手啊。"说着出去便带着人把那些东西都搬进来。早有在那里帮忙的村婆儿们泡了一大壶茶搁在那里。

从来"武不善作①'，邓九公和褚一官便都摘了帽子，甩了大衣，盘上辫子，又在短衣上擞紧②了腰，叫了四个人进来捆那绳杠。褚一官料理前头，邓九公照应后面。那四个长工里头有一个原是抬杠的团头出身，只因有一膀好力气，认识邓九公，便投在他庄上。只听他说怎样的"安耐磨儿""打底盘儿""拴腰拦儿""撕象鼻子""坐卧牛子"一口抬杠的行话。他翁婿两个也帮着动手。十三妹只和褚大娘子站在一边闲话，看着那口灵，略无一分悲戚留恋的光景。

---

① 武不善作——即"文不加鞭，武不善作"简语。武，出大力。

② 擞(shā)紧——系紧。

却说邓九公、褚一官正在那里带了四个工人,盘绳的盘绳,穿杠的穿杠,忙成一处。只见一个庄客进来望着褚一官说道:"少当家的,外头有人找你老说话。"

他爷儿三个早明白是安老爷到了。只见褚一官一手揪着把绳,一脚蹬着杠,抬头和那庄客道:"有人找我说话?你没看见我手里做着活呢吗?有什么话,你叫他进来说不结了。"庄客道:"不是这村儿的人哪。"

褚一官道:"你瞧!这个死心眼儿的!凭他是那村儿,便是咱们东西两庄的人谁又没到过这院子里呢?"那庄客摇头道:"咻,也不是咱庄儿上的呀,是个远路来的。"

褚一官道:"远路来的?谁呀?"庄客道:"不认识他么。我问他贵姓,他说你老见了自然知道。他还问咱老爷子来着呢。"

褚一官故意歪着头皱着眉,想道:"这是谁呢?他怎么又会找到这个地方儿来呢?"那庄客道:"谁知道哇。"

褚一官低了低头,又问道:"你看看是怎么个人儿呀?"那庄客道:"我看看只怕也是咱们同行的爷们。我见他也背着像老爷子使的那么个弹弓子么。"

褚一官又故作猜疑道:"你站住;同行里没这么一个使弹弓子的呀!"说着,隔着那座灵位便叫了邓九公一声。

如今书里且按下褚一官这边,再讲那邓九公。却说他站在那棺材的后头看了两个长工做活,越是褚一官这里和人说话,他那里越吵吵得紧;一会儿又是这股绳打松了,一会儿又是那个扣儿绕背弓了;自己上去攥着根绳子,绾那扣儿,用手捻了又捻,用脚踹了又踹;口里还说道:"难为你还充行家呢!到底儿劣把头么!"褚一官只管和庄客说了那半日话,他才算没听见。直等褚一官叫了他一声,他才抬起头来问:"作吗呀?"褚一官道:"你老人家知道咱们这亲里头有位使弹弓子的吗?"他扬着头想了一想,说:"有哇。走西口外的,在教①马三爸,他使弹弓子。你这会子想起什么来了问这话?"褚一官道:"你老人家才没听见说吗?"邓九公道:"我只顾做活,谁听见你们说的是什么!"

褚一官便故意把那庄客的话又向他说了一遍。他道:"不就是马三

---

① 在教——信奉宗教。

爸来了?"因问那庄客道:"这个人有多大年纪儿了?"庄客道:"看看中个五十岁光景。"邓九公道:"那就不对了。马三爸比我小一轮,属牛的,今年七十一;再说他也歇马两三年了,这一向总没见他捎个书子来。这人还不知是有哇是没了呢。"说着,又和那工人嚷道:"你那套儿打那么紧,回来怎么穿肩杠啊?"更不说和褚一官答话。

书中却再按下邓九公这边,单表那十三妹。只见他呆呆的,听了半日,眼睛一转,像是打动了件什么心事。列公,从来俗语说的再不错,道是"无心人说话,只怕有心人来听"。何况是两个有心的装作个无心的彼此一答一和说话!旁边听话的又本是个有心人从无心中听得心里的一句话,凭他怎的聪明,有个不落圈套的么?所以姑娘起先听着邓九公、褚一官和那庄客三人说话还不在意,不过睁着两只小眼睛儿不瞪儿不瞪儿的在一旁听热闹儿;及至褚一官问出那句背着张弹弓的话,邓九公又问出一句那背弹弓的人约莫五十岁光景的话,正碰在心坎儿上,因向邓九公道:"师傅,你老听,这岂不是那个话来了吗?"

邓九公又装了个愣说:"那话呀?"姑娘道:"瞧瞧!你老人家可了不得了!可是有点子真悖悔①了!我前日交给你老人家那块砚台的时候,怎么说的?"邓九公道:"是啊!要果然是这桩事,可就算来的巧极了:一则,那东西是你一件家传至宝,我呢,如今又不出马了,你走后我留他也是无用,倒是你此番远行带去是件当戗②的家伙。就只是这块砚台,偏偏的我前日又带回二十八棵红柳树西庄儿上收起来了。如今人家交咱们的东西来,人家的东西咱们倒一时交不出去,怎么样呢?"

褚大娘子一旁说道:"那也不值什么;叫他姐夫出去见见那个人,叫他把弹弓子留下,让他到咱们东庄儿住两天,等你老人家完了事,再同了他到西庄儿取那块砚台给他,又有什么使不得的?"十三妹先说:"有理。"邓九公也和褚一官道:"也只好这样。姑爷,你就去见见他,留下那弓,我不耐烦出去了。"

褚一官便丢下这里的事,忙著衣服,戴帽子。姑娘笑道:"一哥,你不用尽着打扮了,你只管见去罢。管你一见就认得。还是你们个亲戚儿呢。

---

① 悖(bèi)悔——胡涂;昏聩。

② 戗(qiàng)——中用的东西。原指屋角上支撑屋架或墙壁使之免于倒塌。

你收了那弓可不必让他进来。”褚一官道：“我的亲戚儿？我从那里来这么一门子亲戚儿呀？”说着，穿戴好了，便出去见那人去。

且住！这姑娘的这话又从何而来呢？当日他同安公子、张金凤柳林话别的时候，原说定安公子到了淮安，等他奶公华忠到后，打发华忠来送这弹弓，找着褚一官，转寻邓九公取那砚台。这姑娘又素知华忠和褚一官的前妻是嫡亲兄妹，如今听说得这送弹弓的正是个半百老头儿，可不是华奶公是兀谁？因此闹了这一么一句俏皮话儿。自己想着这是只有我一个人心里明白，你们大家都在“坛子胡同”呢！

谁想褚一官出去没半盏茶时依然空手回来；一进屋门，先摆手道：“不行！不行！不但我不认得他，这个人来得有点子酸溜溜，还外带着挺累赘。我问了问他。他说：‘姓尹，从淮安来。’那弓和砚台倒说得对。及至我叫他先留下那弓，他就闹了一大篇子文绉绉，说要见你老人家。我说你老人家手底下有事，不得工夫。他说那怕他就在树阴儿底下候一候儿都使得，一定要见。”

姑娘一听，竟不是华奶公，便向邓九公道：“不然，你老人家就见见他去。”只听邓九公和褚一官道：“你不要把他搁在门外儿头，把他约在这前厅里，你且陪他坐着，等我作完了点活再出去。”

褚一官去后不一时，这里的杠也弄得停妥。邓九公才慢慢的擦脸，理顺胡子，穿戴衣帽。这个当儿，褚大娘子问姑娘道：“你方才说这人怎的是我们的亲戚？”姑娘道：“既然不是，何必提他！”褚大娘子道：“等回来老爷子出去见他，咱们倒偷着瞧瞧到底是个什么人儿。”姑娘也无不可。

列公，这书要照这等说起来，岂不是由着说书的一张口凑着上回的连环计的话说，有个不针锋相对的么？便是这十三妹，难道是个傀儡人儿，也由着说书的一双手爱怎样耍就怎样耍不成？这却不然。这里头有个理。列公试想，这十三妹本是个好动喜事的人，这其中又关着他自己一件家传的至宝，心爱的兵器；再也要听听那人交代这件东西，安公子是怎样一番话。便褚大娘子不说这话，他也要去听听。何况又从旁边这等一挑！岂有个不欣然乐从的理么？

闲话休提。却说邓九公收拾完了出去，十三妹便也和褚大娘子蹑足潜踪的走到那前厅后窗窃听；又用簪子扎了两个小窟笼望外看着：只见那也是个端正清奇不胖不瘦的容长脸儿，一口微带苍白疏疏落落的胡须；身穿一副行装；头上戴个金顶儿；桌子上放着一个蓝毡帽罩子；身上背的正是他那张砑金镂银铜胎铁背打二百步开外的弹弓，坐在那南炕的上首；心里先说道："这人生得怎样清奇厚重！断不是个下人！"

正想着，便见褚一官指着邓九公和那人说道："这就是我们舍亲邓九公大爷。"只见那人站起身来控背一躬，说："小弟这厢有礼。"邓九公也顶礼相还。大家归坐。长工送上茶来。

只听邓九公道："足下尊姓是尹，不敢动问大名？仙乡那里？既承光降，怎的不到舍下却一直寻到这里？又怎的知道我老拙在此？"便见那人笑容可掬的答道："小弟姓尹，名字叫作其明，北京大兴人氏。和一位在旗的安学海安二老爷是个至交朋友。因他分发南河，便同到淮安帮他办办笔墨。"

说到这里，邓九公称了一句说："原来是尹先生。"那人谦道："不敢。"便说："如今承我老东人和少东人安骥的托付，托我把这弹弓送到九公你的宝庄，先找着这位褚一爷，然后烦他引进见了尊驾交还这张弹弓，还取一块砚台，并要向尊驾打探一位十三妹姑娘的住处，托我前去拜访。不想我到了二十八棵红柳树宝庄上一问，说这褚一爷搬到东庄儿上去了，连九公你也不在庄上，说不定那日回来。及至跟寻到东庄，褚一爷又不在家。问他家庄客，又说有事去了，不得知到那里去，早晚一定回来，因是家下无人，不好留客。我就坐在对门一个野茶馆儿里等候。只见道旁有两个放羊的孩子，因为踢球，一个输了钱，一个不给钱，两个打了个热闹喧阗。我左右闲着无事，把他两个劝开，又给他几文钱，就和他闲话。问起这羊是谁家的。他便指着那庄门说：'就是这褚家庄的。'我因问起'褚一爷那里去了？'他道：'跟了西庄儿的邓老爷子进山到石家去了。'我一想，岂不是你二位都有下落？况又同在一处。我便向那放羊的孩子说：'你两个谁带我到山里找他去，我再给你几文钱。'他道怕丢了羊回去挨打，便将这山里的方向，村庄，路径，门户，都告诉我明白。我就依他说的穿过两个村子，寻着山口上来。果然这山岗上有个小村；村里果然有这等一个黑漆门；到门一问，果是石家，果然你二位都在此。真是天缘幸会。就请收明这张弹弓，把那块砚台交付小弟。更求将那位十三妹姑娘的住处说明，我还要赶路。"

邓九公道："原来先生已经到了我两家舍下，着实的失迎！这弹弓和砚台的话说来都对;只是那块砚台却一时不在手下,在我舍间收着。今日你我见着了,只管把弓先留下。这两天我老拙忙些个,不得回家,便请足下在东庄住两天;等我的事一完,就同你到二十八棵红柳树取那块砚台当面交付,万无一失。那位姑娘的住处你不必打听,也不必去找;便找到那里,他也等闲不见外人。有什么话,告诉我一样。”

只见那尹先生听了这话,沉了一沉,说:“这话却不敢奉命。我老少东人交付我这件东西的时候,原说凭弓取砚,凭砚付弓。如今砚台不曾到手,这弓怎好交代?”邓九公哈哈的笑道:“先生,你我虽是初交,你外面询一询,邓某也颇颇的有些微名。况我这样年纪,难道还赚你这张弹弓不成?”

那先生道:“非此之谓也。这张弹弓,我东人常向我说起,就是方才提的这位十三妹姑娘的东西;这姑娘是一个大孝大义至仁至勇的豪杰,曾用这张弹弓救过他全家性命,因此他家把这位姑娘设了一个长生禄位牌儿,朝夕礼拜,香花供养,这张弹弓便供在那牌位的前面,是何等的珍重!因看得我是泰山一般的朋友,才肯把这东西托付于我。‘士为知己者用’,我就不能不多加一层小心。

“再说我同我这东人一路北来,由大道分手的时节,约定他今日护着家眷投在平悦来老店住下等我。我由桐口岔路到此,完了他这桩事体,今晚还要赶到店中相见。不争我在此住上两天,累他花费些店用车脚还是小事,可不使他父子悬望,觉得我作事荒唐?

“如今既是砚台不在手下,我倒有个道理。小弟此来,只愁见不着二位;既见着了,何愁这两件东西交代不清?我如今暂且告辞,赶回店中说明原故。我们索性在悦来店住下,等上两天,等九太爷你的公忙完了,我再到二十八棵红柳树宝庄相见,将这两件东西当面交代明白。这叫作‘一手托两家,耽迟不耽错’。至于那十三妹姑娘的住处,到底还求见教。”说罢,拿起那帽罩子来,就有个匆匆要走的样子。

姑娘在窗外看见了,急了。你道他急着何来?书里交代过的,这张弓原是他刻不可离的一件东西。正因他母亲已故,急于要去远报父仇,正等这张弓应用;却不知安公子何日才得着人送还,不能久候,所以才留给邓九公。如今恰恰的不曾动身，这个东西送上门来，'楚弓楚得①'，岂有再容他已来复去的理？因此，听了那尹先生的话，生怕邓九公留他不住，便隔窗说道："九师傅，莫要放先生走，待我自己来见他。"

不想这第一宝就被那位假尹先生压着了！邓九公正在那里说"且住，我们再作商量"，听得姑娘要自己出来，便说："这更好了，人家本主儿出来了。"

说着，十三妹早已进了前厅后门。那尹先生站起来，故作惊讶，问道："此位何人？"一面留神上下把姑娘一打量。只见虽然出落得花容月貌，好一似野鹤闲云，那小时节的面庞儿还仿佛认得出来；一眼就早看见了他左右鬓角边必正的那两点朱砂痣。

邓九公指了姑娘道："这便是先生你方才问的那位十三妹姑娘。"那先生又故作惊喜道："原来这就是十三妹姑娘。我尹其明今日无意中见着这位脂粉英雄，巾帼豪杰，真是人生快事！——只是怎的这样凑巧，这位姑娘也在此？"

褚一官笑道："怎么也在此呢！这就是人家的家么！"假尹先生又故作省悟，道："原来这就是姑娘府上。我只听那放羊的孩子说什么'石家''石家'，我只道是一个姓石的人家。——既是见着姑娘，这是有了着落，不须忙着走了。"说罢，便向姑娘执手鞠躬行了个半礼。姑娘也连忙把身一闪，万福相还。

那尹先生道："我东人安家父子曾说，果得见着姑娘，嘱我先替他多多拜上，说他现因护着家眷不得分身，容他送了家眷到京，还要亲来拜谢。他又道姑娘是位施恩不望报的英雄，况又是轻年闺秀，定不肯受礼。说有位尊堂老太太，嘱我务求一见，替他下个全礼，便同拜谢了姑娘一般。老太太一定在内堂，望姑娘叫人通报一声，容我尹其明代东叩谢。"

姑娘听了这话，答道："先生，你问家母么？不幸去世了。"尹先生听了，先跌一跌脚，说道："怎生老太太竟仙游了！咳！可惜我东人父子一片诚心，不知要怎生般把你家这位老太太安荣尊养，略尽他答报的心，如今他老人家倒先辞世，姑娘，你这番救命恩情叫他何处答报？不信我尹其明连一拜之缘也不曾修得！——也罢，请问尊堂葬在那里，待我坟前一

---

① 楚弓楚得——利益没有外流。

拜,也不枉走这一趟。”

姑娘才要答言,邓九公接口道:“没下葬呢,就在后堂停着呢。”尹先生道:“如此,就待我拿了这张弹弓,灵前拜祝一番,也好回我东人的话。”说着,往里就走。姑娘忙拦道:“先生素昧平生,寒门不敢当此大礼。”说完了,搭撒着两个眼皮儿;那小脸儿绷的比贴紧了的笛膜儿绷的还紧。

邓九公把胡子一绰,说:“姑娘,这话可不是这么说了。俗语怎说的:‘有钱难买灵前吊。’这可不当作儿女的推辞。再说这尹先生,他受人之托,必当终人之事,也得让他交得个排场去。”说着,便叫褚一官道:“来,你先去把香烛点起来。姑娘也请进去候着还礼。等里头齐备了,我再陪进去。”

姑娘一想,弹弓是来了,就让他进去灵前一拜何妨;应了一声,回身走进。褚一官也忙忙的去预备香烛。这个当儿,邓九公暗暗的用那大巴掌把安老爷肩上拍了一把,又拢着四指把个老壮的大拇指头伸得直挺挺的,满脸是笑,却口无一言;言外说:“你真是个好的!都被你料估着了!”

不一时,褚一官出来相请。那位假尹先生——真安老爷——同了邓九公进去。只见里面是小小的三间两卷①房子。前一卷三间,通连左右两铺,靠窗南炕;后一卷,一明两暗。前后卷的堂屋却又通连。那口灵就供在堂屋正中。姑娘跪在灵右,候着还礼。早见那褚大娘子站在他身后照料。

安老爷走到灵前,褚一官送上檀香。安老爷恭恭敬敬的拈了三撮香,然后褪下那张弹弓,双手捧着,含了两胞眼泪,对灵祝告道:“阿!老……老太太,我……阿……唏……唏……唏……唏……唏……尹其明……”

姑娘看了,心里早有些不耐烦起来,心里说道:“这先生一定有些什么症候。他这满口里不伦不类祝赞的是些什么?他又从那里来的这副急泪?好不着要!”可怜姑娘那里知安老爷此刻心里的苦楚!

大凡人生在世,挺着一条身子和世界上恒河沙数的人打交道,那怕忠孝节义都有假的;独有自己和自己打起交道来,这“喜怒哀乐”四个字是个“货真价实”的生意,断假不来。这四个字含而未发,便是天性;发皆中

① 卷——指我国传统建筑中屋顶两坡相交处形成的弧形圆曲面。这种无明显屋脊的屋顶叫卷棚顶,也叫元宝顶。

节，便是人情。世上没不循天性人情的喜怒哀乐；喜怒哀乐离了天性人情，那位朋友可就离人远了！这颗头儿，自从被朱考亭先生咬破了之后，人断逃不出这两句话去！

安老爷是个天性人情里的人，此时见了十三妹他家老太太这个灵位，先想起和他祖父的累代交情，又感动他搭救公子的一段恩义，更看看他一个女孩儿家，一身落魄，四海无家，不觉动了真的了，所以未从开口，先说了一个“阿”字的发语词，紧接一个“老”字，意思要叫“老弟妇”；及至那“老”字出了口，一想，使不得，无论此时我暂作尹其明不好称他“老弟妇”，就便我依然作安学海，这等没头没脑的称他声“老弟妇”，这姑娘也断不知因由，就连忙改口称了声“老太太”；紧接着自己称名祝告，意思就要说“我安学海”，一想更使不得，这一个真名道出来，今日的事，章法全乱了；幸而那“安”字同“阿”字一个字母，就跟着字母纳音转韵转作个“阿”字，接了个“唏唏唏唏唏”，作了个嘘唏悲切之声，连忙改说：“我尹其明受了我老少东人的托付，来寻访令爱姑娘，拜谢老太太，送这张雕弓，取那块端砚。我东人曾说，倘得见面，命我称着他父子安学海、安骥的名字替他竭诚拜谢，还有许多肺腑之谈。不想老太太你已骑鹤西归，叫我向谁说起？所喜你的音尘虽远，神灵尚在，待我呆祝一遍，望察微衷。——老太太，你可受我一拜。”祝罢，把那张弹弓供在桌儿上，退下来，肃整威仪，拜了三拜，泪如泉涌。

姑娘还着礼，暗道：“他可唠叨完了！弹弓儿是留下的了！这大概就没什么累赘了！我索兴等他出去，我再起来！”

谁想这个当儿偏偏的走过一个礼仪透熟的礼生来，便是褚大娘子，把他搀了一把，说：“姑娘，起来朝上谢客。”不由分说，搀到当地，又拉了一个坐褥铺在地下，说：“尹先生，我们姑娘在这里叩谢了。”姑娘只得向上磕下头去。那先生连忙把身子一背，避而不受，也不答拜。你道这是为何？原来这是因为他是替死者磕头，不但不敢答，并且不敢受：是个极有讲究的古礼。

姑娘磕头起来，正等着送客，这个当儿，可巧又走过一个积伶不过的茶司务来，便是褚一官，手里拿着一个盘儿，托着三碗茶，说：“尹先生，我们姑娘是孝家，不亲递茶了。”他便把尹先生的一碗安在西间南炕炕桌上首；下首又给邓九公安了一碗；还剩一碗，说：“姑娘这里陪。”便放在靠北壁子地桌下首。

姑娘此时何论怎样，断不好说："你们外头喝茶去罢。"怎当那邓九公又尽在那么让先生上坐。只见那先生并不谦让，转过去坐定，开口便问道："这位老太太想是早过终七了？"邓九公道："那里！等我算算。"说着，屈着指头道："五儿，六儿，七儿，八儿，九儿，——今日才第五天。明日伴宿，后日就抬埋入土了。"

姑娘正嫌邓九公何必和他絮烦这些话，只见那先生望着姑娘，把神眼儿一定，说："难道今日是第五天？我闻古礼'殓而成服，既葬而除'。如今才得五天，既不是除服日期；况且大殓已经五天，又断不至于作不成一领孝服，这姑娘怎的不穿孝？"

罢了！姑娘心里真没防他问到这句，又不肯说："我因为忙着要去报仇，不及穿孝。"尤其不好说："你管我呢！"只管支吾道："此地风俗，向来如此。"

那先生说道："咈！岂有此理！虽说'百里不同风，千里不同俗'，冠婚丧祭各省不得一样，这儿女为父母成服，自天子以至庶人，无贵贱，一也。怎讲道'此地向来如此'起来？"

姑娘道："此地既如此，我也只得是'随乡儿入乡儿'了。"那先生道："呀呸！更岂有此理！纵说这穷山僻壤，不知礼教，有了姑娘你这等一个人在此，正该作个榜样，化民成俗；怎倒讲起这'随乡入乡'的话来？这等看来，'闻名不如见面'，这句话古人真不我欺。据我那小东人说得来十三妹姑娘怎的个孝义，怎得个英雄，我那老东人以耳为目，便轻信了这话。而今如此！据我尹其明看来，也只不过是个寻常女子。只是我尹其明一身傲骨，四海交游，何尝轻易礼下于人，今日倒累我揖了又揖，拜了又拜！——小东人，你好没胸襟！没眼力！累我枉走这一趟！咦！我尹其明此番来得错矣！"

列公，你看十三妹那等侠气雄心兼人好胜的一个人，如何肯认"寻常女子"这个名目？无如报仇这桩事自己打着要万分慎密，不穿孝这桩事自己也知是一时权宜，其实为去报仇所以才不穿孝，两桩事仍是一桩事，只因说不出口，转觉对不住人，却又一片深心，打了个"呼牛亦可，呼马亦可"的主意，任是谁说什么，我只拿定主意干我的大事去。不想这位尹先生是话不说，单单的轻描淡写的给他加上了"寻常女子"这等四个大字，可断忍耐不住了。只见他一手扶了桌子，把胸脯儿一挺，才得说话。

不防这边噎的一声把桌子一拍，邓九公先翻了说："喂！尹先生！你这人好没趣呀！拿了一张弹弓，我说留下，你又不留；你说要走，你又不走，倒像谁要拐你的似的！及至人家本主出来了，你交了你的弹弓又就完了事了，又替你东人参的是什么灵！是我多了句嘴，让你进来。人家谢客，递茶，让坐，是人家孝家的礼数，你是会的就应该避出去；不出去，坐下也罢了，人家穿孝不穿孝可与你什么相干？用你'东瓜''茄子''陈谷子''烂芝麻'的闹这些累赘呀！"那尹先生道："我讲的是礼。礼设天下大坊[①]，于礼不合，天下人都讲得。难道我到了你们这不讲礼的地方也'随乡入乡'跟你们不讲礼起来不成？"

一句话，邓九公索性站起来了，说："咄！姓尹的！你莫要撒野呀！不是我作老的口刬[②]，你也是吃人的稀的，拿人的干的，不过一个坐着的奴才罢咧！你可切莫拿出你那外府州县衙门里的吹六房诈三班的款儿来！好便好！不然，叫你先吃我一顿精拳头去！"

那尹先生听下，安然坐在那里不动。只见他扬着个脸儿望了邓九公道："我尹其明一介儒生，手无缚鸡之力，也不敢妄称做英雄豪杰，却也颇颇见过几个英雄豪杰。今日因这桩事，这句话，领你这顿拳头，倒也见得过天下的英雄豪杰！"说着，把脖颈儿一低，膀儿一松，说："领教！"

姑娘在旁一看，说："这是块魔！不可和他蛮作！"因拦邓九公道："师傅，不必如此。他是客，你我是主，便打两拳也不值一笑。况他以礼而来，尤其不可使他借口。他既满口的讲礼，你我便和他讲礼；等他讲不过礼去，再给他个利害，不迟。"

邓九公道："姑娘，你不见是我让进他来的吗？他这里叫我受着窄呢么！"一面说着，一面依旧坐下，帽子也摘了，拿一只大宽的袖子扇着，就气得他哟，咈咈咈咈的。真作了个手眼身法步，一丝不漏！

姑娘劝住了邓九公，也就归座，先看了那先生一眼，只见他手捻着几根小胡子儿，微微而笑。姑娘纳着气，从容问道："尹先生，我先请教你从那处见得我是个'寻常女子'？"那先生道："寻常者，对英雄豪杰而言也。

---

① 坊(fáng)——同"防"。指礼教防范。

② 口刬(chǎn)——说话刻薄难听。亦指满口污言秽语。

英雄豪杰本是忠孝节义。母死不知成服,其为孝也安在?这便叫做'寻常女子'。"

姑娘听了这话,口里欲待不和他辩,争奈心里那点兼人好胜的性儿不准不和他辩;便又问道:"我再请教,这尽孝的上头,父亲母亲那一边儿重?"尹先生沉吟一会,道:"'父兮生我,母兮鞠我①'其重一也。这话却有两讲。"

姑娘道:"怎的个两讲呢?"尹先生说:"你们女子有同母亲共得的事同父亲共不得;有和母亲说得的话和父亲说不得:这叫作'父道尊,母道亲'。看得亲,自然看得重。据此一说,未免觉得母亲重。"

姑娘道:"那一说呢?"尹先生道:"一个人有生母便许有继母;有嫡母便许有庶母;推而至于养母,慈母,事非常有。只这生继嫡庶,皆母也,所谓坤道也,地道也。讲到父亲,天道也,乾道也。乾道大生,坤道广生,看得大更该看得重。据此一说,自然应是父亲更重。"

姑娘道:"你原来也知道父亲更重!我还要请教:这尽孝的事情上头,为亲穿孝,为亲报仇,那一桩要紧?"尹先生连忙答道:"这何消问得,自然是报仇要紧。拿为亲穿孝论,假如遇着军事,正在军兴旁午,也只得墨絰②从戎,回籍成服;假如身在官场,有个丁忧在先,闻讣在后,也只得闻讣成服。便是为人子女,不幸遇着大故,立刻穿上一身孝,难道释服后便算完了事不成?你只看那大舜的大孝,终身慕父母,以至里名胜母,曾子不入,邑号朝歌,墨子回车③。便不穿那身孝,他心里又何尝一时一刻忘了那个'孝'字?所以叫作'丧服外除'。外除者,明乎其终身未尝内除也,这是桩终身无穷无尽有工夫作的事。至于为亲报仇,所谓'父仇不共戴天',岂容片刻隐忍?但得个机会,正用着那'守如处女,出如脱兔'的两句话,要作得迅雷不及掩耳,其间不容发;否则机会一失,此生还怎生补行得来?岂不是终天大恨?何况这报仇正是尽孝!自然报仇更加

---

① 父兮生我,母兮鞠我——见《诗·小雅·蓼莪》。指父母养育之恩。

② 絰(dié)——古代丧服的麻带。在首或在腰。

③ 里名胜母,曾子不入,邑号朝歌,墨子回车——曾子恶里间之名胜过母亲而不入;墨子闻朝中作歌而调转车头。墨子认为朝中歌舞败坏政治清明,因而厌恶。

要紧。”

姑娘道：“原来你也知道报仇更加要紧！这等说起来，我还不至于落到个‘寻常女子’。”尹先生道：“这话我就不解了；难道姑娘这等一个孝义女子还有人和姑娘结仇不成？”

姑娘这个当儿一肚子的话是倒出来了，“寻常女子”四个字是摆脱开了，理是抓住了，凭他絮絮的问，只鼓着个小腮帮子儿，一声儿不哼。

问来问去，把个邓九公问烦了，说道：“我真没这么大工夫和你说话！不说罢，我又憋的慌！人家这位姑娘有杀父大仇，只因老母在堂，不曾报得；如今不幸他老太太去世了，故此他顾不得穿孝守灵，到了首七葬母之后就要去报仇！这话你明白了？”尹先生道：“哦，原来如此！这段隐情，我尹其明那里晓得！——只是我还要请教：姑娘这等一身本领，这仇人是个何等样人，姓甚名谁，有多大胆敢来和姑娘作对？”

邓九公道：“这个我不知道。”尹先生道：“老翁，我方才见你二位的称呼，有个师生之谊，岂有不知之理？”

邓九公道：“我不能像你，相干的也问！不相干的也问！问得的也问！问不得的也问！人家报仇，与我何干？我没问！我不知道！”尹先生道：“报仇的这桩事是桩光明磊落见得天地鬼神的事，何须这等狗盗鸡鸣遮遮掩掩？况且英雄作事，要取那人的性命，正要叫那人知些风声；任他怎的个心机手段，我定要手到成功：这仇才报得痛快。——这位邓老翁大约是年纪来了，暮气至矣，也未必领略到此。姑娘，你何不把这仇人的姓名说与尹其明听听，大家痛快痛快。”

正经姑娘此时依然给他个老不开口，那位尹先生也就入不进话去了；无奈听着他这几句话来得高超，且暗暗有个菲薄自己的意思，又动了个不服气，便冷笑了一声道：“我的仇人与你何干，要你痛快？我便说了他的姓名，你听了也不过把舌头伸上一伸，颈儿缩上一缩，又知道他何用？”

那尹先生摇着头道：“姑娘，你也莫过于小看了我尹其明；我虽不会长枪大戟，不知走壁飞檐，也颇颇有些肝胆，或者听了你那仇人名姓，不到得伸舌缩颈，转给你出一臂之力，展半筹之谋，也不见得。”姑娘道：“惹厌！”

那尹先生听到“惹厌”两个字，他转呼呼大笑说：“姑娘，你既苦苦不肯说，倒等我尹其明索性惹你一场大厌，替你说出那仇人的姓名来，你可切莫着恼。”姑娘听他说得这等离离奇奇，闪闪烁烁，倒疑忌起来，道：“你说！”

那尹先生叠两个指头说道：“你那仇人正是现在经略七省挂九头铁狮子印秃头无字大将军纪献唐。道我说的错也不错？”

他说完这句，定睛看着那十三妹姑娘，要看他怎生个动作。只见那十三妹听了这话，腮颊边起两朵红云，眉宇间横一团青气，一步跨上炕去，拿起那把雁翎宝刀，拔将出来，翻身跳在当地，一声断喝，说道：“咄！你那人听者！我看你也不是什么‘尹七明’，‘尹八明’！你定是纪献唐那贼的私人！不晓得在那里怎生赚得这张弹弓，乔装打扮前来探我的行藏，作个说客！你不曾生得眼睛，须是生着耳朵，也要打听打听你姑娘可是怕你来探的，可是你说得动的！你快快说出实话，我还佛眼相看；少若迟延，——哼哼！——尹其明！我只怕我这三间小小茅檐，你闯得进来，叫你飞不出去！”这正是：

不曾项下解金铃，早听山头哮虓虎①。

要知那十三妹和那假尹先生——真安老爷——怎的个开交，下回书交代。

---

① 虓(xiāo)虎——咆哮怒吼的虎。

第十八回

假西宾高谈纪府案　真孝女快慰两亲灵

这回书接连上回，讲得是十三妹他见那位尹先生一口道破他仇人纪献唐姓名，心下一想："我这事自来无人晓得；纵然有人晓得，纪献唐那厮势焰熏天，人避他还怕避不及，谁肯无端的捋这虎须，提着他的名字来问这等不相干的闲事？"又见那尹先生言语之间虽是满口称扬，暗中却大有菲薄之意，便疑道是纪献唐放他母女不过，不知从那里怎生赚了这张弹弓差这人来打听他的行藏，作个说客。正是"仇人相见，分外眼明"，登时"怒从心上起，恶向胆边生"，掣那把刀在手里，便要取那假西宾的性命。不想这着棋可又叫安老爷先料着了。

邓九公是昨日和安老爷搭就了的伏地扣子①，见姑娘手执倭刀站在当地指定安老爷大声断喝，忙转过身来，两只胳膊一横，迎面拦住，说道："姑娘！这是怎么说？你方才怎么劝我来着？"

正在那里劝解，褚大娘子过来一把把姑娘扯住，道："这怎么索性刀儿枪儿的闹起来了？我也不知道你们这些什么'纪献儿唐'啊'灌馅儿糖'的事。凭他是什么糖，也得慢慢儿的问个牙白口清再说呀。怎么就讲拿刀动杖呢？就让你这时候一刀把他杀了，这件事难道就算明白了不成？猫闹么！坐下啵！"说着，把姑娘推到原坐的那个座上坐下。

姑娘这才一回手，把那把刀倚在身后壁子跟前，看了看，右边有根桌枨儿碍着手，便提起来，回手倚在左边。邓九公便去培植那位尹先生，又叫褚一官张罗换茶。

这个当儿，姑娘提着一副眼神儿又向那先生喝了一声道："讲！"那先生且不答话，依然坐在那里干笑。姑娘道："你话又不讲，只是作这等狂态，笑些什么？快讲！"尹先生道："我不笑别的；我笑你到底要算一个'寻常女子'。"邓九公道："喂！先生！你这也来得过逾分了！怎么这句又来

① 伏地扣子——牢固稳妥的圈套。伏，贴。伏地，牢靠。

了呢?”

那先生也不和他分辩,望着十三妹道:“你未从开口说这句话,心里也该想想你那仇人,朝廷给他是何等威权,他自己是何等脚色①。况他那里雄兵十万,甲士千员,猛将如云,谋臣似雨。慢说别的,只他那幕中那几个参谋,真真的是上知天文,下知地理,深明韬略,广有机谋;就是他帐下那班奔走的健儿,也是一个个有飞空蹑壁之能,虎跳龙拿之技。他果然要探你的行藏,差那一个来不了了事,单单的要用着我这等一个‘推不动,搡不动’的尹其明?只这些小机关,你尚且见不到此,要费无限狐疑,岂不可笑!”

姑娘听了这话,低头一想:“这里头却有这么个理儿。我方才这一阵闹,敢闹的有些孟浪!虽然如此,我输了理可不输气;输了气也不输嘴;且反打他一耙,倒问他!”因问道:“你既不是那纪贼的私人,怎的晓得他是我的仇家?也要说个明白!”那先生道:“你且莫问我怎么晓得他是你的仇家;你先说,他到底可是你的仇家不是你的仇家?”

这句话,姑娘要简捷着答应一个“是”字就完了;那不又算输了气了吗?他便把那话变了个相儿,倒问着人家说:“是便怎么样?”那先生道:“我说的果然不是,倒也不消往下再谈;即然是他,这段仇你早该去报,直等到今日却是可惜报得迟了!我劝你早早的打断了这个念头!你要不听我这良言,只怕你到了那里,莫讲取不得他的首级,就休想动他一根毫毛。这等的路远山遥,可不白白的吃了一场辛苦?”

姑娘道:“嗯!那纪贼就被说的这等利害,想就因你讲的他那等威权,那等脚色,觉得我动不得他?”先生道:“非也;以姑娘的这样志气,那怕他怎样的威权,怎样的脚色!”

姑娘又道:“然则便因你说的他那‘猛将如云,谋臣似雨’,觉得我动不得他?”先生道:“也不然;以姑娘的本领,又那怕他什么猛将,什么谋臣!我方才拦你不必吃这场辛苦,不是说怕你报不了这仇,是说这仇用不着你报,早有一位天大地大无大不大的盖世英雄替你报了仇去了。”

姑娘道:“梦话!我这段冤仇从来不曾向人提过,就我这师傅面前也是前日才得说起,外人怎的得知?况如今世上那有恁般大英雄作这等大

① 脚色——资历。

事!”尹先生道:“姑娘,你且莫自负不凡,把天下英雄一笔抹倒。要知泰山虽高,更有天山;寰海之外,还有渤海。我若说起这位英雄来,只怕你倒要吓得把舌头一伸,颈儿一缩哩!”

姑娘听了这话,心下暗想道:“不信世间有这等人?我怎的会不晓得?我且听听他端的说出个什么人来,有甚对证,再和他讲。”便道:“我倒要听听这位天大地大无大不大①的英雄!”那先生道:“姑娘,你坐稳着,我说的这位盖世英雄便是当今九五之尊龙飞天子。”

姑娘听了,从鼻子里笑了一声,说:“岂有此理!尤其梦话!万岁爷怎的晓得我有这段奇冤,替我一个小小民女报起仇来?”尹先生道:“你要知这话的原故,竟抵得一回评书。你且少安毋躁,等我把始末因由细演一番,你听了才知我说的不是梦话。”

姑娘此刻只管心里不服气,不知怎的耳朵里听了这一路的话觉得对胃脘②,渐渐脸儿上也就和平起来,口儿里也就乖滑起来,赔了个笑儿,叫了声“先生”,说:“既然如此,倒望你莫嫌絮烦,详细说与我们知道。”

列公,你大家却莫把那假尹先生(真安老爷)说的这段话认作个掇骗十三妹的文章。这纪献唐却实实的是个有来处的人:只可惜他昧了天理人情,坏了儿女心肠,送了英雄性命,弄到没去处去。这其中还包括着一个出奇的奇人作出来的一桩出奇的奇事,并且还不是无根之谈;说起来,真个抵得一回评话。只是这回评话的弯子可绕远了些!

列公,且莫急急慌慌的要听那十三妹到底怎的个归着,待说书的把纪献唐的始末原由,演说出来,那十三妹的根儿,蒂儿,枝儿,叶儿,自然都明白了。

你道这话从何说起?原来书中表的那经略七省挂九头狮子铁印秃头无字大将军纪献唐他也是汉军人氏。他的太翁纪延行,内任侍郎,外任巡抚;后来因这纪献唐的累次军功,加衔尚书,晋赠太傅③,人称他是纪太傅。

这纪太傅生了两个儿子:长名纪望唐,次名纪献唐。纪献唐也生两个

---

① 无大不大——大到极点。

② 对胃脘——对思路;对心思。胃脘,胃腔。

③ 太傅——辅弼国君的官。汉以后多为大官加衔而无实职。

儿子:一名纪成武,一名纪多文。

那纪望唐自幼恪遵庭训,循分守理,奋志读书。那纪献唐,当他太夫人生他这晚,忽然当院里起了一阵狂风。那风刮得走石飞砂,偃草拔木,连门窗户壁都撼得岌岌的要动。风过处,他太夫人正要分娩,恍惚中见一只吊睛白额黑虎扑进房来,吃了一惊。恰好这纪献唐离怀落草。收生婆收裹起来,只听他哭得声音洪亮,且是相貌魁梧。到了五六岁上,识字读书,聪明出众。只是生成一个桀骜不驯的性子,顽劣异常;淘气起来,莫说平人说他劝他不听,有时父兄的教训他也不甚在意。年交七岁,纪太傅便送他到学房随哥哥读书。那先生是位老儒,见他一目十行,到口成诵,到十一二岁便把经书念完,大是颖悟,便叫他随了哥哥听着讲书。只是他心地虽然灵通,性情却欠淳静,才略略有些知觉,便要搬驳先生。那先生往往就被他问得无话可讲。

一日,那先生开讲《中庸》,开卷便是"天命之谓性"一章。先生见了那没头没脑辟空而来的十五个大字,正不知从那里开口才入得进这"中庸"两个字去,只得先看了一遍高头讲章,照着那讲章往下敷衍半日。

才得讲完,他便问道:"先生讲的'天以阴阳五行化生万物'这句话,我懂了;下面'于是人物之生,因各得其所赋之理,以为五常健顺之德',难道那物也晓得五常——仁义礼智信——不成?"先生瞪着眼睛向他道:"物怎么不晓得五常?那羔跪乳,乌反哺,岂不是仁?獬触[①]邪,莺求友,岂不是义?獭知祭,雁成行,岂不是礼?狐听冰,鹊营巢,岂不是智?犬守夜,鸡司晨,岂不是信?——怎的说得物不晓得五常?"

先生这段话本也误于朱注,讲得有些牵强。他便说道:"照先生这等讲起来,那下文的'人物各得其性之自然',直说到'则谓之教,若礼乐刑政之属是也',难道那禽兽也晓得礼乐刑政不成?"

一句话把先生问急了,说道:"依注讲解,只管胡缠!人为万物之灵,人与物,一而二二而一者也!有什么分别?"他听了哈哈大笑,说:"照这等讲起来,先生也是个人,假如我如今不叫你'人'叫你个'老物儿',你答应不答应?"

---

① 獬(xiè)——即獬豸(zhì)。传说中的异兽。能辨曲直,见人争斗,即以角触不直者。

先生登时大怒，气得浑身乱抖，大声喊道："岂有此理！将人比畜？放肆！放肆！我要打了！"拿起界尺来，才要拉他的手。早被他一把夺过来，扔在当地，说道："甚吗？你敢打二爷！二爷可是你打得的？照你这样的先生，叫作通称，本是'教书匠'，到处都能雇得来！打不成我，先教你吃我一脚！"吧，照着那先生的腿洼子就是一脚，把先生踢了个大仰爬脚子倒在当地。

纪望唐见了，赶紧搀起先生来，一面喝禁兄弟不得无礼。只是他那里肯受教，还在那里顶撞先生。先生道："反了！反了！要辞馆了！"

正在闹得烟雾尘天，恰巧纪太傅送客出来听见；送客走后，连忙进书房来，问起原由，才再三的与先生赔礼，又把儿子着实责了一顿，说："还求先生以不屑教诲教诲之。"

那先生摇手道："不！大人，我们宾东相处多年，君子绝交不出恶声，晚生也不愿这等不欢而散。既蒙苦苦相留，只好单叫这大令郎作我个'陈蔡及门①'。你这个二令郎，凭你另请高明；倘还叫他'由也升堂②'起来，我只得"不脱冕而行矣'！"

纪太傅听说无法，便留纪望唐一人课读，打算给纪献唐另请一位先生，叫他弟兄两个各从一师受业。但是为子择师这桩事也非容易。更兼那纪太傅每日上朝进署，不得在家。他家太夫人又身在内堂，照应不到外面的事。

这个当儿，那纪献唐离开书房，一似溜了缰的野马，益发淘气得无法无天。纪府又本是个巨族，只那些家人孩子就有一二十个。他便把这般孩子都聚在一处，不是练着挥拳弄棒，便是学着打仗冲锋，大家玩耍。

那时国初时候，大凡旗人家里都还有几名家将，与如今使雇工家人的不同。那些家将也都会些撂跤打拳，马枪步箭，杆子单刀，跳高爬绳的本

---

① 陈蔡及门——反孔子语意而用之。《论语·先进》载："子曰：'从我於陈、蔡者，皆不及门也。"孔子说："跟我在陈国、蔡国之间忍饥受饿的人，都不在我这里了。"

② 由也升堂——语出《论语·先进》。由，仲由，孔子学生。孔子不喜欢他弹琴的音调。

领。所以从前征噶尔旦的时候，曾经调过八旗大员家的库图扐兵①。这项人便叫作“家将”。

纪府上的几个家将里面有一名教师，见他家二爷好这些武艺，便逐件的指点起来。他听得越发高兴，就置办了许多杆子单刀之类，和那群孩子每日练习，又用砖瓦一堆堆的堆起作个“五花阵”“八卦阵”，虽说是个玩意儿，也讲究个休生伤杜景死惊开②，以至怎的五行相生，八卦相错，怎的明增暗减，背孤击虚，教那些孩子们穿梭一般演习，倒也大有意思。他却搬张桌子，又摞张椅子，坐在上面，腰悬宝剑，手里拿个旗儿指挥调度。但有走错了的，他不是用棍打便是用刀背打；因此，那班孩子怕的神出鬼没，没一个不听他的指使。

除了那些玩的之外，第一是一味地里爱马。他那爱马也和人不同：不讲毛皮，不讲骨格，不讲性情，专讲本领。纪太傅家里也有十来匹好马，他都说无用，便着人每日到市上拉了马来看。他那相马的法子也与人两道：先不骑不试，止用一个钱扔在马肚子底下，他自己却向马肚子底下去拣那个钱；要那马见了他不惊不动，他才问价。一连拉了许多名马来看，那马不是见了他先踶蹶咆哮的闪躲便是吓得周身乱颤，甚至吓得撒出溺来。

这日，他自己出门，偶然看见拉盐车驾辕的一匹铁青马。那马生得来一身的卷毛，两个绕眼圈儿，并且是个白鼻梁子，更是浑身磨得纯泥稀烂③。他失声道：“可惜这等一个骏物埋没风尘！”也不管那车夫肯卖不肯，便唾手一百金，硬强强的买来。

可煞作怪！那马凭他怎样的摸索，风丝儿不动！他便每日亲自看着，刷洗喂养起来。那消两三个月的工夫，早变成了一匹神骏。他日后的军功就全亏了这匹马。此是后话。

却说纪太傅那容易给他请着一位先生，就另收拾了一处书房送他上学。不上一月，先生早已辞馆而去。落后④一连换了十位先生，倒被他打

---

① 库图扐(lè)兵——外来语。跟随的奴才，牵马的小厮。即说书人所谓“家将”。

② 休生伤杜景死惊开——八卦中的八门的名称。

③ 磨得纯泥稀烂——磨得很厉害。

④ 落后——后来。

跑了九个;那一个还是跑的快才没挨打。因此上,前三门外那些找馆的朋友听说他家相请便都望影而逃。

那纪太傅为了这事正在烦闷,恰好这日下朝回府,轿子才得到门转正,将要进门,忽见马台石边站着一个人,戴一顶雨缨凉帽,贯着个纯泥满锈的金顶,穿一件下过水的葛布短襟袍子,套一件磨了边儿的天青羽纱马褂子,脚下一双破靴,靠马台石还放着一个竹箱儿和小小的一卷铺盖一个包袱。那人望着太傅轿旁拖地便是一躬。轿夫见有人参见,连忙打住杵杆。

太傅那时正在工部侍郎任内,见了这人只道他是解工料①的微员,吩咐道:"你想是个解官;我这私宅向来不收公事,有什么文批,衙门投递。"那人道:"晚生身列胶庠②,不是解差;因仰慕大人的清名,特来瞻谒。倘大人不惜阶前盈尺之地,进而教之,幸甚。"

那太傅素日最重读书人,听见他是个秀才,便命落平,就在门外下了轿,吩咐门上给他看了行李,陪那秀才进来,让到书房待茶,分宾主坐下,因问道:"先生何来?有甚见教?"那秀才道:"晚生姓顾,名綮,别号肯堂。浙江绍兴府会稽人氏。一向落魄江湖,无心进取。偶然游到帝都,听得十停人倒有九停人说大人府上有位二公子要延师课读。晚生也曾嘱人推荐,无奈那些朋友都说这个馆地是就不得的。为此晚生不揣鄙陋,竟学那毛遂自荐。倘大人看我可为公子之师,情愿附骥,自问也还不至于尸位素餐,误人子弟。"

那太傅正在请不着先生,又见他虽是寒素,吐属不凡,心下早有几分愿意,便道:"先生这等翩然而来,真是倜傥不群,足占抱负。只是我这第二个豚犬③,虽然天资尚可造就,其顽劣殆不可以言语形容。先生果然肯成全他,便是大幸了。请问尊寓在那里?待弟明日竭诚拜过,再订吉期,送关奉请。"

顾肯堂道:"天下无不可化育的人材,只怕那为人师者本无化育人材

① 解工料——杂佐。

② 胶庠——胶、庠均为古代学校校名。《礼记·王制》:"周人养国老于东胶,养庶老于虞庠。"

③ 豚(tún)犬——豚儿、豚犬,均为旧时人对自己儿子的谦词。

的本领，又把化育人材这桩事看成个牟利的生涯，自然就难得功效了。如今既承大人青盼，多也不过三五年，晚生定要把这位公子送入清秘堂中，成就他一生事业。只是此后书房功课，大人休得过问。至于关聘①，竟不消拘这形迹，便是此后的十脡②两餐也任尊便。只今日便是个黄道吉日，请大人吩咐一个小僮把我那半肩行李搬了进来，便可开馆，又何劳大人枉驾答拜！”

纪太傅听了大喜，一面咐吩家人打扫书房，安顿行李，收拾酒饭，预备贽仪③，就着公服，便陪那先生到了书房，立刻叫纪献唐穿衣出来拜见。

一时，摆上酒席，太傅先递了一杯酒，然后才叫儿子递上贽见拜师。顾先生不亢不卑，受了半礼，便道：“大人请便，好让我和公子快谈。”纪太傅又奉了一揖，说：“此后弟一切不问，但凭循循善诱。”说罢，辞了进去。

那纪献唐也不知从那里就来了这等一个先生；又见他那偃蹇寒酸样子，更加可厌；方才只因在父亲面前，勉循规矩，不好奚落他；及至陪他吃了饭，便问道：“先生，你可晓得以前那几个先生是怎样走的？”顾肯堂道：“听说都是吃不起公子的打走的。”纪献唐道：“可又来！难道你是个不怕打的不成？”顾肯堂道：“我料公子绝不打我。他那些人，大约都是一般呆子，想他那讨打的原故不过为着书房的功课起见。此后公子欢喜到书房来，有我这等一个人磨墨拂纸，作个伴读，也与公子无伤；不愿到书房来，我正得一觉好睡，从那里讨你的打起？”纪献唐道：“倒莫看你这等一个人竟知些进退！”说着，带了几个小厮早走的不知去向。

从此他虽不似往日的横闹，大约一月之间也在书房坐上十天八天；但那一天之内却在书房作不得一时半刻。

这天正遇着中旬十五六，天气晴明，晚来绝好的一天月亮，他便带了一群家丁聚在箭道大空地里，拉了一匹刬马④，看个人拉着，都教那些小

---

① 关聘——聘金或聘礼。

② 脡(tǐng)——直长条的干肉。

③ 贽(zhì)——此专指敬送给老师的礼物、学费等。

④ 刬马——光着犊身，不加鞍鞯的马。

厮骗马作耍。有的从老远跑来一纵身就过去的；有的打着踢级①转着纺车②过去的；有的两手扶定迎鞍后胯竖起直柳来翻身踅过去的。他看着大乐。

正在玩的高兴，忽然一阵风儿送过一片琵琶声音来。那琵琶弹得来十分圆熟清脆。他听了道："谁听曲儿呢？"一个小小子见问，咕咚咚就撒脚跑了去打探；一时跑回来说："没人听曲儿，是新来的那位顾师爷一个人儿在屋里弹琵琶呢。"纪献唐道："他会弹琵琶？走，咱们去看看去。"

说着，丢下这里，一窝蜂跑到书房。顾肯堂见他进来，连忙放下琵琶让坐。他道："先生，不想你竟会这个玩意儿；莫放下，弹来我听。"

那顾肯堂重新和了弦弹起来；弹得一时金戈铁马破空而来，一时流水落花悠然而去。把他乐得手舞足蹈，问道："先生，我学得会学不会？"先生道："既要学，怎有个不会！"就把怎的拨弦；怎的按品；怎的以工尺上乙四合五六凡九字分配宫商角徵羽五音；怎的以五音分配六吕六律；怎的推手向外为琵，合手向内为琶；怎的为挑，为弄，为勾，为拨：——指使的他眼耳手口随了一个心，不曾一刻少闲。

那消半月工夫，凡如《出塞》、《卸甲》、《浔阳夜月》，以至两音板儿，两音串儿，两音《月儿高》，两套令子，《松青》、《海青》、《阳关》、《普安咒》、《五名马》之类，按谱徵歌，都学得心手相应。及至会了，却早厌了，又问先生还会什么技艺。先生便把丝弦，竹管，羯鼓，方响，各样乐器，一一的教他。他"一窍通百窍通"，会得更觉容易。渐次学到手谈，像戏，五木，双陆，弹棋。又渐次学到作画，宾戏，勾股，占验，甚至镌印章，调印色。凡是他问的，那先生无一不知，无一不能。他也每见必学，每学必会，每会必精，却是每精必厌；然虽如此，却也有大半年不曾出那座书房门。

一日，师生两个正闲立空庭，望那钩新月。他又道："这一向闷得紧，还得先生寻个什么新色解闷的营生才好。"先生道："我那解闷的本领都被公子学去了。那里再寻什么新色的去？我们'教学相长'，公子有什么本领，何不也指点我一两件？彼此玩起来，倒也解闷。"

纪献唐道："我的本领与这些玩意儿不同。这些玩意儿尽是些雕虫

---

① 打着踢级——单腿跳。

② 转纺车——打侧手翻。

小技,不过解闷消闲。我讲得是长枪大戟东荡西驰的本领。先生,你那里学得来!”先生道:“这些事我虽不能,却也有志未逮。公子何不作一番我看?或者我见猎心喜,竟领会得一两件,也不见得。”

他听了道:“先生既要学,更有趣了——但是今日天色已晚,那枪棒上却没眼睛,可不晓得什么叫作师生,伤着先生,不当稳便,明日却作来先生看。”先生道:“天晚何妨;难道将来公子作了大将军,遇着那强敌压境,也对他说‘今日天晚不当稳便’不成?”

他听先生这等说,更加高兴,便同先生来到箭道,叫了许多家丁把些兵器搬来,趁那新月微光,使了一回拳,又扎一回杆子,再和那些家丁们比试了一番,一个个都没有胜得他的。他便对了那先生得意洋洋卖弄他那家本领。顾先生说:“待我也学着和公子交交手,玩回拳看。但我可是外行,公子不要见笑。”

纪献唐看着他那等拱肩缩背摆摆摇摇的样子不禁要笑;只因他再三要学,便和他各站了地步,自己先把左手向怀里一拢,右手向右一横,亮开架式,然后右脚一跺抬,左脚一转身,便向顾先生打去。说着打,及至转过身来向前打去,早不见了顾先生,但觉一个东西贴在辫顶上左闪右闪,那件东西摆脱不开,溜势的才拨转身来,那件东西却又随身转过去了。闹了半日才觉出是顾先生跟在身后把个巴掌贴在自己的脑后,再也躲闪不开,摆脱不动。怄得他想要翻转拳头向后捣去,却又捣他不着。便回身一脚飞去,早见那先生倒退一步,把手往上一绰,正托住他的脚跟,说道:“公子,我这一送,你可跌倒了。拳不是这等打法,倒是玩玩杆子罢。”

这要是个识窍的,就该罢手了。无奈他一团少年盛气,那里肯罢手,早向地下拿起他用惯的那杆两丈二长的白蜡杆子①,使的似怪蟒一般,望了顾先生道:“来!来!来!”

顾先生笑了一笑,也拣了一根短些的拿在手里。两下里杆梢点地,顾先生道:“且住,颠倒你我两个,没甚意思;你这些管家既都会使家伙,何不大家玩着热闹些。”

纪献唐听了,便挑了四个能使杆子的分在左右。五个人哈了一声,一齐向顾先生使来。顾先生不慌不忙把手里的杆子一抖抖成一个大圆圈,

① 白蜡杆子——白蜡木作柄的长矛。

早把那四个家丁的杆子拨在地下。那四人握了手，豁口只是叫疼。纪献唐看见，往后撤了一步，把杆子一拧，奔着顾先生的肩胛，向上挑来。顾先生也不破他的杆子，只把右腿一撤，左腿一踅，前身一低，纪献唐那条杆子早从他脊梁上面过去，使了个空。他就跟着那杆子底下打了个进步，用自己手里的杆子向纪献唐腿裆里只一缴。纪献唐一个站不牢，早翻筋斗，跌倒在地。顾先生连忙丢下杆子，扶起他来道："孟浪！孟浪！"纪献唐一骨碌身爬起来道："先生，你这才叫本事！我一向直是瞎闹！没奈何，你须是尽情讲究讲究，指点与我！"顾先生道："这里也不是讲究的所在，我们还到书房去谈。"

说着，来到书房。他急得就等不到明日，便扯了那顾先生问长问短。顾先生道："你切莫絮叨叨的问这些无足重轻的闲事。你岂不闻西楚霸王有云，'一人敌不足学！请学万人敌'的这句话么？"纪献唐道："那万人敌怎生轻易学得来！"顾先生道："要学万人敌却也易如拾芥；只是没第二条路，只有读书。"

纪献唐听了皱眉道："书，我何尝不读！只是那些能说不能行的空谈，怎干得天下大事？"顾先生正色道："公子，此言差矣！圣贤大道，你怎生的看作空谈起来？离了圣道怎生作得个伟人？作不得个伟人怎生干得起大事？从古人才难得。我看你虎头燕颔，封侯万里；况又生在这等的望族，秉了这等的天分。你但有志读书，我自信为'识途老马'，那入金马，步玉堂，拥高牙①，树大纛，尚不足道，此时却要学这些江湖卖艺营生何用？公子，你切切不可乱了念头！"

书里交代过的，纪献唐原是个有来历的人，一语点破他，果然从第二天起便潜心埋首简炼揣摩起来。次年乡试，便高中了孝廉；转年会试又联捷了进士，历升了内阁学士；朝廷见他强干精明，材堪大用，便放了四川巡抚。那纪献唐一生受了那顾先生的好处，和他寸步不离，便要请他一同赴任。顾先生也无所可否。

这日，纪献唐陛辞下来便约定顾肯堂先生第二日午刻一同动身；次日，才得起来，便见门上家人传进一个简帖和一本书来回道："顾师爷今日五鼓觅了一辆小车儿，说道：'先走一程，前途相候。'留下这两件东西，

---

① 牙——即"衙"。

请老爷看。”

纪献唐听了，便有些诧异，接过那封书一看，只见信上写着“留别大将军钧启”，心下啜掇道：“顾先生断不至于这等不通。我才作了个抚院，怎的便称我‘大将军’起来？”又看那本书封的密密层层，面上贴了个空白红签，不着一字。忙忙的拆开那封信看，只见上写道：

“友生顾綮留书拜上大将军贤友麾下：仆与足下十年相聚，自信‘识途老马’，底[①]君于成，今且建牙开府矣。此去拥十万貔貅[②]，作西南半壁，建大业，爵上公，炳旗常，铭钟鼎，振铄千秋，都不足虑；所虑者，足下天资过高，人欲过重，才有余而学不足以养之。所望刻自惕厉，进为纯臣，退为孝子。自兹二十年后，足下年造不吉，时至，当早图返辔收帆，移忠作孝。倘有危急，仆当在天台雁宕间迟君相会也。切世！切记！仆闲云野鹤，不欲偕赴军门。昔日翻然而来，今日翻然而去；此会非偶，足下幸留意焉。秘书一本，当于无字处求之，其勿视为河汉。顾綮拜手。”

他看了这封简帖，默默无言，心下却十分凛惧，晓得这位顾先生大大的有些道理；料想着人追赶也是无益，便连那本秘书也不敢在人面前拆看，收了起来。到了吉时，拜别宗祠父母，就赴四川而去。自此仗了顾先生那本书，一征西藏，一平桌子山，两定青海，建了大功，一直的封到一等公爵；连他的太翁也晋赠太傅；两个儿子也封了子男。朝廷并加赏他的宝石顶[③]，三眼花翎[④]，四团龙褂，四开褉袍，紫缰黄带；又特命经略七省，挂九头狮子印，称为“秃头无字大将军”。

列公，你道人臣之荣至此当怎的个报国酬恩？否则也当听那顾肯堂先生一片苦口良言，急流勇退。谁想他倚了功高权重，早把顾先生的话也看成一片空谈！任着他那矫情劣性，便渐渐的放纵起来。又加上他那次子纪多文助桀为虐，作的那些侵冒贪黩忌刻残忍的事，一时也道不尽许

---

① 底——待；到。

② 貔貅（píxiū）——古籍中猛兽名。

③ 顶——顶子。清代官员帽顶上的帽珠，用宝石、珊瑚、水晶、金属等制成，以其质料颜色区别官阶品级。

④ 翎（líng）——清代以孔雀尾毛、飞禽尾制成的官帽饰品，并用以区别品级。

多。只那屈死的官民何止六七千人；入己的赃私何止三四百万！又私行盐茶，私贩木植。岂知人欲日长，天理日消，他不禁不由的自己就掇弄起自己来了：出入衙门便要走黄土道；验看武弁便要用绿头牌；督抚都要跪迎跪送；他的家人，却都滥入荐章，作到副参道府。后来竟闹到私藏铅弹火药，编造谶[1]书妖言，谋为不轨起来。他再不想我大清是何等洪福！当朝圣人是何等神圣文武！

那时朝廷早照见他的肺腑，差亲信大臣密密的防范访察，便有内而内阁翰詹九卿科道，外而督抚提镇，合词参奏了他九十二大款的重罪。当下天颜震怒，把他革职拿问，解进京来交在三法司[2]议罪。三法司请将他按大逆不道大辟夷族[3]。幸是天恩浩荡，念他薄薄的有些军功，法外施仁，加恩赐帛，令他自尽。他的太翁纪延寿同他长兄纪望唐，革职免罪。十五岁以上男族免死充军。女眷免给功臣为奴。独把他那助桀为虐的次子纪多文立斩。他赐帛的那夜，狱卒人等都见那狱庭中一阵旋风旋着猛虎大的一团黑气，撮向半空而去。这便是纪大将军的始末原由，一篇小传。

趸回来再讲他经略七省的时节，正是十三妹姑娘的父亲作他的中军副将。他听得这中军的女儿有恁般的人才本领，那时正值他第二个儿子纪多文求配续作填房。这要遇见个趋炎附势的一个小小中军，得这等一位晃动乾坤的大上司纡尊降贵和他作亲家，岂有不愿之理？无如这位副将爷正是位累代名臣之后，有见识，尚气节的人。他起初还把些官职，门户，年岁，都不相当不敢攀附的套话推辞；后来那纪大将军又着实的牢笼他，保了他堪胜总兵，又请出本省督抚提镇强逼作伐，却惹恼了这位爷的性儿，用了一个三国时候东吴求配的故事道："吾虎女岂配犬子？吾头可断，此话再也休提！"这话到了那纪大将军耳朵里，他老羞变怒，便借桩公事，参了这位爷一本，道他"刚愎任性，遗误军情"。

那时纪大将军参一员官也只当抹个臭虫，那个敢出来辩这冤枉？可怜就把个铁铮铮的汉子立刻革职拿问，陷在监牢，不上几日，一口暗气，郁结而亡。以致十三妹姑娘弄得人亡家破，还被了万载不白，说不出口的一

---

① 谶（chèn）——迷信的人指事后应验的话，隐语、予言、予兆。

② 三法司——明清两代的刑部、都察院、大理寺。重大案件由三个部门会审。

③ 大辟夷族——辟，法；刑。夷，诛除、夷灭。

段奇冤。

他这等的一个孝义性情英雄志量,如何肯甘心忍受;偏偏的又有个老母在堂,无人奉养。这段仇愈搁愈久,愈久愈深,愈深愈恨。如今不幸老母已故,想了想,一个女孩儿家独处空山,断非久计,莫如早去报了这段冤仇,也算了却今生大事。这便是十三妹切齿痛心,顾不得守灵穿孝尽礼尽哀急急的便要远去报仇的根子。

无奈他又住在这山旮旯子里,外间事务一概不知;邓九公偶然得些传言,也是那"乡下老儿谈国政",况又只管听他说报仇报仇,究竟不知这仇人是谁,更不想便是他听见的那个纪献唐:所以一直不曾提起。直到安老爷昨日到了褚家庄,才一番笔谈,谈出这底里深情的原故来。这又叫作"无巧不成话"。

列公,你看这段公案,那纪大将军在天理人情之外去作人以致辱没儿女英雄,不足道也。只他这个中军,从纪大将军那等轰轰烈烈的时候早看出纪家不是个善终之局,这人不是个载福之器,宁甘一败涂地,不肯辱没了自己门第,耽误了儿女终身,也就算得个人杰了!不然,他怎的会生出十三妹这等晃动乾坤的一个女儿来?

剪断闲言,言归正传。当下那尹先生便把这段公案照说评书一般,从那"黑虎下界"起一直说到他"白练套头"。这期间因碍着十三妹姑娘面皮,却把纪大将军代子求婚一层不曾提着一字。邓九公和褚家夫妻虽然昨日听了个大概,也直到今日才知始末根由。那些村婆村姑只不听了一回"豆棚闲话"。

却说十三妹起先听了那尹先生说他这仇早有当今天子替他报了去了,也只把那先生看作个江湖流派,大言欺人;及至听他说的有本有源,有凭有据,不容不信;只是话里不曾听他说到纪家求婚一节,又追问了一句道:"话虽如此,只是先生你怎见得他便是替我家报仇?"

尹先生道:"姑娘,你怎么这等聪明一世,懵懂一时?你家这桩事,便在原参的那忌刻之罪九十二款之内,岂不是替你报过仇了?"姑娘又道:"先生,你这话真个?"尹先生道:"圣谕煌煌,焉得会假!"姑娘道:"不是我不信,要苦苦的问你;你这句话可大有关系,不可打一字诳语。"尹先生道:"且无论我尹其明生平光明磊落,不肯妄言;便是妄言,姑娘只想,你报你家的仇,干我尹其明甚事,要来拦你?况你这样不共戴天的勾当,谁无父母,可是欺得人的?你若不见信,只怕我身边还带得有抄白文书一纸,不妨一看,——只不知姑娘你可识字?"邓九公道:"岂但识字!字儿忒深了!"

那尹先生听了,便从靴掖儿里寻出一张抄白的通行上谕递给邓九公送给姑娘阅看。只见他从头至尾看了一遍,撂在桌儿上,把张一团清白煞气的脸渐渐的红晕过来,两手扶了膝盖儿,目不转睛的怔着望了他母亲那口灵,良久良久,默然不语。

列公,你道他这是什么原故?原来这十三妹虽是将门之女,自幼喜作那些弯弓击剑的事;这拓弛不羁,却不是他的本来面目。只因他一生所遭不偶,拂乱流离,一团苦志酸心,便酿成了这等一个遁踪空山游戏三昧的样子。如今大事已了,这要说句优俳[①]之谈,叫作"叫化子丢了猢狲了,没得弄的了"。若归正论,便用着那赵州和尚说的"大事已完,如丧考妣[②]"的这两句禅语。

这两句禅语听了去好像个葫芦提[③]。列公,你只闭上眼睛,想作一个人:文官到了入阁拜相,武官到了奏凯成功,以至才子登科,佳人新嫁,岂不是人生得意的事?不解到了那得意的时候,不知怎的自然而然有一种说不出的感慨。再如天下最乐的事还有比饮酒看戏游目快心的么?及至到了酒阑人散,对着那灯火楼台,静坐着一想,就觉得像有一桩无限伤心的大事兜的[④]堆上心来。

这十三妹心里此刻便是恁般光景。邓九公和褚家夫妻看了,还只道自从他家老太太死后,不曾见他落下一滴眼泪,此时听了这个原由,定有一番大痛,正待劝他。只见他闷坐了半日,忽然浩叹了一声道:"原来如此!"便整了整衣襟,望空深深的作了一万福,道:"谢天地!原来那贼父子也有今日!"转身又向那尹先生福了一福,谢道:"先生,多亏你说明这段因由,省了我妄奔这趟。我倒不怕山遥水远,渴饮饥餐;只是我趁兴而去,难道还想败兴而回?岂不画蛇添足,转落一场话靶?"回身又向邓九

---

① 优俳(pái)——即"俳优"。古代对以舞乐、嘻噱为业的艺人的统称。

② 考妣(bí)——父母死后的称谓。

③ 葫芦提——系宋元时口语,糊涂。

④ 兜的——全部;一下子。

公福了一福，道："师傅，我和你三载相依，多承你与我掌持这小小门庭，深铭肺腑，容当再报。"

邓九公正说："姑娘，你这话又从那里说起？"只见他并不回答这话，早退回去坐下，冷笑一声，望空叫道："母亲，父亲，你二位老人家可曾听见那纪贼父子竟被朝廷正法了？可见天网恢恢，疏而不漏。只是你养女儿一场，不曾得我一日孝养；从我略有些知识，便撞着这场恶姻缘，弄得父亲含冤，母亲落难；你女儿早办一死，我又上无长兄，下无弱弟，无人侍奉母亲；如今母亲天年已终，父亲大仇已报，我的大事已完，我看着你二位老人家在那不识不知的黄泉之下好不逍遥快乐，二位老人家，你的神灵不远，慢走一步，待你女儿赶来和你同享那逍遥快乐也！"说着，把左手向身后一绰，便要绰起那把刀来就想往项下一横，拚这副月貌花容，作一团珠沉玉碎！这正是：

为防浊水污莲叶，先取钢刀断藕丝。

要知那十三妹的性命如何，下回书交代。

第 十 九 回

恩怨了了慷慨捐生　变幻重重从容救死

这回书不消多谈，开口先道着十三妹。却说那十三妹他听得仇人已死，大事已完，剩下自己孑然一身，无可留恋，便想回手绰起那把雁翎宝刀来往项下一横，拚着这副月貌花容，珠沉玉碎。

且住！倘他这副月貌花容果然珠沉玉碎，在他算是"一了百了"了；只是他也不曾想想，这《儿女英雄传》才演到第十九回，叫说书的怎生往下交代？

"天无绝人之路"，幸而他一回手要绰那把刀的时候，捞了两捞，竟同"水中捞月"一般，捞了个空；连忙回头一看，原来那把刀早已不见了。他便吃惊道："阿！我这把刀那里去了？"褚大娘子站在一旁，说道："你问那把刀啊？是我见你方才闹得不象，怕伤了这位尹先生，给你拿开了。"十三妹道："嗨！你怎么这等误事？快快给我拿来！"褚大娘子道："我叫你姐夫交给人带回我们庄儿上去了。我那里给你快快的拿去呀？你这时候又要这把刀作什么罢？"姑娘道："我要跟了爷娘去！"褚大娘子道："胡闹的话了！你可是没的干的了！你见过有个爷娘死，儿女跟了去的没有？好好儿的，叫人瞧着，这是怎么了？作了什么见不得人的事了？姑娘，你这不是撑糊涂了吗？"

邓九公也夹杂在里头乱嚷；他道："姑娘，你这是那里说起？咱们原为这仇不能报，出不了这口气，才忙着要去报仇。如今仇是报了，咱们正该心里痛快痛快，再完了老太太的事，咱们就该着净找乐儿了，怎么倒添了想不开了呢？"褚一官也在一旁相劝。

你一言我一语，姑娘都作不听见，只逼着褚大娘子要他那把刀。褚大娘子道："那你可是白说了；今日你恼我点儿都使得，那有个我递给你刀叫你寻死去的！"姑娘赌气道："我要死也不必定在那把刀上！"

列公，圣人讲的"杀身成仁"，孟子讲的"舍生取义"，你看他这"成"字"取"字下得是何等分量！便是那史书上所载的那些忠臣烈士以至愚夫愚妇，虽所遇不同，大都各有个万不得已。只这万不得已之中却有个分别，叫作“慷慨捐生易，从容就死难”。

即如这十三妹，假使他方才一伸手就把刀绰在手里往项下一横，早已“一旦无常万事休”了，就让有一百个假尹先生，还往下和他说些什么？及至鼓着气，冒着劲，横着心，要就那把雁翎宝刀上作个了当，这正是件“迅雷不及掩耳”的事情，说句外话，叫作“胡萝卜就烧酒，仗个干脆”；怎禁得一伸手取那把刀先扑了个空，气儿一泄，劲儿一破，心早打了回头了。再加上邓褚翁婿父女三人在耳边上吵吵闹闹，说的都是些不入耳之谈，总不曾道着他那一肚子说不出来的苦楚。姑娘听了，益发觉得不耐烦，此刻转后悔方才不该当着这班人作这举动，又多了一番牵扯，只落得一声儿不哼，呆呆的坐在那里发怔。

这个当儿，邓九公见劝他不理，回头正要望着尹先生说话，见他又在那里拈须而笑；因说道：“喂！先生！这都是你一套话惹出来的！你也这么帮着劝劝！怎么袖手旁观的，反眯瞇眯瞇①的笑起来了呢？莫不说人家这又是个寻常女子？”

邓九公这话正是要引出安老爷的话来。只听他道：“九公，我此时倒不单笑这姑娘是个寻常女子；倒笑着你这糊涂老头儿！”

邓九公道：“我怎么糊涂了？”先生道：“你和这姑娘既是个师生之谊，况又这等的高年，他但有个见不到的去处②，自然就仗你指引。你只看，你以前见他无端要报那不消去报的仇，正该拦他，你不拦他；如今见他无法要走这没奈何走的道路，正该由他，却又不由他。也不曾替这位姑娘设身处地想想：他虽然大仇已报，大事已完，可怜上无父母，中无兄弟，往下就连个着己的仆妇丫鬟也不在跟前；况又独处空山，飘流异地，举头看看，那一块云是他的天？低头看看，那撮土是他的地？这才叫作‘一身伴影，四海无家’。凭他怎样的胸襟本领，到底是个女孩儿家。便说眼前靠了九公你和大娘子这萍水相逢的师生姊妹，将来他叶落归根，怎生是个结果？我倒请教你：不许他走这条路待叫他走那条路？”邓九公嚷道：“我的爷！也有个见死儿不救的？你这话我就不懂了！”

---

① 眯瞇（qī）——眼睛合成一条缝，笑眯眯的样子。

② 去处——地方；短处。

按下邓九公这边不表。却说十三妹听了邓九公要拉那先生帮着劝解,又不知惹出他那一片什么谈吐来;正在抱怨邓九公啰嗦多事,忽然听得那先生说了这等一番言词,字字打到自己心坎儿里,且是打了一个双关儿透①,不觉长叹一声,说道:"到底还是读书人说话明白!你们大家听听:可是我的所见不差?"邓九公才要答话。先生道:"虽是不差,却也差得一着:又是可惜死得早了。"

这姑娘天生半分不认错,一字不饶人,拉口子要见血,刨树要搜根儿的脾气;听了这话早把那要刀的话且搁起,先要和尹先生辩明这"迟早"两个字。他便问着那先生道:"方才我那替父报仇的话,先生,你道可惜迟了,是我苦于不知就里;如今我要殉母终身,你怎的又道是可惜早了?请问:要到几时才是个不早?"

尹先生道:"呵呀!姑娘!明人不待细讲,这话何消再问。你如今虽然父仇已报,母寿已终,难道你尊翁那口灵你就果的忍心丢在那间破庙不把他入土不成?你令堂这口灵你就果的忍心埋在这座荒山不想他合葬不成?从来父母生儿也要得济,生女也要得济;他二位老人家一灵不瞑,眼睁睁只望了你一个人。你若果然是个寻常女子,我倒也不值得和你饶舌;你要算个智仁勇三者兼备的巾帼丈夫,只看当那纪献唐势焰熏天的时节,你尚且有那胆量智谋把你尊翁的骸骨遣人送到故乡,你母女自去全身远祸,怎的如今那厮冰山已倒,你又大了两年,倒不知顾眼前大义,且学那匹夫匹妇的行径要作这等没气力的勾当起来?可不是可惜死得早了?姑娘,你的智仁勇安在?"

这位安老爷真会作这篇一折一伏一提一醒的文章:前番话把十三妹一团盛气折了下去,这番话却又把他一片雄心提将起来。

那姑娘听了这话,果然把小脖颈儿一梗梗,眼珠儿一转,心里说道:"这话不错。倒不要被这先生看轻了。我果然该把母亲送到故乡,然后从容就义才是。"随又转念一想道:"话虽如是,只是这番护着灵柩回京,大非前番奉着母亲逃难可比;纵说我有这身本领,那沿途的晓行夜住,摆渡过桥,岂是一人能够照料?再说当日有母亲在,无论什么大事,都说:'交给我罢。'我却依然得把我交给母亲。如今我又把我交给谁去?眼前

---

① 双关儿透——很透彻。

可以急难相告的只有邓褚两家父女翁婿三个人。这位将近九十岁的老人家,难道还指望他辛辛苦苦跟了我去不成?他不能去,他的女儿自然父女相依,不好远离,还是我就好和个褚一官同行呢?就便算他父女翁婿同心仗义,都肯伴送我去,及至到了家,我那祖茔上是无余地可葬了。只这找地立坟以至葬埋封树,岂是件容易事?便是当日护送父亲灵柩的那两个家人还在,难道是我一个女孩儿家带了他们就弄得完成么?何况又两手空空,从何办起?"一时左思右想,千头万绪,心里倒大大的为起难来。只这为难的去处,又被他那好胜的心肠绕成一处,更不肯轻易出口在人前落了褒贬,他转大剌剌的说了一句道:"先生,这叫作'彼一时,此一时'。你这话谈何容易!"

岂知姑娘这番为难光景早被那假尹先生猜透。他便说道:"这又何难!天下事只怕没得银钱,便是俗语说的'一文钱难倒英雄汉';有了银钱,却又只怕没人。又道是:'牡丹花好,终须绿叶扶持。'如今无论眼前还有这邓老翁和这大娘子不难助你一臂之力,便是我东人安学海父子也受了你的大恩,眼前辞官不作,正为寻你,答这番恩情。他只为护了家眷同行,更兼不知你的实在住处,不能在此耽搁,所以才托我尹其明来寻访。如今我既和姑娘见了面,况又遇着你老太太这样意外之事,待我报个信给他,他必定亲来见你。——那时把这桩事就责成在他身上,岂不是好?"

姑娘听了,连连摆手,说道:"先生,你快休提此话。我在那黑风岗能仁古刹作的这场把戏,原为那骡夫、和尚无故坑陷平人,一时奋起我的义愤性儿,要出我那口恶气,并不是和安家父子有甚痛痒相关。我自来施恩于人,从不望报。这事怎好责成在他身上?况且自己父母大事可是责成得人的?"

姑娘这句话更被那位假尹先生扔着线头儿①了。他便笑了一笑,道:"姑娘,我看你这人一生受病正在这句话上。你道'施恩不望报',大意不过只许人求着你,你不肯求着人。你这病根却又只吃亏在一个聪明好胜。天下的聪明好胜人,大概都是看了圣贤的庸行学问觉得平淡,定要再高一层,转弄到流为怪僻;看了事物的当然情理觉得寻常,定要另走一路,必致于渐入乖张。其实,按下去,任是甚的顶天立地的男儿,也究竟不曾见他

① 扔着线头儿——喻抓住把柄。

不求人便作出那等惊人事业；何况你强煞是个女孩儿家！怎说得‘不求人’三个字？你只看世界上，除了父子，兄弟，夫妇，讲不到个‘求’字之外，那乡党之间，不求人，何以有朋友一伦？庙堂之上，不求人，何以有君臣大义？不但此也，就作了个天，不求人，那个代他推测寒暑？岂不成了混沌阴阳？作了个地，不求人，那个给他刊奠[①]山川？岂不成了个洪荒世界？至于施不望报，原是盛德；但也只好自己存个不望报的念头，不得禁住天下受恩人不来报恩。世人造因结果的这场公案，原是上天给众生开得一个公共道场。姑娘，你一定要自己站在这个路头，不准他人踹进一步，才算个英雄，可不先把‘英雄’两字看得差了？姑娘，你去想来。”

可怜这位姑娘虽说话了十九岁，从才解人事就遭了一场横祸，弄得家破人亡，逃到这山旮旯子里来，耳朵里何尝听见过这等一番学问话？幸得他有那过人的天分，领略得到；听了这话，心里便暗暗的着实敬服这位先生，早把那盛气消尽，说出几句实话来。他道：“先生，我也不是单单为此。我和你那东人安官长素昧平生，知他怎的个性情？怎的个见识？况人家好端端的同了家眷走路，叫他和我这等一个不祥之家同行，知他肯也不肯？便说他碍了我前番相救的情面，不好推辞，日长路远，倘到了路上，彼此有一丝的勉强起来，他是位官长，我这等孤寒，那时有母亲的灵柩在前，使我欲进不能，欲退不可，却怎么处？便是先生你又怎保得住你那东人父子一定也像你这等肝胆照人，一心向热？”

话挤话，说到这个场中，算把姑娘前前后后的话都挤出来了。当下先把邓九公乐了个拍手打掌。他活了这样大年纪，从不曾照今日这等按着三眼一板的说过话；此刻憋了半天，早受不得了，恨不得跳起来一句告诉那姑娘，说：“这说话的就是安学海！根儿里就没这么一个尹其明！”

安老爷生恐他说决撒[②]了，连忙向着姑娘道：“姑娘，你也不可过于谬赏这尹其明，倒轻视那安学海；此时正用着你方才的话，道我也不是什么‘尹七明’‘尹八明’，只我就是你在能仁古刹救的那一对小夫妻，安骥的父亲，张金凤的公公，南河被参知县安学海的便是。特来借着送这张弹弓，访你的下落。我还有万言相告。”

---

① 刊奠——治理祭祀。

② 决撒——方言，差口，出岔。

十三妹听了一怔,重复把安老爷上下一打量;又看了看邓九公,褚大娘子,只得站起身来向安老爷福了一福,道:"原来便是安官长!方才民女不知,多多唐突。望官长恕民女的冒昧。"安老爷也连忙答礼让座。只见他对着老爷默默的望了一刻,又说:"怪道这言谈气度不像个寒酸幕客的样子。只是既蒙官长下降,怎的不光明正大而来?——便是九师傅你和褚家姐姐夫妻二位也该说个明白。怎的大家作这许多张致?是个什么意思?"

邓九公这可憋不住了,只站起来,红头涨脸,张牙舞爪的道:"姑娘!我实告诉你说罢!人家这位安太老爷昨日就来了!他是想长念你的好处,人家把七品黄堂的前程都扔了,辞官不作,亲自到这个地方特为找你。未曾找你来,先到了西庄儿找我。我们没见着,他又到了东庄儿。昨日直等到我从山里回来,我们才见着了。姑娘,咱爷儿俩可没剩下的话。你想,人家既诚心诚意的找咱们来,咱们有个不说实话的吗?我可就如此长短的都说给他了。是说这报仇的话,我不知底,没提明;敢则①人家全比咱们知底。他说这话必得告诉你。这么着,我们就认了义兄弟。为了你这事,我还爬下给人家磕了个头,今日才来的。怎么你说人家来的不光明正大呢?"

他讲了半日,通共不曾把好端端的安老爷为什么要扮作尹先生这句话说明白。索性把个姑娘也闹得迷了攒儿了②,瞅瞅这个,看看那个,也不知听那句好,问那句好。褚大娘子道:"你老人家这话不是这么说,等我告诉他。"说着,也搬了个座儿在十三妹身旁坐下,向他说道:

"好妹子,你瞧,你我在一块儿过了这么二三年,我的话从没瞒过你一个字;到了今日的事,可是出在没法儿了。——这如今我们这二叔不是把真名姓儿说出来了吗?听我澈底澄清的告诉明白了你。

"人家二叔这趟来可并不是专为送这张弹弓来的;他也不知你家老太太去世,更不知你又有要去给你家老爷子报仇的这一件事,人家是诚心诚意的接你们娘儿两个回老家来了。要讲你这报仇的事,你连我瞒了个风雨不透;就算我们老爷子知道,他究竟不知你卖的是那葫芦里的药。敢

---

① 敢则——方言,犹"敢情","原来"意。

② 迷了攒了——土话,迷惑,不知所措。

则昨日提起来，人家比咱们知道的多着呢。因这上头，大家伙儿才商量着，说，必得把这话先告诉你，然后人家二叔还有多少正经话要说。

“小姑太太，你只想想，你那个性格儿可是一句半句话省的了事的人吗？所以昨日才商量了这样一条主意来的。你方才只晓得说人家为什么不光明正大的来，我们爷儿们为什么不告诉明白了你。我且问你：假如昨日没个商量，人家就这么冒然的到门口儿，说，安某人送弹弓儿来了；你自己估量着，你见人家不见？不用讲，心里先横上一个什么施恩望报咧不望报咧的一想，他准是为前番在庙里救了他家公子报恩来了；再加上你为你老太太的事心里不耐烦，为老爷子的仇怕走露这个话，你管定连门儿也不准他进，叫他留下弹弓儿找邓九太爷去。我为什么说这话呢？你当日和他家公子约下送这张弹弓儿取那块砚台的时候就叫他找我们老爷子，这就明显着是不许来人到门认着你的住处了。

“你算，人家连你的门儿都进不来，就有一肚子话，和谁说去？所以才商量着作成那样假局子①，我们爷儿三个先来，好把人家引进门儿来。不想姑娘你果然就容我们把这位老人家引进门儿来了。

“是说进了门儿了；姑娘，你也不是什么怕见人的人，只是估量着，不是方才那个光景儿，请你出去到前厅见人家，你肯不肯？一个不肯见面，这话又从那里说起？所以才商量着编成那个垻②，我便撺掇到你窗根儿底下听去，那里却作成一边定要留下那弓，一边定不肯留下那弓，好把姑娘你引出去。不想果然就把姑娘你引出去，彼此见着面儿了。

“是说见了面儿了；还怕你不三言两语把弹弓儿要过来趯身往里就走吗？人家各有个内外，难道人家还好后脚儿就跟你进来不成？那时虽然见了面，这话还是说不成。所以才商量着我们这二叔开口便问你家老太太，为的是接着拜灵好进来说这段话。不想我们老爷子从旁一怂恿，姑娘你果然就让这位老人家到里一层儿来了。

“是说到了这里了；难道拜过了灵，交还了弹弓儿，人生面不熟的，人家还好硬坐下不走不成？这话又打住了。所以才商量着我拉起你来谢客，你姐夫就替你递茶，为的是好留住人家坐下说话。不想姑娘你果然就

---

① 假局子——骗局。

② 垻——“戏”；场面。

让他老人家坐下了。

"是说是坐下了;难道人家没头没脑儿的开口就说'你这不穿孝不是要报仇去呀?'这像句话吗?便是我们爷儿们又怎好多这个口呢?这话又耽误了。所以才商量着就借着问你为何不穿孝,用话激着你,叫你自己说出这句报仇的话来。又怕一下子把你激恼了,打断了话头儿,所以才商量着不等你翻老爷子先翻,好压下你的气去,引出你的话来。不想姑娘你果然就自己不禁不由的把报仇这句话说出来了。

"是说说出来了;再要你说出这个仇人的姓名来,只怕问到来年打罢了春也休想你说!所以才商量着,索性给你一口道破了。我们爷儿们可也想不到你就闹到那个场中,人家二叔可早料透了。所以才商量定了,老爷子那里紧防着你。不想姑娘你果然就枪儿刀儿烟雾尘天的闹起来了!

"到了闹到这个场中了;你那性儿有个不问人家一个牙白口清,还得掉在地下砸个坑儿的吗?这话其实也不过几句话就说明白了,又要那样说评书的似的和你叨叨了那半天是为什么?就防你一时想左了,信不及这位假尹先生的话;一个不信,你嘴里只管答应着,心里憋主意,半夜里,一声儿不言语,扔嘣①骑上那头一天五百里脚程的驴儿走了!——姑娘,你说这个事你作得出来作不出来?那时候谁驾了孙猴儿的'筋斗云'赶你去呀!

"这不是只管把话说明白了,还是误了事了吗?所以人家才耐着烦儿,起根发脚的和你说。说的待终把纪家门儿的姥姥家都刨出来了,也是为要出出你这口怨气,好平下心去商量正事。我们也只想着你听见只有痛快的,乐的;再不然,想起你们老爷子老太太来倒痛痛的哭一场,再不至于有别的岔儿。人家二叔可又早料透了,所以才商量定了,嘱咐我小心留神。所以我乘你和人家拧眉毛瞪眼睛的那个当儿,我就把你那刀把溜开了。不想姑娘你果然就死呀活呀的胡闹起来了。

"到了闹到这个份儿上,算闹到头儿了,就要仗着我们爷儿们劝你。老爷子是说是你个师傅,他老人家的性子没三句话先嚷起来了;你姐夫更和你说不进话去;我这锯了嘴的葫芦似的,大约说破了嘴,你也只当是两片儿瓢,——难道我没劝过你去不得吗?你何曾听我一个字儿来着?你

---

① 扔嘣(rēngbèng)——口语。表示动作轻松。

只听人家二叔方才说的这篇大道理,把你心里的为难想了个透亮,把这事情的用不着为难说了个简捷,才把姑娘你的实话别宝啊似的别出来了!好容易盼到你说了实话了,人家不敢撇开假姓名,露出真面目来和你说实话!

“是啊!说了个周遭儿[①],人家好好儿的到底为什么把位安老爷算作尹先生,我们爷儿们又装神弄鬼的跟在里头,这又是作什么呀?可都是你那个什么施恩望报不望报的这个脾气儿闹的。你只看方才说到归根儿你还是这句。

“总而言之一句话:说是尹先生才进的了你这个门儿,说得上这套说话;是安老爷,只怕这时候,慢讲说这套话,就进不了这个门儿!

“至于方才那番话,也必是从你嘴里说出来才话里引的出话来;要是从旁人嘴里说出来,管保你又是把那小眼皮儿一搭拉,小腮帮子儿一鼓,再别想你言语了。人家还说什么?那可就误事误到底儿了!

“为什么为这个事他老哥哥俩昨日商量了不差什么一天,还弄了分笔砚写着,除了我们爷儿四个,连个鬼也不叫听见。

“妹子,你自想想:我们这位二叔在你跟前心思用的深到什么份儿上?意思用的厚到什么份儿上?人家是怎么个样儿的重你?人家怎么个样儿的疼你?

“这是我们二叔和我父亲一片苦心,一团诚意。你可别认成《三国演义》上的诸葛亮七擒孟获,《水浒》上的吴用智取‘生辰钢’,作成圈套儿来汕[②]你的。那可就更拧[③]了!

“再说人家也是这个岁数儿了,又和老爷子结了弟兄,就和咱们的老家儿一样;依我说,这时候且把那些什么英雄不英雄的扔开,咱们作儿女的就是听人家的话,怎么说怎么依着。好妹子!好姑奶奶!你可不许猫闹[④]了!你往下听,这位老人家的正经话多着呢!”

却说那十三妹姑娘听了褚大娘子这话,才如梦方醒,心里暗暗的说:

---

① 周遭儿——整一圈。

② 汕(shàn)——原指捕鱼的网,引申为诳骗。

③ 拧——差;错。

④ 猫闹——胡闹;狂闹。

"这位安官长才是位作英雄的见识,养儿女的心肠!"他登时把一段刚肠化作柔肠,一腔侠气融成和气,心里着实的感激佩服安老爷。

列公,说起来,人生在世,都有个代劳任怨的刚肠,排难解纷的侠气,成全朋友,怜恤骨肉;只是到了自己背了气,迷了头,就难得受过他好处的那班人知恩报恩,都像这位安水心先生这等破釜沉舟,披肝沥胆。假如我说书的遭了这等事,遇见这等人,说着这番话,我只有给他磕上一个头,跟着他去,由他怎么好怎么好。

谁想这位十三妹姑娘力大于身,还心细于发,沉下心去把前后的话一想;第一句他就想到:"方才这位安官长的话,讲到我当日遣人送我父亲灵柩一节,这话我记得曾在能仁寺向他家公子和张家妹子说过个大概,算他父子翁媳见面谈到罢了;至于我的老家在京里,我父亲的灵在庙里这话,我和邓褚两家都不曾谈过,他是怎的知道?好不作怪!且等我问个端的,再定行止。"且向安老爷说道:"官长这番高义,无论我十三妹有这造化跟了去没这造化跟了去,只这几句话,终身不敢忘报。只是民女的家事,官长怎么晓得的这样详细?还要求明白指教。"

安老爷听了这话,呵呵大笑,说道:"姑娘,你问到这句话,我若说将起来,只怕我虽不是'尹其明',你也不好称我作'官长';你虽自称是'民女',我还不信你是'十三妹'!"

姑娘此刻气儿是馁下去了,心儿是平下去了,小嘴儿也不像那样梆啊梆的梆子似的了,只得给人家陪个笑儿,道:"官长不信民女是十三妹,却是那个?"安老爷道:

"姑娘,话到其间,我也只得直说了。只是你却不要害羞,不可动气。你不但不是姓石行三,并且也不排行'十三妹'。你家姓一个人可的'何'字。同我一样,都是正黄旗汉军人。你家三代单传:你曾祖太爷双名登瀛,翰林出身,作到詹事府正詹,终于江西学院。你祖太爷,单名一个焯字,却只中了一名孝廉。你父亲单名一个杞字,官居二品,便是那纪大将军的中军副将。你家太夫人尚氏,便是三藩尚府的远族本家。当日在京,我们彼此都是通家。便是姑娘你小时节,我也曾见过;只是今日之下,我认得你,你却不认得我了。

"我除了你曾祖太爷不曾赶上,你祖太爷便是我的恩师。那时他老人家正在用功,想中那名进士,不想你家从龙过来,有个骑都尉的世职,恰好出缺无人，轮该你祖太爷承袭，出去引见，便用了一个本旗章京①。

"你祖太爷因是历代书香，自己不愿弃文就武，便退归林下，把这前程让给你父亲承袭。他幼官出学，用了一个三等侍卫。你祖太爷从此无心进取，便聚集了许多八旗子弟，逐日讲书论文。只是安某要算他老人家第一个得意学生；分虽师生，情同骨肉。我今日稍稍的有些知识，都是我这恩师的教导成全，至今无可答报。

"他老人家是早年断弦，一向便在书房下榻，直到一病垂危，我还同你父亲在那里服侍汤药，早晚不离。

"一天，他老人家把我两个叫到床前，叫着你父亲的名字，说道'我这病多分不起，生寄死归，不足介意；只是我平生有两桩恨事：一桩是不曾中得一名进士。但我虽不曾中那进士，却也教育了无数英才，看去将来大半都要青云直上。就中若讲人品心地，却只有我这安学生，只可惜他清而不贵，不能腾达飞黄；然而天佑善人，其后必有昌者。至于你，虽然作个武官，断非封侯骨相。恰好我一弟，一子，都无兄弟，——这兄弟一伦也是人生不可缺陷的！——你两个今日就在我面前对天一拜，结作弟兄，日后也好手足相顾。'因此上，我和你父亲又多了一层香火因缘，算得个异姓骨肉。

"他老人家又道：'那一桩恨事便是我不曾见着个孙儿。我家媳妇现在身怀六甲，未卜是女是男。倘得个男孩儿，长大就拜这安学生为师，教他好好读书，早图上进，切不可等袭了这世职，依然去作武弁；倘得个女孩儿，也要许配一个读书种子，好接我这书香一脉。你两个切切不可忘了我的嘱咐！'这些话，我都一一的亲承师命。姑娘，你我两家是这等一个渊源。你怎生还和我称的什么'民女'咧'官长'！"

姑娘此刻是听进点儿去了，话也没了，只呆呆的望了安老爷的脸往下听。安老爷又接着说道：

"及至你祖太爷见背②之后，次年三月初三日辰时，姑娘你才降临人世。那年是个辰年；你这八字，恰好合着辰年辰月辰日辰时。从你裹着裓子的时候，我抱也不止抱过一次。

---

① 章京——满语。官员。

② 见背——背，离开。谓父母去世。

"这年正是你的周岁，我去给你父母道喜。那日你家父母在炕上摆了许多的针线刀尺，脂粉钗环，笔墨书籍，戥子算盘以至金银钱物之类，又在庙上买了许多要货，邀我进去一同看你'抓周儿'。不想你爬在炕上，凡是挨近的针黹花粉，一概不取，只抓了那庙上买的刀儿，枪儿，弓儿，箭儿，这些要货，握在手底下，乐个不住。我便和你父亲笑说：'这侄女儿将来只怕他要学个代父从征的花木兰定不得呢！'

"谁知你听得我说了这句，便抬起头来，笑嘻嘻的赶着要我抱。及至我抱到怀里，你便张着两只小手儿，倒像见了许多年不曾相会的熟人一般，说说笑笑，钻钻跳跳，十分亲热，凭是谁来接着，只不肯去。

"落后还是你家老太太吩咐你家奶娘道：'快接过去罢！看溺了二大爷！'一句话不曾说完，且喜姑娘你不曾小解，倒大解了我一褂袖子。

"那时你家老太太连忙叫人给我收拾。我道：'不必；只把他擦干了，留这点古记儿，将来等姑娘长大，不认识我的时候，好给他看看，看他怎生和我说嘴。'姑娘，不想这话却应在今日。

"那时我同你父母大家笑了一回，你那奶娘早给你换了衣裳抱来。你老太太接过来道：'快给大爷赔个不是！'说：'等凤儿大了，好生孝顺孝顺大爷罢！'我因问说：'你我旗人家的姑娘怎生取这等一个名字？'你家老爷道：'说也好笑；他母亲生他的前一晚，梦见云端里一只纯白如玉的凤鸟，一只金碧辉煌的凤鸟，空中飞舞，一时这只把那只引来了，一时那只又把这只引了去，对着飞舞一回双双飞入云端而去，不解是个什么因由，想去总该是个吉兆，因此就叫他作玉凤姑娘。'

"你这名儿从你抓周儿那日就在我耳轮中听得不耐烦了，此时你还和我讲什么'十三姐'呀'十三妹'！

"然则你又因何单单的自称个十三妹呢？这三个字，大约还从你名儿里的这个'玉'字而来。你是用了个拆字法，把这'玉'字中间'十'字和旁边一点提开，岂不是个'二'字？再把'十'字加在'二'字头上，把一点化作一横补在'二'字中间，岂不是'十三'两个字？又把九十的'十'字，金石的'石'字，音同字异，影射起来。一定是你借此躲避你那仇家，作一个隐姓埋名的哑迷儿，全身远害。贤侄女，你道愚伯父猜得是也不是？"

听起安老爷的这几句话，说得来也平淡无奇，琐碎得紧，不见得有什么惊动人的去处;那知这话越平淡越动性,越琐碎越通情。姑娘是个性情中的人,岂有不感化的理?再加自己家里的老底儿,人家比自己还知道,索性把小时候拉青屎的根儿都叫人刨着了,这还和人家说什么呢?只见他把这许多年憋成的一张冷森森煞气横纵的面孔,早连腮带耳红晕上来,站起身来望前走了一步,道:"原来是我何玉凤三代深交有恩有义的一位伯父!你侄女儿那里知道!"说着,才要下拜。

安老爷站起来说道:"姑娘且慢为礼,你且归座,听我把这段话讲完了。"因接着前文说道:"后来你老人家服满,升了二等侍卫,便外转了参将,带你上任。这话算到今日,整整十七个年头。一向我们书信往来,我那次不问着你!你父亲来信道,因他膝下无儿,便把你作个男孩儿看待;且喜你近年身量长成,虽是不工针黹,却肯读书,更喜弓马,竟学得全身武艺。我还想到你抓周儿时节说的那句话。

"谁想前年又接得你尊翁的信,道他升了副将,又作了纪大将军的中军,并且保举了堪胜总兵。忽然一路顺风里说道想要告休归里。我正在不解,看到后面,才知那纪大将军听得你有这般武艺,要和你父亲结亲;你父亲因他不是个诗书礼乐之门,一面推辞,便要离了这龙潭虎穴。我正在盼他回家相会,岂知不几日便晓得了他的凶信。我便差了两个家人连夜起程去接你母女和你父亲的灵柩。及至接了回来,才晓得你要避那仇人,叫你的乳母丫鬟扮作你母女的样子扶柩回京,你母女避的不知去向。

"这二三年来,我逢人便问,到处留心,只是没些影响。直到我那儿子安骥同你那义妹张金凤同到了淮安,说起你途中相救的情由,讲到你这十三妹的名字并你的相貌情形,我料定除了你家不得有第二家;除了你也断不得有第二个。所以我虽然开复原官,也无心富贵,便脱去那领朝衫,一路寻你到此,要想接你母女回京,给你找个安身立命之处,好不负我恩师的那番嘱咐,不止专为你能仁寺那番赠金救命的恩情而来。

"姑娘只想,有你老太太在,我尚且要请你母女回京,如今剩你一人,便说有九公和这大娘子可托,我又怎肯丢下你去?现在你的伯母和你的义妹张姑娘并他的二位老人家都在途中候你。便是你父亲的灵柩,我也早晓得你家坟上无处可葬,可停,——若依你吩咐你那奶公的话,停在那破庙之中,怎生放心得下?——我早把他厝[①]在我家坟园,专等寻着你母女的下落,择地安葬。就连你那奶公戴勤和那宋官儿以至你的奶母丫鬟,眼下都在我家。此去路上,男丁不多,除了我父子和张亲翁还有家丁十余名;女眷不多,除了我内子婆媳和张亲母还有女伴八九口。那一个不照料了你老太太这口灵柩?

"姑娘,你这条身子便算我费些事,不过顺带一角公文;便算我费些银钱,依然是姑娘你的厚赠。及至到京之后,我家还有薄薄几亩闲地,等闲人还要舍一块给他作个义塚,何况这等正事!那时待我替你给他二位老人家小小的修起一座坟茔,种上几棵树木,双双合葬;你在他坟前烧一陌纸钱,奠一杯浆水,叫声'父母,孩儿今日把你二位老人家都送归故土了'。那才是个英雄!那才是个儿女!姑娘,你要听我这话,切切不可乱了念头!"

何姑娘还不曾答话。邓九公听到这里,早蹦起来嚷道:"老弟呀!痛快煞我了!这才叫话!这才叫人心!这才叫好朋友!"褚大娘子道:"你老人家先别打岔,让人家说完了。"邓九公道:"还不叫我打岔!你瞧,今日这桩事还不难为我老头子在里头打岔吗?"说罢,呵呵大笑。

且莫管他呵呵大笑。再说何玉凤听了这话,连忙向安老爷道:"伯父,你的话说的尽性尽情到这个地步,真真的好比作'吹呢絮上青云,起死人肉白骨'!侄女若再起别念,便是不念父母深恩,谓之不孝;不尊伯父教训,谓之不仁。既是承伯父这等疼爱侄女,侄女倒要撒个娇儿,还有句不知进退的话要说。伯父,你若依得我,我何玉凤死心塌地的跟了你去。"

这位姑娘也忒累赘咧!这要按俗语说,这可就叫作"难掇弄[②]"!——却也莫怪他难掇弄——一个女孩儿家,千金之体,一句话就说跟了人走了?自然也得自己站个地步,留个身分。

安老爷听他还有话说,问道:"姑娘,你更有何说?"他道:"我此番扶了母亲灵柩随伯父进京,我往日那些行径都用不着,从此刻起便当立地回头,变作两个人,守着那闺门女子的道理才是。第一,上路之后,我只守了

---

① 厝(cuò)——停柩待葬或浅埋以待改葬。

② 掇(dūo)弄——解决、应付。

母亲的灵，除了内眷不见一个外人。”

安老爷道：“这是一。第二呢？”他又道：“第二，到京之后，死者入土为安，只要三五亩地早些合葬了我父母便罢，伯父切不可过于縻费，我家殁化生存才过得去。”

安老爷又问：“第三呢？”他道：“第三，却要伯父给我挨近父母坟茔找一座小小的庙儿，只要容下一席蒲团[1]之地。我也不是削发出家，我也不为舍身了道，只为一生守着我父母的魂灵儿，庐墓终身。这便是我何玉凤的安身立命了。”

只听这姑娘心眼儿使得重不重？脚步儿站得牢不牢？这若依了那褚大娘子昨日笔谈的那句什么何不如此如此的话，再加上邓九公大敞辕门的一说，敢情费了许多的精神命脉，说《列国》似的说了一天，从这句话起，有个反脸不回京的行市？果然又不出安老爷所料。

好安老爷！真是从来说的：有八卦相生就有五行相克；有个支巫祈便有个神禹的“金锁”；有个九子魔母便有个如来佛的“宝钵”；有个孙悟空便有个唐一行的“紧箍儿咒”。你看他真会作！只见他听了这话，把脸一沉，道：“姑娘，这话我和你口说无凭。”说着，便要了一盏洁净清茶，走到何夫人灵前打了一躬，把那茶奠了半盏，说道：“老弟，老弟妇，你二位神灵不远，方才我安某这片心，和侄女儿这番话，你二位都该听见；我安某若有一句作不到哪，有如此水！”说着，把那半盏残茶泼在当地，便算立了个誓。

何玉凤姑娘见安老爷这样的至诚，这才走过来说道：“蒙伯父这样的体谅成全，伯父请上，受你孩儿一拜。”安老爷倒掌不住泪流满面。邓褚父女翁婿并那些帮忙的村婆儿村姑儿在旁看了姑娘和安老爷这番恩义，也无不伤心。

才要张罗着让座让茶，早见那姑娘三步两步扑了那口灵去，叫声：“母亲！你可曾听见？如今是又好了！原来他也不是什么尹先生，也不好称他什么安官长，竟是我家三代深交有恩有义的那一位异姓伯父！他如今要带了女儿，扶了你的灵柩回京，还要把你同父亲双双合葬，你道可

---

① 蒲团——信仰佛教、道教的人，在打坐和跪拜时，多用蒲草编成的团形垫具，称“蒲团”。

好？你听了欢喜不欢喜？你心里乐不乐？阿呀！母亲！阿呀！父亲！你二位老人家怎的尽着你女儿这等叫，答应都不答应一声儿价？”说完了，拍着那棺材，捶胸顿脚，放声大哭。这场哭直哭得那铁佛伤心，石人落泪；风凄云惨，鹤唳猿啼；便是那树上的鸟儿也忒楞楞展翅高飞，路上的行人也急煎煎闻声远避。这场哭大约要算这位姑娘从他父亲死后直到如今憋了许多年的第一双热泪！这正是：

伤心有泪不轻弹，知还不是伤心处。

要知后来如何，下回书交代。

第 二 十 回

何玉凤毁妆全孝道　安龙媒持服报恩情

这回书紧接上回，表得是何玉凤姑娘自从他父母先后亡故，直到今日，才表明他那片伤心，发泄他那腔怨气，抱了他母亲那口棺材哭个不住。

邓九公见他哭得痛切，便叫女儿褚大娘子上前劝解。褚大娘子道："倒莫忙：他这肚子委屈也得叫他痛痛的哭一场，不然，憋出个什么病儿痛儿的来倒不好。"说着，便叫人取些热汤水，又叫拧个热手巾来，这才慢慢过去劝着。

劝了良久，那姑娘才止住哭声。大家围着，都让他先坐下歇歇。只见他且不归座，开口便问着褚大娘子道："姐姐，你前日给我作的那件孝衣可还在手下？"褚大娘子道："那天因为你执意不穿，立逼着我拿回去，我就带回去了。今日我连这东西和你的素衣裳以至铺盖鞋脚，我都带来了。不然，你瞧我来的时候作嘛用带那样一个大包袱来呢？"说着，便一手拉了他到里间去。

何玉凤这才毁却残妆，换上孝服。原来汉军人家的服制甚重，多与汉礼相同，除了衣裙，甚至鞋脚都用一色白的。

那姑娘穿了这一身缟素出来，越发显得如闲云野鹤一般，有个飘然出世光景。褚大娘子又叫人给他在地下铺了一领席，垫上孝褥子。他才在灵右守起制来。

邓九公此时是把一肚子的话都倒出来了，也没有什么可为难的了，觉得有点子泛上饿来了，便向他女儿道："姑奶奶，咱们可得弄的什么儿吃才好呢。你看，你二叔和妹妹进门儿就说起，直说到这时候，这天待好晌午歪①咧，管保也该饿了。"

褚大娘子道："这些事等不到老爷子操心，连吃的带你老人家的酒，我临来时候都打点妥当了，叫他们随后挑了来。这时候敢怕早送来了，在

---

① 晌午歪——午后一、两点钟。

外头收拾着呢。什么时候吃，什么时候现成。”

邓九公听了便催着才给姑娘些东西吃。岂知这位姑娘平日虽吃上看不破些儿，到了今日，心静身安，又经了安老爷这番琢磨点化，霎时把一条冰冷的肠子洹了个滚热，心里的事情都来了，那里还顾得到吃上，只在那里默坐，把心事一条条的理论起来；第一条早就想起他那义妹张金凤，又急切要见见这位伯母安太太是怎样一个性情，怎样一个行径，便问着安老爷道：“伯父，你方才说我那伯母和张亲家妹子都在半途相候，不知他娘儿们此时在那里？怎的我得见见也好！”安老爷道：“不但你想见他们，他们也正在那里想见你；除了我们张亲家老夫妻二位照应行李不得来，其余都在庄上。”

说着，便找褚一官着人送信请去。恰好褚一官外面去了，不在跟前。一时，找来，老爷便说明原由。褚一官道：“还等这会子呢！到晌午就来了！这里话没说结我又不敢让进来，没法儿，我把他老人家娘儿两个让到隔壁林大嫂家坐着呢。方才打发人来问过两三回了，等我过去言语一句。”说着，去了。

不上一盏茶时，安太太早到，褚大娘子便忙着迎出去搀了进来。那安太太进门，一眼便看见姑娘哀哀欲绝的跪在那里，一时也不及参灵，便一直的奔了姑娘去，也顾不得那白褥子的忌讳，便蹲下身去，半跪半坐的，把他一搂，搂在怀里，“儿呀”“肉”的哭起来；一面哭着，一面数落道：“我的孩子！你可心疼死大娘了！拿着你这样一个好心人，老天怎么也不可怜可怜你，叫你受这个样儿的苦哟！”

姑娘听了这话，心里更酸，哭得更痛。褚大娘子劝了半日，才两下里劝住，便让太太炕上坐。太太那里肯，说：“姑奶奶，我好容易见着他了，你让我和他多亲热亲热！”说着，又拿小手巾擦眼睛。褚大娘子便向炕上拿了一个坐褥给太太铺好，又装了一袋烟过去。太太便和姑娘对面坐了，手里拿着烟袋，且不吃烟，着实的给姑娘道了一番谢，说：“你，大姑娘，我就剩了心里过不去了。我实在说不出什么来了。”

姑娘此时倒也无可谦词，只说了个：“那时虽然彼此不知，方才听我伯父说起来，我两家原来是这样的世谊。便是侄女儿出些力，岂不是该的？侄女儿此后仰仗伯父伯母的去处正多。还有几句不知进退的话方才都求过我伯父了。”安太太道：“大姑娘，凭你有什么为难的事，都交给我和你大爷；你只别委屈，别着急，耽搁了身子，我就放心了。”说着，便拉了他的手问长问短。

恰好一个婆儿送上茶来。安太太接来便搁下那个茶盘儿，自己端着碗送到他口边让他喝两口热茶；一会儿又用手指头给他理理头发；一会儿又用小手巾儿给他沾沾脸上的眼泪；一会儿又说：“这一个褥子薄，再垫个坐褥罢。小心地下的凉气冰着。”一会儿又说：“没外人在这里，只管盘上腿儿坐着，看压麻了脚。”——也不知要怎样的疼疼那位姑娘才好！

再不想姑娘的小脚儿天生的不会盘腿。更可怜那姑娘幼年丧父，正是用着母亲抚养照料的时候，母亲又没了；便是有，他那位老太太也是一个老实不过的人，及至逃难至此，一病不起，连他自己的衣食还得女儿照顾。姑娘何曾经过人这等珍惜怜爱过来！如今和安太太见了面，看了这番说话，行事，待人，才知道天底下的女孩儿原来还有这等一个境界！他心里顿觉甜苦寒暖大不相同，便益发和安太太亲热起来；坐定了，便目不转睛的看着安太太。只见那太太穿一件鱼白的百蝶衬衣儿，套一件绛色二则五蝠捧寿织就地景儿的氅衣儿，窄生生的袖儿，细条条的身子；周身绝不是那大宽的织边绣边，又是什么猪牙绦子①，狗牙绦子的，胡镶滚作，都用三分宽的石青片金窄边儿，塌一道十三股里外挂金线的绦子，正卷着二折袖儿；头上梳着短短的两把头儿，扎着大壮的猩红头把儿，别着一枝大如意头的扁方儿，一对三道线儿的玉簪棒儿，一枝一丈青的小耳挖子，却不插在头顶上，倒掖在头把儿后边；左边翠花上关着②一路三根大宝石抱针钉儿，还戴着一枝方天戟，拴着八棵大东珠的大腰节坠角儿的小挑；右边一排三枝刮绫刷蜡的矗枝儿兰枝花儿；年纪虽近五旬，看去也不过四十光景，依然的乌鬓黛眉，点脂敷粉；待人是一团和气，和气的端庄；开口有几句谦词，谦词的尊贵；高华富丽，慈厚和平；和安老爷配起来，真算得个子子孙孙的天亲，夫夫妇妇的榜样。

姑娘看了半日，心里暗暗的说道：“我给张家妹妹误打误撞说成了这等的一个人家，这样的一双公婆，也算对得住他了！”

他那里正待问安太太，“我那妹子怎的不同来”，一句话不曾出口，只

① 绦（tāo）子——花边。

② 关着——别着；戴着。

听外面一片哭声，男的也有，女的也有，老的也有，少的也有，摇天振地价从门外哭了进来。姑娘从来不晓得什么叫作“害怕”的人，此时倒吓了一跳，心里啜掇道：“我这里除了邓、褚两家之外再没个痛痒相关的人，他两家都在眼前，这来的又是班什么样人？却哭的这般痛切，好生作怪！”自己又拘住礼法，不好探头往外看，只得低了头伏在地下陪着哭。

且住！这一片哭声内，男的女的，老的少的，一班人果然都是谁呀？原来安太太过来的时候，安公子小夫妻和仆妇丫鬟都随过来了；只因里面地方过窄，要等安太太先见过了，然后大家才好进来，趁这个空儿便在前厅换了衣裳。姑娘在灵傍跪着，只顾在这里应酬安太太，却不得知道消息；及至他自己伏下身去陪哭，安太太便站起身来。他哭着闪眼一看，早见一男一女拜倒在灵前，又是两个老少妇人跪在门里，一个男的跪在门外，都伏在地下痛哭，又各各的身穿重孝。姑娘眼泪模糊，急切里看不出谁是谁，口里既不好问，心里更想不出这是怎生一桩事。

正在纳闷，却见褚大娘子把灵前跪的那个穿孝服的少妇人搀起来。那厢那个穿孝的少年也便站起身来，还在那里捂着脸擦眼泪。那少妇便拉了褚大娘子，一面哭着扑了自己来，便在方才安太太坐的那个坐褥上跪下，娇滴滴，悲切切，叫了声：“姐姐！你想得我好苦！”说罢，也是抱头痛哭。

何玉凤此时临近一看，又听得说话声音，才晓得是他救的那个结义妹子张金凤，那厢站的那个少年便是安公子；一时心中万绪千头，才待说话。那后面跪的老少两个妇女也抢过来给姑娘磕头；扶着姑娘的腿哭个不住。门外的那个男的也磕了阵头，站起来。

姑娘且不及看门外那个，急得一手拉了金凤姑娘，一手推那两个妇女，道：“你两个先抬起头来，我瞧瞧是谁。”及至两个抬起头来，两下里看了一看，才晓得是他的奶母和他的丫鬟；门外那个却是他的奶公戴勤。

姑娘此时断想不到这班人忽然在此地，同时聚在一处，重得相见，更加都穿着孝服，辨认不清。到了他那个丫鬟——随缘儿媳妇——隔了两三年不见，量也长成了，又开了脸，打扮得一个小媳妇子模样，尤其意想不到，觉得诧异。

这一阵穿插倒把个姑娘的眼泪穿插回去了，呆呆的瞅瞅这个，看看那个，怔了半日，才问着张金凤道：“妹子！我难道和你们是梦中相见么？”

张姑娘道："姐姐，你且莫悲伤，定一定再说话。"

这姑娘痛定思痛，良久良久，才重复哭起来。安太太便叫张姑娘："好生劝劝你姐姐，不要招他再哭了。"褚家娘子和他奶娘也来相劝。

姑娘这才止住悲啼，拉了张金凤，觉得心中有万语千言，只不知从那句说起。只见他看了看众人，又看了安公子夫妻，忽地失惊道："阿呀！岂有此理！我这奶公奶母和这丫鬟罢了；你二位，现在伯父伯母双双在堂，岂不嫌个忌讳，怎生也穿起这不祥之服？快快脱下来才是！"安公子跪在那里答道："我两个受了姐姐的救命大恩，无路可报，今日遇着婶母这等大事，正该如此；况又是父母吩咐的，怎敢违背！"姑娘连连摆手，说："这事断断行不得！"张姑娘又道："姐姐，便是你我又和嫡亲姐妹差些什么？姐姐不必再讲了。"

两人只管这等说，姑娘那里肯依，急得又向安老爷、安太太说："伯父，伯母，这事礼过于情，不要说我何玉凤看了不安，便是我的母亲九泉有知，也过不去。求你二位老人家吩咐一句，一定叫他们脱了才好。"安老爷道："姑娘，你且不必着急，听我说。你道这事礼过于情，按古礼讲，古人的朋友本就有个袒免①之服。怎的叫作'袒免'？就如如今男去冠缨，女去首饰，再系条孝带儿，戴个孝髻儿一般。按今礼讲，你只看内三旗的那些人家，遇见父母大事，无论亲戚朋友跟前都有个递孝接孝的礼。再讲到情，你我两家不但非寻常朋友可比，比起那疏远的亲戚来，只怕情义还要重些。便是你尊翁灵柩到京的时候，我也曾在我那坟园上供养他几日，也曾叫我这孩儿去了缨②儿，穿身孝服，替我早晚祭奠。这是你奶公奶娘眼见的。那时姑娘你又从那里不安去？何况姑娘你救了他两个性命便同救了他两个父母公婆！他两个如今止于给你令堂穿身孝服，就论一报一施，你道孰轻孰重？这儿身孝正是我昨日听得你令堂的事，和你伯母商议，特特的赶做成的。你我骨肉一般，还讲得到什么忌讳！便是忌讳，我这一儿一媳当日在那能仁寺双双落难，果然不是你来搭救，只怕今日之下想穿这两身孝服也没处穿；我同你伯母求着这样忌讳也求不到。我再和姑娘你掉句文，这就叫作'亡于礼者'之礼也。故曰，'其动也中。'"安太

① 袒免（tǎn wèn）——古代丧服之轻者。袒，袒露左臂；免，头部扎孝带。

② 缨（yīng）——此指穿戴装饰品。

太也道："是这样。"不叫姑娘谦让，又怕他着急，便亲自走过来安抚了他一番。

这且不表。却说邓九公方才见公子和张金凤穿了孝来，也自诧异；及至安老爷说了半日，他才明白过来。原来昨日安老爷把华忠叫在一旁说的那句梯已话和今早安老爷见了安太太老夫妻两个说的那句哑谜儿，他在旁边听着，干着了会子急，不好问的，便是这件事；便向姑娘道："姑娘，师傅总得站在你这头儿。咱们到底是家里。我再没说架着炮往里打的。这话，你伯伯可说的是。咱们不用再说了。"

姑娘还待再说。褚大娘子也道："我可不懂得这些什么古啊今哪，书哇文的，还是我方才说的那句话，人家是个老家儿，老家儿说话再没错的，怎么说，咱们怎么依就完了。你说是不是？"

姑娘见一个人扭不过众人去，心里想道："我从来看了世界上这些施恩望报的人作那些春种秋收的勾当，便笑他是有意沽名，有心为善。所以我作事，作起来，任是潮来海倒；作过去，便同云过天空。即如我在能仁寺救安公子、张姑娘的性命，给他二人联姻以至赠金借弓这些事，不过是我那多事的脾气，好胜的性儿，趁着一时高兴要作一个痛快淋漓，要出出我自己心中那口不平之气。究竟何曾望他们怎的领情，怎生答报来着？不想他们竟这等认真起来。可见造因得果，虽有人为，也是上天暗中安排定的。"想到这里，也就默默无言，只得跪起来给安公子和张姑娘行礼叩谢。慌得他两个还礼不迭。

虽然如此，姑娘此刻是说勉强依了，他心里却另有个不愿意的意思。他这不愿意想来不是为方才给安公子、张姑娘磕那两个头。究竟他是个什么意思？这位姑娘心里弯子转子过多，我说书的一时摸不着门儿，无从交代，等这书说到那个场中，少不得说书的听书的都明白了。

闲话休提，言归正传。再讲安老爷自从到了二十八棵红柳树邓家庄，又访得青云堡见了褚一官、褚大娘子，这才见着邓九公；自从见了邓九公，费了无限的调停，无限的宛转，才得到了青云峰见着了这位隐姓埋名昨是今非的十三妹；自从见了这位姑娘，又费了无限唾沫，无限精神，才得说的他悉心忏悔，五体皈依；一直等安太太、安公子、张姑娘以至他的奶公、奶母、丫鬟异地重逢，才算作完了这本戏文，演完了这段评话，才得略略的放心。他便对邓九公说："九兄，这事情的大局已定，我们外面歇歇，好让他娘儿们说说话儿，各取方便。”

邓九公本就嚷嚷了半天，听了这话正中下怀，忙说：“很好！咱们也该喝两盅去了！”又告诉褚大娘子道：“让姑娘吃些东西；哭只管哭，可不要尽只饿着。”唠叨了一阵，这才陪了老爷、公子出来。

外面自有褚一官带了人张罗着预备吃的；内里褚大娘子也指使着一群镢头脚①的婆儿调抹桌凳，搬运菜饭，便连戴勤家的、随缘儿媳妇也来帮忙。一时，里外都吃起来。安老爷和邓九公心里惦着有事，也不得照昨日那等畅饮；然虽如此，却也瓶罄杯空，不曾少喝了酒。至于那些吃食，不必细述，也没那鼓儿词上的“山中走兽云中雁，陆地飞禽海底鱼”，不过是酒肉饭菜，吃得醉饱香甜而已。一时吃完，又添了东西，内外下人都吃过了。

邓九公闲话中便和安老爷说道：“老弟！你看，这等一个好孩子被你生生的夺了去了，我心里可真难过！只是一来，关着他的重回故乡；二来，又关着他的父母大事；三来，更关着他的终身：我可没法儿留他。但是我也受了他会子好处，一点儿没报答他，我这心里怎得过的去？我想如今他不是没忙着要走的这一说了吗？我要把他老太太的事重新风风光光的给他办一办；也算我们师徒一场。只是要老弟你多住几日，包些车脚盘缠；可就不知老弟你等得等不得？”

安老爷道：“我倒没什么等不得。那盘费，更是小事。便是九兄你不给他办这事，我们也不能就走。什么原故呢？我心里已经打算在此了。此去带了一口灵，旱路走着，就有许多不便；我的意思，必须改由水路行走。明日就要遣人趕回临清闸去雇船，往返也得个十天八天的耽搁。只是老兄你方才说的这番举动，似乎倒可不必。从来丧祭趁家之有无，他自己既不能尽心，要你多费，他必不安；况且这些事究竟也不过是个虚文，于存者没者毫无益处。竟是照旧，明日伴宿，后日却把灵封了，把他接到庄上，你师弟姊妹多聚几日，叙叙别情。有这项钱，你倒是给他作几件上路素色衣裳。如此事事从实，他也无从辞起。”

邓九公道：“那几件衣裳可值得几何呢！”说着，绰着那部长须，翻着

---

① 镢头脚——旧时妇女足被缠裹，但这些下人系未裹足者。此指双足大，形状似镢头。讥讽意。

眼睛，想了一想，说："有了！衣裳行李也要作，临走我到底要把他前回和海马周三赌赛他不受我的那一万银送他作个程仪；难道他还不受不成？"

安老爷道："那他可就不受定了；老兄，你岂不闻'江山好改，秉性难移'？你切不可打量他从此就这等好说话儿了。他那平生最怕受人恩的脾气，难道你没领教过？设或你定要尽心，他决然不受，那时彼此都难为情。依我说倒莫如……"

老爷说到这里，掩住口，走到邓九公跟前附耳低声说道："九兄，莫若如此如此，岂不大妙？"邓九公听了，乐得拍桌子打板凳的，连说："有理！"又说："就照这么办了！"老爷道："九兄，切莫高声。此地只隔一层窗纸，倘被他听见，慢说你这人情作不成，今日这一天的心力可就都白费了！"邓九公伸了伸舌头，连忙住口。

二人正要进后边去，恰好随缘儿媳妇出来，回说："奴才太太和姑娘请老爷说话。"安老爷便同了邓九公进来。安太太道："大姑娘方才说了半天，还是为玉格和他媳妇这两身孝，他始终不愿意。他的意思还要过了明日后日两天，大后日就一同动身。我说，这话你等我和你大爷商量，也得算计算计这两天工夫可走得及走不及。"

姑娘接着说道："我也没什么愿意不愿意；不过想着他二位穿了孝参了灵就算情理两尽了，究竟有伯父伯母在上头；况且又是行路，就这样上路，断乎使不得。不但他二位，便是我这奶公，奶母，丫鬟，现在既在伯父那里，一并也叫他们脱了孝上路为是。至于我这孝虽说是脱不下来，这样跟了伯父伯母同行，究竟不便。纵说你二位老人家不嫌忌讳，也得我心里安。再说，我父亲的大事，那时我只顾护了母亲，匆匆远避，便不曾按着日期守孝，此番到京，我却要补着，尽这点作儿女的心。那时日子也宽余了，伯父你给我找的那个庙也该妥当了，我一释服便去了我的脚跟大事，岂不长便？这样商量定了，过了明日后日两天就可上路，也省得伯父上上下下人马山集的在此久住。这话，伯父想来再没个不依我的。"

安老爷一听："这又是姑娘泛上小心眼儿来了；且自顺了他的性儿，我自有道理。"便说道："姑娘，这话很是；便是你大兄弟，大妹妹，我也不是叫他们穿多少日子的孝。到了你补着穿孝这层，也很行得，尽有这个样子。只是两日后便要起身，却来不及。何也呢？我们方才在外头商量定了，你此番扶柩回京，旱路断不方便，就是你也不得早晚相依。我明日便着人看船去，也有几天耽搁。我们这里却依然明日伴宿，后日把灵暂且封起来，大家都搬到你师傅庄上住去。船一雇到，即刻起行。你那一路不要见外人的这句话便不枉说了。姑娘，你道如何？”

姑娘听了，料是此地山里既不好一人久住，众人也没个长远在此相伴的理，便也没得说，点头俯允。

邓九公见这话说定规了，便道：“咱们这可没事了，太阳爷也待好压山儿了，二妹子和大奶奶这里也住不下，莫如趁早回庄儿上去罢。明日再来。再挨会儿子，这山里的道儿黑了，可不好走。”

安太太还不曾答言。何玉凤姑娘早诧异起来说道：“怎么今日都不住下吗？”原来姑娘自被安老爷一番言语之后，勾起他的儿女柔肠，早和那以前要杀就杀，要饶就饶，要聚便聚，要散便散的十三妹迥不相同；听得声都要走便有些意意思思①的舍不得，眼圈儿一红，不差什么就像安公子在悦来老店的那番光景，要撇酥儿。

褚大娘子笑道：“哎哟，嗳哟！瞧啊，瞧啊！姐儿舍不得大娘子！我这可是头一遭儿看见你这个样儿！”安太太便连忙道：“好孩子！别委屈，我跟着你。”因和褚大娘子道：“不然，姑奶奶，你和你大妹妹回去，我住下罢。”

谁知这位姑娘虽然在能仁寺和张姑娘聚了半日，也曾有几句深谈；只是那时节彼此心里都在有事，究竟不曾谈到一句儿女衷肠；今日重得相逢，更是依依不舍。

褚大娘子是个敞快人，见这光景便道：“这么样罢。”因和他父亲说：“竟是你老人家带了女婿陪了二叔和大爷回去。我们娘儿三个都住下。这里也挤下了。”又和褚一官道：“你回去可就把二婶儿和大妹妹的铺盖卷儿和包袱送了来，可别交给外头人，就叫孟妈儿和芮嫂两个来。我这里带的人不够使，他们村儿里的几个人晚上也有回家的。我带着一条被窝呢，不要铺盖了。晚上老爷子要和二叔喝酒，我都告诉姨奶奶了。以至明日早起的吃的，老范和小蔡儿他们都知道，你问他们就是了。可想着给我们送吃的来。”

褚一官在那里老老实实的听一句应一句。褚大娘子又道：“可是还

---

① 意意思思——心意。

得把我的梳头匣子拿来呢。”张姑娘道：“不用费事了；两份儿铺盖里都带着梳洗的这一份儿东西呢。我们天天路上就是那么将就着使，连大姐姐你也够用了。”褚大娘子道：“如此更省事了。”褚一官道：“想想还有什么？别落下了。”褚大娘子道：“没什么了。——再就是我不在家，你多费点心儿照应照应那孩子，别竟靠奶妈儿。”

褚一官又连连答应。褚大娘子又道：“既这样，二叔，索性早些请回去罢。”邓九公道：“明日人来的必多，我已就告诉宰了两只羊，两口猪，够吃的了，姑奶奶放心罢。倒是这杠怎么样？不，就卸了他罢？”安老爷道：“这又碍不着，何必再卸？就这样，下船时岂不省事？”邓九公道：“老弟，你有所不知；我也知道不用卸，只是我不说这句，书里可又漏一个缝子！”说着，才嘻嘻哈哈同了安老爷父子和褚一官告辞出去。安老爷临走又把戴勤留下在此照料，便一同回青云堡褚家庄去了不提。

却说何玉凤姑娘此时父母终天之恨已是无可如何；不想自己孤零零一个人，忽然来了个知疼着热的世交伯母，一个情投意合的义姊，一个依模照样的义妹，又是嬷嬷妈，嬷嬷妹妹，一盆火似价的哄着姑娘。姑娘本是个天性高旷的爽快人，不觉一时精满神足，心舒意畅，高谈阔论起来。

那时虽是十月天气，山风甚寒，屋里又生上火。须臾，点上灯来，那铺盖包袱也都取到，那位姨奶奶又送了些零星吃食来。褚大娘子便都交给人收拾去，等着夜来再要，便让安太太上了炕，又让何张二位姑娘上去，因向安太太说：“我在左边给你老人家摆一只‘凤凰’，右边给你老人家摆一只‘凤凰’！”他自己却挨着炕边坐了。除了玉凤姑娘不吃烟，那娘儿三个每人一袋烟儿。

安太太看看这个看看那个，十分欢喜。大家便围炉闲话起来。安太太道：“真个的；你家这个姨奶奶虽说没什么模样儿，可倒是个心口如一的厚实人儿。我看你们老人家这样的居心行事，敢怕那姨奶奶还给他养个儿子定不得呢。”褚大娘子道：“那敢是好。我也正盼呢。只是我父亲今年八十七了，那里还指望得定呢！”张姑娘道：“不然。那姨奶奶自己知道；他告诉我说，他家老爷子命里有儿子，他还要养两个呢。”安太太道：“这儿女的数儿他自己那里定得准呢！”张姑娘忍不住笑道：“我也是这样问他来着，他说是刘铁嘴告诉他的；我也不知刘铁嘴是谁，没敢往下再问。”

大家听了，早已笑将起来。褚大娘子便告诉安太太道：“这是他来的那年,我叫了个瞎生给他算命,要算算他命里有儿子没有。那瞎生叫刘铁嘴,说了这么句话,他就记住了这句话;要是叫他记住了,他肚子里可就装不住了,就这么个傻心肠儿!”玉凤姑娘道:“我可就爱他那个傻心肠儿。只是怕他说话:他一说话,我不笑他,我憋的慌;我笑他,我又怕他恼。”褚大娘子道:“人家可不懂得怎么叫个恼哇!”说着,大家又笑了一阵。

一时,戴勤进来隔窗回道:“请示,太太和大奶奶还要什么不要?外头送铺盖的车还在这里等着呢。”安太太道:“不用什么了。你没跟大爷去吗?”戴勤道:“老爷留奴才在这里伺候的。”玉凤姑娘听如此说,便隔窗叫他道:“嬷嬷爹,你先去告诉了话,进来我再瞧瞧你。”

戴勤去了进来,又重新给姑娘请安,也问了姑娘几句话。姑娘一时想起当日送灵回京的话,又细问了一番,因道:“你们走到那里就遇见这里老爷的人了?”戴勤道:“走到德州。”姑娘道:“他们岸上走,你们河里走,怎得知道就是咱们的船呢?”戴勤道:“姑娘问起这件事,竟有些奇怪,真是老爷的灵圣!头夜大家就知道这里老爷差人接下来了。这一日晚上,船靠了德州码头,点灯后,他们里头在后舱睡了,奴才和宋官儿两个便在老爷灵旁一边一个打地铺也就睡下。睡到三更多天,耳边只听说老爷叫。那时也忘了老爷是归了西了,就连忙要见老爷去。及至一看,老爷就在当地站着呢,奴才一时认不出来了。”

姑娘道:“你怎么又会不认得老爷了呢?”戴勤道:“只见老爷穿戴不是本朝衣冠;头上带着一顶方顶镶金长翅纱帽,身穿大红蟒袍,围着玉带,吩咐奴才说:‘安二老爷差人接我来了,你们可看着些,莫要错过,去叫他们空跑一趟。我上任去了。’奴才就说:‘老爷那里上任去?怎的也不接太太和姑娘同去?’老爷道:‘太太就来的;姑娘早呢,我不等他了。’说着,往外就走。奴才急了,说:‘老爷怎的不等姑娘同去?奴才姑娘此时到底在那里呢?’老爷把袖子一甩,向我说:‘好糊涂!我见不着姑娘只怕你就先见着了;此时何用问我!’奴才见老爷生气,一害怕就唬醒了。原来是一场梦。忙着叫宋官儿,只听他那里说睡语,说:‘我的老爷子!你是谁呀?’及至把他叫醒了,问他,他说:‘见一个人,打扮得和戏台上的赐福天官似的,踢了我一靴子脚,说:“你这东西睡的怎么这样死!”’奴才正告诉他这个梦,只听得外面好像人马喧阗的声儿,又像鼓乐吹打的声儿,只恨那时胆子小,不曾出去看看。奴才就和宋官儿说:‘这事宁可信其有,不可信其无,天亮咱们且别开船,到船头看看到底有人来没人来。'谁想这里老爷果然就打发梁材他们来了。姑娘想,这可不是老爷显圣吗?"

这位姑娘可从不信这些鬼神阴阳的事,便道:"老爷成神,怎的不给我托梦倒给你托起梦来?不要是你那一天吃多了酒罢?"安太太道:"大姑娘,你可不可不信这话。他们一到京就说过。你大爷还和我说:'何老大那样一个聪明正直的人,成了神也是有的事,只可惜他不知成了什么神了。'这神佛的事也是有的。"

姑娘终是将信将疑。戴嬷嬷笑向安太太道:"奴才姑娘从小儿就不信这些。姑娘只想,要不是有神佛保着,怎么想到我们今日都在这里见着姑娘啊?太太还记得老爷来的头里,叫了奴才娘儿两个去细问姑娘小时候的事情?那时奴才只纳闷儿。谁知老爷早知道姑娘的下落,连奴才们也托着老爷太太的福见着姑娘了,真真是想不到的事!"玉凤姑娘问道:"老爷怎么问?你们又怎么说的?"

随缘儿媳妇便把那日的话说了一遍。姑娘道:"我不懂你们有一搭儿没一搭儿的把我小时候的营生回老爷作吗!"褚大娘子道:"罢咧!罢咧!连你那拉青屎的根子都叫人家抖翻出来了;别的还有什么怕说的!"说的大家大笑。他自己也不禁伏在安太太怀里吃吃的笑个不住。

从来说:"欢娱嫌夜短,寂寞恨更长。"只这等说说笑笑,不觉三鼓。褚大娘子道:"不早了,老太太今日那么早起来,也闹了一天了,咱们喝点儿粥吃点儿东西睡罢。明日还得早些起来,只怕他们这里远村近邻的还要来上祭呢。"说着,随意吃些东西。

盥漱已毕,安太太和何玉凤姑娘便在东间南炕,褚大娘子和张金凤姑娘便在西间南炕睡下;戴嬷嬷母女和褚家带来的四个婆儿都在后卷两个里间分住;本村的几个村姑村婆也各各的分头歇息。这里他娘儿们,姐儿们,睡在炕上,还絮絮的谈个不住。

列公,你道怎个苍狗白云,天心无定;桑田沧海,世事何常。这青云山分明是凄惨惨的几间风冷茅檐,怎的霎时间变作了暖融融的春生画阁?都只道是这班人第一个欢场,那知恰是这评话里第二番结束。这正是:

但解性情怜骨肉,寒温甘苦总相宜。

要知那何玉凤和安老爷怎的同行,何玉凤和邓褚两家怎的作别,下回书交代。

第二十一回

回心向善买犊卖刀　隐语双关借弓留砚

这书前二十回已把安、何、张三家联成一片，穿得一串，书中不再烦叙；从这二十一回起就要作一篇雕弓宝砚已分重合的文章，成一段双凤齐鸣的佳话。

却说安太太婆媳二人那日会着何玉凤姑娘，便同褚大娘子都在他青云山山庄住下；彼此谈了半夜，心意相投，直到更深，大家才得安歇。外面除了本庄庄客长工之外，邓九公又拨了两个中用些的人在此张罗明日伴宿的事。安老爷又留下戴勤并打发了华忠来帮着照料，连夜的宰牲口定小菜。连那左邻右舍也跟着腾房子，调桌凳，预备落作①。忙碌得一夜也不曾好生睡得。里边褚大娘子才听得鸡叫便先起来梳洗，带着那些婆儿们打扫屋子。安太太婆媳和玉凤姑娘也就起来梳洗完毕。早有褚一官带人送了许多吃食，外面收拾好了端进来。安太太便让道："大姑娘，今日可得多吃些；昨日闹得也不曾好生吃晚饭。"那知这位姑娘诸事难说话，独到了吃上不用人操心呢。

一时，上下大家吃完，安老爷早同邓九公从家里吃得一饱前来看望姑娘，和姑娘寒暄了几句。姑娘便依然跪在灵旁尽哀尽礼。便有戴勤带着他女婿随缘儿和亲家华忠进来叩见姑娘。姑娘见自己的丫鬟也有了托身之地，并且此后也得一处相聚，更是放心；又见褚大娘子赶着华忠一口一个"大哥"，姑娘因问道："你那里又跑出这个大哥来了？"褚大娘子道："这可就是你昨日说的我们那个亲戚儿。"姑娘才明白便是安公子的华奶公。

两人见过出去，华忠又进来回："张亲家老爷、亲家太太来了。"原来这老两口儿昨日听得十三妹姑娘有了下落，恨不得一口气就跟了来见见。

---

① 落作（làozuō）——即"劳作"，准备工作。

只因安老爷生恐这里话没定规,亲家太太来了,再闹上一阵不妨头①的怯话②儿,给弄糟了,所以指称着托他二位照看行李,且不请来,叫在店里听信。及至他昨晚得了信,今日天不亮便往这里赶,赶到青云堡褚家庄,可可儿的③大家都进山来了。他们也没进,一直的又赶到此地;进门朝灵前拜了几拜,便过来见姑娘,哭眼抹泪的说了半天,大意是谢姑娘从前的恩情,道姑娘现在的烦恼。礼到话不到,说是说不清,横竖算这等一番意思就完了事了。

邓九公便让张老在前厅去坐。内中只有褚大娘子是不曾见过这位张太太的;他心里暗说:"怎么这等一个娘会养金凤姑娘这么一个聪明俊秀的女孩儿呢?"

这褚大娘子本就有些顽皮,不免要耍笑他;只是碍着张姑娘,不肯,便也问了好,说了几句话,因问:"你老人家今日什么时候坐车往这么来的?"他道:"那里还坐车呀!我说:'才多远儿呢!咱走了去罢!'他爹说:'我怕什么?撒开鸭子④就到咧!你那踱拉踱拉的,踱拉到啥时候才到喂!'那么着,我可就说:'不,你就给我找个二把手的小单拱儿来罢。'谁知雇了辆小单拱儿,那推车的又是老头子,倒够着八十多周儿咧,推也推不动,没的怄的慌,还没我走着爽利咧!"

大家听了,要笑又不好笑:偏偏这八十多周儿的话又正和了邓九公的岁数儿。邓九公听了,倒有些不好意思起来,便搭讪着问褚一官道:"咱们外头的事情都齐了没有?"褚一官道:"都齐了,只听里头的信儿。"

原来安邓两家商量定了,都是这日上祭。安老爷见张家二老来了,又告诉邓九公给他家也备了桌现成的供菜。第一起便是安老爷上祭。褚一官连忙招呼了戴勤、华忠、随缘儿进来整理桌椅,预备香烛。这山居却没那些鼓乐排场,献奠仪注,只大家把祭品端来摆好。

玉凤姑娘看了看,那供菜,除了汤饭茶酒之外,绝不是庄子上叫的那

① 不妨头——未准备;突兀;冒失。
② 怯话——生话。
③ 可可的——恰好;如数。
④ 撒开鸭子——放开脚步。鸭子,脚丫子。

些椤鸡，匾丸子，红眼儿鱼，花板肉，……的十五大碗，却是不零不搭[①]的十三盘：里面摆着全羊十二件，一路四盘，摆了三路；中间又架着一盘，便是那十二件里片下来的攒盘，连头蹄下水都有。只见安老爷拈过香，带着公子，行了三拜的礼。次后，安太太带了张姑娘也一样的行了礼。姑娘不好相拦，只有按拜还礼。

祭完，只见安太太恭恭敬敬把中间供的那攒盘撤下来，又向碗里拨了一撮饭，浇了一匙汤，要了双筷子，便自己端到玉凤姑娘跟前，蹲身下去，让他吃些。不想姑娘不吃羊肉，只是摇头。安太太道："大姑娘，这是老太太的克食[②]，多少总得领一点儿。"说着，便夹了一片肉，几个饭粒儿，送在姑娘嘴里。姑娘也只得嚼着咽了；咽只管咽了，却不知这是怎么个规矩。当下不但姑娘不懂，连邓九公经老了世事的也以为创见。不知这却是八旗吊祭的一个老风气。那时候还行这个礼；到了如今，不但见不着，听也听不着，竟算得个"史阙文[③]"了。

闲话少说。一时撤下去，邓九公因为自己算个地主，便让张家二老上祭，端上一桌荤素供菜来供好。张老也拈了香，磕了头；到了亲家太太了，磕着头，便有些话白儿[④]，只听不出他嘴里咕囔的是什么。等他两个祭完了，便是邓九公同了女儿女婿上祭。只见热气腾腾的端上一桌菜来，无非海错山珍鸡鸭鱼肉之类；也有大盘的馒头，整方的红白肉，却弄的十分洁诚精致。供好，邓九公同褚一官夫妻也照前拈香行礼。礼毕，褚一官出去焚化纸锞。他父女两个便大哭起来。姑娘也在那里陪哭。戴勤家的和随缘儿媳妇都跪在姑娘身后跟着哭。

你道这邓家父女两个，是哭那一位何太太不成？那何太太是位忠厚老实不过的人，再加上后来一病，不但邓九公和他漠不相关，便是褚大娘子也和他两年有余不曾长篇大论的谈过个家长里短，却从那里得这许多方便眼泪？原来他父女两个都各人哭得是各人的心事。

---

① 不零不搭——整数；完整的；不零散。

② 克(kē)食——满语。皇上赏赐给大臣的食物。

③ 史阙文——谓古之良史以书字有疑则阙之，以待能者，不敢穿凿。阙，缺而不书或脱漏的文句。文，字。

④ 话(huō)白儿——说辞；不必要说的话；亦为"话撇"。

邓九公心里想着是:人生在世,儿子这种东西虽说不过一个苍生,却也是少不得的;即如这何家的夫妻二位,假如也得有安公子这等一个好儿子,何至于弄到等女儿去报仇,要女儿来守孝?眼前虽说有玉凤姑娘这等一个顶天立地的女儿,作到这个地位,已经不知他心里有几万分说不出的苦楚了;况且世路上又怎样指得准有这等一位破死忘魂卫顾人的安老爷呢?踅回来再想到自己身上也只仗了一个女儿照看,难道眼看九十多岁的人还指望养儿得济不成?再说设或生个不肖之子,慢讲得济,只这风烛残年没的倒得"眼泪倒回去望肚子里流,胳膊折了望袖子里褪",转不如一心无碍,却也省得多少命脉精神。这是邓九公的心事。

褚大娘子心里想的是:一个人托生给人作个女儿,虽说和那作儿子的侍奉终身不同,却是同一尽孝,都该报答这番养育之恩。只是作个女儿,到了何玉凤这样光景也就算强似儿子了,但是天不成全他,遇见这等时运也就没法儿,何况于我?纵说我随了老父朝夕奉养,比他强些,老人家已是"老健春寒秋后热",譬如朝露,去日苦多;那时无论我心里怎样的孝顺,难道还能派定了人家褚家子弟永远接续邓家香烟不成?这是褚大娘子的心事。

至于他父女两个心疼那姑娘,舍不得那姑娘,却是一条肠子。又因这疼他舍不得他的上头,却又用了一番深心,早打算到姑娘临起身的时候,给他个斩钢截铁,不垂别泪;因此要趁着今日把这一腔离恨哭个痛快,便算和他作别,临期好让他不着一丝牵挂流连,安心北上,去走他那条"立命安身"的正路。正是一番"英雄作用,儿女情肠"。

当下父女两个悲悲切切抽抽噎噎,哭的十分伤惨。安老爷和张老早把邓九公劝住。安太太和张妈妈儿也来劝褚家娘子。张姑娘便去劝玉凤姑娘。安太太向褚家娘子道:"姑奶奶,歇歇儿罢,倒别只管招大姑娘哭了。"只这一句,越发提起褚大娘子舍不得姑娘的心事来,委委屈屈,又哭个不住。半日半日才慢慢的都劝住了。褚一官同了众人便把饭菜撤下去。邓九公嘱咐道:"姑爷,这桌菜可不要糟塌了;撤下去就蒸上,回来好打发里头吃。"褚一官一面答应,便同华忠等把桌子擦抹干净出去。

外面早有山上山下远村近邻的许多老少男女都来上祭:也有拿陌①

---

① 陌——此指"钱一百文"。

纸钱来的；也有糊个纸包袱，装些锞锭[1]来的；还有买对小双包蜡，打着箍高香，一定要点上了蜡烛香才磕头的；又有煮两只肥鸡，拴一尾生鱼来供的；甚至有一蒲包子炉食饽饽[2]，十来个鸡蛋，几块粘糕饼子，也都来供献供献，磕个头的。这些人，一来，为着姑娘平日待他们恩厚，况又银钱挥霍，谁家短个三吊两吊的，有求必应；二来，有这等一个人住在山里，等闲的匪人不敢前来欺负；三来，这山里大半是邓九公的房庄地亩，众人见东翁尚且如此，谁不想来尽个人情：因此上都真心实意的磕头礼拜。那班村婆村姑还有些赞叹点头擦眼抹泪的。这要搁在姑娘平日，早不耐烦起来了；不知怎么个原故，经安老爷昨日一番话，这条肠子一热，再也凉不转来，便也和他们洒泪，倒说了许多好话，道达这两三年承他们服侍母亲支应门户的辛苦。

这一阵应酬，大家散后，那天已将近晌午。邓九公道："这大家可该饿了。"便催着送饭；自己便陪了安老爷父子张老三人外面去坐。

一时，端进菜来。泼满的燕窝，滚肥的海参，大片的鱼翅以至油鸡填鸭之类，摆了一桌子。褚大娘子拿了把筷子，站在当地，向张亲家太太道："张亲家妈，可不是我外待你老，——我们老爷子和我们二叔是磕过头的弟兄；我们二婶儿也算一半主人。——今日可得请你老人家上坐。"

张太太听了，摆着手儿，扭过头去，说道："姑奶奶，你不用价让我，我可不吃那饭哪。"安太太便问道："亲家，你这样早就吃了饭来了么？"张太太道："没有价；鸡叫三遍，就忙着往这里赶，我那吃饭去呀？"

张姑娘听了便问："妈，你老人家既没吃饭，此刻为什么不吃呢？不是身上不大舒服阿？"他又皱着眉，连连摇头说："没有价！没有价！"褚大娘子笑道："那么这是为什么呢？你老人家不是挑了我了。"他又忙道："我的姑奶奶，我可不知道嘛叫个挑礼呀！你只管让他娘儿们吃罢！可惜了的菜回来都冷了。"大家猜道："这是个什么原故呢？"他又道："没原故；我自家心里的事我自家知道。"

何玉凤姑娘在旁看了，心想这位太太向来没这么大脾气呀，这是怎么讲呢；忍不住也问说："你老人家不是怪我没让阿？我是穿着孝，不好让

---

① 锞锭(kè dìng)——金银铸成的小锭。

② 炉食饽饽——祭祀俸经点心。

客的。”他这才急了说：“姑娘，可了不的了！你这是奢话？我要怪起你来，那还成个奢人咧？我把老实话告诉给你说罢。自从姑娘你上年在那庙里救了俺一家子，不是第二日，咱就分了手了吗？我可就和我那老伴儿说；我说：‘这姑娘，咱也不知那年才见得着他呢！见着他还好；要见不着，咱可就只好是等那辈子变个牛变个驴给他豁地拽磨①去罢！’谁知道今儿又见着你了呢？昨日听见这个信儿，就把我俩乐的百吗儿似的②！我俩可就给你念了两声佛，许了个愿心。我老伴儿他许的是逢山朝顶，见庙磕头；我许下给你吃斋。”

玉凤姑娘道：“你老人家就许了为我吃斋也使得；今日又不是初一十五，又不是什么三灾呀八难的，可吃的是那一门子的斋呢？”他又道：“我不论那个；我许的是一年三百六十天的长斋。”安太太先就说：“亲家，这可没这个道理。”他只是摆着手，摇着头，不听。

褚大娘子见这样子，只得且让大家吃饭，一面说道：“那也不值什么，等我里头赶着给你老炸点儿锅渣面筋，下点儿素面，单吃。”他便嚷起来了，说：“姑奶奶，你可不要白费那事呀！我不吃。别说锅渣面筋，我连盐酱都不动。我许的是吃白斋。”褚大娘子不禁大笑起来说：“嗳哟！我的亲家妈？你老人家这可是搅了！一年到头不动盐酱，倘或再长一身的白毛儿，那可是个什么样儿呢？”

说的大家无不大笑。他也不管，还是一副正经面孔望了众人。褚大娘子无法，只得叫人给他端了一碟蒸馒头，一碟豆儿和芝麻酱，盛的滚热的老米饭。只见他把那馒头和芝麻酱推开，直眉瞪眼，白着嘴划拉了三碗饭，说：“得了；你再给我点滚水儿喝，我也不喝那酽茶。我吃白斋，不喝茶。”他女儿望着他娘，又是好笑又是心疼，说道：“妈呀！你老人家这可不是件事；是说是为我姐姐都是该的，这个白斋可吃到多早晚是个了手呢？”他向他女儿道：“多早晚是了手？我告诉你：我等他那天有了婆家，齐家得过③了，我才开这斋呢！”

玉凤姑娘才要说话，大家听了先笑道：“这可断乎使不的！”他道：“你

---

① 豁地拽(zhuài)磨——犁地拉磨，当苦力。
② 百吗儿(már)似的——不知如何是好，高兴得忘乎所以。
③ 齐家得过——成家立业。

们这些人都别价说了。出口是愿。咱这里只一举心，那西天的老佛爷早知道了。使不的，咱儿着？不当家花拉的！难道还改得口哇？改了也是造孽。我自己各儿造孽倒有其限，这是我为人家姑娘许的，那不给姑娘添罪过唧？‘恩将仇报’是话吗？”

玉凤姑娘一面吃饭，把他这段话听了半日，前后一想，心里暗暗的说道：“我何玉凤从十二岁一口单刀创了这几年，什么样儿的事情都遇见过，可从没输过嘴，窝过心。便是昨日安家伯父那样的经济学问，韬略言谈，我也还说个十句八句的。今日遇见这位太太，——这是块魔！——我可没了法儿了。此时和他讲，大约莫想讲得清楚，只好慢慢的再商量罢！”

列公，这念佛持斋两桩事，不但为儒家所不道，并且与佛门毫不相干。这个道理，却莫向妇人女子去饶舌。何也？有等惜钱的吃天斋，也省些鱼肉花消；有等嘴馋的吃天斋，也清些肠胃油腻，吃又何伤？要说一定得吃三百六十天白斋，这却大难！即如这位张太太方才干啖了那三碗白饭，再拿一碗白水一涮，据理想着，少一刻他没有个不醋心的。那知他不但不醋心，敢则从这一顿起，“一念吃白斋，九牛拉不转”，他就这么吃下去了。你看他有多大横劲！一个乡里的妈妈儿，他可晓得什么叫作“恒心”？他又晓得什么叫作“定力”？无奈他这是从天良里发出来的一片至诚。且慢说佛门的道理，这便是圣人讲的：“惟天下至诚，惟能尽其性。”又道是：“惟天下至诚为能化。”

至于作书的为了一个张亲家太太吃白斋就费了这几百句话，他想来未必肯这等无端枉费笔墨？——列公牢记话头，你我且看他将来怎样给这位张太太开斋；开斋的时候，这番笔墨，到底有个什么用处。

话休絮烦。一时里外吃罢了饭，张老夫妻惦记店里无人，便忙忙告辞回去。邓九公、褚一官送了张老去后便陪了安家父子进来。安老爷便告知太太已经叫梁材到临清去看船；又计议到将来人口怎样分坐，行李怎样归着。这个当儿，邓九公便和女儿女婿商量明日封灵后怎样拨人在此看守，怎样给姑娘搬运行李，收拾房间。

正在讲的热闹，忽然一个庄客进来悄悄的向褚一官使了个眼色，请了出去。不一时，褚一官便进来在邓九公耳边嘁嘁喳喳说了几句话。只见邓九公睁起两只大眼睛，望着他道：“他们老弟兄们怎么会得了信儿来了?”褚一官道:“你老人家想,他们离这里通算不过二三百里地,是说不敢到这里来骚扰,这里两头儿通着大道,来往不断的人,有什么不得信儿的?”

安老爷听了,忙问:“什么人来了?”邓九公说道:“便是我前日和你讲的那个海马周三。”说着,又回头问褚一官道:“就他一个人来的么?”

褚一官道:“怎么一个人呢！他们四寨的大头儿会齐了来的。认得的是牤牛山的海马周三,截江獭李老,避水貐①韩七;癞象岭的金大鼻子,窦小眼儿;野猪林的黑金刚,一篓油;雄鸡渡的草上飞,叫五更;还有一个我不对付他,他倒和小华相公认识。他们说话来着。他还问起二叔来着呢。”邓九公听了,低下头去,大露为难。

且住！这班人就这等不三不四的几个绰号,到底是些什么人物?怎的个来历?原来这海马周三,名叫周得胜,便是那年被十三妹姑娘刀断钢鞭,打倒在地,要给他擦脂抹粉,落后饶他性命,立了罚约的那个人。他一向本是江洋大盗;因他善于使船,专能抢上风,�顺水,水面交起锋来,他那只船使的如快马一般,因此人送他一个绰号,叫他作海马周三。那李老名叫李茂,韩七名叫名韩勇。他两个在水底都伏得三日三夜。那李茂使一对熟铜拐,能在水底跟着船走,得便一拐搭住船帮上去抡起拐来,任是你船上有多少人,管取都被他打下水去,那只船算属了他了。那韩勇使一柄短柄镔铁狼头,腰间一条锁链拴着一根百炼钢锥,有一尺余长,其形就仿佛个大冰摚的样子;靠着这两件兵器,专在水里凿那船底;任是什么大船,禁不起他凿上一个窟窿,船一灌进水去,便搁住了。他抢老实的。因此人比他两个作江里吃人的水獭,水底坏船的海貐一般,叫他作截江獭、避水貐。

这三个人同了大鼻子金大刀,小眼儿窦云光,从前在淮南一带以至三江两浙江河湖海里面劫脱客商。那水师官兵等闲不敢正眼来看他。后来遇着施世纶施按院放了漕运总督,收了无数的绿林好汉,查拿海寇。这几个人既在水面上安身不牢,又不肯改邪归正跟随施按院,便改了旱路营生,会合他们旱路上一班好朋友,黑金刚郝武,一篓油谢标,草上飞吕万程,叫五更董方亮四个入伙。那郝武使一根金刚降魔杵;一篓油使一把双

① 貐(yǔ)——即“猰(yà)貐”。古代传说中一种食人凶兽。

刀锐；草上飞使一把鸡爪飞抓；叫五更不使兵器，只挽一面遮身牌，专一藏在牌后面用鹅卵石飞石打人，百发百中。这九筹好汉，就分站了牤牛山、癞象岭、野猪林、雄鸡渡四座山头打家劫舍。

喂！说书的，你这话说的有些大言无对了。我大清江山一统，太平万年，君圣臣贤，兵强将勇，岂合那季汉南宋①一样？怎生容这班人照着《三国演义》上的黄巾贼，《水浒传》上的梁山泊，胡作非为起来？难道那些督抚提镇，道府参游，都是不管闲事的不成？

列公，这话却得计算计算那时候的时势。讲到我朝，自开国以来，除小事不论外，开首办了个前三藩的军务，接着办了一个后三藩②的军务，紧跟着又是平定西北两路的大军务，通共合着若干年？多大事？那些王侯相将何尝得一日的安闲？好容易海晏河清，放牛归马。到了海马周三这班人，不过同人身上的一块顽癣，良田里的一棵蒺藜，也值得去大作不成？况且这班人虽说不守王法，也不过为着"饥寒"两字，他只劫脱些客商，绝不敢掳掠妇女，慢道是攻打城池；他只贪图些金银，绝不敢伤人性命，慢说是抗拒官府：因此上从不曾犯案到官。那等安享升平的时候，谁又肯无端的找些事来取巧见长，反弄到平民受累？便是有等被劫的，如那谈尔音一流人物，就破些不义之财，他也只好是"哑子吃黄连"，又如何敢自己声张呢？再说当年如郑芝龙、郭婆带这班大盗闹得那样翻江倒海，尚且网开三面，招抚他来，饶他一死，何况这些幺么小丑！这正是我朝的深仁厚德，生杀大权；不然，那作书的又岂肯照鼓儿词的信口胡谈，随笔乱写？

闲话少说。却说牤牛山的海马周得胜，截江獭李茂，避水�韩勇三个这日闲暇无事，正约了癞象岭的金大鼻子金大刀，窦小眼儿窦云光，野猪林的黑金刚郝武，一篓油谢标，雄鸡渡的草上飞吕万程，叫五更董方亮在牤牛山山寨一同宴会，只见探事的小喽罗来报说："有一起大行李，看着箱笼甚多，想那金帛定然也不少的。只是白昼里过去，从人甚多，不好

---

① 季汉南宋——汉末南宋国势衰危。

② 前三藩、后三藩——南明三王（1644——1661）为前三藩。即，南京福王、福州唐王和永利（两广）桂王。先后被清军消灭。后三藩，指清初所封云南平西王吴三桂，广东平南王尚可喜，福建靖南王耿继茂。

动手。此时听说这起行李在茌平住了，特来报知众位寨主。”

九筹[①]好汉听了，笑逐颜开，都道：“恭喜！买卖到了！”海马周三一回头便向一个小头目说道：“老兄弟，就是你跑一趟罢。你从大路缀[②]下他去，看看他落那座店；再询一询，怎么个方向儿，扎手不扎手。趁他们诸位都在这里，我们听个准信，大家去彩一彩[③]！”

那小头目答应一声，巧装打扮，就下山奔茌平大路而来。他到了茌平镇市上，先找了个小饭铺吃了饭，便在街上闲走，想找个眼线。

怎么叫作“眼线”呢？大凡那些作强盗的，沿途都有几个给他作眼线的熟人，叫作“地土蛇[④]”，又叫作“卧蛋[⑤]”。

他便找了这班人，打听得这号行李落在悦来老店；本行李主儿连家眷都远路看亲戚去了，不在店里；便是家人也跟了几个去，店里剩的人无多。

那小头目听了大喜，便问：“可曾打听得这行李主儿是怎生一个方向儿？”那人又道：“也打听明白了。本人姓安，是位在旗的，作过南河知县；如今是他家少爷从京里到南省接他回京去，从这里经过。”

他听了这话，说：“了不得了！这岂不是我那位恩官安太老爷吗？幸是我来探得这个详细！”

原来这个小头目姓石，名坤，绰号叫作石敢当；当日曾在南河工上充当夫头，受过安老爷的好处。前番安公子从牤牛山过，要让公子上山饮酒的就是他。

他听了这话，急于回山，便不走原来的大路，一直的进了岔道口，要想走青云堡奔桐口出去，省些脚程。恰巧走到青云堡，走得一身大汗，口中干渴，便在安老爷当日坐过的对着小邓家庄那座小茶馆儿歇息喝茶。只见庄上一会儿人来人往，又挑着些圆笼[⑥]，装着家伙，肉腥菜蔬，都往山里送去。这邓、褚翁婿，他一向都熟识的，便问那跑堂儿的道：“今日庄上有

---

① 九筹——九条。

② 缀——跟踪。

③ 彩一彩——同“踩”。堪察；摸清情况。

④ 地土蛇——地头蛇。

⑤ 卧蛋——替强盗提供线索的人。

⑥ 圆笼——盛饭食的圆形笼屉。

什么勾当,这等热闹?”那跑堂儿的见问,便答说:“邓九太爷在这里住着呢。他爷儿俩这几天天天进山里帮人家办白事,明日伴宿,后日出殡。”石敢当又问:“山里什么要紧人家,用他老人家自己去帮忙儿呀?”跑堂儿的说:“听说是邓九太爷一个女徒弟十三妹家。”石敢当心里说道:“这十三妹姑娘向来于我山寨有恩,怎的不曾听见说起他家有事?……”忙问:“他家死了什么人?”跑堂儿的道:“说是他家老太太。”石敢当暗说:“便这桩事,也得叫我寨主知道!”

他喝完了茶,付了茶钱,便忙忙的回到牤牛山把上项事对各家寨主说知详细。周得胜听了,向那八筹好汉道:“幸得查听明白!这号行李须是动不得!”

众人也有知道的,也有不知道的,忙问原故。周得胜便把他那年寻邓九公遇着十三妹的始末原由,前前后后,据实说了一遍。众人道:“既然如此,我们不可坏了山寨的义气!”

你道这十三妹刀断钢鞭的这段因由,除了海马周三、截江獭、避水�三个之外又与他大家什么相干,也跟着讲的是那门子的义气?自来作强盗也有个作强盗的路数。海马周三讲得是不怕十三妹刀断钢鞭在人轮子里把我打倒在地,那是“胜败兵家之常”,只他饶了我那场戴花儿擦胭脂抹粉的羞耻,就算留了朋友咧。众人讲得是一笔写不出俩绿林来,“砍一枝损百枝”,好看了海马周三就如好看众人一样。所以听得周三说了一句,大家就一口同音,说以义气为重。其实这些人也不知这十三妹是怎样一个人,怎生一桩事。这就叫作“盗亦有道焉”。

却说那海马周三见众人这样尚义,便说道:“今日都为我周海马耽误了众弟兄们的事,我明日里应重整筵席陪话。只因方才据这家石兄弟说起十三妹姑娘家有他老太太的大事,明日就是伴宿,我明日须得同了韩、李两家弟兄前去尽个情,不得在山奉陪,只好改日竭诚了。”

众人里面要算黑金刚郝武的年长;这人生的身高六尺,膀阔腰圆,一张长油脸,重眉毛,大眼睛,颏下一部钢须,性如烈火。他一听海马周三这话,便把手一摆,说道:“周兄弟,你这话说远了。你我兄弟们,有财同享,有马同骑,你的恩人就是我的恩人。何况这十三妹姑娘听起来是个盖世英雄!难道单是韩、李二位给他老太太磕的着头,我们就不该磕个头儿吗?在座的众位有一个不给周家兄弟作这个脸同走一趟的,叫他先吃我黑金刚一杵!”众人齐说:“这话有理,大家都去,明日就请这位石家兄弟引路。

海马周三当下大喜,便吩咐在山寨里备了一口大猪,一牵肥羊,一大坛酒,又置买了一份儿香烛纸锞①,着人先送到前途等候。大家歇了一夜。

次日五鼓,他十筹好汉都不带寸铁,只跟了两个看马喽罗从牤牛山奔青云山而来。及至问着了十三妹的山庄,一行人趱到门前,离鞍下马,恰好随缘儿在庄门外闲望。那石坤从前作夫头的时候,见他常跟安老爷到过工上督工,因此上前招呼,便向他问起安老爷来。

这段话除了说书的肚子里明白,连邓、褚两家尚且不知,那安老爷怎生晓得底细,因此心中不免诧异,暗想:“随缘儿怎生会认得这班强盗?……他们怎的还问起我来?……”又见邓九公低头不语,大有个为难的样子,才待开口问他的原委,只见他把头一抬,说道:“老弟,今日这桩事倒有些累赘。他们既到了这里,不好不让他们进来。在姑娘看着这班人如同脚下泥皮,满不要紧,就是他们也见惯了,只是老弟你虽说下了场,究竟是位官府。再说,弟妇和侄儿媳妇怎生见的惯这班野人。此地又再没个退居,如何是好?”说着,又向玉凤姑娘道:“姑娘,不然,倒是你到前厅见见他们,打发他们早早回山,倒也罢了。”

玉凤姑娘道:“我也正在这里想。论我出去这趟,倒不要紧;但是他们既说来上祭,他以礼来,我以礼往,却不可不叫他到灵前尽这个礼。再我眼前就要离这个地方了,也得见见他们,把从前的话作个交代。至于安伯父爷儿们娘儿们几位,诚然不好和这班人相见,如今暂且请在这后厦的里间避一避,也不算屈尊。”

安老爷、安公子听了倒不怎的;只有安太太、张姑娘听说要把这起人让进来,早吓得满手冷汗。褚大娘子道:“二婶娘,你老人家不用怕;这些人都是我父亲手下的败将,别说还有我何家妹子在这里。怕什么!”说着,一手搀了安太太,一手拉着张姑娘,连安老爷父子都让在后厦西里间暂坐。

邓九公便叫人把灵前的香烛点起,又着人把那猪羊酒香楮之类都抬

---

①　纸锞——纸钱。

到当院里摆下，然后着褚一官让那起人进来。安老爷同公子都站在里间帘儿边向外看；安太太婆媳和褚大娘子也在板壁间一个方窗儿跟前窃听。

不一时，只听得院子里许多脚步响，早进来了怒目横眉腆胸叠肚的一群人。一个个倒是缨帽缎靴，长袍短褂，进门来，雄纠纠气昂昂的朝灵前拜罢，起身便向姑娘行礼。只听姑娘向那班人大马金刀的说道："周、韩、李三位，前番承你们看我那张弹弓份儿上到淮安走了一趟，我还不曾道得个辛苦，今日又劳你众人远道备礼，到此上祭！"海马周三连忙答道："这点小事儿那里还敢劳姑娘提在话下！倒是老太太升天，我们该早来效点儿劳；只因得信迟了，故此今日才赶来。听说明日就要出殡，倘有用我们的去处，请姑娘吩咐一句，那怕抬一肩儿杠，撮锹土，也算我们出膀子笨力，尽点儿人心。"姑娘道："这事不好劳动。如今明日且不出殡。我家老太太也不葬在这里；消停几日，我便要扶柩回乡。只要我走后，你众人还同我在这里一般，不敬错了这邓九太爷，再就是不叫我这班乡邻受累，就算你大家的好处了。"海马周三道："姑娘，这话是三年前在众人面前交代明白的，怎敢再有反悔！"姑娘道："如此很好，足见你们的义气。我不好奉陪，请外面待茶罢。"大家暴雷也似价答应一声，连忙退出去。

咦！列公，你看！好个摆大架子的姑娘！好一班陪小心的强盗！这大概就叫作"财压奴婢，艺压当行"；又叫作"一物降一物"了。

却说众人退出门来，到院子里，才悄悄向邓九公道："从不曾听见说那里是姑娘的本乡本土；方才说要扶柩回乡，却是怎讲？"

论理，这话这班人问的就多事，在邓九公更不必耐着烦儿告诉他们，岂不省我说书的多少气力？无如邓老头儿这个当儿结识了安老爷这等一个把弟，又成全了十三妹这等一个门徒，愿是了了，情是答了，心里是没什么为难了，这大约要算他平生第一桩得意的痛快事，便是没人来问，因话提话，还要找着说两句，何况问话的又正是海马周三乌烟瘴气这班人！他那性格儿怎生憋得住？只见他一手把那银丝般的长胡子一绰，歪着脑袋道："哈哈！"你们老弟兄们要问这话么？听我告诉你们。"他便等不及的出去，就站在当院子日头地里，从姑娘当日怎的替父亲要报仇说起，一直说到安老爷怎的劝他回乡合葬双亲，不曾落下一个情节；连嘴说，带手比，忽而嚷，忽而笑的，向众人说了一遍。

众人不听这话倒也罢了，听了这话，一个个低垂虎颈，半晌无言。忽见黑金刚郝武把手拍了拍脑门子，叹了口气，向众人说道："列位呀！照这话听起来，你我都错了，错大发了！你想，谁无父母？谁非人子？这位姑娘虽然是个女流，你只看他这片孝心，不忘父亲大仇，奉养母亲半世，便有这等一位慈悲肝胆的安太老爷成全他。这才叫'英雄志量遇见了英雄志量，儿女心肠遇见了儿女心肠'！你我枉算英雄好汉，从幼儿就不听父母教训，不读书，不务正，肩不担担，手不提篮，胡作非为，以至作了强盗。可怜我黑金刚也有八十多岁的老妈，我何曾得孝顺他一天！便是得些不义之财，他吃着穿着也是提心吊胆！众弟兄都请回山置事①，我黑金刚从今洗手不干；我便向山寨里接了母亲，找个安稳地方，那怕耕种刨锄，向老天讨碗饭吃，也叫我那老妈安乐几日，再不当这强盗了！"

却说众人听了这段情由，心里正都有些感动。忽然又加上黑金刚这番话，一齐说："黑哥哥说的有理！便是我们，也有父母已故的，也有父母现存的。既然打破迷关，若不及早回头，定然皇天不佑；我们大家同心合意，今日都跳出绿林，才是正理！"

邓九公听了大喜，嚷道："好哇！"又把他老壮的那大拇指头伸出来说："这才是我邓老九的好朋友哪！"

说着，大家向邓九公深深的作了个揖，说道："邓九太爷，我们都要回山寻找房间，搬取老小，把那些马匹器械分散喽罗们。愿留的，留他作个随身伴当；不愿留的，叫他们各自谋生。就此告辞，要各干正经去了。"

邓九公双手一拦，说："且住！我邓某还有一言奉劝，大家可恕我直言，别想左了。我想，你众位这一散伙，虽说腰里都有几两盘缠，却一时无家可奔，无业可归。再说，万金难买的是好朋友；你们老弟兄们耳鬓厮磨的在一块子，这一散也怪没趣儿的。你看，这青云山一带，鞭梢儿一指，站着的都是我邓老九的房子，躺着的都是我邓老九的地，那一村儿那一庄儿腾挪腾挪也安插下你们众位了。房子如不合适，山上现成的木料，大约老弟兄们自己也还都盖得起。果然有意耕种刨锄，有的是山荒地。山价地租，我分文不取。那时候消闲无事，我找了你们老弟兄们来，寻个树阴凉儿，咱们大家多喝两场子，岂不是个乐儿吗？"

众人听到这里，便说："这个怎好叨扰！"邓九公道："列位且莫推辞，

---

① 置事——料理私事。

我还有话再说。方才提的那位安太老爷，你大家还不曾见着他的面，只听我说了几句，就立刻跳出火坑来了。这等一位度世菩萨，却怎的倒不想见他一见？”众人齐说：“那敢是求之不得！只不知这位老爷现今在那里？”

邓九公哈哈大笑，说：“好教你众位得知，就在屋里坐着呢！”说着，他便向屋里高声叫道：“兄弟呀，请出来。”你看，这又是桩痛快人心的事！

再讲安老爷在屋里听得清楚，正自心中惊喜，说：“不想这班强盗竟有这等见解！可见良心不死。”听得邓九公一叫，便整了整衣冠，款款的出来。

那石敢当石坤才望见安老爷便对大众道：“众位哥，这便是我那位恩官安老太爷，你我快快叩见。”众人连忙一齐跪倒，口尊：“安老爷在上：小人们都是些乱民，本不敢惊动老爷的佛驾。如今冒死，瞻仰恩官，求安老爷赏几句好话，小人们来世也得好处托生！”

只见安老爷站在台阶儿上，笑容可掬的把手一拱，说道：“列位壮士请起。方才的话，我都一一听得明白。从来说：‘孽海茫茫，回头是岸；放下屠刀，立地成佛。’你们众人今日这番行事才不枉称世界上的英雄，才不枉作人家的儿女！从此各人立定脚跟，安分守己，作一个清白良民，上天自然加护。至于方才这位邓九兄的话，不必再辞，倒要成全他这番义举。你大家便卖了战马，买头牛儿；丢下兵器，拿把锄儿；学那古人‘卖刀买犊①’的故事，岂不是绿林中一段佳话？况且天地生材，必有用处。看你众位身材凛凛，相貌堂堂，倘然日后遇着边疆有事，去一刀一枪，也好给父母博个封赠。”

众人听一句应一句；及至听到这里，一齐磕下头去说：“谢安老爷的金言！”列公！谁说“众生好度人难度”哇？那到底是那度人的没那度人本领！

闲言少说。安老爷说完了话，点点头，把手一举，转身进房。邓九公便让大家前厅歇息。一个个鼓舞欢忻，出门上马而去。落后这班人果然都扶老携幼，投了邓九公来，在青云山里聚集了个小小村落，耕种度日。

---

① 卖刀买犊——西汉龚遂为勃海太守，其地因岁饥，多盗劫；遂至任后，“劝民务农桑……民有带持刀剑者，使卖剑买牛，卖刀买犊”。见《汉书·龚遂传》。后借用为改业归农的意思。

这是后话不提。

当下众人散后，大家吃些东西，谈到这桩事，也都觉得快心快意。看看天色已晚，安家父子，邓家翁婿，依然回了褚家庄；安太太带了媳妇同褚大娘子仍然青云山庄住下。一宿无话。

次日便是何太太首七[①]。邓九公给玉凤姑娘备了一桌祭品，教他自己告祭。那姑娘拈香献酒，自然有一番礼拜哀啼，不消细讲。

一时，礼毕，大家劝玉凤姑娘暂脱孝服。封灵后，邓九公早派下了两个老成庄客，八个长工，在这里看守；一面另着人把姑娘的细软箱笼运到庄上，把些粗重家伙等类分散众人。邓九公又另外替姑娘备了赏赐。

少时，车辆早已备齐，男女一行人都向褚家庄而去。只可怜山里的那些村婆村姑还望着姑娘依依不舍。

玉凤姑娘到了褚家庄，进门便先拜谢邓、褚两家的情谊。那位姨奶奶也忙着张罗烟茶酒饭。褚大娘子先忙着看了看孩子，便一面腾屋子，备吃的，给姑娘打首饰，做衣服，以至上路的行李什物，忙的他把两只小脚儿都累札煞[②]了。

依邓九公的意思，定要请安老爷阖家并玉凤姑娘到二十八棵红柳树也住几日。无如这位姑娘动极思静，绝不像从前那骑上驴儿就没了影儿的样子。便是褚大娘子也觉得自己分不开身，因向他父亲说道："老爷子，不是我拦你老人家的高兴。这里也是你老人家的家。咱们家里通共你老人家和姨奶奶两位都在这里呢，到西庄儿上又见谁去？要就为咱们家那几间房子，人家二叔二婶儿大概都见过。再说闹了这几天了，他娘儿们也得歇歇儿好上路。你老人家疼徒弟，也得疼疼女儿；只看我这手底下的事情堆的还分的开身大远的两头儿跑吗？——这还都是小事。这回书再加上写一阵二十八棵红柳树的怎长怎短，那文章的气脉不散了吗？又叫人家作书的怎的作个收场呢？"

安老爷、安太太听了，心下先自愿意。邓九公更是女儿"说一是一，说二是二"的，只哈哈笑了一阵，也便罢了。

当下便把安老爷同公子挪到大厅西耳房住；让安太太婆媳同玉凤姑

---

① 首七——祭奠死者"七七"的第一个七天。

② 札煞——僵；直。

娘住了东院。连张老夫妻也请了来。并一应车辆行李,都跟过来。打算将来就从此地起身。幸喜得他家庄上有个大马圈,另开车门,出入方便。登时把一个“邓家东庄”又弄成了个“褚家老店”!

连日邓九公不是同姑娘闲话,便是同安老爷喝酒。褚大娘子得了空儿便在东院同张姑娘伴了玉凤姑娘作耍;不就弄些吃食给他解闷,绝不提起分别一字。只有安公子因内里有位玉凤姑娘,倒不好时常进来,只和丈人同小程相公、褚一官作一处。

这日,恰好梁材从临清雇船回来,雇得是头二三三号太平船,并行李船,伙食船,都在离此十余里一个沿河渡口靠住。商定安太太带了儿子、媳妇、仆妇、丫鬟坐头船;张太太和戴勤家的、随缘儿媳妇跟着姑娘伴灵,坐二船;张亲家老爷和戴勤带了两个小厮也在这船照应。安老爷倒坐了三船。

分拨已定,便发行李下船。正是“人多好作活”,不上两天,把东西都已发完。安老爷、安太太又忙着差华忠同程相公由旱路先一步回家告知张进宝预备一切。恰好姑娘因那头乌云盖雪的驴儿此后无用,依然给还了邓九公。安老爷却又因那驴儿生得神骏,便和九公要了,作为日后自己踏雪看山的代步,和张老家的一牛,一驴,并车辆,都交华忠顺带了去。

一切料理停当,次日就待搬灵上船。这日,邓九公和褚大娘子正在那里打点姑娘的梳妆箱匣,食篓子,随身包袱。姑娘看了他父女便有个不忍相离之意,不觉滴下泪来,才待说话。九公道:“咱们且张罗事情,不说这个;我们还送你个两三站呢。”

姑娘也就信以为真。说话间,他看见墙上挂着他那张弹弓,便说道:“我原说这张弹弓给你老人家留下,不可失信;如今还是留下,你老人家见了这弹弓就算见了我罢。”褚大娘子道:“你先慢着些儿作人情,那弹弓有人借下了。”

姑娘便问:“谁又借?”张姑娘接口道:“还是我们跟了他一道儿,他保了我们一道儿,我们可离不开他。姐姐暂且借给我们挂在船上壮壮胆儿。等到家,横竖还姐姐;那时姐姐爱送谁送谁。”

姑娘向来大刀阔斧,于这些小事,不大留心,便道:“也使得。”却又一是因这弹弓想起那块砚台来,因说:“可是的;那块砚台,你们大家赚了我会子,又说在这里咧,那里咧,此刻忙忙叨叨的,不要再丢下,早些拿出来还人家。”褚大娘子道：“你早说呀！我前日装箱子，顺手放在你那个颜色衣服箱子里了。这时候压在舱底下，怎么拿呀？”姑娘道：“你这几天也是忙糊涂了！可又收起他来作什么呢？”褚大娘子道：“也好；他们借了咱们的弓去，咱们还留下他们的砚台，等你到了京再还他家。你要怕忘了，我给你付托下个人儿。”因向张姑娘道：“大妹子，你到家想着，等他完了事儿，务必务必的提补着二位老人家把他取过来。”

说完，二人相视而笑。玉凤姑娘只顾在那边带了他的奶娘和丫鬟归着鞋脚零星，不曾在意。那知他二人这话却是机带双敲，话里有话！这正是：

鸳鸯绣了从头看，暗把金针度与人。

要知何玉凤怎的起身，毕竟后事如何，下回书交代。

第二十二回

晤双亲劳心惊噩梦　完大事矢志却尘缘

上回书表的是安、何两家忙着上路，邓、褚两家忙着送别，一边行色匆匆，一边离怀耿耿。交代明白，一宿无话。

次日，何玉凤起来，见安太太婆媳和张太太并邓九公的那位姨奶奶都已梳洗，在那里看着仆妇丫鬟们归着随身行李，只有大娘子不在跟前。姑娘料是他那边张罗事情不得过来，自己便急急的梳洗了，要趁这个当儿先过去拜辞九公和褚大娘子，叙叙别情。及至问了姨奶奶，才知他父女两个五更就进山照料起灵去了。

玉凤姑娘听了说道："我在这地方整整的住了三年，承他爷儿两个多少好处，此去不知今生可能再见？正在许多话说，怎么这样早就走了？走也不言语一声儿的呢？"安太太道："九公留下话了，说他们从山里走得绕好远儿的呢。他同他家姑爷姑奶奶和你大兄弟都先去了，留了你大爷招呼咱们娘儿们，就从这里动身，到码头上船等着。到了船上，他爷儿两个也要来的，在那里有多少话说不了？"

姑娘听了无法，只得匆匆的同大家吃些东西，辞了姨奶奶，收拾动身。来到大厅，安老爷正在外面等候。早有褚家的人同戴勤、随缘儿、赶露儿一班人把车辆预备在东边大院落里。安老爷便着人前面引路。一行上下人等就从那大院里上了车。

当下安太太同玉凤姑娘同坐一辆，张太太同金凤姑娘同坐一辆。安老爷看众人上了车，自己才上车，带了戴勤等护送同行。便从青云堡出岔道口顺着大路奔运河而来。共十来里路，走不上半个时辰，早望见渡口码头边靠着三只大太平船和几只伙食船；晋升、梁材、叶通一班人都在船头伺候；又有邓九公因安老爷带得人少，派了三个老庄客，还带着几个笨汉，叫他们沿途帮着照料，直送到京。这班人见车辆到了码头，便忙着搭跳板，搬行李。

安老爷把大家都安顿在安太太船上。玉凤姑娘虽然跟他父亲到过一趟甘肃，走的却是旱路，不曾坐过长船；如今一上船，便觉得另是一般风味，耳目一新。

张太太进门就找姑娘的行李。张姑娘道："妈和姐姐都在那船上住，行李都在那边呢。"张太太道："我俩不在这儿睡呀。那么说，我家走罢。看行李去。"说着，望外舱里就走。安太太道："亲家，不忙，那船上有人照看。你方才任什么没吃，等吃了饭再过去不迟。"他道："我偺饭㖿。我还不是那一大碗白饭。等回来你大伙儿吃的时候儿给我盛过碗去就得了。"说着，早过那船去了。

大家歇了一刻。只见褚大娘子先坐车赶来，一进舱门便说："敢则都到了？我可误了！谁知这一绕多绕着十来里地呢！"因又向玉凤姑娘道："道儿上走得很妥当，你放心罢。倒真难为我们这个大少爷了：拿起来三四十里地，我们老爷子和你姐夫倒还换替着坐了坐车，他跟着灵一步儿也不离。我那样叫人让他，他说不乏，又说二叔吩咐他的，叫他紧跟着走。——你们瞧着罢，回来到了这里，横竖也遢邋①了。"安太太道："他小孩子家还不该替替他姐姐吗？"

玉凤听了，心上却是十分过不去，正待和褚大娘子说话。忽听得问道："张亲家妈那里去了？"张姑娘道："他老人家惦着姐姐的行李，才过那船上去了。"褚大娘子道："真个的，我也到那边看看去。"说着，起身就走。玉凤姑娘说："你到底忙的是什么，这等慌神似的？"一句话没说完，褚大娘子早站起来出舱去了。

不一时，晋升进来回说："何老太太的灵已快到码头了。"安老爷道："既如此，我得上岸迎一迎。你大家连姑娘且不必动，那边许多人夫拥挤在船上，没处躲避，索性等安好了再过去罢。"说着，也就出去。

少时灵到，只听那边忙了半日，安放妥当，人夫才得散去。船上一面上槅扇，摆桌椅，打扫干净。安老爷才请玉凤姑娘过去。安太太和张姑娘也陪过去。

姑娘进门一看，只见他母亲的灵柩，包裹的严密，停放的安稳，转比当日送他父亲回京倍加妥当；忙上前拈香磕头告祭；因是和安老爷一家同行，便不肯举哀。拜过起来，正要给众人叩谢，早不见了褚大娘子，因问：

---

① 遢邋（tā lā）——疲惫；瘫软。

“褚大姐姐呢？索性把师傅也请来，大家一处叙叙。”安老爷道：“姑娘，你先坐下，听我告诉你。九公父女两个因和你三载相依，一朝分散，不忍相别；又恐你恋着师弟姊妹情肠，不忍分离，倒要长途牵挂。因此，早就打定主意不和你叙别。他两个方才一完事就走了；此时大约走出好远的去了。”

说话间，只听得当当当一片锣响，哗拉拉扯起船篷。那些船家叫着号儿，点了一篙，那船便离了岸，一只只荡漾中流，顺流而下。

此时姑娘的乌云盖雪驴儿是跟着华忠进了京了；铜胎铁背的弹马是被人借了去仗胆去了；止剩了一把雁翎刀在后舱里挂着，就让拿上他，嗖的一声跳上房去，大约也断没那本领扑通一声跳下水去；只得呆呆望了水面发怔；再转念一想，这安、张、邓、褚四家通共为我一个人费了多少心力，并且各人是各人的尽心尽力，况又这等处处周到，事事真诚，人生在世也就难得碰着这等遭际：因此他把离情打断，更无多言，只有一心一意跟着安老爷、安太太北去。

安老爷便托了张太太在船伴着姑娘；又派了他的乳母丫鬟——便是戴勤家的和随缘儿媳妇——带着两个粗使的老婆子伺候。安太太又把自己两个小丫头：一个叫花铃儿的，给了玉凤姑娘；一个叫柳条儿的，给了他媳妇张金凤。

这日，安老爷、安太太、张姑娘便在船上陪着姑娘，直到晚上靠船后才各自回船。只苦了安公子脚后跟走的磨了两个大泡，两腿生疼，在那里抱着腿哼哼！

话休絮烦。从这日起，不是安太太过来同姑娘闲话便是张姑娘过来同他作耍。安老爷也每日过来望望。这水路营生不过是早开晚泊，阻雨候风。也不止一日，早到了德州地面。

却说这德州地方是个南北通衢人烟辐辏的地方。这日靠船甚早，那一轮红日尚未衔山，一片斜阳照得水面上乱流明灭，那船上桅杆影儿一根根横在岸上，趁着几株疏柳参差，正是渔家晚饭，分明一幅画图。恰好三只船，头尾相连的，都顺靠在岸边。

那运河沿河的风气，但是官船靠住，便有些村庄妇女，赶到岸边，提个篮儿，装些零星东西来卖：如麻绳，棉线，零布，带子，以至鸡蛋，烧酒，豆腐干，小鱼子之类都有，也为图些微利。

这日,安太太婆媳便过玉凤姑娘这船上来吃饭。安太太见岸上只是些妇女,那天气又不寒冷,便叫下了外面明瓦窗子,把里面窗屉子也吊起来,站在窗前向外和那些村婆儿一长一短的闲谈;问他这里的乡风故事,又问他们都在那乡村住。

内中一个道:"我那村儿叫孝子村。"安太太道:"怎么得这等一个好名儿?想必你们村里的人都是孝顺的?"他道:"不是这么着。这话有百十年了。我也是听见我那老的儿说。说老年哪,有个教学的先生,是个南直人,在这地方开个学馆,就没在这里了。他也没个亲人儿,大伙儿就把他埋在那乱葬岗子上咧。落后来,他的儿作了官,来找他父亲来;听说没了,他就挨门打听。那埋的地方也没人儿知道。我家住的和他那学堂不远儿,我家老公公可倒知道呢:翻尸倒骨的,谁多这事去?也就没告诉他在那儿。他没法儿了,就在漫荒野地里哭了一场;谁知受了风,回到店里一病不起,也死了。我村里给他盖了个三尺来高的小庙儿。因这个,大家都说他是孝子孝子的,叫开了,就叫孝子村。"

安太太听着,不禁点头赞叹。姑娘听了这话,心里暗道:"原来作孝子也有个幸不幸,也有个天成全不成全。只听这人身为男子,读书成名,想寻父亲的骸骨竟会到无处可寻,终身抱恨。想我何玉凤遇见这位安伯父,两地成全,一丘合葬,可见'不求人'的这句话断说不起。"这等一想,觉得听着这些话更有滋味,不禁又问那村婆儿道:"你们这里还有照这样的故事儿?再说两件我们听听。"

又一个老些的道:"我们德州这地方儿,古怪事儿多着咧!古怪再古怪不过我们州城里的这位新城隍爷咧!"姑娘笑道:"怎么城隍爷又有新旧呢?"

那人道:"你可说么;那州那县都有个城隍庙,那庙里都有个城隍爷,谁又见城隍爷有个什么大灵应来着?我这里三年前头,忽然一天,到了半夜里,听见那城隍庙里就和那人马三齐笙吹细乐也似的,说换了城隍爷,新官到任来咧。那天起,这城隍爷就灵起来了:不下雨,求求他,天就下雨;不收成,求求他,地就收成;有了蝗虫,求求他,那蝗虫就都飞在树上吃树叶子去了,不伤那庄稼;到了谁家为老的病去烧炷香,许个愿,更有灵应。今年年时个①,我们山里可就出来一只碜大②的老虎,天天把人家养的猪羊拉了去吃;州里派了多少猎户们打他,倒伤了好几个人,也没人敢惹他。大伙儿可就去求他老人家去了。那天刮了一夜没影儿的大风,这东西就不见了。后来这些人们都到庙里还愿去了;一开殿门,瞧见供桌前头直挺挺的躺着比牛还大的一只死黑老虎,才知道是城隍爷把他收了去了。我们那些乡约地保和猎户们就报了官。那州官儿还亲身到庙里来给他磕头。听说万岁爷还要给他修庙挂袍哩。你说这城隍爷可灵不灵?"

姑娘向来除了信一个天之外,从不信这些说鬼说神的事;却不知怎的听了这番话,像碰上自己心里一桩什么大事,又好像在那里听见谁说过这话似的,只是一时再想不起。

说着,天色已晚,船内上灯,那些村婆儿卖了些钱,各自回家。安太太和张姑娘便也回船。玉凤姑娘和张太太这里也就待睡。一路来张太太是在后舱横床上睡,姑娘在卧舱床上睡,随缘儿媳妇便随着姑娘在床下打地铺。当下各个就枕。

可煞作怪!这位姑娘从来也不知怎样叫作失眠,不想这日身在床上,翻来覆去只睡不稳;看看转了三鼓,才得沉沉睡去,便听得随缘儿媳妇叫他道:"姑娘,老爷太太打发人请姑娘来了。"姑娘道:"这早晚老爷太太也该歇下了;有什么要紧事,半夜里请我过船?"随缘儿媳妇道:"不是这里老爷太太,是我家老爷太太从任上打发人请姑娘来的。"

姑娘听了,心里恍惚,好像父母果然还在,便整了整衣服,不知不觉出了门,不见个人,只有一匹雕鞍锦鞊的粉白骏马在岸上等候。

姑娘心下想道:"我小时候随着父亲,最爱骑马;自从落难以来,从也不曾见匹骏马。这马倒像是个骏物,待我试他一试。"说着,便认镫扳鞍上去。只见那马双耳一竖,四脚凌空,就如腾云驾雾一般,耳边只听得嗯嗯的风声;展眼之间,落在平地,眼前却是座大衙门,见门前有许多人在那里伺候。

姑娘心里说道:"原来果然走到父亲任上来了。只是一个副将衙门,怎得有这般气概?……"心里一面想,那马早一路进门,直到大堂站住。

---

① 年时个——年初。

② 碜(chěn)大——这么大,特别大。

姑娘才弃镫离鞍,便有一对女僮从屏风迎出来引了姑娘进去。到了后堂,一进门,果见他父母双双的坐在床上。

姑娘见了父母,不觉扑到跟前,失声痛哭,叫声:"父亲!母亲!你二位老人家撇得孩儿好苦!"只听他父亲道:"你不要认差了。我们不是你的父母。你要寻你的父母,须向安乐窝中寻去,却怎生走到这条路上来?你既然到此,不可空回,把这桩东西交付与你去寻个下半世的荣华,也好准折你这场辛苦。"说着,便向案上花瓶里拈出三枝花来。原来是一枝金带围芍药,一枝黄凤仙,一枝白凤仙,结在一处。

姑娘接在手里,看了看道:"爹娘啊!你女儿空山三载,受尽万苦千辛,好容易见着亲人,怎的亲热话也不和我说一句,且给我这不着紧的花儿?况我眼前就要跳出红尘,我还要这花儿何用?"他母亲依然如在生一般,不言不语。只听他父亲道:"你怎的这等执性?你只看,方才那匹马便是你的来由;这三枝花便是你的去处。正是你安身立命的关头。我这里有四句偈言吩咐。"说着,便念了四句道:

"天马行空,名花并蒂;来处同来,去处同去。"

"你可牢牢紧记,切莫错了念头!我这里幽明异路,不可久留,去罢!"

姑娘低头听完了那四句偈言,正待抬头细问原由,只见上面坐的,那里是他父母,却是三间城隍殿的寝宫;案上供着泥塑的德州城隍和元配夫人;两边排列着许多鬼判。吓得他攥了那把花儿,忙忙的回身就走。将出得门,却喜那匹马还在当院里,他便跨上,一辔头①跑回来,却是失迷了路径。

正在不得主意,只听路旁有人说道:"茫茫前路,不可认差了路头!"姑娘急忙催马到了那人跟前一看,原来是安公子。又听他说道:"姐姐,我那里不寻到!你父母因你不见了,着人四下里寻找,你却在这里玩耍!"

姑娘见公子迎来,只得下马;及至下了马,恍惚间那马早不见了。安公子便上前搀他道:"姐姐,你辛苦了,待我扶了你走。"姑娘道:"唗!岂有此理!你我'男女授受不亲'!你可记得我在能仁寺救你的残生,那样性命呼吸之间,我尚且守这大礼,把那弓梢儿扶你;你在这旷野无人之地,

---

① 一辔(pèi)头——上马拽辔不回头。辔,驾驭牲口的缰绳。

怎便这等冒失起来?”公子笑道:“姐姐,你只晓得‘男女授受不亲’,礼也;你可记得那下一句?”

姑娘听了,公子这话分明是轻薄他,不由得心中大怒,才待用武,怎奈四肢无力,平日那本领气力一些使不出来,登时急得一身冷汗;嗳呀一声醒来,却是“南柯”一梦;连忙翻身坐起,还不曾醒得明白,一手攥着个空拳头,口里说道:“我的花儿呢?”只听随缘儿媳妇答应道:“姑娘的花儿,我收在镜匣儿里了。”姑娘这才晓得自己说得是梦话;听得他在那里答岔儿,便“呸”的啐了一口,说:“什么花儿你收在镜匣儿里?”他却鼾鼾的又睡着了。

姑娘回头叫了张太太两声,只听他那里酣吼如雷,睡得更沉;自己便披上衣裳坐起来把梦中的事前后一想,说:“我自来不信这些算命打卦圆梦相面的事;今夜这梦作的却有些古怪。分明是我父母,怎的不肯认我?又怎的忽然会变作城隍呢?这不要是方才我听见那村婆儿讲究什么旧城隍新城隍唎闹的罢?……”想了半日,又自言自语的道:“且住,我想起来了。记得在青云山庄见着我家奶公的那日,他曾说过当日送父亲的灵到这德州地方曾梦见父亲成神;说的那衣冠可就合和我梦中见的一样;再合上这村婆儿的话,这事不竟是有的了吗?……但是既说是我父母,却怎么见了我没一些怜惜的样子,只叫我到安乐窝另寻父母去?我可知道这安乐窝儿在那里呢?……再说又告诉我那匹马那三枝花便是我的安身立命,这又是个什么讲究呢?到了那四句话,又像是签,又像是课,叫人从那里解起?这个葫芦提可闷坏了人了!……”

姑娘本是个机警不过的人,如此一层层的往里追究进去,心里早一时大悟过来,自己说道:“不好了!要照这个梦想起来,我这番跟了他们来的竟大错了!那安乐窝里面的话可不正合着个‘安’字?那安公子的名便叫作安骥,表字又叫作千里,号又叫作龙媒,——可不都合着个‘马’字?那枝黄凤仙花岂不合着张姑娘的名字?那枝白凤仙花岂不又正合着我的名字?那枝金带围芍药,不必讲,自然应着功名富贵的兆头,便是安公子无疑了。且莫管他日后怎样的富贵,怎样的功名,但是我这作女孩儿的一条身子便是黄金无瑕,一点心便是白玉无瑕。想我当日在悦来店能仁寺作的那些事,在我心里不过为着父亲的冤仇,自己的委屈,激成一个路见不平便要拔刀相助的性儿;不作则已,一作定要作个痛快淋漓,才消得我这副酸心热泪，这条心可以对得起天地鬼神，究竟我何尝为着什么安公子不安公子来着呢！如今果然要照梦中光景撞出这等一段姻缘来，不用讲，我当日救他的命也是想着他；赠金也是想着他；借弓也是想着他；偏偏的我又一时高兴，无端把个张金凤给他联成一双佳偶，更仿佛是我想着他，才把他配合他，好叫他周旋我，如今索性迤逦迤逦的跟了他来了！就这面子上看，我自己且先没得解说的，又焉知他家不是这等想我呢？我何玉凤这个心迹大约说破了嘴也没人信，跳在黄河也洗不清，可就完了我何玉凤的身分了！这便如何是好？……”又呆了会子，忽然说道：“不要管他。此刻半路途中，有母亲的灵柩在此，料无别法；等到了京，急急的安了葬，我便催他们给我找那座尼庵，那时我身入空门，一身无碍，万缘俱寂，去向佛火蒲团上了此余生，谁还奈何得我？只是这一路上我倒要远远避些嫌疑，密密加些防范，大大留番心神，才是道理。”说罢，望了望张太太，又叫了声随缘儿媳妇，正在那里睡得香甜，自己重复脱衣睡下不提。

姑娘觉得自己这个主意元妙如风来云变，牢靠如铁壁铜墙，料想他安家的人梦也梦不到此；那知这段话正被随缘儿媳妇听了个“不亦乐乎”。

原来随缘儿媳妇说“那花儿收在镜匣里”的时候，却是睡得糊里糊涂接下语儿说梦话。他说过这句，把脑袋往被窝里偎了一偎，又着了；及至姑娘后来长篇大论的自言自语，恰好他醒了，听了听，姑娘说的都是自己的心事。他一来，怕羞了姑娘；二来，想到姑娘自幼疼他，到了这里又蒙安老爷、安太太把他配给随缘儿成了夫妇，如今好容易见着姑娘，听了听姑娘口气大有个不安于安家的意思，他正没作理会处；如今听见姑娘把梦里的话自言自语的自己度量，他索性不则一声，装睡在那里静听。那话虽不曾听得十分明白，却也听了个大概。他便不肯说破，因大奶奶和他姑娘最好，消了闲儿，便把这话悄悄的告诉他家大奶奶。

那金凤姑娘听了，心中一喜一愁：喜的是果然应了这个梦，真是天上人间第一件好事；愁的是这姑娘好容易把条冷肠子热过来了，这一左性怕又左出个岔儿来。因此倒告诉随缘儿媳妇说：“这话关系要紧，你不但不可回老爷太太，连你父母公婆以至你女婿跟前却不许说着一字。”他吓得从此便不敢提起。

这个当儿，安老爷、安太太又因姑娘当日在青云山庄有“一路不见外人”的约法三章，早吩咐过公子沿路无事不必到姑娘船上去。及至他二位老人家见了姑娘，不过谈些风清月朗，流水行云，绝谈不到姑娘身上的事；即或谈到了，谈的是到京后怎样的修坟，怎样的安葬，安葬后怎样找庙，那庙要怎样近便地方，怎样清净禅院，——绝没一字的缝子可寻。

只这没缝子可寻的上头，姑娘又添了一层心事。他想着是："他们如果空空洞洞，心里没这桩事，便该和我家常琐屑无所不谈；怎么倒一派的冠冕堂皇，甚至连'安骥'两个字都不肯提在话下？这不是他们有心是什么？可见我的见识不差，可就难怪我要急急的跳出红尘了。"这是姑娘心里的事。

在安老爷、安太太并不是看不出姑娘这番意思来，心里想的是："你我既然要成全这个女孩儿，岂有由他胡作，身入空门之理？自然该办一片至诚心，说几句正经话，使他打破谜团，早归正路才是。但这姑娘可不是一句话了事的人，此刻要一语道破，必弄到满盘皆空，莫如且顺着他的性儿，无论他怎样用心，只和他装糊涂，却慢慢的再看机会，眼下止莫惹他说出话来。"这是安老爷、安太太心里的事。

其实，姑娘是一片真心珍惜自己；安老爷、安太太更是一片真心卫顾姑娘。弄来弄去，两下里都把真心瞒起来，一边假作痴聋，一边假为欢笑，倒弄得像各怀一番假意了。

只顾他两家这等一斗心眼儿，再不想这桩事越发左了！这回书越发累赘了！也不知那作书的是因当年果真有这等一桩公案，秉笔直书；也不知他闲着没的作了，找着钻钢眼穿小鞋儿，吃难心丸儿，撒这等一个大躺线①儿，要作这篇狡狯文章，自己为难自己。

列公，天下事最妙的是云端里看厮杀；你我且置身局外，袖手旁观，看后来这位安水心先生怎的下手，这位何玉凤姑娘怎的回头，张金凤怎的撮合，安龙媒怎的消受，那作书的又怎的个着笔。

闲话休提，言归正传。却说过了德州，离京一日近似一日，安老爷便发信知照家里备办到京一切事件；专差赶露儿同了个杂使小厮由旱路进京，大船随后按程行走。还不曾到得通州，那老家人张进宝早接下来。恰好老爷、公子都在太太船上。

张进宝进舱先叩见了老爷、太太，起来又给大爷请安。太太道："你

① 撒大躺线——放长线，预先布置好。

瞧瞧新大奶奶。”他听说，便转身磕下头去，说：“奴才张进宝认主儿。”张姑娘满面笑容，说：“伺候老爷太太的人别行这大礼罢。”公子便赶过去把他扶起来。

老爷道：“这算咱们家个老古董儿了；他还是爷爷手里的人呢！”因问他道：“你看这个大奶奶我定的好不好？”他道：“实在是老爷太太疼奴才爷，奴才爷的造化！奴才大概齐也听见华忠说了。这一趟，老爷合爷可都大大的受惊，吃了苦，劳了神了！”

说到这里，老爷道：“这都是你们大家盼我作外官盼出来的呀！”他又答道：“回老爷：看不得一时，天睁着眼睛呢。慢说老太爷的德行，就讲老爷居心待人，咱们家不是这模样就完了的，老爷往后还要高升，几年儿奴才爷再中了，据奴才糊涂说，只怕从此倒要兴腾起来了。”

安老爷、安太太听了他这老橛话儿，倒也十分欢喜；因问了问京中家里光景。他道：“朝里近来无事，也很安静。华忠到京，奴才遵老爷的谕帖，也没敢给各亲友家送信。连乌大爷那里差人来打听，奴才也回复说：‘没得到家的准信。’就只舅太太时常带家来，奴才不敢不回。舅太太因惦记着老爷太太和奴才爷奶奶，已经接下来了，在通州码头庙里等着呢。”

老爷道：“很好。”又问道：“园里的事都预备妥当了么？”他又回道：“那里交给宋官儿和刘住儿两个办的，都齐备了。杠房的人也跟下奴才来了，在这里伺候听信儿。奴才都遵老爷的话，办得不露火势，也不露小家子气。请老爷太太放心。”

老爷忽然想起，问道：“那刘住儿你也派他在园里，中用吗？”他连忙回道：“老爷问起刘住儿来，竟是件怪事。自从他误了奴才的事，等他剃了头，消了假，奴才就请出老爷的家法来，传老爷的谕，结结实实责罚了他三十板子。谁知他挨了这顿打，竟大有出息了：不赚钱，不撒谎，竟可以当个人使唤了。”

老爷点头道：“这都很难为你。你歇歇儿也就回去罢，家里没人。”他道：“不相干；家里奴才把华忠留下了。再程师老爷也肯认真照料的。”

太太道：“告诉他们外头好好儿的给他点儿什么吃；他这么大岁数了，别饿着回去。”他听了，忙着又跪下说：“太太的恩典。再奴才还得过去见见亲家老爷亲家太太；还有何大太太灵前和那位姑娘，请示老爷太太，奴才们怎么样？"老爷道："灵前你们可以不行礼。姑娘且不必见，到家再说罢。止见见亲家老爷，就是了。"

公子连说："张爹，你先歇歇儿去罢，站了这半天。船上不好走，不用满处跑了。"他道："爷，什么话？一笔写不出俩主儿来。主子的亲戚也是主子。'一岁主，百岁奴。'何况还关乎着爷奶奶呢！如今这些才出土儿的奴才都是吃他娘的两天油炒饭就瞧不起主子了！老爷这一回来，奴才们要再不作个样子给他们瞧瞧，越发了不得了！"

公子被他排的也不敢再说。太太道："你只管去，也歇歇儿，不用忙。"他这才答应了两个是，慢慢退了出去。

列公，你看，怎的连安老爷家的家人也叫人看着这等可爱！这老头子大约和那霍士端的居心行事就大不相同了！

闲话少说。说话之间，那船一只跟一只的早靠了通州龙王庙码头。这安老爷此番出京，为了一个县令险些撞破家园，今日之下，重归故里，再见乡关，况又保全了一个佳儿，转添了一个佳妇；便是张老夫妻初意也不过指望带女儿投奔一个小本经纪的亲眷，不想无意中得这等一门亲家，一个快婿，连自己的下半世的安饱都可不必愁了；至于何玉凤姑娘，一个世家千金小姐，弄得一身伶仃孤苦，有如断梗飘蓬，生死存亡，竟难预定，忽然的大事已了，一息尚存，且得重返故乡：虽是各人心境不同，却同是一般的欢喜。

当下安老爷便要派人跟公子到庙里先给舅太太请安去。正吩咐间，舅太太得了信早来了。船上众人忙着搭跳板，搭扶手，撤围幕。舅太太下了车，公子上前请安。舅太太一见公子，只叫了声："哎哟！外外！"先就纷纷泪落，半日说不上话来。倒是公子说："请舅母上船罢。我母亲盼舅母呢。"他便搀了舅母，后面仆妇围随着上了船。安老爷在船头见了舅太太，一面问好。早见姑太太带了媳妇站在舱门口里面等着。舅太太便赶上去，双手拉住。他姑嫂两个平日本最合式，这一见，痛的几乎失声哭出来，只是彼此都一时无话。

安太太便叫媳妇过来见过舅母。舅太太一把拉住说："好个外外姐姐①！我自从那天听见华忠说了，就盼你们，再盼不到；今日可见着了！"

---

① 外外姐姐——外甥媳妇。

说着，拉了安太太进舱坐下。公子送上茶来。舅太太才和安老爷、安太太说道："其实，咱们离开不到一年，瞧瞧，你们在外头倒碰出多少不顺心的事来。一个玉格要上淮安，就没把我急坏了：叫他去又不放心；不叫他去又怕他憋出个病来。谁想到底闹了这么个大乱儿！真要是不亏老天保佑，我可怎么见姑老爷姑太太呢！"说着，又擦眼泪。安老爷道："万事都有天定，这如何是人力防得来的？"安太太道："可是说的，都是上天的恩典。你看，我们虽然受了多少颠险，可招了一个好媳妇儿来了呢。"

说话间，恰好张姑娘装了烟来。舅太太便道："外外姐姐，你来，我再细瞧瞧你。"说着，拉了他的手从头上到脚下打量了一番；回头向安老爷、安太太道："可不是我说，我也不怕外外姐姐思量；这要说是个外路乡下的孩子再没人信。你瞧：慢讲模样儿，就这说话儿，气度儿，咱们儿里头大家子的孩子只怕也少少儿的。也是他生来的，大概也是妹妹会调理。"说到这里，忽然又问道："不是说还有何家一位姑娘也同着进京来了吗？"安老爷道："他在那船上跟着我们亲家太太呢。"舅太太又道："可是，这亲家太太我也该会会呀。"说着，把烟袋递给跟的人，站起来就要走。

原来安太太和他姑嫂两个有个小傲怄儿①，便说道："你怎么一年老似一年，还是这样忙叨叨疯婆儿似的？"舅太太道："'老要颠狂少要稳'，我不像你们小人儿家那么不出绣房大闺女似的！姑太太，等你到了我这岁数儿，也就像我这么个样儿了！"安太太道："不害臊！你通共比我大不上整两岁，就老了！——老了么！不打……"

安太太说到这里，不肯往下说。舅太太道："不打什么？我替你说罢：'老了么？不打卖馄饨的！'是不是呀？当着外外姐姐，这句得让姑娘太太呀！"说的大家大笑。连安老爷也不禁笑了。一面便叫晋升家的过去告诉明白姑娘和亲家太太。

这个当儿安太太便在舅太太耳边说了两句话。舅太太似觉诧异，又点了点头。大家却也不曾留心听得说些什么。

再讲何玉凤和安太太这边两船紧靠，只隔得两层船窗；听这边来了位舅太太，也不知是谁；只听他那说话的圆和爽利，觉得先有几分对自己的胃脘；见晋升家的过来告诉了，知他一进门定要灵前行礼，便跪在灵旁等候。

---

① 小傲怄儿——带有一点玩笑意味的爱抬杠的小杠头。

不一时，安太太婆媳陪了那位舅太太过来，迎门先见过张亲家太太，又参罢了灵，便赶过来见姑娘。安太太说："姑娘，请起来见罢。"

戴勤家的扶起姑娘来低头道了万福。原来这舅太太也是旗装，说道："姑娘，我可不会拜拜呀，咱们拉拉手①儿罢。"近前和姑娘拉手。姑娘一抬头，舅太太先嗳哟了一声，说："怎么这姑娘和我们外外姐姐长的像一个人哪？要不是你两个都在一块儿，我可就分不出你们谁是谁来了。"姑娘听了，心里说道："这句话说的可不搁当儿②。"因又转念一想，说："我心里的为难，人家可怎么会晓得呢？不要怪他。"

大家归座。舅太太坐在上首，便往后挪了一挪，拉着姑娘，说："'亲不间友'，咱们这么坐着亲香。"姑娘再三谦让。安太太便告诉他道："姑娘，不必让。这是我大嫂子，无儿无女，虽说有两房侄儿，又说不到一块儿。我们两个最好。他一年倒有大半年在我家里住着，也就算个主人了。有我这大哥，比你们老爷大。咱们八旗，论起来，非亲即友，那么论你就叫他'大娘'；论我这头儿呢，屈尊姑娘点儿，就也叫他声'舅母'。"

姑娘听了，一想，现在舅太太面前，自然该论现在的，便说道："我自然该随着我张家妹妹也叫'舅母'才是呢。"及至说出口来，敢则自己这句更不搁当儿，一时后悔不来。便听安太太说道："那么咱们娘儿们可更亲香了。"因又告诉舅太太：姑娘怎样的孝顺，怎样的聪明，怎样的心胸，怎样的本领。舅太太道："你们三家子也不知怎样修来的！姑老爷姑太太有这么样一个好儿子；我们这位何大妹子和这张亲家一家有这么样一个好女儿。我是怎么了呢？没修积个儿子来罢了！难道连个女儿的命也没有？真个的我前世烧了'断头③香'了！"说着，便有些伤惨。

姑娘一看，心里说："这个人倒是热肠子。且住！我如今是进了京了，大事一完就想急急的进庙；及至进了庙，安家伯母自然不能常去伴我，——这位张亲家妈虽说在我跟前诸事不辞辛苦，十分可感，我却也一口叫他声'妈'，但是到了京，人家自然要和他女儿亲近亲近；再他老人家一会儿价那派怯话儿，蠢劲儿，和那一双臭脚丫儿，臭叶子烟儿，却也令人

① 拉手——满人久别见面的一种礼节。

② 不搁当儿——不恰当。

③ 断头——绝继绝嗣不得好。迷信语。

难过。——看这位舅母的心性脾气，都和我对得来，他也孤苦伶仃，我也孤苦伶仃，怎的得和他彼此相依，倒也是桩好事！……”

姑娘正在那里一面想，一面端起茶来要喝。戴勤家的看见，道：“姑娘，那茶凉了，等换换罢。”说着，走上来换茶。舅太太道：“姑太太派你跟姑娘呢，你可好好儿的伏侍这位姑娘。”戴勤家的笑道：“奴才不敢错哟。奴才本是姑娘宅里的人，姑娘就是奴才奶大了的。”舅太太道：“哦！原来你还是嬷嬷呢？这么说，连你都比我的命强了！你到底还和姑娘有这么个缘法儿呀！”

姑娘一听，这话又正钻到心眼里来了，暗道：“他既这样，我何不认他作个干娘，就叫他‘娘’，岂不借此把‘舅母’两字也躲开了？”不由的开口道：“舅母这话，他那里当得起！舅母若果然不嫌我，我说，算舅母的女孩儿。”把个舅太太乐得倒把脸一整，说：“姑娘，你这话是真话？是玩儿话？”姑娘道：“这是什么事，也有个和娘说玩儿话的？”说着，更无商量，站起来，就在舅太太跟前拜了下去。舅太太连忙把他拉起来，揽在怀里，一时两道啼痕，一张笑脸，悲喜交集的说道：“姑太太，今日这桩事，我可梦想不到。我也不图别的，我那几个侄儿实在不知好歹，新近他二房里还要把那个小的儿叫我养活，妹妹知道，那个孩子儿更没出息。我说：作什么呀！什么续香烟咧，又是清明添把土咧，我心里早没了这些事情了！我只要我活着，有个知心贴己的人，知点疼儿，着点热儿，我死后，他掉两个真眼泪，痛痛的哭我一场，那就算我得了济了。”说着，把自己胸坎儿上带的一个玉连环——拴着一个怀镜儿——解下来给姑娘带上；还说：“这算不个什么，等你脱了孝，我好好儿的亲自作两双鞋你穿。”

姑娘又站起来谢了一谢。安太太道：“你站着，我们费了不是容易的事，把姑娘请来，算叫你抢了去了。”舅太太道：“这可难说，各自娘儿们的缘法儿。”说着，右手拉着姑娘的左手，左手拍着他的右肩膀儿，眼望着安太太婆媳，道：“今日可和你们落得起嘴了；我也有了儿女咧！”安太太道：“也好，你也可以给我分分劳。”因和玉凤姑娘说道：“大姑娘，你要和他处长了，解闷儿着的呢。第一，描画剪裁，扎拉钉扣，是个活计儿，他没有不会的；你要想个什么吃，他还造的一都①的好厨；再没了事儿，你听罢，什

① 一都——一手。

么古记儿[①],笑话儿,灯虎儿[②],他一肚子呢!你有本事醒一夜,他可以和你说一夜,那是我们家有名儿的夜游子,话拉拉儿[③]!"姑娘听了,益发觉得这人不但是个热人,并且是个趣人。

书中再说安老爷隔船静坐,把这边的话听了个逼清,便踱过这船上来。大家连忙站起。舅太太道:"姑老爷来的正好。"才要把方才的话诉说一遍。安老爷道:"我在那边都听见了。你娘儿们,姐妹们,说的虽是玩话,我却有句正经话。大姐姐,你这个女儿可不能白认他。这一到京,在我家坟上总有几天耽搁。你们姑太太到家自然得家里归着归着;媳妇又过门不久,也是个小人儿呢,虽说有我们亲家太太在那里,他累了一道儿,精神有个到不到的;怎么得舅太太在那里伴他几天,就好了。"舅太太道:"这有什么要紧?我那家,左右没什么可惦记的;平白的没事还在这里成年累月的闲住着,何况来招呼姑娘呢?"安老爷道:"果然如此,好极了!"说着,就站起来,把腰一弯,头一低,说:"我这里先给姐姐磕头。"舅太太连忙站起来用手摸了摸头把儿,说:"这怎么说?都是自己家里的事。再和姑老爷姑太太说句笑话儿,我自己疼我的女儿,直不与你二位相干,也不用你二位领情!"当下满堂嬉笑,一片寒暄。玉凤姑娘益发觉得此计甚得,此身有托。

咳!古人的话再不错!说道是:"天下本无事,庸人自扰之。"据我说书的看起来,那庸人自扰倒也自扰的有限;独这一班兼人好胜的聪明朋友,他要自扰起来更自可怜!即如这何玉凤姑娘既打算打破樊笼,身归净土,无论是谁,叫舅母就叫舅母,那怕拉着何仙姑叫舅母呢,你干你的,我了我的,这又何妨?好端端的又认的是什么干娘!

不因这番,按俗语说便叫作"卖盆的自寻的[④]";掉句文便叫作"痴鼠拖姜,春蚕自缚"!这正是:

　　暗中竟有牵丝者,举步投东却走西。

要知那何玉凤合葬双亲后怎的个行止,下回书交代。

---

① 古记儿——此作"故事"。

② 灯虎儿——灯谜。

③ 话拉拉儿——讥讽爱说话的人。

④ 卖盆的自寻的——无事自寻麻烦。卖盆商贩不光吆喝自己生意,还以口技招徕顾客。

第二十三回

返故乡宛转依慈母　圆好事娇嗔试玉郎

这回书表得是安老爷携了家眷，同着张老夫妻两个护着何玉凤姑娘扶了他母亲何太太的灵柩由水路进京，重归故里，船靠通州，指日就要到家了。

这部《儿女英雄传》的书演到这个场中，后文便是弓砚双圆的张本，是书里一个大节目，俗说就叫作"书心儿①"。

从来说的好："说话不明，犹如昏镜。"说书的一张口，本就难交代两家话，何况还要供给着听书的许多只耳朵听呢！再加听书的有个先来后到，便让先来的诸位听个从头至尾，各人有各人的穿衣吃饭，正经营生，难道也照燕北闲人这等睡里梦里吃着自己的清水老米饭去管安家这些有要没紧的闲事不成？如今要不把这段节目交代明白，这书听着可就没什么大意味了。

要讲这段书的节目，在安老爷当日原因为十三妹在黑风岗能仁古刹救了公子的性命，全了张金凤的贞节，走马联姻，立刻就把张金凤许配公子，又解橐赠金，借弓退寇，受他许多恩情，正在一心感恩图报，却被这姑娘一个"十三妹"的假姓名，一个"云端里"的假住处一绕，急切里再料不到这姑娘便是自己逢人便问，到处留心，不知下落，无处找寻的那个累代世交贤侄女何玉凤。及至听了他这"十三妹"的名字，又看了公子抄下的他那首词儿，从这上头摹拟出来，算定了这"十三妹"定是何玉凤无疑。既得着他的下落，便脱去那领朝衫，辞官不作，前去寻访。及至访到青云山，不是容易，才因褚大娘子见着邓九公，笼络住了邓九公；又不是容易，才因邓九公见着十三妹，感化动了十三妹。"天道好还"，也算保全了他一条身子，救了他一条性命。

在安老爷的初意也只打算把他伴回故乡，替他葬了父母，给他寻个人

---

① 书心儿——一部书中最精彩的章节。

家，也算报过他来了，断断乎不曾想到公子的姻缘上。不想在褚家庄和邓褚父女两个笔谈的那一天，话已说结，恰恰的公子同褚一官出去走了一走的这个当儿，褚大娘子忽然的心事上眉头，悄悄的向安老爷和他父亲说了何不如此如此的那句话，——那句话便是要把何玉凤也照张金凤的样子和安龙媒联成一床三好的一段良缘。

当下邓九公听了，先就拍案叫绝，立刻便想拿说媒的那把蒲扇。倒是安老爷不肯。

这安老爷不肯的原故：一来，为姑娘孝服在身；二来，想着这番连环计原是卫顾姑娘的一片公心，假如一朝计成，倒把人家诳来作了自己的儿子媳妇，这不全是一团私意了吗？再说，看那姑娘的见识心胸大概也未必肯吃这注，倘然因小失大，转为不妙；又不好却邓家父女的美意，所以拦住邓九公说："且从缓商。"

及至第二日见着十三妹，费尽三毛七孔万语千言，更不是容易，一桩桩，一件件，都把他说答应了；他这才说出他那回京葬亲之后便要身入空门的"约法三章"来。彼时老爷生怕打搅了事，便顺着他的性儿，和他滴水为誓。

话虽如此说，假如果然始终顺着他的性儿，说到那里应到那里，那就只好由着他当姑子去罢！岂不成了整本的《孽海记》《玉簪记》？是算叫他和赵色空凑对儿去？还是和陈妙常比个上下高低呢？那怎么是安水心先生作出来的勾当！何况这位姑娘守身若玉，励志如冰！

便说身入空门，又那里给他找荣国府送进栊翠庵让他作"槛外人"去呢？还是从此就撒手不管，由他作个山上的姑子背土坯去罢？

因此，安老爷早打定了一个主意，无论拚着自己淘干心血，讲破唇皮，总要把这姑娘成全到安富尊荣，称心如意，才算这桩事作得不落"虎头蛇尾"。无奈想了想，这相女配夫也不是件容易事，就自己眼底下见过的这班时派人里头，不是纨绔公子，便是轻薄少年。更加姑娘那等天生的一冲性儿①，万一到个不知根底的人家，不是公婆不容，便是夫妻不睦，谁又能照我老夫妻这等体谅他？岂不误了他的终身大事？左思右想，倒莫如依了褚大娘子的主意，竟照着何玉凤给张金凤牵丝的那幅"人间没两"的新

---

①　一冲性儿——容易冲动发火的个性。

奇画本，就借张金凤给何玉凤作稿子，合成一段"鼎足而三"的美满姻缘，叫他姐妹二人学个娥皇女英①的故事，倒也于事两全，于理无碍，于情亦合。因此上，在邓家庄住的先几天却背了众人把这话告诉了安太太。安太太听了，自是欢喜。老夫妻两个便秘密的来了。

邓家父女说："等回京之后，看了光景，得个机会，商量出个道理来；如果事可望成，再劳大媒完成这桩好事。"

这句话，却因张金凤还是个新媳妇儿，又恐怕他和公子闺房私语，一时泄露了这个机关，老夫妻两个且都不和张金凤提起。

那知张姑娘自从遇着何玉凤那日就早存了个"好花须是并头开"的主意，所以古寺谈心，才有向何玉凤那一问；秋林送别，才有催何玉凤那一走。及至见了褚大娘子，又是一对玲珑剔透的新媳妇；到了一处，才貌恰正相等，心性自然相投，褚大娘子便背了安老爷、安太太并他父亲把这话尽情的告诉了张金凤。

在褚大娘子也不过是要作何玉凤的一片深心，那知正恰恰的和了张金凤的主意；所以他两个才有借弓留砚的那番哑谜儿。安老爷、安太太倒不曾留心到此。及至上了路，张金凤因见公婆不曾提起，自己便也不敢先提。

通算起来，这桩事只有安老夫妻、邓家父女和张金凤五个人心里明白，却又是各人明白各人的；其余那些仆妇丫鬟以至张老两口儿一概不知影响。

至于安公子，只知把位何小姐敬的如南海龙女，但有感恩报德的虔心；何小姐又把安公子看得似门外萧郎②，略无惜玉怜香的私意：其实这二位都算"叫人家装在鼓里"了！

及至何玉凤见安老爷、安太太命公子穿孝扶灵，心中却有老大的过不去，才把张冰冷的面孔放和了些，把条铁硬的肠子回暖了些。安老爷看了，倒也暗中放心，觉得这段姻缘像一两分拿手。梦也梦不到到了德州，姑娘因作了那等一个梦，这一提魂儿，又把他那斩钢截铁的心肠，赛雪欺霜的面孔，给提回来，更打了紧板了！

---

① 娥皇、女英——娥皇女英相传是唐尧的两个女儿。两人同嫁虞舜为妃。

② 萧郎——梁武帝萧衍。以泛指女子所爱恋的人。

老夫妻看了只是纳闷,不解其所以然。张姑娘虽是耳朵里有随缘儿媳妇的一段话,知其所以然,又不好向公婆讲起。

这个当儿,离京是一天近似一天了。安老爷一个人坐在船上,心里暗暗的盘算,说道:“看这光景,此番到京,一完了事,请他到家,他定不来;送他入庙,我断不肯;只有和他迁延日子,且把他寄顿在也不算庙也不算家的我家那座故园阳宅里,仍叫他守着他父母的灵,也算依了他‘约法三章’的话了。腾出这个工夫来却再作理会。——只是他长久住在那里,这其间随时随事,看风色,趁机缘,却是件‘蚁串九曲珠’的勾当,那位张亲家太太可了断不了!……”

老爷正在为难,将将船顶码头,不想恰巧这位凑趣儿的舅太太接出来了。一进舱门,说完了话,便问何姑娘;见了何姑娘,便认作母女。

彼时在这位舅太太是乍见了这等聪明俊俏的一个女孩儿,无父无母,又怜他,又爱他,便想到自己又是膝下荒凉,无儿无女,不觉动了个同病相怜的念头。彼时安老爷却不曾求到他跟前;便是安太太向他耳边说的那句话儿,也只因为姑娘有纪府提亲那件伤心的事,不愿人提起,恐怕舅太太不知,嘱咐他见了姑娘千万莫问他有人家没人家的这句话,是个“入门问讳”的意思。

谁想姑娘一见舅太太,各人为各人的心事,一阵穿插,倒正给安老爷、安太太搭上桥了!

安老爷便“打倒金刚赖倒佛”①双手把姑娘托付在舅太太身上。那舅太太这日便在何玉凤船上住下。接连着伴送他到了坟园,伴送他葬过父母。这其间,照应他的服食冷暖,料理他的鞋脚梳妆,姑娘闲来还要听个笑话儿,古记儿,一直管装管卸,到姑娘抱了娃娃,他作了姥姥,过了个亲热香甜!此是后话。

这正是安老爷笑吟吟,不动声色,一副作英雄的手段;血淋淋,出于肺腑,一条养儿女的心肠:才作出这天理人情中一桩公案。却不是拿着水心先生那等一个脚色由着燕北闲人的性儿怎么掇弄怎么转,怎么叫怎么答应。

列公,请想这桩“套头裹脑”的事,这段“含着骨头露着肉”的话,这番

① 打倒金刚赖倒佛——推卸责任。

“扯着耳朵颞颥动”的节目，大约除了安老爷和燕北闲人两个心里明镜儿似的，此外就得让说书的还知道个影子了。至于列公：听这部书也不过逢场作戏，看这部书也不过走马观花，真个的还把有用精神置之无用之地，费这闲心去刨树搜根不成？

如今说书的“从旁指点桃源路，引得渔郎来问津”，算通前彻后交代明白了，然后这再言归正传。

却说安老爷把何玉凤姑娘托付了舅太太之后才得匀出精神料理手下的事，便忙着商量分拨家人清船价，定车辆，归箱笼，发行李。一面打发太太带了公子和媳妇并仆妇丫鬟人等先回庄园照料；只留下舅太太、张亲家老爷太太、戴勤家的、随缘儿媳妇、花铃儿并跟舅太太的仆妇侍婢并两个粗使老婆子和姑娘同行。外边留下几个中用些的家人照料自己；便打算送姑娘随灵。起身之后，先一步进城，到坟园料理一应事件。又计算到灵杠从通州码头起身，一路到西山双凤村，一天断不能到。早有张进宝等在德胜关一带预备下下处安灵住宿。那杠房里得了准信，早把行杠预备下来。一切布置妥当。到了那日，姑娘穿了孝服，行了告奠礼，便和舅太太同车随灵到德胜关住下。

按下这边不表。却说公子先一日跟了母亲同了媳妇到家拜过佛堂祠堂；看了看家中风景依然，只一个张进宝管了个内外严肃。一家男女家人参见已毕。华嬷嬷也见过他家大奶奶，一时乐得他左看一番，右问一番，也不知要怎么亲近奶奶才好。

闲话少叙。却说安老爷次日送姑娘下船随灵起身后，自己便穿城行走，先回庄园。一进二门，当院里早预备下香烛，吉祥纸马。老爷带领阖家谢过天地，自己又到佛堂祠堂磕过头，然后进了正房。老夫妻双双坐下，儿媳两旁侍立奉茶。男女家人参见已毕，大家各各的归着东西，伺候酒饭，来往奔忙。

老爷便向太太道：“太太，你看，人生天命安排，自有一定；非分之荣，万不可以妄求。你我受祖父余荫，守着这几亩薄田，几间房子，虽不宽余，也还不愁冻馁；无端的官兴发作，弄出这一篇离奇古怪的文章！所幸今日安稳到家，你我这几个有限的骨肉，不曾短得一个，倒多了一个，便是天祖默佑；况又完了何家侄女这场心愿。我自今以后，纵然终老林泉，便算荣逾台阁①。我依就还课子读书，和几个古圣先贤时常聚聚，断不轻举妄动了。”太太道：“老爷这话说的很是；真这世路上的事，看看实在怕人！”老夫妻带着儿女媳妇说说笑笑。

一时，吃完了饭，撤去残席，老爷便出去拜望程师爷，致谢他在家的照料；进来又把大众家人——看家的，行路的——都叫到跟前慰劳了一番，又问了问城里的房子。张进宝道：“奴才进城常到宅查看，本家爷们住的很安静，家人看的也极谨慎，请老爷放心。”老爷点了点头，大家散去。当晚无话。

次日，老爷、太太起来便赶早吃了饭，带同儿子媳妇先到他老太爷老太太坟上行礼；然后过这边来看了看，办得不丰不俭，一切合宜。老爷颇为欢喜，便派人跟了公子，叫他穿上孝服，向十里外迎接何太太的灵。

这里老爷也摘了缨儿，太太也暂除首饰，张姑娘依然穿上孝服。外边穿孝的便是戴勤、宋官儿、随缘儿，又派了两个粗使家人；内里便是路上跟着姑娘的戴勤家的、随缘儿媳妇、丫鬟花铃儿和两个婆子。

分拨已定，安太太便叫媳妇说：“在船上也圈了一道儿了；这坟上周围都是咱们的地方，趁着这工夫，只管带着人闲走走去。”

张姑娘答应了出来。这班丫鬟仆妇等闲不得出来，又乐得跟着新大奶奶凑个趣儿，一时都跟了去，只剩下两个粗使的婆子在这里听叫。

安老爷、安太太这个当儿倒计议了许多紧要正事。他夫妻怎的计议？又是些什么话，什么事？说书的不曾在旁，无从交代。列公，慢慢听下去，少不得有个水落石出。暂且不表。

再说何玉凤姑娘同舅太太、张太太在德胜关店内住了一夜；次早梳洗已毕，打了坐尖，随有张进宝同梁材带了大杠接了下来。

姑娘只当还照昨日一样走法；及至同舅太太坐车出来一看，但见大杠鲜明，鼓乐齐备，全分的二品执事，摆得队伍整齐，旗旛招展，心里说道：“我那等说，安伯父还要这等破费，岂不叫我愈多受恩，愈难图报！”

一时，跟了殡慢慢的前进。走到半路，舅太太便吩咐拿车②的告诉顶

---

① 台阁——尚书。此喻高官。

② 拿车——管车的。

马①,又招呼了张太太的车,都赶到头里一个小下处略歇了歇,便一直奔双凤村而来。

还不曾到得那里,舅太太便在车里指点着告诉姑娘道:"你看,那前面搭白棚的地方就是了。那东南上一片大房子便是他家的庄园;西北上好些树,那里便是他家的坟地。我听得说,我们姑老爷就要在他坟地的东首给你父母修坟呢。"姑娘此时除了心中感激点头叹息之外,再无别话。

说话间,车早到了安家阳宅。后面的跟车一辆辆抢到头里去预备服侍下车。一时,把车拉进大门。早有安老爷迎着问了问昨日住店的光景。舅太太道:"好哇!姑娘真听说,叫吃就吃。敢则城里头的孩儿,长这么大,头一回才尝着甜浆粥,炸糕,油炸果!倒很爱吃。"老爷道:"这就叫作'亲不亲,故乡人;美不美,故乡水'了。"

一时,张太太也下了车,因脚压麻了,站了会子,才一同进来。安太太和媳妇儿接出来。姑娘正在见着,又见一群穿孝的男女迎接,内中除了宋官儿一个,余者多不认识。姑娘同着众人进了棚;从月台西首绕上去,见迎门安着供桌,门上挂着云幔,早有一口灵偏东些停在那里。

姑娘此时一则乍到故土,所见的都和外省那怯排场儿两样;再也是拘于礼法,谨饬②过去了,不免矜持。他一时蒙住了,想不到便是父亲的灵位,将要问说:"怎么母亲的灵倒先到了?"不曾问得出口。安老爷站在旁边,说道:"姑娘,你尊翁的灵在此,还不下拜!"

一句话提醒了姑娘,那里还顾得及行礼,扑上前去便放声大哭;大家从旁劝了良久,才得劝住,还是抽噎不止;随即细看了看那口棺材,一重重漆的十分严密,光可鉴人,自是放心;想起安老爷这等办得周到,却又添了一层过意不去。

大家歇了没多时,早见随缘儿跑在头里来,说道:"快了。"安老爷便接了出去。姑娘跪在东间,朝外望着,但见一对对仪仗,一双双鼓手,进门都排列两边。少时鸦雀无声,只听得一双响尺,当,当,打得迸脆,引了他母亲那口灵进来。安公子穿了一身孝,紧跟在灵前,虽然抵不得一个孝子,却也颇像半个孝子。立刻安好了位。大家无非是祭奠进礼,姑娘无非

① 顶马——官员出行时的车前护卫。

② 谨饬(chì)——谨慎;严格约束。

是痛切含悲，不必再赘。

诸事已毕，姑娘站起身来便向安老爷、安太太道："我何玉凤不想我父母竟有今日；更不想我自己仍返故乡。这都是伯父伯母的成全。侄女儿除磕头之外再无一字可说了。只是伯父母办得未免过费。如今断不可过于耽延，或三日或五日，便求伯父想着我青云山庄的那三句话，将我父母早些入土。我也得早一日丢了我的事，免得伯父母再为我劳神费力。"因又望着舅太太道："我这娘路上已许下在庙里长远伴我，伯父母更可放心。倘蒙伯父始终成全，我何玉凤纵然今世不能报你的恩情，来世定来作你的儿女。"说着，便拜下去。

安老爷看这光景，心里先说道："来了！我早就料着你有这把神沙！"因和太太连忙把他搀起来，说道："姑娘，你这个礼，这番话，都多余；你我两家的交情，前番已谈过，这都是情理当然，此时不须烦琐。只是依你说，停三日五日，未免简略；如今也照你在山里的样子，停放七天；讲到安葬，化者入土为安，自然早一日好一日。我向来却从不信阴阳风水这些讲究，但是为老人家的事，你作儿女的却不可不存一番慎重，须得请个人看看，听他说定那天便是那天。至你那三句话，我既和你灵前设誓，绝不食言；但是要找这座庙，既须个近便所在，又得个清净道场，断非十日八日可成，少也得一月两月，——甚至三月半年都难预定。总之，无论怎样，我一定还你个香火不断的地方就是了。姑娘，你道如何？"

姑娘听这话说的层层有理，再不想大远的从德州憋了这么一个干脆的招儿来，才使出来就乏了；无法，只好等那风水来看了再讲。

当下大家一连劳碌了几日。晚饭已罢，即便分投安置。安老爷仍同了眷属回家。姑娘便同原来的一行上下人等在此住下。外间自有张老同了派定的家人照应。从这日起，也作了几日好事，也烧了些个冥资①。

所喜的是何家无多亲友来往；便是安老爷的亲友本家，也因尚不知安老爷携眷回京的消息，都不曾来：倒落得少了许多应酬，可以安心作事。

却说次日安老爷夫妻正在里面和姑娘闲谈，只见人回："请的风水端木二爷来了。"原来这风水复姓端木，名涣，表字仲舆；他家世代相传，专门精通《周易》河洛地理。安老爷家这块坟地就是他乃翁在日看定的。

① 冥资——给鬼神烧的钱钞。

他和安府上也算个世交,称安老爷作"世叔"。因此,安老爷请他来给何协戎夫妇点穴,就定规安葬日子。

老爷有心叫姑娘听个底细,便把那风水请到棚里靠前窗一张桌儿边坐下。姑娘盼得风水来了,也正要听他定在几时。只听一时请了进来。

那风水和安老爷讲礼已毕,便问说:"世叔几时到京?竟不晓得。更不知府上有事。怎不见赐一信?"安老爷道:"并非舍间的事,却是位至契好友。因他家现无男丁,所以就在荒茔代他料理。并且就要在这茔地的东首择地安葬。就请看一看定个葬期,愈早愈好。"

那风水先说道:"无论怎样早,今年是断不能的了。宝茔便是家君定的。记得这山向是子午兼壬丙正向。今年三煞①在南,如何动得!"安老爷道:"世兄,你是晓得我向来不解'青鸟②之术';如果无大妨碍,我这个好友,既然百岁归居,还以早葬为是。"

那风水道:"这却不好迁就。等小侄儿过去安了盘子,拉了中线,看了再定规罢。"安老爷因为自己是个父辈相交,便叫公子陪过去,说声:"恕不奉陪了。"便在棚里坐候。

姑娘这个当儿,听着今年下不得葬,先就有些不愿意了,呆呆的坐着。良久良久,才听得那个风水过来,进门就说道:"方才看了看,东首这块地,东西辛甲分金上,倒是上好上好的一个结穴。此处安葬,按那龙脉,正自震方而来,定主宗祧③延绵。只是一山无二向,本年不惟三煞有碍,而且大将军正在明堂,安葬是断断不可的。明年正二三月,木气正旺于东,这块地正是主茔的青龙方,更不好动;四五六月,月建都吉,只巳午两个字,又正合太世叔婶母的化命,亥子一冲;六月建未,明年太岁在未,书云:'一物一太极,物物一太极';虽说月支与年支不碍,究竟不可不避;七八两月,恰恰的与现在的化命逢着穿害;九月上半月,不得安葬吉日,下半月一交'土王用事'禁土了:只有明年十月最好,安葬吉期,上下半月都容易选择。到那时,听凭世叔吩咐再定就是了。"

安老爷一听,自己心里先道:"这算得'无巧不成书'了。要不这样,

---

① 三煞——猎户座中央三颗明亮的星。

② 青鸟——传说中的神鸟,西王母的信使。

③ 宗祧(tiāo)——犹宗庙。祧,远祖之庙,此代家族。

怎么耗的过姑娘满一年的服呢？要不耗到他满服，我们家怎么娶他呢？”当下心中大喜，却故意的尽[①]了那风水几句。

风水道：“世叔是最高明不过的。这块地当日便是家严效的劳，小侄怎敢另生他议！况且阴阳怕懵懂；这句话不说破也就罢了，小侄既看出来，万万不敢相欺，此中丝毫不可迁就。”说着，提起笔来，便把这话写了一篇，又寒暄了几句，领茶而去。

这番话，姑娘在屋里听了个逼清[②]，算省了安老爷的唇舌了。安老爷送那风水走后，便手里拿着那篇子东西，一步步踱了进来，向姑娘道：“姑娘，听明白不曾？偏又有许多讲究。这怎么样呢？”

姑娘也无心看那篇子东西，只望了舅太太发怔。却不知这舅太太实在算得姑娘知疼着热的一位干娘；无奈他又作了安府上传递消息的一个细作，自从他和姑娘认了母女之后，在船上那几天，安太太早把这事告诉了他一个澈底澄清。难道把他极爱的一个干女儿给他最疼的一个外甥儿，他还有什么不愿意的不成？

他见姑娘望他发怔，可就搭上岔儿了；他说道：“我这里倒有个好主意，姑老爷姑太太听听使得使不得。你们方才讲的那些什么子午卯酉，我可全不懂。要说忙着安葬果然于太爷老太太坟上有什么妨碍，无论我们姑娘此时心里怎样着急，他也断不肯忙在一时。讲到他要住庙原不过为近着他父母的坟哪。如今既安不得葬，在这里住着，守着棺材，不比坟更近吗？再讲这个地方儿内里就是我们娘儿们上下几个人，外头就止张亲家老爷和看坟的，又和庙里差什么呢？莫若我们只管在这里住着，姑老爷一面在外头上紧的给我们找庙。一天找不着，我们在这里住一天；一年找不着，我们在这里住一年。要赶到人家满了孝，姑老爷这庙还找不出来，那个就对不起人家孩子了！姑老爷姑太太要怕我住长了，费了你家的老米，——慢讲我一个人儿，连我们姑娘和张亲家，我那点儿绝户家产，供给十年，八年，还巴结的起！”

他说着，便望着姑娘道：“是不是，姑娘？”回头又向着安老爷夫妻道：“你们二位想着怎么样罢？”安老爷忙说：“如果有一年的工夫，纵然找不

① 尽(jǐn)——用语言冲撞、抵触，使对方为难。

② 逼清——特别清楚；句句清楚。

出庙来,我盖也给他盖了一座。至于姐姐在这里住着,也是替我们分心,招呼姑娘;些须小费,何须挂齿!我自有道理。"安太太也说:"要能这样,一动不如一静,倒也罢了;可不知姑娘心里怎样?"

姑娘还未及开言,张太太的话也来了,说:"这么着好哇!可是我们亲家太太说的一个什么一秤不抵一秤的。你看,在这地方儿住下,等开了春儿,满地的高粱谷子,蝈蝈儿,蚂蚱,坐在那树阴儿底下看个青儿,才是怪好儿的呢!"说的大家大笑,连张姑娘也忍不住笑的扶着桌子乱颤。

玉凤姑娘此时被大家你一句我一句说的心里乱舞莺花,笑也顾不及了,细想了想,这事不但无法,而且有理;料是"一不扭众",只得点头依允,说:"也只好如此。"安老爷满心欢喜,心里暗道:"天哪!可够了我的了!只他这五个字,这事我便有了五分拿手。"

话休絮烦。转眼之间,到了七日封灵,何玉凤和舅太太便搬在西厢房里间;张太太带了戴嬷嬷和两个丫头便住在外间;随缘儿媳妇、舅太太的下人住了东厢房。安太太又在下房里给姑娘安了个小厨房。外面自有张老同戴勤、宋官儿和安家看坟的照料。内外住了个严密。又把安家阳宅暂作了个"何姑禅院"!这都是那燕北闲人的无中生有的营生,便有这位安水心先生给他周规折矩的办理!

却说七日之后,安老爷夫妻把那边安顿妥贴,才得回家料理自己的家务。便有许多亲友本家都来拜望老爷,一一的款待,却扶了个小僮,只推因腿疾告归,暂且不及答拜;一面又遣公子进城,持帖谢步。公子也有一班世交相好少年请酒接风,接连不止忙了一日,才得消停。

老爷得些闲空,便先打发了邓九公的来人,又给他父女带去些人事,把何姑娘那张弹弓仍交给媳妇屋里悬挂;又叫太太向何姑娘衣箱里把公子那块砚台寻出来,擦洗干净,严密收藏,就把姑娘和张太太的衣箱差人送过去;那头乌云盖雪的驴儿便交给华忠,叫他好生喂养,说:"这是我将来无事玩水游山的一个好脚力。"

那时不空和尚的二千头借款早已归清。老爷通盘算了一算,此行不曾要得地方一文,倒有公子带去的八千金,乌克斋赠的万金,连沿途在家门生故旧的义助,不下两万余金;除了赔项盘缠,还剩万余金在橐,为何姑娘这桩事,无论怎样铺排也用不了,便和太太商议道:"何姑娘这桩事,你我费了无限精神,才得略有眉目。我算着,将来办起事来,也不过收拾房子，添补头面衣服，办理鼓乐彩轿，预备酒席，这几件事；房子我已有了办法。”太太道：“还房子作什么？那边尽办开了。赶到过来，难道不叫他三口儿一处住吗？”

老爷道：“岂有不叫他们一处之理！自然两个人就在他那屋里分东西住。你只想，张姑娘过门的时候，租个公馆还要匀在两处，成个一婚一姻，如今自然也得给他安起个家来。至于他说的那座庙，我到底要找还给他，才圆得上那句话。——这事须得如此如此办法，才免得他夜长梦多，又生枝叶。”

太太听了大喜，说：“既这样，那衣服头面更容易了。我本说到了京给张姑娘添补些簪环衣饰，只算是给他弄的。再说还有老太太的许多颜色衣服，他舅母前日也提他那里还有些头面匀着使，所添也有限了。到了轿子一切，临期好说的。倒是这句话得和咱们这个媳妇先说一声才是。这是他们屋里百年相处的事。”老爷道：“太太这话很是。”

说着，便把媳妇叫来，把这话从褚大娘子提亲起以至现在的计较日后的办法告诉了他一遍。只见他听完这话，便跪下先给公婆磕了两个头，起来说道：“如果这样，不是公婆疼玉凤姐姐，竟是公婆疼我。公婆请想，玉凤姐姐救了我两家性命，在公婆现在这番情义，已就算报过他来了。只是媳妇和我父母今生怎的答报！至于他给媳妇联姻，这桩事，且莫讲投着这样的公婆，配着这样的夫婿，就他当日那番用心，也实在令人可感；所以媳妇时刻想着，要打断了他这段住庙的念头，无论怎样也要照他当日成全媳妇的那番用心给他作成这桩好事。只是回家来，不曾消停得一日，不好冒冒失失的禀告公婆。如今公婆商量的这等妥当严密，真是意想不到。便是玉凤姐姐难得话说，——俗语说的：‘铁打房梁磨绣针，功到自然成。’——眼前还有大半年的光景，再说还有舅母在那边，大约也没有个磨不成的。——这其间却有一关颇颇的难过，倒得设个法子才好。”

老爷太太忙问：“除这位姑娘的难说话，还有什么难处？”张姑娘低声笑道：“媳妇所说难过的这关便是我家玉郎。公婆再想不到拿着我玉凤姐姐那样一个‘窈窕淑女’，玉郎他竟不肯‘君子好逑’。”

老爷道：“这是为何？”张姑娘回道：“据媳妇看着：一来是感他的恩

义,见公婆尚且这等重他,自己便不敢有一毫简亵①,却是番体父母的心;二则他和媳妇虽是过的未久,彼此相敬如宾,听他那口气,大约今生别无苟且妄想,又是番重伦常的心。总之,是个自爱的心,也搭着他实在有点儿怕人家。有一天,媳妇偶然怄了他一句,就惹得他讲了一篇大道理,数落了媳妇一场。"

张姑娘这话还没说完,老爷道:"你理他呢! 等我吩咐他!"太太道:"老爷看不得咱们那个孩子可有这种牛心②的地方儿!"

张姑娘便接着回道:"媳妇也正为此。是说父母之命,他不敢不从;设或他一时固执起来,也和公公背上一套圣经贤传,倒不好处。莫若容媳妇设个法儿,先澈底澄清把他说个心肯意肯,不叫这桩事有一丝牵强,也不枉了公婆这一片慈恩,媳妇这番答报。那时仗邓九公的作合,成就玉凤姐姐这段良缘,岂不是好?"

安老爷夫妻听了,心下大喜,同声说好。安老爷便点头赞道:"难得!难得! 贤哉媳妇! 这要遇见个糊涂庸鄙的女流,只怕这番话说不成,我两位老人家还要碰你个老大的钉子呢!"因和太太说道:"既然如此,你我两个便学个不痴不聋的阿姑阿翁,好让他三人得亲顺亲,去为人为子,此事不必再提。"

当下爷儿三个计议已定,便分头各人干各人的事。安老爷又明明白白亲自写了一封请媒的信预先通知邓九公。

话休烦琐。却说张金凤过了些天,到了临近,见公婆诸事安排已有就绪,才打算把这桩事告诉公子明白;又想到若就是这等老老实实的和他说,一定又招他一套四方话,思索良久,得了主意,不觉喜上眉梢。

恰好这日安公子到他进学的老师莫友士先生那里拜寿。原来这莫友士先生在南书房行走③,便在海淀翰林花园住;因此,这日公子回家尚早,到家见过父母便回到自己屋里来。

张姑娘见他面带春色,像饮了两杯,站起身来,不则一声,依然垂头坐

① 简亵——怠慢;失敬不恭。

② 牛心——性情执拗,如俗曰:"犯牛脖子。"

③ 行走——即入值办事之意。清制,调充某项职务即称在某处、某官行走。如御前大臣上行走。

下。便有华嬷嬷带了仆妇丫鬟上来服侍。

公子忙忙的换了衣裳，坐定一看，只见张姑娘两只眼睛揉得红红儿的，满脸怒容，坐在那里；心里诧异道："我往日归来，他总是悦色和容，有说有笑，从不像今日这般光景；这却为何？"不禁搭讪着问了一句说："我今日一天不在家，你在家里作什么来着？"他道："问我么？我在家里作梦！"

公子道："好端端，大清白日，怎么作起梦来？梦见什么？可是梦见我？"他道："倒被你一句就猜着了。正是梦见你。——我梦见你娶了何玉凤姑娘！却瞒得我好！"

公子道："哟！哟！这就无怪其然，你把个小脸儿绷的单皮鼓也似的了！原来为这桩事！我劝你快快不必动这闲气！这是梦！"他道："我从不会这么胡梦颠倒；想是你心里有这个念头，我梦里才有这桩奇事。论这桩事，我也曾和你说过，还不曾说得三句，倒惹得你道学先生讲《四书》似的和我叨叨了那么一大篇子。我这个傻心肠儿的就信以为真了。怎么今日之下，你自己忽然起这个念头，倒苦苦的瞒起我来？"说着，似笑非笑对着公子呆呆的瞅着。

公子见他波脸①如娇花含笑，倩语如好鸟弄晴，不禁也笑嘻嘻的道："你又来冤枉人了！你我从患难中作合良缘，名分叫作夫妻，情分过于兄妹。《毛诗》有云：'甘与子同梦。'我就作个梦儿也要与你同意合心，无论何事情，岂有瞒你的道理？"他道："罢了！罢了！我可不信你这假惺惺儿了！就止嘴里说的好听，只怕见了姐姐就忘了妹妹了！有了恩爱夫妻也不顾患难夫妻了！"

公子道："你这话那里说起？"他道："那里说起，就从昨日夜里说起。你如果没这心事，昨夜怎么好端端的说梦话会叫起人家来了？真个的这么大人咧，还赖说是睡婆婆叫的不成？"

张姑娘这句话，公子倒有些自己犹疑。何以呢？一个人要是吃多了，咬牙，放屁，说梦话，这三桩事可保不齐没有，还带着自己真会连影儿不知道。他便心想："或者偶然睡里模模糊糊梦见当日能仁寺的情由，叫出口来，也定不得。"便连忙问了一句说："我叫谁来着？"张姑娘道："你叫的是

---

① 波脸——脸很漂亮、俊俏。

何姑娘;叫的还是‘我那有情有义的十三妹姐姐’呢!”

公子当着一屋子的丫鬟仆妇,满脸不好意思,摇着头道:“荒唐!荒唐!你奚落我也罢了,那何玉凤姐姐待你也算不薄,怎生的这等轻薄起他来?”张姑娘道:“你梦里轻薄他使得,我说一声儿就错了!要你护在头里!倒是我荒唐了!”公子道:“益发荒唐之至!此所谓既荒且唐,荒乎其唐,无一而不荒唐者也!”

说到这里,恰好丫鬟点上灯来,放在炕桌儿上。张金凤姑娘便一只胳膊斜靠着桌儿,脸近了灯前,笑道:“你果然爱他,我却也爱他。况且这句话我也说过,莫若真个把他娶过来罢。你说好不好?”公子道:“可了不得了!这个人今日大概是多饮了几杯,有些醉了!”他道:“我倒是在这里‘醉眼观醉眼’,只怕你倒有些‘酒不醉人人自醉’那句的下句儿罢!”

公子听了这话,心下有些不悦,说道:“岂有此理!你我向来相怜相爱,相敬如宾,就说闺房之中甚于画眉[①],也要有个分寸,怎生这等的乱谈起来?况且那何玉凤姐姐救了你我两人性命便是救了你我父母的性命,父母尚且把他作珍宝般爱惜,天人般敬重;又何况人家现在立志出家,他也是为他的父母起见!——无论你这等作践他,大伤忠厚,这话倘被父母听见,管取大大的教训一场,我看你那时颜面何在!”

张姑娘道:“你们作事瞒得我风雨不透;我好意体贴你,怎么倒体贴不耐烦了呢?况且你知道他是立志出家,我只知道他‘家’字这边儿还得加上个‘女’字旁儿,是‘立志出嫁’,也没什么作践他的去处[②]呀!”公子道:“你不要真是在这里作梦呢罢?不然,那里来这些无影无形的梦话!”

张姑娘含着笑,皱着眉,把两只小脚儿点的脚踏儿哆哆哆的乱响,说:“听!听!你把媒人都求下了,怎么还瞒我,倒说我是无影无形的梦话呢?”

公子见他这样子说的竟不像玩话,忙正色道:“媒人是谁?我怎么求的?”张姑娘道:“媒人是舅母。初一那一天,舅母过来拜佛,你瞒了我求的舅母。有这事没有?”

公子听了,不禁哈哈大笑道:“我说是梦话,不想果是梦话!那日舅

---

① 画眉——用黑色饰眉,后常喻夫妻恩爱。

② 去处——地方;理由。

母过来，我闲话里提起玉凤姐姐。舅母说：‘我这个干女儿都好，就只总忘不了他那进庙的念头。’我便说：‘男大须婚，女大须嫁，这是人生大礼。那男子无端的弃了五伦去当和尚，本就非圣贤的道理，何况女子！拿他这等一个人，果然出了家，佛门中未必添一个护法的大菩萨，人世上倒短一个持家的好媳妇。舅母既这等疼他，何不劝他歇了这个念头，再和父母商量商量，给他说一个修德人家，读书种子？倒是场大功德。’”

张姑娘不容他说完，便道：“如何！如何！我说我听见的这话断不是无因！我只请教：他佛门中添个大菩萨不添个大菩萨与你何干？人世上短一个好媳妇不短个好媳妇又与你何干？你说的那修德之家，难道咱们家还算不得个德门？岂不是暗暗指咱们家吗？你说的那读书种子，难道你还算不得个念书的？岂不是意在你自己吗？况且好端端，舅母并不曾和你提起他来，你又去问他作什么？替他求那些人情作什么？你倒说说与我听！”

公子被他问的张口结舌，面红过耳，坐在那里只管发怔；怔了半晌，忽然的省悟过来，说道：“哦！是了！这才明白了！这一定是那天我和舅母说话的时候，不知那个丫头女人们在跟前听见，没的在大奶奶跟前献勤儿了，来搬弄这场是非。你我好家居，此风断不可长！等我明白查出来，一定要回明母亲，将那人重重责罚一顿板子！——便是你，此后也切切不可受这班小人的愚弄！”

张姑娘道：“好没意思！你我屋里说玩话儿，怎么惊动起老人家来了？你且莫着恼，也不用着这等发急。咱们好商量。假如我此刻便求了父母把他娶过来，你要不要？”

公子只是腹内寻思那传话人是谁，默默不答。张姑娘又问：“到底要不要？说话呀！”公子道：“你今日怎么这等顽皮惫赖①起来？我不要！”

张姑娘道：“你为什么不要？说个道理出来我听听。”公子道：“你问道理，我就还你个道理。且无论我受了何玉凤姐姐那等大恩，不可生此妄想，便是我家祖训，非年过五十无子，尚且不得纳妾，何况这停妻再娶的勾当！我安龙媒也还粗粗的读过几行圣贤经书，也还颇颇的受过几句父母教训，如何肯作！便算我年轻，把持不定，父母也断断不肯。你不要看你

---

① 惫（bèi）赖——不顺从；强横撒泼。

我作合的时节，父亲那等宽容；事有经权，不可执一而论，惹老人家烦恼。就讲道你我也难得浩劫之中成就这段美满姻缘；便是厮守百年，也不过电光石火，怎说道再添个人来分了你我的恩爱？你道我说的可是天理人情的实话？”

张姑娘道：“嗳哟！又招了你这么一车书！——你不要就罢，等娶了来，我留下！”公子冷笑道：“你要他何用？”张姑娘道：“你莫管！我把他就当个活长生禄位牌儿供着，我天天儿和他一同侍奉公婆，同起同卧，同说同笑，就只不准你亲近他！你瞒得我好，我也瞒得你好！那时候，我看你生气不生气！”

公子越听这话，越加可疑，便道：“究竟不知谁无端的造我这番黑白？其中还有些无根之谈。这事却不是当要的！”张姑娘道：“‘要得人不知，除非己莫为’；有凭有据，怎么说是无根之谈呢？”公子道：“不信你竟有什么凭据？拿凭据来我看！”

张姑娘听了，不则一声，站起身来，走到外间，便向大柜里取出个大长的锦匣儿来向他怀里一送，说：“请看！”

公子打开一看，却是簇簇新新的一份儿龙凤庚帖；从那帖套里抽出来从头至尾看了一遍，原来自己同何玉凤的姓氏年岁生辰并那嫁娶的吉日都开在上面，不觉十分诧异，说道：“这……这……这是怎的一桩事？我莫不是在此作梦？”

张姑娘道：“我原说作梦，你只不信。如今是梦非梦，连我也不得明白了。等你梦中叫的那个有情有义的玉凤姐姐来了，你问他一声儿看。”

公子只急得抓耳挠腮；闷了半日，忽然的跳下炕来对着张金凤深深打了一躬，说道：“今日算让你把我带进‘八卦阵’‘九嶷山’去，我再转，转不明白了！倒是求你快说明白了罢！”

张姑娘不觉嫣然一笑，说道：“也奈何得你够了！——你且坐下，听我慢慢的讲。”这才把这桩事从头至尾并其中的委宛周折详细向他告诉了一遍。

公子一想，既是父母之命，又是媒妁之言，况又有舅母从中成全，贤妻这般作合，还有什么不肯的去处；便乐得他无话可说，只望着张姑娘呵呵的傻笑。

张姑娘料他再无别说了，便问他道：“如今我倒要请教：到底是要他呢？还是不要他呢？"公子笑道："他果然'既来之，则安之'；我也只得'因居之安，则资之深；资之深，则取之左右逢其源'了。依然逃不出我这几句圣经贤传！"张金凤听了倒羞得两颊微红，不觉的轻轻啐了他一口，便作了这回书的结扣。这正是：

牵牛暗被天孙①笑，别向银河渡鹊桥。

要知那何玉凤究竟是出家，抑是出嫁，下回书交代。

---

① 天孙——织女。亦指织女星。

第二十四回

认蒲团幻境拜亲祠　破冰斧正言传月老

这书一路交代得清楚：雕弓宝砚，无端的自分而合，又自合而分；无端的弓就砚来，又砚随弓去。好容易物虽暂聚，尚在人未双圆，偏偏一个坐怀不乱的安龙媒苦要从圣经贤传作工夫；一个立志修行的何玉凤又要向古寺青灯寻活计。这也不知是那燕北闲人无端弄笔，也不知果是天公造物有意弄人。上回书费了无限的周折才把安龙媒一边安顿妥贴；这回书倒转来便要讲到何玉凤那一边。

却说何玉凤自从守着他父母的灵在安家坟园住下，有他的义娘佟舅太太和他乳母陪伴；一应粗重事儿又有张太太料理，更有许多婢子婆儿服侍围随，倒也颇不冷落；又得安太太婆媳时常过来闲谈，此外除了张老在外照料门户，只有安老爷偶然过来应酬一番，等闲也没个外人到此：真倒成了个"禅关掩落叶，佛座稳寒灯"的清净门庭。

姑娘见住下来彼此相安，便不好只管去问那找庙的消息；只是他天生的那好动不好静的性儿，仗着后天这片心怎生扭得过先天的性儿去；起初何尝也不弄了个香炉，焚上炉好香，坐在那里收视返听的想要坐成个十年面壁；怎禁得心里并不曾有一毫私心妄念，不知此中怎的便如万马奔驰一般早跳下炕来了。

舅太太见他怎个样儿，又是心疼，又是好笑；那时手里正给他的那个认着干女儿的那双鞋，便叫他跟在一旁，不是给烧烧烙铁，便是替刮刮浆子，混着①他都算一桩事；实在没法儿了，便放下活计，同上张太太，带上两个婆子丫鬟，同他从阳宅的角门出去走走望望，回来又掉着样儿弄两样可吃的家常菜他吃，也叫他跟着抓挠；到晚来便讲些老话儿，说些古记儿，引得他困了好睡；睡不着，一会给他抓抓，又给他拍拍；那么大个儿了，有时候还揽在怀里罢卜着睡。那舅太太也没些儿不耐烦。

---

① 混着——横竖、无论怎样。

那消几日，把姑娘的脸面儿保养得有红似白，光滑饱满；心窝儿体贴得无忧无虑，舒畅安和。人都道是舅太太怜恤孤女的一片心肠；我只道这正是上天报复孝女的一番因果。

列公，你只看他这点遭际，我觉得比入阁登坛，金闺紫诰，还胜几分。你道这话怎么讲？

人生在世，有如电光石火，讲到立德，立言，立功，岂不是桩不朽的事业，但是也得你有那福命去消受那不朽；没那福命，但生一分妄想心，定遭一番拂意事。便是有那福命，计算起来，也吾生有限，浩劫无涯，倒莫如随遇而安，不贪利，不图名，不为非，不作孽，不失自来的性情，领些现在的机缘，倒也是个神仙境界。

话里引话，说书的忽然想起一个笑话来：

曾闻有个人在生，德行浩大，功业无边，一朝数尽，投到阎王殿前。阎王便叫判官查他的“善恶簿”。

那判官禀道：“此人善簿堆积如山，恶簿并无一字。”阎王只把他那善事的事由看了一看，说道：“这人功德非凡，我这里不敢发落，只好报知值日功曹，启奏天庭，请玉帝定夺。”

少时，值日功曹把他带上天庭，奏知玉帝。玉帝天眼一看，果然便向那人道：“似你这等的功行，便是我这里也无天条可引，只好破格施恩，凭你自己愿意怎样，我叫你称心如意便了。”

那人谢过玉帝，低头想了一想，说道：“不愿为官，不愿参禅，不愿修仙；但愿父作公卿子状元，给我挣下万顷庄田，万贯金钱，买些秘书古画，奇珍雅玩，合那佳肴美酒，摆设在名园；尽着我同我的娇妻美妾，呼儿唤女笑灯前。不谈民生国计，不谈人情物理，不谈柴米油盐；只谈些无尽无休的梦中梦，何思何想的天外天，直谈到地老天荒，一十二万九千六百年。——那时再逢开辟，依然还我这座好家山！”

玉帝迟疑道：“论你的善缘，这却也不算妄想，只恐世界里没这样人家。”他道：“世界之大，何所不有？一定有的。”

玉帝听了大喜，立刻抬身离座，转下来向他打一躬，说道：“我一向只打量没这等人家；你既知道一定有的，好极了，请问这人家在那里？就请你在天上作昊天上帝，让我下界托生去！”

据这笑话听起来，照这样的遭际玉帝尚且求之不得，那何玉凤现在所处的岂不算个人生乐境？那知“天佑善人”，所成全他的还不止此！此是后话，暂且休提。

且说那舅太太只和姑娘这等消磨岁月。转瞬之间，早度过残岁，又到新年。舅太太年前忙忙的回家走了一趟，料理毕了年事，便赶回来。姑娘因在制中，不过年节。安老爷、安太太也给他送了许多的吃食果品糖食之类。舅太太便同张太太带了丫鬟仆妇哄他抹骨牌，掷览胜图，抢状元筹；再加上包煮饽饽作年菜，也不曾得个消闲。安老爷那边公子已经成人，又添了一个张金凤，带了儿妇度岁，自然另有一番更新气象；无非热闹喧阗[①]，一时也不及细写。过了元旦，舅太太和张老夫妻分头过去拜年。安老爷合家也来回拜，并看姑娘。

匆匆的忙过正月，到了仲春，春昼初长。一日，安太太闲中无事，和媳妇张姑娘过来，坐下谈了一会，只见外面家人抬进两个箱子来。舅太太便道：“这是作什么呀？年也过了，节也过了，又给我们娘儿们送礼来了不成？”安太太笑道：“倒不是送礼；我今日是扐掯[②]你娘儿们来了！”因指张金凤说道：“我们亲家太太是知道的。我娶这房媳妇的时候正在淮安，那时候忙忙碌碌的将就完了事，也不曾好生给他打几件首饰，做几件衣裳；如今到了家，这几日天也长了，我才打点出来。大衣裳呢，都交给裁缝作去了，几件里衣儿和些鞋脚不好交出去，我那里是一天不断的事，我想着舅母和我们亲家，大长的天，也是白闲着，帮帮我，又解了闷了。”

张太太见张罗他女儿有个不愿意的？忙说：“使的。”舅太太道：“姑太太，你等着，咱们商量商量。你们两亲家，一个疼媳妇儿，一个疼女孩儿，罢了；我放着我的女孩儿不会扎裹[③]？我替你们白出的是什么苦力？叫你们给我多少工钱哪？”

玉凤姑娘此时承安老爷、安太太这番相待，心中自是不安，巴不得借桩事儿补报一分才好；听舅太太如此说，便道：“娘不要这么说；咱们也是天天儿白闲着，都是家里的事，怎么和人家要起工钱来了！你老人家要怕

---

① 喧阗(xuān tián)——声大而杂；喧闹拥挤。

② 扐掯(lèi kèn)——要挟；强迫。扐，借作“勒”。

③ 扎裹——此指缝做。原指制作冥衣冥器。

累的荒，我帮着你老人家张罗。横竖这会子缝个缝儿，跷[①]个带子，钉个纽襻儿的，我也弄上来了。"说着，又向安太太道："大娘只管留下罢；我娘不应，我替他老人家应了。"安太太连说："很好。"张金凤便过来给他道了个万福，说："我的事情倒劳动起姐姐来了。我先给姐姐道谢。等完了事，再一总给舅母磕头罢。"玉凤姑娘笑道："咱们两个谁跟谁？你还和我说这些！"

舅太太看了才笑着说道："也罢了；看着我们外甥媳妇份儿上帮帮姑太太罢。"便叫人把箱子打开一件件的收清。姑娘也帮着归着；他只顾一团高兴，手口不停，梦也梦不到自己张罗的就是自己的嫁妆！从第二日起，他便催着舅太太动手。舅太太便打点了一件件的分给那些仆妇丫鬟作起来；自己和张太太也亲动手。姑娘看看这里，又帮帮那里，无事忙，觉得这日子倒好过。

一日，正遇着阴天，霎时倾盆价下起大雨来。舅太太道："瞧这雨下得天漆黑的，咱们今日歇天工，弄点什么吃，过阴天儿罢。"张太太道："我过傪阴天儿㖿！你让我把这只底子给姑娘纳完了他罢。"说着，手里一带，那麻绳子把个针拉脱落下来了。他对着门儿，觑[②]着眼睛，纫了半日也没纫上，便央及花铃儿说："好孩子儿，你给我纫纫！你看，我这眼可要不的了！"

姑娘看见，一把手抢过来道："拿来啵！纫一个针也值得这么累赘！"说着，果然两手一逗，就纫好了；丢给张太太，回身就走；说："我帮我娘作菜去了。"将走得两步，张太太这里嚷起来了，说："姑娘，你回来！我那么老长的个大针，你纫了纫，咱的给我剩了半截子了？那半截子那去咧？"

姑娘听了，也觉诧异，和花铃儿四处一找。花铃儿弯腰向地下拣起来道："这不是？这半截儿在地下呢！"原来姑娘纫了忙了，手指头肚儿上些微使了点儿劲，就把个大针搦[③]两截儿了；自己看了，也不觉大笑。

琐事休提。却说安老爷安顿下了姑娘，这边得了工夫，便一面择定日子，先给何老夫妻坟上砌墙栽树，一面又暗地里给姑娘布置他要找的那庙

---

① 跷(qiào)——缝带子。

② 觑(qù)——即"眯"。

③ 搦(nuò)——捏，拿。

宇。那时已接着邓九公的回信，说临期准于某日动身，约在某日可以到京。张金凤闲中又把这事已向公子说明始末原由的话回复了公婆。老夫妻听了自是欢喜，向公子不免有一番的勉励教导。公子此时是“前度刘郎今又来”，也用不着那样害臊；惟有恪遵亲命，静候吉期而已。

光阴似箭，日月如梭，只这等忙着吃了粽子，又吃月饼，转眼之间，看看重阳节近，就要吃花糕了。安老爷见诸事大有头绪，才略略放心，便和太太商量，要过去向何玉凤姑娘开谈，说个明白。

列公此时自然要听听安老夫妻见了何玉凤姑娘，这话究竟从何谈起；且请消停，这话非一时三言五语可尽，如今等说书的先把安家这所庄园交代一番，等何玉凤过来，诸位听着，方不至辨不清门庭，分不出路径。

原来他家这所庄园本是三所，自西山迤逦而来。尽西一所是个极大的院落，只有几处竹篱茅舍，菜圃稻田，从墙外引进水来灌那稻田菜蔬，是他家太翁手创的一个闲话桑麻之所；往东一所是个园亭样子，竹树泉石之间也有几处座落，大势就如广渠门外的十里河，西直门外的白石山庄一般，不到得像小说部中说的那样画落天宫神仙洞府的梦境梦话：这两所自安太翁去世，安老爷因家事中落，人口无多，便典与一个一般在旗的捐班候选道员史观察居住。再往东一所，便是安老爷现在的住宅。他这所住宅门前远远的对着一座山峰，东南上有从滹沱、桑干下来的一股来源，流向西北灌入园中，有无数的杉榆槐映带清溪。进了大门，顺着一路群房，北面一带粉墙，正中一座甬瓦随墙门楼，四扇屏风，进去一个院落。因西边园里有个大花厅，当日这边便不曾盖厅房，只一溜七间腰房①。左右两间各有便门。中间茅堂，东两间为安老爷静坐之所，西两间便是安老爷和那些学生门生讲学的绛帐。院中向西门里另有个客座，向东门里给公子作了学房。过了腰房，穿堂，一座垂花二门，进去抄手游廊，五间正房，便是安老爷夫妻的内室。从游廊往东院里，安公子和张姑娘住。舅太太来时，便在西院一样的那一所居住；上房后层正中佛堂。其余房间作为闲房以及堆东西和仆妇丫鬟的退居。佛堂后面一座土石相间的大土山界了内外。另有一个小角门儿，锁着不开，是他家眷到家祠去的路径。山后一道长街，东头有个向东的大栅栏门便是这庄园的后门。对着那座大山便是

① 腰房——两进院子中间的房子。

他家太翁的祠堂。左右群房都有成窝儿的家人住着。从后门顺着东边界墙,向南有个箭道,由那一路出去便是马圈厨房。再出了东首的随墙门便到大门了。这便是他家这座庄园的方向。

交代明白,书中再表安老爷当日在青云山访着了何玉凤,便要护送他扶了他母亲的灵柩重回故里与他父亲合葬。不想姑娘另有一段心事,当下便和安老爷说了"约法三章",讲明到京葬了父母,许他找座庙宇庐墓终身,才肯一同上路。安老爷看透他的心事,只得且顺着他的性儿,和他覆水为誓。一路到京,盘算:"如果依他这句话,不但一个世族千金,使他寄身空门,不成件事,我的所谓报师门者安在?所谓报他者又安在呢?便说眼前有舅太太亲家太太以及他的乳母丫鬟伴着他,日后终究如何是个了局?待说不依他这句话罢,慢讲他那性儿不肯干休,又何以全他那片孺慕孝心,圆我那句千金一诺?何况承邓九公、褚大娘子的一番美意,还要把他和公子联就姻缘?如今我先失了这句信,任是邓九公怎样的年高有德,褚大娘子怎样的能说会道,这是益发无望了!"

安老爷这节为难没日没夜的搁在心里辗转寻思也非止一日,才想了个两全的办法,秘密和孺人议妥,便在紧靠他太翁祠堂两旁拆去群房,照样盖起两所小四合房来:东首一所便给何玉凤作了家庙,算给姑娘安了分家;西首一所作为张老夫妻的住房,便算他两个日后百岁归居的乐土。

不则一日,修盖完工,铺设齐全,老夫妻看过,见一切布置得妥当,心中大喜。恰好这日舅太太那里的活计也作得了,叫戴嬷嬷连箱子送过来。太太便和老爷说明,要趁个机缘过去;因叫戴嬷嬷回去致意:"说我少停亲自过来道乏。"

打发戴嬷嬷走后,安太太便带了张金凤先行到了那边,见了姑娘,事故了几句,作为无事,只和舅太太、亲家太太说些闲话;又提到:"姑娘满服快了,得给他张罗衣饰。"舅太太道:"不劳费心;我女孩儿的事,我自己早都弄妥当了,临期横竖误不了。"

姑娘听了,心里一想:"果然这日子近了。我觉什么簪子衣裳都是小事,倒是我这庙怎么越发不听得提起了?难道父母下了葬,我还在这里住不成?"

才待和安太太说话,只见安老爷带了一个小僮踱了进来。彼此见过,老爷坐下便望着姑娘说道:"姑娘大喜。"何玉凤倒是一惊,说:"伯父!这话何来？我还有什么喜事呢？”安老爷道：“你说的那庙，我竟给你找妥当了。”

姑娘这才转惊为喜，忙问：“在什么地方？离我父母的葬地有多远？”安老爷道：“我一共找了三处；就中两处，我先有些不中意，特来和你商量。一处离此地有一里来地，还不算远，庙中只有一个老尼，闲房倒也有几间，却是附近的那些作长短工的以至串乡村小买卖人包租的。你原为图个清净，这处要想清净，却是不能。”

姑娘道：“这处敢是不妥。”安老爷道：“一处大约更不合你的式了：第一，离这里过远，座落在城里，叫作什么‘汪芝麻胡同’，也不知是‘贺芝麻胡同’。当日那庙里的老姑子原是个在嫁出家，他的丈夫时常还到庙里那来往。如今那老姑子死了，他这个徒弟因交游甚广，认得的王孙公子极多，庙里要请一位知客[①]代书，并且说，带发修行的都使得。他庙里一年两季善会，知客是要出来让茶送酒应酬施主的。姑娘，你想这如何是咱们这样人家去得的？何况于你！”

姑娘道：“不必讲，这更不妥了。还有一处呢？”老爷道：“那一处却又更近了，又怕姑娘你不肯。这座庙就在我家。”

姑娘笑道：“伯父家里怎么有起庙来？”安老爷道：“姑娘，你却不知。我家这所庄园后墙却是一座土石相间的大山；山后隔着一道长街才是围墙；那山以外，墙以内，本有我家一座家庙。如今我就要在靠着我那家庙给你暂且收拾出一个清净地方来；——便是你伯母和你张家妹子来着也近便。我们舅太太和亲家太太更可以和你常久同居。离你父母的坟上更是不远。你道这处如何？”姑娘听了一想：“这不闹来闹去还是闹到他家去了吗？”

正在犹疑，只听他干娘问道：“姑老爷说的这是那里呀？不是挨着戴嬷嬷他家住的那一小所儿阿？”安老爷道：“可不是就那里！”舅太太道：“姑娘，不用犹疑了！听我告诉你：他家是前后两个大门，里边不通。方才说的这个地方儿，正在他家后门里头。那房子另有个外层门，还有层二门，没那么个清净地方儿了！除了正房供佛，其余的屋子，由着咱们爱住哪里住哪里。离你父母的坟比这里远不了多少；况且门外周围都是成窝

---

① 知客——佛教寺院里专管接待宾客的僧人。

儿的家人，又紧近着你嬷嬷的住房，比这里还严谨呢。就这么定规了罢。”

姑娘见他干娘说得这般合适便说道：“既这样，就遵伯父的话罢。等我过去再谢伯父伯母。”安太太道：“什么谢不谢的；要是果然这样定规了，好趁早儿收拾起来。”安老爷笑道：“正是，姑娘却不可叫我白花钱。”姑娘也笑道：“二位老人家，你见我哪句话说定了改过口？——但是我得几时搬过去？”安老爷道：“这倒不忙在一时了。算计着姑娘你是二十八满服，恰好就是这天安葬。这个月小建①，索性等过了初一圆坟；十月初二日正是个阴阳不将三合吉日，你就这天过去。”

当下说定。安老夫妻又闲话了几句回家。安老爷、安太太便在这边暗暗的排兵布阵；舅太太便在那边密密的引线穿针。

书中有话即长，无话即短。看看到了何老夫妻安葬之期。事前也作了两日好事。到了那日，何玉凤便奉了父母双双合葬。姑娘自然有一番悲痛，并那怎的掩埋浇奠焚献营修，俱不必细述。

姑娘脱孝回来，舅太太便催着他洗头洗浴。姑娘只说：“我这头天天儿篦②。娘没瞧见我换了衣裳才几天儿？都不用了。”舅太太道：“姑娘，什么话！这安佛可得洁净些儿；再说也去去这一年的不吉祥。”姑娘只得依着。舅太太又把给姑娘打的簪子，做的衣服，拿出来一一试妥当了。

到了圆坟③这日，安太太和媳妇也一早过来帮着料理一切。归着完毕，正谈明日的事，忽见晋升匆匆的跑过来回道：“舅太太家打发车接来了，说请舅太太立刻回去。”舅太太满脸惊慌道：“什么事呀？”晋升回道：“奴才问过来人，他说不知道什么事，只说那两房的爷们说的，务必求舅太太今日回去才好。”安太太也慌了说：“到底是怎么了？”舅太太道：“大也不过那几个侄儿们不安静，家里没个正经人儿，我倒得走一趟；只是偏碰在今日，哪里这么巧事呢！”

姑娘先说道：“娘有事只管去罢，这里的事都妥当了；况且还有伯母妈妈在这里，难道还丢的了我不成？”安太太道：“说的也是；今晚我留你

---

① 小建——即“小尽”。天数少的月份儿。

② 篦（bì）——用一种比梳子齿密的梳头用具梳头。

③ 圆坟——人死第三日在坟前烧纸陌、设供品的丧仪。

妹子在这里陪着你罢。"

舅太太正在觉得去住两难,见如此说,便说:"也罢;我且去,明日早晚必赶回来。"说着,忙忙的换了两件衣服,又包了个包袱,催齐了车,忙忙的去了。

这里安太太走后,便留下张金凤给姑娘作伴。吃过饭后,点上灯来。二人因明日起早,便也就寝。一宿无话。

却说安太太次日才交五鼓,早坐了车,灯烛辉煌的来请姑娘进庙。恰好姑娘梳洗完毕。安太太便催他吃些东西,穿好衣服,一面叫跟的人先过那边去伺候;又留人在这边照看东西,自己便同姑娘出去上了车。张太太母女随后也上了车。出了阳宅大门,一路奔那座庄园后门而来。

姑娘在车里借着灯光看那座门时,原来是座极宽大的车门,那车一直拉进门去;门里两旁也有几家人家,家家窗户里都透着灯光,却是各个的闭着门户;走了不远,便望见庄园那座大土山对面正北果然有他家一座家庙;不曾到得跟前,东首便是一座小庙的样子。

车到门前站住,安太太说:"到了。"姑娘隔着车玻璃一看,只见那座小庙一溜约莫是五间,中间庙门却不是山门样子,起着个鞍子脊的门楼儿,好像个禅院光景;门前灯笼照的如同白昼。拿车的小厮们卸了车,车夫便把骡子拉开。

安太太和姑娘下来,等张太太母女到齐,便让姑娘先走。姑娘笑道:"到了这里,可没我先走的礼了。"

正让着,安老爷同了张亲家从二门里迎出来,说:"姑娘,不用让了,随着我先到各处瞧瞧,等到屋里再让。"说着,自己便在前引道,前头两个小厮打了一对漆纱风灯,又是那个女人拿着手把灯照着。姑娘只得扶了人随着安老爷穿过那座大门,两旁一看,都隔着一溜板院;那板院里也透着灯光,都像有人在里面。再向前走,对着大门便是一座小小的门楼;迎门曲尺板墙上,四扇碧绿的屏风,上面贴着鲜红的四个斗方,上写着"登欢喜地"四个大字;正中屏风不开,西首隔着一道板墙;从东首转进去便是正殿院落,上面三间正房,东西六间厢房。顺着正房两山,两个随墙角门进去,一边两间耳房。正院里墁①前十字甬路,四角还有新种的四棵小

---

① 墁(màn)——用花砖铺饰的地面。

松树。

姑娘看了这地方真个收拾得干净严谨，心下甚喜。安老爷便指点给他道："姑娘，你看。这正面是个正房，东厢房算个客房，西厢房便是你的座落，其余作个下房。这边还有个夹道儿通着后院。姑娘，你看我给你安的这个家可还合宜？"姑娘叹道："还要怎样！只是伯父太费心了！"说着，又回头四周一看，只见各屋里都大亮的点着灯，只有那三间正殿，黑洞洞的，房门紧闭，因问道："怎的这正殿上倒不点个灯儿？"安老爷道："我那天不告诉你的是卯时安位？此时佛像还在我家前厅上供着，等到吉时安位，再开这门不迟。此时开着，防个大家出来进去的不洁净。"

姑娘听了这话，益发觉得这位伯父想得到家，说得有理，便请大家西厢房坐。安老爷、安太太一行人也不和姑娘谦让，便先进了屋子。

姑娘随众进来一看，只见那屋子南北两间都是靠窗大炕；北间隔成一个里间；南间顺炕安着一个矮排插儿；里外间炕上摆着坐褥炕桌儿；地下也有几件粗木油漆桌凳，略无陈设，只有那里间条桌上放着茶盘茶碗，又摆着一架小自鸣钟；四壁糊饰得簇新，也无多贴落，只有堂屋正中八仙桌跟前挂着一张条扇，一幅双红硾①笺的对联。

正在看着，仆妇们端上茶来。姑娘忙道："给我。"自己接过茶，一盏盏的给大家送过茶。到了张姑娘跟前，他道："姐姐，怎么也和我闹起这个礼儿来了！"何姑娘道："什么话呢？这就算我的家了么。"张姑娘道："就算姐姐的家，可也只好就这一遭儿罢，往后却使不得。"

说着，大家归座。安老爷和张老爷便在迎门靠桌坐下。安太太便陪张太太在南间挨炕坐下。姑娘便拉了张姑娘坐在靠墙凳儿上相陪；这才扭转头来留心看那挂的字画，只见那幅对联写道是：

"果是因缘因结果。空由色幻色非空。"

姑娘看了这两句懂了，不由得一笑，心里说道："我原为我这么个地方儿近着父母的坟茔，图个清净；谁倒是信这些因哪果啊色呀空的壶芦提呢！"看了对联，一面又看那张画儿。只见上面画一池清水，周围画着金银嵌宝栏杆，池里栽着三枝莲花，那两枝却是并蒂的。

姑娘看了，不解这画儿是怎生个故事；又见上面横写着四个垂珠篆

---

① 硾(zhuì)——"系上重物，使之下沉"。此系对联下方的垂物。

字。姑娘可认不清楚了,不免问道:“伯父,这幅画儿是个什么典故?”

安老爷见问,心里说道:“这可叫作‘菡萏①双开并蒂花’。我此时先不告诉你呢!”因笑道:“姑娘,你不见那上面四个字写得是‘七宝莲池’?这池里面的水就叫作‘八功德水’。这是西方救度众生离苦恼的一个慈悲源头。”姑娘听了,也不求甚解,但点点头。

张老爷见这些话自己插不上嘴,便站起来道:“这会子没我的事,我过那边儿帮他们归着归着东西去,早些儿弄完了,好让戴奶奶他们早些过来。”说着,一径去了。

这里安太太和姑娘又谈了一会闲话,东方就渐渐发白起来。安老爷看了看钟已待交寅正二刻,说:“叫个人来。”

一时,戴勤、华忠两个进来。老爷吩咐道:“天也快亮了。你们把那正房的门开开,再打扫一遍。”二人领命出去。

安太太这里便叫人倒洗手水,大家净了手。这个当儿,安老爷出去不知到那里走了一趟,回来道:“姑娘,到正殿上看看去罢。”

说着,大家出了西厢房。天已黎明,姑娘这才看出这所房子一切砖瓦木料油漆彩画一色簇新,原来竟是新盖的,心里益发过意不去,便同大众顺着甬路上了正殿台阶。进门一看,见那屋里通连三间,露明彩画;正中靠北墙安着一张大供案,案上先设着一座一殿一卷雕刻细作的大木龛;龛里安着一座小小的佛床,顺着供案左右八字儿斜设两张小案,因佛像还不曾请来,那供桌便在东西墙角放着;正中当地又设着一张八仙桌,上面铺着猩红毡子;地下靠东西山墙,一顺摆着八张椅子,正中地下铺着地毯拜垫。

姑娘自来也不曾见过进庙安佛是怎样一个规矩,只说是找个庙,我看守着父母的坟住着,我干我的去就结了;那知安老爷这等大铺排起来,又不知少停安佛,自己该是怎样个仪注,更不好一桩桩烦琐人,心里早有些不得主意。

正在心里踌躇,只见张进宝喘吁吁的跑来禀道:“回老爷:山东茌平县二十八棵红柳树住的邓九太爷到了;还有褚大姑爷和姑奶奶也同着来了。”

---

① 菡萏(hàn dàn)——荷花。

当下但见安老爷、安太太乐得笑逐颜开。安老爷先问："在那里呢？快请！"张进宝回道："方才邓九太爷到了门口儿，先问：'何大老爷和何大太太安了葬不曾？'奴才回说：'上月二十八就安葬了。姑娘今日都请过这边儿来了。'邓九太爷听了，就说：'我可误了！'因问奴才：'何大老爷的茔地在那边？'奴才指引明白。邓九太爷说：'等我先到老太爷坟上磕过头，还到何大老爷那边行礼，行完了礼再过来。'"

安老爷听了，便连忙要赶过去。张进宝道："老爷此时就过去也来不及了。奴才已经叫人过去回明张亲家老爷，又请奴才大爷过去了。"安老爷道："既如此，叫人看着，快到了先进来回我一句。"因向太太说道："这老年兄去年临别之前曾说等姑娘满孝，他一定进京来看姑娘。我只道他不过那样说说，不想竟真来了！"太太道："这老人家眼看九十岁了，实在可难为人家。大概他们姑爷奶奶也是不放心他这年纪才跟了来的。"

且住！难道这邓九公是安老爷飞符召将现抓了来的不成？不然，怎生来的这样巧？原来他前几天早来了！那褚大娘子还带着他那个孩儿！依邓九公定要在西山找个下处住下，他借此要逛宝珠洞，登秘魔崖，瞻礼天下大师塔，还要看看红叶；是安老爷再三不肯让他在外住，便把褚大娘子留在游廊西院儿住下，邓九公和褚一官便在公子的书房下榻。他已经和安老爷逛了个不耐烦，喝了个不耐烦了！姑娘是苦于不知；如今忽然听见师傅来了，更觉惊喜悲欢，感激叹赏，凑在一处。

一时，便有人问："张亲家老爷陪了邓九太爷过来了。"安老爷闻听，连忙迎了出去。安太太便也拉了姑娘同张家母女迎到当院里。隔着一道二门，早听得邓九公在外面连说带笑的嚷道："老弟，老弟！久违，久违！你可想坏了愚兄了！"也听得老爷在那里和他见礼，说道："我算定了老哥哥必来。只是今日怎得来的这般早？"九公道："说也话长，等咱们慢慢的谈。"

说着，已进二门，大家迎着一见。只见那老头儿不是前番的打扮了：脚下蹬着双包绦子实纳转底三冲的尖靴；老俏皮，衬一件米汤娇色的春绸夹袄，穿一件黑头儿绛色库绸羔儿皮缺襟袍子，套一件草上霜吊混肷①的

① 肷（qiǎn）——即"肷窝"。此指兽类肋骨和胯骨之间的上等毛皮。

里外发烧①马褂儿；胸前还挂着一盘金线菩提的念珠儿，又一个汉玉圈儿拴着个三寸来长的玳瑁胡梳儿，羖②种羊帽四两重的红缨子；上头带着他那武秀才的金顶儿。褚一官也衣冠齐楚的跟在后面；因到安老爷这局面地方来也戴上了个金顶儿；却是那年黄河开口子地方捐赈，邓九公给上了他二百银子议叙的个八品顶戴。

邓九公进来匆匆的见过安太太、张太太、张姑娘便走到玉凤姑娘跟前问好，说道："姑娘，咱们爷儿俩别了整一年了。师傅是时时刻刻惦记着你！"说着，从腰里扯下条条儿手巾来擦了擦眼睛，又细看了一看姑娘，说："好，脸面儿胖了。"姑娘也谢他前番的费心，此番的来意。

正说着，褚大娘子已到门下车。戴嬷嬷那边完了事，也跟过来，便搀了褚大娘子进来；后面还有跟他的两三个婆儿。且慢说褚大娘子此来打扮得花枝招展，连他那跟的人也都套件二蓝③宫绸夹袄，扎幅新裤褪儿，换双新鞋的打扮着。安太太和他作了久别乍会的样子。

褚大娘子见过了众人，连忙过来见姑娘，见他头上略带着几枝内款时妆的珠翠，衬着件浅桃红碎花绫子绵袄儿，套着一件深藕色折枝梅花的绉绸银鼠披风，系一条松花绿洒线灰鼠裙儿，西湖光绫挽袖，大红小呢儿竖领儿；出落得面如秋月，体似春风；配着他那柳叶眉儿，杏子眼儿，玉柱般鼻子儿，樱桃般口儿，再加上鬓角边那两点朱砂痣，和颙颊上那两点酒窝儿，益发显得红白鲜明，香甜美满。褚大娘子一看，心里先说：" 这那里还是一年头里跑青云山的十三妹子呢！"

他二人彼此福了一福，一时情性相感，不觉拉住手，都落了几点泪。姑娘哽噎道："我只道你临别的时候，那一躲，我今生再见不着你了呢！"褚大娘子道："我今日大远的来，可就是为赔这个不是来了。今日可是大喜的日子，咱们不许哭。"安老爷道："请进屋里坐下谈罢。"说着，便往正屋里让。

大家进了门，分了个男东女西。邓九公、褚一官、张老、安老爷便在东边一带椅子上坐了；褚大娘子、张妈妈、何玉凤、安太太便在西边一带椅子

① 里外发烧——两面都是毛的皮衣。

② 羖(gǔ)——黑色的羊。

③ 二蓝——浅蓝。

上坐了。安太太也叫张金凤搬了个座儿坐下。不必讲，自然有一番装烟倒茶。

邓九公先应酬了几句闲话，又赞了会房子。只听安太太向九公道："这样大年纪，又这样远路，还惊动姑奶奶同来：这都是为我们大姑娘。"邓九公道："二妹子，再不要提了。我这才叫起了便五更，赶了个晚集呢！我原想月里头就赶到的，不想道儿上遭了几天天气，这天到了涿州，我又合我们一个同行相好的喝了一场子，不然，昨日也到了。谁知昨日过芦沟桥，那税局子里磨了我个日平西，赶走到南海淀就上了灯了。幸而那里有我个亲戚，在他家住了一夜。今日四更天就往这么赶，还好，算赶上今日的事了！"安老爷道："老哥哥来的甚巧。今日正有事奉求。"

说话间，听得那个钟叮当叮当已打了卯初二刻。老爷道："咱们且慢闲谈，作正经的罢。"便叫："玉格呢？"

公子这个当儿正在东厢房里扪着呢，听得父亲叫他，连忙上来。安老爷便吩咐他道："是时候了，就安位罢。论理，该你姐姐自己恭请入庙才是；但是大远的，他不好自己到外面去，况且他回来还得跪接，你替他走这趟也是该的。"又说："这样吉祥事情，你就暂借我的品级，也穿上公服。"

公子答应了一声便走。玉凤姑娘本就觉得这事过于小题大作，如今索性穿起公服来了，便问安老爷说："伯父，回来我到底该怎么样？"安太太接口道："大姑娘，你不用慌，都有我招护你呢。等我告诉你，你只依着我就是了。"姑娘当下得了主意，眼巴巴只望着请了佛来。

没多时，只见从东边先进来两个家人，下了屏门的门闩，分左右站着，把定那门。便听得门外靴子脚步�之声。

那彩亭时,前面一座抬的两座不高的佛像,只是用红绸控单①幪着,却看不见里面是什么佛;后面那座彩亭,抬着却像件扁扁的东西,又平放着,不像是佛像,也盖着红绸子。姑娘心里猜道:"这莫不是画像?……"

那时安老爷也换了公服,同大家都在廊下站着,道:"吩咐请。"公子便走到彩亭跟前,将西边那位请进门来安在当地那张八仙桌儿上首;次后又将东边那位请来安在下首。安太太这里便叫人接过姑娘的香炉去,说:"姑娘,站起来罢。"姑娘站起,仍向外看。又听安老爷向邓九公道:"老哥哥帮帮我罢。"

说着,二人走到后面彩亭前把红绸揭起。原来是一高一矮一长一方的两个红锦匣子。邓九公捧了那个长扁匣儿,安老爷便捧了那个高方匣儿,公子随在后面进来。邓九公朝上把那匣子一举,又把身子往旁边一闪,向公子道:"老贤侄,接过去。"公子便朝上双手接来捧着,安在东边那张小桌上。然后安老爷过来,也是朝上把那匣子一举。安太太这里便道:"姑娘,过去接着。"姑娘只得连忙过去。安老爷也一样的把身子一闪。

姑娘接过那个匣子来,心里一激灵,说:"这匣管保该放在西边小案上。"果见安太太过来招护着,叫他送在那案上安好。安太太便道:"姑娘,先行了礼,好开光安位。"

姑娘见是两尊佛像,便打着问讯,磕了六个头②。只见安老爷上前去了那层红绸控单,现出里面原来还有一层小龛。及至下了迎面龛门,才看见不是塑像,却是两尊牌位。安老爷道:"姑娘,请过来瞻仰瞻仰你这两尊佛。"

姑娘过来仔细一看,只见上首那座牌位镌的字是"皇清诰授振威大夫何府君神主",下首那座是"皇清诰封③夫人何母尚太君神主。"

姑娘这才恍然大悟,说道:"伯母,你只说是请佛,请佛,原来是给我父母立的神主;这却是侄女梦想也不到此。"安老爷道:"从来说得好:'在家敬父母,何用远烧香!'人生在世,除了父母,这是尊佛,那里再寻佛去?

---

① 控单——疑为"挖单",即魔术师用作遮掩的双层布罩。另,旧时包袱皮多用双层布缝制成。

② 六个头——按磕头规矩,"神三鬼四",两佛磕六头。

③ 诰封——明清对官员及其先代和妻室授予封典的制度。

孝顺父母,不必求佛,上天自然默佑;不孝父母,天且不容,求佛岂能忏悔?况佛天一理,他又不是座受贿赂的衙门,听情面的上司,凭你怎的巴结他,他怎肯忍心害理的违天行事?况且你的意思,找座庙原为近着父母;我如今把你令尊令堂给你请到你家庙来,岂不早晚厮守?——且喜你青云山的'约法三章',我都不曾失信。"

姑娘此时直感激到泪如雨下,无可再言。安老爷道:"且待我点过主,再请你安位。"姑娘又不懂点主是怎么样一桩事,只得"入太庙,每事问"。安老爷道:"你不见神牌上'主'字那点还不曾点?神像便叫作开光,神牌便叫作点主。"安太太便拉着姑娘道:"你照旧跪在这里,看着点一点,你就磕一个头。"

姑娘跪好。安老爷便盥手熏香,请了邓九公、褚一官二位襄点。早有家人预备下朱笔,蓝笔,鸡冠血,净水。邓家翁婿便从龛里请出那神主来,老爷先填了蓝,后盖了朱。

姑娘跪在那里,只记着磕头,也不及仔细去看。点完了,照旧入龛。安老爷退下。姑娘站起来。安老爷便说道:"姑娘,这安位可是你自己的事了;但是他二位老人家,自然该双双升座,为是你一人断分不过来。况且你令尊的神主究竟不好你捧了入龛,这便是我从前和你讲过的女儿家'父亲尊,母亲亲'的话。如今也叫玉格替你代劳。你便捧了你令堂的那一位。"

姑娘一听,心里说道:"敢则《三礼汇通》这部书是他们家纂的!怎么越说越有礼呢?"只得唯唯答应。

老爷看了公子一眼,公子便上前捧了何公的那一座,何姑娘捧了尚太君的那一座,绕过八仙桌子,分左右,一齐捧到那座大龛的神床上,双双安了位。

你道可煞作怪!只安公子同何姑娘向上这一走,忽然从门外一阵风儿,吹得那窗棂纸忒楞楞长鸣,连那神幔上挂的流苏也都飘飘飞舞,好像真个的有个神灵进来一般!

一时,大礼告成,早有众家人撤下那张八仙桌去,把供桌安好,随后献上了供品,点齐香烛。有例在前,无可再议,便是公子捧饭,姑娘进汤。

供完,安老爷肃整威仪的献了两爵酒,退下来,便先让邓九公行礼。邓九公道:"不然;老弟,今日这回事不是我外着你说,我究竟要算是在我们姑娘这头儿站着，自然尽老弟你合张老大你们两亲家你二位较量起来。这桩事是你的一番心，你自然该先通个诚①，告个祭。这之后才是我们。”说着，又回头问着何姑娘道：“姑娘，你想这话是这么说不是？”姑娘连称：“很是。”

安老爷更不推让，便上前向檀香炉内炷了香，行过礼。姑娘便在下首陪拜。众人看那香烛时，只见灯展长眉，双花欲笑，烟结宝篆，一缕轻飘，倒像含着一团的喜气。随后安太太行过了礼，便是张老夫妻到了。邓九公便和他女儿女婿道：“咱爷儿三个一齐磕罢。”

他父女翁婿拜过，邓九公起来又向安公子道：“老贤侄，你夫妻也同拜了罢。也省得只管劳动你姐姐。”安老爷道：“给他叔父婶母磕头，岂不是该的！难道还要姑娘答拜不成？”姑娘笑道：“‘礼无不答’，岂有我倒不磕头的礼呢！”张姑娘此时早过去在西边站了下首。邓九公道：“姑娘，既这么说，可得过上首去。怎么说呢？这里头有个说则。假如你二位老人家在他们小两口儿磕头的时候，他二位还一揖，答两拜，也只好站在上首，断没在下首的。”

说着，褚大娘子早把姑娘拉着东边来站着。安公子一秉虔诚的上前炷了香，居中跪下，磕下头去。张姑娘在这边随叩，何姑娘在那边还礼，正跪了个不先不后，拜了个成对成双。

列公，可记得那周后稷庙里的“缄口金人”背上那段铭？说道是：“戒之哉！毋多言，多言多败；毋多事，多事多患。”正经方才姑娘还照一年头里那番斩钢截铁海阔天空的行径，你们既说不用我还礼呀，咱们就算咧！岂不完了一天的大事？无奈他此时是凝心静气，聚精会神，生怕错了过节儿，一定要答拜回礼。不想这一拜，恰恰的合成一个“名花并蒂”；俨然是金厢玉琢，凤舞龙蟠！

安老夫妻邓家父女四个人在后边看了，彼此点头会意，好不欢喜。正在看着，只见那供桌上的蜡烛花齐齐的双爆了一声；那烛焰起的足有五寸余长；炉里的香烟袅袅的一缕升空，被风吹得往里一趧，又向外一转，忽然向东吹去，从何玉凤面前绕过身后，联合了安龙媒，绾住了张金凤，重复绕到他三个面前连缀成一个团圞的大圈儿，好一似把三个围住祥云彩雾之

① 通诚——在神前表白诚意。

中一般。玉凤姑娘此时只顾还礼不迭，不曾留意。大家看了，无不纳罕。安老爷在一旁拈着几根小胡子儿，默然含笑，道："'至诚而不动者，未之有也。'子思子良不我欺！"

一时，撤馔，奠浆，献茶。礼毕，褚大娘子便走过来向玉凤姑娘耳边悄悄说了几句话。姑娘连连点头。只见他走到安老爷、安太太跟前，说道："伯父伯母，今日此举，不但我父母感情不尽，便是我何玉凤也受惠无穷！方才是替父母还礼，如今伯父母请上，再受你侄女儿一拜。"安老爷道："姑娘，你我二人说不到此。"安太太忙把姑娘扶起。邓九公一旁点着头道："姑娘，你这一拜，拜的真是千该万该！只是你看今日这番光景，你还要称他什么伯父母，竟叫他声父母，才是。"

姑娘叹了一声道："师傅！我岂无此心！只是大恩不轻言报。论我伯父母这番恩义，岂是空口叫声父母报得来的！我惟有叩天默祝，教我早早的见了我的爹娘，或是今生，或是来世，转生在我这伯父伯母的膝下作个儿女。那才是我何玉凤报恩的日子！"邓九公大笑道："姑娘，你'现钟[①]不打，倒去等着借锣筛'。怎的越说越远，闹到来生去了？依我的主意，他家和你既是三代香烟姻缘，今日趁师傅在这里，再把你和他家联成一双恩爱配偶，你也照你张家妹子一般作他个儿女，叫他声父母，岂不是一桩天大的好事！"

何玉凤不曾听得这句话的时节还是一团笑脸，及至听了这句话，见他把脸一沉，把眉一逗，望着邓九公说道："师傅！你这话从何说起？你今日大清早起，想来不醉！便是我和你别了一年，你悖悔也不应悖悔至此！怎生说出这等冒失话来！这话你趁早休提，免得搅散了今日这个道场，枉了他老夫妻的一片好心，坏了我师生的三年义气！"这正是：

　　此身已证菩提树，冰斧无劳强执柯。

要知邓九公听了这话怎的收场，下回书交代。

---

① 现钟不打，倒去等着借锣筛——舍近求远。

中国古典文学名著丛书

二刻拍案惊奇

上

[明] 凌濛初 著

華夏出版社
HUAXIA PUBLISHING HOUSE

图书在版编目（CIP）数据

二刻拍案惊奇／（明）凌濛初著．—北京：华夏出版社，2012.07（2024.09重印）

（中国古典文学名著丛书）

ISBN 978-7-5080-6431-4

Ⅰ．①二… Ⅱ．①凌… Ⅲ．①话本小说-中国-明代 Ⅳ．①I242.3

中国版本图书馆CIP数据核字（2011）第065377号

出版发行： 华夏出版社

（北京市东直门外香河园北里4号　邮编100028）

经　　销： 新华书店

印　　制： 永清县晔盛亚胶印有限公司

版　　次： 2012年07月北京第1版

2024年09月北京第2次印刷

开　　本： 670×970　1/16开

印　　张： 32.5

字　　数： 490.1千字

定　　价： 64.00元（上下）

前　言

《二刻拍案惊奇》，明朝短篇小说集，凌濛初著，和先前出版的《初刻拍案惊奇》并称"二拍"，"二拍"与冯梦龙的"三言"齐名。

凌濛初（1580 年 – 1644 年），字玄房，号初成，别号即空观主人。明代浙江乌程（今吴兴区织里镇晟舍）人。据《浙江通志》，凌家祖先世代为官。高祖凌敷，曾祖凌震，祖父凌约言（嘉靖十九年进士），叔父凌稚隆，父亲凌迪知，代有闻人。其父叔辈始事编刻，成为当时颇富盛名的书刻家。凌濛初十二岁入学补弟子员，屡试不中。十八岁补廪膳生，五中副车（清代称乡试的副榜贡生），因而郁郁不得志。崇祯七年（1634 年），五十五岁的他以副车选任上海县丞。崇祯十五年（1642 年），擢徐州判，分署房村，去任前"卧辙攀辕，涕泣阻道者，踵相接也"。崇祯十六年（1643 年），程继孔（陈小一）农民军起义，凌濛初入何腾蛟幕下，进献"剿寇十策"，参与镇压平定淮、徐民变，不久殉职。一说崇祯十七年（1644 年）凌濛初在房村被李自成军包围，拒绝投降，忧愤呕血而死。一生著述甚丰，最大的贡献是在通俗文学创作方面，有"二拍"、《圣门传诗嫡冢》、《言诗翼》、《诗逆》、《诗经人物考》、《左传合鲭》、《倪思史汉异同补评》、《赢滕三札》、《荡栉后录》、《国门集》、《国门乙集》、《鸡讲斋诗文》、《乙编诞》、《燕筑讴》、《南音之籁》、《东坡禅喜集》、《合评选诗》、《陶韦合集》、《惑溺供》、《国策概》等。其中以"二拍"影响最大。

《二刻拍案惊奇》初版刊行于明崇祯五年（1632 年），全书共四十卷，为四十篇独立的故事。其中春秋一篇，宋十四篇，元三篇，明十九篇，不确定时代者二篇，另有《宋公明闹元宵》杂剧一篇。故事虽然是旧的，但经过作者的再创作，变成了明朝社会的现实写照。凌濛初深受冯梦龙影响，这在初刻自序里可以看出，他说："独龙子犹（冯梦龙）氏所辑《喻世》等诸言，颇存雅道，时著良规，一破今时陋习。"正是由于看到冯梦龙编辑的"三言"深受人们欢迎，因而在"肆中人"怂恿下他才创作了"二拍"。但与冯梦龙相比，在小说的取材上，凌濛初所见的宋元旧本已被冯梦龙“搜括殆尽”，剩下的只是“沟中之断芜，略不足陈”的东西，所以他只好“取古今来杂碎事，可新听睹、佐谈谐者，演而畅之”。与“三言”相同，《二刻拍案惊奇》描写爱情和婚姻类的作品比较多。在这类作品中，作者表现了较为进步的妇女观和婚姻观。另外反映商人生活和经商过程的作品让我们看到了明代中叶以后中国的资本主义萌芽。当然，作品中也有不少露骨的情色描写，有的地方流露出了宿命的迷信思想，这是需要我们在阅读时加以批判的。

《二刻拍案惊奇》有两种版本。一种为日本内阁文库藏崇祯五年尚友堂刊本，该本是尚友堂部分原版的重印本，四十卷。另一种为法国巴黎图书馆藏三十卷本。郑振铎民国二十年(1931)为《明清二代的平话集》所写跋文中将此本称为“别本”，并说：“未知编者，明末清初坊本。这部书世间流传绝少，我偶然的在巴黎国家图书馆中见到了它。”董康《书舶庸谭》卷六之二十二年(1933)十二月十三日云：“巴黎图书馆亦有《二刻拍案惊奇》，凡三十卷，抄存其目。除前十卷同内阁所藏，已见前外，录其十一卷以下之目如后。”董康所录后二十卷的回目，也为双句回目，但并非一卷一事，二十卷计二十四事。两相比较，巴黎图书馆藏本《二刻拍案惊奇》并无《宋公明闹元宵杂剧》。

“三言二拍”这两套书在中国的遭遇也反映了中国文化保守特点，本世纪二十年初鲁迅在撰写《中国小说史略》时，他所见的材料中没有《喻世明言》和《警世通言》原文，“谨知其序目”，当时国内只有《醒世恒言》一种流传，倒是在日本都有比较完整的版本。至于“二拍”，因为在清朝被视为“淫词小说”，所以屡遭禁毁。在道光、同治年间浙江、江苏颁布的禁止淫词小说的命令中所开的书单都只有《初刻》，而没有《二刻》，可见那时《二刻》就已不大为人所知了。

目　录

卷　一

进香客莽看金刚经　出狱僧巧完法会分

诗曰：

世间字纸藏经同，见者须当付火中。

或置长流清净处，自然福禄永无穷。

话说上古苍颉[①]制字，有鬼夜哭，盖因造化秘密，从此发泄尽了。只这一哭，有好些个来因。假如孔子作《春秋》，把二百四十二年间乱臣贼子心事阐发，凛如斧钺，遂为万古纲常之鉴，那些奸邪的鬼岂能不哭！又如子产[②]铸刑书，只是禁人犯法，流到后来，奸胥舞文，酷吏锻罪，只这笔尖上边几个字，断送了多多少少人？那些屈陷的鬼，岂能不哭！至于后世以诗文取士，凭着暗中朱衣神，不论好歹，只看点头。他肯点点头的，便差池些，也会发高科、做高官；不肯点头的，遮莫[③]你怎样高才，没处叫撞天的屈。那些呕心抽肠的鬼，更不知哭到几时才是住手。可见这字的关系，非同小可。况且圣贤传经讲道，齐家治国平天下，多用着他不消说；即是道家青牛骑出去[④]，佛家白马驮将来[⑤]，也只是靠这几个字，致得三教流传，同于三光[⑥]。那字是何等之物，岂可不贵重他！每见世间人，不以字纸为意，见有那残书废叶，便将来包长包短，以致因而揩台抹桌，弃掷在地，扫置灰尘污秽中。如此作践，真是罪业深重。假如偶然见了，便轻轻拾将起

---

① 苍颉(jié)——相传是上古黄帝时的史臣，中国首创文字的人。

② 子产——春秋时郑国大夫。他曾将刑法条文铸于鼎上，所以后世有子产铸刑书之说。

③ 遮莫——当时小说戏曲中的常用语，此处做“即使”解。

④ 道家青牛骑出去——据传道家老子坐骑为青牛，此处系指老子携《道德经》骑着青牛出函谷关的故事。

⑤ 佛家白马驮将来——指汉明帝时，迦叶摩腾、竺法兰从西域用白马驮佛经之事。

⑥ 三光——指日、月、星。

来，付之水火，有何重难的事？人不肯做。这不是人不肯做，一来只为人不晓得关着祸福，二来不在心上的事，匆匆忽略过了。只要能存心的人，但见字纸，便加爱惜，遇有遗弃，即行收拾，那个阴德可也不少哩！

宋时，王沂公之父爱惜字纸，见地上有遗弃的，就拾起焚烧。便是落在粪秽中的，他毕竟设法取将起来，用水洗净，或投之长流水中，或候烘晒干了，用火焚过。如此行之多年，不知收拾净了万万千千的字纸。一日，妻有娠将产，忽梦孔圣人来分付道："汝家爱惜字纸，阴功甚大。我已奏过上帝，遣弟子曾参来生汝家，使汝家富贵非常。"梦后果生一儿，因感梦中之语，就取名为王曾。后来连中三元[①]，官封沂国公。宋朝一代中三元的，止得三人，是宋庠、冯京与这王曾，可不是最希罕的科名了！谁知内中这一个，不过是惜字纸积来的福，岂非人人做得的事？如今世上人见了享受科名的，那个不称羡，道是难得？及至爱惜字纸这样容易事，却错过了不做，不知为何，且听小子说几句：

苍颉制字，爰有妙理。
三教圣人，无不用此。
眼观秽弃，颡当有泚
三元科名，惜字而已。
一唾手事，何不拾取？

小子因为奉劝世人惜字纸，偶然记起一件事来。一个只因惜字纸拾得一张故纸，合成一大段佛门中因缘，有好些的灵异在里头。有诗为证：

翰墨因缘法宝流，山门珍秘永传留。
从来神物多呵护，堪笑愚人欲强谋。

却说唐朝侍郎白乐天[②]，号香山居士，他是个佛门中再来人，专一精心内典，勤修上乘。虽然顶冠束带，是个宰官身，却自念佛看经，做成居士相。当时因母病，发愿手写《金刚般若经》百卷，以祈冥佑，散施在各处寺宇中。后来五代、宋、元兵戈扰乱，数百年间，古今名迹海内亡失已尽，何

---

① 连中三元——旧时在科举考试中，某人在乡试、会试、廷试中连考第一名的，叫作"连中三元"。

② 白乐天——唐朝诗人，姓白名居易，字乐天，号香山居士，下邽(guī)(今陕西渭南县)人。

况白香山一家遗墨？不知多怎地消灭了。唯有吴中太湖内洞庭山一个寺中，流传得一卷，直至国朝嘉靖年间依然完好，首尾不缺。凡吴中贤士大夫、骚人墨客曾经赏鉴过者，皆有题跋在上，不消说得；就是四方名公游客，也多曾有赞叹顶礼，请求拜观、留题姓名日月的，不计其数。算是千年来希奇古迹，极为难得的物事。山僧相传，至宝收藏，不在话下。

且说嘉靖四十三年，吴中大水，田禾淹尽，寸草不生。米价踊贵，各处禁粜闭籴，官府严示平价，越发米不入境了。原来大凡年荒米贵，官府只合静听民情，不去生事。少不得有一伙有本钱趋利的商人，贪那贵价，从外方贱处贩将米来；有一伙有家当囤米的财主，贪那贵价，从家里廒[①]中发出米去。米既渐渐辐辏，价自渐渐平减，这个道理也是极容易明白的。最是那不识时务执拗的腐儒做了官府，专一遇荒就行禁粜、闭籴、平价等事。他认道是不使外方籴了本地米去，不知一行禁止，就有棍徒诈害，遇见本地交易，便自声扬犯禁，拿到公庭，立受枷责。那有身家的怕惹事端，家中有米，只索闭仓高坐，又且官有定价，不许贵卖，无大利息，何苦出粜？那些贩米的客人，见官价不高，也无想头。就是小民私下愿增价暗籴，惧怕败露受责受罚，有本钱的人，不肯担这样干系，干这样没要紧的事。所以越弄得市上无米，米价转高，愚民不知，上官不谙，只埋怨道："如此禁闭，米只不多；如此抑价，米只不贱。"没得解说，只囫囵说一句救荒无奇策罢了。谁知多是要行荒政，反致越荒的。

闲话且不说。只因是年米贵，那寺中僧侣颇多，坐食烦难。平日檀越[②]也为年荒米少，不来布施。又兼民穷财尽，饿殍盈途，盗贼充斥，募化无路。那洞庭山位在太湖中间，非舟楫不能往来。寺僧平时吃着十方，此际料没得有凌波出险、载米上门的了。真个是：

香积厨中无宿食，净明钵里少余粮。

寺僧无计奈何。内中有一僧，法名辨悟，开言对大众道："寺中僧徒不少，非得四五十石米不能度此荒年。如今料无此大施主，难道抄了手坐看饿死不成？我想白侍郎《金刚经》真迹，是累朝相传至宝，何不将此件到城中，寻个识古董人家，当他些米粮且度一岁。到来年有收，再图取赎，未为

---

① 廒(áo)——指贮藏粮食的仓库。

② 檀越——和尚对施主的尊称。

迟也。”住持道:“相传此经值价不少,徒然守着他,救不得饥饿,真是戤[①]米囤饿杀了。把他去当[②]米,诚是算计。但如此年时,那里撞得个人肯出这样闲钱,当这样冷货?只怕空费着说话罢了。”辨悟道:“此时要遇个识宝太师,委是不能勾[③]。想起来只有山塘上王相国府当内严都管,他是本山人,乃是本房檀越,就中与我独厚。这卷白侍郎的经,他虽未必识得,却也多曾听得。凭着我一半面皮,挨当他几十挑米,敢是有的。”众僧齐声道:“既然如此,事不宜迟,只索就过湖去走走。”

住持走去房中,厢内捧出经来,外边是宋锦包袱包着,揭开里头看时,却是册叶一般装的,多年不经裱褙,糨气已无,周围镶纸多泛浮了。住持道:“此是传名的古物,如此零落了,知他有甚好处?今将去与人家藏放得好些,不要失脱了些便好。”众人道:“且未知当得来当不来,不必先自耽忧。”辨悟道:“依着我说,当便或者当得来。只是救一时之急,赎取时这项钱粮还不知出在那里!”众人道:“且到赎时再做计较,眼下只是米要紧,不必多疑了。”当下雇了船只,辨悟叫个道人随了,带了经包,一面过湖到山塘上来。

行至相府门前,远远望去,只见严都管正在当中坐地。辨悟上前稽首,相见已毕,严都管便问道:“师父何事下顾?”辨悟道:“有一件事,特来与都管商量,务要都管玉成则个。”都管道:“且说看何事。可以从命,无不应承。”辨悟道:“敝寺人众缺欠斋粮,目今年荒米贵,无计可施。寺中相传《金刚经》,是唐朝白侍郎真笔,相传价值千金,想都管平日也晓得这话的。意欲将此卷当在府上铺中,得应付米百来石,度过荒年,救取合寺人众生命,实是无量功德。”严都管道:“是甚希罕东西,金银宝贝做的,值此价钱?我虽曾听见老爷与宾客们常说,真是千闻不如一见。师父且与我看看再商量。”辨悟在道人手里接过包来,打开看时,多是零零落落的旧纸。严都管道:“我只说是怎么样金碧辉煌的,原来是这等晦气色脸,到不如外边这包还花碌碌好看,如何说得值多少东西!”都管强不知以为知的,逐叶翻翻,一直翻到后面去,看见本府有许多大乡宦名字及图书在上面,连主人

① 戤(gài)——吴语,此处意为“倚仗”。

② 当——民间谓“出物质钱”为“当”。

③ 勾——通今现代汉语中的“够”。

也有题跋手书印章，方喜动颜色道："这等看起来，大略也值些东西，我家老爷才肯写名字在上面。除非为我家老爷这名字多值了百来两银子，也不见得。我与师父相处中，又是救济好事，虽是百石不能勾，我与师父五十石去罢。"辨悟道："多当多赎，少当少赎。就是五十石也罢，省得担子重了，他日回赎难措处。"当下严都管将经包袱得好了，捧了进去。终久是相府门中手段，做事不小，当真出来写了一张当票，当米五十石，付与辨悟道："人情当的，不要看容易了。"说罢，便叫开仓斛发。辨悟同道人雇了脚夫，将米一斛一斛的盘明下船，谢别了都管，千欢万喜，载回寺中不题。

且说这相国夫人，平时极是好善，尊重的是佛家弟子，敬奉的是佛家经卷。那年冬底，都管当[①]中送进一年簿籍到夫人处查算，一向因过岁新正，忙忙未及简勘。此时已值二月中旬，偶然闲手揭开一叶看去，内一行写着"姜字五十九号，当洞庭山某寺《金刚经》一卷，本米五十石"。夫人道："奇怪！是何经卷，当了许多米去？"猛然想道："常见相公说道：'洞庭山寺内有卷《金刚经》，是山门之宝'，莫非即是此件？"随叫养娘们传出去，取进来看。不逾时取到。夫人盥手净了，解开包，揭起看时，是古老纸色，虽不甚晓得好处与来历出处，也知是旧人经卷。便念声佛道："此必是寺中祖传之经，只为年荒将来当米吃了。这些穷寺里如何赎得去？留在此处亵渎，心中也不安稳。譬如我斋了这寺中僧人一年，把此经还了他罢，省得佛天面上取利，不好看。"分付当中都管说："把此项五十石作做夫人斋僧之费，速唤寺中僧人，还他原经供养去。"

都管领了夫人的命，正要寻便捎信与那辨悟，教他来领此经，恰值十九日是观世音生日，辨悟过湖来观音山上进香，事毕到当中来拜都管。都管见了道："来得正好！我正要寻山上烧香的人捎信与你。"辨悟道："都管有何分付？"都管道："我无别事，便为你旧年所当之经，我家夫人知道了，就发心布施这五十石本米与你寺中，不要你取赎了，白还你原经，去替夫人供养着，故此要寻你来还你。"辨悟见说，喜之不胜，合掌道："阿弥陀佛！难得有此善心的施主，使此经重还本寺，真是佛缘广大，不但你夫人千载流传，连老都管也种福不浅了。"都管道："好说，好说！"随去禀知夫人，请了此经出来，奉还辨悟。夫人又分付都管："可留来僧一斋。"都管遵依，设

---

① 当——当铺的省略。

斋请了辨悟。辨悟笑嘻嘻捧着经包，千恩万谢而行。

到得下船埠头，正值山上烧香多人，坐满船上，却待开了。辨悟叫住，也搭将上去，坐好了开船。船中人你说张家长，我说李家短，不一时，行至湖中央。辨悟对众人道："列位说来说去，总不如小僧今日所遇施主，真是个善心喜舍、量大福大的了。"众人道："是那一家？"辨悟道："是王相国夫人。"众人内中有的道："这是久闻好善的，今日却如何布施与师父？"辨悟指着经包道："即此便是大布施。"众人道："想是你募缘簿上开写得多了。"辨悟道："若是有心施舍，多些也不为奇。专为是出于意外的，所以难得。"众人道："怎生出于意外？"辨悟就把去年如何当米，今日如何白还的事说了一遍，道："一个荒年，合寺僧众多是这夫人救了的。况且寺中传世之宝正苦没本利赎取，今得奉回，实出侥幸。"众人见说一本经当了五十石米，好生不信。有的道："出家人惯说天话，那有这事？"有的道："他又不化我们东西，何故掉谎？敢是真的。"又有的道："既是值钱的佛经，我们也该看看，一缘一会，也是难得见的。"要与辨悟取出来看。辨悟见一伙多是些乡村父老，便道："此是唐朝白侍郎真笔，列位未必识认，亵亵渎渎，看他则甚？"内中有一个教乡学假斯文的，姓黄号丹山，混名黄撮空，听得辨悟说话，便接口道："师父出言太欺人！甚么白侍郎黑侍郎，便道我们不认得？那个白侍郎，名字叫得白乐天，《千家诗》上多有他的诗，怎欺负我不晓得？我们今日难得同船过湖，也是个缘分，便大家请出来看看古迹。"众人听得，尽拍手道："黄先生说得有理。"一齐就去辨悟身边，讨取来看。

辨悟四不拗六①，抵当众人不住，只得解开包袱，摊在船板上。揭开经来，那经叶叶不粘连的了，正揭到头一板，怎当得湖中风大，忽然一阵旋风，搅到经边一掀，急得辨悟忙将两手撳住，早把一叶吹到船头上。那时辨悟只好按着，不能脱手去取，忙叫众人快快收着。众人也大家忙了手脚，你挨我挤，吆吆喝喝，磕磕撞撞，那里拃得着？说时迟，那时快，被风一卷，早卷起在空中。原来一年之中，惟有正二月的风是从地下起的，所以小儿们放纸鸢② 风筝，只在此时。那时是二月天气，正好随风上去，那有下来的风恰恰吹来还你船中？况且太湖中间汸汸漾漾的所在，没弄手脚

---

① 四不拗六——吴语，意为寡不敌众。

② 纸鸢(yuān)——俗称鹞子，于鸢首以竹为笛，使风入作声如筝鸣。

处,只好共睁着眼,望空仰看。但见:

天际飞冲,似炊烟一道直上;云中荡漾,如游丝几个翻身。纸鸢到处好为邻,俊鹘飞来疑是伴。底下叫的叫,跳的跳,只在湖中一叶舟;上边往一往,来一来,直通海外三千国。不生得补青天的大手抓将住,没处借系白日的长绳缚转来。

辨悟手按着经卷,仰望着天际,无法施展,直看到望不见才住。眼见得这一纸在爪哇国里去了,只叫得苦。众人也多呆了,互相埋怨。一个道:"才在我手边,差一些儿不拿得住。"一个道:"在我身边飞过,只道你来拿,我住了手。"大家唧哝,一个老成的道:"师父再看看,敢是吹了没字的素纸还好。"辨悟道:"那里是素纸!刚是揭开头一张,看得明明白白的。"众人疑惑,辨悟放开双手看时,果然失了头一板。辨悟道:"千年古物,谁知今日却弄得不完全了!"忙把来叠好,将包包了,紫涨了面皮,只是怨怅。众人也多懊悔,不敢则声,黄撮空没做道理处,文诌诌强通句把不中款解劝的话,看见辨悟不喜欢,也再没人敢讨看了。船到山边,众人各自上岸散讫。辨悟自到寺里来,说了相府白还经卷缘故,合寺无不欢喜赞叹;却把湖中失去一叶的话,瞒住不说。寺僧多是不在行的,也没有人翻来看看,交与住持收拾过罢了。

话分两头,却说河南卫辉府,有一个姓柳的官人,补了常州府太守,择日上任。家中亲眷设酒送行,内中有一个人,乃是个博学好古的山人,曾到苏、杭四处游玩访友过来,席间对柳太守说道:"常州府与苏州府接壤,那苏州府所属太湖洞庭山某寺中,有一件希奇的物事,乃是白香山手书《金刚经》。这个古迹价值千金,今老亲丈就在邻邦,若是有个便处,不可不设法看一看。"那个人是柳太守平时极尊信的。他虽不好古董,却是个极贪的性子,见说了值千金,便也动了火,牢牢记在心上。到任之后,也曾问起常州乡士大夫,多有晓得的,只是苏、松隔属,无因得看。他也不是本心要看,只因千金之说上心,希图频对人讲,或有奉承他的解意了,购求来送他未可知。谁知这些听说的人,道是隔府的东西,他不过无心问及,不以为意。以后在任年余,渐渐放手长了。有几个富翁为事打通关节,他传出密示,要苏州这卷《金刚经》。讵知富翁要银子反易,要这经却难,虽曾打发人寻着寺僧求买,寺僧道是家传之物,并无卖意。及至问价,说了千金。买的多不在行,伸伸舌,摇摇头,恐怕做错了生意,折了重本,看不上眼，不是算了，宁可苦着百来两银子送进衙去，回说"《金刚经》乃本寺镇库之物，不肯卖的，情愿纳价"罢了。太守见了白物，收了顽涎，也不问起了。如此不止一次。这《金刚经》到是那太守发科分、起发人的丹头了，因此明知这经好些难取，一发上心。

有一日，江阴县中解到一起劫盗，内中有一行脚头陀僧①。太守暗喜道："取《金刚经》之计，只在此僧身上了。"一面把盗犯下在死囚牢里，一面叫个禁子到衙来，悄悄分付他道："你到监中，可与我密密叮嘱这行脚僧，我当堂再审时，叫他口里扳着苏州洞庭山某寺是他窝赃之所，我便不加刑罚了，你却不可泄漏讨死吃！"禁子道："太爷分付，小的性命恁地不值钱？多在小的身上罢了。"禁子自去依言行事。果然次日升堂，研问这起盗犯，用了刑具，这些强盗各自招出赃仗窝家。独有这个行脚僧不上刑具，就一口招道："赃在洞庭山某寺窝着，寺中住持叫甚名字。"原来行脚僧人做歹事的，一应荒庙野寺投斋投宿，无处不到，打听做眼，这寺中住持姓名，恰好他晓得的，正投太守心上机会。太守大喜，取了供状，叠成文卷，一面行文到苏州府捕盗厅来，要提这寺中住持。差人赍文坐守，捕厅佥了牌，另差了两个应捕②，驾了快船，一直望太湖中洞庭山来。真个：

人似饥鹰，船同蜚虎。鹰在空中思攫食，虎逢到处立吞生。静悄村墟，魆地神号鬼哭；安闲舍宇，登时犬走鸡飞。即此便是活无常，阴间不数真罗刹。

应捕到了寺门前，雄纠纠的走将入来，问道："那一个是住持？"住持上前稽首道："小僧就是。"应捕取出麻绳来便套，住持慌了手脚，道："有何事犯，便直得如此？"应捕道："盗情事发，还问甚么事犯！"众僧见住持被缚，大家走将拢来，说道："上下不必粗鲁！本寺是山塘王相府门徒，等闲也不受人欺侮！况且寺中并无歹人，又不曾招接甚么游客住宿，有何盗情干涉？"应捕见说是相府门徒，又略略软了些，说道："官差吏差，来人不差。我们捕厅因常州府盗情事，扳出与你寺干连，行关守提。有干无干，当官折辨，不关我等心上，只要打发我等起身！"一个应捕假做好人道："且宽了缚，等他去周置，这里不怕他走了去。"住持脱了身，讨牌票看了，不知头

---

① 行脚头陀僧——游行十方的和尚称为行脚，行脚头陀僧指云游十方的和尚。

② 应捕——旧时捕盗厅缉捕盗贼的公人。

由。一面商量收拾盘缠，去常州分辨，一面将差使钱送与应捕。应捕嫌多嫌少，诈得满足了才住手。应捕带了住持下船，辨悟叫个道人跟着，一同随了住持，缓急救应。到了捕厅，点了名，办了文书，解将过去。免不得书房与来差多有了使费。住持与辨悟、道人，共是三人，雇了一个船，一路盘缠了来差，到常州来。

说话的，你差了。隔府关提，尽好使用支吾，如何去得这样容易？看官有所不知，这是盗情事，不比别样闲讼，须得出身辩白。不然怎得许多使用？所以只得来了。未见官时，辨悟先去府中细细打听劫盗与行脚僧名字、来踪去迹，与本寺没一毫影响，也没个仇人在内，正不知祸根是那里起的，真摸头路不着。说话间，太守升堂。来差投批，带住持到。太守不开言问甚事由，即写监票发下监中去。住持不曾分说得一句话，竟自黑碌碌地吃监了。太守监罢了住持，唤原差到案前来，低问道："这和尚可有人同来么？"原差道："有一个徒弟，一个道人。"太守道："那徒弟可是了事的？"原差道："也晓得事体的。"太守道："你悄地对那徒弟说：可速回寺中去取那本《金刚经》来，救你师父，便得无事；若稍迟几日，就讨绝单①了。"原差道："小的去说。"

太守退了堂。原差跌跌脚道："我只道真是盗情，原来又是甚么《金刚经》！"盖只为先前借此为题诈过了好几家，衙门人多是晓得的了，走去一十一五对辨悟说了。辨悟道："这是我上世之物，怪道日前有好几起常州人来寺中求买，说是府里要，我们不卖与他。直到今日，却生下这个计较，陷我师父，强来索取。如今怎么处？"原差道："方才明明分付稍迟几日就讨绝单。我老爷只为要此经，我这里好几家受了累。何况是你本寺有的，不送得他，他怎肯住手？却不枉送了性命！快去与你住持师父商量去！"辨悟就央原差领了到监里。把这些话一一说了。住持道："既是如此，快去取来送他，救我出去罢了。终不成为了大家门面的东西，断送了我一个人性命罢？"辨悟道："不必二三，取了来就是。"对原差道："有烦上下代禀一声，略求宽容几日，以便往回。师父在监，再求看觑。"原差道："既去取了，这个不难，多在我身上，放心前去。"

辨悟留下盘缠与道人送饭，自己单身，不辞辛苦，星夜赶到寺中。取

---

① 绝单——是旧时狱吏向主管的州县官报告犯人在监身死的单子。

了经卷,复到常州。不上五日,来会原差道:"经已取来了,如何送进去?"原差道:"此是经卷,又不是甚么财物!待我在转桶边击梆,禀一声,递进去不妨。"果然原差递了进去。太守在私衙,见说取得《金刚经》到,道是宝物到了,合衙人眷多来争看。打开包时,太守是个粗人,本不在行,只道千金之物,必是怎地庄严;看见零零落落,纸色晦黑,先不象意。揭开细看字迹,见无个起首,没头没脑。看了一会,认有细字号数,仔细再看,却原来是第二叶起的。太守大笑道:"凡事不可虚慕名,虽是古迹,也须得完全才好。今是不全之书,头一板就无了,成得甚用?说甚么千金百金,多被这些酸子传闻误了,空费了许多心机。难为这个和尚坐了这几日监,岂不冤枉!"内眷们见这经卷既没甚么好看,又听得说和尚坐监,一齐撺掇,叫还了经卷,放了和尚。太守也想道没甚紧要,仍旧发与原差,给还本主。衙中传出去说:"少了头一张,用不着,故此发了出来。"辨悟只认还要补头张,怀着鬼胎道:"这却是死了!"正在心慌,只见连监的住持多放了出来。原差来讨赏,道:"已此没事了。"住持不知缘故,原差道:"老爷起心要你这经,故生这风波,今见经不完全,没有甚么头一张,不中他意,有些懊悔了。他原无怪你之心,经也还了,事也罢了。恭喜!恭喜!"

住持谢了原差,回到下处,与辨悟道:"那里说起,遭此一场横祸!今幸得无事,还算好了。只是适才听见说经上没了头张,不完全,故此肯还。我想此经怎的不完全?"辨悟才把前日太湖中众人索看、风卷去头张之事,说了一遍。住持道:"此天意也!若是风不吹去首张,此经今日必然被留,非复我山门所有了。如今虽是缺了一张,后边名迹还在,仍旧归吾寺宝藏,此皆佛天之力。"喜喜欢欢,算还了房钱饭钱,师徒与道人三众雇了一个船,同回苏州来。

过了浒墅关数里,将到枫桥,天已昏黑,忽然风雨大作,不辨路径。远远望去,一道火光烛天,叫船家对着亮处只管摇去。其时风雨也息了,看看至近,却是草舍内一盏灯火明亮,听得有木鱼声。船到岸边,叫船家缆好了。辨悟踱上去,叩门讨火。门还未关,推将进去,却是一个老者靠着桌子诵经。见是个僧家,忙起身叙了礼。辨悟求点灯,老者打个纸捻儿,蘸蘸油点着了,递与辨悟。辨悟接了纸捻,照得满屋明亮。偶然抬头带眼见壁间一幅字纸粘着,无心一看,吃了一惊,大叫道:"怪哉!怪哉!"老者问道:"师父见此纸,为何大惊小怪?"辨悟道:"此话甚长!小舟中还有师父在内，待小僧拿火去照了，然后再来奉告，还有话讲。”老者道：“老汉是奉佛弟子，何不连尊师接了起来？”老者就叫小厮祖寿出来，同了辨悟到舟中，来接那一位师父。

辨悟未到船上，先叫住持道：“师父快起来！不但投着主人，且有奇事了！”住持道：“有何奇事？”辨悟道：“师父且到里面见了主人，请看一件物事。”住持同了辨悟走进门来，与主人相见了。辨悟拿了灯，拽了住持的手，走到壁间，指着那一幅字纸道：“师父可认认看。”住持抬眼一看，只见首一行是“金刚般若波罗密经”，第二行是“法会因由分第一”，正是白香山所书，乃经中之首叶在湖中飘失的。拍手道：“好象是吾家经上的，何缘得在此处？”老者道：“贤师徒惊怪此纸，必有缘故。”辨悟道：“老丈肯把得此纸的根由一说，愚师徒也剖心相告。”老者摆着椅子道：“请坐了献茶，容老汉慢讲。”师徒领命，分次坐了。

奉茶已毕，老者道：“老汉姓姚，是此间渔人。幼年不曾读书，从不识字，只靠着鱼虾为生。后来中年，家事尽可度日了，听得长老们说因果，自悔作业① 太多，有心修行。只为不识一字，难以念经，因此自恨。凡见字纸，必加爱惜，不敢作践，如此多年。前年某月某日晚间，忽然风飘甚么物件下来，到于门首。老汉望去，只看见一道火光落地，拾将起来，却是一张字纸。老汉惊异，料道多年宝惜字纸，今日见此光怪，必有奇处。不敢亵渎，将来粘在壁间，时常顶礼。后来有个道人到此见了，对老汉道：‘此《金刚经》首叶，若是要念全经，我当教汝。’遂手出一卷，教老汉念诵一遍。老汉随口念过，心中豁然，就把经中字一一认得。以后日渐增加，今颇能遍历诸经了。记得道人临别时，指着此纸道：‘善守此福，必有后果。’老汉一发不敢怠慢，每念诵时，必先顶礼。今两位一见，共相惊异，必是晓得此纸的来历了。”住持与辨悟同声道：“适间迷路，忽见火光冲天，随亮到此，却只是灯火微明，正在怪异。方才见老丈见教，得此纸时，也见火光，乃知是此纸显灵，数当会合。老丈若肯见还，功德更大了。”老者道：“非师等之物，何云见还？”辨悟道：“好教老丈得知：此纸非凡笔，乃唐朝侍郎白香山手迹也。全经一卷，在吾寺中，海内知名。吾师为此近日被一个狠官人拿

---

① 作业——吴语，意为“罪过”，此处为捕鱼人自认“一生捕捉鱼虾，杀生害命太多”的忏悔之意。

去，强逼要献，几丧性命，没奈何只得献出。还亏得前年某月某日湖中遇风，飘去首叶，那官人嫌他不全，方得重还。今日正奉归寺中供养，岂知却遇着所失首叶在老丈处，重得瞻礼！前日若非此纸失去，此经已落他人之手；今日若非此纸重逢，此经遂成不全之文。一失一得，不先不后，两番火光，岂非韦驮尊天① 有灵，显此护法手段出来么？”老者似信不信的答应。

辨悟走到船内，急取经包上来，解与老者看，乃是第二叶起的。将来对着壁间字法纸色，果然一样无差。老者叹异，念佛不已，将手去壁间揭下来，合在上面，长短阔狭无不相同。一卷经完完全全了，三人尽皆欢喜。老者分付治斋相款，就留师徒两人同榻过夜。住持私对辨悟道：“起初我们恨柳太守，如今想起来，也是天意。你失去首叶，寺中无一人知道，珍藏到今。若非此一番跋涉，也无从遇着原纸来完全了。”辨悟道：“上天晓得柳太守起了不良之心，怕夺了全卷去，故先吹掉了一纸。今全卷重归，仍旧还了此一纸，实是天公之巧，此卷之灵！想此老亦是会中人，所云道人，安知不是白侍郎托化来的！”住持道：“有理，有理！”是夜，姚老者梦见韦驮尊天来对他道：“汝幼年作业深重，亏得中年回首，爱惜字纸。已命香山居士启汝天聪，又加守护经文，完成全卷，阴功更大，罪业尽消。来生在文字中受报，福禄非凡，今生且赐延寿一纪，正果而终。”老者醒来，明明记得。次日，对师徒二人道：“老汉爱护此纸经年，今见全经，无量欢喜。虽将此纸奉还，老汉不能忘情。愿随老师父同行，出钱请个裱匠，到寺中重新装好，使老汉展诵几遍，方为称怀。”师徒二人道：“难得檀越如此信心，实是美事，便请下船同往敝寺随喜一番。”

老者分付了家里，带了盘缠，唤小厮祖寿跟着。又在城里接了一个高手的裱匠，买了作料，一同到寺里来。盘桓了几日，等裱匠完工，果然裱得焕然一新。便出衬钱② 请了数众，展念《金刚经》一昼夜，与师徒珍重而别。后来，每年逢诞日或佛生日③，便到寺中瞻礼白香山手迹一遍，即行持念一日，岁以为常。年过八十，到寺中沐浴坐化而终。寺中宝藏此卷，

① 韦驮尊天——佛教守护神之一，亦称韦天将军。

② 衬钱——指施与、施舍的钱、物。

③ 佛生日——即释迦牟尼的生日，汉族地区相传夏历四月初八为释迦牟尼生日。

闻说至今犹存。有诗为证：

一纸飞空大有缘，反因失去得周全。

拾来宝惜生多福，故纸何当浪弃捐！

小子不敢明说寺名，只怕有第二个象柳太守的寻踪问迹，又生出事头来。再有一诗笑那太守道：

伧父何知风雅缘，贪看古迹只因钱。

若教一卷都将去，宁不冤他白乐天！

卷　二

小道人一着饶天下　女棋童两局注终身

词云：

百年伉俪是前缘，天意巧周全。试看人世，禽鱼草木，各有蝉联。

从来材艺称奇绝，必自种姻娅。文君琴思，仲姬画手，匹美双传。

——词寄《眼儿媚》

自古道：物各有偶。才子佳人，天生匹配，最是人世上的佳话。看官且听小子说：山东兖州府巨野县有个秾芳亭，乃是地方居民秋收之时，祭赛田祖先农、公举社会① 聚饮的去处。向来亭上有一匾额，大书三字在上，相传是唐颜鲁公之笔，失去已久，众人无敢再写。一日正值社会之期，乡里父老相商道："此亭徒有其名，不存其匾。只因向是木匾，所以损坏。今若立一通石碑在亭中，别请当今名笔写此三字在内，可垂永久。"此时只有一个秀才，姓王名维翰，是晋时王羲之一派子孙，惯写颜字，书名大盛。父老具礼相求，道其本意，维翰欣然相从，约定社会之日，就来赴会，即当举笔。父老砻石端正。

到于是日，合乡村男妇儿童，无不毕赴，同观社火。你道如何叫得社火？凡一应吹箫打鼓、踢球放弹、勾拦傀儡、五花爨弄② 诸般戏具，尽皆施呈，却象献来与神道观玩的意思，其实只是人扶人兴，大家笑耍取乐而已。所以王孙公子，尽有携酒挟伎特来观看的。直待诸戏尽完，赛神礼毕，大众齐散，止留下主会几个父老，亭中同分神福，享其祭余，尽醉方休。此是历年故事。此日只为邀请王维翰秀才书石，特接着上厅行首谢天香，在会上相陪饮酒。不想王秀才别被朋友留住，一时未至。父老虽是设着

---

① 社会——旧时乡村学塾逢春、秋祀社之日或其他节日举行的集会。

② 五花爨(cuàn)弄——旧时戏曲名词。"爨弄"意为表演，表演时大都由末泥、引戏、副净、副末、装孤五人组成，故名。

酒席，未敢自饮，呆呆等待。谢天香便问道："礼事已毕，为何迟留不饮?"众父老道;"专等王秀才来。"谢天香道："那个王秀才?"父老道："便是有名会写字的王维翰秀才。"谢天香道："我也久闻其名，可惜不曾会面。今日社酒，却等他做甚?"父老道："他许下在石碑上写'秾芳亭'三字，今已磨墨停当在此，只等他来动笔罢，然后饮酒。"谢天香道："既是他还未来，等我学写个儿耍耍何如?"父老道："大姐又能写染?"谢天香道："不敢说能，粗学涂抹而已。请过大笔一用，取一回笑话，等王秀才来时，抹去了再写不妨。"父老道："俺们那里有大笔？凭着王秀才带来用的。"谢天香看见瓦盆里墨浓，不觉动了挥洒之兴，却恨没有大笔应手。心生一计，伸手在袖中摸出一条软纱汗巾来，将角儿团簇得如法，拿到瓦盆边蘸了浓墨，向石上一挥，早写就了"秾芳"二字，正待写"亭"字起，听得鸾铃响，一人指道："兀的不是王秀才来也!"谢天香就住手不写，抬眼看时，果然王秀才骑了高头骏马，瞬息来到亭前，从容下马，到亭中来。众父老迎着，以次相见。谢天香末后见礼，王秀才看了谢天香容貌，谢天香看了王秀才仪表，两相企羡，自不必说。

王秀才看见碑上已有"秾芳"二大字，墨尚未干，称赞道："此二字笔势非凡，有恁样高手在此，何待小生操笔？却为何不写完了?"父老道："久等秀才不到，此间谢大姐先试写一番看看。刚写得两字，恰好秀才来了，所以住手。"谢天香道："妾身不揣，闲在此间作耍取笑，有污秀才尊目。"王秀才道："此书颜骨柳筋，无一笔不合法，不可再易，就请写完罢了。"父老不肯道："专仰秀才大名，是必要烦妙笔一番!"谢天香也谦逊道："贱妾偶尔戏耍，岂可当真!"王秀才道："若要抹去二字，真是可惜！倘若小生写来，未必有如此妙绝，悔之何及？恐怕难为父老每① 盛心推许，容小生续成罢了。只问适间大姐所用何笔，就请借用一用。若另换一管，锋端不同了。"谢天香道："适间无笔，乃贱妾用汗巾角蘸墨写的。"王秀才道："也好，也好，就借来试一试。"谢天香把汗巾递与王秀才，王秀才接在手中，向瓦盆中一蘸，写个"亭"字续上去。看来笔法俨如一手写成，毫无二样。父老内中也有斯文在行的，大加叹赏道："怎的两人写来恰似出于一手？真是才子佳人，可称双绝!"王秀才与谢天香俱各心里喜欢，两下留意。父老一

---

① 父老每——"每"字代名词复数语尾，相当于现代汉语中"们"的用法。

面就命勒石匠把三字刻将起来，一面就请王秀才坐了首席，谢天香陪坐，大家尽欢吃酒。席间，王秀才与谢天香讲论字法，两人多是青春美貌，自然投机。父老每多是有年纪历过多少事体过的，有甚么不解意处？见两人情投意合，就撺掇两下成其夫妇，后来竟谐老终身。这是两个会写字的成了一对的话。

看来，天下有一种绝技，必有一个同声同气的在那里凑得，在夫妻里面更为希罕。自古书画琴棋，谓之文房四艺。只这王、谢两人，便是书家一对夫妻了。若论画家，只有元时魏国公赵子昂与夫人管氏仲姬① 两个多会画。至今湖州天圣禅寺东西两壁，每人各画一壁，一边山水，一边竹石，并垂不朽。若论琴家，是那司马相如与卓文君② 只为琴心相通，临邛夜奔，这是人人晓得的，小子不必再来敷衍。如今说一个棋家在棋盘上赢了一个妻子，千里姻缘，天生一对，也是一段希奇的故事，说与看官每听一听。有诗为证：

世上输赢一局棋，谁知局内有夫妻？

坡翁当日曾遗语，胜固欣然败亦宜！

话说围棋一种，乃是先天河图之数：三百六十一着，合着周天三百六十五度四分度之一，黑白分阴阳以象两仪，立四角以按四象。其中有千变万化、神鬼莫测之机。仙家每每好此，所以有王质烂柯③ 之说。相传是帝尧所置，以教其子丹朱。此亦荒唐之谈，难道唐虞以前连神仙也不下棋？况且这家技艺不是寻常教得会的。若是天性相近，一下手晓得走道儿便有非常仙着，着出来一日高似一日，直到绝顶方休！也有品格所限，只差得一子两子地步，再上进不得了。至于本质下劣，就是奢遮的国手师父指教他秘密几多年，只到得自家本等，高也高不多些儿。真所谓棋力酒

---

① 魏国公赵子昂与夫人管氏仲姬——赵子昂，即元书画家赵孟頫，字子昂，后封魏国公。管氏仲姬，赵孟頫之妻，名管道昇，字仲姬。

② 司马相如与卓文君——司马相如，西汉辞赋家，字长卿。卓文君，卓王孙女，善鼓琴，丧夫后居家，相如以琴挑之，文君夜奔相如。

③ 王质烂柯——《述异记》载："信安郡石室，晋时王质伐木，至见童子数人，棋而歌，质因听之。童子以一物与质如枣核，质含之不觉饥。俄顷，童子谓曰：'何不去？'质起，视斧柯烂尽，既归，无复时人。"此处指此故事。后也以"烂柯"作为围棋的别称。

量恰象个前生分定，非人力所能增减也。

宋时，蔡州大吕村有个村童，姓周名国能，从幼便好下棋。父母送他在村学堂读书，得空就与同伴每画个盘儿，拾取两色砖瓦块做子赌胜。出学堂来，见村中老人家每动手下棋，即袖着手儿站在旁边，呆呆地厮看。或时看到闹处，不觉心痒，口里漏出着把来，指手画脚教人，定是寻常想不到的妙着。自此日着日高，是村中有名会下棋的高手，先前曾饶过国能几子的，后来多反受国能饶了，还下不得两平。遍村走将来，并无一个对手，此时年才十五六岁，棋名已著一乡。乡人见国能小小年纪手段高得嵺屼，尽传他在田畔拾枣，遇着两个道士打扮的在草地上对坐安枰[①]下棋，他在旁边蹲着观看，道士觑着笑道："此子亦好棋乎？可教以人间常势。"遂就枰上指示他攻守杀夺、救应防拒之法。也是他天缘所到，说来就解，一一领略不忘。道士说："自此可无敌于天下矣！"笑别而去。此后果然下出来的迥出人上，必定所遇是仙长，得了仙诀过来的。有的说是这小伙子调喉[②]，无过是他天性近这一家，又且耽在里头，所以转造转高，极穷了秘妙，却又撰出见神见鬼的天话哄着愚人。这也是强口人不肯信伏的常态，总来不必辨其有无，却是棋高无敌是个实的了。

因为棋名既出，又兼年小希罕，便有官员士夫、王孙公子与他往来。又有那不伏气甘折本的小二哥与他赌赛，十两五两输与他的。国能渐渐手头饶裕，礼度熟闲，性格高傲，变尽了村童气质，弄做个斯文模样。父母见他年长，要替他娶妻，国能就心里望头大了，对父母说道："我家门户低微，目下取得妻来，不过是农家之女，村妆陋质不是我的对头。儿既有此绝艺，便当挟此出游江湖间，料不须带着盘费走。或者不拘那里天缘有在，等待依心象意寻个对得我来的好女儿为妻，方了平生之愿！"父母见他说得话大，便就住了手。

过不多几日，只见国能另换了一身衣服，来别了父母出游。父母一眼看去，险些不认得了。你道他怎生打扮？

头戴包巾，脚蹬方履。身上穿浅地深缘的蓝服，腰间系一坠两股的黄绦。若非葛稚川侍炼药的丹童，便是董双成同思凡的道侣。

---

① 枰(píng)——指棋盘。

② 调喉——以假乱真可谓"调"，此处可以理解为"撒谎"。

说这国能葛巾野服，扮做了道童模样，父母吃了一惊，问道："儿如此打扮，意欲何为?"国能笑道："儿欲从此云游四方，遍寻一个好妻子，来做一对耳!"父母道："这是你的志气，也难阻你。只是得手便回，莫贪了别处欢乐，忘了故乡!"国能道："这个怎敢!"是日是个黄道吉日，拜别了父母，即便登程，从此自称小道人。

一路行去，晓得汴梁是帝王之都，定多名手，先向汴京进发。到得京中，但是对局，无有不输与小道人的，棋名大震。往来多是朝中贵人，东家也来接，西家也来迎，或是行教，或是赌胜，好不热闹过日。却并不见一个对手，也无可意的女佳人撞着眼里的。混过了多时，自想姻缘未必在此，遂离了京师，又到太原、真定等处游荡。一路行棋，眼见得无出其右，奋然道："吾闻燕山乃辽国郎主在彼称帝，雄丽过于汴京，此中必有高人国手天下无敌的在内。今我在中国既称绝技，料然到那里不到得输与人了，何不往彼一游，寻个出头的国手较一较高低，也与中国吐一吐气，博他一个远乡异域的高名，传之不朽。况且，自古道燕、赵多佳人，或者借此技艺，在王公贵人家里出入，图得一个好配头，也不见得。"遂决意往北路进发。风飧水宿，夜住晓行，不多几日，已到了燕山地面。

且说燕山① 形胜，左环沧海，右拥太行，北枕居庸，南襟河济。向称天府之国，暂为夷主所都。此时燕山正是耶律部落称尊之所，宋时呼之为北朝，相与为兄弟之国。盖自石晋以来，以燕、云一十六州让与彼国了，从此渐染中原教化，百有余年。所以夷狄名号，向来只是单于、可汗、赞普、郎主② 等类，到得辽人，一般称帝称宗，以至官员职名大半与中国相参，衣冠文物，百工技艺，竟与中华无二。辽国最好的是弈棋。若有第一等高棋，称为国手，便要遣进到南朝，请人比试。曾有一个王子最高，进到南朝，这边棋院待诏顾思让也是第一手，假称第三手，与他对局，以一着解两征，至今棋谱中传下镇神头势。王子赢不得顾待诏，问通事说是第三手。王子愿见第一，这边回他道："赢得第三，方见第二，赢得第二，方见第一。今既赢不得第三，尚不得见第二，怎能勾见得第一?"王子只道是真，叹口气道："我北朝第一手赢不得南朝第三手，再下棋何干!"摔碎棋枰，伏输而

---

① 燕山——辽置燕京，即今日之北京。

② 单于、可汗、赞普、郎主——古时少数民族君主的名称。

去。却不知被中国人瞒过了，此是已往的话。

只说那时辽国围棋第一称国手的乃是一个女子，名为妙观，有亲王保举，受过朝廷册封为女棋童，设个棋肆①，教授门徒。你道如何教授？盖围棋三十二法，皆有定名：有"冲"、有"干"，有"绰"、有"约"有"飞"、有"关"，有"札"、有"粘"，有"顶"、有"尖"，有"觑"、有"门"，有"打"、有"断"，有"行"、有"立"，有"捺"、有"点"，有"聚"、有"跷"，有"挟"、有"拶"，有"嶭"、有"刺"，有"勒"、有"扑"，有"征"、有"劫"，有"持"、有"杀"，有"松"、有"盘"。妙观以此等法传授于人。多有王侯府中送将男女来学棋，以及大家小户少年好戏欲学此道的，尽来拜他门下，不记其数，多呼妙观为师。妙观亦以师道自尊，妆模做样，尽自矜持，言笑不苟，也要等待对手，等闲未肯嫁人。却是棋声传播，慕他才色的咽干了涎唾，只是不能胜他，也没有敢启齿求配。空传下个美名，受下许多门徒，晚间师父娘只是独宿而已。有一首词单道着妙观好处：

丽质本来无偶，神机早已通玄。枰中举国莫争先，女将驰名善战。
玉手无惭国手，秋波合唤秋仙。高居师席把棋传，石作门生也眩。

——词寄《西江月》

话说国能自称小道人，游到燕山，在饭店中歇下。已知妙观是国手的话，留心探访。只见来到肆前，果然一个少年美貌的女子，在那里点指划脚教人下棋。小道人见了，先已飞去了三魂，走掉了七魄，恨不得双手抱住了他做一点两点的事。心里道："且未可露机，看他着法如何。"呆呆地袖着手，在旁冷眼厮觑。见他着法还有不到之处，小道人也不说破。一连几日，有些耐不得了，不觉口中嗫嚅，逗露出一两着来。妙观出于不意，见指点出来的多是神着，抬眼看时，却是一个小伙儿，又是道家妆扮的，情知有些诧异。心里疑道："那里来此异样的人？"忍着只做不睬，只是大剌剌教徒弟们对局。妙观偶然指点一着，小道人忽攘臂争道："此一着未是胜着，至第几路必然受亏。"果然下到其间，一如小道人所说。妙观心惊道："奇哉此童！不知自何处而来。若再使他在此观看，形出我的短处，枉为人师，却不受人笑话？"大声喝道："此系教棋之所，是何闲人，乱入厮混？"

---

① 棋肆——"肆"，铺子、馆舍。此处指教授棋艺的馆所。

便叫两个徒弟，把小道人扨[1]了出来，不容观看。小道人冷笑道："自家棋低，反要怪人指教，看你躲得过我么？"反了手，踱了出来。私下想道："好个美貌女子！棋虽非我比，女人中有此，也不易得。只在这几个黑白子上，定要赚他到手。倘不如意，誓不还乡！"

走到对门，问个老者道："此间店房可赁与人否？"老者道："赁来何用？"小道人道："因来看棋，意欲赁个房儿住着，早晚偷学他两着。"老者道："好好！对门女棋师是我国中第一手，说道天下无敌的。小师父小小年纪，要在江湖上云游，正该学他些着法。老汉无儿女，止有个老嬷缝纫度日，也与女棋师往来得好。此门面房空着，专一与远来看棋的人闲坐，趁几文茶钱的。小师父要赁，就打长赁了也好。"小道人就在袖里摸出包来，拣一块大些的银子，与他做了定钱，抽身到饭店中搬取行囊，到这对门店中安下。铺设已定，见店中有见成垩就[2]的木牌在那里，他就与店主人说，要借来写个招牌。老者道："要招牌何用？莫非有别样高术否？"小道人道："也要在此教教下棋，与对门棋师赛一赛。"老者道："不当人子，那里还讨个对手么！"小道人道："你不要管，只借我牌便是。"老者道："牌自空着，但凭取用，只不要惹出事来，做了话靶。"小道人道："不妨，不妨！"就取出文房四宝来，磨得墨浓，蘸得笔饱，挥出一张牌来，竖在店面门口。只因此牌一出，有分交：绝技佳人，望枰而纳款；远来游客，出手以成婚。你道牌上写的是甚话来？他写道：汝南小道人手谈，奉饶天下最高手一先。老者看见了，道："天下最高手你还要饶他先哩！好大话，好大话！只怕见我女棋师不得。"小道人道："正要饶得你女棋师，才为高手。"老者似信不信，走进里面去，把这些话告诉老嬷。老嬷道："远方来的人敢开大口，或者有些手段也不见得。"老者道："点点年纪，那里便有什么手段？"老嬷道："有智不在年高，我们女棋师又是有年纪的么？"老者道："我们下着这样一个人与对门作敌，也是一场笑话，且看他做出便见。"

不说他老口儿两下唧哝，且说这边立出牌来，早已有人报与妙观得知。妙观见说写的是"饶天下最高手"，明是与他放对的了。情知是昨日

---

① 扨(sǒng)——作"推"解。

② 垩(è)就——垩，指白垩，俗称白土子，可用来做粉刷材料。垩就，作"用白垩粉刷成的"解。

看棋的小伙,心中好生忿忿不平,想道:“我在此擅名已久,那里来这个小冤家,来寻我们的错处?”发个狠,要就与他决个胜负。又转一个念头道:“他昨日看棋时,偶然指点的着数,多在我意想之外。假若与他决一局,幸而我胜,劈破他招牌,赶他走路不难;万一输与他了,此名一出,那里还显得有我?此事不可造次,须着一个先探一探消息,再作计较。”妙观有个弟子张生,是他门下最得意的高手,也是除了师父再无敌手的。妙观唤他来,说道:“对门汝南小道人口说大话,未卜手段虚实。我欲与决输赢,未可造次。据汝力量,已与我争不多些儿了,汝可先往一试,看汝与彼优劣,便可以定彼棋品。”

张生领命而出,走到小道人店中,就枰求教。张生让小道人是客,小道人道:“小牌上有言在前,遮末是高手也要饶他一先,决不自家下起。若输与足下时,受让未迟。”张生只得占先下了。张生穷思极想方才下得一着,小道人只随手应去,不到得完局,张生已败。张生拱手伏输道:“客艺果高,非某敌手,增饶一子,方可再请教。”果然摆下二子,然后请小道人对下。张生又输了一盘。张生心服,道:“还饶不住,再增一子。”增至三子,然后张生觉得松些,恰恰下个两平。看官听说:凡棋有敌手,有饶先,有先两。受饶三子,厥品中中,未能通幽,可称用智。受得国手三子饶的,也算是高强了。只为张生也是妙观门下出色弟子,故此还挣得来,若是别一个,须动手不得,看来只是小道人高得紧了。小道人三局后对张生道:“足下之棋,也算高强,可见上国一斑矣。不知可有堪与小道对敌的,请出一个来,小道情愿领教。”张生晓得此言是搦他师父出马,不敢应答,作别而去。来到妙观跟前,密告道:“此小道人技艺甚高,怕吾师也要让他一步。”妙观摇手,戒他不可说破,惹人耻笑。

自此之后,妙观不敢公然开肆教棋。旁人见了标牌,已自惊骇,又见妙观收敛起来,那张生受饶三子之说,渐渐有人传将开去,正不知这小道人与妙观果是高下如何。自有这些好事的人,三三两两议论。有的道:“我们棋师不与较胜负,想是不放他在眼里的了。”有的道:“他牌上明说饶天下最高手一先,我们棋师难道忍得这话起,不与争雄?必是个有些本领的,棋师不敢造次出头。”有的道:“我们棋师现是本国第一手,并无一个男人赢得他的,难道别处来这个小小道人,便恁地高强不成?是必等他两个对一对局,定个输赢来我们看一看,也是着实有趣的事。”又一个道:“妙是妙，他们岂肯轻放对？是必众人出些利物[①]与他们赌胜，才弄得成。”内中有个胡大郎道：“妙！妙！我情愿助钱五十千。”支公子道：“你出五十千，难道我又少得不成？也是五十千！”其余也有认出十千、五千的，一时凑来，有了二百千之数。众人就推胡大郎做个收掌之人，敛出钱来多交付与他，就等他约期对局，临时看输赢，对付发利物，名为“保局”，此也是赌胜的旧规。其时众人议论已定，胡大郎等利物齐了，便去两边约日比试手段。果然两边多应允了，约在第三日午时在大相国寺方丈内对局。众人散去，到期再会。

女棋童妙观得了此信，虽然应允，心下有些虚怯，道：“利物是小事，不争与他赌胜，一下子输了，枉送了日前之名！此子远来作客，必然好利，不如私下买嘱他，求他让我些儿，我明收了利物，暗地加添些与他，他料无不肯的。怎得个人来与我通此信息便好？”又怕弟子们见笑，不好商量得。思量对门店主老嬷常来此缝衣补裳的，小道人正下在他家，何不央他来做个引头，说合这话也好。算计定了，魆地着个女使招他来说话。

老嬷听得，便三脚两步走过对门来，见了妙观，道：“棋师娘子，有何分付？”妙观直引他到自己卧房里头，坐下了，妙观开口道：“有件事要与嬷嬷商量则个。”老嬷道：“何事？”妙观道：“汝南小道人正在嬷嬷家里下着，奴有句话要嬷嬷说与他，嬷嬷好说得么？”老嬷道：“他自恃棋高，正好来与娘子放对。我见老儿说道：‘众人出了利物，约着后日对局。’娘子却又要与他说甚么话？”妙观道：“正为对局的事，要与嬷嬷商量。奴在此行教已久，那个王侯府中不唤奴是棋师？寻遍一国，没有奴的对手，眼见得手下收着许多徒弟哩。今远来的小道人，却说饶尽天下的大话，奴曾教最高手的弟子张生去试他两局，回来说他手段颇高。众人要看我每两下本事，约定后日放对，万一输与他了，一则丧了本朝体面，二则失了日前名声，不是要处。意欲央嬷嬷私下与他说说，做个人情，让我些个。”嬷嬷道：“娘子只是放出日前的本事来赢他方好，怎么折了志气反去求他？况且见赌着利物哩，他如何肯让？”妙观道：“利物是小事，他若肯让奴赢了，奴一毫不取，私下仍旧还他。”嬷嬷道：“他赢了你棋，利物怕不是他的？又讨个大家喝声采不好？却明输与你了，私下受这些说不响的钱，他也不肯。”妙观道：“奴

① 利物——此处指赌注。

再于利物之外私下赠他五十千。他与奴无仇，且又不是本国人，声名不关什么干系。得了若干利物，又得了奴这些私赠，也勾了他了。只要嬷嬷替奴致意于他，说奴已甘伏，不必在人前赢奴，出奴之丑，便是。”嬷嬷道：“说便去说，肯不肯只凭得他。”妙观道：“全仗嬷嬷说得好些，肯时奴自另谢嬷嬷。”老嬷道：“对门对户，日前相处面上，甚么大事，说起谢来！”嘻嘻的笑了出去。

走到家里，见了小道人，把妙观邀去的说话一十一五对他说了。小道人见说罢，便满肚子痒起来，道：“好！好！天送个老婆来与我了。”回言道：“小子虽然年幼远游，靠着些小技艺，不到得少了用度，那钱财颇不希罕。只是旅邸孤单。小娘子若要我相让时，须依得我一件事，无不从命。”老嬷道：“可要怎生？”小道人喜着脸道：“妈妈是会事的，定要说出来？”老嬷道：“说得明白，咱好去说。”小道人道：“日里人面前对局，我便让让他，晚间要他来被窝里对局，他须让让我。”老嬷道：“不当人子！后生家讨便宜的话莫说！”小道人道：“不是讨便宜。小子原非贪财帛而来，所以住此许久，专慕女棋师之颜色耳！嬷嬷为我多多致意，若肯容我半晌之欢，小子甘心诈输，一文不取；若不见许，便当尽着本事对局，不敢容情。”老嬷道：“言重，言重！老身怎好出口？”小道人道：“你是妇道家，对女人讲话有甚害羞？这是他猴急之事，便依我说了，料不怪你。”说罢，便深深一喏道：“事成另谢媒人。”老嬷笑道：“小小年纪，倒好老脸皮。说便去说，万一讨得骂时，须要你赔礼。”小道人道：“包你不骂的。”老嬷只得又走将过对门去。

妙观正在心下虚怯，专望回音。见了老嬷，脸上堆下笑来道：“有烦嬷嬷尊步，所说的事可听依么？”老嬷道：“老身磨了半截舌头，依倒也依得，只要娘子也依他一件事。”妙观道：“遮莫是甚么事？且说将来，奴依他便了。”老嬷道：“若是娘子肯依，倒也不费本钱。”妙观道：“果是甚么事？”老嬷道：“这件事，易则至易，难则至难。娘子恕老身不知进退的罪，方好开口。”妙观道：“奴有事相央，嬷嬷尽着有话便说，岂敢有嫌？”老嬷又假意推让了一回，方才带笑说道：“小道人只身在此，所慕娘子才色兼全，他阴沟洞里想天鹅肉吃哩！”妙观通红了脸，半晌不语。老嬷道：“娘子不必见怪，这个原是他妄想，不是老身撰造出来的话。娘子怎生算计，回他便了。”妙观道：“我起初原说利物之外再赠五十千，也不为轻鲜，只可如此求他了。

肯让不肯让，好歹回我便了，怎胡说到这个所在？羞人答答的。"老嬷道："老身也把娘子的话一一说了。他说道，原不希罕钱财，只要娘子允此一事，甘心相让，利物可以分文不取。叫老身就没法回他了，所以只得来与娘子直说。老身也晓得不该说的，却是既要他相让，他有话，不敢隐瞒。"妙观道："嬷嬷，他分明把此话挟制着我，我也不好回得。"嬷嬷道："若不回他，他对局之时决不容情。娘子也要自家算计。"

妙观见说到对局，肚子里又怯将起来，想着说到这话，又有些气不分，思量道："叵耐[①] 这没廉耻的小弟子孩儿！我且将计就计，哄他则个。"对老嬷道："此话羞人，不好直说。嬷嬷见他，只含糊说道若肯相让，自然感德非浅，必当重报就是了。"嬷嬷得了此言，想道："如此说话，便已是应承的了。我且在里头撮合了他两口，必有好处到我。"千欢万喜，就转身到店中来，把前言回了小道人。小道人少年心性，见说有些口风儿，便一团高兴，皮风骚痒起来，道："虽然如此，传言送语不足为凭，直待当面相见，亲口许下了，方无番悔。"老嬷只得又去与妙观说了。妙观有心求他，无言可辞，只得约他黄昏时候灯前一揖为定。

是晚，老嬷领了小道人，径到妙观肆中客坐里坐了。妙观出来相见，拜罢，小道人开口道："小子云游到此，得见小娘子芳容，十分侥幸。"妙观道："奴家偶以小艺擅名国中，不想遇着高手下临。奴家本不敢相敌，争奈众心欲较胜负，不得不在班门弄斧。所有奉求心事，已托店主嬷嬷说过，万望包容则个。"小道人道："小娘子分付，小子岂敢有违？只是小子仰慕小娘子已久，所以在对寓栖迟，不忍舍去。今客馆孤单，若蒙小娘子有见怜之心，对局之时，小子岂敢不揣自逞？定当周全娘子美名。"妙观道："若得周全，自当报德，决不有负足下。"小道人笑容满面，作揖而谢道："多感娘子美情，小子谨记不忘。"妙观道："多蒙相许，一言已定。夜晚之间，不敢亲送，有烦店主嬷嬷伴送过去罢。"叫丫鬟另点个灯，转进房里来了。小道人自同老嬷到了店里，自想：适间亲口应承，这是探囊取物，不在话下的了。只等对局后图成好事，不题。

到了第三日，胡大郎早来两边邀请对局，两人多应允了。各自打扮停

---

① 叵耐——"叵"作"不可"解，"耐"通"奈"，"叵耐"可理解为"不可容忍"，可引申为"可恶"之意。

当，到相国寺方丈里来。胡大郎同支公子早把利物摆在上面一张桌儿上，中间一张桌儿放着一个白铜镶边的湘妃竹棋枰，两个紫檀筒儿，贮着黑白两般云南窑棋子。两张椅东西对面放着，请两位棋师坐着交手，看的人只在两横长凳上坐。妙观让小道人是客，坐了东首，用着白棋。妙观请小道人先下子，小道人道："小子有言在前，这一着先要饶天下最高手，决不先下的。直待赢得过这局，小子才占起。"妙观只得拱一拱道："恕有罪，应该低者先下了。"果然妙观手起一子，小道人随手而应。正是：

花下手闲敲，出楸枰，两下交。争先布摆妆圈套，单敲这着，双关那着，声迟思入风云巧。笑山樵，从交柯烂，谁识这根苗。

——《黄莺儿》

小道人虽然与妙观下棋，一眼偷觑着他容貌，心内十分动火。想着他有言相许，有意让他一分，不尽情攻杀，只下得个两平。算来白子一百八十着，小道人认输了半子。这一番却是小道人先下起了，少时完局。他两人手下明白，已知是妙观输了。旁边看的嚷道："果然是两个敌手，你先我输，我先你输，大家各得一局。而今只看这一局。以定输赢。"妙观见第二番这局，觉得力量棚拽，心里有些着忙。下第三局时，频频以目送情，小道人会意，仍旧东支西吾，让他过去。临了收拾了官着，又是小道人少了半子。大家齐声喝采道："还是本国棋师高强，赢了两局也！"小道人只不则声，呆呆看着妙观。胡大郎便对小道人道："只差半子，却算是小师父输了。小师父莫怪！"忙忙收起了利物，一同众人哄了女棋师妙观到肆中，将利物交付，各自散去。

小道人自和一二个相识尾着众人，闲话而归。有的问他道："那里不争出了这半子？却算做输了一局，失了这些利物。"小道人只是冷笑不答。众人恐怕小道人没趣，多把话来安慰他，小道人全然不以为意。到了店中，看的送的多已散去，店中老嬷便出来问道："今日赌胜的事却怎么了？"小道人道："应承过了说话，还舍得放本事赢他？让他一局过去，帮衬他在众人面前生光采，只好是这样凑趣了。"老嬷笑道："这等却好。他不忘你的美情，必有好处到你，带挈老身也兴头则个。"小道人口里与老嬷说话，一心想着佳音，一眼对着对门盼望动静。

此时天色将晚，小道人恨不得一霎时黑下来。直到点灯时候，只见对面肆里扑地把门关上了。小道人着了急，对老嬷道："莫不这小妮子负了心？有烦嬷嬷往彼处探一探消息。"老嬷道："不必心慌，他要瞒生人眼哩！再等一会，待人静后没消息，老身去敲开门来问他就是。"小道人道："全仗嬷嬷作成好事。"正说之间，只听得对过门环珰的一响，走出一个丫鬟来，径望店里走进。小道人犹如接着一纸九重恩赦，心里好不侥幸，只听他说甚么好话出来。丫鬟向嬷嬷道了万福，说道："侍长棋师小娘子多多致意嬷嬷，请嬷嬷过来说话则个。"老嬷就此同行，起身便走。小道人赶着附耳道："嬷嬷精细着。"老嬷道："不劳分付。"带着笑脸，同丫鬟去了。小道人就象热地上蚰蜒，好生打熬不过，禁架不定。正是：

眼盼捷旌旗，耳听好消息。

若得遂心怀，愿彼观音力。

却说老嬷随了丫鬟走过对门，进了肆中，只见妙观早已在灯下笑脸相迎，直请至卧房中坐地。开口谢道："多承嬷嬷周全之力，日间对局，侥幸不失体面。今要酬谢小道人相让之德，原有言在先的，特请嬷嬷过来，交付利物并谢礼与他。"老嬷道："娘子花朵儿般后生，恁地会忘事？小道人原说不希罕财物的，如何又说利物谢礼的话？"妙观假意失惊道："除了利物谢礼，还有甚么？"老嬷道："前日说过的，他一心想慕娘子，诸物不爱，只求圆成好事，娘子当面许下了他。方才叮嘱了又叮嘱，在家盼望，真似渴龙思水哩！娘子如何把话说远了？"妙观变起脸来道："休得如此胡说！奴是清清白白之人，从来没半点邪处，所以受得朝廷册封，王亲贵戚供养，偌多门生弟子尊奉。那里来的野种，敢说此等污言！教他快些息了妄想，收此利物及谢礼过去，便宜他多了。"说罢，就指点丫鬟将日间收来的二百贯文利物一盘托出，又是小匣一个放着五十贯的谢礼，交付与老嬷道："有烦嬷嬷将去，交付明白。"分外又是三两一小封，送与老嬷做辛苦钱。说道："有劳嬷嬷两下周全，些小微礼，勿嫌轻鲜则个。"那老嬷是个经纪人家眼孔小的人，见了若多东西，心里先自软了，又加自己有些油水，想道："许多利物，又添上谢礼，真个不为少了。那个小伙儿也该心满意足，难道只痴心要那话不成？且等我回他去看。"便对妙观道："多蒙娘子赏赐，老身只得且把东西与他再处。只怕他要说娘子失了信，老身如何回他？"妙观道："奴家何曾失甚么信？原只说自当重报，而今也好道不轻了。"随唤两个丫鬟，捧着这些钱物，跟了老嬷送在对门去。分付："放下便来，不要停留！"两个丫鬟领命，同老嬷三人共拿了礼物，径往对门来。果然丫鬟放下了物件，转身便走。

小道人正在盼望之际，只见老嬷在前，丫鬟在后，一齐进门，料到必有好事到手。不想放下手中东西，登时去了，正不知是甚么意思。忙问老嬷道："怎的说了？"老嬷指着桌上物件道："谢礼已多在此了，收明便是，何必再问！"小道人道："那个希罕谢礼？原说的话要紧！"老嬷道："要紧！要紧！你要紧，他不要紧，叫老娘怎处？"小道人道："说过的话，怎好赖得？"老嬷道："他说道，原只说自当重报，并不曾应承甚的来。叫我也不好替你讨得嘴。"小道人道："如此混赖，是白白哄我让他了。"老嬷道："见放着许多东西，白也不算白了。只是那话，且消停消停，抹干了嘴边这些顽涎，再做计较。"小道人道："嬷嬷休如此说！前日是与小子觌面[①] 讲的话，今日他要赖将起来。嬷嬷再去说一说，只等小子今夜见他一见，看他当面前怎生悔得！"老嬷道："方才为你磨了好一会牙，他只推着谢礼，并无些子口风。而今去说也没干，他怎肯再见你？"小道人道："前日如何去一说，就肯相见？"老嬷道："须知前日是求你的时节，作不得难。今事体已过，自然不同了。"小道人叹口气道："可见人情如此！我枉为男子，反被这小妮子所赚。毕竟在此守他个破绽出来，出这口气！"老嬷道："且收拾起了利物，慢慢再看机会商量。"当下小道人把钱物并叠过了，闷闷过了一夜。有诗为证：

亲口应承总是风，两家黑白未和同。
当时未见一着错，今日满盘还是空。

一连几日，没些动静。一日，小道人在店中闲坐，只见街上一个番汉牵着一匹高头骏马，一个虞候骑着，到了门前。虞候跳下马来，对小道人声喏道："罕察王府中请师父下棋，备马到门，快请骑坐了就去。"小道人应允，上了马，虞候步行随着。瞬息之间，已到王府门首。小道人下了马，随着虞候进去，只见诸王贵人正在堂上饮宴。见了小道人，尽皆起身道："我辈酒酣，正思手谈几局，特来奉请。今得到来，恰好！"即命当直的掇过棋桌来。诸王之中先有两个下了两局，赌了几大觥酒，就推过高手与小道人对局，以后轮换请教。也有饶六七子的，也有饶四五子的，最少的也饶三子两子，并无一个对下的。诸王你争我嚷，各出意见，要逞手段，怎当得小

---

① 觌(dí)面——作"见面"、"当面"解。

道人随手应去,尽是神机莫测。诸王尽皆叹服,把酒称庆。因问道:"小师父棋品与吾国棋师妙观果是那个为高?"小道人想着妙观失信之事,心里有些怀恨,不肯替他隐瞒,便道:"此女棋本下劣,枉得其名,不足为道!"诸王道:"前日闻得你两个比试,是妙观赢了,今日何反如此说?"小道人道:"前日他叫人私下央求了小子。小子是外来的人,不敢不让本国的体面,所以故意输与他,岂是棋力不敌?若放出手段来,管取他输便了!"诸王道:"口说无凭,做出便见。去唤妙观来,当面试看。"罕察立命从人控马去,即时取将女棋童妙观到来。

妙观向诸王行礼毕,见了小道人,心下有好些忸怩,不敢撑眼看他,勉强也见了一礼。诸王俱赐坐了,说道:"你每两人多是国手,未定高下。今日在咱们面前比试一比试,咱们出一百千利物为赌,何如?"妙观未及答应,小道人站起来道:"小子不愿各殿下破钞,小子自有利物与小娘子决赌。"说罢,袖中取出一包黄金来,道:"此金重五两,就请赌了这些。"妙观回言道:"奴家却不曾带得些甚么来,无可相对。"小道人向诸王拱手道:"小娘子无物相赌,小子有一句话说来,请问各殿下,看可行则行。"诸王道:"有何话说?"小道人道:"小娘子身畔无金,何不即以身躯出注?如小娘子得胜,就拿了小子的黄金去;若小子胜了,赢小娘子做个妻房。可中也不中?"诸王见说,俱各拍手跌足,大笑起来道:"妙,妙,妙!咱们多做个保亲,正是风流佳话!"妙观此时欲待应承,情知小道人手段高,输了难处;欲待推却,明明是怯怕赌胜,不交手算输了,真是在左右两难。怎当得许多贵人在前力赞,不由得你躲闪。亦且小道人兴高气傲,催请对局。妙观没个是处,羞惭窘迫,心里先自慌乱了。勉强就局,没一子下去是得手的,觉是触着便碍。正所谓"棋高一着,缚手缚脚",况兼是心意不安的,把平日的力量一发减了,连败了两局。小道人起身出局,对着诸王叩一头道:"小子告赢了,多谢各殿下赐婚。"诸王抚掌称快道:"两个国手,原是天生一对。妙观虽然输了局,嫁得此丈夫,可谓得人矣!待有吉日了,咱们各助花烛之费就是了。"急得个妙观羞惭满面,通红了脸皮,无言可答,只低着头不做声。罕察每人与了赏赐,分付从人,各送了回家。

小道人扬扬自得,来对店主人与老嬷道:"一个老婆,被小子棋盘上赢了来,今番须没处躲了。"店主、老嬷问其缘故,小道人将王府中与妙观对局赌胜的事说了一遍。老嬷笑道:"这番却赖得不了。"店主人道:"也须使个媒行个礼才稳。”。小道人笑道:“我的媒人大哩！各位殿下多是保亲。”店主人道:“虽然如此,也要个人通话。”小道人道:“前日他央嬷嬷求小子,往来了两番,如今这个媒自然是嬷嬷做了。”老嬷道:“这是带挈老身吃喜酒的事,当得效劳。”小道人道:“小子如今即将昨日赌胜的黄金五两,再加白银五十两为聘仪,择一吉日,烦嬷嬷替我送去,订约成亲则个。”店主人即去房中取出一本择日的星书来,翻一翻道:“明日正是黄道日,师父只管行聘便了。”一夜无词。

次日,小道人整顿了礼物,托老嬷送过对门去。连这老嬷也装扮得齐整起来:

白皙皙脸搽胡粉,红霏霏头戴绒花。胭脂浓抹露黄牙,鬏髻浑如斗大。

没把臂一双窄袖,忒狼犺一对宽鞋。世间何处去寻他？除是金刚脚下。

说这店家老嬷装得花簇簇地,将个盒盘盛了礼物,双手捧着,一径到妙观肆中来。妙观接着,看见老嬷这般打扮,手中又拿着东西,也有些瞧科,忙问其来意。老嬷嘻着脸道:“小店里小师父多多拜上棋师小娘子,道是昨日王府中席间娘子亲口许下了亲事,今日是个黄道吉日,特着老身来作伐行礼。这个盒儿里的,就是他下的聘财,请娘子收下则个。”妙观呆了一晌,才回言道:“这话虽有个来因,却怎么成得这事?”老嬷道:“既有来因,为何又成不得?”妙观道:“那日王府中对局,果然是奴家输与他了。这话虽然有的,止不过一时戏言。难道奴家终身之事,只在两局棋上结果了不成?”老嬷道:“别样话戏得,这个话他怎肯认做戏言？娘子前日央求他时节,他兀自妄想;今日又添出这一番赌赛事体,他怎由得你翻悔？娘子休怪老身说,看这小道人人物聪俊,年纪不多,你两家同道中又是对手,正好做一对儿夫妻。娘子不如许下这段姻缘,又完了终身好事,又不失一时口信,带挈老身也吃一杯喜酒。未知娘子主见如何?”妙观叹口气道:“奴家自幼失了父母,寄养在妙果庵中,亏得老道姑提挈成人,教了这一家技艺。自来没一个对手,得受了朝廷册封,出入王宫内府,谁不钦敬？今日身子虽是自家做得主的,却是上无尊长之命,下无媒妁之言,一时间凭着两局赌赛偶尔亏输,便要认起真来,草草送了终身大事,岂不可羞？这事断然不可!”老嬷道:“只是他说娘子失了口信,如何回他?”妙观道:“他原只把黄金五两出注的,奴家偶然不带得东西在身畔,以后输了。今日拚得赔还他这五两,天大事也完了。"老嬷道:"只怕说他不过!虽然如此,常言道事无三不成,这遭却是两遭了,老身只得替你再回他去,凭他怎么处!"妙观果然到房中箱里面秤了五两金子,把个封套封了,拿出来放在盒儿面上,道:"有烦嬷嬷还了他。重劳尊步,改日再谢。"老嬷道:"谢是不必说起。只怕回不倒时,还要老身聒絮哩!"

老嬷一头说,一头拿了原礼并这一封金子,别了妙观,转到店中来,对小道人笑道:"原礼不曾收,回敬倒有了。"小道人问其缘故,老嬷将妙观所言一一说了。小道人大怒道:"这小妮子昧了心,说这等说话!既是自家做得主,还要甚尊长之命,媒妁之言?难道各位大王算不得尊长的么?就是嬷嬷,将礼物过去,便也是个媒妁了,怎说没有?总来他不甘伏,又生出这些话来混赖,却将金子搪塞!我不希罕他金子,且将他的做个告状本,告下他来,不怕他不是我的老婆!"老嬷道:"不要性急!此番老身去,他说的话比前番不同,也是软软的了。还等老身去再三劝他。"小道人道:"私下去说,未免是我求他了,他必然还要拿班。不如当官告了,他须赖不去!"当下写就了一纸告词,竟到幽州路总管府来。

那幽州路总管泰不华正升堂理事,小道人随牌进府,递将状子上去。泰不华总管接着,看见上面写道:"告状人周国能,为赖婚事。能本籍蔡州,流寓马足。因与本国棋手女子妙观赌赛,将金五两聘定,诸王殿下尽为证见。讵料事过心变,悔悖前盟。夫妻一世伦常,被赖死不甘伏!恳究原情,追断完聚,异乡沾化。上告"总管看了状词,说道:"原来为婚姻事的。凡户、婚、田、土之事,须到析津、宛平两县去,如何到这里来告?"周国能道:"这女子是册封棋童的,况干连着诸王殿下,非天台这里不能主婚。"总管准了状词,一面差人行拘妙观对理。差人到了妙观肆中,将官票与妙观看了。妙观吃了一惊道:"这个小弟子孩儿,怎便如此恶取笑!"一边叫弟子张生将酒饭陪待了公差,将赏钱出来打发了,自行打点出官。公差知是册封的棋师,不敢罗唣,约在衙门前相会,先自去了。

妙观叫乘轿,抬到府前,进去见了总管。总管问道:"周国能告你赖婚一事,这怎么说?"妙观道:"一时赌赛亏输,实非情愿。"总管道:"既已输了,说不得情愿不情愿。"妙观道:"偶尔戏言,并无甚么文书约契,怎算得真?"周国能道:"诸王殿下多在面上作证,大家认做保亲,还要甚文书约契?”总管道:“这话有的么?”妙观一时语塞,无言可答。总管道:“岂不闻一言既出,驷马难追?况且婚姻大事,主合不主离。你们两人既是棋中国手,也不错了配头。我做主与你成其好事罢!”妙观道:“天台张主,岂敢不从?只是此人不是本国之人,萍踪浪迹,嫁了他,须随着他走。小妇人是个官身,有许多不便处。”周国能道:“小人虽在湖海飘零,自信有此绝艺,不甘轻配凡女。就是妙观,女中国手,也岂容轻配凡夫?若得天台做主成婚,小人情愿超籍在此,两下里相帮行教,不回故乡去了。”总管道:“这个却好。”妙观无可推辞,只得凭总管断合。

周国能与妙观各回下处。周国能就再央店家老嬷重下聘礼,约定日期成亲。又到各王府说知,各王府俱各助花红灯烛之费。胡大郎、支公子一干好事的,才晓得前日暗地相嘱许下佳期之说,大家笑耍,各来帮兴。成亲之日,好不热闹。过了几时,两情和洽,自不必说。周国能又指点妙观神妙之着,两个都造到绝顶,竟成对手。诸王贵人以为佳话,又替周国能提请官职,封为棋学博士,御前供奉。后来周国能差人到蔡州密地接了爹娘,到燕山同享荣华。周老夫妻见了媳妇一表人物,两心快乐,方信国能起初不肯娶妻,毕竟寻出好姻缘来,所谓有志者事竟成也!有诗为证:

国手惟争一着先,个中藏着好姻缘。

绿窗相对无余事,演谱推敲思入玄。

卷　三

权学士权认远乡姑　白孺人白嫁亲生女

词云：

世间奇物缘多巧，不怕风波颠倒。遮莫一时开了，到底还完好。

丰城剑气冲天表，雷焕张华分宝。他日偶然齐到，津底双龙袅。

此词名《桃源忆故人》，说着世间物事有些好处的，虽然一时拆开，后来必定遇巧得合。那“丰城剑气”是怎么说？晋时大臣张华，字茂先，善识天文，能辨古物。一日，看见天上斗牛分野之间，宝气烛天，晓得豫章丰城县中当有奇物出世。有个朋友雷焕也是博物的人，遂选他做了丰城县令，托他到彼，专一为访寻发光动天的宝物。分付他道：“光中带有杀气，此必宝剑无疑。”那雷焕领命，到了县间，看那宝气却在县间狱中。

雷焕领了从人，到狱中尽头去处，果然掘出一对宝剑来，雄曰“纯钩”，雌曰“湛卢”。雷焕自佩其一，将其一献与张华，各自宝藏，自不必说。后来，张华带了此剑，行到延平津口，那剑忽在匣中跃出，到了水边，化成一龙。津水之中也钻出一条龙来，凑成一双，飞舞升天而去。张华一时惊异，分明晓得宝剑通神，只水中这个出来凑成双的不知何物，因遣人到雷焕处问前剑所在。雷焕回言道：“先曾渡延平津口，失手落于水中了。”方知两剑分而复合，以此变化而去也。至今人说因缘凑巧，多用“延津剑合”故事。所以这词中说的正是这话。而今说一段因缘，隔着万千里路，也只为一件物事凑合成了，深为奇巧。有诗为证：

温峤曾输玉镜台，圆成钿合更奇哉！

可知宿世红丝系，自有媒人月下来。

话说国朝有一位官人，姓权，名次卿，表字文长，乃是南直隶宁国府人氏。少年登第，官拜翰林[1]编修[2]之职。那翰林生得仪容俊雅，性格风流，所事在行，诸般得趣，真乃是天上谪仙，人中玉树。他自登甲第，在京师为官一载有余。京师有个风俗，每遇初一、十五、二十五日，谓之庙市，凡百般货物俱赶在城隍庙前，直摆到刑部街上来卖。挨挤不开，人山人海的做生意。那官员每清闲好事的，换了便巾便衣，带了一两个管家长班出来，步走游看，收买好东西旧物事。朝中惟有翰林衙门最早清闲，不过读书下棋，饮酒拜客，别无他事相干。权翰林况且少年心性，下处闲坐不过，每遇做市热闹时，就便出来行走。

一日，在市上看见一个老人家，一张桌儿上摆着许多零碎物件，多是人家动用家伙，无非是些灯台铜杓、壶瓶碗碟之类，看不得在文墨眼里的。权翰林偶然一眼瞟去，见就中有一个色样奇异些的盒儿，用手去取来一看，乃是个旧紫金钿盒儿[3]，却只是盒盖。翰林认得是件古物，可惜不全，问那老儿道："这件东西须还有个底儿，在那里？"老儿道："只有这个盖，没有见甚么底。"翰林道："岂有没底的理？你且说这盖是那里来的，便好再寻着那底了。"老儿道："老汉有几间空房在东直门，赁与人住。有个赁房的，一家四五口害了天行症候[4]，先死了一两个后生，那家子慌了，带病搬去，还欠下些房钱，遗下这些东西作退帐。老汉收拾得，所以将来货卖度日。这盒儿也是那人家的，外边还有一个纸簏儿藏着，有几张故字纸包着。咱也不晓得那半扇盒儿要做甚用，所以摆在桌儿上，或者遇个主儿买去，也不见得。"翰林道："我到要买你的，可惜是个不全之物。你且将你那纸簏儿来看！"老儿用手去桌底下摸将出来，却是一个破碎零落的纸糊头簏儿。翰林道："多是无用之物，不多几个钱卖与我罢。"老儿道："些小之物，凭爷赏赐罢。"翰林叫随从管家权忠与他一百个钱，当下成交。老儿又在簏中取出旧包的纸儿来包了，放在簏中，双手递与翰林。

翰林叫权忠拿了，又在市上去买了好几件文房古物，回到下处来，放在一张水磨天然几上，逐件细看，多觉买得得意。落后看到那纸簏儿，扯

---

① 翰林——凡进士能够跻身于翰林院的，都尊称"翰林"。

② 编修——官名。

③ 紫金钿(diàn)盒儿——用紫金镶嵌的盒儿。

④ 天行症候——流行病，旧时又称作"时疫"。

开盖，取出纸包来，开了纸包，又细看那钿盒，金色灿烂，果是件好东西。颠倒相来，到底只是一个盖。想道："这半扇落在那里？且把来藏着，或者凑巧有遇着的时节，也未可知。"随取原包的纸儿包他，只见纸破处，里头露出一些些红的出来。翰林把外边纸儿揭开来看，里头却衬着一张红字纸。翰林取出定睛一看，道："原来如此！"你道写的甚么？上写道："大时雍坊住人徐门白氏，有女徐丹桂，年方二岁。有兄白大，子曰留哥，亦系同年生。缘氏夫徐方，原籍苏州，恐他年隔别无凭，有紫金钿盒各分一半，执此相寻为照。"后写着年月，下面着个押字。翰林看了道："原来是人家婚姻照验之物，是个要紧的，如何却将来遗下，又被人卖了？也是个没搭煞的人了。"又想道："这写文书的妇人既有丈夫，如何却不是丈夫出名？"又把年月迭起指头算一算看，笑道："立议之时到今一十八年，此女已是一十九岁，正当妙龄，不知成亲与未成亲。"又笑道："妄想他则甚？且收起着。"因而把几件东西一同收拾过了。

到了下市，又踱出街上来行走，看见那老儿仍旧在那里卖东西。问他道："你前日卖的盒儿，说是那一家掉下的，这家人搬在那里去了？你可晓得？"老儿道："谁晓得他？他一家人先从小的死起，死得来慌了，连夜逃去，而今敢是死绝了，也不见得。"翰林道："他住在你家时有甚么亲戚往来？"老儿道："他有个妹子，嫁与下路人，住在前门。以后不知那里去了，多年不见往来了。"权翰林自想道："问得着时，还了他那件东西，也是一桩方便的好事。而今不知头绪，也只索由他罢了。"

回还寓所，只见家间有书信来，夫人在家中亡过了。翰林痛哭了一场，没情没绪，打点回家，就上个告病的本。奉圣旨："权某准回籍调理，病痊赴京听用。钦此。"权翰林从此就离了京师，回到家中来了。

话分两头，且说钿盒的来历。苏州有个旧家子弟，姓徐名方，别号西泉，是太学中监生。为干办前程，留寓京师多年。在下处岑寂，央媒娶下本京白家之女为妾，生下一个女儿，是八月中得的，取名丹桂。同时，白氏之兄白大郎也生一子，唤做留哥。白氏女人家性子，只护着自家人，况且京师中人不知外方头路，不喜欢攀扯外方亲戚，一心要把这丹桂许与侄儿去。徐太学自是寄居的人，早晚思量回家，要留着结下路亲眷，十分不肯。一日，太学得选了闽中二尹，打点回家赴任，就带了白氏出京。白氏不得遂愿，恋恋骨肉之情，瞒着徐二尹私下写个文书，不敢就说许他为婚，只把一钿盒儿分做两处，留与侄儿做执照，指望他年重到京师，或是天涯海角，做个表证。

白氏随了二尹到了吴门。原来二尹久无正室，白氏就填了孺人之缺，一同赴任。又得了一子，是九月生的，名唤糕儿。二尹做了两任官回家，已此把丹桂许下同府陈家了。白孺人心下之事，地远时乖，只得丢在脑后。虽然如此，中怀歉然，时常在佛菩萨面前默祷，思想还乡，寻钿盒的下落。已后，二尹亡逝，守了儿女，做了孤孀，才把京师念头息了。想那出京时节，好歹已是十五六个年头，丹桂长得美丽非凡。所许陈家儿子年纪长大，正要纳礼成婚，不想害了色痨，一病而亡，眼见得丹桂命硬，做了望门寡妇，一时未好许人，且随着母亲、兄弟，穿些淡素衣服，挨着过日。正是：

孤辰寡宿无缘分，空向天边盼女牛。

不说徐丹桂凄凉，且说权翰林自从断了弦①，告病回家，一年有余，尚未续娶，心绪无聊，且到吴门闲耍，意图寻访美妾。因怕上司府县知道，车马迎送，酒礼往来，拘束得不耐烦，揣料自己年纪不多，面庞娇嫩，身材琐小，旁人看不出他是官，假说是个游学秀才。借寓在城外月波庵隔壁静室中，那庵乃是尼僧，有个老尼唤做妙通师父，年有六十以上，专在各大家往来，礼度熟闲，世情透彻。看见权翰林一表人物，虽然不晓得是埋名贵人，只认做青年秀士，也道他不是落后的人，不敢怠慢，时常叫香公送茶来，或者请过庵中清话。权翰林也略把访妾之意问及妙通，妙通说是："出家之人，不管闲事。"权翰林也就住口，不好说得。

是时正是七月七日，权翰林身居客邸，孤形吊影，想着"牛女银河"之事，好生无聊。乃咏宋人汪彦章《秋闺》词，改其末句一字，云：

高柳蝉嘶，采菱歌断秋风起。晚云如髻，湖上山横翠。　　帘卷西楼，过雨凉生袂。天如水，画楼十二，少个人同倚。

——词寄《点绛唇》

权翰林高声歌咏，趁步走出静室外来。新月之下，只见一个素衣的女子走入庵中。翰林急忙尾在背后，在黑影中闪着身子，看那女子。只见妙通师父出来接着，女子未叙寒温，且把一炷香在佛前烧起。那女子生得如何？

闻道双衔凤带，不妨单着鲛绡。夜香知与阿谁烧？怅望水沉烟袅。

---

① 断弦——旧时将"丧妻"称为"断弦"。

云鬓风前丝卷，玉颜醉里红潮。莫教空度可怜宵，月与佳人共僚。

——词寄《西江月》

那女子拈着香，跪在佛前，对着上面，口里喃喃呐呐，低低微微，不知说着许多说话，没听得一个字。那妙通老尼便来收科① 道："小娘子，你的心事，说不能尽，不如我替你说一句简便的罢。"那女子立起身来道："师父，怎的简便？"妙通道："佛天保佑，早嫁个得意的丈夫。可好么？"女子道："休得取笑！奴家只为生来命苦，父亡母老，一身无靠，所以拜祷佛天，专求福庇。"妙通笑道："大意相去不远。"女子也笑将起来。妙通摆上茶食，女子吃了两盏茶，起身作别而行。

权翰林在暗中看得明白，险些儿眼里放出火来，恨不得走上前，一把抱住。见他去了，心痒难熬。正在禁架不定，恰值妙通送了女子回身转来，见了道："相公还不曾睡？几时来在此间？"翰林道："小生见白衣大士出现，特来瞻礼！"妙通道："此邻人徐氏之女丹桂小娘子。果然生得一貌倾城，目中罕见。"翰林道："曾嫁人未？"妙通道："说不得，他父亲在时，曾许下在城陈家小官人。比及将次成亲，那小官人没福死了。担搁了这小娘子做了个望门寡，一时未有人家来求他的。"翰林道："怪道穿着淡素！如何夜晚间到此？"妙通道："今晚是七夕牛女佳期，他遭着如此不偶之事，心愿不足，故此对母亲说了来烧炷夜香。"翰林道："他母亲是甚么样人？"妙通道："他母亲姓白，是个京师人。当初徐家老爷在京中选官，娶了来家的，且是直性子，好相与。对我说，还有个亲兄在京。他出京时节，有个侄儿方两岁，与他女儿同庚的，自出京之后，杳不相闻，差不多将二十年来了，不知生死存亡。时常托我在佛前保佑。"翰林听着，呆了一会，想道："我前日买了半扇钿盒，那包的纸上分明写是徐门白氏，女丹桂，兄白大，子白留哥。今这个女子姓徐名丹桂，母亲姓白，眼见得就是这家了。那卖盒儿的老儿说，那家死了两个后生，老人家连忙逃去，把信物多掉下了。想必死的后生就是他侄儿留哥，不消说得。谁想此女如此妙丽，在此另许了人家，可又断了，那信物却落在我手中，却又在此相遇，有如此凑巧之事！或者到是我的姻缘，也未可知。"以心问心，跌足道："一二十年的事，三四千里的路，有甚查帐处？只须如此如此。"算计已定，对妙通道："适才

① 收科——科，在古典戏曲中指角色表演动作，"收科"在此可理解为"收场"。

所言白老孺人，多少年纪了？”妙通道：“有四十多岁了。”翰林道：“他京中亲兄可是白大？侄儿子可叫做留哥？”妙通道：“正是，正是。相公如何晓得？”翰林道：“那孺人正是家姑，小生就是白留哥，是孺人的侄儿。”妙通道：“相公好取笑。相公自姓权，如何姓白？”翰林道：“小生幼年离了京师，在江湖上游学。一来慕南方风景，二来专为寻取这头亲眷，所以移名改姓，游到此地。今偶然见师父说着端的，也是一缘一会，天使其然。不然，小生怎地晓得他家姓名？”妙通道：“原来有这等巧事！相公，你明日去认了令姑，小尼再来奉贺便了。”翰林当下别了老尼，到静室中游思妄想，过了一夜。

天明起来，叫管家权忠，叮嘱停当了说话。结束整齐，一直问到徐家来。到了门首，看见门上一个老儿在那里闲坐，翰林叫权忠对他说：“可进去通报一声，有个白大官打从京中出来的。”老儿说道：“我家老主人没了，小官儿又小。你要见那个的？”翰林道：“你家老孺人可是京中人姓白么？”老儿道：“正是姓白。”权忠道：“我主人是白大官，正是孺人的侄儿。”老儿道：“这等，你随我进去通报便是。”老儿领了权忠，竟到孺人面前。权忠是惯事的人，磕了一头，道：“主人白大官在京中出来，已在门首了。”白孺人道：“可是留哥？”权忠道：“这是主人乳名。”孺人喜动颜色，道：“如此喜事。”即忙唤自家儿子道：“糕儿，你哥哥到了，快去接了进来。”那小孩子嬉嬉颠颠、摇摇摆摆出来接了翰林进去。

翰林腼腼腆腆，冒冒失失进去。见那孺人起来，翰林叫了“姑娘”一声，唱了一喏，待拜下去。孺人一把扯住道：“行路辛苦，不必大礼。”孺人含着眼泪，看那翰林，只见眉清目秀，一表非俗，不胜之喜。说道：“想老身出京之时，你只有两岁，如今长成得这般好了。你父亲如今还健么？”翰林假意掩泪道：“弃世久矣！小侄只为眼底没个亲人，见父亲在时，曾说有个姑娘嫁在下路，所以小侄到南方来游学，专欲寻访。昨日偶见月波庵妙通师父，说起端的，方知姑娘在此，特来拜见。”孺人道：“如何声口不象北边？”翰林道：“小侄在江湖上已久，爱学南言，所以变却乡音也。”翰林叫权忠送上礼物，孺人欢喜收了，谢道：“至亲骨肉，只来相会便是，何必多礼？”翰林道：“客途乏物孝敬姑娘，不必说起，且喜姑娘康健。昨日见妙通说过，已知姑夫不在了。适间这位是表弟，还有一位表妹，与小侄同庚的，在么？”孺人道：“你姑夫在时，已许了人家。姻缘不偶，未过门就断了，而今还是个没吃茶的女儿①。”翰林道:“也要请相见。”孺人道:“昨日去烧香,感了些风寒,今日还没起来梳洗。总是你在此还要久住,兄妹之间,时常可以相见。且到西堂安下了行李再处。”一边分付排饭,一手拽着翰林到西堂来。打从一个小院门边经过,孺人用手指道:“这里头就是你妹子的卧房。”翰林鼻边悄闻得一阵兰麝之香,心中好生蹊幸。那孺人陪翰林吃了饭,着落他行李在书房中,是件② 安顿停当了,方才进去。权翰林到了书房中,想道:“特地冒认了侄儿,要来见这女子,谁想尚未得见。幸喜已认做是真,留在此居住,早晚必然生出机会来,不必性急,且待明日相见过了,再作道理。”

且说徐氏丹桂,年正当时,误了佳期,心中常怀不足。自那七夕烧香,想着牛女之事,未免感伤情绪,兼冒了些风寒,一时懒起。见说有个表兄自京中远来,他曾见母亲说,小时有许他为婚之意,又闻得他容貌魁梧,心里也有些暗动,思量会他一面。虽然身子懒怯,只得强起梳妆,对镜长叹道:“如此好容颜,到底付之何人也?”有《绵搭絮》一首为证:

瘦来难任,宝镜怕初临。鬼病侵寻,闷对秋光冷透襟,最伤心静夜闻砧。慵拈绣绖,懒抚瑶琴。终宵里有梦难成,待晓起翻嫌晓思沉。

梳妆完了,正待出来见表兄,只见兄弟糕儿急急忙忙走将来道:“母亲害起急心疼来,一时晕去。我要到街上去取药,姐姐可快去看母亲去!”桂娘听得,疾忙抽身便走了出房,减妆也不及收,房门也不及锁,竟到孺人那里去了。

权翰林在书房中梳洗已毕,正要打点精神,今日求见表妹,只听得人传出来道:“老孺人一时急心疼,晕倒了。”他想道:“此病惟有前门棋盘街定神丹一服立效,恰好拜匣中带得在此。我且以子侄之礼入堂问病,就把这药送他一丸。医好了他,也是一个讨好的机会。”就去开出来,袖在袖里,一径望内里来问病。路经东边小院,他昨日见孺人说,已晓得是桂娘的卧房。却见门开在那里,想道:“桂娘一定在里头,只作三不知闯将进去,见他时再作道理。”翰林捏着一把汗走进卧房。只见:香奁尚启,宝镜

① 没吃茶的女儿——旧时女孩家接受聘礼时多用茶,“没吃茶的女儿”意即“没有聘出去的女子”。

② 是件——件件。

未收。剩粉残脂，还在盆中荡漾；花钿翠黛，依然几上铺张。想他纤手理妆时，少个画眉人凑巧。翰林如痴似醉，把桌上东西这件闻闻，那件嗅嗅，好不伎痒。又闻得扑鼻馨香，回首看时，那绣帐牙床、锦衾角枕，且是整齐精洁。想道："我且在他床里眠他一眠，也沾他些香气，只当亲挨着他皮肉一般。"一躺躺下去，眠在枕头上，呆呆地想了一回。等待几时，不见动静，没些意智，慢慢走了出来。将到孺人房前，摸摸袖里，早不见了那丸药，正不知失落在那里了。定性想一想，只得打原来路上一路寻到书房里去了。

桂娘在母亲跟前守得疼痛少定，思量房门未锁，妆台未收，跑到自房里来。收拾已完，身子困倦，揭开罗帐，待要歇息一歇息。忽见席间一个纸包，拾起来打开看时，却是一丸药。纸包上有字，乃是"定神丹　专治心疼　神效"几个字。桂娘道："此自何来？若是兄弟取至，怎不送到母亲那里去，却放在我的席上？除了兄弟，此处何人来到？却又恰恰是治心疼的药，果是蹊跷！且拿到母亲那里去问个端的。"取了药，掩了房门，到孺人处来，问道："母亲，兄弟取药回来未曾？"孺人道："望得眼穿，这孩子不知在那里顽耍，再不来了。"桂娘道："好教母亲得知，适间转到房中，只见床上一颗丸药，纸上写着'定神丹　专治心疼　神效'。我疑心是兄弟取来的，怎不送到母亲这里，却放在我的房中？今兄弟兀自未回，正不知这药在那里来的。"孺人道："我儿，这'定神丹'只有京中前门街上有得卖，此处那讨？这分明是你孝心所感，神仙所赐。快拿来我吃！"桂娘取汤来递与孺人，咽了下去。一会，果然心疼立止，母子欢喜不尽。

孺人疼痛既止，精神疲倦，懞懞的睡了去。桂娘守在帐前，不敢移动。恰好权翰林寻药不见，空手走来问安，正撞着桂娘在那里，不及回避。桂娘认做是白家表兄，少不得要相见的，也不躲闪。这里权翰林正要亲旁，堆下笑来，买将上去，唱个肥喏①道："妹子，拜揖了。"桂娘连忙还礼道："哥哥万福。"翰林道："姑娘病体若何？"桂娘道："觉道好些，方才睡去。"翰林道："昨日到宅，渴想妹子芳容一见，见说玉体欠安，不敢惊动。"桂娘道："小妹听说哥哥到来，心下急欲迎侍，梳洗不及，不敢草率。今日正要请哥哥厮见，恰遇母亲病急，脱身不得。不想哥哥又进来问病，幸瞻丰范。"翰林道："小兄不远千里而来，得见妹子玉貌，真个是不枉奔波走这遭了。"桂

① 唱个肥喏——深深地一揖拜。

娘道："哥哥与母亲姑侄至亲，自然割不断的。小妹薄命之人，何足挂齿！"翰林道："妹子芳年美质，后禄正长，佳期可待，何出此言？"

此时两人对话，一递一来。桂娘年大知味，看见翰林丰姿俊雅，早已动火了八九分，亦且认是自家中表兄妹一脉，甜言软语，更不羞缩，对翰林道："哥哥初来舍下，书房中有甚不周到处，可对你妹子说，你妹子好来照料一二。"翰林道："有甚么不周到？"桂娘道："难道不缺长少短？"翰林道："虽有缺少，不好对妹子说得。"桂娘道："但说何妨？"翰林道："所少的，只怕妹子不好照管，然不是妹子，也不能照管。"桂娘道："少甚东西？"翰林笑道："晚间少个人作伴耳。"桂娘通红了面皮，也不回答，转身就走。翰林赶上去，一把扯住道："携带小兄到绣房中，拜望妹子一拜望，何如？"桂娘见他动手动脚，正难分解，只听得帐里老孺人开声道："那个在此说话响？"翰林只得放了手，回首转来道："是小侄问安。"其时桂娘已脱了身，跑进房里去了。

孺人揭开帐来，看见了翰林，道："原来是侄儿到此。小兄弟街上未回，妹子怎不来接待？你方才却和那个说话？"翰林心怀鬼胎，假说道："只是小侄，并没有那个。"孺人道："这等，是老人家听差了。"翰林心不在焉，一两句话，连忙告退。孺人看见他有些慌速，失张失志的光景，心里疑惑道："起初我服的定神丹出于京中，想必是侄儿带来的，如何却在女儿房内？适才睡梦之中，分明听得与我女儿说话，却又说道没有。他两人不要晓得前因，辄便私自往来，日后做出勾当。他男长女大，况我原有心配合他的，只是侄儿初到，未见怎的，又不知他曾有妻未，不好就启齿。且再过几时，看相机会圆成罢了。"踌躇之间，只见糕儿拿了一帖药走将来，道："医生入娘贼出去了！等了多时才取这药来。"孺人嗔他来迟，说道："等你药到，娘死多时了。今天幸不疼，不吃这药了。你自陪你哥哥去。"糕儿道："那哥哥也不是老实人。方才走进来撞着他，却在姐姐卧房门首东张西张，见了我，方出去了。"孺人道："不要多嘴！"糕儿道："我看这哥哥也标致，我姐姐又没了姐夫，何不配与他了，也完了一件事，省得他做出许多馋劳猴急出相。"孺人道："孩子家恁地轻出口！我自有主意。"孺人虽喝住了儿子，却也道是有理的事，放在心中打点，只是未便说出来。

那权翰林自遇桂娘两下交口之后，时常相遇，便眉来眼去，彼此有情。翰林终日如痴似狂，拿着一管笔写来写去，茶饭懒吃。桂娘也日日无怀无绪，恹恹欲睡，针线慵拈。多被孺人看在眼里。然两个只是各自有心，碍人耳目，不曾做甚手脚。

一日，翰林到孺人处去，恰好遇着桂娘梳妆已毕，正待出房。翰林阑门迎着，相唤了一礼。翰林道："久闻妹子房闼精致，未曾得造一观，今日幸得在此相遇，必要进去一看。"不由分说，望门里一钻，桂娘只得也走了进来。翰林看见无人，一把抱住道："妹子慈悲，救你哥哥客中一命则个！"桂娘不敢声张，低低道："哥哥尊重。哥哥不弃小妹，何不央人向母亲处求亲？必然见允。如何做那轻薄模样！"翰林道："多蒙妹子指教，足见厚情。只是远水救不得近火，小兄其实等不得那从容的事了。"桂娘正色道："若要苟合，妹子断然不从！他日得做夫妻，岂不为兄所贱！"挣脱了身子，望门便走，早把个云髻扭歪，两鬓都乱了。急急走到孺人处，喘气尚是未息。孺人见了，觉得有些异样，问道："为何如此模样？"桂娘道："正出房来，撞见哥哥后边走来，连忙先跑，走得急了些个。"孺人道："自家兄妹，何必如此躲避？"孺人也只道侄儿就在后边来，却又不见到。原来没些意思，反走出去了。孺人自此又是一番疑心，性急要配合他两个了，只是少个中间撮合的人。猛然想道："侄儿初到时，说道见妙通师父说了才寻到我家来的，何不就叫妙通来与他说知其事，岂不为妙？"当下就分付儿子糕儿，叫他去庵中接那妙通，不在话下。

却说权翰林走到书房中，想起适才之事，心中怏怏。又思量桂娘有心于他，虽是未肯相从，其言有理，"却不知我是假批子，教我央谁的是？"自又忖道："他母子俱认我是白大，自然是钿盒上的根瓣了。我只将钿盒为证，怕这事不成？"又转想一想道："不好！不好！万一名姓偶然相同，钿盒不是他家的，却不弄真成假？且不要打破网儿，只是做些工夫，偎得亲热，自然到手。"正胡思乱想，走出堂前闲步，忽然妙通师父走进门来。见了翰林，打个问讯道："相公，你投亲眷好处安身许久了，再不到小庵走走！"权翰林还了一礼，笑道："不敢瞒师父说，一来家姑相留，二来小生的形孤影只，岑寂不过，贪着骨肉相傍，懒向外边去了。"妙通道："相公既苦孤单，老身替你做个媒罢！"翰林道："小生久欲买妾，师父前日说不管闲事，所以不敢相央。若得替我做个媒人，十分好了。"妙通道："亲事倒有一头在我心里。适才白老孺人相请说话，待我见过了他，再来和相公细讲。"翰林道："我也有个人在肚里，正少个说合的，师父来得正好。见过了家姑，是必到书房中来走走，有话相商则个。"妙通道："晓得了。"说罢话，望内里就走进去。

见了孺人，孺人道："多时不来走走。"妙通道："见说孺人有些贵恙，正要来看，恰好小哥来唤我，故此就来了。"孺人道："前日我侄初到，心中一喜一悲，又兼辛苦了些儿，生出病来。而今小恙已好，不劳费心，只有一句话儿要与师父说说。"妙通道："甚么话？"孺人道："我只为女儿未有人家，日夜忧愁。"妙通道："一时也难得象意的。"孺人道："有倒有一个在这里，正要与师父商量。"妙通道："是那个？到要与我出家人商量。"孺人道："且莫说出那个，只问师父一句话，我京中来的侄儿说道先认得你的，可晓得么？"妙通道："在我那里作寓好些时，见我说起孺人，才来认亲的，怎不晓得？且是好一个俊雅人物！"孺人道："我这侄儿，与我女儿同年所生，先前也曾告诉师父过的。当时在京就要把女儿许他为妻，是我家当先老爹不肯。我出京之时，私下把一个钿盒分开两扇，各藏一扇以为后验，写下文书一纸。当时侄儿还小，经今年远，这钿盒、文书虽不知还在不在，人却是了。眼见得女儿别家无缘，也似有个天意在那里。我意欲完前日之约，不好自家启齿；抑且不知他京中曾娶过妻否，要烦你到西堂与我侄儿说此事，如若未娶，待与他圆成了，可好么？"妙通道："这个当得，管取一说就成，且拿了这半扇钿盒去，好做个话柄。"孺人道："说得是。"走进房里去，取出来交与妙通。妙通袋在袖里了，一径到西堂书房中来。

翰林接着，道："师父见过家姑了？"妙通道："是见过了。"翰林道："有甚说话？"妙通道："多时不见，闲叙而已。"翰林道："可见我妹子么？"妙通道："方才不曾见，再过会到他房里去。"翰林道："好个精致房，只可惜独自孤守！"妙通道："目下也要说一个人与他了。"翰林道："起先师父说有头亲事要与小生为媒，是那一家？"妙通道："是有一家，是老身的檀越。小娘子模样尽好，正与相公厮称。只是相公要娶妾，必定有个正夫人了，他家却是不肯做妾的。"翰林道："小生曾有正妻，亡过一年多了。恐怕一时难得门当户对的佳配，所以且说个取妾。若果有好人家象得吾意，自然聘为正室了。"妙通道："你要怎么样的才象得你意？"翰林把手指着里面道："不瞒老师父说，得象这里表妹方妙。"妙通笑道："容貌到也差不多儿。"翰林道："要多少聘财？"妙通袖里摸出钿盒来，道："不须别样聘财，却倒是个难题目。他家有半扇金盒儿，配得上的就嫁他。"

翰林接上手一看,明知是那半扇的底儿,不胜欢喜。故意问道:"他家要配此盒,必有缘故。师父可晓得备细?"妙通道:"当初这家子原是京中住的,有个中表曾结姻盟,各分钿盒一扇为证。若有那扇,便是前缘了。"翰林道:"若论钿盒,我也有半扇,只不知可配得着否?"急在拜匣中取出来,一配,却好是一个盒儿。妙通道:"果然是一个,亏你还留得在。"翰林道:"你且说那半扇,是那一家的?"妙通道:"再有那家?怎佯不知,到来哄我!是你的亲亲表妹桂娘子的,难道你到不晓得?"翰林道:"我见师父藏头露尾不肯直说出来,所以也做哑妆呆,取笑一回。却又一件,这是家姑从幼许我的,何必今日又要师父多这些宛转?"妙通道:"令姑也曾道来,年深月久,只怕相公已曾别娶,就不好意思,所以要老身探问个明白。今相公弦断未续,钿盒现配成双,待老身回复孺人,只须成亲罢了。"翰林道:"多谢撮合大恩!只不知几时可以成亲?早得一日也好。"妙通道:"你这馋样的新郎!明日是中秋佳节,我撺掇孺人就完成了罢,等甚么日子?"翰林道:"多感!多感!"

妙通袖里怀了这两扇完全的钿盒,欣然而去,回复孺人。孺人道是骨肉重完,旧物再见,喜欢无尽,只待明日成亲吃喜酒了。此时胸中十万分,那有半分道不是他的侄儿?正是:

只认盒为真,岂知人是假?
奇事颠倒颠,一似塞翁马①。

权翰林喜之如狂,一夜不睡。绝早起来,叫权忠到当铺里去赁了一顶儒巾,一套儒衣,整备拜堂。孺人也绝早起来,料理酒席,催促女儿梳妆,少不得一对参拜行礼。权翰林穿着儒衣,正似白龙鱼服②,掩着口只是笑,连权忠也笑。旁人看的无非道是他喜欢之故,那知其情?但见花烛辉煌,恍作游仙一梦。有词为证:

银烛灿芙渠,瑞鸭微喷麝烟浮。喜红丝初绾,宝合曾输。何郎俊才调凌云,谢女艳容华濯露。月轮正值团圆暮,雅称锦堂欢聚。

——《画眉序》

---

① 塞翁马——指"塞翁失马"的故事。比喻福祸之事,不可凭一时之事去判断,应看后来的结果。

② 白龙鱼服——比喻贵人微服出行。

酒罢送入洞房，就是东边小院桂娘的卧房，乃前日偷眠妄想强进挨光的所在，今日停眠整宿，你道快活不快活！权翰林真如入蓬莱仙岛了。入得罗帏，男贪女爱，两情欢畅，自不必说。云雨既阑，翰林抚着桂娘道："我和你千里姻缘，今朝美满，可谓三生有幸。"桂娘道："我和你自幼相许，今日完聚，不足为奇。所喜者，隔着多年，又如此远路，到底团圆，乃象是天意周全耳。只有一件，你须不是这里人，今入赘我家，不知到底萍踪浪迹，归于何处。抑且不知你为儒为商，作何生业。我嫁鸡逐鸡，也要商量个终身之策。一时欢爱，不足恋也。"翰林道："你不须多虑。只怕你不嫁得我，既嫁了我，包你有好处。"桂娘道："有甚好处？料没有五花官诰夫人之分！"翰林笑道："别件或者烦难，若只要五花官诰，包管箱笼里就取得出。"桂娘啐了一啐道："亏你不羞！"桂娘只道是一句夸大的说话，不以为意。翰林却也含笑，不就明言，且只软款温柔，轻怜痛惜，如鱼似水，过了一夜。

明晨起来，各各梳洗已毕，一对儿穿着大衣，来拜见尊姑，并谢妙通为媒之功。正行礼之时，忽听得堂前一片价筛锣，象有十来个人喧嚷将起来，慌得小舅糕儿没钻处。翰林走出堂前来，问道："谁人在此罗唣？"说声未了，只见老家人权孝，同了一班京报人，一见了就磕头道："京中报人特来报爷高升的！小人们那里不寻得到？方才街上遇见权忠，才知爷寄迹在此。却如何这般打扮？快请换了衣服！"权翰林连忙摇手，叫他不要说破，禁得那一个住？你也"权爷"、我也"权爷"不住的叫。拿出一张报单来，已升了学士之职，只管嚷着求赏。翰林着实叫他们"不要说我姓权"，京报人那管甚么头由，早把一张报喜的红纸高高贴起在中间。上写："飞报，贵府老爷权，高升翰林学士，命下。"这里跟随管家权忠拿出冠带，对学士道："料想瞒不过了，不如老实行事罢！"学士带笑脱了儒巾儒衣，换了冠带，讨香案来，谢了圣恩。分付京报人出去，门外候赏。

转身进来，重请岳母拜见。那孺人出于不意，心慌撩乱，没个是处，好象青天里一个霹雳，不知是那里起的。只见学士拜下去，孺人连声道："折杀老身也！老身不知贤婿姓权，乃是朝廷贵臣，真是有眼不识泰山。望高抬贵手，恕家下简慢之罪！"学士道："而今总是一家人，不必如此说了。"孺人道："不敢动问贤婿，贤婿既非姓白，为何假称舍侄光降寒门？其间必有因由。"学士道："小婿寄迹禅林，晚间闲步月下，看见令爱芳姿，心中仰慕无已。问起妙通师父，说着姓名居址，家中长短备细，故此托名前来，假意认亲。不想岳母不疑,欣然招纳,也是三生有缘。"妙通道:"学士初到庵中,原说姓权,后来说着孺人家事,就转口说了姓白。小尼也曾问来,学士回说道:'因为访亲,所以改换名姓。'岂知贵人游戏。我们多被瞒得不通风,也是一场天大笑话。"

孺人道:"却又一件,那半扇钿盒却自何来?难道贤婿是通神的?"学士笑道:"侄儿是假,钿盒却真。说起来实有天缘,非可强也。"孺人与妙通多惊异道:"愿闻其详。"学士道:"小婿在长安市上偶然买得此盒一扇,那包盒的却是文字一纸,正是岳母写与令侄留哥的,上有令爱名字。今此纸见在小婿处,所以小婿一发有胆冒认了,求岳母饶恕欺诳之罪!"孺人道:"此话不必提起了。只是舍侄家为何把此盒出卖?卖的是甚么样人?贤婿必然明白。"学士道:"卖的是一个老儿,说是令兄旧房主。他说令兄全家遭疫,少者先亡,止遗老口,一时逃去,所以把物件遗下,拿出来卖的。"孺人道:"这等说起来,我兄与侄皆不可保,真个是物在人亡了!"不觉掉下泪来。妙通便收科道:"老孺人,姻缘分定,而今还管甚侄儿不侄儿,是姓权是姓白,招得个翰林学士做女婿,须不辱莫了你的女儿!"孺人道:"老师父说得有理。"大家称喜不尽。

此时桂娘子在旁,逐句逐句听着,口虽不说出来,才晓得昨夜许他五花官诰做夫人,是有来历的,不是过头说话,亦且钿盒天缘,实为凑巧,心下得意,不言可知。权学士既喜着桂娘美貌,又见钿盒之遇,以为奇异,两下恩爱非常。重谢了妙通师父,连岳母、小舅都带了赴任。后为秩满,桂娘封为宜人①,夫妻偕老。

世间百物总凭缘,大海浮萍有偶然。
不向长安买钿盒,何从千里配婵娟?

① 宜人——封建时代命妇的一种封号。

卷　四

青楼市探人踪　红花场假鬼闹

昔宋时三衢① 守宋彦瞻，以书答状元留梦炎，其略云：尝闻前辈之言：吾乡昔有第奉常而归，旗者、鼓者、馈者、迓者、往来而观者，阗路骈陌如堵墙；既而闺门贺焉，宗族贺焉，姻者、友者、客者交贺焉，至于仇者亦蒙耻含愧而贺且谢焉。独邻居一室，扃鐍远引若避寇然。予因怪而问之，愀然曰："所贵乎衣锦之荣者，谓其得时行道也，将有以庇吾乡里也。今也，或窃一名，得一官，即起朝贵暮富之想。名愈高，官愈穹，而用心愈谬。武断者有之，庇奸慝、持州县者有之，是一身之荣，一乡之害也。其居日以广，邻居日以蹙，吾将入山林深密之地以避之！是可吊，何以贺为？"

此一段话，载在《齐东野语》中。皆因世上官宦，起初未经发际变泰②，身居贫贱时节，亲戚、朋友、宗族、乡邻，那一个不望他得了一日，大家增光？及至后边风云际会，超出泥涂，终日在仕宦途中、冠裳里面驰逐富贵，奔趋利名，将自家困穷光景尽多抹过，把当时贫交看不在眼里，放不在心上，全无一毫照顾周恤之意，淡淡相看，用不着他一分气力，真叫得官情纸薄。不知向时盼望他这些意思，竟归何用！虽然如此，这样人虽是恶薄，也只是没用罢了。撞着有志气肩巴硬的，拚得个不奉承他，不求告他，也无奈我何，不为大害。更有一等狠心肠的人，偏要从家门首打墙脚起，诈害亲戚，侵占乡里，受投献，窝盗贼，无风起浪，没屋架梁，把一个地方搅得齑菜不生，鸡犬不宁，人人惧惮，个个收敛，怕生出衅端撞在他网里了。他还要疑心别人仗他势力得了什么便宜，心下不放松的昼夜算计。似此之人，乡里有了他，怎如没有的安静？所以宋彦瞻见留梦炎中状元之后，把此书规讽他，要他做好人的意思。其间说话虽是愤激，却句句透切着今

---

① 三衢(qú)——古地名，在今浙江省境内。

② 发际变泰——"发际"即"发迹"；"变泰"指"否极泰来"，与"发迹"意相仿。

时病痛。

看官每不信，小子而今单表一个作恶的官宦，做着没天理的勾当，后来遇着清正严明的宪司做对头，立得明正其罪，说来与世上人劝戒一番。有诗为证：

恶人心性自天生，慢道多因习染成。

用尽凶谋如翅虎，岂知有日贯为盈！

这段话文，乃是四川新都县有一乡宦，姓杨，是本朝甲科[1]。后为没收煞[2]，不好说得他名讳。其人家富心贪，凶暴残忍，居家为一乡之害，自不必说。曾在云南做兵备佥事，其时属下有个学霸廪生，姓张名寅，父亲是个巨万财主，有妻有妾。妻所生一子，就是张廪生，妾所生一子，名唤张宾，年纪尚幼。张廪生母亲先年已死，父亲就把家事尽托长子经营。那廪生学业尽通，考试每列高等，一时称为名士，颇与郡县官长往来。只是赋性阴险，存心不善。父亲见他每事苛刻取利，常劝他道："我家道尽裕，勾你几世受用不了，况你学业日进，发达有时，何苦锱铢较量，讨人便宜怎的？"张廪生不以为好言，反疑道："父亲必竟身有私藏，故此把财物轻易，嫌道我苛刻。况我母已死，见前父亲有爱妾幼子，到底他们得便宜。我只有得眼面前东西，还有他一股之分，我能有得多少？"为此日夕算计，结交官府，只要父亲一倒头，便思量摆布这庶母幼弟，占他家业。

已后父亲死了，张廪生恐怕分家，反向父妾要索取私藏。父妾回说没有。张廪生罄将房中箱笼搜过，并无踪迹，又道他埋在地下，或是藏在人家。胡猜乱嚷，没个休息。及至父妾要他分家与弟，却又分毫不吐，只推道："你也不拿出来，我也没得与你儿子。"族人各有私厚薄：也有为着哥子的，也有为着兄弟的，没个定论。未免两下搬斗，构出讼事。那张廪生有两子，俱已入泮[3]，有财有势，官府情熟。眼见得庶弟孤儿寡妇，下边没申诉处，只得在杨巡道手里告下一纸状来。

张廪生见杨巡道准了状，也老大吃惊。你道为何吃惊？盖因这巡道

---

① 甲科——进士的一种俗称。

② 没收煞——"煞"作"结束"、"止住"解，"没收煞"就是"没结果"、"没收场"的意思。

③ 入泮(pàn)——明清时称考中秀才为"入泮"。

又贪又酷，又不让体面，恼着他性子，眼里不认得人，不拘什么事由，匾打侧桌，一味倒边。还亏一件好处，是要银子。除了银子再无药医的。有名叫做杨疯子，是惹不得的意思。张廪生忖道："家财官司，只凭府、县主张。府县自然为我斯文一脉，料不有亏。只是这疯子手里的状，不先停当得他，万一拗起来，依着理断个平分，可不去了我一半家事？这是老大的干系！"张廪生世事熟透，便寻个巡道① 梯己过龙② 之人，与他暗地打个关节，许下他五百两买心红的公价。巡道依允，只要现过采③，包管停当；若有不妥，不动分文。张廪生只得将出三百两现银，嵌宝金壶一把，缕丝金首饰一副，精工巧丽，价值颇多，权当二百两，他日备银取赎。要过龙的写了议单，又讨个许赎的执照。只要府县申文上来，批个象意批语，永杜断与兄弟之患，目下先准一诉词为信，若不应验，原物尽还。要张廪生又换了小服，随着过龙的到私衙门首，当面交割。四目相视，各自心照。张廪生自道算无遗策，只费得五百金，巨万家事一人独享，岂不是九牛去得一毛，老大的便宜了？喜之不胜。

看官，你道人心不平。假如张廪生是个克己之人，不要说平分家事，就是把这一宗五百两东西让与小兄弟了，也是与了自家骨肉，那小兄弟自然是母子感激的。何故苦苦贪私，思量独吃自疴④，反把家里东西送与没些相干之人？不知驴心狗肺怎样生的！有诗曰：

私心只欲蔑天亲，反把家财送别人。
何不家庭略相让，自然忿怒变欢欣。

张廪生如此算计，若是后来依心象意，真是天没眼睛了。岂知世事浮云，倏易不定，杨巡道受了财物，准了诉状下去，问官未及审详。时值万寿圣节⑤ 将近，两司里头例该一人赍表进京朝贺，恰好轮着该是杨巡道去，没得推故，杨巡道只得收拾起身。张廪生着急，又寻那过龙的去讨口气。杨巡道回说："此行不出一年可回。府县且未要申文，待我回任，定行了

---

① 巡道——官名。
② 梯己过龙——"梯己"指的是"贴身的办事的人"；"过龙"指"传交贿赂"。
③ 现过采——"采"作"彩头"、"好处"解。"现过采"即"事先得到好处"之意。
④ 独吃自疴——形容"一个人独吞"之意。
⑤ 万寿圣节——旧时称皇上生日为"万寿节"。

落。”张禀生只得使用衙门，停搁了词状，呆呆守这杨佥宪回道。争奈天不从人愿，杨佥宪赍表进京，拜过万寿，赴部考察。他贪声大著，已注了“不谨”项头，冠带闲住。杨佥宪闷闷出了京城，一面打发人到任所接了家眷，自回籍去了。家眷动身时，张廪生又寻了过龙的去，要倒出这一宗东西。衙里回言道：“此是老爷自做的事。若是该还，须到我家里来自与老爷取讨，我们不知就里。”张廪生没计奈何，只得住手，眼见得这一项银子抛在东洋大海里了。

这是张廪生心劳术拙，也不为奇，若只便是这样没讨处罢了，也还算做便宜。张廪生是个贪私的人，怎舍得五百两东西平白丢去了？自思：“身有执照，不干得事，理该还我。他如今是个乡官，须管我不着，我到他家里讨去。说我不过，好歹还我些；就不还得银子，还我那两件金东西也好。况且四川是进京必由之道，由成都省下到新都，只有五十里之远，往返甚易。我今年正贡，须赴京廷试，待过成都时，恰好到彼讨此一项，做路上盘缠，有何不可？”算计得停当，怕人晓得了暗笑，把此话藏在心中，连妻子多不曾与他说破。

此时家中官事未决，恰值宗师考贡。张廪生已自贡出了学门，一时兴匆匆地回家受贺，饮酒作乐了几时。一面打点长行，把争家官事且放在一边了。带了四个家人，免不得是张龙、张虎、张兴、张富，早晚上道。水宿风飧，早到了成都地方。在饭店里宿了一晚，张贡生想道：“我在此间还要迂道往新都取讨前件，长行行李留在饭店里不便。我路上几日，心绪郁闷，何不往此间妓馆一游，拣个得意的宿他两晚，遣遣客兴？就把行囊下在他家，待取了债回来带去，有何不可？”就唤四个家人，说了这些意思。那家人是出路的，见说家主要嫖，是有些油水的事，那一个不愿随鞭镫？簇拥着这个老贡生，竟往青楼市上去了。

老生何意入青楼，岂是风情未肯休？
只为业冤当显露，埋根此处做关头。

却说张贡生走到青楼市上，走来走去，但见：

艳抹浓妆，倚市门而献笑；穿红着绿，搴帘箔以迎欢。或联袖，或凭肩，多是些凑将来的姊妹；或用嘲，或共语，总不过造作出的风情。心中无事自惊惶，日日恐遭他假母怒；眼里有人难撮合，时时任换□□生来。

张贡生见了这些油头粉面行径，虽然眼花撩乱，没一个同来的人，一时间不知走那一家的是，未便入马。只见前面一人摇摆将来，见张贡生带了一伙家人东张西觑，料他是个要阚[①]的勤儿，没个帮的人，所以迟疑。便上前问道："老先生定是贵足，如何踹此贱地？"张贡生拱手道："学生客邸无聊，闲步适兴。"那人笑道："只是眼阚，怕适不得甚么兴。"张贡生也笑道："怎便晓得学生不倒身？"那人笑容可掬道："若果有兴，小子当为引路。"张贡生正投着机，问道："老兄高姓贵表？"那人道："小子姓游，名守，号好闲，此间路数最熟。敢问老先生仙乡上姓？"张贡生道："学生是滇中。"游好闲道："是云南了。"后边张兴�出来[②]道："我相公是今年贡元，上京廷试的。"游好闲道："失敬，失敬！小子幸会，奉陪乐地一游，吃个尽兴，作做主人之礼何如？"张贡生道："最好。不知此间那个妓者为最？"游好闲把手指一掐二掐的道："刘金、张赛、郭师师、王丢儿，都是少年行时的姊妹。"张贡生道："谁在行些？"游好闲道："若是在行，论这些雏儿多不及一个汤兴哥，最是帮衬[③]软款，有情亲热。也是行时过来的人，只是年纪多了两年，将及三十岁边了。却是着实有趣的。"张贡生道："我每自家年纪不小，倒不喜欢那孩子心性的，是老成些的好。"游好闲道："这等不消说，竟到那里去就是。"于是陪着张贡生，一直望汤家进来。

兴哥出来接见，果然老成丰韵，是个作家体段，张贡生一见心欢。告茶毕，叙过姓名，游好闲一一代答明白。晓得张贡生中意了，便指点张家人，将出银子来送他办东道。是夜游好闲就陪着饮酒，张贡生原是洪饮的，况且客中高兴，放怀取乐。那游好闲去了头便是个酒坛，兴哥老在行，一发是行令不犯，连觥不醉的。三人你强我赛，吃过三更方住。游好闲自在寓中去了，张贡生遂与兴哥同宿。兴哥放出手段，温存了一夜，张贡生甚是得意。

次日，叫家人把店中行李尽情搬了来，顿放在兴哥家里了。一连住了几日，破费了好几两银子，贪慕着兴哥才色，甚觉恋恋不舍。想道："我身畔盘费有限，不能如意，何不暂往成都讨取此项到手？便多用些在他身上也好。"出来与这四个家人商议，装束了鞍马，往新都去。他心里道指日可

---

① 阚——同"嫖"，明小说中常用。

② �出来——此处作"插嘴"解。

③ 帮衬——对人体贴卫护。

以回来的，对兴哥道："我有一宗银子在新都，此去只有半日路程。我去讨了来，再到你这里顽耍几时。"兴哥道："何不你留住在此，只教管家们去取讨了来？"张贡生道："此项东西必要亲身往取的，叫人去，他那边不肯发。"兴哥道："有多少东西？"张贡生道："有五百多两。"兴哥道："这关系重大，不好阻得你。只是你去了，万一不到我这里来了，教我家枉自盼望。"张贡生道："我一应行囊都不带去，留在你家，只带了随身铺盖并几件礼物去，好歹一两日随即回来了。看你家造化，若多讨得到手，是必多送你些。"兴哥笑道："只要你早去早来，那在乎此？"两下珍重而别。

看官，你道此时若有一个见机的人对那张贡生道："这项银子，是你自己欺心不是处，黑暗里葬送了，还怨怅兀谁？那官员每手里东西，有进无出，老虎喉中讨脆骨，大象口里拔生牙，都不是好惹的，不要思想到手了。况且取得来送与衏衏人家，又是个填不满底雪井，何苦枉用心机，走这道路？不如认个晦气，歇了帐罢！"若是张贡生闻得此言转了念头，还是老大的造化。可惜当时没人说破，就有人说，料没人听。只因此一去，有分交：半老书生，狼籍作红花之鬼；穷凶乡宦，拘挛为黑狱之囚。正是：猪羊入屠户之家，一步步来寻死路。这里不提。

且说杨佥宪自从考察断根回家，自道日暮穷途，所为愈横。家事已饶，贪心未足，终身在家设谋运局，为非作歹。他只有一个兄弟，排行第二，家道原自殷富，并不干预外事，到是个守本分的，见哥哥作恶，每每会间微词劝谏。佥宪道："你仗我势做二爷，挣家私勾了，还要管我？"话不投机。杨二晓得他存心克毒，后来未必不火并自家屋里。家中也养几个了得的家人，时时防备他。近新一病不起，所生一子，止得八岁。临终之时，唤过妻子在面前，分付众家人道："我一生只存此骨血。那边大房做官的虎视眈眈，须要小心祗对他，不可落他圈套之内，我死不瞑目！"泪如雨下，长叹而逝。死后，妻子与同家人辈牢守门户，自过日子，再不去叨忝佥宪家一分势利。佥宪无隙可入，心里思量："二房好一份家当，不过留得这一个黄毛小厮。若断送了他，这家当怕不是我一个的？"欲待暗地下手，怎当得这家母子关门闭户，轻易不来他家里走动。想道："我若用毒药之类暗算了他，外人毕竟知道是我，须瞒不过，亦且急忙不得其便。若纠合强盗劫了他家，害了性命，我还好瞒生人眼，说假公道话，只把失盗做推头，谁人好说得是我？总是不害得他性命，劫得家私一空，也只当是了。"他一向私下养着剧盗三十余人,在外庄听用。但是掳掠得来的,与他平分。若有一二处做将出来,他就出身包揽遮护。官府晓得他刁,公人怕他的势,没个敢正眼觑他。但有心上不象意,或是眼里动了火的人家,公然叫这些人去搬了来庄里分了,弄得久惯,不在心上。他只待也如此劫了小侄儿子家里,趁便害了他性命,争奈他家家人昼夜巡逻,还养着狼也似的守门犬数只,提防甚紧。也是天有眼睛,到别处去抨了就来,到杨二房去几番,但去便有阻碍,下不得手。

佥宪正在时刻挂心,算计必克,忽然门上传进一个手本来,乃是"旧治下云南贡生张寅禀见",心中吃了一惊道:"我前番曾受他五百两贿赂,不曾替他完得事,就坏官回家了。我心里也道此一宗银两必有后虑,不想他果然直寻到此。这事原不曾做得,说他不过,理该还他,终不成咽了下去又吐出来?若不还他时,他须是个贡生,酸子智量,必不干休。倘然当官告理,且不顾他声名不妙,谁奈烦与他调唇弄舌?我且把个体面见见他,说话之间,或者识时务不提起,也不见得。若是这等,好好送他盘缠,打发他去罢了;若是提起要还,又作道理。"佥宪以口问心,计较已定,踱将出厅来,叫请贡生相见。

张贡生整肃衣冠,照着旧上司体统行个大礼,送了些土物为候敬。佥宪收了,设坐告茶。佥宪道:"老夫承乏贵乡,罪过多端。后来罢职家居,不得重到贵地。今见了贵乡朋友,还觉无颜。"张贡生道:"公祖大人直道不容,以致忤时,敝乡士民迄今廑想明德。"佥宪道:"惶恐,惶恐!"又拱手道:"恭喜贤契岁荐了!"张贡生道:"挨次幸及,殊为叨冒。"佥宪道:"今将何往,得停玉趾?"张贡生道:"赴京廷试,假途贵省,特来一觐台光。"佥宪道:"此去成都五十里之遥,特烦枉驾,足见不忘老朽。"张贡元见他说话不招揽,只得自说出来道:"前日贡生家下有些琐事,曾处一付礼物面奉公祖大人处收贮,以求周全。后来未经结局,公祖已行,此后就回贵乡。今本不敢造次,只因贡生赴京缺费,意欲求公祖大人发还此一项,以助贡生利往。故此特来叩拜。"佥宪作色道:"老夫在贵处只吃得贵乡一口水,何曾有此赃污之事?出口诬蔑,敢是贤契被别个光棍哄了?"

张贡生见他昧了心,改了口不认账,若是个知机的,就该罢了,怎当得张贡生原不是良善之人,心里着了急,就狠狠的道:"是贡生亲手在私衙门前交付的,议单执照俱在,岂可昧得?"佥宪见有议单执照,回嗔作喜道:

"是老夫忘事,得罪,得罪！前日有个妻弟在衙起身,需索老夫馈送。老夫宦橐萧然,不得已故此借宅上这一项打发了他。不匡日后多阻,不曾与宅上出得力,此项该还。只是妻弟已将此一项用去了,须要老夫赔偿。且从容两日,必当处补。"张贡生见说肯还,心下放了两分松,又见说用去,心中不舍得那两件金物,又对佥宪道:"内中两件金器是家下传世之物,还求保全原件则个。"佥宪冷笑了一声道:"既是传世之物,谁教轻易拿出来？且放心,请过了洗尘的薄款再处。"就起身请张贡生书房中慢坐,一面分付整治酒席。张贡生自到书房中去了。

佥宪独自算了一回。他起初打白赖之时,只说张贡生会意,是必凑他的趣,他却重重送他个回敬做盘缠,也倒两全了。岂知张贡生算小,不还他体面,搜根剔齿一直说出来。然也还思量还他一半现物,解了他馋涎。只有那金壶与金首饰是他心上得意的东西,时刻把玩的,已曾几度将出来夸耀亲戚过了,你道他舍得也不舍得？张贡生恰恰把这两件口内要紧。佥宪左思右思,便一时不怀好意了。哏地一声道:"一不做,二不休！他是个云南人,家里出来中途到此间的,断送了他,谁人晓得！须不到得尸亲知道。"就叫几个干仆,约会了庄上一伙强人,到晚间酒散听候使用。分付停当,请出张贡生来赴席。席间说些闲话,评论些朝事,且是殷勤。又叫俊俏的安童频频奉酒。张贡生见是公祖的好意,不好推辞,又料道是如此美情,前物必不留难。放下心怀,只顾吃酒,早已吃得醺醺地醉了。又叫安童奉了又奉,只等待不省人事方住。又问:"张家管家们可曾吃酒了未？"却也被几个干仆轮番更换,陪伴饮酒。那些奴才们见好酒好饭,道是投着好处,那里管三七二十一,只顾贪婪无厌,四个人一个个吃得瞪眉瞠眼,连人多不认得了。禀知了佥宪,佥宪分付道:"多送在红花场结果去!"

原来这杨佥宪有所红花场庄子,满地种着红花,广衍有一千余亩,每年卖那红花有八九百两出息。这庄上造着许多房子,专一歇着客人,兼亦藏着强盗。当时只说送张贡生主仆到那里歇宿,到得庄上,五个人多是醉的,看着被卧,倒头便睡,鼾声如雷,也不管天南地北了。那空阔之处一声锣响,几个飞狠的庄客走将拢来,多是有手段的强盗头,一刀一个。遮莫有三头六臂的,也只多费得半刻工夫,何况这一个酸子与几个呆奴,每人只生得一颗头,消得几时,早已罄净。当时就在红花稀疏之处,掘个坎儿,做一堆儿埋下了。可怜张贡生痴心指望讨债,还要成都去见心上人,怎知遇着狠主，弄得如此死于非命！正是：

不道逡巡命，还贪顷刻花。
黄泉无妓馆，今夜宿谁家？

过了一年有余，张贡生两个秀才儿子在家，自从父亲入京以后，并不曾见一纸家书、一个便信回来。问着个把京中归来的人，多道不曾会面，并不晓得。心中疑惑，商量道："滇中处在天末，怎能勾京中信至，还往川中省下打听，彼处不时有在北京还往的。"于是两个凑些盘缠在身边了，一径到成都，寻个下处宿了。在街市上行来走去闲撞，并无遇巧熟人。两兄弟住过十来日，心内无聊，商量道："此处尽多名妓，我每各寻一个，消遣则个。"两个小伙子也不用帮闲，我陪你，你陪我，各寻一个雏儿，一个童小五，一个顾阿都，接在下处，大家取乐。混了几日，闹哄哄热腾腾的，早把探父亲信息的事撇在脑后了。

一日，那大些的有跳槽之意。两个雏儿晓得他是云南人，戏他道："闻得你云南人，只要阙老的，我每敢此不中你每的意？不多几日，只要跳槽。"两个秀才道："怎见得我云南人只要阙老的？"童小五便道："前日见游伯伯说，去年有个云南朋友到这里来，要他寻表子，不要兴头的，只要老成的。后来引他到汤家兴哥那里去了。这兴哥是我们母亲一辈中人，他且是与他过得火热，也费了好些银子。约他再来，还要使一主大钱，以后不知怎的了。这不是云南人要老的样子？"两个秀才道："那云南人姓个甚么？怎生模样？"童小五、顾阿都大家拍手笑道："又来趔了！好在我每肝上的事，管他姓张姓李！那曾见他模样来？只是游伯伯如此说，故把来取笑。"两个秀才道："游伯伯是甚么人？住在那里？这却是你每晓得的。"童小五、顾阿都又拍手道："游伯伯也不认得，还要阙！"两个秀才毕竟要问个来历，童小五道："游伯伯千头万脑的人，撞来就见？要寻他，却一世也难。你要问你们贵乡里，竟到汤兴哥家问不是？"两个秀才道："说得有理！"留小的秀才窝伴着两个雏儿，大的秀才独自个问到汤家来。

那个汤兴哥自从张贡生一去，只说五十里的远近，早晚便到，不想去了一年有多，绝无消息。留下衣囊行李，也不见有人来取。门户人家不把来放在心上，已此放下肚肠了。那日无客，在家闭门昼寝，忽然得一梦，梦见张贡生到来，说道取银回来，正要叙寒温，却被扣门声急，一时惊醒。醒来想道："又不曾念着他，如何魆地有此梦？敢是有人递信息取衣装，也未可知。”正在疑似间，听得又扣门响。兴哥整整衣裳，叫丫鬟在前，开门出来。丫鬟叫一声：“客来了。”张大秀才那得脚进，兴哥抬眼看时，吃了一惊道：“分明象张贡生一般模样，如何后生了许多？”请在客座里坐了。问起地方姓名，却正是云南姓张，兴哥心下老大稀罕，未敢遽然说破。张大秀才先问道：“请问大姐，小生闻得这里去年有个云南朋友往来，可是甚么样人？姓甚名谁？”兴哥道：“有一位老成朋友姓张，说是个贡生，要往京廷试，在此经过的。盘桓了数日，前往新都取债去了。说半日路程，去了就来，不知为何一去不来了。”张大秀才道：“随行有几人？”兴哥道：“有四位管家。”张大秀才心里晓得是了，问道：“此去不来，敢是竟自长行了？”兴哥道：“那里是！衣囊行李还留在我家里，转来取了才起身的。”张大秀才道：“这等，为何不来？难道不想进京，还留在彼处？”兴哥道：“多分是取债不来，担搁在彼。就是如此，好歹也该有个信，或是叫位管家来。影响无踪，竟不知甚么缘故。”张大秀才道：“见说新都取什么债？”兴哥道：“只听得说有一宗五百两东西，不知是甚么债。”张大秀才跌脚道：“是了，是了。这等，我每须在新都寻去了。”兴哥道：“他是客官甚么瓜葛，要去寻他？”张大秀才道：“不敢欺大姐，就是小生的家父。”兴哥道：“失敬，失敬。怪道模样恁地厮象，这等，是一家人了。”笑欣欣的去叫小二整起饭来，留张大官人坐一坐。张大秀才回说道：“这到不消，小生还有个兄弟在那厢等候，只是适间的话，可是确的么？”兴哥道：“怎的不确？见有衣囊行李在此，可认一认，看是不是？”随引张大秀才到里边房里来，把留下物件与他看了。张大秀才认得是实，忙别了兴哥道：“这等，事不宜迟，星夜同兄弟往新都寻去，寻着了，再来相会。”兴哥假亲热的留了一会，顺水推船送出了门。

张大秀才急急走到下处，对兄弟道：“问到问着了，果然去年在汤家阙的正是。只是依他家说起来，竟自不曾往京哩！”小秀才道：“这等，在那里？”大秀才道：“还在这里新都。我们须到那里问去。”小秀才道：“为何住在新都许久？”大秀才道：“他家说是听得往新都取五百金的债，定是到杨疯子家去了。”小秀才道：“取得取不得，好歹走路，怎么还在那里？”大秀才道：“行囊还在汤家，方才见过的。岂有不带了去径自跑路的理？毕竟是担搁在新都不来，不消说了。此去那里苦不多远，我每收拾起来，一同去走遭，访问下落则个。”两个计议停当，将出些银两，谢了两个妓者，送了家去。

一径到新都来,下在饭店里。店主人见是远来的,问道:"两位客官贵处?"两个秀才道:"是云南,到此寻人的。"店主人道:"云南来是寻人的,不是倒赃的么?"两个秀才吃惊道:"怎说此话?"店主人道:"偶然这般说笑。"两个秀才坐定,问店主人道:"此间有个杨佥事,住在何处?"店主人伸伸舌头:"这人不是好惹的。你远来的人,有甚要紧,没事问他怎么?"两个秀才道:"问声何妨?怎便这样怕他?"店主人道:"他轻则官司害你,重则强盗劫你。若是远来的人冲撞了他,好歹就结果了性命!"两个秀才道:"清平世界,难道杀了人不要偿命的?"店主人道:"他偿谁的命?去年也是一个云南人,一主四仆投奔他家,闻得是替他讨什么任上过手赃的,一夜里多杀了,至今冤屈无伸。那见得要偿命来?方才见两位说是云南,所以取笑。"两个秀才见说了,吓得魂不附体,你看我,我看你,一时做不得声。呆了一会,战抖抖的问道:"那个人姓甚名谁,老丈可知得明白否?"店主人道:"我那里明白?他家有一个管家,叫做老三,常在小店吃酒。这个人还有些天理的,时常饮酒中间,把家主做的歹事一一告诉我,心中不服。去年云南这五个被害,忒煞乖张了。外人纷纷扬扬,也多晓得。小可每还疑心,不敢轻信。老三说是果然真有的,煞是不平,所以小可每才信。可惜这五个人死得苦恼,没个亲人得知。小可见客官方才问及杨家,偶然如此闲讲。客官,各人自扫门前雪,不要闲管罢了!"两个秀才情知是他父亲被害了,不敢声张,暗暗地叫苦,一夜无眠。

次日到街上往来察听,三三两两,几处说来,一般无二。两人背地里痛哭了一场,思量要在彼发觉,恐怕反遭网罗。亦且乡宦势头,小可衙门奈何不得他。含酸忍苦,原还到成都来。见了汤兴哥,说了所闻详细,兴哥也陪了几点眼泪。兴哥道:"两位官人何不告了他讨命?"两个秀才道:"正要如此。"此时四川巡按察院石公正在省下,两个秀才问汤兴哥取了行囊,简出贡生赴京文书放在身边了,写了一状,抱牌进告。状上写道:

告状生员张珍、张琮,为冤杀五命事。有父贡生张寅,前往新都恶宦杨某家取债,一去无踪。珍等亲投彼处寻访,探得当彼恶宦谋财害命,并仆四人,同时杀死。道路惊传,人人可证。尸骨无踪。滔天大罪,万古奇冤!亲剿告。告状生员张珍,系云南人。

石察院看罢状词,他一向原晓得新都杨佥事的恶迹著闻,体访已久,要为地方除害,只因是个甲科,又无人敢来告他,没有把柄,未好动手。今见了两生告词，虽然明知其事必实，却是词中没个实证实据，乱行不得。石察院赶开左右，直唤两生到案前来，轻轻地分付道："二生所告，本院久知此人罪恶贯盈。但彼奸谋叵测，二生可速回家去，毋得留此！倘为所知，必受其害。待本院廉访得实，当有移文至彼知会，关取尔等到此明冤，万万不可泄漏！"随将状词折了，收在袖中。两生叩头谢教而去，果然依了察院之言，一面收拾，竟回家中静听消息去了。

这边石察院待两司作揖之日，独留宪长谢公叙话。袖出此状与他看着道："天地间有如此人否？本院留之心中久矣！今日恰有人来告此事，贵司刑法衙门可为一访。"谢廉使道："此人枭獍为心①，豺狼成性，诚然王法所不容。"石察院道："旧闻此家有家童数千，阴养死士数十。若不得其实迹，轻易举动，吾辈反为所乘，不可不慎！"谢廉使道："事在下官。"袖了状词，一揖而出。

这谢廉使是极有才能的人，况兼按台嘱咐，敢不在心？他司中有两个承差，一个叫做史应，一个叫做魏能，乃是点头会意的人，谢廉使一向得用的。是日叫他两个进私衙来，分付道："我有件机密事，要你每两个做去。"两个承差叩头道："凭爷分付，那厢使用，水火不辞！"廉使袖中取出状词来，与他两个看，把手指着杨某名字道："按院老爷要根究他家这事。不得那五个人尸首实迹，拿不倒他。必要体访的实，晓得了他埋藏去处，才好行事。却是这人凶狡非常，只怕容易打听不出。若是泄漏了事机，不惟无益，反致有害，是这些难处。"两承差道："此宦之恶，播满一乡。若是晓得上司寻他不是，他毕竟先去下手，非同小可。就是小的每往彼体访，若认得是衙门人役，惹起疑心，祸不可测。今蒙差委，除非改换打扮，只做无意游到彼地，乘机缉探，方得真实备细。"廉使道："此言甚是有理。你们快怎么计较了去。"两承差自相商议了一回，道："除非如此如此。"随禀廉使道："小的们有一计在此，不知中也不中？"廉使道："且说来。"承差道："新都专产红花，小的们晓得杨宦家中有个红花场，利息千金。小的们两个打扮做买红花客人，到彼市买，毕竟与他家管事家人交易往来。等走得路数多，

① 枭獍（jìng）为心——"枭"，指强横霸道的飞禽；"獍"，古书上说的一种像虎豹的兽，生下来就吃生它的母兽。"枭獍为心"作"似强横霸道、没有人性之心"解。

人眼熟了,他每没些疑心,然后看机会空便留心体访,必知端的。须拘不得时日。"廉使道:"此计颇好。你们小心在意,访着了此宗公事,我另眼看你不打紧,还要对按院老爷说了,分外抬举你。"两承差道:"蒙老爷提挈,敢不用心!"叩头而出。

原来这史应、魏能多是有身家的人,在衙门里图出身的,受了这个差委,日夜在心。各自收拾了百来两银子,放在身边了,打扮做客人模样,一同到新都来。只说买红花,问了街上人,晓得红花之事多是他三管家姓纪的掌管。此人生性梗直,交易公道,故此客人来多投他,买卖做得去。每年与家主挣下千来金利息,全亏他一个。若论家主这样贪暴,鬼也不敢来上门了。当下史应、魏能一径来到他家,拜望了,各述来买红花之意,送过了土宜。纪老三满面春风,一团和气,就置酒相待。这两个承差是衙门老溜,好不乖觉,晓得这人有用他处,便有心结识了他,放出虔婆手段,甜言美语,说得入港。魏能便开口道:"史大哥,我们新来这里做买卖,人面上不熟。自古道,人来投主,鸟来投林。难得这样贤主人,我们序了年庚,结为兄弟,何如?"史应道:"此意最好。只是我们初相会,况未经交易,只道是我们先讨好了,不便论量。待成了交易,再议未迟。"纪老三道:"多承两位不弃,足感盛情。待明日看了货,完了正事,另治个薄设,从容请教,就此结义何如?"两个同声应道:"妙,妙。"当夜纪老三送他在客房歇宿,正是红花场庄上之房。

次日起来,看了红花,讲倒了价钱,两个各取银子出来兑足了。两下各各相让有余,彼此情投意合。是日,纪老三果然宰鸡买肉,办起东道来。史、魏两人市上去买了些纸马香烛之类,回到庄上摆设了,先献了神,各写出年月日时来。史应最长,纪老三小六岁,魏能又小一岁。挨次序立拜了神。各述了结拜之意,道:"自此之后,彼此无欺,有无相济,患难相救,久远不忘。若有违盟,神明殛之!"设誓已毕,从此两人称纪老三为二哥、纪老三称两人为大哥、三哥,彼此喜乐,当晚吃个尽欢而散。原来蜀中传下刘、关、张三人之风,最重的是结义,故此史、魏二人先下此工夫,以结其心。却是未敢说什么正经心肠话,只收了红花停当,且还成都。发在铺中兑客,也原有两分利息。收起银子,又走此路。数月之中,如此往来了五六次。去便与纪老三绸缪,我请你,你请我,日日欢欢,真个如兄若弟,形迹俱忘。

一日酒酣,史应便伸伸腰道:"快活！快活！我们遇得好兄弟,到此一番,尽兴一番。"魏能接口道:"纪二哥待我们弟兄只好这等了。我心上还嫌他一件未到处。"纪老三道:"小弟何事得罪？但说出来,自家弟兄不要避忌!"魏能道:"我们晚间贪得一觉好睡。相好弟兄,只该着落我们在安静去处便好。今在此间,每夜听得鬼叫,梦寐多是不安的,有这件不象意。这是二哥欠检点处,小弟心性怕鬼的,只得直说了。"纪老三道:"果然鬼叫么?"史应道:"是有些诧异,小弟也听得的,不只是魏三哥。"魏能道:"不叫,难道小弟掉谎?"纪老三点点头道:"这也怪他叫不得。"对着斟酒的一个伙计道:"你道叫的是兀谁？毕竟是云南那人了。"史应、魏能见说出真话来,只做原晓得的一般,不加惊异,趁口道:"云南那人之死,我们也闻得久了。只是既死之后,二哥也该积些阴骘,与你家老爷说个方便,与他一堆土埋藏了尸骸也好。为何抛弃他在那里了,使他每夜这等叫苦连天?"纪老三道:"死便死得苦了,尸骸原是埋藏的,不要听外边人胡猜乱说。"两人道:"外人多说是当时抛弃了,二哥又说是埋藏了。若是埋藏了,他怎如此叫苦?"纪老三道:"两个兄弟不信,我领你去看。煞也古怪,但是埋他这一块地上,一些红花也不生哩!"史应道:"我每趁着酒兴,斟杯热酒儿,到他那堆里浇他一浇,叫他晚间不要这等怪叫。就在空旷去处,再吃两大杯尽尽兴。"

两个一起动身,走出红花场上来。纪老三只道是散酒之意,那道是有心的？也起了身,叫小的带了酒盒,随了他们同步,引他们到一个所在来看。但见:

弥漫怨气结成堆,凛冽凄风团作阵。

若还不遇有心人,沉埋数载谁相问?

纪老三把手指道:"那一块一根草也不生的底下,就是他五个的尸骸,怎说得不曾埋藏?"史应就斟下个大杯,向空里作个揖道:"云南的老兄,请一杯儿酒,晚间不要来惊吓我们。"魏能道:"我也奠他一杯,凑成双杯。"纪老三道:"一饮一啄,莫非前定。若不是大哥、三哥来,这两滴酒儿时能勾到他泉下?"史应道:"也是他的缘分。"大家笑了一场,又将盒来摆在红花地上,席地而坐,豁了几拳,各各连饮几个大觥。看看日色曛黑,方才住手。两人早已把埋尸的所在周围暗记认定了,仍到庄房里宿歇。

次日,对纪老三道:"昨夜果然安静些,想是这两杯酒吃得快活了。"大家笑了一回。是日别了纪老三要回,就问道:“二哥几时也到省下来走走,我们也好做个东道,尽个薄意,回敬一回敬。不然,我们只是叨扰,再无回答,也觉面皮忒厚了。”纪老三道:“弟兄家何出此言! 小弟没事不到省下,除非冬底要买过年物事,是必要到你们那里走走,专意来拜大哥、三哥的宅上便是。”三人分手,各自散了。

史应、魏能此番踹知了实地,是长是短,来禀明了谢廉使。廉使道:“你们果是能干。既是这等了,外边不可走漏一毫风信。但等那姓纪的来到省城,即忙密报我知道,自有道理。”两人禀了出来,自在外边等候纪老三来省。

看看残年将尽,纪老三果然来买年货,特到史家、魏家拜望。两人住处差不多远,接着纪老三,欢天喜地道:“好风吹得贵客到此。”史应叫魏能偎伴了他,道:“魏三哥且陪着纪二哥坐一坐,小弟市上走一走,看中吃的东西,寻些来家请二哥。”魏能道:“是,是。快来则个。”史应就叫了一个小厮,拿了个篮儿,带着几百钱往市上去了。一面买了些鱼肉果品之类,先打发小厮归家整治;一面走进按察司衙门里头去,密禀与廉使知道。廉使分付史应先回家去伴住他,不可放走了。随即差两个公人,写个朱笔票与他道:“立拘新都杨宦家人纪三面审,毋迟时刻!”公人赍了小票,一径到史应家里来。

史应先到家里,整治酒肴,正与纪老三接风。吃到兴头上,听得外边敲门响。史应叫小厮开了门,只见两个公人跑将进来。对史、魏两人唱了喏,却不认得纪老三,问道:“这位可是杨管家么?”史、魏两人会了意,说道:“正是杨家纪大叔。”公人也拱一拱手,说道:“敝司主要请管家相见。”纪老三吃一惊道:“有何事要见我,莫非错了?”公人道:“不错,见有小票在此。”便拿出朱笔的小票来看。史应、魏能假意吃惊道:“古怪! 这是怎么起的?”公人道:“老爷要问杨乡宦家中事体,一向分付道:‘但有管家到省,即忙缉报。’方才见史官人市上买东西,说道请杨家的纪管家,不知那个多嘴的禀知了老爷,故此特着我每到来相请。”纪老三呆了一晌,道:“没事唤我怎的? 我须不曾犯事!”公人道:“谁知犯不犯,见了老爷便知端的。”史、魏两人道:“二哥自身没甚事,便去见见不妨。”纪老三道:“决然为我们家里的老头儿,再无别事。”史、魏两人道:“倘若问着家中事体,只是从直说了,料不吃亏的。既然两位牌头到此,且请便席略坐一坐,吃三杯了去何如？”公人道：“多谢厚情。只是老爷立等回话的公事，从容不得。”史、应不由他分说，拿起大觥，每人灌了几觥，吃了些案酒。公人又催起身，史应道：“我便陪着二哥到衙门里去去，魏三哥在家再收拾好了东西，烫热了酒，等见见官来尽兴。”纪老三道：“小弟衙门里不熟，史大哥肯同走走，足见帮衬。”

纪老三没处躲闪，只得跟了两个公人到按察司里来。传梆禀知谢廉使，廉使不升堂，竟叫进私衙里来。廉使问道：“你是新都杨佥事的家人么？”纪老三道：“小的是。”廉使道：“你家主做的歹事，你可知道详细么？”纪老三道：“小的家主果然有一两件不守分勾当。只是小的主仆之分，不敢明言。”廉使道：“你从直说了，我饶你打。若有一毫隐蔽，我就用夹棍了！”纪老三道：“老爷要问那一件？小的好说。家主所做的事非一，叫小的何处说起？”廉使冷笑道：“这也说的是。”案上翻那状词，再看一看，便问道：“你只说那云南张贡生主仆五命，今在何处？”纪老三道：“这个不该是小的说的，家主这件事，其实有些亏天理。”廉使道：“你且慢慢说来。”纪老三便把从头如何来讨银，如何留他吃酒，如何杀死了埋在红花地里，说了个备细。谢廉使写了口词道：“你这人到老实，我不难为你。权发监中，待提到了正犯就放。”当下把纪老三发下监中。史应、魏能到也为日前相处分上，照管他一应事体，叫监中不要难为他，不在话下。

谢廉使审得真情，即发宪牌一张，就差史应、魏能两人赍到新都县，着落知县身上，要佥事杨某正身，系连杀五命公事，如不擒获，即以知县代解。又发牌捕衙，在红花场起尸。两人领命到得县里，已是除夜那一日了。新都知县接了来文，又见两承差口禀紧急，吓得两手无措。忖道：“今日是年晚，此老必定在家，须乘此时调兵围住，出其不意，方无走失。”即忙唤兵房佥牌出去，调取一卫兵来，有三百余人，知县自领了，把杨家围得铁桶也似。

其时杨佥事正在家饮围年酒，日色未晚，早把大门重重关闭了，自与群妾内宴，歌的歌，舞的舞。，内中一妾唱一只《黄莺儿》道：

积雨酿春寒，见繁花树树残。泥涂满眼登临倦，江流几湾，云山几盘，天涯极目空肠断。寄书难，无情征雁，飞不到滇南。

杨佥事见唱出“滇南”两字，一个撞心拳，变了脸色道：“要你们提起甚么滇南不滇南！”心下有些不快活起来。不想知县已在外边，看见大门关上，两个承差是认得他家路径的,从侧边梯墙而入。先把大门开了,请知县到正厅上坐下,叫人到里边传报道:"邑主在外有请!"杨佥事正因"滇南"二字触着隐衷,有些动心,忽听得知县来到正厅上,想道:"这时候到此何干?必有蹊跷,莫非前事有人告发了?"心下惊惶,一时无计,道:"且躲过了他再来处。"急忙厨下灶前去躲。知县见报了许久不出,恐防有失,忙入中堂,自来搜寻。家中妻妾一时藏避不及,知县分付:"唤一个上前来说话!"此时无奈,只得走一个妇女出来答应。知县问道:"你家爷那里去了?"这个妇人回道:"出外去了,不在家里。"知县道:"胡说!今日是年晚,难道不在家过年的?"叫从人将拶子拶将起来。这妇人着了忙,喊道:"在!在!"就把手指着厨下。知县率领从人竟往厨下来搜。佥事无计可施,只得走出来,道:"今日年夜,老父母何事直入人内室?"知县道:"非干晚生之事,乃是按台老大人、宪长老大人相请,问甚么连杀五命的公事,要老先生星夜到司对理。如老先生不去,要晚生代解,不得不如此唐突。"佥事道:"随你甚么事,也须让过年节。"知县道:"上司紧急,两个承差坐提,等不得过年。只得要烦老先生一行,晚生奉陪同往就是。"

知县就叫承差守定,不放宽展。佥事无奈,只得随了知县出门。知县登时佥了解批,连夜解赴会城。两个承差又指点捕官,一面到庄上掘了尸首,一同赶来。那些在庄上的强盗,见主人被拿,风声不好,一哄的走了。

谢廉使特为这事岁朝升堂,知县已将佥事解进。佥事换了小服,跪在厅下,口里还强道:"不知犯官有何事故,钧牌拘提,如捕反寇。"廉使将按院所准状词,读与他听。佥事道:"有何凭据?"廉使道:"还你个凭据。"即将纪老三放将出来,道:"这可是你家人么?他所供口词的确,还有何言?"佥事道:"这是家人怀挟私恨诬首的,怎么听得?"廉使道:"诬与不诬,少顷便见。"

说话未完,只见新都巡捕、县丞已将红花场五个尸首,在衙门外着落地方收贮,进司禀知。廉使道:"你说无凭据,这五个尸首,如何在你地上?"廉使又问捕官:"相得尸首怎么的?"捕官道:"县丞当时相来,俱是生前被人杀死,身首各离的。"廉使道:"如何?可正与纪三所供不异,再推得么?"佥事俯首无辞,只得认了,道:"一时酒醉触怒,做了这事。乞看缙绅[1]体面,遮盖些则个。”廉使道:“缙绅中有此,不但衣冠中禽兽,乃禽兽中豺狼也!石按台早知此事,密访已久,如何轻贷得?”即将杨佥事收下监候,待行关取到原告再问。重赏了两个承差,纪三释放宁家去了。

关文行到云南,两个秀才知道杨佥事已在狱中,星夜赴成都来执命,晓得事在按察司,竟来投到。廉使叫押到尸场上认领父亲尸首,取出佥事对质一番,两子将佥事拳打脚踢。廉使喝住道:“既在官了,自有应得罪名,不必如此!”将佥事依一人杀死三命者律,今更多二命,拟凌迟处死,决不待时。下手诸盗以为从定罪,候擒获发落。佥事系是职官,申院奏请定夺。不等得旨意转来,杨佥事是受用的人,在狱中受苦不过,又见张贡生率领四仆日日来打他,不多几时,毙于狱底。

佥事原不曾有子,家中竟无主持,诸妾各自散去。只有杨二房八岁的儿子杨清,是他亲侄,应得承受,泼天家业多归了他。杨佥事枉自生前要算计并侄儿子的,岂知身后连自己的倒与他了!这便是天理不泯处。

那张贡生只为要欺心小兄弟的人家,弄得身子冤死他乡。幸得官府清正有风力,才报得仇。却是行关本处,又经题请,把这件行贿上司图占家产之事,各处播扬开了。张宾此时同了母亲禀告县官道:“若是家事不该平分,哥子为何行贿?眼见得欺心,所以丧身。今两姓执命,既已明白,家事就好公断了。此系成都成案,奏疏分明,须不是撰造得出的。”县官理上说他不过,只得把张家一应产业两下平分。张宾得了一半,两个侄儿得了一半,两个侄儿也无可争论。

张贡生早知道到底如此,何苦将钱去买憔悴?白折了五百两银子,又送了五条性命,真所谓“无梁不成,反输一帖”也!奉劝世人,还是存些天理、守些本分的好。

钱财有分苦争多,反自将身入网罗。
看取两家归束处,心机用尽竟如何?

---

① 缙(jìn)绅——古代称有官职的或做过官的人为“缙绅”,也作“搢绅”。

卷　五

襄敏公元宵失子　十三郎五岁朝天

词云：

瑞烟浮禁苑。正绛阙春回，新正方半，冰轮桂华满。溢花衢歌市，芙蓉开遍。龙楼两观，见银烛星球有烂。卷珠帘、尽日笙歌，盛集宝钗金钏。　　堪羡。绮罗丛里，兰麝香中，正宜游玩。风柔夜暖，花影乱，笑声喧。闹蛾儿满路，成团打块，簇着冠儿斗转。喜皇都旧日风光，太平再见。

——词寄《瑞鹤仙》

这一首词乃是宋绍兴年间词人康伯可所作。伯可原是北人，随驾南渡，有名是个会做乐府的才子，秦申王[1] 荐于高宗皇帝。这词单道着上元佳景，高宗皇帝极其称赏，御赐金帛甚多。词中为何说"旧日风光，太平再见"？盖因靖康之乱，徽、钦被虏，中原尽属金夷，侥幸康王南渡，即了帝位，偏安一隅，偷闲取乐，还要模拟盛时光景，故词人歌咏如此。也是自解自乐而已，怎如得当初柳耆卿另有一首词云：

禁漏花深，绣工日永，熏风布暖。变韶景、都门十二，元宵三五，银蟾光满。连云复道凌飞观。耸皇居丽，佳气瑞烟葱蒨。翠华宵幸，是处层城阆苑。　　龙凤烛、交光星汉。对咫尺鳌山开雉扇。会乐府两籍神仙，梨园四部弦管。向晓色、都人未散。盈万井、山呼鳌抃。愿岁岁，天仗里常瞻凤辇。

——词寄《倾杯乐》

这首词，多说着盛时宫禁说话。只因宋时极作兴[2] 是个元宵，大张灯火，御驾亲临，君民同乐。所以说道"金吾不禁夜，玉漏莫相催"。然因是倾城

---

① 秦申王——即秦桧。

② 极作兴——极其流行、盛行。

士女通宵出游，没些禁忌，其间就有私期密约，鼠窃狗偷，弄出许多话柄来。

当时李汉老又有一首词云：

帝城三五，灯光花市盈路。天街游处，此时方信，凤阙都民，奢华豪富。纱笼才过处，喝道转身，一壁小来且住。见许多才子艳质，携手并肩低语。　　东来西往谁家女？买玉梅争戴，缓步香风度。北观南顾，见画烛影里，神仙无数。引人魂似醉，不如趁早步月归去。这一双情眼，怎生禁得许多胡觑？

——词寄《女冠子》

细看此一词，可见元宵之夜，趁着喧闹丛中干那不三不四勾当的，不一而足，不消说起。而今在下说一件元宵的事体，直教：

闹动公侯府，分开帝主颜。

猾徒入地去，稚子见天还。

话说宋神宗朝，有个大臣王襄敏公①，单讳着一个韶字，全家住在京师。真是潭潭相府，富贵奢华，自不必说。那年正月十五元宵佳节，其时王安石未用，新法未行，四境无侵，万民乐业，正是太平时候。家家户户，点放花灯，自从十三日为始，十街九市，欢呼达旦。这夜十五日是正夜，年年规矩，官家亲自出来，赏玩通宵。倾城士女，专待天颜一看。且是此日难得一轮明月当空，照耀如同白昼，映着各色奇巧花灯，从来叫做灯月交辉，极为美景。襄敏公家内眷，自夫人以下，老老幼幼，没一个不打扮齐整了，祗候人牵着帷幕，出来街上看灯游耍。

看官，你道如何用着帷幕？盖因官宦人家女眷，恐防街市人挨挨擦擦，不成体面，所以或用绢段或用布匹等类，扯作长圈围着，只要隔绝外边人，他在里头走的人，原自四边看得见的。晋时叫他做步障，故有紫丝步障、锦步障之称。这是大人家规范如此。

闲话且过，却说襄敏公有个小衙内，是他末堂最小的儿子，排行第十三，小名叫做南陔。年方五岁，聪明乖觉，容貌不凡，合家内外大小都是喜欢他的，公与夫人自不必说，其时也要到街上看灯。大宅门中衙内，穿着

---

① 王襄敏公——王韶，字子纯，曾在宋神宗朝召为枢密副使，为宋名将。死后谥曰襄敏。

齐整还是等闲，只头上一顶帽子，多是黄豆来大不打眼的洋珠，穿成双凤穿牡丹花样，当面前一粒猫儿眼[①] 宝石，睛光闪烁，四围又是五色宝石镶着，乃是鸦青、祖母绿[②] 之类，只这顶帽，也值千来贯钱。襄敏公分付一个家人王吉，驮在背上，随着内眷一起看灯。

那王吉是个晓法度的人，自道身是男人，不敢在帷中走，只相傍帷外而行。行到宣德门前，恰好神宗皇帝正御宣德门楼，圣旨许令万目仰观，金吾卫[③] 不得拦阻。楼上设着鳌山[④]，灯光灿烂，香烟馥郁；奏动御乐，箫鼓喧阗。楼下施呈百戏，供奉御览。看的真是人山人海，挤得缝地都没有了。有翰林承旨王禹玉《上元应制诗》为证：

雪消华月满仙台，万烛当楼宝扇开。
双凤云中扶辇下，六鳌海上驾山来。
镐京春酒沾周宴，汾水秋风陋汉才。
一曲升平人尽乐，君王又进紫霞杯。

此时王吉拥在人丛之中，因为肩上负了小衙内，好生不便，观看得不甚象意。忽然觉得背上轻松了些，一时看得浑了，忘其所以，伸伸腰，抬抬头，且是自在，呆呆里向上看着。猛然想道："小衙内呢？"急回头看时，眼见得不在背上，四下一望，多是面生之人，竟不见了小衙内踪影。欲要找寻，又被挤住了脚，行走不得。王吉心慌撩乱，将身子尽力挨出，挨得骨软筋麻，才到得稀松之处。遇见府中一伙人，问道："你们见小衙内么？"府中人道："小衙内是你负着，怎到来问我们？"王吉道："正在闹嚷之际，不知那个伸手来我背上接了去。想必是府中弟兄们见我费力，替我抱了，放松我些，也不见得。我一时贪个松快，人闹里不看得仔细。及至寻时，已不见了。你们难道不曾撞见？"府中人见说，大家慌张起来，道："你来作怪了，这是作耍的事，好如此不小心？你在人千人万处失去了，却在此间张问李，岂不误事！还是分头再到闹头里寻去。"

一伙十来个人同了王吉挨出挨入，高呼大叫，怎当得人多得紧了，茫

---

① 猫儿眼——宝石名。
② 鸦青、祖母绿——均为宝石名。
③ 金吾卫——侍卫亲军之一种。
④ 鳌山——把灯彩堆叠成一座山，像传说中的巨鳌形状。

茫里向那个问是？落得眼睛也看花了，喉咙也叫哑了，并无一些影响。寻了一回，走将拢来，我问你，你问我，多一般不见，慌做了一团。有的道："或者那个抱了家去了？"有的道："你我都在，又是那一个抱去？"王吉道："且到家问问看又处。"一个老家人道："决不在家里，头上东西耀人眼目，被歹人连人盗拐去了。我们且不要惊动夫人，先到家禀知了相公，差人及早缉捕为是。"王吉见说要禀知相公，先自怯了一半，道："如何回得相公的话？且从容计较打听，不要性急便好！"府中人多是着了忙的，那由得王吉主张，一齐奔了家来。私下问问，那得个小衙内在里头？只得来见襄敏公。却也嗫嗫嚅嚅，未敢一直说失去小衙内的事。

襄敏公见众人急急之状，到问道："你等去未多时，如何一齐跑了回来？且多有些慌张失智光景，必有缘故。"众家人才把王吉在人丛中失去小衙内之事说了一遍。王吉跪下，只是叩头请死。襄敏公毫不在意，笑道："去了自然回来，何必如此着急？"众家人道："此必是歹人拐了去，怎能勾回来？相公还是着落开封府及早追捕，方得无失。"襄敏公摇头道："也不必。"众人道是一番天样大、火样急的事，怎知襄敏公看得等闲，声色不动，化做一杯雪水。众人不解其意，只得到帷中禀知夫人。

夫人惊慌，抽身急回，噙着一把眼泪来与相公商量。襄敏公道："若是别个儿子失去，便当急急寻访。今是吾十三郎，必然自会归来，不必忧虑。"夫人道："此子虽然伶俐，点点年纪，奢遮煞也[①] 只是四五岁的孩子。万众之中挤掉了，怎能勾自会归来？"养娘每道："闻得歹人拐人家小厮去，有擦瞎眼的，有斫掉脚的，千方百计摆布坏了，装做叫化的化钱。若不急急追寻，必然衙内遭了毒手！"各各啼哭不住。家人每道："相公便不着落府里缉捕，招帖也写几张，或是大张告示，有人贪图赏钱，便有访得下落的来报了。"一时间你出一说，我出一见，纷纭乱讲。只有襄敏公怡然不以为意，道："随你议论百出，总是多的，过几日自然来家。"夫人道："魔合罗[②]般一个孩子，怎生舍得失去了不在心上？说这样懈话！"襄敏公道："包在我身上，还你一个旧孩子便了，不要性急！"夫人那里放心？就是家人每、

---

① 奢遮煞也——意"也不过是……"。

② 魔合罗——指宋朝民间在七夕乞巧时所供的泥塑娃娃，此处指儿童形象的美妙可爱。

养娘每也不肯信相公的话。夫人自分付家人各处找寻去了,不提。

却说那晚南陔在王吉背上,正在挨挤喧嚷之际,忽然有个人趁近到王吉身畔,轻轻伸手过来接去,仍旧一般驮着。南陔贪着观看,正在眼花撩乱,一时不觉。只见那一个人负得在背,便在人丛里乱挤将过去,南陔才喝声道:"王吉!如何如此乱走!"定睛一看,那里是个王吉?衣帽装束多另是一样了。南陔年纪虽小,心里煞是聪明,便晓得是个歹人,被他闹里来拐了,欲待声张,左右一看,并无一个认得的熟人。他心里思量道:"此必贪我头上珠帽,若被他掠去,须难寻讨,我且藏过帽子,我身子不怕他怎地!"遂将手去头上除下帽子来,揣在袖中,也不言语,也不慌张,任他驮着前走,却像不晓得甚么的。

将近东华门,看见轿子四五乘叠联而来,南陔心里忖量道:"轿中必有官员贵人在内,此时不声张求救,更待何时?"南陔觑轿子来得较近,伸手去攀着轿幰,大呼道:"有贼!有贼!救人!救人!"那负南陔的贼出于不意,骤听得背上如此呼叫,吃了一惊,恐怕被人拿住,连忙把南陔撩下背来,脱身便走,在人丛里混过了。轿中人在轿内闻得孩子声唤,推开帘子一看,见是个青头白脸魔合罗般一个小孩子,心里喜欢。叫住了轿,抱将过来,问道:"你是何处来的?"南陔道:"是贼拐了来的。"轿中人道:"贼在何处?"南陔道:"方才叫喊起来,在人丛中走了。"轿中人见他说话明白,摩他头道:"乖乖,你不要心慌,且随我去再处。"便双手抱来,放在膝上,一直进了东华门,竟入大内① 去了。

你道轿中是何等人?原来是穿宫的高品近侍中大人。因圣驾御楼观灯已毕,先同着一般的中贵四五人前去宫中排宴,不想遇着南陔叫喊,抱在轿中,进了大内。中大人分付从人,领他到自己入直的房内,与他果品吃着,被卧温着。恐防惊吓了他,叮嘱又叮嘱。内监心性喜欢小的,自然如此。

次早,中大人四五人直到神宗御前,叩头跪禀道:"好教万岁爷爷得知,奴婢等昨晚随侍赏灯回来,在东华门外拾得一个失落的孩子,领进宫来。此乃万岁爷爷得子之兆,奴婢等不胜喜欢。未知是谁家之子,未请圣旨,不敢擅便,特此启奏。"神宗此时前星未耀,正急的是生子一事。见说

---

① 大内——旧时指皇宫。

拾得一个孩子,也道是宜男之祥,喜动天颜,叫快宣来见。中大人领旨,急到入直房内,抱了南陔。先对他说:“圣旨宣召,如今要见驾哩,你不要惊怕!”南陔见说见驾,晓得是见皇帝了,不慌不忙,在袖中取出珠帽来,一似昨日带了,随了中大人,竟来见神宗皇帝。娃子家虽不曾习着什么嵩呼拜舞之礼,却也擎拳曲腿,一拜两拜的叩头稽首,喜得个神宗跌脚欢忭。御口问道:“小孩子,你是谁人之子?可晓得姓什么?”南陔竦然起答道:“儿姓王,乃臣韶之幼子也。”神宗见他说出话来,声音清朗,且语言有体,大加惊异。又问道:“你缘何得到此处?”南陔道:“只因昨夜元宵举家观灯,瞻仰圣容,嚷乱之中,被贼人偷驮背上前走。偶见内家车乘,只得叫呼求救。贼人走脱,臣随中贵大人一同到此。得见天颜,实出万幸!”神宗道:“你今年几岁了?”南陔道:“臣五岁了。”神宗道:“小小年纪,便能如此应对,王韶可谓有子矣。昨夜失去,不知举家何等惊惶。朕今即要送还汝父,只可惜没查处那个贼。”南陔对道:“陛下要查此贼,一发不难。”神宗惊喜道:“你有何见可以得贼?”南陔道:“臣被贼人驮走,已晓得不是家里人了,便把头带的珠帽除下藏好。那珠帽之顶,有臣母将绣针彩线插戴其上,以厌不祥。臣比时在他背上,想贼人无可记认,就于除帽之时将针线取下,密把他衣领缝线一道,插针在衣内,以为暗号。今陛下令人密查,若衣领有此针线者,即是昨夜之贼,有何难见?”神宗大惊道:“奇哉此儿!一点年纪,有如此大见识!朕若不得贼,孩子不如矣!待朕擒治了此贼,方送汝回去。”又对近侍夸称道:“如此奇异儿子,不可令宫闱中人不见一见。”传旨急宣钦圣皇后见驾。

穿宫人传将旨意进宫,宣得钦圣皇后到来。山呼行礼已毕,神宗对钦圣道:“外厢有个好儿子,卿可暂留宫中,替朕看养他几日,做个得子的谶兆。”钦圣虽然遵旨谢恩,不知甚么事由,心中有些犹豫不决。神宗道:“要知详细,领此儿到宫中问他,他自会说明白。”钦圣得旨,领了南陔自往宫中去了。神宗一面写下密旨,差个中大人赍到开封府,是长是短的,从头分付了大尹,立限捕贼以闻。

开封府大尹奉得密旨,非比寻常访贼的事,怎敢时刻怠缓?即唤过当日缉捕使臣何观察,分付道:“今日奉到密旨,限你三日内要拿元宵夜做不是的一伙人。”观察禀道:“无赃无证,从何缉捕?”大尹叫何观察上来附耳低言,把中大人所传衣领针线为号之说,说了一遍。何观察道:“恁地时,三日之内管取完这头公事，只是不可声扬。"大尹道："你好干这事。此是奉旨的，非比别项盗贼，小心在意！"观察声喏而出。到得使臣房，集齐一班眼明手快的公人来商量道："元宵夜趁着热闹做歹事的，不止一人，失事的也不止一家。偶然这一家的小儿不曾掳得去，别家得手处必多。日子不远，此辈不过在花街柳陌酒楼饭店中，轻松取乐，料必未散。虽是不知姓名、地方，有此暗记，还怕什么？遮莫没踪影的，也要寻出来。我每几十个做公的分头体访，自然有个下落。"当下派定张三往东，李四往西。各人认路，茶坊酒肆，凡有众人团聚面生可疑之处，即便留心挨身体看，各自去讫。

原来那晚这个贼人，有名的叫做雕儿手，一起有十来个，专一趁着热闹时节人丛里做那不本分的勾当。有诗为证：

昏夜贪他唾手财，全凭手快眼儿乖。

世人莫笑胡行事，譬似求人更可哀。

那一个贼人当时在王家门首，窥探踪迹，见个小衙内齐整打扮背将出来，便自上了心，一路尾着走，不离左右。到了宣德门楼下，正在挨挤喧哄之处，觑个空，便双手溜将过来，背了就走。欺他是小孩子，纵有知觉，不过惊怕啼哭之类，料无妨碍，不在心上。不提防到官轿旁边，却会叫喊"有贼"起来。一时着了忙，想道："利害！"卸着便走。更不知背上头，暗地里又被他做工夫，留下记认了，此是神仙也不猜到之事。后来脱去，见了同伙，团聚拢来，各出所获之物，如簪钗、金宝、珠玉、貂鼠暖耳、狐尾护颈之类，无所不有。只有此人却是空手，述其缘故，众贼道："何不单雕了珠帽来？"此人道："他一身衣服多有宝珠钮嵌，手足上各有钏镯。就是四五岁一个小孩子好歹也值两贯钱，怎舍得轻放了他？"众贼道："而今孩子何在？正是贪多嚼不烂了。"此人道："正在内家轿边叫喊起来，随从的虞候虎狼也似，好不多人在那里，不兜住身子便算天大侥幸，还望财物哩！"众贼道："果是利害。而今幸得无事，弟兄们且打平伙，吃酒压惊去。"于是一日轮一个做主人，只拣隐僻酒务①，便去畅饮。

是日，正在玉津园旁边一个酒务里头欢呼畅饮，一个做公的，叫做李云，偶然在外经过。听得猜拳豁指呼红喝六之声，他是有心的，便踅进门

① 酒务——即酒店。

来一看。见这些人举止气象,心下有十分瞧科。走去坐了一个独副座头,叫声:"买酒饭吃!"店小二先将盏箸安顿去了。他便站将起来,背着手踱来踱去,侧眼把那些人逐个个觑将去,内中一个果然衣领上挂着一寸来长短彩线头。李云晓得着手了,叫店家:"且慢烫酒,我去街上邀着个客人一同来吃。"忙走出门,口中打个胡哨,便有七八个做公的走将拢来,问道:"李大,有影响么?"李云把手指着店内道:"正在这里头,已看的实了。我们几个守着这里,把一个走去,再叫集十来个弟兄,一同下手。"内中一个会走的飞也似去,又叫了十来个做公的来了。发声喊,望酒务里打进去,叫道:"奉圣旨拿元宵夜贼人一伙!店家协力,不得放走了人!"店家听得"圣旨"二字,晓得利害,急集小二、火工、后生人等,执了器械出来帮助。十来个贼,不曾走了一个,多被捆倒。正是:

日间不做亏心事,夜半敲门不吃惊。

大凡做贼的见了做公的,就是老鼠遇了猫儿,见形便伏;做公的见了做贼的,就是仙鹤遇了蛇洞,闻气即知。所以这两项人每每私自相通,时常要些孝顺,叫做"打业钱"。若是捉破了贼,不是什么要紧公事,得些利市,便放松了。而今是钦限要人的事,衣领上针线斗着海底眼①,如何容得宽展!当下捆住,先剥了这一个的衣服。众贼虽是口里还强,却个个肉颤身摇,面如土色。身畔一搜,各有零赃。一直里押到开封府来,报知大尹。

大尹升堂,验着衣领针线是实,明知无枉,喝教:"用起刑来!"令招实情。掤扒吊拷,备受苦楚,这些顽皮赖肉只不肯招。大尹即将衣领针线问他道:"你身上何得有此?"贼人不知事端,信口支吾。大尹笑道:"如此剧贼,却被小孩子算破了,岂非天理昭彰!你可记得元宵夜内家轿边叫救人的孩子么?你身上已有了暗记,还要抵赖到那里去?"贼人方知被孩子暗算了,对口无言,只得招出实话来。乃是积年累岁遇着节令盛时,即便四出剽窃,以及平时略贩子女,伤害性命,罪状山积,难以枚举,从不败露。岂知今年元宵行事之后,卒然被擒。却被小子暗算,惊动天听,以致有此。莫非天数该败,一死难逃!大尹责了口词,叠成文卷,大尹却记起旧年元

---

① 斗着海底眼——吴语。"斗"意为"相合"、"相符";"海底眼"指"内线"、"内幕"。"斗着海底眼"意为"与公人们所掌握的线索相符"。

宵真珠姬一案，现捕未获的那一件事来。你道又是甚事？看官且放下这头，听小子说那一头。

也只因宣德门张灯，王侯贵戚女眷多设帷幕在门外两庑，日间先在那里等候观看。其时有一个宗王家在东首，有个女儿名唤真珠，因赵姓天潢之族，人都称他真珠族姬。年十七岁，未曾许嫁人家，颜色明艳，服饰鲜丽，耀人眼目。宗王的夫人姨妹族中却在西首。姨娘晓得外甥真珠姬在帷中观灯，叫个丫鬟走来相邀一会，上复道："若肯来，当差兜轿来迎。"真珠姬听罢，不胜之喜，便对母亲道："儿正要见见姨娘，恰好他来相请，是必要去。"夫人亦欣然许允。打发丫鬟先去回话，专候轿来相迎。过不多时，只见一乘兜轿打从西边来到帷前。真珠姬孩子心性，巴不得就到那边顽耍，叫养娘们问得是来接的，分付从人随后来，自己不耐烦等待，慌忙先自上轿去了。才去得一会，先前来的丫鬟又领了一乘兜轿来到，说道："立等真珠姬相会，快请上轿。"王府里家人道："真珠姬方才先随轿去了，如何又来迎接？"丫鬟道："只是我同这乘轿来，那里又有什么轿先到？"家人们晓得有些蹊跷了，大家忙乱起来。闻之宗王，着人到西边去看，眼见得决不在那里的了。急急分付虞候祗从人等四下找寻，并无影响。急具事状，告到开封府。府中晓得是王府的事，不敢怠慢，散遣缉捕使臣挨查踪迹。王府里自出赏揭，报信者二千贯，竟无下落，不提。

且说真珠姬自上了轿后，但见轿夫四足齐举，其行如飞。真珠姬心里道："是顷刻就到的路，何须得如此慌走？"却也道是轿夫脚步惯了的，不以为意。及至抬眼看时，倏忽转弯，不是正路，渐渐走到狭巷里来。轿夫们脚高步低，越走越黑。心里正有些疑惑，忽然轿住了，轿夫多走了去，不见有人相接，只得自己掀帘走出轿来。定睛一看，只叫得苦。原来是一所古庙，旁边鬼卒十余个各持兵杖夹立。中间坐着一位神道，面阔尺余，须髯满颏，目光如炬，肩臂摇动，象个活的一般。真珠姬心慌，不免下拜。神道开口大言道："你休得惊怕！我与汝有夙缘，故使神力摄你至此。"真珠姬见神道说出话来，愈加惊怕，放声啼哭起来。旁边两个鬼卒走来扶着，神道说："快取压惊酒来。"旁边又一鬼卒斟着一杯热酒，向真珠姬口边奉来。真珠姬欲待推拒，又怀惧怕，勉强将口接着，被他一灌而尽。真珠姬早已天旋地转。不知人事，倒在地下。神道走下座来，笑道："着了手也！"旁边鬼卒多攒将拢来，同神道各卸了装束，除下面具。原来个个多是活人，乃一伙剧贼装成的。将蒙汗药灌倒了真珠姬，抬到后面去。后面走将一个婆子出来，扶去放在床上眠着。众贼汉乘他昏迷，次第奸淫。可怜金枝玉叶之人，零落在狗党狐群之手。奸淫已毕，分付婆子看好。各自散去，别做歹事了。

真珠姬睡至天明，看看苏醒，睁眼看时，不知是那里，但见一个婆子在旁边坐着。真珠姬自觉阴户疼痛，把手摸时，周围虚肿，明知着了人手，问婆子道："此是何处？将我送在这里！"婆子道："夜间众好汉每送将小娘子来的。不必心焦管取你就落好处便了。"真珠姬道："我是宗王府中闺女，你每歹人怎如此胡行乱做！"婆子道："而今说不得王府不王府了。老身见你是金枝玉叶，须不把你作贱。"真珠姬也不晓得他的说话因由，侮着眼只是啼哭。原来这婆子是个牙婆，专一走大人家雇卖人口的。这伙剧贼掠得人口，便来投他家下，留下几晚，就有头主来成了去的。那时留了真珠姬，好言温慰得熟分。刚两三日，只见一日一乘轿来抬了去，已将他卖与城外一个富家为妾了。

主翁成婚后，云雨之时，心里晓得不是处子，却见他美色，甚是喜欢，不以为意，更不曾提起问他来历。真珠姬也深怀羞愤，不敢轻易自言。怎当得那家姬妾颇多，见一人专宠，尽生嫉妒之心，说他来历不明，多管是在家犯奸被逐出来的奴婢，日日在主翁耳根边激聒。主翁听得不耐烦，偶然问其来处。真珠姬揆① 着心中事，大声啼泣，诉出事由来，方知是宗王之女，被人掠卖至此。主翁多曾看见榜文赏帖的，老大吃惊，恐怕事发连累，急忙叫人寻取原媒牙婆，已自不知去向了。主翁寻思道："此等奸徒，此处不败，另处必露，到得根究起来，现赃在我家，须藏不过，可不是天大利害？况且王府女眷，不是取笑，必有寻着根底的日子。别人做了歹事，把个愁布袋丢在这里，替他顶死不成？"心生一计，叫两个家人家里抬出一顶破竹轿来装好了，请出真珠姬来。主翁纳头便拜道："一向有眼不识贵人，多有唐突，却是辱莫了贵人，多是歹人做的事，小可并不知道。今情愿折了身价，白送贵人还府，只望高抬贵手，凡事遮盖，不要牵累小可则个。"真珠姬见说送他还家，就如听得一封九重恩赦到来，又原是受主翁厚待的，见他小心赔礼，好生过意不去，回言道："只要见了我父亲，决不提起你姓名罢

---

① 揆(kuí)——作"推测"、"揣度"解。

了。”

主翁请真珠姬上了轿，两个家人抬了飞走，真珠姬也不及分别一声。慌忙走了五七里路，一抬抬至荒野之中，抬轿的放下竹轿，抽身便走，一道烟去了。真珠姬在轿中探头出看，只见静悄无人。走出轿来，前后一看，连两个抬轿的影踪不见，慌张起来道：“我直如此命蹇！如何不明不白抛我在此？万一又遇歹人，如何是好？”没做理会处，只得仍旧进轿坐了，放声大哭起来，乱喊乱叫，将身子在轿内颠掷不已，头发多颠得蓬松。

此时正是春三月天道，时常有郊外踏青的。有人看见空旷之中，一乘竹轿内有人大哭，不胜骇异，渐渐走将拢来。起初止是一两个人，后来簸箕般围将转来，你诘我问，你喧我嚷。真珠姬慌慌张张，没口得分诉，一发说不出一句明白话来。内中有老成人，摇手叫四旁人莫嚷，朗声问道：“娘子是何家宅眷？因甚独自歇轿在此？”真珠姬方才噙了眼泪，说得话出来道：“奴是王府中族姬，被歹人拐来在此的。有人报知府中，定当重赏。”当时王府中赏帖，开封府榜文，谁不知道？真珠姬话才出口，早已有请功的飞也似去报了。

须臾之间，王府中干办虞候走了偌多人来认看，果然破轿之内坐着的是真珠族姬。慌忙打轿来换了，抬归府中。父母与合家人等看见头�березе乱[①]，满面泪痕，抱着大哭。真珠姬一发乱擅乱掷，哭得一佛出世，二佛生天，直等哭得尽情了，方才把前时失去今日归来的的事端，一五一十告诉了一遍。宗王道：“可晓得那讨你的是那一家？便好挨查。”真珠姬心里还护着那主翁，回言道：“人家便认得，却是不晓得姓名，也不晓得地方，又来得路远了，不记起在那一边。抑且那人家原不知情，多是歹人所为。”宗王心里道是家丑不可外扬，恐女儿许不得人家，只得含忍过了，不去声张下老实根究。只暗地嘱咐开封府，留心访贼罢了。

隔了一季，又是元宵之夜，弄出王家这件案来。其时大尹拿倒王家做歹事的贼，记得王府中的事，也把来问问看，果然即是这伙人。大尹咬牙切齿，拍案大骂道：“这些贼男女，死有余辜！”喝交加力行杖，各打了六十讯棍，押下死囚牢中，奏请明断发落。奏内大略云：群盗元夕所为，止于胠

① 头髼(péng)鬅乱——“髼”，指“头发松散”；“鬅”指“鬓角的头发”。“头髼鬅乱”作“头发松散、鬓角的头发蓬乱”解。

箧；居恒所犯，尽属椎埋。似此枭獍之徒，岂容辇毂之下！合行骈戮①，以靖邦畿②。神宗皇帝见奏，晓得开封府尽获盗犯，笑道："果然不出小孩子所算。"龙颜大喜，批准奏章，着会官即时处决，又命开封府再录狱词一通来看。开封府钦此钦遵，处斩众盗已毕，一面回奏，复将前后犯由狱词详细录上。神宗得奏，即将狱词笼在袍袖之中，含笑回宫。

且说正宫钦圣皇后，那日亲奉圣谕，赐与外厢小儿鞠养，以为得子之兆，当下谢恩领回宫中来。试问他来历备细，那小孩子应答如流，语言清朗。他在皇帝御前也曾经过，可知道不怕面生，就象自家屋里一般，嘻笑自若。喜得个钦圣心花也开了，将来抱在膝上，宝器心肝的不住的叫。命宫娥取过梳妆匣来，替他掠发整容，调脂画额，一发打扮得齐整。合宫妃嫔闻得钦圣宫中御赐一个小儿，尽皆来到宫中，一来称贺娘娘，二来观看小儿。盖因小儿是宫中所不曾有的，实觉稀罕。及至见了，又是一个眉清目秀，唇红齿白，魔合罗般一个能言能语，百问百答，你道有不快活的么？妃嫔每要奉承娘娘，亦且喜欢孩子，争先将出宝玩、金珠、钏镯等类来做见面钱，多塞在他小袖子里。袖子里盛满了着不得，钦圣命一个老内人逐一替他收好了。又叫领了他到各宫朝见顽耍。各宫以为盛事，你强我赛，又多各有赏赐。宫中好不喜欢热闹。

如是十来日，正在喧哄之际，忽然驾幸钦圣宫，宣召前日孩子。钦圣当下率领南陔朝见已毕，神宗问钦圣道："小孩子莫惊怕否？"钦圣道："蒙圣恩敕令暂鞠此儿，此儿聪慧非凡，虽居禁地，毫不改度，老成人不过如此。实乃陛下洪福齐天，国家有此等神童出世，臣妾不胜欣幸！"神宗道："好教卿等知道，只那夜做歹事的人，尽被开封府所获，则为衣领上针线暗记，不到得走了一个。此儿可谓有智极矣！今贼人尽行斩讫，怕他家里不知道，在家忙乱，今日好好送还他去。"钦圣与南陔各叩首谢恩。当下传旨：敕令前日抱进宫的那个中大人护送归第，御赐金犀一簏，与他压惊。

中大人得旨，就御前抱了南陔，辞了钦圣，一路出宫。钦圣尚兀自好些不割舍他，梯己自有赏赐，与同前日各宫所赠之物总贮一箧，令人一同交付与中大人收好，送到他家。中大人出了宫门，传命辆起犊车，赍了圣

---

① 合行骈戮——合力实行杀戮、清剿。

② 以靖邦畿(jī)——作"以平定直属于天子的疆域"解。

旨,就抱南陔坐在怀里了,径望王家而来。

去时蓦地偷将去,来日从天降下来。

孩抱何缘亲见帝?恍疑鬼使与神差。

话说王襄敏家中自那晚失去了小衙内,合家里外大小没一个不忧愁思虑,哭哭啼啼,只有襄敏毫不在意,竟不令人追寻。虽然夫人与同管家的分付众家人各处探访,却也并无一些影响。人人懊恼,没个是处。忽然此日朝门上飞报将来,有中大人亲赍圣旨到第开读。襄敏不知事端,分付忙排香案迎接,自己冠绅袍笏,俯伏听旨。只见中大人抱了个小孩子,下犊车来。家人上前来争看,认得是小衙内,到吃了一惊。不觉大家手舞足蹈,禁不得喜欢,中大人喝道:"且听宣圣旨!"高声宣道:"卿元宵失子,乃朕获之,今却还乡。特赐压惊物一簏,奖其幼志。钦哉!"

中大人宣毕,襄敏拜舞谢恩已了,请过圣旨,与中大人叙礼,分宾主坐定。中大人笑道:"老先儿,好个乖令郎!"襄敏正要问起根由,中大人笑嘻嘻的袖中取出一卷文书出来,说道:"老先儿要知令郎去来事端,只看此一卷便明白了。"襄敏接过手来一看,乃开封府获盗狱词也。襄敏从头看去,见是密诏开封捕获,便道:"乳臭小儿,如此惊动天听,又烦圣虑获贼,直教老臣粉身碎骨,难报圣恩万一!"中大人笑道:"这贼多是令郎自家拿倒的,不烦一毫圣虑,所以为妙。"南陔当时就口里说那夜怎的长怎的短,怎的见皇帝,怎的拜皇后,明明朗朗,诉个不住口。先前合家人听见圣旨到时,已攒在中门口观看,及见南陔出车来,大家惊喜,只是不知头脑,直待听见南陔备细述此一遍,心下方才明白,尽多赞叹他乖巧之极。方信襄敏不在心上,不肯追求,道是他自家会归来的,真有先见之明也。

襄敏分付治酒款待中大人,中大人就将圣上钦赏压惊金犀,及钦圣与各宫所赐之物,陈设起来。真是珠宝盈庭,光采夺目,所直不啻巨万。中大人摩着南陔的头道:"哥,勾你买果儿吃了。"襄敏又叩首对阙谢恩。立命馆客写下谢表,先附中大人陈奏,等来日早朝面圣,再行率领小子谢恩。中大人道:"令郎哥儿是咱家遇着携见圣人的,咱家也有个薄礼儿,做个纪念。"将出元宝二个、彩段八表里来。襄敏再三推辞不得,只得收了,另备厚礼答谢过中大人,中大人上车,回复圣旨去了。

襄敏送了回来,合家欢乐。襄敏公道:"我说你们不要忙,我十三必能自归。今非但归来,且得了许多恩赐,又已拿了贼人,多是十三自己的主张来。可见我不着急的是么?"合家各各称服。后来南陔取名王寀,政和年间大有文声,功名显达。只看他小时举动如此,已占大就矣。

小时了了大时佳,五岁孩童已足夸。
计缚剧徒如反掌,直教天子送还家。

卷　六

李将军错认舅　刘氏女诡从夫

诗云：

在天愿为比翼鸟，在地愿为连理枝。

天长地久有时尽，此恨绵绵无限期。

这四句乃是白乐天[①]《长恨歌》中之语。当日只为唐明皇与杨贵妃七月七日之夜，在长生殿[②]前对天发了私愿：愿生生世世得为夫妇！后来马嵬之难[③]，杨贵妃自缢，明皇心中不舍，命鸿都道士求其魂魄。道士凝神御气，见之玉真仙宫，道是因为长生殿前私愿，还要复降人间，与明皇做来生的夫妇。所以白乐天述其事，做一篇《长恨歌》，有此四句。盖谓世间惟有愿得成双的，随你天荒地老，此情到底不泯也。

小子而今先说一个不愿成双的古怪事，做个得胜头回。宋时唐州比阳[④]，有个富人王八郎，在江淮做大商，与一个娼妓往来得密。相与日久，胜似夫妻。每要娶他回家，家中先已有妻子，甚是不得意。既有了娶娼之意，归家见了旧妻时，一发觉得厌憎，只管寻是寻非，要赶逐妻子出去。那妻子是个乖巧的，见不是头，也就怀着二心，无心恋着夫家。欲待要去，只可惜先前不曾留心积攒得些私房，未好便轻易走动。其时身畔有一女儿，年止数岁，把他做了由头，婉辞哄那丈夫道："我嫁你已多年了，女儿又小，你赶我出去，叫我那里去好？我决不走路的。"口里如此说，却日日打点出去的计较。

后来王生竟到淮上带了娼妇回来。且未到家，在近巷另赁一所房子，

---

① 白乐天——唐代诗人，姓白名居易，字乐天。

② 长生殿——唐宫名。

③ 马嵬之难——安禄山反乱，玄宗携杨贵妃出逃，至马嵬坡(今陕西省境内)，六军以杨贵妃和其兄杨国忠倡乱，止不发。玄宗遂赐杨贵妃死。

④ 唐州比阳——唐时建制，在今河南省境内。

与他一同住下。妻子知道,一发坚意要去了。把家中细软[1]尽情藏过,狼犺家伙什物[2]多将来卖掉。等得王生归来,家里椅桌多不完全,箸长碗短,全不似人家模样。访知尽是妻子败坏了,一时发怒道:"我这番决留你不得了,今日定要决绝!"妻子也奋然攘臂道:"我晓得到底容不得我,只是要我去,我也要去得明白。我与你当官休去!"当下扭住了王生双袖,一直嚷到县堂上来。知县问着备细,乃是夫妻两人彼此愿离,各无系恋。取了口词,画了手模,依他断离了。家事对半分开,各自度日。妻若再嫁,追产还夫。所生一女,两下争要。妻子诉道:"丈夫薄幸,宠娼弃妻,若留女儿与他,日后也要流落为娼了。"知县道他说得是,把女儿断与妻子领去。各无词说,出了县门。自此两人各自分手。

王生自去接了娼妇,到家同住。妻子与女儿另在别村去买一所房子住了,买些瓶罐之类,摆在门前,做些小经纪。他手里本自有钱,恐怕丈夫他日还有别是非,故意妆这个模样。一日,王生偶从那里经过,恰好妻子在那里搬运这些瓶罐,王生还有些旧情不忍,好言对他道:"这些东西能近得多少利息,何不别做些什么生意?"其妻大怒,赶着骂道:"我与你决绝过了,便同路人。要你管我怎的!来调甚么喉嗓?"王生老大没趣,走了回来,自此再不相问了。

过了几时,其女及笄[3],嫁了方城田家。其妻方将囊中蓄积搬将出来,尽数与了女婿,约有十来万贯,皆在王家时瞒了丈夫所藏下之物也。可见王生固然薄幸有外好,其妻元原不是同心的了。

后来王生客死淮南,其妻在女家亦死。既已殡殓,将要埋葬,女儿道:"生前与父不合,而今既同死了,该合做了一处,也是我女儿每孝心。"便叫人去淮南迎了丧柩归来,重复开棺,一同母尸,各加洗涤,换了衣服,两尸同卧在一榻之上,等天明时辰到了,下了棺,同去安葬。安顿好了,过了一会,女儿走来看看,吃了一惊。两尸先前同是仰卧的,今去东西相背,各向了一边。叫聚合家人多来看着,尽都骇异。有的道:"眼见得生前不合,死后还如此相背。"有的道:"偶然那个移动了,那里有死尸会掉转来的?"女

① 细软——指有价值的便于携带的物品。

② 狼犺家伙什物——指笨重的家具物品。

③ 及笄——指女子到了出嫁的年龄。

儿啼啼哭哭，叫爹叫娘，仍旧把来仰卧好了。到得明日下棺之时，动手起尸，两个尸骸仍旧多是侧眠着，两背相向的，方晓得果然是生前怨恨之所致也。女儿不忍，毕竟将来同葬了，要知他们阴中也未必相安的。此是夫妇不愿意成双的榜样，比似那生生世世愿为夫妇的差了多少！

而今说一个做夫妻的被拆散了，死后精灵还归一处，到底不磨灭的话本①。可见世间夫妇，原自有这般情种。有诗为证：

生前不得同衾枕，死后图他共穴藏。
信是世间情不泯，韩凭冢上有鸳鸯。

这个话本，在元顺帝至元年间，淮南有个民家姓刘，生有一女，名唤翠翠。生来聪明异常，见字便认，五六岁时便能诵读诗书。父母见他如此，商量索性送他到学堂去，等他多读些在肚里，做个不带冠的秀才。邻近有个义学②，请着个老学究，有好些生童在里头从他读书，刘老也把女儿送去入学。学堂中有个金家儿子，叫名金定，生来俊雅，又兼赋性聪明。与翠翠一男一女，算是这一堂中出色的了，况又是同年生的，学堂中诸生多取笑他道："你们两个一般的聪明，又是一般的年纪，后来毕竟是一对夫妻。"金定与翠翠虽然口里不说，心里也暗地有些自认，两下相爱。金生曾做一首诗赠与翠翠，以见相慕之意。诗云：

十二栏杆七宝台，春风到处艳阳开。
东园桃树西园柳，何不移来一处栽。

翠翠也依韵和一首答他，诗云：

平生有恨祝英台，怀抱何为不肯开？
我愿东君勤用意，早移花树向阳栽。

在学堂一年有余，翠翠过目成诵，读过了好些书。已后年已渐长，不到学堂中来了。十六岁时，父母要将他许聘人家，翠翠但闻得有人议亲，便关了房门，只是啼哭，连粥饭多不肯吃了。父母初时不在心上，后来见每次如此，心中晓得有些尴尬。仔细问他，只不肯说。再三委曲盘问，许他说了出来，必定依他，翠翠然后说道："西家金定，与我同年，前日同学堂读书时，心里已许下了他。今若不依我，我只是死了，决不去嫁别人的！"

---

① 话本——旧指说书艺人的底本，后转用作"故事"意。

② 义学——旧时用公款或私人集资开办的旧式学校。

父母听罢，想道："金家儿子虽然聪明俊秀，却是家道贫穷，岂是我家当门对户？"然见女儿说话坚决，动不动哭个不住，又不肯饮食，恐怕违逆了他，万一做出事来。只得许他道："你心里既然如此，却也不难，我着媒人替你说去。"刘老寻将一个媒妈来，对他说女儿翠翠要许西边金家定哥的说话。媒妈道："金家贫穷，怎对得宅上起？"刘妈道："我家翠小娘与他家定哥同年，又曾同学，翠小娘不是他不肯出嫁，故此要许他。"媒妈道："只怕宅上嫌贫不肯，既然肯许，却有何难？老媳妇一说便成。"

媒妈领命，竟到金家来说亲。金家父母见说了，惭愧不敢当，回复媒妈道："我家甚么家当，敢去扳① 他？"媒妈道："不是这等说！刘家翠翠小娘子心里一定要嫁小官人，几番啼哭不食，别家来说的，多回绝了。难得他父母见女儿立志如此，已许下他，肯与你家小官人了。今你家若把贫来推辞，不但失了此一段好姻缘，亦且辜负那小娘子这一片志诚好心。"金老夫妻道："据着我家定哥才貌，也配得他翠小娘过，只是家下委实贫难，那里下得起聘定？所以容易应承不得。"媒妈道："应承由不得不应承，只好把说话放婉曲些。"金老夫妻道："怎的婉曲？"媒妈道："而今我替你传去，只说道寒家有子，颇知诗书，贵宅见谕，万分盛情，敢不从命？但寒家起自蓬筚，一向贫薄自甘，若要取必聘问婚娶诸仪，力不能办，是必见谅，毫不责备，方好应承。如此说去，他家晓得你每下礼不起的，却又违女儿意思不得，必然是件将就了。"金老夫妻大喜道："多承指教，有劳周全则个。"

媒妈果然把这番话到刘家来复命。刘家父母爱女过甚，心下只要成事，见媒妈说了金家自揣家贫，不能下礼，便道："自古道婚姻论财，夷虏之道。我家只要许得女婿好，那在财礼？但是一件，他家既然不足，我女到他家里，只怕难过日子，除非招入我每家里做个赘婿，这才使得。"媒妈再把此意到金家去说。这是倒在金家怀里去做的事，金家有何推托？千欢万喜，应允不迭。遂凭着刘家拣个好日，把金定招将过去。凡是一应币帛羊酒之类，多是女家自备了过来。从来有这话的：入舍女婿只带着一张卵袋走。金家果然不费分毫，竟成了亲事。只因刘翠翠坚意看上了金定，父母拗他不得，只得曲意相从了。

当日过门交拜，夫妻相见，两下里各称心怀。是夜翠翠于枕上口占一

---

① 扳——作"攀"解。

词，赠与金生道：

曾向书斋同笔砚，故人今做新人。洞房花烛十分春。汗沾蝴蝶粉，身惹麝香尘。　　殢雨尤云浑未惯，枕边眉黛羞颦。轻怜痛惜莫辞频。愿郎从此始，日近日相亲。

——《临江仙》

金生也依韵和一阕道：

记得书斋同笔砚，新人不是他人。扁舟来访武陵春。仙居邻紫府，人世隔红尘。　　誓海盟山心已许，几番浅笑深颦。向人犹自语频频。意中无别意，亲后有谁亲？

——(调同前)

两人相得之乐，真如翡翠之在丹霄，鸳鸯之游碧沼，无以过也。谁料乐极悲来，快活不上一年，撞着元政失纲，四方盗起。盐徒张士诚① 兄弟起兵高邮，沿海一带郡县尽为所陷。部下有个李将军，领兵为先锋，到处民间掳掠美色女子。兵至淮安，闻说刘翠翠之名，率领一队家丁打进门来，看得中意，劫了就走。此时合家只好自顾性命，抱头鼠窜，那个敢向前争得一句？眼盼盼看他拥着去了。金定哭得个死而复生，欲待跟着军兵踪迹寻访他去，争奈元将官兵，北来征讨，两下争持，干戈不息，路断行人。恐怕没来由走去，撞在乱兵之手死了，也没说处。只得忍酸含苦，过了日子。

至正末年，张士诚气概弄得大了，自江南江北、三吴两浙直拓至两广益州，尽归掌握。元朝不能征剿，只得定议招抚。士诚原没有统一之志，只此局面已自满足，也要休兵。因遂通款元朝，奉其正朔，封为王爵，各守封疆。民间始得安静，道路方可通行。

金生思念翠翠，时刻不能去心。看见路上好走，便要出去寻访，收拾了几两盘缠，结束了一个包裹，来别了自家父母，对丈人、丈母道："此行必要访着妻子踪迹，若不得见，誓不还家了。"痛哭而去。路由扬州过了长江，进了润州，风餐水宿，夜住晓行，来到平江。听得路上人说，李将军见

---

① 张士诚——元末泰州人，幼名九四，盐贩出身。至正十三年(1353)与其弟率盐丁起兵，攻下高邮等地。次年称诚王，国号周。后被朱元璋部下所俘，自缢死。

在绍兴守御,急忙赶到临安,过了钱塘江,趁着西兴夜船到得绍兴。去问人时,李将军已调在安丰去屯兵了。又不辞辛苦,问到安丰。安丰人说:"早来两日,也还在此,而今回湖州驻扎,才起身去的。"金生道:"只怕到湖州时,又要到别处去。"安丰人道:"湖州是驻扎地方,不到别处去了。"金生道:"这等,便远在天边,也赶得着。"于是一路向湖州来。

算来金生东奔西走,脚下不知有万千里路跑过来。在路上也过了好两个年头,不能勾见妻子一见,却是此心再不放懈。于路没了盘缠,只得乞丐度日,没有房钱,只得草眠露宿。真正心坚铁石,万死不辞。

不则一日,到了湖州。去访问时,果然有个李将军开府在那里。那将军是张王得力之人,贵重用事,势焰赫奕。走到他门前去看时,好不威严。但见:

门墙新彩,棨戟① 森严。兽面铜环,并衔而宛转;彪形铁汉,对峙以巍峨。门阑上贴着两片不写字的桃符,坐墩边列着一双不吃食的狮子。虽非天上神仙府,自是人间富贵家。

金生到了门首,站立了一回,不敢进去,又不好开言。只是舒头探脑,望里边一望,又退立了两步,踌躇不决。

正在没些起倒之际,只见一个管门的老苍头走出来,问道:"你这秀才有甚么事干?在这门前探头探脑的,莫不是奸细么?将军知道了,不是要处。"金生对他唱个喏道:"老丈拜揖。"老苍头回了半揖道:"有甚么话?"金生道:"小生是淮安人氏,前日乱离时节,有一妹子失去,闻得在贵府中,所以不远千里寻访到这个所在,意欲求见一面。未知确信,要寻个人问一问,且喜得遇老丈。"苍头道:"你姓甚名谁?你妹子叫名甚么?多少年纪?说得明白,我好替你查将出来,回复你。"金生把自家真姓藏了,只说着妻子的姓道:"小生姓刘,名唤金定。妹子叫名翠翠,识字通书,失去时节,年方十七岁,算到今年,该有二十四岁了。"老苍头点点头道:"是呀,是呀。我府中果有一个小娘子姓刘,是淮安人,今年二十四岁,识得字,做得诗,且是做人乖巧周全。我本官专房之宠,不比其他。你的说话,不差,不差!依说是你妹子,你是舅爷了。你且在门房里坐一坐,我去报与将军知道。"苍头急急忙忙奔了进去,金生在门房等着回话。不提。

---

① 棨(qǐ)戟——古时官吏出行时用作前导的一种仪仗。

且说刘翠翠自那年掳去，初见李将军之时，先也哭哭啼啼，寻死觅活，不肯随顺。李将军吓他道："随顺了，不去难为你合家老小；若不随顺，将他家寸草不留！"翠翠惟恐累及父母与丈夫家里，只得勉强依从。李将军见他聪明伶俐，知书晓事，爱得他如珠似玉一般，十分抬举，百顺千随。翠翠虽是支陪笑语，却是无刻不思念丈夫，没有快活的日子。心里痴想："缘分不断，或者还有时节相会。"争奈日复一日，随着李将军东征西战，没个定踪，不觉已是六七年了。

此日李将军见老苍头来禀，说有他的哥哥刘金定在外边求见。李将军问翠翠道："你家里有个哥哥么？"翠翠心里想道："我那得有甚么哥哥来？多管是丈夫寻到此间，不好说破，故此托名。"遂转口道："是有个哥哥，多年隔别了，不知是也不是，且问他甚么名字，才晓得。"李将军道："管门的说是甚么刘金定。"翠翠听得金定二字，心下痛如刀割，晓得是丈夫冒了刘姓来访问的了，说道："这果然是我哥哥，我要见他。"李将军道："待我先出去见过了，然后来唤你。"将军分付苍头："去请那刘秀才进来。"

苍头承命出来，领了金生进去。李将军武夫出身，妄自尊大，走到厅上，居中坐下，金生只得向上再拜。将军受了礼，问道："秀才何来？"金生道："金定姓刘，淮安人氏，先年乱离之中，有个妹子失散，闻得在将军府中，特自本乡到此，叩求一见。"将军见他仪度斯文，出言有序，喜动颜色道："舅舅请起。你令妹无恙，即当出来相见。"旁边站着一个童儿，叫名小竖，就叫他进去传命道："刘官人特自乡中远来，叫翠娘可快出来相见！"起初翠翠见说了，正在心痒难熬之际，听得外面有请，恨不得两步做一步移了，急趋出厅中来。抬头一看，果然是丈夫金定！碍得将军眼睁睁在上面，不好上前相认，只得将错就错，认了妹子，叫声哥哥，以兄妹之礼在厅前相见。看官听说，若是此时说话的在旁边，一把把那将军扯了开来，让他每讲一程话，叙一程阔，岂不是凑趣的事？争奈将军不做美，好象个监场的御史，一眼不煞坐在那里。金生与翠翠虽然夫妻相见，说不得一句私房话，只好问问父母安否？彼此心照，眼泪从肚里落下罢了。

昔为同林鸟，今作分飞燕。
相见难为情，不如不相见。

又昔日乐昌公主在杨越公处见了徐德言，做一首诗道：

今日何迁次，新官对旧官。

笑啼俱不敢，方信做人难。

今日翠翠这个光景，颇有些相似。然乐昌与徐德言，杨越公晓得是夫妻的，此处金生与翠翠只认做兄妹，一发要遮遮饰饰，恐怕识破，意思更难堪也。还亏得李将军是武夫粗卤，看不出机关，毫没甚么疑心，只道是当真的哥子，便认做舅舅，亲情的念头重起来，对金生道："舅舅既是远来，道途跋涉，心力劳困，可在我门下安息几时，我还要替舅舅计较。"分付拿出一套新衣服来与舅舅穿了，换下身上尘污的旧衣。又令打扫西首一间小书房，安设床帐被席，是件整备，请金生在里头歇宿。金生巴不得要他留住，寻出机会与妻子相通，今见他如此认帐，正中心怀，欣然就书房里宿了。只是心里想着妻子就在里面，好生难过！

过了一夜，明早起来，小竖来报道："将军请秀才厅上讲话。"将军相见已毕，问道："令妹能认字，舅舅可通文墨么？"金生道："小生在乡中以儒为业，那诗书是本等，就是经史百家，也多涉猎过的，有甚么不晓得的勾当？"将军喜道："不瞒舅舅说，我自小失学，遭遇乱世，靠着长枪大戟挣到此地位。幸得吾王宠任，趋附我的尽多，日逐宾客盈门，没个人替我接待，往来书札堆满，没个人替我裁答，我好些不耐烦。今幸得舅舅到此，既然知书达礼，就在我门下做个记室，我也便当了好些。况关至亲，料舅舅必不弃嫌的。舅舅心下何如？"金生是要在里头的，答道："只怕小生才能浅薄，不称将军任使，岂敢推辞？"将军见说，大喜。连忙在里头去取出十来封书启来，交与金生，道："就烦舅舅替我看详里面意思，回他一回。我正为这些难处，而今却好了。"金生拿到书房里去，从头至尾，逐封逐封备审来意，一一回答停当，将稿来与将军看。将军就叫金生读一遍，就带些解说在里头。听罢，将军拍手道："妙，妙！句句象我肚里要说的话。好舅舅，是天送来帮我的了！"从此一发看待得甚厚。

金生是个聪明的人，在他门下，知高识低，温和待人，自内至外没一个不喜欢他的。他又愈加谨慎，说话也不敢声高。将军面前只有说他好处的，将军得意，自不必说。却是金生主意只要安得身牢，寻个空，便见见妻子，剖诉苦情。亦且妻子随着别人已经多年，不知他心腹怎么样了，也要与他说个倒断。谁想自厅前一见之后，再不能勾相会。欲要与将军说那要见的意思，又恐怕生出疑心来，反为不美。私下要用些计较，通个消息，怎当得闺阁深邃，内外隔绝，再不得一个便处。日挨一日，不觉已是几个月了。

时值交秋天气，西风夜起，白露为霜。独处空房，感叹伤悲，终夕不寐。思量妻子翠翠，这个时节绣围锦帐，同人卧起，有甚不快活处？不知心里还记念着我否？怎知我如此冷落孤凄，时刻难过？乃将心事作成一诗道：

好花移入玉栏干，春色无缘得再看。
乐处岂知愁处苦，别时虽易见时难。
何年塞上重归马，此夜庭中独舞鸾。
雾阁云窗深几许，可怜辜负月团团。

诗成，写在一张笺纸上了，要寄进去与翠翠看，等他知其心事。但恐怕泄漏了风声，生出一个计较来，把一件布袍拆开了领线，将诗藏在领内了，外边仍旧缝好。叫那书房中伏侍的小竖来，说道："天气冷了，我身上单薄，这件布袍垢秽不堪，你替我拿到里头去，交付我家妹子，叫他拆洗一拆洗，补一补，好拿来与我穿。"再把出百来个钱与他道："我央你走走，与你这钱买果儿吃。"小竖见了钱，千欢万喜，有甚么推托？拿了布袍一径到里头去，交与翠翠道："外边刘官人叫拿进来，付与翠娘整理的。"翠娘晓得是丈夫寄进来的，必有缘故，叫他放下了，过一日来拿。小竖自去了。

翠翠把布袍从头至尾看了一遍，想道："是丈夫着身的衣服，我多时不与他缝纫了！"眼泪索珠也似的掉将下来。又想道："丈夫到此多时，今日特地寄衣与我，决不是为要拆洗，必有甚么机关在里面。"掩了门，把来细细拆将开来。刚拆得领头，果然一张小小信纸缝在里面，却是一首诗。翠翠将来细读，一头读，一头哽哽咽咽，只是流泪。读罢，哭一声道："我的亲夫呵！你怎知我心事来？"噙着眼泪，慢慢把布袍洗补好，也做一诗缝在衣领内了。仍叫小竖拿出来，付与金生。金生接得，拆开衣领看时，果然有了回信，也是一首诗。金生拭泪读其诗道：

一自乡关动战锋，旧愁新恨几重重。
肠虽已断情难断，生不相从死亦从。

长使德言藏破镜，终教子建赋游龙①。

绿珠碧玉② 心中事，今日谁知也到侬。

金生读罢其诗，才晓得翠翠出于不得已，其情已见。又见他把死来相许，料道今生无有完聚的指望了！感切伤心，终日郁闷涕泣，茶饭懒进，遂成痞鬲之疾。

将军也着了急，屡请医生调治，又道是心病还须心上医，你道金生这病可是医生医得好的么？看看日重一日，只待不起。里头翠翠闻知此信，心如刀刺，只得对将军说了，要到书房中来看看哥哥的病症。将军看见病势已凶，不好阻他，当下依允，翠翠才到得书房中来。这是他夫妻第二番相见了，可怜金生在床上一丝两气，转动不得。翠翠见了十分伤情，噙着眼泪，将手去扶他的头起来，低低唤道："哥哥！挣扎着，你妹子翠翠在此看你！"说罢泪如泉涌。金生听得声音，撑开双眼，见是妻子翠翠扶他，长叹一声道："妹妹，我不济事了，难得你出来见这一面！趁你在此，我死在你手里了，也得瞑目。"便叫翠翠坐在床边，自家强抬起头来，枕在翠翠膝上，奄然而逝。

翠翠哭得个发昏章第十一，报与将军知道，将军也着实可怜他，又恐怕苦坏了翠翠，分付从厚殡殓。替他在道场山脚下寻得一块好平坦地面，将棺木送去安葬。翠翠又对将军说了，自家亲去送殡。直看坟茔封闭了，恸哭得几番死去叫醒，然后回来。自此精神恍惚，坐卧不宁，染成一病。李将军多方医救，翠翠心里巴不得要死，并不肯服药。辗转床席，将及两月。

一日，请将军进房来，带着眼泪对他说道："妾自从十七岁上抛家相从，已得八载。流离他乡，眼前并无亲人，只有一个哥哥，今又死了。妾病若毕竟不起，切记我言，可将我尸骨埋在哥哥旁边，庶几黄泉之下，兄妹也

---

① 子建赋游龙——子建，三国时曹操子曹植，善诗赋。"游龙"为子建所作《洛神赋》中语。赋中子建自述得见洛水神女"婉若游龙"，此处以此借喻相爱的人相遇。

② 绿珠碧玉——绿珠为晋石崇爱妾，后孙秀为夺绿珠，陷害石崇，绿珠自尽。碧玉为唐乔知之的婢女，后武承嗣夺之，碧玉跳井死。翠翠在此表示"以身相许"之意。

得相依，免做了他乡孤鬼，便是将军不忘贱妾之大恩也。"言毕大哭。将军好生不忍，把好言安慰他，叫他休把闲事萦心，且自将息。说不多几时，昏沉上来，早已绝气。将军恸哭一番，念其临终叮嘱之言，不忍违他，果然将去葬在金生冢旁。可怜金生、翠翠二人生前不能成双，亏得诡认兄妹，死后倒得做一处了！

以后国朝洪武初年，于时张士诚已灭，天下一统，路途平静。翠翠家里淮安刘氏有一旧仆，到湖州来贩丝绵。偶过道场山下，见有一所大房子，绿户朱门，槐柳掩映。门前有两个人，一男一女打扮，并肩坐着。仆人道大户人家家眷，打点远避而过，忽听得两人声唤，走近前去看时，却是金生与翠翠。翠翠开口问父母存亡，及乡里光景，仆人一一回答已毕。仆人问道："娘子与郎君离了乡里多年，为何到在这里住家起来？"翠翠道："起初兵乱时节，我被李将军掳到这里。后来郎君远来寻访，将军好意，仍把我归还郎君，所以就侨居在此了。"仆人道："小人而今就回淮安，娘子可修一封家书，带去报与老爹、安人知道，省得家中不知下落，终日悬望。"翠翠道："如此最好。"就领了这仆人进去，留他吃了晚饭，歇了一夜。明日将出一封书来，叫他多多拜上父母。

仆人谢了，带了书来到淮安，递与刘老。此时刘、金两家久不见二人消耗，自然多道是兵戈死亡了。忽见有家书回来，问是湖州寄来的，道两人见住在湖州了，真个是喜从天降！叫齐了一家骨肉，尽来看这家书。原来是翠翠出名写的，乃是长篇四六之书。书上写道："伏以父生母育，难酬罔极之恩；夫唱妇随，夙著三从之义。在人伦而已定，何时事之多艰！曩者汉日将倾，楚氛甚恶，倒持太阿之柄，擅弄潢池之兵。封豕长蛇，互相吞并；雄蜂雌蝶，各自逃生。不能玉碎于乱离，乃至瓦全于仓卒。驱驰战马，随逐征鞍。望高天而八翼莫飞，思故国而三魂屡散。良辰易迈，伤青鸾之伴木鸡；怨耦为仇，惧乌鸦之打丹凤。虽应酬而为乐，终感激以生悲。夜月杜鹃之啼，春风蝴蝶之梦。时移事往，苦尽甘来。今则杨素览镜而归妻，王敦开阁而放妓。蓬岛践当时之约，潇湘有故人之逢。自怜赋命之屯，不恨寻春之晚。章台之柳，虽已折于他人；玄都之花，尚不改于前度。将谓瓶沉而簪折，岂期璧返而珠还？殆同玉箫女两世姻缘，难比红拂妓一时配合。天与其便，事非偶然。煎鸾胶而续断弦，重谐缱绻；托鱼腹而传尺素，谨致叮咛。未奉甘旨，先此申复。"读罢，大家欢喜。刘老问仆人道：

“你记得那里住的去处否?”仆人道:“好大房子! 我在里头歇了一夜,打发了家书来的,怎不记得?”刘老道:“既如此,我同你湖州去走一遭,会一会他夫妻来”。

当下刘老收拾盘缠,别了家里,一同仆人径奔湖州。仆人领至道场山下前日留宿之处,只叫得声奇怪,连房屋影响多没有,那里说起高堂大厦?惟有些野草荒烟,狐踪兔迹。茂林之中,两个坟堆相连。刘老道:“莫不错了?”仆人道:“前日分明在此,与我吃的是湖州香稻米饭,苕溪中鲜鲫鱼,乌程的酒。明明白白,住了一夜去的,怎会得错?”

正疑怪间,恰好有一个老僧杖锡而来。刘老与仆人问道:“老师父,前日此处有所大房子,有个金官人同一个刘娘子在里边居住,今如何不见了?”老僧道:“此乃李将军所葬刘生与翠翠兄妹两人之坟,那有什么房子来? 敢是见鬼了!”刘老道:“见有写的家书寄来,故此相寻。今家书见在,岂有是鬼之理?”急在缠带里摸出家书来一看,乃是一副白纸,才晓得果然是鬼。这里正是他坟墓,因问老僧道:“适间所言李将军何在? 我好去问他详细。”老僧道:“李将军是张士诚部下的,已为天朝诛灭,骨头不知在那里了,怎得有这样坟土堆埋呢,你到何处寻去?”刘老见说,知是二人已死,不觉大恸。对着坟墓道:“我的儿! 你把一封书赚我千里远来,本是要我见一面的意思。今我到此地了,你们却潜踪隐迹,没处追寻,叫我怎生过得! 我与你父女之情,人鬼可以无间。你若有灵,千万见我一见,放下我的心罢!”老僧道:“老檀越不必伤悲! 此二位官人、娘子,老僧定中时得相见。老僧禅舍去此不远,老檀越,今日已晚,此间露立不便,且到禅舍中一宿。待老僧定中与他讨个消息回你,何如?”刘老道:“如此,极感老师父指点。”遂同仆人随了老僧,行不上半里,到了禅舍中。老僧将素斋与他主仆吃用,收拾房卧安顿好,老僧自入定去了。

刘老进得禅房,正要上床,忽听得门响处,一对少年的夫妻走到面前。仔细看来,正是翠翠与金生。一同拜跪下去,悲啼宛转,说不出话来。刘老也挥着眼泪,抚摩着翠翠道:“儿,你有说话只管说来。”翠翠道:“向者不幸,遭值乱兵。忍耻偷生,离乡背井。叫天无路,度日如年。幸得良人不弃,特来相访,托名兄妹,暂得相见。隔绝夫妇,彼此含冤,以致良人先亡,儿亦继没。犹喜许我附葬,今得魂魄相依。惟恐家中不知,故特托仆人寄此一信。儿与金郎生虽异处,死却同归。儿愿已毕,父母勿以为念!”刘老听罢，哭道："我今来此，只道你夫妻还在，要与你们同回故乡。今却双双去世，我明日只得取汝骸骨归去，迁于先茔之下，也不辜负我来这一番。"翠翠道："向者因顾念双亲，寄此一书。今承父亲远至，足见慈爱。故不避幽冥，敢与金郎同来相见。骨肉已逢，足慰相思之苦。若迁骨之命，断不敢从。"刘老道："却是为何？"翠翠道："儿生前不得侍奉亲闱，死后也该依傍祖茔。只是阴道尚静，不宜劳扰。况且在此溪山秀丽，草木荣华，又与金郎同栖一处。因近禅室，时闻妙理，不久就与金郎托生，重为夫妇。在此已安，再不必提起他说了。"抱住刘老，放声大哭。寺里钟鸣，忽然散去。

刘老哭将醒来，乃是南柯一梦①。老僧走到面前道："夜来有所见否？"刘老一一述其梦中之言。老僧道："贤女辈精灵未泯，其言可信也。幽冥之事，老檀越既已见得如此明白，也不必伤悲了。"刘老再三谢别了老僧。一同仆人到城市中，办了些牲醴酒馔，重到墓间浇奠一番，哭了一场，返棹归淮安去了。

至今道场山有金翠之墓，行人多指为佳话。此乃生前隔别，死后成双，犹自心愿满足，显出这许多灵异来，真乃是情之所钟也。有诗为证：

连理何须一处栽？多情只愿死同埋。
试看金翠当年事，愦愦将军更可哀！

---

① 南柯一梦——唐代李公佐作《南柯太守传》中讲的淳于棼梦至槐安国，国王以女妻之，任南柯太守。后与敌战败，公主死。醒后见槐树南枝下有蚁穴，即梦中所历。后人将梦境称作"南柯"。

卷　七

吕使君情媾宦家妻　吴太守义配儒门女

词曰：

疏眉秀盼，向春风、还是宣和装束。贵气盈盈姿态巧，举止况非凡俗。宋室宗姬，秦王幼女，曾嫁钦慈族。干戈横荡，事随天地翻覆。

一笑邂逅相逢，劝人满饮，旋吹横竹。流落天涯俱是客，何必平生相熟？旧日荣华，如今憔悴，付与杯中醁。兴亡休问，为伊且尽船玉。

这一首词名唤《念奴娇》，乃是宋朝使臣张孝纯在粘罕①席上有所见之作。当时靖康之变②，徽、钦被掳，不知多少帝女王孙被犬羊之类群驱北去，正是“内人红袖泣，王子白衣行”的时节。到得那里，谁管你是金枝玉叶？多被磨灭得可怜。有些颜色技艺的，才有豪门大家收做奴婢，又算是有下落的了。其余驱来逐去，如同犬彘③一般。张孝纯奉使到彼云中府，在大将粘罕席上见个吹笛劝酒的女子是南方声音，私下偷问他，乃是秦王的公主，粘罕取以为婢。说罢，呜咽流涕。孝纯不胜伤感，故赋此词。

后来金人将钦宗迁往大都燕京，在路行至平顺州地方，驻宿在馆驿之中。时逢七夕佳节，金虏家规制，是日官府在驿中排设酒肆，任从人沽酒会饮。钦宗自在内室坐下，闲看外边喧闹，只见一个鞑婆领了几个少年美貌的女子，在这些饮酒的座头边，或歌或舞或吹笛，斟着酒劝着座客。座客吃罢，各赏些钱钞或是酒食之类。众女子得了，就去纳在鞑婆处。鞑婆又嫌多道少，打那讨得少的。这个鞑婆想就是中华老鸨儿一般。少间，驿官叫一个皂衣吏典赍了酒食来送钦宗。其时钦宗只是软巾长衣，秀才打扮，那鞑婆也不晓得是前日中朝的皇帝，道是客人吃酒，差一个吹横笛的

---

① 粘罕——人名，即完颜宗翰，金大将。

② 靖康之变——指金灭北宋的历史事件。

③ 犬彘(zhì)——狗、猪。

女子到室内来伏侍。女子看见是南边官人,心里先自凄惨,呜呜咽咽,吹不成曲。钦宗对女子道:“我是你的乡人,你东京是谁家女子?”那女子向外看了又看,不敢一时就说。直等那鞑婆站得远了,方说道:“我乃百王宫魏王孙女,先嫁钦慈太后侄孙。京城既破,被贼人掳到此地,卖在粘罕府中做婢。后来主母嫉妒,终日打骂,转卖与这个胡妇。领了一同众多女子,在此日夜求讨酒钱食物,各有限数,讨来不勾,就要痛打。不知何时是了！官人也是东京人,想也是被掳来的了。”钦宗听罢,不好回言,只是暗暗落泪,目不忍视,好好打发了她出去。这个女子便是张孝纯席上所遇的那一个。词中说“秦王幼女”,秦王乃是廷美之后,徽宗时改封魏王,魏王即秦王也。真个是凤子龙孙,遭着不幸,流落到这个地位。岂不可怜!

然此乃是天地反常时节,连皇帝也顾不得自家身子,这样事体,不在话下。还有个清平世界世代为官的人家,所遭不幸,也堕落了的。若不是几个好人相逢,怎能勾拔得个身子出来?所以说:

红颜自古多薄命,若落娼流更可怜!

但使逢人提掇起,淤泥原会长青莲。

说话宋时饶州① 德兴县,有个官人董宾卿,字仲臣,夫人是同县祝氏。绍兴初年,官拜四川汉州太守,全家赴任。不想仲臣做不得几时,死在官上了。一家老小人口又多,路程又远,宦囊又薄,算计一时间归来不得,只得就在那边寻了房子,权且驻下。

仲臣长子元广,也是祝家女婿,他有祖荫在身,未及调官,今且守孝在汉州。三年服满,正要别了母亲兄弟,挈了家小,赴阙听调,待补官之后,看地方如何,再来商量搬取全家。不料未行之先,其妻祝氏又死,遗有一女。元广就在汉州娶了一个富家之女做了继室,带了妻女同到临安补官,得了房州竹山县令。地方窄小,又且路远,也不能勾去四川接家属,只同妻女在衙中。过了三年,考满,又要进京,当时挈家东下。

且喜竹山到临安虽是路长,却自长江下了船,乃是一水之地。有同行驻泊一船,也是一个官人在内,是四川人,姓吕,人多称他为吕使君,也是到临安公干的。这个官人年少风流,模样俊俏,虽然是个官人,还象个子弟一般。栖泊相并,两边彼此动问。吕使君晓得董家之船是旧汉州太守

---

① 饶州——旧府名,在今江西省境内。

的儿子在内,他正是往年治下旧民,过来相拜。董元广说起亲属尚在汉州居驻,又兼继室也是汉州人氏,正是通家之谊。大家道是在此联舟相遇,实为有缘,彼此欣幸。大凡出路之人,长途寂寞,巴不得寻些根绊,图个往来;况且同是衣冠中,体面相等,往来更便。因此两家不是你到我船中,就是我到你船中,或是饮酒,或是下棋,或是闲话,真个是无日不会,就是骨肉相与,不过如此,这也是官员每出外的常事。不想董家船上却动火了一个人。你道是那个?正是那竹山知县的晚孺人。

原来董元广这个继室不是头婚,先前曾嫁过一个武官,只因他丰姿妖艳,情性淫荡,武官十分嬖爱,尽力奉承,日夜不歇,淘虚了身子,一病而亡。青年少寡,那里熬得?待要嫁人,那边厢人闻得他妖淫之名,没人敢揽头,故此肯嫁与外方,才嫁这个董元广。怎当得元广禀性怯弱,一发不济,再不能畅他的意。他欲心如火,无可煞渴之处,因见这吕使君丰容俊美,就了不得动火起来。况且同是四川人,乡音惯熟,到比丈夫不同。但是到船中来,里头添茶暖酒,十分亲热,又抛声调嗓,要他晓得。那吕使君乖巧之人,颇解其意,只碍着是同袍间,一时也不下得手。谁知那孺人,或是露半面,或是露全身,眉来眼去,恨不得一把抱了他进来。日间眼里火了,没处泄得,但是想起,只做丈夫不着①,不住的要干事。弄得元广一丝两气,支持不过,疾病上了身子。吕使君越来候问殷勤,晓夜无间。趁此就与董孺人眉目送情,两下做光,已此有好几分了。

舟到临安,董元广病不能起,吕使君分付自己船上道:"董爷是我通家,既然病在船上,上去不得,连我行李也不必发上岸,只在船中下着,早晚可以照管。我所有公事,抬进城去勾当罢了。"过了两日,董元广毕竟死了。吕使君出身替他经纪丧事,凡有相交来吊的,只说:"通家情重,应得代劳。"来往的人尽多赞叹他高义出人,今时罕有,那晓得他自有一副肚肠藏在里头,不与人知道的。正是:

周公恐惧流言日,王莽谦恭下士时。
假若当时身便死,一生真伪有谁知?

吕使君与董孺人计议道:"饶州家乡又远,蜀中信息难通,令公棺柩不如就在临安权且择地安葬。他年亲丁集会了,别作道理。"商量已定,也都

---

① 做……不着——作"拿……做牺牲"解。

是吕使君摆拨。一面将棺柩厝顿① 停当。事体已完,孺人率领元广前妻遗女,出来拜谢使君。孺人道:“亡夫不幸,若非大人周全料理,贱妾茕茕母子,怎能勾亡夫入土?真乃是骨肉之恩也。”使君道:“下官一路感蒙令公不弃,通家往来,正要久远相处,岂知一旦弃撇?客途无人料理,此自是下官身上之事。小小出力,何足称谢!只是殡事既毕,而今孺人还是作何行止?”孺人道:“亡夫家口尽在川中,妾身也是川中人,此间并无亲戚可投,只索原回到川中去。只是路途迢递,茕茕母子,无可倚靠,寸步难行,如何是好?”使君陪笑道:“孺人不必忧虑,下官公事勾当一完,也要即回川中,便当相陪同往。只望孺人勿嫌弃足矣!”孺人也含笑道:“果得如此提挈,还乡有日,寸心感激,岂敢忘报!”使君带着笑,丢个眼色道:“且看孺人报法何如?”两人之言俱各有意,彼此心照。只是各自一只官船,人眼又多,性急不便做手脚,只好咽干唾而已。有一只《商调·错葫芦》,单道这难过的光景:

两情人,各一舟。总春心不自由,只落得双飞蝴蝶梦庄周。活冤家犹然不聚头,又不知几时消受?抵多少眼穿肠断为牵牛。

却说那吕使君只为要营勾这董孺人,把自家公事趱干起了,一面支持动身。两只船厮帮着一路而行,前前后后,止隔着盈盈一水。到了一个马头上,董孺人整备着一席酒,以谢孝为名,单请着吕使君。吕使君闻召,千欢万喜,打扮得十分俏倬,趋过船来。孺人笑容可掬,迎进舱里,口口称谢。三杯茶罢,安了席,东西对坐了,小女儿在孺人肩下打横坐着。那女儿只得十来岁,未知甚么头脑,见父亲在时往来的,只说道可以同坐吃酒的了。船上外水的人,见他们说的多是一口乡谈,又见日逐往来甚密,无非是关着至亲的勾当,那管其中就里?谁晓得借酒为名,正好两下做光的时节。正是:茶为花博士,酒是色媒人。两人饮酒中间,言来语去,眉目送情,又不须用着马泊六,竟是自家觌面打话,有什么不成的事?只是耳目众多,也要遮饰些个。看看月色已上,只得起身作别。使君道:“匆匆别去,孺人晚间寂寞,如何消遣?”孺人会意,答道:“只好独自个推窗看月耳。”使君晓得意思许他了,也回道:“月色果好,独睡不稳,也待要开窗玩月,不可辜负此清光也。”你看两人之言,尽多有意,一个说开窗,一个说推

---

① 厝(cuò)顿——放置、安顿。

窗,分明约定晚间窗内走过相会了。

使君到了自家船中,叫心腹家童分付船上:“要两船相并帮着,官舱相对,可以照管。”船上水手听依分付,即把两船紧紧贴着住了。人静之后,使君悄悄起身,把自己船舱里窗轻推开来,看那对船时节,舱里小窗虚掩。使君在对窗咳嗽一声,那边把两扇小窗一齐开了。月光之中,露出身面,正是孺人独自个在那里。使君忙忙跳过船来,这里孺人也不躲闪,两下相偎相抱,竟到房舱中床上,干那活儿去了:

一个新寡的文君,正要相如补空;一个独居的宋玉,专待邻女成双。一个是不系之舟,随人牵挽;一个如中流之楫,惟我荡摇。沙边鸂鶒好同眠,水底鸳鸯堪比乐。

云雨既毕,使君道:“在下与孺人无意相逢,岂知得谐夙愿,三生之幸也!”孺人道:“前日瞥见君子,已使妾不胜动念。后来亡夫遭变,多感周全。女流之辈,无可别报,今日报以此身。愿勿以妾自献为嫌,他日相弃,使妾失望耳。”使君道:“承子不弃,且自欢娱,不必多虑。”自此朝隐而出,暮隐而入,日以为常,虽外边有人知道,也不顾了。

一日正欢乐间,使君忽然长叹道:“目下幸得同路而行,且喜蜀道尚远,还有几时。若一到彼地,你自有家,我自有室,岂能常有此乐哉!”孺人道:“不是这样说,妾夫既身亡,又无儿女,若到汉州,或恐亲属拘碍。今在途中,惟妾得以自主,就此改嫁从君,不到那董家去了,谁人禁得我来?”使君闻言,不胜欣幸,道:“若得如此,足感厚情,在下益州成都郫县自有田宅庄房,尽可居住。那是此间去的便道,到得那里,我接你上去住了,打发了这两只船。董家人愿随的,就等他随你住了;不愿的,听他到汉州去,或各自散去。汉州又远,料那边多是孤寡之人,谁管得到这里的事?倘有人说话,只说你遭丧在途,我已礼聘为外室了,却也无奈我何!”孺人道:“这个才是长远计较。只是我身边还有这小妮子,是前室祝氏所生,今这个却无去处,也是一累。”使君道:“这个一发不打紧,目下还小,且留在身边养着。日后有人访着,还了他去。没人来访,等长大了,不拘那里着落了便是,何足为碍?”

两人一路商量的停停当当,到了郫县,果然两船上东西尽情搬上去住了。可惜董家竹山一任县令,所有宦资连妻女,多属之他人。随来的家人也尽有不平的,却见主母已随顺了,吕使君又是个官宦,谁人敢与他争得?

只有气不伏不情愿的,当下四散而去。吕使君虽然得了这一手便宜,也被这一干去的人各处把这事播扬开了。但是闻得的,与旧时称赞他高谊的,尽多讥他没行止,鄙薄其人。至于董家关亲的,见说着这话,一发切齿痛恨,自不必说了。

董家关亲的,莫如祝氏最切。他两世嫁与董家,有好些出仕的在外,尽多是他夫人每弟兄叔侄之称。有一个祝次骞,在朝为官,他正是董元广的妻兄。想着董氏一家飘零四散,元广妻女被人占据,亦且不知去向,日夜系心。其时乡中王恭肃公到四川做制使,托他在所属地方访寻。道里辽阔,谁知下落?乾道初年,祝次骞任嘉州太守,就除利路运使。那吕使君正补着嘉州之缺,该来与祝次骞交代。吕使君晓得次骞是董家前妻之族,他干了那件短行之事,怎有胆气见他?迁延稽留,不敢前来到任。祝次骞也恨着吕使君是禽兽一等人,心里巴不得不见他,趁他未来,把印绶解卸,交与僚官权时收着,竟自去了。吕使君到得任时,也就有人寻他别是非,弹上一本,朝廷震怒,狼狈而去。祝次骞枉在四川路上作了一番的官,竟不曾访得甥女儿的消耗,心中常时抱恨。

也是人有不了之愿,天竟必然生出巧来。直到乾道丙戌年间,次骞之子祝东老,名震亨,又做了四川总干之职。受了檄文,前往成都公干,道经绵州。绵州太守吴仲广出来迎着,置酒相款。仲广元是待制学士出身,极是风流文采的人,是日郡中开宴,凡是应得承直的娼优无一不集。东老坐间,看见户椽旁边立着一个妓女,姿态恬雅,宛然闺阁中人,绝无一点轻狂之度。东老注目不瞬,看勾多时,却好队中行首到面前来斟酒。东老且不接他的酒,指着那户椽旁边的妓女问道:"这个人是那个?"行首笑道:"官人喜他么?"东老道:"不是喜他,我看他有好些与你们不同处,心中疑怪,故此问你。"行首道:"他叫得薛倩。"东老正要细问,吴太守走出席来,斟着巨觥来劝。东老只得住了话头,接着太守手中之酒,放下席间,却推辞道:"贱量实不能饮,只可小杯适兴。"太守看见行首正在旁边,就指着巨觥分付道:"你可在此奉着总干,是必要总干饮干,不然就要罚你。"行首笑道:"不须罚小的。若要总干多饮,只叫薛倩来奉,自然毫不推辞。"吴太守也笑道:"说得古怪,想是总干曾与他相识么?"东老道:"震亨从来不曾到大府这里,何由得与此辈相接?"太守反问行首道:"这等,你为何这般说?"行首道:"适间总干殷殷问及,好生垂情于他。"东老道:"适才邂逅之间,见他标格如野鹤在鸡群。据下官看起来，不象是个中之人，心里疑惑，所以在此询问他为首的，岂关有甚别意来？”太守道：“既然如此，只叫薛倩侍在总干席旁劝酒罢了。”

行首领命，就唤将薛倩来侍着。东老正要问他来历，恰中下怀，命取一个小杌子赐他坐了，低问他道：“我看你定然不是风尘中人，为何在此？”薛倩不敢答应，只叹口气，把闲话支吾过去。东老越越疑心，过会又问道：“你可实对我说。”薛倩只是不开口，要说又住了。东老道：“直说不妨。”薛倩道：“说也无干，落得羞人。”东老道：“你尽说与我知道，焉知无益？”薛倩道：“尊官盘问不过，不敢不说，其实说来可羞。我本好人家儿女，祖、父俱曾做官，所遭不幸，失身辱地只是前生业债所欠，今世偿还，说他怎的！”东老恻然动心道：“汝祖、汝父，莫不是汉州知州、竹山知县么？”薛倩大惊，哭将起来道：“官人如何得知？”东老道：“果若是，汝母当姓祝了。”薛倩道：“后来的是继母。生身亡母正是姓祝。”东老道：“汝母乃我姑娘也，不幸早亡。我闻你与继母流落于外，寻觅多年，竟无消耗，不期邂逅于此。却为何失身妓籍？可备与我说。”薛倩道：“自从父亲亡后，即有吕使君来照管丧事，与同继母一路归川。岂知得到川中，经过他家门首，竟自尽室占为己有。继母与我多随他居住多年。那年坏官回家，郁郁不快，一病而亡。连继母无所倚靠，便将我出卖，得了薛妈七十千钱，遂入妓籍，今已是一年多了。追想父亲亡时，年纪虽小，犹在目前。岂知流落羞辱，到了这个地位！”言毕，失声大哭。东老不觉也哭将起来。初时说话低微，众人见他交头接耳，尽见道无非是些调情肉麻之态，那里管他就里？直见两人多哭做一堆，方才一座惊骇，尽来诘问。东老道：“此话甚长，不是今日立谈可尽，况且还要费好些周折，改日当与守公细说罢了。”太守也有些疑心，不好再问。酒罢各散，东老自向公馆中歇宿去了。

薛倩到得家里，把席间事体对薛妈说道：“总干官府是我亲眷，今日说起，已自认帐。明日可到他寓馆一见，必有出格赏赐。”薛妈千欢万喜。到了第二日，薛妈率领了薛倩，来到总干馆舍前求见。祝东老见说，即叫放他母子进来。正要与他细话，只见报话太守吴仲广也来了。东老笑对薛倩道：“来得正好。”薛倩母子多未知其意。

太守下得轿，薛倩走过去先叩了头。太守笑道：“昨日哭得不勾，今日又来补么？”东老道：“正要见守公，说昨日哭的缘故。此子之父董元广乃竹山知县，祖父仲臣是汉州太守，两世衣冠之后。只因祖死汉州，父又死于都下。妻女随在舟次，所遇匪人，流落到此地位。乞求守公急为除去乐籍。"太守恻然道："原来如此！除籍在下官所司，甚为易事。但除籍之后，此女毕竟如何？若明公有意，当为效劳。"东老道："不是这话，此女之母即是下官之姑，下官正与此女为嫡表兄妹。今既相遇，必须择个良人，嫁与他，以了其终身。但下官尚有公事须去，一时未得便有这样凑巧的。愚意欲将此女暂托之尊夫人处，安顿几时，下官且到成都往回一番。待此行所得诸台及诸郡馈遗路赆之物①，悉将来为此女的嫁资。慢慢拣选一个佳婿与他，也完我做亲眷的心事。"太守笑道："天下义事，岂可让公一人做尽了？我也当出二十万钱为助。"东老道："守公如此高义，此女不幸中大幸矣！"当下分付薛倩："随着吴太守到衙中奶奶处住着，等我来时再处。"太守带着自去。东老叫薛妈过来，先赏了他十千钱，说道："薛倩身价在我身上，加利还你。"薛妈见了是官府做主，怎敢有违？只得凄凄凉凉自去了。东老一面往成都进发，不提。

且说吴太守带着薛倩到衙里来，叫他见过了夫人，说了这些缘故，叫夫人好好看待他，夫人应允了。吴太守在衙里，仔细把薛倩举动看了多时，见他仍是满面忧愁，不歇的叹气，心里忖道："他是好人家女儿，一向堕落，那不得意是怪他不得的。今既已遇着表兄相托，收在官衙，他日打点嫁人，已提挈在好处了，为何还如此不快？他心中毕竟还有掉不下的事。"教夫人缓缓盘问他备细。薛倩初时不肯说，吴太守对他说："不拘有甚么心事，只管明白说来，我就与你做主。"薛倩方才说道："官人再三盘问，不敢不说，说来也是枉然的。"太守道："你且说来，看是如何。"薛倩道："贱妾心中实是有一个人放他不下，所以被官人看破了。"太守道："是甚么人？"薛倩道："妾身虽在烟花之中，那些浮浪子弟，未尝倾心交往。只有一个书生，年方弱冠，尚未娶妻，曾到妾家往来，彼此相爱。他也晓得妾身出于良家，深加悯恤，越觉情浓，但是入城，必来相叙。他家父母知道，拿回家去痛打一顿，锁禁在书房中。以后虽是时或有个信来，再不能勾见他一面了。今蒙官人每抬举，若脱离了此地，料此书生无缘再会，所以不觉心中怏怏，撇放不开。岂知被官人看了出来！"太守道："那个书生姓甚么？"薛

① 馈遗路赆(jìn)之物——作"馈赠和临别相赠的物事"解。

倩道："姓史，是个秀才，家在乡间。"太守道："他父亲是什么人？"薛倩道："是个老学究。"太守道："他多少家事，娶得你起么？"薛倩道："因是寒儒之家，那书生虽往来了几番，原自力量不能，破费不多，只为情上难舍，频来看觑。他家兀自道破坏了家私，狠下禁锁，怎有钱财娶得妾身？"太守道："你看得他做人如何？可真心得意他否？"薛倩道："做人是个忠诚有余的，不是那些轻薄少年，所以妾身也十分敬爱。谁知反为妾受累，而今就得意，也没处说了。"说罢，早又眼泪落将出来。

太守问得明白，出堂去佥了一张密票，差一个公人，拨与一匹快马，急取绵州学史秀才到州，有官司勾当，不可迟误！公人得了密票，狐假虎威，扯做了一场火急势头。忙下乡来，敲进史家门去，将朱笔官票与看，乃是府间遣马追取秀才，立等回话的公事。史家父子惊得呆了，各没想处。那老史埋怨儿子道："定是你终日宿娼，被他家告害了，再无他事。"史秀才道："府尊大人取我，又遣一匹马来，焉知不是文赋上边有什么相商处？"老史道："好，来请你，柬帖不用一个，出张朱票？"史秀才道："决是没人告我！"父子两个胡猜不住，公人只催起身。老史只得去收拾酒饭，待了公人，又送了些辛苦钱，打发儿子起身到州里来。正是：

乌鸦喜鹊同声，吉凶全然未保。

今日捉将官去，这回头皮送了。

史生同了官差，一程来到州中，不知甚么事由，穿了小服，进见太守。太守教换了公服相见，史生才把疑心放下了好些。换了衣服，进去行礼已毕。太守问道："秀才家小小年纪，怎不苦志读书，倒来非礼之地频游，何也？"史生道："小生诵读诗书，颇知礼法。蓬窗自守，从不游甚非礼之地。"太守笑道："也曾去薛家走走么？"史生见道着真话，通红了两颊，道："不敢欺大人，客寓州城，诵读余功，偶与朋友辈适兴闲步，容或有之，并无越礼之事。"太守又道："秀才家说话不必遮饰！试把与薛倩往来事情，实诉我知道。"史生见问得亲切，晓得瞒不过了，只得答道："大人问及于此，不敢相诳。此女虽落娼地，实非娼流，乃名门宦裔，不幸至此。小生偶得邂逅，见其标格有似良人，问得其详，不胜义愤。自惜身微力薄，不能拔之风尘，所以怜而与游。虽系儿女子之私，实亦士君子之念。然如此鄙事，不知大人何以知而问及，殊深惶愧！只得实陈，伏乞大人容恕！"太守道："而今假若以此女配足下，足下愿以之为室家否？"史生道："淤泥青莲，亦愿加以拂拭,但贫士所不能,不敢妄想。”太守笑道:“且站在一边,我教你看一件事。”就掣一枝签,唤将薛妈来。

薛妈慌忙来见太守。太守叫库吏取出一百道官券来与他,道:“昨闻你买薛倩身价止得钱七十千,今加你价三十千,共一百道,你可领着。”时史生站在旁边,太守用手指着对薛妈道:“汝女已嫁此秀才了,此官券即是我与秀才出的聘礼也。”薛妈不敢违拗,只得收了。当下认得史生的,又不好问得缘故。老妈们心性,见了一百千,算来不亏了本,随他女儿短长也不在他心上。不管三七二十一,欢欢喜喜自出去了。

此时史生看见太守如此发放,不晓其意,心中想道:“难道太守肯出己钱讨来与我不成? 这怎么解?”出了神,没可想处。太守唤史生过来,笑道:“足下苦贫不能得娶,适间已为足下下聘了。今以此女与足下为室,可喜欢么?”史生叩头道:“不知大人何以有此天恩,出自望外,岂不踊跃! 但家有严父,不敢不告。若知所娶娼女,事亦未必可谐,所虑在此耳。”太守道:“你还不知,此女为总干祝使君表妹,前日在此相遇,已托下官脱了乐籍,俟成都归来,替他择婿。下官见此义举,原许以二十万钱助嫁。今此女见在我衙中。昨日见他心事不快,问得其故,知与足下两意相孚,不得成就。下官为此相请,欲为你两人成此好事。适间已将十万钱还了薛媪,今再以十万钱助足下婚礼,以完下官口信。待总干来时,整备成亲。若尊人问及,不必再提起薛家,只说总干表妹,下官为媒,无可虑也。”史生见说,欢喜非常,谢道:“鲰生何幸,有此奇缘,得此恩遇,虽粉骨碎身,难以称报!”太守又叫库吏取一百道官券,付与史生。史生领下,拜谢而去。看见丹墀之下荷花正开,赋诗一首,以见感恩之意。诗云:

莲染青泥埋暗香,东君移取一齐芳。
擎珠拟作衔环报,已学葵心映日光。

史生到得家里,照依太守说的话回复了父母。父母道是喜从天降,不费一钱攀了好亲事。又且见有许多官券拿回家来,问其来历,说道是太守助的花烛之费,一发支持有余,十分快活。一面整顿酒筵各项,只等总干回信,不提。

却说吴太守虽已定下了史生,在薛倩面前只不说破。隔得一月,祝东老成都事毕,重回绵州,来见太守,一见便说表妹之事。太守道:“别后已干办得一个佳婿在此,只等明公来,便可嫁了。”东老道:“此行所得合来有五十万，今当悉以付彼，使其成家立业。”太守道：“下官所许二十万，已将十万还其身价，十万备其婚资。今又有此助，可以不忧生计。况其人可倚，明公可以安心了。”东老道：“婿是何人？”太守道：“是个书生，姓史，今即去召他来相见。”东老道：“书生最好。”

太守立刻命人去召将史秀才来到，教他见了东老。东老见他少年，丰姿出众，心里甚喜。太守即择取来日大吉，叫他备轿，明日到州迎娶家去。太守回衙，对薛倩道：“总干已到，佳婿已择得有人，看定明日成婚。婚资多备，从此为良人妇了。”薛倩心里且喜且悲。喜的是亏得遇着亲眷，又得太守做主，脱了贱地，嫁个丈夫，立了妇名；悲的是心上书生从此再不能勾相会了。正是：

笑啼俱不敢，方信做人难。

早知灯是火，落得放心安。

明日，祝东老早到州中，坐在后堂，与太守说了，教薛倩出来相见。东老即将五十万钱之数交与薛倩，道：“聊助子妆奁之费，少尽姑表之情。只无端累守公破费二十万，甚为不安。”太守笑道：“如此美事，岂可不许我费一分乎？”薛倩叩谢不已。东老道：“婿是守公所择，颇为得人，终身可傍矣。”太守笑道：“婿是令表妹所自择，与下官无干。”东老与薛倩俱愕然不解。太守道：“少顷自见。”

正话间，门上进禀史秀才迎婚轿到。太守立请史秀才进来，指着史生对薛倩道：“前日你再三不肯说，我道说明白了，好与你做主。今以此为汝夫，汝心中没有不足处了么？”薛倩见说，方敢抬眼一看，正是平日心上之人，方晓得适间之言，心下暗地喜欢无尽。太守立命取香案，教他两人拜了天地。已毕，两人随即拜谢了总干与太守。太守分付花红、羊酒，鼓乐送到他家。东老又命从人抬了这五十万嫁资，一齐送到史家家里来。史家老儿只说是娶得总干府表妹，以此为荣，却不知就是儿子前日为阚了厮闹的表子。后来渐渐明白，却见两处大官府做主，又平白得了许多嫁资，也心满意足了。史生夫妻二人感激吴太守，做个木主，供在家堂，奉祀香火不绝。

次年，史生得预乡荐。东老又着人去汉州，访着了董氏兄弟，托与本处运使，周给了好些生计，来通知史生夫妻二人，教他相通往来。史生后来得第，好生照管妻家，汉州之后得以不绝。此乃是不幸中之幸，遭遇得好人,有此结果。不然,世上的人多似吕使君,那两代为官之后到底堕落了。天网恢恢,正不知吕使君子女又如何哩!

公卿宣淫,误人儿女。
不遇手援,焉复其所?
瞻彼穹庐,涕零如雨。
千载伤心,王孙帝主。

卷　八

沈将仕三千买笑钱　王朝仪一夜迷魂阵

词云：

风月襟怀，图取欢来，戏场中尽有安排。呼卢博赛，岂不豪哉！费自家心，自家力，自家财。

有等奸胎，惯弄乔才，巧妆成科诨难猜。非关此辈，忒使心乖。总自家痴，自家狠，自家呆。

——词寄《行香子》

这首词说着人世上诸般戏事，皆可遣兴陶情，惟有赌博一途最是为害不浅。盖因世间人总是一个贪心所使，见那守分的一日里辛辛苦苦，巴着生理，不能勾近得多少钱，那赌场中一得了采，精金、白银只在一两掷骰子上收了许多来，岂不是个不费本钱的好生理？岂知有这几掷赢，便有几掷输。赢时节，道是倘来之物，就有粘头的、讨赏的、帮衬的，大家来撮哄。这时节意气扬扬，出之不吝。到得赢骰过了，输骰齐到，不知不觉的弄个罄净，却多是自家肉里钱，旁边的人不曾帮了他一文。所以只是输的多，赢的少。有的不服道："我赢了就住，不到得输就是了。"这句话恰似有理，却是那一个如此把得定？有的巴了千钱要万钱，人心不足不肯住的；有的乘着胜采，只道是常得如此，高兴了不肯住的；有的怕别人讥诮他小家子相，碍上碍下不好住的。及至临后输来，虽悔无及，道先前不曾住得，如今难道就罢？一发住不成了，不到得弄完决不收场。况且又有一落场便输了的，总有几掷赢骰，不勾翻本，怎好住得？到得翻本到手，又望多少赢些，那里肯住？所以一耽了这件滋味，定是无明无夜，抛家失业，失魂落魄，忘餐废寝的。朋友们讥评，妻子们怨怅，到此地位，一总不理。只是心心念念记挂此事，一似担雪填井，再没个满的日子了。全不想钱财自命里带来，人人各有分限，岂由你空手博来做得人家的？不要说不能勾赢，就是赢了，未必是福处。

宋熙宁年间[①]，相国寺前有一相士，极相得着，其门如市。彼时南省开科，纷纷举子多来扣问得失。他一一决来，名数不爽。有一举子姓丁名湜，随众往访。相士看见大惊道："先辈气色极高，吾在此阅人多矣，无出君右者。据某所见，便当第一人及第。"问了姓名，相士就取笔在手，大书数字于纸云："今年状元是丁湜。"粘在壁上，向丁生拱手道："留为后验。"丁生大喜自负，别了相士，走回寓中来。不觉心神畅快，思量要寻个乐处。

原来这丁生少年才俊，却有个僻性，酷好的是赌博。在家时先曾败掉好些家资，被父亲锁闭空室，要饿死他。其家中有妪怜之，破壁得逃。到得京师，补试太学，幸得南省奏名，只待廷试。心绪闲暇，此兴转高。况兼破费了许多家私，学得一番奢遮[②] 手段，手到处会赢，心中技痒不过。闻得同榜中有两个四川举子，带得多资，亦好赌博。丁生写个请帖，着家童请他二人到酒楼上饮酒。二人欣然领命而来，分宾主坐定。饮到半酣，丁生家童另将一个包袱放在左边一张桌子上面，取出一个匣子开了，拿出一对赏钟来。二客看见匣子里面藏着许多戏具，乃是骨牌、双陆、围棋、象棋及五木骰子、枚马之类，无非赌博场上用的。晓得丁生好此，又触着两人心下所好，相视而笑。丁生便道："我们乘着酒兴，三人共博一回取乐，何如？"两人拍手道："绝妙！绝妙！"一齐立起来，看楼上旁边有一小阁，丁生指着道："这里头到幽静些。"遂叫取了博具，一同到阁中来。相约道："我辈今日逢场作戏，系是彼此同袍，十分大有胜负，忒难为人了。每人只以万钱为率，尽数赢了，止得三万，尽数输了，不过一万，图个发兴消闲而已。"说定了，方才下场，相博起来。初时果然不十分大来往，到得掷到兴头上，你强我赛，各要争雄，一二万钱只好做一掷，怎好就歇得手？两人又着家童到下处，再取东西，下着本钱，频频添入，不记其次。丁生煞是好手段，越赢得来，精神越旺。两人不服输，狠将注头乱推，要博转来，一注大似一注。怎当得丁生连掷胜采，两人出注，正如众流归海，尽数赶在丁生处了，直赢得两人油干火尽。两人也怕起来，只得忍着性子住了，垂首丧气而别。丁生总计所赢，共有六百万钱。命家童等负归寓中，欢喜无尽。

---

① 宋熙宁年间——"熙宁"，宋神宗年号。"宋熙宁年间"相当于公元1068—1077年。

② 奢遮——出色、了不起。

隔了两日，又到相士店里来走走，意欲再审问他前日言语的确。才进门来，相士一见大惊道："先辈为何气色大变？连中榜多不能了，何况魁选！"急将前日所粘在壁上这一条纸扯下来，揉得粉碎。叹道："坏了我名声，此番不准了。可恨！可恨！"丁生慌了道："前日小生原无此望，是足下如此相许。今日为何改了口？此是何故？"相士道："相人功名，先观天庭气色。前日黄亮润泽，非大魁无此等光景，所以相许。今变得枯焦且黑滞了，那里还望功名？莫非先辈有甚设心不良，做了些谋利之事，有负神明么？试想一想看！"丁生悚然，便把赌博得胜之事说出来，道："难道是为此戏事？"相士道："你莫说是戏事，关着财物，便有神明主张。非义之得，自然减福。"丁生悔之无及，忖了一忖，问相士道："我如今尽数还了他，敢怕仍旧不妨了？"相士道："才一发心，暗中神明便知。果能悔过，还可占甲科①，但名次不能如旧，五人之下可望，切须留心！"

丁生亟回寓所，着人去请将二人到寓。两人只道是又来纠赌，正要番手，三脚两步，忙忙过来。丁生相见了，道："前日偶尔做戏，大家在客中，岂有实得所赢钱物之理？今日特请两位过来，奉还原物。"两人出于不意，道："既已赌输，岂有竟还之理？或者再博一番，多少等我们翻些才使得。"丁生道："道义朋友，岂可以一时戏耍伤损客囊财物？小弟誓不敢取一文，也不敢再做此等事了。"即叫家童各将前物竟送还两人下处。两人喜出望外，道是丁生非常高谊，千恩万谢而去。岂知丁生原为着自己功名要紧，故依着相士之言，改了前非。

后来廷试唱名，果中徐铎榜第六人，相士之术不差毫厘。若非是这一番赌，这状头稳是丁湜，不让别人了，今低了五名。又还亏得悔过迁善，还了他人钱物，尚得高标；倘贪了小便宜，执迷不悟，不弄得功名无分了？所以说，钱财有分限，靠着赌博得来，便赢了也不是好事。况且有此等近利之事，便有一番谋利之术。有一伙赌中光棍，惯一结了一班党与，局骗少年子弟，俗名谓之"相识"。用铅沙灌成药骰，有轻有重。将手指捻将转来，捻得得法，抛下去多是赢色；若任意抛下，十掷九输。又有惯使手法，搼红坐六的；又有阴阳出法，推班出色的。那不识事的小二哥，一团高兴，好歹要赌，俗名唤作"酒头"。落在套中，出身不得，谁有得与你赢了去？

---

① 甲科——明清通称进士为甲科。

奉劝人家子弟,莫要痴心想别人的。看取丁湜故事,就赢了也要折了状元之福。何况没福的?何况必输的?不如学好守本分的为强。有诗为证:

财是他人物,痴心何用贪?
寝兴多失节,饥饱亦相参。
输去中心苦,赢来众口馋。
到头终一败,辛苦为谁甜。

小子只为苦口劝着世人休要赌博,却想起一个人来,没事闲游,撞在光棍手里,不知不觉弄去一赌,赌得精光,没些巴鼻,说得来好笑好听:

风流误入绮罗丛,自讶通宵依翠红。
谁道醉翁非在酒?却教眨眼尽成空。

这本话文,乃在宋朝道君皇帝宣和年间①,平江府有一个官人姓沈,承着祖上官荫,应授将仕郎之职,赴京听调。这个将仕家道丰厚,年纪又不多,带了许多金银宝货在身边。少年心性,好的是那歌楼舞榭,倚翠偎红,绿水青山,闲茶浪酒,况兼身伴有的是东西。只要撞得个乐意所在,挥金如土,毫无吝色。大凡世情如此,才是有个撒漫使钱的勤儿,便有那帮闲攒懒的陪客来了。寓所差不多远,有两个游手人户:一个姓郑;一个姓李;总是些没头鬼,也没个甚么真名号,只叫作郑十哥,李三郎。终日来沈将仕下处,与他同坐同起,同饮同餐,沈将仕一刻也离不得他二人。他二人也有时破些钱钞,请沈将仕到平康里中好姊妹家里,摆个还席。吃得高兴,就在姊妹人家宿了。少不得串同了他家扶头打差,一路儿撮哄,弄出些钱钞,大家有分,决不到得白折了本。亏得沈将仕壮年贪色,心性不常,略略得味就跳槽,不迷恋着一个,也不能起发他大主钱财,只好和哄过日,常得嘴头肥腻而已。如是盘桓将及半年,城中乐地也没有不游到的所在了。

一日,沈将仕与两人商议道:"我们城中各处走遍了,况且尘嚣嘈杂,没甚景趣。我要城外野旷去处走走,散心耍子一回,何如?"郑十、李三道:"有兴,有兴,大官人一发在行得紧。只是今日有些小事未完,不得相陪,若得迟至明日便好。"沈将仕道:"就是明日无妨,却不可误期。"郑、李二人道:"大官人如此高怀,我辈若有个推故不去,便是俗物了,明日准来相陪

① 宣和年间——"宣和",宋徽宗年号。"宣和年间"相当于公元1119—1125年。

就是。”

两人别去了一夜，到得次日，来约沈将仕道：“城外之兴何如？”沈将仕道：“专等，专等。”郑十道：“不知大官人轿去马去？”李三道：“要去闲步散心，又不赶甚路程，要那轿马何干？”沈将仕道：“三哥说得是。有这些人随着，便要来催你东去西去，不得自由。我们只是散步消遣，要行要止，凭得自家，岂不为妙？只带个把家童去跟跟便了。”沈将仕身边有物，放心不下，叫个贴身安童背着一个皮箱，随在身后，一同郑、李二人踱出长安门外来。但见：

甫离城廓，渐远市廛。参差古树绕河流，荡漾游丝飞野岸。布帘沽酒处，惟有耕农村老来尝；小艇载鱼还，多是牧竖樵夫来问。炊烟四起，黑云影里有人家；路径多歧，青草痕中为孔道。别是一番野趣，顿教忘却尘情。

三人信步而行，观玩景致，一头说话，一头走路。迤逦有二三里之远，来到一个塘边。只见几个粗腿大脚的汉子，赤剥了上身，手提着皮挽，牵着五七匹好马，在池塘里洗浴。看见他三人走来至近，一齐跳出塘子，慌忙将衣服穿上，望着三人齐声迎喏。沈将仕惊疑，问二人道：“此辈素非相识，为何见吾三人恭敬如此？”郑、李两人道：“此王朝仪使君之隶卒也。使君与吾两人最相厚善，故此辈见吾等走过，不敢怠慢。”沈将仕道：“原来这个缘故，我也道为何无因至前！”

三人又一头说，一头走，离池边上前又数百步远了。李三忽然叫沈将仕一声道：“大官人，我有句话商量着。”沈将仕道：“甚话？”李三道：“今日之游，颇得野兴，只是信步浪走，没个住脚的去处。若便是这样转去了，又无意味。何不就骑着适才王公之马，拜一拜王公，岂不是妙？”沈将仕道：“王公是何人？我却不曾认得，怎好拜他？”李三道：“此老极是个妙人。他曾为一大郡守，家资绝富，姬妾极多。他最喜的是宾客往来，款接不倦。今年纪已老，又有了些痰病，诸姬妾皆有离心，却是他防禁严密，除了我两人忘形相知，得以相见，平时等闲不放出外边来。那些姬妾无事，只是终日合伴顽耍而已。若吾辈去看他，他是极喜的。大官人虽不曾相会，有吾辈同往，只说道钦慕高雅，愿一识荆，他看见是吾每的好友，自不敢轻。吾两人再递一个春与他，等他晓得大官人是在京调官的，衣冠一脉，一发注意了，必有极精的饮馔相款。吾每且落得开怀快畅他一晚，也是有兴的事,强如寂寂寞寞,仍旧三人走了回去。"沈将仕心里未决,郑十又道:"此老真是会快活的人,有了许多美妾,他却又在朋友面上十分殷勤,寻出兴趣来。更兼留心饮馔,必要精洁,惟恐朋友们不中意,吃得不尽兴。只这一片高兴热肠,何处再讨得有?大官人既到此地,也该认一认这个人,不可错过。"沈将仕也喜道:"果然如此,便同二位拜他一拜也好。"李三道:"我每原回到池边,要了他的马去。"于是三人同路而回。走到池边,郑、李大声叫道:"带四个马过来!"看马的不敢违慢,答应道:"家爷的马,官人每要骑,尽意骑坐就是。"郑、李与沈将仕各骑了一匹,连沈家家童捧着箱儿也骑了一匹。看马的带住了马头,问道:"官人每要往那里去?"郑十将鞭梢指道:"到你爷家里去。"看马的道:"晓得了。"在前走着引路,三人联镳按辔而行①。

转过两个坊曲,见一所高门,李三道:"到了,到了。郑十哥且陪大官人站一会,待我先进去报知了,好出来相迎。"沈将仕开了箱,取个名帖,与李三带了报去。李三进门内去了,少歇出来道:"主人听得有新客到此,甚是喜欢。只是久病倦懒,怕着冠带,愿求便服相见。"沈将仕道:"论来初次拜谒,礼该具服。今主人有命,恐怕反劳,若许便服,最为洒脱。"李三又进去说了。只见王朝仪命两个安童扶了,一同李三出来迎客。沈将仕举眼看时,但见:

仪度端庄,容颜羸瘦。一前一却,浑如野鹤步罡;半喘半吁,大似吴牛见月。深浅躬不思而得,是鹭鸳班里习将来;长短气不约而同,敢莺燕窝中输了去。

沈将仕见王朝仪虽是衰老模样,自然是士大夫体段,肃然起敬。王朝仪见沈将仕少年丰采,不觉笑逐颜开,拱进堂来。沈将仕与二人俱与朝仪相见了,沈将仕叙了些仰慕的说话,道:"幸郑、李两兄为绍介,得以识荆,固快夙心,实出唐突。"王朝仪道:"两君之友,即仆友也。况两君胜士,相与的必是高贤,老朽何幸,得以沾接!"茶罢,朝仪揖客进了东轩,分付当直

---

① 联镳(biāo)按辔(pèi)而行——"镳",马具,与衔合用,衔在口内,镳在口旁;"辔",指驾驭牲畜用的缰绳和嚼子。"联镳按辔而行"意为此三人"骑着马并进而行"。

的设席款待。分付不多时,杯盘果馔倾[①] 刻即至。沈将仕看时,虽不怎的大摆设,却多精美雅洁,色色在行,不是等闲人家办得出的。朝仪谦道:"一时不能治具,果菜小酌,勿怪轻亵。"郑、李二人道:"沈君极是脱洒人,既忝吾辈相知,原不必认作新客,只管尽主人之兴,吃酒便是,不必过谦了。"小童二人频频斟酒,三个客人忘怀大釂[②],主人勉强支陪。

看看天晚,点上灯来。朝仪又陪了一晌,忽然喉中发喘,连嗽不止,痰声曳锯也似响震四座,支吾不得。叫两个小童扶了,立起身来道:"贱体不快,上客光顾,不能尽主礼,却怎的好?"对郑生道:"没奈何了,有烦郑兄代作主人,请客随意剧饮,不要阻兴。老朽略去歇息一会,煮药吃了,少定即来奉陪。恕罪!恕罪!"朝仪一面同两个小童扶拥而去。剩得他三个在座,小童也不出来斟酒。李三道:"等我寻人去。"起身走了进去。

沈将仕见主人去了,酒席阑珊,心里有些失望。欲待要辞了回去,又不曾别得主人,抑且余兴还未尽,只得走下庭中散步。忽然听得一阵欢呼掷骰子声,循声觅去,却在轩后一小阁中,有些灯影在窗隙里射将出来。沈将仕将窗隙弄大了些,窥看里面。不看时万事全休,一看看见了,真是:酥麻了半壁,软瘫做一堆。你道里头是甚光景?但见:

明烛高张,巨案中列。掷卢赛雉,纤纤玉手擎成;喝六呼么,点点朱唇吐就。金步摇,玉条脱,尽为孤注争雄;风流阵,肉屏风,竟自和盘托出。若非广寒殿里,怎能勾如许仙风?不是金谷园中,何处来若干媚质?任是愚人须缩舌,怎教浪子不输心!

原来沈将仕窗隙中看去,见里头是美女七八人,环立在一张八仙桌外。桌上明晃晃点着一枝高烛,中间放下酒榼一架,一个骰盆。盆边七八堆采物,每一美女面前一堆,是将来作注赌采的。众女掀拳裸袖,各欲争雄。灯下偷眼看去,真箇个个如嫦娥出世,丰姿态度,目中所罕见。不觉魂飞天外,魄散九霄,看得目不转睛,顽涎乱吐。正在禁架不定之际,只见这个李三不知在那里走将进去,也窜在里头了,抓起色子,便待要掷下去。众女赌到间深处,忽见是李三下注,尽嚷道:"李秀才,你又来鬼厮搅,打断我姊妹们兴头!"李三顽着脸皮道:"便等我在里头与贤妹们帮兴一帮兴也

---

① 倾——通"顷"。

② 釂(jiào)——喝酒尽兴。

好。”一个女子道：“总是熟人，不妨事。要来便来，不要酸子气，快摆下注钱来！”众女道：“看这个酸鬼，那里熬得起大注？”一递一句讥诮着。李三掷一掷，做一个鬼脸。大家把他来做一个取笑的物事，李三只是忍着羞，皮着脸，凭他劈面啐来，只是顽钝无耻，挨在帮里，一霎时，不分彼此，竟大家着他在里面掷了。

沈将仕看见李三情状，一发神魂摇荡，顿足道：“真神仙境界也！若使吾得似李三，也在里头厮混得一场，死也甘心！”急得心痒难熬，好似热地上蜒蚰，一歇儿立脚不定，急走来要与郑十商量。郑十正独自个坐在前轩打盹，沈将仕急摇他醒来道：“亏你还睡得着！我们一样到此，李三哥却落在蜜缸里了。”郑十道：“怎么的？”沈将仕扯了他手，竟到窗隙边来，指着里面道：“你看么！”郑十打眼一看，果然李三与群女在里头混赌。郑十对沈将仕道：“这个李三，好没廉耻！”沈将仕道：“如此胜会，怎生知会他一声，设法我也在里头去掷掷儿，也不枉了今日来走这一番。”郑十道：“诸女皆王公侍儿。此老方才去眠宿了，诸女得闲，在此顽耍。吾每是熟极的，故李三插得进去。诸女素不识大官人，主人又不在面前，怎好与他们接对？须比我每不得。”沈将仕情极了道：“好哥哥，带挈我带挈。”郑十道：“若挨得进去，须要稍物，方才可赌。”沈将仕道：“吾随身箧中有金宝千金，又有二三千张茶券子可以为稍。只要十哥设法得我进去，取乐得一回，就双手送掉了这些东西，我愿毕矣。”郑十道：“这等，不要高声，悄悄地随着我来，看相个机会，慢慢插将下去。切勿惊散了他们，便不妙了。”

沈将仕谨依其言，不敢则一声。郑十拽了他手，转湾抹角，且是熟溜，早已走到了聚赌的去处。诸姬正赌得酣，各不抬头，不见沈将仕。郑十将他捏一把，扯他到一个稀空的所在站下了。侦伺了许久，直等两个决了输赢会稍之时，郑十方才开声道：“容我每也掷掷儿么？”众女抬头看时，认得是郑十，却见肩下立着个面生的人，大家喝道：“何处儿郎，突然到此！”郑十道：“此吾好友沈大官人，知卿等今宵良会，愿一拭目，幸勿惊讶。”众女道：“主翁与汝等通家，故彼此各无避忌，如何带了他家少年来搀预我良人之会？”一个老成些的道：“既是两君好友，亦是一体的。既来之，则安之，且请一杯迟到的酒。”遂取一大卮①，满斟着一杯热酒，奉与沈将仕。沈将

① 卮(zhī)——古代盛酒的器皿。

仕此时身体皆已麻酥，见了亲手奉酒，敢有推辞？双手接过来，一饮而尽，不剩一滴。奉酒的姬对着众姬笑道："妙人也，每人可各奉一杯。"郑十道："列位休得炒断了掷兴①。吾友沈大官人，也愿与众位下一局。一头掷骰，一头饮酒助兴，更为有趣。"那老成的道："妙，妙。虽然如此，也要防主人觉来。"遂唤小鬟："快去朝仪房里伺候，倘若睡觉，亟来报知，切勿误事！"小鬟领命去了。诸女就与沈将仕共博。

沈将仕自喜身入仙宫，志得意满，采色随手得胜。诸姬头上钗饵首饰，尽数除下来作采赌赛，尽被沈将仕赢了。须臾之间，约有千金。诸姬个个目睁口呆，面前一空。郑十将沈将仕扯一把道："赢勾了，歇手罢！"怎当得沈将仕魂不附体，他心里只要多插得一会寡趣便好，不在乎财物输赢，那里肯住？只管伸手去取酒吃，吃了又掷，掷了又吃。诸姬又来趁兴，奉他不休。沈将仕越肉麻了，风将起来，弄得诸姬皆赤手，无稍可掷。

其间有一小姬年最少，貌最美，独是他输得最多，见沈将仕风风世世，连掷采骰，带着怒容，起身竟去。走至房中转了一转，提着一个羊脂玉花樽到面前，向桌上一掀道："此瓶值千缗②，只此作孤注，输赢在此一决。"众姬问道："此不是尔所有，何故将来作注？"小姬道："此主人物也。此一决得胜固妙，倘若再不如意，一发输了去，明日主人寻究，定遭鞭箠。然事势至此，我情已极，不得不然！"众人劝他道："不可赶兴，万一又输，再无挽回了。"小姬怫然道："凭我自主，何故阻我！"坚意要掷。众人见他已怒，便道："本图欢乐，何故到此地位？"沈将仕看见小姬光景，又怜又爱，心里踌躇道："我本意岂欲赢他？争奈骰子自胜，怎生得帮衬这一掷输与他了，也解得他的恼怒；不然，反是我杀风景了。"

看官听说：这骰子虽无知觉，极有灵通，最是跟着人意兴走的。起初沈将仕神来气旺，胜采便跟着他走，所以连掷连赢。歇了一会，胜头已过，败色将来；况且心里有些过意不去，情愿认输，一团锐气已自馁了十分了；更见那小姬气忿忿，雄纠纠，十分有趣，魂灵也被他吊了去，心意忙乱，一掷大败。小姬叫声："惭愧！也有这一掷该我赢的。"即把花樽底儿朝天，

---

① 炒断了掷兴——炒通"吵"，"炒断了掷兴"可以理解为"吵吵嚷嚷地败了掷骰的兴致"。

② 缗(mín)——量词，用于成串的铜钱，一千文钱串一串，为一缗。

倒将转来。沈将仕只道止是个花樽，就是千缗，也赔得起。岂知花樽里头尽是金钗珠琲塞满其中，一倒倒将出来，辉煌夺目，正不知多少价钱，尽该是输家赔偿的。沈将仕无言可对。郑、李二人与同诸姬公估价值，所值三千缗钱。沈将仕须赖不得，尽把先前所赢尽数退还，不上千金，只得走出叫家童取带来箱子里面茶券子二千多张，算了价钱，尽作赌资还了。说话的，"茶券子"是甚物件，可当金银？看官听说："茶券子"即是"茶引"。宋时禁茶榷税，但是茶商纳了官银，方关茶引，认引不认人。有此茶引，可以到处贩卖。每张之利，一两有余。大户人家尽有当着茶引生利的，所以这茶引当得银子用。苏小卿之母受了三千张茶引，把小卿嫁与冯魁，即是此例也。沈将仕去了二千余张茶引，即是去了二千余两银子。沈将仕自道只输得一掷，身边还有剩下几百张，其余金宝他物在外不动，还思量再下局去，博将转来。忽听得朝仪里头大声咳嗽，急索唾壶。诸姬慌张起来，忙将三客推出阁外，把火打灭，一齐奔入房去。

三人重复走到轩外元饮酒去处，刚坐下，只见两个小童又出来劝酒，道："朝仪多多致意尊客：'夜深体倦，不敢奉陪，求尊客发兴多饮一杯。'"三人同声辞道："酒兴已阑，不必再叨了，只要作别了便去。"小童走进去说了，又走出来道："朝仪说：'仓卒之间，多有简慢。夜已深了，不劳面别。此后三日，再求三位同会此处，更加尽兴，切勿相拒。'又叫分付看马的，仍旧送三位到寓所，转来回话。"三人一同沈家家童，乘着原来的四匹马，离了王家。行到城门边，天色将明，城门已自开了。马夫送沈将仕到了寓所，沈将仕赏了马夫酒钱，连郑、李二人的也多是沈将仕出了，一齐打发了去。郑、李二人别了沈将仕道："一夜不睡，且各还寓所安息一安息，等到后日再去赴约。"二人别去。

沈将仕自思夜来之事，虽然失去了一二千本钱，却是着实得趣。想来老姬赞他，何等有情；小姬怒他，也自有兴；其余诸姬递相劝酒，轮流赌赛，好不风光！多是背着主人做的。可恨郑、李两人先占着这些便宜，而今我既弄入了门，少不得也熟分起来，也与他二人一般受用，或者还有括着个把上手的事在里头，也未可知。转转得意。因两日困倦不出门，巴到第三日清早起来，就要去再赴王朝仪之约。却不见郑、李二人到来，急着家童到二人下处去请。下处人回言走出去了，只得呆呆等着。等到日中，竟不见来，沈将仕急得乱跳，肚肠多爬了出来。想一想道："莫不他二人不约我先去了？我既已拜过扰过，认得的了，何必待他二人？只是要引进内里去，还须得他每领路。我如今备些礼物，去酬谢前晚之酌。若是他二人先在，不必说了；若是不在，料得必来，好歹在那里等他每为是。”叫家童雇了马匹，带了礼物，出了城门，竟依前日之路，到王朝仪家里来。

到得门首，只见大门拴着。先叫家童寻着旁边一个小侧门进去，一直到了里头，并无一人在内。家童正不知甚么缘故，走出来回复家主。沈将仕惊疑，犹恐差了，再同着家童走进去一看，只见前堂东轩与那聚赌的小阁，宛然那夜光景在目，却无一个人影。大骇道："分明是这个里头，那有此等怪事！"急走到大门左侧，问着个开皮铺的人道："这大宅里王朝仪全家那里去了？"皮匠道："此是内相侯公公的空房，从来没个甚么王朝仪在此。"沈将仕道："前夜有个王朝仪，与同家眷正在此中居住，我们来拜他，他做主人留我每吃一夜酒。分明是此处，如何说从来没有？"皮匠道："三日前有好几个恶少年，挟了几个上厅有名粉头，税了此房吃酒赌钱，次日分了利钱，各自散去，那里是甚么王朝仪请客来？这位官人莫不着了他道儿了？"沈将仕方才疑道是奸计，装成圈套来骗他这些茶券子的，一二千金之物分明付之一空了。却又转一念头，追思那日池边唤马，宅内留宾，后来阁中聚赌，都是无心凑着的，难道是设得来的计较？似信不信道："只可惜不见两人，毕竟有个缘故在内。等待几日，寻着他两个再问。"

岂知自此之后，屡屡叫人到郑、李两人下处去问，连下处的人多不晓得。说道："自那日出后，一竟不来，虚锁着两间房，开进去，并无一物在内，不知去向了。"到此方知前日这些逐段逐节行径，令人看不出一些，与马夫小童，多是一套中人物，只在迟这一夜里头打合成的。正是拐骗得十分巧处，神鬼莫测也！

漫道良朋作胜游，谁知胠箧有阴谋？
清闺不是闲人到，只为痴心错下筹。

卷　九

莽儿郎惊散新莺燕　㑇梅香认合玉蟾蜍

诗云：

世间好事必多磨，缘未来时可奈何！

直至到头终正果，不知底事欲蹉跎？

话说从来有人道好事多磨。那到底不成的，自不必说，尽有到底成就的，起初时千难万难，错过了多少机会，费过了多少心机，方得了结。就如王仙客与刘无双两个，中表兄妹，从幼许嫁，年纪长大，只须刘尚书与夫人做主，两个一下配合了，有何可说？却又尚书翻悔起来，千推万阻。比及夫人撺掇得肯了，正要做亲，又撞着朱泚、姚令言之乱①，御驾蒙尘②，两下失散。直到得干戈平静，仙客入京来访，不匡刘尚书被人诬陷，家小配入掖庭③，从此天人路隔，永无相会之日了。姻缘未断，又得发出宫女打扫皇陵，恰好差着无双在内。驿庭中通出消息与王仙客，跟寻得希奇古怪的一个侠客古押衙，将茅山道士仙丹矫诏药死无双，在皇陵上赎出尸首来救活了，方得成其夫妇，同归襄汉。不知错过了几个年头，费过了多少手脚了。早知到底是夫妻，何故又要经这许多磨折？真不知天公主的是何意见！可又有一说，不遇艰难，不显好处。古人云：不是一番寒彻骨，怎得梅花扑鼻香？只如偷情一件，一偷便着，却不早完了事？然没一些光景了。毕竟历过多少间阻，无限风波，后来到手，方为希罕。所以在行的道："偷得着不如偷不着。"真有深趣之言也。

---

① 朱泚、姚令言之乱——朱泚，唐幽州昌平（今属北京市）人，初为幽州节度使朱希彩部将，因其弟朱滔叛唐，被免职。后泾原兵在京师哗变，德宗出奔奉天（今陕西乾县）。姚令言，即泾原节度使，奉朱泚另立王朝，与朱滔相呼应。后遭到李晟讨伐，朱泚死于部将之手，姚亦被杀。

② 蒙尘——指"皇帝逃难"。

③ 掖庭——皇宫中的旁舍，宫嫔所居的地方。

而今说一段姻缘，正是到手，却被无意中搅散。及至后来两下各不指望了，又曲曲弯弯反弄成了。这是氤氲大使颠倒人的去处。且说这段故事出在那个地方，甚么人家，怎的起头，怎的了结？看官不要性急，待小子原原委委说来。有诗为证：

打鸭惊鸳鸯，分飞各异方。

天生应匹耦，罗列自成行。

话说杭州府有一个秀才，姓凤名来仪，字梧宾，少年高才。只因父母双亡，家贫未娶。有个母舅金三员外，看得他是个不凡之器，是件照管周济他。凤生就冒了舅家之姓进了学，入场考试，已得登科①。朋友往来，只称凤生，榜中名字，却是金姓。金员外一向出了灯火之资，替他在吴山左畔赁下园亭一所，与同两个朋友做伴读书。那两个是嫡亲兄弟，一个叫做窦尚文，一个叫做窦尚武，多是少年豪气，眼底无人之辈。三个人情投意合，颇有管鲍、雷陈② 之风。窦家兄弟为因有一个亲眷上京为官，送他长行，就便往苏州探访相识去了。凤生虽已得中，春试③ 尚远，还在园中读书。

一日傍晚时节，诵读少倦，走出书房散步。至园东，忽见墙外楼上有一女子凭窗而立，貌若天人。只隔得一垛墙，差不得多少远近。那女子看见凤生青年美质，也似有眷顾之意，毫不躲闪。凤生贪看自不必说，四目相视，足有一个多时辰。凤生只做看玩园中菊花，步来步去，卖弄着许多风流态度，不忍走回。直等天黑将来，只听得女子叫道："龙香，掩上了楼窗。"一个侍女走起来，把窗扑的关了，凤生方才回步。心下思量道："不知邻家有这等美貌女子！不晓得他姓甚名谁，怎生打听一个明白便好！"

过了一夜。次日清早起来，也无心想观看书史，忙忙梳洗了，即望园东墙边来。抬头看那邻家楼上，不见了昨日那女子。正在惆怅之际，猛听得墙角小门开处，走将一个青青秀秀的丫鬟进来，竟到圃中采菊花。凤生

---

① 登科——科举时代称考中进士为"登科"。

② 管鲍、雷陈——"管"指春秋时齐桓公相管仲，"鲍"指管的朋友鲍叔牙；"雷陈"指东汉时人雷义和陈量。他们分别是两对相知相敬、情笃义重的朋友，后世称朋友交谊深厚的，大都拿管鲍、雷陈作比。

③ 春试——指科举制度中春季的考试。明清会试都在春季举行，故名。

要撩拨他开口,故作厉声道:“谁家女子,盗取花卉!”那丫鬟啐了一声道:“是我邻家的园子! 你是那里来的野人,反说我盗?”凤生笑道:“盗也非盗,野也不野。一时失言,两下退过罢。”丫鬟也笑道:“不退过,找你些甚么?”凤生道:“请问小娘子,采花去与那个戴?”丫鬟道:“我家姐姐梳洗已完,等此插带。”凤生道:“你家姐姐高姓大名? 何门宅眷?”丫鬟道:“我家姐姐姓杨,小字素梅,还不曾许聘人家。”凤生道:“堂上何人?”丫鬟道:“父母俱亡,傍着兄嫂同居。性爱幽静,独处小楼刺绣。”凤生道:“昨日看见在楼上凭窗而立的,想就是了?”丫鬟道:“正是他了,那里还有第二个?”凤生道:“这等,小娘子莫非龙香姐么?”丫鬟惊道:“官人如何晓得?”凤生本是昨日听得叫唤,明白在耳朵里的,却诌一个谎道:“小生一向闻得东邻杨宅有个素梅娘子,世上无双的美色;侍女龙香姐十分乖巧,十分贤惠,仰慕已久了。”龙香终是丫头家见识,听见称赞他两句,道是外边人真个说他好,就有几分喜动颜色,道:“小婢子有何德能,直叫官人知道。”凤生道:“强将之下无弱兵。恁样的姐姐,须得恁样的梅香姐,方为厮称。小生有缘,昨日得瞥见了姐姐,今日又得遇着龙香姐,真是天大的福分。龙香姐怎生做得一个方便,使小生再见得姐姐一面么?”龙香道:“官人好不知进退! 好人家女儿,又不是烟花门户,知道你是甚么人,面生不熟,说个一见再见?”凤生道:“小生姓凤,名来仪,今年秋榜① 举人。在此园中读书,就是贴壁紧邻。你姐姐固是绝代佳人,小生也不愧今时才子。就相见一面,也不辱没了你姐姐!”龙香道:“惯是秀才家有这些老脸说话,不耐烦与你缠帐!且将菊花去与姐姐插戴则个。”说罢,转身就走。凤生直跟将来送他,作个揖道:“千万劳龙香姐姐在姐姐面前,说凤来仪多多致意。”龙香只做不听,走进角门,扑的关了。

凤生只得回步转来,只听得楼窗豁然大开,高处有人叫一声:“龙香,怎么去了不来?”急抬头看时,正是昨日凭窗女子。新妆方罢,等龙香采花不来,开窗叫他,恰好与凤生打个照面。凤生看上去,愈觉美丽非常。那杨素梅也看上凤生在眼里了,呆呆偷觑,目不转睛。凤生以为可动,朗吟一诗道:

几回空度可怜宵,谁道秦楼有玉箫!

---

① 秋榜——指秋试所发的榜文。

咫尺银河难越渡，宁交不瘦沈郎腰？

楼上杨素梅听见吟诗，详那诗中之意，分明晓得打动他的了，只不知这俏书生是那一个，又没处好问得。正在心下踌躇，只见龙香手捻了一朵菊花来，与他插好了，就问道："姐姐，你看见那园中狂生否？"素梅摇手道："还在那厢摇摆，低声些，不要被他听见了。"龙香道："我正要他听见。有这样老脸皮没廉耻的！"素梅道："他是那个？怎么样没廉耻？你且说来。"龙香道："我自采花，他不知那里走将来，撞见了，反说我偷他的花，被我抢白了一场。后来问我采花与那个戴，我说是姐姐。他见说出姐姐名姓来，不知怎的就晓得我叫做龙香。说道一向仰慕姐姐芳名，故此连侍女名字多打听在肚里的。又说昨日得瞥见了姐姐，还要指望再见见。又被我抢白他是面生不熟之人，他才说出名姓来，叫做凤来仪，是今年中的举人，在此园中读书，是个紧邻。我不睬他，他深深作揖，央我致意姐姐，道姐姐是佳人，他是才子。你道好没廉耻么？"素梅道："说轻些。看来他是个少年书生，高才自负的。你不理他便罢，不要十分轻口轻舌的冲撞他。"龙香道："姐姐怕龙香冲撞了他，等龙香去叫他来见见姐姐，姐姐自回他话罢。"素梅道："痴丫头，好个歹舌头！怎么好叫他见我？"两个一头话，一头下楼去了。

这里凤生听见楼上唧哝一番，虽不甚明白，晓得是一定说他，心中好生痒痒。直等楼上不见了人，方才走回书房。从此书卷懒开，茶饭懒吃，一心只在素梅身上，日日在东墙探头望脑，时常两下撞见。那素梅也失魂丧魄的，掉那少年书生不下，每日上楼几番，但遇着便眉来眼去，彼此有意，只不曾交口。又时常打发龙香，只以采花为名，到花园中探听他来踪去迹。龙香一来晓得姐姐的心事，二来见凤生腼腆，心里也有些喜欢，要在里头撮合。不时走到书房里传消递息，对凤生说着素梅好生钟情之意。凤生道："对面甚觉有情，只是隔着楼上下，不好开得口，总有心事，无从可达。"龙香道："官人何不写封书与我姐姐？"凤生喜道："姐姐通文墨么？"龙香道："姐姐喜的是吟诗作赋，岂但通文墨而已！"凤生道："这等，待我写一情词起来，劳烦你替我寄去，看他怎么说。"凤生提起笔来，一挥而就。词云：

木落庭皋，楼阁外、彤云半拥。偏则向、凄凉书舍，早将寒送。眼角偷传倾国貌，心苗曾倩多情种。问天公、何日判佳期，成欢宠？

——词寄《满江红》

凤生写完，付与龙香。龙香收在袖里，走回家去，见了素梅，面带笑容。素梅问道："你适在那边书房里来，有何说话，笑嘻嘻的走来？"龙香道："好笑那凤官人见了龙香，不说甚么说话，把一张纸一管笔，只管写来写去，被我趁他不见，溜了一张来。姐姐，你看他写的是甚么？"素梅接过手来，看了一遍，道："写的是一首词。分明是他叫你拿来的，你却掉谎！"龙香道："不瞒姐姐说，委实是他叫龙香拿来的。龙香又不识字，知他写的是好是歹？怕姐姐一时嗔怪，只得如此说。"素梅道："我也不嗔怪你，只是书生狂妄，不回他几字，他只道我不知其意，只管歪缠。我也不与他吟词作赋，卖弄聪明，实实的写几句说话回他便了。"龙香即时研起墨来，取幅花笺摊在桌上。好个素梅，也不打稿，提起笔来就写。写道：

自古贞姬守节，侠女怜才。两者俱贤，各行其是。但恐遇非其人，轻诺寡信，侠不如贞耳。与君为邻，幸成目遇，有缘与否，君自揣之！勿徒调文琢句，为轻薄相诱已也。聊此相复，寸心已尽，无多言。

写罢封好了，教龙香藏着，隔了一日拿去与那凤生。

龙香依言来到凤生书房，凤生惊喜道："龙香姐来了，那封书儿，曾达上姐姐否？"龙香拿个班道："甚么书不书，要我替你淘气！"凤生道："好姐姐，如何累你受气？"龙香道："姐姐见了你书，变了脸，道：'甚么人的书要你拿来？我是闺门中女儿，怎么与外人通书帖？'只是要打。"凤生道："他既道我是外人不该通书帖，又在楼上眼睁睁看我怎的？是他自家招风揽火，怎到打你？"龙香道："我也不到得与他打，我回说道：'我又不识字，知他写的是甚么！姐姐不象意，不要看他，拿去还他罢了，何必着恼？'方才免得一顿打。"凤生道："好淡话！若是不曾看着，拿来还了，有何消息？可不误了我的事！"龙香道："不管误事不误事，还了你，你自看去。"袖中摸出来，撩在地下。，凤生拾起来，却不是起先拿去的了，晓得是龙香耍他，带着笑道："我说你家姐姐不舍得怪我，必是好音回我了。"拆开来细细一看，跌足道："好个有见识的女子！分明有意与我，只怕我日后负心，未肯造次耳。我如今只得再央龙香姐拿件信物送他，写封实心实意的话，求他定下个佳期，省得此往彼来，有名无实，白白地想杀了我！"龙香道："为人为彻，快写来，我与你拿去，我自有道理。"凤生开了箱子，取出一个白玉蟾蜍镇纸来，乃是他中榜之时，母舅金三员外与他作贺的，制作精工，是件古玩。

今将来送与素梅作表记。写下一封书，道："承示玉音，多关肝鬲。仪虽薄德，敢负深情？但肯俯通一夕之欢，必当永矢百年之好。谨贡白玉蟾蜍，聊以表信。荆山之产，取其坚润不渝；月中之象，取其团圆无缺。乞订佳期，以苏渴想。"末写道："辱爱不才生凤来仪顿首　　素梅娘子妆前。"

凤生将书封好，一同玉蟾蜍交付龙香，对龙香道："我与你姐姐百年好事千金重担，只在此两件上面了！万望龙香姐竭力周全，讨个回音则个。"龙香道："不须嘱咐，我也巴不得你们两个成了事，有话面讲，不耐烦如此传书递柬。"凤生作个揖道："好姐姐，如此帮衬，万代恩德。"龙香带着笑拿着去了。走进房来，回复素梅道："凤官人见了姐姐的书，着实赞叹，说姐姐有见识。又写一封回书，送一件玉物在此。"素梅接过手来，看那玉蟾蜍光润可爱，笑道："他送来怎的？且拆开书来看。"素梅看那书时，一路把头暗点，脸颊微红，有些沉吟之意。看到"辱爱不才生"几字，笑道："呆秀才，那个就在这里爱你？"龙香道："姐姐若是不爱，何不绝了他，不许往来？既与他兜兜搭搭，他难道到肯认做不爱不成？"素梅也笑将起来道："痴丫头，就象与他一路的。我到有句话与你商量：我心上真有些爱他，其实瞒不得你了。如今他送此玉蟾蜍做了信物，要我去会他，这个却怎么使得？"龙香道："姐姐，若是使不得，空爱他也无用。何苦把这个书生哄得他不上不落的，呆呆地百事皆废了？"素梅道："只恐书生薄幸，且顾眼下风光，日后不在心上，撇人在脑后了，如何是好？"龙香道："这个龙香也做不得保人。姐姐而今要绝他，却又爱他，要从他，却又疑他。如此两难，何不约他当面一会？看他说话真诚，罚个咒愿，方才凭着姐姐，或短或长，成就其事。若不象个老实的，姐姐一下子丢开，再不要缠他罢了。"素梅道："你说得有理，我回他字去。难得今夜是十五日团圆之夜，约他今夜到书房里相会便了。"

素梅写着几字，手上除下一个累金戒指儿，答他玉蟾蜍之赠，叫龙香拿去。龙香应允，一面走到园中，心下道："佳期只在今夜了，便宜了这酸子，不要直与他说知。"走进书房中来，只见凤生朝着纸窗正在那里呆想。见了龙香，飕地跳将起来，道："好姐姐，天大的事如何了？"龙香道："什么如何如何！他道你不知进退，开口便问佳期，这等看得容易，一下性子，书多扯坏了，连那玉蟾蜍也掼碎了！"凤生呆了，道："这般说起来，教我怎的才是？等到几时方好？可不害杀了我！"龙香道："不要心慌，还有好话在后。”凤生欢喜道：“既有好话，快说来！”龙香道：“好自在性，大着嘴子：‘快说来！快说来！’不值得赔个小心？”凤生陪笑道：“好姐姐，这是我不是了。”跪下去道：“我的亲娘！有什么好说话，对我说罢。”龙香扶起道：“不要馋脸。你且起来，我对你说。我姐姐初时不肯，是我再三撺掇，已许下日子了。”凤生道：“在几时呢？”龙香笑道：“在明年。”凤生道：“若到明年，我也害死好做周年了。”龙香道：“死了，料不要我偿命。自有人不舍得你死，有个丹药方在此医你。”袖中摸出戒指与那封字来，交与凤生道：“到不是害死，却不要快活杀了。”

凤生接着拆开看时，上写道：“徒承往复，未测中心。拟作夜谈，各陈所愿。固不为投梭之拒，亦非效逾墙之徒。终身事大，欲订完盟耳。先以约指之物为定，言出如金，浮情且戒，如斯而已！”末附一诗云：“试敛听琴心，来访吹箫伴。为语玉蟾蜍，清光今夜满。”凤生看罢，晓得是许下了佳期，又即在今夜，喜欢得打跌。对龙香道：“亏杀了救命的贤姐，教我怎生报答也！”龙香道：“闲话休提，既如此约定，到晚来，切不可放甚么人在此打搅！”凤生道：“便是同窗两个朋友，出去久了，舅舅家里一个送饭的人，送过便打发他去，不呼唤他，却不敢来。此外别无甚人到此，不妨，不妨！只是姐姐不要临时变卦便好。”龙香道：“这个到不消疑虑，只在我身上，包你今夜成事便了。”龙香自回去了。凤生一心只打点欢会，住在书房中，巴不得到晚。

那边素梅也自心里忒忒地，一似小儿放纸炮，又爱又怕，只等龙香回来，商量到晚赴约。恰好龙香已到，回复道：“那凤官人见了姐姐的字，好不快活，连龙香也受了他好些跪拜了。”素梅道：“说便如此说，羞答答地怎好去得？”龙香道：“既许了他，作要不得的。”素梅道：“不去便怎么？”龙香道：“不去不打紧，龙香说了这一个大谎，后来害死了他，地府中还要攀累我。”素梅道：“你只管自家的来世，再不管我的终身！”龙香道：“甚么终身？拚得立定主意嫁了他便是了。”素梅道：“既如此，便依你去走一遭也使得，只要打听兄嫂睡了方好。”

说话之间，早已天晚，天上皎团团推出一轮明月。龙香走去了一更多次，走来道：“大官人、大娘子多吃了晚饭，我守他收拾睡了才来的。我每不要点灯，开了角门，趁着明月悄悄去罢。”素梅道：“你在前走，我后边尾着，怕有人来。”果然龙香先行，素梅在后，遮遮掩掩走到书房前。龙香把手点道:"那有灯的不就是他书房?"素梅见说是书房,便立定了脚。凤生正在盼望不到之际,心痒难熬,攒出攒入了一会,略在窗前歇气。只听得门外脚步响,急走出来迎着。这里龙香就出声道:"凤官人,姐姐来了,还不拜见!"凤生月下一看,真是天仙下降!不觉的跪了下去,道:"小生有何天幸,劳烦姐姐这般用心,杀身难报。"素梅通红了脸,一把扶起道:"官人请尊重,有话慢讲。"凤生立起来,就扶着素梅衣袂道:"外厢不便,请小姐快进房去。"素梅走进了门内,外边龙香道:"姐姐,我自去了。"素梅叫道:"龙香,不要去。"凤生道:"小姐,等他回去安顿着家中的好。"素梅又叫道:"略转转就来。"龙香道:"晓得了,凤官人关上了门罢。"

当下龙香走了转去。凤生把门关了,进来一把抱住道:"姐姐,想杀了凤来仪!如今侥幸杀了凤来仪也!"一手就去素梅怀里乱扯衣裙。素梅按住道:"官人不要性急,说得明白,方可成欢。"凤生道:"我两人心事已明,到此地位,还有何说?"只是抱着推他到床上来。素梅挣定了脚不肯走,道:"终身之事,岂可草草?你咒也须赌一个,永不得负心!"凤生一头推,一头口里咊道:"凤来仪若负此情,永远前程不吉!不吉!"素梅见他极态,又哄他又爱他,心下已自软了,不由的脚下放松,任他推去。

正要倒在床上,只听得园门外一片大嚷,擂鼓也似敲门。凤生正在猴急之际,吃那一惊不小,便道:"作怪了!此时是甚么人敲门?想来没有别人。姐姐不要心慌,门是关着的,没事。我们且自上床,凭他门外叫唤,不要睬他!"素梅也慌道:"只怕使不得,不如我去休!"凤生极了,恨性命抱住道:"这等怎使得?这是活活的弄杀我了!"正是色胆如天,凤生且不管外面的事,把素梅的小衣服解脱了,忙要行事。那晓得花园门年深月久,苦不甚牢,早被外边一伙人踢开了一扇,一路嚷将进来,直到凤生书房门首来了。

凤生听见来得切近,方才着忙,道:"古怪!这声音却似窦家兄弟两个。几时回来的?恰恰到此。我的活冤家,怎么是好?"只得放下了手,对素梅道:"我去顶住了门,你把灯吹灭了,不要做声!"素梅心下惊惶,一手把裙裤结好,一头把火吹息,魆魆地拣暗处站着,不敢喘气。凤生走到门边,轻轻掇条凳子,把门再加顶住,要走进来温存素梅。只听得外面打着门道:"凤兄,快开门!"凤生战抖抖的回道:"是……是……是那个?"一个声气小些的道:"小弟窦尚文。"一个大喊道:"小弟窦尚武。两个月不相聚了,今日才得回来。这样好月色,快开门出来,吾们同去吃酒。"凤生道:"夜深了,小弟已睡在床上了,懒得起来,明日尽兴罢。"外边窦大道:"寒舍不远,过谈甚便。欲着人来请,因怕兄已睡着,未必就来,故此兄弟两人特来自邀,快些起来!"凤生道:"夜深风露,热被窝里起来,怕不感冒了?其实的懒起,不要相强,足见相知。"窦大道:"兄兴素豪,今夜何故如此?"窦二便嚷道:"男子汉见说着吃酒看月有兴的事,披衣便起,怕甚风露?"凤生道:"今夜偶然没兴,望乞见谅。"窦二道:"终不成使我们扫了兴,便自这样回去了?你若当真不起来时,我们一发把这门打开来,莫怪粗卤!"凤生着了急,自想道:"倘若他当真打进,怎生是好?"低低对素梅道:"他若打将进来,必然事露,姐姐你且躲在床后,待我开门出去打发了他就来。"素梅也低低道:"撇脱些,我要回去。这事做得不好了,怎么处?"

素梅望床后黑处躲好,凤生才掇开凳子,开出门来。见了他兄弟两个,且不施礼,便随手把门扣上了,道:"室中无火,待我搭上了门,和兄每两个坐话一番罢。"两窦道:"坐话甚么?酒盒多端正在那里了,且到寒家呼卢浮白,吃到天明。"凤生道:"小弟不耐烦,饶我罢!"窦二道:"我们兴高得紧,管你耐烦不耐烦!我们大家扯了去!"兄弟两个多动手,扯着便走,又加家童们推的推,攮① 的攮,不由你不走。凤生只叫得苦,却又不好说出。正是:哑子慢尝黄柏味,难将苦口向人言。没奈何,只得跟着吆吆喝喝的去了。

这里素梅在房中,心头丕丕的跳,几乎把个胆吓破了,着实懊悔无尽。听得人声渐远,才按定了性子,走出床面前来。整一整衣服,望门外张一张,悄然无人,忖道:"此时想没人了,我也等不得他,趁早走回去罢。"去拽那门时,谁想是外边搭住了的。狠性子一拽,早把两三个长指甲一齐蹶断了。要出来,又出来不得;要叫声龙香,又想他决在家里,那里在外边听得?又还怕被别人听见了。左右不是,心里烦躁撩乱,没计奈何。看看夜深了,坐得不耐烦,再不见凤生来到,心中又气又恨,道:"难道贪了酒杯,竟忘记我在这里了?"又替他解道:"方才他负极不要去,还是这些狂朋没得放他回来。"转展踌躇,无聊无赖,身体倦怠,呵欠连天。欲要睡睡,又是别人家床铺,不曾睡惯,不得伏贴,亦且心下有事,焦焦躁躁,那里睡得去?

---

① 攮——在此作"推搡"解。

闷坐不过，做下一首词，云：

幽房深锁多情种，清夜悠悠谁共？羞见枕衾鸳凤，闷则和衣拥。无端猛烈阴风动，惊破一番新梦。窗外月华霜重，寂寞桃源洞。

——词寄《桃源忆故人》

素梅吟词已罢，早已鸡鸣时候了。

龙香在家里睡了一觉醒来，想道："此时姐姐与凤官人也快活得够了，不免走去俟候，接了他归来早些，省得天明有人看见，做出事来。"开了角门，踏着露草，慢慢走到书房前来。只见门上搭着扭儿，疑道："这外面是谁搭上的？又来奇怪了！"自言自语了几句。里头素梅听得声音，便开言道："龙香来了么？"龙香道："是，来了。"素梅道："快些开了门进来。"龙香开进去看时，只见素梅衣妆不卸，独自一个坐着。惊问道："姐姐起得这般早？"素梅道："那里是起早！一夜还不曾睡。"龙香道："为何不睡？凤官人哪里去了？"素梅叹口气道："有这等不凑巧的事，说不得一两句说话，一伙狂朋踢进园门来，拉去看月。凤官人千推万阻，不肯开门，他直要打进门来，只得开了门，随他们一路去了。至今不来，且又搭上了门，教我出来又出来不得，坐又坐不过，受了这一夜的罪。而今你来得正好，我和你快回去罢。"龙香道："怎么有这等事！姐姐有心，得到这时候了，凤官人毕竟转来，还在此等他一等么？"素梅不觉泪汪汪的，又叹一口气道："还说甚么等他？只自回去罢了。"正是：蓦地鱼舟惊比目，霎时樵斧破连枝。素梅自与龙香回去，不题。

且说凤生被那不做美的窦大、窦二不由分说拉去，吃了半夜的酒，凤生真是热地上蜒蚰，一时也安不得身子。一声求罢，就被窦二大碗价罚来。凤生虽是心里不愿，待推却时，又恐怕他们看出破绽，只得勉强发兴，指望早些散场。谁知这些少年心性，吃到兴头上，越吃越狂，那里肯住？凤生真是没天得叫。直等东方发白，大家酩酊吃不得了，方才歇手。凤生终是留心，不至大醉，带了些酒意，别了二窦，一步恨不得做十步，踉跄归来。到得园中，只见房门大开，急急走近叫道："小姐！小姐！"那见个人影？想着昨宵在此，今不得见了，不觉的趁着酒兴，敲台拍凳，气得泪点如珠的下来，骂道："天杀的窦家兄弟坑杀了我！千难万难，到得今日才得成就，未曾到手，平白地搅开了。而今不知又要费多少心机，方得圆成。只怕着了这惊，不肯再来了，如何是好？"闷闷不乐，倒在床上，一觉睡到日沉西,方起得来,急急走到园东墙边一看,但见楼窗紧闭,不见人踪。推推角门,又是关紧了的,没处问个消息,怏怏而回,且在书房纳闷,不题。

且说那杨素梅归到自己房中,心里还是恍惚不宁的,对龙香道:“今后切须戒着,不可如此!”龙香道:“姐姐只怕戒不定。”素梅道:“且看我狠性子戒起来。”龙香道:“到得戒时已是迟了。”素梅道:“怎见得迟?”龙香道:“身子已破了。”素梅道:“那里有此事!你才转得身,他们就打将进来。说话也不曾说得一句,那有别事?”龙香道:“既如此,那人怎肯放下?定然想杀了,极不也害个风癫,可不是我们的阴骘?还须今夜再走一遭的是。”素梅道:“今夜若去,你住在外面,一边等我,一边看人,方不误事。”龙香冷笑了一声。素梅道:“你笑甚么来?”龙香道:“我笑姐姐好个狠性子,着实戒得定。”

两个正要商量晚间再去赴期,不想里面兄嫂处走出一个丫鬟来,报道:“冯老孺人来了。”原来素梅有个外婆,嫁在冯家,住在钱塘门里。虽没了丈夫,家事颇厚,开个典当铺在门前。人人晓得他是个富室,那些三姑六婆没一个不来奉承他的。他只有一女,嫁与杨家,就是素梅的母亲,早年夫妇双亡了。孺人想着外甥女儿虽然傍着兄嫂居住,未尝许聘人家,一日与媒婆每说起素梅亲事,媒婆每道:“若只托着杨大官人出名,说把妹子许人,未必人家动火。须得说是老孺人的亲外甥,就在孺人家里接茶出嫁的,方有门当户对的来。”孺人道是说得有理,亦且外甥女儿年纪长大,也要收拾他身畔来。故此自己抬了轿,又叫了一乘空轿,一直到杨家,要接素梅家去。

素梅接着外婆,孺人把前意说了一遍。素梅暗地吃了一惊,推托道:“既然要去,外婆先请回,等甥女收拾两日就来。”孺人道:“有甚么收拾?我在此等了你去。”龙香便道:“也要拣个日子。”孺人道:“我拣了来的,今日正是个黄道吉日,就此去罢。”素梅暗暗地叫苦,私对龙香道:“怎生发付那人?”龙香道:“总是老孺人守着在此,便再迟两日去,也会他不得了。不如且依着了,等龙香自去回他消息,再寻机会罢。”素梅只得怀着不快,跟着孺人去了。所以这日凤生去望楼上,再不得见面。直到外边去打听,才晓得是外婆家接了去了,跌足叹恨,悔之无及。又不知几时才得回家,再得相会。

正在不快之际,只见舅舅金三员外家金旺来接他回家去,要商量上京会试之事。说道："园中一应书箱行李，多收拾了家来，不必再到此了。"凤生口里不说，心下思量道："谁想当面一番错过，便如此你东我西，料想那还有再会的日子？只是他十分的好情，教我怎生放得下？"一边收拾，望着东墙只管落下泪来。却是没奈何，只得匆匆出门，到得金三员外家里，员外早已收拾盘缠，是件停当。吃了饯行酒，送他登程，叫金旺跟着，一路伏侍去了。

员外闲在家里，偶然一个牙婆走来卖珠翠，说起钱塘门里冯家有个女儿，才貌双全，尚未许人。员外叫讨了他八字来，与外甥合一合看。那看命的看得是一对上好到头夫妻，夫荣妻贵，并无冲犯。员外大喜，即央人去说合。那冯孺人见说是金三员外，晓得是本处财主，叫人通知了外甥杨大官人，当下许了。择了吉日，下了聘定，欢天喜地。

谁知杨素梅心里只想着凤生，见说许下了甚么金家，好生不快，又不好说得出来，对着龙香只是啼哭。龙香宽解道："姻缘分定，想当日若有缘法，早已成事了。如此对面错过，毕竟不是对头。亏得还好，若是那一夜有些长短了，而今又许了一家，却怎么处？"素梅道："说那里话！我当初虽不与他沾身，也曾亲热一番，心已相许。我如今痴想还与他有相会日子，权且忍耐。若要我另嫁别人，临期无奈，只得寻个自尽，报答他那一点情分便了，怎生撇得他下？"龙香道："姐姐一片好心固然如此，只是而今怎能勾再与他相会？"素梅道："他如今料想在京会试。倘若姻缘未断，得登金榜，他必然归来寻访着我。那时我辞了外婆，回到家中，好歹设法得相见一番。那时他身荣贵，就是婚姻之事，或者还可挽回万一。不然，我与他一言面诀，死亦瞑目了。"龙香道："姐姐也见得是，且耐心着，不要烦烦恼恼，与别人看破了，生出议论来。"

不说两个唧哝，且说凤生到京，一举成名，做了三甲进士，选了福建福州府推官。心里想道："我如今便道还家，央媒议亲，易如反掌。这姻缘仍在，诚为可喜，进士不足言也！"正要打点起程，金员外家里有人到京来，说道："家中已聘下了夫人，只等官人荣归毕姻。"凤生吃了一惊，道："怎么聘下了甚么夫人？"金家人道："钱塘门里冯家小姐，见说才貌双全的。"凤生变了脸道："你家员外，好没要紧！那知我的就里，连忙就聘做甚么？"金家人与金旺多疑怪道："这是老员外好意，官人为何反怪将起来？"凤生道："你们不晓得，不要多管！"自此心中反添上一番愁绪起来。正是：

姻事虽成心事违,新人欢喜旧人啼。

几回暗里添惆怅,说与旁人那得知?

凤生心中闷闷,且待到家再作区处,一面京中自起身,一面打发金家人先回报知,择日到家。

这里金员外晓得外甥归来快了,定了成婚吉日,先到冯家下那袍缎钗环请期的大礼。他把一个白玉蟾蜍做压钗物事。这蟾蜍是一对,前日把一个送外甥了,今日又替他行礼,做了个囫囵人情,教媒婆送到冯家去,说:“金家郎金榜题名,不日归娶,已起程将到了。”那冯老孺人好不喜欢。旁边亲亲眷眷看的人,那一个不啧啧称叹,道:“素梅姐姐生得标致,有此等大福!”多来与素梅叫喜。谁知素梅心怀鬼胎,只是长吁短叹,好生愁闷,默默归房去了。

只见龙香走来道:“姐姐,你看见适才的礼物么?”素梅道:“有甚心情去看他!”龙香道:“一件天大侥幸的事,好叫姐姐得知。龙香听得外边人说,那中进士聘姐姐的那个人,虽然姓金,却是金家外甥。我前日记得凤官人也曾说甚么金家舅舅,只怕那个人就是凤官人,也不可知。”素梅道:“那有此事!”龙香道:“适才礼物里边,有一件压钗的东西,也是一个玉蟾蜍,与前日凤官人与姐姐的一模二样。若不是他家,怎生有这般一对?”素梅道:“而今玉蟾蜍在那里?设法来看一看。”龙香道:“我方才见有些蹊跷,推说姐姐要看,拿将来了。”袖里取出,递与素梅看了一会,果象是一般的。再把自家的在臂上解下来,并一并看,分毫不差。想着前日的情,不觉掉下泪来,道:“若果如此,真是姻缘不断。古来破镜重圆,钗分再合,信有其事了。只是凤郎得中,自然说是凤家下礼,如何只说金家?这里边有些不明。怎生探得一个实消息,果然是了便好。”龙香道:“是便怎么?不是便怎么?”素梅道:“是他了,万千欢喜,不必说起。若不是他,我前日说过的,临到迎娶,自缢而死!”龙香道:“龙香到有个计较在此。”素梅道:“怎的计较?”龙香道:“少不得迎亲之日,媒婆先回话。那时龙香妆做了媒婆的女儿,随了她去。看得果是那人,即忙回来说知就是。”素梅道:“如此甚好。但愿得就是他,这场喜比天还大。”龙香道:“我也巴不得如此。看来像是有些光景的。”两人商量已定。

过了两日,凤生到了金家了。那里冯老孺人已依着金三员外所定日子成亲,先叫媒婆去回话,请来迎娶。龙香知道,赶到路上来对媒婆说:

“我也要去看一看新郎。有人问时，只说是你的女儿，带了来的。”媒婆道：“这等折杀了老身，同去走走就是。只有一件事要问姐姐。”龙香道：“甚事？”媒婆道：“你家姐姐天大喜事临身，过门去就做夫人了，如何不见喜欢？口里唧唧哝哝，到像十分不快活的，这怎么说？”龙香道：“你不知道，我姐姐自小立愿，要自家拣个象意的姐夫。而今是老孺人做主，不管他肯不肯，许了他，不知新郎好歹，放心不下，故此不快活。”媒婆道：“新郎是做官的了，有甚么不好？”龙香道：“夫妻面上，只要人好，做官有甚么用处？老娘晓得这做官的姓甚么？”媒婆道：“姓金了，还不知道？”龙香道：“闻说是金员外的外甥，原不姓金。可知道姓甚么？”媒婆道：“是便是外甥，而今外边人只叫他金爷。他肉姓① 姓得有些异样的，不好记，我忘记了。”龙香道：“可是姓凤？”媒婆想了一想，点头道：“正是这个什么怪姓。”龙香心里暗暗欢喜，已有八分是了。

一路行来，已到了金家门首。龙香对媒婆道：“老娘，你先进去，我在门外张一张罢。”媒婆道：“正是。”媒婆进去见了凤生，回复今日迎亲之事。正在问答之际，龙香门外一看，看得果然是了，不觉手舞足蹈起来，嘻嘻的道：“造化！造化！”龙香也有意要他看见，把身子全然露着，早已被门里面看见了。凤生问媒婆道：“外面那个随着你来？”媒婆道：“是老媳妇的女儿。”凤生一眼瞅去，疑是龙香。便叫媒婆去里面茶饭，自己踱出来看，果然是龙香了。凤生忙道：“甚风吹你到此？你姐姐在那里？”龙香道：“凤客人还问我姐姐？你只打点迎亲罢了。”凤生道：“龙香姐，小生自那日惊散之后，有一刻不想你姐姐，也叫我天诛地灭。怎奈是这日一去，彼此分散，无路可通。侥幸往京得中，正要归来央媒寻访，不想舅舅又先定下了这冯家。而今推却不得，没奈何了，岂我情愿？”龙香故意道：“而今不情愿，也说不得了。只辜负了我家姐姐一片好情，至今还是泪汪汪的。”凤生也拭泪道：“待小生过了今日之事，再怎么约得你家姐姐一会面，讲得一番，心事明白，死也甘心！而今你姐姐在那里？曾回去家中不曾？”龙香哄他道：“我姐姐也许下人家了。”凤生吃惊道：“咳咳！许了那一家？”龙香道：“是这城里甚么金家，新中进士的。”凤生道：“又来胡说！城中再那里还有个金家新中进士？只有得我。”龙香道：“官人几时又姓金？”凤生道：“这是我

① 肉姓——自身的姓。

娘舅家姓，我一向榜上多是姓金不姓凤。"龙香嘻的一笑道："白日见鬼，枉着人急了这许多时。"凤生道："这等说起来，敢是我聘定的就是你家姐姐？却怎么说姓冯？"龙香道："我姐姐也是冯老孺人的外甥，故此人只说是冯家女儿，其实就是杨家的人。"凤生道："前日分散之后，我问邻人，说是外婆家接去，想正是冯家了？"龙香道："正是了。"凤生道："这话果真么？莫非你见我另聘了，特把这话来耍我的？"龙香去袖中摸出两个玉蟾蜍来道："你看这一对先自成双了，一个是你送与姐姐的，一个是你家压钗的。眼见得多在这里了，还要疑心？"凤生大笑道："有这样奇事，可不快活杀了我！"龙香道："官人如此快活，我姐姐还不知道明白，哭哭啼啼在那里。"凤生道："若不是我，你姐姐待怎么？"龙香道："姐姐看见玉蟾蜍一样，又见说是金家外甥，故此也有些疑心，先教我来打探。说道不是官人，便要自尽。如今即忙回去报他，等他好梳妆相待。而今他这欢喜，也非同小可。"凤生道："还有一件，他事在急头上，只怕还要疑心是你权时哄他的，未必放心得下。你把他前日所与我的戒指拿去与他看，他方信是实了，可好么？"龙香道："官人见得是。"凤生即在指头上勒下来，交与龙香去了。一面分付鼓乐酒筵齐备，亲往迎娶。

却说龙香急急走到家里，见了素梅，连声道："姐姐，正是他！正是他！"素梅道："难道有这等事？"龙香道："不信，你看这戒指那里来的？"就把戒指递将过来，道："是他手上亲除下来与我，叫我拿与姐姐看，做个凭据的。"素梅微笑道："这个真也奇怪了！你且说他见你说些甚么？"龙香道："他说自从那日惊散，没有一日不想姐姐，而今做了官，正要来图谋这事，不想舅舅先定下了。他不知是姐姐，十分不情愿的。"素梅道："他不匡是我，别娶之后，却待怎么？"龙香道："他说原要设法与姐姐一面，说个衷曲，死也瞑目，就眼泪流下来。我见他说得至诚，方与他说明白了这些话，他好不喜欢！"素梅道："他却不知我为他如此立志，只说我轻易许了人家，道我没信行的了，怎么好？"龙香道："我把姐姐这些意思，尽数对他说了。原说打听不是，迎娶之日，寻个自尽的。他也着意，恐怕我来回话，姐姐不信，疑是一时权宜之计哄上轿的说话，故此拿出这戒指来为信。"素梅道："戒指在那里拿出来的？"龙香道："紧紧的勒在指头上，可见他不忘姐姐的了。"素梅此时才放心得下。

须臾，堂前鼓乐齐鸣，新郎冠带上门，亲自迎娶。新人上轿，冯老孺人也上轿,送到金家,与金三员外会了亲。吃了喜酒,送入洞房,两下成其夫妇。恩情美满,自不必说。次日,杨家兄嫂多来会亲,窦家兄弟两人也来做贺。凤生见了二窦,想着那晚之事,不觉失笑。自忖道:"亏得原是姻缘,到底配合了,不然这一场搅散,岂是小可的?"又不好说得出来,只自家暗暗侥幸而已。做了夫妻之后,时常与素梅说着那事,两个还是打噤的。

因想世上的事,最是好笑。假如凤生与素梅索性无缘罢了,既然到底是夫妻,那日书房中时节,何不休要生出这番风波来?略迟一会,也到手了。再不然,不要外婆家去,次日也还好再续前约。怎生不先不后,偏要如此间阻?及至后来两下多不打点的了,却又无意中聘定,成了夫妇。这多是天公巧处,却象一下子就上了手反没趣味,故意如此的。却又有一时不偶便到底不谐的,这又不知怎么说。有诗为证:

从来女侠会怜才,到底姻成亦异哉!
也有惊分终不偶,独含幽怨向琴台。

卷　十

赵五虎合计挑家衅　莫大郎立地散神奸

诗曰：

黑蟒口中舌，黄蜂尾上针。
两般犹未毒，最毒妇人心。

话说妇人家妒忌，乃是七出之条① 内一条，极是不好的事。却这个毛病，象是天生成的一般，再改不来的。

宋绍兴年间有一个官人，乃是台州司法②，姓叶名荐。有妻方氏，天生残妒，犹如虎狼。手下养娘妇女们，箠楚梃杖，乃是常刑。还有灼铁烧肉，将锥搠腮。性急起来，一口咬住不放，定要咬下一块肉来；狠极之时，连血带肉生吃了，常有致死了的。妇女里头，若是模样略似人的，就要疑心司法喜他，一发受苦不胜了。司法那里还好解劝得的？虽是心里好生不然，却不能制得他，没奈他何。所以中年无子，再不敢萌娶妾之念。

后来司法年已六旬，那方氏他也五十六七岁差不多了。司法一日恳求方氏道："我年已衰迈，岂还有取乐好色之意？但老而无子，后边光景难堪。欲要寻一个丫头，与他养个儿子，为接续祖宗之计，须得你周全这事方好。"方氏大怒道："你就匡③ 我养不出，生起外心来了！我看自家晚间尽有精神，只怕还养得出来，你不要胡想！"司法道："男子过了六十，还有生子之事，几曾见女人六十将到了，生得儿子出的？"方氏道："你见我今年做六十齐头了么？"司法道："就是六十，也差不多两年了。"方氏道："再与你约三年，那时无子，凭你寻一个淫妇，快活死了罢了！"司法唯唯从命，不敢再说。

过了三年，只得又将前说提起。方氏已许出了口，不好悔得，只得装

---

① 七出之条——封建时代休妻的七个理由。
② 司法——官名。
③ 匡——作"料想"、"推测"解。

聋做哑，听他娶了一个妾。娶便娶了，只是心里不服气，寻非厮闹，没有一会清净的。忽然一日对司法道："我眼中看你们做把戏，实是使不得。我年纪老了，也不耐烦在此争嚷。你那里另拣一间房，独自关得断的，与我住了。我在里边修行，只叫人供给我饮食，我再不出来了，凭你们过日子罢。"司法听得，不胜之喜，道："惭愧！若得如此，天从人愿！"

遂于屋后另筑一小院，收拾静室一间，送方氏进去住了。家人们早晚问安，递送饮食，多时没有说话。司法暗暗喜欢道："似此清净，还象人家，不道他晚年心性这样改得好了。他既然从善，我们一定要还他礼体。"对那妾道："你久不去相见了，也该自去问候一番。"

妾依主命，独自走到屋后去了，直到天晚不见出来。司法道："难道两个说得投机，只管留在那里了？"未免心里牵挂，自己悄悄步到那里去看。走到了房前，只见门窗关得铁桶相似，两个人多不见。司法把门推推，推不开来。用手敲着两下，里头虽有些声响，却不开出来。司法道："奇怪了！"回到前边，叫了两个粗使的家人同到后边去，狠把门乱推乱踢。那门桯脱了，门早已跌倒一边。一拥进去，只见方氏扑在地下。说时迟，那时快，见了人来，腾身一跳，望门外乱窜出来。众人急回头看去，却是一只大虫！吃了一惊。再看地上，血肉狼藉，一个人浑身心腹多被吃尽，只剩得一头两足。认那头时，正是妾的头。司法又苦又惊道："不信有这样怪事！"连忙去赶那虎，已出屋后跳去，不知那里去了。又去唤集众人点着火把，望屋后山上到处找寻，并无踪迹。

这个事在绍兴十九年。此时有人议论："或者连方氏也是虎吃了的，未必这虎就是他！"却有一件，虎只会吃人，那里又会得关门闭户来？分明是方氏平日心肠狠毒，原自与虎狼气类相同。今在屋后独居多时，忿戾满腹，一见妾来，怒气勃发，遂变出形相来，恣意咀啖，伤其性命，方掉下去了，此皆毒心所化也！所以说道妇人家有天生成妒忌的，即此便是榜样。

小子为何说这一段希奇事？只因有个人家，也为内眷有些妒忌，做出一场没了落事，几乎中了人的机谋，哄弄出折家荡产的事来。若不亏得一个人有主意，处置得风恬浪静，不知吵到几年上才是了结。有诗为证：

　　些小言词莫若休，不须经县与经州。
　　衙头府底赔杯酒，赢得猫儿卖了牛。

这首诗，乃是宋贤范弇所作，劝人休要争讼的话。大凡人家些小事情,自家收拾了,便不见得费甚气力。若是一个不服气,到了官时,衙门中没一个肯不要赚钱的。不要说后边输了,就是赢得来,算一算费用过的财物,已自合不来了。何况人家弟兄们争着祖、父的遗产,不肯相让一些,情愿大块的东西作成别个得去了。又有不肖官府,见是上千上万的状子,动了火,起心设法,这边送将来,便道:"我断多少与你。"那边送将来,便道:"我替你断绝后患。"只管埋着根脚漏洞,等人家争个没休歇,荡尽方休。又有不肖缙绅,见人家是争财的事,容易相帮。东边来说,也叫他"送些与我,我便左袒";西边来说,也叫他"送些与我,我便右袒",两家不歇手,落得他自饱满了。世间自有这些人在那里,官司岂是容易打的?自古说鹬蚌相持,渔人得利,到收场想一想,总是被没相干的人得了去。何不自己骨肉,便吃了些亏,钱财还只在自家门里头好?

今日小子说这有主意的人,便真是见识高强的。这件事也出在宋绍兴年间。吴兴① 地方有个老翁,姓莫,家资巨万,一妻二子,已有三孙。那莫翁富家性子,本好淫欲,少年时节,便有娶妾买婢好些风流快活的念头,又不愁家事做不起,随他讨着几房,粉黛三千、金钗十二也不难处的。只有一件不凑趣处,那莫老娘却是十分利害。他平生有三恨:一恨天地,二恨爹娘,三恨杂色匠作。你道他为甚么恨这几件?他道自己身上生了此物,别家女人就不该生了,为甚天地没主意,不惟我不为希罕,又要防着男人。二来爹娘嫁得他迟了些个,不曾眼见老儿破体,到底有些放心不下处。更有一件,女人溺尿总在马子上罢了,偏有那些烧窑匠、铜锡匠,弄成溺器与男人撒溺,将阳物放进放出,形状看不得。似此心性,你道莫翁少年之时,容得他些松宽门路么?后来生子生孙,一发把这些闲花野草的事体,回个尽绝了。

此时莫翁年已望七,莫妈房里有个丫鬟,名唤双荷,十八岁了。莫翁晚间睡时,叫他擦背捶腰。莫妈因是老儿年纪已高,无心防他这件事,况且平时奉法惟谨,放心得下惯了。谁知莫翁年纪虽高,欲心未已,乘他身边伏侍时节,与他捏手捏脚,私下肉麻。那双荷一来见是家主,不敢则声;二来正值芳年,情窦已开,也满意思量那事,尽吃得这一杯酒,背地里两个做了一手。有个歌儿,单嘲着老人家偷情的事:

---

① 吴兴——宋时建制,在今浙江省内。

老人家再不把淫心改变，见了后生家只管歪缠。怎知道行事多不便：揾腮是皱面颊，做嘴是白须髯，正到那要紧关头也，却又软软软软软。

说那莫翁与双荷偷了几次，家里人渐渐有些晓得了。因为莫妈心性利害，只没人敢对他说。连儿子媳妇为着老人家面上，大家替他隐瞒。谁知有这样不作美的冤家勾当，那妮子日逐觉得眉粗眼慢，乳胀腹高，呕吐不停。起初还只道是病，看看肚里动将起来，晓得是有胎了。心里着忙，对莫翁道："多是你老没志气，做了这件事，而今这样不尴尬起来。妈妈心性，若是知道了，肯干休的？我这条性命眼见得要葬送了！"不住的眼泪落下来。莫翁只得宽慰他道："且莫着急，我自有个处置在那里。"莫翁心下自想道："当真不是耍处！我一时高兴，与他弄一个在肚里了。妈妈知道，必然打骂不容，枉害了他性命。纵或未必致死，我老人家子孙满前，却做了此没正经事，吵得家里不静，也好羞人！不如趁这妮子未生之前，寻个人家嫁了出去，等他带胎去别人家生育了，糊涂得过再处。"算计已定，私下对双荷说了。双荷也是巴不得这样的，既脱了狠家主婆，又别配个后生男子，有何不妙？方才把一天愁消释了好些。

果然莫翁在莫妈面前，寻个头脑，故意说丫头不好，要卖他出去。莫妈也见双荷年长，光景妖娆，也有些不要他在身边了。遂听了媒人之言，嫁出与在城花楼桥卖汤粉的朱三。朱三年纪三十以内，人物尽也济楚，双荷嫁了他，算做得郎才女貌，一对好夫妻。莫翁只要着落得停当，不争财物。朱三讨得容易，颇自得意，只不知讨了个带胎的老婆来。渐渐朱三识得出了，双荷实对他说道："我此胎实系主翁所有，怕妈妈知觉，故此把我嫁了出来，许下我看管终身的。你不可说甚么，打破了机关，落得时常要他周济些东西，我一心与你做人家便了。"朱三是个经纪行中人，只要些小便宜，那里还管青黄皂白？况且晓得人家出来的丫头，那有真正女身？又是新娶情热，自然含糊忍住了。

娶过来五个多月，养下一个小厮来，双荷密地叫人通与莫翁知道。莫翁虽是没奈何嫁了出来，心里还是割不断的。见说养了儿子，道是自己骨血，瞒着家里，悄悄将两挑米、几贯钱先送去与他吃用。以后首饰衣服与那小娃子穿着的，没一件不支持了去。朱三反靠着老婆福荫，落得吃自来食。那儿子渐渐大起来，莫翁虽是暗地周给他，用度无缺，却到底瞒着生人眼，不好认帐，随那儿子自姓了朱，跟着朱三也到市上帮做生意。此时已有十来岁，街坊上人点点搐搐，多晓得是莫翁之种。连莫翁家里儿子媳妇们，也多晓得老儿有这外养之子，私下在那里盘缠他家的，却大家妆聋做哑，只做不知。莫姥心里也有些疑心，不在眼面前了，又没人敢提起，也只索罢了。

忽一日，莫翁一病告殂，家里成服停丧，自不必说。在城有一伙破落户管闲事吃闲饭的没头鬼光棍，一个叫做铁里虫宋礼，一个叫做钻仓鼠张朝，一个叫做吊睛虎牛三，一个叫得洒墨判官周丙，一个叫得白日鬼王瘪子，还有几个不出名提草鞋的小伙，共是十来个，专一捕风捉影，寻人家闲头脑，挑弄是非，扛帮生事。那五个为头，在黑虎玄坛赵元帅庙里歃血为盟，结为兄弟，尽多改姓了赵。总叫做"赵家五虎"。不拘那里有事，一个人打听将来，便合着伴去做，得利平分。平日晓得卖粉的朱三家儿子是莫家骨血，这日见说莫翁死了，众兄弟商量道："一桩好买卖到了。莫家乃巨富之家，老妈妈只生得二子，享用那二三十万不了。我们撺掇朱三家那话儿去告争，分得他一股，最少也有几万数，我们帮的也有小富贵了。就不然，只要起了官司，我们打点的打点，卖阵的卖阵，这边不着那边着，好歹也有几年缠帐① 了，也强似在家里嚼本。"大家拍手道："造化！造化！"铁里虫道："我们且去见那雌儿，看他主意怎么的，设法诱他上这条路便了。"多道："有理！"一齐向朱三家里来。

朱三平日卖汤粉，这五虎日日在衙门前后走动，时常买他的点饥，是熟主顾家。朱三见了，拱手道："列位光降，必有见谕。"那吊睛虎道："请你娘子出来，我有一事报他。"朱三道："何事？"白日鬼道："他家莫老儿死了。"双荷在里面听得，哭将出来道："我方才听得街上是这样说，还道未的。而今列位来说，一定是真了。"一头哭，一头对朱三说："我与你失了这泰山的靠傍，今生再无好日了。"钻仓鼠便道："怎说这话？如今正是你们的富贵到了。"五人齐声道："我兄弟们特来送这一套横财与你们的。"朱三夫妻多惊疑道："这怎么说？"铁里虫道："你家儿子，乃是莫老儿骨血。而今他家里万万贯家财，田园屋宇，你儿子多该有分，何不到他家去要分他的？他若不肯分，拚与他吃官司，料不倒断了你们些去。撞住打到底，苦

---

① 缠帐——纠缠。

你儿子不着，与他滴起血来，怕道不是真的？这一股稳稳是了。”朱三夫妻道：“事到委实如此，我们也晓得。只是轻易起了个头，一时住不得手的。自古道贫莫与富斗，吃官司全得财来使费。我们怎么敌得他过？弄得后边不伶不俐，反为不美。况且我每这样人家，一日不做一日没得吃的，那里来的人力、那里来的工夫去吃官司？”铁里虫道：“这个诚然也要虑到，打官司全靠使费与那人力两项。而今我和你们熟商量，要人力时，我们几个弟兄相帮你衙门做事尽勾了，只这使费难处。我们也说不得，小钱不去，大钱不来。五个弟兄，一人应出一百两，先将来下本钱，替你使用去。你写起一千两的借票来，我们收着，直等日后断过家业来到了手，你每照契还我，只近得你每一本一利，也不为多。此外谢我们的，凭你们另商量了。那时是白得来的东西，左右是不费之惠，料然决不怠慢了我们。”朱三夫妻道：“若得列位如此相帮，可知道好，只是打从那里做起？”铁里虫道：“你只依我们调度，包管停当，且把借票写起来为定。”朱三只得依着写了，押了个字，连儿子也要他画了一个，交与众人。众人道：“今日我每弟兄且去，一面收拾银钱停当了，明日再来计较行事。”朱三夫妻道：“全仗列位看顾。”当下众人散了去。

双荷对丈夫道：“这些人所言，不知如何，可做得来的么？”朱三道：“总是不要我费一个钱。看他们怎么主张，依得的只管依着做去，或者有些油水也不见得。用去是他们的，得来是我们的，有甚么不便宜处？”双荷道：“不该就写纸笔与他。”朱三道：“秤我们三个做肉卖，也不值上几两。他拿了我千贯的票子，若不夺得家事①来，他好向那里讨？果然夺得来时，就与他些也不难了。况且不写得与他，他怎肯拿银子来应用？有这一纸安定他每的心，才肯尽力帮我。”双荷道：“为甚孩子也要他着个字？”朱三道：“夺得家事是孩子的，怎不叫他着字？这个到多不打紧，只看他们指拨怎么样做法便了。”

不说夫妻商量，且说五虎出了朱家的门，大家笑道：“这家子被我们说得动火了，只是扯下这样大谎，那里多少得些与他起个头？”铁里虫道：“当真我们有得己里钱先折去不成？只看我略施小计，不必用钱。”这四个道：“有何妙计？”铁里虫道：“我如今只要拿一匹粗麻布做件衰衣，与他家小厮

---

①　家事——指莫翁的家产。

穿了,叫他竟到莫家去做孝子。撩得莫家母子恼躁起来,吾每只一个钱白纸告他一状,这就是五百两本钱了。"四个拍手道:"妙,妙!事不宜迟。快去!快去!"

铁里虫果然去赊那了一匹麻布,到裁衣店剪开了,缝成了一件衰衣,手里拿着道:"本钱在此了。"一涌的望朱三家里来。朱三夫妻接着,道:"列位还是怎么主张?"铁里虫道:"叫你儿子出来,我教道他事体。"双荷对着孩子道:"这几位伯伯,帮你去讨生身父母的家业,你只依着做去便了。"那儿子也是个乖的,说道:"既是我生身的父亲,那家业我应得有的。只是我娃子家,教我怎的去讨才是?"铁里虫道:"不要你开口讨,只着了这件孝服,我们引你到那里。你进门去,到了孝堂里面看见灵帏,你便放声大哭,哭罢就拜,拜了四拜,往外就走。有人问你说话,你只不要回他,一径到外边来,我们多在左侧茶坊里等你便了。这个却不难的。"朱三道:"只如此有何益?"众人道:"这是先送个信与他家。你儿子出了门,第二日就去进状,我们就去替你使用打点。你儿子又小,官府见了,只有可怜,决不难为他的。况又实实是骨血,脚踏硬地,这家私到底是稳取的了。只管依着我们做去!"朱三对妻子道:"列位说来的话,多是有着数的,只教儿子依着行事,决然停当。"那儿子道:"只如方才这样说的话,我多依得。我心也要去见见亲生父亲的影像,哭他一场,拜他一拜。"双荷掩泪道:"乖儿子,正是如此。"朱三道:"我到不好随去得。既是列位同行,必然不差,把儿子交付与列位了,我自到市上做生意去,晚来讨消息罢。"当下朱三自出了门。

五虎一同了朱家儿子,径往莫家来。将到门首,多走进一个茶坊里面坐下,吃个泡茶。叮嘱朱家儿子道:"那门上有丧牌孝帘的,就是你老儿家里。你进去,依着我言语行事。"遂把衰衣与他穿着停当了。那孩子依了说话,不知甚么好歹,大踏步走进门里面来。一直到了孝堂,看见灵帏,果然嗅天倒地价哭起来,也是孩子家天性所在。那孝堂里头听见哭响,只道是吊客来到,尽皆来看。只见是一个小厮,身上打扮与孝子无二,且是哭得悲切,口口声声叫着亲爹爹。孝堂里看的,不知是甚么缘故,人人惊骇道:"这是那里说起?"莫妈听得哭着亲爹,又见这般打扮,不觉怒从心上起,恶向胆边生,嚷道:"那里来这个野猫,哭得如此异样!"亏得莫大郎是个老成有见识的人,早已瞧科了八九分,忙对母亲说道:"妈妈切不可造次,这件事了不得!我家初丧之际,必有奸人动火,要来挑衅,扎成火囤。

落了他们圈套,这人家不经折的。只依我指分,方免祸患。”

莫妈一时间见大郎说得利害,也有些慌了,且住着不嚷,冷眼看那外边孩子。只见他哭罢就拜,拜了四拜,正待转身,莫大郎连忙跳出来,一把抱住道:“你不是那花楼桥卖粉汤朱家的儿子么?”孩子道:“正是。”大郎道:“既是这等,你方才拜了爹爹,也就该认了妈妈。你随我来。”一把扯他到孝幔里头,指着莫妈道:“这是你的嫡母亲,快些拜见。”莫妈仓卒之际,只凭儿子,受了他拜已过。大郎指自家道:“我乃是你长兄,你也要拜。”拜过,又指点他拜了二兄,以次至大嫂、二嫂,多叫拜见了。又领自己两个儿子、兄弟一个儿子,立齐了,对孩子道:“这三个是你侄子,你该受拜。”拜罢,孩子又望外就走。大郎道:“你到那里去?你是我的兄弟,父亲既死,就该住在此居丧。这是你家里了,还到那里去?”

大郎领他到里面,交付与自己娘子,道:“你与小叔叔把头梳一梳,替他身上出脱一出脱①,把旧时衣服脱掉了,多替他换了些新鲜的。而今是我家里人了。”孩子见大郎如此待得他好,心里虽也欢喜,只是人生面不熟,又不知娘的意思怎么,有些不安贴,还想要去。大郎晓得光景,就着人到花楼桥朱家去唤那双荷到家里来,说道有要紧说话。

双荷晓得是儿子面上的事了,亦且原要来吊丧,急忙换了一身孝服,来到莫家。灵前哭拜已毕,大郎即对她说:“你的儿子今早到此,我们已认做兄弟了。而今与我们一同守孝,日后与我们一样分家,你不必记挂。所有老爹爹在日给你的饭米衣服,我们照帐按月送过来与你,与在日一般。这是有你儿子面上。你没事不必到这里来,因你是有丈夫的,恐防议论,到妆你儿子的丑。只今日起,你儿子归宗姓莫,不到朱家来了。你分付你儿子一声,你自去罢。”双荷听得,不胜之喜:“若得大郎看死的老爹爹面上,如此处置停当,我烧香点烛,祝报大郎不尽。”说罢,进去见了莫妈与大嫂、二嫂,只是拜谢。莫妈此时也不好生分得,大家没甚说话,打发他回去。双荷叮嘱儿子:“好生住在这里,小心奉事大妈妈与哥哥嫂嫂。你落了好处,我放心得下了。方才大郎说过,我不好长到这里。你在此过几时,断了七七四十九日,再到朱家来相会罢。”孩子既见了自家的娘,又听了分付的话,方才安心住下。双荷自欢欢喜喜,与丈夫说知去了。

---

① 出脱一出脱——指“洗浴换衣”。

且说那些没头鬼光棍赵家五虎，在茶房里面坐地，眼巴巴望那孩子出来，就去做事，状子多打点停当了。谁知守了多时，再守不出。看看到晚，不见动静，疑道："莫非我们闲话时，那孩子出来，错了眼①，竟到他家里去了？"走一个到朱家去看，见说儿子不曾到家，倒叫了娘子去，一发不解。走来回复众人，大家疑惑，就象热盘上蚁子，坐立不安。再着一个到朱家伺候，又说见双荷归来，老大欢喜，说儿子已得认下收留了。众人尚在茶坊未散，见了此说，个个木呆。正是：

思量拔草去寻蛇，这回却没蛇儿弄。

平常家里没风波，总有良平也无用。

说这几个人，闻得孩子已被莫家认作儿子了，许多焰腾腾的火气，却象淋了几桶的冰水，手臂多索解了。大家嚷道："悔气！撞着这样不长进的人家。难道我们商量了这几时，当真倒单便宜了这小厮不成？"铁里虫道："且不要慌！也不到得便宜了他，也不到得我们白住了手。"众人道："而今还好在那里入脚？"铁里虫道："我们原说与他夺了人家，要谢我们一千银子，他须有借票在我手里，是朱三的亲笔。"众人道："他家先自收拾了，我们并不曾帮得他一些，也不好替朱三讨得。况且朱三是穷人，讨也没干。"铁里虫道："昨日我要那孩子也着个字的，而今拣有头发的揪。过几时，只与那孩子讨，等他说没有，就告了他。他小厮家新做了财产，定怕吃官司的，央人来与我们讲和，须要赎得这张纸去才干净。难道白了不成？"众人道："有见识，不枉叫你做铁里虫，真是见识硬挣！"铁里虫道："还有一件，只是眼下还要从容。一来那票子上日子没多两日，就讨就告，官府要疑心；二来他家方才收留，家业未有得就分与他，他也便没有得拿出来还人，这是半年一年后的事。"众人道："多说得是。且藏好了借票，再耐心等等弄他。"自此一伙散去了。

这里莫妈性定，抱怨儿子道："那小业种来时，为甚么就认了他？"大郎道："我家富名久出，谁不动火？这兄弟实是爹爹亲骨血，我不认他时，被光棍弄了去，今日一状、明日一状告将来，告个没休歇。衙门人役个个来诈钱，亲眷朋友人人来拐骗，还有官府思量起发，开了口不怕不送。不知把人家折到那里田地！及至拌得到底，问出根由，少不得要断这一股与

① 错了眼——指眼睛一时没有注意到。

他,何苦作成别人肥了家去?所以不如一面收留,省了许多人的妄想,有何不妙?"妈妈见说得明白,也道是了,一家喜欢过日。

忽然一日,有一伙人走进门来,说道要见小三官人的。这里门上方要问明,内一人大声道:"便是朱家的拖油瓶①。"大郎见说得不好听,自家走出来。见是五个人雄赳赳的来施礼,问道:"小令弟在家么?"大郎道:"在家里,列位有何说话?"五个人道:"令弟少在下家里些银子,特来与他取用。"大郎道:"这个却不知道,叫他出来就是。"大郎进去对小兄弟说了,那孩子不知是甚么头脑,走出来一看,认得是前日赵家五虎,上前见礼。那几个见了孩子,道:"好个小官人!前日是我们送你来的,你在此做了财主,就不记得我们了?"孩子道:"前日这边留住了,不放我出门,故此我不出来得。"五虎道:"你而今既做了财主,这一千银子该还得我们了。"孩子道:"我几曾晓得有甚么银子?"五虎道:"银子是你晚老子② 朱三官所借,却是为你用的,你也着得有花字。"孩子道:"前日我也见说,说道恐防吃官司要银子用,故写下借票。而今官司不吃了,那里还用你们甚么银子?"五虎发狠道:"现有票在这里,你赖了不成?"大郎听得声高,走出来看时,五虎告诉道:"小令弟在朱家时借了我们一千银子不还,而今要赖起来。"大郎道:"我这小小兄弟,借这许多银子何用?"孩子道:"哥哥,不要听他!"五虎道:"现有借票,我和你衙门里说去。"一哄多散了。

大郎问兄弟道:"这是怎么说?"孩子道:"起初这几个撺掇我母亲告状,母亲回他没盘缠吃官司。他们说:'只要一张借票,我每借来与你。'以后他们领我到这里来,哥哥就收留下,不曾成官司,他怎么要我还起银子来?"大郎道:"可恨这些光棍,早是我们不着他手。而今既有借票在他处,他必不肯干休,定然到官。你若见官,莫怕!只把方才实情,照样是这等一说,官府自然明白的。没有小小年纪断你还他银子之理,且安心坐着,看他怎么!"

次日,这五虎果然到府里告下一纸状来,告了朱三、莫小三两个名字,骗劫千金之事,来到莫家提人。莫大郎、二郎等商量,与兄弟写下一纸诉状,诉出从前情节,就用着两个哥哥为证,竟来府里投到。府里太守姓唐

---

① 拖油瓶——指再嫁妇女所带的与前夫所生之子。

② 晚老子——指小孩母亲再嫁的丈夫。

名家，是个极精明的。一干人提到了，听审时先叫宋礼等上前问道："朱三是何等人？要这许多银子来做甚么用？"宋礼道："他说要与儿子置田买产借了去的。"太守叫朱三问道："你做甚么勾当，借这许多银子？"朱三道："小的是卖粉羹的经纪，不上钱数生意，要这许多做甚么？"宋礼道："见有借票，我们五人二百两一个，交付与他及儿子莫小三的。"太守拿上借票来看，问朱三道："可是你写的票？"朱三道："是小的写的票，却不曾有银子的。"宋礼道："票是他写的，银子是莫小三收去的。"太守叫莫小三，那莫家孩子应了一声走上去。太守看见是个十来岁小的，一发奇异，道："这小厮收去这些银子何用？"宋礼争道："是他父亲朱三写了票，拿银子与这莫小三买田的。见今他有许多田在家里。"太守道："父姓朱，怎么儿子姓莫？"朱三道："瞒不得老爷，这小厮原是莫家孽子，他母亲嫁与小的，所以他自姓莫。专为众人要帮他莫家去争产，哄小的写了一票，做争讼的用度。不想一到莫家，他家大娘与两个哥子竟自认了，分与田产。小的与他家没讼得争了，还要借银做甚么用？他而今据了借票生端要这银子，这那里得有？"太守问莫小三，其言也是一般。太守点头道："是了，是了。"就叫莫大郎起来，问道："你当时如何就肯认了？"莫大郎道："在城棍徒无风起浪，无洞掘蟹。亏得当时立地就认了，这些人还道放了空箭，未肯住手，致有今日之告。若当时略有推托，一涉讼端，正是此辈得志之秋。不要说兄弟这千金被他诈了去，家里所费，又不知几倍了！"太守笑道："妙哉！不惟高义，又见高识。可敬，可敬！我看宋礼等五人，也不象有千金借人的，朱三也不象借人千金的。原来真情如此，实为可恨！若非莫大有见，此辈人人饱满了。"提起笔来判道："千金重利，一纸足凭。乃朱三赤贫，贷则谁与？莫子乳臭，须此何为？细讯其详，始烛其诡。宋礼立袅蹄[①]之约，希蜗角之争。莫大以对床之情，消阋墙之衅。既渔群谋而丧气，犹挟故纸以垂涎。重创其奸，立毁其券！"

当时将宋礼等五人，每人三十大板，问拟了"教唆词讼诈害平人"的律，脊杖二十，刺配[②]各远恶军州。吴兴城里去了这五虎，小民多是快活

① 袅(niǎo)蹄——古时有铸金成马蹄形，此处指"金钱"。

② 刺配——古时将判刑的犯人置于某地叫作"配"。发遣时，在犯人脸上刺字，所以叫作"刺配"。

的，做出几句口号来："铁里虫有时蛀不穿，钻仓鼠有时吃不饱，吊睛老虎没威风，洒墨判官齐跌倒。白日里鬼胡行，这回儿不见了。"

唐太守又旌奖莫家，与他一个"孝义之门"的匾额，免其本等差徭。此时莫妈妈才晓得儿子大郎的大见识。世间弟兄不睦，靠着外人相帮起讼者，当以此为鉴。诗曰：

世间有孽子，亦是本生枝。
只因靳所为，反为外人资。
渔翁坐得利，鹬蚌枉相持。
何如存一让，是名不漏卮。

卷 十 一

满少卿饥附饱飏　焦文姬生仇死报

诗云：

十年磨一剑，霜刃未曾试。

今日把赠君，谁有不平事？

话说天下最不平的，是那负心的事，所以冥中独重其罚，剑侠专诛其人。那负心中最不堪的，尤在那夫妻之间。盖朋友内忘恩负义，拚得绝交了他，便无别话；惟有夫妻是终身相倚的，一有负心，一生怨恨，不是当耍可以了帐的事。古来生死冤家，一还一报的，独有此项极多。

宋时衢州有一人，姓郑，是个读书人，娶着会稽陆氏女，姿容娇媚。两个伉俪绸缪，如胶似漆。一日，正在枕席情浓之际，郑生忽然对陆氏道："我与你二人相爱，已到极处了。万一他日不能到底，我今日先与你说过，我若死，你不可再嫁；你若死，我也不再娶了。"陆氏道："正要与你百年偕老，怎生说这样不祥的话？"不觉的光阴荏苒，过了十年，已生有二子。郑生一时间得了不起的症候，临危时对父母道："儿死无所虑，只有陆氏妻子恩深难舍，况且年纪少艾，日前已与他说过，我死之后不可再嫁。今若肯依所言，儿死亦瞑目矣！"陆氏听说到此际，也不回言，只是低头悲哭，十分哀切，连父母也道他没有二心的了。

死后数月，自有那些走千家管闲事的牙婆① 每，打听脚踪，采问消息。晓得陆氏青年美貌，未必是守得牢的人，挨身入来与他来往。那陆氏并不推拒那一伙人，见了面就千欢万喜，烧茶办果，且是相待得好。公婆看见这些光景，心里嫌他，说道："居孀行径，最宜稳重，此辈之人没事不可引他进门。况且丈夫临终怎么样分付的？没有别的心肠，也用这些人不着。"陆氏由公婆自说，只当不闻。后来惯熟，连公婆也不说了。果然与一

---

① 牙婆——说媒之人。

个做媒的说得入港①,受了苏州曾工曹② 之聘。公婆虽然恼怒,心里道:"是他立性既自如此,留着也落得做冤家,不是好住手的,不如顺水推船,等他去了罢。"只是想着自己儿子临终之言,对着两个孙儿,未免感伤痛哭。陆氏多不放在心上,才等服满,就收拾箱匣停当,也不顾公婆,也不顾儿子,依了好日,喜喜欢欢嫁过去了。

成婚七日,正在亲热头上,曾工曹受了漕帅檄文,命他考试外郡,只得收拾起身,作别而去。去了两日,陆氏自觉凄凉,傍晚之时,走到厅前闲步。忽见一个后生象个远方来的,走到面前,对着陆氏叩了一头,口称道:"郑官人有书拜上娘子。"递过一封柬帖来。陆氏接着,看那外面封筒上题着三个大字,乃是"示陆氏"三字。认认笔踪,宛然是前夫手迹。正要盘问,那后生忽然不见。陆氏惧怕起来,拿了书急急走进房里来,剔明灯火,仔细看时,那书上写道:"十年结发之夫,一生祭祀之主。朝连暮以同欢,资有余而共聚。忽大幻以长往,慕他人而轻许。遗弃我之田畴,移蓄积于别户。不念我之双亲,不恤我之二子。义不足以为人妇,慈不足以为人母。吾已诉诸上苍,行理对于冥府。"陆氏看罢,吓得冷汗直流,魂不附体,心中懊悔无及。怀着鬼胎,十分惧怕,说不出来。茶饭不吃,默默不快,三日而亡。眼见得是负了前夫,得此果报了。

却又一件,天下事有好些不平的所在!假如男人死了,女人再嫁,便道是失了节、玷了名、污了身子,是个行不得的事,万口訾议③;及至男人家丧了妻子,却又凭他续弦再娶,置妾买婢,做出若干的勾当,把死的丢在脑后不提起了,并没有人道他薄幸负心,做一场说话。就是生前房室之中,女人少有外情,便是老大丑事,人世羞言;及至男人家撇了妻子,贪淫好色,宿娼养妓,无所不为,总有议论不是的,不为十分大害。所以女子愈加可怜,男人愈加放肆,这些也是伏不得女娘们心里的所在。不知冥冥之中,原有分晓。若是男子风月场中略行着脚,此是寻常勾当,难道就比了女人失节一般?但是果然负心之极,忘了旧时恩义,失了初时信行,以至

---

① 入港——说话投机。

② 工曹——宋时的官名。

③ 訾(zǐ)议——评论别人的短处。

误人终身、害人性命的，也没一个不到底报应的事。从来说王魁负桂英[①]，毕竟桂英索了王魁命去，此便是一个男负女的榜样。不止女负男如所说的陆氏，方有报应也。今日待小子说一个赛王魁的故事，与看官每一听，方晓得男子也是负不得女人的。有诗为证：

由来女子号痴心，痴得真时恨亦深。

莫道此痴容易负，冤冤隔世会相寻！

话说宋时有个鸿胪少卿[②]，姓满，因他做事没下稍，讳了名字不传，只叫他满少卿。未遇时节，只叫他满生。那满生是个淮南大族，世有显宦。叔父满贵，见为枢密副院。族中子弟，遍满京师，尽皆富厚本分。惟有满生心性不羁，狂放自负，生得一表人材，风流可喜。怀揣着满腹文章，道早晚必登高第。抑且幼无父母，无些拘束，终日吟风弄月，放浪江湖，把些家事多弄掉了，连妻子多不曾娶得。族中人渐渐不理他，满生也不在心上。有个父亲旧识，出镇长安。满生便收拾行装，离了家门，指望投托于他，寻些润济。到得长安，这个官人已坏了官，离了地方去了，只得转来。

满生是个少年孟浪不肯仔细的人，只道寻着熟人，财物广有，不想托了个空，身边盘缠早已罄尽。行至汴梁中牟地方，有个族人在那里做主簿，打点去与他寻些盘费还家。那主簿是个小官，地方没大生意，连自家也只好支持过日，送得他一贯多钱。还了房钱、饭钱，余下不多，不能勾回来。此时已是十二月天气，满生自思囊无半文，空身家去，难以度岁，不若只在外厢行动，寻些生意，且过了年又处。关中还有一两个相识，在那里做官，仍旧掇转路头，往西而来。

到了凤翔[③] 地方，遇着一天大雪，三日不休。正所谓"云横秦岭家何在？雪拥蓝关马不前"。满生阻住在饭店里，一连几日。店小二来讨饭钱，还他不勾，连饭也不来了。想着自己是好人家子弟，胸藏学问，视功名

---

① 王魁负桂英——此为《情史·王魁》所记载的一段故事。科场失意人王魁偶遇美妇桂英，二人相处极好，并海誓山盟决不相负。后王魁再试人第，居官后背盟另娶，桂英失望之下拔刀自刎，王魁不久亦突然死亡，相传是桂英索命。

② 少卿——宋代主礼仪的官。

③ 凤翔——古时县名，在今陕西省境内。

如拾芥耳。一时未际①，浪迹江湖，今受此穷途之苦，谁人晓得我是不遇时的公卿？此时若肯雪中送炭，真乃胜似锦上添花。争奈世情看冷暖，望着那一个救我来？不觉放声大哭。早惊动了隔壁一个人，走将过来道："谁人如此啼哭？"那个人怎生打扮？

头载玄狐帽套，身穿羔羊皮裘。紫膛颜色，带着几分酒，脸映红桃；苍白须髯，沾着几点雪，身如玉树。疑在浩然驴背下，想从安道宅中来。

那个人走进店中，问店小二道："谁人啼哭？"店小二答道："复大郎，是一个秀才官人，在此三五日了，不见饭钱拿出来。天上雪下不止，又不好走路，我们不与他饭吃了，想是肚中饥饿，故此啼哭。"那个人道："那里不是积福处？既是个秀才官人，你把他饭吃了，算在我的帐上，我还你罢。"店小二道："小人晓得。"便去拿了一分饭，摆在满生面前道："客官，是这大郎叫拿来请你的。"满生道："那个大郎？"只见那个人已走到面前道："就是老汉。"满生忙施了礼，道："与老丈素昧平生，何故如此？"那个人道："老汉姓焦，就在此酒店间壁居住。因雪下得大了，同小女烫几杯热酒暖寒。闻得这壁厢悲怨之声，不象是个以下之人，故步至此间寻问。店小二说是个秀才雪阻了的，老汉念斯文一脉，怎教秀才忍饥？故此教他送饭。荒店之中，无物可吃，况如此天气，也须得杯酒儿敌寒。秀才宽坐，老汉家中叫小厮送来。"满生喜出望外道："小生失路之人，与老丈不曾识面，承老丈如此周全，何以克当？"焦大郎道："秀才一表非俗，目下偶困，决不是落后之人。老汉是此间地主，应得来管顾的。秀才放心，但住此一日，老汉支持一日，直等天色晴霁好走路了，再商量不迟。"满生道："多感！多感！"焦大郎又问了满生姓名乡贯明白，慢慢的自去了。

满生心里喜欢道："谁想绝处逢生，遇着这等好人。"正在傒幸之际，只见一个笼头的小厮，拿了四碗嗄饭、四碟小菜、一壶热酒送将来，道："大郎送来与满官人的。"满生谢之不尽，收了摆在桌上食用。小厮出门去了，满生一头吃酒，一头就问店小二道："这位焦大郎是此间甚么样人？怎生有此好情？"小二道："这个大郎是此间大户，极是好义。平日扶穷济困，至于见了读书的，尤肯结交，再不怠慢的。自家好吃几杯酒，若是陪得他过的，一发有缘了。"满生道："想是家道富厚？"小二道："有便有些产业，也不为

① 未际——没有发迹。

十分富厚,只是心性如此。官人造化,遇着了他,便多住几日,不打紧的了。”满生道:“雪晴了,你引我去拜他一拜。”小二道:“当得,当得。”过了一会,焦家小厮来收家伙,传大郎之命,分付店小二道:“满大官人供给,只管照常支应。用酒时,到家里来取。”店小二领命,果然支持无缺,满生感激不尽。

过了一日,天色晴明,满生思量走路,身边并无盘费。亦且受了焦大郎之恩,要去拜谢。真叫做人心不足,得陇望蜀,见他好情,也就有个希冀借些盘缠之意。叫店小二在前引路,竟到焦大郎家里来。焦大郎接着,满面春风。满生见了大郎,倒地便拜,谢他:“穷途周济,殊出望外。倘有用着之处,情愿效力。”焦大郎道:“老汉家里也非有余,只因看见秀才如此困厄,量济一二,以尽地主之意,原无他事,如何说个效力起来?”满生道:“小生是个应举秀才,异时倘有寸进,不敢忘报。”大郎道:“好说,好说!目今年已傍晚,秀才还要到那里去?”满生道:“小生投人不着,囊匣如洗,无面目还乡,意思要往关中一路寻访几个相知。不期逗留于此,得遇老丈,实出万幸。而今除夕在近,前路已去不迭,真是前不巴村,后不巴店,没奈何了,只得在此饭店中且过了岁,再作道理。”大郎道:“店中冷落,怎好度岁?秀才不嫌家间淡薄,搬到家下,与老汉同住几日,随常茶饭,等老汉也不寂寞,过了岁朝再处。秀才意下何如?”满生道:“小生在饭店中总是叨忝老丈的,就来潭府,也是一般。只是萍踪相遇,受此深恩,无地可报,实切惶愧耳!”大郎道:“四海一家,况且秀才是个读书之人,前程万里。他日不忘村落之中有此老朽,便是愿足,何必如此相拘哉?”原来焦大郎固然本性好客,却又看得满生仪容俊雅,丰度超群,语言倜傥,料不是落后的,所以一意周全他。也是满生有缘,得遇此人。果然叫店小二店中发了行李,到焦家来。是日焦大郎安排晚饭与满生同吃,满生一席之间,谈吐如流,更加酒兴豪迈,痛饮不醉。大郎一发投机,以为相见之晚,直吃到兴尽方休。安置他书房中歇宿了,不提。

大郎有一室女,名唤文姬,年方一十八岁,美丽不凡,聪慧无比。焦大郎不肯轻许人家,要在本处寻个衣冠子弟,读书君子,赘在家里,照管暮年。因他是个市户出身,一时没有高门大族来求他的,以下富室痴儿,他又不肯。高不凑,低不就,所以蹉跎过了。那文姬年已长大,风情之事,尽知相慕,只为家里来往的人,庸流凡辈颇多,没有看得上眼的。听得说父亲在酒店中引得外方一个读书秀才来到，他便在里头东张西张，要看他怎生样的人物。那满生仪容举止，尽看得过，便也有一二分动心了。这也是焦大郎的不是，便做道疏财仗义，要做好人，只该赍发① 满生些少，打发他走路才是。况且室无老妻，家有闺女，那满生非亲非戚，为何留在家里宿歇？只为好着几杯酒，贪个人作伴，又见满生可爱，倾心待他。谁想满生是个轻薄后生，一来看见大郎殷勤，道是敬他人才，安然托大，忘其所以；二来晓得内有亲女，美貌及时，未曾许人，也就怀着希冀之意，指望图他为妻。又不好自开得口，待看机会。日挨一日，径把关中的念头丢过一边，再不提起了。焦大郎终日懵懵醉乡，没些搭煞，不加提防。怎当得他每两下烈火干柴，你贪我爱，各自有心，竟自勾搭上了。情到浓时，未免不避形迹。焦大郎也见了些光景，有些疑心起来。大凡天下的事，再经有心人冷眼看不起的。起初满生在家，大郎无日不与他同饮同坐，毫无说话。比及大郎疑心了，便觉满生饮酒之间，没心没想，言语参差，好些破绽出来。

大郎一日推个事故，走出门去了。半日转来，只见满生醉卧书房，风飘衣起，露出里面一件衣服来。看去有些红色，象是女人袄子模样，走到身边仔细看时，正是女儿文姬身上的，又吊着一个交颈鸳鸯的香囊，也是文姬手绣的。大惊诧道："奇怪！奇怪！有这等事？"满生睡梦之中，听得喊叫，突然惊起，急敛衣襟不迭，已知为大郎看见，面如土色。大郎道："秀才身上衣服，从何而来？"满生晓得瞒不过，只得诌个谎道："小生身上单寒，忍不过了，向令爱姐姐处，看老丈有旧衣借一件。不想令爱竟将一件女袄拿出来，小生怕冷，不敢推辞，权穿在此衣内。"大郎道："秀才要衣服，只消替老夫讲，岂有与闺中女子自相往来的事？是我养得女儿不成器了？"抽身望里边就走。

恰撞着女儿身边一个丫头，叫名青箱，一把挝过来道："你好好实说姐姐与那满秀才的事情，饶你的打！"青箱慌了，只得抵赖道："没曾见甚么事情。"大郎焦躁道："还要胡说，眼见得身上袄子多脱与他穿着了！"青箱没奈何，遮饰道："姐姐见爹爹十分敬重满官人，平日两下撞见时，也与他见个礼。他今日告诉身上寒冷，故此把衣服与他，别无甚说话。"大郎道："女

---

① 赍(jī)发——"赍"，把东西送给人。"赍发"可作"送些东西打发走"解。

人家衣服，岂肯轻与人着！况今日我又不在家，满秀才酒气喷人，是那里吃的？”青箱推道不知。大郎道：“一发胡说了，他难道再有别处噇酒？他方才已对我说了，你若不实招，我活活打死你！”青箱晓得没推处，只得把从前勾搭的事情一一说了。大郎听罢，气得抓耳挠腮，没个是处，喊道：“不成才的歪货！他是别路来的，与他做下了事，打点怎的？”青箱说：“姐姐今日见爹爹不在，私下摆个酒盒，要满官人对天罚誓，你娶我嫁，终身不负，故此与他酒吃了。又脱一件衣服，一个香囊，与他做纪念的。”大郎道：“怎了！怎了！”叹口气道：“多是我自家热心肠的不是，不消说了！”反背了双手，踱出外边来。

文姬见父亲扯了青箱去，晓得有些不尴尬①，仔细听时，一句一句说到真处来。在里面正急得要上吊，忽见青箱走到面前，已知父亲出去了，才定了性，对青箱道：“事已败露至此，却怎么了？我不如死休！”青箱道：“姐姐不要性急！我看爹爹叹口气，自怨不是，走了出去，到有几分成事的意思在那里。”文姬道：“怎见得？”青箱道：“爹爹极敬重满官人，已知有了此事，若是而今赶逐了他去，不但恶识了，把从前好情多丢去，却怎生了结姐姐？他今出去，若问得满官人不曾娶妻的，毕竟还配合了，才好住手。”文姬道：“但愿得如此便好。”

果然大郎走出去，思量了一回，竟到书房中带着怒容问满生道：“秀才，你家中可曾有妻未？”满生跼蹐无地，战战兢兢回言道：“小生湖海飘流，实未曾有妻。”大郎道：“秀才家既读诗书，也该有些行止！吾与你本是一面不曾相识，怜你客途，过为拯救，岂知你所为不义若此！点污了人家儿女，岂是君子之行？”满生惭愧难容，下地叩头道：“小生罪该万死！小生受老丈深恩，已为难报。今为儿女之情，一时不能自禁，猖狂至此。若蒙海涵，小生此生以死相报，誓不忘高天厚地之恩。”大郎又叹口气道：“事已至此，虽悔何及！总是我生女不肖，致受此辱。今既为汝污，岂可别嫁？汝若不嫌地远，索性赘入我家，做了女婿，养我终身，我也叹了这口气罢！”满生听得此言，就是九重天上飞下一纸赦书来，怎不满心欢喜？又叩着头道：“若得如此玉成，满某即粉身碎骨，难报深恩！满某父母双亡，家无妻子，便当奉侍终身，岂再他往？”大郎道：“只怕后生家看得容易了，他日负

① 不尴尬——此处可作“事不合宜”解。

起心来——"满生道:"小生与令爱恩深义重,已设誓过了,若有负心之事,教满某不得好死!"

大郎见他言语真切,抑且没奈何了,只得胡乱拣个日子,摆些酒席,配合了二人。正是:

绮罗丛里唤新人,锦绣窝中看旧物。

虽然后娶属先奸,此夜恩情翻较密。

满生与文姬,两个私情,得成正果,天从人愿,喜出望外。文姬对满生道:"妾见父亲敬重君子,一时仰慕,不以自献为羞,致于失身。原料一朝事露,不能到底,惟有一死而已。今幸得父亲配合,终身之事已完,此是死中得生,万千侥幸,他日窃不可忘!"满生道:"小生飘蓬浪迹,幸蒙令尊一见如故,解衣推食,恩已过厚。又得遇卿不弃,今日成此良缘,真恩上加恩。他日有负,诚非人类!"两人愈加如胶似漆,自不必说。满生在家无事,日夜读书,思量应举。焦大郎见他如此,道是许嫁得人,暗里心欢。自此内外无间。

过了两年,时值东京春榜招贤,满生即对丈人说要去应举。焦大郎收拾了盘缠,赍发他去。满生别了丈人、妻子,竟到东京,一举登第。才得唱名,满生心里放文姬不下,晓得选除未及,思量道:"汴梁去凤翔不远,今幸已脱白挂绿①,何不且到丈人家里,与他们欢庆一番,再来未迟?"此时满生已有仆人使唤,不比前日,便叫收拾行李,即时起身。

不多几日,已到了焦大郎门首。大郎先已有人报知,是日整备迎接,鼓乐喧天,闹动了一个村坊。满生绿袍槐简,摇摆进来,见了丈人,便是纳头四拜。拜罢,长跪不起,口里称谢道:"小婿得有今日,皆赖丈人提携,若使当日困穷旅店,没有救济,早已填了丘壑,怎能勾此身荣贵?"叩头不止。大郎扶起道:"此皆贤婿高才,致身青云之上,老夫何功之有?当日困穷失意,乃贤士之常。今日衣锦归来,有光老夫多矣!"满生又请文姬出来,交拜行礼,各各相谢。其日邻里看的挨挤不开,个个说道:"焦大郎能识好人,又且平日好施恩德,今日受此荣华之报,那女儿也落了好处了。"有一等轻薄的道:"那女儿闻得先与他有须说话了,后来配他的。"有的道:"也

---

① 脱白挂绿——"白",指"白衣",旧时未做官之人着白衣;"绿",指"绿袍",官服。"脱白挂绿"意为"做了官"。

是大郎有心把女儿许他,故留他在家里住这几时。便做道先有些什么,左右是他夫妻,而今一床锦被遮盖了,正好做院君夫人去,还有何妨?"

议论之间,只见许多人牵羊担酒,持花捧币,尽是些地方邻里亲戚,来与大郎作贺称庆。大郎此时把个身子抬在半天里了,好不风骚!一面置酒款待女婿,就先留几个相知亲戚相陪。次日又置酒请这一干作贺的,先是亲眷,再是邻里,一连吃了十来日酒。焦大郎费掉了好些钱钞,正是欢喜破财,不在心上。满生与文姬夫妻二人,愈加厮敬厮爱,欢畅非常。连青箱也算做日前有功之人,另眼看觑,别是一分颜色。有一首词,单道着得第归来世情不同光景:

世事从来无定,天公任意安排。寒酸忽地上金阶,立看许多渗濑。熟识还须再认,至亲也要疑猜。夫妻行事别开怀,另似一张卵袋。

话说满生夫荣妻贵,暮乐朝欢。焦大郎本是个慷慨心性,愈加扯大,道是靠着女儿女婿,不忧下半世不富贵了,尽心竭力,供养着他两个,惟其所用。满生总是慷他人之慨,落得快活。过了几时,选期将及,要往京师。大郎道是选官须得使用才有好地方,只得把膏腴之产尽数卖掉了,凑了偌多银两,与满生带去。焦大郎家事原只如常,经这一番大弄,已此十去八九。只靠着女婿选官之后,再图兴旺,所以毫不吝惜。满生将行之夕,文姬对他道:"我与你恩情非浅。前日应举之时,已曾经过一番离别,恰是心里指望好日,虽然牵系,不甚伤情。今番得第已过,只要去选地方,眼见得只有好处来了,不知为甚么,心中只觉凄惨,不舍得你别去,莫非有甚不祥?"满生道:"我到京即选,甲榜科名必为美官。一有地方,便着人从来迎你与丈人同到任所,安享荣华。此是算得定的日子,别不多时的,有甚么不祥之处?切勿挂虑!"文姬道:"我也晓得是这般的,只不知为何有些异样,不由人眼泪要落下来,更不知为甚缘故。"满生道:"这番热闹了多时,今我去了,顿觉冷静,所以如此。"文姬道:"这个也是。"两人絮聒了一夜,无非是些恩情浓厚,到底不忘的话。次日天明,整顿衣装,别了大郎父女,带了仆人,径往东京选官去了。这里大郎与文姬父女两个,互相安慰,把家中事件,收拾并叠,只等京中差人来接,同去赴任,悬悬指望,不提。

且说满生到京，得授临海[1]县尉[2]。正要收拾起身，转到凤翔接了丈人妻子一同到任，拣了日子，将次起行，只见门外一个人大踏步走将进来，口里叫道："兄弟，我那里不寻得你到，你原来在此！"满生抬头看时，却是淮南族中一个哥哥，满生连忙接待。那哥哥道："兄弟几年远游，家中绝无消耗，举族疑猜，不知兄弟却在那里。到京一举成名，实为莫大之喜。家中叔叔枢密相公见了金榜[3]，即便打发差人到京来相接，四处寻访不着，不知兄弟又到那里去了。而今选有地方，少不得出京家去。恁哥哥在此做些小前程，干办已满，收拾回去，已顾下船在汴河，行李多下船了。各处挨问，得见兄弟，你打迭已完，只须同你哥哥回去，见见亲族，然后到任便了。"满生心中一肚皮要到凤翔，那里曾有归家去的念头？见哥哥说来意思不对，却又不好直对他说，只含糊回道："小弟还有些别件事干，且未要到家里。"那哥哥道："却又作怪！看你的装裹多停当了，只要走路的，不到家里却又到那里？"满生道："小弟流落时节，曾受了一个人的大恩，而今还要向西路去谢他。"那哥哥道："你虽然得第，还是空囊。谢人先要礼物为先，这些事自然是到了任再处。况且此去到任所，一路过东，少不得到家边过，是顺路却不走，反走过西去怎的？"

满生此时只该把实话对他讲，说个不得已的缘故，他也不好阻当得。争奈满生有些不老气，恰象还要把这件事瞒人的一般，并不明说，但只东支西吾，凭那哥哥说得天花乱坠，只是不肯回去。那哥哥大怒起来，骂道："这样轻薄无知的人！书生得了科名，难道不该归来会一会宗族邻里？这也罢了，父母坟墓边，也不该去拜见一拜见的？我和你各处去问一问，世间有此事否？"满生见他发出话来，又说得正气了，一时也没得回他，通红了脸，不敢开口。那哥哥见他不说了，叫些随来的家人，把他的要紧箱笼，不由他分说，只一搬，竟自搬到船上去了。满生没奈何，心里想道："我久不归家了，况我落魄出来，今衣锦还乡，也是好事。便到了家里，再去凤翔，不过迟得些日子，也不为碍。"对那哥哥道："既恁地，便和哥哥同到家去走走来。"只因这一去，有分交：绿袍年少，别牵系足之绳；青鬓佳人，立

---

① 临海——在今浙江省内。

② 县尉——宋时官名。

③ 金榜——旧时中试后题名的榜文。

化望夫之石。

满生同那哥哥回到家里,果然这番宗族邻里比前不同,尽多是呵脬捧屁的。满生心里也觉快活,随去见那亲叔叔满贵。那叔叔是枢密副院,致仕家居,既是显官,又是一族之长,见了侄儿,晓得是新第回来,十分欢喜,道:“你一向出外不归,只道是流落他乡,岂知却能挣扎得第做官回来!诚然是与宗族争气的。”满生满口逊谢。满枢密又道:“却还有一件事,要与你说。你父母早亡,壮年未娶。今已成名,嗣续之事最为紧要。前日我见你登科录上有名,便已为你留心此事。宋都朱从简大夫有一次女,我打听得才貌双全。你未来时,我已着人去相求,他已许下了,此极是好姻缘。我知那临海前官尚未离任,你到彼之期还可从容。且完此亲事,夫妻一同赴任,岂不为妙?”满生见说,心下吃惊,半晌作声不得。满生若是个有主意的,此时便该把凤翔流落、得遇焦氏之事,是长是短,备细对叔父说一遍,道“成亲已久,负他不得,须辞了朱家之婚,一刀两断”,说得决绝,叔父未必不依允。争奈满生讳言的是前日孟浪出游光景,恰象凤翔的事是私下做的,不肯当场明说,但只口里唧哝。枢密道:“你心下不快,敢虑着事体不周备么?一应聘定礼物,前日是我多已出过。目下成亲所费,总在我家支持,你只打点做新郎便了。”满生道:“多谢叔叔盛情,容侄儿心下再计较一计较。”枢密正色道:“事已定矣,有何计较?”满生见他词色严毅,不敢回言,只得唯唯而出。

到了家里,闷闷了一回,想道:“若是应承了叔父所言,怎生撇得文姬父女恩情?欲待辞绝了他的,不但叔父这一段好情不好辜负,只那尊严性子也不好冲撞他。况且姻缘又好,又不要我费一些财物周折,也不该挫过!做官的人娶了两房,原不为多。欲待两头绊着,文姬是先娶的,须让他做大;这边朱家,又是官家小姐,料不肯做小,却又两难。”心里真似十五个吊桶打水,七上八落的,反添了许多不快活。踌躇了几日,委决不下,到底满生是轻薄性子,见说朱家是宦室之女,好个模样,又不费己财,先自动了十二分火。只有文姬父女这一点念头,还有些良心不能尽绝。肚里展转了几番,却就变起卦来,大凡人只有初起这一念,是有天理的,依着行去,好事尽多;若是多转了两个念头,便有许多奸贪诈伪、没天理的心来了。满生只为亲事摆脱不开,过了两日,便把一条肚肠换了转来。自想道:“文姬与我起初只有两下偷情,算得个外遇罢了,后来虽然做了亲,原不是明婚正配。况且我既为官，做我配的须是名门大族，焦家不过市井之人，门户低微，岂堪受朝廷封诰作终身伉俪哉？我且成了这边朱家的亲，日后他来通消息时，好言回他，等他另嫁了便是。倘若必不肯去，事到其间，要我收留，不怕他不低头做小了。”

算计已定，就去回复枢密。枢密拣个黄道吉日，行礼到朱大夫家，娶了过来。那朱家既是宦家，又且嫁的女婿是个新科，愈加要齐整，妆奁丰厚，百物具备。那朱氏女生长宦门，模样又是著名出色的，真是德、容、言、功，无不具足。满生快活非常，把那凤翔的事丢在东洋大海去了。正是：

花神脉脉殿春残，争赏慈恩紫牡丹。

别有玉盘承露冷，无人起就月中看。

满生与朱氏门当户对，年貌相当，你敬我爱，如胶似漆。满生心里反悔着凤翔多了焦家这件事，却也有时念及，心上有些遣不开。因在朱氏面前，索性把前日焦氏所赠衣服、香囊拿出来，忍着性子，一把火烧了，意思要自此绝了念头。朱氏问其缘故，满生把文姬的事略略说些始末，道：“这是我未遇时节的事，而今既然与你成亲，总不必提及了。”朱氏是个贤慧女子，到说道：“既然未遇时节相处一番，而今富贵了，也不该便绝了他。我不比那世间妒忌妇人，倘或有便，接他来同住过日，未为不可。”怎当得满生负了盟誓，难见他面，生怕他寻将来，不好收场，那里还敢想接他到家里？亦且怕在朱氏面上不好看，一意只是断绝了。回言道：“多谢夫人好意。他是小人家儿女，我这里没消息到他，他自然嫁人去了，不必多事。”自此再不提起。

初时满生心中怀着鬼胎，还虑他有时到来，喜得那边也绝无音耗，俗语云：“孝重千斤，日减一斤。”满生日远一日，竟自忘怀了。自当日与朱氏同赴临海任所，后来作尉任满，一连做了四五任美官，连朱氏封赠过了两番。不觉过了十来年，累官至鸿胪少卿，出知齐州。那齐州厅舍甚宽，合家人口住得象意。到任三日，里头收拾已完，内眷人等要出私衙之外，到后堂来看一看。少卿分付衙门人役尽皆出去，屏除了闲人，同了朱氏，带领着几个小厮、丫鬟、家人媳妇，共十来个人，一起到后堂散步，各自东西闲走看耍。少卿偶然走到后堂右边天井中，见有一小门，少卿推开来看，里头一个穿青的丫鬟，见了少卿，飞也似跑了去。少卿急赶上去看时，那丫鬟早已走入一个破帘内去了。少卿走到帘边，只见帘内走出一个女人来，少卿仔细一看，正是凤翔焦文姬。少卿虚心病，原有些怕见他的，亦且出于不意，不觉惊惶失措。文姬一把扯住少卿，哽哽咽咽哭将起来道："冤家，你一别十年，向来许多恩情一些也不念及，顿然忘了，真是忍人！"少卿一时心慌，不及问他从何而来，且自辩说道："我非忘卿，只因归到家中，叔父先已别聘，强我成婚，我力辞不得，所以蹉跎至今，不得来你那里。"文姬道："你家中之事，我已尽知，不必提起。吾今父亲已死，田产俱无，刚剩得我与青箱两人，别无倚靠。没奈何了，所以千里相投。前日方得到此，门上人又不肯放我进来。求恳再三，今日才许我略在别院空房之内，驻足一驻足，幸而相见。今一身孤单，茫无栖泊，你既有佳偶，我情愿做你侧室，奉事你与夫人，完我余生。前日之事，我也不计较短长，付之一叹罢了！"说一句，哭一句。说罢，又倒在少卿怀里，发声大恸。连青箱也走出来见了，哭做一堆。

少卿见他哭得哀切，不由得眼泪也落下来。又恐怕外边有人知觉，连忙止他道："多是我的不是。你而今不必啼哭，管还你好处。且喜夫人贤慧，你既肯认做一分小，就不难处了。你且消停在此，等我与夫人说去。"少卿此时也是身不由己的走来对朱氏道："昔年所言凤翔焦氏之女，间隔了多年，只道他嫁人去了，不想他父亲死了，带了个丫鬟直寻到这里。今若不收留，他没个着落，叫他没处去了，却怎么好？"朱氏道："我当初原说接了他来家，你自不肯，直误他到此地位，还好不留得他？快请来与我相见。"少卿道："我说道夫人贤慧。"就走到西边去，把朱氏的说话说与文姬。文姬回头对青箱道："若得如此，我每且喜有安身之处了。"两人随了少卿，步至后堂，见了朱氏，相叙礼毕。文姬道："多蒙夫人不弃，情愿与夫人铺床叠被。"朱氏道："那有此理？只是姐妹相处便了。"就相邀一同进入衙中。朱氏着人替他收拾起一间好卧房，就着青箱与他同住，随房伏侍。文姬低头伏气，且是小心。朱氏见他如此，甚加怜爱，且是过的和睦。

住在衙中几日了，少卿终是有些羞惭不过意，缩缩朒朒①，未敢到他房中歇宿去。一日，外厢去吃了酒归来，有些微醺了，望去文姬房中，灯火微明，不觉心中念旧起来。醉后却胆壮了，踉踉跄跄，竟来到文姬面前。文姬与青箱慌忙接着，喜喜欢欢簇拥他去睡了。这边朱氏闻知，笑道："来

① 缩缩朒朒(nǜ)——作"缩手缩脚"、"畏缩于前"解。

这几时,也该到他房里去了。"当夜朱氏收拾了自睡。到第二日,日色高了,合家多起了身,只有少卿未起。合家人指指点点,笑的话的,道是:"十年不相见了,不知怎地舞弄,这时节还自睡哩!青箱丫头在旁边听得不耐烦,想也倦了,连他也不起来。"有老成的道:"十年的说话,讲也讲他大半夜,怪道天明多睡了去。"

众人议论了一回,只不见动静。朱氏梳洗已过,也有些不惬意道:"这时节也该起身了,难道忘了外边坐堂?"同了一个丫鬟走到文姬房前听一听,不听得里面一些声响,推推门看,又是里面关着的。家人每道:"日日此时出外理事去久了,今日迟得不象样,我每不妨催一催。"一个就去敲那房门,初时低声,逐渐声高,直到乱敲乱叫,莫想里头答应一声。尽来对朱氏道:"有些奇怪了,等他开出来不得。夫人做主,我们掘开一壁,进去看看。停会相公嗔怪,全要夫人担待。"朱氏道:"这个在我,不妨。"众人尽皆动手,须臾之间,已掇开了一垛壁。众人走进里面一看,开了口合不拢来。正是:

宣子慢传无鬼论,良宵自昔有冤偿。
若还死者全无觉,落得生人不善良。

众人走进去看时,只见满少卿直挺挺倘[①]在地下,口鼻皆流鲜血。近前用手一摸,四肢冰冷,已气绝多时了。房内并无一人,那里有什么焦氏?连青箱也不见了,刚留得些被卧在那里。众人忙请夫人进来。朱氏一见,惊得目睁口呆,大哭起来。哭罢道:"不信有这样的异事!难道他两个人摆布死了相公,连夜走了?"众人道:"衙门封锁,插翅也飞不出去;况且房里兀自关门闭户的,打从那里走得出来?"朱氏道:"这等,难道青天白日相处这几时,这两个却是鬼不成?"似信不信。一面传出去,说少聊夜来暴死,着地方停当后事。

朱氏悲悲切切,到晚来步进卧房,正要上床睡去,只见文姬打从床背后走将出来,对朱氏道:"夫人休要烦恼!满生当时受我家厚恩,后来负心,一去不来,吾举家悬望,受尽苦楚,抱恨而死。我父见我死无聊,老人家悲哀过甚,与青箱丫头相继沦亡。今在冥府诉准,许自来索命,十年之怨,方得申报,我而今与他冥府对证去。蒙夫人相待好意,不敢相侵,特来

---

① 倘——同"躺"。

告别。”朱氏正要问个备细，一阵冷风，遍体飒然惊觉，乃是南柯一梦。才晓得文姬、青箱两个真是鬼，少卿之死，被他活捉了去阴府对理。朱氏前日原知文姬这事，也道少卿没理的，今日死了无可怨怅，只得护丧南还。单苦了朱氏下半世，亦是满生之遗孽也。世人看了如此榜样，难道男子又该负得女子的？

痴心女子负心汉，谁道阴中有判断？
虽然自古皆有死，这回死得不好看。

卷 十 二

硬勘案大儒争闲气　甘受刑侠女著芳名

诗云：

世事莫有成心，成心专会认错。

任是大圣大贤，也要当着不着。

看官听说：从来说的书不过谈些风月，述些异闻，图个好听。最有益的，论些世情，说些因果，等听了的触着心里，把平日邪路念头化将转来。这个就是说书的一片道学心肠，却从不曾讲着道学。而今为甚么说个不可有成心？只为人心最灵，专是那空虚的才有公道。一点成心入在肚里，把好歹多错认了，就是圣贤也要偏执起来，自以为是，却不知事体竟不是这样的了。道学的正派，莫如朱文公晦翁①。读书的人那一个不尊奉他，岂不是个大贤？只为成心上边，也曾错断了事。

当日在福建崇安县知县事，有一小民告一状道："有祖先坟茔，县中大姓夺占做了自己的坟墓，公然安葬了。"晦翁精于风水，况且福建又极重此事，豪门富户见有好风水吉地，专要占夺了小民的，以致兴讼，这样的事日日有的。晦翁准了他状，提那大姓到官。大姓说："是自家做的坟墓，与别人毫不相干的，怎么说起占夺来？"小民道："原是我家祖上的墓，是他富豪倚势占了。"两家争个不歇。叫中证问时，各人为着一边，也没个的据。晦翁道："此皆口说无凭，待我亲去踏看明白。"当下带了一干人犯及随从人等，亲到坟头。看见山明水秀，凤舞龙飞，果然是一个好去处。晦翁心里道："如此吉地，怪道有人争夺。"心里先有些疑心，必是小民先世葬着，大姓看得好，起心要他的了。大姓先禀道："这是小人家里新造的坟，泥土工程，一应皆是新的，如何说是他家旧坟？相公龙目一看，便了然明白。"小民道："上面新工程是他家的，底下须有老土。这原是家里的，他夺了才装

① 朱文公晦翁——指朱熹，南宋哲学家、教育家，字元晦，一字仲晦，世称朱子，又称朱文公。

新起来。”晦翁叫取锄头铁锹，在坟前挖开来看。挖到松泥将尽之处，当的一声响，把个挖泥的人振得手疼。拨开浮泥看去，乃是一块青石头，上面依稀有字，晦翁叫取起来看。从人拂去泥沙，将水洗净，字文见将出来，却是“某氏之墓”四个大字。旁边刻着细行，多是小民家里祖先名字。大姓吃惊道：“这东西那里来的？”晦翁喝道：“分明是他家旧坟，你倚强夺了他的！石刻见在，有何可说？”小民只是叩头道：“青天在上，小人再不必多口了。”晦翁道是见得已真，起身竟回县中，把坟断归小民，把大姓问了个强占田土之罪。小民口口“青天”，拜谢而去。

晦翁断了此事，自家道：“此等锄强扶弱的事，不是我，谁人肯做？”深为得意，岂知反落了奸民之计！原来小民诡诈，晓得晦翁有此执性，专怪富豪大户欺侮百姓，此本是一片好心，却被他们看破的拿定了。因贪大姓所做坟地风水好，造下一计，把青石刻成字，偷埋在他坟前了多时，忽然告此一状。大姓睡梦之中，说是自家新做的坟，一看就明白的。谁知地下先做成此等圈套，当官发将出来。晦翁见此明验，岂得不信？况且从来只有大家占小人的，那曾见有小人谋大家的？所以执法而断。那大姓委实受冤，心里不伏，到上边监司处再告将下来，仍发崇安县问理。晦翁越加嗔恼，道是大姓刁悍抗拒。一发狠，着地方勒令大姓迁出棺柩，把地给与小民安厝祖先，了完事件。争奈外边多晓得是小民欺诈，晦翁错问了事，公议不平，沸腾喧嚷，也有风闻到晦翁耳朵内。晦翁认是大姓力量大，致得人言如此，慨然叹息道：“看此世界，直道终不可行！”遂弃官不做，隐居本处武夷山中。

后来有事经过其地，见林木蓊然，记得是前日踏勘断还小民之地。再行闲步一看，看得风水真好，葬下该大发人家。因寻其旁居民问道：“此是何等人家，有福分葬此吉地？”居民道：“若说这家坟墓，多是欺心得来的，难道有好风水报应他不成？”晦翁道：“怎生样欺心？”居民把小民当日埋石在墓内，骗了县官，诈了大姓这块坟地，葬了祖先的话，是长是短，备细说了一遍。晦翁听罢，不觉两颊通红，悔之无及，道：“我前日认是奉公执法，怎知反被奸徒所骗！”一点恨心自丹田里直贯到头顶来。想道：“据着如此风水，该有发迹好处；据着如此用心贪谋来的，又不该有好处到他了。”遂对天祝下四句道：此地若发，是有地理；此地不发，是有天理。祝罢而去。

是夜大雨如倾，雷电交作，霹雳一声，屋瓦皆响。次日看那坟墓，已毁成一潭，连尸棺多不见了。可见有了成心，虽是晦庵大贤，不能无误。及后来事体明白，才知悔悟，天就显出报应来，此乃天理不泯之处。人若欺心，就骗过了圣贤，占过了便宜，葬过了风水，天地原不容的。而今为何把这件说这半日？只为朱晦翁还有一件为着成心上边硬断一事，屈了一个下贱妇人，反致得他名闻天子，四海称扬，得了个好结果。有诗为证：

白面秀才落得争，红颜女子落得苦。

宽仁圣主两分张，反使娼流名万古。

话说天台营中有一上厅行首，姓严名蕊，表字幼芳，乃是个绝色的女子。一应琴棋书画、歌舞管弦之类，无所不通。善能作诗词，多自家新造句子，词人推服，又博晓古今故事。行事最有义气，待人常是真心。所以人见了的，没一个不失魂荡魄在他身上，四方闻其大名。有少年子弟慕他的，不远千里，直到台州来求一识面。正是：十年不识君王面，始信婵娟解误人。

此时台州太守乃是唐与正，字仲友，少年高才，风流文彩。宋时法度，官府有酒，皆召歌妓承应，只站着歌唱送酒，不许私侍寝席，却是与他谑浪狎昵，也算不得许多清处。仲友见严蕊如此十全可喜，尽有眷顾之意，只为官箴拘束，不敢胡为。但是良辰佳节，或宾客席上，必定召他来侑酒。一日，红白桃花盛开，仲友置酒赏玩，严蕊少不得来供应。饮酒中间，仲友晓得他善于词咏，就将红白桃花为题，命赋小词。严蕊应声成一阕，词云：

道是梨花不是，道是杏花不是。白白与红红，别是东风情味。曾记，曾记，人在武陵微醉。

——词寄《如梦令》

吟罢，呈上仲友。仲友看毕大喜，赏了他两匹缣帛。

又一日，时逢七夕，府中开宴。仲友有一个朋友谢元卿，极是豪爽之士，是日也在席上。他一向闻得严幼芳之名，今得相见，不胜欣幸。看了他这些行动举止、谈谐歌唱，件件动人，道："果然名不虚传！"大觥连饮，兴趣愈高，对唐太守道："久闻此子长于词赋，可当面一试否？"仲友道："既有佳客，宜赋新词。此子颇能，正可请教。"元卿道："就把七夕为题，以小生之姓为韵，求赋一词。小生当饮满三大瓯。"严蕊领命，即口吟一词道：

碧梧初坠，桂香才吐，池上水花初谢。穿针人在合欢楼，正月露玉盘高泻。　蛛忙鹊懒，耕慵织倦，空做古今佳话。人间刚到隔年期，怕天上方才隔夜。

——词寄《鹊桥仙》

词已吟成，元卿三瓯酒刚吃得两瓯，不觉跃然而起道："词既新奇，调又适景，且才思敏捷，真天上人也！我辈何幸，得亲沾芳泽！"亟取大觥相酬，道："也要幼芳分饮此瓯，略见小生钦慕之意。"严蕊接过吃了。

太守看见两人光景，便道："元卿客边，可到严子家中做一程儿伴。"元卿大笑，作个揖道："不敢请耳，固所愿也。但未知幼芳心下如何。"仲友笑道："严子解人，岂不愿事佳客？况为太守做主人，一发该的了。"严蕊不敢推辞得。酒散，竟同谢元卿一路到家，是夜遂留同枕席之欢。元卿意气豪爽，见此佳丽聪明女子，十分趁怀，只恐不得他欢心，在太守处凡有所得，尽情送与他家。留连半年，方才别去，也用掉若干银两，心里还是歉然的，可见严蕊真能令人消魂也。表过不题。

且说婺州永康县有个有名的秀才，姓陈名亮，字同父。赋性慷慨，任侠使气，一时称为豪杰。凡缙绅士大夫有气节的，无不与之交好。淮帅辛稼轩① 居铅山时，同父曾去访他。将近居傍，过一小桥，骑的马不肯走。同父将马三跃，马三次退却。同父大怒，拔出所佩之剑，一剑挥去马首，马倒地上。同父面不改容，徐步而去。稼轩适在楼上看见，大以为奇，遂与定交。平日行径如此，所以唐仲友也与他相好。因到台州来看仲友，仲友资给馆谷，留住了他。闲暇之时，往来讲论。仲友喜的是俊爽名流，恼的是道学先生。同父意见亦同，常说道："而今的世界只管讲那道学，说正心诚意的，多是一班害了风痹病，不知痛痒之人。君父大仇全然不理，方且扬眉袖手，高谈性命，不知性命是甚么东西！"所以与仲友说得来。只一件，同父虽怪道学，却与朱晦庵相好，晦庵也曾荐过同父来。同父道他是实学有用的，不比世儒迂阔。惟有唐仲友平日恃才，极轻薄的是朱晦庵，道他字也不识的。为此，两个议论有些左处。

同父客邸兴高，思游妓馆。此时严蕊之名布满一郡，人多晓得是太守相公作兴的，异样兴头，没有一日闲在家里。同父是个爽利汉子，那里有心情伺候他空闲？闻得有一个赵娟，色艺虽在严蕊之下，却也算得是个上

① 辛稼轩——即辛弃疾，字幼安，号稼轩。宋代历城人。曾任湖南安抚，治军有名；所作词悲壮豪迈，有《稼轩集》刊行于世。

等的衏衏，台州数一数二的，同父就在他家游耍。缱绻多时，两情欢爱。同父挥金如土，毫无吝啬。妓家见他如此，百倍趋承。赵娟就有嫁他之意，同父也有心要娶赵娟，两个商量了几番，彼此乐意。只是是个官身，必须落籍①，方可从良嫁人。同父道："落籍是府间所主，只须与唐仲友一说，易如反掌。"赵娟道："若得如此最好。"

陈同父特为此来府里见唐太守，把此意备细说了。唐仲友取笑道："同父是当今第一流人物，在此不交严蕊而交赵娟，何也？"同父道："吾辈情之所钟，便是最胜，那见还有出其右者？况严蕊乃守公所属意，即使与交，肯便落了籍放他去否？"仲友也笑将起来道："非是属意，果然严蕊若去，此邦便觉无人，自然使不得！若赵娟要脱籍，无不依命。但不知他相从仁兄之意已决否？"同父道："察其词意，似出至诚。还要守公赞襄，作个月老。"仲友道："相从之事，出于本人情愿，非小弟所可赞襄，小弟只管与他脱籍便了。"同父别去，就把这话回复了赵娟，大家欢喜。

次日，府中有宴，就唤将赵娟来承应。饮酒之间，唐太守问赵娟道："昨日陈官人替你来说，要脱籍从良，果有此事否？"赵娟叩头道："贱妾风尘已厌，若得脱离，天地之恩！"太守道："脱籍不难。脱籍去，就从陈官人否？"赵娟道："陈官人名流贵客，只怕他嫌弃微贱，未肯相收。今若果有心于妾，妾焉敢自外？一脱籍就从他去了。"太守心里想道："这妮子不知高低，轻意应承，岂知同父是个杀人不眨眼的汉子？况且手段挥霍，家中空虚，怎能了得这妮子终身？"也是一时间为赵娟的好意，冷笑道："你果要从了陈官人到他家去，须是会忍得饥、受得冻才使得。"赵娟一时变色，想道："我见他如此撒漫使钱，道他家中必然富饶，故有嫁他之意。若依太守相公的说话，必是个穷汉子，岂能了我终身之事？"好些不快活起来。

唐太守一时取笑之言，只道他不以为意。岂知姊妹行② 中心路最多，一句关心③，陡然疑变。唐太守虽然与了他脱籍文书，出去见了陈同父，并不提起嫁他的说话了。连相待之意，比平时也冷淡了许多。同父心里怪道："难道娼家薄情得这样渗濑，哄我与他脱了籍，他就不作准了？"再

① 落籍——在官家榜上有名的妓女从良，需从官府簿册上去掉姓名。

② 姊妹行——指"妓女们"。

③ 关心——此处作"触着心中之事"解。

把前言问赵娟。赵娟道:"太守相公说来,到你家要忍冻饿。这着甚么来由?"同父闻得此言,勃然大怒道:"小唐这样惫赖!只许你喜欢严蕊罢了,也须有我的说话处。"他是个直性尚气的人,也就不恋了赵家,也不去别唐太守,一径到朱晦庵处来。

此时朱晦庵提举浙东常平仓,正在婺州。同父进去,相见已毕,问说是台州来,晦庵道:"小唐在台州如何?"同父道:"他只晓得有个严蕊,有甚别勾当?"晦庵道:"曾道及下官否?"同父道:"小唐说公尚不识字,如何做得监司?"晦庵闻之,默然了半日。盖是晦庵早年登朝,茫茫仕宦之中,著书立言,流布天下,自己还有些不慊意处。见唐仲友少年高才,心里常疑他要来轻薄的。闻得他说己不识字,岂不愧怒!怫然道:"他是我属吏,敢如此无礼!"然背后之言未卜真伪,遂行一张牌下去,说:"台州刑政有枉,重要巡历。"星夜到台州来。

晦庵是有心寻不是的,来得急促。唐仲友出于不意,一时迎接不及,来得迟了些。晦庵信道是"同父之言不差,果然如此轻薄,不把我放在心上!"这点恼怒再消不得了。当日下马,就追取了唐太守印信,交付与郡丞,说:"知府不职,听参。"连严蕊也拿来收了监,要问他与太守通奸情状。晦庵道是仲友风流,必然有染,况且妇女柔脆,吃不得刑拷,不论有无,自然招承,便好参奏他罪名了。谁知严蕊苗条般的身躯,却是铁石般的性子,随你朝打暮骂,千箠百拷,只说:"循分供唱,吟诗侑酒是有的,曾无一毫他事。"受尽了苦楚,监禁了月余,到底只是这样话。晦庵也没奈他何,只得糊涂做了"不合蛊惑上官",狠毒将他痛杖了一顿,发去绍兴,另加勘问。一面先具本参奏,大略道:唐某不伏讲学,罔知圣贤道理,却诋臣为不识字。居官不存政体,亵昵娼流,鞫得奸情,再行复奏。取进止。等因。

唐仲友有个同乡友人王淮,正在中书省当国。也具一私揭,辨晦庵所奏,要他达知圣听。大略道:朱某不遵法制,一方再按,突然而来。因失迎候,酷逼娼流,妄污职官。公道难泯,力不能使贱妇诬服。尚辱渎奏,明见欺妄。等因。

孝宗皇帝看见晦庵所奏,正拿出来与宰相王淮平章,王淮也出仲友私揭与孝宗看。孝宗见了,问道:"二人是非,卿意何如?"王淮奏道:"据臣看着,此乃秀才争闲气耳。一个道讥了他不识字,一个道不迎候得他,此是真情。其余言语多是增添的,可有一些的正事么?多不要听他就是。"孝宗道："卿说得是。却是上下司不和，地方不便，可两下平调了他每便了。"王淮奏谢道："陛下圣见极当，臣当分付所部奉行。"

这番京中亏得王丞相帮衬，孝宗有主意，唐仲友官爵安然无事。只可怜这边严蕊吃过了许多苦楚，还不算帐，出本之后，另要绍兴去听问。绍兴太守也是一个讲学的，严蕊解到时，见他模样标致，太守便道："从来有色者，必然无德。"就用严刑拷他，讨拶来拶指。严蕊十指纤细，掌背嫩白。太守道："若是亲操井臼的手，决不是这样，所以可恶！"又要将夹棍夹他。当案孔目禀道："严蕊双足甚小，恐经折挫不起。"太守道："你道他足小么？此皆人力矫揉，非天性之自然也。"着实被他腾倒了一番，要他招与唐仲友通奸的事。严蕊照前不招，只得且把来监了，以待再问。

严蕊到了监中，狱官着实可怜他，分付狱中牢卒，不许难为。好言问道："上司加你刑罚，不过要你招认，你何不早招认了？这罪是有分限的。女人家犯淫，极重不过是杖罪，况且已经杖断过了，罪无重科。何苦舍着身子，熬这等苦楚？"严蕊道："身为贱伎，纵是与太守有奸，料然不到得死罪，招认了有何大害？但天下事，真则是真，假则是假，岂可自惜微躯，信口妄言，以污士大夫！今日宁可置我死地，要我诬人，断然不成的！"狱官见他词色凛然，十分起敬，尽把其言禀知太守。太守道："既如此，只依上边原断施行罢。可恶这妮子倔强，虽然上边发落已过，这里原要决断。"又把严蕊带出监来，再加痛杖，这也是奉承晦庵的意思。叠成文书，正要回复提举司，看他口气，别行定夺，却得晦庵改调消息，方才放了严蕊出监。严蕊恁地晦气，官人每自争闲气，做他不着，两处监里无端的监了两个月，强坐得他一个不应罪名，到受了两番科断，其余逼招拷打，又是分外的受用。正是：

　　规圆方竹杖，漆却断纹琴。

　　好物不动念，方成道学心。

严蕊吃了无限的磨折，放得出来，气息奄奄，几番欲死。将息杖疮，几时见不得客，却是门前车马，比前更盛，只因死不肯招唐仲友一事，四方之人重他义气。那些少年尚气节的朋友，一发道是堪比古来义侠之伦，一向认得的要来问他安，不曾认得的要来识他面，所以挨挤不开。一班风月场中自然与道学不对，但是来看严蕊的，没一个不骂朱晦庵两句。

晦庵此番竟不曾奈何得唐仲友，落得动了好些唇舌，外边人言喧沸，严蕊声价腾涌，直传到孝宗耳朵内。孝宗道："早是前日两平处了。若听了一偏之词，贬谪了唐与正，却不屈了这有义气的女子没申诉处？"陈同父知道了，也悔道："我只向晦庵说得他两句话，不道认真的大弄起来。今唐仲友只疑是我害他，无可辨处。"因致书与晦庵道："亮平生不曾会说人是非，唐与正乃见疑相谮，真足当田光① 之死矣。然困穷之中，又自惜此泼命。一笑。"看来陈同父只为唐仲友破了他赵娟之事，一时心中愤气，故把仲友平日说话对晦庵讲了出来。原不料晦庵狠毒，就要摆布仲友起来，至于连累严蕊，受此苦拷，皆非同父之意也。这也是晦庵成心不化，偏执之过，以后改调去了。

交代的是岳商卿，名霖。到任之时，妓女拜贺，商卿问："那个是严蕊？"严蕊上前答应。商卿抬眼一看，见他举止异人，在一班妓女之中，却像鸡群内野鹤独立，却是容颜憔悴。商卿晓得前事，他受过折挫，甚觉可怜，因对他道："闻你长于词翰，你把自家心事，做成一词诉我，我自有主意。"严蕊领命，略不构思，应声口占《卜算子》道：

不是爱风尘，似被前缘误。花落花开自有时，总赖东君主。

去也终须去，住也如何住？若得山花插满头，莫问奴归处！

商卿听罢，大加称赏道："你从良之意决矣。此是好事，我当为你做主。"立刻取伎籍来，与他除了名字，判与从良。

严蕊叩头谢了，出得门去。有人得知此说的，千斤币聘，争来求讨，严蕊多不从他。有一宗室近属子弟，丧了正配，悲哀过切，百事俱废。宾客们恐其伤性，拉他到伎馆散心。说着别处多不肯去，直等说到严蕊家里，才肯同来。严蕊见此人满面戚容，问知为着丧偶之故，晓得是个有情之人，关在心里。那宗室也慕严蕊大名，饮酒中间，彼此喜乐，因而留住。倾心来往了多时，毕竟纳了严蕊为妾。严蕊也一意随他，遂成了终身结果。虽然不到得夫人、县君，却是宗室自取严蕊之后，深为得意，竟不续婚。一根一蒂，立了妇名，享用到底，也是严蕊立心正直之报也。

后有评论这个严蕊，乃是真正讲得道学的。有七言古风一篇，单说他的好处：

---

① 田光——战国时人，曾向燕太子丹推荐荆轲，刺杀秦王，太子随后叮嘱田光不要泄漏机密之事，田光虽然答应了，但叹自己为太子丹所疑，自刎而死。

天台有女真奇绝，挥毫能赋谢庭雪。
搽粉虞候太守筵，酒酣未必呼烛灭。
忽尔监司飞檄至，桁杨横掠头抢地。
章台不犯士师条，肺石①会疏刺史事。
贱质何妨轻一死，岂承浪语污君子？
罪不重科两得笞，狱吏之威止是耳。
君侯能讲毋自欺，乃遣女子诬人为！
虽在缧绁②非其罪，尼父之语胡忘之？
君不见贯高当时白赵王，身无完肤犹自强？
今日蛾眉亦能尔，千载同闻侠骨香！
含颦带笑出狴犴③，寄声合眼闭眉汉：
山花满头归去来，天潢自有梁鸿案。

① 肺石——“肺”，肺的误字，“肺石”即“肺石”。相传古时设在朝廷门外的红色石头，百姓可以站在石上控诉地方官吏。
② 缧绁(léixiè)——捆绑犯人的绳索。
③ 狴犴(bì'àn)——借指牢狱。

卷 十 三

鹿胎庵客人作寺主 剡溪里旧鬼借新尸

诗曰：

昔日眉山翁，无事强说鬼。
何取诞怪言，阴阳等一理。
惟令死可生，不教生愧死。
晋人颇通玄，我怪阮宣子。

晋时有个阮修①，表字宣子。他一生不信有鬼，特做一篇《无鬼论》。他说道："今人见鬼者，多说他着活时节衣服。这等说起来，人死有鬼，衣服也有鬼了。"一日，有个书生来拜他，极论鬼神之事。一个说无，一个说有，两下辩论多时，宣子口才便捷，书生看看说不过了，立起身来道："君家不信，难以置辨，只眼前有一件大证见，身即是鬼，岂可说无耶。"言毕，忽然不见。宣子惊得木呆，默然而惭，这也是他见不到处。从来圣贤多说人死为鬼，岂有没有的道理？不止是有，还有许多放生前心事不下，出来显灵的。所以古人说："当令死者复生，生者可以不愧，方是忠臣义士。"而今世上的人，可以见得死者的能有几个？只为欺死鬼无知，若是见了显灵的，可也害怕哩！

宋时福州黄间人刘监税的儿子四九秀才，取郑司业明仲的女儿为妻，后来死了，三个月，将去葬于郑家先陇② 之傍。既掩圹，刘秀才邀请送葬来的亲朋在坟庵饮酒，忽然一个大蝶飞来，可有三寸多长，在刘秀才左右盘旋飞舞，赶逐不去。刘秀才道是怪异，戏言道："莫非我妻之灵乎？倘阴间有知，当集我掌上。"刚说得罢，那蝶应声而下，竟飞在刘秀才右手内，将有一刻光景，然后飞去。细看手内已生下二卵，坐客多来观看，刘秀才恐

---

① 阮修——晋代人，字宣子。阮修主张无鬼论。
② 先陇——"陇"通"垄"，"先陇"即民间所讲的"祖坟"。

失掉了,将纸包着,叫房里一个养娘[①],交付与他藏了。

刘秀才念着郑氏,叹息不已,不觉泪下。正在凄惶间,忽见这个养娘走进来,道:"不必悲伤,我自来了!"看着行动举止,声音笑貌,宛然与郑氏一般无二。众人多道是这养娘风发了。到晚回家,竟走到郑氏房中,开了箱匣,把冠裳钗钏服饰之类,尽多拿出来,悉照郑氏平日打扮起来。家人正皆惊骇,他竟走出来,对刘秀才说道:"我去得三月,你在家中做的事,那件是,那件不是,某妾说甚么话,某仆做甚勾当。"一一数来,件件不虚。刘秀才晓得是郑氏附身,把这养娘认做是郑氏,与他说话,全然无异。也只道附几时要去的,不想自此声音不改了,到夜深竟登郑氏之床,拉了刘秀才同睡。云雨欢爱,竟与郑氏生前一般。明日早起来,区处家事,简较庄租簿书,分毫不爽。亲眷家闻知,多来看他,他与人寒温款待,一如平日。人多叫他鬼小娘。养娘的父亲就是刘家庄仆,见说此事,急看看女儿。女儿见了,不认是父亲,叫他的名字骂道:"你去年还欠谷若干斛,何为不还?"叫当直的[②] 拿住了要打,讨饶才住。

如此者五年,直到后来刘秀才死了,养娘大叫一声,蓦然倒地,醒来仍旧如常。问他五年间事,分毫不知。看了身上衣服,不胜惭愧,急脱卸了,原做养娘本等去。可见世间鬼附生人的事极多,然只不过一时间事,没有几年价竟做了生人与人相处的,也是他阴中撇刘秀才不下,又要照管家事,故此现出这般奇异来。怎说得个没鬼?这个是借生人的了,还有个借死人的。说来时:

直叫小胆惊欲死,任是英雄也汗流。

只为满腔冤抑事,一宵鬼话报心仇。

话说会稽嵊县[③] 有一座山,叫做鹿胎山。为何叫得鹿胎山?当时有一个陈惠度,专以射猎营生,到此山中,见一带胎麀鹿,在面前走过。惠度腰袋内取出箭来,搭上了一箭射去,叫声"着",不偏不侧,正中了鹿的头上。那只鹿带了箭,急急跑到林中,跳上两跳,早把个小鹿生了出来。老鹿既产,便把小鹿身上血舐个干净了,然后倒地身死。陈惠度见了,好生

① 养娘——女婢。

② 当直的——指值班的仆人。

③ 嵊县——在今浙江省内。

不忍，深悔前业，抛弓弃矢，投寺为僧。后来鹿死之后，生出一样草来，就名"鹿胎草"。这个山原叫得剡山，为此就改做鹿胎山。

山上有个小庵，人只叫做鹿胎庵。这个庵，苦不甚大。宋淳熙年间①，有一僧号竹林，同一行者② 在里头居住。山下村里，名剡溪里，就是王子猷雪夜访戴安道③的所在。里中有个张姓的人家，家长新死，将入殡殓，来请庵僧竹林去做入棺功德。是夜里的事，竹林叫行童挑了法事经箱，随着就去。时已日暮，走到半山中，只见前面一个人叫道："天色晚了，师父下山，到甚处去？"抬头看时，却是平日与他相好的一个秀才，姓直名谅，字公言。两人相揖已毕，竹林道："官人从何处来？小僧要山下人家去，怎么好？"直生道："小生从县间至此，见天色已晚，特来投宿庵中，与师父清话。师父不下山去罢。"竹林道："山下张家主翁入殓，特请去做佛事，事在今夜。多年檀越人家，怎好不去得？只是官人已来到此，又没有不留在庵中宿歇的。事出两难，如何是好？"直生道："我不宿此，别无去处。"竹林道："只不知官人有胆气独住否？"直生道："我辈大丈夫，气吞湖海，鬼物所畏，有甚没胆气处！你每自去，我竟到庵中自宿罢。"竹林道："如此却好，只是小僧心上过意不去。明日归来，罚做一个东道请罪罢。"直生道："快去，快去，省得为我少得了衬钱，明日就将衬钱来破除也好。"竹林就在腰间解下钥匙来付与直生，道："官人，你可自去开了门歇宿去，肚中饥饿时，厨中有糕饼，灶下有见成米饭，食物多有，随你权宜吃用，将就过了今夜，明日绝早，小僧就回。托在相知，敢如此大胆，幸勿见责。"直生取笑道："不要开进门去，撞了什么避忌的人在里头，你放心不下。"竹林也笑道："山庵浅陋，料没有妇女藏得，不妨，不妨。"直生道："若有在里头，正好我受用他一夜。"竹林道："但凭受用，小僧再不吃醋。"大笑而别，竹林自下山去了。

直生接了钥匙，一径�园上山来，端的好夜景：

---

① 宋淳熙年间——"淳熙"，宋孝宗年号。"宋淳熙年间"相当于公元 1174—1189 年。

② 行者——没有剃度的出家人。

③ 王子猷雪夜访戴安道——王子猷，王羲之之子王徽之，字子猷；戴安道，姓戴名逵，字安道，工书画，亦善鼓琴。子猷曾于雪夜泛舟访戴，到得门前而返。其意为："乘兴而来，兴尽而返，何必见戴？"

栖鸦争树，宿鸟归林。隐隐钟声，知是禅关清梵；纷纷烟色，看他比屋晚炊。径僻少人行，惟有樵夫肩担下；山深无客至，并稀稚子候门迎。微茫几点疏星，户前相引；灿烂一钩新月，木末来邀。室内知音，只是满堂木偶；庭前好伴，无非对座金刚。若非德重鬼神钦，也要心疑魑魅至。

直生走进庵门，竟趋禅室。此时明月如昼，将钥匙开了房门，在佛前长明灯[①]内点个火起来，点在房中了。到灶下看时，钵头内有炊下的饭，将来锅内热一热，又去倾瓶倒罐，寻出些笋干木耳之类好些物事来。笑道："只可惜没处得几杯酒吃吃。"把饭吃饱了，又去烧些汤，点些茶起来吃了。走入房中，掩上了门，展一展被卧停当，息了灯，倒头便睡。

一时间睡不去，还在翻覆之际，忽听得扣门响。直生自念庵僧此时正未归来，邻旁别无人迹，有何人到此？必是山魑木魅，不去理他。那门外扣得转急，直生本有胆气，毫无怖畏，大声道："汝是何物，敢来作怪！"门外道："小弟是山下刘念嗣，不是甚么怪。"直生见说出话来，侧耳去听，果然是刘念嗣声音，原是他相好的旧朋友，恍忽之中，要起开门。想一想道："刘念嗣已死过几时，这分明是鬼了。"不走起来。门外道："你不肯起来放我，我自家会走进来。"

说罢，只听得房门砣砣有声，一直走进房来。月亮里边看去，果然是一个人，踞在禅椅之上，肆然坐下。大呼道："公言！公言！故人到此，怎不起来相揖？"直生道："你死了，为何到此？"鬼道："与足下往来甚久，我原不曾死，今身子见在，怎么把死来戏我？"直生道："我而今想起来，你是某年某月某日死的，我于某日到你家送葬，葬过了才回家的。你如今却来这里作怪，你敢道我怕鬼，故戏我么？我是铁汉子，胆气极壮，随你甚么千妖百怪，我决不怕的！"鬼笑道："不必多言！实对足下说，小弟果然死久了，所以不避幽明，昏夜到此寻足下者，有一腔心事，要诉与足下，求足下出一臂之力。足下许我，方才敢说。"直生道："有何心事？快对我说。我念平日相与之情，倘可用力，必然尽心。"

鬼叹息了一会，方说道："小弟不幸去世，不上一年，山妻房氏即便改嫁。嫁也罢了，凡我所有箱匣货财、田屋文券，席卷而去。我止一九岁儿子，家财分毫没分，又不照管他一些，使他饥寒伶仃，在外边乞丐度日。"说

① 长明灯——供在佛前昼夜不熄的油灯。

到此处,岂不伤心?便哽哽咽咽哭将起来。直生好生不忍,便道:“你今来见我之意,想是要我收拾你令郎么?”鬼道:“幽冥悠悠,徒见悲伤,没处告诉。今特来见足下,要足下念平生之好,替我当官一说,申此冤恨。追出家财,付与吾子,使此子得以存活,我瞑目九泉之下,当效结草衔环之报。”直生听罢,义气愤愤,便道:“既承相托,此乃我身上事了,明日即当往见县官,为兄申理此事。但兄既死无对证,只我口说有何凭据?”鬼道:“我一一说来,足下须记得明白。我有钱若干,粟若干,布帛若干,在我妻身边,有一细帐在彼减妆匣内,钥匙紧系身上;田若干亩,在某乡;屋若干间,在某里,俱有文契在彼房内紫漆箱中,时常放在床顶上。又有白银五百两,寄在彼亲赖某家。闻得往取几番,彼家不肯认帐,若得官力,也可追出。此皆件件有据。足下肯为我留心,不怕他少了。只是儿子幼小无能,不是足下帮扶,到底成不得事。”直生一一牢记,恐怕忘了,又叫他说了再说,说了两三遍,把许多数目款项,俱明明白白了。直生道:“我多已记得,此事在我,不必多言。只是你一向在那里?今日又何处来?”鬼道:“我死去无罪,不入冥司,各处游荡,看见家中如此情态。既不到阴司,没处告理;阳间官府处,又不是鬼魂可告的,所以含忍至今。今日偶在山下人家赴斋,知足下在此山上,故特地上来表此心事,求恳出力,万祈留神。”

直生与他言来语去,觉得更深了,心里动念道:“他是个鬼,我与他说话已久,不要为鬼气所侵,被他迷了。趁心里清时,打发他去罢。”因对他道:“刘兄所托既完,可以去了。我身子已倦,不要妨了我睡觉。”说罢,就不听见声响了,叫两声“刘兄”、“刘念嗣”,并不答应了。直生想道已去,揭帐看时,月光朦胧,禅椅之上,依然有个人坐着不动。直生道:“可又作怪,鬼既已去,此又何物?”大声咳嗽,禅椅之物也依样咳嗽。直生不理他,假意鼾呼,椅上之物也依样鼾呼。及至仍前叫刘兄,他却不答应。直生初时胆大,与刘鬼相问答之时,竟把生人待他一般,毫不为异,此时精神既已少倦,又不见说话了,却只如此作影响,心里就怕将起来。道:“万一走上床来,却不利害?”急急走了下床,往外便跑。椅上之物,从背后一路赶来。直生走到佛堂中,听得背后脚步响,想道:“曾闻得人说,鬼物行步,但会直前,不能曲折。我今环绕而走,必然赶不着。”遂在堂柱边,绕了一转。那鬼物踉跄,走不迭了,扑在柱上,就抱住不动。直生见他抱了柱,叫声:“惭愧!”一道烟望门外溜了。两三步并作一步,一口气奔到山脚下。

天色已明，只见山下两个人，前后走来，正是竹林与行童。见了直生道："官人起得这等早！为甚恁地喘气？"直生喘息略定，道："险些吓死了人！"竹林道："为何呢？"直生把夜来的事，从头说了一遍，说："你们撇了我，在檀越家快活，岂知我在山上受如此惊怕？今我下了山，正不知此物怎么样了。"竹林道："好教官人得知，我每撞着的事，比你的还希奇哩。"直生道："难道还有奇似我的？"竹林道："我们做了大半夜佛事，正要下棺，摇动灵杵，念过真言，抛个颂子，揭开海被一看，正不知死人尸骸在那里去了。合家惊慌了，前后找寻，并无影响。送殓的诸亲多吓得走了，孝子无头可奔，满堂鼎沸，连我们做佛事的没些意智，只得散了回来。你道作怪么？"直生摇着头道："奇！奇！奇！世间人事改常，变怪不一，真个是天翻地覆的事。若不眼见，说着也不信。"竹林道："官人，你而今往那里去？"直生道："要寻刘家的儿子，与他说去。"竹林道："且从容，昨夜不曾相陪得，又吃了这样惊恐，而今且到小庵里坐坐，吃些早饭再处。"直生道："我而今青天白日，便再去寻寻昨夜光景，看是怎的。"就同了竹林，一同三个一头说，一头笑，踱上山来。

一宵两地作怪，闻说也须惊坏。

禅师不见不闻，未必心无挂碍。

三人同到庵前，一齐抬起头来。直生道："原来还在此。"竹林看时，只见一个死人，抱住在堂柱上。行童大叫一声，把经箱扑的掼在地上了，连声喊道："不好！不好！"竹林啐了一口道："有我两人在此，怕怎的？且仔细看看着。"竹林把庵门大开，向亮处一看，叫声奇怪！把个舌头伸了出来，缩不进去。直生道："昨夜与我讲了半夜话后来赶我的，正是这个。依他说，只该是刘念嗣的尸首，今却不认得。"竹林道："我仔细看他，分明象是张家主翁的模样。敢就是昨夜失去的，却如何走在这里？"直生道："这等，是刘念嗣借附了尸首来与我讲话的了。怪道他说到山下人家赴斋来的，可也奇怪得紧！我而今且把他分付我的说话，一一写了出来，省得过会忘记了些。"竹林道："你自做你的事。而今这个尸首在此，不稳便，我且知会张家人来认一认看。若认来不是，又作计较。"连忙叫行童做些早饭，大家吃了，打发他下山，张家去报信。说："山上有个死尸，抱在柱上，有些象老檀越，特来邀请亲人去看。"张家儿子见说，急约亲戚几人，飞也似到山上来认。邻里间闻得此说，尽道希奇，不约而同，无数的随着来看。但见：一会子闹动了剡溪里，险些儿踹平了鹿胎庵。

且说张家儿子走到庵中一看，柱上的果然是他父亲尸首，号天拍地，哭了一场。哭罢，拜道："父亲，何不好好入殓，怎的走到这个所在，如此作怪？便请到家里去罢！"叫众人帮了，动手解他下来，怎当得双手紧抱，牢不可脱。欲用力拆开，又恐怕折坏了些肢体，心中不忍。舞弄了多时，再不得计较。此时山下来看的人越多了，内中有的道："新尸强魂必不可脱，除非连柱子弄了家去。"张家是有力之家，便依着说话，叫些匠人把几枝木头将屋梁支架起来，截断半柱，然后连柱连尸，倒了下来，挺在木板上了，才偷得柱子出来。一面将木板扎缚了绳索，正要扛抬他下山去，内中走出一个里正① 来道："列位不可造次，听小人一句说话。此事大奇，关系地方怪异，须得报知知县相公，眼同验看方可。"众人齐住了手，道："恁地时，你自报去。"里正道："报时须说此尸在本家怎么样不见了，几时走到这庵里，怎么样抱在这柱子上，说得备细，方可对付知县相公。"张家人道："我们只知下棺时，揭开被来，不见了尸首。已后却是庵里师父来报，才寻得着。这里的事，我们不知。"竹林道："小僧也因做佛事，同在张家，不知这里的事。今早回庵，方才知道。这庵里自有个秀才官人，晚间在此歇宿，见他尸首来的。"此时直生已写完了帐，走将出来道："晚间的事，多在小生肚里。"里正道："这等，也要烦官人见一见知县相公，做个证见。"直生道："我正要见知县相公，有话说。"里正就齐了一班地方人，张家孝子扶从了扛尸的，直秀才自带了写的帐，一拥下山，同到县里来。

此时看的何止人山人海，嚷满了县堂。知县出堂，问道："何事喧嚷？"里正同两处地方一齐跪下，道："地方怪异，特来告明。"知县道："有何怪异？"里正道："剡溪里民家张某，新死入殓，尸首忽然不见。第二日却在鹿胎山上庵中，抱住佛堂柱子。见有个直秀才在山中歇宿，见得来时明白。今本家连柱取下，将要归家。小人们见此怪异，关系地方，不敢不报，故连作怪之尸，并一干人等，多送到相公台前，凭相公发落。"知县道："我曾读过野史，死人能起，唤名尸蹶，也是人世所有之事。今日偶然有此，不足为异。只是直秀才所见来的光景，是怎么样的？"直生道："大人所言尸蹶固是，但其间还有好些缘故。此尸非能作怪，乃一不平之鬼，借此尸来托小

① 里正——唐制百户为一里，里设置"正"一人，宋代沿用此制。

生求申理的。今见大人，当以备陈。只是此言未可走泄，望大人主张，发落去了这一干人，小生别有下情实告。”

知县见他说得有些因由，便叫该房与地方取词立案，打发张家亲属领尸归殓，各自散去，单留着直生问说备细。直生道：“小生有个旧友刘念嗣，家事尽也温饱。身死不多时，其妻房氏席卷家资，改嫁后夫，致九岁一子流离道路。昨夜鬼扣山庵，与小生诉苦，备言其妻所掩没之数及寄顿之家，朗朗明白，要小生出身代告大人台下，求理此项。小生义气所激，一力应承，此鬼安心而去。不想他是借张家新尸附了来的，鬼去尸存。小生觉得有异，离了房门走出，那尸就来赶逐小生，遇柱而抱。幸已天明，小生得脱。故地方见此异事，其实乃友人这一点不平之怨气所致。今小生记其所言，满录一纸，大人台鉴，照此单款为小生一追，使此子成立，不枉此鬼苦苦见托之意，亦是大人申冤理枉、救困存孤之大德也。”知县听罢，道：“世间有此薄行之妇，官府不知，乃使鬼来求申，有愧民牧矣！今有烦先生做个证明，待下官尽数追取出来。”直生道：“待小生去寻着其子，才有主脑。”知县道：“追明了家财，然后寻其子来给还，未为迟也，不可先漏机关。”直生道：“大人主张极当。”知县叫直生出外边伺候，密地佥个小票，竟拿刘念嗣原妻房氏到官。

原来这个房氏，小名恩娘，体态风流，情性淫荡。初嫁刘家，虽则家道殷厚，争奈刘生禀赋羸弱，遇敌先败，尽力奉承，终不惬意。所以得了虚怯之病，三年而死。刘家并无翁姑伯叔之亲，只凭房氏作主。守孝终七，就有些耐不得，未满一年，就嫁了本处一个姓幸的，叫做幸德，到比房氏年小三五岁。少年美貌，精力强壮，更善抽添之法，房氏才知有人道之乐，只恨丈夫死得迟了几年。所以一家所有，尽情拿去奉承了晚夫，连儿子多不顾了。儿子有时去看他，他一来怕晚夫嫌忌，二来儿子渐长，这些与晚夫恣意取乐光景，终是碍眼，只是赶了出来。“刘家”二字也怕人提起了。不料青天一个霹雳，县间竟来拿起刘家原妻房氏来，惊得个不知头脑，与晚夫商量道：“我身上无事，如何县间来拿我？他票上有‘刘家’二字，莫非有人唆哄小业种告了状么？”及问差人讨票看，竟不知原告是那个。却是没处躲闪，只得随着差人到衙门里来。幸德虽然跟着同去，案上无名，不好见官，只带得房氏当面。

知县见了房氏，问道：“你是刘念嗣的原妻么？”房氏道：“当先在刘家，而今的丈夫,叫做幸德。”知县道:“谁问你后夫!你只说前夫刘念嗣身死,他的家事怎么样了?”房氏道:“原没什么大家事,死后儿子小,养小妇人不活,只得改嫁了。”知县道:“你丈夫托梦于我,说你卷掳家私,嫁了后夫。他有许多东西在你手里,我一一记得的,你可实招来。”房氏心中不信,赖道:“委实一些没有。”知县叫把拶① 来拶了指,房氏忍着痛还说没有。知县道:“我且逐件问你。你丈夫说,有钱若干、粟若干、布若干在你家,可有么?”房氏道:“没有。”知县道:“田在某乡,屋在某里,可有么?”房氏道:“没有。”知县道:“你丈夫说,钱物细帐,在减妆匣内,钥匙在你身边;田房文契在紫漆箱中,放于床顶上。如此明白的,你还要赖?”房氏起初见说着数目,已自心慌,还勉强只说没有;今见如此说出海底眼来,心中惊骇道:“是丈夫梦中告诉明白的?”便就遮饰不出了,只得叩头道:“谁想老爷知得如此备细,委实件件真有的。”知县就唤松了拶,登时押去,取了那减妆与紫漆箱来,当堂开看,与直生所写的无一不对。又问道:“还有白银五百两寄在亲眷赖某家,可有的么?”房氏道:“也是有的,只为赖家欺小妇人是偷寄的东西,以后去取,推三阻四,不肯拿出来还了。”知县道:“这个我自有处。”当下点一个差役,押了那妇人去寻他刘家儿子同来回话。又分付请直秀才进来,知县对直生道:“多被下官问将出来了,与先生所写一一皆同,可见鬼之有灵矣。今已押此妇寻他儿子去了。先生也去,大家一寻,若见了,同到此间,当面追给家财与他,也完先生一场为友的事。”直生谢道:“此乃小生分内事,就当出去找寻他来。”直生去了。

知县叫牢内取出一名盗犯来,密密分付道:“我带你到一家去,你只说劫来银两,多寄在这家里的。只这等说,我宽你几夜锁押,赏你一顿点心。”贼犯道:“这家姓甚么?”知县道:“姓赖。”贼犯道:“姓得好!好歹赖他家娘罢了。”知县立时带了许多缉捕员役,押锁了这盗犯,一径抬到这赖家来。

赖家是个民户,忽然知县相公抬进门来,先已慌做一团。只见众人役簇拥知县中间坐了,叫赖某过来。赖某战兢兢的跪倒。知县道:“你良民不要做,却窝顿盗赃么?”赖某道:“小人颇知礼法,极守本分的,怎敢干此非为之事?”知县指着盗犯道:“见有这贼招出姓名,说有现银千两,寄在你家,怎么赖得?”赖某正要认看何人如此诬他,那盗犯受过分付,口里便喊

---

① 拶(zǎn)——指旧时用来夹手指的酷刑刑具。

道:“是有许多银两藏在他家的。”赖某慌了道:“小人不曾认得这个人的,怎么诬得小人?”知县道:“口说无凭,左右动手前后搜着!赖某也自去做眼,不许乘机抢匿物事!”那一干如狼似虎的人,得了口气,打进房来,只除地皮不翻转,把箱笼多搬到官面前来。内中一箱沉重,知县叫打开来看。赖某晓得有银子在里头的,着了急,就喊道:“此是亲眷所寄。”知县道:“也要开看。”打将开来,果然满箱白物,约有四五百两。知县道:“这个明是盗赃了。”盗犯也趁口喊道:“这正是我劫来的东西。”赖某道:“此非小人所有,乃是亲眷人家寡妇房氏之物,他起身再醮,权寄在此,岂是盗赃?”知县道:“信你不得,你写个口词到县验看!”

赖某当下写了个某人寄顿银两数目明白,押了个字,随着到县间来。却好房氏押出去,寻着了儿子,直生也撞见了,一同进县里回话。知县叫赖某过来道:“你方才说银两不是盗赃,是房氏寄的么?”赖某道:“是。”知县道:“寄主今在此,可还了他。果然盗情与你无干,赶出去罢。”赖某见了房氏,对口无言,只好直看,用了许多欺心,却被赚了出来,又吃了一个虚惊,没兴自去了。

知县唤过刘家儿子来看了,对直生道:“如此孩子,正好提携。而今帐目文券俱已见在,只须去交点明白,追出银两也给与他去,这已后多是先生之事了。”直生道:“大人神明,奸欺莫遁。亡友有知,九泉衔感。此子成立之事,是亡友幽冥见托,既仗大人申理,若小生有始无终,不但人非,难堪鬼责。”知县道:“先生诚感幽冥,故贵友犹相托。今鬼语无一不真,亡者之灵与生者之谊,可畏可敬。岂知此一场鬼怪之事,却勘出此一案来,真奇闻也!”当下就押房氏与儿子出来,照帐目交收了物事,将文契查了田房,一一踏实佥管了,多是直生与他经理。一个乞丐小厮,遂成富室之子,固是直生不负所托,也全亏得这一夜鬼话。

彼时晚夫幸德,见房氏说是前夫托梦与知县相公,故知得这等明白,心中先有些害怕,夫妻二人怎敢违拗一些?后来晓得鬼来活现了一夜,托与直秀才的,一发打了好些寒噤。略略有些头疼脑热,就生疑惑。后来破费了些钱钞,荐度了几番,方得放心。可见人虽已死之鬼,不可轻负也。有诗为证:

何缘世上多神鬼?只为人心有不平。

若使光明如白日,纵然有鬼也无灵。

卷　十　四

赵县君乔送黄柑　吴宣教干偿白镪

诗云：

睹色相悦人之情，个中原有真缘分。
只因无假不成真，就里藏机不可问。
少年卤莽浪贪淫，等闲踹入风流阵。
馒头不吃惹身膻，世俗传名扎火囤。

听说世上男贪女爱，谓之风情。只这两个字，害的人也不浅，送的人也不少。其间又有奸诈之徒，就在这些贪爱上面，想出个奇巧题目来。做自家妻子不着，装成圈套，引诱良家子弟，诈他一个小富贵，谓之“扎火囤”。若不是识破机关，硬浪的郎君，十个着了九个道儿。

记得有个京师人，靠着老婆吃饭的，其妻涂脂抹粉，惯卖风情，挑逗那富家郎君。到得上了手的，约会其夫，只做撞着，要杀要剐，直等出财买命，餍足方休，被他弄得也不止一个了。有一个泼皮子弟深知他行径，佯为不晓，故意来缠。其妻与了他些甜头，勾引他上手。正在床里作乐，其夫打将进来。别个着了忙的，定是跳下床来，寻躲避去处，怎知这个人不慌不忙，且把他妻子搂抱得紧紧的，不放一些宽松，伏在肚皮上大言道：“不要嚷乱！等我完了事再讲。”其妻杀猪也似喊起来，乱颠乱推，只是不下来。其夫进了门，揎起[①]帐子，喊道：“干得好事！要杀！要杀！”将着刀背放在颈子上，捩了一捩，却不下手。泼皮道：“不必作腔，要杀就请杀。小子固然不当，也是令正约了来的。死便死做一处，做鬼也风流，终不然独杀我一个不成？”其夫果然不敢动手，放下刀子，拿起一个大杆杖来，喝道：“权寄颗驴头在颈上，我且痛打一回。”一下子打来，那泼皮溜撒[②]，急

---

① 揎起——揭起。

② 溜撒——作“灵活”、“敏捷”解。

把其妻番[①] 过来，早在臀脊上受了一杖。其妻又喊道："是我，是我！不要错打了！"泼皮道："打也不错，也该受一杖儿。"其夫假势头已过，早已发作不出了。泼皮道："老兄放下性子，小子是个中人，我与你熟商量。你要两人齐杀，你嫂子是摇钱树，料不舍得。若抛得到官，只是和奸，这番打破机关，你那营生弄不成了。不如你舍着嫂子与我往来，我公道使些钱钞，帮你买煤买米，若要扎火囤，别寻个主儿弄弄，须靠我不着的。"其夫见说出海底眼，无计可奈，没些收场，只得住了手，倒缩了出去。泼皮起来，从容穿了衣服，对着妇人叫声"聒噪"，摇摇摆摆竟自去了。正是：强中更有强中手，得便宜处失便宜。恰是富家子弟郎君，多是娇嫩出身，谁有此泼皮胆气、泼皮手段！所以着了道儿[②]。

宋时向大理的衙内向士肃，出外拜客，唤两个院长[③] 相随。到军将桥，遇个妇人，鬓发蓬松，涕泣而来。一个武夫，着青纻丝袍，状如将官，带剑牵驴，执着皮鞭，一头走一头骂那妇人，或时将鞭打去，怒色不可犯。随后就有健卒十来人，抬着几杠箱笼，且是沉重，跟着同走。街上人多立驻看他，也有说的，也有笑的。士肃不知其故，方在疑讶，两个院长笑道："这番经纪[④] 做着了。"士肃问道："怎么解？"院长道："男女们也试猜，未知端的。衙内要知备细，容打听的实来回话。"去了一会，院长来了，回说详细。

原来浙西一个后生官人，到临安赴铨试，在三桥黄家客店楼上下着。每下楼出入，见小房青帘下有个妇人行走，姿态甚美。撞着了多次，心里未免欣动。问那送茶的小童道："帘下的是店中何人？"小童攒着眉头道："一店中被这妇人累了三年了。"官人惊道："却是为何？"小童道："前岁一个将官带着这个妇人，说是他妻子，要住个洁净房子。住了十来日，就要到那里近府去，留这妻子守着房卧行李。说道去半个月就好回来，自这一去，杳无信息。起初妇人自己盘缠，后来用得没有了，苦央主人家说：'赊了吃时，只等家主回来算还。'主人辞不得，一日供他两番，而今多时了，也供不起了，只得替他募化着同寓这些客人，轮次供他。也不是常法，不知

---

① 番——同"翻"。

② 着了道儿——上了圈套。

③ 院长——对衙门中公人的尊称。

④ 经纪——作"买卖"解。

儿时才了得这业债。”官人听得满心欢喜,问道:“我要见他一见,使得么?”小童道:“是好人家妻子,丈夫又不在,怎肯见人?”官人道:“既缺衣食,我寻些吃口物事送他,使得么?”小童道:“这个使得。”

官人急走到街上茶食大店里,买了一包蒸酥饼,一包果馅饼,在店家讨了两个盒儿装好了,叫小童送去。说道:“楼上官人闻知娘子不方便,特意送此点心。”妇人受了,千恩万谢。明日妇人买了一壶酒,妆着四个菜碟,叫小童来答谢,官人也受了。自此一发注意不舍。隔两日又买些物事相送,妇人也如前买酒来答。官人即烫其酒来吃,箧内取出金杯一只,满斟着一杯,叫茶童送下去,道:“楼上官人奉劝大娘子。”妇人不推,吃干了。茶童复命,官人又斟一杯下去说:“官人多致意娘子,出外之人,不要吃单杯。”妇人又吃了。官人又叫茶童下去,致意道:“官人多谢娘子不弃,吃了他两杯酒,官人不好下来自劝,意欲奉邀娘子上楼,亲献一杯,如何?”往返两三次,妇人不肯来,官人只得把些钱来买嘱茶童道:“是必要你设法他上来见见。”茶童见了钱,欢喜起来,又去说风说水道:“娘子受了两杯,也该去回敬一杯。”被他一把拖了上来道:“娘子来了。”官人没眼得看,妇人道了个万福。官人急把酒斟了,唱个肥喏,亲手递一杯过来,道:“承蒙娘子见爱,满饮此杯。”妇人接过手来,一饮而干,把杯放在桌上。官人看见杯内还有余沥,拿过来咣嘬个不歇。妇人看见,嘻的一笑,急急走了下去。官人看见情态可动,厚赠小童,叫他做着牵头,时常弄他上楼来饮酒。以后便留同坐,渐不推辞,不象前日走避光景了。眉来眼去,彼此动情,勾搭上了手。然只是日里偷做一二,晚间隔开,不能同宿。

如此两月有余。妇人道:“我日日自下而升,人人看见,毕竟免不得起疑。官人何不把房迁了下来?与奴相近,晚间便好相机同宿了。”官人大喜过望,立时把楼上囊橐搬下来,放在妇人间壁一间房里,推说道:“楼上有风,睡不得,所以搬了。”晚间虚闭着房门,竟在妇人房里同宿。自道是此乐即并头之莲、比翼之鸟无以过也。才得两晚,一日早起,尚未梳洗,两人正自促膝而坐,只见外边店里一个长大汉子,大踏步踹将进来,大声道:“娘子那里?”惊得妇人手脚忙乱,面如土色,慌道:“坏了!坏了!吾夫来了!”那官人急闪了出来,已与大汉打了照面。大汉见个男子在房里走出,不问好歹,一手揪住妇人头发,喊道:“干得好事!干得好事!”提起醋钵大的拳头只是打。那官人慌了,脱得身子,顾不得甚么七长八短,急从后门逃了出去。剩下行李囊资，尽被大汉打开房来，席卷而去。适才十来个健卒扛着的箱篋，多是那官人房里的了。他恐怕有人识破，所以还妆着丈夫打骂妻子模样走路。其实妇人男子、店主小童，总是一伙人也。

士肃听罢道："那里这样不睹事的少年，遭如此圈套？可恨！可恨！"后来常对亲友们说此目见之事，以为笑话。虽然如此，这还是到了手的，便扎了东西去，也还得了些甜头儿。更有那不识气的小二哥，不曾沾得半点滋味，也被别人弄了一番手脚，折了偌多本钱，还悔气哩！正是：

美色他人自有缘，从傍何用苦垂涎。

请君只守家常饭，不害相思不损钱。

话说宣教郎[①]吴约，字叔惠，道州人，两任广右官，自韶州录曹赴吏部磨勘[②]。宣教家本饶裕，又兼久在南方，珠翠香象，蓄积奇货颇多，尽带在身边随行，作寓在清河坊客店。因吏部引见留滞，时时出游伎馆，衣服鲜丽，动人眼目。客店相对有一小宅院，门首挂着青帘，帘内常有个妇人立着，看街上人做买卖。宣教终日在对门，未免留意体察，时时听到他娇声媚语，在里头说话，又有时露出双足在帘外来，一弯新笋，着实可观。只不曾见他面貌如何，心下惶惑不定，恨不得走过去，揎开帘子一看，再无机会。那帘内或时巧啭莺喉，唱一两句词儿。仔细听那两句，却是"柳丝只解风前舞，诮系惹那人不住"。虽是也间或唱着别的，只是这两句为多。想是喜欢此二语，又想是他有甚么心事。宣教但听得了，便跌足叹赏道："是在行得紧，世间无此妙人。想来必定标致，可惜未能勾一见！"怀揣着个提心吊胆，魂灵多不知飞在那里去了。

一日正在门首坐地，呆呆的看着对门帘内，忽有个经纪，挑着一篮永嘉黄柑子过门。宣教叫住，问道："这柑子可要博[③]的？"经纪道："小人正待要博两文钱使使，官人作成则个。"宣教接将头钱过来，往下就扑。那经纪墩在柑子篮边，一头拾钱，一头数数。怎当得宣教一边扑，一心牵挂着帘内那人在里头看见，没心没想的抛下去，何止千扑，再扑不成一个浑成

---

① 宣教郎——宋官制，散官，正七品。

② 磨勘——勘验成绩。

③ 博——旧时赌博盛行，不但赌钱，而且赌物，此卖柑小贩自备赌具，用实物引诱路人相博谋利。

来。算一算，输了一万钱。宣教还是做官人心性，不觉两脸通红，哏的一声道："坏了我十千钱，一个柑不得到口，可恨！可恨！"欲待再扑，恐怕扑不出来，又要贴钱；欲待住手，输得多了，又不甘伏。

正在叹恨间，忽见个青衣童子，捧一个小盒，在街上走进店内来。你道那童子生得如何：

短发齐眉，长衣拂地。滴溜溜一双俊眼，也会撩人；黑洞洞一个深坑，尽能害客。痴心偏好，反言胜似妖娆；拗性酷贪，还是图他撇脱。身上一团孩子气，独耸孤阳；腰间一道木樨香，合成众唾。

向宣教道："官人借一步说话。"宣教引到僻处，小童出盒道："赵县君奉献官人的。"宣教不知是那里说起，疑心是错了，且揭开盒子来看一看，原来正是永嘉黄柑子十数个。宣教道："你县君是那个？与我素不相识，为何忽地送此？"小童用手指着对门道："我县君即是街南赵大夫的妻室。适在帘间看见官人扑柑子，折了本钱，不曾尝得他一个，有些不快活。县君老大不忍，偶然藏得此数个，故将来送与官人见意。县君道：'可惜止有得这几个，不能勾多，官人不要见笑。'"宣教道："多感县君美意。你家赵大夫何在？"小童道："大夫到建康探亲去了，两个月还未回来，正不知几时到家。"宣教听得此话，心里想道："他有此美情，况且大夫不在，必有可图，煞是好机会！"连忙走到卧房内，开了箧取出色彩① 二端来，对小童道："多谢县君送柑，客中无可奉答，小小生活二匹，伏祈笑留。"小童接了，走过对门去。

须臾，又将这二端来还，上复道："县君多多致意，区区几个柑子，打甚么不紧的事，要官人如此重酬？决不敢受。"宣教道："若是县君不收，是羞杀小生了，连小生黄柑也不敢领。你依我这样说去，县君必收。"小童领着言语对县君说去，此番果然不辞了。明日，又见小童拿了几瓶精致小菜走过来道："县君昨日蒙惠过重，今见官人在客边，恐怕店家小菜不中吃，手制此数瓶送来奉用。"宣教见这般知趣着人，必然有心于他了，好不徯幸！想道："这童子传来传去，想必在他身旁讲得话做得事的，好歹要在他身上图成这事，不可怠慢了他。"急叫家人去买些鱼肉果品之类，烫了酒来，与小童对酌。小童道："小人是赵家小厮，怎敢同官人坐地？"宣教道："好兄

---

① 色彩——彩色的绸缎。

弟,你是县君心腹人儿,我怎敢把你等闲厮觑！放心饮酒。”小童告过无礼,吃了几杯,早已脸红,道:“吃不得了。若醉了,县君须要见怪。打发我去罢。”宣教又取些珠翠花朵之类,答了来意,付与小童去了。

隔了两日,小童自家走过来玩耍,宣教又买酒请他。酒间与他说得入港,宣教便道:“好兄弟,我有句话儿问你:你家县君多少年纪了?”小童道:“过新年才廿三岁,是我家主人的继室。”宣教道:“模样生得如何?”小童摇头道:“没正经！早是没人听见,怎把这样说话来问？生得如何,便待怎么?”宣教道:“总是没人在此,说说何妨？我既与他送东送西,往来了两番,也须等我晓得他是长是短的。”小童道:“说着我县君容貌,真个是世间少比,想是天仙里头摘下来的。除了画图上仙女,再没见这样第二个。”宣教道:“好兄弟,怎生得见他一见?”小童道:“这不难。等我先把帘子上的系带解松了,你明日只在对门,等他到帘子下来看的时节,我把帘子揎将出来,揎得重些,系带散了,帘子落了下来,他一时回避不及,可不就看见了?”宣教道:“我不要这样见。”小童道:“要怎的见?”宣教道:“我要好好到宅子里拜见一拜见,谢他平日往来之意,方称我愿。”小童道:“这个知他肯不肯？我不好自专得。官人有此意,待我回去禀白一声,好歹讨个回音来复官人。”宣教又将银一两送与小童,叮嘱道:“是必要讨个回音。”

去了两日,小童复来,说:“县君闻得要见之意,说道:‘既然官人立意惓切,就相见一面也无妨。只是非亲非戚,不过因对门在此,礼物往来得两番,没个名色①,遽然相见,恐怕惹人议论。’是这等说。”宣教道:“也是,也是。怎生得个名色?”想了一想道:“我在广里来,带得许多珠宝在此,最是女人用得着的。我只做当面送物事来与县君看,把此做名色,相见一面何如?”小童道:“好到好,也要去对县君说过,许下方可。”小童又去了一会,来回言道:“县君说:‘使便使得,只是在厅上见一见,就要出去的。’”宣教道:“这个自然,难道我就挨住在宅里了不成?”小童笑道:“休得胡说！快随我来。”宣教大喜过望,整一整衣冠,随着小童三脚两步走过赵家前厅来。

小童进去禀知了,门响处,宣教望见县君打从里面从从容容走将出来。但见:

---

① 名色——借口。

衣裳楚楚，佩带飘飘。大人家举止端详，没有轻狂半点；小年纪面庞娇嫩，并无肥重一分。清风引出来，道不得云是无心之物；好光挨上去，真所谓容是诲淫之端。犬儿虽已到篱边，天鹅未必来沟里。

宣教看见县君走出来，真个如花似玉，不觉的满身酥麻起来，急急趋上前去唱个肥喏，口里谢道："屡蒙县君厚意，小子无可答谢，惟有心感而已。"县君道："惶愧，惶愧。"宣教忙在袖里取出一包珠宝来，捧在手中道："闻得县君要换珠宝，小子随身带得有些，特地过来面奉与县君拣择。"一头说，一眼看，只指望他伸手来接。谁知县君立着不动，呼唤小童接了过来，口里道："容看过议价。"只说了这句，便抽身往里面走了进去。宣教虽然见了一见，并不曾说得一句俥俏的说话，心里猾猾突突，没些意思，走了出来。到下处，想着他模样行动，叹口气道："不见时犹可，只这一番相见，定害杀了小生也！"以后遇着小童，只央及他设法再到里头去见见，无过把珠宝做因头。前后也曾会过五六次面，只是一揖之外，再无他词。颜色庄严，毫不可犯，等闲不曾笑了一笑，说了一句没正经的话。那宣教没入脚处，越越的心魂撩乱，注恋不舍了。

那宣教有个相处的粉头，叫做丁惜惜，甚是相爱的。只因想着赵县君，把他丢在脑后了，许久不去走动。丁惜惜邀请了两个帮闲的，再三来约宣教，请他到家里走走。宣教一似掉了魂的，那里肯去？被两个帮闲的不由分说，强拉了去。丁惜惜相见，十分温存，怎当得吴宣教一些不在心上。丁惜惜撒娇撒痴了一会，免不得摆上东道来。宣教只是心不在焉光景，丁惜惜唱个歌儿嘲他道："俏冤家，你当初缠我怎的？到今日又丢我怎的？丢我时顿忘了缠我意。缠我又丢我，丢我去缠谁？似你这般丢人也，少不得也有人来丢了你！"当下吴宣教没情没绪，吃了两杯，一心想着赵县君生得十分妙处，看了丁惜惜，有好些不象意起来，却是身既到此，没奈何只得勉强同惜惜上床睡了。虽然少不得干着一点半点儿事，也是想着那个，借这个出火的。

云雨已过，身体疲倦。正要睡去，只见赵家小童走来道："县君特请宣教叙话。"宣教听了这话，急忙披衣起来，随着小童就走。小童领了竟进内室，只见赵县君雪白肌肤，脱得赤条条的眠在床里，专等吴宣教来。小童把吴宣教尽力一推，推进床里。吴宣教喜不自胜，腾的翻上身去，叫一声"好县君，快活杀我也！"用得力重了，一个失脚，跌进里床，吃了一惊醒来，见惜惜睡在身边，朦胧之中，还认做是赵县君，仍旧跨上身去。丁惜惜也在睡里惊醒道："好馋货！怎不好好的，做出这个极模样！"吴宣教直等听到惜惜声音，方记起身在丁家床上，适才是梦里的事，连自己也失笑起来。丁惜惜再四盘问他："你心上有何人，以致七颠八倒如此？"宣教只把闲话支吾，不肯说破。到了次日，别了出门。自此以后，再不到丁家来了。无昼无夜，一心只痴想着赵县君，思量寻机会挨光。

忽然一日，小童走来道："一句话对官人说：明日是我家县君生辰，官人既然与县君往来，须办些寿礼去与县君作贺。一作贺，觉得人情面上愈加好看。"宣教喜道："好兄弟，亏你来说，你若不说，我怎知道？这个礼节最是要紧，失不得的。"亟将彩帛二端封好，又到街上买了些时鲜果品、鸡鸭熟食各一盘，酒一樽，配成一副盛礼，先令家人一同小童送了去，说："明日虔诚拜贺。"小童领家人去了。赵县君又叫小童来推辞了两番，然后受了。

明日起来，吴宣教整肃衣冠到赵家来，定要请县君出来拜寿。赵县君也不推辞，盛装步出到前厅，比平日更齐整了。吴宣教没眼得看，足恭下拜。赵县君慌忙答礼，口说道："奴家小小生朝，何足挂齿？却要官人费心赐此厚礼，受之不当！"宣教道："客中乏物为敬，甚愧菲薄。县君如此称谢，反令小子无颜。"县君回顾小童道："留官人吃了寿酒去。"宣教听得此言，不胜之喜，道既留下吃酒，必有光景了。谁知县君说罢，竟自进去。宣教此时如热地上蚂蚁，不知是怎的才是。又想那县君如设帐的方士，不知葫芦里卖什么药出来。呆呆的坐着，一眼望着内里。须臾之间，两个走使的男人，抬了一张桌儿，揩抹干净。小童从里面捧出攒盒酒来，摆设停当，掇张椅儿请宣教坐。宣教轻轻问小童道："难道没个人陪我？"小童也轻轻道："县君就来。"宣教且未就坐，还立着徘徊之际，小童指道："县君来了。"果然赵县君出来，双手纤纤捧着杯盘，来与宣教安席。道了万福，说道："拙夫不在，没个主人做主，诚恐有慢贵客，奴家只得冒耻奉陪。"宣教大喜道："过蒙厚情，何以克当？"在小童手中，也讨过杯盘来与县君回敬。安席了，两下坐定。

宣教心下只说此一会必有眉来眼去之事，便好把几句说话撩拨他，希图成事。谁知县君意思虽然浓重，容貌却是端严，除了请酒请馔之外，再不轻说一句闲话。宣教也生煞煞的，浪开不得闲口，便宜得饱看一回而已。酒行数过，县君不等宣教告止，自立起身道："官人慢坐，奴家家无夫主，不便久陪，告罪则个。"吴宣教心里恨不得伸出两只臂来，将他一把抱着，却不好强留得他，眼盼盼的看他洋洋走了进去。宣教一场扫兴，里边又传话出来，叫小童送酒。宣教自觉独酌无趣，只得分付小童："多多上复县君，厚扰不当，容日再谢。"慢慢的踱过对门下处来。真是一点甜糖抹在鼻头上，只闻得香，却餂不着，心里好生不快。有《银绞丝》一首为证：

前世里冤家，美貌也人，挨光已有二三分。好温存，几番相见意殷勤。眼儿落得穿，何曾近得身？鼻凹中糖味，那有唇儿分？一个清白的郎君，发了也昏。我的天那！阵魂迷，迷魂阵。

是夜，吴宣教整整想了一夜，踌躇道："若说是无情，如何两次三番许我会面，又留酒，又肯相陪？若说是有情，如何眉梢眼角不见些些光景？只是恁等板板地往来，有何了结？思量他每常帘下歌词，毕竟通知文义，且去讨讨口气，看看他如何回我。"算计停当，次日起来，急将西珠十颗，用个沉香盒子盛了，取一幅花笺，写诗一首在上。诗云：

心事绵绵欲诉君，洋珠颗颗寄殷勤。
当时赠我黄柑美，未解相如渴半分。

写毕，将来同放在盒内，用个小记号图书印，封皮封好了。忙去寻那小童过来，交付与他道："多拜上县君，昨日承蒙厚款，些些小珠奉去添妆，不足为谢。"小童道："当得拿去。"宣教道："还有数字在内，须县君手自拆封，万勿漏泄则个。"小童笑道："我是个有柄儿的红娘，替你传书递简。"宣教道："好兄弟，是必替我送送，倘有好音，必当重谢。"小童道："我县君诗词歌赋，最是精通，若有甚话写去，必有回答。"宣教道："千万在意！"小童说："不劳分付，自有道理。"

小童去了半日，笑嘻嘻的走将来道："有回音了。"袖中拿出一个碧甸匣来，递与宣教。宣教接上手看时，也是小小花押封记着的。宣教满心欢喜，慌忙拆将开来，中又有小小纸封，裹着青丝发二缕，挽着个同心结儿，一幅罗纹笺上，有诗一首。诗云：

好将鬓发付并刀，只恐经时失俊髦。
妾恨千丝差可拟，郎心双挽莫空劳！

末又有细字一行云："原珠奉璧，唐人云'何必珍珠慰寂寥'也。"

宣教读罢，跌足大乐，对小童道："好了！好了！细详诗意，县君深有意于我了。”小童道：“我不懂得，可解与我听？”宣教道：“他剪发寄我，诗里道要挽住我的心，岂非有意？”小童道：“既然有意，为何不受你珠子？”宣教道：“这又有一说，这是一个故事在里头。”小童道：“甚故事？”宣教道：“当时唐明皇宠了杨贵妃，把梅妃江采蘋贬入冷宫。后来思想他，惧怕杨妃不敢去，将珠子一封私下赐与他。梅妃拜辞不受，回诗一首，后二句云：‘长门尽日无梳洗，何必珍珠慰寂寥？’今县君不受我珠子，却写此一句来，分明说你家主不在，他独居寂寥，不是珠子安慰得的。却不是要我来伴他寂寥么？”小童道：“果然如此，官人如何谢我？”宣教道：“惟卿所欲。”小童道：“县君既不受珠子，何不就送与我了？”宣教道：“珠子虽然回来，却还要送去，我另自谢你便是。”宣教箱中去取通天犀簪一枝，海南香扇坠二个，将出来送与小童道：“权为寸敬，事成重谢。这珠子再烦送一送去，我再附一首诗在内，要他必受。”诗云：

往返珍珠不用疑，还珠垂泪古来痴。
知音但使能欣赏，何必相逢未嫁时？

宣教便将一幅冰绡帕写了，连珠子付与小童。小童看了，笑道：“这诗意，我又不晓得了。”宣教道：“也是用着个故事。唐张籍诗云：‘还君明珠双泪垂，恨不相逢未嫁时。’今我反用其意，说道只要有心，便是嫁了何妨？你县君若有意于我，见了此诗，此珠必受矣。”小童笑道：“原来官人是偷香的老手。”宣教也笑道：“将就看得过。”小童拿了，一径自去。此番不见来推辞，想多应受了。宣教暗自欢喜，只待好音。丁惜惜那里时常叫小二来请他走走，宣教好一似朝门外候旨的官，惟恐不时失误了宣召，那里敢移动半步？

忽然一日傍晚，小童笑嘻嘻的走来道：“县君请官人过来说话。”宣教听罢，忖道：“平日只是我去挨光，才设法得见面，并不是他着人来请我的。这番却是先叫人来相邀，必有光景。”因问小童道：“县君适才在那里？怎生对你说叫你来请我的？”小童道：“适来县君在卧房里，卸了妆饰，重新梳裹过了，叫我进去，问说：‘对门吴官人可在下处否？’我回说：‘他这几时只在下处，再不到外边去。’县君道：‘既如此，你可与我悄悄请过来，竟到房里来相见，切不可惊张。’如此分付的。”宣教不觉踊跃道：“依你说来，此番必成好事矣！”小童道：“我也觉得有些异样，决比前几次不同。只是一件，我家人口颇多，耳目难掩。日前只是体面上往来，所以外观不妨，今却要到内室里去，须瞒不得许多人。就是悄着些，是必有几个知觉。露出事端，彼此不便，须要商量。”宣教道：“你家中事体，我怎生晓得备细？须得你指引我道路，应该怎生才妥？”小童道：“常言道，‘有钱使得鬼推磨’。世上那一个不爱钱的？你只多把些赏赐分送与我家里人了，我去调开了他每。他每各人心照，自然躲开去了，任你出入。就有撞见的，也不说破了。”宣教道：“说得甚是有理，真可以筑坛拜将。你前日说我是偷香老手，今日看起来，你也象个老马泊六了。”小童道：“好意替你计较，休得取笑！”当下吴宣教拿出二十两零碎银两，付与小童，说道：“我须不认得宅上甚么人，烦你与我分派一分派，是必买他们尽皆口静方妙。”小童道：“这个在我，不劳分付。我先行一步，停当了众人，看个动静，即来约你同去。”宣教道：“快着些个。”小童先去了，吴宣教急拣时样济楚衣服，打扮得齐整，真个赛过潘安，强如宋玉，眼巴巴只等小童到来，即去行事。正是：

罗绮层层称体裁，一心指望赴阳台。
巫山神女虽相待，云雨宁知到底谐？

说这宣教坐立不定，只想赴期。须臾，小童已至，回复道：“众人多有了贿赂，如今一去，径达寝室，毫无阻碍了。”宣教不胜欢喜，整一整巾帻，洒一洒衣裳，随着小童，便走过了对门。不由中堂，在旁边一条衖里转了一两个湾曲，已到卧房之前。只见赵县君懒梳妆模样，早立在帘儿下等候。见了宣教，满面堆下笑来，全不比日前的庄严了。开口道：“请官人房里坐地。”一个丫鬟掀起门帘，县君先走了进房，宣教随后入来。只见房里摆设得精致，炉中香烟馥郁，案上酒肴齐列。宣教此时荡了三魂，失了六魄，不知该怎么样好，只得低声柔语道：“小子有何德能，过蒙县君青盼如此？”县君道：“一向承蒙厚情，今良宵无事，不揣特请官人清话片晌，别无他说。”宣教道：“小子客居旅邸，县君独守清闺，果然两处寂寥。每遇良宵，不胜怀想。前蒙青丝之惠，小子紧系怀袖，胜如贴肉。今蒙宠召，小子所望岂在酒食之类哉？”县君微笑道：“休说闲话，且自饮酒。”宣教只得坐了，县君命丫鬟一面斟下热酒，自己举杯奉陪。

宣教三杯酒落肚，这点热团团兴儿直从脚跟下冒出天庭来，那里按纳得住？面孔红了又白，白了又红，箸子也倒拿了，酒盏也泼翻了，手脚都忙乱起来。觑个丫鬟走了去，连忙走过县君这边来，跪下道：“县君可怜见，急救小子性命则个！”县君一把扶起道：“且休性急！妾亦非无心者，自前日博柑之日，便觉钟情于子。但礼法所拘，不敢自逞。今日久情深，清夜思动，愈难禁制，冒礼忘嫌，愿得亲近。既到此地，决不教你空回去了。略等人静后，从容同就枕席便了。”宣教道：“我的亲亲的娘！既有这等好意，早赐一刻之欢，也是好的。叫小子如何忍耐得住？”县君笑道：“怎恁地馋得紧？”即唤丫鬟们快来收拾。

未及一半，只听得外面喧嚷，似有人喊马嘶之声，渐渐近前堂来了。宣教方在神魂荡飏之际，恰象身子不是自己的，虽然听得有些诧异，没工夫得疑虑别的，还只一味痴想。忽然一个丫鬟慌慌忙忙撞进房来，气喘喘的道：“官人回来了！官人回来了！”县君大惊失色道：“如何是好？快快收拾过了桌上的！”即忙自己帮着，搬得桌上罄净。宣教此时任是奢遮胆大的，不由得不慌张起来，道：“我却躲在那里去？”县君也着了忙，道：“外边是去不及了。”引着宣教的手，指着床底下道：“权躲在里面去，勿得做声！”宣教思量走了出去便好，又恐不认得门路，撞着了人，左右看着房中，却别无躲处，一时慌促，没计奈何，只得依着县君说话，望着床底一钻，顾不得甚么尘灰龌龊。且喜床底宽阔，战陡陡的蹲在里头，不敢喘气。一眼偷觑着外边，那暗处望明处，却见得备细。

看那赵大夫大踏步走进房来，口里道：“这一去不觉许久，家里没事么？”县君着了忙的，口里牙齿捉对儿厮打着，回言道：“家……家……家里没事。你……你……你如何今日才来？”大夫道：“家里莫非有甚事故么？如何见了我举动慌张，语言失措，做这等一个模样？”县君道：“没……没……没甚事故。”大夫对着丫鬟问道：“县君却是怎的？”丫鬟道：“果……果……果然没有甚么怎……怎……怎的。”宣教在床下着急，恨不得替了县君、丫鬟的说话，只是不敢爬出来。大夫迟疑了一回道：“好诧异！好诧异！”县君按定了性儿，才说得话儿囫囵，重复问道：“今日在那里起身？怎夜间到此？”大夫道：“我离家多日，放心不下。今因有事在婺州，在此便道，暂归来一看，明日五更就要起身过江的。”

宣教听得此言，惊中有喜，恨不得天也许下了半边，道：“原来还要出去，却是我的造化也！”县君又问道：“可曾用过晚饭？”大夫道：“晚饭已在船上吃过，只要取些热水来洗脚。”县君即命丫鬟安好了足盆，厨下去取热水来倾在里头了。大夫便脱了外衣，坐在盆间，大肆浇洗。浇洗了多时，泼得水流满地，一直淌进床下来。盖是地板房子，铺床处压得重了，地板必定低些,做了下流之处。那宣教正蹲在里头,身上穿着齐整衣服,起初一时极了,顾不得惹了灰尘,钻了进去。而今又见水流来了,恐怕污了衣服,不觉的把袖子东收西敛来避那些龌龊水,未免有些窸窸窣窣之声。大夫道:"奇怪！床底下是甚么响？敢是蛇鼠之类？可拿灯烛来照照。"丫鬟未及答应,大夫急急揩抹干净,即伸手桌子上去取烛台过来。捏在手中,向床底下一看。不看时万事全休,这一看,好似霸王初入垓心内,张飞刚到灞陵桥。大夫大吼一声道:"这是个甚么鸟人,躲在这底下?"县君支吾道:"敢是个贼?"大夫一把将宣教拖出来道:"你看！难道有这样齐整的贼？怪道方才见吾慌张,原来你在家养着奸夫！我去得几时,你就是这等羞辱门户!"先是一掌打去,把县君打个满天星。县君啼哭起来,大夫喝教众奴仆都来。此时小童也只得随着众人行止,大夫叫将宣教四马攒蹄,捆做一团。声言道:"今夜且与我送去厢里吊着,明日临安府推问去!"大夫又将一条绳来,亲自动手,也把县君缚住,道:"你这淫妇,也不与你干休!"县君只是哭,不敢回答一言。大夫道:"好恼！好恼！且烫酒来我吃着消闷!"从人丫鬟们多慌了,急去灶上撮哄些嗄饭,烫了热酒拿来。大夫取个大瓯,一头吃,一头骂。又取过纸笔,写下状词,一边写,一边吃酒。吃得不少了,不觉懵懵睡去。

县君悄悄对宣教道:"今日之事固是我误了官人,也是官人先有意向我,谁知随手事败。若是到官,两个多不好了,为之奈何?"宣教道:"多蒙县君好意相招,未曾沾得半点恩惠。今事若败露,我这一官只当断送在你这冤家手里了。"县君道:"没奈何了,官人只是下些小心求告他。他也是心软的人,求告得转的。"

正说之间,大夫醒来,口里又喃喃的骂道:"小的们打起火把,快将这贼弟子孩儿送到厢里去!"众人答应一声,齐来动手。宣教着了急,喊道:"大夫息怒,容小子一言。小子不才,忝为宣教郎,因赴吏部磨勘,寓居府上对门。蒙县君青盼,往来虽久,实未曾分毫犯着玉体。今若到公府,罪犯有限,只是这官职有累。望乞高抬贵手,饶过小子,容小子拜纳微礼,赎此罪过罢!"大夫笑道:"我是个宦门,把妻子来换钱么?"宣教道:"今日便坏了小子微官,与君何益？不若等小子纳些钱物,实为两便。小子亦不敢轻,即当奉送五百千过来。"大夫道:"如此口轻,你一个官,我一个妻子,只值得五百千么?"宣教听见论量多少,便道是好处的事了,满口许道:"便再加一倍,凑做千缗罢。”大夫还只是摇头。县君在旁哭道:“我为买这官人的珠翠,约他来议价,实是我的不是。谁知撞着你来捉破了,我原不曾点污,今若拿这官人到官,必然扳下我来,我也免不得到官对理,出乖露丑,也是你的门面不雅。不如你看日前夫妻之面,宽恕了我,放了这官人罢!”大夫冷笑道:“难道不曾点污?”众从人与丫鬟们先前是小童贿赂过的,多来磕头讨饶道:“其实此人不曾犯着县君,只是暮夜不该来此。他既情愿出钱赎罪,官人罚他重些,放他去罢。一来免累此人官职,二来免致县君出丑,实为两便。”县君又哭道:“你若不依我,只是寻个死路罢了!”大夫默然了一晌,指着县君道:“只为要保全你这淫妇,要我忍这样赃污!”小童忙撺到宣教耳边厢低言道:“有了口风了,快快添多些,收拾这事罢。”宣教道:“钱财好处,放绑要紧。手脚多麻木了。”大夫道:“要我饶你,须得二千缗钱,还只是买那官做,羞辱我门庭之事,只当不曾提起,便宜得多了。”宣教连声道:“就依着是二千缗,好处!好处!”

大夫便喝从人,教且松了他的手。小童急忙走去,把索子头解开,松出两只手来。大夫叫将纸墨笔砚拿过来,放在宣教面前,叫他写个不愿当官的招伏。宣教只得写道:“吏部候勘宣教郎吴某,只因不合闯入赵大夫内室,不愿经官,情甘出钱二千贯赎罪,并无词说。私供是实。”赵大夫取来看过,要他押了个字。便叫放了他绑缚,只把脖子拴了,叫几个方才随来家的戴大帽、穿一撒的家人,押了过对门来,取足这二千缗钱。

此时亦有半夜光景,宣教下处几个手下人已此都睡熟了。这些赵家人个个如狼似虎,见了好东西便抢,珠玉犀象之类,狼藉了不知多少,这多是二千缗外加添的。吴宣教足足取勾了二千数目,分外又把些零碎银两送与众家人,做了东道钱,众家人方才住手。赍了东西,仍同了宣教,押至家主面前,交割明白。大夫看过了东西,还指着宣教道:“便宜了这弟子孩儿!”喝叫:“打出去!”

宣教抱头鼠窜走归下处,下处店家灯尚未熄。宣教也不敢把这事对主人说,讨了个火,点在房里了。坐了一回,惊心方定,无聊无赖,叫起个小厮来,烫些热酒,且图解闷。一边吃,一边想道:“用了这几时工夫,才得这个机会,再差一会儿也到手了,谁想却如此不偶,反费了许多钱财!”又自解道:“还算造化哩。若不是县君哭告,众人拜求,弄得到当官,我这官做不成了。只是县君如此厚情厚德,又为我如此受辱,他家大夫说明日就出去，这倒还好个机会。只怕有了这番事体，明日就是不在家，是必分外防守，未必如前日之便了。不知今生到底能勾相傍否？"心口相问，不觉潸然泪下，郁抑不快，呵欠上来，也不脱衣服，倒头便睡。

只因辛苦了大半夜，这一睡直睡到第二日晌午方才醒来。走出店中举眼看去，对门赵家门也不关，帘子也不见了。一望进去，直看到里头，内外洞然，不见一人。他还怀着昨夜鬼胎，不敢自进去，悄悄叫个小厮，一步一步挨到里头探听。直到内房左右看过，并无一个人走动踪影，只见几间空房，连家伙什物一件也不见了。出来回复了宣教。宣教忖道："他原说今日要到外头去，恐怕出去了我又来走动，所以连家眷带去了。只是如何搬得这等罄净？难道再不回来住了？其间必有缘故。"试问问左右邻人，才晓得这赵家也是那里搬来的，住得不十分长久，这房子也只是赁下的，原非己宅，是用着美人之局，扎了火囤去了。

宣教浑如做了一个大梦一般，闷闷不乐，且到丁惜惜家里消遣一消遣。惜惜接着宣教，笑容可掬道："甚好风吹得贵人到此？"连忙置酒相待。饮酒中间，宣教频频的叹气。惜惜道："你向来有了心上人，把我冷落了多时。今日既承不弃到此，如何只是嗟叹，象有甚不乐之处？"宣教正是事在心头，巴不得对人告诉，只得把如何对门作寓，如何与赵县君往来，如何约去私期，却被丈夫归来拿住，将钱买得脱身，备细说了一遍。惜惜大笑道："你枉用痴心，落了人的圈套了。你前日早对我说说，我敢也先点破你，不着他道儿也不见得。我那年有一伙光棍将我包到扬州去，也假了商人的爱妾，扎了一个少年子弟千金，这把戏我也曾弄过的。如今你心爱的县君，又不知是那一家歪剌货① 也！你前日瞒得我好，撇得我好，也教你受些业报。"宣教满脸羞惭，懊恨无已。丁惜惜又只顾把说话盘问，见说道身畔所有剩得不多，衔衔家本色，就不十分亲热得紧了。

宣教也觉快快，住了一两晚，走了出来。满城中打听，再无一些消息。看看盘费不勾用了，等不得吏部改秩，急急走回故乡。亲眷朋友晓得这事的，把来做了笑柄。宣教常时忽忽如有所失，感了一场缠绵之疾，竟不及调官而终。

可怜吴宣教一个好前程，惹着了这一些魔头，不自尊重，被人弄得不

---

① 歪剌货——此处指"下贱、卑劣的妇人"。

尴不尬，没个收场。如此奉劝人家少年子弟每，血气未定贪淫好色、不守本分不知利害的，宜以此为鉴！诗云：

一脔[1] 肉味不曾尝，已遣缠头罄橐装[2]。
尽道陷人无底洞，谁知洞口赚刘郎！

---

① 脔（luán）——切成小片的肉。

② 罄（qìng）橐装——“橐”，一种口袋。“罄橐装”作“都装进口袋”解。

卷 十 五

韩侍郎婢作夫人 顾提控掾居郎署

诗云：

曾闻阴德可回天，古往今来效灼然。

奉劝世人行好事，到头元是自周全。

话说湖州府安吉州[①] 地浦滩有一居民，家道贫窘，因欠官粮银二两，监禁在狱。家中只有一妻，抱着个一周未满的小儿子度日，别无门路可救。栏中畜养一猪，算计卖与客人，得价还官。因性急银子要紧，等不得好价，见有人来买，即便成交。妇人家不认得银子好歹，是个白晃晃的，说是还得官了。客人既去，拿出来与银匠熔着锭子。银匠说："这是些假银，要他怎么？"妇人慌问："有多少呈色[②] 在里头？"银匠道："那里有半毫银气？多是铅铜锡镴装成，见火不得的。"妇人着了忙，拿在手中走回家来，寻思一回道："家中并无所出，止有此猪，指望卖来救夫，今已被人骗去，眼见得丈夫出来不成。这是我不仔细上害了他，心下怎么过得去？我也不要这性命了！"待寻个自尽，看看小儿子，又不舍得，发个狠道："罢！罢！索性抱了小冤家，同赴水而死，也免得牵挂。"急急奔到河边来。正待撺下去，恰好一个徽州商人立在那里，见他忙忙投水，一把扯住，问道："清白后生，为何做此短见勾当？"妇人拭泪答道："事急无奈，只图一死。"因将救夫卖猪、误收假银之说，一一告诉。徽商道："既然如此，与小儿子何干？"妇人道："没爷没娘，少不得一死，不如同死了干净。"徽商恻然道："所欠官银几何？"妇人道："二两。"徽商道："能得多少，坏此三条性命！我下处不远，快随我来，我舍银二两，与你还官罢。"妇人转悲作喜，抱了儿子，随着徽商行去。不上半里，已到下处。徽商走入房，秤银二两出来，递与妇人道："银是足纹，正好还官，不要又被别人骗了。"

---

① 湖州府安吉州——在今浙江省内。

② 呈色——即"成色"。此处指"银子中所含纯银的成分"。

妇人千恩万谢转去，央个邻舍同到县里，纳了官银，其夫始得放出监来。到了家里，问起道："那得这银子还官救我？"妇人将前情述了一遍，说道："若非遇此恩人，不要说你不得出来，我母子两人已作黄泉之鬼了。"其夫半喜半疑：喜的是得银解救，全了三命；疑的是妇人家没志行，敢怕独自个一时猴极了，做下了些不伶俐的勾当[①]，方得这项银子，也不可知。不然怎生有此等好人，直如此凑巧？口中不说破他，心生一计道："要见明白，须得如此如此。"问妇人道："你可认得那恩人的住处么？"妇人道："随他去秤银的，怎不认得？"其夫道："既如此，我与你不可不去谢他一谢。"妇人道："正该如此。今日安息了，明日同去。"其夫道："等不得明日，今夜就去。"妇人道："为何不要白日里去，到要夜间？"其夫道："我自有主意，你不要管我！"妇人不好拗得，只得点着灯，同其夫走到徽商下处门首。

此时已是黄昏时候，人多歇息寂静了。其夫叫妇人扣门，妇人道："我是女人，如何叫我黑夜敲人门户？"其夫道："我正要黑夜试他的心事。"妇人心下晓得丈夫有疑了，想道："一个有恩义的人，到如此猜他，也不当人子！"却是恐怕丈夫生疑，只得出声高叫。徽商在睡梦间，听得是妇人声音，问道："你是何人，却来叫我？"妇人道："我是前日投水的妇人。因蒙恩人大德，救了吾夫出狱，故此特来踵门叩谢。"看官，你道徽商此时若是个不老成的，听见一个妇女黑夜寻他，又是施恩过来的，一时动了不良之心，未免说句把倬俏绰趣的话，开出门来撞见其夫，可不是老大一场没趣？把起初做好事的念头多弄脏了。不想这个朝奉煞是[②]有正经，听得妇人说话，便厉声道："此我独卧之处，岂汝妇女家所当来！况昏夜也不是谢人的时节，但请回步，不必谢了。"其夫听罢，才把一天疑心尽多消散。妇人乃答道："吾夫同在此相谢。"

徽商听见其夫同来，只得披衣下床，要来开门。走得几步，只听得天崩地塌之声，连门外多震得动。徽商慌了自不必说，夫妇两人多吃了一惊。徽商忙叫小二掌火来看，只见一张卧床压得四脚多折，满床尽是砖头泥土。原来那一垛墙走了，一向床遮着不觉得，此时偶然坍将下来，若有人在床时，便是铜筋铁骨也压死了。徽商看了，伸了舌头出来，一时缩不

---

① 不伶俐的勾当——指"不正当、不名誉的行为"。

② 煞是——极是。

进去。就叫小二开门，见了夫妇二人，反谢道："若非贤夫妇相叫起身，几乎一命难存！"夫妇二人看见墙坍床倒，也自大加惊异，道："此乃恩人洪福齐天，大难得免，莫非恩人阴德之报？"两相称谢。徽商留夫妇茶话少时，珍重而别。只此一件，可见商人二两银子，救了母子两命，到底因他来谢，脱了墙压之厄，仍旧是自家救了自家性命一般，此乃上天巧于报德处。所以古人说："与人方便，自己方便。"小子起初说"到头原是自周全"，并非诳语。

看官每不信，小子而今单表一个周全他人、仍旧周全了自己一段长话，作个正文。有诗为证：

有女颜如玉，酬德讵能足？
遇彼素心人，清操同秉烛。
兰蕙保幽芳，移来贮金屋。
容台粉署郎，一朝畀掾属①。
圣明重义人，报施同转毂。

这段话文，出在弘治年间直隶太仓州地方。州中有一个吏典，姓顾名芳。平日迎送官府出城，专在城外一个卖饼的江家做下处歇脚。那江老儿名溶，是个老实忠厚的人，生意尽好，家道将就过得。看见顾吏典举动端方，容仪俊伟，不象个衙门中以下人，私心敬爱他。每遇他到家，便以"提控"呼之，待如上宾。江家有个嬷嬷，生得个女儿，名唤爱娘，年方十七岁，容貌非凡。顾吏典家里也自有妻子，便与江家内里通往来，竟成了一家骨肉一般。常言道，一家饱暖千家怨。江老虽不怎的富，别人看见他生意从容，衣食不缺，便传说了千金、几百金家事。有那等眼光浅、心不足的，目中就着不得，不由得不妒忌起来。

忽一日，江老正在家里做活，只见如狼似虎一起捕人打将进来，喝道："拿海贼！"把店中家伙打得粉碎。江老出来分辩，众捕一齐动手，一索子捆倒。江嬷嬷与女儿顾不得羞耻，大家啼啼哭哭嚷将出来，问道："是何事端？说个明白。"捕人道："崇明解到海贼一起，有江溶名字，是个窝家，还问什么事端！"江老夫妻与女儿叫起撞天屈来，说道："自来不曾出外，那里认得什么海贼？却不屈杀了平人！"捕人道："不管屈不屈，到州里分辩去，

① 一朝畀(bì)掾(yuàn)属——作"一旦给以属员"解。

与我们无干。快些打发我们见官去!”江老是个乡子里人,也不晓得盗情利害,也不晓得该怎的打发公差,合家只是一味哭。捕人每不见动静,便发起狠来道:“老儿奸诈,家里必有赃物,我们且搜一搜!”众人不管好歹,打进内里,一齐动手,险些把地皮多翻了转来,见了细软便藏匿了。江老夫妻、女儿三口,杀猪也似的叫喊,擂天倒地价哭。捕人每揎拳裸手,耀武扬威。

正在没摆布处,只见一个人踱将进来,喝道:“有我在此,不得无理!”众人定睛看时,不是别人,却是州里顾提控。大家住手道:“提控来得正好,我们不要粗鲁,但凭提控便是。”江老一把扯住提控道:“提控,救我一救!”顾提控问道:“怎的起?”捕人拿牌票出来看,却是海贼指扳窝家,巡捕衙里来拿的。提控道:“贼指的事,多出仇口。此家良善,明是冤屈。你们为我面上,须要周全一分。”捕人道:“提控在此,谁敢多话?只要分付我们,一面打点见官便是。”提控即便主张江老支持酒饭,鱼肉之类摆了满桌,任他每狼飧虎咽吃个尽情。又摸出几两银子做差使钱,众捕人道:“提控分付,我每也不好推辞,也不好较量,权且收着。凡百看提控面上,不难为他便了。”提控道:“列位别无帮衬处,只求迟带到一日,等我先见官人替他分诉一番,做个道理,然后投牌,便是列位盛情。”捕人道:“这个当得奉承。”当下江老随捕人去了,提控转身安慰他母子道:“此事只要破费,须有分辩处,不妨大事。”母子啼哭道:“全仗提控搭救则个。”提控道:“且关好店门,安心坐着,我自做道理去。”

出了店门,进城来,一径到州前来见捕盗厅官人,道:“顾某有个下处主人江溶,是个良善人户,今被海贼所扳①,想必是仇家陷害。望乞爷台为顾某薄面周全则个。”捕官道:“此乃堂上公事,我也不好自专。”提控道:“堂上老爷,顾某自当禀明,只望爷台这里带到时,宽他这一番拷究。”捕官道:“这个当得奉命。”

须臾,知州升堂,顾提控觑个堂事空便,跪下禀道:“吏典平日伏侍老爷,并不敢有私情冒禀。今日有个下处主人江溶,被海贼诬扳,吏典熟知他是良善人户,必是仇家所陷,故此斗胆禀明。望老爷天鉴之下,超豁无辜。若是吏典虚言妄禀,罪该万死。”知州道:“盗贼之事,非同小可。你敢

---

①　扳——作“攀”、“拉”解。

是私下受人买嘱,替人讲解么?"提控叩头道:"吏典若有此等情弊,老爷日后必然知道,吏典情愿受罪。"知州道:"待我细审,也听不得你一面之词。"提控道:"老爷细审二字,便是无辜超生之路了。"复叩一头,走了下来。想道:"官人方才说听不得一面之词,我想人众则公,明日约同同衙门几位朋友,大家禀一声,必然听信。"是日,拉请一般的十数个提控到酒馆中坐一坐,把前事说了,求众人明日帮他一说。众人平日与顾提控多有往来,无有不依的。

次日,捕人已将江溶解到捕厅。捕厅因顾提控面上,不动刑法,竟送到堂上来。正值知州投文,挨牌唱名。点到江溶名字,顾提控站在旁边,又跪下来禀道:"这江溶即是小吏典昨日所禀过的,果是良善人户。中间必有冤情,望老爷详察。"知州作色道:"你两次三回替人辩白,莫非受了贿赂,故敢大胆?"提控叩头道:"老爷法堂明查,若不是小吏典下处主人及有贿赂情弊,打死无怨!"只见众吏典多跪下来,禀道:"委是顾某主人,别无情弊,众吏典敢百口代保。"知州平日也晓得顾芳行径,是个忠直小心的人,心下有几分信他的,说道:"我审时自有道理。"便问江溶:"这伙贼人扳你,你平日曾认得一两个否?"江老儿叩头道:"爷爷,小的若认得一个,死也甘心。"知州道:"他们有人认得你否?"江老儿道:"这个小的虽不知,想来也未必认得小的。"知州道:"这个不难。"唤一个皂隶过来,教他脱下衣服与江溶穿了,扮做了皂隶,却叫皂隶穿了江溶的衣服,扮做了江溶。分付道:"等强盗执着江溶时,你可替他折证,看他认得不认得。"

皂隶依言与江溶更换停当,然后带出监犯来。知州问贼首道:"江溶是你窝家么?"贼首道:"爷爷,正是。"知州敲着气拍,故意问道:"江溶,怎么说?"这个皂隶扮的江溶,假着口气道:"爷爷,并不干小人之事。"贼首看着假江溶,那里晓得不是,一口指着道:"他住在城外,倚着卖饼为名,专一窝着我每赃物,怎生赖得?"皂隶道:"爷爷,冤枉!小的不曾认得他的。"贼首道:"怎生不认得?我们长在你家吃饼,某处赃若干,某处赃若干,多在你家,难道忘了?"知州明知不是,假意说道:"江溶是窝家,不必说了,却是天下有名姓相同。"一手指着真江溶扮皂隶的道:"我这个皂隶,也叫得江溶,敢怕是他么?"贼首把皂隶一看,那里认得?连喊道:"爷爷,是卖饼的江溶,不是皂隶江溶。"知州又手指假江溶道:"这个卖饼的江溶,可是了么?"贼首道:"正是这个。"知州冷笑了一声,连敲气拍两三下,指着贼首道:“你这杀剐不尽的奴才！自做了歹事,又受人买嘱,扳陷良善。”贼首连喊道:“这江溶果是窝家,一些不差,爷爷!”知州喝叫:“掌嘴!”打了十来下,知州道:“还要嘴强！早是我先换过了,试验虚实,险些儿屈陷平民。这个是我皂隶周才,你却认做了江溶,就信口扳杀他。这个扮皂隶的,正是卖饼江溶,你却又不认得,就说道无干,可知道你受人买嘱来害江溶,原不曾认得江溶的么!”贼首低头无语,只叫:“小的该死!”

知州叫江溶与皂隶仍旧换过了衣服,取夹棍来,把贼首夹起,要招出买他指扳的人来。贼首是顽皮赖肉,那里放在心上？任你夹打,只供称是因见江溶殷实,指望扳赔赃物是实,别无指使。知州道:“眼见得是江溶仇家所使,无得可疑。今这奴才死不肯招,若必求其人,他又要信口诬害,反生株连。我只释放了江溶,不根究也罢。”江溶叩头道:“小的也不愿晓得害小的仇人,省得中心不忘,冤冤相结。”知州道:“果然是个忠厚人。”提起笔来,把名字注销,喝道:“江溶无干,直赶出去!”当下江溶叩头不止,皂隶连喝:“快走!”

江溶如笼中放出飞鸟,欢天喜地出了衙门,衙门里许多人撮空叫喜,拥住了不放。又亏得顾提控走出来,把几句话解散开了众人,一同江溶走回家来。江老儿一进门,便唤过妻女来道:“快来拜谢恩人！这番若非提控搭救,险些儿相见不成了。”三个人拜做一堆。提控道:“自家家里,应得出力,况且是知州老爷神明做主,与我无干,快不要如此!”江嬷嬷便问老儿道:“怎生回来得这等撇脱,不曾吃亏么?”江老儿道:“两处俱仗提控先说过了,并不动一些刑法。天字号一场官司,今没一些干涉,竟自平净了。”江嬷嬷千恩万谢。提控立起身来道:“你们且慢慢细讲,我还要到衙门去谢谢官府去。”当下提控作别自去了。

江老送了出门,回来对嬷嬷说:“正是闭门家里坐,祸从天上来,谁想遭此一场飞来横祸,若非提控出力,性命难保。今虽然破费了些东西,幸得太平无事。我每不可忘了恩德,怎生酬报得他便好?”嬷嬷道:“我家家事向来不见怎的,只好度日,不知那里动了人眼,被天杀的暗算,招此非灾。前日众捕人一番掳掠,狠如打劫一般,细软东西尽被抄扎过了,今日有何重物谢得提控大恩?”江老道:“便是没东西难处,就凑得些少,也当不得数,他也未必肯受,怎么好?”嬷嬷道:“我到有句话商量,女儿年一十七岁,未曾许人。我们这样人家,就许了人,不过是村庄人户,不若送与他做了妾，扳他做个女婿，支持门户，也免得外人欺侮。可不好?”江老道：“此事到也好，只不知女儿肯不肯。”嬷嬷道：“提控又青年，他家大娘子又贤惠，平日极是与我女儿说得来的，敢怕也情愿。”遂唤女儿来，把此意说了。女儿道：“此乃爹娘要报恩德，女儿何惜此身?”江老道：“虽然如此，提控是个近道理的人，若与他明说，必是不从。不若你我三人，只作登门拜谢，以后就留下女儿在彼，他便不好推辞得。”嬷嬷道：“言之有理。”

当下三人计议已定，拿本历日来看，来日上吉。次日起早，把女儿装扮了，江老夫妻两个步行，女儿乘着小轿，抬进城中，竟到顾家来。提控夫妻接了进去，问道：“何事光降?”江老道：“老汉承提控活命之恩，今日同妻女三口登门拜谢。”提控夫妻道：“有何大事，直得如此！且劳烦小娘子过来，一发不当。”江老道：“老汉有一句不知进退的话奉告：老汉前日若是受了非刑，死于狱底，留下妻女，不知流落到甚处。今幸得提控救命重生，无恩可报。止有小女爱娘，今年正十七岁，与老妻商议，送来与提控娘子铺床叠被，做个箕帚之妾。提控若不弃嫌粗丑，就此俯留，老汉夫妻终身有托。今日是个吉日，一来到此拜谢，二来特送小女上门。”提控听罢，正色道：“老丈说那里话！顾某若做此事，天地不容。”提控娘子道：“难得老伯伯、干娘、妹妹一同到此，且请过小饭，有话再说。”提控一面分付厨下摆饭相待。饮酒中间，江老又把前话提起，出位拜提控一拜道：“提控若不受老汉之托，老汉死不瞑目。”提控情知江老心切，暗自想道：“若不权且应承，此老必不肯住，又去别寻事端谢我，反多事了。且依着他言语，我日后自有处置。”饭罢，江老夫妻起身作别，分付女儿留住，道：“你在此伏侍大娘。”爱娘含羞忍泪，应了一声。提控道：“休要如此说！荆妻且权留小娘子盘桓几日，自当送还。”江老夫妻也道是他一时门面说话，两下心照罢了。

两口儿去得，提控娘子便请爱娘到里面自己房里坐了，又摆出细果茶品请他。分付走使丫鬟铺设好了一间小房，一床被卧。连提控娘子心里，也只道提控有意留住的，今夜必然趁好日同宿。他本是个大贤惠不捻醋的人，又平日喜欢着爱娘，故此是件周全停当，只等提控到晚受用。正是：

一朵鲜花好护持，芳菲只待赏花时。
等闲未动东君意，惜处重将帷幕施。

谁想提控是夜竟到自家娘子房里来睡了，不到爱娘处去。提控娘子问道："你为何不到江小娘那里去宿？莫要忌我。"提控道："他家不幸遭难，我为平日往来，出力救他。今他把女儿谢我，我若贪了女色，是乘人危处，遂我欲心，与那海贼指扳、应捕抢掳，肚肠有何两样？顾某虽是小前程，若坏了行止，永远不吉。"提控娘子见他说出咒来，知是真心，便道："果然如此，也是你的好处。只是日间何不力辞脱了，反又留在家中做甚？"提控道："江老儿是老实人，若我不允女儿之事，他又剜肉做疮，别寻道路谢我，反为不美。他女儿平日与你相爱，通家姊妹，留下你处住几日，这却无妨。我意欲就此看个中意的人家子弟，替他寻下一头亲事，成就他终身结果，也是好事。所以一时不辞他去，原非我自家有意也。"提控娘子道："如此却好。"当夜无词。自此江爱娘只在顾家住，提控娘子与他如同亲姊妹一般，甚是看待得好。他心中也时常打点提控到他房里的，怎知道：

落花有意随流水，流水无情恋落花。
直待他年荣贵后，方知今日不为差。

提控只如常相处，并不曾起一毫邪念，说一句戏语，连爱娘房里脚也不蹰进去一步。爱娘初时疑惑，后来也不以为怪了。

提控衙门事多，时常不在家里，匆匆过了一月有余。忽一日得闲在家中，对娘子道："江小娘在家，初意要替他寻个人家，急切里凑不着巧。而今一月多了，久留在此，也觉不便，不如备下些礼物，送还他家。他家父母必然问起女儿相处情形。他晓得我心事如此，自然不来强我了。"提控娘子道："说得有理。"当下把此意与江爱娘说明了，就备了六个盒盘，又将出珠花四朵、金耳环一双，送与江爱娘插戴好，一乘轿，着个从人径送到江老家里来。

江老夫妻接着轿子，晓得是顾家送女儿回家，心里疑道："为何叫他独自个归来？"问道："提控在家么？"从人道："提控不得工夫来，多多拜上阿爹，这儿时有慢了小娘子，今特送还府上。"江老见说话蹊跷，反怀着一肚子鬼胎，道："敢怕有甚不恰当处？"忙忙领女儿到里边坐了，同嬷嬷细问他这一月的光景。爱娘把顾娘子相待甚厚，并提控不进房、不近身的事，说了一遍。江老呆了一晌，道："常要来问个信，自从为事之后，生意淡薄，穷忙没有工夫，又是素手，不好上门。欲待央个人来，急切里没便处。只道你一家和睦，无些别话，谁想却如此行径。这怎么说？"嬷嬷道："敢是日子不好，与女儿无缘法，得个人解禳解禳便好。"江老道："且等另拣个日子，再送去又做处。”爱娘道：“据女儿看起来，这个提控不是贪财好色之人，乃是个正人君子。我家强要谢他，他不好推辞得，故此权留这几时，誓不玷污我身。今既送了归家，自不必再送去。”江老道：“虽然如此，他的恩德毕竟不曾报得，反住在他家打搅多时，又加添礼物送来，难道便是这样罢了？还是改日再送去的是。”爱娘也不好阻当，只得凭着父母说罢了。

过了两日，江老夫妻做了些饼食，买了几件新鲜物事，办着十来个盒盘，一坛泉酒，雇个担夫挑了，又是一乘轿抬了女儿，留下嬷嬷看家，江老自家伴送过顾家来。提控迎着江老，江老道其来意，提控作色道：“老丈难道不曾问及令爱来？顾某心事唯天可表，老丈何不见谅如此？此番决不敢相留。盛惠谨领，令爱不及款待，原轿请回。改日登门拜谢！”江老见提控词色严正，方知女儿不是诳语，连忙出门止住来轿，叫他仍旧抬回家去。提控留江老转去茶饭，江老也再三辞谢，不敢叨领。当时别去。

提控转来，受了礼物，出了盒盘，打发了脚担钱，分付多谢去了，进房对娘子说江老今日复来之意。娘子道：“这个便老没正经，难道前番不谐，今番有再谐之理？只是难为了爱娘，又来一番，不曾会得一会去。”提控道：“若等他下了轿，接了进来，又多一番事了。不如决绝回头了的是。这老儿真诚，却不见机。既如此把女儿相缠，此后往来到也要稀疏了些。外人不知就里，惹得造下议论来，反害了女儿终身，是要好成歉了。”娘子道：“说得极是。”自此提控家不似前日十分与江家往来得密了。

那江家原无甚么大根基，不过生意济楚。自经此一番横事剥削之后，家计萧条下来。自古道：“人家天做。”运来时，撞着就是趁钱的，火焰也似长起来；运退时，撞着就是折本的，潮水也似退下去。江家悔气头里，连五热行里生意多不济了。做下饼食，常管五七日不发市，就是馊蒸气了，喂猪狗也不中。你道为何如此？先前为事时不多几日，只因惊怕了，自女儿到顾家去后，关了一个月多店门不开，主顾家多生疏，改向别家去，就便拗不转来。况且窝盗为事，声名扬开去不好听，别人不管好歹，信以为实，就怕来缠帐，以此生意冷落，日吃日空，渐渐支持不来。要把女儿嫁个人家，思量靠他过下半世，又高不凑，低不就。光阴眨眼，一错就是论年，女儿也大得过期了。

忽一日，一个徽州商人经过，偶然间瞥见爱娘颜色。访问邻人，晓得是卖饼江家，因问：“可肯与人家为妾否？”邻人道：“往年为官事时，曾送与人做妾，那家行善事，不肯受，还了的。做妾的事，只怕也肯。”徽商听得此话，去央个熟事的媒婆，到江家来说此亲事，只要事成，不惜重价。媒婆得了口气，走到江家，便说出徽商许多富厚处，情愿出重礼，聘小娘子为偏房。江老夫妻正在猴急头上，见说得动火，便问道：“讨在何处去的？”媒婆道：“这个朝奉只在扬州开当中盐，大孺人自在徽州家里，今讨去做二孺人，住在扬州当中，是两头大的，好不受用！亦且路不多远。”江老夫妻道：“肯出多少礼？”媒婆道：“说过只要事成，不惜重价。你每能要得多少？那富家心性，料必勾你每心下的，凭你们讨礼罢了。”江老夫妻商量道：“你我心下不割舍得女儿，欲待留下他，遇不着这样好主。有心得把与别处人去，多讨得些礼钱，也勾下半世做生意度日方可。是必要他三百两，不可少了。”商量已定，对媒婆说过。媒婆道：“三百两，忒重些。”江嬷嬷道：“少一厘，我也不肯。”媒婆道：“且替你们说说看，只要事成后，谢我多些儿。”三个人尽说三百两是一大主财物，极顶价钱了，不想商人慕色心重，二三百金之物，那里在他心上？一说就允，如数下了财礼。拣个日子娶了过去，开船往扬州。江爱娘哭哭啼啼，自道终身不得见父母了。江老虽是卖去了女儿，心中凄楚，却幸得了一主大财，在家别做生理，不提。

却说顾提控在州六年，两考役满，例当赴京听考。吏部点卯过，拨出在韩侍郎门下办事效劳。那韩侍郎是个正直忠厚的大臣，见提控谨厚小心，仪表可观，也自另眼看他，时留在衙前听候差使。一日，侍郎出去拜客，提控不敢擅离衙门左右，只在前堂伺候归来。等了许久，侍郎又往远处赴席，一时未还。提控等得不耐烦，困倦起来，坐在槛上打盹，朦胧睡去。见空中云端里黄龙现身，彩霞一片，映在自己身上。正在惊看之际，忽有人蹴他起来，飒然惊觉，乃是后堂传呼，高声喝：“夫人出来！”提控仓皇失措，连忙趋避不及。夫人步至前堂，亲看见提控慌遽走出之状。着人唤他转来。提控自道失了礼度，必遭罪责，趋至庭中跪倒，俯伏地下，不敢仰视。夫人道：“抬起头来我看。”提控不敢放肆，略把脖子一伸，夫人看见道：“快站起来，你莫不是太仓顾提控么？为何在此？”提控道：“不敢，小吏顾芳，实是太仓人。考满赴京，在此办事。”夫人道：“你认得我否？”提控不知甚么缘故，摸个头路不着，不敢答应一声。夫人笑道：“妾身非是别人，即是卖饼江家女儿也。昔年徽州商人娶去，以亲女相待，后来嫁于韩相公为次房。正夫人亡逝，相公立为继室，今已受过封诰。想来此等荣华，皆君所致也。若是当年非君厚德,义还妾身,今日安能到此地位?妾身时刻在心,正恨无由补报。今天幸相逢于此,当与相公说知就里,少图报效。"提控听罢,恍如梦中一般,偷眼觑着堂上夫人,正是江家爱娘。心下道:"谁想他却有这个地位?"又寻思道:"他分明卖与徽州商人做妾了,如何却嫁得与韩相公?方才听见说徽商以亲女相待,这又不知怎么解说。"当下退出外来,私下偷问韩府老都管,方知事体备细。

当日徽商娶去时节,徽人风俗,专要闹房吵新郎。凡亲戚朋友相识的,在住处所在,闻知娶亲,就携了酒榼前来称庆。说话之间,名为祝颂,实半带笑耍,把新郎灌得烂醉,方以为乐。是夜徽商醉极,讲不得甚么云雨勾当,在新人枕畔一觉睡倒,直至天明。朦胧中见一个金甲神人,将瓜锤扑他脑盖一下,蹴他起来道:"此乃二品夫人,非凡人之配,不可造次胡行!若违我言,必有大咎!"徽商惊醒,觉得头疼异常,只得扒了起来。自想此梦稀奇,心下疑惑。平日最信的是关圣灵签,梳洗毕,开个随身小匣,取出十个钱来,对空虔诚祷告:看与此女缘分何如?卜得个乙戊,乃是第十五签,签曰:

两家门户各相当,不是姻缘莫较量。
直待春风好消息,却调琴瑟向兰房。

详了签意,疑道:"既明说不是姻缘了,又道直待春风、却调琴瑟,难道放着见货,等待时来不成?"心下一发糊涂。再缴一签,卜得个辛丙,乃是第七十三签。签曰:

忆昔兰房分半钗,而今忽报信音乖。
痴心指望成连理,到底谁知事不谐。

得了这签,想道:"此签说话明白,分明不是我的姻缘,不能到底的了。梦中说有二品夫人之分,若把来另嫁与人,看是如何?"祷告过,再卜一签,得了个丙庚,乃是第二十七签。签曰:

世间万物各有主,一粒一毫君莫取。
英雄豪杰本天生,也须步步循规矩。

徽商看罢,道:"签句明白如此,必是另该有个主,吾意决矣。"虽是这等说,日间见他美色,未免动心。然但是有些邪念,便觉头疼。到晚来走近床边,愈加心神恍惚,头疼难支。徽商想道:"如此蹊跷,要见梦言可据,签语分明。万一破他女身,必为神明所恶,不如放下念头,认他做个干女儿，寻个人嫁了他，后来果得富贵，也不可知。”遂把此意对江爱娘说道：“在下年四十余岁，与小娘子年纪不等。况且家中原有大孺人，今扬州典当内又有二孺人。前日只因看见小娘子生得貌美，故此一时聘娶了来。昨晚梦见神明，说小娘子是个贵人，与在下非是配偶。今不敢胡乱辱莫了小娘子，在下痴长一半年纪，不若认义为父女，等待寻个好姻缘配着，图个往来。小娘子意下何如？”江爱娘听见说不做妾做女，有甚么不肯处？答应道：“但凭尊意，只恐不中抬举。”当下起身，插烛也似拜了徽商四拜。以后只称徽商做“爹爹”，徽商称爱娘做“大姐”，各床而睡。同行至扬州当里，只说是路上结拜的朋友女儿，托他寻人家的，也就分付媒婆替他四下里寻亲事。

正是春初时节，恰好凑巧韩侍郎带领家眷上任，舟过扬州，夫人有病，要娶个偏房，就便伏侍夫人，停舟在关下。此话一闻，那些做媒的如蝇聚膻，来的何止三四十起？各处寻将出来，多看得不中意。落末有个人说：“徽州当里有个干女儿，说是太仓州来的，模样绝美，也是肯与人为妾的，问问也好。”其间就有媒婆叨揽去当里来说。原来徽州人有个僻性，是“乌纱帽”、“红绣鞋”，一生只这两件不争银子，其余诸事悭吝了。听见说个韩侍郎娶妾，先自软摊了半边，自夸梦兆有准，巴不得就成了。韩府也叫人看过，看得十分中意。徽商认做自己女儿，不争财物，反赔嫁妆，只贪个纱帽往来，便自心满意足。韩府仕宦人家，做事不小，又见徽商行径冠冕，不说身价，反轻易不得了，连钗环首饰、缎匹银两也下了三四百金礼物。徽商受了，增添嫁事，自己穿了大服，大吹大擂，将爱娘送下官船上来。侍郎与夫人看见人物标致，更加礼义齐备，心下喜欢，另眼看待。到晚云雨之际，俨然身是处子，一发敬重。一路相处，甚是相得。

到了京中，不料夫人病重不起，一应家事尽嘱爱娘掌管。爱娘处得井井有条，胜过夫人在日。内外大小，无不喜欢。韩相公得意，拣个吉日，立为继房。恰遇弘治改元覃恩①，竟将江氏入册报去，请下了夫人封诰，从此内外俱称夫人了。自从做了夫人，心里常念先前嫁过两处，若非多遇着好人，怎生保全得女儿之身，致今日有此享用？那徽商认做干爷，兀自往

① 弘治改元覃恩——“弘治”，明孝宗年号；“改元”，君主、王朝改换年号；“覃恩”，指封建皇室遇有大庆典时，对臣子实行封赏或赦免。

来不绝，不必说起，只不知顾提控近日下落。忽然堂前相遇，恰恰正在门下走动。正所谓：一叶浮萍归大海，人生何处不相逢？

夫人见了顾提控，返转内房，等候侍郎归来。对侍郎说道："妾身有个恩人，没路报效，谁知却在相公衙门中服役。"侍郎问是谁人，夫人道："即办事吏顾芳是也。"侍郎道："他与你有何恩处？"夫人道："妾身原籍太仓人，他也是太仓州吏，因妾家里父母被盗扳害，得他救解，幸免大祸。父母将身酬谢，坚辞不受，强留在彼，他与妻子待以宾礼，誓不相犯。独处室中一月，以礼送归。后来过继与徽商为女，得有今日，岂非恩人？"侍郎大惊道："此柳下惠、鲁男子[1] 之事，我辈所难，不道掾吏之中却有此等仁人君子，不可埋没了他。"竟将其事写成一本，奏上朝廷。本内大略云：窃见太仓州吏顾芳，暴白冤事，侠骨著于公庭；峻绝谢私，贞心矢乎暗室。品流虽贱，衣冠所难，合行特旌，以彰笃行。

孝宗见奏大喜道："世间那有此等人？"即召韩侍郎面对，问其详细。侍郎一一奏知，孝宗称叹不置。侍郎道："此皆陛下中兴之化所致，应与表扬。"孝宗道："何止表扬，其人堪为国家所用，今在何处？"侍郎道："今在京中考满，拨臣衙门办事。"孝宗回顾内侍，命查那部里缺司官。司礼监秉笔内监奏道："昨日吏部上本，礼部仪制司缺主事一员。"孝宗道："好，好。礼部乃风化之原，此人正好。"即御批"顾芳除补，吏部知道"，韩侍郎当下谢恩而出。

侍郎初意不过要将他旌表一番，与他个本等职衔，梦里也不料圣意如此嘉奖，骤与殊等美官，真个喜出望外。出了朝中，竟回衙来，说与夫人知道。夫人也自欢喜不胜，谢道："多感相公为妾报恩，妾身万幸。"侍郎看见夫人欢喜，心下愈加快活，忙叫亲随报知顾提控。提控闻报，犹如地下升天，还服着本等衣服，随着亲随进来，先拜谢相公。侍郎不肯受礼，道："如今是朝廷命官，自有体制。且换了冠带，谢恩之后，然后私宅少叙不迟。"须臾，便有礼部衙门人来伺候，伏侍去到鸿胪寺[2] 报了名。次早，午门外谢了圣恩，到衙门到任。正是：

　　昔年萧主吏，今日叔孙通。

---

① 柳下惠、鲁男子——指不为女色所动的男人。

② 鸿胪寺——官署名，大鸿胪一官主要职掌朝祭礼仪。

两翅何曾异？只是锦袍红。

当日顾主事完了衙门里公事，就穿着公服，竟到韩府私宅中来拜见侍郎。顾主事道：“多谢恩相提携，在皇上面前极力荐举，故有今日。此恩天高地厚。”韩侍郎道：“此皆足下阴功浩大，以致圣主宠眷非常，得此殊典，老夫何功之有？”拜罢，主事请拜见夫人，以谢推许大恩。侍郎道：“贱室既忝同乡，今日便同亲戚。”传命请夫人出来相见。夫人见主事，两相称谢，各拜了四拜，夫人进去治酒。是日侍郎款待主事，尽欢而散。夫人又传问顾主事离家在几时，父亲的安否下落。顾主事回答道：“离家一年，江家生意如常，却幸平安无事。”侍郎与顾主事商议，待主事三月之后，给个假限回籍，就便央他迎取江老夫妇。顾主事领命，果然给假，衣锦回乡。乡人无不称羡。因往江家拜候，就传女儿消息，江家喜从天降。主事假满，携了妻子回京复任，就分付二号船里着落了江老夫妻。到京相会，一家欢忭无极。

自此侍郎与主事通家往来，俨如伯叔子侄一般。顾家大娘子与韩夫人愈加亲密，自不必说。后来顾主事三子，皆读书登第，主事寿登九十五岁，无病而终，此乃上天厚报善人也。所以奉劝世间，行善原是积来自家受用的。有诗为证：

美色当前谁不慕，况是酬恩去复来。
若使偶然通一笑，何缘掾吏入容台？

卷 十 六

迟取券毛烈赖原钱　失还魂牙僧索剩命

诗云：

一陌① 金钱便返魂，公私随处可通门。
鬼神有德开生路，日月无光照覆盆②。
贫者何缘蒙佛力？富家容易受天恩。
早知善恶多无报，多积黄金遗子孙。

这首诗乃是令狐谍所作。他邻近有个乌老，家资巨万，平时奸贪不义。死去三日，重复还魂。问他缘故，他说死后亏得家里广作佛事，多烧楮钱③，冥官大喜，所以放还。令狐谍闻知，大为不平道："我只道只有阳世间贪官污吏受财枉法，卖富差贫，岂知阴间也自如此！"所以做这首诗。后来冥司追去，要治他谤讪④ 之罪，被令狐谍是长是短辨析一番。冥司道他持论甚正，放教还魂，仍追乌老置之地狱。盖是世间没分剖处的冤枉，尽拚到阴司里理直。若是阴司也如此糊涂，富贵的人只消作恶造业，到死后分付家人多做些功课，多烧些楮钱，便多退过了，却不与阳间一样没分晓？所以令狐生不伏，有此一诗。其实阴司报应，一毫不差的。

宋淳熙年间，明州有个夏主簿，与富民林氏共出本钱，买扑官酒坊地店，做那沽拍生理。夏家出得本钱多些，林家出得少些，却是经纪营运尽是林家家人主当，夏家只管在里头照本算帐，分些干利钱。夏主簿是个忠厚人，不把心机提防，指望积下几年，总收利息。虽然零碎支动了些，笼统算着，还该有二千缗钱多在那里。若把银算，就是二千两了。去到林家取

---

① 一陌——"陌"即"佰"，"一陌"即"一百"。

② 覆盆——倾覆之盆，指强加于人的"不白之冤"。

③ 楮(chǔ)钱——"楮"，作"纸"解，"楮钱"即"纸钱"，为死人烧化的带有铜钱样花纹的纸。

④ 谤讪(shàn)——对上攻讦。

讨时，林家在店管帐的共有八个，你推我推，只说算帐未清，不肯付还。讨得急了两番，林家就说出没行止话来道："我家累年价辛苦，你家打点得自在钱，正不知钱在那里哩！"夏主簿见说得蹊跷，晓得要赖他的，只得到州里告了一状。林家得知告了，笑道："我家将猫儿尾拌猫饭吃，拚得将你家利钱折去了一半，官司好歹是我赢的。"遂将二百两送与州官，连夜叫八个干仆把簿籍尽情改造，数目字眼多换过了，反说是夏家透支了，也诉下状来。州官得过了贿赂，那管青红皂白？竟断道："夏家欠林家二千两。"把夏主簿收监追比。

其时郡中有个刘八郎，名元，人叫他做刘元八郎，平时最有直气。见了此事，大为不平，在人前裸臂揎拳的嚷道："吾乡有这样冤枉事！主簿被林家欠了钱，告状反致坐监，要那州县何用？他若要上司去告，指我作证，我必要替他伸冤理枉，等林家这些没天理的个个吃棒！"到一处，嚷一处。林家这八个人见他如此行径，恐怕弄得官府知道了，公道上去不得，翻过案来。商量道："刘元八郎是个穷汉，与他些东西，买他口静罢。"就中推两个有口舌的去邀了八郎，到旗亭中坐定。八郎问道："两位何故见款？"两人道："仰慕八郎义气，敢此沽一杯奉敬。"酒中说起夏家之事，两人道："八郎不要管别人家闲事，且只吃酒。"酒罢，两人袖中摸出官券二百道来，送与八郎道："主人林某晓得八郎家贫，特将薄物相助，以后求八郎不要多管。"八郎听罢，把脸儿涨得通红，大怒起来道："你每做这样没天理的事，又要把没天理的东西赃污我。我就饿死了，决不要这样财物！"叹一口气道："这等看起来，你每财多力大，夏家这件事在阳世间不能勾明白了。阴间也有官府，他少不得有剖雪处。且看！且看！"忿忿地叫酒家过来，问道："我每三个吃了多少钱钞？"酒家道："算该一贯八百文。"八郎道："三个同吃，我该出六百文。"就解一件衣服，到隔壁柜上解当了六百文钱，付与酒家。对这两人拱拱手道："多谢携带。我是清白汉子，不吃这样不义无名之酒。"大踏步竟自去了。两个人反觉没趣，算结了酒钱，自散了。

且说夏主簿遭此无妄之灾，没头没脑的被贪赃州官收在监里。一来是好人家出身，不曾受惯这苦；二来被别人少了钱，反关在牢中，心中气蛊，染了牢瘟，病将起来。家属央人保领，方得放出，已病得八九分了。临将死时，分付儿子道："我受了这样冤恨，今日待死。凡是一向扑官酒坊公店，并林家欠钱帐目与管帐八人名姓，多要放在棺内。吾替他地府申辩去。"才死得一月,林氏与这八个人陆陆续续尽得暴病而死。眼见得是阴间状准了。

又过一个多月,刘八郎在家忽觉头眩眼花,对妻子道:"眼前境界不好,必是夏主簿要我做对证,势必要死。奈我平时没有恶业,对证过了,还要重生。且不可入殓!三日后不还魂,再作道理。"果然死去两日,活将转来,拍手笑道:"我而今才出得这口恶气!"家人问其缘故,八郎道:"起初见两个公吏邀我去,走勾百来里路,到了一个官府去处。见一个绿袍官人在廊房里走出来,仔细一看,就是夏主簿。再三谢我道:'烦劳八郎来此。这里文书都完,只要八郎略一证明,不必忧虑。'我抬眼看见丹墀之下,林家与八个管帐人共顶着一块长枷,约有一丈五六尺长,九个头齐齐露出在枷上。我正要消遣他,忽报王升殿了。吏引我去见过,王道:'夏家事已明白,不须说得。旗亭吃酒一节,明白说来。'我供道:'是两人见招饮酒,与官券二百道,不曾敢接。'王对左右叹道:'世上却有如此好人!须商议报答他。可检他来算。'吏禀:'他该七十九岁。'王道:"穷人不受钱,更为难得,岂可不赏?添他阳寿一纪。'就着元追公吏送我回家。出门之时,只见那一伙连枷的人赶入地狱里去了。必然细细要偿还他的,料不似人世间葫芦提①。我今日还魂,岂不快活也!"后来此人整整活到九十一岁,无疾而终。可见阳世间有冤枉,阴司事再没有不明白的。

只是这一件事阴报虽然明白,阳世间欠的钱钞到底不曾显还得,未为大畅。而今说一件阳间赖了,阴间断了,仍旧阳间还了,比这事说来好听。

阳世全凭一张纸,是非颠倒多因此。
岂似幽中业镜台,半点欺心没处使。

话说宋绍兴年间②,庐州合江县赵氏村有一个富民,姓毛名烈,平日贪奸不义,一味欺心,设谋诈害。凡是人家有良田美宅,百计设法,直到得上手才住。挣得泼天也似人家,心里不曾有一毫知足。看见人家略有些小衅隙,便在里头挑唆,于中取利,没便宜不做事。其时昌州有一个人,姓陈名祈,也是个狠心不守分之人,与这毛烈十分相好。你道为何?只因陈

---

① 葫芦提——糊涂账。
② 绍兴年间——"绍兴",宋高宗年号。"绍兴年间"相当于公元 1131—1162 年。

祈也有好大家事。他一母所生还有三个兄弟,年纪多幼小,只是他一个年纪长成,独掌家事。时常恐怕兄弟每大来,这家事须四分分开,要趁权在他手之时做个计较,打些偏手,讨些便宜。晓得毛烈是个极有算计的人,早晚用得他着,故此与他往来交好。毛烈也晓得陈祈有三个幼弟,却独掌着家事,必有欺心毛病,他日可以在里头看景生情,得些渔人之利。所以两下亲密,语话投机,胜似同胞一般。

一日,陈祈对毛烈计较道:"吾家小兄弟们渐渐长大,少不得要把家事四股分了。我枉替他们白做这几时奴才,心不甘伏。怎么处?"毛烈道:"大头在你手头,你把要紧好的藏起了些不得?"陈祈道:"藏得的藏了,田地是露天盘子,须藏不得。"毛烈道:"只要会计较,要藏时田地也藏得。"陈祈道:"如何计较藏他?"毛烈道:"你如今只推有甚么公用,将好的田地卖了去,收银子来藏了,不就是藏田地一般?"陈祈道:"祖上的好田好地,又不舍得卖掉了。"毛烈道:"这更容易,你只拣那好田地,少些价钱,权典在我这里,目下拿些银子去用用,以后直等你们兄弟已将见在田地四股分定了,然后你自将原银在我处赎了去。这田地不多是你自己的了?"陈祈道:"此言诚为有见。但你我虽是相好,产业交关①少不得立个文书,也要用着个中人才使得。"毛烈道:"我家出入银两,置买田产,大半是大胜寺高公做牙侩。如今这件事,也要他在里头做个中见了罢。"陈祈道:"高公我也是相熟的。我去查明了田地,写下了文书,去要他着字便了。"

原来这高公法名智高,虽然是个僧家,到有好些不象出家人处。头一件是好利,但是风吹草动,有些个赚得钱的所在,他就钻的去了,所以囊钵充盈,经纪惯熟。大户人家做中做保,到多是用得他着的,分明是个没头发的牙行②。毛家债利出入,好些经他的手,就是做过几件欺心事体,也有与他首尾过来的。陈祈因此央他做了中,将田立券,典与毛烈。因要后来好赎,十分不典他重价钱,只好三分之一,做个交易的意思罢了。陈祈家里田地广有,非止一处,但是自家心里贪着的,便把来典在毛烈处做后门。如此一番,也累起本银三千多两了,其田足值万金,自不消说。毛烈

① 产业交关——"交关"是吴语,作"关键"、"重要"解,"产业交关"可以理解为"田产、家业事关重要"。

② 牙行——做买卖的中间人的行当。

放花作利,已此便宜得多了。只为陈祈自有欺心,所以情愿把便宜与毛烈得了去。以后陈祈母亲死过,他将见在户下的田产分做四股,把三股分与三个兄弟,自家得了一股。兄弟们不晓得其中委曲,见眼前分得均平,多无说话了。

过了几时,陈祈端正起赎田的价银,径到毛烈处取赎。毛烈笑道:"而今这田,却不是你独享的了?"陈祈道:"多谢主见高妙。今兄弟们皆无言可说,要赎了去自管。"随将原价一一交明。毛烈照数收了,将进去交与妻子张氏藏好。此时毛烈若是个有本心的,就该想着出的本钱原轻,收他这几年花息,便宜多了。今有了本钱,自该还他去,有何可说?谁知狠人心性,却又不然。道这田总是欺心来的,今赎去独吞,有好些放不过。他就起个不良之心,出去对陈祈道:"原契在我拙荆处,一时有些身子不快,不便简寻。过一日还你罢。"陈祈道:"这等,写一张收票与我。"毛烈笑道:"你晓得我写字不大便当,何苦难我?我与你甚样交情,何必如此?待一二日间翻出来就送还罢了。"陈祈道:"几千两往来,不是取笑。我交了这一主大银子,难道不要讨一些把柄回去?"毛烈道:"正为几千两的事,你交与我了,又好赖得没有不成?要甚么把柄?老兄忒过虑了。"陈祈也托大,道是毛烈平日相好,其言可信,料然无事。

隔了两日,陈祈到毛烈家去取前券,毛烈还推道一时未寻得出。又隔了两日去取,毛烈躲过,竟推道不在家了。如此两番,陈祈走得不耐烦,再不得见毛烈之面,才有些着急起来。走到大胜寺高公那里去商量,要他去问问毛烈下落。高公推道:"你交银时不曾通我知道,我不好管得。"陈祈没奈何,只得又去伺候毛烈。一日撞见了,好言与他取券,毛烈冷笑道:"天下欺心事只许你一个做?你将众兄弟的田偷典我处,今要出去自吞。我便公道欺心,再要你多出两千也不为过。"陈祈道:"原只典得这些,怎要我多得?"毛烈道:"不与我,我也不还你券,你也管田不成。"陈祈大怒道:"前日说过的说话,怎到要诈我起来?当官去说,也只要的我本钱。"毛烈道:"正是,正是。当官说不过时,还你罢了。"

陈祈一忿之气,归家写张状词,竟到县里告了毛烈。当得毛烈预先防备这着的,先将了些钱钞去寻县吏丘大,送与他了,求照管此事。丘大领诺。比及陈祈去见时,丘大先自装腔了,问其告状本意。陈祈把实情告诉了一遍,丘大只是摇头,道:"说不去。许多银两交与他了,岂有没个执照的理？教我也难帮衬你。”陈祈道：“因为相好的，不防他欺心，不曾讨得执照。今告到了官，全要提控说得明白。”丘大含糊应承了，却在知县面前只替毛烈说了一边的话，又替毛家送了些孝顺意思与知县了，知县听信。到得两家听审时，毛烈把交银的事一口赖定，陈祈其实一些执照也拿不出。知县声口有些向了毛烈，陈祈发起极来，在知县面前指神罚咒。知县道：“就是银子有的，当官只凭文券；既没有文券，把甚么做凭据断还得你？分明是一划混赖！”倒把陈祈打了二十个竹篦，问了“不合图赖人”罪名，量决脊杖。这三千银子只当丢去东洋大海，竟没说处。陈祈不服，又到州里去告，准了；及至问起来，知是县间问过的，不肯改断，仍复照旧。又到转运司告了，批发县间，一发是原问衙门，只多得一番纸笔，有甚么相干？落得费坏了脚手，折掉了盘缠。毛烈得了便宜，暗地喜欢。陈祈受失了银子，又吃打吃断，竟没处伸诉。正所谓：

浑身似口不能言，遍体排牙说不得。

欺心又遇狠心人，贼偷落得还贼没。

看官，你道这事多只因陈祈欺瞒兄弟，做这等奸计，故见得反被别人赚了，也是天有眼力处。却是毛烈如此欺心，难道银子这等好使的不成？不要性急，还有话在后头。

且说陈祈受此冤枉，没处叫撞天屈，气忿忿的，无可摆布。宰了一口猪、一只鸡，买了一对鱼、一壶酒，左近边有个社公祠，他把福物拿到祠里摆下了，跪在神前道：“小人陈祈，将银三千两与毛烈赎田。毛烈收了银子，赖了券书。告到官司，反问输了小人，小人没处申诉。天理昭彰，神目如电，还是毛烈赖小人的、小人赖毛烈的？是必三日之内求个报应。”叩了几个头，含泪而出。到家里，晚上得一梦，梦见社神来对他道：“日间所诉，我虽晓得明白，做不得主。你可到东岳行宫诉告，自然得理。”

次日，陈祈写了一张黄纸，捧了一对烛，一股香，竟望东岳行宫而来。进得庙门，但见：

殿宇巍峨，威仪整肃。离娄左视，望千里如在目前；师旷右边，听九幽直同耳畔。草参亭内，炉中焚百合明香；祝献台前，案上放万灵杯珓。夜听泥神声诺，朝闻木马号嘶。比岱宗具体而微，虽行馆有呼必应。若非真正冤情事，敢到庄严法相前？

陈祈衔了一天怨忿，一步一拜，拜上殿来，将心中之事，是长是短，照依在社神面前时一样，表白了一遍。只听得幡帷里面仿佛有人声到耳朵内道："可到夜间来。"陈祈吃了一惊，晓得灵感，急急站起，走了出来。候到天色晚了，陈祈是气忿在胸之人，虽是幽暗阴森之地，并无一些畏怯，一直走进殿来。将黄纸状在烛上点着火，烧在神前炉内了，照旧通诚拜祷，已毕，又听得隐隐一声道："出去。"陈祈亲见如此神灵，明知必有报应，不敢再渎，悚然归家，此时是绍兴四年四月二十日。

陈祈时时到毛烈家边去打听，过了三日，只见说毛烈死了。陈祈晓得蹊跷。去访问邻舍间，多说道："毛烈走出门首，撞见一个着黄衣的人，走入门来揪住。毛烈奔脱，望里面飞也似跑，口里喊道：'有个黄衣人捉我，多来救救。'说不多几句，倒地就死。从不见死得这样快的。"陈祈口里不说，心里暗暗道："是告的阴状有应，现报在我眼里了。"又过了三日，只见有人说，大胜寺高公也一时卒病而死。陈祈心里疑惑道："高公不过是原中，也死在一时，看起来莫不要阴司中对这件事么？"不觉有些恍恍惚惚。走到家里，就昏晕了去。少顷醒将转来，分付家人道："有两个人追我去对毛烈事体，闻得说我阳寿未尽，未可入殓。你们守我十来日着，敢怕还要转来。"分付毕，即倒头而卧，口鼻俱已无气，家人依言，不敢妄动，呆呆守着，自不必说。

且说陈祈随了来追的人竟到阴府，果然毛烈与高公多先在那里了，一同带见判官。判官一一点名过了，问道："南岳发下状来，毛烈赖了陈祈三千银两，这怎么说？"陈祈道："是小人与他赎田，他亲手接受，后来不肯还原券，竟赖道没有。小人在阳间与他争讼不过，只得到南岳大王处告这状的。"毛烈道："判爷，休听他胡说。若是有银与小人时，须有小人收他的执照。"判官笑道："这是你阳间哄人，可以借此厮赖。"指着毛烈的心道："我阴间只凭这个，要什么执照不执照！"毛烈道："小人其实不曾收他的。"判官叫取业镜过来。旁边一个吏就拿着铜盆大一面镜子来照着毛烈。毛烈、陈祈与高公三人一齐看那镜子里面，只见里头照出陈祈交银，毛烈接受，进去付与妻子张氏，张氏收藏，是那日光景宛然见在。判官道："你看我这里，可是要甚么执照的么？"毛烈没得开口。陈祈合着掌向空里道："今日才表明得这件事。阳间官府要他做甚么干？"高公也道："原来这银子果然收了，却是毛大哥不通。"当下判官把笔来写了些甚么，就带了三人到一个大庭内。只见旁边列着兵卫甚多，也不知殿上坐的是甚么人，远望去是冕旒衮袍的王者。判官走上去说了一回，殿上王者大怒，叫取枷来，将毛烈枷了，口里大声分付道："县令听决不公，削去已后官爵。县吏丘大，火焚其居，仍削阳寿一半。"又唤僧人智高问道："毛烈欺心事，与你商同的么？"智高道："起初典田时，曾在里头做交易中人，以后事体多不知道。"又唤陈祈问道："赎田之银，固是毛烈要赖欺心。将田出典的缘故，却是你的欺心。"陈祈道："也是毛烈教道的。"王者道："这个推不得，与智高僧人做牙侩一样，该量加罚治。两人俱未合死。只教阳世受报。毛烈作业尚多，押入地狱受罪！"

说毕，只见毛烈身边就有许多牛头夜叉，手执铁鞭、铁棒，赶得他去。毛烈一头走，一头哭，对陈祈、高公说道："吾不能出头了。二公与我传语妻子，快作佛事救援我。陈兄原券在床边木箱之内，还有我平日贪谋强诈得别人家田宅文券，共有一十三纸，也在箱里。可叫这一十三家的人来，一一还了他，以减我罪。二公切勿相忘！"陈祈见说着还他原契，还要再问个明白，一个夜叉把一根铁棍在陈祈后心窝里一捣，喝道："快去！"

陈祈慌忙缩退，飒然惊醒，出了一身冷汗，只见妻子坐在床沿守着。问他时节，已过了七昼夜了。妻子道："因你分付了，不敢入殓。况且心头温温的，只得坐守，幸喜得果然还魂转来。毕竟是毛烈的事对得明白否？"陈祈道："东岳真个有灵，阴间真个无私，一些也瞒不得。大不似阳世间官府，没清头没天理的。"因把死后所见事体备细说了一遍。抖擞了精神，坐定了性子一回，先叫人到县吏丘大家一看，三日之前已被火烧得精光。止烧得这一家，火就息了。陈祈越加敬信。再叫人到大胜寺中访问高公，看果然一同还魂，意思要约他做了证见，索取毛家文券。人回来说："三日之前，寺中师徒已把他荼毗了。"说话的，怎么叫做"荼毗"？看官，这就是僧家西方的说话，又有叫得"阇维"的，总是我们华言"火化"也。陈祈见说高公已火化了，吃了一大惊，道："他与我同在阴间，说阳寿未尽，一同放转世的。如何就把来化了？叫他还魂在何处？这又是了不得的事了，怎么收场？"

陈祈心下忐忑，且走到毛家去取文券。看见了毛家儿子，问道："尊翁故世，家中有什么影响否？"毛家儿子道："为何这般问及？"陈祈道："在下也死去七日，到与尊翁会过一番来，故此动问。"毛家儿子道："见家父光景如何？有甚说话否？"陈祈道："在下与尊翁本是多年相好的，只因不还我典田文书,有这些争讼。昨日到亏得阴间对明,说文书在床前木箱里面,所以今日来取。”毛家儿子道:“文书便或者在木箱里面,只是阴间说话,谁是证见,可以来取?”陈祈道:“有到有个证见,那时大胜寺高师父也在那里,同见说了,一齐放还魂的。可惜他寺中已将他身尸火化,没了个活证。却有一件可信,你尊翁还说另有一十三家文券,也多是来路不明的田产,叫还了这一十三家,等他受罪轻些,又叫替他多做些佛事。这须是我造不出的。”毛家儿子听说,有些呆了。你道为何?原来阴间业镜照出毛妻张氏同受银子之时,张氏在阳间恰象做梦一般,也梦见阴司对理之状,曾与儿子说过,故听得陈祈说着阴间之事,也有些道是真的了。走进去与母亲说知,张氏道:“这项银子委实有的。你父亲只管道便宜了他,勒措着文书不与他,意思还要他分外出些加添。不道他竟自去告了官,所以索性一口赖了,又不料死得这样诧异。今恐怕你父亲阴间不宁,只该还了他。既说道还有一十三纸,等明日一总翻将出来,逐一还罢。”毛家儿子把母亲说话对陈祈说了,陈祈道:“不要又象前番,回了明日,渐渐赖皮起来。此关系你家尊翁阴间受罪,非同阳间儿戏的。”毛家儿子道:“这个怎么还敢!”陈祈当下自去了。

毛家儿子关了门进来。到了晚间,听得有人敲门,开出去却又不见,关了又敲得紧。问是那个,外边厉声答道:“我是大胜寺中高和尚。为你家父亲赖了典田银子,我是原中人,被阴间追去做证见。放我归来,身尸焚化,今没处去了。这是你家害我的,须凭你家里怎么处我?”毛家儿子慌做一团,走进去与母亲说了。张氏也怕起来,移了火,同儿子走出来,听听外边,越敲得紧了,道:“你若不开时,我门缝里自会进来。”张氏听着,果然是高公平日的声音,硬着胆回答道:“晓得有累师父了。而今既已如此,教我们母子也没奈何,只好做些佛事超度师父罢。”外边鬼道:“我命未该死,阴间不肯收留,还有世数未尽,又去脱胎做人不得,随你追荐阴功,也无用处,直等我世数尽了才得托生。这些时叫我在那里好?我只是守住在你家,不开去了。”毛家母子只得烧些纸钱,奠些酒饭,告求他去。鬼道:“叫我别无去处,求我也没干。”毛家母子没奈何,只得踢踢蹐蹐过了一夜。第二日急急去寻请僧道做道场,一来追荐毛烈,二来超度这个高公。母子亲见了这些异样,怎敢不信?把各家文券多送去还了。

谁知陈祈自得了文券之后,忽然害起心痛来,一痛发便待死去。记起是阴中被夜叉将铁棍心窝里捣了一下之故,又亲听见王者道"陈祈欺心,阳世受报",晓得这典田事是欺心的,只得叫三个兄弟来,把毛家赎出之地均作四份分了,却是心痛仍不得止。只因平日掌家时,除典田之外,他欺心处还多。自此每一遭痛发,便去请僧道保禳,或是东岳烧献。年年所费,不计其数。此病随身,终不脱体。到得后来,家计到比三个兄弟消耗了。

那毛家也为高公之鬼不得离门,每夜必来扰乱,家里人口不安。卖掉房子,搬到别处,鬼也随着不舍。只得日日超度,时时斋醮。以后看看声音远了些,说道:"你家福事做得多了。虽然与我无益,时常有神佛在家,我也有些不便。我且暂时去去,终是放你家不过的。"以后果然隔着几日才来。这里就做法事退他,或做佛事度他。如此缠帐多时,支持不过,毛家家私也逐渐消费下来。以后毛家穷了,连这些佛事、法事多做不起了,高公的鬼也不来了。

可见诈欺之财,没有得与你入己受用的。阴司比阳世间公道,使不得奸诈,分毫不差池。这两家显报自不必说,只高公僧人,贪财利,管闲事,落得阳寿未终,先被焚烧,虽然为此搅破了毛氏一家,却也是僧人的果报了。若当时徒弟们不烧其尸,得以重生,毕竟还与陈祈一样,也要受些现报,不消说得的。人生作事,岂可不知自省?

阳间有理没处说,阴司不说也分明。
若是世人终不死,方可横心自在行。

又有人道这诗未尽,番案一首云:

阳间不辨到阴间,阴间仍旧判阳还。
纵是世人终不死,也须难使到头顽。

卷 十 七

同窗友认假作真 女秀才移花接木

诗曰：

万里桥边薛校书，枇杷窗下闭门居。

扫眉才子知多少，管领春风总不如。

这四句诗，乃唐人赠蜀中妓女薛涛之作。这个薛涛乃是女中才子，南康王韦皋[①] 做西川节度使时，曾表奏他做军中校书，故人多称为薛校书。所往来的是高千里、元微之、杜牧之[②] 一班儿名流。又将浣花溪水造成小笺，名曰“薛涛笺”。词人墨客得了此笺，犹如拱璧[③]。真正名重一时，芳流百世。

国朝洪武年间，有广东广州府人田洙，字孟沂，随父田百禄到成都赴教官之任。那孟沂生得风流标致，又兼才学过人，书画琴棋之类，无不通晓。学中诸生日与嬉游，爱同骨肉。过了一年，百禄要遣他回家。孟沂的母亲心里舍不得他去，又且寒官冷署[④]，盘费难处。百禄与学中几个秀才商量，要在地方上寻一个馆与儿子坐坐，一来可以早晚读书，二来得些馆资，可为归计。这些秀才巴不得留住他，访得附郭一个大姓张氏要请一馆宾，众人遂将孟沂力荐于张氏。张氏送了馆约，约定明年正月元宵后到馆。至期，学中许多有名的少年朋友，一同送孟沂到张家来，连百禄也自送去。张家主人曾为运使[⑤]，家道饶裕，见是老广文带了许多时髦到家，甚为欢喜。开筵相待，酒罢各散，孟沂就在馆中宿歇。

---

① 韦皋——唐时人，曾任剑南西川节度使，封南康郡王。

② 高千里、元微之、杜牧之——均为唐时人。高千里，高骈字千里，曾任军职；元微之，元稹字微之，官至宰相，并善诗赋，著有《元氏长庆集》；杜牧之，杜牧字牧之，官至中书舍人，著有《樊川集》。

③ 拱璧——大的美玉。

④ 寒官冷署——喻收人不高，没有油水外快的官职。

⑤ 运使——掌管运输粮物的官职。

到了二月花朝日，孟沂要归省父母。主人送他节仪二两，孟沂袋在袖子里了，步行回去。偶然一个去处，望见桃花盛开，一路走去看，境甚幽僻。孟沂心里喜欢，伫立少顷，观玩景致，忽见桃林中一个美人掩映花下。孟沂晓得是良人家，不敢顾盼，径自走过。未免带些卖俏身子，拖下袖来，袖中之银，不觉落地。美人看见，便叫随侍的丫鬟拾将起来，送还孟沂。孟沂笑受，致谢而别。

明日，孟沂有意打那边经过，只见美人与丫鬟仍立在门首。孟沂望着门前走去，丫鬟指道："昨日遗金的郎君来了。"美人略略敛身避入门内。孟沂见了丫鬟，叙述道："昨日多蒙娘子美情，拾还遗金，今日特来造谢。"美人听得，叫丫鬟请入内厅相见。孟沂喜出望外，急整衣冠，望门内而进。美人早已迎着，至厅上相见礼毕，美人先开口道："郎君莫非是张运使宅上西宾么？"孟沂道："然也。昨日因馆中回家，道经于此，偶遗少物，得遇夫人盛情，命尊姬拾还，实为感激。"美人道："张氏一家亲戚，彼西宾即我西宾。还金小事，何足为谢？"孟沂道："欲问夫人高门姓氏，与敝东何亲？"美人道："寒家姓平，成都旧族也。妾乃文孝坊薛氏女，嫁与平氏子康，不幸早卒，妾独孀居于此。与郎君贤东乃乡邻姻娅，郎君即是通家了。"孟沂见说是孀居，不敢久留，两杯茶罢，起身告退。美人道："郎君便在寒舍过了晚去。若贤东晓得郎君到此，妾不能久留款待，觉得没趣了。"即分付快办酒馔。

不多时，设着两席，与孟沂相对而坐。坐中殷勤劝酬，笑语之间，美人多带些谑浪话头。孟沂认道是张氏至戚，虽然心里技痒难熬，还拘拘束束，不敢十分放肆。美人道："闻得郎君倜傥俊才，何乃作儒生酸态？妾虽不敏，颇解吟咏。今遇知音，不敢爱丑，当与郎君赏鉴文墨，唱和词章。郎君不以为鄙，妾之幸也。"遂叫丫鬟取出唐贤遗墨，与孟沂看。孟沂从头细阅，多是唐人真迹手翰诗词，惟元稹、杜牧、高骈的最多，墨迹如新。孟沂爱玩，不忍释手，道："此希世之宝也。夫人情钟此类，真是千古韵人了。"美人谦谢。两个谈话有味，不觉夜已二鼓。孟沂辞酒不饮。美人延入寝室，自荐枕席道："妾独处已久，今见郎君高雅，不能无情，愿得奉陪。"孟沂道："不敢请耳，固所愿也。"两个解衣就枕，鱼水欢情，极其缱绻。枕边切切叮咛道："慎勿轻言，若贤东知道，彼此名节丧尽了。"

次日，将一个卧狮玉镇纸赠与孟沂，送至门外道："无事就来走走，勿学薄幸人！"孟沂道："这个何劳分付？"孟沂到馆，哄主人道："老母想念，必要小生归家宿歇，小生不敢违命留此，从今早来馆中，夜归家里便了。"主人信了说话，道："任从尊便。"自此，孟沂在张家，只推家里去宿，家里又说在馆中宿，竟夜夜到美人处宿了。整有半年，并没一个人知道。

孟沂与美人赏花玩月，酌酒吟诗，曲尽人间之乐。两人每每你唱我和，做成联句，如《落花二十四韵》，《月夜五十韵》，斗巧争妍，真成敌手。诗句太多，恐看官每厌听，不能尽述，只将他两人《四时回文诗》表白一遍。美人诗道：

花朵几枝柔傍砌，柳丝千缕细摇风。
霞明半岭西斜日，月上孤村一树松。〔春〕
凉回翠簟冰人冷，齿沁清泉夏月寒。
香篆袅风清缕缕，纸窗明月白团团。〔夏〕
芦雪覆汀秋水白，柳风凋树晚山苍。
孤帏客梦惊空馆，独雁征书寄远乡。〔秋〕
天冻雨寒朝闭户，雪飞风冷夜关城。
鲜红炭火围炉暖，浅碧茶瓯注茗清。〔冬〕

这个诗怎么叫做回文？因是顺读完了，倒读转去，皆可通得。最难得这样浑成，非是高手不能，美人一挥而就。孟沂也和他四首道：

芳树吐花红过雨，入帘飞絮白惊风。
黄添晓色青舒柳，粉落晴香雪覆松。〔春〕
瓜浮瓮水凉消暑，藕叠盘冰翠嚼寒。
斜石近阶穿笋密，小池舒叶出荷团。〔夏〕
残石绚红霜叶出，薄烟寒树晚林苍。
鸾书寄恨羞封泪，蝶梦惊愁怕念乡。〔秋〕
风卷雪篷寒罢钓，月辉霜柝冷敲城。
浓香酒泛霞杯满，淡影梅横纸帐清。〔冬〕

孟沂和罢，美人甚喜。真是才子佳人，情味相投，乐不可言。却是好物不坚牢，自有散场时节。

一日，张运使偶过学中，对老广文田百禄说道："令郎每夜归家，不胜奔走之劳。何不仍留寒舍住宿，岂不为便？"百禄道："自开馆后，一向只在公家。止因老妻前日有疾，曾留得数日，这几时并不曾来家宿歇，怎么如此说?”张运使晓得内中必有蹊跷,恐碍着孟沂,不敢尽言而别。是晚,孟沂告归,张运使不说破他,只叫馆仆尾着他去。到得半路,忽然不见。馆仆赶去追寻,竟无下落。回来对家主说了,运使道:“他少年放逸,必然花柳人家去了。”馆仆道:“这条路上,何曾有什么伎馆?”运使道:“你还到他衙中问问看。”馆仆道:“天色晚了,怕关了城门,出来不得。”运使道:“就在田家宿了,明日早晨来回我不妨。”

到了天明,馆仆回话,说是不曾回衙。运使道:“这等,那里去了?”正疑怪间,孟沂恰到。运使问道:“先生昨宵宿于何处?”孟沂道:“家间。”运使道:“岂有此理?学生昨日叫人跟随先生回去,因半路上不见了先生,小仆直到家中去问,先生不曾到宅,怎如此说?”孟沂道:“半路上偶到一个朋友处讲话,直到天黑回家,故此盛仆来时问不着。”馆仆道:“小人昨夜宿在相公家了,方才回来的。田老爹见说了,甚是惊慌,要自来寻问。相公如何还说着在家的话?”孟沂支吾不来,颜色尽变。运使道:“先生若有别故,当以实说。”孟沂晓得遮掩不过,只得把遇着平家薛氏的话说了一遍,道:“此乃令亲相留,非小生敢作此无行之事。”运使道:“我家何尝有亲戚在此地方?况亲中也无平姓者,必是鬼祟。今后先生自爱,不可去了。”孟沂口里应承,心里那里信他?傍晚又到美人家里去,备对美人说形迹已露之意。美人道:“我已先知道了。郎君不必怨悔,亦是冥数尽了。”遂与孟沂痛饮,极尽欢情。到了天明,哭对孟沂道:“从此永别矣!”将出洒墨玉笔管一枝,送与孟沂道:“此唐物也。郎君慎藏在身,以为纪念。”挥泪而别。

那边张运使料先生晚间必去,叫人看着,果不在馆。运使道:“先生这事必要做出来,这是我们做主人的干系,不可不对他父亲说知。”遂步至学中,把孟沂之事备细说与百禄知道。百禄大怒,遂叫了学中一个门子,同着张家馆仆,到馆中唤孟沂回来。孟沂方别了美人,回到张家,想念道:“他说永别之言,只是怕风声败露,我便耐守几时再去走动,或者还可相会。”正踌躇间,父命已至,只得跟着回去。百禄一见,喝道:“你书到不读,夜夜在那里游荡?”孟沂看见张运使一同在家了,便无言可对。百禄见他不说,就拿起一条柱杖劈头打去,道:“还不实告!”孟沂无奈,只得把相遇之事,及录成联句一本与所送镇纸、笔管两物,多将出来,道:“如此佳人,不容不动心,不必罪儿了。”百禄取来逐件一看,看那玉色是几百年出土之物,管上有篆刻“渤海高氏清玩”六个字。又揭开诗来,从头细阅,不觉心服。对张运使道："物既稀奇，诗又俊逸，岂寻常之怪！我每可同了不肖子，亲到那地方去查一查踪迹看。"遂三人同出城来。

将近桃林，孟沂道："此间是了。"进前一看，孟沂惊道："怎生屋宇俱无了？"百禄与运使齐抬头一看，只见水碧山青，桃株茂盛。荆棘之中，有冢累然。张运使点头道："是了，是了。此地相传是唐妓薛涛之墓。后人因郑谷诗有'小桃花绕薛涛坟'之句，所以种桃百株，为春时游赏之所。贤郎所遇，必是薛涛也。"百禄道："怎见得？"张运使道："他说所嫁是平氏子康，分明是平康巷了。又说文孝坊，城中并无此坊，'文孝'乃是'教'字，分明是教坊了。平康巷教坊乃是唐时妓女所居，今云薛氏，不是薛涛是谁？且笔上有高氏字，乃是西川节度使高骈。骈在蜀时，涛最蒙宠待，二物是其所赐无疑。涛死已久，其精灵犹如此。此事不必穷究了。"百禄晓得运使之言甚确，恐怕儿子还要着迷，打发他回归广东。后来孟沂中了进士，常对人说，便将二玉物为证。虽然想念，再不相遇了，至今传有"田洙遇薛涛"故事。

小子为何说这一段鬼话？只因蜀中女子从来号称多才，如文君、昭君，多是蜀中所生，皆有文才。所以薛涛一个妓女，生前诗名不减当时词客，死后犹且诗兴勃然，这也是山川的秀气。唐人诗有云：

锦江腻滑蛾眉秀，幻出文君与薛涛。

诚为千古佳话。至于黄崇嘏[①]女扮男装，做了相府掾属，今世传有《女状元》本，也是蜀中故事，可见蜀女多才，自古为然。至今两川风俗，女人自小从师上学，与男人一般读书。还有考试进庠做青衿弟子，若在别处，岂非大段奇事？而今说着一家子的事，委曲奇咤，最是好听。

从来女子守闺房，几见裙钗入学堂？
文武习成男子业，婚姻也只自商量。

话说四川成都府绵竹县，有一个武官，姓闻名确，乃是卫中世袭指挥。因中过武举两榜，累官至参将，就镇守彼处地方。家中富厚，赋性豪奢。夫人已故，房中有一班姬妾，多会吹弹歌舞。有一子，也是妾生，未满三周。有一个女儿，年十七岁，名曰蜚娥，丰姿绝世，却是将门将种，自小习

---

① 黄崇嘏——五代时人，幼年丧父母，女扮男装，因其才能被召为相府掾属。此事后来演变为杂剧《女状元》。

得一身武艺,最善骑射,直能百步穿杨,模样虽是娉婷,志气赛过男子。他起初因见父亲是个武出身,受那外人指目,只说是个武弁人家,必须得个子弟在黉门[①] 中出入,方能结交斯文士夫,不受人的欺侮。争奈兄弟尚小,等他长大不得,所以一向妆做男子,到学堂读书。外边走动,只是个少年学生;到了家中内房,方还女扮。如此数年,果然学得满腹文章,博通经史。这也是蜀中做惯的事。遇着提学到来,他就报了名,改为胜杰,说是胜过豪杰男人之意,表字俊卿,一般的入了队去考童生。一考就进了学,做了秀才。他男扮久了,人多认他做闻参将的小舍人[②],一进了学,多来贺喜。府县迎送到家,参将也只是将错就错,一面欢喜开宴。盖是武官人家,秀才乃极难得的,从此参将与官府往来,添了个帮手,有好些气色。为此,内外大小却象忘记他是女儿一般的,凡事尽是他支持过去。

他同学朋友,一个叫魏造,字撰之;一个叫做杜亿,字子中。两人多是出群才学,英锐少年,与闻俊卿意气相投,学业相长。况且年纪差不多:魏撰之年十九岁,长闻俊卿两岁;杜子中与闻俊卿同年,又是闻俊卿月生大些。三人就象一家兄弟一般,极是过得好,相约了同在学中一个斋舍里读书。两个无心,只认做一伴的好朋友。闻俊卿却有意要在两个里头拣一个嫁他。两个人并起来,又觉得杜子中同年所生,凡事仿佛些,模样也是他标致些,更为中意。比魏撰之分外说得投机。杜子中见闻俊卿意思又好,丰姿又妙,常对他道:“我与兄两人可惜多做了男子,我若为女,必当嫁兄;兄若为女,我必当娶兄。”魏撰之听得,便取笑道:“而今世界盛行男色,久已颠倒阴阳,那见得两男便嫁娶不得?”闻俊卿正色道:“我辈俱是孔门子弟,以文艺相知,彼此爱重,岂不有趣?若想着淫昵,便把面目放在何处?我辈堂堂男子,谁肯把身子做顽童乎?魏兄该罚东道便好。”魏撰之道:“适才听得杜子中爱慕俊卿,恨不得身为女子,故尔取笑。若俊卿不爱此道,子中也就变不及身子了。”杜子中道:“我原是两下的说话,今只说得一半,把我说得失便宜了。”魏撰之道:“三人之中,谁叫你独小些?自然该吃亏些。”大家笑了一回。

---

① 黉(hóng)门——黉,古时学校。黉门中出入的人,即进学的秀才。

② 小舍人——明代俗称贵显子弟为“舍人”,闻确是卫中世袭指挥,他的女儿因长时间女扮男装,亦有此称呼。

俊卿归家来，脱了男服，还是个女人。自家想道："我久与男人做伴，已是不宜，岂可他日舍此同学之人，另寻配偶不成？毕竟止在二人之内了。虽然杜生更觉可喜，魏兄也自不凡，不知后来还是那个结果好，姻缘还在那个身上？"心中委决不下。他家中一个小楼，可以四望。一个高兴，趁步登楼。见一只乌鸦在楼窗前飞过，却去住在百来步外一株高树上，对着楼窗呀呀的叫。俊卿认得这株树，乃是学中斋前之树，心里道："叵耐这业畜叫得不好听，我结果他去。"跑下来自己卧房中，取了弓箭，跑上楼来。那乌鸦还在那里狠叫，俊卿道："我借这业畜卜我一件心事则个。"扯开弓，搭上箭，口里轻轻道："不要误我！"飕的一响，箭到处，那边乌鸦坠地。这边望去看见，情知中箭了。急急下楼来，仍旧改了男妆，要到学中看那枝箭的下落。

且说杜子中在斋前闲步，听得鸦鸣正急，忽然扑的一响，掉下地来。走去看时，鸦头上中了一箭，贯睛而死。子中拔了箭出来道："谁有此神手，恰恰贯着他头脑。"仔细看那箭干上，有两行细字，道："矢不虚发，发必应弦。"子中念罢，笑道："那人好夸口！"魏撰之听得，跳出来急叫道："拿与我看！"在杜子中手里接了过去。正同看时，忽然子中家里有人来寻，子中掉着箭自去了。魏撰之细看之时，八个字下边，还有"蜚娥记"三小字。想道："蜚娥乃女人之号，难道女人中有此妙手？这也诧异。适才子中不看见这三个字，若见时必然还要称奇了。"

沉吟间，早有闻俊卿走将来，看见魏撰之捻了这枝箭立在那里，忙问道："这枝箭是兄拾了么？"撰之道："箭自何来的，兄却如此盘问？"俊卿道："箭上有字的么？"撰之道："因为有字，在此念想。"俊卿道："念想些甚么？"撰之道："有'蜚娥记'三字。蜚娥必是女人，故此想着，难道有这般善射的女子不成？"俊卿捣个鬼道："不敢欺兄，蜚娥即是家姊。"撰之道："令姊有如此巧艺，曾许聘那家了？"俊卿道："未曾许人。"撰之道："模样如何？"俊卿道："与小弟有些厮象。"撰之道："这等，必是极美的了。俗语道：'未看老婆，先看阿舅。'小弟尚未有室，吾兄与小弟做个撮合山何如？"俊卿道："家下事，多是小弟作主。老父面前，只消小弟一说，无有不依。只未知家姊心下如何。"撰之道："令姊面前，也在吾兄帮衬，通家之雅，料无推拒。"俊卿道："小弟谨记在心。"撰之喜道："得兄应承，便十有八九了。谁想姻缘却在此枝箭上，小弟谨当宝此，以为后验。"便把箭来收拾在拜匣内了。

取出羊脂玉闹妆一个递与俊卿，道："以此奉令姊，权答此箭，作个信物。"俊卿收来束在腰间。撰之道："小弟作诗一首，道意于令姊，何如？"俊卿道："愿闻。"撰之吟道：

闻得罗敷未有夫，支机肯许问津无？

他年得射如皋雉，珍重今朝金仆姑。

俊卿笑道："诗意最妙，只是兄貌不陋，似太谦了些。"撰之笑道："小弟虽不便似贾大夫之丑，却与令姊相并，必是不及。"俊卿含笑自去了。

从此撰之胸中痴痴里想着闻俊卿有个姐姐，美貌巧艺，要得为妻。有了这个念头，并不与杜子中知道。因为箭是他拾着的，今自己把做宝贝藏着，恐怕他知因，来要了去。谁想这个箭，原有来历，俊卿学射时节，便怀有择配之心。竹干上刻那二句，固是夸着发矢必中，也暗藏个应弦的哑谜。他射那乌鸦之时，明知在书斋树上，射去这枝箭，心里暗卜一卦，看他两人那个先拾得者，即为夫妻。为此急急来寻下落，不知是杜子中先拾着，后来掉在魏撰之手里。俊卿只见在魏撰之处，以为姻缘有定，故假意说是姐姐，其实多暗隐着自己的意思。魏撰之不知其故，凭他捣鬼，只道真有个姐姐罢了。俊卿固然认了魏撰之是天缘，心里却为杜子中十分相爱，好些撇打不下。叹口气道："一马跨不得双鞍，我又违不得天意。他日别寻件事端，补还他美情罢。"明日来对魏撰之道："老父与家姊面前，小弟十分撺掇，已有允意，玉闹妆也留在家姊处了。老父的意思，要等秋试过，待兄高捷了方议此事。"魏撰之道："这个也好。只是一言既定，再无翻变才妙。"俊卿道："有小弟在，谁翻变得？"魏撰之不胜之喜。

时值秋闱，魏撰之与杜子中、闻俊卿多考在优等，起送乡试。两人来拉了俊卿同走，俊卿与父参将计较道："女孩儿家只好瞒着人，暂时做秀才耍子，若当真去乡试，一下子中了举子，后边露出真情来，就要关着奏请干系。事体弄大了，不好收场，决使不得。"推了有病不行。魏、杜两生只得撇了，自去赴试。揭晓之日，两生多得中了。闻俊卿见两家报了捷，也自欢喜。打点等魏撰之迎到家时，方把求亲之话与父亲说知，图成此亲事。

不想安绵兵备道① 与闻参将不合，时值军政考察，在按院处开了款

---

① 兵备道——即按察使司兵备佥事。

数，递了一个揭帖，诬他冒用国课，妄报功绩，侵克军粮，累赃巨万。按院① 参上一本，奉圣旨，着本处抚院提问。此报一至，闻家合门慌做了一团。也就有许多衙门人寻出事端来缠扰，还亏得闻俊卿是个出名的秀才，众人不敢十分罗唣。过不多时，兵道行个牌到府来，说是奉旨犯人，把闻参将收拾在府狱中去了。闻俊卿自把生员出名去递投诉，就求保候父亲。府间准了诉词，不肯召保。俊卿就央了新中的两个举人去见府尊，府尊说："碍上司分付，做不得情。"三人袖手无计。此时魏撰之自揣道："他家患难之际，料说不得求亲的闲话，只好不提起，且一面去会试再处。"

两人临行之时，又与俊卿作别。撰之道："我们三人同心之友，我两人喜得侥幸，方恨俊卿因病蹉跎，不得同登，不想又遭此家难。而今我们匆匆进京去了，心下如割，却是事出无奈。多致意尊翁，且自安心听问，我们若少得进步，必当出力相助，来白此冤！"子中道："此间官官相护，做定了圈套陷人。闻兄只在家营救，未必有益。我两人进去，倘得好处，闻兄不若径到京来商量，与尊翁寻个出场。还是那边上流头好辩白冤枉，我辈也好相机助力。切记！切记！"撰之又私自叮嘱道："令姊之事，万万留心。不论得意不得意，此番回来必求事谐了。"俊卿道："闹妆现在，料不使兄失望便了。"三人洒泪而别。

闻俊卿自两人去后，一发没有商量可救父亲。亏得官无三日急，到有七日宽，无非凑些银子，上下分派一分派，使用得停当，狱中的也不受苦，官府也不来急急要问，丢在半边，做一件未结公案了。参将与女儿计较道："这边的官司既未问理，我们正好做手脚。我意要修下一个辩本，做成一个备细揭帖，到京中诉冤。只没个能干的人去得，心下踌躇未定。"闻俊卿道："这件事须得孩儿自去。前日魏、杜两兄临别时，也教孩儿进京去，可以相机行事。但得两兄有一人得第，也就好做靠傍了。"参将道："虽然你是个女中丈夫，是你去毕竟停当。只是万里程途，路上恐怕不便。"俊卿道："自古多称缇萦救父②，以为美谈。他也是个女子，况且孩儿男妆已

---

① 按院——即巡按御史。

② 缇萦救父——缇萦，即淳于缇萦，西汉临淄（今山东淄博）人。著名医学家淳于意女。文帝时，父为齐太仓令，因为人所告下狱，她上书请作宫婢以赎父刑。旧时将她作为宣传封建孝道的榜样。

久,游庠已过,一向算在丈夫之列,有甚去不得?虽是路途遥远,孩儿弓矢可以防身,倘有甚么人盘问,凭着胸中见识也支持得他过,不足为虑。只是须得个男人随去,这却不便。孩儿想得有个道理,家丁闻龙夫妻多是苗种,多善弓马,孩儿把他妻子也打扮做男人,带着他两个,连孩儿共是三人一起走,既有妇女伏侍,又有男仆跟随,可以放心一直到京了。"参将道:"既然算计得停当,事不宜迟,快打点动身便是。"俊卿依命,一面去收拾。听得街上报进士,说魏、杜两人多中了,俊卿不胜之喜,来对父亲说道:"有他两人在京做主,此去一发不难做事。"就拣定一日,作急起身。在学中动了一个游学呈子,批个文书执照,带在身边了。路经省下来,再察听一察听上司的声口消息。

你道闻小姐怎生打扮?

飘飘巾帻,覆着两鬓青丝;窄窄靴鞋,套着一双玉笋。上马衣裁成短后,蛮狮带妆就偏垂。囊一张玉靶弓,想开时,舒臂扭腰多体态;插几枝雁翎箭,看放处,猿啼雕落逞高强。争羡道能文善武的小郎君,怎知是女扮男妆的乔秀士?

一路来到了成都府中,闻龙先去寻下了一所幽静饭店。闻俊卿后到,歇下了行李,叫闻龙妻子取出带来的山菜几件,放在碟内,向店中取了一壶酒,斟着慢吃。

又道是无巧不成话,那坐的所在,与隔壁人家窗口相对,只隔得一个小天井①。正吃之间,只见那边窗里一个女子掩着半窗,对着闻俊卿不转眼的看。及至闻俊卿抬起眼来,那边又闪了进去。遮遮掩掩,只不走开。忽地打个照面,乃是个绝色佳人。闻俊卿想道:"原来世间有这样标致的?"看官,你道此时若是个男人,必然动了心,就想妆出些风流家数,两个做起光景来。怎当得闻俊卿自己也是个女身,那里放在心上?一面取饭来吃了,且自衙门前干事去。

到得出去了半日,傍晚转来,俊卿刚得坐下,隔壁听见这里有人声,那个女子又在窗边来看了。俊卿私下自笑道:"看我做甚?岂知我与你是一般样的!"正嗟叹间,只见门外一个老姥走将进来,手中拿着一个小榼儿。见了俊卿,放下榼子,道了万福,对俊卿道:"隔壁景家小娘子见舍人独酌,

---

① 天井——宅院中房子和房子或房子和围墙所围成的较小的露天空地。

送两件果子与舍人当茶。”俊卿开看，乃是南充黄柑，顺庆紫梨，各十来枚。俊卿道：“小生在此经过的，与娘子非亲非戚，如何承此美意？”老姥道：“小娘子说来，此间来万去千的人，不曾见有似舍人这等丰标的，必定是富贵家的出身。及至问人来，说是参府中小舍人，小娘子说这俗店无物可口，叫老媳妇送此二物来解渴。”俊卿道：“小娘子何等人家，却居此间壁？”老姥道：“这小娘子是井研景少卿的小姐。只因父母双亡，他依着外婆家住。他家里自有万金家事，只为寻不出中意的丈夫，所以还未嫁人。外公是此间富员外，这城中极兴的客店，多是他家的房子，何止有十来处，进益甚广。只有这里幽静些，却同家小每住在间壁。他也不敢主张把外甥许人，恐怕做了对头，后来怨怅。常对景小娘子道：‘凭你自家看得中意的，实对我说，我就主婚。’这个小娘子也古怪，自来会拣相人物，再不曾说那一个好。方才见了舍人，便十分称赞，敢是与舍人有些姻缘动了？”俊卿不好答应，微微笑道：“小生那有此福？”老姥道：“好说，好说。老媳妇且去着。”俊卿道：“致意小娘子，多承佳惠，客中无可奉答，但有心感盛情。”老姥去了，俊卿自想一想，不觉失笑道：“这小娘子看上了我，却不枉费春心？”吟诗一首，聊寄其意。诗云：

为念相如渴不禁，交梨邛橘出芳林。

却惭未是求凰客，寂寞囊中绿绮琴。

次日早起，老姥又来，手中将着四枚剥净的熟鸡子，做一碗盛着，同了一小壶好茶，送到俊卿面前道：“舍人吃点心。”俊卿道：“多谢妈妈盛情。”老姥道：“这是景小娘子昨夜分付了，老身支持来的。”俊卿道：“又是小娘子美情，小生如何消受？有一诗奉谢，烦妈妈与我带去。”俊卿就把昨夜之诗写在笺纸上，封好了付妈妈。诗中分明是推却之意。妈妈将去与景小姐看了，景小姐一心喜着俊卿，见他以相如自比，反认做有意于文君，后边两句，不过是谦让些说话。遂也回他一首，和其末韵云：

宋玉墙东思不禁，愿为比翼止同林。

知音已有新裁句，何用重挑焦尾琴？

吟罢，也写在乌丝茧纸上，教老姥送将来。俊卿看罢，笑道：“原来小姐如此高才！难得，难得！”俊卿见他来缠得紧，生一个计较，对老姥道：“多谢小姐美意，小生不是无情，争奈小生已聘有妻室，不敢欺心妄想。上复小姐，这段姻缘种在来世罢。”老姥道：“既然舍人已有了亲事，老身去回复了小娘子，省得他牵肠挂肚，空想坏了。”老姥去后，俊卿自出门去打点衙门事体，央求宽缓日期。诸色停当，到了天晚才回得下处。是夜无词。

来日天早，这老姥又走将来，笑道：“舍人小小年纪，倒会掉谎，老婆滚到身边，推着不要。昨日回了小娘子，小娘子教我问一问两位管家，多说道舍人并不曾聘娘子过。小娘子喜欢不胜，已对员外说过，少刻员外自来奉拜说亲，好歹要成事了。”俊卿听罢，呆了半晌，道：“这冤家帐那里说起？只索收拾行李起来，趁早去了罢。”分付闻龙与店家会了钞，急待起身。只见店家走进来报道：“主人富员外相拜闻相公。”说罢，一个七十多岁的老人家笑嘻嘻进来。堂中望见了闻俊卿，先自欢喜，问道：“这位小相公，想就是闻舍人了么？”老姥还在店内，也跟将来，说道：“正是这位。”富员外把手一拱道：“请过来相见。”闻俊卿见过了礼，整了客座坐了。富员外道：“老汉无事不敢冒叩新客。老汉有一外甥，乃是景少卿之女，未曾许着人家。舍甥立愿不肯轻配凡流，老汉不敢擅做主张，凭他意中自择。昨日对老汉说，有个闻舍人，下在本店，丰标不凡，愿执箕帚。所以要老汉自来奉拜，说此亲事。老汉今见足下，果然俊雅非常，舍甥也有几分姿容，况且粗通文墨。实是一对佳偶，足下不可错过。”闻俊卿道：“不敢欺老丈，小生过蒙令甥谬爱，岂敢自外？一来令甥是公卿阀阅，小生是武弁门风，恐怕攀高不着；二来老父在难中，小生正要入京辨冤，此事既不曾告过，又不好为此担阁，所以应承不得。”员外道：“舍人是簪缨世胄①，况又是黉宫名士，指日飞腾，岂分甚么文武门楣？若为令尊之事，慌速入京，何不把亲事议定了，待归时禀知令尊，方才完娶？既安了舍甥之心，又不误了足下之事，有何不可？”

闻俊卿无计推托，心下想道：“他家不晓得我的心病，如此相逼，却又不好十分过却，打破机关。我想魏撰之有竹箭之缘，不必说了。还有杜子中更加相厚，到不得不闪下了他。一向有个主意，要在骨肉女伴里边别寻一段姻缘，发付他去。而今既有此事，我不若权且应承，定下在这里，他日作成了杜子中，岂不为妙？那时晓得我是女身，须怪不得我说谎。万一杜

① 簪(zān)缨世胄——“簪”，簪子，用金银玉石做就的头上饰物；“缨”，系在服装或器物上的穗状饰物；“胄”，古代称帝王或贵族的子族。“簪缨世胄”即“世代插簪挂缨的富贵人家”。

子中也不成,那时也好开交了,不像而今碍手。”算计已定,就对员外说:“既承老丈与令甥如此高情,小生岂敢不受人提挈!只得留下一件信物在此为定,待小生京中回来,上门求娶就是了。”说罢,就在身边解下那个羊脂玉闹妆,双手递与员外道:“奉此与令甥表信。”富员外千欢万喜,接受在手,一同老姥去回复景小姐道:“一言已定了。”员外就叫店中办起酒来,与闻舍人饯行。俊卿推却不得,吃得尽欢而罢。

相别了起身上路,少不得风餐水宿,夜住晓行。不一日,到了京城。叫闻龙先去打听魏、杜两家新进士的下处。问着了杜子中一家,原来那魏撰之已在部给假回去了。杜子中见说闻俊卿来到,不胜之喜,忙差长班来接到下处,两个相见,寒温已毕。俊卿道:“小弟专为老父之事,前日别时,承兄每分付入京图便,切切在心。后闻两兄高发,为此不辞跋涉,特来相托。不想魏撰之已归,今幸吾兄尚在京师,小弟不致失望了。”杜子中道:“仁兄先将老伯被诬事款做一个揭帖,逐一辨明,刊刻起来,在朝门外逢人就送。等公论明白了,然后小弟央个相好的同年在兵部的,条陈别事,带上一段,就好到本籍去生发出脱了。”俊卿道:“老父有个本稿,可以上得否?”子中道:“而今重文轻武,老伯是按院题的,若武职官出名自辨,他们不容起来,反致激怒,弄坏了事。不如小弟方才说的为妙,仁兄不要轻率。”俊卿道:“感谢指教。小弟是书生之见,还求仁兄做主行事。”子中道:“异姓兄弟,原是自家身上的事,何劳叮咛?”俊卿道:“撰之为何回去了?”子中道:“撰之原与小弟同寓了多时,他说有件心事,要归来与仁兄商量。问其何事,又不肯说。小弟说,仁兄见吾二人中了,未必不进京来。他说这是不可期的,况且事体要在家里做的,必要先去,所以告假去了。正不知仁兄却又到此,可不两相左了?敢问仁兄,他果然要商量何等事?”俊卿明知是为婚姻之事,却只做不知,推说道:“连小弟也不晓得他为甚么,想来无非为家里的事。”子中道:“小弟也想他没甚么,为何恁地等不得?”

两个说了一回,子中分付治酒接风,就叫闻家家人安顿好了行李,不必另寻寓所,只在此间同寓。盖是子中先前与魏家同寓,今魏家去了,房舍尽有,可以下得闻家主仆三人。子中又分付打扫闻舍人的卧房,就移出自己的榻来,相对铺着,说晚间可以联床清话。俊卿看见,心里有些突兀起来。想道:“平日与他们同学,不过是日间相与,会文会酒,并不看见我的卧起,所以不得看破。而今弄在一间房内了,须闪避不得,露出马脚来怎么处？却又没个说话可以推掉得两处宿。只是自己放着精细，遮掩过去便了。”

虽是如此说，却是天下的事是真难假；是假难真。亦且终日相处，这些细微举动，水火不便的所在，那里妆饰得许多来？闻俊卿日间虽是长安街上去送揭帖，做着男人的勾当，晚间宿歇之处，有好些破绽现出在杜子中的眼里了。杜子中是聪明的人，有甚省不得的事？晓得有些诧异，越加留心闲觑①，越看越是了。这日，俊卿出去，忘锁了拜匣，子中偷揭开来一看，多是些文翰柬帖。内有一幅草稿，写着道："成都绵竹县信女闻氏，焚香拜告关真君神前。愿保父闻确冤情早白，自身安稳还乡，竹箭之期，闹妆之约，各得如意。谨疏。"子中见了拍手道："眼见得公案在此了。我枉为男子，被他瞒过了许多时。今不怕他飞上天去。只是后边两句解他不出，莫不许过了人家？怎么处？"心里狂荡不禁。

忽见俊卿回来，子中接在房里坐了，看着俊卿只是笑。俊卿疑怪，将自己身子上下前后看了又看，问道："小弟今日有何举动差错了，仁兄见哂之甚？"子中道："笑你瞒得我好。"俊卿道："小弟到此来做的事，不曾瞒仁兄一些。"子中道："瞒得多哩，俊卿自想么！"俊卿道："委实没有。"子中道："俊卿记得当初同斋时言语么？原说弟若为女，必当嫁兄；兄若为女，必当娶兄。可惜弟不能为女，谁知兄果然是女，却瞒了小弟。不然，娶兄多时了。怎么还说不瞒？"俊卿见说着心病，脸上通红起来，道："谁是这般说？"子中袖中摸出这纸疏头来道："这须是俊卿的亲笔。"俊卿一时低头无语。子中就挨过来坐在一处了，笑道："一向只恨两雄不能相配，今却遂了人愿也。"俊卿站了起来道："行踪为兄识破，抵赖不得了。只有一件，一向承兄过爱，慕兄之心非不有之。争奈有件缘事，已属了撰之，不能再以身事兄，望兄见谅。"子中愕然道："小弟与撰之同为俊卿窗友，论起相与意气，还觉小弟胜他一分。俊卿何得厚于撰之薄于小弟乎？况且撰之又不在此间，现钟不打，反去炼铜，这是何说？"俊卿道："仁兄有所不知，仁兄可看疏上竹箭之期的说话么？"子中道："正是不解。"俊卿道："小弟因为与两兄同学，心中愿卜所从。那日向天暗祷，箭到处，先拾得者即为夫妇。后来这箭却在撰之处。小弟诡说是家姊所射，撰之遂一心想慕，把一个玉闹妆为

① 觑(qù)——作"看"、"瞧"解。

定。此时小弟虽不明言，心已许下了。此天意有属，非小弟有厚薄也。”子中大笑道：“若如此说，俊卿宜为我有无疑了。”俊卿道：“怎么说？”子中道：“前日斋中之箭，原是小弟拾得。看见干上有两行细字，以为奇异，正在念诵，撰之听得走出来，在小弟手里接去看。此时偶然家中接小弟，就把竹箭掉在撰之处，不曾取得。何曾是撰之拾取的？若论俊卿所卜天意，一发正是小弟应占了。撰之他日可问，须混赖不得。”俊卿道：“既是曾见箭上字来，可记得否？”子中道：“虽然看时节仓卒无心，也还记是‘矢不虚发，发必应弦’八个字，小弟须是造不出。”

俊卿见说得是真，心里已自软了，说道：“果是如此，乃天意了。只是枉了魏撰之望空想了许多时，而今又赶将回去，日后知道，甚么意思？”子中道：“这个说不得。从来说先下手为强，况且原该是我的。”就拥了俊卿求欢，道：“相好兄弟，而今得同衾枕，天上人间，无此乐矣。”俊卿推拒不得，只得含羞走入帏帐之内，一任子中所为。有一首调畲[①]《山坡羊》，单道其事：

这小秀才有些儿怪样，走到罗帏，忽现了本相。本来是个黉宫里折桂的郎君，改换了章台内司花的主将。金兰契，只觉得肉味馨香；笔砚交，果然是有笔如枪。皱眉头，忍着疼，受的是良朋针砭；�胸怀，揉着窍，显出那知心酣畅。用一番切切偲偲来也，哎呀，分明是远方来，乐意洋洋。思量，一枭一粲，是联句的篇章；慌忙，为云为雨，还错认了龙阳。

事毕，闻小姐整容而起，叹道：“妾一生之事，付之郎君，妾愿遂矣。只是哄了魏撰之，如何回他？”忽然转了一想，将手床上一拍道：“有处法了。”杜子中倒吃了一惊，道：“这事有甚么处法？”小姐道：“好教郎君得知：妾身前日行至成都，在店内安歇，主人有个甥女窥见了妾身，对他外公说了，逼要相许。是妾身想个计较，将信物权定，推道归时完娶。当时妾身意思，道魏撰之有了竹箭之约，恐怕冷淡了郎君，又见那个女子才貌双全，可为君配，故此留下这头姻缘。今妾既归君，他日回去，魏撰之问起所许之言，就把这家的说合与他成了，岂不为妙？况且当时只说是姐姐，他心里并不曾晓得是妾身自己，也不是哄他了。”子中道：“这个最妙。足见小姐为朋友的美情。有了这个出场，就与小姐配合，与撰之也无嫌了。谁晓得途中

① 调畲（tǎi）——“畲”，“呔”的异体字，“调畲”意思是“腔调带方言”。

又有这件奇事？还有一件要问：途中认不出是女容不必说了，但小姐虽然男扮，同两个男仆行走，好些不便。”小姐笑道：“谁说同来的多是男人？他两个原是一对夫妇，一男一女，打扮做一样的。所以途中好伏侍走动，不必避嫌也。”子中也笑道：“有其主必有其仆，有才思的人做来多是奇怪的事。”小姐就把景家女子所和之诗，拿出来与子中看。子中道：“世间也还有这般的女人！魏撰之得此，也好意足了。”

小姐再与子中商量着父亲之事。子中道：“而今说是我丈人，一发好措词出力。我吏部有个相知，先央他把做对头的兵道调了地方，就好营为了。”小姐道：“这个最是要着，郎君在心则个。”子中果然去央求吏部。数日之间推升本上，已把兵道改升了广西地方。子中来回复小姐道：“对头改去，我今作速讨个差与你回去，救取岳丈了事。此间辩白已透，抚按轻拟上来，无不停当了。”小姐愈加感激，转增恩爱。

子中讨下差来，解饷到山东地方，就便回籍。小姐仍旧扮做男人，一同闻龙夫妻，擎弓带箭，照前妆束，骑了马，傍着子中的官轿，家人原以舍人相呼。行了几日，将过鄚州，旷野之中，一枝响箭擦官轿射来。小姐晓得有歹人来了，分付轿上：“你们只管前走，我在此对付他。”真是忙家不会，会家不忙，扯出囊弓，扣上弦，搭上箭。只见百步之外，一骑马飞也似的跑来。小姐掣开弓，喝声道：“着！”那边人不防备的，早中了一箭，倒撞下马，在地下挣扎。小姐疾鞭着坐马赶上前轿，高声道：“贼人已了当了，放心前去。”一路的人多称赞小舍人好箭，个个忌惮。子中轿里得意，自不必说。

自此完了公事，平平稳稳到了家中。父亲闻参将已因兵道升去，保候在外了。小姐进见，备说了京中事体及杜子中营为，调去了兵道之事。参将感激不胜，说道：“如此大恩，何以为报？”小姐又把被他识破，已将身子嫁他，同他共归的事也说了。参将也自喜欢，道：“这也是郎才女貌，配得不枉了。你快改了妆，趁他今日荣归吉日，我送你过门去罢！”小姐道：“妆还不好改得，且等会过了魏撰之着。”参将道：“正要对你说，魏撰之自京中回来，不知为何只管叫人来打听，说我有个女儿，他要求聘。我只说他晓得些风声，是来说你了，及至问时，又说是同窗舍人许他的，仍不知你的事。我不好回得，只是含糊说等你回家。你而今要会他怎的？”小姐道：“其中有许多委曲，一时说不及，父亲日后自明。”

正说话间,魏撰之来相拜。原来魏撰之正为前日婚姻事,在心中放不下,故此就回。不想问着闻舍人,又已往京,叫人探听舍人有个姐姐的说话,一发言三语四,不得明白。有的说:“参将只有两个舍人,一大一小,并无女儿。”又有的说:“参将有个女儿,就是那个舍人。”弄得魏撰之满肚疑心,胡猜乱想。见说闻舍人回来了,所以亟亟来拜,要问明白。闻小姐照旧时家数接了进来。寒温已毕,撰之急问道:“仁兄,令姊之说如何?小弟特为此赶回来的。”小姐说:“包管兄有一位好夫人便了。”撰之道:“小弟叫人宅上打听,其言不一,何也?”小姐道:“兄不必疑,玉闹妆已在一个人处,待小弟再略调停,准备迎娶便了。”撰之道:“依兄这等说,不象是令姊了?”小姐道:“杜子中尽知端的,兄去问他就明白。”撰之道:“兄何不就明说了,又要小弟去问?”小姐道:“中多委曲,小弟不好说得,非子中不能详言。”说得魏撰之愈加疑心。

他正要去拜杜子中,就急忙起身,来到杜子中家里。不及说别样说话,忙问闻俊卿所言之事。杜子中把京中同寓,识破了他是女身,已成夫妇的始末根由说了一遍。魏撰之惊得木呆道:“前日也有人如此说,我却不信,谁晓得闻俊卿果是女身!这分明是我的姻缘,平白错过了。”子中道:“怎见得是兄的?”撰之述当初拾箭时节,就把玉闹妆为定的说话。子中道:“箭本小弟所拾,原系他向天暗卜的,只是小弟当时不知其故,不曾与兄取得此箭在手,今仍归小弟,原是天意。兄前日只认是他令姊,原未尝属意他自身。这个不必追悔,兄只管闹妆之约不脱空罢了。”撰之道:“符已去矣,怎么还说不脱空?难道当真还有个令姊?”子中又把闻小姐途中所遇景家之事说了一遍,道:“其女才貌非常,那日一时难推,就把兄的闹妆权定在彼。而今想起来,这就有个定数在里边了,岂不是兄的姻缘么?”撰之道:“怪不得闻俊卿道自己不好说,原来有许多委曲。只是一件:虽是闻俊卿已定下在彼,他家又不曾晓得明白,小弟难以自媒,何由得成?”子中道:“小弟与闻氏虽已成夫妇,还未曾见过岳翁。打点就是今日迎娶,少不得还借重一个媒妁,而今就烦兄与小弟做一做。小弟成礼之后,代相恭敬,也只在小弟身上撮合就是了。”撰之大笑道:“当得,当得。只可笑小弟一向在睡梦中,又被兄占了头筹,而今不使小弟脱空,也还算是好了。既是这等,小弟先到闻宅去道意,兄可随后就来。”

魏撰之讨大衣服来换了,竟抬到闻家。此时闻小姐已改了女妆,不出来了，闻参将自己出来接着。魏撰之述了杜子中之言，闻参将道："小女娇痴慕学，得承高贤不弃，今幸结此良缘，蒹葭倚玉，惶恐，惶恐。"闻参将已见女儿说过，是件整备。门上报说："杜爷来迎亲了。"鼓乐喧天，杜子中穿了大红衣服，抬将进门。真是少年郎君，人人称羡。走到堂中，站了位次，拜见了闻参将。请出小姐来，又一同行礼。谢了魏撰之，启轿而行。迎至家里，拜告天地，见了祠堂，杜子中与闻小姐正是新亲旧朋友，喜喜欢欢，一桩事完了。

只有魏撰之有些眼热，心里道："一样的同窗朋友，偏是他两个成双。平时杜子中分外相爱，常恨不将男作女，好做夫妻，谁知今日竟遂其志，也是一段奇话。只所许我的事，未知果是如何？"次日，就到子中家里贺喜，随问其事。子中道："昨晚弟妇就和小弟计较，今日专为此要同到成都去。弟妇誓欲以此报兄，全其口信，必得佳音方回来。"撰之道："多感，多感。一样的同窗，也该记念着我的冷静。但未知其人果是如何？"子中走进去，取出景小姐前日和韵之诗与撰之看了。撰之道："果得此女，小弟便可以不妒兄矣！"子中道："弟妇赞之不容口，大略不负所举。"撰之道："这件事做成，真愈出愈奇了。小弟在家颙望。"俱大笑而别。杜子中把这些说话与闻小姐说了，闻小姐道："他盼望久了的，也怪他不得。只索作急成都去，周全了这事。"小姐仍旧带了闻龙夫妻跟随，同杜子中到成都来。认着前日饭店，歇在里头了。

杜子中叫闻龙拿了帖径去拜富员外，员外见说是新进士来拜，不知是甚么缘故，吃了一惊。慌忙迎接进去，坐下了，道："不知为何大人贵足赐踹贱地？"子中道："学生在此经过，闻知有位景小姐，是老丈令甥，才貌出众。有一敝友，也叨过甲第了，欲求为夫人，故此特来奉访。"员外道："老汉有个甥女，他自要择配，前日看上了一个进京去的闻舍人，已纳下聘物，大人见教迟了。"子中道："那闻舍人也是敝友，学生已知他另有所就，不来娶令甥了，所以敢来作伐。"员外道："闻舍人也是读书君子，既已留下信物，两心相许，怎误得人家儿女？舍甥女也毕竟要等他的回信。"子中将出前日景小姐的诗笺来道："老丈试看此纸，不是令甥写与闻舍人的么？因为闻舍人无意来娶了，故把与学生做执照，来为敝友求令甥。即此是闻舍人的回信了。"员外接过来看，认得是甥女之笔，沉吟道："前日闻舍人也曾说道聘过了，不信其言，逼他应承的。原来当真有这话，老汉且与甥女商量一商量,来回复大人。”员外别了,进去了一会,出来道:“适间甥女见说,甚是不快。他也说得是:就是闻舍人负了心,是必等他亲身见一面,还了他玉闹妆,以为诀别,方可别议姻亲。”子中笑道:“不敢欺老丈说,那玉闹妆也即是敝友魏撰之的聘物,非是闻舍人的。闻舍人因为自己已有姻亲,不好回得,乃为敝友转定下了。是当日埋伏机关,非今日无因至前也。”员外道:“大人虽如此说,甥女岂肯心伏?必得闻舍人自来说明,方好处分。”子中道:“闻舍人不能复来,有拙荆在此,可以进去一会令甥。等他与令甥说这些备细,令甥必当见信。”员外道:“有尊夫人在此,正好与甥女面会一会,有言可以尽吐,省得传递消息。最妙,最妙!”

就叫前日老姥来接杜夫人。老姥一见闻小姐举止形容有些面善,只是改妆过了,一时想不出。一路相着,只管迟疑。接到间壁,里边景小姐出来相接,各叫了万福。闻小姐对景小姐笑道:“认得闻舍人否?”景小姐见模样厮象,还只道或是舍人的姊妹,答道:“夫人与闻舍人何亲?”闻小姐道:“小姐恁等识人,难道这样眼钝?前日到此过蒙见爱的舍人,即妾身是也。”景小姐吃了一惊,仔细一认,果然一毫不差。连老姥也在旁拍手道:“是呀,是呀。我方才道面庞熟得紧,那知就是前日的舍人。”景小姐道:“请问夫人,前日为何这般打扮?”闻小姐道:“老父有难,进京辨冤,故乔妆作男,以便行路。所以前日过蒙见爱,再三不肯应承者,正为此也。后来见难推却,又不敢实说真情,所以代友人纳了聘,以待后来说明。今纳聘之人已登黄甲,年纪也与小姐相当,故此愚夫妇特来奉求,与小姐了此一段姻亲,报答前日厚情耳。”景小姐见说,半晌做声不得。老姥在旁道:“多谢夫人美意。只是那位老爷姓甚名谁,夫人如何也叫他是友人?”闻小姐道:“幼年时节曾共学堂,后来同在庠中,与我家相公三人,年貌多相似,是异姓骨肉。知他未有亲事,所以前日就有心替他结下了。这人姓魏,好一表人物,就是我相公同年,也不辱没了小姐。小姐一去,也就做夫人了。”景小姐听了这一篇说话,晓得是少年进士,有甚么不喜欢?叫老姥陪住了闻小姐,背地去把这些说话备细告诉员外。员外见说是许个进士,岂有不撺掇之理?真个是一让一个肯,回复了闻小姐,转说与杜子中。一言已定,富员外设起酒来谢媒,外边款待杜子中,内里景小姐作主,款待杜夫人。两个小姐,说得甚是投机,尽欢而散。

约定了回来,先教魏撰之纳币,拣个吉日迎娶回家。花烛之夕,见了模样,如获天人。因说起闻小姐闹妆纳聘之事,撰之道:“那聘物原是我的。”景小姐问:“如何却在他手里?”魏撰之又把先时竹箭题字,杜子中拾得掉在他手里,认做另有个姐姐,故把玉闹妆为聘的根由说了一遍。一齐笑道:“彼此夙缘,颠颠倒倒,皆非偶然也。”

明日,魏撰之取出竹箭来与景小姐看,小姐道:“如今只该还他了。”撰之就提笔写一柬与子中夫妻道:“既归玉环,返卿竹箭。两段姻缘,各从其便。一笑,一笑。”写罢,将竹箭封了,一同送去。杜子中收了,与闻小姐拆开来看,方见八字之下,又有“蜚娥记”三字。问道:“‘蜚娥’怎么解?”闻小姐道:“此妾闺中之名也。”子中道:“魏撰之错认了令姊,就是此二字了。若小生当时曾见此三字,这箭如何肯便与他!”闻小姐道:“他若没有这箭起这些因头,那里又绊得景家这头亲事来?”两人又笑了一回,也题了一柬戏他道:“环为旧物,箭亦归宗。两俱错认,各不落空。一笑,一笑。”从此两家往来,如同亲兄弟姊妹一般。

两个甲科合力与闻参将辩白前事,世间情面那里有不让缙绅的?逐件赃罪得以开释,只处得他革任回卫。闻参将也不以为意了。后边魏、杜两人俱为显官,闻、景二小姐各生子女,又结了婚姻,世交不绝。这是蜀多才女,有如此奇奇怪怪的妙话。卓文君成都当垆,黄崇嘏相府掌记,又平平了。诗曰:

世上夸称女丈夫,不闻巾帼竟为儒。
朝廷若也开科取,未必无人待贾沽。

卷 十 八

甄监生浪吞秘药　春花婢误泄风情

诗云：

自古成仙必有缘，仙缘不到总徒然。

世间多少痴心者，日对丹炉取药煎。

话说昔日有一个老翁，极好奉道，见有方外人经过，必厚加礼待，不敢怠慢。一日，有个双髽髻[①]的道人特来访他，身上甚是蓝褛不象，却神色丰满和畅。老翁疑是异人，迎在家中，好生管待。那道人饮酒食肉，且是好量。老翁只是支持与他，并无厌倦。道人来去了几番，老翁相待到底是一样的。道人一日对老翁道："贫道叨扰吾丈久矣，多蒙老丈再无弃嫌。贫道也要老丈到我山居中，寻几味野蔬，多少酬答厚意一番，未知可否。"老翁道："一向不曾问得仙庄在何处，有多少远近，老汉可去得否？"道人道："敝居只在山深处，原无多远。若随着贫道走去，顷刻就到。"老翁道："这等，必定要奉拜则个。"

当下道人在前，老翁在后，走离了乡村闹市去处，一步步走到荒田野径中，转入山路里来。境界清幽，林木茂盛。迤逦过了几个山岭，山凹之中露出几间茅舍来。道人用手指道："此间已是山居了。"不数步，走到面前，道人开了门，拉了老翁一同进去。老翁看那里面光景时：

虽无华屋朱门气，却有琪花瑶草香。

道人请老翁在中间堂屋里坐下，道人自走进里面去了一回，走出来道："小蔬已具，老丈且消停坐一会，等贫道去请几个道伴，相陪闲话则个。"老翁喜的是道友，一发欢喜道："师父自尊便，老汉自当坐等。"道人一径望外去了。

老翁呆呆坐着，等候多时，不见道人回来，老翁有些不耐烦，起来前后走看。此时肚里也有些饥了，想寻些什么东西吃吃，料道厨房中必有，打

---

① 髽(zhuā)髻——梳在头顶两旁、盘成各种形状的头发。

从傍门走到厨房中来。谁想厨房中锅灶俱无,止有些椰瓢棘匕之类。又有两个陶器的水缸,用笠篷盖着。老翁走去揭开一个来看,吃了一惊。原来是一盆清水,内浸着一只雪白小狗子,毛多挦干净了的。老翁心里道:"怪道他酒肉不戒,还吃狗肉哩!"再揭开这一缸来看,这一惊更不小。水里浸着一个小小孩童,手足多完全的,只是没气。老翁心里才疑道:"此道人未必是好人了,吃酒吃肉,又在此荒山居住,没个人影的所在,却家里放下这两件东西。狗也罢了,如何又有此死孩子?莫非是放火杀人之辈?我一向错与他相处了。今日在此,也多凶少吉。"欲待走了去,又不认得来时的路,只得且耐着。

正疑惑间,道人同了一伙道者走来,多是些庞眉皓发之辈,共有三四个。进草堂中与老翁相见,叙礼坐定。老翁心里怀着鬼胎,看他们怎么样。只见道人道:"好教列位得知,此间是贫道的主人,一向承其厚款,无以为答。今日恰恰寻得野蔬二味在此,特请列位过来,陪着同享,聊表寸心。"道人说罢,走进里面,将两个瓦盆盛出两件东西来,摆在桌上,就每人面前放一双棘匕。向老翁道:"勿嫌村鄙,略尝些少则个。"老翁看着桌上摆的二物,就是水缸内浸的那一只小狗,一个小孩子。众道流掀髯拍掌道:"老兄何处得此二奇物?"尽打点动手。先向老翁推逊,老翁慌了道:"老汉自小不曾破犬肉之戒,何况人肉!今已暮年,怎敢吃此!"道人道:"此皆素物,但吃不妨。"老翁道:"就是饿死也不敢吃。"众道流多道:"果然立意不吃,也不好相强。"拱一拱手道:"恕无礼了。"四五人攒做一堆,将两件物事吃个罄尽。盆中溅着几点残汁,也把来餂干净了。老翁呆着脸,不敢开言,只是默看。道人道:"老丈既不吃此,枉了下顾这一番。乏物相款,肚里饥了怎好?"又在里面取出些白糕来递与老翁,道:"此是家制的糕,尽可充饥,请吃一块。"老翁看见是糕,肚里本等又是饿了,只得取来吞嚼。略觉有些涩味,正是饿得慌时,也管不得好歹了,才吃下去,便觉精神抖擞起来。想道:"长安虽好,不是久恋之家。趁肚里不饿了,走回去罢。"来与道人作别,道人也不再留,但说道:"可惜了此会,有慢老丈,反觉不安。贫道原自送老丈回去。"与众道流同出了门。众道流叫声多谢,各自散去。

道人送老翁到了相近闹热之处,晓得老翁已认得路,不别而去。老翁独自走了家来,心里只疑心这一干人多不是善男子、好相识,眼见得吃狗肉、吃人肉惯的,是一伙方外采生灵割做歹事的强盗,也不见得。

过了两日,那个双髽髻的道人又到老翁家来,对老翁拱手道:“前日有慢老丈。”老翁道:“见了异样食品,至今心里害怕。”道人笑道:“此乃老丈之无缘也。贫道历劫修来,得遇此二物,不敢私享。念老丈相待厚意,特欲邀至山中,同众道侣食了此味,大家得以长生不老。岂知老丈仙缘尚薄,不得一尝!”老翁道:“此一小犬、小儿,岂是仙味?”道人道:“此是万年灵药,其形相似,非血肉之物也。如小犬者,乃万年枸杞之根,食之可活千岁。如小儿者,乃万年人参成形,食之可活万岁。皆不宜犯烟火,只可生吃。若不然,吾辈皆是人类,岂能如虎狼吃那生犬、生人,又毫无骸骨吐弃乎?”老翁才想着前日吃的光景,果然是大家生啖,不见骨头吐出来,方信其言是真。懊悔道:“老汉前日直如此懞懂,师父何不明言?”道人道:“此乃生成的缘分。没有此缘,岂可泄漏天机?今事已过了,方可说破。”老翁捶胸跌足道:“眼面前错过了仙缘,悔之何及!师父而今还有时,再把一个来老汉吃吃。”道人笑道:“此等灵根,寻常岂能再遇?老丈前日虽不曾尝得二味,也曾吃过千年茯苓。自此也可一生无疫,寿过百岁了。”老翁道:“甚么茯苓?”道人道:“即前日所食白糕便是。老丈的缘分只得如此,非贫道不欲相度也。”道人说罢而去,已后再不来了。自此老翁整整直活到一百余岁,无疾而终。

可见神仙自有缘分。仙药就在面前,又有人有心指引的,只为无缘,兀自不得到口。却有一等痴心的人,听了方士之言,指望炼那长生不死之药,死砒死汞,弄那金石之毒到了肚里,一发不可复救。古人有言:“服药求神仙,多为药所误。”自晋人作兴那五石散、寒食散之后,不知多少聪明的人被此坏了性命。臣子也罢,连皇帝里边药发不救的也有好几个。这迷而不悟,却是为何?只因制造之药,其方未尝不是仙家的遗传。却是神仙制炼此药,须用身心宁静,一毫嗜欲俱无,所以服了此药,身中水火自能匀炼,故能骨力坚强,长生不死。今世制药之人,先是一种贪财好色之念横于胸中,正要借此药力挣得寿命,可以恣其所为,意思先错了。又把那耗精劳形的躯壳要降伏他金石熬炼之药,怎当得起?所以十个九个败了。朱文公有《感遇》诗云:

飘摇学仙侣,遗世在云山。
盗启元命秘,窃当生死关。

金鼎蟠龙虎，三年养神丹。
刀圭一入口，白日生羽翰。
我欲往从之，脱屣谅非难。
但恐逆天理，偷生讵能安？

看了文公此诗，也道仙药是有的，只是就做得来，也犯造化所忌，所以不愿学他。岂知这些不明道理之人，只要蛮做蛮吃。岂有天上如此没清头，把神仙与你这伙人做了去？落得活活弄杀了。而今说一个人，信着方上人，好那丹方鼎器，弄掉了自己性命，又几乎连累出几条人命来。

欲作神仙，先去嗜欲。
愚者贪淫，惟日不足。
借力药饵，取欢枕褥。
一朝药败，金石皆毒。
夸言鼎器，鼎覆其悚。

话说国朝山东曹州，有一个甄廷诏，乃是国子监监生。家业富厚，有一妻二妾。生来有一件僻性，笃好神仙黄白之术。何谓黄白之术？方上丹客哄人炼丹，说养成黄芽，再生白雪，用药点化为丹，便铅汞之类皆变黄金白银。故此炼丹的叫做黄白之术。有的只贪图银子，指望丹成；有的说丹药服了就可成仙度世，又想长生起来；有的又说内丹成，外丹亦成，却用女子为鼎器，与他交合，采阴补阳，捉坎填离，炼成婴儿姹女，以为内丹，名为采战工夫。乃黄帝、容成公、彭祖御女之术，又可取乐，又可长生。其中有本事不济的，等不得女人精至，先自战败了的，只得借助药力，自然坚强耐久。又有许多话头做作，哄动这些血气未定的少年，其实有枝有叶，有滋有味。那甄监生心里也要炼银子，也要做神仙，也要女色取乐，无所不好。但是方士所言之事，无所不依，被这些人弄了几番喧头，提了几番罐子，只是不知懊悔，死心塌地在里头。把一个好好的家事弄得七零八落，田产多卖尽，用度渐渐不足了。

同乡有个举人朱大经，苦口劝谏了几遭，只是不悟。乃作一首口号嘲他道：

曹州有个甄廷诏，养着一伙真强盗。
养砂乾汞立投词，采阴补阳去祷告。
一股青烟不见踪，十顷好地随人要。

家间妻子低头恼，街上亲朋拍手笑。

又做一首歌警戒他道：

闻君多智兮，何邪正之混施？闻君好道兮，何妻子之嗟咨？予知君不孝兮，弃祖业而无遗；又知君不寿兮，耗元气而难医。

甄监生得知了，心里恼怒，发个冷笑道："朱举人肉眼凡夫，那里晓得就里！说我弃了祖业，这是他只据目前，怪不得他说，也罢，怎反道我不寿？看你们倒做了仙人不成？"恰象与那个毙气一般的，又把一所房子卖掉了。卖得一二百两银子，就一气讨了四个丫头，要把来采取做鼎器。内中一个唤名春花，独生得标致出众，甄监生最是喜欢，自不必说。

一日请得一个方士来，没有名姓，道号玄玄子，与甄监生讲着内外丹事，甚是精妙。甄监生说得投机，留在家里多日，把向来弄过旧方请教他。玄玄子道："方也不甚差，药材不全，所以不成。若要成事，还要养炼药材。这药材须到道口集上去买。"甄监生道："药材明日我与师父亲自买去，买了来从容养炼。至于内外事口诀，先要求教。"玄玄子先把外丹养砂乾汞许多话头传了，再说到内丹采战抽添转换、升提呼吸要紧关头。甄监生听得津津有味，道："学生于此事究心已久，行之颇得其法，只是到得没后一着，不能忍耐。有时提得气上，忍得牢了，却又兴趣已过，便自软痿，不能抽送，以此不能如意。"玄玄子道："此事最难。在此地位，须是形交而神不交，方能守得牢固。然功夫未熟，一个主意要神不交，才付之无心，便自软痿，所以初下手人必须借力于药。有不倒之药，然后可以行久御之术；有久御之功，然后可以收阴精之助。到得后来，收得精多，自然刚柔如意，不必用药了。若不先资药力，竟自讲究其法，便有些说时容易做时难，弄得不尴尬，落得损了元神。"甄监生道："药不过是春方，有害身子。"玄玄子道："春方乃小家之术，岂是仙家所宜用？小可有炼成秘药，服之久久，便可骨节坚强，长生度世。若试用鼎器，阳道壮伟坚热，可以胶结不解，自能伸缩，女精立至，即夜度十女，金枪不倒，此乃至宝之丹，万金良药也。"甄监生道："这个就要相求了。"

玄玄子便去葫芦内倾出十多丸来，递与甄监生道："此药每服一丸，然未可轻用，还有解药。那解药合成，尚少一味，须在明日一同这些药料买去。"甄监生收受了丸药，又要玄玄子参酌内丹口诀异同之处。玄玄子道："此须晚间卧榻之上，才指点得穴道明白，传授得做法手势亲切。"甄监生道："总是明日要起早到道口集上去买药，今夜学生就同在书房中一处宿了，讲究便是。"当下分付家人："早起做饭，天未明就要起身，倘或睡着了，饭熟时来叫一声。"家人领命已讫。是夜遂与玄玄子同宿书房，讲论房事，传授口诀。约莫一更多天，然后睡了。

第二日天未明，家人们起来做饭停当，来叫家主起身。连呼数声，不听得甄监生答应，却惊醒了玄玄子。玄玄子摸摸床子，不见主人家。回说道："昨夜一同睡的，我睡着了，不知何往，今不在床上了。"家人们道："那有此话！"推进门去，把火一照，只见床上里边玄玄子睡着，外边脱下里衣一件，却不见家主。尽道："想是原到里面睡去了。"走到里头敲门问时，说道："昨晚不曾进来。"合家惊起，寻到书房外边一个小室之内，只见甄监生直挺挺眠于地上，看看口鼻时，已是没气的了。大家慌张起来，道："这死得希奇！"其子甄希贤听得，慌忙过来，仔细看时，口边有血流出。希贤道："此是中毒而死，必是方士之故。"希贤平日见父亲所为，心中不服气，怪的是方士。不匡父亲这样死得不明，不恨方士恨谁？领了家人，一头哭，一头走，赶进书房中揪着玄玄子，不管三七二十一，拳头脚尖齐上，先是一顿肥打。玄玄子不知一些头脑，打得口里乱叫："老爷！相公！亲爹爹！且饶狗命！有话再说。"甄希贤道："快还我父亲的性命来！"玄玄子慌了道："老相公怎的了？"家人走上来，一个巴掌打得应声响，道："怎的了？怎的了？你难道不知道的，假撇清么？"一把抓来，将一条铁链锁住在甄监生尸首边了，一边收拾后事。待天色大明了，写了一状，送这玄玄子到县间来。

知县当堂问其实情，甄希贤道："此人哄小人父亲炼丹，晚间同宿，就把毒药药死了父亲。口中现有血流，是谋财害命的。"玄玄子诉道：晚间同宿是真。只是小的睡着了，不知几时走了起去，以后又不知怎么样死了，其实一些也不知情。"知县道："胡说！既是同宿，岂有不知情的？况且你每这些游方光棍，有甚么事做不出来！"玄玄子道："小人见这个监生好道，打点哄他些东西，情是有的；至于死事，其实不知。"知县冷笑道："你难道肯自家说是怎么样死的不成？自然是赖的！"叫左右："将夹强盗的头号夹棍，把这光棍夹将起来！"可怜那玄玄子：

管什么玄之又玄，只看你熬得不得。吆呵力重，这算做洗髓伐毛；叫喊声高，用不着存神闭气。口中白雪流将尽，谷道黄芽挣出来。

当日把玄玄子夹得一佛出世，二佛生天，又打勾一二百榔头。玄玄子虽然是江湖上油嘴棍徒,却是惯哄人家好酒好饭吃了,叫先生、叫师父尊敬过的,到不曾吃着这样苦楚,好生熬不得。只得招了道:"用药毒死,图取财物是实。"知县叫画了供,问成死罪,把来收了大监,待叠成文案,再申上司。乡里人闻知的,多说:"甄监生尊信方士,却被方士药死了。虽是甄监生迷而不悟,自取其祸;那些方士这样没天理的!今官府明白,将来抵罪,这才为现报了。"亲戚朋友没个不欢喜的,至于甄家家人,平日多是恨这些方士入骨的,今见家主如此死了,恨不登时咬他一块肉,断送得他在监里问罪,人人称快,不在话下。

岂知天下自有冤屈的事。原来甄监生二妾四婢,惟有春花是他新近宠爱的。终日在闺门之内,轮流侍寝,采战取乐。终久人多耳目众,觉得春花兴趣颇高,碍着同伴窃听,不能尽情,意思要与他私下在那里弄一个翻天覆地的快活。是夜口说在书房中歇宿,其实暗地里约了春花,晚间开出来,同到侧边小室中行事,春花应允了。甄监生先与玄玄子同宿,教导术法,传授了一更多次,习学得熟。正要思量试用,看见玄玄子睡着,即走下床来,披了衣服,悄悄出来。走到外边,恰好春花也在里面走出来。两相遇着,拽着手,竟到侧边小室中。有一把平日坐着运气的禅椅在内,叫春花脱了下衣,坐好在上面了,甄监生就舞弄起来。按着方法,九浅一深,你呼我吸,弄勾多时。那春花花枝也似一般的后生,兴趣正浓,弄得浑身酥麻,做出千娇百媚、哼哼嗽嗽的声气来。身子好象蜘蛛做网一般,把屁股向前突了一突,又突一突,两只脚一伸一缩踏车也似的不住。间深之处,紧抱住甄监生,叫声:"我的爹,快活死了!"早已阴精直泄。甄监生看见光景,兴动了,也有些猴急,忍不住,急按住身子,闭着一口气,将尾间往上一�,如忍大便一般,才阻得不来,那些清水游精也流个不住。虽然忍住了,只好站着不动,养在阴户里面,要再抽送,就差不多丢出来。

甄监生急了,猛想道:"日间玄玄子所与秘药,且吃他一丸,必是耐久的。"就在袖里摸出纸包来,取一丸,用唾津咽了下去。才咽得下,就觉一股热气竟趋丹田,一霎时,阳物振荡起来,其热如火,其硬如铁,毫无起初欲泄之意了。发起狠来,尽力抽送,春花快活连声。甄监生只觉他的阴户窄小了好些。原来得了药力,自己的肉具涨得黄瓜也似大了,用手摸摸,两下凑着肉,没些些缝地。甄监生晓得这药有些妙处,越加乐意,只是阴户塞满,微觉抽送艰涩。却是这药果然灵妙,不必抽送,里头肉具自会伸缩,弄得春花死来活去,又丢过了一番。甄监生亏得药力,这番耐得住了。谁知那阳物得了阴精之助,一发热硬壮伟,把阴中淫水熯干,两相吸牢,扯拔不出。

甄监生想道:"他日间原说还有解药,不曾合成。方才性急头上,一下子吃了,而今怎得药来解他?"心上一急,便有些口渴气喘起来,对春花道:"怎得口水来吃吃便好!"春花道:"放我去取水来与你吃。"甄监生待要拔出时,却象皮肉粘连生了根的,略略扯动,两下叫疼的了不得!甄监生道:"不好,不好!待我高声叫个人来取水罢。"春花道:"似此粘连的模样,叫个人来看见,好不羞死!"甄监生道:"这等,如何能勾解开?"春花道:"你丢了不得?"甄监生道:"说得是。虽是我们内养家不可轻泄,而今弄到此地位,说不得了!"因而一意要泄。谁知这样古怪,先前不要他住,却偏要钻将出来;而今要泄了时,却被药力涩住,落得头红面热,火气反望上攻。口里哼道:"活活的急死了我!"咬得牙齿格格价响,大喊一声道:"罢了我了!"两手撒放,扑的望地上倒了下来。

春花只觉阴户赘得生疼,且喜已脱出了,连忙放下双脚,站起身来道:"这是怎的说?"去扶扶甄监生时,声息俱无,四肢挺直,但身上还是热的,叫问不应了。春花慌了手脚,道:"这事利害。若声张起来,不要说羞人,我这罪过须逃不去。总是夜里没人知道,瞒他娘罢!"且不管家主死活,轻轻的脱了身子,望自已卧房里只一溜,溜进去睡了,并没一个人知觉。到得天明,合家人那查夜来细帐?却把一个甚么玄玄子顶了缸,以消平时恶气,再不说他冤枉的了。只有春花肚里明白,怀着鬼胎,不敢则声,眼盼盼便做这个玄玄子悔气不着也罢。

看官,你道这些方士固然可恨,却是此一件事是甄监生自家误用其药,不知解法,以致药发身死,并非方士下手故杀的。况且平时提了罐、着了道儿的,又别是一伙,与今日这个方士没相干。只为这一路的人,众恶所归,官打见在,正所谓张公吃酒李公醉,又道是拿着黄牛便当马,又是个无根蒂的,没个亲戚朋友与他辩诉一纸状词,活活的顶罪罢了。却是天理难昧,原不是他谋害的,毕竟事久辩白出来。这放着做后话。

且说甄希贤自从把玄玄子送在监里了,归家来成了孝服,把父亲所作所为尽更变过来。将药炉、丹灶之类打得粉碎,一意做人家。先要卖去这些做鼎器的使女,其时有同里人李宗仁,是个富家子弟,新断了弦,闻得甄家使女多有标致的,不惜重价,来求一看。希贤叫将出来看时,头一名就点中了春花,用掉了六十多两银子,讨了家去。宗仁明晓得春花不是女身,却容貌出众,风情动人,两下多是少年,你贪我爱,甚是过得绸缪。春花心性飘逸,好吃几杯酒,有了酒,其兴愈高,也是甄家家里掺过,是能征惯战的手段。宗仁肉麻头里高兴时节,问他甄家这些采战光景,春花不十分肯说。直等有了酒,才略略说些出来。

宗仁一日有亲眷家送得一小坛美酒,夫妻两个将来对酌。宗仁把春花劝得半醉,两个上床,乘着酒兴干起事来。就问甄家做作,春花也斜着双眼道:"他家动不动吃了药做事,好不爽利煞人!只有一日正弄得极快活,可惜就收场了。"宗仁道:"怎的就收场了?"春花道:"人多弄杀了,不收场怎的?"宗仁道:"我正见说甄监生被方士药死了的。"春花道:"那里是方士药死?这是一桩冤屈事。其实只是吃了他的药,不解得,自弄死了。"宗仁道:"怎生不解得弄死了?"春花却把前日晚间的事,是长是短,备细说了一遍。宗仁道:"这等说起来,你当时却不该瞒着。急急叫起人来,或者还可有救。"春花道:"我此时慌了,只管着自己身子干净,躲得过便罢了,那里还管他死活?"宗仁道:"这等,你也是个没情的。"春花道:"若救活了,今日也没你的分了。"两个一齐笑将起来。虽然是一番取笑说话,自此宗仁心里毕竟有些嫌鄙春花,不足他的意思。

看官听说,大凡人情,专有一件古怪:心里热落时节,便有些缺失之处,只管看出好来;略有些小不象意起头,随你承奉他,多是可嫌的,并那平日见的好处也要拣相出不好来,这多是缘法在里头。有一只小词儿单说那缘法尽了的:

缘法儿尽了,诸般的改变;缘法儿尽了,要好也再难;缘法儿尽了,恩成怨;缘法儿若尽了,好言当恶言;缘法儿尽了也,动不动变了脸!

今日说起来,也是春花缘法将尽,不该趁酒兴把这些话柄一盘托了出来。男子汉心肠,见说了许多用药淫战之事,先自有些捻酸不耐烦,觉得十分轻贱,又兼说道弄死了在地上,不管好歹,且自躲过,是个无情不晓事的女子,心里淡薄了好些。朝暮情意,渐渐不投。春花看得光景出来,心里老大懊悔。正是一言既出,驷马难追,此时便把舌头剪了下来,嘴唇缝了拢去,也没一毫用处。思量一转,便自捶胸跌足,时刻不安。

也是合当有事。一日,公婆处有甚么不合意,骂了他:"弄死汉子的贱淫妇！”春花听见，恰恰道着心中之事，又气恼，又懊悔，没怨怅处。妇人短见，走到房中，一索吊起。无人防备的，那个来救解？不上一个时辰，早已呜呼哀哉！

只缘身作延年药，一服曾经送主终。

今日投缳殆天意①，双双采战夜台中。

却说春花含羞自缢而死。过了好一会，李宗仁才在外厢走到房中。忽见了这件打秋千的物事，吃了一惊，慌忙解放下来，早已气绝的了。宗仁也有些不忍，哭将起来。父母听得，急走来看时，只叫得苦。老公婆两个互相埋怨道：“不合骂了他几句，谁晓得这样心性，就做短见的事！”宗仁明知道是他自怀羞愧之故，不好说将出来。邻里地方闻知了来问的，只含糊回他道：“妻子不孝，毁骂了公婆，惧罪而死。”幸喜春花是甄家远方讨来的，没有亲戚，无人生端告执人命。却自有这伙地方人等要报知官府，投递结状，相验尸伤，许多套数。宗仁也被缠得一个不耐烦，费掉了好些盘费，才得停妥，也算是大悔气。

春花既死，甄监生家里的事越无对证，这方士玄玄子永无出头日子了。谁知天理所在，事到其间，自有机会出来。其时山东巡按是灵宝许襄毅公，按临曹州，会审重囚。看见了玄玄子这宗案卷，心里疑道：“此辈不良，用药毒人，固然有这等事，只是人既死了，为何不走？”次早提问这事。先叫问甄希贤，希贤把父亲枉死之状说了一遍。许公道：“汝父既与他同宿，被他毒了，想就死在那房里的了。”希贤道：“死在外边小室之中。”许公道：“为何又在外边？”希贤道：“想是药发了，当不得，乱走出来寻人，一时跌倒了的。”许公道：“这等，那方士何不逃了去？”希贤道：“彼时合家惊起，登时拿住，所以不得逃去。”许公道：“死了几时，你家才知道？”希贤道：“约了天早同去买药，因家人叫呼不应，不见踪迹，前后找寻，才看见死了的。”许公道：“这等，他要走时，也去久了。他招上说谋财害命，谋了你家多少财？而今在那里？”希贤道：“止是些买药之本，十分不多，还在父亲身边，不曾拿得去。”许公道：“这等，他毒死你父亲何用？”希贤道：“正是不知为何这等毒害。”

许公就叫玄玄子起来，先把气拍一敲道：“你这伙人死有余辜！你药

① 投缳(huán)殆天意——“投缳”即自缢，“殆天意”即“辜负了天意”。

死甄廷诏,待要怎的?"玄玄子道:"廷诏要小人与他炼外丹,打点哄他些银子,这心肠是有的。其实药也未曾买,正要同去买了,才弄起头,小人为何先药死他?前日熬刑不过,只得屈招了。"许公道:"与你同宿,是真的么?"玄玄子道:"先在一床上宿的,后来睡着了,不知几时走了去。小人睡梦之中,只见许多家人打将进来,拿小人去偿命,小人方知主人死了。其实一些情也不晓得。"许公道:"为甚么与你同宿?"玄玄子道:"要小人传内事功夫。小人传了他些口诀,又与了他些丸药,小人自睡了。"许公道:"丸药是何用的?"玄玄子道:"是房中秘戏之药。"许公点头道:"是了,是了。"又叫甄希贤问道:"你父亲房中有几人?"希贤道:"有二妾四女。"许公道:"既有二妾,焉用四女?"希贤道:"父亲好道,用为鼎器。"许公道:"六人之中,谁为最爱?"希贤道:"二妾已有年纪,四女轮侍,春花最爱。"许公道:"春花在否?"希贤道:"已嫁出去了。"许公道:"嫁在那里?快唤将来!"希贤道:"近日死了。"许公道:"怎样死了?"希贤道:"闻是自缢死的。"许公哈哈大笑道:"即是一桩事一个情也!其夫是何名姓?"希贤道:"是李宗仁。"

许公就掣一签,差个皂隶去,不一时拘将李宗仁来。许公问道:"你妻子为何缢死的?"宗仁磕头道:"是不孝公姑,惧罪而死。"许公故意作色道:"分明是你致死了他,还要胡说!"宗仁慌了道:"妻子与小人从来好的,并无说话。地方邻里见有干结在官,委是不孝小人的父母,父母要声说,自知不是,缢死了的。"许公道:"你且说他如何不孝?"宗仁一时说不出来,只得支吾道:"毁骂公姑。"许公道:"胡说!既敢毁骂,是个放泼的妇人了,有甚惧怕,就肯自死?"指着宗仁道:"这不是他惧怕,还是你的惧怕。"宗仁道:"小人有甚惧怕?"许公道:"你惧怕甄家丑事彰露出来,乡里间不好听,故此把不孝惧罪之说支吾过了,可是么?"宗仁见许公道着真情,把个脸涨红了,开不得口。许公道:"你若实说,我不打你;若有隐匿,必要问你偿命。"

宗仁慌了,只得实实把妻子春花吃酒醉了,说出真情,甄监生如何相约,如何采战,如何吃了药不解得,一口气死了的话,备细述了一遍,道:"自此以后,心里嫌他,委实没有好气相待。妻子自觉失言,悔恨自缢,此是真情。因怕乡亲耻笑,所以只说因骂公姑,惧怕而死。今老爷所言分明如见,小人不敢隐瞒一句。只望老爷超生。"许公道:"既实说了,你原无罪,我不罪你。"一面录了口词,就叫玄玄子来道:"我晓得甄廷诏之死与你无干。只是你药如此误事,如何轻自与人?"玄玄子道:"小人之药,原用解法。今甄廷诏自家妄用,丧了性命,非小人之罪也。"许公道:"却也误人不浅。"提笔写道:"审得甄廷诏误用药而死于淫,春花婢醉泄事而死于悔,皆自贻伊戚,无可为抵,两死相偿足矣。玄玄子财未交涉,何遽生谋?死尚身留,必非毒害。但淫药误人,罪亦难免。甄希贤痛父执命,告不为诬;李宗仁无心丧妻,情更可悯,俱免拟释放。"

当下将玄玄子打了廿板,引"庸医杀人"之律,问他杖一百,逐出境,押回原籍。又行文山东六府:"凡军民之家敢有听信术士、道人邪说采取炼丹者,一体问罪。"发放了毕。

甄希贤回去与合家说了,才晓得当日甄监生死的缘故却因春花,春花又为此缢死,深为骇异。尽道:"虽不干这个方士的事,却也是平日误信此辈,致有此祸也。"六府之人见察院行将文书来,张挂告示,三三两两尽传说甄家这事,乃察院明断,以为新闻。好些好此道的也不敢妄做了,真足为好内外丹事者之鉴。

从来内外有丹术,不是贪财与好色。
外丹原在广施济,内丹却用调呼吸。
而今烧汞要成家,采战无非图救急。
纵有神仙累劫修,不及庸流眼前力。
一盆火内炼能成,两片皮中抽得出。

卷 十 九

田舍翁时时经理 牧童儿夜夜尊荣

词云：

扰扰劳生，待足何时足？据见定、随家丰俭，便堪龟缩。得意浓时休进步，须防世事多翻覆。枉教人白了少年头，空碌碌。

此词乃是宋朝诗僧晦庵所作《满江红》前阕，说人生富贵荣华，常防翻覆，不足凭恃。劳生扰扰，巴前算后，每怀不足之心，空白了头没用处，不如随缘过日的好。

只看宋时嘉祐年间①，有一个宣义郎万延之，乃是钱塘南新人，曾中乙科出仕。性素刚直，做了两三处地方州县官，不能屈曲，中年拂衣而归。徙居余杭，见水乡陂泽，可以耕种作田的，因为低洼，有水即没，其价甚贱，万氏费不多些本钱，买了无数。也是人家该兴，连年亢旱，是处低田大熟，岁收租米万石有余。万宣义喜欢，每对人道："吾以万为姓，今岁收万石，也勾了我了。"自此营建第宅，置买田园，扳结婚姻。有人来献勤作媒，第三个公子说合附马都尉王晋卿家孙女为室，约费用二万缗钱，才结得这头亲事。儿子因是驸马孙婿，得补三班借职。一时富贵熏人，诈民无算。

他家有一个瓦盆，是希世的宝物。乃是初选官时，在都下为铜禁甚严，将十个钱市上买这瓦盆来盥洗。其时天气凝寒，注汤沃面过了，将残汤倾去，还有倾不了的，多少留些在盆内。过了一夜，凝结成冰，看来竟是桃花一枝。人来见了，多以为奇，说与宣义。宣义看见道："冰结拢来，原是花的。偶象桃花，不是奇事。"不以为意。明日又复剩些残水在内，过了一会看时，另结一枝开头牡丹，花朵丰满，枝叶繁茂，人工做不来的。报知宣义来看道："今日又换了一样，难道也是偶然？"宣义方才有些惊异道：

---

① 嘉祐年间——"嘉祐"，宋仁宗年号。"嘉祐年间"相当于公元 1056—1063 年。

"这也奇了,且待我再试一试。"亲自把瓦盆拭净,另洒些水在里头。次日再看,一发结得奇异了,乃是一带寒林,水村竹屋,断鸿翘鹭,远近烟峦,宛如图画。宣义大骇,晓得是件奇宝,唤将银匠来,把白金镶了外层,将锦绮做了包袱十袭珍藏。但遇凝寒之日,先期约客,张筵置酒,赏那盆中之景。是一番另结一样,再没一次相同的。虽是名家画手,见了远愧不及,前后色样甚多,不能悉记。只有一遭最奇异的,乃是上皇登极,恩典下颁,致仕官皆得迁授一级,宣义郎加迁宣德郎①。敕下之日,正遇着他的生辰,亲戚朋友来贺喜的,满坐堂中。是日天气大寒,酒席中放下此盆,洒水在内,须臾凝结成象,却是一块山石上坐着一个老人,左边一龟,右边一鹤,俨然是一幅"寿星图"。满堂饮酒的无不喜跃赞叹。内中有知今识古的士人议论道:"此是瓦器,无非凡火烧成,不是甚么天地精华五行间气结就的。有此异样,理不可晓,诚然是件罕物!"又有小人辈胁肩谄笑、掇臀捧屁称道:"分明万寿无疆之兆,不是天下大福人,也不能勾有此异宝。"当下尽欢而散。

此时万氏又富又贵,又与皇亲国戚联姻,豪华无比,势焰非常。尽道是用不尽的金银,享不完的福禄了。谁知过眼云烟,容易消歇。宣德郎万延之死后,第三儿子补三班的也死了。驸马家里见女婿既死,来接他郡主回去,说道万家家资多是都尉府中带来的,伙着二三十男妇,内外一抢,席卷而去。万家两个大儿子只好眼睁睁看他使势行凶,不敢相争,内财一空。所有低洼田千顷,每遭大水淹没,反要赔粮,巴不得推与人了倒干净,凭人占去。家事尽消,两子寄食亲友,流落而终。此宝盆被驸马家取去,后来归了蔡京太师。

识者道:"此盆结冰成花,应着万氏之富犹如冰花一般,原非坚久之象,乃是不祥之兆。"然也是事后如此猜度。当他盛时,那个肯是这样想,敢是这样说?直待后边看来,真个是如同一番春梦。所以古人寓言,做着《邯郸梦记》②、《樱桃梦记》③,尽是说那富贵繁荣直同梦境。却是一个人

① 宣德郎——宋文职散官。

② 《邯郸梦记》——明戏曲家汤显祖所作传奇《邯郸记》,与《紫钗记》、《南柯记》、《还魂记》合称《玉茗堂四种曲》。

③ 《樱桃梦记》——明代陈与郊撰。

做得一个梦了却一生,不如庄子所说那牧童做梦,日里是本相,夜里做王公,如此一世,更为奇特。听小子敷衍来看:

人世原同一梦,梦中何异醒中?
若果夜间富贵,只算半世贫穷。

话说春秋时鲁国曹州有座南华山,是宋国商丘小蒙城庄子休流寓来此,隐居著书得道成仙之处。后人称庄子为南华老仙,所著书就名为《南华经》,皆因此起。彼时山畔有一田舍翁,姓莫名广,专以耕种为业。家有肥田数十亩,耕牛数头,工作农夫数人。茆檐草屋,衣食丰足,算做山边一个土财主。他并无子嗣,与庄家老姥夫妻两个早夜算计思量,无非只是耕田锄地、养牛牧猪之事。有几句诗单道田舍翁的行径:

田舍老翁性夷逸,僻向小山结幽室。
生意不满百亩田,力耕水耨艰为食。
春晚喧喧布谷鸣,春云霭霭檐溜滴。
呼童载犁躬负锄,手牵黄犊头戴笠。
一耕不自己,再耕还自力,
三耕且插苗,看看秀而硕。
夏耘勤勤秋复来,禾黍如云堪刈铚。
担箩负囊纷敛归,仓盈囷① 满居无隙。
教妻囊酒赛田神,烹羊宰豚享亲戚。
击鼓冬冬乐未央,忽看玉兔东方白。

那个莫翁勤心苦胝,牛畜渐多。庄农不足,要寻一个童儿专管牧养。其时本处有一个小厮儿,祖家姓言,因是父母双亡,寄养在人家,就叫名寄儿。生来愚蠢,不识一字,也没本事做别件生理,只好出力做工度活。一日在山边拔草,忽见一个双丫髻的道人走过,把他来端相了一回,道:"好个童儿!尽有道骨,可惜痴性颇重,苦障未除。肯跟我出家么?"寄儿道:"跟了你,怎受得清淡过?"道人道:"不跟我,怎受得烦恼过?也罢,我有个法儿,教你夜夜快活,你可要学么?"寄儿道:"夜里快活,也是好的,怎不要学?师父可指教我。"道人道:"你识字么?"寄儿道:"一字也不识。"道人道:"不识也罢。我有一句真言,只有五个字,既不识字,口传心授,也容易

① 囷(qūn)——古代圆形谷仓。

记得。”遂叫他将耳朵来:“说与你听,你牢记着!”是那五个字?乃是“婆珊婆演底”。道人道:“临睡时,将此句念上百遍,管你有好处。”寄儿谨记在心。道人道:“你只依着我,后会有期。”捻着渔鼓简板,口唱道情,飘然而去。

是夜寄儿果依其言,整整念了一百遍,然后睡下。才睡得着,就入梦境。正是:

人生劳扰多辛苦,已逊山间枕石眠。

况是梦中游乐地,何妨一觉睡千年!

看官牢记话头,这回书,一段说梦,一段说真,不要认错了。却说言寄儿睡去,梦见身为儒生,粗知文义,正在街上斯文气象,摇来摆去,忽然见个人来说道:“华胥① 国王黄榜招贤,何不去求取功名,图个出身?”寄儿听见,急取官名寄华,恍恍惚惚,不知涂抹了些甚么东西,叫做万言长策,将去献与国王。国王发与那掌文衡看阅。寄华使用了些裹蹄金② 作为贽礼,掌文衡的大悦,说这个文字乃惊天动地之才,古今罕有,加上批点,呈与国王。国王授为著作郎,主天下文章之事。旗帜鼓乐,高头骏马,送入衙门到任。寄华此时身子如在云里雾里,好不风骚!正是:

电光石火梦中身,白马红缨衫色新。

我贵我荣君莫羡,做官何必读书人?

寄华跳下得马,一个虚跌,惊将醒来。擦擦眼,看一看,仍睡在草铺里面,叫道:“呸,呸!作他娘的怪!我一字也不识的,却梦见献甚么策,得做了官,管甚么天下文章。你道是真梦么?且看他怎生应验。”嗤嗤的还定着性想那光景。只见平日往来的邻里沙三走将来叫寄儿道:“寄哥,前村莫老官家寻人牧牛,你何不投与他家了,省得短趁③,闲了一日便待嚼本。”寄儿道:“投在他家,可知好哩,只是没人引我去。”沙三道:“我昨日已与他家说过你了,今日我与你同去,只要写下文券④ 就成了。”寄儿道:

---

① 华胥——《列子·黄帝》:“(黄帝)昼寝,而梦游于华胥氏之国。”后为梦境的代称。

② 裹蹄金——当时金子的一种。

③ 短趁——打短工。

④ 文券——文书,合同。

"多谢美情指点则个。"

两个说说话话,一同投到莫家来。莫翁问其来意,沙三把寄儿勤谨过人,愿投门下牧养说了一遍。莫翁看寄儿模样老实,气力粗夯,也自欢喜,情愿雇请,叫他写下文券。寄儿道:"我须不识字,写不得。"沙三道:"我写了,你画个押罢。"沙三曾在村学中读过两年书,尽写得几个字,便写了一张"情愿受雇,专管牧畜"的文书。虽有几个不成的字儿,意会得去也便是了。后来年月之下要画个押字,沙三画了,寄儿拿了一管笔,不知左画是右画是,自想了暗笑道:"不知昨夜怎的献了万言长策来!"捻着笔千斤来重,沙三把定了手,才画得一个十字。莫翁当下发了一季工食,着他在山边草房中住宿,专管牧养。

寄儿领了钥匙,与沙三同到草房中。寄儿谢了沙三些常例媒钱,是夜就在草房中宿歇,依着道人念过五字真言百遍,倒翻身便睡。看官,你道从来只有说书的续上前因,那有做梦的接着前事?而今煞是古怪,寄儿一觉睡去,仍旧是昨夜言寄华的身分,顶冠束带,新到著作郎衙门升堂理事。只见跄跄跻跻,一群儒生将着文卷,多来请教。寄华一一批答,好的歹的,圈的抹的,发将下去,纷纷争看。众人也有服的,也有不服的,喧哗闹嚷起来。寄华发出规条,吩咐多要遵绳束,如不伏者,定加鞭笞。众儒方弭耳拱听,不敢放肆,俱各从容雅步,逡巡而退。是日,同衙门官摆着公会筵席,特贺到任。美酒嘉肴,珍羞百味,歌的歌,舞的舞,大家尽欢。直吃到斗转参横,才得席散,回转衙门里来。

那边就寝,这边方醒,想着明明白白记得的,不觉失笑道:"好怪么!那里说起?又接着昨日的梦,身做高官,管着一班士子,看甚么文字,我晓得文字中吃的不中吃的?落得吃了些酒席,倒是快活。"起来抖抖衣服,看见褴褛,叹道:"不知昨夜的袍带,多在那里去了?"将破布袄穿着停当,走下得床来。只见一个庄家老苍头,奉着主人莫翁之命,特来交盘牛畜与他。一群牛共有八九只,寄儿逐只看相,用手去牵他鼻子。那些牛不曾认得寄儿,是个面生的,有几只驯扰不动,有几只奔突起来。老苍头将一条皮鞭付与寄儿。寄儿赶去,将那奔突的牛两三鞭打去。那些牛不敢违拗,顺顺被寄儿牵来一处拴着,寄儿慢慢喂放。老苍头道:"你新到吾主翁家来,我们该请你吃三杯。昨日已约下沙三哥了,这早晚他敢就来。"说未毕,沙三提了一壶酒、一个篮,篮里一碗肉、一碗芋头、一碟豆,走将来。老苍头道："正等沙三哥来商量吃三杯，你早已办下了，我补你分罢。"寄儿道："甚么道理要你们破钞？我又没得回答处，我也出个分在内罢了。"老苍头道："甚么大事，直得这个商量？我们尽个意思儿罢。"三人席地而坐，吃将起来。寄儿想道："我昨夜梦里的筵席，好不齐整。今却受用得这些东西，岂不天地悬绝！"却是怕人笑他，也不敢把梦中事告诉与人。正是：

对人说梦，说听皆痴。

如鱼饮水，冷暖自知。

寄儿酒量原浅，不十分吃得，多饮了一杯，有些醺意，两人别去。寄儿就在草地上一眠，身子又到华胥国中去。国王传下令旨，访得著作郎能统率多士，绳束严整，特赐锦衣冠带一袭，黄盖一顶，导从鼓吹一部。出入鸣驺，前呼后拥，好不兴头。忽见四下火起，忽然惊觉，身子在地上眠着，东方大明，日轮红焰焰钻将出来了。起来吃些点心，就骑着牛，四下里放草。那日色在身上晒得热不过，走来莫翁面前告诉。莫翁道："我这里原有蓑笠一副，是牧养的人一向穿的；又有短笛一管，也是牧童的本等。今拿出来交付与你，你好好去看养，若瘦了牛畜，要与你说话的。"牧童道："再与我一把伞遮遮身便好；若只是笠儿，只遮得头，身子须晒不过。"莫翁道："那里有得伞？池内有的是大荷叶，你日日摘将来遮身不得？"寄儿唯唯，受了蓑笠、短笛，果在池内摘张大荷叶擎着，骑牛前去。牛背上自想道："我在华胥国里是个贵人，今要一把日照也不能勾了，却叫我擎着荷叶遮身。"猛然想道："这就是梦里的黄盖了，蓑与笠就是锦袍官帽了。"横了笛，吹了两声，笑道："这可不是一部鼓吹么？我而今想来，只是睡的快活。"有诗为证：

草铺横野六七里，笛弄晚风三四声。

归来饱饭黄昏后，不脱蓑衣卧月明。

自此之后，但是睡去，就在华胥国去受用富贵，醒来只在山坡去处做牧童。无日不如此，无梦不如此。不必逐日逐夜，件件细述，但只拣有些光景的，才把来做话头。

一日，梦中国王有个公主要招赘驸马，有人启奏："著作郎言寄华才貌出众，文采过人，允称此选。"国王准奏，就着传旨："钦取著作郎为驸马都尉，尚范阳公主。"迎入驸马府中成亲，灯烛辉煌，仪文璀璨，好不富贵！有《贺新郎》词为证：

瑞气笼清晓。卷珠帘、(次第笙歌,)一时齐奏。无限神仙离蓬岛,凤驾鸾车初到。见拥个、仙娥窈窕。玉珮叮珰风缥缈,娇姿一似垂杨袅。天上有,世间少。

那范阳公主生得面长耳大,曼声善啸,规行矩步,颇会周旋。寄华身为王婿,日夕公主之前对案而食,比前受用更加贵盛。

明日睡醒,主人莫翁来唤,因为家中有一匹拽磨的牝驴儿,一并交与他牵去喂养。寄儿牵了暗笑道:"我夜间配了公主,怎生烜赫!却今日来弄这个买卖,伴这个众生。"跨在背上,打点也似骑牛的骑了到山边去,谁知骑上了背,那驴儿只是团团而走,并不前进,盖因是平日拽的磨盘走惯了。寄儿没奈何,只得跳下来,打着两鞭,牵着前走。从此又添了牲口,恐怕走失,饮食无暇。只得备了干粮,随着四处放牧。莫翁又时时来稽查,不敢怠慢一些儿。辛苦一日,只图得晚间好睡。

是夜又梦见在驸马府里,正同着公主欢乐,有邻邦玄菟、乐浪二国前来相犯。华胥国王传旨:命驸马都尉言寄华讨议退兵之策。言寄华聚着旧日著作衙门一干文士到来,也不讲求如何备御,也不商量如何格斗,只高谈"正心诚意,强邻必然自服"。诸生中也有情愿对敌的,多退着不用。只有两生献策:他一个到玄菟,一个到乐浪,舍身往质,以图讲和。言寄华大喜,重发金帛,遣两生前往。两生屈已听命,饱其所欲,果然那两国不来。言寄华夸张功绩,奏上国王。国王大悦,叙录军功,封言寄华为黑甜乡侯,加以九锡,身居百僚之上,富贵已极。有诗为证:

当时魏绛主和戎,岂是全将金币供?

厥后宋人偏得意,一班道学自雍容。

言寄华受了封侯锡命,绿韨衮冕,鸾辂乘马,彤弓卢矢,左建朱钺,右建金戚,手执圭瓒,道路辉煌。自朝归第,有一个书生叩马上言,道:"日中必昃,月满必亏。明公功名到此,已无可加,急流勇退,此其时矣。直待福过灾生,只恐悔之无及!"言寄华此时志得意满,那里听他?笑道:"我命中生得好,自然富贵逼人,有福消受,何须过虑,只管目前享用勾了。寒酸见识,晓得甚么?"

大笑坠车。吃了一惊,醒将起来,点一点牛数,只叫得苦,内中不见了二只。山前山后,到处寻访踪迹。原来一只被虎咬伤,死在坡前;一只在河中吃水,浪涌起来,没在河里。寄儿看见,急得乱跳道:"梦中什么两国来侵，谁知倒了我两头牲口！”急去报与莫翁。莫翁听见大怒道：“此乃你的典守，人多说你只是贪睡，眼见得坑了我头口！”取过扁担来要打，寄儿负极，辩道：“虎来时，牛尚不敢敌，况我敢与他争夺救得转来的？那水中是牛常住之所，波浪涌来，一时不测，也不是我力挡得住的。”莫翁虽见他辩得也有些理，却是做家心重的人，那里舍得两头牛死？怒咩咩不息，定要打扁担十下。寄儿哀告讨饶，才饶得一下，打到九下住了手。寄儿泪汪汪的走到草房中，摸摸臀上痛处道：“甚么九锡九锡，倒打了九下屁股！”想道：“梦中书生劝我歇手，难道教我不要看牛不成？从来说梦是反的，梦福得祸，梦笑得哭。我自念了此咒，夜夜做富贵的梦，所以日里倒吃亏。我如今不念他了，看待怎的！”谁知这样作怪，此咒不念，恐怖就来。

是夜梦境，范阳公主疽发于背，偃蹇① 不起，寄华尽心调治未痊。国中二三新进小臣，逆料公主必危，寄华势焰将败，摭拾前过，纠弹一本，说他御敌无策、冒滥居功、欺君误国许多事件。国王览奏大怒，将言寄华削去封爵，不许他重登著作堂，锁去大窖边听罪，公主另选良才别降。令旨已下，随有两个力士，将银铛锁了言寄华到那大粪窖边墩着。寄华看那粪秽狼籍，臭不堪闻，叹道：“我只道到底富贵，岂知有些恶境乎？书生之言，今日验矣！”不觉号咷恸哭起来。

这边噙泪而醒，啐了两声道：“作你娘的怪，这番做这样恶梦！”看视牲口，那匹驴子蹇卧地下，打也打不起来。看他背项之间，乃是绳损处烂了老大一片疕踏。寄儿慌了道：“前番倒失了两头牛，打得苦恼；今这众生又病害起来，万一死了，又是我的罪过。”忙去打些水来，替他渗洗腐肉，再去拔些新鲜好草来喂他。拿着锲刀，望山前地上下手斫时，有一棵草甚韧，刀斫不断。寄儿性起，连根一拔，拔出泥来。泥松之处，露出石板，那草根还缠缠绕绕绊在石板缝内。寄儿将锲刀撬将开来，板底下是个周围石砌就的大窖，里头多是金银。寄儿看见，慌了手脚，擦擦眼道：“难道白日里又做梦么？”定睛一看，草木树石，天光云影，眼前历历可数。料道非梦，便把锲刀草蔀一撩道：“还干那营生么？”取起五十多两一大锭在手，权把石板盖上，仍将泥草遮覆，竟望莫翁家里来见莫翁。未敢竟说出来，先对莫翁道：“寄儿蒙公公相托，一向看牛不差。近来时运不济，前日失了两牛，

---

① 偃蹇（yǎnjiǎn）——作“卧病不能做事”解。

今蹇驴又生病,寄儿看管不来。今有大银一锭,纳与公公,凭公公除了发原发工银,余者给还寄儿为度日之用,放了寄儿,另着人放牧罢。"莫翁看见是锭大银,吃惊道:"我田家人苦积勤攒了一世,只有些零星碎银,自不见这样大锭,你却从何处得来?莫非你合着外人做那不公不法的歹事?你快说个明白,若说得来历不明,我须把你送出官府,究问下落。"寄儿道:"好教公公得知,这东西多哩。我只拿得他一件来看样。"莫翁骇道:"在那里?"寄儿道:"在山边一个所在,我因斫草掘着的,今石板盖着哩。"

莫翁情知是藏物,急叫他不要声张,悄悄问寄儿,到那所在来。寄儿指与莫翁,揭开石板来看,果是一窖金银,不计其数。莫翁喜得打跌,拊着寄儿背道:"我的儿,偌多金银东西,我与你两人一生受用不尽!今番不要看牛了,只在我庄上吃些安乐茶饭,掌管帐目。这些牛只,另自雇人看管罢。"两人商量,把个草蔀来里外用乱草补塞,中间藏着窖中物事。莫翁前走,寄儿驼了后随,运到家中放好,仍旧又用前法去取。不则一遭,把石窖来运空了。莫翁到家,欢喜无量,另叫一个苍头去收拾牛只,是夜就留寄儿在家中宿歇。寄儿的床铺,多换齐整了。寄儿想道:"昨夜梦中吃苦,谁想粪窖正应着发财,今日反得好处。果然,梦是反的,我要那梦中富贵则甚?那五字真言,不要念他了。"

其夜睡去,梦见国王将言寄华家产抄没,发在养济院中度日。只见前日的扣马书生高歌将来道:"落叶辞柯,人生几何!六战国而漫流人血,三神山而杳隔鲸波①。任夸百斛明珠,虚延遐算;若有一卮芳酒,且共高歌。"寄华闻歌,认得此人,邀住他道:"前日承先生之教,不能依从。今日至于此地,先生有何高见可以救我?"那书生不慌不忙,说出四句来道:"颠颠倒倒,何时局了?遇着漆园,还汝分晓。"说罢,书生飘然而去。寄华扯住不放,被他袍袖一摔,闪得一跌,即时惊醒。张目道:"还好,还好。一发没出息,弄到养济院里去了。"

须臾,莫翁走出堂中。原来莫翁因得了金银,晚间对老姥说道:"此皆寄儿的造化掘着的,功不可忘。我与你没有儿女,家事无传。今平空地得来许多金银,虽道好没取得他的,不如认义他做个儿子,把家事付与他,做了一家一计,等他养老了我们,这也是我们知恩报恩处。"老姥道:"说得有

① 杳(yǎo)隔鲸波——作"相距很远,见不到踪迹"解。

理。我们眼前没个传家的人,别处平白地寻将来,要承当家事,我们也气不干。今这个寄儿,他见有着许多金银付在我家,就认义他做了儿子,传我家事,也还是他多似我们的,不叫得过分。"商量已定,莫翁就走出来,把这意思说与寄儿。寄儿道:"这个折杀小人,怎么敢当!"莫翁道:"若不如此,这些东西,我也何名享受你的?我们老两口议了一夜,主意已定,不可推辞。"寄儿没得说,当下纳头拜了四拜,又进去把老姥也拜了。自此改名为莫继,在莫家庄上做了干儿子。

本是驴前厮养,今为舍内螟蛉。

何缘分外亲热?只看黄金满籯。

却是此番之后,晚间睡去,就做那险恶之梦。不是被火烧水没,便是被盗劫官刑。初时心里道:"梦虽不妙,日里落得好处,不象前番做快活梦时日里受辛苦。"以为得意。后来到得夜夜如此,每每惊魇不醒,才有些慌张。认旧念取那五字真言,却不甚灵了。你道何故?只因财利迷心,身家念重,时时防贼发火起,自然梦魂颠倒,怎如得做牧童时无忧无虑,饱食安眠,夜夜梦里逍遥,享那王公之乐?莫继要寻前番梦境,再不能勾,心里鹘突,如醉如痴,生出病来。

莫翁见他如此,要寻个医人来医治他,只见门前有一个双丫髻的道人走将来,口称善治人间恍惚之症。莫翁接到厅上,教莫继出来相见。原来正是昔日传与真言的那个道人,见了莫继道:"你的梦还未醒么?"莫继道:"师父,你前者教我真言,我不曾忘了。只是前日念了,夜夜受用。后来因夜里好处,多应着日里歹处,一程儿不敢念,便再没快活的梦了。而今就念煞也无用了,不知何故。"道人道:"我这五字真言,乃是主夜神咒。《华严经》云:'善财童子参善知识,至阎浮提摩竭提国迦毗罗城,见主夜神,名曰婆珊婆演底。神言我得菩萨破一切生痴暗法,光明解脱。'所以持念百遍,能生欢喜之梦。前见汝苦恼不过,故使汝梦中快活。汝今日间要享富贵,晚间宜受恐怖,此乃一定之理。人世有好必有歉,有荣华必有销歇,汝前日梦中岂不见过了么?"莫继言下大悟,倒身下拜道:"师父,弟子而今晓得世上没有十全的事,要那富贵无干,总来与我前日封侯拜将一般,不如跟的师父出家去罢!"道人道:"吾乃南华老仙漆园中高足弟子。老仙道汝有道骨,特遣我来度汝的。汝既见了境头,宜早早回首。"莫继遂是长是短述与莫翁、莫姥。两人见是真仙来度他,不好相留;况他身子去了,遗下了无数金银,两人尽好受用,有何不可?只得听他自行。莫继随也披头发,挽做两丫髻,跟着道人云游去了。后来不知所终,想必成仙了道去了。看官不信,只看《南华真经》有此一段因果。话本说彻,权作散场。

总因一片婆心,日向痴人说梦。

此中打破关头,棒喝何须拈弄?

中国古典文学名著丛书

儿女英雄传

下

[清] 文康 著

華夏出版社
HUAXIA PUBLISHING HOUSE

第二十五回

何小姐证明守宫砂　安老翁讽诵《列女传》

这回书接着上回，表的是邓家父女不远千里而来要给安公子、何小姐联姻；见安老爷替姑娘给他的父母何太翁、何夫人立了家庙教他接续香烟，姑娘喜出望外，一时感激欢欣，五体投地。邓九公见他这番光景是发于至性，自己正在急于成全他的终身大事，更兼受了安老爷、安太太的重托，便要趁今日这个机缘作个牵丝的月老，料姑娘情随性转，事无不成；不想才得开口，姑娘便说出“此话休提，免得搅散了今日这个道场，枉了他老夫妻二位一片深心，坏了我师徒三年义气”这等几句话来。

这话要照姑娘平日大约还不是这等说法；这还算安老爷、安太太一年的水磨工夫①才陶熔得姑娘这等幽娴贞静；又兼看着九公有个师徒分际，褚大娘子有个姊妹情肠才得这样款款而谈。其实，按俗话，这也就叫作“翻了”。

这一翻，安老爷、安太太为着自己的事自然不好说话。张太太是不会调停。褚大娘子虽是善谈，看了看今日这局面，姑娘这来头不是连玩带笑便过得去的，只说了句：“妹妹，先不要着急，听我父亲慢慢的讲。”此外就是张老和褚一官，两个人早到厢房和公子攀谈去了。

安老爷见这位大媒才拿起一把蒲扇来就轮圆里②碰了这等一个大钉子，生怕卸了场，误了事，只得说道：“姑娘，论理，这话我却不好多言；只是你也莫要错怪了九公。他的来意正为着你师生的义气，我夫妻的深心，不要搅散了今日这个道场，所以才提到这句话。”

安老爷这一开口，原想姑娘心高气傲，不耐烦去详细领会邓九公的意思，所以先把他这三句开场话儿作了个“破题儿”，好往下讲出个所以然来。那知此刻的姑娘不是青云山和安老爷初次相见的姑娘了；才听安老

---

① 水磨(mò)工夫——耐心细致的工作。

② 轮圆里——一般形容打击时用力猛烈，此指“满满实实地”。

爷说了这几句,便说道:

“伯父,不必往下再谈了;这话我都明白。倒听我说:人生在世,含情负性,岂同草木无知?自从你我三家在青云山庄初会,直到如今,一年之久,承伯父母的深恩,我师傅和这褚家姐姐的厚意,那一时,那一事,那个去处,那个情节,不是要保全我的性命,成就我的终身;我便是铁石心肠,也该知感知情,诸事听命。无奈我心里有难以告人的一段苦楚,虽是伯父母善体人情,一时也体不到此事。今至此,我也不得不说了。

“想我自从一十六岁才有知识便遭了纪献唐那贼为他那贼子纪多文求婚的一桩诧事,以至父亲持正拒婚,触恼那贼,坏了性命。我见父亲负屈含冤,都因我的婚姻而起,我从那日便打了个终身守志永远不出闺门的主意,好给父亲争这口气。谁知那纪贼万恶滔天,既逼死我父亲,还放我母女不过,我所以才设法着人送了父亲灵柩回京,我自己便保着母亲逃到山东地面。听说这九公老人家是位年高有德的诚实君子,血性英雄,我才去投奔他;为的是靠他这年纪,声名,替我女孩儿家作一个证明师傅,好叫世人知我母女不是来历不明。

“及时得了那座青云山栖身,我既不能靠着十个指头趁些银钱换些担柴斗米;又不肯舍着这条身子作人奴婢,看人眉高眼低;却叫我把什么奉养老母?论我所能的就是我那把单刀;无法,只得就这条路上,我母女苟且图个生活。及至走了这条路,说不尽的风尘肮脏,龙蛇混杂,已就大不是女孩儿家的身份了。

“纵说我这个心,心无可愧,见得天地鬼神;我这条身子,身未分明,就难免世人议论:因此,我一到青云山庄便禀明母亲,焚香告天,对天设誓,永不适人①。请我母亲在我这右臂上点了一点‘守宫砂②’,好容我单人独骑,夜去明来,趁几文没主儿的银钱供给母亲的薪水。这是我明心的实据,并非空口的推辞。——此地并无外人,我这师傅是九十岁的人了,便是伯父你待我的恩情也抵得个生身父母,不妨请看。”

姑娘一壁厢说着,一壁厢便把袖子高高的捋起请大家验明。果见他

① 适人——嫁人。

② 守宫砂——传说用朱砂喂养的壁虎经捣治后点在妇女肢体上,除有房事外,可始终不掉。

那只右胳膊上点着指顶大旋圆必正的一点鲜红朱砂印记，深深透入皮肉腠理，凭怎么样的擦抹盥洗也不退一些颜色。

当下邓九公父女和张太太以至那些仆妇丫鬟看了都不解是怎生一个讲究，只有安老夫妻心里明白，看着不禁又惊又喜，又疼又爱。

你道他这番惊喜疼爱从何而来？原来他老夫妻看准姑娘的性情纯正，心地光明，虽是埋没风尘，倒像行踪诡秘，其实信得及他这朵妙法莲花出污泥而不染，真有个磨而不磷，涅而不缁[①]的光景，只是要娶到家来作个媳妇。世上这般双瞳如豆，一叶迷山的，以至糊涂下人，又有几个深明大义的呢？心里未尝不虑到日后有个人说长道短，众口难调，只是他二位是一片仁厚心肠，只感念姑娘救了自己的儿子，延了安家的宗祀，大处着眼，便不忍吹求[②]到此。如今见姑娘小小年纪早存了这般苦志深心，他老夫妻更觉出于意料之外，不禁四目相关，点头赞叹。

只这番赞叹，把姑娘个宛转拒婚的心思益发作成了他老夫妻的求亲张本。这便叫"事由天定，岂在人为"。

闲话少说。却说玉凤姑娘证明他那点"守宫砂"，依然放好袖子，褪进手去，对安老爷、安太太说道："我这番举动也就如古人的'卧薪尝胆''吞炭漆身'一般。原想等终了母亲的天年，雪了父亲的大恨，我把这口气也交还太空，便算完了我这生的事业，那时叫世人知我冰清玉洁，来去分明，也原谅我这不守闺门是出于万分无奈，不曾玷辱门庭。不想母亲故后，正待去报父仇，也是天不绝人，便遇见你这义重恩深的伯父伯母和我师傅父女两人，同心合意，费了无限精神，成全得我何玉凤祸转为福，死里求生，合葬双亲，重归故土。

"便是俗语也道得个：'猫儿狗儿识温存'。我何玉凤那时若一定不跟你二位老人家回京，便是不识温存，不如畜类。所以我才预先说明，到京葬亲之后，只求伯父你给我寻座小小的庙儿，近着我父母的坟茔，息影偷生，完成素志。如今承伯父不枉了我栖身庙宇这句话，特特的给我父母立了这座家庙；不但我身有所归，便是我的双亲也神有所托。这是一片良

---

① 磨而不磷（lìn）、涅而不缁（zī）——磨不薄、染不黑。喻质地坚强，能够经受磨难和薰染的考验。

② 吹求——同今"吹牛"。喻事情办不成。

工苦心;这才叫作‘义重如山,恩深似海’!便算你二位老人家念我搭救你家公子那点微劳,也足足的报过来了。

“至于人世‘姻缘’两字,久已与我何玉凤无干。便是谕旨纶音①,也须原谅个‘人各有志’,更不必再讲到你令郎公子身上了。想来伯父母定该可怜我这苦情,不疑我是推却。”

姑娘这段话说了个知甘苦,近情理;并且说得心平气和,委屈宛转,迥不是前番在青云山那输理不输嘴,输嘴不输气的样子。

要照这等看起来,敢是今日安老夫妻邓家父女四人作的这桩事竟大大的有些欠斟酌。从来问名纳采,古礼昭昭,便是爱亲作亲罢,也得循乎礼法;岂有趁人家有事宗庙的这天,大家伙子挤在一处,当面鼓,对面锣,就和人家本人儿嘈嘈说起亲来的?便是段小说,也就作的无礼,何况是桩实事!——然而细按下去,却也有个道理。

书里交代过的:安老爷当日的本意只要保重这位姑娘,给他立命安身好完他的终身大事,这般姻缘并不曾打算到公子身上。因邓九公父女一心向热,定要给公子联姻成就这段如花美眷的姻缘。再加上媳妇张金凤因姑娘当日给他作成这段良缘,奉着这等二位恩勤备至的翁姑,伴着这等一个才貌双全的夫婿;饮水思源,打算自己当日受了八两,此时定要还他半斤;他当日种的是瓜,此时断不肯还他豆子;今生一定要和他花开并蒂,蚌孕双珠,才得心满意足。在安老夫妻也非不知此刻事事给他办得完全,将他聘到别家才是公心;娶到自家便成私心。转念一想,既要成全他到底,与其聘到别家,万一弄得有始无终,莫如娶到我家转觉可期一劳永逸。所以才大家意见相同,计议妥当,只在今日须是如此如此。

然则他四位之中,如安老爷的学问见识,安太太的精神操持,邓九公的阅历,褚大娘子的机灵,岂不深知姑娘的性儿?怎的就肯这等冒冒失失的提将起来?

这也有个原故。在邓家父女一边是服定了安老爷了,觉得我这把弟我那二叔的本领,慢说一个十三妹,就让捆上十个十三妹,也不怕弄他不转。在安老夫妻这边是见姑娘在青云山庄经了那番开导;在船上又受了一路温存;到京里更经了一年作养;近来看姑娘那举止言谈,早把冷森森

① 谕旨纶(guān)音——皇帝的诏令。

的一团秋气化成了和霭霭的满面春风，认定了姑娘是个性情中人，所以也把性情来感动他，——给他父母安葬便叫公子扶榇①代劳，给他父母立祠也叫公子捧主代劳。——料想他性动情移，断无不肯俯就之理。再经邓九公年高有德，出来作这个大媒，姑娘纵然不便一诺千金，一定是两心相印；到了两心相印，止要姑娘眼皮儿一低，脸颊儿一热，含羞不语，这门亲事就算定规了。至于姑娘当日在青云山庄因他父亲为他的姻事含冤负屈，焚香告天，臂上点了"守宫砂"，对天设誓，永不适人的这个隐情，便是佟舅太太和他同床睡了将及一年，他的乳母丫鬟贴身服侍他更衣洗浴，尚且不知，这安老夫妻邓家父女四位怎的晓得？所以弄到这边邓老头儿才拿起那把冰斧②来，一斧子就碰在钉子上卷了刃了！那边安老先生见风头不顺，正待破釜沉舟，讲一篇澈底澄清的大道理，将作了个破题儿，又早被姑娘接过话来滔滔不断的一套，把他四位凑起来，二百多周儿，商量了将及一年的一个透鲜的招儿，说了个隔肠如见！

安老爷听罢，心里暗道："这姑娘的见解虽说愚忠愚孝，其实可敬可怜。但是事情到了这个场中，断无中止的理。治病寻源，他这病源全在痛亲而不知慰亲，守志而不知继志，所以才把个见识弄左了。要不急脉缓受③，且把邓翁的话撇开，先治他这个病源，只怕越说越左。"因向姑娘叹了一声，说道："姑娘，你这片至诚，我却影响不知，无怪你方才拒绝九公。如今九公这话且作缓商；但是你这番举动虽不失儿女孝心，却不合伦常至理。

"《经》云：'乾道成男，坤道成女，乾坤定而后地平天成；女大须嫁，男大须婚，男女别而后夫义妇顺。'这是大圣大贤的大经大法，不同那愚夫愚妇的愚孝愚忠。何况古人明明道着个'不孝有三，无后为大'；又道：'女子，从人者也'！你这永不适人的主见，我窃以为断断不可。

---

① 扶榇(chèn)——即"扶柩"，手扶灵柩。引申为护送灵柩。

② 冰斧——古常以"冰人"、"冰斧"代指媒人。典源《晋书·索德传》，"孝廉令狐策梦立冰上，与冰下人语。"认为"冰上为阳，冰下为阴"，婚姻乃"阴阳之事"。

③ 急脉缓受——事情再紧迫也要沉着应付，从长计议。此语源于中医学"急脉、缓脉"之说，而非"缓受"。

“你是个名门闺秀，也曾读过诗书；你只就史鑑①上几个眼前的有名女子看去：讲孝女，如汉淳于意的女儿缇萦上书救父；郑义宗的妻子卢氏冒刃卫姑。讲贤女，如晋陶侃的母亲湛氏截发留宾；周顗的母亲李氏具馔供客。讲烈女，如朝重成的女儿玖英保身投粪；张叔明的妹子陈仲妇遇贼投崖。讲节女，如五代时王凝的妻子李氏持斧断臂；季汉曹文叔的妻子引刀割鼻。讲才女，如汉班固的妹子曹大家续成汉史；蔡邕的女儿文姬誊写赐书。讲杰女，如韩夫人的助夫破虏；木兰的代父从军；以至戴良之女练裳竹笥，梁鸿之妻裙布荆钗，也称得个贤女。

“这班人，才，德，贤，孝，节，烈，智，勇，无般不有，只不曾听见个父死含冤，终身不嫁的。这是什么原故？也不过为着伦常所关，必君臣，父子，夫妇，三纲不绝；才得高，曾，祖，父，身，子，孙，曾，元，九伦不斁②。假若永不适人，岂不先于伦常有碍？”

安老爷这一套老道学话儿算起楞见线四方到尽头儿了。无论你怎的笑他迂腐，要驳他，却一个字也驳他不倒。

姑娘一听，也知安老爷是一团化解自己的意思；无如他的主意是拿了个老道，转毫不用一丝盛气凌人，只淡淡的笑道：“伯父讲的这些话，怎生不曾听得这班人以前又有一班人作过这些事？想也是从他作起。这永不适人便从我何玉凤作起，又有何不可？”

列公，我说书的曾经听见老辈说过一句阅历话，道是：“越是京城首善之地，越不出息。”人只看这位姑娘才在此京城住了几天儿，不是他从前那“丁是丁，卯是卯”的行径，已经学会了皮子③了。岂知眼前这桩事，他只顾一闹皮子，可只怕安老爷就难受窄！

话休絮烦。却说安老爷料着姑娘不受这话定有一番雄辩高谈，看他怎的说法，再和他说到本地风光④，设法擒题，不想姑娘闹了个皮子，蔫蔫

① 史鑑——此指当时流行的东汉班昭的《女诫》、唐女学士宋若莘的《女论语》、明永乐徐皇后的《内训》、刘氏的《女范捷录》等女四书及《烈女传》、《贤媛集》等史书。

② 不斁(dù)——不被败坏。斁，“斁”的繁体字。败坏。

③ 皮子——耍赖。也称耍皮子的人。

④ 本地风光——指这件事情。

儿的受了,自己倒出乎意外,一时抓不着话岔儿。

邓九公旁边一看,急了。你道他因甚的着急?他此来本是一片血心,这头儿要卫顾把弟,那头儿要成全徒弟,再不料一开口先受了那么几句厌话,闹了个两头儿都对不住,算是栽了个悬梁子的大筋斗。这一栽,他觉得比当日在人轮子里栽在海马周三跟前还露着呵碜。只羞得他那张老脸紫里透红,红里透紫;两眼圆睁,满头大汗;把帽子往下推了一推,两只手不住的往下擦汗。及至听安老爷接上话了,料着安老爷定有几句吃紧的话问得住姑娘,不想安老爷不过和他闹了会子"之乎者也",倒背了有大半本《烈女传》,渐渐的话有些钉不住姑娘。这不是前番青云山的样子了。再照这么闹会子文诌诌,大事不散了吗?

因此,他不容安老爷往下分说,便向玉凤姑娘道:"姑娘,你这话不是这么说;俗语说的好,'在家从父,嫁从夫',是个娘儿们,没说一辈子不出嫁的。再说,这桩事也不是一天儿半天儿的话了,我实告诉你说罢。"说着,他便把他和安老爷当日笔谈的那天,他女儿怎的忽然提亲;他怎的立刻就要作媒;安老爷怎的料定姑娘不肯,恐致误事,拦他先莫提起,且等姑娘回京服满之后再看机会的话,一直说到他父女今日怎的特来作媒,向玉凤姑娘告诉了一遍。告诉完了,重新又叫声"姑娘",说:"你瞧,凭他怎么样,师傅比你晒日头旸儿,看三星儿,也多经了七十多年了。师傅的话没错的。无论你当日对天焚香起的是什么重誓,都应在师傅身上了。你说好不好?你只依着师傅这话,就算给师傅圆上这个脸了。"

一段话,说了个乱糟糟,"驴唇不对马嘴",更来的不着要!把个褚大娘子急得搓手,忙拦他说:"你老人家不要着急;这可是急不来的事。事款则圆①。"饶是那等拦他,他还是把一肚子话可桶儿②的都倒出来。

玉凤姑娘一听,心里一想:"照这话说起来,这又不是青云山假西宾的样子,我索兴被他们当面装了去了吗?看这局面,连张家夫妻母女三人只怕也通同一气。别人犹可,我只恨张金凤这个小人儿没良心!当日我在深山古庙给他联姻,我是何等开心见诚的待他;今日的事,怎的他连个

---

① 事款则圆——从容办事就能办得圆满。款,缓。

② 饶是那等拦他,他还是把一肚子话可桶——饶是,尽管是,表让步。可桶儿,统统、全部。

信儿也不先透给我？更可气的是我那干娘，跟了我将及一年，时刻不离，可巧今日有事不在跟前，剩了我一个人儿，叫我和他们怎生打这个交道？”心里越想越气，才待要翻，又转念一想：“使不得，便算是他们都是有心算计我，人家安伯父、安伯母二位老人家很不容易把我母女死的活的才护送回乡；况且我父亲的灵柩，人家放在自己的坟上守护了这几年了，难道他从那时候就算计我来着不成？何况人家为我父母立茔安葬，盖祠奉祀，这是何等恩情！岂可一笔抹倒？就是我这师傅，不辞年高路远，拖男带女而来，他也是为好。更何况今日我既有了这座祠堂，这里便是我的家了，自我无礼，断断不可。还用好言和他们讲礼。凭他万语千言，只买不转我一个‘不’就结了！”

姑娘主意已定，他便把一脸怒容强变作一团冷笑，向邓九公道：“师傅，你老人家怎的只知顾你的脸面，不知顾我的心迹？人各有志，不可相强。既如我安伯父方才的话，岂不是万人驳不动的大道理？但是一个人存了这片心，说了这句话，岂可丝毫摇动？假如我这心，我这话，可以摇动，当日我救这位公子的时候，在悦来店也曾和他共坐长谈，在能仁寺也曾和他深更独对；那时我便学了那班才子佳人的故套，自订终身，又谁来管我？我为什么把个眼前姻缘双手送给个萍水相逢素昧平生的张金凤？只这一节便是我提笔画押的一件亲供，众人有目共照的一面镜子。师傅，你就不必再絮叨了。”

邓九公道：“照姑娘你这么说起来，我们爷儿们今日大远的跑了来干什么来了？”老头儿这句话来的更乏①！

书里表过的：这邓九公虽是粗豪，却也是个久经大敌的老手，怎生会说出这等一句没气力的话来？原来他心里还憋着一桩事：他此来打算说成了姑娘这桩好事，还有一份阔礼帮箱②，此时憋在心里，密而不宣，要等亲事说成，当面一送，作这么大大的一个好看儿。不想这话越说越远，就急出他这句乏的来了。

姑娘听了这话，倒不见怪；只说道：“你老人家今日算来看我，我也领情；算为我父母的事，我更领情；要说为方才这句话来的，我不但不领情，

---

① 乏——此指“无份量”。

② 帮箱——陪衬。

还要怪你老人家的大错。”

邓九公哈哈大笑道：“师傅又错了？师傅错了，薅你师傅的胡子好不好？”姑娘道：“我这话从何说起呢？你老人家和我相处，到底比我这伯父伯母在先；吃紧的地方儿，你老人家不帮我说句话儿罢了，怎的倒拿我在人家跟前送起人情来？这岂不大错？再说今日这局面也不是说这句话的日子，怎么就把你老人家急得这样‘钦此钦遵’，倒像非立刻施行不可？你老人家也该想想：便是我不曾有对天设誓，永不适人的这节事，这话先有五不可行。”

褚大娘子才要答话，安老爷是听了半日，好容易捉着姑娘一个缝子，不可撒手了；连忙问道：“姑娘，你倒是那五不可行？”姑娘道：“第一，无父母之命，不可行；第二，无媒妁之言，不可行；三无庚帖，四无红定，更不可行；到了第五，我伶仃一身，寄人篱下，没有寸丝片纸的赔送，尤其不可行。——纵说五件都有，这话向我一个立誓‘永不适人’的人来说，正是和金刚让座，对石佛谈禅，再也休想弄得圆通，说得明白了！”

安老爷道：“姑娘，你须知那金刚也有个不忍，石佛也有时点头；何况你说的这五桩，桩桩皆有！”因指着他父母的神龛道：“你看，这岂不是你父母之命？”又指着邓家父女和张亲家太太道：“你看，这岂不是你媒妁之言？——你要问你的庚帖①，只问我老夫妻。你要问你的红定②，却只问你的父母。至于赔送，姑娘，你有的不多，却也不到得③并无寸丝片纸，待我来说与你听。”

安老爷这话就如对策一样，才不过作了个策帽儿，还不曾一条条对起来呢！姑娘听了，先就有些不耐烦。邓九公又在一旁拍手道：“好哇！好哇！我看姑娘这还说什么！”安太太恐姑娘着恼，便拉着他的手说：“不要着急，慢慢的说着，就有个头绪了。”褚大娘子道：“正是这话。好妹子，你只记着我当日和你说的‘老家儿说话再没错的’那句话，还是老家儿怎么说，咱们怎么依着。”

---

① 庚帖（gēng tiě）——旧俗订婚时，男女双方互换的帖子。上写姓名、生辰八字、籍贯、祖宗三代等。也叫八字帖。

② 红定——订婚时的下聘礼物。

③ 不到得——不一定，不见得。

姑娘一看这光景，你一言，我一语，是要“齐下虎牢关”的来派①了；他倒也不着恼，也不动气，倒笑了笑，说道：“伯父不必讲了。你二位老人家从五更头闹到此时，也该乏了。我师傅和褚大姐姐大远的跑到这里，也着实辛苦了。竟请伯父张亲家爹陪了我师傅和褚大姐夫前边坐去。我同伯母和妈妈也陪了褚大姐姐到厢房说些闲话。你我大家离了这个所在，揭过这篇儿去，方才的话再也休提。如不见谅，我抄总儿说一句：泰山可撼，北斗可移，我这条心这句话断不能改！我言尽于此，更不再谈。凭你大家万语千言，却莫怪我不答一字。”说着，只见他退了两步，果然照褚大娘子前番说的那光景，把小眼皮儿一搭撒，小脸儿一括搭，小腮帮子儿一鼓，抄着两只手，在桌儿边一靠，凭你是谁，凭你是怎样和他说着，再也休想他开一开口。这事可糟了！糟很了——糟的没底儿了！

列公，你道：“两好并一好，爱亲才作亲”；一家不成，两家现在②，何至于就糟到如此？

原来今日这桩事果然说成，不是还有个十天八天，三月两月的耽搁。只因安老爷一愁姑娘难于说话，二愁姑娘夜长梦多，果然一言为定，那问名，纳采，行聘，送妆，都在今日这一天，只在今日酉时，——阴阳不将，天月二德，——便要迎娶过门了。此刻这里虽是这等一个清净坛场，前头早已结彩悬灯，排筵设宴，吹鼓手，厨茶房，以至傧相伴娘，家人仆妇，一个个擦拳摩掌吊胆提心的只等姑娘一句话应了声，立刻就要鼓乐喧天，欢声匝地，连那顶八人猩红喜轿早已亮在前面正房当院子了。安老爷、安太太虽不曾请得外家，也有好几位得意门生，同心至好，以至近些的亲友本家，都衣冠齐楚的在前边张罗，候着贺喜。不想姑娘这个当儿拿出那老不言语的看家本事来。请问这一晌㖠噜串儿③叫安老爷一家怎生见人？邓褚两家怎的回去？便是张老夫妻那逢山朝顶，见庙磕头和一年三百六十日的白斋，那天才是个了愿？至于安公子空吧嗒了几个月的嘴，今日之下，把

① “齐下虎牢关”的来派——很厉害、很有气势。即《三国》故事“刘、关、张虎牢关战吕布”。来派，事发的苗头。虎牢关，古关隘，在今河南荥阳县。

② 一家不成，两家现在——不因某件事影响两家的关系，两家关系依然很好。

③ 一㖠噜串儿——谓中途停辍，办不成的事情。“㖠噜了”，散了；串儿，指珠子串。北京方言“㖠噜了”亦有事情办“杂(砸了)”之意。

只煮熟的鸭子飞了,又叫张金凤怎的对他的玉郎?又叫何玉凤此后怎的往下再处?你道糟也不糟?——此犹其小焉者也。便是我说书的,说到这里就算二十五回团圆了,听书的又如何肯善罢干休?那可就叫作整本的"糟糕传",还讲什么《儿女英雄传》呢!

列公不须焦躁;你只看那安水心先生是何等心胸本领,岂有想不到这里,不防这一着的理!然则他何不一开口就照在青云山口似悬河的那派谈锋?也不愁那姑娘不低首下心的心服又首肯。怎的又和他皮松肉紧①的谈了会子道学;又指东说西的打了会子闷葫芦呢?这便叫作逞游②谈,易;发庄论,难"。当日在青云山是先要笼络住这姑娘,不得不用些权术;今日在此地是定要成全这姑娘,不能不纯用正经。既讲到舍权用经,凡一切诙谐话,优俳话,譬喻话,影射话,都用不着。

再说安老爷本是个端方厚重的长者,少一时,坐在堂前就要作姑娘的阿翁了,一片慈祥,虽望着姑娘心回意转,却绝不肯逼得姑娘理屈词穷,他心里却早有了个成算;及至见姑娘话完告退,不则一声,老爷便两眼望着太太道:"太太,你听。姑娘终改不了这本来至性,你我倒枉用了这番妄想痴心。这便怎样才好?"安太太似笑非笑似叹非叹的应了一声。老夫妻两个四只眼睛一齐望着媳妇张金凤。

张金凤见公婆递过眼色来,便越众出班的道:"今日这事,算我家一桩大事,公婆父母都在前头,再说九公和褚大姐姐是客,又专为这事而来,却没媳妇说话的份儿。但是我姐姐的性格儿,我知道:他但是肯,不用人求;他果然不肯,求也无益。公公不必往下再说了,依着我姐姐的话,真个陪九公到前头坐去。让媳妇问问姐姐,或者我姐姐还有什么不得已的苦衷,说不出的私话,也不可知。我们女孩儿没个碍口难说的,只怕倒说的到一处。便是婆婆和妈妈在这里陪着褚大姐姐,正好谈谈这一年不见的闲话儿,也不必费心劳神。这事竟全责成在媳妇身上。公婆想着如何?"

安太太就先说:"你小人儿家可有多大能耐呢?要作这么大事!你能吗?"安老爷摇着头道:"媳妇!你看我两个老人家处在这要进不能要退不可的去处,得你来接过我们这个担子去,我们岂不愿意?但是这桩事

---

① 皮松肉紧——掌握灵活的谈天,轻松而宽泛。

② 逞游——随意;自如;海阔天空地交谈。

的任大责重。你却比不得我同九公。我两个作不成，大家不过说一句这事想的不仔细，作的不周全。你一个作不成，有等知道的，道是你姐姐的心执性；有等不知道的，还道是你本就不能尽心，不曾着力，有心败事，无意成功。倘被亲友传说开去，你小小年纪，这个名儿却怎生担得起？”

他翁媳两个这阵真话儿假说着，假话儿真说着，也不知是他家搭就了的伏地扣子哟，也不知是那燕北闲人因张金凤从第七回出名，直到第二十五回，虽是逐回的露面登场，总不曾作到他的正传文章，写得出色。如今且不去管他。

再说何玉凤先听得张姑娘说他但是肯的，不必人求；果然不肯，求也无益；不觉暗喜道："到底还是他知道我些甘苦！"及至听他说到也不劳公婆父母，也不用褚家大娘，只把这事责成在他身上这些话，姑娘又不禁转喜为怒起来，暗道："好个小金凤儿！难道连你也要和我嘚啵嘚啵[①]不成？果然如此，可算你猴儿拉稀，小人儿坏了肠子了！——少停你不奈何我便罢，你少要奈何我一奈何，我也顾不得那叫情，那叫义，我要不起根发脚把你我从能仁寺见面起的情由都给你当着人抖搂出来，问你个白瞪白瞪[②]的，我就白闯出个十三妹来了！"想罢，依然坐在那里，一声儿不哼。

张金凤分明看见姑娘那番神情，只不在意；他依然答应公婆道："媳妇岂不知公婆这屋怜惜媳妇的心！只是九公同褚大姐姐跟姐姐说，姐姐不容说；公婆和姐姐说，姐姐又不容说；我爹妈在此，更不能说；倒有个能说会道的舅母呢，今日偏又不在这里；媳妇若再袖手旁观，难道真个的今日这桩事就这等罢了不成？慢说媳妇受些冤枉谈论，便触恼了姐姐，随姐姐怎样，媳妇也甘心情愿。公公只管安坐前厅静听消息，让媳妇这里求姐姐，磨姐姐，央及姐姐。幸而说得成，不敢领公婆的赏赐；万一说不成，再受公婆的责罚。"

安老爷听到这里，只和太太说了声："太太，我们也只得如此。"说完，拉了邓九公，头也不回，竟自去了。

何玉凤看了，越想越气；他在那里梗梗着个小脖颈儿，撑着两个小鼻翅儿，挺着腰板儿，双手扶定克膝盖儿，扐马横枪，只等张金凤过来说话，

---

① 嘚啵——罗苏；絮叨。

② 白瞪——白瞪眼，束手无策的样子。

打算等他一开口先给他个下马威。那知人家更不过来。只见他站在当地向那群婆儿丫头说道:“你们是听住了热闹儿了。瞧瞧,褚大姑奶奶和二位太太的茶也不知道换一换,烟也不装一袋。也这么给姑娘热热儿的倒碗茶来。”

众人听了,忙着分头去倒茶。倒了茶来,他便先端了一碗亲自捧到姑娘跟前,说:“姐姐,喝点儿茶。”姑娘欲待不理,想了想,这是在自己家祠堂里,礼上真说不过去,没奈何,站起身来干①了人家,一句话说了六个大字,道是:“多礼,我不敢当。”

张金凤也只作个不理会,回身便给褚大娘子装了袋烟。褚大娘子道:“妹子,请坐罢。怎么只是劳动起你来了?”张金凤笑道:“我到你家,你怎么服侍我来着呢?”说着,又给婆婆递了袋烟。安太太一手接烟袋,只扬着脸,皱着眉,望着他长出气。张姑娘但低头微笑,然后才给他母亲装烟;到了给他母亲装烟,他却不是照那等抽着了,用小绢子擦干净了烟袋嘴儿,闪着身子,把烟袋锅儿顺在左边,烟袋嘴儿让在右边儿,折胸伏背的那等递法儿了。他装好了烟却用左手拿着烟袋,右手拿着香火,说:“你老人家自己点罢。”原故并不是他闹姑奶奶脾气,亲家太太那根烟袋实在又辣又臭,恶歹子②,难抽。只见那张太太愁眉苦眼的向他道:“姑奶奶你别闹了。你瞧,这还有什么心肠抽这烟呢?”张金凤道:“妈不吃会子烟,这亲就说成了?就让你老人家再许三百六十天的不动烟火,不成还是不成啊!”说的褚大娘子和安太太掩口而笑。

姑娘听了益发不受用。又听安太太吩咐道:“你们也给你大奶奶装袋烟儿。”因和张金凤道:“你有什么话,只管坐在那里和姐姐说。”

张金凤答应一声,过去便挨着玉凤姑娘坐好。恰好华嬷嬷送上一碗茶来,张姑娘接过茶来,一壁厢③喝着,一壁厢目不转睛的只看着碗里的茶想主意。

一时,喝完了茶,柳条儿又装上烟来;因见太太在上面坐着,他便隐着烟袋递给他家大奶奶。张姑娘接过来,不敢当着婆婆公然就啐烟儿,便顺

---

① 干(gān)——冒犯人,使人尴尬。

② 恶歹子——特别(不好);极为(恶劣)。

③ 一壁厢——“一边”。

在身旁,回过头去,抽了两口,又扭着头,喷净了口里的烟,便把烟袋递给跟人,暗暗的摇摇头,说:“不要了。”

从来造就人才是天下第一件难事;不懂一个北村里的怯闺女怎的到了安太太手里才得一年就会把他调理到如此!

却说张姑娘正待说话,只听婆婆那里吩咐晋升女人道:“你告诉院子里听差的:那几个小厮,此时无事,先叫他们出去,等用着再叫。他们那里是听差,都贪着听热闹儿呢。就连你们也可换替着在这里伺候。那供桌上的蜡尽了,先不用换呢!”

大家答应了一声,忙去传话。张姑娘这才把身子向玉凤姑娘斜签着坐了,未从开口,先和容悦色低声下气的叫了声“姐姐”。只见姑娘把眼皮儿往上一闪,冰冷的一副面孔,问道:“怎么样?”只这第一句,这亲就不像个说的成的样子!张金凤道:“姐姐,我可敢怎么样呢?我只劝姐姐先消消气儿。妹子另有几句肺腑之谈要和姐姐从长细讲。”这正是:

千红万紫着花未,先听莺声上柳条。

要知那张金凤和何玉凤怎的个开谈,这亲事到底说得成也不成,下回书交代。

第二十六回

灿舌如花立消侠气　慧心相印顿悟良缘

这回书不及多余交代，便讲何玉凤他听得张金凤对他说另有几句肺腑之谈待要和他从长细讲，他便把那一脸怒气略略的放缓了三分，依旧搭撒着眼皮儿，说道："你若果然有成全我的心，卫顾我的话，就请说；要是方才伯父和九公说的那套，我都听见了，也明白了，免开尊口！"

张金凤笑道："姐姐又来了。难道姐姐没听见公婆怎的吩咐我？我怎的回禀公婆？妹子此时除了这话还有什么和姐姐说的？只是妹子说的虽是这套话，却和公公说的有些不同。打头公公说的姐姐'永不出嫁，断使不得'的这句话，妹子此时更不必向姐姐再问原故，和姐姐再讲道理，只知这事是断使不得，得遵着公公的话定了。至于妹子又晓得什么，说起来，可不能像公公讲的那样圆和宛转，这里头万一有一半句不知深浅的话，还得求姐姐原谅妹子个糊涂，担待妹子个小；便是姐姐不原谅妹子，不担待妹子，那怕姐姐就打两下子，骂两句，都使得，可不许装糊涂不言语；——就算姐姐装糊涂不言语，我可也'打破沙锅璺①到底'，问明白了，我好去回我公婆的话。这话得先讲在里头。"

姑娘这么一听，他这话来的比自己还皮子，只得绷着个盘儿②，说道："既如此，请教。"张金凤道："姐姐既要我说，你我这些烦文散话都收起来，咱们只讲实在的。

"讲实在的：第一，姐姐得看九公这位老人家。姐姐要知人家是九十岁的老人家了。他老人家要不为给姐姐提亲这桩事，大约从今日到他庆二百岁也不肯大远的往京里跑这趟。就算褚大姐姐夫妻二位和你我同辈，为姐妹都是该的，他两个自然也为这九十岁的老人家跑上千里的地，作儿女的不放心，所以才跟了他老人家来。姐姐替他两个想想，一路服侍

---

① 璺（wèn）——裂纹。谐音"问"。

② 盘儿——此指"脸儿"、面庞。

这么一位老人家，晓行夜住，渴饮饥餐，人家得悬多少心，费多大神？通共算起来，人家都是为姐姐一个人儿呀。

“再说，姐姐就得看我公婆。我公公去年遭了那等不顺的事，无原无故，只为不会巴结上司，丢了官，惹了气，变了产，破了财，还在县监里坐了两个月，出来依然是满面精神，无烦无恼，据婆婆说，脸面儿比在外头倒胖了；自从心里有了姐姐这件事，今年倒露清减了许多，腰里的带子是我新近缝的，比去年撙①进一寸多去了。我婆婆去年这时候和姐姐初次见面的时候，姐姐还该记得真，说起是四鬓刀裁②的；自从心里有了姐姐这件事，这些日子，左右鬓角儿上竟有十几根白头发了。这也都是为姐姐。

“讲到我爹妈，却不曾在姐姐跟前有什么大好处。只我妈从去年一口白斋直吃到今日，近来更添了半夜里起来烧‘子时香’。这个样儿的冷天，直橛橛的跪在风地里，举着箍香，一面烧香，一面磕头，一直等手里的香尽了才站起来。姐姐在里间屋里跟着舅母睡，大约就未必知道。姐姐只想，我心疼不心疼？我爹是每月初一一趟前门关帝庙，十五一趟前门菩萨庙。这要在内城住，出趟前门，可费什么呢？姐姐想，从这里去，这是多远道儿？他老人家是风雨无阻，步行去，步行回来，还带着来回不吃一口东西，不喝一点儿水，嘴里不住声儿的念佛。这也都是为姐姐。

“我只想着，姐姐，万事都不必讲，只看这五位老人家份儿上，无论有什么样的为难，是怎么样的受屈，不必等妹子求，姐姐也该没的说了。姐姐若果然没的说，妹子往下千言万语都不必提，只给姐姐磕头，回复了公婆就完了事了。”

这张金凤第一段话主意就来得不弱，只因他一眼看定了姑娘是个性情中人，所以只把性情话打动他。要说何玉凤不曾被他打动，绝无此理；只是他心里的劲儿一时背住扣子③了，转不过磨盘儿④来。只听他说道：“这话，妹子，你就不讲，我岂不知？讲到这几位老人家待我的光景，虽是

① 撙(zǔn)——限制、节省；勒住。此指勒进、意为人瘦了。

② 四鬓刀裁——形容妇女发鬓修饰得非常整齐光洁。四，满。如北方俗语“四脖子流汗”。

③ 背住扣子——比喻解不开疙瘩。

④ 转不过磨盘儿——想不通。

不同，同一恩深义重。须放着我何玉凤不死，我今生能报，便是今生；来世能报，便是来世。天地鬼神都听得见这句话，我何玉凤绝不食言。要说妹妹你一定叫我把我的终身大事去在人跟前去报恩，这可断断不能从命。至于你我：我虽说是施恩不望报，你也切莫受恩便忘报。你可记得你我在能仁寺庙内初会的时候，我待你也有小小的一点人情？今日之下，你不想个法儿帮我罢了，怎的倒拿这话儿挤起我来？妹妹，你莫非也略差了些儿？"说着，便把那眉头儿一斗，眼神儿一足，便有个待要发作的样子。

张金凤不等他发作，说话比先前高了一调。这个当儿，安太太和褚大娘子只低言悄语在那边闲谈，绝不来管。张太太忽然接上话了，说："姑奶奶，你好好儿的和他说，别价和他着急掰脸①的啊！"

张姑娘一面回答他母亲说："这事不与妈相干儿，不用你老人家管。"一面和姑娘说道："我张金凤只道姐姐把从前能仁寺的事忘了呢。原来姐姐还没忘。这话倒好说了。只是妹子断想不到落得姐姐说我'不帮姐姐倒挤姐姐'的这句话。姐姐既这等说，大料今日这亲事，妹子在姐姐跟前断说不进去，我也不必枉费唇舌再求姐姐，磨姐姐，央及姐姐了。只是妹子还有几句不知进退的话不得不交代明白了。为什么呢？此时假如妹子说了，姐姐始终执意不从，日后姐姐无的后悔的，妹子也无的抱愧的。一个不说，倘然日后姐姐想过滋味儿，后悔起来，说道：'哎哟！原来如此！一定说当日别人不肯多句话儿罢了，怎的张金凤他也不提补我一声儿？'那时妹子可就对不住姐姐了。"

他说着，把座儿向前挪了一挪，身子向前凑了一凑，问着何玉凤道："妹子先要请教姐姐。当初一日我同姐姐的妹夫玉郎两个人在黑风岗能仁寺庙里双双落难，他的一条命离见阎王爷就剩了一层纸儿了；我的一条身子离掉在靛缸里也只差着一根丝儿了。那时亏了谁？全亏了姐姐！姐姐非亲非故，横身出来，弹打了和尚，刀劈了众僧，救了我两个的性命，便是救了我两家的性命，我两家生生世世也感激不尽，报答不来！"

张金凤才说到这里，何玉凤便拦他，道："这是以往之事，与今日何干？要你讲这些没要紧的闲话！"张金凤道："怎么闲话呢？姐姐，盐从那

① 掰脸——翻脸。

么咸？醋打那么酸①？不有当初，怎得今日？只是我想着，当初姐姐既救了我两家性命，姐姐的心是尽了，事算完了，那时候我替姐姐计算，真个的就该尘土不沾，拍腿一走，那怕玉郎他再撞见几个骡夫，我再撞见几个和尚，那是我两个的定数难逃，姐姐于心无愧，我不懂姐姐无端的把我两个强扭作夫妻，这是怎么个意思？"

何玉凤听了这话，大是诧异，忙说道："你这话问得奇呀！那时我见你两个末路穷途，彼此无靠，是我一片好心，一团热念；难道我有什么贪图不成？"张金凤笑道："可又来！谁又说姐姐有什么贪图来着呢？但是我想，我那时候虽说无靠，到底还有我的爹妈；他虽说无靠，和我还算得上个彼此。姐姐如今只剩了孤鬼儿似的一个人儿，连个彼此都讲不到，是算有靠啊？是不算末路穷途啊？还是姐姐当日给我两个作合是一片好心，一团热念？我公婆今日给你两个作合是一片歹心，一团冷念呢？怎么倒招出姐姐一无这个，二无那个，这许多累赘来了？请教！"

何玉凤道："这个又当别论。"张金凤道："咻！一样的人，一样的事，你还是当日的你，我还是当日的我，他还是当日的他，怎么又当别论呢？

"姐姐，你方才开口便道是'一无父母之命。'姐姐和妹子都算不得读过书，'父母之命'这句话书也还该记得。还得明白这句书的下文是'钻穴隙相窥，逾墙相从，则父母国人皆贱之。'原是比方作官的话，本与女孩儿出嫁无干。就让扣着字面儿，讲说俗了，也说的是一个女孩儿家，有爹娘在头上，要是不等着爹娘许人家儿，自己就在墙上挖个窟窿儿和人家的男子偷着对相看，相看准了，跳过墙去就跟了人家走了，连他的爹娘和世上的人可就都把他看得轻贱了。这是孟夫子当日和周霄打了一个'莺莺跳过粉皮墙'的反《西厢》皮磕儿②，不是说爹娘没了，没有爹娘给说人家儿了，这一辈子就该永远不出嫁。要都照姐姐这等讲起来，世界之大，何止万万万人？少说，这里头也有一停③儿没爹娘的女孩儿，只好都当姑子去罢！那里给找这些座姑子庵儿呀？

"要讲到姐姐身上，并且说不得无父母之命。这话怎么讲呢？假如

---

① 盐从那么咸，醋打那么酸——饮水思源之意。那儿，哪儿，什么地方。

② 皮磕儿——笑话。

③ 一停——成数，一成叫"一停"。

我公婆在不曾替姐姐给叔父婶娘立这座祠堂以前便合姐姐提到亲事，那无怪姐姐作难；如今既有了这座祠堂，可是姐姐说的，便算姐姐的家了，这座龛，可也就算得是叔父婶娘的住房了。我公婆亲自到姐姐家，在他二位老人家跟前跪在地下求这门亲，这怎么叫无父母之命？

"姐姐要算一定得他二位老人家应了才算父母之命，诚则灵，许我公婆诚求，就许他二位老人家有个显应。万事是假的。姐姐只看方才玉郎同你奉主安位的时候那阵风儿不是个显应吗？方才我公婆行礼的时候，那香烛的一派喜气不又是个显应吗？"

何玉凤听了这话，只管摇头。张金凤道："姐姐，你必又是不信这些。请问，到了你我三个人下拜的时候，那一缕香烟忽然的转成那个大圆圈儿。凝结不散，把你我三个团团的围住，还要神气灵感到什么份儿上去？那个功夫儿就短了两位神主真个的说一句：'姑爷，请起了。'这是这屋里上上下下三四十人亲眼见的；难道是我张金凤无中生有的造谣言哪？是独姐姐你没看见呢？还是你也看见了不信呢？要说你又讲到你那些什么英雄豪杰不信鬼神的话；要知道虽圣人尚且讲得'鬼神之为德，其盛矣乎'。就让姐姐是个英雄，也不能不信圣人，不信你的父母。"

何玉凤道："你到底那里来的这些没影儿的话？"张金凤道："就算我这话没影儿，等我说句有影儿的姐姐听。

"我曾听见公婆说过：当日你家祖太爷临危的时候，你家婶娘正怀着你。你家祖太爷把我公公和你家叔父叫到跟前，亲口嘱咐说：倘得生个男孩儿，便叫他跟着我公公读书；即或生个女孩儿，长大也要许个书香人家，配个读书子弟。这话，我公公在青云山庄也曾和姐姐说过，姐姐也该记得。难道这也没影儿的？细想那老人家当日的意思未必不就指的是今日的事，只是不好明说。老辈子的心思见识断不得错。便是叔父婶娘现在，今日之下，我公婆上门求这门亲，他二位老人家想起你祖太爷的话来，只怕还没个不欢天喜地的应许的。然则方才那些显应怎见得不是他二位神灵有知，来完成这桩好事？

"照这等说起来，姐姐不但有父母之命，还多着一层祖父之命呢。这话方才我公公指点的明白，姐姐不耐烦往下听，就算是无父母之命定了。

"姐姐，可记得你在能仁寺给我同玉郎联姻的时候，人家辞婚开口第一句说的就是无父母之命啊！人家可是父母现在，只因不在跟前，婚姻大事,不奉父母之命自己不敢作主。人家的话却比姐姐说得响,理也比姐姐讲得足。那时姐姐不依,三句话不合,扬起刀来就讲砍人家的脑袋。请问,一个人有个不怕砍脑袋的吗?

"及至人家没法儿了,跪下求姐姐开恩,姐姐这才喜欢了,就在那希脏坌臭①的和尚屋子里桌子上搁了盏灯,说:'这就算你父母之命。'叫我们俩:'朝上磕头罢。'姐姐的话敢不听么?我两个连忙就朝着那盏灯磕了头,算领了父母之命。究竟起来,他的父亲——我的公公——还在山阳县县监里,他的母亲——我的婆婆——还在淮安城饭店里呢!纵说那时候我的父母算在跟前,到底那是他的父母之命啊?

"这样看起来,人家不奉父母之命,姐姐就可以硬作主张;姐姐站在自家祠堂屋里,守在父母神主跟前,又有这等如见如闻,有凭有据的显应,还道是无父母之命。一般儿大的人,怎的姐姐的父母之命就该这等认真,人家的父母之命就该那等将就?这是个什么道理?姐姐讲给我听。"

姑娘还是平日那不服输不让话的牌子儿②,把眉儿一挑,说道:"这个……"不想只说了两个字,底下却一时抓不住话头儿。

张金凤便问着他道:"'这个',那个呀?姐姐听着罢,我还有话呢。姐姐方才又道是'二无媒妁之言'。我请教姐姐:到底怎么是媒?怎么是妁呀?我知道的是男家的媒人叫作媒,女家的媒人叫作妁。过是个大礼。到了如今的时候儿,或者两家儿本是至亲相好,请一位媒人的也尽有。再讲到咱们旗人的老规矩,我听婆婆说起来,甚至还有不用媒人,亲身拿柄如意③跪门求亲的呢。讲到姐姐今日这喜事,不但有媒有妁,并且还请得是成双成对的媒妁,余外更多着一位月下老人。姐姐不信,只看今日祠堂里这行礼的次序就知道了:今日这个礼节,讲远近儿,讲岁数儿,讲亲友,讲什么也该让九公和褚大姐姐夫妻二位先行礼才是。为什么大家倒先尽我公婆行礼?我公婆怎么也不谦不让就先行起礼来了?姐姐心里明白不明白?"

何玉凤道:"这是因伯父母替我家立的祠堂,所以先请他二位通诚告

---

① 希脏坌(fèn)臭——又脏又臭。

② 牌子儿——调侃语。样子;架式。

③ 如意——器物名。用竹、玉、骨等制成,头作灵芝或云叶形,柄微曲。

祭。你难道不知？要来问我！"张金凤道："我知道是通诚；我知道通的不是告祭的诚，通的却是求亲的诚，等我告诉明白了。

"姐姐，我公婆的第一起行礼，那就是求亲；我父母第二起行礼，便是男家请来问名的大媒；九公和褚家姐姐夫妻第三起行礼，便是你女家的主婚大媒。现放着媒妁双双，大礼全备，这怎么叫作无媒妁之言？这话，方才公公分明指点给姐姐，姐姐也不耐烦往下听。

"姐姐想想：姐姐当日把我配给玉郎的时候，除了姐姐和姐姐那把刀，那是他的媒？那是我的妁呀？可倒别致！人家作媒是拿把蒲扇，姐姐作媒是拿把刀！一手托两家，当面鼓，对面锣，不问男家要不要，先问女家给不给。那个当儿我家敢说不给吗？姐姐是恩人么！及至把我家问得牙白口清，千肯万肯，人家这才不要了。姐姐一怒，可就要起刀来了。姐姐，可记得姐姐要刀的那个当儿，可是已经当面把我许给人家了？那时我只怕他那个死心眼儿，姐姐这个天性，一时两下里合不拢来，姐姐认真把他伤了，姐姐想我该怎么好？我焉得不急！没法儿，也顾不得那叫羞臊，跟着他跪在地下求姐姐吩咐，怎么好，怎么好。姐姐这才没得说了，手里攧着把刀，奚落了我们一阵，说：'你们俩媒都谢了，还闹得什么假惺惺儿！'这是我张金凤当日经过的大媒姐姐，姐姐强煞是个黄花女儿呀！

"今日之下，我公婆恭恭敬敬给姐姐请了这一堂的媒人来；就算我爹妈不能说什么，不能作什么，也算一片诚心；褚家姐姐夫妻二位又是成双成对；再加上九公多福多寿的一位老人家；大伙儿跪起八拜的朝上磕头求亲，姐姐还不认是媒妁之言。请教，这比我们叫人拿着把刀逼着成亲的何如？一般儿大的人，怎么姐姐给我作媒就那样霸道，他众位给姐姐作媒就这等烦难！这是个什么讲究？姐姐，说给我听。"

何玉凤听了这话，渐渐低垂粉颈，索兴连那"这个"两字也没了，只抬起眼皮儿来恶恶实实的瞪了人家一眼。

张金凤道："姐姐，说话呀！瞪什么？我怄姐姐一句：不用瞪了，连汤儿吃罢①！——等着，我还有话呢。姐姐方才又道是'三无庚帖'。这庚

① "不用澄（dèng）了，连汤吃罢"——调侃语。对上文"瞪眼睛"的调侃。"澄"谐"瞪"。澄水，滤干。下文"不要喝了，连汤扒拉罢"即是对"喝"的调侃语。

帖，姐姐讲究的自然就是男女两家的八字儿了。要讲玉郎的八字称，就让公婆立刻请媒人送到姐姐跟前，请问交给谁？还是姐姐自己会算命啊，会合婚呢？讲到姐姐的八字儿，从姐姐噶拉①的一声，我公公婆婆就知道，不用再向你家要庚帖去。姐姐要说不放心，此时必得把俩八字儿合一合，——实告诉姐姐，我家合了不算外，连你家也早已合过了。”

何玉凤道：“今日你怎的清醒白醒说的都是些梦话！”张金凤道：“我一点儿也不是梦话。我听见说，你家叔父婶娘从你小时候给你算命，就说你这八字儿，四个辰字，叫作‘地支一气，土星重重’，将来是个有钱使的命；要再配个属马的姑爷，合成天马云龙的格局，将来还要做一品夫人呢。这话姐姐要不知道，只问你家戴嬷嬷。——大约姐姐不用问，也不是不知道。要果然知道，更用不着装糊涂。

“至于那些算命瞎生的奉承话儿原不足信；只讲叔父婶娘当日给你算命，可可儿的那瞎生就说了这等一句话，你可可儿的在悦来店遇着的是这个属马的；在能仁寺救了的也是这个属马的；你两个只管南北分飞，到底同归故里。姐姐，你算，这里头岂不是有个命定么？你同邓九公、褚大姐姐扭得过去，同我公婆扭得过去，你难道还同你的命扭得过去不成？公公方才说：‘你要问庚帖，只问他二位老人家。’说的正是这句话。姐姐不求甚解，只说是无庚帖。

“可怜我张金凤说婆婆家的时候儿我知道什么叫个‘庚铜’啊‘庚铁’呀！单讲我还承姐姐问了问我的岁数儿，也就没管我是那月那日那时生人；到了玉郎，要不是我方才提他是属马的，大约直到今日姐姐还不知道他是属鹞鹰的属骆驼的②呢！便没庚帖，我们受姐姐的好处，也作了夫妻了。况且姐姐的庚帖不是没有。只是此时就请姐姐看略早些儿。姐姐如果一定要见个真章儿③，少一时自然看得见。

“我只问姐姐：一般儿大的人，怎么姐姐给我说人家儿，这庚帖就可有可无？九公和褚大姐姐给你说人家儿，两头儿合婚，有了庚帖还不依？这话怎么讲？姐姐讲给我听。”

---

① 噶拉（gà lā）——婴儿落地出生。

② 属鹞鹰属骆驼——拿属相作调侃。如现今说“属猫”、“属鱼”者。

③ 真章儿——真相。

张金凤说话的这个当儿，他母亲只愁眉苦眼的一声儿不言语，坐在那里噗哧噗哧一袋跟一袋的吃那老叶子烟儿。安太太和褚大娘子二人只管说些闲话，却是留神细听张金凤的话，细看何玉凤的神情。只见何玉凤听了这段话，低首寻思，默默不语。

你道他这是什么原故？原来姑娘被张金凤一席话，把他久已付之度外的一肚子事由儿给提起魂儿来，一时摆布不开了；他只在那里口问心，心问口的盘算道："且住！要讲算命圆梦这些不经之谈，我可自来不信。只是父母给我算命的这几句话却是的确有的。纵说这话不足为凭，前番我在德州作那个梦，梦见那匹马，及至梦中遇着了他，那匹马就不见了。并且我父母明明白白吩咐我的那个什么'天马行空，名花并蒂'的四句偈言，这可是真而且真的。我那时便想到他的名字是个'骥'字，所以才留心回避，还不曾晓得他是属马。要照张金凤方才这话听起来，再合上父母给我托的那个梦，算的那个命，莫非万事果然有个命定么？——天哪！我何玉凤怎的这等命苦，要想寻条清净路走走都不能够！"想到这里，不禁长叹了口气。

张金凤道："姐姐，叹气也当不了说话。我的话还没说完呢，姐姐不用胡思乱想，好好儿的听着啵。

"姐姐方才又道是'四无红定'。讲到这层，这个话就可长了。在姐姐想着，自然也该照着外省那怯礼儿，说定了亲，婆婆家先给送匹红绸子挂红。那叫'红定在先'，我也知道是那么着。及至我跟了婆婆来，听婆婆说起，敢则咱们旗人家不是那么桩事，说也有用如意的，也有用个玉玩手串儿的，甚至随身带的一件活计都使得。讲究的是一丝片纸，百年为定。要论姐姐的定礼，不但比这些东西还贵重，还吉祥，并且两下里早放过定了。说不到四无红定上。"

何玉凤听到这里，心里道："张姑娘今日只怕是疯了！满算我教你们装了去了罢！——我也是个带气儿的活人，难道叫人定了我去，我会不知道？这不是新样儿的吗！"

他只顾这等想，却不由的口里要问，又苦于问不出口，说："我的定礼在那里呢？"只急得两只小眼睛儿来回的干转。

张金凤知道他心里有些诧异，笑道："这话姐姐大概又是不信。方才公公说：'你要问红定，只问你的父母。'分明指的是神龛旁边两个红匣子。姐姐不信，不耐烦，不往下听了么，可叫公公有什么法儿呢？"

原来姑娘自从邓九公和他开口提亲，一时事出意外，这半日只顾撕掳①这桩事，更顾不及别的闲事；如今听了这话，猛然想起，愣了一愣，心里说道："是啊！方才我见抬进那两个匣子来，我还猜道是画像，及至闹了这一阵，始终没得斟酌这句话。他说这两个匣子就是红定，莫非那长些的匣子里装的是尺头？短些的匣子里放的是钗钏？说明之后，他们竟硬放起插戴来？那可益发是生作蛮来，不循礼法，我可也就讲不得他两家的情义！只得破着我这条身心性命和他们大作一场了！"

喂！说书的，你先慢来，我要打你个岔。可惜这等花团锦簇的一回好书，这一段交代，交代的有些脱岔露空了！这书里表的两个红匣子，就我听书的听了，也料得到定是那张雕弓，那圆宝砚，岂有何玉凤那等一个聪明机警女子，本人儿倒会想不到此，还用这等左疑右猜？这不叫作不对卯笋②儿了么？

列公，不然。书里交代过的：这位姑娘虽是细针密缕的一个心思，却是海阔天空的一个性气，平日在一切琐屑小节上本就不大经心。

即如他当日第一次的借弓，一心只知保护安龙媒、张金凤的性命资财；第一次的留砚，只知这桩东西是他安家一件世传之物，也如自己的雕弓一般。更兼那时庙里闹了那等一个大案，也虑到那砚台落在他人手里，上面款识③分明，倘然追究起来，不免倒叫安家受累，此外并无一毫私意。第二回借弓，在他以为是已经转赠邓九公的东西了，至于褚大娘子又把那块砚台随手放在他衣箱里，也只道是匆忙之际，情理之常，不足为怪。所以然的原故却不是这位姑娘没心眼儿。他本无那些无来由的私意，叫他从那里用那些不着己的闲心去呢？这却和那薛宝钗心里的"通灵宝玉"，史湘云手里的"金麒麟"，小红口里的"相思帕"，甚至袭人的"茜香罗"，尤二姐的"九龙佩"，司棋的"绣香囊"，并那椿龄笔下的"蔷"字，茗烟身边的"万儿"，迥乎是两桩事。

况且诸家小说大半是费笔墨，谈淫欲，这《儿女英雄传评话》却是借

---

① 撕掳——择离；排解。
② 笋——即"榫头"。
③ 款识——标识；徽记。

题目写性情。从通部以至一回,乃至一句一字,都是从龙门笔法①来的,安得有此败笔?便是我说书的说来说去也只看得个热闹,到今日还不曾看出他的意旨在那里呢。足下涉猎一过,又安得有如许的聪明?

然则这两件东西在案上放了这半日,他也不曾开口问问,打开瞧瞧不成?

这可就得细听书里一路交代的情节了。这位姑娘从五更头进门起,五官并用,片刻不闲,将安好位,行过礼,谢了安老夫妻站起身来,不曾转身,邓九公劈面开口第一句就讲提亲的这桩事,大家一直嘈嘈到此时,什么功夫儿容他去问这句话,看这两桩东西?

只要这等通前彻后一算,就知这书不是脱岔露空了。——列公,莫讶惊庞,且听鸣凤。

却说张金凤见何玉凤虽是在那里默坐不语,眉宇之间却露着一团怒气,知他定为着这两个匣子说得含糊,猜不透彻,有些不耐烦。

这要搁在平日的张金凤,见了姑娘这个神情,那里还敢和他抗衡;到了今日的张金凤却同往日大不相同。

这又是何原故呢?一来,他自己打定主意,定要趁今日这个机缘,背城一战,作成姑娘这段良缘,为的是好答报他当日作成自己这段良缘的一番好处,便因此受他些委屈也甘心情愿。二来,这桩事,任大责重,方才一口气许了公婆,成败在此一举,所以不敢一步放松。三来,他的那点聪明,本不在何玉凤姑娘以下;况又受了公婆的许多锦囊妙计,此时转比何玉凤来得气壮胆粗,更加凡公婆口里不好和他说的话自己都好说,无可碍口;便是把他惹翻了,今昔情形不同,也不怕他远走高飞,拿刀动杖;这事便有几分可操必胜之权也。

主意已定,趁那何玉凤不得主意,他转拉了他一把,道:“姐姐,你且和我看看你那红定再讲。”

不想这一拉却正合了何玉凤的式了,暗想道:“他既拉我去同看,料想不到得安伯母拿着钗钏,硬来插戴,这是还有辗转。”

他便跟着张金凤走到东边案上那个长匣子跟前。张金凤也不和他说长道短,忙忙的揭开匣盖。只见里边还包着一层红绸子包袱,系着个连环

---

① 龙门——指司马迁。司马迁是汉朝龙门(今陕西韩城市南)人,因代称。

扣儿。及至解了扣儿，打开一看，原来里面放的便是他自己那张砑金镂银铜胎铁背打二百步开外的弹弓儿；周身用大红彩绸扎了精致，两头弓梢儿上还垂着一对绣球流苏。此时他早悟到："那一匣，不必讲，装着定是那块砚台了。"忙同张金凤过去一看，果然不错。先急得他自己和自己说了一句道："我说如何！"

他此时待有千言万语要发作出来明一明自己的心，只是一时不知从那句说起是头一句；重新纳下气去一盘算："这事当日本是我自己多事。然而我确是一片光明磊落，事出无心。今日之下，被他们'无巧不成话'的这等一弄，弄得倒像我作得有意了。照这样作起来，我那青云山的'约法三章'，德州的深更一梦，和什么防嫌咧躲避咧，以至苦苦要去住庙，岂不都是瞎闹吗？"想罢多会，眉头一皱，计上心来，说："有了！我不管他是生癣生疮，我只和他们生癞；我不管他是讲鸡讲鸭子，我只和他们讲鹅！"便向张金凤道："岂有此理！这事可是蛮来生作得的！"

才说得一句，张金凤不容分说，早小嘴儿爆炒豆儿似的接上话，说道："姐姐，这便算蛮来生作？却不干我事，并且不干公婆诸位大媒的事；姐姐就只问天罢。拿姐姐这张弹弓儿说：本是姐姐的东西，从那里说起，会到玉郎手里？当日姐姐同我们在柳林话别，何尝不存一番深心，说看妹子份儿上才把这弹弓借给我们？及至交代，姐姐可是亲手儿交给他的。交给他，姐姐一件刻不离身的东西不由的就背在人家身上了。再和他这块砚台说：本是他的东西，从那里说起，会到姐姐手里？当日他失落这块砚台的时候原来无心。假如是桩别的东西，也就不犯着再去取了。偏偏是这等一件东西，他自己既不能去，就不能不托附姐姐；托附了姐姐，他一件刻不离怀的东西不由得就揣在姐姐怀里了。姐姐想：这岂不是个天意么？这个天意可都是姐姐自己惹出来的。"

何玉凤听到这里，陡然变色，说道："姑娘！你这话得分清楚些！这等说起来，难道这两桩东西要算我两个败化伤风私相投赠不成？"

张金凤笑道："姐姐不用哈①我，哈我我也是说。我为什么说是姐姐自己惹出来的呢？公公方才怎么讲的？'男大须婚，女大须嫁'，是人生一定的大道理。就让姐姐因老人家为自己的姻事含冤负屈，终身不

① 哈——呵斥。

嫁——不嫁就是了,可无端的去告诉天去作什么?再不想凭怎么样的告诉天,都由得姐姐;告诉了天,天答应不答应可得由着天。上天的意思正因你这番至诚纯孝叫你来作这桩孝顺翁姑相夫教子持家理纪的事业,好给你家叔父争那口不平之气,慰那片负屈之心;怎能由着你的性儿,容你自在逍遥,过这下半世?

"这话难道是天告诉我张金凤的不成?谁知道天上是怎么个模样儿呀?只眼前这个理就是天。如果没这层天理,姐姐在悦来店也遇不着安龙媒;在能仁寺也遇不见张金凤;在青云山庄也遇不见我公婆;弓也到不了他手里;砚也到不了你手里;今日可就没有这件事了。造化弄人就是这点巧妙!用不着开口,用不着动手,暗中支使个人儿就作成了。甚至不用另支使人,叫他自己就给他自己作成了。从来'当局者迷,旁观者清';姐姐细想,这宝砚雕弓岂不是天生地设的两桩红定?

"只可笑我张金凤定亲的时候,我两个都是两个肩膀扛张嘴,此外我有的就是我家拉车的那头黄牛,他有的就是他那没主儿的几个驮骡。只是姐姐却也不曾向我两家问声:'你们彼此各有个什么红定?'一般儿大的人,怎么我的红定绝不提起?姐姐这样天造地设的红定倒说是我家生作蛮来?这话怎么讲?姐姐讲给我听。"

此时姑娘越听张金凤的话有理,并且还不是强词夺理,早把一腔怒气撇在九霄云外,心里只有暗暗的佩服,却又一时不好改口;无奈何,倒和人家闹了个躄躠①,眯缝着双小眼睛儿,问道:"你这话大概也够着'万言书'了。罢!可还有什么说的了?"

张金凤道:"话呀,多着的呢!姐姐方才又道是第五你家没有妆奁赔送。且慢说你我这等人家儿,讲不到财礼上头,便是争财争礼,姐姐现有的妆奁,别的我不知道,内囊儿舅母都给张罗齐了,外妆公婆都给办妥了。姐姐要讲不肯用舅母的,那是姐姐自己认的干娘;姐姐要讲不肯用公婆的,公婆用的还是姐姐帮的银子。此外只怕还有个人儿帮箱。是谁帮箱?帮的是什么?人家的人情,人家会行,此时用不着我告诉。姐姐不能说无妆奁赔送。

"这要讲拿我比起来,更是笑话了。当日承姐姐当着我的面儿,指和

---

① 躄躠(bì xiè)——说风凉话。

尚那堆银子,重换重儿和人家换了一百金子给我添箱;这要搁在我家乡,聘十个女儿却也用不了,是姐姐不叫我空手儿进婆家门儿的一番细心。究竟问起换金子的那一堆银子来,可是和尚的贼赃。我到底算姐姐聘的,算和尚聘的呀?一般儿大的人,怎么我的赔送就该那等苟简[①],姐姐有这些人给办妆奁还嫌长道短?这话怎么讲?

“这不是姐姐方才说的五件事吗?公公一一指点得明白,姐姐都不耐烦往下听,如今妹子桩桩件件都替公公解说出来了,姐姐却是不曾还出我一个字来。我这话那一句讲的不是,姐姐只管驳。姐姐今日总得说出个不肯就我安家这门亲的所以然来,我才依呢。”

可怜姑娘此时,那里还得出什么所以然。他自从邓九公和他说了那句提亲的话,始而还只道是老头儿向来的心直口快,想起什么来说什么,安老夫妻大概初无此心;及至安老爷一开口,才觉得这话竟是大家要作起来了;无法,只得自己表明心迹,说个倒断[②],却又被安老爷用四方话一排。他也知是篇大道理,一时驳不动,便也说出个“五不可”的大道理来,心想挑个斜岔儿,把大家逊[③]出去就完了事了;再不想从旁出来了个张金凤,就本地风光一讲,虽说话儿来的刁钻,却说不得是无父母之命,无媒妁之言,无庚帖红定,无赔送妆奁。至于他说的帮箱的话,也料到定是邓家父女了。细想起来:“安有伯父伯母这番深心,九公父女这番义举,便是张家二老素日在我跟前的辛勤也就难得;到了今日,我这金凤妹子这番倾心吐胆,更叫我无话可说了。统算起来,这事除了便宜了安龙媒这阿哥[④]之外,这一群人那一个不是真心为我何玉凤的?我还和人家说什么?话虽如此,此时我便依了他大家的话,再向天忏悔一番,上天也定原谅我前番冒昧。——只是这句话,我可对他们怎么答应得出口来呢?……”一阵为难,心窝儿一酸,眼胞儿一热,早点点滴滴落了一衣襟眼泪。

张金凤连忙掏出小手巾儿来,一面给他擦着衣裳,一面说道:“完了!新藕和皮袄了!姐姐别哭。英雄可没个哭的。哭也得说话。”

---

① 苟简——简单、凑合。

② 倒断——结果、决断。

③ 逊——旁敲侧击,采用表面上客气的说词“撵”走来人。

④ 阿哥(àge)——旗人对儿子的称谓。

却说安太太坐在那里看着，又是爱这过门的媳妇，又是疼那没过门的媳妇，满脸是笑，却又眼泪婆娑①的，呆呆的望着他两个，手里擎着烟袋，举了半天想不起抽来，一袋烟也耽搁灭了，忙递过烟袋去；便向旁边站的女人们道："你们也给大姑娘和你大姐姐倒碗茶呀。索兴把那小杌子给你姐儿俩搬过去。有什么话，坐下说不好，只是站着，怪乏的。"说着，又向褚大娘子使个眼色。褚大娘子机灵，早含着烟袋，甩着大宽的袖子，俏摆春风的扭过来，一面走，回头向随缘儿媳妇道："大姑娘，你也给我搬个座儿过来。"他三个便在这边坐下。

褚大娘子笑向张金凤道："说是这么说，大妹子，你可不许借着这事叫我们姑娘受委屈。"

张金凤此时看透姑娘意中大有转机，暗道："等我索兴给他个连三紧板，这件事可就撺掇成了。"恰巧又遇着褚大娘子无意中凑了这么个话靶儿，他便道："怎么倒说我委屈了你们姑娘了？大姐姐，你过来得正好，等我把我的委屈诉诉你听听。"因和褚大娘子道："我这姐姐当日在庙里苦苦的给我择婿。你妹夫是苦苦的向他辞婚，他左问人家一条儿，右问人家一条儿，问到其间，又问他说：'你不是定下亲了？便是定下亲，像你们这样世家，三妻四妾的也尽有，这又何妨？'"说着，又回头问着何玉凤道："姐姐，是这么说的不是？幸而人家没定亲；假如那时候他竟有个三妻四妾，姐姐叫我跟了他走，我也只好跟了他走。我到他家可算个什么？姐姐，人的本事有高低，女孩儿的身分可无贵贱哪！你也是个女孩儿，我也是个女孩儿，怎么在我张金凤，人家有了三妻四妾，姐姐还要把我塞给人家？如今到了姐姐身上便有许多的作难，姐姐不是多嫌着我一个张金凤啊！若果如此，我张金凤情愿禀明公婆，来替姐姐看祠堂，也一定要成全了姐姐这桩好事！"

这句话，张金凤可来得促狭②，真委屈了人了！何玉凤此时感他，疼他，爱他，心里还过不去，那有多嫌他的理？这话我说书的都敢下保。果然把个姑娘说急了。只见他拉住褚大娘子说道："大姐姐，你听他说的这是什么话？"说着，又眉梢微斗，眼角含情，似喜似怒的向张金凤道："我看

---

① 婆娑——此指眼泪在眼眶里闪烁。

② 促狭——刁钻；刻薄。

你,才不过作了一年的新娘子,怎么就学得这样皮赖歪派[1]!”褚大娘子嘻嘻的笑道:“别着急,他怄你呢。我‘一碗水往平处端’,论情理,人家可也真委屈些儿。”

姑娘此时好容易盼得个褚大姐姐凑过来,觉得有了个伴儿,不想他也顺着杆儿爬到那头儿去了;因说道:“你们这班人真真不好说话。不管人心里怎样的为难,还只管这等嬉皮笑脸!”

张金凤道:“姐姐,这就为难了?等我再把我那为过的难说说!”便又告诉褚大娘子:“我这句话,只有你妹夫知道;再我不敢瞒婆婆,便是公公跟前,我也不曾提过。如今说到这里,褚大姐姐不算外人,也还谈得。我这姐姐当初要给我提亲的时候,不曾和我爹妈说,私下先问我愿意不愿意。论我姐姐这条心,可疼我疼的没处疼了!我固然是不肯说。他就蘸着水在桌子上写了两行字,一行写得是‘愿意’,一行是‘不愿意’;告诉我说:‘你要不愿意,就把“愿意”两个字抹了去留“不愿意”;要愿意,就把“不愿意”三个字抹了去留“愿意”:就算你说了话了。’那时候,我要说愿意罢,一个女孩儿家怎么说得出口来?说要不愿意罢,人也得有个天良。是这样的门第我不愿意哟?是这样的公婆我不愿意哟?就拿你妹夫说,相貌品行,心地学问,那一条儿叫我说的上不愿意来?不去抹那字罢,是生拉活拽的闹。大姐姐,只说我为难不为难?我没法儿了,只得用手一阵胡掳,不想可可儿的把个‘不’字儿胡掳了去了。”说着,又问何玉凤道:“姐姐,这下是妹子造谣言哪?妹子如今也有几个字儿,请姐姐看看。”

何玉凤听了,嗤的一声道:“这样事情,依样葫芦再作一遍还有什么意味!”张金凤道:“你且莫管,只跟我来看。”说着,便把姑娘拉到神龛跟前,对着何公何母两座神主,向姑娘道:“姐姐,请看。这是几个什么字?”何玉凤道:“这左一位的字是我父亲的官衔;右一位的字是我母亲的门氏。难道你不认得!”张金凤道:“姐姐,再往旁边儿看。”

姑娘闪过身子去一看,那神主的右首旁边果然刻着两行字,只是被那神龛边扇儿遮着,一时看不清楚。张金凤道:“这样罢。”他便恭恭敬敬深

---

① 皮赖歪派——胡搅蛮缠。含“不正经”意。

深的向那神主福①了两福，祝告道："叔父婶母，只得惊动你二位老人家了；请你二位老人家向前升一升儿，自己吩咐我姐姐一句，想来他就没的说了。"说着，他便把那两座神主都往龛外请了一请。

姑娘一看，可了不得了！原来两座神主下首的旁边各镌着两行八个小字，归总又是一行三个大字，通共是十一个字。不但是写的，并且是刻的。刻的是"子婿安骥孝女玉凤同奉祀"。

姑娘大惊道："这是谁干的？"张金凤道："是刻字匠刻的，我家玉郎写的。是我张金凤的作成，却是我公婆的主意。请问姐姐：此时还是抹了这几个字去，你一人去作何府祠堂扫地焚香的侍儿？还是存着这几个字，我两个同作安家门里侍膳问安的媳妇？"

姑娘此时心慌意乱，如生芒刺，如坐针毡，张金凤临了问他的两句话并不曾听见，只呆呆的望着神主上那两行字；半晌，咳了一声道："怎的我安伯父、安伯母也作出这样的孟浪事来！"

张金凤道："这事作的一点儿也不孟浪。这正是我公婆今日给叔父婶母立这座祠堂的本意。这座祠堂也为的是你家祖太爷的师恩，也为的是你家叔父的世谊。这还都不是正文；正文正因为姐姐你在黑风岗能仁寺救了他儿子性命，保了他安家一脉香烟。因此，我公婆'以德报德'，也想续你何家一脉香烟，才给叔父婶母立这祠堂，叫你家永奉祭祀。讲到永奉祭祀，无论姐姐你怎样的本领，怎样的孝心，这事可不是一个女孩儿作的来的，所以才不许你守志终身，一定要你出阁成礼，图个安身立命。

"讲到你出阁成礼，只这北京城里还少什么公子王孙，郎君子弟？又何必一定叫你嫁到安家许配玉郎呢？又虑到把你给个不关痛痒的人家儿，丈人绝后不绝后与那女婿何干？所以不曾和你提到亲事以前，当日在你青云山庄便叫玉郎扶灵穿孝；今日到你这座家庙，便叫玉郎奉主入祠；使你二位老人家无后如同有后。

"这话还讲得是眼前；再要讲到日后，实指望娶你过去，将来抱个娃

---

① 福——拜。

娃子,再生孙,孙又生子,绵绵瓜瓞[①],世代相传,奉祀这座祠堂,才是我公婆的心思。才算姐姐你的孝顺,成全你作个儿女英雄。便是我张金凤的爹妈也蒙公婆在这西边一带一样的盖了这样一所房子,作为我爹妈现在的住房,我张金凤将来的家庙。

“只是我张金凤除了受公婆养育深恩之外,我又有何好处,也同姐姐一样呢?这可就是作父母带儿女的心肠,叫作‘乖的也疼,呆的也疼’。

“这都是公婆说不出口的话,妹子如今都告诉明白姐姐了。姐姐只想:公婆这番用心深厚到什么地位?可见老辈的作事与你我的小孩子见识毕竟不同。

“姐姐此时纵有万语千言,不必和我再讲,我索兴澈底澄清的都和姐姐说了罢。如今姐姐打错了那条永不出嫁的主意是无庸议了;父母之命,媒妁之言,庚帖红定以至赔送是都有了;他二位老人家是安了葬了;你一年的服是满了;你家万代的香烟是永永不断了;我公婆的神也淘苦了,心也使碎了。这事也没有十天八天一月半月的耽搁,一切下茶[②],通聘,奠雁[③],送妆,都在今日,只今日西时,阴阳不将,天月二德,便迎娶你过门。姐姐,你此时依也是这样办,不依也是这样办。”

何玉凤听张金凤这话觉得没一个字不是从肺腑里掏出来的;他登时好似从顶门上浇了一桶冰水,从脚底下起了一个焦雷,只痛得他欲待放声大哭却也哭不出来,只有抽抽噎噎声嘶气咽的靠定那张神案,如带雨娇花,因风乱颤;想到安老夫妻和张姑娘的这番好处,立刻粉身碎骨,他都情愿,慢讲是娶了他去作新媳妇。

好张金凤!他把心思力量尽到这个份儿上,料定姑娘无不死心塌地的依从了;还愁他作女孩儿的,这句话,毕竟自己不好出口,因又劝道:“姐姐,且莫伤心,妹子还有一言奉告,这话并且要背褡大姐姐。”说着,又把玉凤姑娘搀到东北墙角跟前。

---

① 绵绵瓜瓞(dié)——《诗·大雅·绵》以“绵绵瓜瓞”谓周的祖先像瓜瓞的岁岁相继一样,历传到太王才尊定了王业的基础。后用为祝颂子孙昌盛之辞。

② 下茶——定婚、结亲,以茶为礼,因称之。

③ 奠雁——古代婚礼,新郎到女家迎亲,用雁作见面礼,表示不再娶他人。

那时，许多仆妇丫鬟以至华嬷嬷、戴嬷嬷、随缘儿媳妇儿、花铃儿、柳条儿几个人在东边挨窗一带正伺候，听了他家大奶奶这番话，也有点头赞叹的，也有伤心落泪的。张金凤便向他们道："你们先躲躲儿，让我们说话。"他便向何玉凤耳边低低的说道：

"我知道姐姐此时已是千肯万肯，不用妹子再絮烦。姐姐，你可还得明白这不但是我的公婆，我的爹妈和九公褚大姐姐齐心要盼你同玉郎完成这段美满姻缘，便是我替姐姐打算，四海虽大，九州虽广，你除玉郎一人之外，也断和第二个结不得连理。这话我从何说起呢？你我作女孩儿的，男子的跟前错走不得一步；到了自己的贴身儿的东西，莫说男子，连自己亲娘都有见不得的时候。姐姐只想，你当日救玉郎的时候，正是他敞胸露怀，绑在那里；姐姐上前给他解那条绳子，怎保住个不气息相通，肌肤相近？到了后来，索兴连你的关防盆儿[1]都叫人家汕了爪儿了。纵说你玉洁冰清，于心无愧，究竟起来，到底要算一块温润美玉多了一点黑青；一方透亮净冰着了一痕泥水。只有和他成了百年良眷，便如浮云尽散，何消锦被严遮。姐姐，你道妹子这话说的是也不是？"

这话若说在姑娘一头驴儿一把刀的时候，必想着"心正不怕影儿邪，脚正不怕倒蹈鞋"，不过辴然[2]一笑，绝不关心；如今听了这话，竟同雷轰闪掣一般，如梦方觉，只羞得两耳通红，泪痕满面，双手扯住张金凤的袖子，说道："啊呀！妹子！这便怎么处？我此时是方寸摇摇，柔肠寸断，你怎生救救作姐姐的才好！"

张金凤道："姐姐没了主意了？听妹子告诉你。你我作女孩儿的，没一件事不得站住地步，也没有一句话该让人，却也是个英雄豪杰的身份；独有到了自己的婚姻了，什么叫英雄呀，豪杰呀，只听天由命，一跤跌在娘怀里，由娘去怎么好，怎么好。"

何玉凤道："妹妹，你又来了。我要有个亲娘，今日之下，也不到得如此！"张金凤道："姐姐，怎么拿着你这等一个人，'聪明一世，懵懂一时'起来？你的意思不过说婶娘去世，没人来体贴你的心腹。妹子说句不怕你

---

① 关防盆儿——妇女便盆。关防，避开。

② 辴(chǎn)然——笑的样子。坦然地。

见怪的话:便是有你家婶娘在,他老人家那老实性儿,病痛身子,连自己的起居衣食还要你来照管,那里还体贴得你这些苦楚？你只看你我这位婆婆从见你那日起,以至如今,是怎生般待你。难道还抵不得你一位亲娘?你此时不趁早儿一跤跌倒①他老人家怀里去,还等甚的?”说着,拉住姑娘的袖子只往那边一甩。

何玉凤本是个性情中人,只因他天性过重,后天的那个“情”字扭不过他先天的那个“性”字去;如今听了张金凤这话,正如水月镜花,心心相印,玉匙金锁,息息相通,竟不回答,也没商量,趁张金凤拉着他的袖子那一甩,就势儿把身子一扭,莲步细碎的赶到安太太跟前,双膝跪倒,两手双关,把太太的腰胯抱住,果然一头拾在怀里,叫了声“我那嫡嫡亲样的娘啊!”——得了！这正是:

一个圈儿跳不出,人间甚处着虚空?

要知安公子和何小姐成亲怎的热闹,下回书交代。

---

① 倒——到。

第二十七回

践前言助奁伸情谊　复故态怯嫁作娇痴

上回书表的是张金凤现身说法，十层妙解，讲得个何玉凤侠气全消；何玉凤立地回心，一点灵犀悟澈，那安龙媒良缘有定。乍听去，只几句闺阁闲话，无非儿女喁喁；细按来，却一片肝胆照人，不让英雄衮衮①。

这话又似乎说书的迂阔之论了。殊不知凡为女子，必须妇德，妇言，妇容，妇工，四者兼备，才算得个全人。又得知道那"妇工"讲的不是会纳单丝儿纱，会打七股儿带子，就完了，须知整理门庭，亲操井臼，总说一句便是"勤俭"两个字。"妇容"讲的不是梳鬅头，甩大袖，穿撒裤脚儿，裁小底托儿，就得了，须要坐如钟，立如松，卧如弓，动不轻狂，笑不露齿，总说一句便是"端庄"两个字。"妇言"不是花言巧语，嘴快舌长，须是不苟言，不苟笑，内言不出，外言不入，总说一句便是"贞静"两个字。讲到"妇德"最难。要把初一十五吃花斋②，和尚庙里去挂袍，姑子庙里去添斗，借着出善会，热闹热闹，撒和③撒和，认作妇德，那就是误了大事了。这妇德须孝敬翁姑，相夫教子，调理媳妇，作养女儿，以至和睦亲戚，约束仆婢，——都是天性人情的勾当。

果然有了妇德，那妇言，妇容，妇工，件件桩桩，自然会循规蹈矩。便是生来的心思笨些，相貌差些，也不失为本色妇女。

却又有第一不可犯偏最容易犯的一桩事，切切莫被那卖甜酱高醋的过逾④赚了你的钱去，你受一个妒嫉的病儿，博一个"醋娘子"的美号。

说书的最讲恕道话。同一个人，怎的女子就该从一而终，男子便许大妻小妾？这条例本有些不公道：易地而观，假如丈夫这里拥着金钗十二，

---

① 衮衮（gǔn）——用如"滚滚"，气势雄壮，连绵不绝。

② 吃花斋——每隔一定时间吃素祭祀。

③ 撒和——指混聚欢宴和饭后散步消食。

④ 过逾（guōyù）——指花言巧语，"王婆卖瓜"般吹嘘。

妻儿那里也置了面首[①]十人,那作丈夫的答应不答应?无如阳奇阴偶,乃造化之微权;此倡彼随,是人生之至理。

偏是这班"醋娘子",这桩事自己再也看不破;这句话谁也和他说不清。所以从古至今的妇人,孝顺节烈的尽有,找个不吃醋的竟少少儿的!但是同样一口醋,却得分一个会吃不会吃。

先讲那会吃醋的,如文王的后妃自然要算千古第一人了。其余大约有三种:一种是"仗心地吃醋"。不是自己久不生育,便是生育不存,把宗祧家业两件事看得着紧,给丈夫置几房姬妾,自己调理管教,疼起来比丈夫疼的甚,管起来比丈夫管的严;不怕那侍妾不敬我如天神,丈夫不感我如菩萨;无论那一房生个孩子,我比他生母还知痛痒,还能教训;人道妾侧碍于妻齐,我道嫡母大似生母;亲族交赞,名利双收。这吃醋要算"神品"。再一种是"靠本领吃醋"。自己本生得一副月貌花容,一团灵心慧性,那怕丈夫千金买笑,自料断不及我一顾倾城,不怕你有喜新厌旧的心肠,我自有换斗移星的手段;久而久之,自己依然不失专房擅宠,那侍妾倒作了个挂号虚名,却道不出他一个"不"字。这种吃醋叫作"能品"。再一种是"顾脸面的吃醋"。或者本家弟兄众多,亲戚宴会,姐妹妯娌谈起来,你夸我耀,彼此家里都有两房姬妾;自己一想,又无儿无女,又有钱有钞,不给丈夫置个妾,觉得在人面上挂不住;没奈何,一狠二狠给他作成了,却是三面说不到家。一生不得合式;这毛病人人易犯,处处皆同。这种吃醋便是"常品"。——这都讲的是会吃醋的。

如今再讲那不会吃醋的,也有三种:一种是"没来由的吃醋"。自己也有几分姿容,丈夫又有些儿淘气;既没那见解规谏他,又没那才情笼络他;房里只用几个童颜鹤发的婆儿,鬼脸神头的小婢;只见丈夫和外人说句话便要费番稽查,望一眼也要加些防范;甚至前脚才出房门,后脚便差个能行探子前去打探;再不想丈夫也是个带腿儿的,把他逼得房帏以内,生趣毫无,荆棘满眼,就不免在外眠花宿柳,荡检逾闲;丈夫的品行也丢了,他的声名也丢了,他还在那里贼去关门,明察暗访。这种醋吃得可笑!一种是"不自量的吃醋"。自己不但不能料理薪水,连丈夫身上一针一线

① 面首——强壮姣美的男子。引申为男宠、男妾。

也照顾不来；作丈夫的没奈何弄个供应栉沐衾裯的人，也算照顾了自己，也算帮助了他，于他何等不妙；他不是左丢一鼻子，便是右扯一眼，甚至指桑骂槐，寻端觅衅；始而那丈夫还顾名分，侍妾还拘礼法，及至闹到糊涂蛮缠，讲不清了，只好尽他闹他的，人家过人家的，他可尽剩了犯水饮害肝气痛了。这种醋吃得可怜！一种是“浑头没脑的吃醋”。自己只管其丑如鬼，那怕丈夫弄个比鬼丑的他也不容；自家只管其笨如牛，那怕丈夫弄个比牛笨的他还不肯。抄总儿一句话：要我的天灵盖，着闷棍敲；要我的心头血，用尖刀刺；要讲给丈夫纳妾，我宁可这一生一世看着他没儿子都使得，想纳妾，不能。这种醋吃的却是可怕！世上偏有这等不争气没出豁[①]的男子，越是遇见这等贤内助，他越不安本分，一味的啖腥逐臭，还道是窃玉偷香，弄得个茫茫孽海，醋浪滔天，扰扰尘寰，醋风满地，又岂不大是可惨！

列公！你道好端端的《儿女英雄传》，怎的会闹出这许多醋来？岂不连这回书也坏了醋了？这话正因这书里的张金凤和何玉凤而起。如今把他两个相提并论起来，正是艳丽争妍，聪明相等。论才艺，何玉凤比他有无限本领；论家世，何玉凤比他是何等根基。况且公婆和他既是累代渊源，丈夫待他自然益加亲厚。这等一个人，便在宦途世路上遇着了还不免弄成个避面尹、邢[②]，怎的肯引他作同心管、鲍[③]？不想张金凤他小小一个妇人女子竟能认定性情作得这样到地[④]！不知安老夫妻何修得此佳妇！安公子何修得此贤妻！何小姐何修得此腻友！想到这里就令人不能不信“不善余殃，积善余庆；乖气致戾[⑤]，和气致祥”的几句话了。

剪断残言，言归正传。却说安太太见何玉凤经张金凤一片良言，言下

---

① 出豁（huō）——出息；办法。

② 避面尹、邢——汉武帝最宠幸的两个夫人尹夫人和邢夫人相貌均美。武帝为避免她们互相嫉妒而不准其互相见面。待邢夫人迫切要求见到了一身旧装的尹夫人，自愧相貌不如而哭泣。后因以此典形容互相嫉妒、不愿见面。

③ 同心管、鲍——管仲、鲍叔牙，春秋初期政治家。无论经商、做官，鲍叔牙都为朋友考虑在先，全力支持提携管仲，成为我国古代最为赞誉的一对朋友。

④ 到地——程度；好。

⑤ 戾（lì）——暴烈；暴戾。

大悟，奔到自己膝下，跪倒尘埃，低首含羞的叫了声“亲娘”，知他“满怀心腹事，尽在不言中”。

太太便先作了个婆婆身份，不像先前谦让，端坐不动的，一手把他揽在怀里，说道：“今日是你大喜的日子，不许伤心。你这才是你父母的孝顺女儿，才是我安家的孝顺媳妇！你方才要没那番推托，也不是女孩儿的身份；如今要没这番悔悟，也不是女孩儿的心肠。——也难为你妹妹真会说，也难为你真听话。我和你公公一年的提心吊胆，到今日且喜遂心如意了！”说着，便一只手拉起他来；又叫丫头：“给你新大奶奶湿个手巾来，把粉匀匀。”

褚大娘子忙一把搀了他过来，说：“先歇歇儿罢，站了这半天了。”让再让三，姑娘只摇头不肯坐。

褚大娘子此时是乐得眉开眼笑，要露出个娘家的过节儿来，只管让。把个姑娘让急了，低声说道：“你怎么这么糊涂？你瞧，这如何比得方才？也有来不来的我就大马金刀的先坐下的？”——咦！谁说姑娘没心眼儿呀！

按下这边，再整张金凤这半日和何玉凤讲了万言，嘴也说酸了；嗓子也说干了；连嘴说，带手比，袖子也累掉了，袖口里的小手巾儿手纸掉了一地。柳条儿忙着过来给他拣。随缘儿媳妇又倒过一碗茶来。他一面就着那媳妇手里喝茶，一面挽着袖子，又看见华嬷嬷、戴嬷嬷两个在那里悄悄的彼此道喜。他便怄他两个道：“嚄！两位嬷嬷倒先认着亲家了！”说着，挽好了袖子，才整衣理鬓过来给婆婆道喜。安太太自然更有一番嘉奖，不及细述。

他见过婆婆便走到玉凤姑娘跟前，先深深道了个万福，说道：“姐姐大喜。”随又跪下，说：“妹子今日说话莽撞，冒犯姐姐，可实在是出于万不得已。妹子不这样莽撞，大料姐姐也不得心回意转。我这里给姐姐赔个不是。”

姑娘心里这一感一愧，也顾不得大家在坐，连忙跪下，双手把他抱住，叫了声“我那嫡嫡亲亲的妹子”！往下只有哽咽的份儿，却说不出第二句话来。

谁想“好事多磨”。这个当儿，张太太又喧吵起来了；说：“姑奶奶，越说叫你好好儿的和他说，别逼扣①他，说结了，咱好给他张罗事情；这天也是时候了，你可尽着招他哭哭咧咧的，是作什么呢？是作什么呢？”张金凤站起来笑道：“人家婆婆都认过了，你老人家还叫我和他说什么呀？”他道：“咱儿着？他依了？真的吗？”褚大娘子道：‘你老在那儿来着？”他听了，口中念念有词，先念了声“阿弥陀佛”，站起来往外就跑。只听他那两只脚踹得地蹬蹬蹬的山响，掀开帘子就出去了。

安太太忙问：“亲家，你那里去？”他也不理。张姑娘随后赶到帘子跟前，往外一看，原来他头南脚北跪在当院子里碰头呢。只听他咕咚咕咚脑袋碰的山响，说道：“神天菩萨！这可好了！”说着，站起来踅身又进了屋子，对着那神主也打着问讯磕了阵头，说：“哎！这都是你老公母俩有灵有圣啊！我多给你磕俩罢！”大家看了，无不要笑。姑娘心里却是更觉不安。

定了一定，安太太便道：“快着先叫人请你公公和九公去罢。这老弟兄两个不知怎样惦着呢！”

正说着，只听窗外哈哈大笑，正是邓九公的声音，说道：“不用请，不用请，我们在此听得多时了。好一个能说会道的张姑娘！好一个听说识劝的何姑娘！这都是我们老弟和二妹子你二位的德行！我这趟没白来了！——我们姑娘呢？这还不当见见你这位旧伯伯新公公么？”

原来此时姑娘见张老和褚一官都跟进来，人多，有些害羞，躲在人背后藏着。褚大娘子忙拉他出来。他便同褚大娘子过去低头不语的在公公跟前拜了下去。安老爷道：“媳妇起来。我看，这才是天地无私，姻缘有定。我今日才对得住我那恩师世弟。”因和太太说道：“太太，我家有何修持，玉格有多大造化，上天赐我家这一双贤孝媳妇！”太太道：“这也都是一定。老爷可记得当日出京的时候说的话？说：‘将来娶个媳妇，不在乎富室豪门，只要得个相貌端庄性情贤慧持得家吃得苦的孩子，那怕他是南山里的北村里的都使得。’不想今日这下得了这样相貌端庄性情贤慧的一对儿。真个一个是南山里的，一个是北村里的。老爷，看这两个孩子，还愁他不会持家不能吃苦么？”老爷道：“是呀，我倒不曾想到这里。”因把

---

① 逼扣——强迫。

当日卜三爷给公子提亲不得成的话告诉了邓九公一遍。

邓九公道："姑娘，你听听，万事由不得人哪！你不信，只看头上那位穿蓝袍子的，他是管作什么儿的呢？你瞧，如今师傅是把你的终身大事说成了。我同你大姐姐——我们爷儿俩——还有点臊脸礼儿[①]给姑娘垫个箱底儿。不值得给你送到跟前来，我才托了我们张老大都给上了抬了。咱爷儿俩可有句话讲在头里：你可不许不收。我的原故，自从咱爷儿俩认识以后，是说你算投奔我来了，你没受着我一丝一毫好处。师傅受你的好处，可就难说了，都搁在一边子。只你路见不平，拔刀相助，替我打倒海马周三那回事，那就算你在世街路[②]上留了朋友，俊[③]了师傅了。讲到那一万银子，原是我憋一口气同海马周三赌赛的；你既赢了他，我把这银子转来送你。你受之当然。白说咧，你不要我的。及至你偶然短住[④]了，咱爷儿俩的交情就说不到个'借'字儿'还'字儿。通共一星子，半点子，你才使了我三百金子，这算得个什么儿？归齐[⑤]不到一个月，你还转着弯儿到底照市价还了我了。姑娘，在你算真够瞧的了。你想，师傅九十岁的人，我这脸上也消消的不消消的[⑥]？今日之下，好容易碰着你这桩事了，多了，师傅也举不起[⑦]，一千金子，姑娘添补个首饰；一万银子，姑娘买个胭脂粉儿；余外还有绣缂呢羽绸缎绫罗以至实漏纱葛夏布，都有，一共四百件子；这也不是我花钱买来的，都是这些年南来北往，那些字号行里见我保得他全镖无事，他们送我的，可倒都是道地实在货儿，你留着陆续作件衣裳。如今没别的，'水过地皮湿'，姑娘就是照师傅的话实打实的这么一点头，算你瞧得起这个师傅了；不然，你又讲究到什么施恩不望报的话，不收我的，师傅先合你噶下个点儿[⑧]，——师傅这趟来京，叫我出不去那

---

① 臊脸礼儿——形容礼品微薄，让人不好意思拿出手。

② 世街路——人世交际场中。

③ 俊——荣耀。

④ 短住——手头缺钱；一时经济紧张。

⑤ 归齐——总共。

⑥ 消消的不消消的——难以为情；脸面上过不去。

⑦ 举不起——拿不出；承担不起。

⑧ 噶(gā)下个点儿——赌誓。噶，搁。放下点儿；送给点儿。

座彰仪门①！”

安老爷连忙道：“老哥哥，你这是怎么说？”邓九公满脸发烧，两眼含泪的，道：“老弟，你不知道愚兄的心窝。我真对不住他么！”褚大娘子道：“他老人家这话说了可不是一遭儿了，提起来就急得眼泪婆娑的，说这是心里一块病。——大妹子，你如今可好歹不许辞了！”

列公请看，世上照邓老翁这样苦好行情的固然少有，照何小姐那样苦不爱钱的却也无多。讲到“受授”两个字原是世人一座“贪廉关”；然而此中正是难辨。伯夷饿死首阳②，孟子道他“圣之清者也”；陈文子有马十乘，我夫子也道他“可谓清矣”。上古茹毛饮血，可算得个清了，始终不能不茹毛，不饮血，还算不曾清到极处。自有不近人情的一班朋友，无故的妻辟纑，妾织蒲，无故的布被终身，饼饵终日③。究竟这几位朋友那个是个人物？降而晚近，又和这班不同：口口说不爱钱，是不爱小钱爱大钱；口口说不要钱，是不要明的要暗的。好容易盼得他大的也不爱，暗的也不要了，却又打了一个固位结主，名利兼收，不须伸手，自然缠腰的算盘，依然逃不出一个“贪”字。所以说：“不近人情者，鲜不为大奸大慝④”；便是老生常谈，也道是“不要钱原非异事，过沽名也是私心”；又道是“圣贤以礼为书，豪杰惟情自适”。

何小姐原是个性情中人，他怎肯矫同立异？只因他一生不得意，逼成一个激切行径，所以宁饮盗泉⑤之水，不受嗟来之食⑥。到了眼下，今非昔比；冤仇是报了，父母是葬了，香火姻缘是不绝了，终身大事是妥当了。

---

① 彰仪门——北京市南城西侧广安门的俗称。

② 伯夷饿死首阳——伯夷，商末孤竹君之子。曾与叔齐互相让位，反对周武王伐商纣王。武王灭商后，他们逃到首阳山，恪守气节，不食周粟而死。

③ “妻辟纑（lú）……饼饵终日”——引自战国时齐人陈仲事。陈仲，出身贵族，“盖（地名）禄万钟”。但因耻食不义之禄，避兄离母，逃居于陵，身织屦（亲自打草鞋），妻辟纑（妻纺织），维持生活。

④ 慝（tè）——亦为“忒”。邪恶；邪念。

⑤ 盗泉——古泉名。故址在今山东泗水县东北。旧以“渴不饮盗泉水，热不息恶木荫”为德。

⑥ 嗟来之食——施舍食品，“来，吃啊”。《礼记·檀弓下》载，齐大饥而有因不食嗟来之食宁饿死者。嗟，来，语助词。

人生到此还有什么不得意处？更兼邓九公和他有个通财之谊，揹子①上送了这等一份厚礼，岂有个大仪全璧的理？只为的是帮箱的东西，不好谢出口来。

安太太怕羞了他，便接口道："九大爷和大姐姐大远的来了，还这么费心！明日叫媳妇一总磕头罢。"邓九公这才掀髯大乐。

说着，只听厢房里的钟打了十一下了。安太太道："老爷，可得让九哥和大姑爷吃饭了。"邓九公道："实不相瞒，方才你们说话这个当儿，我两个同张老大、女婿、大侄儿都在这厢房里鸦默雀静儿的②把饭吃在肚子里了。我们老弟怕我误事，他一口酒也不许我喝，这回来可痛痛的喝一场罢了！"说罢，又呵呵大笑，道："姑娘，你这头儿的事，师傅算张罗完了，我可得替我们老弟那头儿张罗张罗去了。"安老爷便陪了他同张褚二人往前边去不提。

安太太这里也要到前边张罗事情去，便约褚大娘子过去吃饭。褚大娘子因要和姑娘盘桓盘桓③，就等着送亲，因说："我这里和他娘儿们就吃了，省得回来又过来。"安太太道："要姑奶奶在这边帮着，我更放心了。"因和张太太道："亲家，这边小厨房里预备着饭呢，我那里有给媳妇包下的馄饨，里头单弄的菜，回来叫人送过来。亲家，可叫他多吃点儿，闹了这半天了。"

张太太一一答应。安太太便别过褚大娘子，把张姑娘留下，又吩咐何姑娘，说："外边有人，不用出来。"才带着一群仆妇丫鬟往那边去。大家送到院子里，媳妇提补婆婆这件，婆婆又嘱咐媳妇那件，半日还谈不完。

这个当儿，只剩姑娘一个人儿在屋里，心下想道："我自从小时候就跟父母在任上，关在衙门里，也走不着个亲友，凡这些婚嫁的喜事，我从没经过，瞧不得。我在能仁寺给人家当了会子媒人，共总这女孩儿出嫁是怎么桩事我还闷沌沌呢！自从去年见了他们，算叫他们把我装在坛子里，直到今日才掏出来，今日轮到我出嫁了。我到了人家，我该怎么着？该说什

---

① 揹(kèn)子——节骨眼。

② 鸦默雀静儿的——北方方言。静悄悄地；不事张扬。

③ 盘桓(huán)——逗留。

么？——这都是褚大姐姐和小金凤儿两个闹的！……再说，我这不出嫁的话，我是和我干娘说了个老满儿[①]；方才他老人家要在跟前儿，到底也知道我是叫人逼的没法儿了；偏偏儿的单挤在今日个家里有事。等人家回来，可叫我怎么见人家呢？……”越想，心上烦闷起来。——可煞作怪！不知怎的，往日这两道眉毛一拧就锁在一块儿了，此刻只管要往中间儿拧，那两个眉梢儿，他自己会往两边儿展；往日那脸一沉就绷住了，此刻只管往下瓜搭，那两个孤拐，他自己会往上逗。不禁不由就是满脸的笑容儿，益发不得主意。想了半日，忽然计上心来，说：“有了；等我和他们磨它子[②]，磨到那儿是那儿！”

说书的这话却不是大离话：请看人生在世，到了儿女伤心英雄短气的时候，那满怀的茹苦吞酸，真觉人海茫茫，无可告语，忽然的有人把他说不出的话替说出来了，了不了的事给了了，这个人还正是他一个性情相投的人，那一时喜出望外！到了衾影独对的时候，真有此情此景！

闲话休提。却说褚大娘子和张太太送了安太太回来，见姑娘一个人坐在那里，把脊梁靠在墙上，低头无语，手里只弄手巾，便说道：“咱们这可到厢房里歇歇儿去罢。回来吃点儿东西，装扮起来，也就是时候儿了。”

姑娘头也不抬，口也不开，只是不动。张姑娘又催道：“走哇，姐姐。”他道：“我走不动了。”张太太问道：“咱又走不动咧？脚疼啊？”她道：“我的腿折了！”

这书里自“末路穷途幸逢侠女”一回姑娘露面儿起，从没听见姑娘说过这等一句不着要的话；这句大概是心里痛快了。要按俗语说，这就叫作“没溜儿”[③]；捉一个白字，便叫作：“没路儿”！

张太太道：“大好日子的，什么话呀？走罢呀。”姑娘道：“我走不动，你们大伙儿抬了我去罢。”褚大娘子道：“这话早些儿，回来少不得有人抬姑娘。”

---

① 老满儿——满当；把话说绝而不留余地。
② 磨它子——故意磨蹭纠缠；拖延时间。
③ 没溜(liù)儿——说话不着边际。与当代“没六搭三的”同义。

姑娘从方才一个不得主意,此时是风声鹤唳,草木皆兵,忙问:“谁抬我?”褚大娘子道:“等到了吉时,人家就拿花红轿儿,八个人儿抬了去了。我不怕你笑话我怯,我长这么大还是头一遭儿看见大红猩猩毡的轿子。敢是比我们家乡那怯轿子好看多着呢!”

姑娘这才想过来了,瞅了他一眼,嘴里又啧啧了两声,说:“谁倒是和你们说这些呢!”张金凤又催道:“姐姐别搅,快走罢!”姑娘道:“你拉的动我,我就跟了你去。”张金凤道:“真的呀?”说着,当真用手攥住他的腕子。才一拉,只听姑娘嗳哟了一声,说:“张姑娘!女孩儿家怎么这么蠢哪!拉的人胳膊生疼!”口里说着,不由得那身子随了张姑娘站了起来,跟着就走。

噫嘻!这是那里说起?姑娘要些微的动动劲儿,大约捆上二十个张金凤也未必掰得动他!一个指头这么一拉就会把姑娘的胳膊拉疼了?吾谁欺?欺燕北闲人乎?但是一个打定主意磨它子的人,不这样一搭讪,叫他怎么下场?又叫那燕北闲人怎生收这一笔?

却说张金凤听了,笑道:“我的不是;走罢,走罢!”褚大娘子便在后头推着他。张太太也跟在后面,才往厢房里去。一进门儿,姑娘一抬头,看见方才那副对联,又叨叨起来了,说:“这还闹的是什么‘果是因缘因结果’呢!”及至念出口来,自己耳轮中一听,心里忽然悟过来,暗说:“且住!这上头一开口四个字岂不明明白白说的‘果是因缘’么?到了果是因缘了还怕不因这个缘就结那个果吗?”随又看下联“空由色幻色非空”七个字,心里又道:“只说‘出家’‘出家’,如今闹到‘出嫁’了!自然是‘色不是空’了,还用讲吗?可不是‘空由色幻色非空’是什么呢?——这是什么禅语呀!这等看起来,这张画儿一定还有个哑谜儿在里头!”随又仔细一看,早明白了。

张姑娘见他那里发呆,只望着他笑。又听他忽然问道:“这都是谁干的?”张金凤道:“这是婆婆说姐姐新搬家,墙上怪素的,叫我弄张画儿找副对子挂上;我想这是姐姐坐静①的地方儿,我就出了个主意,告诉外头画了这么一张,可不知找什么人画的。那对子就是才说的那个属马的

① 坐静——坐禅;静修。

写的。”

姑娘又看了一看，心里说道：“什么‘七宝莲池’‘八宝莲池’的！这可不是我梦里的那个‘名花并蒂’么？还怕我同张姑娘不跟着那个‘天马行空’的同来同去呀！竟搅我么！他们要早告诉了我，何苦叫我打这半天的闷葫芦呢？”一面想，一面扭着头看，一面掀开里间那个软帘儿往里走。进门一抬头，不防屋里床边端端正正坐着一个人，一时意想不到，倒吓了一跳；一看，那人不是别人，正是他干娘佟舅太太。

姑娘见了他干娘，脸上却一阵大大的磨不开，要告诉这件事，一时竟不知从那里告诉起；忙上前拉住舅太太，说道：“娘，你怎么这时候儿才来？只瞧……这里叫他们闹的……这个……”

姑娘这句话不但不接气，并且不成句；妙在说了这半句，往下也没话了，只有素面起红云，低着个头，撅着个嘴。舅太太早已明白他的意思，连忙站起来，拉着他的手，笑道：“姑娘可大喜了。我不但不是今日这时候才来，我昨日本就没到那里去。我就在前头帮着你公公婆婆料理你的事来着。倒和褚大姑奶奶谈了半天。这事你不用说了，我从船上见着你那天就全知道了。今日实告诉你：我看你公公婆婆为难的那个样儿，这里头还有我给他们出的一半子主意呢。今日这件大喜的事作成了，你这个干女孩儿我可算认着了。这边是我的女儿，那边儿是我的外甥媳妇，还怕你不孝顺我吗！”

舅太太这话是要叫姑娘心里过得去。无奈姑娘自己觉得脸上磨不开，只得说道：“好！连你老人家也赚起我来了！”说着，上了炕，从铺盖垛里抽出个枕头来，面向窗户，躺倒就睡。张太太道：“别价睡了，完了那纂①咧。”舅太太道：“亲家太太，你叫他歇歇儿罢。他整闹了这一早起了。天也早呢。”

这个当儿张姑娘便叫人张罗摆饭。便有安太太给姑娘送过来的“喜”字馒头，栗粉糕，枣儿粥，又是两碗百合鸳鸯鸭子，如意山鸡卷儿，还有包过来的馄饨，都是姑娘素来爱吃的。

一时，都摆在外间炕桌上。舅太太便叫：“姑娘，起来，咱们陪褚大姐

---

① 完了那纂（zuàn）——做完那些事情。

姐吃饭去了。”姑娘只在那里装睡不理。张姑娘道:“姐姐,起来罢,不要打主意起磨呀。”姑娘仍不言语。舅太太便向张姑娘打了个手势。张姑娘道:“姐姐,再不起来,我上去膈肢去了。”

原来姑娘天不怕,地不怕,单怕膈肢他的膈肢洼,才听得这句,便笑着说道:“你敢!”张姑娘真个上了炕,呵了呵手,要去膈肢他。他已经笑得咯咯咯咯乱颤。张姑娘便向他两掖抓了两把。他不由的两只小脚儿乱蹬,便连忙爬起来,这才出外间去吃饭。

舅太太便叫把桌子横过来让褚大娘子坐了上首,自己下首相陪。玉凤金凤两个坐在炕里边。

姑娘才坐下,话又来了,说:“妈,怎么不一块儿吃呀?”张姑娘道:“姐姐是乐糊涂了!你不知道他老人家吃长斋呀?”姑娘道:“这还吃的是那门子的长斋呢?难道今日个还不开吗?张姑娘道:“不当家花拉的!也有个白眉赤眼①儿的就这么开斋的!”舅太太说:“你别忙,等着你过了门,看个好日子,你们三个人好好儿的弄点儿吃的,再给亲家太太顺斋,那才是呢。”姑娘道:“我不懂,娘这会子又拉扯上人家褚大姐姐作什么?”褚大娘子笑道:“嗳哟!姑太太,不是我哟,我没那么大造化哟!”

姑娘睁着眼问道:“那么那一个是谁?”舅太太只是笑,答应不出来。张姑娘道:“还是那个属马的。——姐姐吃饭罢!”

姑娘这才不言语了,低着头吃了三个馒头,六块栗粉糕,两碗馄饨,还要添一碗饭。张太太道:“今儿个可不兴吃饭哪。”姑娘道:“怎么索兴连饭也不叫吃了呢?那么还吃饽饽。”说着,又吃了一个馒头,两块栗粉糕,找补了两半碗枣儿粥,连前带后算吃了个成对成双,四平八稳。

饭罢,大家盥漱,烟茶各取方便,仍到里间来坐。早有安老爷、安太太那边差了四个女人来见舅太太。内中晋升女人回道:“奴才老爷太太打发奴才们来回亲家太太,给姑娘送过点儿糙东西来,算补着下个茶,求亲家太太给姑娘穿穿戴戴罢。”舅太太道:“很好,这些东西,我都替我们姑娘领了。你们也不用往下搬运,等我们各自回来把上轿的穿的戴的拿下

---

① 白眉赤眼——骂人话。平白无故。白眉,白眉君,旧妓家供奉之神祇。眉白而眼赤。

来,别的不用动,省得又费一遍事。你们回去说:姑娘磕头,我多多的给你们老爷太太道谢。你说我乐了,我不乐别的,我没想到我这辈子也熬到作了亲家太太了!”便有戴嬷嬷等一班人让大家去喝茶。舅太太自己备了赏,倒像新亲一般,办了个热闹。

张亲家老爷和褚大姑爷已经叫人开了正门。外面家人早将聘礼一桌桌的抬进来摆在东边;褚一官也叫人把他家的帮箱的妆奁摆在西边。舅太太和褚大娘子诸人到院子里看了回来便悄悄的拉姑娘道:“咱们从这窗户眼儿里瞧瞧,别叫九公、褚姑奶奶和你公婆白费了心。”

姑娘此时自是害羞,不肯去看;无奈他本是个天生好事的人,又搭着向来最听娘的话,借这一拉,便挨在玻璃跟前往外看。舅太太一一指点着道:“你看,东边儿这八桌是人家家的。那头抬是一匣如意,一匣通书①;二抬便是你们那两件定礼;那六抬是首饰衣服铺盖。他们算省了猪羊鹅酒了。西边的八桌便是九公和褚姑奶奶给你办的妆奁。你瞧,把个小院子儿给摆满了!”

说话间,张姑娘和褚大娘子早把应穿应戴的衣裳首饰一桩桩的拿进来。舅太太打发送礼的男女家人去后,便叫人铺水控单,放梳头匣儿,催姑娘上妆。原来姑娘自遭颠沛,埋首风尘,并不知着意脂粉;接着守制一年,更是无心修饰。这番经舅太太在旁一一的调停指点,匀粉调脂,修眉理鬓,妆点齐整,自己照照镜子,果觉淡白轻红,而且香甜满颊。

舅太太道:“好看了,可叫妹妹给你梳头罢。”姑娘道:“我不叫他梳,还是娘给我梳罢。”舅太太道:“今日的头,娘可上不得手了。”说着,又哎了一声,便向褚大娘子道:“我只恨我一个好好儿的人,怎么到了这些事上就得算个没用的了呢!”说着,眼圈儿便有些红红儿的。这位舅太太也就算得个“老马嘶风,英心未退”了!

却说这桩喜事原来安老爷不喜时尚,又憋着一肚子的书,办了个参议旗汉,斟酌古今。就拿姑娘上头②讲,便不是照国初旧风,或编辫子,或扎

---

① 通书——历书的别称。

② 上头——孩子长到成年,男加冠,女加笄(jī)。此指结婚时男方为女方梳头,加上簪饰物。

丫髻；也不是照前朝古制，用那凤冠霞帔。当下张姑娘便遵着公婆的指示给他梳了个蟠龙宝髻；髻顶上带上朵云宝盖；髻尾后安上璎络莲地；髻面上盖上镶珠嵌宝过梁儿；两旁插上七星流苏；关上①珍珠对挑；后是同心如意，前是富贵荣花，耳上两个硬红宝石坠子。一时姑娘便觉头上多了好些累赘。

张姑娘晓得姑娘是个不会静坐一刻的，恐他把首饰甩掉了，先用个大红头罩儿给他拢上。拢好了，姑娘对镜一照，忽然笑了一声。张金凤在背后从镜子里看见，说道："姐姐，这一笑我猜着了；我猜准是想起在能仁寺从房上跳下来打扮的那个样儿来了。"姑娘也从镜里和他说道："你怎么这么讨人嫌哪！"

梳妆已罢，舅太太便从外间箱子里拿出一个红包袱来，道："姑娘把里衣儿换上。"说着，自己打开，放在炕里边。

姑娘一看，原来里面小袄，中衣，汗衫儿，汗巾儿，以至抹胸膝裤裹脚襻带一概都有，连舅太太亲自给他作的那双凤头鞋也在里头。姑娘道："我怎么日前换了衣裳又要换衣裳啊？"舅太太道："啐呀！你给我换上罢。"说着，又给他放下玻璃帘儿来。

姑娘无法，只得咕嘟着嘴，背过脸去，解扣松裙，在炕旮旯里换上，一面低头系着汗巾儿，不觉嘴里又叨叨出一句话来，说："我说呢，好好儿的洗了没两天的脚！前日又叫人洗脚作什么呢？"惹得大家抿嘴而笑。舅太太笑道："我们这个姑娘，说他没心眼儿，什么事儿都留心；说他有心眼儿，一会价说话真像个小傻子儿！"

且住！姑娘这半日这等乱糟糟的还是冒失无知呢还是遇事轻喜？都不是。天下作女孩儿的，除了那班天日不懂麻木不仁的姑娘外，是个女儿便有个女儿情态；难道何玉凤天生便是那等专讲蹿纵拳脚飞弹单刀杀人如麻挥金如土的不成？何况如今事静身安，心怡气畅！再加上"人逢喜事精神爽"，怎教他不露些女儿娇痴情态？若果然当此之际，一毫马脚不露，那人便是元奸巨恶，还和他讲什么性情来！

闲话少说。再整张姑娘见他穿好衣服，便上去给他穿大衣服；因换汗

---

① 关上——别上；戴上。

巾儿，又看见那点“守宫砂”，叫舅太太，说：“舅母，请过来看。他胳膊上这块真红的好看！”舅太太看了，也点头赞叹不绝，说：“快给人家穿上罢！怪冷的！”张姑娘便打发他一件件的穿好。因是上妆，不穿皮衣；外面罩件大红绣并蒂百花的披风，砂绿绣喜相逢百蝶的裙儿；套上四合如意云肩，然后才带上璎珞项圈，金镯玉钏。舅太太便叫人在下首给他铺了个大红坐褥坐下，说：“这可不许动了。”

却说姑娘梳洗的这个当儿，外面张老同褚一官早带同这边派定的家人，把那十六抬妆奁送过去，就是送妆的新亲只得张、褚二位，人略少些。那边自然另有一番款待，不必细述。

这边才收拾完毕，早听那边当一声锣响，喇叭号筒，鼓乐齐奏的响起房[①]来。不想闯了个没对儿的姑娘，才听得一声锣响，唬了个两手冰冷只叫娘拉着。褚大娘子道：“可完了我们的创[②]咧！”舅太太是要过祠堂去等着公子来谢妆。姑娘是苦苦的不放。褚大娘子道：“我同张家妹子俩人跟着你，难道还怕吗？”

这舅太太才得脱身过去看了看。香炉一切早已预备停当。那鼓声也就渐听渐近。一时，到了门前，早见马蹄儿声音，进了大门，便有赞礼的傧相，高声朗诵，念道：“伏以

满路祥云彩雾开，紫袍玉带步金阶；这回好个风流婿，马前喝道状元来。

拦门第一请，请新贵人离鞍下马，升堂奠雁。请！”

屏门开处，先有两个十字披红的家人，一个手里捧着一彩坛酒，一个手里抱着一只鹅，用红绒扎着腿，捆得他噶噶的山叫。那后面便是新郎，蟒袍补服，缓步安详进来；上了台阶，亲自接过那鹅酒安在供桌的左右厢，退下去，端恭肃敬的朝上行了两跪六叩礼。

行着礼，舅太太在旁道：“我替他二位说罢：吉期过近，也没得叫姑娘

---

① 响房——旧时汉族婚礼风俗，流行于京津一带。即婚礼前一晚，男家由童子8名或16名提灯笼围绕院中花轿唱喜庆歌。待新人进洞房再唱。同时吹鼓手用唢呐、大号、号筒、锣鼓随后进入洞房吹奏，以贺喜庆，故名。

② 完了创——替人做事、替人出气。

好好儿的作点儿针线，请亲家老爷亲家太太担待，姑爷包涵罢。”公子答应着，站起来，又回舅太太道：“我父亲母亲吩咐我叫给舅母行礼，请舅母到厢房里坐下受头。”把个舅太太乐得笑逐颜开，说道：“还给我磕头呢！很好，你就这里给我磕罢！我没这些讲究！”

公子转过身来，便在舅太太跟前磕下头去。舅太太一面拉他，口里说道：“你又是我的外甥儿，又是我的女婿，我可不和你说客套。姐姐只管比你大两岁，他可傲性些儿，你可得让着人家；你要欺负了我的孩子，我可不依你！”公子只得笑着答应了个“不敢”。舅太太又道：“回去先替我道喜罢；咱们的老规矩儿今日可不留你喝茶。”公子退了出来，依然鼓乐前导回去。

这奠雁之礼，诸位听书的自然明白，不用说书的表白。那何玉凤姑娘却是不曾经过，听了半日，心里纳闷道：“怎么才来就走，也不给人碗茶喝呢？再说，弄只鹅，噶啊噶的，又是个什么讲究儿呢……”

那里晓得这“奠雁”却是个古礼。怎么叫作“奠”？奠，安也。怎么叫作“雁”？鹅的别名叫作“家雁”，又叫作“舒雁”。怎么必定用这“舒雁”？取其家室安舒之意。怎么叫新郎自己拿来？古来卑晚见尊长，都有个贽见礼，不是单拜老师才用得着。如今却把这“奠雁”的古制化雅为俗，差个家人送来，叫作“通信”。这就叫作“鹅存礼废”了。

闲话少说。公子走不多时，只听那边二次响房。舅太太道：“快了。”因叫张姑娘：“把鞋给姐姐换上。”姑娘说：“这双好，穿着又合适，又舒服，怎么还换哪？”

说着，张姑娘拿过个小红包儿来。姑娘打开一看，原来是双绿布的，上面钉着单股儿带子的两朵红梅花儿，姑娘白说：“不穿了！”舅太太千哄万哄，好容易给他穿上。张姑娘便把那一双包了个包儿，交给戴嬷嬷带在身上，预备过去好换。

才换得妥当，早有人报：“太太过来了。”便听安太太车声隆隆，从后门而来。一时下车，舅太太同张太太、张姑娘都接出去。舅太太笑道：“多远儿呀？亲家太太还坐了车来了！”安太太道：“什么话呢？这是个大礼吗。回来我可就从角门儿溜回去了，好把车让给你们送亲太太坐。”一路说笑进门。

姑娘见了婆婆，要站起来。太太连忙按住，说："不许动。"因问："吃了点儿东西没有？"张姑娘代答说："吃了一个喜字儿馒头，两块栗粉糕，吃了点儿馄饨，喝了点儿枣儿粥。"倒替姑娘瞒了八成儿"昧心食"。太太还说"吃少了"。说着，便坐在姑娘对面上首，看他装扮起来益发面如满月，皓齿修眉，不禁越看越爱。舅太太以新亲礼相待，照例烟而不茶。彼此无非谈些天气春和，诸事吉利的热闹话。

看看交了酉初二刻，恰好轿子也将近到门。安太太便给姑娘盖上盖头，起身回去。这个当儿，舅太太倒回避了，躲在外间排插后面，借着舍不得姑娘，在那里落泪。

安太太走后，只听得鼓乐喧天，花轿已到门首，搭进院子来，抽去老杆，众家人手捧进来安得面向东南。只听戴嬷嬷和随缘儿媳妇一条一条的往屋里要红毡子，地下两三层的铺得平稳。褚大娘子便递给姑娘一个小金如意儿，一个小银锭儿，两手攥着，取左金右银必定如意之兆。张姑娘又把个苹果送在他嘴边。姑娘被盖头这一捂，捂得一心的心火，正用得着，便大大的咬了一口，还要再吃，却早拿开了。便听得院子里还是先前那个人咬文嚼字的念道："伏以

天街夹道奏笙歌，两地欢声笑语和；吩咐云端灵鹊鸟，今宵织女渡银河。

拦门第二请，请新人缓步抬身，扶鸾上轿。请！"

褚大娘子、张姑娘扶着姑娘上了轿，安上扶手板儿，放下轿帘儿，扣上葱管儿①，搭出轿去。

这个当儿，便有许多仆妇伺候褚大娘子上车，先往头里去。这里才叫轿夫上轿杆，打杵稳轿。只听前后招呼一声"请"，前面十三捧锣开导，彩灯双照，箫鼓齐鸣，姑娘到底被人家抬了去了！

姑娘上了轿子，只觉四围屋盖了个严密，里边静悄悄的，黑暗暗的，只听得咕咚咕咚的鼓声震耳，觉得比那单人独骑，跨上驴儿，深山旷野，黑夜微行，大是两般风味，只把不定心头的小鹿儿腾腾的乱跳，又好像是落下了许多事一般；走了半日，忽然想起说："暧呀！我怎的临走时节也不曾

---

① 葱管儿——轿门横木上的插销。

见着娘？我正有一句要紧要紧的话要问他老人家，一时匆匆不曾问得。此时料想没法回去。这便如何是好？……”自己和自己商量了半日，忽然说道：“有了！便是这等！”那知姑娘心里打的却又是个断断行不去的主意！这正是：

既为蝴蝶甘同梦，怎学鸳鸯又羡仙？

要知何玉凤过门后又有些甚的情节，下回书交代。

第二十八回

画堂花烛顷刻生春　宝砚雕弓完成大礼

这回接着上回。话表送亲太太褚大娘子扶着何玉凤姑娘上了轿，他便出来忙忙上车，从庄园东墙一带绕向前门而来。到了那座大门，只见门外结彩悬灯，迎门设六曲围屏，垂几重绣幕；屏开孔雀，幕展东风；桌儿上摆列名花，安排宝鼎，当中摆着迎门盅儿。——说不尽那醁酒频斟，琥珀光摇金灿烂；琼卮高挹，葡萄香泛碧琉璃！

褚大娘子才下了车，进得门来，早见公子迎门跪着，手擎台盏在那里敬酒。他满脸堆欢，双手接过酒来，说道："大爷，请起来，我可禁当不起啊！"公子道："大姐姐这个称呼法，我越发不敢起来了。"他才嘻嘻的笑道："你瞧！你这个淘气法儿，我磨不过你，我只好叫你妹夫子了。可得你起来，我才喝呢。"说罢，连饮了三杯迎门喜酒，又深深向公子道了一个万福。

两旁许多穿衣戴帽的家人看了只望着华忠笑。笑得华忠倒有些不好意思。他却坦然无事的扶了个婆儿一路进来。早见安老爷迎过前厅相见。那边远远的还站着一群华冠鲜服的少年在那里低言悄语的指点说笑。他料是讲究他，他益发慢条斯理，得意洋洋，俏摆春风，谈笑自若。

不一时，穿过前厅，到了二门，安太太和几家晚辈亲戚本家都迎出来。那时舅太太和张亲家太太在那边送了姑娘也便从角门过前面来。大家把新亲让进上房，归坐献茶，彼此闲话，等候花轿到门。

趄回来再讲新人坐在花轿里，但听得大吹大擂，弦管喧杂，闷在轿子里，因是娘吩咐的，不许揭那盖头，动也不敢动他一动；走了也有一会，正在盼到，只听得噶啦啦一片声音，两挂千头百子旺鞭放得震地价响，鼓手便像是一对对站住，想是到了门了，接着便听得许多人叫道："开门。"里面却静悄悄的不听得有人答应。

姑娘纳闷道："怎么使心用计劳神费力的抬了来又关上门不准进去

呢？……”叫了一会，那门仍然不开。听得又是先前那个人高声说道：

“吉地上起，旺地上行，喜地上来，福地上住。

时辰到了。开门，开门。把喜轿请上来。”

吱喽喽两扇大门开放，前面花灯鼓乐一队队进去。轿子才进门，只听那满天星金钱嚁楞呛啷撒得来连声不断。也不知过了几道门，轿夫前后招呼了一声落平，好像不曾进屋子便把轿子放下了。姑娘听了听，鼓乐齐住，又听不见个人声儿了，心里又跳起来。

你道这轿子为何在当院子里就放下了？原来安老爷自从读《左传》的时候便觉得时尚风气不古，这先配而后祖断不是个正礼，所以自己家里这桩事要拜过天地祖先然后才入洞房。姑娘那里晓得这个原故。

忽然静悄悄半天，只听得一声弓弦响，哧的就是一箭，从轿子左边儿射过去；接着便是第二箭，又从轿子右边儿射过去。说时迟，那时快；又是第三箭，却正正的射在轿框上，噔的一声，把支箭碰回去了。姑娘暗想：“这可不是件事！怎么拿着活人好好儿的当鹄子办起来了？”大约再一箭，姑娘便要施展他那接镖的手段。早听得轿旁念道：“伏以

彩舆安稳护流苏，云淡风和月上初；宝烛双辉前引道，一枝花影倩人扶。

拦门第三请，请新人降舆举步，步步登云。请！”

一时，两旁鼓乐齐奏，便听得有许多妇女声音，围近轿前，拔了葱管儿，掀开轿帘儿，去了扶手板儿，却是褚大娘子、张姑娘带着一对喜娘儿请新人下轿。姑娘左右扶定了两个喜娘儿下了轿，只觉脚底下踹得软囊囊的，想是铺的红毡子。又听那人赞道：“请新贵新人面向吉方，齐眉就位，参拜天地。拈香。跪。叩首。再叩首。三叩首。兴。”

姑娘起初也不留心他叨叨的是些什么，及至赞到那个“跪”字，只觉自己上首有个人咈哧咈哧的已经跪下了，自己不由得也就随着他跪下，赞道“叩首”，也就随着他磕头。

原来姑娘平日也看过《聊斋志异》，此时心里忽然想起，说道：“怪不得蒲柳泉①作《青梅传》，说那个王阿喜，道是他‘遂不觉盈盈而亦拜也’。

① 蒲柳泉——清文学家蒲松龄的别号。

这句文章真算得留人的身份，知人的甘苦！敢是这桩事挤住了，竟自叫人没法儿！”

一时拜罢，平身，又听那人赞道：“上堂遥拜祖先。”那张、褚两个引着喜娘儿便扶定新人上了三层台阶儿，过了一道门槛儿，走了几步，又听旁边仍照前一样的赞唱两跪六叩起来。又听得赞道：“请翁姑上堂。高升上坐。儿媳拜见。”紧接着又赞了一句道：“揭去红巾。”便听安太太那里嘱咐公子道：“阿哥，你可慢慢儿的。”

姑娘在盖头里低着头看着地下，只见眼前来了一双靴子脚，又见姑娘一手拈起个盖头角儿，一手把着新郎的手，用一根红纸裹的新秤杆儿把那块盖头往上只一挑，挑下来。姑娘好眼亮啊！

那时正是十月天气，夜长昼短，酉末戌初，正是上灯时候。姑娘微抬了抬眼皮儿一看，只见满屋里香气氤氲，灯光璀璨。那屋子却不是照摆玉器摊子洋货铺子似的那样摆法，只有些名书古画，周鼎商彝，一一的位置不俗。几家女眷都在东间。两旁也摆着几名花枝招展的丫鬟，也站着几个服饰鲜明的仆妇。早见公公婆婆在堂中安了两张罗汉椅子，端端正正，坐在那里，旁边却站着一个方巾，襕衫，十字披红，金花插帽，满脸酸文，一嘴尖团字儿的一个人。原来那人是宛平县学，从南省冒考落第的一个秀才。只因北京城地广大稠，馆地难找，便学了这桩傧相礼生的生意糊口。方才前前后后里里外外嚷了这半天的就是他。

姑娘才得去了盖头，又听他赞道：“新郎，新妇，叩见父母翁姑。”那时因是老爷太太坐在那里受礼，便有陪客女眷把褚大娘子让到东间坐下。

这里地下铺了拜毯，安龙媒居中，何玉凤在左随着，张金凤在右陪着，三个人听着那礼生的赞唱跪拜仪节行礼。安老爷、安太太左顾右盼，真个是好个佳儿，好双佳妇！老夫妻只乐得眉飞色舞，笑逐颜开的，连连点头，只说：“起来，起来。”三个人平身站起。礼生又赞道：“跪。”三个人又齐齐跪下。听他赞道：“请堂上致词赐答。”只听安老爷说道：“你三个人这段姻缘真是天作之合。玉格从此更该奋志读书上进，两个媳妇便要同心理纪持家，一家和睦，吉事有祥，才不负上天这段慈恩，我两老人这番期望。”安太太道：“你父亲你公公这话说的很是。从来说：‘功名出于闺阁。’只要你们两个一心劝着他读书上进，只怕比个严些的师傅还中用呢。等他中了举人,中了进士,点了翰林,你两个再一个人给我们抱上两个孙孙,那时候不但你各人对得住你各人的父母,你三口儿可就都算安家的万代功臣了。”因回头和安老爷说道:“老爷,还有一说。今日这何姑娘占了个上首,一则是他第一天进门。二则也是张姑娘的意思。我想此后叫他们不分彼此,都是一样。老爷想是不是?”安老爷道:“正该如此。当日娥皇、女英又何曾听得他分过个彼此?讲到家庭,自然以玉凤媳妇为长;讲到封赠,自然以金凤媳妇为先。至于他房帏以内,在他夫妻姊妹三个,‘神而明之,存乎其人’,我两个老人家可以不复过问矣。”

这位老先生真酸了个有样儿!不知怎的,听他这路的话儿不觉讨厌!

闲话休提,说书要紧。却说安老爷、安太太说完了话,礼生又赞道:“叩首。谢过父母翁姑。兴。”三个人起来。又听他赞道:“夫妻相见。”褚大娘子早过来同喜娘儿扶了何姑娘,张姑娘便同那个喜娘儿招呼了公子,男东女西,对面站着。两上人彼此都不由得要对对光儿,只是围着一屋子的人,只得到一齐低下头去。

礼生赞道:“新人万福。新贵答揖。成双揖。成双万福。跪。夫妻交拜。成双拜。”两个人如仪的行了礼。又赞道:“姊妹相见。双双万福。”褚大娘子见张姑娘没人儿招呼,忙着过来悄悄和张姑娘道:“我来给你当个喜娘儿罢。”张姑娘倒臊了个小脸通红;便转到下首,向何玉凤深深道了个万福,尊声“姐姐”。何玉凤也顶礼相还,低低的叫声“妹妹”。礼生又赞道:“夫妻姊妹连环同见。”他姐妹两个又同向公子福了一福,公子也鞠躬还礼。

安老夫妻看了,只欢喜得连说“有趣”,相顾而乐。礼生赞道:“新人新贵行绾结同心礼。”早见华嬷嬷、戴嬷嬷两个手里牵着丈许长两匹结在一处的红绿彩绸,两头儿各绾着个同心彩结递给两个喜娘儿。东边这人便把这头儿绾在安公子左手,西边那人便把那头儿绾在何小姐右手。褚大娘子便从桌上抱过一个用红绢五色线扎着口的鎏金宝瓶交何小姐左手抱着;张姑娘又送过一个拴彩绸的青铜圆镜子来交公子右手向新娘照着。

交代停当,只听那礼生念道:“伏以

一堂喜气溢门阑,美玉精金信有缘;三十三天天上客,龙飞凤舞到人间。

联成并蒂良缘，定是百年佳偶。绵绵瓜瓞，代代簪缨。红丝彩帛，掌灯送入洞房。”

礼成，礼生告退。安老爷一面犒赏礼生。早见檐下对对红灯引路，张姑娘带着个喜娘儿扶了新郎，擎着那面镜子，手绾彩帛，引着新娘。新娘抱着那个宝瓶，一步步的随行。庭前止了大乐。那些乐工只吹着笙管笛箫，弹着三弦，敲着鼓板，口里高唱“画筵开处风光好”的一套喜词儿，直送到游廊东院那所新洞房去。

姑娘一进洞房，早看见摆满妆奁，凡是应有的，公婆都给办得齐齐整整。进了东间，但觉烛辉宝炬，香爇①沉檀；翡翠衾温，鸳鸯帐暖。妆台边倚着那杆称心如意的新秤，挑着龙凤盖头；两旁便是那和和雕弓，团圞宝砚。

这个当儿，安太太因舅太太不便进新房，张太太又属相不对，忌他，便留在上房张罗；自己也赶过新房来帮着褚大娘子和张姑娘料理。进门便放下金盏银台，行交杯合卺礼②。接着扣铜盆，吃子孙饽饽，放捧盒，挑长寿面；吃完了，便搭衣襟，倒宝瓶，对坐成双，金钱撒帐。但觉洞房中欢声满耳，喜气扬眉。莫讲把何玉凤支使得眼花撩乱，连张金凤在淮安过门时，正值那有事之秋，也不似这番热闹。

褚大娘子本是淘气的人，遇见这等有兴的事，益发一团精神，有说有笑；一时大礼告成，他便和安公子道：“你的差使算当完了。请罢，外边吃茶。”

公子笑道：“才出得屋门，只见从外进来了一群人，却是今日在此贺喜的：梅公子、管子金、何麦舟；乌大爷因是奉旨到通州一带查南粮去了，不得来，打发他兄弟托明阿托二爷来；此外便是莫友士先生的少君，吴侍郎的令侄；还有安公子两三个同案秀才，连老少二位程师爷、张乐世、褚一官；除了邓九公、安老爷不曾进来。一共倒有十几个人，都进来闹房。”

内中梅公子本是个美少年佳公子，又最是年轻淘气；他眼明手快，早

---

① 爇(ruò)——又读 rè。点燃；放火焚烧。此指燃烧檀香。

② 合卺(jǐn)礼——当时婚礼中的一种仪式。新婚夫妇各拿半个瓢，以瓢中酒漱口。卺，一个匏(páo)瓜剖成两个瓢。

劈胸一把把安公子捉住,说:“龙媒,那里跑?我只问你有多大艳福!有了张家嫂夫人这等一位尤物,也就尽你消受了。‘一之为甚。岂可再乎?’如今又按图求骏,两美并收!你只顾躲在温柔乡里,外面酒也不给我们斟一杯,茶也不替我们送一盏,礼上可讲得去?——没有别的,且把帽子摘下来,让我打你几个脑凿子①再讲,竟顾不得你那新人怎的个怜卿爱卿了!”

公子羞的两颊绯红,只想要跑。那几个少年也围上来。内中乌大爷的令弟说道:“你们只看龙媒今日作了新郎,这两道眉儿,一副脸儿,益发显得风流俊俏;这大约就叫作‘龙凤呈祥’了!”管子金说:“那里是‘龙凤呈祥’!我猜不是那‘女何郎’给他敷的粉,定是那‘雌张敞’给他画了眉!你们不信,只闻他这身香味儿,也不知是惹的花香是沾的人气!”

梅公子听了,便上前按着他的脸闻个不住。公子被他大家你一句我一句,这个一拳那个一拳的,嬲②得真真无地缝儿可钻。

金凤姑娘在屋里听得真切,只在那里含羞而笑。玉凤姑娘却是不曾经过这闹房的旧风气,心里想道:“这班人怎的这等尖酸可恶!”又不好问得。落后,还是老程师爷听不过了,说:“诸位兄台不差僭点罢。龙媒大礼告成,也让他出去见见老翁。”

众人那里肯依。张老是向这位一个揖,向那位一个揖,只是讨情。还亏褚一官力大,把个公子生夺硬抢的救护下来,出了房门,一溜烟跑了。众人道:“新郎跑了,我们正好看新娘子去!”

那时安太太和张姑娘早躲在西间。众人向洞房里一拥而进。屋里只有褚大娘子在床上伴着新人,地下便是两个嬷嬷两个喜娘儿在那里伺候。两个喜娘儿是久惯在行的,见众人进来,便一齐向前拦住,道:“各位老爷少爷,新人辛苦了,免闹房罢。”

众人也不听他,一窝蜂向床跟前奔去。内中一个喜娘儿是个扬州人,才得二十来岁,倒也一点点一双小脚儿;他只顾上头扎挓着两只手拦众人,不防下面不知被那个一靴子脚踹在他小脚儿上,只见他皱着眉,裂着嘴,抱

① 打脑凿子——弯曲手指敲脑瓜。

② 嬲(niǎo)——纠缠;戏弄。

着脚，嚷道："哎哟喂！痛煞哉！我的菩萨！怎的这等蠢�！"

褚大娘子见众人围在床前，忙的横着两只胳膊护住姑娘。他一眼看见了褚一官便拿他扎了个筏子①，说道："你也来了！好哇！你们要看新人只顾看，也是两条眉毛，两个眼睛，两只耳朵，一个鼻子，一张嘴。瞧手不能，我告诉你们，也是十个指头，可不能一般儿齐。瞧脚更不能，我也告诉你们，拿营造尺量，不够三寸。你众位一定要看也容易，可得豁着挨个三拳两脚的再去。我这一撒手儿，姑娘可就来了！"众人一听，说："那可来不得！"大家才嘻嘻哈哈一轰而散，跑出去了。

安太太这里赏了两个喜娘儿，派人去款待他酒饭，一面叫人要了点心汤来让新人吃。又有舅太太给他弄下可吃的东西，一并送进去。安太太便让了褚大娘子过去赴席，新房只留下两个嬷嬷同晋升媳妇。因随缘儿媳妇是三个月的双身子，又叫了跟舅太太的婆儿老蓝四个人伺候。

新房里头这阵忙，邓九公和安老爷在外面，早已一坛儿半绍兴酒过了手了。老程师爷是喝得当面还席，合衣而卧。一班少年另有两席，还不曾散。只有张亲家老爷只管在席上坐着，却一会儿这里看看火烛，又去那里看看门户；但有家人们没空儿吃饭的，他便在那里替他们照料，因此，那些家人无不感激他，益加敬爱他，不敢一毫轻慢。

一时内外饭罢，更鼓初交，那些亲友也有预先在附近庙里找下下处住的，也有在此下榻的。邓九公是吃完了饭，有他那套步行的功课，绕着弯儿走了会子，便到东书房睡了。安老爷就托张亲家老爷招呼公子进去。张老把他送到上房。这日舅太太和张太太商量，也都在新房的对面三间住下，为是多个人照料。安太太见公子进来，叫张金凤先去招呼姑娘。

却说姑娘因是拜过堂的，安太太便不教他一定在床里坐，也搭着姑娘不会盘腿儿，床里边儿坐不惯，只在床沿上坐着。大家去吃饭的 那个当儿，屋里只有几个婆儿嬷嬷，姑娘无可多谈，且不便多谈；晓得干娘已经过来了，心下却十分欢喜，便叫戴嬷嬷说："嬷嬷，你快把娘请来，说我想他老人家了。"戴嬷嬷道："姑娘，今日舅太太可进不来呀。明日早起就见着了。"姑娘一听，心里想道："是呀；有这一说呀。只是我此刻急等见了娘，

① 扎了个筏子——当个靶子。指借机出气。

要商量一句要紧的话；这句话又不好叫人去传说。如今娘既不好进来，我又不好出去，实在无法，我只得还是拿定方才轿子里想的那个老主意罢！”

你道这姑娘有甚的飞签火票[①]紧要话从轿子里闹到此时？他在轿子里想的又是甚的主意？原来他正为他臂上那点“守宫砂”起见。论起他这点“守宫砂”，真是姑娘的一片孝心苦节，玉洁冰清，想着这世是无意姻缘定了。这话除了他自己明白，平日从不曾给人看过。直到今早，冷不防大家“迅雷不及掩耳”的一提亲事，姑娘急了，才向大家证明这点东西，以明素志；不想事由天定，人力到底不能胜天，不知不觉，不禁不由，就被人家抬了来了。此时事过，一想倒十分后悔，自己觉道：“今早千不合，万不合，不合教大家看这点印记！假如我不说明这话，大家断不得知。如今是扬旛擂鼓，弄到大家都知道了，都看见了，倘然这些女眷们不论那一时那个人提起来，都拉住手要瞧瞧希希罕儿，那时我却把个‘有诗为证’的东西弄到‘流水落花春去也，天上人间’了。——别人犹可，只小金凤儿，虽说我只比他大两岁，我可和他充了这一年的老姐姐了，叫我怎的见他？……再说褚大姐姐又是个淘气精，促狭鬼，他万一撒开了，一怄我，我一辈子从不曾输过嘴的人，又叫我和他说什么？……”

这是姑娘“飞来峰”[②]的心事，直到坐上轿子才想起来要和娘要个主意，已是来不及了，因此在轿子里自己打了半个牢不可破的主意；及至此时，好容易娘来了，心中有些活动，所以急于要见见娘，偏又见不着面儿，便觉道一想红，二想黑，越发把那个老主意拿错了！

要问他那个老主意，更是可怜！依然是和他们磨它子，打着磨到那里是那里，明日再讲明日的话，行得去行不去，姑娘却没管。

只是这位姑娘怎的又会这么知古今儿也似的呢？他又怎的懂得那“守宫砂”的原由呢？难道他还有那读史书的学问不成？这话不必这等

---

① 飞签火票——火票，清代驿递凭信。凡由驿马递送的公文，兵部皆加发火票，令沿途各站接递。上签有日期、速度、安全保证等要求。

② 飞来峰——西湖盛景之一。一称灵鹫峰。在浙江省杭州市西湖西北灵隐寺前。为石灰岩侵蚀残留的孤峰。印度僧慧理曾称此山很像天竺国的灵鹫山，“不知何时飞来”，因名。

凿四方眼儿;他纵不曾读过史书,难道连《天雨花》上的左仪贞他也不知道不成?

话休絮烦。却说姑娘正在心里盘算,恰好张金凤从上房过来说:"半日在那边张罗打发饭,没陪姐姐。姐姐还吃点儿什么不吃?"姑娘此时肚子里不差什么是分儿了,便说:"不吃了。"张姑娘又告诉他今日公婆怎的欢喜,大家怎的高兴,邓九太爷喝了多少酒,褚大姐姐也喝的脸红红的了。姑娘倒也和他欢天喜地的闲谈。

正谈的热闹,人回:"太太过来了。"只见太太扶着公子进来。玉凤姑娘也恭恭敬敬和婆婆说了几句话,又倒了一碗茶,装了一袋烟。太太坐了片刻,便和三人说道:"咱们今日都忙了整一天了,大家都早些安歇罢。"张金凤答应一声。太太便站起来说:"我过南屋里找你舅母和亲家太太去,你三口儿都不许出来了。"又和张姑娘说:"你招呼姐姐罢,也不用过去了。我回来也就安歇了。"说着,到南屋转了一转,便过上房去不提。

这里张姑娘便让公子在靠妆台一张桌儿上首坐了,他姊妹两个对面相陪。一对新人是不吃烟的,伺候的人送上三碗茶,又给张姑娘装了袋烟来。

公子此时是春来天上,喜上眉梢,乐不可支,倒觉满脸周身有些不大合折儿;无奈是宜室宜家的第一出戏,自然得说几句门面话儿,便和何玉凤道:"再不想我和姐姐悦来店一面之缘会成了你我三人的百年美眷。这都是天地的厚德,父母的慈恩,岳父岳母的默佑,——也亏你妹子从中周旋。从此你我三个人须要倡随和睦,同心合力,侍奉双亲,答报天恩,也好慰岳父母于地下!"

公子这几句开门炮儿自觉来的冠冕堂皇,姑娘没有不应酬两句的。不想姑娘只整着个脸儿,一声儿不言语。张金凤道:"姐姐,和人家说话呀!"姑娘倒转过脸来和他笑笑。

公子一看,这没落儿①呀,只得又说道:"便是你两个当日无心相遇也想不到今日璧合珠联,作了同床姐妹。岂不是造化无心,姻缘有定?"张姑娘道:"姐姐,人家又说了这些句了。开谈哪!怎么发起讪来了呢?"姑

---

① 没落(lào)儿——没结果;没回应。

娘仍是瞅着他笑笑，不和公子答话。张金凤怕羞了新郎，只得说道："姐姐今日想是乏了，大家早些安歇罢。"说着，便叫两个嬷嬷，烛燃双辉，香添百合；又叫花铃儿、柳条儿两个侍儿在西间屋里伺候大爷换衣裳。公子起身过去。那柳条儿是服侍惯了的，花铃儿是今日初次服侍大爷，未免有些羞羞惭惭，不甚得劲儿。

这边张姑娘便让新人方便，自己服侍他卸了妆，便吃着袋烟，同他坐在床沿上和他谈心；谈了几句，悄悄的在他耳边又不知说些什么。那玉凤姑娘一一的点头答应；及至听到这番悄悄儿的话立刻把脸一整，便嚷起来道："嗳！那你可是白说了！"

张姑娘听了，两只小眼睛儿一愣，心里说："这是什么话？挤到这会子了，怎么说白说了呢？"正待和他再讲，公子早从那屋里换完衣裳，穿着件一裹圆儿①，戴着顶小帽子，趿着双鞋过来，张姑娘只得把话掩住。

一时，两个嬷嬷进和合汤，备盥漱水。张姑娘便催新郎给新人摘了同心如意，富贵荣华，都插在东南墙角上，因又嘱咐说道："姐姐方才听见婆婆吩咐了？叫早些睡呢。我也睡去了，明早过来给姐姐道喜。"说着，才待举步，姑娘一把拉住他道："你不准走！"张姑娘生怕惹出他的累赘来，一面甩脱了袖子就走，一面回头笑向新娘道："屈尊成礼。"笑向新郎道："勉力报恩。"又拱了拱手，向他二人同道："暂且失陪，明日再会。"说着，便笑嘻嘻的把门带上去了。

张金凤这一走，姑娘这才离开那张床，索性挨过桌子那边坐下了。公子道："姐姐，二更了，我们睡罢。"说了两遍，照例的不理。公子只得用大题目来正言相劝，说道："姐姐，你只管不肯睡，却不想二位老人家为你我两个费了一年的精神，又整整劳乏了这几日？岂有此时还劳老人家悬念之理？"说了半日，姑娘却也不着恼，也不嫌烦，只是给你个老不开口。

公子被他磨得干转，只得自己劝自己说："这自然也是新娘子的娇羞故态，我不搀他过来，他怎好自己走上床去？"一面想着，便走到姑娘跟前，搀住姑娘的手腕子，嘴里才说得个"姐姐请睡，不要作难"。

一句没说完，姑娘只把腕子轻轻儿的往怀里一带，公子早立脚不稳，

---

① 一裹圆儿——斗篷。

一个扑虎儿往前一扑，险些就要磕在那铜盆架上咧！只见姑娘抬起一只小脚儿来，把那脚面一绷，平伸腿往上一挑，早把个新郎擎住了，不曾跌下去。新郎盘杠子似的盘了半日才站起来，笑道："怎么又拿出看家的本事来了？"姑娘到底不作一声儿，索性躲到挨门儿一张杌子上，靠门坐着。

这边两个新人在新房里乍来乍去，如蛱蝶穿花；欲即欲离，似蜻蜓点水。只苦了张金凤自听了姑娘那"可是白说了"的一句话，捏着两把汗，只恐把一番好事变作一片战场，打将起来，坐在西屋里只放心不下；待要私下走过去听听，又恐这班仆妇丫鬟不知其中的底里深情，转觉外观不雅；没奈何，带了两个嬷嬷悄地里站在窗前听了半日，不闻声息，忽然听得新郎嗤的一声笑将起来。

你道他因甚的笑将起来？原来他因被这位新娘磨得没法儿了，心想这要不作一篇偏锋文章，大约断入不了这位大宗师的眼，便站在当地向姑娘说道："你只把身子赖在这两扇门上，大约今日是不放心这两扇门，果然如此，我倒给你出个主意，你索性开开门出去。"

不想这句话才把新姑娘的话逼出来了。他把头一抬，眉一挑，眼一睁，说："啊！你叫我出了这门到那里去？"公子道："你出了这屋里便出房门；出了房门便出院门；出了院门便出大门。"姑娘益发着恼，说道："你，嗯，待轰我出大门去？我是公婆娶来的，我妹子请来的，只怕你轰我不动！"公子道："非轰也；你出了大门，便向正东青龙方，奔东南巽地①，那里有我家一个大大的场院，场院里有高高的一座土台儿，土台儿上有深深的一眼井。"

姑娘不觉大怒，说道："哇！安龙媒！我平日何等待你，亏了你那些儿！今日才得进门，坏了你家那桩事，你叫我去跳井！"公子道："少安勿躁，往下再听。那井口边也埋着一个碌碡，那碌碡上也有个关眼儿。你还用你那两个小指头儿扣住那关眼儿，把他提了来，顶上这两扇门，管保你就可以放心睡觉了。"

姑娘听了这话，追想前情，回思旧景，眉头儿一逗，腮颊儿一红，不觉

---

① 东南巽(xùn)地——指北京小红门以南、东高地以西一带，曾为皇家猎场(俗称"围子")。

变嗔为喜，嫣然一笑。只就这一笑里，二人便同入罗帏，成就了百年大礼。

张金凤听到这里，先默默的念了一声："我那南无大慈大悲救苦救难广大灵感的碌碡哇！可够了我的了！"

列公，你看这位姑娘的磨劲大不大！但是那安老夫妻虽然被他磨了一场，到底酬了素志，还得了个佳妇。安龙媒、张金凤虽然被他磨了一场，到底一慰亲心而得艳妻，一被贤名而得腻友。便是那邓家父女以至佟舅太太，或破资财成义举，或劳心力尽亲情，也到底算交下了一个人，作完了一桩事。只可怜那作《儿女英雄传》的燕北闲人，这事与他何干，却累他一丸墨是磨灭了！一枝笔是磨秃了！心血是磨枯了！眼光是磨散了！从这书的第四回"末路穷途幸逢侠女"起，被他没日没夜的磨，磨到第二十八回，才磨得"宝砚雕弓完成大礼"。咳！百岁光阴有限，一生事业无穷！那燕北闲人果然生来的闲身闲心，现成的闲茶闲饭，闲得没事作，教他弄这闲笔墨，消这闲岁月倒也罢了；想来他也该作得些些事业，爱个小小声名，也须女嫁男婚，也须穿衣吃饭，却都不许他作，偏偏的要他作个闲人，——闲人之为闲人，苦矣！倘然不亏这等一磨，却教他怎的夜磨到明，早磨到晚！

闲话休提，言归正传。却说张金凤听得一对新人双双就寝，才觉出两只小脚儿站了个生疼，连忙扶了个人过上房去见公婆。那时褚大娘子和几家亲族女眷都已分头安睡，只有那为儿孙作马牛的一双老人家还在那里闲谈静候。张姑娘把话悄悄的回了婆婆，他两老才得放心，张姑娘也就回房，还招呼了母亲舅母，然后就寝。

一宿晚景提过，次日便是筵席。才交五鼓，张姑娘便起来梳洗妆饰，也打扮得花枝招展，绣带蹁跹。一切完毕，正要过去请新郎起来，早见公子笑吟吟过这屋里来。张姑娘连忙起来道喜。公子道："与卿同之。"又道："闲话休提。你且给我梳了辫子，好让我急急的洗脸穿衣，却禀知父母，请二位老人家欢喜放心。"张姑娘道："正该如此，只是我得张罗姐姐去了，你叫嬷嬷给你梳罢。"公子道："无论谁梳都使得。我见过父母，还要照料照料外面的事。难道我还好照娶你的时候只作新姑爷，诸事惊动老人家不成？"说着，忙忙梳洗。

张姑娘便过新房去请新娘起来。才一揭帐子，看见新娘早已端端正正坐在那里。张姑娘先裣衽万福，说道："姐姐可大喜了。"只见玉凤姑娘一把拉住他道："好妹妹，你今日可断不许怄我了！回来你还得嘱咐嘱咐褚大姐姐。你们闹的这可真不是件事，再要怄我，我可就急了！"张金凤道："不是怄姐姐，这叫个床笫之间，不失夫妻姊妹之礼。便是褚大姐姐见了，也要道喜的；他如何肯怄你。"说着，让他下了床。伺候的人叠起被褥。

姑娘正在梳洗，人回："褚大姑奶奶吃梳头酒来了。"舅太太那时早已起来，急于要进房看干女儿，因等个齐全人①蹝②过门，自己才好进去。见褚大娘子来了，便也同张太太随后进来。

姑娘此时见了娘，倒也没什么可商量的了；只听见满耳朵里一片叫姑奶奶的声音，也听不出谁是谁来；一时看着这些人，虽是这等亲热相关，想起自己父母不在跟前，不觉性动于中，情发于外，一阵伤心落泪；再转一念，若果然父母都在，今日看了我嫁了这等人家，奉着这样公婆，随着这样夫婿，又多着这样一个有情有义合意同心的张家妹子，不知何等欢喜；不由越想越痛，抽抽噎噎起来。舅太太忙劝道："姑奶奶，今日可哭不得；回来哭得眼睛桃儿似的，人家笑话！"

姑娘听得人家要笑话了才止悲不语。大家应酬了几句吉祥话。张太太道："我见着姑奶奶了，放心了，我可走了。"

你道他又往那里去？原来这桩喜事，安太太算来算去只请得出褚大姑奶奶、佟舅太太，张亲家太太这么三位新亲来。女家倒占了三位，男家只剩了安太太一位。怎么算，怎么两下里都是单儿！

然则安老爷这样一个旧家还请不出十位八位新亲不成？只因其中有三层原故：第一层，这桩事，安老爷恐姑娘的性儿拿不定，不知这日究竟办得成办不成，并不曾通知亲友，连日在此住下的便是自己的内侄媳并本家晚辈，都和舅太太不好同席；第二层，这位张太太，论远近本就该请他作男家新亲才是正理，并且还虑到他作了女家新亲真要闹到"送亲演礼"，打

---

① 齐全人——指家里的长辈及丈夫均在的妇女，被认为是有福气的妇女。

② 蹝（xǐ）——踩。

起牙把骨[①]来可就不成事了,何况他还是啖白饭[②]呢;第三层,从来著书的道理,那怕稗官说部,借题目作文章,便灿然可观,填人数,凑热闹,便索然无味,所以燕北闲人这部《儿女英雄传》自始至终只这一个题目,只这几个人物,便是安老爷、安太太再请上几个旁不相干的人来凑热闹,那燕北闲人作起书来也一定照孔夫子删《诗》、《书》,修《春秋》的例给他删除了去。此张亲家太太见着姑奶奶所以就走的原委也。按下不表。

却说褚大娘子把姑娘的眉梢鬓角略给他缴[③]了几线,修整了修整,妆饰起来,大家看了,真个是春意透酥胸,春色横眉黛,昨日今朝,大不相同。

舅太太看他吃了东西,便上上下下花团锦簇尾随了出来。出门迈鞍子,过火盆,送喜神,避太岁,便出了那座游廊屏门。

俗语讲的再不错:"是亲的割不掉,是假的安不牢。"姑娘此时便一心惦记公婆,想去请安。不想出得那座门,前面两个引路的仆妇,便引了顺着游廊一直往后去。走了一会,进了一个小院门,才进院门,便闻得有一阵烟火油酱气。

姑娘心想:"怎么才出门儿就把我引到这么个地方儿来了?……"一进房门,只见一个连二灶上弄着大旺的火,上面坐着这翻开的铁锅,地下站着几个衣饰齐整的仆妇。又有个四十余岁鲇鱼脚的胖老婆子,也穿件新蓝布衫儿,戴朵红石榴花儿,戴着俩大奶膀子,腆着个大肚子,叉着八字脚儿,笑呵呵的跪下,说:"请大奶奶安哪。"

姑娘这才明白,原来是公婆的内厨房。只见伺候的仆妇在灶前点烛上香,地下铺好了红毡子,便请拜灶君。二位新人行礼起来,那个胖女人就拿过一把柴火来,说:"请奶奶添火。"又拿过半瓢净水来,说:"请奶奶添汤。"随有众仆妇给他拉着衣服,搂着袖子,一一的添好了。姑娘暗想:"往后要把这件事全靠了我,我可了不了哇!"

那知这是安水心先生的意思。他道:"古者,妇人,主中馈[④]者也。除

---

① 牙把骨——颌骨;牙齿。

② 啖(dàn)白饭——吃白饭(白吃饭)。

③ 缴(jiǎo)——一种整容法,用两条线对着面部扭动,拔去汗毛。也叫缴脸。

④ 中馈(kuì)——指妇女主饮食之事。

了柴米油盐酱醋茶之外，连那平钉堆绣扎拉扣都是第二桩事。”所以定要把这“三日入厨下，洗手作羹汤”的两句文章作足了。

这里添过水火，张姑娘便请姑娘出来，跟着前引那两个仆妇，也不知怎的转弯抹角，走了会子，又出了一座正北的角门儿。

姑娘一看，对面便是昨日在那里上轿的那个所在，想道：“怎么我不曾见公婆，倒又先引我到此地来呢?”只见前面那两个仆妇不进这座门，却引了往东走，进了那座大祠堂门。原来昨日是遥拜祖先，还不曾行庙见礼。一进门，早见安老爷、安太太在院子里肃恭将事的伺候，教儿妇两个在院子望空先拜过宗祠。然后老夫妻俩领了他们进祠堂，叩见老太爷老太太的神主，算自己带见之意。

行过了礼，姑娘上前问了公婆的起居。安老爷道：“论今日却不是你回门的日期，既到了这里，自然该同你女婿过那边，到亲家老爷亲家太太神主前磕个头去才是。”姑娘答应一声，随了大家过去。安老夫妻便先回家。

姑娘到父母神主前同公子磕过头，自然不免伤感；只得以礼制情，便忙忙的回来。才到上房，便有两个女人捧着两副新红捧盒在廊下伺候。姑娘进门见过翁姑，那两个人便端进盒子来，张姑娘帮他打开。姑娘一看，只见一个盒子里面放着五个碟子：一碟火腿，一碟黄闷肉，一碟榛子，一碟枣儿，一碟栗子；那一个里面是香喷喷热腾腾的两碗热汤儿面。姑娘纳闷道：“大清早起，这可怎么吃得到一块儿呢?”原来这又是安水心先生的制度，就把这点儿吃食作了姑娘的“开箱①礼”。

且住！这话益发奇了！便是姑娘家无人，不曾给公婆预备开箱的东西，只把邓九公帮箱的金银绸缎用些，也充得数了。

这位水心先生却意不在此，他讲得是《礼记》上“古者，妇人之贽②，惟榛脯脩枣栗。”脯，鲜肉也。脩，干肉也。所以命公子给媳妇装了三碟干果子，又配上这两碟肉腥，就算了玉凤姑娘见公婆的贽见，以为必该如此而行才合古礼。这同前回叫公子抱着只鹅去谢妆是一副板印下来的。

---

① 开箱——女子出嫁后第一次打开其陪嫁的箱柜。

② 贽(zhì)——贽见礼。古时妇女初次求见人所送的礼物。

那两碗热汤儿面便是玉凤姑娘方才添的那一炉子火那一锅水煮的。

但是热汤儿面又怎么算得“羹汤”呢？要作碗三鲜汤，什锦羹，吃着岂不比面爽口入脏些？他讲得的是：羹汤者，有“汤饼”之遗意存焉。古无“面”字，凡是面食一概都叫作“饼”。今之热汤儿面，即古之“汤饼”也。所以如今小儿洗三①下面，古谓之“汤饼会”②。今日这两碗面保不定还有个“我家的媳妇儿会赶面，赶到锅里团团转”的秘典在里头呢！这是安老爷一番考据工夫。

却说姑娘见公婆家的规矩如此，便先放了筷子，把那两荤三素的五碟吃食献上去，摆成一个梅花式；然后捧着面先进公公，后进婆婆。安老爷十分得意，便向太太道：“太太，我们倒要享用他这点敬意。”安太太只不过挑了两三箸面，夹了一片火腿。安老爷却就着那五样佳肴，把一碗面忒儿喽忒儿喽吃了个干净，还满脸堆欢向玉凤姑娘说了一句“媳妇，生受③你。”

舅太太在旁看了半日，说：“姑老爷，你可怄死我了！也没说你们二位为这个媳妇儿费了多少心，多少事，连个活计也不叫他递。枣儿栗子的闹起，请姑娘拜姐姐来的，我这里给我们姑娘备了点儿的东西。”说着，便叫人搭过两个小方盘儿来，——一个里头是一顶帽头儿，一匣家作活计，一双男靴，一双趿脚儿鞋，两双袜子。一个里头放着两个小匣子：一匣是一枝仿着圣手摘篮的金簪子，那手里却拈的是一个小小金九连环；一匣是一双汗浸了玉蒲镯。其余也是一匣家作活计，一双女靴，一双鞋，两双袜子。——便叫姑娘分递了公婆。

安太太见舅母这等用心精细，十分欢喜，说：“这可是个会疼女孩儿的！”舅太太也笑道：“姐姐手儿拙，也不会作个好活计，亲家太太慢慢儿的调理他罢。”说的大合姑太太的意。安老爷却是碍于亲情，不得不收，心里还以为事不师古，终非经道。

这个当儿，安太太便把那枝九连环从匣屉儿上抽下来就戴在头上，因

① 洗三——婴儿出生后第三天洗身。

② 汤饼会——旧俗。生儿三日，设筵招待亲友，叫汤饼会。汤饼：汤煮的面食。

③ 生受——道谢语。麻烦；辛苦。

叫了声："长姐儿呢？"只见走过一个丫鬟来，长得细条条儿的，一个高挑儿身子，生得黑黝黝儿的，一个圆脸盘儿，两个重眼皮儿，颇得人意。太太吩咐他说："你把我那个匣儿拿来。"

那丫鬟答应一声，去不多时，拿了一个锦匣子来打开，里头却是一枝雁钗，一双金镯子。太太嘴里正吃着烟，便点着头儿叫："姑娘。"姑娘走到跟前。太太把烟袋递给那丫鬟。张姑娘便过来用簪子挑开那匣屉儿上的绷线儿。只听太太说道："我这枝簪子是一对儿，你妹妹磕头那天给了他一枝。也有这样一对镯子，我照样又打了一对。如今给你。"因说："你低下头，我给你戴上。"姑娘便弯着腰，低下头去，请婆婆给戴好了。太太又给他换上那双镯子，便拉着他细瞧了瞧手，搭讪着又看了看他胳膊上那点"守宫砂"，——可煞作怪！连些影子也没了！太太十分欢喜，望着两个媳妇儿，看看这个，看看那个，说道："啧！啧！啧！真是一对儿好孩子！"姑娘谢过婆婆。

安老爷见太太赏了媳妇拜礼，便满面正气，拈着小胡子儿，叫道："来，把我给大奶奶那份东西拿来。"只听伺候的人答应了一声，抬过一个大方盘来，上面盖着块大红控单。老爷便说道："媳妇过来，以你这样好媳妇，我岂不知赏你几件奇珍宝玩？但今日是你为妇之始，用这些俗物，非礼也。我这里另有几件东西，你看看。"

张姑娘便撤去那个红控单。姑娘一看，只见方盘里摆的是一条堂布手巾，一条粗布手巾，一把大锥子，一把小锥子，一分火石火链片儿①，一把子取灯儿②，一块磨刀石；又有一个小红布口袋，里头不知装着什么。张姑娘从口袋里拿出来，却是一个针扎儿③装着针，一个线板儿绕着线。

姑娘一看，心里说："这可糊涂死我了！"正在纳闷，又不好问。安老爷便说道："大约你不解这几件东西的用意。那《礼记》上，《内则》有云：

① 火链片儿——击石取火的器具。下文"金燧"、"木燧"均为取火器具。

② 取灯儿——方言。火柴。

③ 针扎儿——缝纫用插针用具。

‘妇事舅姑，如事父母。鸡初鸣，咸盥漱，栉縰笄总①，衣绅②，左佩纷帨③，刀砺，小觿④，金燧，右佩箴⑤管，线纩⑥，施鞶帙⑦大觿，木燧，衿缨綦⑧屦以适父母舅姑之所。’这方粗布便叫作‘帨’，湿了用，洗家伙的。这块堂布叫作‘纷’，干着用，擦家伙的。这大小两把锥子，叫作‘大觿’‘小觿’，是开个瓶口儿匣盖儿用的。那磨刀石便叫作‘刀砺’⑨，伺候公婆吃饭磨刀片肉用的。那火链片儿代‘金燧’用，取灯儿代‘木燧’用，为生火用的。这两件东西还是从权⑩，论理，那‘金燧’一定要用火镜儿⑪向日光取火；‘木燧’一定要用钻向树上取火。所以古人春取榆柳，夏取枣杏，夏季取桑柘⑫，秋取柞楢⑬，冬取槐檀。如今我这庄园树木也不全。再说遇着个阴天，那火镜儿也着实不便，所以我才给你备了这火链取灯儿两桩东西。那口袋叫是‘鞶帙’，里面装针的便是‘箴管’，绕线的便是‘线纩’，为是给公婆缝缝联联用的。一共九件东西。这是作媳妇的事奉翁姑必需之物。想你父母在日，断断给你备不到此，我所以悉遵古制，备这一份赏你。按着古礼，媳妇每日谒见翁姑，这些东西还该随身佩带的；只是如今人心不古，你若带在身上，大家必哗以为怪，只好通权达变，放在手下备用罢。——然而此等大礼却不可不知。”姑娘只得一一答应叩谢。

---

① 栉(zhì)縰(xǐ)笄(jī)总——梳头用具。栉，梳、篦总称；縰，束发的帛；笄，本作“笄”。簪子，古代用来插住挽起的头发或牟冕；总，总发，聚束之意。

② 绅——外衣束带。

③ 帨(shuì)——佩巾。

④ 觿(xī)——古代用骨头制的解绳结的锥子。

⑤ 箴(zhēn)——同“鍼(针)”。

⑥ 纩(kuàng)——絮衣的新丝棉，亦作“茪”(guāng)。

⑦ 鞶帙——pán zhì。

⑧ 衿(jīn)缨(yīng)綦(zuàn)屦(jù)——衿，亦作“衿”，古代衣服的交领；缨，系在颔下的冠带；綦，五彩条带；屦，麻、葛等制成的单底鞋。

⑨ 砺(lì)——磨刀石。

⑩ 权——此作“方便”。

⑪ 火镜儿——聚光镜。

⑫ 柘(zhè)——植物名。柘木。

⑬ 柞楢(zuòyóu)——古代用以取火。植物名。柞木。称“冬青”、“蒙子树”、“凿刺树”等。楢，楢木。

当下满屋里的人，只有太太支应着回答，其余亲族女眷，上上下下，大大小小，无一不掩口而笑。老爷依然一副正经面孔。再不想这套话倒把位见过世面的舅太太听进去了，说："哦！照姑老爷这么说起来，这不就是咱们如今带的那个'密鸦密罕丰库'①叫白了，叫他妈妈儿手巾上的那份东西吗？"原来这件东西是有出典的。

老爷再想不到谈了半天，谈出这么一个知己来了，乐得一手拍膝说道："然！可见我讲的不是无本之谈。那'密鸦密罕丰库'的汉话便叫作'彩帨'。帨，即手巾也。只是如今弄到用起缂绣绸缎手巾来，连那些东西也都用金银珠宝作成者，便是数典而忘其祖，大失命题本意了！"

新娘听公公讲完了这篇考据，才一一的接见亲族，俗叫作"分大小儿"。第一位便是邓九公。安老爷亲自出去请进来。只见老头儿腆着胸脯儿，怀里揣得鼓鼓囊囊的，站在当地，说："免了罢。"安老爷道："如何使得！还得请老兄台坐下受礼。"

说着，便让他坐下。两个新人过来行礼。磕到第二个头，他早起身过来拉起公子说："老贤侄，姑爷，姑奶奶，都请起。夫荣妻贵，子孝孙贤。"说着，便回手在怀里掏了半日，掏出一个大锦袱子来打开，里面是个青玉莲花宝月瓶，四角有四个孩子，单腿跪着，扛着那瓶，算作足儿，还有个檀木座子。他放在桌子上，向公子道；"你瞧这个瓶，愿你阖家平平安安的。上头这几朵莲花，愿他姐妹俩和和气气的。还照这四个娃娃的数儿，每人给你父母抱俩孙孙。这件东西，有个名儿，叫作'四海升平'。老贤侄，你将来作了大官，南征北讨，给万岁爷家出点子力，戴个红顶子，给你老爷子老太太扬扬名，风光风光，好不好？你可别瞧着这玉情儿②不怎么样，年代儿有了！这还是我'抓周儿'那天我老老家给的！愿你们三口儿活的比我岁数儿还大！"

你说这还要怎么吉祥？安老爷连忙叫公子和两个媳妇谢过。安太太也道，能够都照九太爷的话就好了。"他道："一定能！一定能！"说着，出外去了。

这里舅太太、张老夫妻、褚大娘子都受了礼。舅太太给的是现作的几

① 密鸦密罕丰库——外来语。打扮用的手巾。密雅密罕，打扮；丰库，手巾。

② 玉情儿——玉石的质地品级。

件家常衣服;张老夫妻是女儿给备的四半个尺头;褚大娘是绛绣领面儿,挽袖褪袖儿,膝裤之类,都送了见面礼。其余都是平辈,不肯受礼,只彼此一见而已。

外面邓、张、褚三位是昨日赴过男筵席的了,今日里面便摆起女筵席来。褚大娘子首席,舅太太二席,张太太三席,安太太末席相陪。公子一一递过酒,彼此都是熟人,也不用酒过三巡,汤添二道,大家便认真吃起饭来。张太太被大家劝了半日,依然不肯开斋,想他必有所待。

吃过了饭,舅太太站起来道:"亲家太太,可恕我不能拘那俗礼儿,等摆果子了。我可得张罗我们姑爷姑奶奶的圆饭去了。"说着,便过新房去。

那里炕上早齐齐整整摆了一桌筵席。舅太太让安公子、何小姐上面并肩坐了,自己和张姑娘东西面相陪。安公子是前度刘郎,何小姐是司空见惯,倒也用不着十分羞涩,便举案齐眉,同吃了一顿饭。至此吉礼告成,他三人从此问安视膳,弋雁听鸡;卿绣依吟,妇随夫唱。

天下那里有这样的人家?这般的乐事?岂还算不得个欢喜团圆?不道那燕北闲人还有大半部文章,这《儿女英雄传》才演到第三番结束。这正是:

砚待磨穿双管下,弓须开到十分圆。

要知后事如何,下回书交代。

第二十九回

证同心姊妹谈衷曲　酬素愿翁媪赴华筵

这部书前半部演到龙凤合配，弓砚双圆，看事迹，已是笔酣墨饱；论文章，毕竟不曾写到安龙媒正传。不为安龙媒立传，则自第一回“隐西山闭门课骥子”起至第二十八回“宝砚雕弓完成大礼”皆为无谓陈言，便算不曾为安水心立传。如许一部大书，安水心其日之精，月之魄，木之本，水之源也。不为立传，非龙门世家体例矣。燕北闲人知其故，故前回书既将何玉凤、张金凤正传结束清楚，此后便要入安龙媒正传。入安龙媒正传，若撇开“双凤”，重烦笔墨，另起楼台，通部便有“失之两橛①，不成一贯”之病，所以这回书紧接上文，先表何玉凤。

却说何玉凤本是个世家千金闺秀，只因含冤被难，弄得孤苦伶仃，连自己一条性命尚在未卜存亡，那里还讲得到“婚姻”二字。不想忽然大仇已报，身命得安，姻缘成就。这段姻缘又正是安家这等一分诗礼人家，安老爷、佟孺人这等一双慈厚翁姑，安公子这等一位儒雅温文夫婿；又得张姑娘这等一个同心合意的作了姊妹共事一人；再加舅太太这等一个玲珑剔透两地知根儿的人作了干娘，从中调停提补；便是今生绝绝不想再见的乳母丫鬟也一时同相聚首。此时何玉凤的遭际真算得千古第一个乐人，来享浩劫第一桩快事！便从“一十八狱狱中狱”升到“三十三天天外天”，其快乐也不过如此，还不专在乎新婚燕尔，似水如鱼。你道就靠安老夫妻邓家父女又能有多大神通，就把他成全到这个地步？这是个天。难道天又和他有什么年谊世好，有心照应他不成？无非他那一片孝心，一团至性，作成儿女英雄，合了人情天理，自然就转祸为福，遇危而安。这是人人作得来的，只苦于人人不肯照他那样作了去；即或偶然作到这个地步，又向老天算起账来，说：“这是我苦尽甘来应该食报的，享用的。”就未免气骄志满，一天一天的放荡恣纵起来，寻些房帏快乐，图些饱暖安闲，挥些无

---

① 橛（jué）——一段。一节。

益银钱,长些拒人气焰。岂知天道无亲,惟佑善人。这样斫丧①起来,那"满招损,乖致戾"的道理如应斯响。便是天果然和你有个年谊②世好,他也没法了。纵有旺腾腾的好时运,也不怕不重新败坏下来;齐整整的好家园,也不怕不重新萧条下来。及至自己寻到苦恼场中,却要报怨,说:"老天怎的不睁眼!"呜呼!老天其不冤乎!

何玉凤是何等一副儿女心肠!英雄见识!况且他自幼儿就自己为难惯了自己的了,如今从钢眼里拔出来,好容易遇着这等月满花香的时光,他如何肯轻易放过!因此一进安家门便自己给自己出了一个烧手的大难题目。想到上天这番厚恩,众人这番美意,我如今既 作了他家的媳妇,要不给公婆节省几分精神,把丈夫成就一个人物,替安家立起一番事业来,怎报得这天恩,副得这人望!

他如此一想,早把从前作女儿时节的行径全副丢开,却事事克己步步虚心的作起人家,讲起世路来。更兼他天生得落落大方,不似那羞手羞脚的小家气象。再看看安家的上上下下,那个也不是陌生人。因此,该说的就说,该问的就问。该是公子作主的定有个尽让;该和张姑娘商量的定尽他一声。到了公婆跟前便同张姑娘叙姊妹礼数,自己居先;到了夫妻之间便和他论房帏资格,自己居右。处得来天然合拍,不即不离。把安老夫妻两个乐得大称心怀,眉开眼笑。

他当下在上房周旋了褚大娘子和诸位女眷一番,见舅太太不在跟前,便要到干娘屋里尽个礼数。安太太吩咐他就便脱了礼服,换换衣裳,也和妹妹说说话儿去。他答应着,等又给婆婆装了烟袋,才同张姑娘拉着手儿过这院里来;一进院门,正要到舅太太屋里去,早见舅太太在廊下站着,说:"姑奶奶必是要到我屋里。你先不用来呢。今日是头一天出来,除了见公婆,这算进头一道门槛儿,得取个吉祥。你先到你妹妹屋里看看去。我这里张罗给你们弄晌饽饽③呢。等我告诉明白了他们,我也找了你们去。"何小姐见如此说,只得笑着回到自己新房换了衣服便到西屋里来。

---

① 斫丧(zhuósàng)——摧残;伤害。

② 年谊——称同年登科的关系。

③ 晌饽饽——午饭主食。饽饽,北方方言。用以称馒头、糕点或其他面食。如:硬面饽饽。

却说安公子住的那房子虽是三开门,却是前后两卷,通共要算六间。金玉姊妹在东西间分住,屋里的装修隔断都是一样。只东屋里因作新房,那张合欢床规矩设在靠南窗,便把两卷①打作通连,匀出北面来摆妆奁安座落。张姑娘这屋里却是齐着前后两卷的中缝,安着一溜碧纱橱,隔作里外两间:南一间算个燕居②,北一间作为卧室。

何小姐到了这屋里便和张姑娘在外间靠窗南床上坐下。早有华嬷嬷丫鬟柳条儿送上茶来。何小姐一面喝茶,留神看那屋子,见床上当中一般的摆着炕桌,引枕,坐褥;桌上一个阳羡③沙盆儿,种着几苗水仙;左右靠墙分列两张小条案儿,这边案上随意摆两件陈设,那边摆一对文奁;地下顺西墙一张撬头大案,案上座钟瓶洗之外,磊落些书籍法帖;案前一张大理石面小方桌,上面摆得笔砚精良,左右两张杌子,北一面靠碧纱橱,东西两架书阁儿;当中便是卧房门,门上挑着葱绿软帘儿,门里安着个曲折槅子,槅子上嵌着块大玻璃,放着绸挡儿,却望不见卧房里的床帐;又见那外间满屋里贴落的图书四壁。

何小姐自幼也曾正经读过几年书,自从奔走风尘,没那心兴理会到此;如今心闲兴会,见了许多字画,不免赏鉴起来:一抬头,先见正南窗户上槛悬着一面大长的匾额,古宣托裱,界画④朱丝,写着径寸来大的四角方的颜⑤字。

何小姐要看看是何人的笔墨,先看了看下款,却只得一行年月,并无名号;重复看那上款,写着“老人书付骥儿诵之”,才晓得是公公的亲笔;因读那匾上的字,见写道是:

“正其衣冠,尊其瞻视;潜心以居,对越上帝。足容必重,手容必

① 两卷——两道棚卷做顶的屋子。

② 燕居——同“宴居”,即平日生活之居。

③ 阳羡——古县名。秦置,在今宜兴南。

④ 界画——即“界划”。国画用语。指作画时用界尺划线以求精确。

⑤ 颜——唐大臣、书法家颜真卿。

恭;择地而蹈,折旋蚁封①。出门如宾,承事②如祭;战战兢兢③,罔④敢或易。守口如瓶,防意如城;洞洞属属⑤,罔敢或轻。不东以西,不南以北;当事而存,靡他其适。勿贰以二,勿参以三;惟精惟一,万变是监⑥。从事于斯,是曰持敬;动静弗违,表里交正。须臾有间,私欲万端;不火而热,不冰而寒。毫厘有差,天壤易处;三纲既沦,九法亦斁。呜呼!小子!念哉!敬哉!墨卿司戒,敢告灵台⑦。"

何小姐看了一遍,粗枝大叶也还讲得明白,却不知这是那书上的格言,还是公公的庭训,只觉句句说得有理,暗说:"原来老人家弄个笔墨,也是这等丝毫不苟的!"因又看那东隔断方窗上头,也贴着个小小横额子,却是碗口大的八分书,写得是:

"弋雁听鸡⑧"。

上款是"龙媒老弟属",下款是"克斋学隶"。这两句《诗经》,姑娘还记得。又看方窗两旁那副小对联,写得软软儿的一笔赵字,写着:

"屋小于舟,春深似海"。

却是新郎自己的手笔。

何小姐心里道:"这'屋小于舟',不过道其实耳。下联的意思就有些不大老成,不是老人家教训这段格言本意了。"一面回头又看那身后炕案边挂的四扇屏,写得都是一方方的集锦小楷,却是诸同人送的催妆曲。大略看了一看,也有几句庄重的,也有几句轻佻的,也有看着不大懂得的。和张姑娘一路说笑着,便站起来到大案前看西墙挂的那幅堂轴,见画的是仿元人《三多图》,落款是"友生声庵莫友士写意"。姑娘都不知这些人为谁。又看两旁那副描金朱绢对联,写道是:

---

① 蚁封——蚁穴处隆起的小土包。

② 承事如祭——承接事体十分恭敬。

③ 战战兢兢——小心谨慎。

④ 罔——不。

⑤ 洞洞属属——善于观察,精神专注。

⑥ 监——借鉴;镜子 。

⑦ 灵台——祖先。

⑧ 弋雁听鸡——勤奋修练。引自《诗经·郑风·女曰鸡鸣》。弋雁,"将翱将翔,弋凫与雁"。弋,用绳系在箭上射。

“金门待奏贤良策，玉笥①新藏博议书。”

上款是“奉贺龙媒仁兄大人合卺重喜”，下款是“问羹愚弟梅鼎拜题并书”。

何小姐看了一笑，因问道：“这梅鼎是谁呀？是个什么人儿呀？”张姑娘道：“他也是咱们个旗人。他们太爷称呼同大人，现任南河河道总督。这梅少爷是公公的门生，双合玉郎换帖，所以去年来了，公婆还叫我见过。昨日他也在这里来着。姐姐没听见？进来闹房的那一群里头第一个讨人嫌吵吵不清的就是他。公公可疼他呀，常说那孩子有出息儿。”何小姐道：“这孩子儿呀，我只说他没出息儿！”张姑娘道：“姐姐怎么倒知道他么？”何小姐道：“我何曾知道他。你只看他送人副对子也有这么淘气的么。”张姑娘听了这话，又把那对子念了一遍，才笑起来道：“果然！姐姐这一说破了，再看那‘待’字‘新’字下得尤其可恶，并且还不能原谅他无心。昨日姐姐只管在屋里坐着，横竖也听见他那嘴了。”

二人说着，转到卧房门口。何不姐抬头看门上时，也有块小匾，写着：

“瓣香室”

心里想道：“这‘瓣香’两个字倒还容易明白，只是题在卧房门上不对啊。这卧房里可一瓣心香的供奉谁呢？”一面想，一面看那匾上的字，只见那纵横波磔一笔笔写的俨如铁画银钩，连那墨气都像堆起一层来似的，配着那粉白雪亮的光绫地儿，越显黑白分明得好看；及至细看，才知不是写的，原来照扎花儿一样用青绒绣出来的，那下款还绣着“桐卿学绣”一行行楷小字，还绣着两方朱红图书。何小姐道：“这倒别致。这桐卿又是谁呀？手儿怎么这么巧哇！这个人儿在那里？我见得着他见不着？”张姑娘道：“姐姐岂但见得着，只怕见着他，叫他绣个什么，他还不敢不绣呢。但是这个人儿，他可只会绣，不能写；这块匾的蓝本是他求人家写的。”何小姐只顾贪看那屋子，也不往下再问。

说着，将要进门。张姑娘道：“柳条儿，你先进去把玻璃上那个挡儿拉开，得点亮儿。”柳条儿答应一声，先侧着身子过去。何小姐也随着进了屋门，见那曲折槅子是向西转过去的；等柳条儿撤玻璃挡儿的这个当儿，回头一看，见那槅子东一面，长长短短，横的竖的，贴着无数诗笺，都是

① 笥（sì）——盛饭食或衣物的竹器。

公子的近作;看了看,也有几首寄怀言志的,大抵吟风弄月居多,一时也看不完;只见内中有一幅双红笺纸,题着一首七言截句。那题目倒写了有两三行,写道是:

庭前偶植梧桐二本,才似人长。日携清泉洗之,欣欣向荣,越益繁茂。树犹如此,我见应怜。口占二十八字,即博桐卿一粲①,并待萧史就正。

"亭亭恰合称眉齐,争怪人将凤字题。
好待干云垂荫日,护他比翼效双栖。"

后面另有一行,写着"龙媒戏草"。

何小姐看了这首诗,脸上登时就有个颇颇不然的样子,倒像兜的②添了一桩什么心事一般;才待开口,立刻就用着他那番虚心克己的功夫了,忙转念道:"且慢!这话不是今日说的,且等闲来和我这妹子仔细计较一番,再作道理。"

且住,说书的,这位姑娘好容易才安顿了,他心里又神谋魔道的想起什么来了?列位,这句话说书的可不得知道。何也呢?他在那里把个脸儿望着槅子看诗,他那脸上的神气连张金凤也看不见,他心里的事情,我说书的怎么猜的着?你我左右闲在此,大家闲口弄闲舌,何不猜他一番?

按这书的上文猜了去,何小姐同张姑娘正在谈笑,看到安公子这首诗忽然的心下不然起来,大概是位听书的都听得出来这首诗是为何玉凤、张金凤而作。那"桐卿"两个字,不必讲,用的是"凤鸣桐生"的两句,又暗借一个"金井梧桐"的典,含着一个"金"字在里头,自然是赠张金凤的别号;那"箫史"两个字,不必讲,用的是"吹箫引凤"的故事,又暗借一个"秦弄玉"的名号,含着一个"玉"字在里头,一定是赠何玉凤的别号。因此上,这位姑娘看了便有些不然起来也未可知。

只是这首诗的命意,选词,体裁,也还不丑,便是他三个的性情,才貌,彼此题个号儿,叫个号儿,也还不至肉麻。况且字缘名起,伊古已然。千古首屈一指的孔圣人,便是一位有号的。"仲尼曰,君子中庸","仲尼祖述尧舜","仲尼,日月也"。一部《四书》凡三举圣号,称号亦通例也,似不

---

① 粲(càn)——露齿一笑。
② 兜的——一下子;猛地。

足怪,何致就把这位姑娘惹得不然起来呢?

然而细推敲了去,那《四书》的称号却有些道理在里头。《中庸》两见,明明道着孔门传授心法,子思恐其久而差也,故笔之于书,以授孟子。到了孙述祖训,笔之于书,想要垂教万世,既不好书作"孔大寇""孔协揆",更不得书作"夫执御者""鄹人①之子",难道竟书作"大父曰:君子中庸""家祖祖述尧舜"……不成?他是除了称号没得称的,只得仲尼长仲尼短了哇。《论语》一见是子贡见叔孙武叔呼着圣号,谤毁圣人,因申明圣号,说:"这两个字啊,如同日月一般,谤毁不得的。"此外却不曾见子思称过"仲尼家祖",也不闻子贡提过"我们仲尼老师"。至于孟子那时既无三科以前认前辈的通例可遵,以后贤称先圣自然合称圣号。此外和孔夫子同时的,虽尊如鲁哀公,他祭孔夫子的诔文②中也还称作"尼父"。然则这号竟不是不问张王李赵长幼亲疏混叫得的。

降而中古,风雅不过谢灵运③,勋业不过郭子仪④,也都不听得他有个别号。然则称人不称号也还有得可称。便是我说书的也还赶上听见旗籍诸老辈的彼此称谓。如称台阁大老,张则"张中堂",李则"李大人";遇着旗人则称他上一个字,也有称姓氏的,如"章佳相国","富察中丞"之类,但是个大父行辈则成为"某几太爷",父执则称为"某几老爷",平辈相交则称为"某几爷"。至于宗族中,只有"大爷""叔叔""哥哥""兄弟"的称呼;即使房分稍远也必称"某几大爷","叔叔家的几哥哥几兄弟",从不曾听得动辄称别号的。

旧风之淳朴如此!到了如今,距国初进关时节曾不百年,风气为之一变!旗人彼此相见,不问氏族,先问台甫⑤,怪;及至问了,是个人他就有个号,但问过他,就会记得,更怪;一记得了,久而久之,不论尊卑长幼,远近亲疏,一股脑子把称谓搁起来,都叫别号,尤其怪。照这样从流忘返,流到我大清二百年后,只怕就会有"甲斋父亲""乙亭儿子"的通称了!且将

---

① 鄹(zōu)人——孔子的父亲叔梁纥(hé)。

② 诔(lěi)文——古代上对下死者的祭辞。

③ 谢灵运——南朝宋诗人。开山水诗先河。

④ 郭子仪——唐大将。平安史之乱等功勋显赫。

⑤ 台甫——敬辞。用于问人的表字。

奈何！

何小姐或者有见于此，觉得安公子以世家公子无端的从自己闺阂中先闹起别号来，怪他沾染时派过重，所以看了那"桐卿""箫史"的称呼有这番心下不然也未可知。

若果如此，这位姑娘就未免有些积虑过远，嫉恶过严了。要知如安公子的好称别号，是他为了难了。怎见得呢？一个人，三间屋子里住着两个媳妇儿，风趣些，卿长卿短罢，毕竟孰为大卿，孰为小卿；佳怀些，若姐若妹罢，又未免"名不正，则言不顺"；徇俗些，称作奶奶罢，难道好分出个"东屋里奶奶""西屋里奶奶""何家奶奶"张家奶奶"来不成？这是安公子不得已之苦衷，却不是他好趋时的陋习。便是被他称号的人，也该加些体谅。

照这等说来，何小姐的不悦还不为此。——既不为此，为着何来？想来其中定有个道理。他既说了要和张姑娘商量，只好等他们商量的时候你我再听罢。

却说何玉凤当下不把这话说破，便先搁起不提；因搭讪回头望着张姑娘道："好哇！我老老实实儿的一个妹妹，怎么一年来的工夫学坏了？这'桐卿'分明是人赠你的号，那'箫史'自然要算赠我的号了。若然，这门上'瓣香室'三个字竟是你绣的，你怎么方才还和我支支吾吾的闹起鬼来呢？"问得个张姑娘无言可答，只是咯咯的笑。

说着，何玉凤绕过槅子，进了那间卧房。只见靠西墙分南北摆两座墩箱，上面一边搁着两个衣箱，当中放着连三抽屉桌，被格上面安着镜台妆奁以至茶筅漱盂许多零星器具。北面靠窗尽东头安着一张架子床，悬着顶藕色帐子。那曲折槅子东，找夹空地方，竖着架衣裳格子，上面还大大小小放着些零星匣子之类。那衣格以北，卧床以南，靠东壁子，当中放着一张方桌，左右两张杌子。那桌子上不摆陈设，当中供一分炉瓶三事①。两旁：一旁是个青缘花觚，应时对景的养着一枝血点儿般红的山茶花；一边是个有架儿的粉定盘子，里面摆着娇黄的几个玲珑佛手。那上面却供着一座小小的牌位，牌位后面又悬一轴堂幅横披，却用银红蝉翼绢罩着，看不清楚是什么佛像。

---

① 炉瓶三事——香炉、香盒及放香铲的瓶子三件凑成一套的烧香用具。

何小姐心下暗道："原来这里果然供养香火。这就无怪题作'瓣香室'了——只是怎的佛像供在卧房里？……这前面又是谁的牌位呢？……"一面想，走向前一看，见上面是"十三妹姐姐福德长生禄位"一行字，把他诧异得"咻"的一声，问出一句傻话来，问道："这供的是谁？是谁供的？"张姑娘笑道："我的十三妹姐姐，情知可是谁呢？难道还有第二位不成？"何小姐正色道："妹妹，你忒也胡闹！这如何使得！你这等闹法岂不要折尽我平生的福分？还不快丢开！"他说着，伸手就要把那长生牌儿提起来拿开。慌的个张姑娘连忙双手护住，说道："姐姐，动不得！这是我奉过公婆吩咐的！"何小姐听了，更加着急起来，说："越发不成事了！你快告诉我，公婆怎的说？"张姑娘道："姐姐别忙。咱们就在这桌儿两旁坐下，听我告诉你。

二人归座，柳条儿给他姑娘装过袋烟来。张姑娘一面吃着烟，便把他去年到了淮城店里见着公婆，怎的说起何小姐途中相救，两下联姻，许多好处；怎的说一时有恩可感，无报可图，便要供这长生禄位，朝夕焚香顶礼；安老夫妻听了，怎的欢喜依允；后来供的这日，安太太怎的要亲自行礼，他怎的以为不可，拦住；后来又要公子行礼，却是安老爷说他不是一拜可以了事的，这才自己挂冠，带他寻访到青云山庄的话，说了一遍。

何小姐听了，心下才得稍安。一时两意相感，未免难过，只不好无故伤心。想了一想，转勉强笑道："我想起来了。记得公公在青云山和我初见的这天，曾经提过这么一句。那时我也不曾往下斟酌。不想妹妹你真就闹出这些故事儿来！如今你既把我闹了来了，你有什么好花儿呀，好吃的呀，就剪直①的给我戴，给我吃，不爽快些吗？还要这块木头墩子作什么？你不许我拿开他，你的意思不过又是什么搭救性命咧，完配终身咧，感恩咧，报德咧，这些没要紧的话；你只想，你昨日在祠堂那一番肺腑之谈还不抵救我一命么？还不是完我终身么？我又该怎样呢？你必定苦苦的不许我拿开这长生牌儿，我从明日起，每日清早起来给公婆请了安就先朝着你烧一炷香磕一阵头，我看你怎么样。"张姑娘道："姐姐不用着急。姐姐既来了，难道我放着现佛不朝还去面壁不成？只这长生牌儿却动不得。姐姐听我说个道理出来。"何小姐道："这还有个什么道理呀？你倒说说

① 剪直——直截了当。

我听。”

张姑娘指了壁上罩着的那画儿说：“姐姐要知这个道理，先看这个玩意儿就明白了。”说着，便叫过花铃儿来，要扶了他自己上机凳儿去揭起那层绢来。

这个当儿，何小姐早一抬腿上去揭起那挡儿来一看，那里是什么佛像，原来是一副极艳丽的仕女图。只见正面画着一个少年，穿着个鱼白春衣，靠着一张画案，案上堆着一卷书，在那里拈笔构思；上首横头坐着个美人，穿着大红衫儿，湖色裙儿，面前安着个博山炉①在那里添香；下首也坐着个美人，穿着藕色衫儿，松绿裙儿，面前支着个绣花绷子在那里挑绣，旁边还有两个小鬟拂尘煮茗。只有那仕女的脸手是画工，其余衣饰都是配着颜色半扎半绣，连那头上的鬓发珠翠，衣上的花样褶纹，都绣出来，绣得十分工致。

何小姐不由得先赞了一句道：“好漂亮针线！这断不是男工绣的，一定也是那位桐卿先生的手笔了！”说着，下来，转正了细细的一看，画的那三副脸儿：那少年竟是安公子，那穿藕色的却酷似张姑娘，那穿红的竟是给自己脱了个影儿，把他乐的连连说道：“难为你好心思！怎么想来着？你我相处了二年，我竟不知道你这么手儿巧，还会画呢！”张姑娘道：“姐姐打量真个的我有这么大本事么？除了这几针活计是我作的，这稿子是人家的主意。那脸儿是一位姓陶的画的，连那地步，身段，首饰，衣纹，都是他勾出来，我照着作起来的。”

何小姐道：“这个姓陶的又是谁呢？”张姑娘道：“咱们这里有位程师爷，江苏常州人。他有个侄儿，叫作程铨，不知在那个修书馆上当供事。这姓陶的就是那程铨的娘子。这个人叫作陶桂冰，号叫樨禅。我看见他这名字，还念了个白字，叫他陶桂冰，被人家笑话了去了，才告诉我说这是个‘冰’字，读作凝。姐姐屋里挂的那张‘玉堂春富贵’就是他画的。工笔人物，他也会画，最擅长的是传真②。今年夏天程师爷叫他来给婆婆请安，婆婆便请公公自己出个稿子，叫他画幅行乐。公公说：‘我出个什么稿子呢？古人第一个画小照的是商朝的傅说。他那幅稿子却不是自己出

① 博山炉——山东博山生产的以青铜、陶或瓷制成的焚香器具。

② 传真——即“写真”。谓画家摹写人物形貌。

的。及至汉朝里马伏波将军功标铜柱,却是绝好的一副稿子呢。只是云台二十八将里头又独独的不曾画着他。我这样年纪,一个被参开复的候补知县,还闹这些作什么?况这程世兄的令正又是个女史,倒是教他们小孩子们画着玩儿去罢。'我们就把他请过这屋里来,不是容易,才商量定了这个稿子,画成你我三个人这副小照。"

何小姐道:"我且不管你们是容易商量的也罢,不是容易商量的也罢,我只问你:我是个管作什么的?怎么会叫你们把我的模样儿画了来了?一年之久,我直到今日才知道啊!"张姑娘道:"岂但姐姐的模样儿,连姐姐都叫人家娶了来了!姐姐也是一年之久直到今日才知道哇!姐姐要问怎么就把姐姐的模样画了来了,请问这里现放着姐姐这么个模样的妹妹,还怕照着画不出妹妹这么个模样儿的姐姐来么?话虽这样说,只你这眉梢眼角的神情和那点朱砂痣俩酒窝儿也不知费了我多少话才画成的呢!"

何小姐道:"我是急于要听听你方才说的那不许我扔开这长生牌儿的道理。这话又与那长生牌儿何干呢?"张姑娘道:"姐姐别忙啊。要留那长生牌儿的道理正在这一幅行乐图上头。说起来,这话长着的啊。自从去年我姊妹两个在能仁寺草草相逢,匆匆分手以后,算到今日,整整的一年零两个月,这其间无限的离合悲欢,今日之下我才盼到和姐姐一室同居,长相聚首。姐姐虽是此时才来,我这盼着姐姐来的心可不是此时才有的。这话大约姐姐也该信得及。"

何小姐连连点头答应说:"岂但信得及,这话大约除了我,还没第二个人明白。"张姑娘道:"这就见得姐姐知道我的心了。只是我虽有这条心,我到了淮安见着公婆,是个才进门的新媳妇儿,不知公婆心里怎样,这句话我可不好向公婆说;不想公公到了青云堡,访着九公,见着褚大姐姐,褚大姐姐也想到你我和他三个人这段姻缘上。及至婆婆到了,他们早和公婆商量到这段话;这段话,他三位老人家自然也因为我是个才进门的新媳妇儿,又不曾告诉我;落后还是褚大姐姐私下告诉了我,他还嘱咐我先不要提起。我只管知道公婆的心里是怎么样了,我可又不敢冒冒失失的问。那时候更摸不着你老人家的主意,我更不敢和你我这位玉郎商量。这天闲中,我要探探他的口气。谁知才说了一句,他讲起他那番感激姐姐敬重姐姐的意思来,倒和我背了一大套《四书》,把我排揎了一阵。这话也长，等闲了再告诉姐姐。”

何小姐道：“这话也不用你告诉我，我也深知你的甘苦，并且连你们背的那几句《四书》我都听见了。”张姑娘听了一怔，便怄他道：“姐姐站住。姐姐通共昨日酉正才进门，倒还不够一周时，姐姐这话是从那里打听了去的？我倒要问问。”

罢了！为什么先哲有言：“当得意时慢开口；当失意时慢开口；与气味不投者对慢开口；与性情相投者对慢开口”，这四句话真是戒人失言的深意！只看何小姐这等一个精细人，当那得意的时候，和个性情相投的张姑娘，说到热闹场中，一个忘神，也就漏了兜，益发觉得这四句格言是个阅历之谈了！

闲言少叙。却说何小姐一时说得高兴，说得忘了情，被张姑娘一怄，不觉羞得小脸儿通红。本是一对喁喁儿女促膝谈心，他只得老着脸儿笑道：“讨人嫌哪！你给我说底下怎么着罢。”张姑娘道：“底下？一直到公婆到了家，把一应的事、人都料理清楚了，这天才叫上我去，从头至尾告诉了我。我才委曲宛转的告诉了你我这个玉郎；公公才择吉亲自写的通书和请媒的全帖。这就算定规了给姐姐作合的这桩大事。这幅行乐图儿可正是定规了这桩事的第三天画的。不然，姐姐只想，也有个‘八字儿没见一撇儿’，我就敢冒冒失失把姐姐和他画在一幅画儿上的理吗？”

何小姐听了，益发觉得 他情真心细，自是暗合心意；因望着那幅小照和他说道：“是便是了，只是人家在那里读书，你我一个弄一个香炉，一个弄一堆针线在那里搅，人家那心还肯搁在书上去呀？”

张姑娘叹了一声道：“姐姐的心怎么就和我的心一个样呢？姐姐那里知道！现在的玉郎早已不是你我在能仁寺初见的那个少年老成的玉郎了！自从回到京这一年的工夫，家里本也接连不断的事，他是弓儿也不拉，书儿也不念，说话也学的尖酸了，举动也学得轻佻了。妹子是脸软，劝着他总不大听。

“即如这幅小照，依他的意思，定要画上一个他，对面画上一个我，俩人这么对瞅着笑。我说：‘这影啊以的算个什么呢？’他说：‘这叫作《欢喜图》。’我问他：‘怎么叫《欢喜图》？’他就背了一个大篇子给我听。我好容易才记住了。等我说给姐姐听听。他说：‘当日赵松雪学士有赠他夫人管夫人的一首词。那词说道：

“‘我侬两个，忒煞情多！譬如将一块泥儿，捏一个你，塑一个我。忽然欢喜呵，将他来都打破，重新下水，再团再炼：再捏一个你，再塑一个我。那其间：我身子里也有了你，你身子里也有了我。’

“姐姐只说这话有溜儿没溜儿？我就说：‘赵学士这首词儿也太轻薄。你这意思也欠庄重。你要画可别画上我。我怕人家笑话。’

“他尽只闹着不依。我就想了个主意。我说：‘你要画我，这不是姐姐的事也定了么？索兴连姐姐，把咱们三个都画上。你可得想一个正正经经的题目，还得把你我三个人的这场恩义因缘联合到一处，我可要请公婆看过，并且留着给姐姐看的。’我拿姐姐这一镇，才把他的淘气镇回去了。

“也亏他的聪明儿！真快！就想了这幅稿子！他说：他那面儿叫作‘天下无如读书乐’；姐姐这面儿叫作‘红袖添香伴着书’；我这面儿就算给姐姐绣这幅小照呢，叫作‘买丝绣作平原君’①。我听了听，这还有些正经，才请那位陶樨禅画史画了手脸②，我补的这针线。这便是这幅行乐图的来历。

“这如今姐姐是来了，公婆又费了一番心，把你我的两间屋子给收拾得一模一样。这想等过了姐姐的新满月，把那槽碧纱橱照旧安好了；把姐姐这个长生牌儿还留在我屋里；把我这个小像，姐姐带到姐姐屋里去：这一来不但你我姊妹两个时时刻刻寸步不离，便是他到那屋里，有个我的小像陪着姐姐；到这屋里，又有个姐姐的长生牌儿护着我。他看着眼前的这番和合欢庆，自然该想起从前那番颠险艰难；你我两个再时常的指点劝勉他，叫他一心奋志读书，力图上进，岂不是好？这便是我不许姐姐丢开这长生牌儿的道理。姐姐道妹子说的是也不是？请教。”

张金凤这等一套话，那何玉凤听了，可有个道他不是的？只是你我说书的，听书的，可莫为那燕北闲人所欺！

据我说书的看来，那燕北闲人作第十二回“安大令骨肉叙天伦，佟孺人姑媳祝侠女”的时候，偶然高兴，写了那么一个十三妹的长生禄位牌儿，不过觉得是新色花样，醒人耳目；及至写到这回，十三妹是娶到安家来

① 平原君——即赵胜。战国时赵相。

② 手脸——底样。

了，这个长生牌儿不提一句罢，算漏一笔；提一句罢，没处交代。替他算算，何玉凤竟看不见这件东西，无此理；看见不问，更无此理；看见问了，照旧供看，尤其无此理；除是劈了烧火，那便无理而又无理；无理到那头儿了，就让想空了心，把那个长生牌儿给他送到何公祠去，天下还有比那样没溜儿①的书吗？大约那燕北闲人也是收拾不来这一笔，没了招儿揃了汗②了，就搜索枯肠，造了这一片漫天的谎话，成了这段赚人的文章！

虽是苦了他作书的，却便宜了你我说书的，听书的！假如有这桩事，却也得未曾有；便是没这桩事，何妨作如是观！

闲话休提，言归正传。却说何小姐听了这话，不由得赶着张姑娘叫了声："好妹妹！怎的你这见识就和我的意思一样？可见我这双眼珠儿不曾错认你了。我正有段话要和你说。"

才说到这句，戴嬷嬷回道："舅太太过来了。"二人便把这话掩住，连忙迎出来让座。舅太太道："我不坐了。我那里给你们烙的滚热的盒子③。我才叫人给褚大姑奶奶和那两位少姐姐送过去了。咱们娘儿们一块儿吃。我给你们作个'和合会'④。"说着，拉了二人过南屋去了不提。

他姐妹两个一同在舅太太屋里吃了饽饽便同到公婆跟前来。安老爷正在外面陪邓褚诸人畅饮。安太太正和褚大娘子、张太太并两个侄儿媳妇闲话，又引逗着褚家那个孩子玩耍了会子。

那天已早晚饭时候，二人伺候了婆婆晚饭。安太太因他们还不曾过得十二日，仍叫张姑娘伴了何小姐回到新房同公子夫妻每共桌而食。

饭罢，晚间，安公子随了父亲进来，阖家团聚，提了些往日世事之难，叙了些现在天伦之乐。安老爷便和太太说道："如今咱们的事情是完了；大后日可就是乌老大家的喜事。他临走再三求下太太给他送送亲，他也为家里没个长辈儿，我们自然要去帮帮他才是。"安太太道："我也正在这里算计着呢。这天一定是得在城里头住下的了，就着这一趟儿，各处看看亲戚，道道乏去。"

---

① 没溜儿——没滋味。

② 揃汗——发急。

③ 盒子——馅饼。

④ 和合会——旧时婚礼例祀和合神、饮和汤，取和谐好合之意。

安老爷道："岂止太太要去，我也正打算趁这机会出去走走。咱们娶这两个媳妇儿都不曾惊动人，事情过了，到得见着了，都当面提一句，底下该带去磕头的地方，太太还得走一趟，不要惹人怪。只是你我两个人都出了门，褚大姑奶奶没个人陪，不是礼呀。"褚大娘子道："这又从那里说起？二叔真个的还拿外人待我？瞧！你二位老人家只管走。这天我正有事，我要赴席去呢。"

舅太太道："姑奶奶那里去呀？"褚大娘子道："我们大哥大嫂子要请我去坐坐儿；又不敢回二叔二婶儿，要弄了吃的给我送进来。我说：'我是借着我们老爷子份儿上，二叔二婶才把我当个儿女待。咱们各亲儿，各论儿，你们要这们闹起来，那可就是作践我了。'如今我就定下那天吃他们去。"安太太道："很好么。这他们又有什么不敢说的呢？"安老爷道："既如此，就求舅太太和亲家给我们看家罢。"

安太太道："果然的。我又想起件事来了。"因向何小姐道："你不说要给你妈开斋呢么？这天正是个好日子，这一席我同老爷又不好陪，倒是你三口儿好好儿的弄点儿吃的，早上先在佛堂烧了香，前通个诚，算了了愿，把他二位请到你们屋里吃去，这就算你们给他二位顺了斋了。岂不好？"

张太太听了，先说："作吗呀？亲家，你家那顿饭不吃肉？喂我吃上箸子就算开了斋了。还用叫姑爷姑奶奶这么花钱费事！"安老爷道："是虽如此，也得叫他们小孩子们心里过得去。"

舅太太听着说完了，便笑道："你们站着，咱们商量商量这么一对挪①。你们行人情的行人情，认亲戚的认亲戚，女儿女婿，给开斋的开斋，这天算都有了吃儿了。我呢？"问的大家——连安老爷——也不禁大笑起来。安太太道："你无论他们谁家，有剩汤剩水的拣点儿就吃了；要不，我给你留俩饽饽！"舅太太道："可不是呢！我有办法儿！"因和张太太道："亲家母，到了那天，你早上同亲家老爷赴了女儿女婿的席，晚饭等我弄点儿吃的请你，我可不管亲家公。"张太太道："他还敢惊动舅太太咧？他在外头，那不吃了饭哪！

大家又谈了一刻，才各各回房安置。金玉姊妹这里候公公进了屋子，

---

① 对挪——对付；安排。

服侍婆婆摘了簪子，两个才扶了丫鬟，前面仆妇打着一对手把灯，引着回家。又到舅太太屋里闲谈了片刻，舅太太便催着他三个归房。何小姐这日正是善饮的朋友"入席第三杯"，有名色的，叫作"新娘第二晚"。

一宿晚景提过。却说安老爷、安太太一家向来睡得早，起得早。次日清晨，儿女早来问安。大家正在闲谈，人回："邓九太爷过来了。"安老爷迎出去，一路说笑进来，到上房坐下。邓九公一一的应酬了一阵，便道："老弟，老弟妇，我今日特来道谢道乏。咱们的正事也完了，过了明日，后日是个好日子，收拾收拾，我可要告辞了。"

这话，褚大娘子听了先有些不愿意。他本是个活动热闹人，在这里住了几日，处得上上下下没有一个不合式的，内中金玉姊妹尤其打得火热，更兼正要去赴华嬷嬷家的请，如今忽然热剌剌①的说声要走，他如何肯呢？只是自己不好开口。

早听安老爷说道："九哥，你忙什么？虽说你在这里几天，正遇着舍间有事，你我究竟不曾好好儿的喝两场。"安太太也是在旁款留。褚大娘子便道："人家二叔二婶儿既这么留，咱们就多住两天不好？你老人家家里又有些什么惦着的呀？"九公道："倒不是惦着家；在这里你二叔二婶儿过于为我操心，忙了这一程子了，也该让他老公母俩歇歇儿。"

安老爷听了，那里肯放，便道："老哥哥，来不来由你，放不放可就得由我了。"邓九公听了，哈哈大笑，说："那么着，咱们说开了。我也难得到京一趟，往回来了，又身上有事，不得自在。如今老弟你要留下我，你可别管我。我要到前三门外头热热闹闹的听两天戏。这西山我也没逛够；还有海淀、万寿山、昆明湖，我都要去见识见识；一直逛到香山，再看看燕台八景；从盘山一路绕回来，撒和撒和。也不用老弟你陪我。我瞧你们那位老程师爷，有说有笑的，我们倒合得来；还有宝珠洞那个不空和尚，这东西敢是酒肉全来，他好大量，问了问他，这些地方他都到过；再带上女婿，我们就走下去了。我回家，咱就喝；我出去，我们就逛。是这么着，我就住些日子；不，我可就不敢从命了。"安老爷连说："就是这样。"当下他父女各各欢喜。邓九公谈了几句，又到公子新房望了一望，才高高兴兴的出去。按下不提。

---

① 热剌剌——依依不舍。

安老夫妻连日在家便把邓九公帮的那份盛奁归着起来，接着就找补开箱，清结账目，收拾家伙，打扫屋子。安太太张罗着打发两个侄儿媳妇进城。安老爷又吩咐人张罗把张老的那所房子打扫糊裱起来，好预备他搬家。诸事粗定，他老夫妻才各各出门，进城谢客。

安公子便预先吩咐了厨房预备了一桌盛馔，又叫备了桌午酒。这日，先在天地佛堂摆了供，烧了香，请张老夫妻磕过头，然后请到新房给他二位顺斋。两个老儿倍常欢喜，这日打扮得衣饰鲜明一同过来。

张老是足蹬缎靴，里面趁着鱼白标布，上身儿油绿绉绸，下身儿的两截夹袄，宝蓝亮花儿缎袍子，钉着双白朔鼠儿袖头儿，石青哈喇寒羊皮四不露的褂子①，羖种羊帽子，带着个金顶儿。原来安老爷因家中办喜事，亲家老爷没个顶带，不好着石青褂子，虑到众亲友错敬了，非待亲戚之道；适逢其会，顺天府开着捐输②例，便给他捐了个七缺后的候选未入流③，头上便有了这个朝廷名器④。他自己却以为虽是身家清白，究竟世业农桑，不图这虚好看，因此遇着有事便顶戴荣身，没事的日子便把顶子拔下来搁在钱褡裢儿里，这日也因是叩谢佛天，所以才戴上的。

张太太又是一番气象了：除了绸裙儿缎衫儿不算外，头上是金烘烘黄块块，莫讲别的，只那根烟袋，比旧日长了足有一尺多，烟荷包用到绛色毡子的，里头装的是六百四一斤的湖广叶子，还是成斤的买了来，家里存着，随吃随装。

这两个老儿也叫作“孤始愿不及此，今及此，岂非天乎”了！

闲话休提。却说他夫妻两个到了女婿房里，安公子、金玉姊妹先让到西间客座坐下。公子同何小姐亲自捧茶。张姑娘装过一袋烟来，仍是照前那等装法。这个当儿，张太太已经念过七八声佛了。

不一时，戴嬷嬷回：“饭摆齐了。”三个人让他二位出来分东西席坐

---

① 哈喇寒羊皮四不露褂子——哈喇，进口黑色薄呢衣料；寒羊皮，绵羊皮；四不露，吊皮面技术术语，即皮板四周留出贴边而不使露出毛来。

② 捐输——按清政府规定办法。或为地方兴修公共建筑捐献银两或为报效朝廷捐献钱物，统称捐输。捐官，即“纳资得官”，买官。

③ 未入流——三国魏以来的九品官制。至明清，凡九品以下的官吏均称为未入流。

④ 名器——爵号和车服。

好。何小姐送了酒退下去,向着二人便拜。慌得个张老说道:"姑奶奶,你这是怎么说?"连忙出席还揖不迭。张太太说声"了不的了",站起来,赶着过来,就要搀起来。不想袖子一带,把双筷子拐①在地下,把盅酒也拐倒了,洒了一桌子。幸而那盅子不曾掉在地下。仆妇们连忙上前拣筷子,擦桌子,重新斟酒,闹成一团。他那里还拉着何小姐说:"姑奶奶,你这是咱儿说?你留我多吃几年大米饭罢!别价尽着折受我咧!"何小姐道:"慢讲爹妈为我持这一年的斋我该磕个头的;我自从在能仁寺受了你二位老人家那个头,到今日想起来便觉得罪过。何况今日之下,妹妹是谁?我是谁呢?"

他两老也谦不出个什么儿来。公子便让着归了座。那老头儿倒依实吃了两三个饽饽,一声儿不言语的,就着菜吃了三碗半饭。张太太先前还是干啖白饽饽。何小姐说:"妈,倒是吃点儿菜呀。"他见那桌子上摆着也有前日筵席上的那小鸡蛋儿熬干粉,又是清蒸刺猬皮似的一碗,和那一碗黑漆漆的一条子一条子上面有许多小肉锥儿的,不知什么东西。

若论张太太到了安老爷家也一年之久了,难道连燕窝,鱼翅,海参,还没见过不成?只因安老爷家虽是个世族大家,却守定了那老辈的勤俭家风,不比那小人乍富,枉花那些无谓的钱,混作那等不着要的阔;家中除了有个喜事,以至请个远客之外,等闲不用海菜这一类的东西。因此,张太太虽然也见过几次,知道名儿,只不知那个名儿是那件上的,所以不敢轻易上筷子。如今经何小姐拣样的让着给夹过来,他便忒儿喽②忒儿喽的吃了些。不想那肚子有冒冒的一年不曾见过油水儿了,这个东西下去,再搭上方才那口黄酒,敢是肚子里就不依了,竟咕嘟嘟的叫唤起来,险些儿弄到"老廉颇一饭三遗矢"③;幸亏他是个羊脏④,咕嘟了会子,竟不曾响动。

---

① 拐——带。

② 忒(tè)儿喽——象声词。下咽食物很快很顺。

③ 一饭三遗矢——战国时赵国大将廉颇因不被重用出奔魏国。后赵国被秦兵围困,赵王想用他,派使者探看廉颇的健康状况。使者因受过廉颇仇人贿赂,回去对赵王说,廉将军虽老,饭量还好,不过一顿饭的工夫,竟大便了三次。于是赵王认为廉颇老得不中用了,不再起用他。

④ 羊脏——调侃语。"好胃口"。形容极易消化。

一时，大家吃完了饭，两个丫鬟用长茶盘儿送上漱口水来。张老摆了摆手说："不要。"因叫这女孩儿："你倒是揭起炕毡子来，把那席篾儿，给我撅一根来罢。"柳条儿一时摸不着头。公子说："拿牙签儿来。"柳条儿才连忙拿过两张双折儿手纸，上面托着根柳木牙签儿。张老剔了会子牙，又从腰里拉下一条没撬边①儿大长的白布手巾来擦了擦嘴，又喝了两口茶，便站起来道："姑爷，两位姑奶奶，费心。我吃也吃了，喝也喝了，可到得前头招呼招呼去了。"公子道："晌午还预备着果子呢。"张老道："姑爷，你知道的，我不会喝酒，又不吃那些零碎东西。再说今日亲家老爷太太都不在家，他们伴儿们倒跟了好几个去；在家里的呢也熬了这么几天了，谁不偷空儿歇歇儿。我帮他们前头照应着去。"说着，便出去了。公子一直送出二门方回。

这里张太太吃了一袋烟，也忙着要走。何小姐道："妈，可忙什么呢？没事就在这里坐一天，说说话儿不好？"他道："咻！姑奶奶，你婆婆托付了我会子，咱把人家舅太太一个人儿丢下不是话，再说他晚上还给我弄下吃的了。我更不会吃那些果子呀酒的咧。你们自家吃罢。"说着，自己攥上烟袋荷包绢子也去了。

他三个跟到上房，只见舅太太吃完了饭，正看着老婆子们那里拌锯末子扫地，见了张太太，站起来道："偏了②我们了！赴了女儿的席来了！"张太太道："可吃饱咧。斋也开咧。我们姑奶奶这就不用惦记着咧。"舅太太便让他姊妹两个也坐下，因和公子道："这里不要你，你去罢。"公子正一心的事由儿，想着回家，便答应了一声，笑着先走了。

这里姊妹两个便在旁边的小杌子上坐下。那个大丫头长姐儿便从柳条儿手里接过烟袋荷包来给张姑娘装了袋烟，回身又给何小姐倒过碗茶来。何小姐连日见这个丫头在婆婆跟前十分得用，便欠了欠身说："长姐姐，我叫他们倒罢。"随即站起来同张姑娘走到排插儿背后一长一短的和他说话儿。因见他是个旗装，却又有些外路口音，问了问，才知他爹娘是贵州仲苗的叛党，老祖太爷手里得的分赏功臣为奴的罪人，他爹娘到这里才养得他。他从小便陪着公子一处玩耍，到了十二岁，太太才叫上来的。

---

① 没撬边——没锁(缝)边，毛边。

② 偏了——"先吃"的客气话。

何小姐见他说话儿甘净，性情儿柔和，从此便待他十分亲近。这且不提。

他姊妹两个坐了片刻，舅太太便道："今日婆婆不在家，你们姐儿俩也歇歇儿去。我要和亲家太太凑上人斗牌呢。"因和何小姐道："你这位公公呵，我告诉你，讨人嫌着的呢！他最嫌人斗牌。他看见人斗牌，却也不言语，等过了后儿提起来，你可听么！不说他拙笨懒儿全不会，又是什么这桩事最是消磨岁月了，最是耽误正经了，又是什么此非妇人本务家道所宜了，绷着个脸儿嘈嘈个不了。偏偏儿的姑太太和我又都爱斗个牌儿，得等他不在家偷着斗。今日我可要赢我们亲家太太俩钱儿了。"何小姐道："娘就斗牌，我们也该在这里伺候。"

你只听，可再没舅太太那么会疼人的了，说："不用，你们俩家去。屋里是说且不动呢，零零碎碎也偷空儿归着归着，以至公婆喜欢的是什么呀，家里的事儿啊，你们爷的脾气性格儿啊，随身的活计啊，姐姐也该问问，妹妹也该说说。今日不是个空儿吗？去罢！"

何小姐本是不肯走，被舅太太这一提，倒提起他心里一桩事来。正待要走，张姑娘道："姐姐，舅母既这么吩咐，不，咱们就走罢。家里坐坐儿再来。"二人便携手同行而去。

且住！说书的，这回书一开场你就交代此后便要入安龙媒正传，如今一回书说完了，请教那一句是安龙媒的正传啊？况且何玉凤到了安家才得两三天，和张金凤姊妹初聚，这一边自然该"入门问讳"，有许多紧要正经话要问；那一边自然也该"旧令尹之政，必以告新令尹"，有许多紧要正经话要说，才是情理；怎的便谈到这些闺阁闲情，合琐屑笔墨，作这等一篇没气力的文章？莫非那燕北闲人写到"宝砚雕弓完成大礼"，有些"江淹才尽①"起来了？

列公，待浮海而后知水，非善观水者也；待登山而后见云，非善观云者也。金玉姊妹两个到了今日之下，没得紧要正经话可说了。什么原故呢？那燕北闲人早轻轻儿的把位舅太太放在中间，这文章尽够着了，不必是这等呆写。至于这回书的文章，没一个字没气力，也没一处不是安龙媒的正

---

① 江淹才尽——南朝梁著名文学家江淹，少孤贫好学，即才誉文坛。待做了大官，生活优游，不忍刻苦，文学成就反不及前。比喻本来很有文才的作家，后来却写不出什么好作品了。

传。听到下回才知这话不谬。苟谓不然,那燕北闲人虽闲,也断不肯浪费这等拖泥带水的闲笔闲墨。“彼有取耳,子姑待之。”这正是:

定从正面认庐山,那识庐山真面目?

毕竟那金玉姊妹两个回家又有些甚的枝节,下回书交代。

第 三 十 回

开菊宴双美激新郎　聆兰言[1]一心攻旧业

这回书紧接上回，话表安公子。却说安公子本是个聪明心性，倜傥人才，也亏父母的教养，诗礼的陶熔，才不曾走入纨绔轻佻一路；自从上年受了那场颠险，幸得返逆为顺，自危而安，安老夫妻暮年守着个独子，未免舐犊情深，加了几分怜爱；偏偏的他又一时红鸾双照，得了何玉凤、张金凤这等一双才貌心性色色出众的佳人，心是肥了，气是飞了，主意也渐渐的多了，外务[2]也渐渐的来了。一个人到了成丁授室[3]，离开父母左右，便是安老夫妻恁般严慈，那里还能时刻照管的到他，有时到了兴会淋漓的时候，就难免有些"小德出入[4]"。

这日安太太吩咐他给岳父母顺斋原不过说了句"好好儿的弄点儿吃的"，他就这等山珍海味的小题大作起来，还可以说"画龙点睛"；至于又无端的弄桌果酒，便觉"画蛇添足"，可以不必了。

果然那一双村老儿作不来这些新花样，力辞而去。他便就这桌酒席上生出篇文章来。因此，在上房时，舅太太让了他一句，他便忙忙的回到房中，催着打扫净了屋子。又有个知趣儿的小鬟点了两枝兰花香熏了熏张太太的叶子烟气味。

那时节正是十月上旬天气，北地菊花盛开，他早购了些名种，院子里小小的堆起一座菊花山来，屋里簪瓶列盎也摆得无处不是菊花。回到家里便脱了袍褂，换上一件倭缎[5]镶沿埽二十四股儿金线绦子的绛色绉绸

---

① 兰言——心意相投的言论。语出《易·系辞上》："同心之言，其臭如兰。"

② 外务——分外事。

③ 成丁授室——成家立业。成丁，清制。男子十六岁为"成丁"，开始担负国家义务。授室，为子取妇。

④ 小德出入——（大德持正）作风上的小节稍有放松。见《论语·子张》。

⑤ 倭缎——日本缎子。

鹌鹑爪儿皮袄[①]，套一件鹰脖色摹本缎子面儿的珍珠毛儿半袖闷葫芦儿[②]，戴一顶片金边儿沿鬼子栏杆[③]的宝蓝满平金的帽头儿，脑袋后头搭拉着大长的红穗子。凡是这些过于华靡不衷[④]的服饰，都是安老爷平日不准穿戴的；这日父亲不在家，便要穿戴起来摆搭摆搭。打扮好了，又亲自提着个宜兴花浇，浇了回菊花；见那菊花山上有一枝“金如意”，一枝“玉连环”，开得十分玲珑婀娜，便自己取了把剪花的小竹剪子剪下来养在书桌上那个霁红[⑤]花囊里。等了半日，不见金玉姊妹两个回来，他就随手拿了一本李义山[⑥]的诗翻阅。

时当正午，日影在窗，恰好屋里关住一个蜂儿，急切不得出去，碰得那窗棂儿咚咚作响。他手里拿着那本诗，正翻着“昨夜星辰昨夜风”那首《无题》，看到“身无彩凤双飞翼，心有灵犀一点通”的两句，益发觉得满室中古香秾艳，此情此景，世人无此风雅了！

正看得高兴，只听窗外钩声格格，他姊妹两个携手同归，忙丢下书，笑道：“你姊妹两个来得大妙。我这里正有桩要事相商。‘居，吾语汝。’”便让他两个床上坐了。自己就靠着那张书桌，说道：“今日给岳父母备了绝好的一桌果子，不想他二位老人家无此雅兴。父母既不在家，何不要进来，再开他坛好酒，你我三个人作个赏菊小宴呢？”

张姑娘听了，先说道：“把果子要进来，咱们吃了使得。依我说，酒可以罢了罢。倒比不得公婆在家里。况且婆婆出门去了，舅母虽是那样说，我同姐姐一会儿还得在上屋照料照料去才是。”

公子正在兴头上，吃这一挡，便有些不豫[⑦]色然。何小姐连忙向张姑娘丢了个眼色，说道：“舅母不是外人，既那样说，咱们等会子再过去也使得。就是咱们屋里偶然偷空儿聚这么一遭儿倒也没什么的。”

---

① 鹌鹑爪儿皮袄——貂爪尖皮制做的皮袄。做起来很麻烦费工，名贵而不实用。因皮子形状似鹌鹑，故名。

② 闷葫芦儿——一种短袖、宽肥的棉袄。

③ 鬼子栏杆——一种图案，似带跺矮墙。

④ 华靡不衷——服饰过于奢华而显得不正派。

⑤ 霁红——鲜红。

⑥ 李义山——晚唐诗人李商隐，字义山，号玉谿生。作《李义山诗集》。

⑦ 豫——悦乐；安适。

公子听了才鼓起兴来,便向着张姑娘道:"你这人怎的这等欠雅!对着美人,赏此名花,若无旨酒①,岂不辜负这良辰美景?等我亲自叫他们开酒去。"说着,兴匆匆的跑出去了。

这里张姑娘攒着眉带着笑向何小姐道:"我的姐姐,你老人家是怎么了?前日和我说什么来着?怎么今日又这等高兴起来了呢?姐姐不知道,是说公公准他喝酒,他喝开了,可没把门儿人,拦不住。"

何小姐先叹了口气,说道:"妹子,你方才说的实在是正经话,我岂不知!咱们前日没得谈完,舅母来叫吃饽饽,就把这话打断了。我看你我眼前可愁的还不专在他喝酒上。自从我来的第二天,看见他写的'春深似海'的那副对联,和那首种梧桐的七截诗,我就添了桩心事。正要和你说,你比我早有先见之明,又说了那套话。我这两日留上心一看,妹妹,你的话果然说的不错。这大约总由于他心性过高,境遇过顺,兴会所到,就未免把这轻佻一路误认作风雅。殊不知便是真风雅,这两个字也最容易误人,误人还误得不浅。果然性情持得住风雅,也不过成个墨客骚人;倘被风雅移动了性情,竟会弄成个轻薄子弟。前贤那'人无风趣官多贵,案有琴书家必贫'的两句话虽是过激之谈,却也确有此理。你只看古往今来那些风雅先生们那一个是置身通显的?

"讲到玉郎现在的处境,上有两位老家儿栽培,下有你我两人侍奉,丰衣足食,无虑无愁,可是你说的,正是奋志功名力图上进的时候。我看他一切丢开,只把这些闺阁闲情,笔墨琐屑,作了个正经,已经认差了路头了。

"再说一句不是你我不害臊的话:若果然是照行乐图儿上的那等一个不言不语的说不清道不明的你;或者像长生牌儿似的那等一个无知无识推不动搡不动的我;正所谓'影里情郎,画中爱宠';他见这屋里没什么可风雅的去处,少不得也得一心扑到书本儿上去;偏偏儿守着这么个模样儿的你,又来了照你这个样儿的我,一个人能有多大精神,要都用在这三间屋子里,还怕他不和脂粉花香日亲日近,离经济学问日远日疏么?

"所以从来说:'三日不与士大夫谈,则语言无味,面目可憎';又道是'生于忧患,死于安乐'。古人何必无端的作这等危言?未必不有见

---

① 旨酒——美食美酒。

于此。

“你我若不早为之计，及至他久假不归，有个一差二错，那时就难保不被公婆道出个不字来，责备你我几句。便算公婆因爱惜他，原谅你我，不肯 责备，要知一样的给人作儿子，他这给人作儿子可与众不同；一样的给人作媳妇，你我这给人作媳妇可与众不同。他给人作儿子，这条身子所关甚重；你我给人作媳妇，这两副担儿也就不轻。

“今日之下你我和他三个人费了公婆无限的精神气力，千难万难，聚在一处，既然彼此一心，要不看破些枕席私情，认定了伦常至性，把他激成一个当代人物①，岂不可惜他这副人才？可不辜负公婆这番甘苦？可不枉结了你我这段因缘？”

何小姐说到这里，张姑娘先举手加额的念了一声佛，说：“姐姐这话比我见的更远！我虽说脸软，碰着了也劝他几句，说的那会儿，好，笑嘻嘻的答应着，过两天还是没事一大堆②！”

何小姐道：“他如今正在兴头上，这样和他轻描淡写，大约未必中用。你不见你方才拦了他一句‘酒倒罢了’他就有些不耐烦起来么？所以我和你使了个眼色。我的意思，正要借今日这席酒，你我看事作事，索性‘破釜沉舟’痛下一番针砭，你道如何？”张姑娘道：“好是好极了；我在姐姐跟前，可不存一点心眼儿。姐姐说话可一会价的性急，他的脾气可一会儿价的性左，咱们可试着步儿来；万一有个一时说不对路，倒不要被人听见，一下子吹到公婆耳朵里，显见得姐姐才来了几天儿两个人就不和气似的。”

何小姐道：“你这话虑的很是，正是卫顾我的话。你只放心，我自然有个叫他左不到那里去的说法。”张姑娘道：“姐姐打算怎的个说法？我听听。”

何小姐才要开口，两个酒窝儿一动，把脸一红，凑到张姑娘耳畔说了几句。把个张姑娘乐的连连点头，笑道：“姐姐，这叫作‘兵法，攻心为上’，又叫作‘彭更③有二焉’。”

---

① 当代人物——纨绔浪荡子。

② 没事一大堆——喻白说；没用。

③ 彭更——战国时孟子的弟子。

何小姐似嗔似喜的瞅了他一眼，说道："人家和你说正经话，你又来了！"因又说道："果然他听进这话去，便是你我受他两句什么话也不为可愧，不算受屈。只要把他逼到正路上去，不但如了公婆的愿，成了他个人，也不枉我拿着把刀把你两个人撮合在一块子；也不枉你说破了嘴巴把我两个撮合在一块子。便是我的父母也不白占人家的一块坟茔；亲家爹妈也不白吃人家的半生茶饭了。这话要搁在第二个人家儿的同房姊妹也说不得，必弄到这个疑那个取巧，那个疑这个卖乖，倒坏了醋了。你我两个，不但我信得及你，我料你也一定信得及我，所以我才和你商量。你想着怎么样？"

张姑娘道："姐姐，这还有什么可商量的呀。姐姐没来，就让我有这见识也没这力量；如今姐姐来了，我还愁什么？何况这话两个人说又比一个人得说多了呢！不用商量，一定如此！"

列公，你看！奇哉怪也！好一对奇怪女孩儿！他两个算把"儿女英雄"四个字攥住不撒手，刁住不松嘴了！

闲话休提。再说何玉凤、张金凤两个计议停妥，倒欢欢喜喜先张罗着叫那些仆妇丫鬟放桌椅，安匙箸，洗盏涤器，便传给厨房把果子打发上来，将摆得齐整。

公子早忙忙的进来，见戴嬷嬷在那里汕哆嗼①壶，便叫道："嬷嬷，你先搁下那个，快给我找个干净盆来掣酒。"原来安老爷的酒是交给叶通管着，便见叶通带着两个更夫抬进一大坛酒来放在廊下。

公子忙着问叶通道："滑稽呢？"叶通只愣愣的站着不言语。公子道："你没带进来吗？"叶通这才回说："请示爷，什么是个'呱咭'呀？"公子哈哈笑道："难为你还告诉我！你念过《古文观止》呢，难道连'滑稽列传'那篇汉文也没念过吗？"叶通道："奴才念过。奴才只知那'滑稽'两个字作口角诙谐利辩讲。这是个什么？奴才可怎么带得进来呢？"公子道："怕不是这等讲法。然则何不名曰'口角诙谐利辨列传'而名曰'滑稽列传'呢？这滑稽是件东西，就是掣酒的那个酒掣子，俗名叫作'过山龙'，又叫

---

① 哆嗼（duō mò）壶——一种双层酒壶。里层盛酒，中间注热水使酒热。哆嗼，满语，"内"。

‘倒流儿’①。因这件东西从那头儿把酒掣出来，绕个弯儿，注到这头儿去，如同人的滑串流口。虽是无稽之谈，可以从他口里绕着弯儿，说到人心里去：所以叫作‘滑稽’。又有个‘乖滑稽留’的意思。所以谓之‘滑稽列传’。明白了哇？去取罢哟。”

叶通百忙里无意中倒明白了个典，笑道：“爷要说叫奴才取倒流儿去，奴才此时早取了来了！”公子这阵不着要大约也由高兴而起。

不一时，叶通拿了酒掣子进来。公子看着掣出来洒好了才进屋子，早见筵开绿绮②，人倚红妆，已预备得停停妥妥，心下十分欢喜；又见正面设着张大椅子，东西对面两张杌子，因说道：“这首座自然是为我而设了？占了，占了。”一抬腿，便从椅子旁边拐拦上迈过去，站在椅子上，盘腿大坐下来。才得坐下，便叫：“酒来，酒来。”

不防这个当儿，张姑娘捧壶，何小姐擎杯，满满的斟了一杯，送到跟前。他连忙道：“啊呀！怎么闹起外官仪注来了？”何小姐道：“这是咱们屋里第一次开宴么。”

他听了便腾的一声跳下座来，座旁打了一躬。慌得他姊妹两个笑而避之。又听张姑娘道：“人家姐姐这盅酒可得干了哇。”公子接过来站着一饮而尽。张姑娘接过杯来，便把壶递给何小姐，照样斟了一杯送过去。公子道：“这是有例在先的，不消再让。”他一口气饮干，便要接壶来回敬他姊妹两个酒。二人一齐正色道：“这可使不得。看人家笑话。叫丫头们斟罢。”

公子只得归座。金玉姊妹便分左右坐了。侍婢们按座送上酒来。公子擎杯在手，左顾右盼，望着他姊妹两个，说：“请啊。”自已便先饮了一口，又抚掌道：“此人生第一乐也！”何小姐笑道：“这个典用得好；咱们这堂屋里，正少一块匾，等喝完了酒，何不趁兴就写起来？”公子道：“用什么字呢？”何小姐道：“四乐堂。”公子道：“怎的叫‘四乐’？”何小姐道：“你把这席酒算作第一乐，那‘父母俱存，兄弟无故’只好算第二乐；‘仰不愧于

---

① 倒流儿——一种把酒从坛子里倒吸出来的器具。

② 绿绮(qǐ)——古琴名。傅玄《琴赋序》载，“号钟”、“绕梁”、“绿绮”、“焦尾”均为琴之名器，后绿绮为琴的代称。

天,俯不怍①于人’只好算第三乐了;还敷余着个‘得天下英才而教育之’,凑起来,可不是‘四乐堂’?”

公子听得这话有些扎耳朵,便端起杯来又饮了一口,道:“且食蛤蜊。”随即喝干了那杯,向他姊妹照杯。何小姐道:“这等来法,滥饮而易醉,咱们莫如行个令罢。”

这句话更打进公子心眼儿里去了,连说:“有理!我们行什么令呢?屋里书桌上有我养着的绝好一枝玉连环,一枝金如意,把他拿来,大家击鼓传花,何如?”

他两个分明晓得把他两个的芳名作戏,只作不解。张姑娘道:“这个令行不成:第一,公公的家教,咱们家从没乐器这一类东西。便是此刻叫人在外头现找去,只听见背着鼓寻锤的,没听见拿着锤寻鼓的;纵让找了来,我们虽没行过这个令,想理去自然也得个会打鼓的打出个迟急紧慢来,花落在谁手里才有趣,要就交给咱们这些丫头老婆子一打,岂不把你这么个好令弄得风雅扫地了吗?如今我倒有个主意:莫若就把方才你说的名花美人旨酒作个令牌子,想个方儿行起来,岂不风雅些呢?”

何小姐先说:“有理。”便说:“如今要每人说‘赏名花’‘酌旨酒’‘对美人’三句;便仿着东坡令,每句底下要合着本韵,缀上一句七言诗,不准用花酒美人的通套成句,都要切着你我三个今日的本地风光。你道好不好?”

公子听了,只乐得眼花儿缭乱,心花儿怒发,不差什么,连他自己出过花儿没出过花儿都乐忘了;手里拿着一只筷子,敲打着桌子,道:“凤兮,凤兮!可儿,可儿!实获我心,依卿所奏!”

张姑娘见公子狂得章法大乱,只低了头抽了口烟,从两个小鼻子眼儿里慢慢的喷出来,笑而不语。何小姐却生来的言谈爽利,气趾飞扬,今日又故作出一团高兴来,但见他在座上,鬓花乱颤,手钏铿锵,公子这些趣谈,他只像不曾留意。只听他向公子说道:“这个令,可是我和妹妹出的主意,我们两个可不在其位。况且‘女子,从人者也’。这屋里断没我两个出令的理,自然从首座行起。”

公子酒入欢肠,巴不得一声儿先要行这个新令,不用人让,自己告着

① 怍(zuò)——惭愧。

先喝了一盅令酒，想了一想，说道：

“赏名花；稳系金铃护绛纱。

酌旨酒；玉液金波香满口。

对美人；雪样肌肤玉样神。”

金玉二人相视一笑，都赞道：“好！”各饮了一口门杯。公子顺着领儿向张姑娘把手一拱道：“过令。该桐卿了。”张姑娘道：“我不僭[①]姐姐。”

何小姐听了，更不推让，便和公子说道：“我们两个可不能说的像你那样风雅呀。只要押韵就是了。”公子道：“慢来！慢来！也得调个平仄，合着道理，才算得呢。”何小姐道：“自然。这平仄幸而还弄得明白，道理也还些微的有一点儿在里头。”因说道：

“赏名花；名花可及那金花？”

才说得这一句，公子便攒着眉摇着头，道：“俗！”何小姐也不和他辩，又往下说第二句道：

“酌旨酒；旨酒可是琼林酒？”

公子撇着嘴道：“腐！”何小姐便说第三句道：

“对美人；美人可得作夫人？”

公子连说：“丑！丑！丑！丑！……你这个令收起来罢！把我麻犯的一身鸡皮疙疸了！你快把那盅酒喝了完事！”何小姐道：“怎的这样的好令不入爷的耳呀？要调平仄，平仄不错；要合道理，道理尽有。怎么倒罚我酒呢？”

公子哈哈大笑道：“我倒请教请教，这番道理安在？”何小姐道：“既叫我说，咱们先讲下：说的没个道理，我认罚；有些道理，你认罚。何如？”公子道：“说得有个理，我吃一大杯；没道理，要依‘金谷酒数’[②]受罚，谅你也喝不起，极少也得罚三杯，还不准先儒以为癞也。”张姑娘道：“就是这样；我保着姐姐。姐姐要赖，不但姐姐喝三杯，我也陪三杯。”公子道：“既如此，姑妄言之妄听之罢啰。”

何小姐见公子定要他说出个道理来，趁这机会，便把座儿挪了一挪，

---

① 僭(jiàn)——僭越；抢先。

② 金谷酒数——“罚酒三大杯。”金谷，今河南洛阳市西北。西晋石崇曾建金谷园于此。

侧过身子来，斜签着坐好了，望着公子，说道："既承清问，这话却也小小的有个道理在里头；你若不嫌絮烦，容我和你细讲。你方才和妹子说的：'对着美人，赏此名花，若无旨酒，岂不辜负了良辰美景？'自然看得美人名花旨酒不容易得；良辰美景尤其不容易得。这话要不是你胸襟眼界里有些真见解，绝说不出来。只是替那美人名花旨酒设想，他谈何容易作了个美人，开成朵名花，酿得杯旨酒？也要那对美人赏名花饮旨酒的消受得那旨酒名花美人，才算得美人名花旨酒的知音；便是那花酒美人也觉得增色。不然，你只管去对他，赏他，饮他，你干你的，他干他的，那良辰美景也只得算干那良辰美景的了；其中毫无乐趣，各不相干，还怎生道得个风雅？何况这几件，件件都是天不轻容易给人的！幸而有杯旨酒，又愁没朵名花可赏；有朵名花，又愁短个美人相对；便算三桩都有了，更难的是美景良辰一时间都合在一处。讲到今日之下，大爷，你生在这太平盛世，又正当有为之年，玉食锦衣，高堂大厦，我和妹妹两个虽道不算美人，且幸不为嫫母①；就眼前这花儿酒儿也还不同野草村醪②；再逢着今日这美景良辰，真是一刻千金，你算所望皆全，无意不满了。要知'天道忌全，人情忌满'；'美景不长，良辰难再'；'人无千日好，花无百日红'；保不住'杯中酒不空'，又怎保得住'座上客常满'？你怎生想个方儿把这几桩事撙节得长远些，享用着安稳些，便好。"

公子道："正好喝酒取乐，怎的忽然动起这等的感慨牢骚来了？"何小姐摇头道："不是这等讲。我同妹妹两个，一个村姑儿，一个孤女儿，受上天的厚恩成全到这步田地，再要感慨牢骚，那便叫'无病呻吟，无福消受'了。只是我两个作了一个妇女，可立得起什么事业来？不过是侍奉翁姑，帮助丈夫，教养子女，支持门庭，料量薪水。这几件事件件作得到家，才对得过天去。我过来看了这几日，现在的门庭不用我两个支持；薪水不用我两个料量；眼下且无子女，不用我两个教养；第一件是侍奉公婆。这桩事，我同妹妹尽作得到家，就只愁你身上，我两个有些帮助不来，我姐妹倒添了桩心事。"

---

① 嫫母——丑妇。

② 醪(láo)——本指汁滓混合的酒，即酒酿，引申为浊酒。

公子笑道："这话那里说起？此之谓'蘧伯玉带笼头牵牵君子[1]'；放着这等一位恢宏大度的何箫史，一位细腻风光的张桐卿，还怕帮助不了一个安龙媒？我倒请教你二位待要怎的个帮助我？又要帮助我到怎的个地位才得心满意足呢？"

何小姐道："不是谦，你我三个人也用不着这个谦字。我想人生梦幻泡影，石火电光，不必往远里讲，就在座的你我三个人，自上年能仁寺初逢，青云山再聚，算到今日，整整的一年。这一年之中，你我各各的经了多少沧桑，这日月便如落花流水一般的过去了。如今天假良缘，我两个侍奉你一个，头一件得帮助得你中个举人，会上个进士，点了翰林，先交代了读书这个场面；至于此以后的富贵利达，虽说有命存焉，难以预定，'只要先上船，自然先到岸'。你是个读书明理的人，岂不知'仕非为贫也，而有时乎为贫；娶妻非为养也，而有时乎为养'。那时博得个大纛高牙，位尊禄厚，你我也好作养亲荣亲之计。这等讲起来，我那插金花，饮琼林酒，想封赠个夫人的令，那一句没道理？你先道是俗，腐，丑，我倒请教：怎生才是个不俗？不腐？不丑？你这见解一定加人一等，这等元妙高超法，我两个怎生帮助得你来？"

公子听了，扬起头来，哑然大笑，说道："迂哉！迂哉！我只道你两个有什么石破天惊的大心事，这等为难，原来为着这两桩事！论取功名，不敢欺，安龙媒从考秀才起，就不曾科考过第二次，想那中举人中进士也还不到得如登天之难。据父亲授我的这点学业，我看着那入金马步玉堂如同拾芥。论养父母，我家本不是那等的等着钱粮米养活父母的人家儿，只这围着庄园的几亩薄田尽可敷衍吃饭。何况父亲还有从淮上一路回京承诸相好义赠的不下万金，再加上邓翁前日这一项，足有四万金的光景！难道还不够父母的安享不成？何必远虑到此！"

何小姐道："你把金马玉堂这番事业就看得这等容易！无论你有多大的学问，未必强似公公；你只看公公，便是个榜样。至于家计，我在那边住的时候也听见婆婆同舅母说过，围着庄园的这片地原是我家的老圈地，

① 蘧(qú)伯玉带笼头牵牵君子——玩笑语。牵牵，谐音"谦谦"。蘧伯玉，春秋时卫国大夫。

当日多的很呢，年久日深，失迷[①]的也有，隐瞒的也有，听说公公不惯[②]经理这些事情，家人又不在行，甚至被庄头盗典盗卖的都有，如今剩的只怕还不及十分之一；果然如此，这点儿进项本就所入不抵所出。及至我过来问了问，自从公公回京时，家中不曾减得一口人，省得一分用度，如今倒添了我和妹妹两个人，亲家爹妈二位，再加我家的宋官儿和我奶娘家的三口儿，就眼前算算无端的就添了七八口人了。俗语说的好，'但添一斗，不添一口。'日子不可长算，此后只有再添人的，怎生得够？至于你说的这项银子，公公回京一路盘缠，到家安置，再加上妹妹和我这两件喜事，所费也就可想而知。便有个三四万银子，又支持得几年？若不早为筹划，到了那展转不开的时候，还是请公公重作出山之计，再去奔波来养活你我呢？还是请婆婆摒挡[③]薪水，受老来的艰窘呢？"

张姑娘从旁道："姐姐这话实在想的深！说的透！大小人家都是一理。大概受这个病的居多。"说话间，公子一面听着，又三杯过手了。

且住！安家的家事怎的安公子不知底细，何小姐倒知底细？何小姐尚知打算，安公子倒不知打算？何小姐精明也精明不到此；安公子懵懂也懵懂不到此。这个理怎么讲？

列公，其理甚明，人所易晓。何小姐是从苦境里过来的，如今得地身安，安不忘危，立志要成全起这家人家，立番事业。安公子是自幼娇养，"衣来伸手，饭来张口"的人，何曾理会过怎生的叫作生计艰难；及至忽然从书房里掏出来，淮上一来一往走了一趟，也只不过领略些冲途[④]市井的风土人情，长得了甚的心胸见识；落后回到家，又机缘一步凑巧似一步，境界一天从容似一天，他看着那乌克斋、邓九公这班人一帮动辄就是成千累万，未免就把世路人情看得容易了。

然则他当日那番轻身救父，守义拒婚，以至在淮上店里监里见着安老夫妻的那一番神情，在自家闺房里训饬张姑娘的那一篇议论，岂不是个天

---

① 失迷——去掉。

② 不惯——不在意；不习惯。

③ 摒挡（bìng dǎng）——同"屏当"。料理；收拾。

④ 冲途——大路；要道。

真至性谨饬①一边的佳子弟？如今怎的忽然这等轻狂放纵起来呢？

这也容易明白。他从前那些行径是天真至性里裹住了点儿书毒；现在的这番行径是知识开了，习俗所染，这就叫学油滑了。也还仗他那点书毒，才不学那吃喝嫖赌，成一个“花花公子”，所以就近于狂狷一路。

大凡一个子弟都有四重关：开了知识是第一重关；出了书房是第二重关；成了家是第三重关；入了宦途是第四重关。一关一变，变则化，化则休矣。果能始终不变，定然成个人物。然而不变的少；只要变后还能遵父兄的教训，师友的劝勉，闺阃②的箴规，慢慢的再往回来变，指望他“齐一变至于鲁，鲁一变至于道”，也就罢了，——然而也少。

且莫只顾闲谈，打断了人家小夫妻三个的话柄。再说安公子此时是一团的高兴，那里听的进这路话去；无如他在何小姐跟前又与张姑娘有些不同，自从上年见面的那日，一个“竖心旁儿”写在那里，直到如今，虽不曾在右边加上个什么字，毕竟有些爱中生敬，敬中生畏；况且人家的话正正堂堂，料着一时驳不倒；便说道：“言之有理。偏现在又得出去谢几天客。这一向忙完了，度过残冬，就是年下，等明年开了春，可要认认真真的用起功来了。”

何小姐道：“你这话倒暗合了那个笑话了。一个人懒于读书，赋诗言志，作了一首七言绝句诗道：

‘春天不是读书天，夏日初长正好眠；
秋又凄凉冬又冷，收书又待过新年。’

岂不闻君子见机而作，不俟终日？怎的只顾 把话儿说远了？

“据我姊妹的意思，等公婆回来，家人牲口都匀出来了，你便拜两天客，回来且把饮旨酒赏名花对美人的这些风雅事儿以至那些言情遣兴的诗词，弄月吟风的勾当，一切无益身心的事，一概丢开；甚至你连你的那‘箫史’‘桐卿’也暂且莫把他搁在心上，一心干正经的，埋首用起功来。转眼就是明年秋闱，再转眼就是后年春榜，果然高捷连登，再点上庶常③，

① 谨饬（chì）——谨慎；严格约束。

② 闺阃（kǔn）——妇女内室。

③ 庶常——“庶吉士”的通称。即新进士中入选到翰林院庶常馆学习者。三年后考试录用。

进了那座清秘堂,——别的慢讲,你只看公公正在精神强健的时候,忽然的急流勇退,安知不是一心指望你来翻梢[1]? 果然有这天,也好慰一慰老人家半世期望之心,平一平老人家一生抑郁之气。——你岂不作成了一个养志的孝子?

"俗话说的:'先下米,先吃饭';'果然有命,水到渠成'。十年之间,不愁到不了台阁封疆的地位。那时荣养双亲,俯仰无愧,到了这个分儿上了,还怕不'得天下英才而教育之'不成?

"这三件事,你算都作到家了。我觉得便是那金谷园'肉屏风'也不是什么难事;算起来,十年过后,你才三十岁,依然还是个白面书生,也还不算辜负了这良辰美景。那时候咱们可对了美人,饮着旨酒,赏那名花,由着性儿,乐么? 这屋里那块'四乐堂'的匾可算挂定了。

"不然,这'春深似海'的屋子也就难免'愁深似海'! 不但我们这两个'凤兮凤兮,已而已而'了,只怕连你这今之所谓风雅,也就'殆[2]而殆而'了! 那时你自已顾自己也顾不来,还想'好待干云垂荫日,护他比翼效双栖'吗?

"这话却不为着这席酒而起;自从我过来第二天,见了你这些笔墨,就深以为不然;连日更见你一天一天的近于口角尖酸,举止轻佻一路,迥不是从前的温文谨厚样子,这却大不是公婆教养成全的本意。我两个深以为愁,几次要劝勉你一番,这几日偏忙忙碌碌,不得个机会;今日适逢其会,遇着你置这席酒,方才妹妹只说了个'酒倒罢了',你便有些不耐烦。照这等流连忘返,优柔不断起来,我姊妹窃以为不可;所以方才我两个商量定了——'就你口中言,道我心腹事。'——下这篇规谏。只不知这话,大爷听得进去听不进去?"

公子听了这话,便有些受不住,不似先前那等柔和了。只见他沉着脸,垂着眼皮儿,闭着嘴,从鼻子里嗯了一声,把身子挪了一挪,歪着头儿向何小姐道:"听得进去便怎么样? 听不进去便怎么样? 我倒请问其目!"

---

① 翻梢——指在赌场赌徒将赌输的钱再赢回来。赌场称钱谓"梢"。此为"振兴、争光"之意。

② 殆(dài)——危险,不安。

他那意思想着要把乾纲[①]振起来，熏他一熏，料想今日之下的十三妹也不好怎样。再不想这位十三妹可是熏得动的！他却也不怎样，只把嗓子提高了一调说道："听得进去，莫讲咱们屋里这点儿小事儿，便是侍奉公婆，应酬亲友，支持门户，约束家人，筹划银钱，以至料量薪水米盐这些事，都交给我姊妹两个。奉侍公婆是我两个的第一件事，但有不周，许你责备。支持外面是我的事，料理里面是他的事。公婆只乐得安养，你只一意读书。但能如此，我姊妹纵然给你暖足搔背，扫地拂尘，也甘心情愿，——还一定体贴的你周到，侍奉的你殷勤。听不进去，我两个又有什么法儿呢？左是这个院子，我两个便'退避三舍'，搬到那三间南倒座[②]去同住，尽着你在这屋里嘲风弄月，诗酒风流，我两个绝不敢来过问，白日里便在上屋去侍奉公婆，晚间回房作些针黹，乐得消磨岁月，免得到头来既误了你，还对不住公婆，落了褒贬。"

列公请听，何小姐这段交代，照市井上外话说，这就叫把朋友码[③]在那儿了。安公子高高兴兴的一个酒场，再不想作了这等一个大煞风景；况他又正在年轻，心是高的，气是傲的，脸皮儿是薄的，站着一地的仆妇丫鬟，被人家排大侄儿[④]似的这等排了一场，一时脸上就有些大大的磨不开，不由得一把肝火直攻到卤门子上来，扯脖子带腮颊涨了个通红。才待开口，张姑娘的话来了，说道："大爷，人家姐姐说的可是字字肺腑，句句药石[⑤]。你可先别闹左性，且沉着心，捺着气，细细儿的想想再说话。"

安公子便扭过头来向他道："哦！想来你还有两句话白儿？"张姑娘道："姐姐口里说的话就是我心里要说的话；不过这话不是这个一言那个一语的说得来的，再说让我说，我也没姐姐说得这等透彻。如今你听得进去是如此如此，听不进去是如彼如彼。这层话，姐姐已经交代的明明白白的了，还用我说什么？必要我说，我只有一句：'君请择于斯二者'。"

---

① 乾纲——夫权。

② 倒座——四合院里对着正房的房屋。

③ 码——放。有"置之不理"之意。

④ 排大侄儿——训斥孩子。大侄儿，喻辈分小。

⑤ 药石——良言。取"良言苦口"意。本意为治病的药物和砭石，泛指药物。砭，古代医疗工具名。为经磨制而成的尖石或石片。

安公子先前听何小姐说话的时节，还只认作他又动了往日那独往独来的性情，想到那里说到那里，不过句句带定张姑娘说着得辞些，还不曾怪着张姑娘；及至见他两次三番的从旁赞襄，如今又加上这等几句话，把自己相处了一年多的一个同衾共枕的人也不知“是几时孟光接了梁鸿案”，这么两天儿的工夫会偷偷儿的爬到人家那头儿去了。他又是害臊，又是亏心，又是着恼，把小脸儿都气黄了；第一个主意便要发作一场；一想不妙：“论今日的局面，讲不到‘双拳敌不过四手来’，却正是‘三人抬不过理字儿去。’人家的话真说的有理，这一发作，父母回来，一定晓得；母亲本就把这两个媳妇儿疼的宝贝儿似的；只他两个这番话再请父母一听，那一个字那一句不入老人家的耳合老人家的意，管取倒当着他两个教训我一场，那我可就算输到家栽到地儿了，不是主意。待要隐忍下去，只答应着，天长日久，这等几间小屋子，弄一对大猱①头狮子不时的对吼起来，更不成事。莫如给他个不说长短，不辨是非，从今日起，且干着他！不理他！他两个自然该有些着慌，我却暗里依他两个的话慢慢的把这些不要紧的营生丢开，干起正经的来，岂不是个两全之道？”转念一想，也不妥当：“这个招儿要和桐卿使，他或者还有个心里过不去，脸上磨不开。那位箫史先生可是说的出来，干的出来！万一他认真的搬开了，看这光景，两个人是一条藤儿，这一个搬了，那一个有个不跟着走的吗？这屋里又剩了我跟着嬷嬷了！我这不是自己作冤吗？——再说这等一对花朵儿般娇艳，水波儿般灵动的人，忍心害理的说干着他，不理他，天良何在？”想了半日，左归不是，右归不是，忽然眉头一皱，计上心来。

真正俗语说的不错：“强将手下无弱兵”。安水心先生的世兄既有乃翁的那等酒量，岂没有乃翁那等胸襟？只见他立刻收了怒容，满脸生疼的向金玉姊妹笑道：“领教。这等讲起来，这个令却有道理，算我输了。我方才原说我输了喝一大杯，如今喝还你两个一大杯，也该没得说了。”说着，回头便叫：“花铃儿，你把书格儿上那个红玛瑙大杯拿来。”一时取到，他便要过壶去，自己满满的斟了一杯。

金玉两个见他认真要喝那大杯酒，心里早不安起来。何小姐忙道：“自己屋里说句玩儿话，怎的认起真来？好没意思。这些酒吃下去看不

① 猱(náo)——猿类。

受用。"他那里肯依。张姑娘道:"我罢了,姐姐来了几天儿,既这等说,你认真喝那些酒可不怕羞了他。"

公子更不答言,双手端起酒来,咕嘟一饮而尽,向他两个照杯告干。只羞得他两个两张粉脸泛四朵桃花,一齐说道:"这是我两个的不是,话过于说得急了!"

一句没说完,只见公子饮干了那杯酒,一只手按住那个杯,说道:"酒是喝干,我安龙媒一定谨遵大教:明年秋榜,插了金花,还你个举人;后年春闱[1],赴琼林宴,还你个进士;待进了那座清秘堂,大约不难书两副紫泥诰封,双手奉送。我却洗净了这双眼睛,看你二位怎生的替我整理家园,孝顺父母!你我三个人之中,倘有一个作不到这个场中的,便拿这杯子作个榜样!"说着,抓起那玛瑙酒杯来,唰,往着门外石头台阶子上就摔了去!

这一摔果然摔在石头台阶子上,不用讲,这件东西一定是锵琅琅一声,星飞粉碎;不想说时迟,才从公子手里摔出去,那时快,早见从台阶儿底下抢上一个人来,两手当胸,把那红玛瑙酒杯紧紧的双关抱住。这正是:

剧怜脂粉香娃口,抵得十思一谏疏。

要知后事何如,下回书交代。

---

① 春闱(wéi)——唐宋礼部试士在春季举行,称"春闱";明清会试亦在春季,故称。

第三十一回

新娘子悄惊鼠窃魂　戆老翁醉索鱼鳞瓦

这回书一开场,是位听书的都要听听接住酒杯的这个人究竟是个什么人。列公且慢。方才安公子摔那酒杯的时候,旁边还坐着活跳跳的一个何玉凤,一个张金凤呢。他两个你一言我一语激出这等一场大没意思来,要坐在那里一声儿不言语,只瞧热闹儿,那就不是情理了。让说书的把这话补出来再讲那个人是谁不迟。

却说他两个见安公子喝干了那杯酒,说完了那段话,负着气,赌着誓,抓起那酒杯来向门外便摔,心里好不老大的惭惶后悔;慌得一齐站起身来,只说得一句:"这是怎么说?"四只眼睛便一直的跟了那件东西向门外望着。只见一个人从外面进来,三步二步抢上台阶儿,慌忙把那件东西抱得紧紧的,竟不曾摔在地下。何小姐先说道:"阿弥陀佛!够了我的了!这可实在难为你!"张姑娘也道:"真亏了你!怎么来的这么巧?等我好好儿的给你道个乏罢!"

且住!这个人到底是谁呀?看他姊妹两个开口便道着个"你"字,其为在下的人可知。既是个奴才,强煞也不过算在主人眼头里当了个机伶差使,不足为奇;不到得二位奶奶过意不去到如此。况且何小姐自从作十三妹的时候,直到如今,又何曾听见过他婆婆妈妈儿的念过声佛来?有此时吓得这等慌张的,方才好好儿的哄着人家饮酒取乐,岂不是好?

这话不然。这个理要分两面讲。方才他两个在安公子跟前下那番劝勉是夫妻尔汝相规的势分,也因公子风流过甚,他两个期望过深,才用了个"遣将不如激将"的法子,想把他归入正路,却断料不到弄到如此;既弄到这里了,假如方才那个玛瑙杯竟摔在台阶儿上,锵琅琅一声,粉碎星飞,无论毁坏了这桩东西,未免暴殄天物①;这席酒正是他三个新婚燕尔,吉事有祥,夫妻和合,姊妹团聚的第一次欢场;忽然弄出这等一个破败决裂

---

① 暴殄(tiǎn)天物——残害灭绝天生之物。殄,灭绝。

的兆头来,已经大是没趣了。再加公子未曾捽那东西先赌着中举中进士的这口气,说了那等一个不祥之誓,请问:发甲发科这件事可是先赌下誓后作得来的?万一事到临期,有个“文齐福不至”,“秀才康[①]了”,想起今日这桩事来,公子何以自处?他两个又何以处公子?所以才有那番惶恐无措。

无如公子的话已是说出口来了,杯已是飞出门儿去了。这个当儿,忽然梦想不到来了这么个人,双手给抱住了,扣儿算解了,场儿算圆了,一欣一感,有个不禁不由替他念出声佛来的吗?这正是他夫妻痛痒相关的性分。

说便这等说,这个人到底是个谁呢?是随缘儿媳妇。这随缘儿媳妇正是戴嬷嬷的女儿,华嬷嬷的儿妇,又派在这屋里当差,算一个外手里的内造人儿[②]。今日爷奶奶正是家庭小宴,他早就该在此伺候,怎的此时倒从外来呢?只因这天正是他家接续姑奶奶,——正是褚大娘子,——他婆媳两个告假在家待客;华嬷嬷又请了两个亲戚来陪客。大家吃了早饭,拿了副骨牌,四家子“顶牛儿[③]”。晌午无事,华嬷嬷惦着老爷太太不在家,二位奶奶一定都回房歇歇儿,便叫他进来看看。燕北闲人借此便请他作了个“无巧不成书”。

原来那随缘儿媳妇虽是自幼儿给何小姐作丫鬟,他却是个旗装。旗装打扮的妇女走道儿却和那汉装的探雁脖儿,摆柳腰儿,低眼皮儿,瞅脚尖儿走的走法不同,走起来大半是扬着个脸儿,拔着个胸脯儿,挺着个腰板儿走;况且他那时候正怀着三个来月的胎,渐渐儿的显了怀了;更兼他身子轻俏,手脚灵便,听得婆婆 说了,答应一声,便兴兴头头把个肚子腆得高高儿的,两只三寸半的木头底儿咯噔咯噔走了个飞快,从外头进了二门,便绕着游廊往这院里来。将进院门,听见大爷说话的声气像是生气的样子,赶紧走到当院里,对着屋门往里一看,果见公子一脸怒容,他便三步两步抢上了台阶儿,要想进屋里看看是怎生一桩事;不想将上得台阶儿,

---

① 康——此同“糠”。

② 外手里的内造人儿——外边的人干里面的事。外手,外怀。意为不相干,没关系。内造人,内里沟通。意为虽是外来人,却与里边人(主人)关系密切。

③ 顶牛儿——骨牌的一种玩法。互相以点数等同的一端衔接串联。

但见个东西映着日光，霞光万道，瑞气千条，从门里就冲着他怀里飞了来。他一时躲不及，两只手赶紧往怀里一握，却是怕碰了他的肚子伤了胎气；谁知两手一握的这个当儿，那件东西恰好不偏不正合在他肚子上，无心中把件东西握住了；握住了自己倒吓了一跳，连忙把在手里一看，敢则是书阁儿上摆的那个大玛瑙杯，里面还有些残酒。他"笋里不知卯里①"，只道大爷吃醉了，向他飞过一觞来叫他斟酒，只得举着那个酒杯送进屋里来。及至走到屋里，又见两位奶奶见他一齐站起来说了那套话，他一时更摸不着头脑，便笑嘻嘻的道："请示二位奶奶，再给爷满满的斟上这么一盅啊？"一句话倒把金玉两个问的笑将起来。

却说安公子原是个器宇不凡的佳子弟，方才听了他姊妹那番话，一点便醒，心里早深以为然；只因话挤话，一时面上转不开，才赌气摔那杯子；及至摔出去，早已自悔孟浪；见随缘儿媳妇接停住了，正在出其不意，又见他姊妹这一笑，他便也借此随着哈哈笑道："那可来不得了！搁不住你再帮着你二位奶奶灌我了。快把他拿开罢。"因和他姊妹说道："你们的新令是行了，我的输酒是喝了，只差这令不曾行到桐卿跟前。大约就行，不过申明前令，咱们再喝两杯，到底得上屋里招呼招呼去。"

金玉姊妹也见他把方才的话如云过天空，更不提起一字，脸上依旧一团和容悦色，二人心里越发过意不去，倒提起精神来殷殷勤勤陪他谈笑了一阵。

吃完了酒，收拾收拾，三个人便到了上房。恰值舅太太才散牌，在那里洗手。金玉姊妹便在上房坐谈，叫人张罗伺候晚饭。舅太太道："今日是我的东儿，不用你们张罗。你们三个没过十二天呢，还家里吃你们的去罢。我这里有吃的，回来给你们送过去。"

说话间，舅太太、亲家太太洗完了手，摆上饭来。他两个替舅太太张罗了一番，才同公子回房吃饭。一时饭罢，仍到上房。

看看点灯，褚大姑奶奶早赴了席回来，一应女眷都迎着说笑。公子见这里没他的事，便出去应酬应酬泰山，坐到起更，又照料了各处门户，嘱咐家人一番进来。舅太太道："你怎么又来了？俩外外姐才叫他们招呼招呼褚大姑奶奶，都家去了。姑老爷姑太太不在家，我今日就在上屋照应。

---

① 笋里不知卯里——这一方面不知那一方面。笋，榫头；卯，臼槽。

你们那边，我请亲家太太先家去了。还有跟我的在那里，老华、老戴，我才也叫来嘱咐过了。你们早些关门睡觉。"

公子答应着，才来房来。只见他姊妹两个也是才回家，都在堂屋里那张八仙桌子跟前坐着等丫头舀水洗手。公子便凑到一处坐下。

一时，柳条儿端了洗手水来，慌慌张张的问张姑娘道："奶奶有什么止疼的药没有？咱们内厨房的老尤擦刀来着，手上拉了个大口子，呲牙裂嘴的嚷疼，叫奴才和奶奶讨点儿什么药上上。"何小姐便问："拉的重吗？"他道："挺长挺深的一个大口子，长血直流的呢！"何小姐便叫戴嬷嬷道："你叫人把我那个零星箱子抬来，把那个药匣子拿出来。"

一时抬来，拿钥匙开开，只见箱子里面都是些大小匣子以至零碎包囊儿都有。何小姐从一个匣子里拿出一个瓶儿来倒了些红面子药交给戴嬷嬷，道："给他撒在伤口上，裹好了，立刻就止疼，明日就好了。"随即收了那药，便向花铃儿说道："你把这几个匣子留在外头罢。"

花铃儿答应着，一面往外拿。公子一眼看见里面有一个黑皮子圆筒儿，因道："那是个什么？"何小姐便拿过来递给他看。公子打开一瞧，只见里面是五寸来长一个铁筒儿。一头儿铸得严严的；那头儿却是五个眼儿，都有黄豆来大小；外面靠下半 段有个铁机子。和张姑娘看了半日，认不出是个什么用处来。

何小姐道："这件东西叫做'袖箭'①。"公子道："这怎么个射法呢？"他又从一个匣子里拿出个包儿来打开，里面包着三寸来长的一捆小箭儿；那箭头儿都是纯钢打就的，就如一个四楞子锥子一般溜尖雪亮。公子才要上手去摸。何小姐忙拦道："别着手！那箭头儿上有毒！"便拈着箭杆下了五枝在那筒儿里，因说那箭的用法。

原来那袖箭一筒可装五枝，先搬好机子下上箭，一按，那机子中间那枝就出去了。那周围四个箭筒儿的夹空里还有四个漏子，再搬好机子，只一晃，那四枝自然而然一枝跟一枝的漏到中间那个筒儿来，可以接连不断的射出去，因此又叫作"连珠箭"。

当下何小姐说明这个原故，又道："这箭射得到七八十步远，和我那把刀，那张弹弓，都是我自幼儿跟着父亲学会的。那两件东西，我算都用

---

① 袖箭——一种暗器。用前藏于袖中而得名。

着了；只这袖箭，我因他是个暗器伤人，不曾用过，如今也算无用之物了。”说着，才要收起来。公子道：“你把这个也留在外面，等闲了，我弄几枝没头儿的箭试试看。”何小姐便叫人关好箱子，把那袖箭随手再放一个匣子里，都搬了东间去。

他三个人这里因这一副袖箭便话里引话，把旧事重提。张姑娘便提起能仁寺的事，怎的无限惊心；何小姐便提起青云山的事，怎的不堪回首；安公子便提起了黑风岗的事，怎的绝处逢生。因说道：“彼时断想不到今日之下，你我三个人在这里无事消闲，挑灯夜话。”

何小姐又提起他路上怎的梦见父母的前情；张姑娘又提起他前番怎的叩见公婆的旧事。一时三个人倒像是堂头大和尚①重提作行脚②时的风尘，翰林学士回想作秀才时的况味。真是一番清话，天上人间。

自来“寂寞恨更长，欢娱嫌夜短”。那天早交二鼓，钟已打过亥正，华嬷嬷过来说道：“不早了，交了二更这半天了。南屋里亲家太太早睡下了。舅太太才打发人来，来问着。要不，爷奶奶也早些歇着罢。”公子正谈得高兴，便叫：“早呢，我们再坐坐儿。”华嬷嬷看了看他姊妹两个也像不肯就睡的样子，无法，只得且由他们谈去。

书里交代过的，安老爷、安太太是个勤俭家风，每日清晨即起，到晚便息，怎的今日连他姊妹两个有些流连长夜，都不循常度起来？

这其间有个原故。只因何玉凤、张金凤彼此性情相照，患难相扶，那种你怜我爱的光景，不同寻常姊妹。何玉凤是个阔落大方不为世态所拘的，见公子不曾守得那书生不离学房的常规，倒苦苦拘定这新郎不离洞房的俗论；他心下便觉得在这个妹子跟前有些过意不去，这日早上便推说是晚间要换换衣裳，那边新房里一通连没个回避的地方，不大方便，嘱咐张姑娘晚间请公子在西间去谈谈，就便在那里安息，是个周旋妹子的意思。张金凤却又是个幽娴贞静不为私情所累的，想到“春兰秋菊因时盛，采撷谁先占一筹”这两句诗，觉得自己齐眉举案，已经一年了，何小姐正当新燕恰来，小桃初卸，怎好叫郎君冷落了他？心里同一过意不去，便有些不肯，却是个体谅姐姐的意思。偏偏两个人这番揖让雍容的时候，又正值公

① 堂头和尚——僧寺住持。

② 行脚——即“行脚僧”。云游四方求师问道的僧人。

子在座。在公子是左之右之，无不宜之；觉得“金钟大镛在东序”也可，“珊瑚玉树交枝柯”亦无不可，初无成见。

这可是晌午酒席以前的话。不想晌午彼此有了那点痕迹，此时三个心里才凭空添出许多事由儿来了。张姑娘想道是：“天呢，确不早了，此时我要让他早些儿歇着罢。他有姐姐早间那句话在肚子里，倘然如东风吹杨柳，顺着风儿，就飘到西头儿来了，可不像为晌午那个岔儿叫他冷淡了姐姐？待说不让他过来，又好像我拒绝了他。”这是张金凤心里的话。何小姐想到是：我向来说一是一，说二是二。早间既有那等一句话，此时没个说了不算的理，迥不和晌午多了那么一层。我此时要让他安歇，自然得让他到妹子那边去，这不显得我有意远他么？设或妹子一个不肯，推让起来，他便是水向东流，西边绕个弯儿，又流过来了，我又怎生对的住妹子？”这是何玉凤心里的话。

两个人都是好意；不想这番好意把个可左可右的安公子此时倒弄到左右不知所可。正应了句外话，叫作“棉袄改被窝”，两头儿苦不过来①了。

因此上，三个人肚子里只管绕成一团丝，嘴里可咬不破这个豆儿。三下里一撑，把天下通行挑灯睡觉的一桩寻常事一为难，给搁在公中②，就在那可西可东的一间堂屋里坐下，长篇大论整夜价攀谈起来了。

然则公子这日究竟“吾谁适从”呢？这是人家闺房琐事。闺房之中甚于画眉，那著书的既不曾秉笔直书，我说书的便无从悬空武断，只好作为千古疑案。只就他夫妻三个这番外面情形讲，此后自然该益发合成一片性情，加上几分伉俪，把午间那番盎③盂相击化得水乳无痕，这才成就得安老爷家庭之庆，公子闺房之福。这是天理人情上信得及的。

当晚无话。却说次日午后，安太太便先回来。大家接着，寒温起居了一番。安太太也谢了舅太太、亲家太太的在家照料，又向褚大娘子道了个安。

少停，安老爷也就回来，歇息了片刻，便问：“邓九太爷回来不曾？”

---

① 棉袄改被窝，两头苦不过来——歇后语。两头为难。

② 公中——公共或小团体。引申为谁也不管，无人负责。

③ 盎(àng)——此指一种腹大口小的盛器。

说："看看，回来了请进来坐。"褚大娘子忙道："二叔，罢了吧！他老人家回来却有会子了；我看那样子又有点喝过去了，还说等二叔回来再喝呢！此时大约也好睡了，再要一请，这一高兴，今日还想散吗？再者，女婿今日也没回来，倒让他老人家早些睡罢。"安老爷听了，也便中止。不一时，大家便分头安置不提。

却说这日何小姐因公子不在这边房里，便换了换衣裳，熄灯就寝。原来一向因那新房是一通连的，戴嬷嬷同花铃儿都在堂屋里后一卷睡。姑娘是省事惯的，这晚也不用人陪伴，一个人上床一觉好睡，直睡到三更醒来，因要下地小解，便披上斗篷，就睡鞋上套了双鞋下来。将完了事，只听院子里吧喳一声，像从高处落下一块瓦来，那声音不像从房檐脱落下来的，竟像特特的扔在当院里试个动静的一般。他心想道："作怪！这声响定有些原故。"便蹑足潜踪的闪在屋门槅扇后面静静儿的听着。

隔了半盏茶时，只见靠东这窗户上有豆儿大的一点火光儿一晃，早烧了个小窟窿，插进枝香来，一时便觉那香气的味有些钻鼻刺脑。

请教，一个曾经沧海的十三妹，这些个玩意儿可有个不在行的？他早暗暗的说了句："不好！"先奔到桌边，摸着昨日那个药匣子，取出一件东西，便含在口里。

你道他含的是什么东西？原来是块龙亶石。怎的叫"龙亶石"呢？大凡是个虎，胸前便有一块骨头，形如"乙"字，叫作"虎威"，佩在身上，专能避一切邪物；是个龙，胸前也有一块骨头，状如石卵，叫做"龙亶"，含在口里，专能避一切邪气。不必讲，方才插进窗户来的这枝香是枝熏香。凡是要使熏香，自己先得备下这桩东西；不然，那不自己先把自己熏背了气了吗？这是姑娘当日的一桩随身法宝，没想到作新媳妇会用着了。

话休烦琐。却说何小姐含了那块龙亶，听了听窗外没些声息，便轻轻的上了床，先把那香头儿捻灭了，想道："这毛贼要这等作起来，倒不可不防。只是我这一叫喊，不但被这厮看着胆怯，——前面走更的一时也听不见，——倒难保惊了公婆。偏我那把刀因公公道是新房不好悬挂，不在跟前；那弹弓虽在手下，却又一时寻不及那弹子，这便怎样？……"

正在为难，忽然想起昨日看的那副袖箭正下了五枝箭在里头，便暗地里摸在手里，依然隐在屋门槅窗边看着。

一时，早见这堂屋里靠西边那扇大槅窗上水湿了一大片，他便轻轻的出了东间屋门，躲在堂屋里东边这扇槅扇边，看那个贼待要怎的。才隐住身子，只见那水湿的地方从窗棂儿里伸进一只手来，先摸了摸那横闩，又摸了摸那上闩的铁环子，便把手掣回去，送进一根带着钩子的双股儿绳子来。只见他用钩子先把那门闩搭住，又把绳子的那头儿拴在窗棂儿上，然后才用手从那铁环子里褪那横闩；褪了半日，竟被他把那头儿从环子里褪出来，那闩只在那绳子的钩儿上钩着。

何小姐看了，暗说："有理！他褪下那头儿来，一定还要褪这头儿，好用两根绳子轻轻儿的系下来，放在平地，免得响动。好笨贼！你这个主意打拙了！"

说着，果听得槅扇外边脚步声音慢慢的溜过东边来。他便顺着槅扇里边也慢慢的溜到西边儿去，随即闪着身子从那洞儿里往外一看，见那天一天雪意，阴得云浓雾锁，月暗星迷。且喜是月半天气，还辨得出影向来。望了半日，只望不见拨门的那个，倒看见屏门那里蹲着一个，往后夹道去的角门跟前蹲着一个，在那里把风①；对面南房上又站着一个壮大黑粗的大汉，腰里掖着一把明晃晃的钢刀，已经把房上的瓦揭起一摞来放在身旁，手里还掏着两三片瓦，在那里了望；靠东墙却早搬了一扇门立在墙跟前。

何小姐暗道："要不先把房上的这个东西弄住他，怎得歇手？"随又想到："且慢！只要惊走他也就罢了。"

说着，又见靠东槅扇上也阴湿了，果然照前一样的送进一根带钩子的绳儿来，想要钩住东头儿的闩。

何小姐趁他入绳子的时节，暗暗的早把这头儿横闩依然套进那环子去，把那搭闩的钩子给他脱落出来，却隐身进了西间，听了听，安公子和张姑娘在卧房里正睡得安稳；南床上的华嬷嬷和柳条儿已是受了那屋里些熏香气息，酣睡沉沉。他便假装打了个呵欠。门外那个贼一听，倒是一惊，暗道："怎的熏香点了这半日还有人醒着？"忙的他把个绳头儿不曾拴好，一失手，连钩子掉在屋里地下了，他便赶紧跑开躲着，暗听里面的动静。

你看！这群贼要果然得着这位姑娘些底细，就此时认些晦气走了，倒

① 把风——望风。

也未尝不是知难而退;不想他听了屋里一个呵欠之后,鸦雀无声,只道又睡着了,他从贪心里又起了个飞智,便想用西边这根绳儿先把这头儿的闩系到地,腾出绳儿来,再系东边的那头儿,早又鹤行鸭步的奔到西边儿去。

这个当儿,何小姐早到了堂屋里,把他失手扔的那根绳子拿在手里,却贴着西边第二扇槅扇蹲着,看他怎的般鼓捣。

却说那贼转过来,从窗棂上解下那根绳,待要往下系那横闩,早觉得那绳子轻飘飘的脱了空。他便悄悄的嗯了一声,似乎觉得诧异,想道:"莫不是方才我匆忙里不曾把那闩褪下来么?"重新探进手来摸。

何小姐见这贼浑到如此,却怄上他点气儿来了;便把那副袖箭放在地下,把手里那根绳子双过来,等贼的手探到铁环子跟前,猛可的从底下往他腕子上一套,拧住了,只往下一勒,又往后一别,乘势就搭在那根横闩上,左三扣右三扣的把只手反捆在闩上;还怕他挣开了绳头儿,又把西边窗棂上那根空绳子解下来,十字八道的背了几个死扣儿;自己却又拿起袖箭来躲在东边去望着。那贼的这只手本是从靠西槅扇尽西的这个窗棂里探进来才够得着那铁环子,经这往下一勒,往后一别,一只胳膊是满寄放在屋里,胸脯子是靠了西间金柱了;待要伸左手来救那只右手,急切里转不过身来。作贼的可没个嚷救人的;他挣了两挣,不曾挣得动分毫,便嘴里打了个哨子,哨那两个把风的贼。那两个听得哨子响,知道是拨开门了,这就可以下手偷了,哈着腰儿就往这边来。

何小姐从东边的窗洞儿里见这两个也过来了,心里倒有些忐忑,暗想:"照这等狗一般的贼,就再多来几个也不妨,只是我如今非从前可比,断不可和他交手,只管拴住了这个,倒怕他一时急了,豁一个,跑三个,伤了这个老实的,那时倒是'大未完'。这要不用个'敲山振虎'的主意,怎的是个了当?"想罢,他隔着那窗洞儿往外望了望,只见房上那个正斜签着蹲在房檐边,目不转睛的盼那三个开门呢。他便把那袖箭从窗洞儿里对了房上那贼,看得较准,把那跳机子只一按,但听喀吧一声,哧,一箭早钉在那贼的左胯上。那贼冷不防着这一箭,只疼得他咬着牙不敢吱声;饶是那等不敢吱声,也由不得"嗳哟"出来,脚底下一个蹲不稳,便咕碌碌从房上直滚下来,咕咚跌在地下,手里的瓦,一片声响,摔了一地。

这边三个贼听得,齐回头看时,见房上那个跌了下来,一则怕跌坏了他,二则怕惊醒了事主,忙的顾不及和拴着的这个搭话,便奔过去看那个。

只这一阵，早惊醒了南屋里的张太太，问道："�儿响咧？蓝嫂，你听听，不是猫把瓦蹬下来了哇？"这边拴着的听了，只干着急，苦挣不脱。

那两个跑过去，见跌下来的那个，才抱得起来，却只坐在地下发怔。他两个也顾不得南屋里事主说话，便把他揪起来搀着，要想逃避。不想那个的腿已经木的不知痛痒，只觉箭眼里如刀剜一般疼痛。那两个还只道他是跌了腿，悄悄的说道："你扎挣些，溜到背静地方躲一躲要紧！"

这一阵嘁喳早被何小姐听见，隔窗大声的说道："糊涂东西！他腿上正着一枝梅针药箭呢！你叫他怎的个扎挣法？"

一句话吓得那两个顾不及那个带伤的没命的奔了墙边立的那扇门去，慌张张爬到墙上，踹的那瓦一片山响；才上房，后脚一带，又把一溜檐瓦带下来，稀里哗啦闹了半院子，闹的大不成个"梁上君子"的局面！

两个上了房，又怕自己再着上一箭，爬过房脊去，才纵身往下要跳，早见一个灯亮儿一闪，有人喊道："不好了！房上有了人了！"

你道这人是谁？原来是张亲家老爷。他那晚睡到半夜忽然要出大恭，开了门，提了个百步灯出来；才绕到后边，听得房上瓦响，他把灯光儿一转，见两个人爬过房来，他就嚷起来，把屎也吓回去了。

这一嚷早惊动了外边的人。房上那两个贼见不是路，重新又爬过房脊来，下了房，发脚往游廊门外就跑。第一个先跑出来，便藏在上房东钻山门儿里；及至第二个跑出来，二门上早灯笼火把进来了一群人，一个个手拿钩杆子、抬水的杠子围上来。这贼解下腰里的钢鞭，才要动手，不防身后一钩杆子，早被人胡掳住了，按在那里捆了起来。

这个当儿，张进宝早提着根棒槌般粗细的马鞭子，吆吆喝喝进来，先说道："拿！只管拿！别伤他！也别只顾大面儿上，背静地方儿要紧！"一句话，那一个藏不住，巴了巴头儿，见一院子的人；他一扎头①，顺着廊檐就往西跑。谁知东次间有个炉坑，因天凉起来了，趁老爷太太不在家，烧了烧那地炕，怕圈住炕气，敞着炉坑板儿呢。那贼不知就里，一脚跐②空了，咕咚一声，掉下去了。大家挠钩绳索的揪上来，又得了一个。

这一番吵嚷，安老夫妻早惊醒了。安老爷隔窗问道："这光景是有了

① 一扎头——一低头。

② 跐(cí)——踩。

贼了。你们只把他惊走了也罢,何必定要拿住他?”张进宝答道:“回老爷:这贼闹的不像话,一个个手里都有家伙;只这院子里已经得着俩了,敢怕还有呢。”

安老爷听见不止一个贼,又手持器械,也有些诧异;只管诧异,却依然守定了那“‘伤人乎?’不问马”的圣训,只问了一声“可曾伤着人”,绝口不问到“失落东西不曾”这一句。大家回道:“没伤人,俩贼都捆上了。”

安老爷便一面起来,下床穿衣。只听张进宝说道:“留俩人这院里招护,咱们分开从东西耳房两路绕到后头去。小心,有背旮旯子里窝着的!”

当下张老同了晋升、戴勤一班人带着人去查西路。张进宝便同了华忠、梁材带着人进了东游廊门。他一进门,才要问:“惊了爷奶奶没有?”

一句话不曾说完,灯光下只见当院里地下躺着个人在那里哼哼,又一个正在那里掏槅扇窗户呢。张进宝大喝道:“你这野杂种!好大胆子!见了人竟不跑,还敢在这里掏窗户?”

说着,四路去的人也转到这院子来了,绳子也来了。大家一窝蜂上前,有几个早把当地那个捆上,有几个便奔到槅扇边这个来拉住,往台阶下就拉;可耐拉了半日,丝毫拉他不动。张进宝怕惊了爷奶奶,便叫:“华奶奶,你回爷奶奶,家人们都在这里呢,不用害怕。”

华嬷嬷这个当儿醒虽醒了,只答应不出来。早听何小姐在屋里笑道:“我敢是有些害怕!我怕你们拉不动这个贼!他这只胳膊在横闩上捆着呢!等开了门,你们进来解罢!”闹了半日,众人此刻才得明白。大家便先把那贼的左手左脚绑在一处,那贼只剩得一条腿在那里跳咯噔①儿了!

按下门外的众人不提。话分两头。却说屋里的何小姐方才见四个贼擒住了两个,那两个才办条逃路,又被外面一声喊吓回来了,早料这一惊动了外面,大略那两个也走不了。他便安安详详的穿好了衣服,先把嬷嬷丫鬟们叫起来。亏那香点得工夫少,人隔的地方远,一叫便都醒了,只是慌作一团。他又虑到怕公婆过来,一面忙忙的漱口拢头,一面便叫华嬷嬷请公子和张姑娘起来。

幸喜那卧房更是严密,又放着帐子,两个都不曾受着那薰香气息。也

① 咯噔——跳脚。

因这个上头误了点儿事：人家闹了半夜，他二位才连影儿不知。直等华嬷嬷隔着帐子把张姑娘叫醒了，他听说，只吓得浑身一个整颤儿，连忙推醒了公子。公子毕竟是个丈夫，有些胆气，翻身起来，在帐子里穿好了衣服，下了床，蹬上靴子，穿上皮袄，系上搭包，套上件马褂儿，又把衣裳掖起来，戴好了帽子，手里提着嵌宝钻花拖着七寸来长大红穗子的一把玲珑宝剑，从卧房里就奔出来了。

恰好何小姐完了事，将进西间门，看见，笑道："贼都捆上了，你这时候拿着这把剑，刘金定不像刘金定，穆桂英不像穆桂英的，要作什么呀？这样冷天，依我说，你莫如搁下这把剑倒戴上条领子儿，也省得风吹了脖颈儿！"公子听了，摸了摸，才知装扮了半日，不曾戴得领子，还光着个脖儿呢，又忙着去戴领子。

一时，张姑娘也收拾完毕，嬷嬷丫鬟们一面叠起铺盖，藏过闺器。公子便要出去。何小姐道："莫忙！让他们归着完了，开了门，才出得去呢。"

公子听说，提上那把剑，自己便要开门；才到堂屋里，但见一只漆黑大粗的胳膊，掏进窗户来，却捆在那闩上，忙的问道："这是谁？"何小姐笑道："这是贼，从半夜里就拴在这里了。如今外头也捆好了，我却不耐烦去解他，劳你施展施展你那件兵器，给他把绳子割断了罢。"公子道："交给我！这又何难！"掳了掳袖子，上前就去割那绳子，颤儿哆嗦的鼓捣了半日，连锯带挑，才得割开。那贼好容易褪出那只手去，却又受了两处误伤，被那剑划了两道口子，抿耳低头，也吃绑了。

屋里开了门，那时天已闪亮。何小姐往外一看，只见两个贼都捆在那里；他便先让张亲家老爷进来歇息，随叫张进宝道："张爹，你叫他们把这四个东西都搁在这旁边小院儿里去，好让我们过去请安。再也怕老爷太太要过来。"又叫花铃儿向桌子上取出两个纸包儿来，便指着那受伤的贼，向张进宝道："别的都不要紧，这一个可着了我一药箭，只要过了午时，他这条命可就交代了。你作件好事，把这一包药用酒冲了给他喝下去。那一包药，醋调了给他上在箭眼上，留他这条命好问他话。"张进宝一一的答应。那贼听了这话才如梦方醒。

不提大家去依言料理。却说安太太初时也吃一吓，及至听得无事才放心，也只略梳了梳头，罩上块蓝手巾，先叫人去看儿子媳妇。恰恰的他三个前来问安。安老爷依然安详镇静，在那里漱口净面。才得完事，安老夫妻便问了详细，何小姐前前后后回了一遍。安老爷便向公子说道："幸亏这个媳妇；不然，竟开了门，失些东西，倒是小事，尚复成何事体。这大约总由于这一向因我家事机过顺，自我起不免有些不大经意，或者享用过度，否则心存自满，才有'无平不颇'的这番警戒，大家不可不知修省。"说着，便站起来说："我过去看看。"安太太便向何小姐道："你可招呼着些儿。"安老爷道："贼都捆上了，还怕他怎的。索兴连你也一同过去看看。"

正说着，舅太太、亲家太太、褚大娘子都过来道受惊。大家说了没三两句话，只听得二门外一声大叫，说道："好囚攮①的！在那儿呢？让我瞧瞧他几颗脑袋！"

一听却是邓九公的声音。老爷同公子连忙迎出来。安太太一班女眷也跟出来。只见邓九公皮袄也不曾穿，只穿着件套衣裳的大夹袄，披着件皮卧龙袋，敞着怀，光着脑袋，手里提着他那根压装的虎尾钢鞭，进了二门，怒吽吽的一直奔东耳房去。安老爷忙着赶上，拉住说："九哥待要怎的？"他道："老弟别管！你不知道！这东西糟蹋苦了我了！且叫他一个人吃我一鞭再讲！"安老爷道："不可擅伤罪人。你我是要担不是的。有王法呢。"他又道："王法！有王法也不闹贼了！"安老爷道："就说如此，你我也得问个明白，再作道理。"他又道："那里那么大粗的工夫！"说着，扭身只要赶过去打。

安老爷看了看那样子，一脑门子酒，大约昨日果真喝过去了，睡了一夜，竟没醒得清楚；好说歹说，死拉活拉的，才把他拉进屋子。安太太大家也都过来。褚大娘子一见，先说道："这么冷天，怎么衣裳也不穿就跑出来了？"一句话提醒了安老爷，才叫人出去取了衣裳来。他一面穿着，一面问何小姐那贼的行径。何小姐又说了一遍。只气得他巨眼圆睁，银须乱飐②。

安老爷劝道："老哥哥，这事不消动这等大气。"他也不往下听，便道："老弟，你莫怪我动粗。你只管把这起狗娘养的叫过来，问个明白，我再

---

① 囚攮(nǎng)——骂人话，"该杀的"。北方人称匕首为攮子。因称以匕首或刺刀刺人为攮。

② 飐(zhǎn)——风吹物使颤动。

和他说话。我有我个理。等我把这个理儿说了,你就知道不是愚兄不听劝了。"

安老爷是透知他那吃软不吃硬的怪脾气的,便道:"就这样,你我且问问这班人是怎的个来由。"因叫人在廊下放了三张杌子,连张老爷也出去坐下。安太太大家却关了风门子,都躲在破窗户洞儿跟前往外看。

只见众家人把那班贼连提搂带拉的拉过来。安老爷一看,一个个都绑得手脚朝天的,合伏着把脸贴在地下。老爷已就老大的心里不忍,先叹了一声,说道:"一样的父母遗体,怎生自己作践到如此!"便吩咐道:"且把他们松开,大约也跑不到那里去。"邓九公嚷道:"跑!那算他交了运了!"

众人一面答应着,便把那班人腿上的绑绳松了,依然背剪着手,还把绳子拴了一条腿,都提起来跪在地下。安老爷一看,只见一个腰粗项短,一个膀阔身长,一个浊眼浊眉,一个鬼头鬼脑,便往下问道:"你们这班人,我也不问你的姓名住处;只是我在此住了多年,从不曾薅恼①乡邻,欺压良贱,你们无端的来扰害我家,是何原故?只管实说!"

那班人又是着慌,又是害臊,一时无言可对,只低了头不则②一声。早把邓九公怄上火来了,一伸手,向怀里把他那副大铁球掏出一个来,攥在手里,睁了圆彪彪的眼睛,向那班人道:"说话呀!小子别装杂种,慌的鬼头鬼脑的!"那个连忙叫道:"老爷子,你老别打,让我说。"因望着邓九公道:"大凡是个北京城的人,谁不知道你老这里是安善人家!可有什么得罪我们的!"邓九公又嚷道:"我不姓安!我是寻宿儿的!人家本主儿在那边儿呢!你朝上边儿说!"

那人才知他闹了半日,敢则全不与他相干,扭过来便向着安老爷说道:"听我告诉你老。"一句话没说完,华忠从后头噔就是一脚,说道:"你连个'老爷''小的'也不会称吗?你要上了法堂呢?"那贼连忙改口道:"小的,小的回禀老爷。今日这回事都是小的带累他们三个了。"因努着嘴,指着旁边两个道:"他们是亲哥儿俩:一个叫吴良,一个叫吴发。那个姓谢,叫谢祇,人都称他谢三哥。小的姓霍,叫霍士道。小的们四个人没

---

① 薅恼——惹恼;着惹。

② 则——此作"出"。

艺业,就仗偷点儿摸点儿活着。小的有个哥哥,叫霍士端,在外头当长随,新近落①了,逃回来了。小的和他说起穷苦难窄②。他说:'这座北京城,遍地是钱,就只没人去拣!'小的问起来,他就提老爷从南省来,人帮的上千上万的银子,听说又娶了位少奶奶,净嫁妆就是十万黄金,十万白银。他还说,指了小的这条明路,得了手,他要分半成账。小的听了这话,就邀了他三个来的。"

安老爷听到这里,笑了一笑,便问道:"来了怎么样呢?"那贼道:"小的们来是从西边史家房上过来,绕到这里的。及至到了房上一看,下来不得了。"安老爷道:"怎么又下来不得呢?"那贼道:"小的们这作贼有个试验:不怕星光月下,看着那人家是黑洞洞的,下去必得手;不怕夜黑天阴,看着那人家是明亮亮的,下去不但不得手,巧了就会遭事。昨晚绕到这房上,往下一看,院子里倒像一片红光罩着。依谢三就要回头,是小的贪心过重,好在他们三个的贪心也不算轻,可就下来了。不想这一下来,通共来了四个,倒被老爷这里捆住了两双。作贼的落到这个场中,现眼也算现到家了。如今要把小的们送官,也是小的们自寻的,无的可怨。到官也是这个话。老爷要看小的们可怜儿的,只当这宅里那旮旯儿子里下了一窝小狗儿,叫人提着耳朵往车辙里一扔,算老爷积德超生了小的们了!"

安老爷还要往下再问。邓九公那边儿早开了谈了,说:"照这么说,人家和你没什么岔儿呀?该咱老爷儿们稿③一稿咧!我且问你:你们认得我不认得?"四个人齐声道:"不认得。"登时把个老头子气得紫涨了脸,嚷成一片,说道:"好哇!你们竟敢说不认得我!告诉你!我姓邓!可算不得天子脚底下的人,生长在江北淮安,住家在山东茌平,也有个小小的名声儿,人称我一声邓九公!大凡是绿林中的字号人儿,听见我邓九公在那里歇马,就连那旁边左右的草茨儿也未必好意思的动一根!怎么着?我今日之下,住在我好朋友家里,你们就这么一起子毛蛋蛋子④!不说夹着你娘的脑袋,滚的远远儿的,倒在我眼皮子底下把人家房上地下糟蹋了

① 落(lào)——捞;赚。
② 难窄——经济拮据。窄,不宽裕。
③ 稿——叙说;论一论辈分。
④ 毛蛋蛋子——骂小孩的话。

个土平！你们这不是诚心好看我来了吗？还敢公然说‘不认得’！——我先一个人砸瞎你一只眼睛，大概往后你就认得我了！”说着，就挽袖子要打。

安老爷听了半日，才明白他气到如此的原故，上前一把拉住，大笑道：“老哥哥，你气了这半日，原来为此。你怎的和畜生讲起人话来了？”他便焦躁道：“老弟，你不知道！我真不够瞧的了吗！”安老爷道：“尤其笑话儿了！我一句话，老哥哥，你管保没得说。你纵然名震江湖，滥不济①，也得金刚郝武，海马周三，那班人，才巴结得上，晓得你的大名；这班人，你叫他从那里知道你，又怎的配知道呢？”

安老爷这夕话才叫作“蓝靛染白布，一物降一物”。早见他肉飞眉舞的点头说道：“老弟，你这话我倒依了。话虽如此，他既没那‘雁过拔毛’的本事，就该悄悄儿走，怎么好好儿的把人家拆了个稀烂？这个情理可也恕不过去！”安老爷道：“闹贼天下通行，挖扇窗户，踹两片瓦，也事所常有。依我说，这班人也不过为‘饥寒’二字才落得这等无耻。如今既不曾伤人，又不曾失落东西，莫如竟把他们放了，叫他去改过自新，也就完了桩事了。”

邓九公只是拈须摇头，像在那里憋主意。公子旁边听着，是不敢驳父亲的话，只说了一句：“请示父亲：放却不好就放罢？”

不防一旁早怒恼了老家将张进宝。他听得安老爷要放这四个贼，便越众出班，跪下回道：“回爷爷：这四个人放不得。别的都是小事，这里头关乎着霍士端呢。霍士端他也曾受过老爷的恩典，吃过老爷的钱粮米儿，行出这样没天良的事来，这不是反了吗？往后奴才们这些当家人的还怎么抬头见人？依奴才糊涂主意，求老爷把他们送了官，奴才出去作个抱告②，和他质对去。这场官司总得打出霍士端来才得完呢。”安老爷道：“阿！阿！一位邓九太爷，我好容易劝住了，你又来了。便果真是霍士端的主意，于我何伤？于你又何伤？小人何苦作小人！君子乐得为君子！不必这等尚气。”

邓九公道：“你爷儿俩不用抬。我有个道理，讲送官不必原故。满让

---

① 滥不济——再不景气。

② 抱告——代替别人投递诉状或出庭。

把他办发了,走不上三站两站,那班解役得上他一块银,依旧放回来了,还是个他。说就这么放了,也来不得。这里头可得让我比你们爷儿们精通了。这不当着他们说吗?咱们'亮盒子摇①'。老弟,你要知道:是个贼,上了道没个不想得手的,不得手他不甘心;吃了亏没个不想报复的,不报复他不甘心。就这等放了他,可得防他个再来。就让他再来,莫讲这个嘴脸,就比他再有些能为,来这么一百八十的,也蛮不要紧;只是你我那有那么大工夫等着和他怄气去?纵让他知些进退,不敢再来了,'狗可改不了吃屎',一个犯事到官,说曾在咱们这宅里放过他,老弟,你也担点儿考成②!"

安老爷一听他这番话倒煞是有理,便问:"依九哥你怎么样呢?"邓九公道:"依我,这不算老弟你开了恩了吗?这事于你无干,把这班人都交给我。你的好意,我绝不通③他一指头,伤他一根汗毛,可得把他揉搓到了家业,我才放他呢!"他说完了这话,更无商量,便向那班贼发话道:"这话你们可听出来了?人家本主儿是放了你们了,没人家的事,如今就是邓九太爷朝你们说咧!你方才不说听得他家娶了一位少奶奶,净嫁妆就有十万黄金,十万白银吗?这话有的。只怕他这金银,你们动不了他的。我先透给你个信儿:昨日听出你们那块瓦来的就是他!灭了你们那枝熏香的也是他!绑上你们一个胳膊的也是他!射了你们一个胯骨的也是他!他从十二岁作姑娘闯江湖起,长枪短棒,十八般武艺,无所不能。讲力量,考武举的头号石头不够他一滴溜④的;讲蹿纵,三层楼不够他一伸腰儿的。他可就是我的徒弟。这话可不知你们信不信。现在人家不过是作了奶奶太太了,不肯和你们狗一般的人交手,所以昨日才不曾开门出来,只轻轻儿的射那一枝箭,给你们报个信儿。他那箭叫作袖箭,又叫作连珠箭,连发五枝,要射你们四个,还敷余着一枝呢!再他有张铜胎铁背的弹弓,打一两八钱重的铁弹子,二百步外取人,要指出地方儿来。这是人家

① 亮盒子摇——打开天窗说亮话。摇,庄家把牌骰子放在宝盒里摇,之后亮结果。

② 考成——责任。原指考课,考查官吏政绩。

③ 通——即"动"。

④ 一滴溜——轻轻一提。

的传家至宝,不犯着给你们拿出来看。此外还有一把雁翎倭刀。”说着,他便扭头向安公子道:“老贤侄,那把刀呢?”安老爷早已明白他的用意,便道:“在我那里。”随叫公子取来。

邓九公接在手里,拔出来先向那班人面前一闪。那四个的八只手都在身背后倒剪着,招架也无从招架,只倒抽了一口冷气,扭着头往后躲。邓九公看了,呵呵大笑说,说道:“谅你们这几颗脑袋也搁不住这一刀!但则[①]一件:你九太爷使家伙可讲究刀无空过,讲不得只好拿你们的兵器搪灾[②]了!”说着,就把他四个用的那些顺刀钢鞭斧子铁尺之类拿起来用手里那把倭刀砍瓜切菜一般一阵乱砍,霎时削作了一堆碎铜烂铁,堆在地下,说道:“小子! 拿了去给你妈妈换凉凉簪儿去啵!”

四个贼直惊得目瞪口呆。又听他放下刀,嚷道:“话,我是说结了!你们要不凭信,不甘心,今日走了,改日只管来! 你们还得知道,我毁坏你们这几件家伙不是奚落你,是卫顾你。不然的时候,少停,你们一出这个门儿,带着这几件不对眼东西,不怕不吃地方拿了。你们可得领我个大情。这不我卫顾了你们了吗? 你们老弟兄们也得卫顾卫顾我。你瞧,我江南江北关里关外好容易闯到了这个分儿了,今日之下,你们偏在我眼皮子底下把我的好朋友家糟蹋了个土平,我不答应! 你瞧,我这不是变方法儿把你们这几件囫囫囵囵的兵器给你们弄碎了吗? 你们就只想方法儿把我这一地破破烂烂的瓦给我弄整了!”这正是:

补天纵可弥天隙,毁瓦焉能望瓦全?

要知后事如何,下回书交代。

---

① 则——只。

② 搪灾——抵挡灾殃。

第三十二回

邓九公关心身后名　褚大娘得意离筵酒

上回书表的是安家迎娶何玉凤过门，只因这日邓九公帮的那份妆奁过于丰厚，外来的——如吹鼓手厨茶房，以至抬夫轿夫这些闲杂人等——过多，京城地方的局面越大，人的眼皮子越薄①，金子是黄的，银子是白的，绫罗绸缎是红的绿的，这些人的眼珠子可是黑的，一时看在眼里，议论纷纷，再添上些枝儿叶儿，就传到一班小人耳朵里，料着安老爷家办过喜事，一定人人歇乏，不加防范，便成群结伙而来，想要下手。不想被这位新娘子小小的游戏了一阵，来了几个留下了几个，不曾跑脱一个，这班贼好不扫兴！好容易遇见了一位宽宏量大的事主安老爷不要和小人为难，待要把他们放了，这班人倒也天良发现，知感知愧；忽然不知从那里横撑船儿②跑出这么一个邓九公来，大家起先还只认作他也是个事主，及至听他自己道出字号来，才知他是个出来打抱不平儿的，这桩事通共与他无干；又见他那阵吹镑懵诈来的过冲③，像是有点儿来头，不敢和他较正④；如今闹是闹了个乌烟瘴气，骂是骂了个破米糟糠，也不官罢，也不私休，却叫他们把摔碎了的那院子瓦给一块块整上，这分明是打主意揉搓⑤活人。

四个贼可急了，就乱糟糟望着他道："老爷子，你老也得看破着些儿。方才听你老那套交代，是位老行家。你老瞧，作贼的落到这个场中，算撒脸窝心⑥到那头儿了。不怕分儿股子的赃，挤住了，都许倒的出来；这摔了个粉碎的瓦，可怎么个整法儿呢？真个的作贼的还会变戏法儿吗？这

---

① 眼皮子薄——气量小，爱斤斤计较。

② 横撑船儿——从中作梗，使事情不能顺利进行。

③ 过冲——特别带劲。

④ 较正——辩解。

⑤ 揉搓——此为"折腾"。

⑥ 撒脸窝心——丢脸、屈心。

不是人家本主儿都开了恩了？你老抬抬腿儿，我们小哥儿们就过去了；出去也念你老的好处，没别的，祝赞你老寿活八十，好不好？"

这班贼大约也看得出老头子是个喜欢上顺的来了；那知恭维人也是世上一桩难事，只这一句才把他得罪透了。他不问长短，先向那班人恶狠狠的啐了一口，说道："没你娘的兴！你九太爷今年小呢，才八十八呀！你叫我寿活八十，那不是活回来了吗？那算你咒我呢！你先不用和我汕料①着，你们也整不上这瓦，我给你条明路！这东西，砖瓦铺里有卖的，人家本主儿盖房的时候也是拿钱儿买了来的，你们摔了人家多少块，就只照样儿买多少块来给人家赔上；索性劳你的驾，连灰带麻刀一就手儿给买了来，再叫上他几个泥水匠，人多了好作活，趁天气早些儿收拾好了，夜里腾出工夫来，你们好再干你们的正经营生去。讲到买几片子瓦，也不值得打狼也似价②的去这么一大群，匀出你们欢蹦乱跳这俩去买瓦，留下房上滚下来的和炉坑里掏出来的那俩先把这院子破瓦拣开，院子给人家打扫干净了，也省得人家含怨。"

那霍士道听了这话，心里先说道："好！作贼的算叫我们四个出了样子咧！有这么着的，还不及饱饱的作顿打，远远的作趟发，干净呢。"待要怎样，又不敢和他怎样，只有不住口的央及讨饶。

他更不答言，便向安公子要了枝笔，蘸得饱了，向那四个脸上涂抹了一阵。内中只有霍士道认识几个字，又苦于自己看不见自己的脸，也不知他给划拉了些什么；望了望，那三个脸上原来都写着核桃来大小"笨贼"两个字，好像挂了一面"不误主顾"的招牌；待要上手去擦，两只手都倒剪着。

正在着急，见他搁下笔，便和方才要把他们送官的那老头子说："张伙计，你拨两个硬挣些的人给我带上他俩，就这么个模样儿买瓦去。手里可带住他拉腿的那把绳，不怕他跑，也由不得他不走！有个闹累赘的，先叫他吃我五七拳头再去！"

那两个贼听了这话，只急得嘴里把"老爷子"叫得如流水，说："情愿照数赔瓦，只求免得这场出丑！"怎奈他不来理论这话，倒瞪着两只大眼

① 汕料——厚着脸皮周旋说好话。
② 打狼也似价的——形容人多。

睛,摇头晃脑指手画脚的向那班贼交代道:"这话你们可得听明白了。人家本主儿算放了你们了,没人家的事,这全是我姓邓的主意。你们要不服,过了事儿,只管到山东茌平县岔道口二十八棵红柳树邓家庄儿找我。我那里是个坐北朝南的广梁大门,门上挂一面黑漆金字匾,匾上有'名震江湖'四个大字。那就是我舍下。我在舍下候着。"

安老爷看他闹了这半日,早觉得"君子不为已甚",这事尽可不必如此小题大作;只是他正在得意场中,迎头一劝,管取[①]越劝越硬,倒从旁赞道:"九哥,你这办法果然爽快,只是家人们也闹了半夜了,也让他们歇歇,吃些东西,再理会这事不迟。"因和张进宝使了个眼色,吩咐道:"且把他们带到外头听着去。"

张进宝会意,便带着众家人,七手八脚,一个个拉住一把绳子,轰猪一般的带出二门去了不提。

他这里才一甩手,趄身上了台阶儿,进了屋中,还嚷道:"我就不信咧!北京城里的贼,这么大字号,他会不认得邓九公!"褚大娘子道:"得了!够了!咱们到那院里坐去,好让人家拾掇屋子。"

安老爷、安太太也一面道乏,往那边让。那边上房里早已预备下点心,无非素包子,炸糕,油炸果,甜浆粥,面茶之类。众女眷随意吃了些,才去重新梳洗。邓九公这里便和安老爷坐下,又要了壶荸荠枣儿酒,说:"昨日喝多了,必得投一投[②]。"

安老爷一面和他喝酒,只找些闲话来岔他,因说道:"老哥哥,我昨日一回家就问你,说你睡了。怎么那么早就睡下了呢?"邓九公道:"老弟,告诉不得你!这两天在南城外头只差了没把我的肠子给怄断了,肺给气炸了!我越想越不耐烦,还加着越想越糊涂,没法儿,回来,闷了会子,倒头就睡了!"

安老爷道:"这话怎讲?我只说你城外听这几天戏,一定听得大乐。我正想问问老哥哥,也要听个热闹儿。怎么倒如此说?"他连连的摆手说道:"再休提起!我这肚子闷气,正因听戏而起。我说话再不会藏性[③]。

---

① 管取——准定。

② 投一投——酒喝过量了不能一下子停下,还要少饮、缓冲。

③ 藏性——隐藏观点。

我平日见老弟你那不爱听戏，等闲连个戏馆子也不肯下，我只说你过于呆气，谁知敢则这桩事真气得坏人！”

安老爷道：“想是戏唱得不好？”邓九公道：“倒不在这上头。愚兄听戏，也就只瞧热闹儿。那戏儿一出是怎么件事，或者还许有些知道的；曲子就一窍儿不通了。到了昆腔，哼哼唧唧的，我更不懂。要讲那排场，行头，把子，可都比外省强，便是不好，大不过是个玩意儿，也没什么可气的。我是被一起子听戏的爷们把我气着了！这一天是不空和尚的东儿。他先请我到了前门东里一个窄胡同子里一间门里的一个小楼儿上去吃饭，说叫作什么青阳居，那杓口要属京都第一。及至上了楼，要了菜，喝上酒，口味倒也罢了，就只喝了没两盅酒，我就坐不住了。”

安老爷道：“怎么？”他又说道：“通共一间屋子，上下两层楼，底下倒生着着烘烘的个大连二灶。老弟，你想，这楼上的人要坐大了工夫儿有个不成了烤焦包儿的吗？急得我把帽子也摘了，马褂子也脱了。不空和尚这东西大概他瞧出我那难过来了；他说：‘路南里有个雅座儿，不，咱们挪过那边去坐罢。’我听说还有雅座儿，好极了，就忙忙的叫人提搂着衣裳，帽子，零零星星，连酒带菜，都搬到雅座儿去。及至下了楼，出了门儿，荡着车辙过去一看，是座破栅栏门儿。进去，里头是腌里巴臜的两间头发铺。从那一肩膀来宽的一个夹道子挤过去，有一间坐南朝北小灰棚儿，敢则那就叫雅座儿！那雅座儿只管后墙上有个南窗户，比没窗户还黑；原故，那后院子堆着比房檐儿还高的一院子硬煤，那煤堆旁边就是个溺窝子，太阳一晒，还带是一阵阵的往屋里灌那臊轰轰的气味；我没奈何的，就着那臊味儿吃了一顿受罪饭。我说：‘我出去站站儿罢。’抬头一看，看见隔墙那三间大楼了，我才知这个地方敢是紧靠着常请我给他保镖的那个缎行里。他老少掌柜的我都认得，连他怀抱儿俩小孙子儿，一个叫增儿，一个叫彦儿的，我也见过。早知如此，借他家的地方儿吃不好吗？——老弟，你往下听，这可就要听戏去了。”

安老爷道：“我见城外头好儿处戏园子呢。那里听的？”邓九公道：“我也没那大工夫留这些闲心，横竖在前门西里一个胡同儿里头，街北是座红货铺①,那园子门口儿总摆那么个大笸,笸里堆着岗尖②的瓜子儿。那不空和尚——这秃孽障!——这些事全在行,进去定要占下场门儿的两间官座儿楼。一问,说都有人占下了,只得在顺着戏台那间倒座儿楼下窝别③下。及至坐下,要想看戏,得看脊梁。一开场唱的是'俞伯牙摔琴'。说这是个红角色。我听他连哭带嚷的闹了那半天,我已经烦的受不得了,瞧了瞧那些听戏的,也有咂嘴儿的,也有点头儿的,还有从丹田里运着气往外叫好儿的,还有几个侧着耳朵不错眼珠儿的当一桩正经事在那里听的。看他们那些样子,比那书上说的闻《诗》闻《礼》还听得入神儿!

"这个当儿,那占第二间楼的听戏的可就来了。一个是个高身量儿的胖子,白净脸儿,小胡子儿,嘴唇外头露着半拉包牙;又一个近视眼,拱着肩儿,是个瘦子。这俩人七长八短,球球蛋蛋的,带了倒有他娘的一大群小旦!

"要讲到小旦这件东西,更不对老弟你的胃脘了;愚兄老颠狂,却不嫌他。为什么呢?他见了人,请安,磕头,低心小胆儿,咱们高了兴,打过来,骂过去,他还得没说强说没笑强笑的哄着咱们;在他只不过为那挣几两银子,怪可怜不大见儿的。

"及至我看了那个胖子的玩小旦,才知北京城小旦另有个玩法儿。只见他一上楼就拼上了两张桌子,当中一坐,那群小旦前后左右的也上了桌子,摆成这么一个大兔儿爷摊子④。那个瘦子可倒躲在一边儿坐着。他们当着这班人,敢则不敢提'小旦'两个字,都称'相公'。偶然叫一声,一样的'二名不偏讳',不肯提名道姓,只称他的号。

"我正在那里诧异,又上来了那么个水蛇腰的小旦,望着那胖子,也没个里儿表儿,只听见冲着他说了俩字。这俩字我倒听明白了,说是'肚

---

① 红货铺——专营珠宝玉器的店铺。

② 岗尖——很满,堆成小山头儿。

③ 倒座窝别——舞台两侧的座位正面对着观众席("池座")只能看演员的脊背。这样的座位对比正座自然"窝别"。窝别,心情不舒畅,委屈。

④ 兔爷摊子——卖中秋节所祀月中兔神泥像的商摊。大小白色"兔神"坐如人形,摊上往往堆如小山。因之以此比喻聚集在一起的样子。

香'。说了这俩字，也上了桌子，就紧靠着那胖子坐下。俩人酸文假醋的满嘴里啧了会子四个字儿的匾。

"这个当儿，那位近视眼的可呆呆的只望着台上。台上唱的正是《蝴蝶梦》里的'说亲回话'，一个浓眉大眼黑不溜秋的小旦唧嘤了半天，下去了不大的工夫，卸了妆，也上了那间楼。那胖子先就嚷道：'状元夫人来矣！'那近视眼脸上那番得意，立刻就像真是他夫人儿来了。

"我只纳闷儿：怎么状元夫人到了北京城也下戏馆子串座①儿呢？问了问不空和尚，才知那个胖子姓除，号叫作度香；内城还有一个在旗姓华的；这要算北京城城里城外属一属二的两位阔公子。水蛇腰的那个东西叫作袁宝珠。我瞧他那个大锣锅子，哼哼哼哼，真也像他妈的个'元宝猪'！原来他方才说那'肚香''肚香'，就是叫那个胖子呢！我这才知道小旦叫老爷也兴叫号，说这才是雅。

"我问不空：'那状元夫人又是怎么件事呢？'他说：'拱肩缩背的那个姓史，叫作史莲峰，是位状元公，是史暇米的亲侄儿。'我也不知道这史暇米是谁。又说：'那个黑小旦是这位状元公最赏鉴的，所以称作"状元夫人"。'我只愁他这位夫人倘然有别人叫他陪酒，他可去不去呢？"

安老爷微微一笑，说："岂有此理！"邓九公道："你打量这就完了吗？还有呢！紧接着第一间楼上的听戏的也来了。一共四个人，嘻嘻哈哈的，玩笑成一团儿。看那光景，虽是一把子紫嘴子孩子，却都像个世家子弟。一坐下，就讲究的是叫小旦。乱吵吵了一阵，你叫谁，我叫谁，柜上借了支笔，他自己花了倒有十来张手纸开条子，可怜我见他那几个跟班儿的跑了倒有五七趟，一个儿也没叫了来。落后从下场门儿里钻出个歪不楞②的大脑袋小旦来，一手纯泥的猴儿指甲③，到那间楼上来，望着他四个不是勾头儿，不像哈腰儿，横竖虽算请安，远着呢，就栖在那个长脸儿的瘦子身旁坐下。这一坐下可就五个人玩笑起来了。那个瘦子叫了那小旦一声'梆子头'。他就侉一声爪一声④的道：'吾叫"梆子头"，难道你倒不叫

---

① 串座——犹客串。

② 歪不楞——丑陋。

③ 猴儿指甲——喻指甲肮脏。

④ 侉一声爪一声——侉，土气；爪，怪声。怪声侉气。

“喷嚏”吗?’还有那么个肉眼凡胎溜尖的条㬠子的不知又说了他一句什么。他把那个的帽子往前一推,脑勺子上,吧,就是一巴掌。我只说这个小蛋蛋子可是要作窝心脚,那知这群爷们被他这一打,这一骂,这才乐了。我可就再猜不出他们到底是谁给谁钱来了!”

安老爷道:“这话大约是九兄你嫉恶太严。何至说得如此?”邓九公急了说:“老弟,你只不信;我此时说着,还在这里冒火!你再听罢,可就越出越奇了!

“第二间楼坐着五个人。正面儿俩都戴着困秋儿①,穿着马褂儿,一个安庆口音,一个湖北口音,一时看不出是什么人来。那三个不大的岁数儿,都是白毡帽,绿云子挖镶的抓地虎儿的靴子,半截儿皮袄,掩着怀,搭包倒系在里头,不但打扮得一样,连长相儿也一样,那光景像是亲弟兄。这班人倒不玩笑。只见他把那两个戴困秋的让在正面,他三个倒左右相陪,你兄我弟的讲交情,交了个亲热。

“我一看,这五个人不像一路哇,怎么坐的到一处呢?不空和尚这东西他也知道,他说:‘那两个戴困秋的里头,岁数大些,那个赤红脸,姓虞,叫虞太白;那一个鼻子上红喑喑的,要长杨梅疮的,姓鹿,名字叫鹿亚元;连上方才唱“摔琴”的那个,此外还有一个,算四大名班②里的四个二簧硬脚儿。’我才知道他两个也是戏子。

“我问:‘他既唱戏,怎的又和那三个小车豁子③儿坐的到一处呢?’不空和尚指了我一指头,他又摆了摆手儿,吐了吐舌头;问着他,他便不肯往下说了。老弟,你知道这起子人到底都是谁呀?”

安老爷道:“不惟不知,知之也不消提起;大不外‘父兄失教,子弟不堪’八个大字。但是养到这种儿子,此中自然就该有个天道存焉了。我倒怪九兄,你既这等气不过,何不那日就回来,昨日怎么又在城外耽搁一天呢?”

---

① 困秋儿——一种船形帽,又名昆丘。一般为有身份地位的人戴。妇女戴者较多。

② 四大名班——按照文中所述系康雍之后乾嘉年间从南方入京的“四大徽班”。道光、咸丰年间北京有“四大名班”。

③ 小车豁子——没地位、让人瞧不起的人。

邓九公道："何尝不要回来！也是不空和尚闹的；他说明日有好戏。果然昨日换了一个'和'什么班，唱的整本的《施公案》，倒对我的劲儿。我第一爱听那张桂兰盗去施公的御赐'代天巡狩，如朕亲临'那面金牌，施公访到凤凰张七家里，不但不罪他，倒叫副将黄天霸和他成其好事，真正宽宏大量，说的起'宰相肚子里撑的下船'。"

安老爷便道："我的哥！那是戏！"他道："老弟，这戏可是咱们大清国的实在事儿呀。慢说施公的尽忠报国，无人不知，就连那黄天霸的老儿飞镖黄三太我都赶上见过的；那才称得起绿林中一条好汉呢！"

安老爷笑道："然则这事情是真的，施公是好的，都是老兄你说的？"邓九公绰着胡子，瞪着眼睛说道："怎的不真？真而又真！难道像施公那样的人，老弟你还看不上眼不成？"

安老爷道："既如此说，怎的戏上张桂兰去盗施公的金牌，施公不罪他，老哥哥你道他是好？我家这等四个毛贼，踹碎了我几片子瓦，我要放他，你又苦苦的不准，是叫他赔定了瓦了，这是怎么个讲究呢？"

邓九公听了，不觉哈哈大笑，真笑的眼泪都出来了；说："老弟，我敢是又叫你绕了去了！方才我原因他说不认得邓九公这句话，其实叫人有些不平；如今你要放他，正是君子不见小人过，'得放手时须放手，得饶人处且饶人'，咱们就把他放了罢。"

安老爷这才叫进张进宝来放那班人。那班人还算良心不死，后来三个改过，作了好人，趁①个小买卖儿。只有霍士道因他哥哥不信作贼不曾得手，两个打起来，他一口咬下他哥哥一只耳朵来，到底告到当官，问了罪，刺配到远州恶郡去了。那安老爷家的房子自有人照料修理不提。

自此邓九公又把围着京门子的名胜逛了几处，也就有些倦游，便择定日子要趁着天气回山东去。安老爷再三留他不住，只得给他料理行装；想了想，受他那等一份厚情，此时要一定讲到一酬一酢②，不惟力有不能，况且他又是个便家，转觉馈出无辞，义有未当；便把他素日爱的家做活计，内款器皿以及内造精细糕点路菜之类，备办了些；又见天气冷了，给他作了几件轻暖细毛行衣，甚至如斗篷、卧龙袋一切衣服都备得齐整。安太太和

① 趁——此作"有"。

② 一酬一酢(zuò)——饮酒时主客互相敬酒。主敬客曰"酬"，客还敬曰"酢"。

金玉姊妹另有送褚大娘子并给他那个孩子的东西。又有给他那位姨奶奶带去的人事。老头儿看了十分喜欢。

这日正是安老爷同了张亲家老爷带同公子在上房给他饯行。安太太便在西间和褚大娘子话别,就请了舅太太、张亲家太太作陪,两个媳妇也叫入坐。

老头儿在席上,看着安老夫妻的这个佳儿,这双佳妇,鼎足而三,未免因羡生感,因感生叹,便在座上擎着杯酒,望着安老爷说道:"老弟呀!愚兄自从八十四岁来京,那趟临走就和亲友们说过:'我邓老九此番出京,大约往后没再来的日子了。'谁想说不来,说不来,如今八十八了,又走了这一趟。这一趟把往日没见过的世面也见着了;没吃过的东西也吃着了。这都是小事,还了了我们何家姑奶奶这么一个大心愿,又和你老弟多结了一重缘法,真是万般都有个定数。如今我们爷儿们在这里吵扰了这一程子,临走还承老弟、弟夫人这样费心费事,你我的交情,我也不闹那些虚客套了,照单全收不算外,我竟还有个贪心不足,要指名和你要宗东西,还有托付你的一桩事。"

安老爷连忙道:"老哥哥肯如此,好极了;但是我办得来的,弄得来的,必能报命。"他笑呵呵的干了那杯酒说道:"这话不用我托你,大约你也一定办得到。除了你,大约别人也未必弄得来。只是话到礼到,我得说在跟前。"因又斟上酒,端起来喝了一口,道:"老弟,你瞧愚兄啊,闰年闰月,冒冒①的九十岁的人了,你我此一别可不知那年再见。讲到我邓老九,一个无名目,白出身,两肩膀杠张嘴,仗老天的可怜,众亲友们的抬爱,弄得家成业就,名利双收,我还那些儿不足?只是一会儿价回过头来往后看看,拿我这么一个人竟缺少条坟前拜孝的根,我这心里可有点子怪不平的。"

说到这里,安老爷便说道:"九哥,你这话我不以为然。《洪范》五福,只讲得个一曰寿,二曰富,三曰康宁,四曰攸好德,五曰考终命,不曾讲到儿子和做官两桩事上。可见人生有子无子,作官或达或穷,这是造化积有余补不足的一点微权,不在本人的身心性命上说话。再我还有句话,不是怄老哥哥,要看你这老精神儿,只怕还赶得上见个侄儿也不可知呢!"

---

① 冒冒——足足。

邓九公听了，哈哈大笑起来，说："老弟！那可就叫作'六枝子划拳，新样儿的[1]，没了对儿咧'！"张老也说了一句道："合该命里有儿，那可也是保不齐的。"不想座中坐着个褚一官正是个六枝子，说落了典了。他听了只抿着嘴低着头喝酒，又不好搭岔儿。

这席上在这里高谈阔论，安太太那席上却都在那里静听。听到这里，舅太太便道："九公这话，我就有点子不服；我也是个没儿子的，难道我这个干女儿和你们这个大姑奶奶还抵不得人家的儿子么？"安太太也道："这话正是。"

邓九公那边早接口高声叫道："好话呀！舅太太！弟夫人！我正为这话要说。"因向安老爷说道："不但我这女儿，就是女婿，也抵得一个儿子。第一：心地儿使得，本领也不弱，只不过老实些儿，没什么大嘴末子。为什么从前我在道上的时候，走一天拉扯他一天，到了我歇了业了，我也不叫他出去了。原故：走镖的这一行虽说仗艺业吃饭，是桩和小人作对头的勾当，不是条平稳路。老弟，你只看，饶[2]是愚兄这么个老坯儿[3]，还吃海马周三那一合儿。所以我想着，将来另给他找条道儿，图个前程。论愚兄的家计，不是给他捐不起个白顶子蓝顶子：那花钱买来的官儿到底铜臭气，不能长久。以后他离了我了，设或遇见有个边疆上的机会，可得求下二叔，想个方法儿，叫他一刀一枪的巴结个出身，一样的和贼打交道，可就比保镖硬气多了。——这是一。"

安老爷道："这话也算九哥多交代。老兄二百岁以后，果然我作个后死者，这事还怕不是我的责任？再说，只要有机会，也不必专在你老人家二百岁后。交给我罢。请问要的那宗东西是什么呢？"

邓九公道："这宗东西比这个又关乎要紧了。老弟，不是我和你说过的吗？我自从十八岁，因一口气上离了淮安本家，搬到山东茌平，落了籍，算到今日之下，整整儿的七十年，不但我的房产地土都在这边儿，连坟地我都立在这里了；二位老人家，我也请过来了，我算不想再回老家咧。到

① 六枝子划拳，新样儿的——绝招儿，使人难以抬架。

② 饶——就。

③ 老坯儿——谦词。老家伙。

了我庆八十的这年,又有位四川木商的朋友送了我副上好的建昌板①,我那一头儿的房子也置下了;内囊儿的东西呢,你侄女是给我预备妥当了;什么时候说声走,我拔腿就走,跟着老人家乐去了。我就只短这么一件东西,这些年总没张罗下,愚兄还带管是个怯壳儿②,还不知这东西我使的着使不着,得先讨老弟你个教。"

安老爷道:"老哥哥,你不必往下说,我明白了。你一定是要我一副吉祥《陀罗经》被。"那老头儿听了,把头一扭,嘴一撇,道:"嗋!我要那东西作什么呀?我听见说,那都是那些王公大人,还得万岁爷赏才使得着呢。慢讲我这分儿使不着,就让越着礼使了去也得活着对的起阎王爷,死了他好敬咱们,叫咱们好处托生啊!不然的时候,凭你就顶上个如来佛去,也是瞎闹哇。《陀罗》被就中用了?"

安老爷暗暗的诧异,道:"不想这老儿不读诗书,见理竟能如此明决!"因说道:"既如此,老哥哥,你倒直说了罢。"

只见他未曾开口,脸上也带三分恧③色,才笑容可掬的说道:"我见他们那些有听头儿的人,过去之后,他的子孙往往的求那班名公老先生们把他平日的好处怎长怎短的给他写那么一大篇子,也有说'行述'④的,'行略'的,'行状'的,我也不知他准叫作什么。是说这些事也不过是个纸上空谈哪,可不知怎么个原故儿,稀不要紧的平常事,到了你们文墨人儿嘴里一说,就活眼活现的,那么怪有个听头儿的。到了劣兄,可又有个什么可写的?只是我一辈子功名富贵都看得破,只苦苦的愿意听人说一句邓老九是个朋友。所以我心里想着,将来也要弄这么一篇子东西。

"这话要不是我从去年结识得老弟你这么个人,我也没这妄想;原故,我往往的见那些好戴高帽的爷们,只要人给他上上两句顺他,自己就忘了他自己是谁了,觉着那人说的都是实话,这话除了我,别人还戴是全不配。

---

① 建昌板——板,棺材木料。建昌,清置县。

② 怯壳儿——土气,没见过大世面。

③ 恧(nǜ)——内心惭愧。

④ 行述——指讣文后面死者子孙所作记述死者生平事迹的文字。以下"行略"、"行状"均为同一文体的不同称谓。

“再不想那《神童诗》上说的好:‘别人怀宝剑,我有笔如刀。’那文家子的那管笔的利害,比我们武家子的家伙还可怕。看不得面子上只管写得是好话,暗里魂消骂苦了他,他还作春梦呢!

“老弟,你知道的,愚兄这学问儿本就有限,万一求人求得不当的,他再指东杀西,之乎者也的奚落我一阵,我又看不澈,那可不是我自寻的么?

“讲到老弟你了,不但我信得及你是个学问高不过,心地厚不过的人;我是怎么个人儿,你也深知。愚兄别的书是都就了绍兴酒喝了,还记得那《古文观止》上也不知那篇子里头有这么的两句话,说:‘生我者父母,知我者鲍子[①]也。’这两句话可就应在你我今日了。

“如今我竟要求你的大笔,把我的来踪去路,实打实,有一句说一句,给我说一篇。将来我 撒手一走之后,叫我们姑爷在我坟头里给我立起一个小小的石头碣[②]子来,把老弟你这篇文章镌在前面儿,那背面儿上可就镌上众朋友好看我的‘名震江湖’那四个大字。我也闹了一辈子,‘人过留名,雁过留声’,算是这么件事。老弟,你瞧着行得行不得?”

列公,再不想邓九公这等一个粗豪老头儿忽然满口大段的谈起文来,并且门外汉讲行家话,还被他讲着些甘苦利害,大是奇事。“世有不读诗书的英雄”,此老近之矣。

更不想他又未能免俗,忽然的动了个名想,尤其太奇!然而细按去,那“三代[③]以下惟恐不好名”这句话,不是句平静[④]话。“名者,实之归也”,只看从开天画卦起,教耕稼,制冠裳,以至删《诗》《书》,定《礼》《乐》,赞《周易》,修《春秋》,这几桩实实在在的事,那一桩又不是个名想?

只是想不想,其权在上;想得到身上,想不到身上,其权可在天。天心至仁且厚,唯恐一物不安其所,不遂其生,怎的又有个叫他想不到身上之说?殊不知人生在世,万事都许你想个法儿,寻些便宜,独到了这“才名”两个字,天公可大大的有些斟酌,所以叫作“造物忌才”;又道是“惟名与

---

① 鲍子——即鲍叔牙。春秋时齐国大夫。

② 碣(jié)——圆顶的碑石。

③ 三代——指夏、商、周三个朝代。

④ 平静——平常。

器不可以假人”。

然则天心岂不薄于实而转厚于虚？不仁于人而转仁于物呢？不然，这大约就要看看那人的福命可载得起载不起。古今来一班伟人，又何尝不才名两赋？到了载不起，纵使才大如海，也会令名不终，否则浪①得虚名，毕竟才无足取，甚而至于弄得身败名隳的都有。

只这邓九公，充其量不过一个“高阳酒徒”，又有多大的福命？怎的天公保全了他一世，此刻还许他遇着这位安水心先生要把他成就到名传不朽？要知只他那善善恶恶的性情，心直口快，排难解纷，救人之急，便是种福的根本。种了这段福就许造这条命。“才不才”这个名字儿，天已经许他想得到手了；何况这老头儿还不是个不才之辈呢！

话虽如此说，又何以见得他名传不朽呢？且莫讲别的，只这位燕北闲人一时闲得没事干，偶然把他采入《儿女英雄传》中，已经比那“有友五人焉”中的“其三人”福命不同了哇！

话休烦絮，言归正传。却说安老爷听邓九公讲了半日，再不想他益发有这等见解；恰好这句话又正搔着自已痒处，先端起酒来，一饮而尽，说道：“这更是我的事了。九哥，你既专诚问我，我便直言不讳。你要这宗东西，也不必等到你二百岁后。古人朋友，相交忘形，有生为立传的，还有生吊生祭的。如今你我也不必作这骇人听闻的事，待我把老兄的平生事实作起一篇生传来，索性请老兄看过了，将来再镌上那通碑上。但是那块匾上的‘名震江湖’四个字，只好留作个光耀门楣的用处，镌在碑上却不合款②。老哥哥，你必要用，也不妨入在这篇文章里，一并镌在碑阴上。”

安老爷才说到这句，早不是他的意思了，嚷道：“咧！老弟！你给我的大笔，倒要弄到后面去，那正面可还配用什么呀？”

安老爷拈着那小胡子想了想说道：“依我的主意，那正面要从头到底，居中镌上‘清故义士邓某之墓’的一行大字。老哥哥，你道如何？”

他才听完这句话，乐得把那大巴掌一抡，拍得桌子上的碟儿碗儿山响，说道：“着！着！着！着！着！……是这么着！这话我心里可有，就

① 浪——白白。

② 款——格式。

只变不过这个弯儿来！真小不起[①]你们这文字班儿的[②]就结了！"说着，一叠连声儿的叫："快取热酒来！换大杯来！"公子连忙站起，用大杯亲自给他斟了一杯送过去。他也不管那酒的冷热，双手端起来，咕嘟嘟一气饮尽，向安老爷照着杯告了个干，说道："老弟呀！我邓振彪这就足咧！"

当下两席上见他这等豪饮，一个个都替他高兴。只有褚大娘子听见他父亲提到身后的事情，心中有些难过，勉强笑道："人家二叔今日给送行，你老人家不说找个开心的兴头话儿说说，且提八百年后这些没要紧的事作什么？这叫作'清晨吃晌饭[③]'，早呢！"他只管满脸笑容，嘴里这样说，却不禁不由的鼻子一酸，那说话的声音早已岔了。

邓九公这边说道："姑奶奶，这话你不懂；你过来，我说你听。"褚大娘子只得过这边来。安公子见了，忙离席让座，连褚一官也站起来。张老才要谦让，被邓九公一把按住，说："张老大，你别动。"因和他女儿女婿说道："你两个可别把这话看作没要紧。不是我同你二叔的交情，说不到这里；是这交情，不是你二叔这个人，也说不到这里。这才是八百年难遇的第一件兴头事。方才的话，你俩都听明白了？没别的，你两口儿就至至诚诚的给你二叔磕个头，算替我谢谢他。"

女儿女婿果然转过身来望着安老爷便拜了下去。慌的安老爷离座出席，忙拉起褚一官，又向褚大娘子作揖答礼，说道："这礼从何来？这是你老人家的醉命[④]了。"便回头向安太太道："太太，快让大姑奶奶归座去。"

这个当儿，金玉姊妹早已陪着过来，就便把他让了过去。安太太也出席相迎。不想他将走到席前，望着安太太又磕下头去。安太太连忙搀起来道："姑奶奶，这是怎么说？就讲你二叔为你老人家，也是该的，可与我什么相干儿？你行起这个大礼来！"

褚大娘子站起来道："我给你老人家磕这个头，可另是一件事。我从在我们青云堡庄儿上见着你老人家那一天，也不知怎的，我心里只和你老人家怪亲热的，就想认你老人家作个干娘。因为关着我妹夫子这层续嬷

① 小不起——不能小看。

② 文字班儿的——文人们。

③ 清晨吃晌饭——喻操之过急。

④ 醉命——运气。

嬷亲戚,我总觉我不配;到了这回来了,我还没打回这个妄想去。谁知那天我们老爷子在我何亲家爹祠堂里,才说得句叫我们这位小姑奶奶叫二叔二婶声父母,就把他惹翻了,把我也吓住了。今日之下,他倒作了你老人家的嫡亲儿女,我这干女儿可倒漂①了,我越想越有点子眼儿热。此刻我父亲和二叔交到这个份儿上,借着我们这小姑奶奶的光儿,我总得叫我们老玉声'妹夫子',我也不怕人笑话我奴才亲戚混巴高枝儿,我今日可算认定了干娘咧。"

把安太太喜欢的拉着他的手,说道:"姑奶奶!你那里知道我这心里也和你一样的想头呢!只是我通共比你才大上十几岁呀,我怎么说的出口来呢?你既这么说,我正少个女儿,你就算我的女儿。"他听安太太这样说,更加欢喜。

才待归座,邓九公那边早又嚷起来了。只听他向安老爷道:"了不得!了不得!我又落在后头了!我从那天听见这张姑奶奶劝我们姑奶奶那番话,我就恨不得立刻叫他声'好孩子',想要认他作个干女儿。不想我的干女儿没得认成,倒把个亲女儿叫弟夫人拐了去了!我有没的那么个女儿一般的徒弟,又被你们抬了来了!张老大,你想想,这事莫非欠些公道?"

张老是个老实人,只望着安老爷笑。安老爷还没及答言,褚大娘子那边早望着张金凤说道:"听见了哇?我可不管你本人肯不肯,我先肯。你们姐儿俩里头,我总觉得你比他和我远一层儿似的,我这心里可就有些丝丝拉拉②的;这一来好极了,就只得问张亲家妈答应不答应了。"因说道:"亲家妈,怎么样罢?"张亲家太太把嘴向安太太一努,说道:"那是他家的人,我当不了他的家,我可有�儿说的哪!多个人儿疼不好喂!"安太太便道:"这更有趣儿了。"

褚大娘子听说,早一把把张姑娘拉住,要过那席去。张姑娘笑着只看婆婆的眼色。安老夫妻便叫他快给干爹行礼。邓九公乐得前仰后合,说了许多兴头话,说:"我这才气平些儿!"因又和安张两亲家干了一杯,说道:"再不想一句话和我们张老大又结了一重缘。"

---

① 漂——飘,高兴。

② 丝丝拉拉——牵连不断;难分难舍。

这个当儿，那边舅太太早把何小姐揽在怀里，笑道："我的孩儿呀！快来罢！幸亏我在船上先把你认下了；不然，你瞧他们爷儿们，娘儿们，这阵横抢硬夺的，还了得了！"何玉凤也握着嘴笑个不住，说道："娘放心，我是再没人抢的了。这屋里的几位老家儿，不差什么，八面儿我都占下了。"

一时，安老夫妻便叫公子给邓九公行礼。邓九公也叫公子带褚一官过来给安太太磕头。将磕完了起来，褚大娘子大马金刀儿[①]的坐在那里和他女婿说道："还有舅母和亲家妈得认亲呢，劳动你再磕俩罢！"

褚一官倒也会凑趣儿，趴下就磕。舅太太是坐在里边，有个张太太挡着，出不去，只说得："姑奶奶这个闹法儿！……"连忙摸着头把儿还了个礼。张太太他也拜了一拜，说道："咱可就都有骨血儿管着咧。算一家子咧。"说得大家哄堂大笑。那褚一官过那边去，又拜了张老。

只这一阵乱拜，何小姐早暗暗的拉了张姑娘一把，又向公子递了个眼色，三个人便走到褚大娘子跟前。何小姐先说道："我们承姐姐这样亲热，今日也该服侍服侍姑奶奶了。"说着便满满斟了一杯送过去。褚大娘子乐的一饮而尽。才得喝完，张姑娘又奉过一杯来。他便笑道："你们就这样轮流着灌我，我也愿意；我到底也姑奶奶了哇！"说着又是一盅。他姊妹两个才闪开，早见公子斟过一个大杯来，他道："这一大下子可不是玩儿的！还是那个小些儿的罢。"张姑娘一旁低声说道："好意思的！这么大个兄弟敬老姐姐一杯酒，干回他去。"

这位娘子那好胜的脾气儿也有些和乃翁相似，便也接过来，一气饮干。登时吃得他杏眼微饧[②]，桃腮添晕，一手擎着个空杯，一手指着公子，咬着牙，纵着鼻儿，笑容可掬的说道："小舅爷子，搁着你[③]就是了。"

公子因父亲在那边，只笑着不敢多说，心里却想着了一句圣经贤传，暗说："怪道说是'不知子都[④]之美者，无目者也'！"

只他四个这阵乱舞莺花，慢讲安张二家两双老夫妻看着十分欢喜，一

---

① 大马金刀儿——此意为"大大咧咧"。

② 饧(xíng)——形容眼色朦胧。

③ 搁着你——等着瞧。睹誓意。即俗曰"搁着你的，放着我的"的略语。

④ 子都——古代美男子。语出《诗经·郑风·山有扶苏》。

个邓老头儿直乐得话都没了，只张着个大嘴，呵呵的傻笑，不由得手彀[①]酒，酒彀口，酒到杯干。

一时，主客几个眼界里无非乐境，耳轮中都是欢声。便是那些服侍的人，无不一个个接耳交头，颂扬叹赏。甚至那楼头的更鼓都觉筹添短漏[②]，座上的灯花也知笑展长眉。

只这席离别小宴，直把他几个天理人情的人，彼此联络了个合意同心，连这部《儿女英雄传》的书也给穿插了个套头裹脑。

那邓九公直喝的眼睛有些粘糊糊的，舌头有些硬橛橛的了，还在那里左一杯右一盏的连叫斟酒。褚大娘子恐怕他父亲明日起不来，误了上路的吉时，好劝歹劝的拦了两遍，他还吃了个封顶大杯，才尽欢而散。

一宿晚景提过。到了次日，那些行李车驮都是前两天装载妥当，自有他的伴当押着，起五更先行。才得天亮，他父女翁婿和那个孩子以及下人早已收拾了当，吃了些东西，便要告辞。

这等一般热肠人，彼此厮混了许多天，怎生舍得？不必讲，那褚大娘子拉拉这个，看看那个，已经哭得泪人儿一般。只那邓九公一一的辞过众人，到了何小姐跟前，他也就忍泪不住，勉强说道："姑奶奶，师傅把你送到这等个人家儿来，师傅没有什么惦记你的咧。你倒也不必记挂着师傅。"交代了这句话，他便一回身拉住安老爷说道："老弟呀，我和你此一别，不知今生可得……"说到这里，早已满面泪痕，往下说不出来了。

幸而安老爷是个阔[③]达人，说道："老哥哥不消如此；你我今日暂别，不久便当欢聚。"他一手擦着眼泪，摇着头道："老弟，你这句话，愚兄可有点儿信不及了。"安老爷道："九哥，且莫讲人生聚散无常，只你此番来京，可是算得到拿得稳的。况且转眼就是你九十大庆，小弟定要亲到府上，登堂奉祝，就便把昨日说给你作的那篇生传带去，当面请教。"

他听了这话，擦干了眼泪，望着安老爷道："老弟，你这话当真?"安老爷道："小弟平生不敢轻诺。况在老哥哥跟前，岂肯失信?"

他便一手拉着安老爷的手，一手指着天，说道："老弟，只你这一句话

---

① 彀——此处应为"够"。

② 短漏——夜短。漏，夜。

③ 阔——用同"豁"。

呀，老天准留哥哥多活几年等着你。就是这样，哥哥走了。”说着，他松了安老爷的手，头也不回，带了褚一官往外就走。

这里褚大娘子见他父亲走了，也不好流连，只得辞了安太太一行女眷起身。安太太大家一直送出腰厅才回。邓九公站在大门外，催着他女儿上了车，他随后上车才走。

安老爷头一天就差人在彰义门外三藐庵备下茶尖，便也和公子送下去。走了约莫三五里地，路旁有座小庙，早见褚一官圈马回来，说：“他老人家要到庙里磕个头，也请二叔下来歇歇。”

安老爷只得跟了他到庙前下车，看了看，那庙门写着“三义庙”三个字；进去里面只一层殿。原来是汉昭烈帝和关圣、张桓侯的香火。

安老爷向来是位重儒不佞①佛的，等闲不肯烧香拜庙，只有见了关圣帝君定要行礼；等邓九公磕过头，自己带了公子也拜过神像。

那邓九公便在神座前向安老爷说道：“老弟，我晓得你定要远远的送我一程，才肯回去。但是此去，前途还有张老大和老程师爷诸位候着呢。大概我们各行里的亲友也在那里。老弟，你就送到那里，也不得久谈。常言道得好：‘送君千里终须别’。到了你我的交情，大概还见得过这三位尊神，咱们就在这神圣面前一别。”安老爷固是不肯。他道：“你我的心，关帝菩萨看的明白，何必如此？”安老爷见他这样说法，倒也不好相强。

当下这边父子两个，那边翁婿两个，只得各各作别。一路出了庙门，大家道声“珍重”，望着他“车辚辚，马萧萧”，竟自长行去了。

书里按下邓九公这边不提。却说安老爷自他走后，便张罗张亲家的搬家。他两口儿择吉搬过祠堂西边那所新房去，一应家具安置得妥当。看了看，头上顶的是瓦房，脚下跐的是砖地，嘴里吃喝的是香片茶，大米饭，浑身穿戴的是镀金簪子，绸面儿袄，老头儿老婆儿已是万分知足。

依安老爷、安太太还要供茶供饭。他两口儿再三苦辞。安老爷因有当日他交付的何小姐在能仁寺送张金凤的那一百两金子，不曾动用，便叫他女儿送他作了养老之资。张老又是个善于经营居积的，弄得月间竟有数十串钱进门。他两口儿却仍照居乡一般辛勤，撙节着过度，便觉着那日月从容之至。

---

① 佞——此作“违背”。

只是他两个时常要过前面来看看望望，家里却短一个支使看家的人，就用安老爷的家人固是不便，便是外面雇个不知根底的人来也不放心；又兼他守分安常的惯了，不肯才有几文钱便学那小人乍富行径，立刻就添些新花样，闹个跟班儿的。却也正在为难。谁想事有凑巧，那燕北闲人又给他凑了两个人来。

你道这人是谁？原来第七回书讲得他当日带着女儿要到京东投奔的那个亲戚，正是那张太太娘家一个本家哥哥。

这人姓詹，名典。他有个小名儿，叫作光儿。他本是带着家眷在京东一个粮行里给人家管账，就那里养了个儿子，因是七夕生的，叫作阿巧。那阿巧才得十一二岁，且是乖觉。

詹典在京东一住十余年，却也赚得几十两银子在腰里，落后来，因行里换了东家，他就辞了出来，要想带了老婆孩子回家，把这项银子和张老置几亩地伙①种。他那里起身要回河南来，正是张老夫妻这里带了女儿要投京东去，路上彼此岔过去了，不曾遇着。

及至到了家，正碰见荒旱之后，瘟疫流行，那詹典在途中本就受了些风霜，到家又传了时症，一病不起，呜呼哀哉死了。

他妻子发送丈夫，也花了许多钱，再除了路上的盘缠，那几两银子也就所剩无几，只得权且带了个十来岁的儿子勉强度日。这个当儿，见了从京里回来的乡亲们，十个倒有八个讲究说："咱们这里的张老实前去上京东投亲，不想在半路招了个北京官宦人家的女婿，现在跟了女婿到京城享福去了。"

詹典的妻子听得这话，想了想，自己正在无依，孩子又小，便搭着河南小米子粮船上京，倒来投奔张老，想要找碗现成茶饭吃。从通州下船，一路问到这里，恰好正在张老搬家的前两天。

安老爷、安太太是第一肯作方便事的，便作主给他留下，一举两得，又成全了一家人家，正叫作"勿以善小而不为"。你看他家总是这般的作事法，那上天怎的不暗中加护！

闲话休提。却说安老爷才把亲家安顿的停妥，不两日便是何小姐新

---

① 伙——合着。

满月[1]，因他没个娘家，没处住对月[2]，这天便命他夫妻双双的到何公祠堂去行个礼。张老夫妻如今住得正近，况且又有了家了，清早起来便到东边祠堂来预备代东；候安公子、何小姐行过了礼，就请到他家早饭。把女儿张姑娘也请过来。也买了些肉，宰了只鸡。只他那詹嫂和阿巧，一个买，一个作，倒也弄得有些老老实实的田舍家风。

三个人吃得一饱回来，晚间便是舅太太请过去。那时因褚大娘子起了身，腾出西耳房来，舅太太仍旧搬过去，公子和金玉姊妹便在那边吃过晚饭，直到起更，才过这边来；先到上房伺候父母公婆安置，才一同回房。

过了两日，安太太便吩咐人把那新房里无用的锡器磁器衣架盆架等件，归着起来，依然把那槽碧纱橱安好，分出里外间。张姑娘是叠[3]着精神要张罗这个姐姐，两只小脚儿，哆哆哆哆的，带了一班嬷嬷仆妇使婢，把铺设贴落收拾得都和自己屋里一样。果然把他三人那幅小照挪过这边卧房来；就把那张弹弓，那口宝刀，挂在左右；把那圆端砚摆在小照面前桌儿上：归结了他三个一段美满良缘的新奇佳话。何小姐也帮了他登桌子上板凳的，忙个不了。

他两个彼此说一阵，怄一阵，笑一阵，一时真算得占尽儿女闺房之乐。只可怜安公子经他两个那日一激，早立了个"一飞冲天，一鸣惊人"的志气，要叫他姊妹看看我这安龙媒可作得到"封侯夫婿"的地步。因此，邓九公走后，忙忙的便把书房收拾出来，一个人冷清清的下帷埋首，和那班三代以上的圣贤苦磨。这日直磨到二鼓才回房来。金玉姊妹连忙站起，迎着让座。张姑娘问道："你瞧，我给姐姐收拾的这屋子好不好？"

公子里外看了一遍，说："好极，好极。偏劳之至！"张姑娘道："我们爬高下低的闹了一天，亏你也不来帮个忙儿。——本来姐姐的事情，罢咧！可怎么敢劳动你呢？"公子道："你这人怎么这等不会说好话？非是我不来帮忙儿，要说这些挂画焚香的风雅事我不喜作，也是我欺你两个；我自承你两个那番清诲之后，深悟出这些事最于用功有碍。所以古人说：'注虫鱼者必非磊落之士也。'正是这个用意。你且让我一纳头扎在'子

① 满月——旧时结婚第一月的风俗，新娘应回娘家。

② 对月——新娘满月回娘家也要住满一个月。

③ 叠——加倍。

曰诗云’里头，等我果然把那个举人进士骗到手，就铸两间金屋贮起你二位来亦无不可。不强似今日的帮忙？”

金玉姊妹两个再不想那日一席话一激竟把他激成功了，也暗自欢喜。何小姐便说道：“妹妹说的是玩儿话。其实还不是他们丫头女人们拾掇的。我们两个也只跟着搅了一阵。——倒是他才说也要给我绣那么一块匾挂在这卧房门上，你给想三个字呢。”

公子略想了一想，说：“就用那屋的三个字就很好。”何小姐道：“这你可是塞责儿了。”公子道：“非一瓣心香的‘瓣’字，却就是小照上那‘红袖添香伴著书’的‘伴’字。你两个人从此一位便可称作‘伴香女史’，一位便可称作‘瓣香女史’，我便可称作‘伴瓣主人’。只是我又恐防你们嫌我这风雅，这三方图章也只好等后年春闱之后再讲罢。”那金玉姊妹两个听了，也深服他这心思敏捷，各各道妙。

过了几日，张姑娘闲中果然照样给何小姐绣了“伴香室”三个字，装潢好了，挂在他卧房门上。此是后话。

却说这晚他三个在何小姐这边谈了这一番，那天也就将近三鼓。张姑娘站起来道：“不早了，我要回家睡觉了。”何小姐一把拉住他道：“今日可不许你空身儿走，我要烦你顺带公文一角。”

张姑娘早已明白，只得挣着手要走；怎奈被何小姐攥住手，再挣不脱，只得向何小姐耳边说了句话。何小姐这才放手，说：“滑再滑不过你了！也不知真话哟，也不知赚人呢！”

张姑娘正色道：“岂有此理！我要这样赚姐姐，说玩儿话的事小，那不是在姐姐跟前另存一个心了么？”他说完这话，才待要走，忽又想起，回来说：“等我索性把今日的事情张罗完了再走。”因把桌子上的那盏灯拿起来剪了剪蜡花，向安公子、何小姐说道：“上月今日就是我送二位入的洞房，今日还是我送二位贺新居。”说着，便拿着灯，前面照着，往卧房里引。他两个也只得笑吟吟的随他进去。只见他把灯放在卧房里桌儿上，又悄悄的向何小姐道：“姐姐，你老人家今日可好歹的不许再闹到搬碌碡那儿咧。”何小姐听了，忍不住笑的前仰后合，只赶着要拧他的嘴。他早一溜烟过西间去了。

安公子看了这番光景，心里暗说：“我依他两个的话，才用了几日的功，他两个果然就这等欢天喜地起来；然则他两个那天讲的，只要我一意读书，无论怎样，都是甘心情愿的，这句话真真是出于肺腑了。幸是我那天不曾莽撞，不然，今日之下，弄得一个扭头别项①，一个泪眼愁眉，人生到此，还有何意味？"

只他这等一想，那发奋用功的心益发加了一倍，却又着了点儿书魔，因拍手和何小姐笑道："我安龙媒经师傅和我讲了半世的《论语》，直到今日看了你姊妹两个才得明白'《关雎》乐而不淫，哀而不伤'这句书是怎的个讲法！"这正是：

春风时雨同沾化，绛帐应输锦帐多。

要知后事如何，下回书交代。

---

① 扭头别项——闹别扭。

第三十三回

申庭训喜克绍书香　话农功请同操家政

这书虽说是种消闲笔墨，无当于文，也要小小有些章法。譬如画家画树，本干枝节，次第穿插，布置了当，仍渲染烘托一番，才有生趣。如书中的安水心、佟孺人，其本也；安龙媒、金玉姊妹，其干也，皆正文也。邓家父女、张老夫妻、佟舅太太诸人，其枝节也，皆旁文也。这班人自开卷第一回直写到上回才一一的穿插布置妥贴，自然还须加一番烘托渲染才完得这一篇造因结果的文章。这个因原从安水心先生身上造来，这个果一定还向安水心先生身上结去。这回书便要表到安老爷。

却说安老爷自从那年中了进士，用了个榜下知县，这其间过了三个年头，经了无限沧桑，费了无限周折，直到今日才把那些离离奇奇的事拨弄清楚，得个心静身闲，理会到自己身上的正务。理会到此，第一件关心的便是公子的功名。这日正遇无事，便要当面嘱咐一番，再给他定出个功课来，好叫他依课程功准备来年乡试。当下叫了一声"玉格儿"，见公子不在跟前，便和太太道："太太，你看玉格这孩子近来竟慌得有些外务①了。这几天只一叫他，总不见他在这里。难道一个成人的人了，还只管终日猥催②在自己屋里不成？"

列公，你看，安水心先生这几句话听去未免觉得在儿子跟前有些督责过严。为人子者，冬温夏凊，昏定晨省，出入扶持，请席请衽③，也有个一定的仪节；难道拉屎撒尿的工夫也不容他，叫他没日夜的寸步不离左右不成？

却不知这安老爷另有一段说不出来的心事。原来他因为自己辛苦一生，遭际不偶，此番回家早打了个再不出山的主意；看了看，这个儿子还可

---

① 外务——此为"匡外"、"出格"意。

② 猥催——此为"沉迷"意。

③ 请席请衽——照料起居休息。衽，衣襟。

以造就，便想要指着这个儿子身上出一出自己一肚皮的肮脏气；也深愁他天分过高，未免聪明有余，沉着不足；又恰恰的在个“有妻子则慕妻子”的时候，一时两美并收，难保不为着“翠帷锦帐两佳人”，误了他“玉堂金马三学士①”。

老爷此时正在满腔的诗礼庭训，待教导儿子一番，不想叫了一声，偏偏的不见公子“趋而过庭”，便觉得有些拂意。太太见老爷提着公子不大欢喜，才待叫人去叫他，又虑到倘他果然猥催在自己屋里，一时找了来，正触在老爷气头儿上，难免受场申饬②，只说了句：“他方才还在这里来着，此时想是作什么去了。”

他老夫妻一边教，一边养，却都是疼儿子的一番苦心。不想他老夫妻这番苦心偶然闲中一问一答，恰恰的被一个旁不相干的有心人听见了，倒着实的在那里关切，正暗合了“朝中有人好作官”那句俗语。

“朝中有人好作官”这句话，列公切莫把他误认作植党营私一边去。你只看朝廷上那班大小臣工，若果然人人心里都是一团人情天理，凡是国家利弊所在，彼此痛痒相关，大臣有个闻见便训诫属官，末吏有个知识便规谏上宪；一堂和气，大法小廉，不但省了深宫无限宵旰③之劳，暗中还成全了多少人才，培植了多少元气。

你道这话与这段书什么相干？从来说，家国一体，地虽不同，理则一也；不信，你只看安家那个得用的大丫头长姐儿。

却说这日当安老爷、安太太说话的时节，那长姐儿正在一旁伺候。他听得老爷太太这番话，一时便想到生怕老爷为着大爷动气，太太看着大爷心疼；大爷受了老爷的教导，脸上下不来，看着太太的怜惜，心里过不去；两位奶奶既不敢劝老爷，又不好求太太，更不便当着人周旋大爷：“这个当儿，像我这样的受恩深重，要不拿出个天良来多句话儿，人家主儿不是花了钱粮米白养活奴才吗？”想到这里，他便搭讪着过来，看了看唾沫盒儿得汕了，便拿上唾沫盒儿，一溜烟出了上房后门，绕到大爷的后窗户跟

---

① 三学士——翰林院学士、内阁学士、典礼院学士。

② 申饬——上对下的训斥。

③ 宵旰(gàn)——即宵衣旰食。天不亮就穿衣起身，天晚了才吃饭。旧时用来称谀帝王勤于政事。见《旧唐书·刘賁传》。

前悄悄的叫了声“大奶奶”，又问道：“大爷在屋里没有？”

张金凤正在那里给公公做年下戴的帽头儿片儿。何小姐这些细针线虽来不及，近来也颇动个针钱，在那里学着给婆婆作竖头儿领，——这个当儿，针是弄丢了一枚了，线是揪折了两条了！

他姊妹正在一头说笑，一头作活，听得是长姐儿的声音，便问说：“是姐姐吗？大爷没在屋里。你进来坐坐儿不则①。”他道：“奴才不进来了。老爷那里嗔着大爷总不在跟前儿呢。得亏太太给遮掩过去了。大爷上那儿去了？二位奶奶打发的人儿告诉一声儿去罢。不然，二位奶奶就上去答应一声儿。”

他说完了便趄身去汕了那个唾沫盒儿，照旧回到上房来伺候。金玉姊妹两个便也放下活计到公婆跟前来。太太见了他两个便问：“玉格儿竟在家里作什么呢？”何小姐答道：“没在屋里。”安老爷便皱眉蹙眼的问道：“那里去了？”何小姐答道：“只怕在书房里呢罢。”安老爷道：“那书房自从腾给邓九公住了，这一向那些书还不曾归着清楚，乱腾腾的，他一个人扎在那里作什么？”何小姐道：“早收拾出来了。从九公没走的时候，他就说：‘等这位老人家走后，腾出地方儿来，我可得静一静儿了。’及至送了九公回来，连第二天也等不得，换上衣裳，就带着小子们收拾了半夜。”

安老爷听到这句便有些色霁②。何小姐又搭讪着往下说道：“媳妇们还笑他说：‘何必忙在这一刻？’他说：‘你们不懂。自从父亲出去这趟，不曾成得名，不曾立得业，倒吃了许多辛苦，赔了若干银钱。通共算起来，这一趟不是去作官，竟是为了你我三个人了。如今不是容易才完了你我的事！难道你我作儿女的还忍看着老人家再去苦挣了来养你我不成？所以我忙着收拾出书房来，从明日起，便要先和你两个告一年半的假。’”

安太太道：“怎么呀？又怎么不零不搭的，单告一年半的假呢？”张姑娘接口道：“媳妇们也是这等问他。他说：‘这一年半里头，除了父母安膳之外，你两个的事，什么也不用来搅我；外面的一切酒食应酬，我打算可辞就辞，可躲就躲；便是在家，我也一口酒不喝，且尽这一年半的工夫，打叠精神，认真用用功，先把那举人进士弄到手里，请二位老人家喜欢喜欢

① 不则——不然。

② 色霁——脸色有些开朗。

再讲。'"

安老爷冷笑道："他有多大的学力福命，敢说这等狂妄的满话！"安太太道："这可就叫作'小马儿乍行嫌路窄了①'！"

何小姐又接着陪笑道："婆婆只这等说，还不见他说这话的时候大妈妈似的②那个样儿呢！盘着腿儿，绷着脸儿，下巴颏儿底下又没什么，可尽着伸着三个指头在那儿绺胡子似的不住手的绺。媳妇们两个只说了句'功也得用，公婆跟前可也得向常着来伺候伺候'。只这句就教导起来了，问着媳妇们说：'要你两个作什么的？此后我在书房里，父母跟前正要你两个随时替我留心；便是你两个也难得患难里结成因缘，彼此一同侍奉二位老人家。凡家里的大小事儿正该趁这年纪学着作起来，也好省一省母亲的精神心力。倘然父母有什么要使唤我的去处，你们却不可拘泥我这话，只管着人告诉我去。'说的媳妇们像俩傻子，又像两三岁的孩子。又不好笑他，只好听一句答应他一句。——此时公公要有什么话吩咐他，媳妇叫人书房里叫去。"

安老爷方才问这话的时节本是一脸的怒容，及至听了两个媳妇这段话，知道这个儿子不但能够不为情欲所累，并且还能体贴出自己这番苦心来。不禁喜出望外，说道："不信我们这个傻哥儿竟有这股子横劲！"张姑娘也陪笑道："自那天说了这话，天天儿比个走远道儿的还忙呢。等不到天大亮就起来，慌着忙着漱漱口洗洗脸就走，连个辫子也等不及梳。公公不见他这些日子早上请安总是从外头进来？"安老爷只喜得不住点头，因向太太道："这小子果能如此，其实叫人可疼！"

列公请看，普天下的妇道，第一件开心的事无过丈夫当着他的面赞他自己养的儿子。安太太方才见老爷说公子慌的有些外务，正捏一把汗，怕丈夫动气，儿子吃亏，不想两个媳妇这一圆和，老爷又这一夸奖；况且安老爷向日的方正脾气从不听得他轻易夸一句儿子的，今日忽然这样谈起来，欢喜得老夫妻之间，太太也和老爷闹了个礼行科③，说道："这还不是老爷平日教导的好处。"因又望着媳妇说道："他这股子横劲，也不知是他自己

---

① 小马儿乍行嫌路窄——比喻狂妄自大。

② 大妈妈似的——大长辈似的。

③ 礼行科——礼仪规矩。

憋出来哟,还是你们俩逼得懒驴子上了磨了呢?"

安太太口里是只管这等说,其实心里是因儿子疼媳妇的话。那知这句话倒说着了,那位打算诗酒风流的公子,何尝不是被他姊妹两个一席话生生的把个懒驴子逼上了磨了呢!

然虽如此,却也不可小看了这个懒驴子:假如你无论怎么样想着方法儿逼他上磨,他是一个劲儿的屎溺多,坐着坡,不上定了磨了,你又有什么法儿?——只是安老爷那样厚德载福的人怎的会有恁般的儿子!

闲话少说。却说安公子这日正在书房里温习旧业,坐到晌午,两位大奶奶给送到来滚热的烧饼,又是一大碟炒肉炖疙疸片儿,一碟儿风肉,一小铫①儿粳米粥,恰好他读文章读得有些心里发空,正用得着,便拿起筷子来拣了几片风肉夹上,才咬了一口,听得父亲叫,登时想起"父召无诺;手执业则投之②,食在口则吐之,走而不趋③"的这几句《礼记》来,便连忙恭恭敬敬的答应了一声:"嗻。"扔下筷子,把嘴里嚼的那口饽饽吐出桌子上,口也不及漱,站起来,就不慌不忙,斯斯文文,行不由径的走到上房来。

老爷一见,先就笑容可掬的道:"罢了,不必了。我叫你原为今日消闲,想到明年乡试,要催你用起功来;方才听得两个媳妇说你自己已经理会到此,这更好了。——只是你现在的功课打算怎的个作法?"

公子回道:"打算先读几天文章,再作一两篇文章,且敛敛心思,熟熟笔路。"安老爷道:"是便是了;只这功课不是从这里作起。制艺④这一道,虽说是个骗功名的学业,若经义不精,史事不熟,纵然文章作的锦簇花团,终为无本之学。你的书虽说不生,荒了也待好一年了,只怕那程老夫子见你是个成人之学,也就不肯照小学生一般教你背诵,将来用着他时,就未免自己信不及。古人三余⑤读书,趁眼前这残冬长夜,正好把书理一理,再动手作文章不迟。读的文章,有我给你选的那三十篇启祯⑥,二十篇近

---

① 铫(diào)儿——铫子。一种有柄有流的小烹器。像较高的壶。

② 投之——放下它。

③ 走而不趋——走,快步跑过去。不趋,不慌张。趋,小跑。

④ 制艺——应试所作之文。明清时一般指八股文。

⑤ 三余(馀)——古谓"冬者岁之余,夜者日之余,阴雨者时之余。"

⑥ 启祯——禀帖;陈述事情的帖子。

科闱墨[①],简炼揣摩足够了,不必贪多。倒是这理书的功夫,切忌自欺,不可涉猎一过。从明日起,给你二十天的限,把你读过的十三部经书以至《论》《孟》都给我理出来。论不定我要叫你当着两个媳妇背的,小心当场出丑!”

公子自然是听一句应一句。太太和二位少奶奶,一边是期望儿子,一边是关切夫婿,觉得有老爷这几句温词严谕更可勉励他一番。不想这话,那个长姐儿听见,心里倒不甚许可了。他暗暗的纳闷道:“哟！这么些书,也不知有多少本儿,二十天的工夫,一个人儿那儿念的过来呀？这要累着呢!”

你道好笑不好笑？人家自有天样高明的严父,地样厚博的慈母,再加花朵儿般水晶也似的一对佳人守着,还怕体贴不出这个贤郎,这位快婿的？念的过来念不过来,累的着累不着,干卿何事？却要梅香来说勾当,岂不大怪？

不怪。揆情度理想了去,此中也小小的有些天理人情。列公如不见信,只看孟子和告子两个人抬了半生的硬杠,抬到头来,也不过一个道得个“食色性也”;一个道得个“乃若其情,则可以为善矣”。

闲话休提。却说安老爷吩咐完了公子这话,便和太太说道:“玉格的功名是我心里第一桩事;第二桩便是我家的家计。我家虽不宽余,也还可以勉强温饱,都因我无端的官兴发作,几乎弄得家破人亡;还仗天祖之灵,才幸而作了个‘失马塞翁’,如今要再去学那‘下马冯妇[②]’,也就似乎大可不必了！只是我既不再作出山之计,此后衣食两个字却不可不早为之计。这桩事又苦于正是我的‘尺有所短’,这些年就全仗太太。话虽如此,难道巧媳妇还作得出没米的粥来不成？我想理财之道,大约总不外乎‘生之者众,食之者寡;为之者疾,用之者舒’的这番道理。为今之计,必须及早把我家这些无用的冗人去一去,无益的繁费省一省,此后自你我起,都是粗茶淡饭,絮袄布衣,这才是个久远之计。趁今日消闲,你我儿媳辈又齐集在此,何不大家计起来？”

---

① 闱墨——清时指乡试会试文章选编之书。

② 下马冯妇——即“重作冯妇”。晋国打虎能手冯妇曾立誓做个不杀生的善士,但几年后路遇人们追捕猛虎,仍立即下车将猛虎打伤生擒。

太太道:“老爷这话虑得很是。我也是这么想着。就只这话说着容易,作起来只怕也有好些行不去的。就拿去人说,我家这几个中用些的家人,都是老辈子手里留下的,去了,一时又叫他们到那儿去?就是这几个雇工儿人,这么个大地方儿,也得这些人才照应的过来。讲到烦费,第一,老爷是不枉花钱的。就是玉格,这么大了,连出去逛个庙听个戏都不会。此外,老爷想,咱们家除了过日子之外还有什么烦费的地方儿吗?就勉勉强强的抠搜①些出来,这个局面,可就不像样儿了。至于大家的穿的戴的东西都是现成儿的,并不是眼下得用钱现置。难道此时倒弃了这个另去置絮袄布衣不成?——老爷白想,我这话说的是不是?”

安老爷虽是研经铸史的通品,却是个秤薪量水的外行。听了这话,不惟是个至理,并且是个实情,早低下头去,发起闷来,为起难来。半日,说道:“这等讲,难道就坐以待毙不成?”

安太太道:“老爷别着急。我心里虑了也不是一天儿了。但是这话要和我们玉格商量,可是白商量,商量不成;他且和你背上一大套书,倒把人搅糊涂了。倒是我娘儿三个前日说闲话儿,俩媳妇主说了个主意,我听着竟很有点理。左右②闲着没事,老爷为什么不叫他们说说?老爷听着可行不可行。万一可行,或者他们说的有什么不是的地方,老爷再给他们驳正驳正,我觉着那个倒是正经主意。”

安老爷道:“既如此,叫他们都坐下慢慢的讲。”安老爷是有旧规矩的,但是赐儿媳坐,那些丫鬟们便搬过三张小矮凳儿来,也分个上下手。他三个便斜签着伺候父母公婆坐下。

这个礼节,我说书的先以为然。何也呢?往往见那些巨族大家都礼重于情,久之情为礼制,父子便难免有个不达之衷,姑媳也就难免有个难伸之隐,也是居家一个大病。何如他家这等妇子家人,联为一体,岂不得些天伦乐趣?

至于那燕北闲人著这段书,大约醉翁之意未必在酒;他想是算计到何玉凤、张金凤两个人四只小脚儿通共凑起来不够营造尺一尺零,要叫他站着商量完了这桩事,那脚后跟可就有些不行了!

---

① 抠搜——挖找;小气。此为“凑合拿出”。

② 左右——反正。

当下安老爷见儿媳两旁侍坐，便问道："你们是怎么个见识？'盍各言尔志'呢？"何小姐先说道："媳妇们也是那天伺候婆婆闲话，提到我家家计，偶然说到这句话；其实事情果然行得去行不去，媳妇们两个究竟弄得成弄不成，此时也不敢说满了，还得请示公婆。媳妇在那边跟舅母住着的时候，便听得围着这座庄园都是我家的地。那时候听着，觉得离自己的心远，只当闲话儿听过去了。及至过来请示婆婆，才知道这地年终只进二百几十两银子的租子。问到这个根底，婆婆也不大清楚。请示公公，果然的这等一块大地，怎的只进这些许租子？我家这地到底有多少顷亩？"

安老爷见问，先呵嗳了一声，说："这句话竟被你两个把我问倒了。这项地原是我家祖上从龙进关的时候占的一块老圈地，当日大的很呢！南北下里，南边对着我家庄门那座山的山阳里，有一片枫树林子，那地方儿叫作红树村，从那里起，直到庄后我和你说过的那个元武庙止；东西下里，尽西头儿有个大苇塘，那地方叫作苇滩，又叫作尾塘，从那里起，直到东边亢家村，我那座青龙桥：这方圆一片大地方当日都是我家的。自从到我手里，便凭庄头年终交这几两租银。听说当年再多二十余倍还不止。大概从占过来的时候便有隐瞒下的，失迷掉的，甚至从前家人庄头的诡弊，暗中盗典①的都有。这话连我也只听得说。"

何小姐道："只不知这老圈地，我家可有个什么执照儿没有？"安老爷说："怎的没有！凡是老圈地都有部颁龙票。那上面东西南北的四至②都开得明白。只是老年的地，不论顷亩，只在'一夫之力，一夫能种'这块地的多少上计算，叫作一顷。所以那顷数至今我再也弄不清了。"

何小姐道："果然如此，那就好说了。有了执照，不愁找不出四至的；按着四至，不愁核不出顷数来；凭着顷数，不愁查不出佃户来。佃户一清，那户现在我家交租，那户不在我家交租，先得明白了；便可查那不在我家交租的佃户名下地租年年都交到什么人手里；查出下落来，如果是失迷的隐瞒的，怎能便由他隐瞒失迷，只要不究他的以往便是我家从宽了。即或其中有庄头盗典出去的，我们既有印契在手里，无论他典到甚的人家，可以取得回来的；如果典价无多，拿着银子照价取回来，不和他计较长短，也

---

① 盗典——盗窃、典当。

② 四至——田地与四邻相接的地界。

就是我家从宽了。这等一办，又加增了进项，又恢复了旧产，岂不是好？况且这地又不隔着三五百里，都围着家门口儿，也容易查；保要查得清楚，敢怕那租子比原数会多出来还定不得呢。"

张姑娘道："我姐姐这话说的可真不错！我到了咱们家这一年多，听了听京里置地敢则和外省不同，只知合着地价计算租子，再不想这一亩地有多大出息儿。就拿高粱一项讲，除了高粱粒儿算庄稼，高粱苗儿就是苕帚；高粱杆儿就是秫秸；剥下皮儿来就织席作囤；剥下桔档儿①来就插灯插匣子；看不得那根子岔子只作柴火烧，可是家家儿用得着的；到了乡下，连那叶子也不白扔。那一桩不是利息？合在一处，便是一亩地的租子数儿。就让刨除佃户的人工饭食，牲口口粮去，只怕也不止这儿两银子！"

安老爷静听了半日，向太太说道："太太，你听他两个这段话。你我竟闻所未闻！"安太太道："不然，我为什么说他们说的有点理儿呢？"

安老爷道："我只不解：算你两个都认真读过几年书，应该粗知些文义罢了，怎的便贯通到此？这却出我意外！"

何小姐笑说道："公公只想，我妹妹呢，他家本就是个务农人家；到了媳妇，深山一住三年，眼睛看的是这个，耳朵听的是这个，便和那些村婆儿村姑儿讲些闲话儿也无非这个。媳妇们两个本是公婆特地娶来的一个南山里的，一个北村里的，怎的会不懂呢？"

安老夫妻听了这话，益加欢喜。安老爷便说道："话虽如此，也亏你两个事事留心。——只是要清这项地，也须费我无限精神。便说弄清了，果然庄头有些私下典出去的，此时又那里打算这许多地价？"

公子听到这里，便站起来禀道："现放着邓九太爷给玉凤媳妇帮箱的那份东西呢？"老爷道："咻，那原是他师傅因他娘家没人疼他的一番深心，自然该留着他自己添补使用，才不负人家这番美意，怎的作这项用起来！"公子又回道："他两个现在的服食器用都经父母操心，赏得齐全，既没可添补的地方，月间又有照例的月费；及至有个额外用钱的去处，还是和父母讨；他自己还用添补些什么？自然该把这项进奉了父母作这桩正务才是。"说着，便跪了一跪，说："务必请父母赏收。"安太太道："不害臊！人家媳妇儿的东西，怎么用你来这么献勤儿呀！"安太太这句话可招出他

① 桔档儿——高粱的分枝杆。

先天的一点儿书毒来了，笑道："回母亲：那是他的？连他还是我的。是我的便是父母的。《礼》：'子妇无私货，无私蓄，无私器。'这等讲起来，那又是他的？何况此举本出于媳妇玉凤自己的意思！并且不但他一人的意思，便是金凤媳妇也所见略同。不过这话理应儿子代他们禀白才合着倡随的道理。"安太太道："阿哥，你别怄我！你只和我简简捷捷的说话。这也值得说了没三句话又背上这么一大车书！"

谁知他这车书倒正合了乃翁之意，早点头道："这话太太自然该听不明白，然而却正是妇道应晓得的。那《内则》有云：'凡妇，不命适私室不敢退。妇将有事，大小必请于舅姑。子妇无私货，无私蓄，无私器，不敢私假，不敢私与。'这篇书正所以补《曲礼》之不足。玉格这话却是他读书见道的地方。"

金玉姊妹见公公有些首肯，便一齐说道："这项金银现在既白放着；况且公公眼下是不打算出去的了，便让玉郎明年就中举人，后年就中进士，离奉养父母，养活这一家，也还远着的呢。这个当儿，正是我家一个青黄不接的时候儿，何况我家又本是个入不敷出的底子，此后日用有个不足，自然还得从这项里添补着使。与其等到几年儿之后，零星添补完了，另打主意，何如此时就这项上定个望长久远的主意，免得日后打算？如果办得有个成局，不惟现在的日用够了，便是将来的子孙也进则可仕，退亦可农。这话不知公婆想着怎么样？"

安老爷听了，连连点首，说道："'善哉！三年之内，无饥馑矣'！"说了这句，又低着头寻思了半晌，说道："还有一节难处。果然照这话办起来，自然要办个澈底澄清。那算方田核堆垛却得个专门行家。我是逊谢不敏，玉格又不能，便是我家这几个家人也没个能的。岂不是依然由着那班庄头拨弄？"

公子道："这桩事，儿子倒看准了一个人。就是我家这叶通便弄得来。"安老爷道："他，我平日只看他认得两个字，使着比个寻常小厮清楚些，这些事他竟弄得来吗？"

公子道："不但会，并且精。儿子又怎的晓得？因见我丈人常和他一处讲究。我丈人拿着本子《九章算法》，问他几块怎样畸零①的田凑起来

① 畸(jī)零——小块零散的。畸，残田。

应合多少亩;几块若干长短的田凑起来应合多少亩。他拿着面算盘,空手算着,竟丝毫不错。及至他问我丈人多少地,应收多少高粱麦子谷子,我丈人不用打算盘,说的数目却又和那算法本子上不差上下。又是怎的一谷二米,怎的一熟两熟,怎的分少聚多,连那堆垛平尖都说的出来。据我看起来,大约一边是从核算来的,一边是从阅历来的。只我听着,觉得比作'夏后氏五十而贡'①的那章考据题还难些。"安老爷叹道:"如我父子,正所谓'不知稼穑艰难'者也。对之得毋少愧!"

公子原是说自己不通庶务,不想惹得老人家也"谦尊而光"起来,一时极力要斡旋这句话,便道:"'人有不为也而后可以有为'。便是大圣人也道得个'吾不如老农','吾不如老圃'。"

安老爷听了,便正色道:"这两句书讲错了,不是这等讲法。吾夫子说'吾不如老农','吾不如老圃'这两句话正是'吾非斯人之徒与而谁与'的铁板注脚。他老人家正在一腔的救世苦衷,没处发泄,想道'假如吾道得行,正好同二三子共襄治理',不想这樊迟是话不问,偏偏的要请学稼请学圃起来。夫子深恐他走入长沮、桀溺的一路,倘然这班门弟子都要这等起来,如苍生何,所以才'对症下药',和他讲那'上好礼……"的三句。这两个'如'字要作我不像老农老圃一样讲,不得作我不及老农老圃讲,合着下文的'焉用稼'一句,才是圣人口气。不然,你只看'道千乘之国,使民以时'的那个'时'字,可是四体不勤五谷不分的人说的出来的?"

安太太听了听,事情不曾说出眉目,他贤乔梓又讲起书来了,便道:"这不是吗?人家媳妇儿在这里说正经的,老爷又闹到孔夫子上去了。——这都是玉格惹出来的!"安老爷道:"天下事除了取法孔夫子那里还寻得出个正经来?"

太太可真被这位老爷怄得受不得了,说:"老爷,咱们爷儿们娘儿们现在商量的是吃饱饭,那位孔夫子但凡有个吃饱饭的正经主意,怎的周游列国的时候,半道儿会断了顿儿,拿着升儿不籴出升米来呢?这难道不是

---

① 夏后氏五十而贡——语出《孟子·滕文公上》,指夏代租赋制度。

老爷讲给我们听的吗?”安老爷道:“此正所谓‘君子固穷①’,又‘浮海②’‘居夷③’,所以发此浩叹也。”

安太太只剩了笑,说道:“是了!是了!无论怎么着罢,算我们明白了,就完了!老爷此时只细想想俩媳妇这话是不是?这主意可行不可行?或者老爷还有个什么驳正指示的,索性就把这话商量定规了。”安老爷道:“自古道:‘疑人莫用,用人莫疑。’他两个既有这番志向,又说的这等明白,你我如今竟把这桩事责成他两个办起来才是个‘絜矩④之道’。此时岂可误会了那‘言前定,事前定”的两句话转去‘三思而行’!”

太太道:“不是哟,我是犹疑这两小人儿担不起这么大事来哟!”老爷道:“咻,赤⑤也为之小,孰能为之大?’不必犹疑。”说完,便吩咐公子道:“至于你讲的那项金银,也可以不必一定送到我同你娘跟前来。你只晓得那‘子妇无私货’为通论,可知‘未有府库财,非其财者也’尤为论之至通者。只此一言可决,不须再议。”因又回头向太太说道:“我倒还有一说;我往往见人到老来把这份家自己牢牢的把在手里,不肯交给儿孙,我颇笑他不达。细想起来,大约他那不达也有两般苦楚:一般苦的是养着个不肖的子孙,先虑到把我一生艰难创造而来的,由他任意挥霍而去,及至我受了贫苦,还得重新顾赡他的吃穿;一边苦的是养着个好儿子,又虑他虽有养志的孝心,我却无自立的恒产,便算我假作痴聋,也得刻刻怜恤他的心力不足。如今我家果然要把这旧业恢复回来,大约足够一年的吃穿用度,便不愁他们有个心力不足了。再看这三个孩子的居心行事还会胡乱挥霍不成?你我就索性把这份家交给两个媳妇掌管。两个人之中,玉凤媳妇是个明决气象,便叫他支应门庭;金凤媳妇是个细腻风光,便叫他料量盐米。我老夫妻只替他们出个主意儿,支个嘴儿,腾出我来,也好趁着这未锢的聪明,再补读几行未读之书;果有余暇,便任我流览林泉,寄情

---

①②③　君子固穷、浮海、居夷——均引自《论语》。意为孔子已处穷途之境,又要乘木簰(pāi)到海外去,想要搬到九夷去居住。木簰,木筏、木桴;九夷,少数民族居住的落后地区,住处很简陋。

④　絜(xié)矩——儒家伦理思想。絜,度量。“矩”,制作方形工具,象征道德上的示范作用。

⑤　赤——孔子学生,姓公西,名赤。比孔子小四十二岁。

诗酒。太太无事也好带上个眼镜儿,叨袋烟儿,看个牌儿,充个老太太儿,偿一偿这许多年的操持辛苦。玉格 却叫他一意用功,勉图上进,岂非我家不幸中之一大幸乎?"

太太见老爷说的这等高兴,益加欢喜,便道:"我想着也是这样。老爷既这样说,好极了。"因望着两个媳妇笑道:"我再没想到我熬了半辈子,直熬到你们俩进了门,我这斗①牌才算奉了明文②了!"

这话暂且按下不表。却说张太太自从搬出去之后,每日家里吃过早饭便进来照料照料,遇着安老爷不在里头便同舅太太和安太太闲话,有个活计也帮着做做。这日进来,正值安老爷在家,他坐了一刻,便去找舅太太;见舅太太正在那里带了两个嬷嬷张罗他姊妹过冬的里衣儿,他也就帮着作起来。舅太太是个好热闹没脾气的人,他乐得借他醒醒气儿,解解闷儿,便和他一面料理针线,一面高谈阔论起来。

两个人虽不同道,大约一样的是不肯白吃亲戚的茶饭的意思,作了会子,见天不早了,便收了活,过这边来。

二人一同出了西游廊角门,顺着游廊过了钻山门儿,将走到窗跟前,恰好听得安太太说到"斗牌算奉了明文"的那句话。舅太太便接声道:"怎么着?斗牌会奉了明文咧?好哇!这可是日头打西出来了!姑太太,快告诉我听听!"一面说着进了上房。安老夫妻二位连忙起身让座,便把和两个媳妇方才说的话大约说了一遍。

舅太太道:"我不管你们的家务,我只问斗牌;你们要谈家务,别耽搁你们,我们到妞妞屋里去。"安老爷是位不苟言的,便道:"这话何来?我家的家务又几时避过舅太太?"安太太道:"老爷理他呢!他自来是这么'女生外向'!"安老爷道:"阿,你姑嫂两个也算得二位老太太了,当着两个媳妇还是这等顽皮!"舅太太道:"姑老爷,不用管我们的事!我们不能像你那开口就是'诗云',闭口就是'子曰'的!"安太太道:"老爷听,人家自己愿意不是?"舅太太道:"你别仗着你们家的人多呀!叫我们亲家评一评,咱们俩到底谁比谁大?真个的'十七的养了十八的'了!"

从来"入行三日无劣",把这位亲家太太成日价和舅太太一处盘桓,

---

① 斗——把。

② 奉了明文——实现了宿愿;有了分晓。

也练出嘴皮子来了。便呵呵的笑道:“可是人家说的咧!”舅太太生怕说出“烧火的养了当家的”,这句下文可就太不雅驯了,幸而不是这句。只听他说道:“这可成了人家说的什么行子:‘摇车儿里的爷爷,拄拐棍儿的孙子①’咧!”

舅太太急的嚷道:“算了!太太,你老歇着罢!他长我一辈儿你还不依,一定要长我两辈儿才算便宜呢!”安老爷只说得个“群居终日,言不及义,好行小慧,难矣哉”!惹得上上下下都笑个不住。

这里头金玉姊妹两个人是憋着一肚子的正经话不曾说完,被这一岔,又怕将来作书的燕北闲人写到这里逗②不上这个卯笋儿,良久,忍住笑接着回公婆道:“方才的话,公婆既都以为可行,交给媳妇们商量去。这事竟靠媳妇们两个也弄不成:第一,这踏勘丈量的事不是媳妇们能亲自作的,得和公婆讨几个人。第二,有了这班人,要每日每事的都叫他们上来烦琐,那不依然得公婆操心吗?要说尽在媳妇屋里办,也不合体统。况且写写算算,以至那些册簿串票,也得归着在一处,得斟酌个公所地方。第三,事情办得有些眉目,银钱可就有了出入了,人也就有了功过了,得立下个一定章程。这些事都得请示公公,讨个教导。”

只这句话又把他尊翁的史学招出来了,便向两个媳妇说道:“你两个须听我说。凡事,决大计,议大事,不可不师古,不可过泥古。你两个切切不可拘定了《左传》上的‘禀命则不威,专命则不孝’这两句话。那晋太子申生原是处在一个家庭多故的时候,所以他那班臣子才有这番议论。如今我家是一团天理人情,何须顾虑及此?禀命是你们的礼,便专命也是省我们的心。我和你们说句要言不烦的话,阃以外③将军制之’,你们还有什么为难的不成?”他姊妹两个才笑着答应下来。

舅太太听了半日,问着他姊妹道:“这个话,你们姐儿俩竟会明白了?难道这个什么‘右传’‘左传’的,你们也会转转清楚了吗?”他姊妹道:“书上的话却不懂得;公公的意思是听出来了。”

舅太太绷着脸儿说道:“这么说起来,我们这俩外外姐姐要和人下象

---

① 摇车儿……的孙子——辈分颠倒。

② 逗——此作“对”。

③ 阃外——郭门以外。郭,古代在城的外围加筑的一道城墙。

棋去,算赢定了!”

大家听了这话,不但安太太和安公子小夫妻不懂,连安老爷听了也觉诧异,便问道:“这话怎的个讲法?”

舅太太道:“姑老爷不懂啊,等我讲给你听:

有这么一个人,下得一盘稀臭的臭象棋,见棋就下,每下必输;没奈何请了一位下高棋的跟着他在旁边支着儿。

那下高棋的先嘱咐他说:‘支着儿容易,只不好当着人直说出来。等你下到要紧地方儿,我只说句哑谜儿,你依了我的话走,再不得输了。’这下臭棋的大乐。

两个人一同到棋局了,和人下了一盘。他这边才支上左边的士,那家儿就安了个当头炮;他又把左边的象垫上,那家又在他右士角里安了个车。下来下去,人家的马也过了河了,再一步就要打他的挂角将了。他看了看,士是支不起来,老将儿是躲不出去,一时没了主意,只望着那支着儿的。但听那支着儿说道:‘一杆长枪。’一连说了几遍,他没懂,又输了,回来就埋怨那支着儿的。

那人道:‘我支了那样一个高着儿,你不听我的话,怎的倒怨我?’他说:‘你何曾支着儿来着?’那人道:‘难道方才我没叫你走那步马么?’他道:‘何曾有这话!’

那人急了,说道:‘你岂不闻?一杆真枪,通天彻地。地下无人事不成。城里大姐去烧香。乡里娘。娘长爷短。短长捷径。敬德打朝。朝天镫。镫里藏身。身清白。白面潘安。安安送米。米面油盐。阎洞宾。宾鸿捎书雁南飞。飞虎刘庆。庆八十。十个麻子九个俏。俏冤家。家家观世音。因风吹火。火烧战船。船头借箭。箭箭对狼牙。牙床上睡着个小妖精。精灵古怪,怪头怪脑。恼恨仇人太不良。梁山上众弟兄。兄宽弟忍。忍心害理。理应如此。此房出租。出租的那所房子,后院儿里种着棵枇杷树。枇杷树的叶子像个驴耳朵。是个驴子就能下马。你要早听了我的话,把左手闲着的那个马别住象眼,垫上他那个挂角将,到底对挪子一步棋,怎得会就输呢?你明白了没有?’

那下臭棋的低头想了半天,说:‘明白可明白了,我宁可输了都

使得，实在不能跟着你“二鞑子吃螺蛳”，绕这么大弯儿①！’

再不想姑老爷，你这么个大弯儿，你家俩孩子竟会绕过来了？这要下起象棋来，有个不赢的吗？”

大家听他数了这一套，已就忍不住笑。及至说完了，安公子先憋不住哧哧一声跑出去了。张姑娘笑得是站不住，躲到里间屋里，伏在炕桌儿上笑去。何小姐闪在一架穿衣镜旁边，笑得肚肠子疼，只把一只手扶着镜子，一只手拄着肋条。安老爷此时也不禁大笑不止，嘴里只说：“岂有此理！岂有此理！”笑到极处，把手往桌子上一拍，却拍在一个茶盘上，拍翻了碗，泼了一桌子茶，顺着桌边流下来；他怕湿了衣裳，连忙站起来一躲；不防他爱的一个小哈巴狗儿正在脚踏底下趴着，一脚正踹在狗爪子上，把个狗踹得□藏□藏②成一团儿。

这个当儿，舅太太只管背了这么一大套，张亲家太太是一个字儿不曾听明白，也不知大家笑的是什么，他只望着发怔；及至听见那个狗□藏□藏，又见长姐儿抱在怀里，给他揉爪子，张太太才问道：“咱儿咧，不是转了腰子咧？”

恰巧张姑娘忍着笑过来要和何小姐说话，见他把只手拄着肋叉窝，便问：“姐姐，不是岔了气了？”忽然听他母亲没头没脑的问了这句，便笑道：“妈，这是怎么了？人家姐姐一个人么，也会有转了腰子的？”这个岔一打，大家又重新笑起来。

好容易大家住了笑。安太太那里还笑得喘不过气儿来，只拿着条小手巾儿不住的擦眼泪。舅太太只没事人儿似的说道：“也没见我们这位姑太太一句话也值得笑着这么的！”张太太道：“他铁③是又笑我呢！”

安太太听了，忍不住又笑起来，直笑得皱着个眉，握着胸口，连连摆着一只手，说：“我笑的不是这个，我笑的是我自己心里的事！”

儿子媳妇见这样子只围着打听母亲婆婆笑什么。太太是笑着说不出来。安老爷一坐旁着断憋不住了，自己说道：“你们三个不用问了，等我告诉你们罢。我上头还有你一位大太爷，他从小儿就死了，我行二。我小

---

① 二鞑子吃螺蛳，绕这么大弯儿——比喻说话办事兜圈子，不简洁，不干脆。

② □藏□藏（zāng）——缩。

③ 铁——铁定；一准儿。

时候的小名儿就叫作二鞑子。你舅母这个笑话儿说对了景①了。这个老故事儿,眼前除了你母亲和你舅母,大约没第三个人知道了。"

安公子小夫妻以至那些媳妇子丫头们听了,只管不敢笑,也由不得轰堂大笑起来;亏得这阵轰堂大笑才把这位老爷的一肚子酸文熏回去了。当下大家说笑一阵,安太太便留亲家太太吃过晚饭才去。

话休絮烦。却说安公子自此一意温习旧业。金玉姊妹两个闲中把清理地亩这桩事商量停妥,便请示明白公婆,先派个张进宝作了个坐庄总办;派了晋升、梁材、华忠、戴勤四个分头量地段;派了叶通核算顷亩,造具册档;又请安老爷亲自过去请定张亲家老爷照料稽查,凡是这班家人不在行的都由他指点。张老起初也世故着辞了一辞,怎奈安老爷再三恳求,他又是个诚实人,算了算也乐得做桩事儿,既帮助了亲戚,又不抛荒岁月,便一口应承。

他姊妹见人安插妥了,便把东院倒座的东间收拾出来作了个公所,窗户上安了两扇玻璃屉子。凡有家人们回话都到窗前伺候。他两个便在临窗居中安了张桌子,对面坐下,隔窗问话。但有不得明白的便请张亲家老爷进来商办。一切安置齐备,然后才请张亲家老爷来,并把那班家人传到公婆跟前三面交代了一番。

先是安老爷头两天已经把这话吩咐了众人,到这日只冠冕堂皇晓谕了几句,便说道:"这话我前日都告诉明白你们了;至于这桩事的办法,我都责成了你两位大奶奶了。"随又向金玉姊妹说:"你们再详详细细的嘱咐他众人一遍。"

两个人得了公公的话,答应了一声。何小姐便先开口道:"其实公公既吩咐过了他们,可以不须媳妇们再说;但是既承公婆把家里这么一件要紧点儿的事放心交给媳妇们俩小孩子带着他们办,有几句话自然得交代在头里好。"说着,一扭脸,便望着众人说道:"你们可把我这话听明白了。"

张进宝先沉着嗓子答应了一声:"嗻。"何小姐便吩咐道:"张爹,你是第一个平日的不欺主儿不辞辛苦的,不用我们嘱咐;我倒要嘱咐你不必过于辛苦。为什么呢?老爷既派你作个总办,这个岁数儿,不必天天跟着他

① 对了景——符合实事儿。

们跑，只他众人拨弄不开的地方，亲自到一到；再嘴碎一点儿，精神周到一点儿，就有在里头了。到了华忠、戴勤两个奶公，老爷所以派你们的意思，却为平日看看你两个，一个耿直，一个勤谨起见，并不是因为一个是大爷的嬷嬷爹，一个是我的嬷嬷爹，必该派出来的；就算为这个，你两个可比别人更得多加一番小心。讲到晋升、梁材，也是家里两三辈子的家人。就是叶通，受老爷太太的恩典日子浅，主儿的性情，家里的规矩，想来也该知道。此时你们该是怎么尽心，怎么竭力，怎么别偷懒，怎么别撒谎，——这些散话，我都不和你们絮叨。如今得先把这桩事的从那里下手，从那里收功，说给你们。

“第一，这桩事，你大家不可先存一个畏难的心。这个样儿的冷天，主儿地炕手炉的围着还嫌冷，却叫你们在漫荒野地丈量地去，岂不显得不体下情些？然而没法儿。要不趁这地闲着的时候丈量，转眼春暖农忙，紧接着青苗在地，就没了丈量的日子了。限你们明日后日两天传齐了那些庄头，把这话告诉明白了他们，接着就查起来。

“第二，不可先存一个省事的心。查起来，你们四个人断不许分开。我岂不知把你们四个分作四路查着省事些？无如这丈量的事断不是一个人照料得过来的。及至弄不清楚，依然是由着庄头怎么说怎么好，不如不查了。你们查的时候，那怕三五亩地，一两家佃户也罢，总是你们四个同着叶通带着管的庄头眼同着查。从庄头手里起查佃户花名，从佃户名下查亩数，从亩数里头查租价，归进来核总。

“第三，不可存一个含混的心。查的时候，人不许分；查过之后，地可得分。如庄稼地是一项，菜园子是一项，果木庄子是一项，棉花地是一项，苇子地是一项。某项各若干，共若干，查清楚了，这里头还得分出个那是良田，那是薄地，那是高岸，那是低洼，将来才分得出收成分数。还得他们指明白了，那是额租地，那是养赡地，那是划利地。这又为什么呢？假如把好地都尽庄头佃户占了，是坏地都算了主人家的额地，这却使不得。一总查明白了，听上头分派。

“此外查到盗典出去的地，庄头佃户既不属我家管，可得防他个不服。你们查，这事便得责成给张爹了，先告诉明白他说：‘这地我们眼下就要赎的，此时查明白了，日后庄佃一概不动；不然，等赎回来，我家却要另自派人招佃。’这话讲在头里，他大约也没个不服查的理。如果里头有个嚼牙①的呢，他也不过是个人罢咧，我又有什么见不得他的呢？只管带来见我。

“你们果真照我这话办出个眉目来，现在的地是清了底了，出去的地是落了实了，两下里一挤，那失迷的失迷不了，那隐瞒的也隐瞒不住了。这件事可就算大功告成了。此后再要查出遗漏，可就是你们几个人的事了。

“此时你们且打地去。至于将来怎的个拨弄，怎的分段，怎的个招佃，怎的个议租，此时定法不是法，你们再听老爷太太的吩咐。

“方才这番话，有你们听不明白的，只管问；有我说的不是的，只管驳。总以家里的事为重。办得妥当，莫说老爷太太还要施恩奖赏，是个脸面；即不然，你们作家人的也同我们作儿女一样替老家儿操省心，给主儿出力，都是该的。设或办得不妥当，那一面儿的话还用我说吗？你们自然想得出来。到那时候，大家可得原谅我个没法儿②。”

众人齐声答应，都说：“奴才们各秉天良，尽力的巴结。”

何小姐说完了这话，老爷太太已经十分欢喜痛快；又见张姑娘从袖里取出一个经折儿来送到安老爷跟前，说道：“媳妇两个还商量的，这话怕家人们一时未必听得清，记得住，所以按着这个办法给他们开出一个章程来，请公公看。”说着，脸又一红，笑道：“公公可别笑，这可就是媳妇胡划拉的，实在不像个字。”

安老爷只知他识得几个字，却不知他会写；接过来，且不看那章程，先看那字。虽说不得“卫夫人③美女簪花格”，却居然写得周正匀清，再看了看那章程，虽没什么大文法儿，粗粗儿也还说明白了，并且不曾写一个鼓儿词上的字。安老爷不禁大乐。

列公，若果然围着京门子会有老圈地，家里再娶上一个北村里的村姑儿，一个南山里的孤女儿，作儿子媳妇，认真都这么神棍儿似的，倒也是世上一桩怪事。好在我说书的是闲口弄闲舌，你听书也是梦中听梦话，见怪

---

① 嚼牙——不服理。

② 没法儿——不讲情面。

③ 卫夫人——东晋女书法家卫铄，字茂漪。师从钟繇，传其正法。王羲之少时曾从她学书。

不怪，且自解闷消闲。

却说安太太见老爷不住的赞那字，生怕又招出一段酸文来，打搅了话碴儿，便说道："老爷要看着没什么改动的，就交给他们细细儿的看看去罢。"安老爷且不望下文，倒递给张老爷看，说："亲家，你看，却真难为这两个小孩子！"

张老此时是一肚子的耕种刨锄，磨砻①筛簸，断想不到叫他看那文法字体；接到手里，篇儿也没翻，仍旧递给安老爷，说道："亲家，我不用瞧，我们俩姑奶奶和我讲究了这么好几天咧。这么着好啊！早就该打这主意。一来，亲家，咱俩坐下，轻易也讲不到这上头；二来，我的嘴又笨，不大爱说话，自从我到了你家里，这么看着，什么都讲拿钱买去，世界上可那的这些钱呢？"

安太太笑道："亲家老爷，这些东西要不拿钱买去可从那里来呢？"张老道："嗳！亲家太太，也怪不得你说这话；你们都是金枝玉叶，天子脚底下长大了的，可到那儿听这些去呢？等我说给你老公母听。你只要把这地弄行了，不差什么，你家里就有大半子不用买的东西了。"

安老爷听了，深为诧异。只听他说道："将才我们这姑奶奶不说要把这地分出几项来吗？就拿了这庄稼地说，认真的种上几块的稻子，你家的大米先省多了。"

安老爷笑道："亲家，你这一句话就不知京城吃饭之难了；京里仗的是南粮。"张老道："仗南粮！我只问你：你上回带我逛的那稻田场，那么一大片，人家怎么种的？咱们这里又四面八方守着河，安上他两盘水车子，还愁车不上水来呀！要不用车，挖了水道，雇上四个长工戽②水，也够使的了。赶到收了稻子，一年喝不了的香稻米粥，还剩若干的稻草喂牲口呢！麦子一熟，吃新鲜面不算外，还带管不掺假，要拌个碾转子吃，也不用买。赶到磨出面来，喂牲口的麸子③也有了。那豆子高粱谷子还用说吗？再说菜，有的是那么两三块大园子，人要种个吗儿菜，地就会长个吗儿菜。除了天天的水菜，到了腌菜过冬的时候，咱还用整车的买疙疸白菜，大捆

---

① 砻（lóng）——磨。
② 戽（hù）——人力汲水灌田，其器名戽斗。
③ 麸（fū）子——小麦的皮屑。

的买王瓜韭菜去作什么呀？有了面，有了豆子，有了芝麻，连作酱，磨香油，咱自家也就弄了。再说那果木庄子咧。我看你家这块地里，大大小小，倒有四五个山头子呢。那山上的果子可就不少，鲜的干的，那件是居家用不着的？又那件子是不得拿钱买的？棉花更不讲了，是说你家爷儿们娘儿们不穿布糙衣裳，这些老妈妈子们哪，小女孩子们哪，往后来俩姑奶奶再都抱了娃子，那不用个几尺粗布喂！”张姑娘听了，悄悄儿和何小姐说道：“说的好好儿的，这又说到二屋里去①了。”

两个正在说着，只听安太太笑道：“亲家说的这话，可真有理。只是你看我家这些人那是个会纺线织布的？难道就穿这么一身棉花桃儿吗？”他道：“怎么没人儿会呀？你亲家母就会。他詹家妗子②也会。你只问闺女，他说得不会呀！”张姑娘又悄悄儿的道：“索性闺女也来了！”

那张老说得一团高兴，也不管他说什么，又道：“等着，咱多早晚置他两张机呀纺车子，就算你家这些二奶奶们学不来罢，这些佃户的娘儿们那个不会，找他们来按着短工给他工钱，再给上两顿小米子咸菜饭，一顿粥。等织出布来，亲家太太，你搂搂算盘看，一匹布管比买的便宜多少。再要讲到烧焰儿，遍地都是山上干树枝子，地下的干草，芦苇叶子，高粱碴子，那不是烧的？不过亲家你们这大户人家没这么作惯，再说也浇裹③不了这些东西。如今你不把这地弄行了吗！将来议租的时候，可就和他们说开了，什么是该年终供给咱的，按季供给咱的，按月供给咱的，按天供给咱的，除了他供给咱的东西，余外的都折了租子。你瞧，一天比一天进的钱儿是多了，出的钱是少了；你家躺着吃也吃不了。为什么人家说‘靠天吃饭，赖天穿衣’呢？那都讲拿钱买呢！我没说吗？我说话不会要舌头，这也是在亲家你家，他们底下伙伴儿们没个吊猴④的；这要个吊猴的，得了这话，还不够他们骂我的呢！”

安老夫妻两个听了他这段老实话，大合心意，一时觉得这个乡里亲家

---

① 二屋里(le)——其他地方。
② 妗(jìn)子——北方对舅母的称呼。
③ 浇(jiáo)裹——办一件事的总花费。此作“耗用”。
④ 吊猴——调皮捣蛋。

比那只于年节八盒儿[①]的城里亲家大有用处，便说："好极了！这也不是一时的事，我们算一总求下亲家了。"安老爷说着，站起来，又给他打了一躬。

不想这话张进宝在旁边听了，不但不吊猴，他比主人还快活，说道："奴才还有句糊涂话。咱们家如今既难得娶了这么两位大奶奶，又遇着奴才亲家老爷肯帮着，老爷太太，可别犹疑，觉得拿着咱们这么个门子，怎么学着打起这个小算盘来了？那话别听他。这是个根本。早该这样。"安老爷道："好极了！我正为亲家老爷面上有句话交代你们，你先见到这里，更好。"

才待要说，他早听出老爷的话来，回道："老爷太太请放心。奴才没回过吗？都是主儿，别讲亲家老爷还是为咱们的事；再，向来亲家老爷待奴才们也最恩宽。众家人有一点儿差错，老爷惟奴才是问。"安老爷又说了句"很好"，便把那个经折儿交下去。他才带了大家退下。

却说张进宝领了众人下去，又和他们唠叨了一番。张亲家老爷坐了会子，也就告辞，闲中也周旋了大家几句。过了两日，便次第的踏勘丈量起来。这话不但不是三五句话可了，也不是三两月可完。他家只觉得忙过残冬，早到新春；开春之后，才交谷雨，便是麦秋；才过芒种，便是大秋；渐渐的槐花是黄起来了，举子是忙起来了。

这大半年的功夫，公子是除了诵读之外，每月三六九日的文课，每日一首试帖诗，都是安老爷亲自命题批阅。那公子却也真个足不出户，目不窥园；日就月将，功夫大进。转眼间已是八月初旬，场期近矣！这正是：

利用始知耕织好，名成须仗父兄贤。

要知后事如何，下回书交代。

---

① 年节八盒儿——年礼。

第三十四回

屏纨袴稳步试云程　破寂寥闲心谈月夜

这回书话表安公子从去冬埋首用功，光阴荏苒，早又今秋，岁考也考过了，马步箭也看过了，看看的场期将近。这日正是七月二十五日，次日二十六，便是他文课日期，晚饭饭过无事，便在他父亲前请领明日的题目。安老爷吩咐道："明日这一课不是照往日一样作法。你近日的工夫却大有进境，只你这番是头一次进场，场里虽说有三天的限，其实除了进场出场，再除去吃睡，不过一天半的工夫。这其间三篇文章一首诗，再加上补录草稿，斟酌一番，笔下慢些，便不得从容。你向来作文笔下虽不迟钝，只不曾照场规练过。明日这课，我要试你一试。一交寅初，你就起来，我也陪你起个早，你跟我吃些东西，等到寅正，出去发给你题目，便在我讲学的那个所在作起来；限你不准继烛，把三文一诗作完；吃过晚饭，再誊正交卷，却不可潦草塞责。我就在那里作个监试官。经这样作一番，不但我得放心，你自己也有些把握。"说着，便和太太说："太太，明日给我们弄些吃的。"太太自是高兴，却又不免替公子悬心，便道："老爷何必还起那么早啊？有他师傅呢，还是叫他拿到书房里弄去罢，当着老爷别再吓的作不上来，老爷又该生气了。"

太太这话不但二位少奶奶觉得是这样好，连那个不须他过虑的"司马长卿①"也望着老爷俯允。不想安老爷早沉着个脸，答道："然则进场在那万余人面前作不作呢？何况还有主考房官要等把这三篇文章一首诗和那万余人比试，又当如何？"太太听了无法，因吩咐公子道："既那么着，快睡去罢。"公子下来，再不道老人家还要面试，进了屋子，便忙忙的脱衣睡觉。

金玉姊妹两个生怕他明日起在老爷后头，两个人换替着熬了一夜，不曾打寅初便把公子叫醒，梳洗穿衣上去，幸喜老爷还不曾出堂。少刻，老

---

① 司马长卿——即西汉辞赋家司马相如。字长卿。

爷出来，连太太也起来了，便道："你们俩送场来了？"

当下公子跟着老爷饱餐一顿，到了外面，笔砚灯烛，早已备得齐整。安老爷出来坐下，便向怀里取出一个封着口的红纸包儿来交给公子道："就在这屋里作起来罢。"自己却在对面那间坐去，拿了本《朱子大全》①在灯下看，又派了华忠伺候公子茶水。

却说公子领下题目来，拆开一看，见头题是"孝者，所以事君也"一句；二题是"达巷党人②曰"一章；三题是"中也者，天下之大本也；和也者，天下之达道也"四句；诗题是"赋得'讲《易》见天心'"，下面旁写着"得'心'，五言六韵"。

且住！待说书的来打个岔。这诗文一道，说书的是不曾梦到，但是也曾见那刻本儿上都刻得是五言八韵，怎的安老爷只限了六韵呢？便疑到这个字是个笔误，提起笔来就给他改了个"八"字，也防着说这回书的时节，免的被个通品听见笑话我是个外行。不想这日果然来了个通品听我的书；他听到这里，说道："说书的，你这书说错了。这《儿女英雄传》既是康熙、雍正年间的事，那时候不但不曾奉试帖增到八韵的特旨，也不曾奉文章只限七百字的功令，就连二场还是专习一经，三场还有论判呢；怎的那安水心在几十年前就叫他公子作起八韵诗来了？"我这才明白此道中不是认得几个字儿就胡开得口混动得手的！从此再不敢"强不知以为知"了！

闲话少说，言归正传。却说安公子看了那诗文题目，心下暗道："老人家这三个题目是怎的个命意呢？"摹拟了半日，一时明白过来道："这头题正是教孝教忠的本旨；三题是要我认定性情做人；第二个题目大约是老人家的自况了。那诗题，老人家是邃③于《周易》的，不消讲得。"想罢，便把那题目条儿高高的粘起来，望着他谋篇立意，选词琢句，一面研得墨浓，蘸得笔饱，落起草来。及至安老爷那边才要早饭，他一个头篇一首诗早得了，二篇的大意也有了。

那时安老爷早把程师爷请过来一同早饭。公子跟着吃饭的这个当

① 《朱子大全》——即"朱文公集"。朱文公，南宋哲学家、教育家朱熹。

② 达巷党人——巷里的人。巷党，里巷。

③ 邃（suí）——顺随。

儿,老爷也不问他作到那里。

一时,吃罢了饭,他出来走了走,便动手作那二三篇。那消继烛,只在申正的光景,三文一诗早已脱稿。又仔细斟酌了一番,却也累得周身是汗,因要过去先见见父亲回一句"稿子有了",觉得累的红头涨脸的不好过去,便叫华忠进去取了小铜旋子来湿个手巾擦脸。

华忠到了里头,正遇着舅太太在那里和俩奶奶闲话,那个长姐儿也在跟前。大家还不曾开得口,那长姐儿见了他,便先问道:"华大爷,大爷那文章作上几篇儿来了?"华忠道:"几篇儿只怕全得了;这会子擦了脸就要送给老爷瞧去了。"舅太太便和长姐儿道:"你这孩子,才叫他娘的'狗拿耗子'呢! 你又懂得几篇儿是几篇儿?"他自己一想,果然这话问得多点儿,是一时不好意思,便道:"奴才可那儿懂得这些事呢! 奴才是怕奴才太太惦着。等奴才先回奴才太太一句去。"说着,梗梗着个两把儿头①如飞而去。

话休絮烦。却说公子过来,见程师爷正在那里和老爷议论今年还不晓得是那一班侉脚色②进去呢,那莫、吴两公也不知有分无分。

正说着,老爷见公子拿着稿子过来,问道:"你倒作完了吗?"因说:"既如此,我们早些吃饭,让你吃了饭好誊出来。"

公子此时饭也顾不得吃了,回道:"方才舅母送了些吃的出来,吃多了,可以不吃饭了;莫如早些誊出来,省得父亲和师傅等着。"安老爷道:"既这样'发愤忘食'起来,也好,就由你去。"

一时,要了饭,老爷便和气程师爷饮了两杯。饭后又和程师爷下了盘棋。程师爷让九个子儿,老爷还输九十着。他撇着京腔③笑道:"老翁的本领,我诸都佩服;只有这盘棋是和我下不来的,莫如和他下一盘罢!"老爷道:"谁?"抬头一看,才见叶通站在那里。

老爷因他这次算那地册弄得极其精细;考了考,他肚子里竟零零碎碎有些个,颇觉他有点出息儿;一时高兴,便换过白子儿来,同他下了一盘。

程师爷苦苦的给老爷先摆上五个子儿,叶通还是尽力的让着下。下

① 梗梗着个两把儿头——扬着两边梳髻的头。即,丫头样式的头饰。

② 侉脚色——资历不深的人。

③ 撇京腔——讥讽外地人学说北京话。

来下去，打起劫来，老爷依然大败亏输，盘上的白子儿不差什么没了，说道："不想阳沟里①也会翻船！"程师爷便笑道："老翁这盘棋，虽在阳沟里，那船也竟会翻的呢！"

老爷也不觉大笑道："正不可解，这桩事我总和他不大相近。这大约也关乎性情。还记得小时节，长夏完了功课，先生也曾教过，只不肯学。先生还道：'你怎的连"博奕犹贤"这句书也不记得？你不肯学，便作一首"无所用心"的诗我看。'先生是个村②我的意思，这首诗怎的好作？你看我小时节浑不浑，便口占了一首七截③，对先生道：'平生事物总关情，雅谢纷纷一局枰④；不是畏难甘袖手，嫌他黑白太分明。'这话将近四十年了。如今'年过知非'，想起幼年这些不知天高地厚的话来，真觉愧悔！"

说话间，公子早誊清诗文，交卷来了。安老爷接过头篇来看着，便把二篇匀给程师爷看。老爷这里才看了前八行，便道："这个小讲倒难为你。"程师爷听了便丢下那篇过来看这篇。只见那起讲写道是：

"……　　且《孝经》一书，《孝士章》仅十二言，不别言忠，非略也；盖资事父即为事君之地，求忠臣必于孝子之门。自晚近空谈拜献，喜竞事功，视子臣为二人，遂不得不分家国为两事。究之令闻未集，内视已惭，而后叹《孝经》一书所包者为约而广也。……"

程师爷看完了，道："妙！"又说："只这个前八行已经拉倒阅者那支笔，不容他不圈了。"说着，便归座看那一篇。一时，各各的看完了，彼此换过来看，因和老爷道："老翁，你看那二篇的收尾一转何如。"安老爷接过来一面看着，一面点头。及至看到结尾的一段，见写道是：

"……　　此殆夫子闻达巷党人之言，所以谓门弟子之意欤？不然，达巷党人果知夫子，夫子如闻鲁太宰⑤之言可也；其不知夫子，夫子如闻陈司败之言可也。况君车则卿御⑥，卿车则大夫御，御实特

---

① 阳沟里——喻安全的地方。

② 村——笑话；嘲讽。

③ 七截——七绝。七言绝句诗。

④ 枰（pīng）——棋盘。此谓"棋"。

⑤ 鲁太宰——孔子尊称。孔子曾任鲁国太宰。

⑥ 卿御——御，驾驭车辆。为君王车，由卿大夫驾；为卿大夫车，由大夫驾。

重于《周官》;适卫则冉有仆,在鲁则樊迟①御,御亦习闻于吾党;御固非卑者事也,夫子又何至每况愈下,以所执尤卑者为之讽哉? 噫! 此学者所当废书三叹欤!”

老爷看罢,连连点头;不觉拈着胡子,翻着白眼,望空长叹了一声道:“这句话却未经人道。”程师爷便道:“他这段文字全得力于他那破题的‘为大圣以学御世,宜非执名以求者所知也’的两句。所以小讲才有那‘圣人达而在上,执所学以君天下,而天下仰之;穷而在下,执所学以师天下,而天下亦仰之’的同句名贵句子;早作了后股里面出股的‘执以居鲁适周,之齐楚,之宋卫,之陈蔡’和那对股的‘执以订《礼》,正《乐》,删《诗》《书》,赞《周易》,修《春秋》’的两个大主意的张本。直从博学成名,把这个‘御’字打成一片,怎得不逼出这后一段未经人道的好文字来?”

一时,程师爷把那三篇看完,大叫:“恭喜,恭喜! 中了,中了! 只这第三篇的结句,便是个佳谶。”老爷笑问:“怎的?”他便高声朗诵道:

“…… 此《中庸》之极诣,性情之大同;人所难能,亦人所尽能也。故曰:‘其动也中。’”

说着,又看了那首诗。安老爷便让程师爷加墨。程师爷道:“不,今日这课是老翁特地要看看他的真面目;兄弟圈点起来,诱掖奖劝之下,未免总要看得宽些,竟是老翁自己来。”安老爷便看头二篇,把三篇和诗请程师爷圈点。

一时,都圈点出来。老爷见那诗里的“一轮探月窟,数点透梅岑”两句,程师爷只圈了两个单圈,便问道:“大哥,这样两句好诗,怎么你倒没看出来?”程师爷道:“我总觉这等题目用这些花月字面离题远些。”安老爷道:“不然,你看他这‘月窟’‘梅岑’,却用得是‘月到天心处’和‘数点梅花天地心’两句的典,那‘探’字‘透’字又不脱那个‘讲’字,竟把‘讲《易》见天心’这个题目扣得工稳的很呢。”程师爷拍案道:“阿哟! 老翁,你这双眼睛真了不得!”说着,便拿起笔来加了几个密圈,又在诗文后加了一个批。

那程师爷的批语不过照例几句通套赞语。安老爷看了,便在他那批语后头提笔写了两行,批道是:

---

① 樊迟——孔子学生。

"三艺亦无他长，只读书有得，便说理无障，动中肯綮。诗亦熨贴工稳。持此与多士争衡，庶不为持衡者齿冷。秋风日劲，企予望之！"

公子见这几句奖勉交至的庭训，竟大有个许可之意，自己也觉得意。一时，程师爷便让老爷带了公子进去歇息，又笑道："今日老翁自然要些奖赏，才好教学生益知勉学。"老爷道："这个自然。"说着，程师爷拿了他的毛竹烟管蓝布烟口袋去了。

却说公子随安老爷进来，太太迎着门儿便问道："没钻狗洞呵？"安老爷道："岂但，今日竟算难为他的了。"太太见老爷露着喜欢，坐下便笑问道："老爷瞧我们玉格这回考去到底有点边儿没有哇？"

老爷未曾开口，先动了点儿牢骚，说道："这话实在难讲。这科名一路，两句千古颠簸不破的话，叫作'窗下休言命，场中莫论文'。照上句讲，自然文章是个凭据；讲到下句，依然还得听命去。只就他的文章论，近来却颇颇的靠得住了；所不可知者，命耳！况且他才第一次观光，那里就敢望侥幸；只要出场后，文章见得人，便再迟些发达，也未为不可，只不可步乃翁的后尘就是了。"说着，便回头吩咐公子道："你今日作了这课，从明日起，便不必作文章了。场前的工夫，第一要慎起居，节饮食；再则清早起来，把摹本流览一番，敛一敛神；晚上再静坐一刻，养一养气。白日里倒是走走散散，找人谈谈，否则闲中望望行云，听听流水，都可活泼天机。到场屋里，提起笔来，才得气沛词充，文思不滞。我这里还给你留着件东西，待我亲自取来给你。"说着，便立起来叫人拿灯到西屋里去。

公子见老爷亲身去取这件东西，一定因师傅方才的话，有件什么珍重器皿奖赏。不一刻，只见老爷从西屋里把自己当年下场的那个考篮，用一只手挎出来，看了看，那个荆条考篮经了三十余年的雨打风吹，烟熏火燎，都黑黄黯淡的看不出地儿来了。幸是那老年的东西还实在，那布带子还是当日太太亲自缠的缝的，依然完好。

列公，你道安老夫妻既指望儿子读书下场，怎的连考具都不肯给他置一份儿？原来依安太太的意思，从老早就张罗要给儿子精精致致从头置份儿考具;无奈老爷执意不许,说,必得用这一份儿才合着'弓冶箕裘①'的大义,逼着太太收拾出来,还要亲自作一番交代,因此才亲自去拿。便挎了出来,满脸堆欢的向公子道:"此我三十年前故态也。便是里头这几件东西也都是我的青毡②故物。如今就把这份衣钵亲传给你,也算我家一个'十六字心传'了。"

列公,你看,有是父必有是子。那公子见父亲赏了这份东西,说了这段话,真个比得了件珍宝他还心喜,连忙跪下,双手接过来放在桌儿上。安太太和老爷向来是相敬如宾的;方才见老爷站起来,太太早不肯坐下,及至拿了这个篮子来,便站在桌儿跟前揭开那个篮盖儿,把里头装的东西一件一件拿出来交付公子。金玉姊妹两个也过来帮着检点。只见里头放着的号顶,号围,号帘,和装米面饽饽的口袋,都洗得干净;卷袋,笔袋,以至包菜包蜡的油纸,都收拾得妥贴;底下放着的便是饭碗,茶盅;又是一份儿匙箸筒儿和铜锅,铫子,蜡剪儿,风炉儿,板凳儿,钉子,锤子之类。——都经太太预先打点了个妥当,因向公子说道:"此外还有你自己使的纸,笔,墨,砚,以至擦脸漱口的这份儿东西,我都告诉俩媳妇了。带的饽饽,菜,你舅母和你丈母娘给你张罗呢;米呀,茶叶呀,蜡呀,以至再带上点儿香药啊,临近了,都到上屋里来取。"

何小姐最是心热不过的人,听了婆婆这话,一面归着看东西,和张姑娘道:"实在亏婆婆想的这等周到!"安太太笑道:"妞妞,也不是我想的周到,实告诉你罢:我那天打点着这份儿东西,自己算了算,连恩科③算上,再连这次,我这是打点到第十九回了。"

安老爷在旁边自己又屈指算了一算,从自己乡试起,至今又看着儿子乡试,转眼三十余年,可不是十九回了吗?自己也不免一声浩叹。

才收拾完毕,太太又叫长姐儿:"把那个新絮的小马褥子,包袱,褐衫,雨伞,这些东西都拿来交给你大奶奶。"又听安老爷说道:"正是,我还

---

① 弓冶箕裘——语出《礼记》。喻子承父业。弓冶,造弓、冶金;箕裘,世传家产。

② 青毡——指儒者的故家旧物。

③ 恩科——在正常科举外,因皇帝即位或朝廷庆典而特地开设的科考。

有句话嘱咐。"因吩咐公子说道："你进场这天，不必过于打扮的花鹁鸽①儿似的。看天气，就穿你家常的那两件棉夹袄儿，上头套上那件旧石青卧龙袋。第一得戴上顶大帽子。你只想，朝廷开科取士，为国求贤，这是何等大典！赴考的士子倒随便戴个小帽子儿去应试，如何使得！"

公子只得听一句应一句。他只管这等恪遵父命，只是才得二十岁的孩子，怎得能像安老爷那样老到？更加他新近才磨着母亲给作了件簇新的洋蓝绉绸三朵菊的薄棉袄儿；又是一件泥金摹本缎子耕织图花样的半袖闷葫芦儿，舅母又给作了个绛色平金长字儿帽头儿，俩媳妇儿是给打点了一份儿绝好的针线活计，正想进场这天，打扮上花哨花哨；如今听父亲如此吩咐，心里却也不能一时就丢下这份儿东西。

太太是怕儿子委曲，便说道："一个小孩子家，他爱穿什么戴什么由他去罢。老爷还操这个心！"安老爷道："不然。太太只问玉格，我上次出场进场他都看见的，是怎的个样子？"回头又问着公子道："便是那年场门首的那班世家恶少，我也都指给你看了。一个个不管自己肚子里是一团粪草，只顾外面打扮得美服华冠，可不像个'金漆马桶②'！你再看他满口里那等狂妄，举步间那等轻佻，可是个有家教的！学他则甚？"

太太同金玉姊妹听了这话，才觉得老爷有深意存焉。公子益发觉得这番严训正说中了他一年前的病，更不敢再萌此想，只有那个长姐儿心里不甚许可，暗道："人家太太说的很是，老爷子总是扭着我们太太。二位大奶奶也不劝劝。听起来场里有上千上万的人呢。这几天要换了季还好，再不换季，一只手挎着个筐子，脑袋上可扛着顶纬帽，怪逗笑儿的，叫人家大爷脸上怎么拉得下来呢？"

咳！这妮子那里晓得他那个大爷投着这等义方的严父，仁厚的慈母，内助的贤妻，也不知修了几生，才修得到此！便挎着筐儿，扛顶纬帽，何伤？

闲话少说。当下公子便把那考篮领下去。俩媳妇又张罗着把包袱等件送过去。

过了两天，便有各亲友来送场；又送来的状元糕，太史饼，枣儿，桂圆

---

① 鹁(bō)鸽——鸽子。

② 金漆马桶——指服饰华丽而腹中毫无学问的人。

等物，无非预取高中占元之兆。

这年，安老爷的门生，除了已经发过科甲的几个之外，其余的都是这年乡试。安老爷也一一的差人送礼看望，苦些的还帮几两元卷银子。公子和这班少年都在歇场的时候，大家也彼此来往，谈谈文，讲讲风气。

那年七月又是小尽，转眼之间，便到八月。那时乌大爷早从通州查完了南粮回来。安老爷预先托下他，一听下宣来，即忙给个主考房官单子；打算听了这个信，才打发公子进城；说定了依然不找小寓，只在步量桥宅里住。外面派了华忠、戴勤、随缘儿、叶通四个人跟去。张亲家老爷也要同去，以便就近接送照料；安老爷、安太太更是放心。头两天便忙着叫人先去打扫屋子，搬运行李，安置厨房。

一直忙到初六日，才吃早饭，早有乌大爷差人送了听宣的单子来，用个红封套装着。安老爷拆开一看，见那单子上竟没什么熟人。正主考是个姓方的。副主考里面一个也姓方。那个虽是旗员，素无交谊。老爷当下便有些闷闷不乐。

你道为何？难道安老爷那样个正气人，还肯找个熟人给儿子打关节不成？绝不为也。只因这两位方公虽是本朝名家，刻的有文集行世，只是向来看他二位的文章都是清矫艰涩。岛瘦郊寒[①]一路，和公子那高华富丽的笔下迥乎两个家数。那个满副主考自然例应回避旗卷，正合着“不愿文章高天下，只要文章中试官”的两句话，便虑到公子此番进场，那个“中”字有些拿不稳。所以兜的添了桩心事，却只不好露出来。

公子此时是一肚子的取青紫[②]如拾芥，那里还计及那主司的方圆。这个当儿，太太又拉着他尽着嘱咐：“场里没人跟着，夜里睡着了，可想着盖严着些儿。”舅太太也说：“有菜没菜的，那包子和饭可千万叫他们弄热了再吃。”张太太又说：“不咧，熬上锅小米子粥，沍上几呀[③]鸡子儿，那倒

① 岛瘦郊寒——唐代诗人贾岛和孟郊诗作意境简啬孤峭，不似开朗勃发。后以此表示类似的诗文风格。

② 青紫——古代高官印绶、服饰的颜色。借指高官显爵。

③ 几呀——口语“几个”。

也饱了肚子咧。"金玉姊妹是第一次经着这番"灞桥风味"①，虽是别日无多，一时心里只像是还落下了件什么东西，又像是少交代了句什么话，只不好照婆婆一般当着人一样一样的嘱咐。

正在大家说着，华忠、戴勤、随缘儿、叶通四个家人上来回："张亲家老爷叫回老爷太太，不进来了，和程师老爷头里先去了。"又回道："大爷车马也伺候齐了。"随着便领随身的包袱马褥子。

一时仆妇们往外交东西。公子便给父母跪了安；又见了舅母岳母。舅太太先给他道了个喜，说："下月的这几天儿里再听着你的喜信儿，我们家的老少两位姑爷可都算我眼瞅着成的人了，我也算得个老古董儿了。"张亲家太太便接口道："姑爷，你只抢个头名状元回来，咱就得了。"安老夫妻听了，各各点头而笑。安太太又说："才嘱咐的话可别忘了。"老爷又吩咐："你一出场，家里自然打发人去看你。就把头场的草稿带来我看，不必另誊，也不许请师傅改一个字。"说着，又点了点头，说："就去罢。"

公子满脸笑容答应着，才要走，太太道："到底也见见俩媳妇儿再走哇！"公子连忙回身，向着他两个规规矩矩的一站。两个也绷着个盘儿还了一站。彼此对站了会子，却都不大得话。还是公子想起一句人天第一义的话来，说道："我昨儿晚上嘱咐你们的，节下给父亲母亲拌的那月饼馅儿，可想着多搁点儿糖。"他说了这句，便一脸的飞黄腾达，兴匆匆回身就走。金玉姊妹俩借着答应那声，也搭讪着送出屋门来。

公子下了台阶儿，早有众家人围随上跟着走了。安老夫妻隔着那玻璃，扭着身子，直看他出了二门，还在那里望。不提防这个当儿，身背后猛可的当啷啷一声响，老夫妻倒唬了一跳，一齐回过头来一看，原来是那长姐儿胳膊上带着的一副包金镯子，好端端的从手上脱落下来了，掉在地下，当啷啷的一响，又咕噜噜的一滚，一直滚到屋门槛儿跟前才站住。

老爷忙问："这怎么讲？"太太是最疼这个丫鬟，生怕他挨说，便道："都是老爷的管家干的。给人家打了那么大圈口，怎么不脱落下来呢？

---

① 灞桥风味——灞桥，即霸桥。在今陕西西安市东霸水上。故址在今桥北十余里。汉、唐时人送客，至此折柳赠别，黯然伤怀，因之又名"销魂桥"。唐李白《忆秦娥》有"年年柳色，灞桥伤别"句。

他道等着得了空儿，再交出去毁打毁打罢。”何小姐道：“别动他，等我给你团弄上就好了。”说着，接过来把圈口给他掐紧了，又把式样端正了端正，一面亲自给他带在手上，一面悄悄的向他笑道：“你瞧，团弄上就好了不是？等要放他的时候咱们再放。可惜了儿的，为什么毁他呢？”在大奶奶说的平平静静的话，他不知听到那里去了，不由的把个紫膛色的脸蛋儿羞的小茄包儿似的，便给何小姐请了个安，又低着双眼皮儿，笑嘻嘻的道：“这要不亏奶奶，谁有这么大劲儿呀？”当下安太太以至大家看了他这举动，都说他到底岁数大些了，懂得个规矩。

这段话在当日没人留心，今日之下，入在这评话里，当天理人情讲起来，不禁叫人想到那王实甫[①]的“猛听得一声去也，松了金钏；遥望见十里长亭，减了玉肌”这两句不仅是个妙句奇文，竟也说得是个人情天理。

诸公要不信这话，博引烦称，还有个佐证。就拿这《儿女英雄传》里的安龙媒讲，比起那《红楼梦》里贾宝玉，虽说一样的两个翩翩公子，论阀阅[②]勋华，安龙媒是个七品琴堂的弱息，贾宝玉是个累代国公的文孙，天之所赋，自然该于贾宝玉独厚才是。何以贾宝玉那番乡试那等难堪，后来直弄到死别生离；安龙媒这番乡试这等有兴，从此就弄得功成名就？天心称物平施，岂此中有他谬巧乎？

不过安公子的父亲和贾公子的父亲，看去虽同是一样的道学，一边是实实在在有些穷理尽性的功夫，不肯丢开正经；一边是丢开正经，只知和那班善于骗人的单聘仁，乘势而行的程日兴，每日里在那梦坡斋作些春梦婆的春梦，自己先弄成个文而不文正而不正的贾政，还叫他把甚的去教训儿子？

安公子的母亲和贾公子的母亲看去虽同是一样的慈祥，一边是认定孩提之童，一片天良，不肯去作罔人[③]；一边是一味的向家庭植党营私，去作那罔人勾当，只知把娘家的甥女儿拢来绝不计夫家甥女儿的性命难堪，只知把娘家的侄女儿拢来当家，绝不问夫兄家的父子姑媳因之离间，自己先弄成个“罔之生也幸而免”的王夫人，又叫他把甚的去抚养儿子？

---

① 王实甫——元代著名戏曲作家。

② 阀阅——有功勋的世家。

③ 罔人——骗人的人，虚妄的人。

讲到安公子的眷属何玉凤、张金凤，看去虽和贾公子那个帏中人薛宝钗意中人林黛玉同一艳丽聪明，却又这边是刻刻知道爱惜他那点精金美玉，同心合意，媚兹一人；那边是一个把定自己的金玉姻缘，还暗里弄些阴险，一个是妒着人家的金玉姻缘，一味肆其尖酸，以至到头来弄得潇湘妃子连一座血泪成斑的潇湘馆立脚不牢，惨美人魂归地下，毕竟“玉带林中挂”，蘅芜君连一所荒芜不治的蘅芜院安身不稳，替和尚独守空闺，如同“金钗雪里埋”，还叫他从那里“之子于归，宜其室家①”？

便是安家这个长姐儿比起贾府上那个花袭人来也一样的从幼服侍公子，一样的比公子大得两岁，却不曾听得他照那“袭而取之”的花袭人一般同安龙媒初试过什么云雨情；然则他见安公子往外一走，偶然学那双文长亭哭宴的“减了玉肌，松了金钏”，虽说不免一时好乐，有些不得其正，也还算“发乎情，止乎礼”，怎的算不得个天理人情？

何况安公子比起那个贾公子来本就独得性情之正；再结了这等一家天亲人眷，到头来安得不作成个“儿女英雄”？

只是世人略常而务怪，厌故而喜新，未免觉得与其看燕北闲人这部腐烂喷饭②的《儿女英雄传》小说，何如看曹雪芹那部香艳谈情的《红楼梦》大文？那可就为曹雪芹所欺了！

曹雪芹作那部书不知和假托的那贾府有甚的牢不可解的怨毒，所以才把他家不曾留得一个完人，道着一句好话；燕北闲人作这部书，心里是空洞无物，却教他从那里讲出那些忍心害理的话来？

闲话少说。归着再讲安公子。回到住宅，早有张亲家老爷同着看房子的家人把屋子安置妥当。程师爷已经到场门口看牌去了，一时回来，看得公子的名字排在头排之末，说：“看这光景明日得早些去听点了，歇息歇息，吃些东西，静一静罢。”他说着便带了叶通亲自替学生检点考具。公子见诸事用不着自己照料，想起从前父亲赴考时候的景象，越觉冷暖不同。接着便有几个亲友本家来看过，去了。

到了次日五鼓，家人们便先起来张罗饭食，服侍公子盥漱饮食。装束已毕，程师爷、张老又亲自把考具行李替他检点一过，门户自有看房子的

---

① 之子于归，宜其室家——请他回家。见《诗经·周南·桃夭》。

② 腐烂喷饭——毫无文彩。

家人照料，大家催齐车马，便都跟着公子径奔举场东门而来。

公子才进得外砖门，早见梅公子站在个高地方，手里拿着两枝“照入签”，得意洋洋的高声叫道：“龙媒！这里来！”

公子走到跟前，只听他道：“你来的正好，咱们不用候点名了。我方才见点名的那个都老爷是个熟人，我先和他要了两支签，你我先进去罢，省得回来人多了挤不动，又免得内砖门多一次搜检。”

公子是谨记安老爷几句庭训；又因这番是自己进步之初，从进门起，就打了个循规蹈矩，一步不乱的主意，便回复他说：“我的名字在头牌后半路呢。此时进去，也领不着卷子，莫如还等着点进去罢。”

说话间，早听见点名台上唱起名来。梅公子道：“我可不等你了。”说着，把那支签丢给了公子，先自去了。

公子依然候着点了名，随着众人鱼贯而走，来到内砖门头道搜检的所在；原来这处搜检不过虚应故事[①]，那监视搜检的只有几位散秩大臣副都统，还有几位大门行走的侍卫公；这班侍卫公却不是钦派的，每到乡会试，不过侍卫处照例派出几个人来在此当差，却一班的也在那里坐着。

公子候着前面搜检的这个当儿，见那班侍卫公彼此正谈得热闹，只听这个叫那个道：“喂！老塔呀，明儿没咱们的事，是个便宜；我们东口儿外头新开了个羊肉馆儿，好齐整馅儿饼，明儿早起，咱们在那儿闹一壶罢。”那个嘴里正用牙斜叼着根短烟袋儿，两只手却不住的搓那个酱瓜儿烟荷包里的烟，腾不出嘴来答应话，只嗯了一声，摇了摇头。这个又说：“放心哪，不吃你哟！”才见他拿下烟袋来从牙缝儿里激出一口唾沫来，然后说道：“不在那个，我明儿有差。”这个又问：“说不是三四该着呢吗？”他又道：“我们帮其实不去，这趟差使倒误不了。我们那个新来的噶章京，你有本事给他搁下[②]；他在上头，就把你干[③]下来了。”

公子听了这话，一个字不懂，往前抢了几步，又见还有二位在那里敬[④]鼻烟儿，一个接在手里，且不闻，只把那个爆竹筒儿的磁鼻烟壶儿拿

---

① 虚应故事——虚假敷衍；应付差事。

② 搁下——扳倒。

③ 干——整。

④ 敬——抽。

着翻来覆去看了半天，说："这是'独钓寒江[①]'啊。可惜是个右钓的，没行；要是左钓的，就值钱咧！"说着，把那鼻烟儿磕了一手心，用两个指头搦[②]着抹了两鼻翅儿；不防一个不留神，误打误撞，真个吸进鼻子一点儿去，他就接连不断打了无数的喷嚏，闹得涕泪交流。那个看了哈哈大笑，说："算了罢！这东西要呛了肺，没地方儿贴膏药！"他才连忙把鼻烟壶儿还了那个，还道："嚄！好霸道家伙！只管保是一百一包的！"

公子听了这套，更茫然不解；看了看前面的人，一个个搜过去，轮到自己，恰好走到个干瘪黄瘦的老头儿面前。公子一看，只见他一张迂缓面孔，一副孱弱形躯，身上穿两件边幅不正的衣服，头上带一个黯淡无光的亮蓝顶儿，那枝俏摆春风的孔雀翎已经虫蛀的剩了光杆儿了；一个人垂首低眉的坐在那里，也没人理他。

公子因见前面的人都是解了衣裳搜，才待放下考篮，忽听那老儿说道："罢了。不必解衣裳了。这道门的搜检不过是奉行功令的一桩事。到了贡院门还得搜检一次呢。一定是这等处处的苛求起来，殊非朝廷养士求贤之意。趁着人松动，顺着走罢。"

公子应了一声，连忙就走，心下暗道："怎的这位侍卫公的话，我听着又展[③]然会懂呢？这人莫非是个'楚材晋用'[④]，从那里换了趟班回来的罢？我只愁他这个样子怎生和方才那班鸢肩火色[⑤]的矫矫虎臣会弄得到一处？他要竟弄得到一处，这人也就算个遭劫在数的了。"一路想着，看进了那座内砖门，不曾到得贡院门跟前，便见罩了底下，那班伺候搜检的提督衙门番役，顺天府五城青衣[⑥]，都揎拳掳袖的在那里搜检。被搜检的

---

① 独钓寒江——谓鼻烟壶上的画面取自唐人柳宗元"孤舟蓑笠翁，独钓寒江雪"的诗意。

② 搦（nuò）——抓、拿。

③ 展——全。

④ 楚材晋用——春秋时蔡国大夫声子在楚国令尹（宰相）接见并了解晋国情况时指出，晋国人材多从楚国而去，晋几次打败楚国是因为"虽楚有材，晋实用之"，全凭楚人出谋划策。

⑤ 鸢（yuān）肩火色——气质高傲，衣饰华贵。鸢肩，两肩上耸，像鸢鸟栖止时的样子。

⑥ 青衣——汉以后卑贱者穿青衣，故称婢仆、差役等人为青衣。

那些士子也有解开衣裳敞胸露怀的，也有被那班下役伸手到满身上混掏的，及至搜完的，又不容人收拾妥当，他就提着那条卖估衣[①]的嗓子，高喊一声“搜过”，便催快走。那班士子一个个掩着衣襟，挽着褡包，背上行李，挎上考篮，那只手还得攥上那根照入签，再加上烟荷包烟袋，这才迈着那大高的门槛儿进去，看着实在受累之至。公子有些心怯。

不一时，搜到挨近前面的那个人，却又是七十余岁老不歇心的一位老者，才走上去，便有旁边站的一个戴涅白顶儿蓝翎儿，生得凹抠眼，蒜头鼻子，白脸黄须，像个回子模样的番子先喝了一声：“站住！搁下筐子，把衣裳解开！”早听得东边座上那位大人说道：“你当差只顾当差，何用这等大呼小叫的？太不懂公事了！”把个番子吓得不敢则声。大家虚应故事一番，那老者便受了无限功德。

公子探头向上望了望，原来不是别人，正是乌克斋，因不好上前招呼，只低了头。乌克斋看见了他，倒欠了欠身，让道：“别耽搁了，就随着进去罢。”

公子进了贡院门，见对面便是领卷子的所在。他此时才进门来，那一身家什已经压得满头大汗；正想找个地方歇歇再上去领卷子，看了看，那梅问羹还在那里候着，又有乌大爷的兄弟托诚村并两三个少年，都在墙脚下把考篮聚在一处，坐在上面闲谈。他也凑了大家去，把考篮放下。梅公子先和他说道：“我方才悔不听你的话，只管进来，这半天卷子依然不得到手，竟没奈他何；不信，你跟我看看去。”说着，拉了安公子挤到放卷子的那个杉槁圈子跟前。只见一班八旗子弟，这个要先领，那个又要替领，吵成一片。上面坐的那位须发苍然的都老爷，却只带着个眼镜儿，拿着支红笔，按着那册子，点一名，叫一人，放一本。任你吵得地暗天昏，他只我行我法。

正在吵不清，内中有个十八九岁的小爷，穿一件土黄布主腰[②]儿，套一件青哦噔绸马褂子，褡包系在马褂子上头，挽着大壮[③]的辫子，骑在那杉槁上，拿手里那根照入签把那御史的帽子敲的啪啪的山响，嘴里还叫

---

① 估(gù)衣——出售的旧衣服。

② 主腰——肚兜。

③ 大壮——很粗。

道:“老都,喂!你把我那本儿先给我找出来呢!”

那御史便是十年读书,十年养气,也耐不住了。只见他放下笔,摘下眼镜来,问道:“你是那旗的秀才?名字叫作什么?”他道:“我不是秀才。我们太爷今年才给我捐的监①。我叫绷僧额。我们太爷是世袭阿达哈哈番②,九王爷新保的梅楞章京③。我是官卷。你瞧罢,管保那卷面子上都有。”

那御史果然觑④着近视眼给他查出来看了看,便拿在手里,和他道:“你的卷子却有了。国家明经取士是何等大典!况且‘士先器识’,怎的这等不循礼法?不守‘卧碑⑤’?难道你家里竟没些子家教的不成?你这本卷子不必领了,我要扣下指名参办的!”

这场吵,直吵到都老爷把个看家本事拿出来了,大家才得安静。那御史依然是按名散卷。叫到那个绷僧额,大家又替他作好作歹的说着,都老爷才把卷子给他,还说道:“我这却是看诸位年兄份儿上,只是看你这等恶少年,领这本卷子去,也未必作得出好文字。”那位少爷话也收了,接过卷子来,倒给大家“斯文扫地”的请了个安。

公子在旁看了,叹息一声,便和托二爷说道:“诚村,看这光景,你我益发该三复古人‘乐有贤父兄也’的这句书了。”

一时,他几个也领了卷,彼此看了看,竟没有一个同号的,各各的收在卷袋里,拿上考具,进了二层贡院门,交了签。只见两旁公案边坐着许多钦派稽查接谈换卷的大臣。恰好安公子那位拜从看文章的老师——吴侍郎——也派了这差使,见公子进来,便问道:“进来了?是那个字号?”

那时候正值顺天府派来的那一群佐杂官儿,要当好差使,不住的来往的喊道:“老爷们,东边的归东边,西边的归西边。”喊得个公子急切里听不出老师问的这句话来。那大人便点首,把他叫到公案前,问了一遍。他

---

① 捐监——出钱捐个监生。

② 阿达哈哈番——满语。阿达哈,意为陪衬(伴)之官;哈番,官。三品世职。乾隆元年(1736 年)定汉名为轻车都尉,勋官,官位仅次男爵。

③ 梅楞章京——满语,副都统。八旗中每族的最高长官,从二品。梅愣,“肩膀”之意。

④ 觑(qū)——眯。

⑤ 卧碑——规矩。原为明清两代在国子监明伦堂前立的石碑,上刻有约束生员的条文。

才答道："'成'字六号。"

吴大人回头指道："这号在东边极北呢。"只这一回头，适逢其会，看见他的跟班笔政在身后站着。原来贡院以内带不进跟班的家人去，都是跟班的老爷跟着；这位老爷的官名叫作"答哈苏"。吴大人便向他道："答老爷，奉托你罢，把我这学生送过栅栏去。"

却说那位答老爷见本大人在人轮子里派了他这样一件切近差使，一想，看这机会，今年京察大有可望；又见安公子是个旗人，一时气谊相感，便也动了个卫顾同乡的意思，欣然答应了一声，便接过公子的考具，送出东栅栏，又说道："大兄弟，你瞧，起脚底下到北边儿，不差什么一里多地呢。我瞧你不了①，这儿现成的水火夫，咱们破两钱儿雇个人就行了。"一面说着，招手从那边叫了个人夫来，一面就把腿一抬，又把手往衣襟底下一绰，摸着裤带上那个钱褡裢儿，掏出一把钱来要给那个人。公子忙拦道："不劳破费。这考篮里有钱，等我取出来。"他便一手拦着公子的胳膊，说道："好兄弟咧，咱们八旗那不是骨肉？没讲究。"说着，早把他手里那把钱递给那人。公子没法，只得谢过了他。他便把考具一切都交那个拿上。

安公子此时卸下那身累赘来，觉得周身好不松快，便同了那人逍遥自在的迤逦向北而来；一路上留心看那座贡院时，但见龙门绰楔②，棘院③深沉，东西的号舍④万瓦毗连，夜静时两道文光冲北斗，中央的危楼千寻高耸，晓来时一轮羲驭⑤涌东隅。正面便是那座气象森严无偏无倚的至公堂；这个所在，自选举变为制艺⑥以来，也不知牢笼⑦了几许英雄！也不知造就成若干人物！

那时正是秋风初动，耳轮中但听得明远楼上四角高挑的那四面朱红

---

① 瞧你不了——不能照顾你了。

② 绰楔(chāoxiē)——正门两侧，用以表彰孝义的木柱。又叫棘闱。为防止传递作弊，围墙上插上棘枝，人不能爬越，故称。

③ 棘院——科举试院。

④ 号舍——科举考试以千字文为序编号设置的考场。

⑤ 羲(xī)驭——被羲和驾驭的太阳。羲，羲和，我国古代神话中驾日车的神。

⑥ 制艺——即"制义"。古代应试所作文章。其文体由考试制度规定。明清两代，一般指八股文，亦称制艺、时艺、时文、八比文或四书文。

⑦ 牢笼——笼络。

月蓝旗儿被风吹得旗角招摇，向半天拍喇喇作响，青天白日便像有鬼神呵护一般。无怪世上那些有文无行问心不过的等闲不得进来；便是功名念热，勉强进来，也是空负八斗才名，枉吃一场辛苦。

闲话少说。却说安公子正在走过无数的号舍，只见一所号舍，门外山墙，白石灰上大书“成字号”三个大字。早有本号的号军①从那个矮栅栏上头伸手把那人扛着的考具接过去。那人去了，公子还等着给他开栅栏儿进号呢。那知那栅栏是钉在墙上的，不曾封号以前，出入的人只准抽开当中那根木头，钻出钻入。

公子也只得低头弯腰的钻进号筒子去，看了看，南是墙面，北作栖身，那个院落，南北相去外也不过三尺；东西下里排列得蜂房一般，倒有百十间号舍。那号舍，立起来直不得腰，卧下去伸不开腿，吃喝拉撒睡，纸笔墨砚镫，都在这块地方。假如不是这地方出产举人进士这两桩宝货，大约天下读书人那个也不肯无端的万水千山跑来尝恁般滋味！

公子当下歇息片刻，一样的也把那号帷号帘钉起来，号板支起来，衣帽铺盖碗盏家具吃食柴炭一切归着起来。这桩事本不是一个人干得来的事，更加他又是奶娘丫鬟服侍惯了，不能一个人干事的人，弄是弄不妥当，且只将将就就鼓捣了会子就算结了。幸喜伺候那几间号的一个老号军是个久惯当过这差使的，见公子是个大家势派，一进来把例赏号军的饽饽钱米就赏了不算外，余外又给了个五钱重的小银锞儿，乐的他不住问茶问水的殷勤。

这个当儿，这号进来的人就多了，也有抢号板的，也有乱座次的，还有诸事不作，找人去的，人来找的。甚至有聚在一处乱吃的，酣饮的；便是那极安静的也脱不了旗人的习气，喊两句高腔，不，就对面墙上贴几个灯虎儿等人来打。

公子看了这般人，心中纳闷，只说：“我倒不解他们是干功名来了？是玩儿来了？”他只一个人静坐在那小窝儿里凝神养气。

看看午后，堂上的监临大人见近堂这儿路旗号的爷们出来进去，登明远楼，跑小西天，闹的实在不像样了，早同查号的御史查号，封了号口栅栏。这一封号，虽是几根柳木片儿的门户，一张木红纸的封条，法令所在，

① 号军——考场值勤。

也同画地为牢，再没人敢任意行动。

公子见眼前来往的人都已静了些，才把他窗下的揣摩本心里默诵了一过，叫号军弄热了饭，就熟菜吃了；才点灯，便放下号帘，靠了包袱待睡；可奈墙外是梆锣聒噪，堂上是人语喧哗，再也莫想睡得稳，良久才睡熟。一时，各号的人也都睡了，准备明日鏖战。那号军也偷空儿栖在那个屎号跟前坐着打盹儿。

却说内中那个老号军睡到三更过后，钻出来去出小恭；完了事才回头，只见远远的像那第六号的房檐上挂着碗来大的盏红灯，那老号军吃了一惊，说道："这位老爷是不曾进过场的，守着那油纸号帘，点上盏灯，一时睡着了，刮起风来，可是玩得的。"连忙跑过来，想要叫醒了他。不想走到跟前，却早不见了那盏灯，他揉了揉眼睛道："莫不是我睡得楞怔眼离①了？"

恰好这个当儿，公子一觉睡醒，一睁眼见屋里漆黑，又转了向儿了，模里模糊的叫了声："花铃儿，你看灯都待好灭了，也不起来拨拨。"那老号军便打了个岔说："老爷，你老放心睡罢，没灯啊，是我的眼离了。"

公子又不曾留心他说的所以然，只想误呼着小婢，倒来个老军，不觉自己失笑，不好再提，便和他要了个火，点上灯，看了看墙上挂的那个表，已经丑正了，便要水擦了擦脸，又叫那号军熬了粥。才待收拾完毕，号口边值号的委员早已喊接题纸。

少时，那号军便给他送了一张来。连忙灯下一看，只见当朝圣人出的是三个富丽堂皇的题目，想着自然要取几篇笔歌墨舞的文章，且喜正合自己的笔路。再看那诗题，又是窗下作过的，便是第一第三文题，也像作过。静想了想，大势也都还记得起，暗喜："这可就省事多了！"忽又一转念道："不是这等。古人师友之间还要请试他题，岂有钦命题目，我自己才识云程，便这等欺心把窗课②来塞责的理？父亲看了先要不喜。不可徒乱人意，不如把他丢开，另作才是。"随把题目折起，便伸手提笔起起草来。才得辰刻，头篇文章和那首诗早已告成，便催着号军给煮好了饭，胡乱吃了一碗。天生的世家公子哥儿，会拿甜饽饽解饿！又吃了些杏仁干粮油糕之类，也就饱了。便把第二三篇作起来，只在日偏西些都得了，自己又加

① 楞怔眼离——因发呆眼睛离神。

② 窗课——书塾功课。多指作文练习。

意改抹了一遍，十分得意。看了看天气尚早，便吃过晚饭，上起卷子①来。

他的那笔小楷又写的飞快，不曾继烛，添注涂改，点句勾股，都已完毕，连草都补齐了。点起灯来，早已又低低的吟哦了一遍，随即把卷子收好，把稿子也掖在卷袋里。闲暇无事，取出白枣儿，桂圆肉，炒糖，果脯这些零星东西大嚼一阵，剩下的吃食都给了号军；就靠着那包袱歇到次日天明。那个老号军便帮他来把东西归着清楚，交卷领签，赶早排便出了场。才到贡院头门，早见他岳丈张老，先生程师爷以至华忠诸人直挤到门槛边等他。一时见公子恁早出来，都不胜欢喜。程师爷先问了声："得意？"他忙问道："还算妥当。"

张老早把考篮包袱接过去递给众家丁。一行人簇拥出了外砖门。程师爷便和他同车，要文稿看，因说道："头三两个题目你都作过的？"他道："便是诗也作过，却都不曾用那窗稿。"因从卷袋里把草稿取出来。

程师爷一面看，一面用脑袋圈圈儿，便道："只这前八行便有个才气发皇②气象。恭喜，恭喜！"一时看完，说道："诗也不粘不脱，大有可望。"

一时，回到宅里，公子不及别事，便叫叶通取了个小红封套把文稿折好，又亲自写了个给父母请安的安帖，封起来，打发戴勤飞马立刻给父亲送去。

恰巧戴勤走后，安老夫妻早打发晋升来接场。舅太太又叫赶露儿送来了吃食。二位奶奶给包了添换的衣服。公子也问了父母的起居。晋升一一回答，又说："老爷还说，爷得晌午后出来，吩咐奴才：天晚了，索性等明日送了爷进场，再把文章稿子带回去。谁知爷已经老早的出来，倒先打发人请安去了？"公子道："戴勤大约今日也不得回来，你依然遵着老爷的话，明日回去罢。"

说着，便有几家亲友来看，都道："不好久谈，请歇息罢。"告辞而去。公子吃得一饱，撒和了撒和，便倒头大睡，养精蓄锐，准备进二三场。这且不在话下。

却说安老爷急于要看看儿子头场的文章有望无望；又愁他出来得晚，晋升今日断赶不回来，只落得负着双手满院里一趟一趟的转圈儿。正在走着，见戴勤来了，忙问道："你回来作什么？"戴勤请了安，又替公子请了

---

① 上卷子——将草稿誊至卷面。

② 发皇——发迹。

安，忙回明原由。

安老爷一面进屋子，一面拆那封套，便坐下伏案细看那诗文草稿。安太太只尽着问戴勤说："你瞧大爷那光景还没受累呀？没着凉啊？"戴勤回道："奴才爷很好，出来是红光满面的。程师爷说准中。"金玉姊妹听了，也自放心。

这个当儿，太太见老爷看完了文章，只默默不语，不禁问道："老爷看着怎么样？"原来安老爷看得公子的文章作得精湛饱满，诗亦清新，却也欢喜，只愁他才气过于发皇，不合那两位方公的式，所以心中犹疑；见太太一问，正待说明原由，一想，他娘儿们自然同我一般的期望，此时说出这话，倒添他们一桩心事，便道："难为他。中是竟中得去了，只看命罢。"

太太同两个媳妇听了便欢喜起来。戴勤退出房门去，两个嬷嬷又在廊檐底下截住他问长问短。那个长姐儿赶出赶进的听了个够，他倒说道："人家老爷和师老爷都说大爷中定了，还用你们老姐儿俩絮叨！"

闲言少叙。却说那日已是八月初十日，中秋节近，接着忙了几天节事。到了十五晚上，老夫妻正喜多了两个媳妇庆赏团圆，偏儿子又不在膝下。但是天下事，事若求全何所乐呢？待月上时，安太太便高高兴兴领着两个媳妇圆了月，把西瓜月饼等类分赏大家；又随意给老爷备了些果酒。因舅太太、张亲家太太没处可过团圆节，便另备一席，请过来要自己陪着。舅太太是再三不肯，说："今日团圆节，没说你二位不一席坐的，我陪着亲家太太，叫他们小姐儿俩两席张罗，岂不好？"

安太太见说得有理，便也依实。只是安老爷赴了这等酒场，坐下实在无可与谈。恰好那夜后半夜月食，舅太太问起这个道理来，可就开了老爷的天文门了。才待讲起，张太太说："我懂的，那是天狗吃了。我们那地方，只要庙里打一阵钟，他唬的就吐出来了。"

安老爷不禁大笑，说道："岂其然哉！这日月食的道理，由于日躔①最高，居九天第三重，月躔最低，居九天第八重。日行得疾，每日行程，只欠周天三百六十五度四分度之一的一度；月行得迟，不及日行十三度有余度。日月行得不能划一，此所以朝日东升，新月西见之原由也。日有光，月无光，月恒借日之光以为光，所以合朔则哉生明，既望则哉生魄，此去上

---

① 躔（chán）——天体运行。

弦下弦之明验也。日月行走，既互有迟疾，躔度又各有高下，行得迟疾高低，上下相值。日光在天，为月魄所掩，便有日蚀之象；日光绕地，为地球所隔，便有月蚀之象。乍掩乍隔则初食，半掩半隔则食既，全掩全隔则食甚。彼此相错，则生光而复圆。非天狗之为也。”

舅太太说：“我记不住这么些累赘哟！我只纳闷儿，人家钦天监那些西洋人，他怎么就会算得出来呢？”安老爷道：“何必西洋人，古之人皆然；苟得其故，千岁之日至，可坐而致也。”说着，便要讲那分至岁差积闰①的道理。

舅太太万想不到问了一句话就招了姑老爷这许多考据，听着不禁要笑，便道：“我不听那些了；我只问姑老爷一件事，咱们这供月儿，那月光马儿②旁边儿怎么供着对鸡冠子花儿？又供两枝子藕哇？”

安老爷竟不曾考据到此，一时答不出来。舅太太道：“姑老爷敢则也有不知道的。听我告诉你：那对鸡冠花儿，算是月亮里的娑罗树；那两枝子白花藕，是兔儿爷的剔牙杖儿。”

恰好安老爷吃了一个嘎嘎枣儿③，被那个枣儿皮子塞住牙缝儿，拿了根牙签儿在那里剔来剔去，正剔不出来，一时把安太太婆媳笑个不住。

舅太太还只管问道：“姑老爷知道这是那书上的？”问的个安老爷没好意思，只得笑道：“此所谓‘夫妇之愚，可以与知焉；及其至也，虽圣人亦有所不知也’了。”

大家谈到将近二更散席。金玉姊妹两个定要请舅太太、张太太到东院里等看月蚀。舅太太道：“不早了，大家歇歇儿，明日还得早些起来预备接场呢。”

大家散后，他二人也就回房。到那轮皓月复了圆，又携手并肩倚着门儿望了回月；见那素彩清辉，益发皎洁圆满，须臾，一层层现出五色月华来。他二人赏够多时，才得就寝，准备明日给公子接场，补庆中秋。这正是：

　　未向风云占聚会，先看人月庆双圆。

要知安公子出场后又有个甚的情由，下回书交代。

---

① 分至岁差积闰——分，节气；岁，一年的时间；闰，差数。积闰，历法纪年与地球环绕太阳运行一周的时间有一定差数，因而设闰日、闰月、闰年加以调整。

② 月光马儿——家庭中悬挂的中秋节祭月神祇。

③ 嘎嘎(gàga)枣儿——两头尖圆的长圆形枣。脆，甜。

第三十五回

何老人示棘闱异兆　安公子占桂苑先声

这回书且按下金玉姊妹在家怎的个准备接场。踅回来[1]再整安公子进过二场，到了三场，节届中秋，便有家里送来的月饼果品之类，预备他带进场去过节；又有安老爷另给程师爷、张亲家老爷送的酒，备的菜。

这些琐事都不消细讲。却讲场里办到第三场，场规也就渐渐的松下来。那时功令尚宽，还有中秋这夜开了号门放士子出号赏月之例。

那夜安公子早已完卷，那班和他有些世谊的，如梅问羹、托诚村这几个人也都已写作妥当，准备第二日赶头排出场；又有莫声庵先生的世兄同着两个人：一个是管曰枌的同乡，姓鲍，名同声，字应珂，和莫世兄是表兄弟；一个是旗人，名惠来，号远山，也是莫声庵手里中的秀才。因莫世兄谈起安公子的品学丰采，两个人想要会会他。莫世兄便顺道拉了梅公子、托二爷一同找到公子号里来。

那时号里士子大半出去游玩去了，号里极其清净。这班少年英俊，彼此一见，自然意气相投。当下几个人坐下，各道倾慕，便大家高谈阔论起来。先是彼此背诵了会子头场文章，这个推许那个一番，那个又向这个谦逊两句。

梅公子道："你众位此时且不必互相推许谦让，等出了场，我指引你们一个地方去领领教，那就真知道是谁中谁不中了。"那个鲍应珂道："吾兄讲的莫不是琉璃厂观音阁新来的那个风鉴[2]先生？"梅公子道："倒不晓得这个人；况且这科甲一路的科名，可是那些江湖相面的相得出来的？"莫世兄道："我晓得了，你府上设的吕祖坛最灵验的，一定是扶了乩[3]。"他

---

① 踅(zhē)回来——返回来。

② 风鉴——相术。

③ 扶乩(jī)——一种迷信活动。由两个人扶着一丁字形木架，放在沙盘上，假称神仙降临，执木写字，求卜问疑，以决吉凶。

又道："我家设的那座坛，不谈休咎。这个所在只怕比纯阳祖师说的还有把握些。"

安公子道："莫信他捣鬼！这个兄弟品学心地，件件交得，只有他顽皮起来，十句话只好信他三句。"梅公子道："不信由你。等出场后，我几个人订个日子同去，你却莫要耐不住，差个人来窥探。"

莫、饱、惠三个人早已在那里问他："可好携带我们同去？"他道："都是功名中有分的，这又何妨？"托二爷说："既那样，咱们十六出场，十七就去。"他道："你就热到如此！一出场谁不要歇歇乏，拜拜客？怎么来得及？"

安公子也被他说的跃跃欲动，便说："既如此，你订日子罢。"他低着头掐指寻纹算了半日，口里还呐呐的念道："这日不妥，那日欠佳。"忽然抬头向大家道："这样罢。这个日子，我们竟定在出榜这天罢。"

大家听了，不禁大笑。安公子道："我说他是梦话不是？"梅公子道："我说的不是梦话，你们说的才是梦话呢！科甲这一途，除了不会作文章和虽会作文章而不成文章的不算外，余者都中得。只这桩事，单靠文章，未必中用，是要仗福命德行来扶持文章的。何况三项都有了，还要分个运会机缘的迟早。难道不等出榜，你们此时大家互相推许谦逊一阵，就算得中了不成？"

莫世兄道："这话倒是几句名言。只看今年头场便有许多闹乱子的；除那个自尽的和那亲兄弟两个一齐发了疯的，直算个显应了。此外还有一个人，说来最是怕人，并且这人我还晓得他要算八股里的一个作家。他头场好端端诗文都寻了正，补了草了，忽然自己在卷面上画了颗人头。那人头的笔画一层层直透过卷背去，可不大奇！"

托二爷也道："便是那紫榜高悬，贴出去的人也不少。那张紫榜，我倒看见了，有的注诗文后自书阴事的；有的注卷面绘画妇人双足的；就连咱们那日看见的那个绷僧额也贴出去了。"

安公子道："那样闹法，焉得不贴！他名下是怎样注的？"托二爷道："那一行看不清楚，想是他自己抹了去了。"梅公子道："此公我早已晓得他一定要贴出去的。他也在官号，我和他同号，见他一进去就要拆那屎号的后墙，号军好容易拦住他；紧接着就叫号军打浆子，自己带着锯把号板锯了一块，可着那号门，安了半截子影戏窗户似的，糊上纸，钻在里头，一个人喊了会子‘掰他得①’。”

莫世兄便问道：“甚的叫作‘掰他得’？”那个鲍应珂道：“他们在那里翻清话，咕噜咕噜，我们不懂。”托二爷到底少年盛气，便告诉他道：“这是坛庙大祀赞礼的，赞那‘执事者各司其事’一开口的前三个字，祭文庙也用得着。吾兄将来高发了，升到祭酒司业，都要懂的。”梅公子又道：“否则等点了清书翰林，也就得懂了。”

安公子觉得都是一时无心闲谈，大可不必如此，便和梅公子道：“你快说那位罢。只这样闹，你怎的便知他一定贴出去呢？”梅公子道：“到了第二日，我正场卷子才写得个前八行，他从面前过去，望了一眼，便道：‘你的文章怎么也从这边儿写起呀？’我倒吃了一惊，忙问道：‘依足下要从那边写呢？’他道：‘你瞧我的就知道了。’说着，把他的卷子取了来。我一看，三道文题和诗题都接连着写在补草的地方，却把文章从卷子后尾的一行行往前倒写。我只说得个‘只怕不是这样写法罢’。他说不错的，他们太爷考翻译的时候就是这么练的。我可再不敢往下说了。”

安公子、托二爷两个听了，也不禁要笑。安公子便说道：“那位绷公是苦于不解事，不虚心，以致违式犯贴，也罢了；我只不懂这班人既是问心不过，不来此地自然也还有路可走，何苦定要拿性命来尝试？逃得性命的还要自己把暧昧亲供出来，万目指摘，这是为什么？”梅公子道：“这又是呆话了。他果然有个问心不过，也不作这些事了。作了这些事，弄到如此，大概也依然还不知什么叫作问心不过。”莫世兄道：“吾兄这几句说话真是一鞭一条痕的几句好文章！”

安公子道：“且莫管他，我是在家里闷了大半年了，这一出场，大家必得聚聚才好。”大家连道：“有理。”

才商量怎的个聚法，只听至公堂月台上早喊了一声“下场的老爷们归号！快收卷了！”大家便告辞归号。这号里的人也纷纷回来。

却说此日安公子交了卷出场，早有人接着，回到住宅歇了歇，吃过饭，因程师爷要出城望望出场的同乡，张老又一定要等着同华忠、随缘儿归着妥了行李才走，自己便带了戴勤、叶通先回庄园。

却说安太太到了出场这日，从早饭后就盼儿子回家；舅太太、张太太

---

① 掰（bāi）他得——满语。做这件事；亦指做这件事的人。

也在上房等着，正说："他头两场都出来的早，这场想来也该出来了。"

说话间，只见茶房儿老尤跟前一个七八岁的孩子——叫作麻花儿的——从外头跑进来向华嬷嬷道："华奶奶，大爷回来了！"

一时，果听得公子到家。安太太便和两个媳妇道："你们俩出院子接接去。这是个大礼儿。"两个连忙往外走。恰好花铃儿、柳条儿两个都不在跟前。长姐儿便赶上道："奶奶别忙；大高的台阶子，等奴才招呼着点儿罢。"说着，便跟了金玉姊妹迎到当院里。公子已进了二门。他两个今日却得了话了，迎着夫婿，问了三个字，说："回来了？"

公子惦着见父母，也不及回答，只略一招呼，便忙着上台阶儿。这一忙，把长姐儿的一个安也给耽搁了。他进了屋子，见过父母，又见了舅母岳母。

安太太虽和儿子不过十日之别，便像有许多话要说，此时自然得让老爷开谈。便听老爷说道："回来了？三场居然平稳，很好。"

公子只有答应。老爷又道："你的头场稿子我看过了，倒难为你。二场便宜了你，本是习《礼记》专经的，五个题目都还容易作。"因问："三场呢？"公子连忙从怀里掏出稿子来送过去。老爷看着稿子。

这个当儿，太太、舅太太、张太太才问长问短。太太几乎要把儿子这几天的吃喝拉撒睡都问到了。公子一一答应，又笑道："都好将就，就只水喝不得，没地方见大秽①。"太太道："那可怎么好呢？"亲家太太又问："难道连个粪缸也没有？"公子道："倒不是没有。第一场到了第三天就难了。再到了第三场的第三天，连那号筒子的前半路都有了味儿了，没法儿，我憋到出了场才走动的。"

太太啧啧了两声，皱着眉道："你听听！敢则这么苦呢！"安老爷便道："然则带兵呢？成日里卧不安枕，食不甘味，又将如何？"舅太太说："不是姑老爷一说话，我就要班文儿，难道出兵就忙的连个毛厕也顾不得上吗？"

老爷只说："一个人不读书再和他讲不清的。"因又问公子看见几篇文章。公子一一答应了。老爷点点头道："你的头场文章，几个相好的也必要看的；闲一闲抄出来，那文章却还见得人。"

---

① 大秽——厕所。

太太听了儿子在场里摸不着好水喝,便问丫头们:“怎么也不会给你大爷倒碗茶儿来呀?”说着,便叫“长姐儿”。

列公,你看这位老孺人可谓“父母爱子之心,无所不至”。那知有这位惯疼儿子的慈母,就有那个善体主人的丫鬟!

太太才叫了声“长姐儿”,早听得长姐儿在外间答应了声“嗻”,说:“奴才倒了来了。”便见他一双手高高儿的举了一碗熬得透滚得到不冷不热温凉适中可口儿的普洱茶来。只这碗茶他怎的会知道他可口儿?其理却不可解。只见他举进门来,又用小手巾儿抹了抹碗边儿,走到大爷跟前,用双手端着茶盘翅儿,倒把两胳膊往两旁一撬,才递过去。原不过为得是防主人一时伸手一接,有个不留神,手碰了手。这大约也是安太太平日排出来的规矩。大爷接过茶去,他又退了两步,这才找补着请了方才没得请的那个安。大爷是“父母之所爱亦爱之,父母之所敬亦敬之”,远远的合着腰儿,虚伸了一伸手,说:“起来,起来。”这才回过头去,喝了那碗茶。那长姐儿一旁等接过茶碗来,才退出去。

这段神情儿,想来还是那时候的世家子弟家生女儿的排场;今则不然!今则不然!又是怎的个情形呢?不消提起,言归正传。

却说安公子此时才得腾出嘴来把程师爷并他丈人不同来的原故回明;又问了问父亲近日的起居,周旋了一阵舅母岳母。安老爷道:“你也闹了这几天了,歇歇儿去罢。”

公子又说了几句闲话,才退出来。金玉姊妹两个正在那里给婆婆舅母装烟。那位亲家太太是惯下来了,总是自己揉一袋烟,丫头拿过香盘子去点。安太太接过烟去,说:“你们也跟了去罢。”他姊妹一时还有些不好意思,只笑着答应。太太道:“这有什么脸上下不来的?我告诉你们,作了个妇道,夫妇之间,这个大礼儿断错不得;错了,人家倒要笑话。”二人才答应去了。及至到了自己屋里,小夫妻三个,自然也有一番仪节情致。不待烦琐。

不一时,张亲家老爷也回来。安老夫妻迎着他道过乏。他坐谈了一刻,便过女儿房中去。安老爷因他也须到家歇息歇息,便说:“过日再备酌奉请。”随又带了公子亲自过去道乏。张太太也“杀鸡为黍”的给他那位老爷备了顿饭。这日里边正是舅太太给外甥接场。他阖家就借此补庆中秋。接着连日人来人往,安公子也出去拜了两天客。

那时离出榜还有半月光景。这半月之中，凡是下场的，最好过也最不好过。好过的是磨盾①三年，算完了一桩大事，且得消闲几日。不好过的是出得场来，看看谁脸上都像个中的，只疑心自己不像；回来再把自己的诗文摹拟摹拟，却也不作孙山外想；及至看了人家的，便觉自己场作不及他人出色；方寸中是顷刻楼台，顷刻灰烬，转消闲得不耐烦。

安公子更是个要好的人，何况他心里还比人多着好几层心事！觉得望着放榜那个日子更有个挨一刻似一夏的光景。只这等挨来挨去，风雨催人，也就重阳节近。

话分两头。书中按下这边，趄回来再整贡院里衡鉴堂那三位主考。却说他三位自八月初六日在午门听宣见，钦点入闱，便一面吩咐家中照例封门回避，自己立刻从午门进了贡院，那些十八房同考官以至内帘各官，也随着进去关防起来。紧接着便有顺天府尹捧到钦命题目。

三位主考拆了封，十八位房官一齐上堂打躬参见，就请示主考的意旨：这科要中那一路的文章，以凭遵奉去取。那位大主考方老先生便先开口说道："方今朝廷正在整饬文风，自然要向清真雅正一路拔取真才。若只靠着才气，摭②些陈言，便不好滥竽充数了。"那一位方公也附会道："此论是极。近科的文章本也华靡过甚，我们既奉命来此，若不趁此着实的洗伐一番，伊于胡底③？诸公把这话奉为准绳罢。"

那位旗员主考也随着人云亦云。众房考都晓得二方的文章向来是专讲枯淡艰涩一路的，所以发此议论。但是文章是件有定评的公器，所谓"羽檄飞书用枚皋，高文典册用相如"，怎好拿着天下的才情就自己的范围？大家心里都窃以为不然，却又一时不好空口争得。只得应着下来，依然打算各就所长，凭文取士。

不想内中有个第十二房的同考官，这人姓娄，名养正，号蒙斋，是个陕西拔贡出身，洊升刑部主事，乃伪周天册万岁武则天时候宰相娄师德之

---

① 磨盾——消磨。

② 摭——摘录。

③ 伊于胡底(zhǐ)——《诗·小雅·小旻》"我事谋犹，伊于胡底"的疑问语尾句。意为"依此下去，不知会到何种程度？"底，至，终。

后。他从年轻时候得了选拔,便想到他祖上"唾面自干[1]"的那番见识,究竟欠些褒气;因此,一登仕途便有意"居乡介介,在朝侃侃[2]"。久而久之,弄成一个执性矫情的谬品,老着那副"笑比河清[3]"的面孔,三句话不合,便反插了两只眼睛叫将起来。因此,等闲人轻易不去傍他。他却又正是专摹二方的文章发的科甲,因此听了那二位方老先生的议论,大是佩服;便高谈阔论的着实赞襄了一番。众人也不去搬驳他,各各默然而退。

只这一番,别一个不知怎样,安公子的功名已是早被安老爷料着,果的有些拿不稳了。那知天下事,阳差之中,更有阴错,偏偏的公子的那本朱卷进到内帘第十七房,是处不曾分着,恰恰分到这位娄公手里。

那日,正逢他晚餐已过,酒醉饭饱,有些醺然,跟班也去自取方便。他点上盏灯,暖了茶壶,一个人静静的把那些卷子批阅起来。请问,他那等一个宁刻勿宽的人,阅起文来,岂有不宁遗勿滥的理?当下连阅了几本,都觉少所许可,点了几个蓝点,丢过一边。随又取过一本来,看了看"成字六号",却是本旗卷。见那三篇文章作得堂皇富丽,真个是"玉磬声声响,金铃个个圆"。虽是不合他的路数,可奈文有定评。他看了也知道爱不释手,不曾加得圈点,便粘了个批语。才想印上荐条,加上圈子,荐上堂去,忽然转念一想道:"不可,一则大主考既是那等交代在先,况且这卷子又是本旗卷,知他是个甚等巨族大家的子弟。倘然荐上去,他二位老先生倒认作我有意要收这个阔门生,我的清操何在?"便把批语条子揭下来,就灯上烧了,在卷子上随意点了几个蓝点子,也丢在一边;又另取了一本,放在面前阅看。

正在看着,只听得窗外一阵风儿,扫得窗棂纸簌落落的响,吹得那盏灯青焰焰的光摇不定。他不觉一阵寒噤,连打了两个呵欠,一时困倦起来,支不住,便伏在手下那本卷子上待睡。

才合上眼,恍惚间忽见帘栊动处,进来了一位清癯老者。那老者生得童颜鹤发。仙骨姗姗,手中拖了根过头拐杖,进门先向他深深的打了一

---

① 唾面自干——比喻受了侮辱,极度容忍,不加反抗。

② 居乡介介,在朝侃侃——对家乡老百姓耿耿于怀;在朝廷与士大夫们说话则宽厚而温和。

③ 笑比河清——难得一笑。河,黄河。

躬。他梦中见那人来的诧异,礼也不还。便问道:“汝何人也?无故到我这关防重地来何干?”只见那老者蔼然和气的答道:“正是。予何人也。”因把那枝拐杖指定方才他丢开的那本卷子说道:“此来特为着这本成字六号的卷子,报知足下,此人当中。”

他一听这话,觉得是说人情来了,便一脸秋气说道:“怎的我问你是何人,你也自道你是何人?况我奉命在此衡文①,并非在此衡人。便是此人当中,文衡谁掌?我不中他,其奈我何?要你来干这闲事!”又听那老者说道:“郎官不可这等执性。‘士先器识’,果人不足取,文于何有?何况这人的名字已经大书在天榜上了,你不中他,又其奈天何?”他那里肯信这话,便说道:“多讲!我娄某自来破除情面,不受请托,那个不知!难道独你不曾听得?”那老者叹了一声,道:“不想这人果的这等不明理,不近情,此事还须大大费番周折!”

他听得当面给他出了这等两句的考语,就待站起来,奔了那老者去。不想才待起身便跌了一跤,爬起来,眼前早不见了那个老者,自己却依然坐在那个座儿上。再看了看那盏灯点了有寸许长,结了两个鬼眼一般的灯花,向着他颤巍巍乱动。

他才悟道:“方才经的是番梦境!”呆了一刻,说道:“然则梦中所见的,鬼也,非人也。可见我的这团浩然之气,鬼也吓得退的。不要理他,且干正经!”说着,剪了剪灯花,仍待批阅他手下那本卷子。

及至一看,可煞作怪!那一卷倒丢过一边,手下放的依然是成字六号那卷。他正在诧异,窗外又起了一阵风,这番不好了!竟不是作梦了!只听那阵风头过处,把房门上那个门帘刮得臌了进来,又闪了出去,高高的掀起。只这一掀,早从门外明明的进来了一位金冠红袍的长官。他见那位长官不是个寻常装束,不道那“浩然之气”也就有些害慌了,连忙站起来,避在一旁,问道:“尊神何来?有甚的指教?”只听那神道说道:“你既知吾神何来,怎的还悟不到吾神的来意?也是为着成字六号这人当中。”

列公,你只看这娄公浑不浑!他见那神道也像是为找他托人情而来的!虽神道也罢,他也竟敢和他使一使那牛一般的性儿。他却绝不想

---

① 衡文——阅卷。

"王道本乎人情,人情准乎天理";诚为枉法营私,原王章所不宥;要知"安老怀少亦圣道之大同"。一味沽名,已不是爱名;有心干事,必不能济事。无端任怨,终不免敛怨;苦不近情,定转至悖情。自世上有这班执性矫情的人,凡是一事到手,没人从旁救补一句,他倒肯斡旋,和人共事;没人从旁赞扬一句,他倒肯培植;但向他提着一个字,他便道是托人情,这桩事,那个人算休矣!这班角色要叫他去参政当国,只怕剥削天下元气不小!

闲话少说。却讲那个娄主政见那神道说也为着那本卷子而来,他便立刻反插了两只眼睛说道:"这事又与神道何涉,要来掺越!从来说:'聪明正直之为神。'谓神聪明,我娄某也不懵懂;谓神正直,我娄某也不偏邪。便是神道……"

一句话不曾说完,只听那神道大喝了一声道:"哇!住口!"他底下这句话大约要说"便是神道来说这个人情,我也不答应"。谁知那神道的性儿也是位不让话的,不容他往下说,便兜头一喝,说道:"狂徒!看你读圣贤书,司举错权,虽是平日性情失之过刚,心术还不离乎正,所以那位老人家才肯把天人响应的道理来教诲你;你怎的读书变化气质,倒变成这等一副气质来!可不是不知教诲么?"说罢,声色俱厉,二目神光炯炯,直射到他脸上来。直吓得他一身冷汗,战兢兢的道:"尊神宥我愚蒙,留些体面,待娄养正速把这本卷子荐上堂去,勉赎前愆①,何如?"说着,便连连的拜叩个不住。那神道才有些颜霁,说道:"既知悔悟,姑免深求。"

他只道那神道说完这句便好走了,不想那神道不往外走,却转向里来。他爬起来,回头一看,只见方才梦中的那位老者正不知什么时候进来,早端端正正坐在那里;又见那位神道走到那老者跟前,控背躬身,不知说了两句什么话。那老者干笑了一声,道:"不想这样一个顺水推舟的人情,也要等你们戴纱帽的来说才说的成!"说着,便拄着杖站起来。那位神道倒随在身后,还持扶着他一同出门而去。紧接着便听得外间的门风吹的开关乱响。吓得个娄主政骨软筋酥,半晌动弹不得。良久,良久,听得没些声息了,才把着帘子向外望了一望,那门依旧好端端虚掩在那里。他那个跟班的却如死狗一般的睡倒在一张板凳上。

他定了定神,才叫醒了人,剪亮了灯,重新把安公子那本卷子加起圈

---

① 愆(qiān)——失误。

来，重新加了批语，打了荐条。听了听，更楼上的钟鼓还不曾交得三更，打听堂上主司正在那里阅卷，他便整好衣冠，拿了那本卷子荐上堂去。主考接过来，不看文章，先看了看是本汉军旗卷，便道："这卷不消讲了，汉军卷子已经取中得满了额了。"

那娄主政见不中他那本卷子，那里肯依，便再三力争，不肯下堂。把三位主考磨得没法了，大主考方公说道："既如此，这本只得算个备卷罢。"说着，提起笔来在卷面上写了"备中"两个字。

列公，你道这备卷是怎的一个意思？我说书的在先原也不懂，后来听得一班发过科甲的讲究，他道：凡遇科场考试，定要在取中定额之外多取几本备中的卷子：一来预备那取中的卷子里，临发榜之前，忽然看出个不合规式，不便取中的去处，便在那备卷中选择一本补中；二则叫这些读书人看了，晓得榜有定数，网无遗才，也是鼓励人才之意；其三也为给众房官多种几株门外的"虚花桃李"。

这备卷前人还有个譬喻法。他把房官荐卷比作"结胎"；主考取中比作"弄璋"；中了副榜比作"弄瓦"；到了留作备卷，到头来依然不中，便比作个"半产"。

他讲的是一样落了第，还得备手本送贽见去拜见荐卷老师，便同那结了胎，才欢喜得几日，依然化为乌有，还得坐草①卧床，喝小米儿粥，吃鸡蛋，是一般滋味。倘有个不肯去拜见荐卷老师的，大家便要说他忘本负恩，何不想想那房师的力量只能尽到这里，也就同给人作个丈夫，他的力量也不过尽到那里一个道理。你作了榜外举人，落了第，便不想着那老师的有心培植，难道你作了闺中少妇，满了月，也不想那丈夫的无心妙合不成？这番譬喻，虽谑近于虐，却非深知此中甘苦者道不出来。

然则此刻的安公子已就是作了个半产婴儿了！可怜他阖家还在那里没日夜的盼望出榜高中！这便是俗语说的"世间没个早知道"也。

话休絮烦。却说这年出榜。正定在九月初十日这天。前两天内外帘的主考监临便隔帘商量，因本科赴试的士子较往年既多，中额自然较往年也多，填榜的时刻便须较往年宽展些，才赶得及；因此到了九月初九这日，才得辰刻，便封了贡院头门，内外帘撤了关防，预先在至公堂正中设了三

① 坐草——妇女生小孩坐月子。亦称"坐蓐"。草、蓐，草垫子。

位主考的公案，左右设了二位监临的公案，东西对面排列着内外监试和十八房的座次，又另设了一张桌儿，预备拆弥封后标写中签，照签填榜。当地设着一张丈许的填榜长案；大堂两旁堆着无数的墨卷箱。承值书吏各司其事。还有一应委员房吏差役以至跟随人等，拥挤了一堂。连那堂下丹墀①里也站着无数的人，等着看这场热闹。那贡院门外早屯着无数的报喜的报子；这班人都是老早花了重价买转里面的书办，到填榜时候，拆出一名来，就透出一个信去。他接着便如飞去报，图的是本家先一天得信，他多得几贯赏钱。

不一时，预备齐集，点鼓升堂。主考才离了衡鉴堂，来到至公堂和监临相见，各官三揖。参谒已毕，便有内帘监试，领了内帘承值官吏，把取中的朱卷送到公案上，先把五魁的魁卷放在当中，又把第六名以下的中卷一束束挨次摆得齐整，然后才把那束备中的卷子另放一处。向例填榜是先从第六名填起，全榜填完了，然后倒填前五名。这个原故，只在这《儿女英雄传》安老爷中进士的时候已经交代过了，此时不须再赘。

当下只见那位大主考归座后，把前五魁魁卷挪了一挪，伸手先把那中卷里头一本第六名拿起来，照号吊了墨卷，拆开弥封。拆出来一看，只见那卷面上的名字叫作马代功，汉军正白旗人。

原来这人的乃翁作过一任南监掣；他本身也捐了个候选同知。其人小有别才，未闻大道；论他的才情，填词觅句，无所不能，便是弄管调弦，也无所不会，是个第一等轻簿浮浪子弟。却正是那位汉监临大人当日未发以前来京就馆时候教过的一个最得意的阔学生。如今见第一卷取中的便是他，不禁乐的掀须大叫道："易之中了！这人正是我的学生，聪明无比！他家要算个大族。他的表字易之，别号叫作篑山。不惟算得他们旗人中第一个名家，竟要算北京第一个才子。三位老前辈今日取了这个门生，才叫作'名下无虚，主司有眼'，可称双绝。不信，等他晋谒的时候把他那刻的诗集要来看看，真真是李、杜复生，再休提什么王、杨、卢、骆。"

恰好这卷正是那位娄主政荐的，那位大主考方公取中的，听得这话，也十分得意，便道："这所谓文有定评了，可见我这双老眼竟还不盲。"

① 堂下丹墀(chí)——朝廷殿下的涂成红色的台阶以及台阶上的空地。墀，空地。

说着，那位监临大人便把他的朱卷捧在手里，吟哦他那首排律的诗句。这个当儿，那边承书中签的两个外帘官早已研得墨浓，蘸得笔饱，等着对过朱墨卷便标写中签。不想得那位监临大人看着那本卷子，忽然地嚷起来道："慢来！慢来！为�了！他这首诗不曾押着官韵呀！"

方老先生听了，也觉诧异，说："不信有这等事。想是誊录誊错了，对读官不曾对得出，也不可知。"急急的把墨卷取过来，亲自又细细的对了一番，可不是忘了押官韵了是什么呢？怔了半日，倒望着大家道："这便怎样？傗偏偏的又是个开榜第一人，不但不好将就，而且不便斡旋。此时再要把通榜的名次一个个推上去，那卷面上的名次都要改动，更不成句说话了。不么，我们就向这备卷中，对天暗卜一卷，补中了罢。大家以为怎样？"众人连说："言之有理。"

说着，大家都站起来。那大主考便打开那一束备中的卷子，挑出几本合字号的来搁在一处，立刻秉了一片为国求贤的心，毕诚毕敬，望空默祝了一遍，先用右手把那挑出来搁在一处的几本备卷抖散了；他的左手还有些信不过他的右手，又用左手掀腾了一阵，暗中摸索出一本来，一看，正是那位娄主政力争不退的"成字六号"那一卷，连忙叫了坐号，吊了墨卷来，拆开弥封一对，只见那卷面之上写的名字正是"安骥"两个字。

大家看了那个"骥"字才悟到那个表字易之别号篑山的马代功竟是替这位不称其力称其德的良马，人代天功，预备着换安骥来的。

只可怜那个马生中得绝高，变在顷刻，大约也因他那浮浪轻薄上就把个榜上初填第一名暗暗的断送了个无踪无影。此时真落得"为山九仞，功亏一篑，止，吾止也"了。

这等看起来，功名一道，岂惟科甲，便是一命之荣，苟非福德兼全，也就难望立得事业起！不然，只看世上那班分明造极登峰的，也会变生不测，任是争强好胜的，偏逢用违所长；甚至眼前才有个转机，会被他有力者夺了去，头上非没个名器，会教你自问作不成。凡事固是天公的游戏弄人，也未必不是自己的暗中自误。然则只吾夫子这薄薄儿的两本《论语》中，"为山九仞"一章便有无限的救世婆心，教人苦口儿。如人废而不读，读而不解，解而不悟，悟而不信何！

闲话少说。却说至公堂上把安骥——安公子——取中了第六名举人，占了先声，当下那班拆封的书吏便送到承书中签的外帘官跟前，标写中签。那官儿用尺许长寸许宽的纸，笔酣墨饱的写了他的姓名旗籍；又有承值宣名的书吏，双手高擎，站在中堂，高声朗诵的唱道："第六名安骥，正黄旗汉军籍痒生。"唱了名，又从正主考座前起，一直绕到十八位房官座前转着，请看了一遍，然后才交到监试填榜的外帘官手里。就有承值填榜的书吏用碗口来大的字照签誊写在那张榜上。

此时那位娄主政，只乐的不住口的念诵："有天理！有天理！"他此时痛定思痛，想起那日梦中那位老者说的"他名字已经大书在天榜上了"这句话来，益发觉得幽暗之所，没一处不是鬼神；鬼神有灵，没一事不上通天地，煞是令人起敬起畏。

书中且言不着场里填榜的事。却说场外那一起报喜的一个个擦拳抹掌的都在那里盼里头的信，早听得他们买下的那班线索隔着门在里面打了个暗号，便从门缝中递出一个报条来；打开看了看，是"第六名安骥"五个字。

内中有个报子正是当日安老爷中进士的时候去报过喜的；他得了这个名条，连忙把公子的姓名写在报单上，一路上一个接一个的传着飞跑；那消个把时辰，早出了西直门，过了蓝靛厂，奔西山双凤村而来。这且不表。

再说安老爷自从得了初十揭晓的信息，便虑到这日公子倘然一个不中，在家面面相觑，未免难过；又有自己关切的几个学生，也盼早得他们一个中不中的确信；只是住得离城穹远①，既不好遣人四处打听，便是自己进城候信，又想起太太媳妇在家也是悬望，正在为难。

恰好这班少年，从出场起便热锅上的蚂蚁一般，到了这日，那里还在家里坐得住；因是初十日出榜，先一日准可得信，便大家预先商量着在内城西山两下相距的一个适中之所找了座大庙。那庙正是座梓潼庙②。庙里也有几处点缀座落。那庙里还起着个"敬惜字纸"的盛会，又存着许多善书的板片，是个文人聚会的地方。是日也约了安公子一同在那里疏散一天，作个"题糕雅集"，便借此等榜。

公子回知了父亲，安老爷也以为可。他到了重阳这日，早起吃了些东

---

① 穹(diāo)远——深邃貌。此处为很远的意思。

② 梓潼庙——为道教所奉主宰功名禄位的梓潼帝君之庙。

西，才交巳正，便换了随常衣裳，催齐车马，见过堂上，回明要去。安老爷嘱咐他道：“你只顾去大家谈谈，倒好消遣。家里得了信，自然给你送信去。倘然你那里得了信，就即刻回来。如果两地无信，像你这样年纪，再多读两年书，晚成两年名，也未始非福。”

公子也领会得这是父亲虑到自己不中先慰藉一番的苦心；只聚精会神答应，不遑他顾。倒是安老爷只管说着话，耳轮中却听得二门外一阵人语嘈杂；才回头要问，只见张进宝从二门跑进来，华忠、随缘父子两个左右架着他的膀子，他跑得吁吁带喘，晋升等一干家人也跟在后面。

安老爷正不知什么事。只见张进宝等不及到窗前，便喘吁吁的高声叫道：“老爷太太天喜！奴才大爷高中了！”

安老爷算定了儿子这科定不得中的，便是中，也不想这时候便有喜信；听了这话，也等不得张进宝到跟前，阿了一声，站起来发脚就往院子里跑，直迎到张进宝跟前，问道：“中在第几名？”

那张进宝是喘得说不出话来。老爷便从他手里抢过那幅大报单来打开一看，见上面写着“捷报贵府安老爷，榜名骥，取中顺天乡试第六名举人”，下面还写着报喜人的名字，叫作“连中，三元”。

安老爷看了，乐得先说了一句：“谢天地！不料我安学海今日竟会盼到我的儿子中了！”手里拿着那张报单，回头就往屋里跑。

这个当儿，太太早同着两个媳妇也赶出当院子来了。太太手里还拿着根烟袋。老爷见太太赶出来，便凑到太太面前道：“太太，你看这小子，他中也罢了，亏他怎么还会中的这样高！太太，你且看这个报单。”

太太乐得双手来接，那双手却攥着根烟袋，一个忘了神，便递给老爷；妙在老爷也乐得忘了，便拿着那根烟袋，指着报单上的字，一长一短念给太太听。还是张姑娘看见，说：“哟！怎么公公乐的把个烟袋递给婆婆了？”只这一句，他才把公公婆婆说倒了过儿了。

何小姐这个当儿，机灵听见，连忙拉了他一把，悄悄儿的笑道：“你怎么也会乐的连公公婆婆都认不清楚了！”张姑娘才觉得这句话是说拧了；忍着笑，扭过头去，用小手巾握着嘴笑，也顾不得来接烟袋。

何小姐早连忙上去把公公手里的烟袋接过来，重新给婆婆装了袋烟。他不想比张姑娘拧的更拧，点着了，照旧递到公公手里。安老爷道：“我可不接了。”他这才大笑。

一时,大家乐的就连笑也笑不及。老爷还在那里讲究,说怎的十名以前难得有一两个旗人,而且这第六名便算个填榜的头名。太太同两个媳妇听着,只是满脸堆欢,不住口的答应。

这个当儿,只不见了安公子。你道他那里去了?原来他自从听得"大爷高中了"一句话,怔了半天,一个人儿站在屋里旮旯儿里,脸是漆青,手是冰冷,心是乱跳,两泪直流的在那里哭呢。

你道他哭的又是什么?人到乐极了兜的上心来,都有这番伤感。及至问他,他自己也说不出来。何况安公子伦常处得与人不同,境遇历得与人不同,功名来得与人不同,他的性情又与人不同:此时自然应该有这副眼泪。

却说他一时恐怕满面泪痕惹得二位老人家伤感,忙叫柳条儿拧了个热手巾来擦了擦脸便出去让父母进屋子歇息。安老爷、安太太才觉出太阳地里有些晒得慌来。

大家才进屋子,便见晋升手里拿着两幅全帖出来,回说:"老少程师爷给老爷太太道喜,说了且不惊动,等老爷闲一闲再请见。奴才都道答过了。"说完,又回说:"张亲家老爷听见信,回家换衣裳去了,大约少刻就进来。"

安老爷听见,便叫:"把帽子拿出来预备着。"原来安老爷虽只一个七品头衔的"金角大王",看着这顶丈夫之冠,却极郑重,平日都是太太亲自经理;到了太太十分分身不开,只那个长姐儿偶然还许伺候戴一次帽子;此外那班小丫头子道他脏手净手,等闲不准上手;其余的仆妇更不消讲了。

到了那个长姐儿伺候老爷戴帽子款式也最大有讲究。讲究不搦顶子,不搦帽沿儿,只把左手架着帽子,右手还预备着个小帽镜儿。先把左手的帽子递过去,请老爷自己搦着顶托儿戴上,然后才腾出右手来双手捧着那个帽镜儿,屈着点腿儿,塌着点腰儿,把镜子向后一闪,对准了老爷的脸盘儿;等老爷把帽子戴正了,还自己用手指头在前面帽沿儿上弹一下儿,作足了这个"弹冠之庆",他才伸腰迈步,撤了镜子退下去。这一套仪注要算他个拿手。谁知那日正值老爷叫预备帽子,他偏不在跟前。

你道今日这个日子长姐儿怎的会不在跟前?原来他从安老爷会试那年,便听得第二日出榜,果然中了,头一日就可得信;算计着大爷这次乡试，明日出榜，今日总该有个喜信儿。他可没管举场离双凤村有多远，从半夜里就惦着这件事。才打寅正，他就起来了，心里又模模糊糊记得老爷中进士的时候，是天将亮，报喜的就来了，可又记不真是头一天是当天，因此半夜里盼到天亮，还见不着个信儿，就把他急了个红头涨脸。及至服侍太太梳头，太太看见这个样子，问道："你这是怎么了？"他只得说："奴才有点儿头疼，只怪晕的，想是吃多了。"太太平日又最疼这个丫头，疼的如儿女一般，忙伸手摸了摸他的脑袋，说："真个的热呼呼的。你给我梳了头，回来到下屋里静静儿的躺一躺儿去罢，看时气不好。"

他听了这句，心里先有些说不出口的不愿意。转念一想："倘然果的没信了，今日这一天的闷葫芦可叫人怎么打呀？倒莫如遵着太太的话，睡他一天，倒也是个老正经。"因此扎在他那间屋里，却坐又坐不安，睡又睡不稳，没法儿只拿了一床骨牌左一回右一回的过五关①儿，心里要就那拿的开拿不开上算占个卦，不想一连儿三回都没拿开。

他正在有些烦闷，不想这个当儿，他照管的一个小丫头子——叫喜儿的——从老远的跑了来，叫道："长姑娘！长姑娘！……"一句话不曾说出来。他便说道："一个女孩儿家，总是这样慌里慌张，大声小气的！你忙的是什么？"把个小丫头说的撅着嘴不敢言语。他才问道："作什么来了？"那喜儿才说："张爷爷才进来，说大爷中了。"

这一句，他可断断在屋里圈不住了，忙忙的匀了匀粉面，刡②了磺油头，又多带了几枝簪子棒子，另换了几件衫儿袄儿，重新出来；来到上房，恰好正是安老爷叫他拿帽子的那个时候儿。

太太见他来了，说："你这孩子怎么又跑出来了？"他笑嘻嘻的回道："家里这个样儿大喜的事，奴才就怎么疼也该挣扎着出来。"

安太太益发觉得这个丫鬟心肠儿热，差使儿勤，知机懂事，便说："很好。老爷要帽子呢。"

他答应一声，兴兴头头的进了屋子举着帽子镜子出来；出了屋门儿，就奔了大爷跟前去了。大爷只道他要叫自己转递给老爷，才接到手里，早见他屈着身子往下就了一就，双手捧着帽镜儿，对准了公子那副潘安、宋

---

① 过五关——一种骨牌游戏。

② 刡（mǐn）——用篦子梳上了油的头发。

玉般有红似白的脸儿，就像伺候着老爷往脑袋上戴。及至看见大爷戴着帽子呢，他才悟出是失了点儿神。幸而公子是个老成少年，更兼老爷是位方正长者，一边不甚着急，一边不曾留心。

事有凑巧，这个当儿，人回："张亲家老爷进来了。"老爷道："你就给我罢，又何必转大爷一个手？"公子趁这句话，便替他把帽子递过去。老爷忙的也不及闹那套戴帽子的款儿，急急的戴上便出迎张亲家老爷去。那张姐儿只就这阵忙乱之中拿着镜子一溜烟的躲进屋里去了。

却说张亲家老爷进来，一面作揖道喜，说道："亲家老爷，亲家太太，大喜！这是你二位的德行，我们姑爷的学问，我们这位何姑奶奶的福气，连我闺女也沾了光了。"安太太道："这是他们姐儿俩的造化，亲家老爷也该喜欢，怎么倒这么说？"安老爷道："便是你我的儿女，你我彼此共之。"

却说公子这日要上梓潼庙，原穿着是身便服，因听见泰山都换了袍褂进来了，自己也忙着回家换衣裳。张姑娘便赶过去打发他穿。

这个当儿，张亲家老爷见过何小姐，才要找女儿女婿道喜，不曾说得出口，只听舅太太从西耳房一路唠叨着就来了。口里只嚷道："那儿这么巧事！这么件大喜的喜信儿来了，偏偏儿的我这个当儿要上茅厕，才撒了泡溺，听见，忙的我事也没完，提上裤子，在那凉水盆里汕了汕手就跑了来了。我快见见我们姑太太。"安太太在屋里听见，笑着嚷道："这是怎么了？乐大发了。这儿有人哪！"

说着，早见他拿着条布手巾，一头走，一头说，一头擦手，一头进门。及至进了门，才想起姑老爷在家里呢；不算外，还有个张亲家老爷在这里。那样个敞快爽利人，也就会把那半老徐娘的脸儿臊了个通红；也亏他那敞快爽利，便把手里的手巾撂给跟的人，绷着个脸儿给安老爷道了喜，便拉着他们姑太太道："妹妹，这可是你一辈子第一件可喜可乐的事。你只说我乐大发了，你再不想你们都是一重喜，我是三重喜；也算得我外外中了，也算得我女婿中了，你们想我这个外外，这个女婿，还不抵我一个儿子吗？可不是三重喜？你们怎么怪得我乐糊涂了呢？"

安夫妻听了大乐。安老爷那等一个不苟言不苟笑的人，今日也乐得会说句趣话儿了，便说道："'喜怒哀乐之未发，谓之中；发而皆中节，谓之和。'圣门绝无诳语。大姐姐，你可记得那日我说那出起兵来卧不安枕，食不甘味的话，你只道：'不信出兵忙的连茅厕都顾不得上了'？可见性情之地，是一丝假借不来的。”说得轰堂大笑。他自已也不禁笑得前仰后合。

这阵大乐，大家始终没得坐下。他才给张亲家老爷道喜，正要找张太太道过喜，好招呼他小夫妻三个；满屋里一找，只不见这位张太太，因问：“张亲家呢？我洗手的那个功夫儿，他都等不得，就忙着先跑了来了，这会子又那儿去了？”安太太道：“没见过来，必是到小子屋里去了。”说着，公子换了衣裳同张姑娘一齐过来，问了问，说：“不曾过去。”张姑娘说：“一定家去了。”张亲家老爷说：“我方才从家里来，没碰见他。”

这一阵查亲家太太，闹得舅太太也没得给他们小夫妻三个道喜。张姑娘忙着叫人出了二门，才到他家里问了一回，那个詹嫂也说：“没家来。”舅太太道：“别是他也上茅厕去了罢。”张姑娘说：“正是，我也想到这里，才叫柳条儿瞧去了，也不来了。”

正说着，那柳条儿跑了回来，说：“上上下下三四个茅厕都找到了，也没有亲家太太。”当时大家都纳闷诧异。张姑娘急得皱着个眉头儿干转，说：“妈这可那儿去了呢？”他父亲道：“姑娘，你别着急呀！难道那么大个人会丢了？”张姑娘咇了一声，说：“爹，你老人家这是什么话呢？”说罢，扶了柳条儿，亲自又到后头去找。何小姐的腿快，早一个人先跑到里头去了。安太太、舅太太也叫人跟着找。张老同公子只不信他不曾回家，又一同出去找了一趟。顺着连何公祠两个嬷嬷家都问到了，影向全无。里头两位少奶奶带着一群仆妇丫鬟，上下各屋里，甚至茶房哈什房①都找遍了，什么人儿什么物儿都不短，只不见了张亲家太太。

登时上下鼎沸起来。一个花铃儿，一个柳条儿，是四下里混跑，一直跑到紧后院西北角上一座小楼儿跟前。张姑娘还在后面跟着嚷：“你们别只管瞎跑。太太可到那里作什么去呢？”一句话没说完，柳条儿嚷道：“好了！有了！太太的烟袋荷包在这地下扔着呢！”

且住！这座小楼儿又是个什么所在呢？原来这楼还在安老爷的太爷手里经那位风水司马二爷的老人家看过，说远远的有个山峰射着，这边主房正在白虎尾上，嫌那股金气太重，叫在这主房的乾位上建起一座楼来镇住。安太翁便供了一尊魁星，大家都叫作魁星楼。至今安太太初一十五

① 哈什房——满语。放零用东西杂物的小仓库。

拜佛，总在这里烧香。

张太太来的时候也上去过。他见那魁星塑得赤发蓝面，锯齿獠牙，努着一身的筋疙疸，跷着条腿，两只圆眼睛直瞪着他，他有些害怕，轻易不敢上去。后来听得人讲究魁星是管念书赶考的人中不中的，他为女婿初一十五必来望着楼磕个头，却依然不敢进那个楼门儿。今日在舅太太屋里，听得姑爷果然中了，便如飞的从西过道儿里直奔到这里来，破死忘生的大着胆子上去要当面叩谢魁星的保佑，便把烟袋荷包扔下，一个人儿爬上楼去了。

及至柳条儿看见烟袋荷包，这一嚷，何小姐道："放心罢！有了东西，就不愁没人了。"他那双小脚儿野鸡溜子一般飞快跑在楼跟前，搂起裙子来，三步两步跑上楼去一看，张太太正闭着两只眼睛，冲着魁星，把脑袋在那楼板上碰的山响，嘴里可念得是阿弥陀佛和救苦救难观世音菩萨。

何小姐不容分说，上前连拉带拽，才把他架下楼来；恰好正遇张姑娘带着一群人赶了来。张姑娘一见，便说："妈，这是怎么说呢？可跑到这儿作什么来呢？"他道："姑奶奶，你看看，姑爷中了，这不亏人家魁星老爷呀！要不给他老磕个头，咱心里过得去吗？"何小姐道："好老太太，你别搅我了！没把个妹妹急疯了！公公婆婆也是急得了不得。快走罢。"

这个当儿，安老夫妻那里也得了信。安太太和舅太太说道："我这位老姐姐怎么这么个死心眼儿？"安老爷道："此所谓'其愚不可及也'。"

一时，大家簇拥了他来。安老夫妻不好再问他，只说："亲家，你实在是疼女婿的心盛了！"他也乐得不分南北东西，不问张王李赵，进了门儿，两只手先拉着俩嬷嬷，道了阵喜，然后又乱了一阵。

这个当儿，外边后来的报喜的都赶到了，轰的拥进大门来，嚷成一片；嚷得是："'秀才宰相之苗'。老爷今年中了举，过年再中了进士，将来要封公拜相的，转年四月里报喜的还来呢！求老爷多赏几百吊罢！"

嚷得里面听得逼清。阖家大乐。公子这才恭恭敬敬的放下袍袖儿来待要给父母行礼，安老爷道："且慢，你听我说。这喜信断不得差，但是恪遵功令，自然仍以明日发榜为准；何况我同你都不曾叩谢过天君佛祠，我两老怎好便受你的头？你只给我同你娘道了喜，好见过你舅母岳父母。"公子便双腿跪下，给父母道了喜。一样的给舅太太、张老夫妻道了喜。金玉姊妹道过喜后，安老爷、安太太又叫夫妻交贺。一时，里外男女家人丫鬟小厮，黑压压跪了一屋子，半院子，齐声叩贺完了，又给爷奶奶道喜。公子连忙出了屋子，把张进宝拉起来。二位奶奶这里便招呼两个嬷嬷周旋长姐儿。

一时，舅太太望着公子道："这你父亲可乐了！"张太太又问他说："我们姑爷今儿个这就算八府巡按了不是呀？"舅太太道："将来或者也作得到，今儿个还略早些儿。"

安老爷听了这话，便长吁一声道："太太，这不当着二位亲家舅太太在这里，我一向有句话，却从不曾说起。玉格这个孩子，一定说望他到台阁封疆的地儿，也不敢作此妄想。只我自己读书一场，不曾给国家出得一分力，不曾给祖宗增的一分光，今日之下，退守山林，却深望这个儿子完我未竟之志，却又愁他没那福命，克继书香。不想今日侥天之幸，也竟中了。且无论他此后的功名宝贵何如，只占了这个桂苑先声，已经不负我十年课子的这番苦心，出了我半载作官的那场恶气。"这正是：

不须伯道伤无子①，生子当生宁馨②儿。

要知后事如何，下回书交代。

---

① 伯道无子——伯道，晋代邓攸，字伯道。战乱中他携子、侄逃难屡遇危险，因难两全弃去儿子，保全侄儿，后终无子。

② 宁馨——这样的；如此的。

第三十六回

满路春风探花及第　一樽佳酿釃[1]酒酬师

这回书话表安老爷家报喜的一声报道，公子中了，并且高标第六，阖家欢喜非常。道贺已毕，便要打点公子进城，预备明日揭晓后拜老师会同年这些事，此时忙的怎能分身再去梓潼庙赴那个"题糕雅集"？

正要着人去辞谢，却又不好措词。恰好梅公子早从城里打发人来打听，说："城里已经报动，听说公子中了。因关切，遣人来打听。果然恭喜了，便请公子张罗正事，不必赴约。"安老爷这里打发来人，又专人前去道答，就便打听那边的信息。一时诸事停当，才打发公子进城。公子辞过父母出来，又到书房见过先生，然后才动身。这且按下不表。

再讲场中那天填完了榜，次日五鼓送到顺天府悬挂起来。安公子同下场的那班少年，只莫世兄中了，托二爷中了个副榜，余皆未中。

那场里的三位主考拜榜后也便随着出场复命。那些内外帘官纷纷各归寓所。就中单讲安公子那位房师娄主政。这个人虽生长在风高土厚地方，性情不免偏于刚介，究竟面目不失其真；因他天理中杂了一毫人欲，就不免弄成一个乖僻性情；自在场里经了那番，才晓得虽方刚正直也罢，也得要认定情理，不是闹得脾气的，早力改前非，渐归平易：因此出场后便急于盼望这个第六名门生安骥来见，要看看他究竟是怎的个人，好细问他一个端的。

恰好这日安公子第一个到门拜见，投进手本去。他看了，连忙道："请。"安公子早已裼袭[2]而来。他一看见是个风华浊世的佳公子，先觉得人如其文。当下安公子铺好拜毡，递过贽仪，早拜下去。他也半礼相还。

安公子站起来说道："门生年轻学浅，蒙老师栽植，知感知勉。只是

---

① 釃（shī）——斟酒。

② 裼（xī）袭——衣上加衣。裼，皮衣加罩衣。

自问阅历未深，体用未备①，此后全仗老师教诲。”他便一把拉住公子的手，说道：“年兄，你我诸话莫谈；我且问你，你平日作过一桩甚的大阴德事，先讲来我听。”

公子被他这一问，一时摸不着头脑，只得答道：“门生在家闭户读书，凛遵庭训，不过守着几句‘入孝出弟’的常经，那里有什么阴德！便是有，既曰阴德，门生自己又怎的会晓？”

娄主政一听这话，心里说道：“这个门生，且莫和他讲文章，只听说话就比我通些。”便又问道：“然则一定是尊翁大人平日有个什么大功行了？”

公子忙道：“门生父亲平日却是认定一片性情，一团忠恕，身体力行；便是教训门生，也只这个道理。要定说那一桩是功行，门生一时却指不出来。”

他听了早大声急呼的说了一声：“如何！这就无怪惊得动那等两个大力量的来玉成你这功名了！”

安公子此时如何想得到他这位老师在场里会见着他祖岳、岳父了；听他说的这等离奇，倒觉骇异，不禁问道：“请示老师，这话因何说起？”

他才恭肃其貌，郑重其词，说道：“年兄，你今日束脩来见我，其实惭愧；你这举人不是我荐中的，并且不是主司取中的，竟是天中的。”说着，便把他在场里自阅卷到填榜，目击安公子那本卷子，怎的先弃后取的情形，从头至尾，不曾瞒得一字，向这个门生尽情据实告诉了一遍。不道：“贤契②，你看这段机缘得不谓之天乎？倘然不是那个老人那位尊神开我愚蒙，只我娄蒙斋蒙蒙一世罢了，岂不被我断送了你一个真功名，埋没了你三篇好文字？莫讲我今日之下没福和你作这个通家③，我娄蒙斋这场任性违天的罪过可也不小！你回去务必替我请教尊翁，这老人和那尊神端的是怎生一个原由？我是要把这节事刻在科场果报里边布告多士的。”

安公子听他讲了半日，早已悟到他讲的那老人所说的“予何人也”那

---

① 体用未备——本体和作用尚不全备。

② 贤契——“贤友”称谓。契，至友。

③ 通家——世交好友。

句话自然该是自己的祖岳老孝廉何焯①,那位尊神所说的"吾神何来"那句话一定便是自己的岳父新城隍何杞了;但是想了想,今日初谒师门,怎得有许长功夫和他把《儿女英雄传》前三十五回的评话从头讲起,只得说道:"虽说如此,究竟仗着老师的力荐成全,才得备中。"

那房师听了大喜,茶添二道,论了会子安公子的诗文,又细问安老爷的官阶年纪,才知是位先达,益加起敬。

安公子也便告辞,准备去拜见座师。接着城里正有许多应酬,他因记挂着还不曾拜过父母,因此,拜过座师便一径出城回家;在天地佛祠父母前磕过头,便在上屋拜见了舅母、岳父母;又去在何家岳父母祠堂先生馆里行了礼,重新回到上房,才把他见各位老师的光景以至他那位房师讲的话细回了父母一遍。

阖家听了,无不惊异赞叹。何小姐此时想起他父亲来,未免一阵心酸,眼圈儿一红,只是在公婆跟前不好悲泣。不想安老爷那边早已泪流满面,呜咽不止;一面擦着眼泪,向太太说道:"我这位恩师再生之意,我不知受了他老人家多少裁成②。不想今日之下,他老人家久归道山,还来默佑这个小子,叫人怎的不感极而泣!"因又吩咐公子道:"至于你,身受你祖岳、岳父的栽培,从此更当益加感奋,勉图上进,却不可仗着这番鬼神之德,稍存一分懈怠。须知天道至近,呼吸可通,善恶祸福,其应如响。你可晓得一念不违天理人情,天地鬼神会暗中呵护;一念背了天理人情,天地鬼神也会立刻不容。《易》有云:'积善之家,必有余庆;积不善之家,必有余殃。'你只看他这'积'字'余'字'必'字何等有斤两,有把握!只可惜世人都把他作'老生常谈'读过去了,往往丢了这玉检金科,靠些才智用事,以至好端端的骨肉伦常,功名富贵,转眼间弄到荡析③沦亡,困穷株守,岂不可惜?"当下公子敬听着父亲的教训,便也如对越天地鬼神一般。

列公,你看这位安老先生惹着他便是一篇唠叨,言者何其苦不惮烦,听者无乃倦而思卧。其奈他家有这等一个善教的老子,便有那等一个肯受教的儿子,也算得个千载奇遇了。

---

① 焯——chāo。
② 裁成——栽培。
③ 荡析——离散。

闲话少说。却说安公子见过父母，才回到自己屋里。金玉姊妹今日之下盼得夫婿中了，两个是一团精神，张罗换衣裳，换帽子。这个叫丫头伺候茶水，那个又叫嬷嬷预备吃食；这个问了番连朝的车马劳顿，那个又提了些那日的晴雨寒暄。

看了他三个这番闺房昵昵，儿女喁喁，不禁令人要笑不知愁的那个"闺中少妇"，当春日凝妆上那座翠楼的时候，忽然看见陌头一片杨柳春色，就后悔不该叫他夫婿远去觅封侯起来。那一悔真真悔得丢人儿！没味儿！

闲话少说。却说安公子次日起来，依然回明父母进城，忙着去拜会同年，会同门，公请老师，赴老师请，序齿录①，送朱卷这些事。直等赴过"鹿鸣宴"，拜完了客，也就耽延了十余天，早又交了十月，才待回庄园而来。到了家，只见门前冷静静的，众家人都不在跟前，只有个刘住儿在那里看门，便问他道："老爷是在上房里，是在书房里呢？"他回道："老爷饭后同程师爷带了个小小子往近山一带闲走去了。"

公子便一路进了二门，早听得太太欢笑之声，隔着玻璃一望，原来同舅太太、张亲家太太带了长姐儿在那里斗牌呢。

公子进了屋子，见过母亲，也说了些连日城里应酬匆忙的话，便问道："我父亲不在家，母亲今日倒没事？"安太太道："可不是，自从你俩媳妇儿接过这个家去，弄得很妥当，想的也周到，我同你父亲可就省大了心了。这几天你父亲没事，吃完了饭，只坐在那里拿着本子书瞧。我说：'这么好天气，为什么不学邓九公也出去闲走走，活动活动呢？'今日才同你师傅到晚香寺看菊花去了。我闲着也是白坐着，我们就打起骨牌湖②来了。你瞧，那杌凳儿上的钱都是我赢的，回来咱们娘儿们商量着弄点儿什么吃——也难得赢你舅母俩钱儿。"舅太太笑道："输俩儿输俩儿罢！好容易盼得不斗那个揪心牌了！"

公子也笑了。因回头不见金、玉二位，便问丫头们道："两位大奶奶呢？怎么一个儿也不在这里？"张太太道："他俩不得闲儿耍呀，忙了这几日了。"太太道："真个的，你也家去瞧瞧罢。他们今儿忙呢。"

---

① 齿录——履历表；登记表。

② 骨牌湖——骨牌的一种玩法。

公子便出了上屋，回到自己院来；将进院门，只见张进宝、华忠、戴勤、晋升、梁材等一干人都站在倒座东边那间窗前听着两位大奶奶屋里吩咐什么话呢。他进了院门，再奔了那屋里来，听得屋里回了一句说："爷过来了。"姊妹早已迎到堂屋里，接着问两句闲话，便要跟过住房来。公子道："就在这里坐罢。"

说着，公子先走到里间，只见靠北窗八仙桌子上堆着大高的两硌①册子，旁边又搁着笔砚算盘。公子道："请治公。"何小姐便笑道："既如此，索兴让我们把这点儿事料理完了，咱们好说闲话儿。"

公子便在靠南一张小床儿上坐下。只听何小姐向窗外叫道："张爹，你把他带进屋里来。"张进宝答应一声，带进一个人来。公子一看，原来是戴勤。

这个当儿，何小姐还一长一短的和大家闲话；一见戴勤进来，忽然把脸一沉，问道："我当日派你们几个人分管这几项地的时候，话是怎么交代的？怎么众人都知道巴结，照数催齐了，独你拖下尾欠来？是什么原故？"戴勤忙回道："奴才管的那地里本有几块低洼地；再者，今年的雨水大，那棉花不得晒，都受了伤了。下欠的奴才也催过他们，赶明年麦秋准交。"

何小姐道："哦！这就是你拖欠的原故！难道你们四个人管的地不是我责承你们公同均匀搭配齐了的吗？是独你管的这项地里有低洼地哟？是别人管的地里没种棉花哟？还是今年的雨水大，单在你管的那几块地里了呢？——这是庄头②佃户搪塞你的话，你怎么也照着样儿搪塞起我来了？有这样的，不如照旧由着庄头鬼混去，老爷太太又派管租子的家人作什么？"把个戴勤问的闭口无言，只低了头。

又听何小姐发作他道："我是怎么样嘱咐你说：'你向来脸软，经不得几句好话儿；这可是主儿家的事情，上上下下大家的吃用；别净作好好先生临期自误。'怎么头一年就和我打起擂台来了？还是我这话嘱咐多余了？还是你是我的嬷嬷爹，众人只管交齐了，你交的齐不齐就下的去呢？

---

① 硌(luò)——同"摞"。

② 庄头——清满汉族籍贵族地主阶级的田庄管理人。专管监督佃户生产、催收地租、摊派劳役等事。

你把这个道理讲给我听听。”

戴勤听了这话，连忙跪下说：“奴才下去赶紧催去。”何小姐冷笑了一声，说道：“你有此时才催的，早作什么来着？交代这差使的第一天，我当着老爷太太面前告诉过：‘你们大家办好了，老爷太太自有恩典，是大家的脸面；倘然误了老爷太太的事，那一面儿的话我就不说了，临期你们大家可得原谅我。’不想大家都知道原谅我，倒是从你第一个先不原谅我起！很好！”说着，把小眉毛儿一抬，小眼睛儿一瞪，小脸儿一扬，望着张进宝叫了声“张爹”，说道：“你把他带到外头老爷书房头里，请出老爷的家法来结结实实打他二十板子再带进来见我！”

戴勤此时唬得只是磕头，求奶奶开恩。院子里的家人一个个屏声息气，连咳嗽也不敢轻易咳嗽；堂屋里的仆妇丫鬟只鸦雀无声的窃听；把个随缘儿媳妇急得只是怪哭，悄悄儿的磨着他妈，给进去求求；戴嬷嬷也是着急，待要进去，又怵着不敢进去。

早听张姑娘劝了一句，说：“姐姐，看着我饶他个初次罢。”只这一句便听何小姐高声说道：“妹妹，不是这么着。这桩事你我两个一般儿大的沉重，怎么叫我看着你呢？要说因为这是个初次就饶他，我正为这是个初次，所以才饶不得他。这次正是个立法之初，饶了这次，往后就是倒了；独饶了他，众人都有得说的了。要依然等到公婆操起心来，你我怎么对公婆？又怎么对众人？慢讲是他饶不得，假如华奶公今年有个拖欠，你我讲不得也该是一例的照办才公道。”

按下这头。却说安公子自从去年埋首书斋，偶然在家闲一刻，便见他姊妹两个“三下五除二”的不离手，“五亩七分半”的不离口；因自己一向正在用功，正不曾留心这桩事到底弄到怎么个份儿上了，不想今日才得应酬完了，跑回家来，正碰上这场热闹，一时坐在一旁，既不好伸手，又无从开口；因觉得有些饿了，才叫人拣了几个甜饽饽来，拿起来咬了一口，正在嘴里嚼着，听得他那位箫史卿这半日倒像推翻了核桃车子①一般，总不曾住话，说着说着，那个气好比烟袋换吹筒，吹筒换鸟枪，鸟枪换炮，越吹越壮了；自己待要开言解劝，听得张姑娘才说了一句，索性连他嬷嬷爹华忠

① 推翻了核桃车子——喻说话滔滔不绝。

也刮擦①上了，却也防一说吃个钉子。

正在为难，只见张进宝听得大奶奶吩咐，先答应了一声"嗻"，便颤巍巍扶着机凳儿跪下去，回道："奴才有个下情，求奶奶恩典。"窗外的家人见他跪下，轰，都跪下了。两个嬷嬷便也带了随缘儿媳妇跟着张进宝跪在屋门外头。何小姐连忙站起来，说："张爹，你快起来；有话起说来。"说着，便叫："花铃儿，快把你张爷爷搀起来。"又说："这事不与俩嬷嬷相干，你两个也只管起来。"又叫："大家也起来。"

张进宝站起身来，才慢慢的说道："这件事，戴勤算实在辜负主儿的恩典，就是奴才平日不能提补着他也有不是；求奶奶开恩，可怜他个糊涂，听不出主儿的吩咐来；再者，看他平日差使也还勤谨，奶奶赏奴才个脸，饶他这次。奴才下去帮他催去，也不用讲什么麦秋不麦秋，那天催齐了，赶紧就交上来。要误了事，请奶奶连奴才一并责罚。"

戴勤此时一声儿也不敢言语，只在那里磕头。只听何小姐坐在上面说道："张爹，你是个有岁数儿最明白的人，我方才的话却不为他短交这百十吊钱起见。你知道的，账上现在也不至于立等这项钱使，也不是我轻高兴②不顾家人含怨；便是看着我嬷嬷从小儿奶到我这么大，在他跟前也该从宽些。但是嬷嬷爹嬷嬷妈怎么重也重不过老爷太太去；也重不过家里这个大局去。"说着，又问着公子和张姑娘道："爷和妹妹可想我这话说的是不是？"

这二位好容易听着他口话儿松了点儿了，谁还敢道个"不"字。二人齐声答道："说的很是；可是张爹方才说的，只可怜他个糊涂罢。"

说着，何小姐早又回过头去望着张进宝说道："张爹，你既这么替他说着，我这看你这个老脸儿，看着你，还是看着老爷太太待你恩典重的上头，今日权且饶他这顿板子。也不用你帮他催，大约叫他十天八天催齐也不能，限他到年底给我交齐了。"说着，又从桌儿上拿起一个单子来交给张进宝看，说："你瞧，这是我们商量着给你众人拟出来的奖赏单子，打算请老爷太太看了好施恩。他也是一样。不想他不爱这个好看儿③，叫我

---

① 刮擦（kāchī）——连带。

② 轻高兴——只顾高兴。轻，"尽"。

③ 好看儿——给面子的做法。

可有什么法儿呢？他这份赏只好撤下来罢。至于庄头，可宽不得，你下去就照着我定的那个章程办去。”

张进宝连珠炮的答应“嗻”，便望着戴勤道：“这还不快叩谢爷和二位奶奶的恩典吗？”那戴勤连忙摘了帽子，碰了阵头，才随张进宝出去。两个嬷嬷和随缘儿媳妇又进来要磕头。何小姐连忙一把拉住他两个，又安慰戴嬷嬷道：“你可别抱怨我，我可是没法儿。”戴嬷嬷此时感畏不遑①那里还敢抱怨。

当下他姊妹两个归着清楚，才同公子过住房来。

却说安公子见金玉姊妹已经把家里整理得大有眉目，自己的功名却才走得一半途程，歇了两日，想到明年会试，由不得不急着用功。

恰好一日安老爷偶然走到书房里，见他正在那里拟了几个题目想要请老爷看定依课作起文来。安老爷看了看，说：“题目倒都拟的是的，只是要作会试工夫，却比乡试一步难似一步了。乡试中后，便算交过排场，明年连捷固好，不然，还有个下科可待；到了会试中后，紧接着便是朝考②，朝考不取，殿试再写作差些，便拿不稳点那个翰林。不走翰林这途，同一科甲，就有天壤之别了。所以凡有志科甲者，既中了举，那进士中与不中虽不可预知，却不可不预存个必中之心，早尽些中后的人事。这人事要怎的个尽法呢？只对策，写殿试卷子，这两层功夫从眼下便得作起来。我的意思，每月九课，只要你作六课的文章；其余三课，待我按课给你拟出策题来，依题条对。凡是敷衍策题，抄袭策料以至用些架空排句塞责却来不得的。一定要认真说出几句史液经腴③，将来才好去廷对。你的字虽然不丑，那点画偏旁也还欠些讲究。此后作文便用朝考卷子誊正，对策便用殿试卷子誊正，待我给你阅改。非我见你既中了个举，转这等苦口求全责备，也虑着你读书一场，进不了那座清秘堂，用个部属中书，已就‘失之毫厘，谬以千里’了。再要遭际不偶，却作个榜下知县，我便是你的前车之鉴，不可不知。”

---

① 感畏不遑（huáng）——畏惧。

② 朝考——清代进士经过殿试，取得出身以后，仍须再应一次殿廷的考试。特派大臣阅卷。之后根据殿式及复试名次，由皇帝分配官职。

③ 史液经腴（yú）——史集经书的精华要旨。

列公只看这位安老先生怕作知县算到了头儿了，卫顾儿子也算到了头儿了；但是也须有卫顾儿子的本事学问。倘我说书的也有个会试的儿子，却叫我和他讲些什么来？

闲话少说。却说安公子遵着父亲的教训依然闭门用起功来，准备来年会试。

这书有话即长，无话即短。捻指之间，早又到了次年礼闱①临近了。安老爷正想着这次不知是那几位主司进去，不想得了信，这次的大总裁又熟人过多了。原来那时乌克斋已升了兵部尚书协办大学士兼内务府大臣；莫学士也升了侍郎；吴侍郎又升了总宪。三个一齐点进去，正是安公子的两位先生，一位世弟兄，不消关节②，只看他的路数笔气，那卷子也就是亮的了。何况他还是个门里出身③的真实艺业！此番焉有不中之理？

看看到了场期，那安公子怎的个进场出场，不烦重叙。等到出榜，又高高的中在十八魁以内。安老爷一家的欢喜热闹，更不待言。紧接着朝考，入了选。便去殿试。

那殿试策题问的是经学史学漕政捕政四道。安公子经安老爷这几个月的造就工夫，那本殿试卷子真真作得来经经纬史，写得来虎卧龙跳，钦派阅卷大臣把他优定在前十本以内。城里有乌、吴、莫三位这等一班最关切的人，还愁安老爷得不着信不成？当日就早先得了个密信，暗暗放心，说："只要在前十本，无论第几，这二甲是拿得稳的，编修便可望了。"

却说到了升殿传胪④的头一天，读卷大臣先进上前十本去，恭候御笔钦定那鼎甲一二三名——状元，榜眼，探花——，二甲第一名的传胪，以至后六名的甲乙。上去之后，那班新进士都在保和殿后左门外候旨，预备钦定下来，那个占了前十名，立刻就要预备带领引见。

这个当儿，除了那殿试写作平平，自分鼎甲无望的不作妄想外，但是

---

① 礼闱——对礼部试的另一种称谓。礼部试，唐开元二十四年以后，科举考试由礼部专管。即由礼部主持的考试。

② 不消关节——不去拉关系，走门径。

③ 门里出身——科班、行业出身。

④ 传胪(lú)——此指殿试后皇帝召见及第进士的仪式。上传语告下为胪，即按名次唱名传呼。另，进士二甲第一名，即殿试第四名通称之为传胪，三甲第一名亦间有称之。

有志之士,人人跂足昂头在那里望信,想这个前十名,更想那前十名鼎甲的三名。

内中只有安公子此时不但自知旗人格于成例,向来没个点鼎甲的,便是他在前十名也早密密的得了信儿了,心里暗想:“便是取在第十名,也还在二甲里。此番回家,上慰父母,所不待言;连我那箫史桐卿那个‘插金花’‘饮琼林酒’‘作夫人’的三个难题目我也算交过两篇卷了。”因此,他只管在那里一样的听信,却比众人心里落得安闲自在;闲中无事,只靠在后左门旁边望着大院子里看热闹。

只见那座宫门的台阶儿倒有一人多高,正门左门掩着,只西边这间的门开着一扇,豹尾森排,雀翎拱卫,只不听得有个高声说话的。看院子里那些预备带领引见的官员都在乾清门阶下伺候听旨。又有这班新进士的同乡同年,至亲本家,这日有事无事都各各借桩公事来关切探听。还有一班好事些的,虽然与他无干,也要知道这科的鼎甲是谁;又有那些跟班的笔政爷①们,更要窃听个消息,预备在大人跟前当个鲜明差使。一时,那大院子里,千佛头一般挤挤擦擦站了一院子人,都扬着脑袋向那乾清门上望着。那门上站的一班侍卫公不住的在那里吆喝“积扐汗”。

积扐汗者,清语声音也。恐其人多声众,虽圣人远在深宫,一时听不见,防得是御前大臣碰见,普化天尊般的一声雷,那些侍卫公便持不住。

大家正盼望,见一个奏事黄门官从门里出来宣了状元榜眼探花传胪的名次。人多地方敞,一时有听的真的,有听不真的。还有站得远些,挤在后面的许多人,一个个矮身欠脚,长身延颈,半日还不曾打听明白状元是谁,又彼此探问。传说了会子,才知那一甲一名——状元——姓奚,江苏人,名叫奚振钟;一甲二名——榜眼——姓童,浙江人,名叫童海晏;一甲三名——探花——便是正黄旗汉军人安骥;二甲一名——传胪——却是个姓马的,叫作马行显。

那状元榜眼传胪的一班亲友听得,个个欢喜,所不待言。只忽然听得本科探花点了个旗人,人人惊异,都说:“这实在要算本朝破天荒的第一人了!”纷纷纳罕。

那知我大清兵民畏法,官吏知法,大臣执法,圣天子神明乎法。原来

① 笔政爷——文职官吏。

那日进上前十本殿试卷去，圣人见那第三本虽然写作俱佳，只是策文靡丽而欠实义，字体姿媚而欠精神，料不是个远大之器。及至看到第八名安骥，这本不但写得黑圆光润，那策文的经学史学两条对得本本源源，漕①政捕政两条对得来条条切中利弊。天颜大喜，便从第八名提向前来定了第三名，把那原定的第三名改作第八名。因此安公子便占了个一甲三名的探花郎。

却说后左门的那班新进士见宫门一阵簪缨乱动，知是卷子下来了。时候离得越近，心里望得越紧。紧接着便是那班带引见的官如飞而来。

忽然见一个胖子分开众人，两只手捧着个大肚子，两条腿踹落踹落的跑得满头是汗，张着张大嘴，一上蹉蹗②便叫："龙媒！龙媒！"众人又不知龙媒为谁。他一眼看见安公子便跑到他跟前只说了个"恭喜"两个字，便扶了安公子的肩膀喘个不住，可再说不出话来了。

安公子出其不意，倒被他唬了一跳；定睛一看，才认出是何麦舟。这何麦舟便是安公子当日上淮安的时候同管子金两个来帮盘缠的那人。

安公子见他这个样子，只问说："怎么了？"他才喘吁吁的伸了三个指头说："龙媒，恭喜！你点了一甲三名——探花——了。"

安公子只是不信。这个当儿，早听那班带引见的官儿一名一名叫到他的名字，果然一甲三名叫得是安骥。安公子此时惊喜交集，早同了那九个人一个个跟前来到乾清门排班。

大家围着一看，只见状元清华丰采；榜眼凝重安详；到了那个探花，说什么潘安般貌，子建般才，只他那气宇轩昂之中，不露一些纨袴，温文儒雅之内，不粘一点寒酸，真真是彝鼎圭璋，熙朝人瑞③；就连那个传胪也生得方面大耳，一部浓须，像是个干济之才。众人不胜叹赏。

那知这班草茅新进初来到这禁御森严地方，一个个只管是志等云飞，却都是面无人色。十个人一班儿排在那里，只口中念念有词，低着头，悄默声儿的演习着背履历。

---

① 漕(cáo)——水道运粮。指征收粮食。

② 蹉蹗(jiāng cā)——台阶。一般台阶较多较密、面积较大者称为蹉蹗路面。

③ 彝鼎圭璋，熙朝人瑞——对朝廷的赞颂，喻盛明之世。彝鼎，青铜礼器。礼仪法则铸其上。圭璋，玉制礼器。熙朝，臣子称颂当时王朝的词汇。

不一刻，只见黄门官站在那高台阶上，说了句“引见”，便鱼贯而入的带上去引见。下来名次不动，静候次日升殿传胪。

却说安公子回到宅里，想到这番意外恩荣，诸事不顾，一心只想飞回去见着父母，正不知二位老人家当如何欢喜；无如明日便是传胪大典，紧接着还有归大班引见，赴宴，谢恩，登瀛①，释褐许多事，授了职便要进那座翰林院到任，事不由己，无法，只得先差人回园代躬给父母叩喜，就禀知所以改点一甲三名的原故。

这回书交代到这里，又用着“说书的一张口难说两家话”的俗套头了。�回来便要讲到安老爷在家候信的话。

却说安老爷到了公子引见这日，分明晓得儿子已就取在前十名，大可放心了；无如望子成名比自己功名念切还加几倍。一时又想到相公的满洲话儿平常，怕他上去背不上履历来；一时又虑到孩子腼腆，怕他起跪失了仪。从天不亮起来，坐在那里看两行书，搁下，满屋里转一阵；写几个字，搁下，又走到院子里望望，等到日已东升，这个心可按捺不住了，忙忙的洗了手换上大帽子，到了自己讲学那间屋子去，亲自上书架子上把《周易》蓍草拿下来，桌子擦得干净，布起位来，必诚必敬，揲了回蓍草卜，卜公子究竟名列第几；揲完，却卜着火地晋卦，一看那“康侯用”“锡马蕃庶”“昼日三接”三句，便有些犹疑，心里暗道：“四大圣人这两卷《周易》诚然万变无穷，我这点《易》学却也有几分自信，怎的今日卜得这一卦？我竟有些详解不来。按这个晋卦的卦象，火在地上，自然是个文明之兆，‘康’字岂不正合‘安’字的字义，‘马’字又是个‘骥’字的左畔，分明是玉格的名字了。这‘昼日三接’不消说是个承恶之意，我心里却卜得是他的名次，难道会名列第三不成？那有个旗人会点了探花之理？不是这等解法。”又参详了半日，说：“呀，不妙了！莫非他改了三甲了罢？”说着，又自己摇摇头说：“益发不是；从没个前十名会改三甲的。况且他那策底子我看过的；若说有什么毛病，那班读卷的老前辈都是何等眼力，又怎的把他列到前十本去呢？”越想心里越不解，便收拾起来，回到上房，把这段话告诉太太和舅太太。

---

① 登瀛（yīng）——登瀛洲的略称。瀛洲，传说仙人所居之仙山。此为皇上对新翰林到任前的礼庆活动之一。

舅太太说:“姑老爷,你不用尽着犹疑了。”因指着金玉姊妹两个道:“前儿个我们娘儿三个说闲话儿,还提来着。我说:‘你们一家子只管在外头各人受了一场颠险,回到家来,倒一天比一天顺当起来了’他姐儿俩提起张亲家母去年的话来,还笑说:‘这底下还要抢头名状元作八府巡按呢。’我说:‘你们俩不用笑,瞧起你们老爷太太的居心行事,再碰上你们家的家运,只怕我们这个少姑爷子照鼓儿词上说的,竟会点个鼎甲,放了巡按,还定不得呢。’瞧瞧,是应了我的话了不是?”

安老爷此刻是一心正经,笑道:“这个怎的和那先天《周易》讲得到一处!”

正说着,只见晋升忙忙的跑进来说:“回老爷,有位老爷要拜会老爷。”老爷便怪着他道:“到底是谁要拜会我?只这样一个秃头老爷,我晓得他是谁。你说话怎么忽然这等糊涂起来了?”晋升道:“这位老爷没来过,奴才不认得。奴才方才正在大门板凳上坐着,见这位老爷骑着匹马,老远的就飞跑了来,到门口下了马,便问奴才说:‘这里是安宅不是?’奴才回说:‘是。’奴才见他戴着个金顶子,便问:‘老爷找谁?’他说:‘你快请你们老太爷出来,我有话说。’奴才问:‘老爷怎么称呼?要见主人,有什么事?说明了,家人好回上去。’他说:‘你别管,只管回去罢。’说着,自己把马拴在树上,就一直跑进大门来了。奴才只得让到西书房去坐。他还说:‘请你们老太爷快出来,我还要赶进城去呢。’”

安老爷听了,也心中诧异,不及换衣服,便忙忙的出去见那位老爷。安太太、舅太太、张太太一时听了,更摸不着门子,不放心,忙叫了个小子跟着老爷出去打听。

却说那位老爷正坐在西书房炕上,跷着条腿儿,刁着根小烟袋儿,腰里拿下火链来,才要打火吃烟;见一掀帘子,进来了个清瘦老头儿,穿着身螬①旧衣裳。他望着勾了勾头儿,便道:“一块坐着,不则②贵姓呵?”安老爷答道:“我便姓安。恕我家居,轻易不到官场,在场的诸位相好都不大认识了,足下何来?到舍下有何见教?”他这才知是安老爷,连忙扔下烟袋,请了个安,说:“原来就是老太爷!”慌得安老爷躬身拉起说:“素昧平

① 螬(cáo)旧——褪了颜色的衣服。

② 不则——不敢问。谦词。

生，怎么行这个礼，这等称谓？请问外头怎么称呼？”他才说：“笔帖式①姓贺名字叫喜升；不敢回老太爷，外头人都称笔贴式是喜贺老大。我们大人打发来了，叫道老太爷的大喜，说宅里的大爷中了探花了。”

安老爷听他这话说得离奇，疑信参半，忙问：“贵堂官是那位？”他才说：“包衣按班②乌大人。笔帖式今日是堂上听事的班儿。我们大人把我叫到右门儿亲口吩咐说：‘才在案儿上见前十本的卷子下来，看见大爷的卷子，本定的是第八名，主子的恩典，把名次升到第三，点了探花了。’差派笔帖式飞马来给老太爷送个喜信。还说因为老太爷是我们大人的老师，算烦笔帖式辛苦一趟。笔帖式抓了匹马就来了。方才笔帖式眼拙，没瞧出老太爷来。老太爷万一见着我们大人，还求美言两句。”说着，又请了个安。

安老爷此时心里的乐才叫个梦想不到，那里还计较这些小节；看了看那位喜贺大爷的年纪，才不过二十来岁，不好叫他“大哥”，又与他无统无属，不好称他“贺老爷”，便道：“老弟说那里话；着实受乏了，改日我再亲去奉拜，先叫我小子登门道乏去。”说着，让他喝茶吃烟。

那位喜贺大爷坐了一刻，便起身告辞说：“笔帖式还得赶到宅里销差去呢。”安老爷送到大门，看他坐了马，加上一鞭，如飞而去，才笑吟吟的进来。

这个当儿，安太太同金玉姊妹以至舅太太、张太太早得了信了。彼此相见，阖家登时乐得神来天外，喜上眉梢。只这个当儿泥金③捷报也早赶到了。这番称贺，不必讲，比公子中举的时候更加热闹。

安老爷道：“大家且静一静，我这半日只像在梦境里呢！”说着，定了定神，才道：“这个信，断不会荒唐，我不能不信，却不敢自信。我此时竟要亲自进城走一趟。一则见了玉格，到底问个明白，是怎生一件事；二则他乍经这等一件意外的恩荣，自然也有许多不得主意，我就当面指示明

---

① 笔帖式——满语。官职名，掌翻译。

② 包衣按班——均为满语。包衣即“包衣阿哈”的简称。家奴。按班，即“昂邦”。清官名“大臣”、“大官”。一般用于文官三品、武官二品以上。如“黑白昂邦”（参赞大臣）、“阿里哈昂帮”（尚书）等。

③ 泥金——我国古代捷报的封袋用金属涂饰，以示庆贺。

白,免得打发个人去传说不清。"

安太太听了,忙说:"老爷这话想的很是。"说着,一面就叫人预备车马,打点衣裳。

正上上下下里里外外忙成一处,这个当儿公子差来的人也到了。安老爷接着问了问,依然不得详尽,便穿好衣裳,催齐车马进城。家中自有太太和二位少奶奶并家人们料理,按下不提。

却说安老爷从庄园来到住宅。公子见自己不能分身回园叩谒父母,倒劳父亲远来,慌忙出来跪迎问安。此时父子相见,那番欢喜,更不待言。一时张老也迎出来,彼此称贺。

安老爷进来,不及闲谈,坐下便问公子究竟怎的便得高点鼎甲的原由。公子随把今日引见,并见着乌大爷怎的告知的详细,从头回了一遍。老爷方得明白,因也把今日早起卜《易》,怎的卜着晋卦,恰好乌大爷着那位喜贺大爷到园送信的种种情节告诉公子。因说道:"从来说,'圣心即天心',然则前人那'诵《诗》闻国政,讲《易》见天心'的两句诗,真是从经义里味①出来的名言。便是我那日给你出的那个诗题,也莫非预兆了。"说着,才待和亲家老爷叙叙连日的阔别,不想亲家老爷倒像个主人,早在那里替女婿张罗老爷的酒饭。

当下他父子翁婿饭罢,安老爷因公子中后,城内各亲友都曾远到庄园贺喜,如乌、吴、莫诸人,以及诸门弟子,也都去过。还有那个娄蒙斋,自从和老爷作通家后,见了安老爷,佩服得五体投地,时常要来亲炙领教,安老爷是有教无类的,竟熏陶得他另变了个气味了。那乌克斋原是安老爷的学生,如今又作了公子的座主②早行了个先施的礼。彼此各行各道,公子尊他为师,他却仍尊安老爷为师。此科甲中常例也。

安老爷便趁这趟进城一一的拜过。又到了那位喜贺大爷门首道过了乏,倒累他次日连忙到庄园来请安缴帖,过了两日,又送了八盒儿关防衙门的内造饽饽来。此是后话。

却说安老爷连日在城内拜完了客,又把公子的事一一布置指示明白,

---

① 味——体味。

② 座主——即"座师"。唐代进士用称主试官。明清举人、进士亦用其称本科主考或总裁官。

便吩咐他索性等诸事应酬完毕再回庄园；又给他看定了个归第的吉日。公子一时得了主意。安老爷便先回双凤村，闲中商量起儿子归第的事来。

一天，老夫妻两个同着媳妇正计议家事，只见舅太太和张太太过来。舅太太坐下便道："姑老爷，我有句话要和姑老爷商量，可是张亲家的事。亲家公是怵着碰你个钉子不肯说；亲家母呢，他说他是个锯子嘴的葫芦，还说你说的话，他听着摸不着，叫我瞧着咱儿说咱儿好，还带管说，务必替他说成才好。前儿个我和我们姑太太商量了会子，姑太太也拿不稳你老的主意。我这里头可受着窄呢。你可不许和我闹一大车书；你就请出孔圣人来也不中用。这件事总得给人家弄成了。"

论安老爷这个人，蹈仁履义，折矩周规，不得不谓之醇儒；只是到了他那动称三代起来，却真也令人不好和他共事。不知这位舅太太怎的一眼把个生克制化的道理看破了。只要舅太太一开口，水心先生那副正经面孔便有些整顿不起来。也搭着这位老爷的近况正是身静心闲，神怡兴会，听舅太太说了这阵，便笑道："夫商量者，商其事之可否，互相商酌而行之谓也。你如今话不曾说，先说请出孔圣人来也不中用，然则还商出些什么量来？"

舅太太道："我不管这些，你只说应不应罢。"安老爷道："益发大奇！你就叫我看篇文章，也得先有个题目。如今文章倒作了大半篇，始终不曾点出题来，却叫我从那里应起？"

舅太太又道："姑老爷常说的呀：孔夫子的徒弟，谁怎么听见一样儿就会知道两样儿；又是谁还能知道十样儿呢。姑老爷这么大学问，难道我说了这么些句话你还听不出个四五六儿来吗？"安老爷道："阿！《论语》要这等讲法，亦吾夫子之厄运也！"

安太太道："你们可怄坏了人了！这到那一年是个说得清楚啊？等我说罢！"因说道："张亲家的意思是因为玉格中了，要给他热闹热闹。"

才说了一句，安老爷早一副正色道："要是打算唱戏作贺，可断使不得，这却不敢奉命。"舅太太道："不是；不用唬得那么个样儿，等我告诉姑老爷。张亲家说的是他们外省女婿中了状元都兴丈人家请游街夸官；就是咱们城里头，我也还赶上过老年，还兴这个热闹儿，姑老爷想来也赶上了。讲到你中举的时候，我们家可没请过，我先说了，省得你回来又比出个例儿来。如今张亲家想着等女婿回来这天打发人远远儿接出去，给他弄份新执事，也给他插上金花，披上红，把他接了家来。一则是个热闹儿，再者，一个小孩子中了会子①，也叫他兴头兴头。姑老爷说使得使不得罢？"

这个当儿，不惟安太太、金玉姊妹望着老爷庆贺罢，连长姐儿都不错耳轮儿的听老爷怎么个说法。只见老爷听罢，哑然大笑，说道："我只道是怎么个难题目！原来为此！何须辞费②到如此？此亦不读书之故也。听我讲：那花红不消费心，有朝廷的恩赐，赴'琼林宴'这日一榜新进士都要领的；却只有榜眼、探花、传胪一定要披戴起来，才成得这个盛典。至于执事，国初的时候，官员都有例用的执事，只翻出《会典》③来看，上面载得明明白白。如今玉格既点了探花，自然该有他应用的仪仗。这事便是真个请教孔夫子，孔夫子也没个不许可的理。有什么使不得的！"

安太太见老爷难得有这等一桩俯顺群情的事，也自高兴；便闲谈道："真个的既是例上有的，怎么如今外省还有个体统，京里的官员，倒不许他使呢？"安老爷道："是不能也，非不许也。你们既不博古，焉得通今？这可就要知'因地制宜，因时制宜'的道理了。我朝以弓马取天下，从不晓得什么叫作图安逸。国初官员乘马的多，坐轿的少，那班世家子弟都是骑马，还有骑着骆驼上衙门的呢！渐渐的忘了根本，便讲究坐轿车。渐渐的走入下流，便讲究跑快车。渐渐的弄到不能养车，便讲究雇驴车。渐渐的连雇驴车也不能了，没法，虽从大夫之后，也只得徒行起来了哇！何况一路还要到鼻烟铺里装包烟，茶馆儿去喝碗茶。这要再用上份执事，成个什么体统？如今既是亲家这等疼孩子，我也不好故却，待我着个人替他照那《会典》上开载的，不奢不俭，置办一份起来，何如？"

张太太听了半日，听这句话头儿仿佛是应了，便和舅太太说道："我和你说僭话儿来着？人家亲家老爷，恁僭事儿，你给他说在理上，他没个不答应的不是？"舅太太道："说了半天，敢则孔圣人就在这儿呢。"大家一笑而罢。

---

① 会子——南宋发行的一种纸钞。

② 辞费——说的话多而无用。

③ 《会典》——记述官署职掌制度的书籍。

却说安公子传胪下来，授职用了编修①，接着领宴谢恩，登瀛释褐，一切公私事宜应酬已毕，便打算遵着安老爷给他定的那个归第吉期，收拾回园叩见父母。他未回家之前，那恩赏的旗匾银两，早已领到。安老爷先在庄园门外立起一对高大朱红旗杆。那庄门外本有无数的大树，此时正是浓阴满地绿叶团云的时候，远远的望着那“万绿丛中一点红”，便有个更新气象。庄门上高悬一面粉油大字“探花及第”的竖匾。迎门墙上满贴着泥金捷报的报条。出入往来的那班家丁倍常有兴。里边两位当家少奶奶早吩咐人在当院里设下天地纸马香烛香案；又扫除佛堂，上着满堂香供；家祠里也预备祭筵。安老夫妻又叫在何公祠也照样备办一份供献。

是日，安老爷因是个喜庆日期，兼要叩谢天恩祖德，便穿了件纵钱打边儿加红配绿的打子儿七品补子的公服；安太太、舅太太都是钿子氅衣儿；张亲家老爷先两日早回了庄园，新置了一套羽毛袍套；亲家太太又作了一件绛色状元罗面月白永春里子的夹纱衫子，穿的纱架也似的；金玉姊妹此刻是钦点翰林院编修探花郎的孺人了，按品汉装，也挂上朝珠，穿着补服。两个人要讨婆婆的欢喜，特特的把安太太当日分赏的那两只雁塔题名的雁钗戴在头上。事有凑巧，恰值何小姐前几天收拾箱子找出何太太庆当日戴的一只小翠雁儿来，嘴里也含着一挂饭珠流苏②，便无心中给了那个长姐儿。他这日见俩奶奶都戴着只翠雁，也把他那只戴在头上，“婢学夫人③”，十分得意。

这日天不亮张老便和亲家借了两个家人，带了那份执事，迎到离双凤村二十里外——便是那座梓潼庙——等候。那执事是一对开导金锣，两对“赐进士出身”“钦点探花及第”的朱红描金衔牌④，一对清道旗，一对朱花旗，一对金瓜⑤，一把重沿蓝伞。

公子那边从头一日收拾妥当了，次日起早带了家丁便回庄园而来；半路到了梓潼庙，吃些东西，换了衣服，一路锣声开导，旗影摇风。公子珠挂

① 编修——官名。清属翰林院，负责文史编纂记述。

② 流苏——下垂的缋子，用五彩羽毛或丝线制成。古代用作装饰品。

③ 婢(bì)学夫人——婢女学作夫人。

④ 衔牌——书写官衔的木牌。

⑤ 金瓜——侍卫所持兵仗。仗端呈瓜形，有主瓜、卧瓜两种，用黄金涂饰。

沉檀，章辉鸂鶒①，头插两朵金花，身披十字彩红，骑一匹雕鞍金埒②的白马，迤逦向双凤村缓缓而来。一路也过了四五处烟村，也过了两三条镇市。那两面锣接连十三棒敲的不断，惹得那些路上行人，深闺儿女，都彼此闲论说："这读书得做官的果是谁家子？"

一程一程，来到临近，公子在马上望着那太空数点白云，匝地③几痕芳草，恰遇那年下半年有个闰月，北地节候又迟，满山杏花还开得如火如锦，四围杏花风里簇拥他白面书生的一个探花郎，好不兴致。近山一带那些人家早就晓得公子今日回第的信息，一个个扶老携幼，抱女携男，都来夹道欢呼的站在两旁看这热闹。内中也有几个读过书的庞眉皓发老者扶了根拐杖在那里指指点点说道："不知这位安水心先生怎样自修，才生得这等一位公子！又不知这位公子，怎样自爱，才成了恁般一个人物！"

话休絮烦。须臾，公子马到门首，一片锣声震耳，里头早晓得公子到了。公子离鞍下马，整顿衣冠，抬头一望，先望见门上高悬的"探花及第"那四个大字。进了大门便是众家丁迎着叩喜。走到穿堂又有业师程老夫子那里候着道贺。他匆匆一揖，便催公子道："我们少刻再谈，老翁候久了。"

公子让先生进了屋子，才转身步入二门，早见当院里摆着香烛供桌，金玉姊妹在东边迎接；一群仆妇丫鬟都在西边叩见。

公子此时不及寒暄，便恭肃趋锵④上堂给父母请了安；见过舅母岳母。安老爷此时已经满面的"祭如在，祭神如神在"了。公子才得请过安，安老爷便站起来望着公子道："随我来。"便把公子带到当庭香案跟前。

早有晋升、叶通两个家人在那里伺候点烛拈香。安老爷端拱焚香，炷在香斗里，带领公子三跪九叩叩谢天地。退下来，前面两个家人引着，从东穿堂过去，到了佛堂，佛堂早已点得灯烛辉煌，香烟缭绕。

---

① 章辉鸂鶒(xī sù)——衣饰华彩生辉。章，文彩；鸂鶒，紫鸳鸯，指衣服图案。鸂，亦读(qī)。

② 金埒(liè)——金墙。埒，矮墙。

③ 匝(zā)地——遍地。

④ 趋锵(qiāng)——疾步快走上前。锵，玉佩等互相撞击作响。

安老爷回来到佛堂,不准妇人站在一旁,敲磬的那个伺候佛堂的婆子老单,早躲在一旁去了。家人敲了磬,老爷带领公子拜了佛出来,仍由原路出了二门,绕到家祠。因公子在城里早在宗祠里磕过头了,便一直的进了祠堂,在他家老太爷老太太神主前祭奠。

行礼已毕,出了祠堂门,安老爷向来"行不由径",便不走那座角门,仍从外面进了二门,来到上房。公子待父亲进房归座,便要给父母行礼了。只见安老爷上了台阶儿,回头问着晋升、叶通道:"我吩咐的话都预备齐了没有?"

两个答应了一声"齐了",便飞跑出了二门,同了许多家人抬进一张搭着全虎皮椅披的大圈椅,又是一张书案来。你道安老爷一个家居的七品琴堂,况又正是这等初夏天气,怎的用个虎皮椅披呢?原来那汉宋讲学大儒,如关西夫子、伊、闽、濂、洛诸公,讲起学来,都要设绛帐,拥皋比①。安老爷事事师古,因此自己讲学的那个所在也是这等制度。不想今日正用着他抬进来,老爷亲自带了家人把那椅子安在中堂北面。椅子前头便设下那张书案。

这个当儿,张老夫妻是在他家等着接姑爷呢,只有舅太太、安太太、金玉姊妹并一班丫鬟几个家人媳妇在那里。见安老爷回到上房,且不坐下受儿子的头,先这阵布席设位,诸女眷只得闪在一旁。舅太太先纳闷儿道:"怎么今儿个他又'外厨房里的灶王爷'闹了个独坐儿呢?回来叫我们姑太太坐在那儿呀?"

安太太见老爷脸上那番"屏气不息,勃如战色"的光景,早想到定是在那位神佛跟前许的什么愿心,便在旁问道:"老爷不用个香炉蜡台么?好到佛堂请去。"只见老爷摇摇头道:"那香烛都是那班愚僧误会佛旨;今日这等仪节,岂是焚香烧烛亵渎得的!"当下不但诸女眷听了不得明白,连公子也无从仰窥老人家的深意,只得跟着往来奔走。

一时设毕,安老爷又吩咐:"就上祭罢。"只见众家人从二门外端进四个方盘来。老爷便带了公子一件件捧进来摆在案上。

大家一看,右手里摆着一方锡铸的朱墨砚台,又是两只朱墨笔,挨着砚台摆着一根檀木棒儿,一块竹板儿;左手里摆着却是安老爷家藏的几件

---

① 皋比(gāopí)——即"坐拥皋比",椅披虎皮。皋比,虎皮。

古器，一件是个铁打的沙锅浅儿模样儿，底下又有三条腿儿，据安老爷平日讲说，是上古燧人氏教民火食烹饪始兴时候的锅，名曰“燧釜”；一件像个黄沙大碗，说是帝舜当日盛羹用的，名曰“土铏①”；一件是个竹筐儿，便是颜子当日箪食瓢饮的那个“箪”。那个黄沙碗里装着一碗清水；那两件里，一个装着几块山涧里长的绿翳青苔，俗叫作“头发菜”；一件装着几根海岛边生的乌皮海藻，便是药铺买的那个“咸海藻”。

把这份东西供得端正，然后安老爷亲自捧了一个圆底儿方口儿的铁酒杯，说那便是圣人讲的“觚不觚②觚哉觚哉”的那个“觚”；杯里满满盛着一杯清酒。老爷兢兢业业举得升空过顶，从东边献到座前供好了，座旁三揖而退，才退到正中带领公子行了个四拜的礼，立起身来又从西边上去撤下那杯酒，捧着作了个揖。出了院子，早见叶通捧过一束白茅根来，单腿跪着，放在阶下。安老爷才望空一举，把那杯酒奠在那白茅上；进来又站在那书案的旁边，问公子道：“你可知我今日这个用意？”

列公，你看安公子真算得了他老人家点儿衣钵真传，他会明白了；只听他控背③答道：“西边这几件自然是‘丹铅设教，夏楚收威④’的意思。东边这几件想是‘涧溪沼沚之毛，苹蘩蕴藻之菜，筐筥锜釜之器，潢污行潦之水⑤’。那箪食瓢饮，正是至圣大贤的手泽⑥口泽。——只不知那奠酒为何要用着白茅根？”安老爷道：“这个典，你只看‘尔贡包茅不入，王祭

---

① 铏（xíng）——古代的菜、羹盛器。

② “觚（gū）不觚”句——孔子说：“觚不像觚，这是觚吗？这是觚吗？”（《论语·雍也》）孔子认为名不符实。“觚”，古代一种青铜酒器。

③ 控背——控身。恭身施礼。

④ 丹铅设教，夏（jiǎ）楚收威——语出《礼记·学记》。意为“以丹砂铅粉做教具，以夏楚惩罚犯礼逞威的学生。”夏楚，榣（tāo）枝荆条。榣，楸（qiū）木或茶树。

⑤ “涧溪沼沚之毛，苹蘩蕴藻之菜，筐筥（jū）锜（qí）釜之器，潢（huáng）污行潦之水”——语出《左传·隐公三年》。意为“小河小池塘边的野草，苹、蘩、蕴、藻四种野菜，竹木和金属的盛器与炊具，不流动的死水与流动的活水”。筥，竹编制的圆形盛器。锜，三足釜，镬的一种。潢污，积水。潦，雨后地面积水。

⑥ 手泽——手汗所沾润。引申为先人遗物。

不供,无以缩酒①'的几句注疏就晓得了。"

公子道:"祭的是那位古圣先贤?"安老爷道:"古圣先贤怎么好请到我内室来。"因指着何小姐道:"这便是他的祖父,我那位恩师。当年我不受他老人家这点渊源,却把甚的来教你?你不经我这番训诲,又靠甚的去成名?这便叫作'饮水思源,敢忘所自'。你要晓得这等师生却和那托足权门垂涎外任的师生是两种性情两般气味。"

安老爷将说完这话,舅太太便叫:"得了。收拾收拾,两位快坐下,让人家孩子磕头罢。我也家去等着陪姑爷去了。"

这里众人忙着收拾清楚,安老爷、安太太便向正面床上双双归座。公子才肃整威仪,上前给父母行礼。

列公,你从他那头上两朵金花,肩上十字披红,朝珠补服,肃整威仪的情形里头回想他三年前未曾见个生眼儿的人,先脸红,未曾着点窝心的事儿,先撇嘴的那番光景,可不是大妞妞似的一个公子哥儿来着吗?才得几天儿,居然金榜题名,玉堂学步,成了人了。只这膝前一拜,你叫他那双父母看着怎的不乐?

只见他老夫妻,一个拈须含笑,一个点首堆欢,两边站着那班仆妇丫鬟望着老少主人,也都是展眼舒眉,一团喜气。

这个当儿,就把个长姐儿忙的又要侍候老爷、太太,又要张罗两位奶奶,已经手脚不得闲儿了。他还得耳轮中聒噪着探花,眼皮儿上供养着探花,嘴唇儿边念道着探花,心坎儿里温存着探花。——难为他只管这等忙,竟不曾短一点过节儿,落一点神情儿。

长姐儿尚且如此,此时的金玉姊妹便不消说是"难得三千选佛,输他玉貌郎君;况又二十成名,是妾金闺夫婿"。他二人那一种脸上分明露的出来口里转倒②说不出来的欢喜,就连描画也描画不成了。

一时,公子拜罢起来,只听安老爷和太太说道:"太太,我家这番意外

---

① 尔贡包茅不入,王祭不供,无以缩酒——语出《史记·僖公四年,召陵之盟》。齐桓公伐楚,谴责楚国不向周王室供纳菁茅。包,裹束。茅,白茅,一种用途广泛的草,是楚国应向周王室贡纳的土产。缩酒,谓古代酿酒,以茅滤除其糟粕。

② 转倒——反倒。

恩荣，莫非天贶①君恩，祖德神佑。不想你我这个孩子，不及两年的工夫竟作了个“华国词臣，荣亲孝子。”且喜你我二十年教养辛勤，今日功成圆满，此后这副承先启后的千斤担儿好不轻松爽快！”太太道：“是虽说是老爷和我的操心，也亏他自己的立志。我不是说句偏着媳妇的话，也亏这俩媳妇儿帮他。”

老爷道：“正是这话。古有云：‘退一步想，过十年看。’这两句话似浅而实深。当我家取这两房媳妇的时候，大家只说他门户单寒；当我用了那个知县的时候，大家只说我前程蹭蹬。你看今日之下，相夫成名的，正是这两个单寒人家的佳妇；克家养志的，正是我这个蹭蹬县令的佳儿。你我两个老人家往后再要看着他们夫荣妻贵，子孝孙贤，那才是好一段千秋佳话哩！”这正是：

如花眷作探花眷，小登科后大登科。

这回书交代到这里，便是《儿女英雄传》第四番的结束。

要知后事如何，下回书交代。

---

① 天贶(kuàng)——天赐恩惠。

第三十七回

志过铭嫌隙成佳话　合欢酒婢子代夫人

上回书交代到安公子及第荣归，作了这部评话的第四番结束，这段文章自然还该有个不尽余波。

却说他这拜过父母便拜见舅母，金玉姊妹也一同过去。三个将进院门，早见舅太太在屋门口儿等着，见他们来了，笑道："这可说得是个新贵了，连跟班儿的都换了新的了。"

说着，公子进门便让舅母坐下受礼。舅太太说："我不叫你磕这个头大概你也未必肯，就磕罢。"公子一面跪下，他一面拉住公子的手说道："快快儿的升，早些儿换红顶儿；不但你们老爷太太越发喜欢了，连我这干丈母娘可也就更乐了。"

公子被舅母紧拉着一只手说个不了，只得一手着地，答应着行了礼起来。舅太太便让他摘帽子，脱褂子，又叫人给倒茶。公子说："我不喝茶了，这时候怎么得喝点儿什么凉的才好呢！"舅太太道："有，我这里有给你煮下的绿豆。我自己包了几个粽子，正要给你送过去呢。"说着便叫老蓝："就端来，大爷这里吃罢。"

老蓝答应一声，便端了一碗凉绿豆，一碟粽子，又见那个丫头——原名素馨，改名绿香的——从屋里端出一碟儿玫瑰卤子，一碟儿冰花糖来，都放在公子面前。公子一面吃着，舅太太又说："吃完了，再把脸擦擦就凉快了。"

公子一时吃完，擦了脸，重新打扮起来。舅太太道："我这里还给你留着个玩意儿呢。不值得给你送去，你带了去罢。"说着，便叫绿香从屋里一件件的拿出来。一件是个提梁匣儿，套着个玻璃罩儿，又套着个锦囊。打开一看，里头原来是一座娃娃脸儿一般的整珊瑚顶子，配着个碧绿的翡翠翎管儿。

舅太太道："这两件东西，你此时虽戴不着，将来总要戴的，取个吉祥儿罢。"金玉姊妹两个都不曾赶上见过舅公的，便道："这准还是舅舅个念信儿[①]呢。"舅太太道:"嗳!你那舅舅何曾戴得个红顶儿哟!当了个难的乾清门辖[②],好容易升了个等儿,说这可就离得梅楞章京快了,谁知他从那么一升就升到那头儿去了。这还是四年上才有旨意定出官员的顶戴来,那年我们太爷在广东时候得的。"张姑娘道:"敢则老年官员都没顶儿吗?这我可又知道了个古记儿。"何小姐道:"不然,为什么帽子要分个红里儿蓝里儿呢?"

说着,公子又看那匣儿,是盘百八罗汉的桃核儿数珠儿,雕的十分精巧。那背坠佛头纪念也配得鲜明。公子倒觉很爱,便道:"这盘轻巧,我就换上他罢。"舅太太益发欢喜,就盘腿坐在那里,叫过他去,又叫他低了头,亲自给他换上。

何小姐早把那个匣子打开,却是一条绝好看的飘带荷包手巾。舅太太道:"你们俩瞧瞧。这还是我二十年头里的活计,如今再叫我照这么个模样儿做一条,我可做不上来了。"何小姐道:"活计是不用讲了,难为娘怎么收来着,竟还好好儿的呢。"因和公子说道:"也换上罢。"说着,不由分说,便给他换上。

公子这才戴上帽子,谢了舅母,亲自拿着那个匣儿去回父母。舅太太又和他说道:"回来我同你丈母娘请姑老爷姑太太,还请你们作陪呢。"

公子一面答应,便过来把方才得的东西都请父母看过。安老夫妻自是欢喜,便催着他过后边去。安太太道:"我叫人把那个角门儿给你们开开了,俩媳妇儿都跟过去。一个也该到自己祠堂里磕个头,一个也该见自家的父母。别自顾咱们家里热闹,叫人家养女孩儿的看着寒心。"二人答应着,带上一群丫头女人,又保驾的似的跟了去。

不一时,到了何公祠,戴勤、宋官儿和一班家人早在那里伺候。公子告过祭,何小姐才上前磕头。张姑娘在姐姐跟前是断不落这个过节儿的。此刻有个不随着磕头的吗?二人一同拜罢起来,撤去祭筵,关好门户,便到何小姐当日住过半天儿的那个禅堂去坐。只见华嬷嬷从他家里提了一壶开水,怀里又抱着个卤壶,那只手还掐着一硌茶碗茶盘儿进来。

公子道:"你就叫你媳妇儿帮帮不好吗?为什么要累得这么阿哥的

---

① 念信儿——专指死者留下的纪念品。

② 辖——满语。侍卫。

嬷嬷库忒累①的娘模样儿呢?"他道:"可不是叫媳妇儿张罗来着么,偏偏儿你这么个当儿,芒种儿又醒了,赖在他妈身上,只不下来。我嫌他们那孩子爪子的累赘。还没我自己干着爽利呢。"说着,便忙着给爷奶奶倒茶。

你道这芒种儿又是谁?前回书交代过的,何小姐过门的时节,那随缘儿媳妇正是将近三个月的双身子,所以不曾进得新房;屈指算到上年的芒种前后可不正该养了。转眼今年又是芒种,那孩子恰好周岁儿,敢是也懂得赖在他妈身上不下来了。

话休絮烦。一时倒上茶来,张姑娘道:"茶不茶的倒不要紧,你们谁快给我装烟吃罢。"

说着,早见柳条儿装过烟来。何小姐道:"喝他们口茶,给爹妈磕头去罢,这一袋烟又得半天。"说着,站起便去接他的烟袋。张姑娘笑道:"好姐姐,等我再吃两口。"一面把烟袋递给柳条儿,一面还回过头来就他手里抽了两口。三个人才一同过张老那边去。到了门首,他老两口儿早迎出来。原来张老因人少房多,只占了三间正房,六间厢房。那正房里当中供佛,一间住人,一间坐客。

当下公子夫妻进去,见堂屋里佛爷桌儿上换了簇新的黄布桌围;桌儿上的锡蜡五供②儿擦得镜亮;佛前点着日夜不断的万年海灯;佛龛两旁一边儿还立着一根干稻草,讲究说,这是怕屋里有个不洁净,遮佛爷的眼目的;佛桌儿前早铺下了个蒲垫儿。老两口儿走到那蒲垫儿跟前就站住等着姑爷行礼。

你道这是个什么仪注?原来小户人家,凡遇着大典礼,不大肯坐下受人的头,总是叫他朝着家堂佛磕。便是家里有个孩子,从散学里下了学,也得朝着佛爷作那个揖。这是比户皆然,却为《礼经》所不载。更兼安公子中举的时候是在上屋给岳父母行的礼,此时如何想得到这个规矩;及至听他岳丈说了句"姑爷来到就是,别行礼罢",他才知是该朝佛爷磕的;便在那蒲垫儿上先给泰山磕了三个头。张老也说了几句老实吉利话儿,又说:"这也不枉你爷儿俩、他姐儿俩受那场苦哇。这都是佛天菩萨的保

---

① 库忒累——外来语。固执;执拗。

② 五供——佛桌五供,一只香炉、一只香筒、一盏油灯和一对烛台。

佑啊。”

公子起来又给泰水磕头。俗语说的“挨金似金，挨玉似玉”，今番亲家太太的谈吐就与往日大不相同了。只听他说道：“姑爷多礼。姑爷请起。这可实在的难为你，也不枉你家一场辛苦吃到底；也不枉我家‘行下的秋风望下的雨①’；也不枉咱两家子这一嫁一娶。往后来我两口儿还愁什么‘年少柴来月少米’！可是人家说的‘老天隔不了一层纸’。等明儿他姐儿俩再生上个一男半女，那才是重重见喜。谁也说不的，这都是人情天理。”不想他一朝作了官亲，福至心灵，这几句官话儿倒误打误撞的说了个合辙押韵。

却说张老让他三个坐下，便高声叫道：“大舅妈，拿开壶来。”那个詹嫂听得公子来了，死也不敢出那个厢房门，连答应都怵着答应；答应一声，只叫他那孩子送了水壶来。那个孩子也是发讪，不肯进屋子，只在屋门外叫：“姑爷，你接进开壶去呀。”

原来那孩子极怕张姑娘。张姑娘便叫道：“阿巧，进来。”他这才讪不答的蹭进来，一手提搒着水壶，那只手还把个二拇指头搁在嘴里刁着，嘻嘻的讪笑递过壶去。张太太又叫他给公子请安，白说了，这他扭股儿糖②似的可再也不敢上前儿咧！何小姐道：“不用请安了。”因指着公子问他：“你只说这是谁罢？”那孩子又摇摇头。何小姐道：“我呢？”他倒认得，说：“你，你也是姐。”张姑娘道：“那么问着你那是谁，只摇头儿不言语。偏叫你说！”他这才呜呐呜呐的答道：“他是个老爷。”

说着，张老沏了茶，他接过水壶去，就发脚跑了。张老端过茶来，公子连忙站起来要接，见没茶盘儿，摸了摸那茶碗又滚烫，只说：“你老人家叫他们倒罢。”及至晾了晾，端起来要喝，无奈那茶碗是个斗口儿的，盖着盖儿再也喝不到嘴里。无法，揭开盖儿，见那茶叶泡的岗尖的，待好宣腾到碗外头来了。心想这一喝准闹一嘴茶叶，因闭着嘴咂了一口。不想这口稠咕嘟的酽茶，咂在嘴里，比黄连汁子还苦，攒着眉咽下去。便放下碗，倒辜负了主人一番敬客之意。

① 行下的秋风望下的雨——以先行秋风后望下雨，比喻给别人以好处，方能得到好的答报。

② 扭股儿糖——以扭股糕糖形容因害羞而身躯扭转情态扭捏的样子。

张老又给他姊妹送了茶，便从佛桌儿底下掏出一支香根儿，自己到厨房掏了个火来，让姑奶奶抽烟儿。柳条儿这里给张姑娘装烟，戴嬷嬷便张罗给亲家太太装烟。

亲家太太抽着烟儿，何小姐就问道："妈，你老人家今儿个吃这个烟，怎么不像那老叶子烟儿味了？"张太太道："可说呢，都是你那舅太太呀。我到了他屋里，他就闹着不兴我吃我的烟，只叫吃他的。昨儿个他又买了十斤渣头送我，我吃着倒怪香儿的呢。就只不禁吃，一会子又怪燎①嘴的。大概吃惯了也就好了。"

当下宾主酬酢礼成，公子才致谢了岳父母的迎接夸官②的盛意。他老两口儿也谦不中礼的谦了两句，公子便要告辞过前头去。何小姐因问张太太说："妈不是回来还同舅母请公婆吃饭呢么？为什么不趁早角门儿开着一块儿走呢？省得回来又绕了远儿。"张太太便道："使得。"说着，用俩指头捻灭了那根香火，又叫道："大舅妈，我不来家吃饭了，晚饭少打半碗米罢。"说罢便一同过这边来。

到了上房，安老爷正和安太太、舅太太在那里长篇大论谈得高兴，见公子来了，便要帽子褂子，待要穿戴好了，亲自带他出去拜谢他的业师程老夫子。

正说着，人回："程师老爷穿了公服过来了，现在腰房里候着，说一定要进来登堂给老爷太太贺喜。"

列公，你道这位程老夫子从那里说起又穿起公服来？原来他当日本是个出了贡的候选教官，因选补无期，家里又待不住，便带了儿子来京想找个馆地。恰值那年安老爷用了榜下知县要上淮安，又打算叫公子留京乡试，正愁没个人照料他课读，见程师爷来了，是自己幼年同过窗的一位世兄，便请他在家下榻。

那程师爷见修馔不菲③，人地相宜，竟强似作个老教去吃那碗豆腐饭，因此，一住四个年头，宾主处得十分合式。安老爷又是位崇师重道的，平日每逢家里有个正事，必请师老爷过来，同诸亲友一体应酬，从不肯存

① 燎(liáo)——烫。

② 夸(kuà)官——大官。

③ 修馔不菲——待遇不薄。修，课业教务；馔，食品、饭食。

那“通称本是教书匠，到处都能雇得来”的浅见。因此，师老爷也就“居移气，养移体”起来，置了一顶鸭蛋青八丝罗胎平鼓洼奓①时样纬帽；买了一幅自来旧的八品鹌鹑补子②，一双脑满头肥的转底皂靴。这日欣逢学生点了探花，正是空前绝后的第一桩得意事，所以才纱其帽而圆其领的过来，定要登堂道贺。

安老爹他因自己还没得带儿子过去叩谢先生，先生倒过来了，一时心里老大的不安，说道：“这个怎么敢当！”低头为难了半日，便和太太说道：“这样罢，既是先生这等多礼，倒不可不让进上房来。莫如太太也见见他，我夫妻就当面叫玉格在上屋给他行个礼，倒显得是一番亲近恭敬之意。”太太也以为很是。

却说安老爷家向来最是内外严肃，外面家人非奉传唤等闲不入中堂。在上屋伺候的都是一班仆妇丫鬟，此外只有茶房儿老尤的那个九岁的孩子麻花儿在上屋里听叫儿。

当下众人听得师老爷要进来，一个个忙着整座位，预备掀帘子。安太太一班内眷带了众丫鬟都到东里间暂避。其余的老婆儿小媳妇子们都在靠西一带远远的伺候着。

此时替那个长姐儿计算，他自然也该跟了太太进里间去才是；无如他心里另有他一桩心事。你道为何？原来他自从去年公子乡试头场出来打发戴勤回家请安的那天，他听戴勤回老爷话，说了句“师老爷说大爷准中”。落后见大爷果然中了不算外，并且一直中到探花了，他心里便着实的感佩这位师老爷；难得今日这个机会，他便不进屋子，和那班仆妇站在外间想瞻仰瞻仰这位师老爷是怎的个老神仙样子。只听老爷先吩咐人预备开正门，又道：“就请师老爷罢。”家人答应出去，老爷早带了公子迎到二门台阶下候着。

此时长姐儿心里打着这位师老爷连我们大爷都教得起，纵然不能照戏上扮的刘备老爷的那位诸葛军师那么个气派儿，横竖也有书上说的岳

---

① 奓（zhà）——张开。

② 补子——即“补服”。旧时的官服。前胸及后背缀有用金线和彩丝绣成的“补子”，也叫“背胸”，是品级的徽识。此制明代已有。清代文官绣鸟，武官绣兽。

老爷的那位教师周先生那么个光景儿，掉在地下，也不至于像春香儿闹学上的陈最良；只不错眼珠儿从玻璃里向二门望着。

正盼望间，但见外面家人从二门旁边跑进来回了一声说："师老爷进来了。"紧接着吱喽喽屏门大开，就请进那位师老爷来。他一瞧先有几分不满意。

原来那位师老爷生得来虽不必"子告之曰，某在斯某在斯"，那双眼睛也就几乎"视而不见"；虽不道得"鞠躬如也"，那具腰也就带些"屈而不伸"；半截真掺假的小辫儿搭在肩头，好一似风里垂杨飘细细；一片银镀金的浓胡子绕来满口，不亚如溪边茅草乱蓬蓬，穿一件本色程香茧单袍子；套一件茄合色羽纱单褂子，他自已赶着这件东西却教作羽毛外套；那件外套上便钉着那副自来旧的补子，又因省了两文手工钱，不曾交给裁缝，只叫他那个馆僮给钉的，以致钉得一片齐着二道褂纽儿，一片齐着三道褂纽儿，便是朱夫子见了，也得给他注明说"此错简，当在第三道褂纽儿之上"，他看了看，似乎合"亵裘长，短右袂①"的本义，也还说得通，就那么"言其上下察也"的套在身上；头上只管是明晃晃一顶"金角大王"般的纬帽，那帽襻儿从带上便"放之则弥六合"的来了；脚下那双皂靴底儿上的泥只管腻抹了个漆黑，帮儿上倒是白脸儿扯光的一层尘土，虽然考校不出他是那年买的，大约从上脚那天直到今日，自来也不曾撣撣刷刷"去其旧染之污而自新"。

长姐儿仔细一看，回头随缘儿媳妇说道："这是怎么话说呢？一个人就砢碜也得砢碜出个样儿来呀！难为咱们大爷，怎么和他一个屋里混混来着。"

这个当儿，里间儿的内眷也在那里远远儿的从玻璃里望外看。舅太太一见，先就说道："敢则这是姑老爷天天儿叫得震心的他那位程大哥呀！这还用满到处找着瞧'海里奔'②去吗！"张太太只问："咱儿了？"金玉姊妹和丫头们已经笑不可仰，便是安太太那等厚道人也都撑不住要笑，只和舅太太摆手儿说："你悄悄儿的，看人家听见。"

---

① 亵裘长，短右袂（mèi）——居家的皮袄身量要做得比较长一些，可是右边的袖子要做得短些。引自《论语·乡党》。

② 海里奔——新奇、新鲜东西。

说着，大家又往外看。只见他从二门屏风台阶儿上一步步用脚试着擦拉下来；到了平地，一副精神早已贯注到上屋跟前，却不曾留心旁边儿还有个主人在那里迎接呢。安老爷只得迎了两步，把手一拱，叫道："大哥，我这里正要带小儿到馆竭诚叩谢，倒劳吾兄枉道先施，请屋里坐。"他听了才连点头儿带哈腰儿，嘴里嘁嘁测测一阵有声无词，不甚可辨，大约说的是"岂敢岂敢"。却又没个里儿表儿。

你道这是什么原故？原来汉礼到了人家里，无论亲友长幼，或从近处来，或从远方来，或是久违，或是长见，以至无论庆贺吊慰，在院子见了主人，从不开口说话，慢讲请安拉手儿了。

当下他只嘁测了那一阵，便奔了上房来。两旁伺候的两个女人忙把帘子高卷起来伺候师老爷进屋子。

这个当儿，里间儿的女眷都过槅扇跟前来隔着那层槅扇绢望外瞧，只见他一进门，不说长，不说短，便举手擎天猫腰拖地的朝上就是一躬，这一躬打下去，且不直起腰来，却把两只手凑在一处，就着地儿拱送，嘴里还说道："恭喜，恭喜；叩叩叩叩叩叩……"

大家一看，这可是个稀罕儿，都在那里纳闷儿。安老爷懂得这个，说了句："岂敢。"连忙赶过去和他膀子靠膀子的也那么闹了一阵，口里却说的是："还叩，还叩，还叩。"讲究这叫作"宾请拜，主人辞；宾再请拜，主人再辞；三让三辞，然后相揖而退"。是个大礼。

安老爷和他彼此作过揖，便说道："骥儿承老夫子的春风化雨，遂令小子成名，不惟身受者顶感终身，即愚夫妇也铭佩无既。"只听他打着一口的常州乡谈道："底样卧，底样卧。"

论这位师老爷平日不是不会撇着京腔，说几句官话；不然，怎么连邓九公那么个粗豪不过的老头儿都会说道他有说有笑的，和他说得来呢？此时他大约是一来兢持过当，二来快活非常，不知不觉的乡谈就出来了。

只是他这两句话，除了安老爷，满屋里竟没有第二个人懂。原来他说的这"底样卧，底样卧"六个字，"底"字就作"何"字讲，"底样"，何样也，犹云何等也；那个"卧"字是个"话"字，如同官话说"什么话，什么话"的个谦词。连说两句，谦而又谦之词也。

他说了这两句，便撇着京腔说道："顾叫胙'良弓滋子必鸭为箕，良雅滋子必雅为裘'；顾都四老先桑格顶训，雍弟哦功滋有！伞快，伞快！嫂夫呐银面前雅寝互互。”①

老爷便吩咐公子：“请你母亲出来。”幸亏是安太太素来那等大方，才能见怪不怪，出来和他相见，便忍了笑，扶了儿子出来。从靠南一带，绕到下首，才待说话，只听他那里问着安老爷道：“顾个秀四嫂夫呐银？”②

原来大凡大江以南的朋友，见了人是个见过的，必先叫一声；没见过的，必先问问这个可是某人不是。

安老爷见问，忙答道：“正是山荆求见。”他这一肃整威仪，乡谈又来了，说道：“顾四要顶爑格。”③庭参者，行大礼也。说着，只见他背过脸儿去倒把脊梁朝着安太太向北又是一躬。慌得安老爷还揖不迭，连说：“代还礼，代还礼。”

安太太此时要还他个万福罢，旗装汉礼，两不对帐；待摸着头把儿还他个旗礼，又怕他不懂更弄糟了；想了想，左右他在那里望着影壁作揖，索性不还他礼；等他转过脸来，才说道：“师老爷多礼。我们玉格这么个糊涂孩子，多亏师老爷费心，成全了他，一总再给老师师老爷道谢罢。”他只低了头，红了脸，一时无话。安老爷便让道：“大哥请坐，待愚夫妇教小儿当堂叩谢。”他又道：“底样卧，底样卧。”

公子早过来站端正了，向他拜了四拜。他又答了两揖。等公子起来，他才笑呵呵的说道：“四雍，恭喜恭喜，武哈你袜涅呢，叫胙‘日呐恩攻虐’，今涅直头叫胙‘亲测于蓝’哉，阿拉？”④老爷又向他打了一躬，说道：“‘此夫子自道也’。改日还当竭诚奉请。”

列公，你看这位安老先生也算得“待先生如此其恭且敬也”了。谁想他自己心里犹以为未足，还要叫太太带两个媳妇来拜见老夫子。太太却有些不愿意了，只得说道：“我才打发他们俩到佛堂里撤供焚钱粮去了，得会子过来呢。怎么好倒劳师老爷尽着等他们呢？先请坐下，改日再叫

---

① 意为——“这叫作‘良弓之子必学为箕，良冶之子必学为裘’；这都是老先生的庭训，兄弟何功之有！惭愧，惭愧！嫂夫人面前也请贺贺。”

② 意为——“这个就是嫂夫人？”

③ 意为——“这是要庭参的。”

④ 意为——“世兄，恭喜恭喜，我和你往日呢，叫作‘石能攻玉’，今日正是叫作‘青出于蓝’哉，是吗？”

媳妇儿拜见罢。”

安老爷见如此说,这才罢了。太太一面叫人倒茶,一面自己也就进了里间儿。舅太太迎着笑说:“姑太太,你真是个好人,直算救了俩媳妇儿一场大难!”按下这里。

却说安老爷见一切礼成,才让师老爷归座,请升了冠。一时倒上茶来,老爷见给他倒的也是碗普洱茶,早料到这桩东西师老爷一定是“某未达,不敢尝”;忙说:“师老爷向来不喝茶,你们快换碗姜汤来罢。”仆妇们连忙换上姜汤来。那等热天,他会把碗滚开的姜汤唏嗗下去竟不怎的不算外,喝完了还把那块姜捞起来搁在嘴里嚼了嚼才噌的一口唾在当地。旁边一个婆儿连忙来捡,看了看,不好下手,便从袖口儿里掏了张手纸,叠了四折儿,把那块姜捏出去。安老爷这才和他彼此畅谈。

只这一谈,师老爷一阵大说大笑。长姐儿又留神瞧见他那一嘴零落不全的牙了;敢则是一层黄牙板子,按着牙缝儿还渍着许多深蓝浅绿的东西,倒仿佛含着一嘴的镀金点翠。长姐儿和梁材家的皱着眉道:“梁婶儿,你回来可好歹好歹把那个茶碗拿开罢!这可不是件事!”说着,只恶心得他回过头向旮旯儿里吐了一口清水唾沫。

这个当儿,又听老爷叫取师老爷的烟袋荷包去。当下两三个仆妇答应一声,便叫那个小小子儿麻花儿去取。大家都在廊下等着。

一时,麻花儿取进来,众人一看那个蓝布口袋,先恶心了一阵;且不必问他是怎的个式样,就讲那上头的油泥,假如给了剃头的便是使熟了的绝好一条杠刀布①,却又合他那根安着猴儿头烟袋锅儿,黄白加黑冰裂纹儿的象牙烟袋嘴儿,颤巍巍的毛竹烟管,两下里拿着这件东西。说书的要不费些考据注疏功夫解出来,听书的可就更听不明白了。

请问烟袋锅儿怎么叫作“猴儿头”呢?列公,你只看那猴儿,无论行住坐卧,他总把个脑袋扎在胸坎子上倒把脖儿扛起来。然则这又与师老爷的烟袋锅儿何干?原来凡是师老爷吃烟,不大懂得从烟袋荷包里往外装,都是从那个口袋里捏出一撮子来塞在烟袋锅儿里;及至点着了,吃完了,他可又不大懂得往地下磕,都是一撒嘴儿,顺着手儿把那烟袋锅儿往地下一墩;那锅儿里的烟灰墩的干净也是这一墩,墩不干净也是这一墩;

---

① 杠刀布——磨刀人用来蹭刀试刃的布条。

假如墩不干净，回来再装，那半锅儿烟灰可就絮在生烟底下了，越絮越厚，莫讲辰年到卯年，便一直到他"盖棺论定"，也休想他把那烟袋锅儿挖一挖。为什么他一天到晚，烟只管吃得最勤，却也吃得最省。请教一个烟袋锅儿有多大力量，照这等墩来墩去，有个不把脑袋墩得伛偻回来成了猴儿头模样儿的吗？此他那个烟袋锅儿之所以名为"猴儿头"也。

那个象牙烟袋嘴儿又怎么是黄白加黑冰裂纹儿呢？这就晓得驯象所庞然一物的那个大象了。象这种畜生，他那张嘴除了吃水谷草三样之外不进别的脏东西，所以象牙性最喜洁，只要着点恶气味，他就裂了；沾点臭汁水儿，他就黄了。怎禁得起师老爷那张嘴不时价的把他刁在嘴里呢？何况遇着赴席喝着酒还要吃袋烟，嘴里再偶然有些倒不过窖①来的东西渍在牙床子嘴髻子的两夹间儿，不论鱼肉菜蔬干鲜乳蜜，都要借重这个象牙烟袋嘴儿去掏他。及至掏出来，放在眼底看看，依然还要放在嘴里嚼嚼咽下去。那个雪白的象牙和他那嘴牙是两个先天，怎的会不弄到半截子焦黄，裂成个十字八道？此又他那个象牙烟袋嘴儿之所以成了黄白加黑的冰裂纹儿也。

然则那烟袋杆儿又怎的会颤巍巍呢？大凡毛竹都是一头儿粗，一头儿细。师老爷那根烟袋足够营造尺五尺余长，一个粗头细尾的竹竿儿，那头上再赘上一个渍满了烟灰的猴儿头，有个不发颤的么？此又颤巍巍之所以然也。

当下众人看了这两件东西，一个个龇牙裂嘴，掩鼻攒眉，谁也不肯给他装那袋烟；便叫麻花儿装好了，拿进香火去，请他自己点。

师老爷吃上这袋烟，越发谈得高兴了，道是今年的会墨，那篇逼真大家，那篇当行出色；他的同乡怎的中了两个，一个正是他的同案②，一个又是他的表兄。只顾这阵谈，可把袋烟耽搁灭了；灭了他竟自不知，还在那里闭着嘴只管从嗓子里使着劲儿紧抽。这个当儿，呼噜呼噜，早灌了一筒子唾沫了。

老爷见师老爷的烟灭了，将要叫人拿香火。恰巧那个麻花儿一时不

---

① 倒不开窖——哺乳动物的反刍现象叫"倒窖"。以此形容人嘴里吃的东西太多，嚼不开。

② 同案——明清称同一年进学的秀才为"同案"。

在跟前,一回头正看见长姐儿站在那边,安老爷是一生忠厚待人,从不晓得什么叫作闹脾气,嫌人脏,笑人怯,便叫长姐儿道:“你过来把师老爷的烟点点。”

这一下子可要了他的小命儿了!登时急得他脸皮儿火热,手尖儿冰凉,料想没地缝儿可钻,只得拿过香盘子来,还想闪展腾挪闹个“握着耳朵放炮”,仗单撒手儿去点。怎当得师老爷手里的烟袋也颤,他手里的盘香也颤,两下里颤儿哆嗦,再也弄不到一块儿。

老爷看了,说道:“我不会吃烟也罢了,怎的你给人点烟都不在行呢?你把那只手拿住袋烟就好点了哇。”

老爷如此一指点,他这才更“钢①里掷骰子,没跑儿了”,万分无奈,只得鼻子里闭着气,嘴里吹着气,只用两个指头捏着那烟袋杆儿去点。偏生那油丝子烟又潮。这个当儿,师老爷还腾出嘴来向地下呱咭吐了一口唾沫。良久,良久,才点着了。他此时便像放了“郊天大赦②”一般,忙松了那根烟袋,把身子一扭,一掀帘子出了门儿,扔下香盘子,一溜烟往后就跑。舅太太只从玻璃里指着他暗笑,他也不曾留心,梗着个脖子如飞而去。

这里师老爷吃完了那烟袋,才戴上帽子要走。安老爷主人情重,见师老爷那根帽襻儿实在脱落得了不像了,想着衣冠不整,也是朋友之过,便说:“大哥莫忙,把帽襻儿扣好了。”他从谏如流,连忙伸了一把渍满了泥的长指甲,也想把那扣儿掳上去,只是汗沤透了东西,又轻易不活动,他那来回扣儿怎得还能上下自如?些微使了点劲儿吧,两截儿了。安老爷着实不安。他倒坦然无事的,一只手扶了帽子,一只手揪着那根折帽襻儿,嘴里还说道:“寝,寝,寝。”才告辞而去。

这么个当儿,偏偏儿的安老爷养活的那个小哈吧狗儿从后院儿里跑过来,见了师老爷,是前窜后跳,扑着他咬。

当下安老爷叫人依然开了屏风亲自送到腰房才回;又叫公子跟到书房给师傅谢步。里头的女人们便赶紧拿锯末子扫地。丫头们又拿了个手

---

① 钢—— 缸。

② 郊天大赦——古帝王登基或正式册立太子时要祭天地,祈求保佑国泰民安,并随之大赦天下。

炉，烧了块炭，抓了一把唵吧香①烧着。梁材家的早把那个茶碗拿去洗了又洗，叩在后院儿里花棵儿底下。

正忙着，安老爷进来，问道："怎么客走了，忽然倒扫地焚香起来？"安太太只得含糊道："亲家和大姐姐回来借咱们的地方儿作主人，难道也不给人家打扫打扫地面么？"

安老爷倒也信以为实。舅太太憋不住早嚷起来了，说道："姑老爷，要说你真瞧不出你那位程大哥那个脑袋和他那身打扮儿的恶心来，我就再不信了。"安老爷道："阿！怎的这等娃娃气！陶面削瓜，尹躯植鳍，姬手反掌，孔顶若盂，究竟何伤盛德？"舅太太道："是哟，难道他那件褂子上的补子也该那么跳着格②磴儿钉的吗？"安老爷道："我倒请教：怎的叫作个'士志于道'？你们那里晓得他那个人诚笃长厚的可敬！"一面说着，一面摘帽子脱褂子。安太太便叫长姐儿来收衣裳。

那知长姐儿此时的忙如何顾得到此。你道他在那里作什么？原来他从方才点了那袋烟跑到后头去，屋子也不曾进，就蹲在那台阶儿上扎煞着两只手，叫小丫头子舀了盆凉水来先给他左一和右一和的往手上浇；浇了半日，才换了热水来自己湔了又湔，洗了又洗，搓了阵香肥皂，香豆面子，又使了些个桂花胰子，玫瑰胰子；心病难医，自己洗一回又叫人闻一回，总疑心手上还有那股子气息，他自己却又不肯闻；直洗到太太打发人叫他，才忙忙的擦干了手上来，绷着个脸儿，只道这件事屋里不曾留神；不想才一进门儿，舅太太便怄他道："长姐儿呀，好漂亮差使啊！"太太也不禁笑道："该！那都是素日干净拐抓③出来的！"舅太太又道："只恨我方才出不去！我要在跟前，必撺掇你们老爷叫你把那袋烟抽着了再递给他！"

这一怄把个长姐儿羞的几乎不曾掉下眼泪来。何小姐笑道："娘，何苦呢！"便催着他给老爷收认裳帽子去了。安老爷道："你大家此等见解，尤其可笑。夫所谓'西子蒙不洁'者，非以其蓬头垢面也，是责备他既受

---

① 唵吧香——供佛烧的大根香。唵吧，满语，"大"。

② 陶（yáo）面削瓜，尹躯植鳍，姬手反掌，孔顶若盂——陶，皋（gāo）陶，东夷族首领，脸青绿如削瓜；尹，伊尹，商大臣，驼背；孔，孔子，头顶周围高，中间低；姬，周公姬旦，手有残疾（未见载）。"伊尹"，疑有误。

③ 拐抓——方言。特别。

越王重托便该终身报越；既受吴王深恩，何得匿怨事吴；到头来既为恶已甚，为善不终，却又辜负了两家，转暗地里随了他苎罗①初会的那个大夫范蠡闲泛五湖去了。这等的‘秽德彰闻’，焉得不‘人皆掩鼻’？所以下文便说：‘虽有恶人，斋戒沐浴，则可以祀上帝。’合起来讲，这章书的大旨，讲得是凡人外质虽美，内视自惭，终不免于恶，多端作恶，一念自修，便可与为善。那程老夫子便算欠些修饰，何至就惹得你大家‘掩鼻而过之’起来？”

舅太太听了这话，真耐不得了，站起来问着安老爷道：“姑老爷，你这么着，你这会子再把你那位程大哥叫进来，你就当着我们大家伙儿拿起他那根烟袋来亲自给他装袋烟，我就服了你了。”安老爷听了没得说，只摇着头，笑向公子道：“是故恶夫佞者。”

列公听这段书，且莫怪那燕北闲人，也且莫笑那程老夫子这班朋友；其实“君子未有不如此”，并且还不止于此。他一样有眼根，却从来不解五色六章，何为好看，何为不好看；一样有耳根，却从来不解五声六律，孰为好听，孰为不好听。鼻之于嗅也，除了吃一口腥鱼汤，他叫作透鲜，其余香臭膻臊，皆所未经的活泼之地；口之于味也，除了包一团酸馅子，他自鸣得意，其余甜咸苦辣，皆所未凿的混沌之天。至于心，却是动辄守着至诚，须臾不离圣道，所以世上惟这等人为得天独厚，也惟这等人为受福无穷。

只是这位程师老爷，看他从前到吏部给安老爷打听公事，以至近日公子练场那天，他在书房陪安老爷下棋，一切举动言谈，也还不到得这等腐臭，何以今日一朝“动则变，变则化”，就变化到如此？语不云乎：“夫物之不齐，物之情也。”又云：“砧刀各用。”盖上房为燕居之所，师爷乃函丈②之尊。师爷在二门以外，自安老爷以至公子是臭味与之俱化；师爷到了二门以内，自安太太以至媪婢，是耳目为之一新。何况师爷门为师爷，又未免有些“迁乎其地，而弗能为良”，怎的会不弄到如此？这是个至理，不足

---

① 苎(zhù)罗——即苎罗山。相传为春秋时越国美女西施的出生地。在浙江诸暨县。

② 函丈——对师长的敬称。一般用于书函。

为怪；不然，七十二候[1]，纵说万类不齐，那礼家记事者，何以就敢毅然断为“爵入大水为蛤[2]”哉？此格物之所以难也。

闲话少说。却说安公子自进门起，不曾得闲，直到此时，诸事完毕，才得回到自己房中歇息了片刻；因惦着晚饭是舅母岳母移樽就教，给他父母贺喜，他夫妻三个也不及长谈，便各各脱去礼服，换上常衣，仍到上屋来伺候。

舅太太见他姊妹两个过来，笑道：“二位姑奶奶来得正好，今日请客，咱们娘儿们是借人家的地方儿，就趁早儿张罗起来罢。”安老爷早拦道：“怎的认真反客为主起来？”舅太太道：“呐！今儿个咱们得分清楚了。你们爷儿三个是客，我们娘儿四个是东家。你们带着你们的儿子等着吃，我们各人带着我们各人的女孩儿张罗我们的，不用姑老爷管。回来还单是让你们爷儿三个上坐，我们娘儿四个陪着。我们就是这么个糙礼儿，姑老爷爱依不依？不，你就别吃，还跟了你那程大哥吃去。”

安老爷那里肯依，还只管谦让。安太太说道：“老爷，我看咱们竟由着大姐姐和亲家怎么说怎么好罢。你和他让会子也是搅不过他。”安老爷道：“我倒从不曾见‘宾之初筵’是这等的‘温温其恭’法，竟没奈他何。”

舅太太也不来再让，早同张太太带着金玉姊妹调停起座位来。便在那上房堂屋里对面放了两张桌子，中间只留一个放菜的地方。把安老爷夫妻的座位安在东席面西。他同张太太在西席面东相陪。公子和金玉姊妹两个分两席打横侍座。

当下摆上果子，大家让座。张太太和舅太太道：“咱俩到底也得给他老公母俩斟个盅儿啷。”舅太太道：“你老那小酱王瓜儿似的两把指头，真个的还要闹个‘双双手儿捧玉盅’吗？依我说，这个礼儿，倒脱了俗罢。”安太太也拦道：“那可使不得。依我说，这个礼儿，倒脱了俗罢。”安太太也拦道：“那可使不得。依我说，今日这席酒，你二位都是为玉格费心，竟

① 候——我国古代按“候应”将一年分为七十二候。五天为一候，三候谓之气，六气谓之时，四时谓之岁。

② 爵入大水为蛤——引自《礼记·月令》。语源《国语·晋语》：“雉入于淮为蜃。”淮，淮水；蜃，大蛤，蚌。

罚他斟罢。”舅太太也道：“有理。”

当下公子擎杯，金玉姊妹执壶，按座送了酒，他三个才告座入席。安老夫妻此刻看了看儿子是已经登第成名；媳妇又善于持家理纪；家里更有这等乐亲戚情话的一位舅太太，讲耕织农桑的一双亲家，时常破闷帮忙，好不畅快。一面喝着酒，大家提了些已往，论了些将来。

安老爷这里只管酒到杯干，却见公子只端了杯酒在那里虚作陪饮。老爷便吩咐道：“家庭欢聚，不必这等矜持，你只管照常喝。”

公子答应着，拿起酒来，唇边抿了一抿，却又放下了。安老爷问道：“想是酒凉了？”只见公子欠身回说：“酒倒不凉，近来总没大喝酒了。”老爷道：“为什么？你的酒量也还喝得；再者，我向来又准你喝酒，为什么忽然不喝了？”

公子见问，无法，只得推说：“因一向在书房里读书，怕耽搁了工夫，所以戒了。除了赴宴那天领了三杯琼林酒，其余各处宴会也不曾喝。”

老爷大笑道：“我只晓得个‘发愤忘食’，倒不曾见你这‘发愤忘饮’。并不是我自己爱吃两杯酒一定也要捉住儿子吃酒；岂不见《乡党》一章，我夫子讲到食品，便有许多不食的道理。逢着酒场，则曰‘惟酒无量’。夫无量者，‘一斗亦醉，一石亦醉’之谓也，只不过‘不及乱’耳。你看我夫子一生是何等‘学不厌，教不倦’的功夫，比你这区区取科第何如？又何曾听得他几时戒过酒？况且今日舅母和你岳母这一席正为我二老的教子成名，你的显亲继志而设。正是你菽水承欢①之日，非伛偻听命之日也。”因回头道：“太太，叫人取过大杯来，你我今日就借二位亲家这席给他开酒。”

这话且按下不表。却说金玉姊妹两个，自从前年赏菊小宴那天为了闺房一席闲话，惹得公子赌了个中举中进士的誓要摔那玛瑙杯，幸喜那杯不曾摔得，他却从那日起滴酒不闻，两个心里正有些过意不去。不想今日之下竟被他说到那里应到那里，一年半的工夫，果然乡会连捷，并且探花及第，衣锦荣归了，两个十分过意不去之中又加了一层喜出望外。此时觉得盼人家开酒的心比当日劝人家戒酒的心还加几倍。因此从前几日姊妹

---

① 菽(shū)水承欢——用最平凡的食品孝养父母。菽水，豆和水。承欢，以对方喜好博取欢心。

两个便私下商量定了,要等他回家的第一晚便在自己屋里备个小酌给这位新探花郎贺喜开酒;却也未尝不虑到人家的气长,自己的嘴短,得受人家几句俏皮话儿,一番讨人嫌的神情儿;恰巧今日舅太太先凑了这等一席庆成宴,料着他一定兴会淋漓的快饮几杯,这场酒官司可就算"明修栈道,暗度陈仓"的打过去了,晚间洗盏更酌便省却无穷的宛转;不想公子从此时起便推托不饮,倒惹得老人家追问起来,正愁他不好对答。忽然听得公婆要给他开酒,两个大喜,答应一声,便连忙站起来过去觅盏寻卮①,想要凑这个趣儿。

只见公子向他姊妹说道:"你两个人叫人把我书搁儿上那个玛瑙杯取来。"他两个一听公子指名要那个玛瑙杯,心里早料着他必有些作用,便想到当日开菊宴那天的情节,虽是夫妻的一片至性真情,只是自己词气之间也未免觉得欠些圆通,失之孟浪;倘然他一时高兴,在公婆面前尽情说出来倒不当稳便,却又不好拦他,只得叫人去取那个杯子。两个人四只眼睛却不住的瞧瞧夫婿,又瞅瞅公婆。

那知安公子毫无成见,倒是燕北闲人在那里打算要归结他第三十回"开菊宴双美激新郎"的那篇文章呢!

闲话少说。却说一时取了那个玛瑙杯来,安太太看见先说道:"你瞧瞧,不喝就不喝,喝起来就得使这么个大盅子,我只说还是爱喝酒。"公子陪笑道:"今日使这个盅子却不为喝酒,有个原故在里头,且回明白了父母这个原故,再领这盅酒。"

他这个话不但张太太摸不着,舅太太猜不透,便是安太太也不知他究竟有个什么原故,大家只呆着颏儿听他说。只见安老爷侧着头捻着须的向他问道:"却是怎的个原故?"

便听公子回道:"今日所以要用这个大杯,一因是父母吩咐开酒;二因当日戒酒是向这个杯上戒的,所以今日开酒,还向这个杯上开;三则当日戒酒的原故,也不专为着用功而起。"

老爷道:"又为着何来呢?"公子道:"说起来原是儿子媳妇们三个人一时的气;不想凑到今日这个机会,觉得这桩事暗中竟有个道理在里头。"

---

① 卮(zhī)——古代一种盛酒器。

安老爷此时喝得十分高兴，听了这话，便和太太说道："太太，你听，原来他们作探花的喝盅酒都有如许大的讲究。"太太听老爷这等说，更是欢喜，便笑道："你快说罢，不用文绉绉的尽着怄腻人了。"

公子这才把他前年给他岳父母开斋那天，怎的除备饭之外又备了席酒；怎的见岳父母不用，自己便一时高兴要同了两个媳妇赏菊小饮；始而金凤媳妇怎的拦他吃酒；后来玉凤媳妇怎的酿成他吃酒，却又借着行那名花旨酒美人的酒令，各下了一篇规劝；他怎的一时性起，便和两个媳妇赌誓要摔这个玛瑙酒杯，落后怎的不曾摔得，便从那日戒了酒，一直到今日不曾喝：一层层不瞒一字回了父母一遍。

安太太听了，先道："我的话再不错不是？老爷可记得？老爷给他定功课的那天，我说'这也不知是他自己憋出这股子横劲来了？也不知是俩媳妇儿把个懒驴子逼的上了磨了'？听听，果然应了我的话了不是？"老爷道："且慢，他这话还不曾讲得明白。"因问着公子道："就便如此，如今你举人也中了，进士也中了，翰林也点了，清秘堂也进了，并且玉堂金马，巍巍乎一甲三名的探花及第，也就尽是了；何以方才还不肯喝那盅酒？然则你这盅酒要直戒到那儿时才开？"

公子将要回答，脸上却有些讪讪儿的，说："这句话却不敢说。"老爷道："怎的忽然又有个'不敢'起来？"

公子原觉他要说的那句话有些不好开口，无如他此时是满怀的遂心快意，满脸的吐气扬眉，话挤话，不由得冲口而出，说道："意思直要等两个媳妇作了夫人，那时叫他两个双手接过那轴五花官诰去，才算行完了他两个那名花旨酒美人的令。那时请教他两个我这酒究竟喝得起喝不起，再开这杯酒。"

安太太不等老爷说话便啐了一口道："呸！不害臊！这还不亏了人家俩媳妇儿呀！还有那德呼和人家赌气呢！就狂狂的你这么着，别扯他娘的臊了！"安太太这话才叫作"打是疼，骂是爱"。

早见老爷一副正经面孔说道："住着，太太这话也欠些平允，这不是舅太太、亲家太太、儿子媳妇以至丫头女人们都在此，听我从公平断。他夫妻三个这段情节，就面子上听去，小子自然要算忍性上欠些把持，媳妇自然要算用情上欠些宛转，似乎都有些不是；然而不然。"说到这里，便举起右手来，伸着两个指头，望空画着圈儿，说道：

“我以为皆是也。人生在世,第一桩事便是伦常。伦常之间没两件事,只问情性。这其间,君臣,父子,兄弟,朋友,都好处,惟有夫妇一伦最不好处。若止就‘君礼臣忠,父慈子孝,兄爱弟敬,夫义妇顺’,以至‘朋友先施’的大道理讲起来,凡有血气者都该晓得的。又何以见得夫妇一伦的难处呢?

“殊不知君臣以义合,君有过,不可无廷诤之臣;诤而不听,合则留,不合则去,此吾夫子所以‘接淅而行[①]’,‘不脱冕而行’也。父子为天亲,亲有过,不可无婉谏于子;谏之不从,又敬不违,劳而不怨,此大舜所以‘只载见瞽瞍,瞽瞍厎豫,而天下之为父子者定[②]’也。兄弟谊在交勉,本于同气,所以说:‘其兄关弓而射之,则己垂涕泣而道之[③]’。朋友道在责善,可以择交,所以说:‘朋友数,斯疏矣[④]’。至于夫妻之间,以情合,不以义合;系人道,不系天亲;嫁娶多在二十后,不比兄弟相聚一生,起居同在咫尺间;不比朋友相违两地,性情过深,期望未免过切;偶见夫婿有些差处,就不免有一番箴规劝勉;只在这箴规劝勉上,又得自己讲得出来,又得夫子听得进去,这是桩性情相感的勾当,只此已就大不容易处了。

“不料我家两个媳妇竟认得准玉格的性情,预存‘沉潜刚克’一片深心,果然激成个‘夫荣妻贵’;玉格又解得出他两个的性情,不失‘高明柔克’一番定力,果然作得个‘水到渠成’。这才不愧是我安水心老夫妻的佳儿佳妇!

---

① 接淅(xì)而行——孔子急于离开齐国,来不及吃饭,带着淘过的米上路。淅,渍。见《孟子·万章下》。下文“不脱冕而行”大意同。

② “只载见瞽瞍(gǔ sǒu)”句——舜恭敬地去见父亲,使父亲高兴。这就是天下的父子道。只载,恭敬。瞽瞍,舜父别称。舜父浑顽,不辨好恶,同舜继母虐待舜,因被称为瞎子(瞽)。厎豫,使(父)高兴。见《孟子·离娄上》、《尚书·尧典·大禹谟》。

③ 其兄关弓而射之,则己垂涕而道之——引自《孟子·告子下》。兄弟之间要心同气同,弟要顺从兄愿。尽管同情被射猎之物,也宁愿只在一边流泪,而不能干涉其兄射猎。

④ 朋友数(shuò),斯疏矣——《论语·里仁》“子游曰:‘事君数,斯辱矣;朋友数,斯疏矣。”意为“对待君主过于烦琐,就会招致侮辱;对待朋友过于烦琐,就会反被疏远。”

“至于玉格方才说因两个媳妇说了那句‘美人可得作夫人’的令便一定要等他作成个夫人然后再开这杯酒，那便叫作意气用事，不是情性相关，其中便有些嫌隙了。‘君子之道，造端乎夫妇’，‘过犹不及’，非孔门心法也，切切不可。

“来，来，来。两个媳妇，你两个便在我二老面前亲执壶盏敬你夫婿一杯，算下些气，然后玉格再公酬两个媳妇一杯，算取个和。这不但算你三人闺阁中一段快谈，还要算我家庭间一桩盛事。语有云：‘清官难断家务事。’你大家看这场酒公案，只我这等一个被参开复的候补老县令判得何如？”说罢，哈哈大笑。

当下安太太听了，先乐得连声赞好，说：“到底是老爷说的明白。”舅太太那边也接口道：“要都像后半截这几句话，谁还敢不服？可见不用请出孔夫子来事儿也弄清楚了。”张太太也道：“说的是偺呢？”

这边金玉姊妹听了公婆这番吩咐，好不欢欣鼓舞。当下他姊妹便随着公子先奉了父母的酒，又斟了舅太太、张太太的酒，然后二人才一个擎着那个大玛瑙杯，一个执壶，满满斟了一杯送到公子跟前。

公子大马金刀儿坐着受了那杯酒，然后才站起来陪着父母一饮而尽。那个长姐儿早上来接过杯去用温水过了，拿来放在二位奶奶面前。公子便遵着父亲的话，执壶过去给他姊妹斟了一杯。他两个倒恭恭敬敬的也学婆婆那个样儿，站在一旁，摸着燕尾儿行了个旗礼。

你道怪不怪？只这么个两不对帐的礼儿，竟会被他两个行了个满得样儿！把个舅太太乐的笑说：“叫人瞧着好舒服！你们来给我换盅热的，今儿就醉了也是受用的。”

公子听了，忙亲自过去给舅母岳母又斟了一巡，自己又用小杯陪了一杯，重新归座，便让金玉姊妹干那杯酒。二人只在那里笑容满面的对瞅着为难。太太探头瞧了瞧，才看见公子给他两个斟的那杯酒，原来斟了个流天澈地，只差不曾淋①出个尖儿，扎②出个圈儿来，便望着公子道：“瞧瞧，你这孩子儿，他们俩那儿喝的了这些呀？你替他们喝一半儿罢。”公子笑嘻嘻的道：“母亲吩咐，不敢不遵，只是他两个这盅酒似乎不好求人

① 淋——此作“冒”。

② 扎——此作“溢”。

代饮。"

安太太是天生的疼媳妇儿的，便道："惹气！这就算人家求着你了！不用你，我有了主意了，我们这儿有个绍兴坛子呢！"说着，便叫："我的长姐儿呢，你来拿个大些儿的盅子来替你两位大奶奶喝一半儿去。"

却说那个长姐儿看着两位奶奶和大爷这番觥筹交错，心里明知"神仙不是凡人作"，却又不能没个"梦到神仙梦也甜"的非非想。正在十分艳羡，忽听太太这一吩咐，乐得他从丹田里提着小宫调的嗓子，答应了一声"嗻"，连忙去找盅子。太太道："不用找去了，你就等着拣你二位大奶奶个福底儿罢。"

当下玉金玉姊妹每人喝了约莫也有一小盅酒，那杯里还有大半杯在里头，便递给长姐儿。他拿起来一憋气就喝了个酒干无滴，还向着太太照了照杯；乐得给太太磕了个头，又给二位奶奶请了个安。太太和公子道："我们也干了，也值得你那么拿糖作醋的！"

公子此时倒没得说。那长姐儿脸上那番得意，他直觉得不但月里的嫦娥，海上的麻姑，没梦见过这么个乐儿，就连个虞姬跟着黑锅底似的霸王，貂蝉跟着个一篓油似的董卓，以至小蛮、樊素两个空风雅了会子，也不过"一树梨花压海棠"一般的跟着白香山①那么个老头子。那都算他们作冤呢！

闲话少说。却说公子和金玉姊妹都归了座，众丫头换上门面杯来，正要撤那个玛瑙杯。老爷道："拿来。"因接在手里和公子道："这件东西竟成了一段佳话，不可无几句题跋以志其盛。"

公子听了，乐得手舞足蹈，便道："儿子空欢喜了会子，竟不曾想到。父亲吩咐，必应如此。"老爷说："既这样，你就作几句铭来，章不限句，句不限字，却限你即席立成，我要见识见识你们这班翰林是怎的个通法！"

公子此时，一团兴致，觉得这事倚马可待；那知一想，才觉长篇累牍，不合体裁；三言五语，包括不住；一时竟大为起难来。老爷道："七步八叉，具有成例；古人击钵催诗，我要击钵了。"说着，便把筷子向灯盘儿上当的敲了一下。

公子心里益发忙起来，好容易得了两句，默诵了默诵，觉得又像时文，

---

① 白香山——唐诗人白居易晚年自号。

又像试帖，无法，只得从实说道："从来不曾弄过这个，敢是竟不容易。"

老爷擎杯大笑道："原来鼎甲的本领也只如此；还是我这个殿在三甲的榜下知县来替你献丑罢。"因笑道："这一路笔墨，只眼前几句经书，便取之不尽，还用这等搜索枯肠去想？"因口诵道：

"涅而不缁，磨而不磷；以志吾过，且旌①善人。"

公子连忙取了纸笔，恭楷写出来，请老爷看过，又讲给太太听。金玉姊妹也凑过来看。他自己又重新捧在手里读了两遍，见只寥寥十六个字的成句，人也有了，物也有了；人将败而终底成功也有了；物未毁而且臻圆满也有了。他此时心里早想到等消停了，必得找个好镌工，把这四句铭词镌在杯上，再镌上那个"伴瓣主人"的雅号。想到这里，正在得意，又听他母亲说道："你爷儿俩今日这几句文儿，连我听着都懂得了。依我说，这个杯的名儿还不大好，玛瑙玛瑙的，怎么怪得把我们这个没笼头的野马给惹恼了呢！莫如给他起个名儿，叫他'合欢杯'。我还有个主意，老爷和大姐姐儿亲家白听听，好不好？可不是我竟偏着我的媳妇儿。如今把这件东西竟赏了金凤媳妇儿。这俩人一个有圆砚台，一个有张弓，他再有了这个'合欢杯'，可不三个人都有点故事儿了吗？"大家听了，都说："想得好。"老爷也连叫："通极，通极！"

他小夫妻的欢喜更不消说。当下三个一齐谢过父母。再不想只安太太一句闲话又把这《儿女英雄传》给穿插了个五花八门，面面都到。

列公，你道这个因由从那里来？却从张太太吃白斋而来，才得圆成了这个合欢杯联合上那两件雕弓宝砚，演出这过半的人情天理的文章，未完的儿女英雄公案。

列公不信，只把二十一回至三十七回这十七卷评话逐层想去，始信佛说"寄语众生，慎勿造因"那两句话毕竟不是空谈；燕北闲人这部"正法眼藏五十三参"果然不着闲笔也！

话休烦絮。却说那日虽是个家庭小宴，安老爷却喝得一片精神，十分兴会；题了那四句铭词之后，又捉住公子侍饮了几杯，才说道："'志不可满，乐不可极'，我们大家吃饭罢。"一时撤酒添羹，阖席饭罢，散坐闲谈了几句，张太太便告辞回家，安老夫妻又向他二位道了奉扰，舅太太也回了

① 旌(jīng)——表彰；赞扬。

西院,他小夫妻三个伺候父母安置才一同归房。

公子一进门来便已瞧见了堂屋里那张八仙桌上设着绝精致的一席果子,说道:"原来你姊妹今日还有这番盛设。只是酒多了,这便怎样?"金玉姊妹才把他两个今晚所以设这席酒的意思说出来。公子道:"既如此,倒不可辜负雅意。"

说着,便各各宽衣卸妆,洗盏更酌。先是何小姐说道:"我来了不差什么两年了,从没见过老爷子像今儿个这等高兴。"张姑娘道:"别说姐姐呀,妹妹比姐姐多来着一年,今日也是头一遭儿见哪。"公子道:"别说妹妹呀,连哥哥比你两个多来着不差什么二十年,今日还是头一遭儿见呢。"

张姑娘道:"这句话和我说的起,和人家姐姐可说不起呀!没听见说过吗?姐姐从抓周儿那天就见过公公了;人家比你还大着一岁儿呢!"何小姐道:"谁叫人家探花了呢?哥哥就哥哥罢!如今只讲这席酒,原是为给爷贺喜接风,我们负荆请罪,请爷开酒而设的。不想二位老人家今日这等高兴,把我们俩这么出好戏给先点了。如今酒是开了,可还用我们俩一个人背上根荆条棍儿赔个不是不用呢?"

他两个这话不是闲话,不是玩话,真是乐的从心窝儿里掏出来的几句老实话。公子听了,倒有些不安,连道:"惶恐,惶恐!我安龙媒不有二卿,焉有今日?你不听见方才老人家代我作的那合欢杯上两句铭词,道是'以志吾过,且旌善人'?这话今后快休提起。"

何小姐道:"既如此,把妹妹那个合欢杯拿来,你再喝那么一盅,就算领了我们的情了。"公子大喜,便说道:"既曰合欢,这酒没一个人喝的理,我三个人喝个传杯送盏,何如?"

说着,便用那合欢杯斟了满满的一杯,他夫妻果然一酬一酢的饮干。便把那桌果子分给两个嬷嬷以至本屋里丫头女人吃去。何小姐又拣了几样可吃的叫人给长姐儿送去。他小夫妻三个,烟茶漱盥,一切事毕,便吩咐丫头钩悬翠帐,屏掩华灯,各各就寝。一宿无话。

且住!列公可知这"一宿无话"四个字怎的个讲法?这四个字,久已作了小说部中千人一面的流口常谈,请教这伴香、瓣香二位女史和那位伴瓣主人的这一宿,一边正当"王事贤劳,驰驱偃仰"之余,一边正在"寤寐思服,展转反侧"之后,所谓"今夕何夕",安得无话?

然而难言也！从来作史者法贵诛心，笔能铸铁，所以彰瘅①予夺，一字在所必争，试设身处地，替这一宿的安龙媒作想，果能作个“戒慎乎其所不睹，恐惧乎其所不闻”的慎独君子乎？将“二者不可得兼，舍鱼而取熊掌”乎？抑或且学个“先进于礼乐”的“野人”，再学那“后进于礼乐”的“君子”乎？否则竟公然照“圆好事娇嗔试玉郎”那日夫子自道的“居之安则资之深，资之深则取之左右逢其原”乎？皆非天理人情也。

然则除了“一宿无话”这四个字之外，还叫那燕北闲人替他怎的个斡旋？所以只有老气横秋，大书而特书曰：“一宿无话。”非他讲得口滑，写得手溜，此龙门法也。这正是：

深院好栽连理树，重帏双护比肩人。

要知后事如何，下回书交代。

---

① 彰瘅（dàn 或 dǎn）——彰善瘅恶。表彰好的，指斥恶的。瘅，憎恨。

第三十八回

小学士俨为天下师　老封翁蓦遇穷途客

上回书从安公子及第荣归一直交代到他回房就寝，一宿无话。按小说的文法，"一宿无话"之下，一定得接"次日清晨"。却说次日清晨他夫妻三个还不曾出卧房，那长姐儿早打扮的花枝招展过来叩谢二位奶奶昨晚赏的吃食。他进门不曾站住脚便匆匆的到了东里间儿，见花铃儿、柳条儿才在南床上放梳妆匣儿，他便问："二位奶奶都没起来呢么？"两个丫鬟，这个和他点点头儿，那个却又和他摇摇手儿。

他正不解，便听何小姐在屋里咳嗽，叫了声"来个人儿啊"。花铃儿答应一声，忙去打起卧房帘子来，只见何小姐穿着件湖色短绸衫儿，一手扣着胸坎儿纽子，一手理着鬓角儿，两个眼皮儿还睡得愣愣儿的，从卧房里出来，见了他便低声儿和他笑道："敢则你都打扮得这么光梳头净洗脸儿的了！我们今儿可起晚了！"

他见大奶奶低言悄语的说话，便知爷还不曾睡醒，一面谢奶奶昨日赏的吃食，一面也悄说道："奶奶别忙，早呢，老爷太太都没起来呢。太太昨儿晚上就说了，说爷和二位奶奶家里外头都累了这么一程子，昨儿又整整的忙了一天；太太还说自己也乏了，今儿要晚着些儿起来，为的是省了爷奶奶赶碌的慌，吩咐奴才叫辰初刻再请呢。"

何小姐一面漱口便叫人搬了张小杌子来叫他坐下。他且不坐下，只在那里帮着花铃儿放漱口水，揭刷牙撒盒儿，递手纸。恰好华嬷嬷从外头托进一蒲包儿玫瑰花儿来，他见了，从摘花盘儿里拿起花簪儿来，就蹲在炕沿儿跟前给大奶奶穿花儿。何小姐又叫柳条儿，说："把你奶奶的烟袋拿一根来给你姑娘装袋烟。"他忙道："你等等儿，让我先过去见见奶奶去。"说着，站起就往那屋里跑。何小姐忙道："你回来罢。他一会儿横竖也到这儿梳头来，你在这儿等着见罢。"他一听，料是大爷在那屋里歇，便不好过去。

一时，柳条儿装了烟来。他穿好了花儿便坐在那小杌子儿上啐着烟灰儿说起昨日老爷、太太怎么喜欢；又说："这都是爷奶奶的孝心，奴才们的造花①。”何小姐一面通头，也和他一答一和的谈。

他谈着，看了看钟，便和柳条儿说：“你也该请起奶奶来梳头了。”才说着，便听得张姑娘低声儿叫人。他听了听那声音好像也在这边卧房里；正待要问，果见柳条儿走到那个曲尺槅子跟前隔着帘儿说：“奶奶叫奴才呀？”只听张姑娘问道：“我这副腿带儿怎么两根两样儿呀？你昨儿晚上，困的糊里糊涂的，是怎么给拉岔了？”柳条儿道：“昨日晚上是奶奶自己归着的，奴才没动呵，怎么会拉岔了呢？不然，奴才先拿出一副来，奶奶先换上罢。”

张姑娘还没及答应，何小姐这里听了，自己伸出小脚儿来，看了一眼，不禁笑道：“柳条儿呀，叫你们奶奶先那么将就着扎上，回来再说罢；我脚上这副也是两样儿呀。”便听张姑娘在屋里嗤的笑了一声，不大的工夫，揉着双眼睛也从这边卧房里出来，见了长姐儿，说道：“哟，敢是你在这儿呢？亏得是你！你瞧……”

才说得“你瞧”两个字，他早明白了，一面又谢这位大奶奶昨晚赏的吃食，一面说道：“本来呀，二位奶奶一天到晚，这是多少事，上头应酬着几位老家儿，又得张罗爷，那儿还能照应到这些零碎事儿呢！”二位大奶奶不觉被他恭维的大乐。

何小姐一时通完了头转过身来要洗脸。他忙着又上去替挽袖子，恰一眼看见大奶奶的汗褟儿袖子上头蹭了块胭脂，便笑问道：“哟，奶奶这袖子上怎么了？回来换一件罢。不然，看印在大衣裳上。”何小姐低头看了看，说：“可不是，这又是我们花铃儿干的。我也不懂：叠衣裳总爱刁在嘴里叠，怎么会不弄一袖子胭脂呢？瞧瞧，我昨儿早起才换上的，这是什么工夫给弄上的？”

花铃儿只不敢言语。张姑娘道：“姐姐别竟说他一个儿，我们柳条儿也是这么个毛病儿，不信，瞧我这袖子也给弄了那么一块。”说着，揪着只汗褟儿袖子翻来覆去找了半天只找不着，自己嗯了一声，又瞧了瞧那袖子上沿的绦子，不禁笑着问何小姐，说：“姐姐，你老人家别是把我那件抓了去穿上了罢？”何小姐道：“这都是新样儿的！你穿得好好儿的衣裳，我怎么会抓了来穿上呢？”说着，又拉着自己穿的那件看了看，可不是人家那

① 造花——造化。

件吗？不由得也嗤的一声，道："我说只觉着这领子怪掐[①]的慌的呢！真个的今儿也不知是怎么了，闹的这么乱糟糟的！"

说完，两个人只对瞅着笑。长姐儿听了这话就排揎起花铃儿、柳条儿来了，说："你们俩瞧说罢！你们又该着抱怨姑姑的嘴碎了。大凡主儿贴身儿的东西，全靠咱们当丫头的经心；要都像你们俩这么当差使，不用说了，明儿个各人把各人的主子认岔了还不知道呢！"一阵数落，数落得俩傻丫头只撅着个嘴。

正说着，公子也憋着一脑门子的困，趿着双鞋儿从卧房里出来，看见长姐儿在这里，笑道："嚄！这么早就有客来了！"

长姐儿见大爷出来，连忙站起来，把烟袋顺在身旁，只规规矩矩的说了句"爷起来了"。此外再没别的散碎话，还带管低着双眼皮儿，把个脸儿绷得连些裂纹也没有。

这个当儿，张姑娘又让他说："你只管坐下，咱们说话儿，不则……"他便说道："请二奶奶梳头罢，钟也待好打辰初了，奴才得过去了。"说着，把手里的烟袋递给柳条儿，还说："你可给奶奶吹干净得再收。"说罢，这才甩着双宽袖口儿，咯噔着两只小底托儿，得意洋洋的去了。

列公，看了长姐儿这节事，才知圣人教人无微不至。圣人曾有两句话说道是："有不虞之誉，有求全之毁。"长姐儿此来，虽不知他心里为着何来，只就面子上讲，昨晚二位奶奶只不过分惠些吃食，今日便鸡鸣而起，亲到寝门来谢，君子亦曰知礼，不想他一片求全好意，忽然被个燕北闲人误打误撞的捉住，借此就斡旋了他那"一宿无话"四个字有余不尽的文章，倒显得长姐儿此来来得似乎觉得未免有些不大那个。这岂不就叫作"不虞之誉"，"求全之毁"？

然则毁誉之来，毫无定评，却教人从那里自爱起？斯其故惟圣人知之，故诫人曰："吉凶悔吝生乎动。"

书中按下闲话，再讲正文。却说安公子自从点了翰林，丢下书本儿，出了书房，只这等撒和了一晌，早有他那班世谊同年，见他翩翩风度，蔼然可亲，都愿意和他亲近住了。不是今日这家请宴会，便是明日那个请闲游，把个公子应酬得没些空闲。

---

① 掐——"卡"。

他看了看，所谓外间这车马衣服亭台宴饮的繁盛，其风味也不过如此，便想到自己眼下虽然交过这个读书排场，说不得“士不通经，不能致用”；但是，通经而不通史，也不过作一个“朝廷不甚爱惜之官”；便是通经通史，博古而不知今，究竟也于时无补；要只这等和他云游下去，将来自己到了吃紧关头，难道就靠写两副单条对联作几句文章诗赋便好去应世不成？想到这里，自己便把家藏的那些《廿二史》、《古名臣奏疏》以至本朝《开国方略》、《大清会典》、《律例统纂》、《三礼汇通》，甚至漕运治河诸书，凡是眼睛里向来不曾经过的东西，都搬出来放在手下当作闲书随时浏览；偶然遇着个未曾经历无从索解的去处，他家又现供养着安老爷那等一位不要脩馔的老先生可以请教。更兼这位老先生天生又是无论甚的疑难，每问必知，据知而答，无答不既详且尽，并且乐此不疲。因此他父子就把这桩事作了个乐叙天伦的日行工夫，倒也颇不寂寞。公子从此胸襟见识日见扩充，益发留心庶务。这且不在话下。

一日，他阖家正在无事闲谈，舅太太、张太太也在座，只见家人晋升拿着一封信和一个手版进来，回说：“邓九太爷从山东特专人来给老爷太太贺喜。说，还有点土物儿后头走着呢，来人先来请安投信。”说着，便把那信和手版递给公子送上去。

老爷一看，只见手版上写着“武生陆葆安”，便说道：“他家几个人我却都见过，只不记得他们的名姓。这是那一个？怎的又是个武生呢？”公子道：“这个就是九公那个大徒弟，绰号叫作大铁锤的。”

老爷也一时想起来，说：“莫不是我们在青云堡住着，九公把他找来演锤给我们看看，他一锤打碎了一块大石头的那人？”公子道：“正是。”

老爷道：“这人倒也好个身材相貌。”公子道：“听讲究起来，这人的本领大得很呢；除了他那把大锤之外，蹿山入水，无所不能，遇着件事，并且着实还有点把握，还不止专靠血气之勇。”老爷点了点头。

这个当儿，公子已经把那封信的外皮儿拆开。老爷接过来细看了看，那签子上写的“水心公祖老弟大人台启”一行字，说：“大奇！这封信竟是老头儿亲笔写的！亏他怎的会有这个耐烦儿！”因拆开信看，只见里头写道是：

“愚兄邓振彪顿首拜上。老弟大人安好，并问弟妇大人安好，大贤侄好，二位姑奶奶好，舅太太和二位张亲家都替问好。

“敬启者：彼此至好，套言不叙，恭惟老弟大人贵体纳福，阖府吉祥如意是荷。

“愚兄得见《金榜题名录》，知大贤侄高点探花，独占鳌头，可喜可贺，愚兄不胜欣喜！此乃天从人愿，实系‘洞房花烛夜，金榜题名时’，真乃可喜可贺之至！愚兄本当亲身造府贺喜，但因有小事，难以分身，望其原谅。今特遣小徒陆葆安进京代贺，一切不尽之言，一问可知。

“再带去些微土物，‘千里送鹅毛’，笑纳可也。小婿小女二姑娘都给阖府请安。外有他等给二妹子并众位捎去的东西，都有清单可凭。

“再问二妹子要大内的上好‘胎产金丹九合香’，求见赐，不拘多少，都要真的。千万千万！务必务必！都交小徒带回。

“顺请安好不一。愚兄邓振彪再拜。吉日冲。

“再：二位姑奶奶可曾有喜信儿否？念念！又笔。”

后头还打着“虎臣”两个字的图书和他那‘名震江湖”的木头戳子。

安老爷见那封信通共不到三篇儿八行字，前后错落添改倒有十来处，依然还是白字连篇，只点头叹赏。公子在一旁看了，却忍不住要笑。老爷道：“你不可笑他，你只想他那个脾气性格儿，竟能低下头，静着心写这许多字，这是什么样的至诚！”

说着，又看礼单，见开头第一笔写着是：“鹤鹿同春”。老爷就不明白，说：“什么是‘鹤鹿同春’啊？”又往下看去，见是孔陵蓍草，尼山石砚，《圣迹图》，莱石文玩，蒙山茶，曹州牡丹根子。其余便是山东棉绸，大布，恩县白面，挂面，耿饼，焦枣儿，巴鱼子，盐砖。看光景他大约是照着《搢绅》把山东的土产拣用得着的乱七八糟都给带了来了，却又分不出什么是给谁的。

老爷因命公子把那封信念给太太听。公子将念完，只剩得后面单写的那行不曾念。这个当儿，金玉姊妹也急于要看看那封信。公子见他两个要看，便把信递给他两个，说：“九公惦着你们两个的很呢！快看去罢！”

何小姐自来快人快性，伸手就先接过去。公子说：“你先瞧这篇儿。”他一瞧儿见问他两个有喜信儿没有，一时好不得劲儿；亏他机灵，一转手便递给张姑娘，说："妹妹，你瞧，这是俩什么字?"说着，递过去，回身就走。

张姑娘不知是计，接过去才瞧得一眼便扔在桌子上，说："瞧这姐姐！……"也躲了，和何小姐凑在一处。俩人却只羞得绯红了脸，低头而笑。

安太太看了不解，忙拿起那信来看了看，说："这也值得这么个样儿！"因把邓九公问他两个有无喜信的话告诉了舅太太、张太太，又和他姊妹说道："这可真叫人问得怪臊的！也有俩人过来这么二三年了还不给我抱个孙子的！瞧瞧人家寻胎产金丹，想来必是褚大姑娘有了喜信儿了。"舅太太也说："真个的呢。"

一句话不曾说完，张太太发了议论了，说："亲家，那可说不的呀！这是有个神儿在神儿不在的事儿，谁有拿手哇！"好端端的话，被这位太太一下注解，他姊妹听着益发不好意思。

说话间，安老爷便要了帽子出去见那个陆葆安。一时进来，只见他顶帽官靴，也穿着件短襟纱袍儿，石青马褂儿，虽说是个武生，举动颇不粗鄙。外省的礼儿没别的，见面就只磕头，那陆葆安见了安老爷就拜下去。安老爷不好还礼，只以揖相答，便让他上坐。他那里肯，说："武生的师傅嘱咐说，武生到了老太爷这里就同自己儿女一样，不敢坐。"安老爷此时是满肚子的"蘧伯玉使人于孔子，孔子与之坐而问焉"，让再让三，他才在一旁坐下。

安老爷先问了问邓九公的身子眷口。陆葆安答说："他老人家精神是益发好了。打发武生来：一来给老太爷少老爷道喜请安；二来叫武生认认门儿，说，赶到他老人家庆九十的时候还叫武生来请来呢。还说，他老如今不到南省去了，轻易得不着好陈酒，求老太爷这里找几坛交给回空的粮船带回去；不然，他就叫武生买几坛带去了，说那东西的好歹外人摸不着。"安老爷连说："这事容易。"因又问起褚一官并褚大娘子可有个得子的信息。陆荷安回说："这倒不知。"

正说着，那拉东西的车辆以至挑的抬的都来了，众家人带着更夫一趟一趟往里搬运。安老爷才知那礼单上的"鹤鹿同春"是他专为贺喜特给找来的东海边一对仙鹤，泰山上一对梅花小鹿儿，都用木栊抬了来。

一时，张老也过来招呼，便同了那陆葆安到程师爷那边去坐。安老爷这里一面吩咐给他备饭款留，便进来看邓九公那份礼，进得二门，见公子正随着太太同许多内眷们围着看那对鹤鹿。老爷于这些东西上虽雅驯如鹤鹿也不甚在意，忙忙的进了屋子，只捡出那册《圣迹图》来正襟危坐的看。

一时，内眷们也进屋里来，一旁看着问长问短。老爷便从“麟[①]现阙里[②]”起一直讲到“西狩获麟[③]”，会把圣人七十三年的年谱讲得来不曾漏得一件事迹，差得一个年月。舅太太听完了，说道：“我瞧我们这位姑老爷呀，真算得什么事儿都懂得，可惜就只不懂得什么叫‘鹤鹿同春’！”

当下大家说笑一阵。安太太便把其余的东西该归着的归着，该分散的分散。公子也去周旋了周旋那个陆秀才。

那陆秀才当日住下，次日便告辞去料理他的勾当，约定过日再来领回信。安老爷闲中便给邓九公写了回信，太太也张罗打点给邓家诸人的回礼以至邓九公要的东西，临期都交那陆葆安带回山东而去不提。

却说安公子这个翰林院编修虽说是个闲曹[④]，每月馆课以至私事应酬也得进城几次。那时又正遇乌克斋放了掌院，有心答报师门，提拔门生，便派了他个撰文的差使，因此公子又加了些公忙。

紧接着又有了大考的旨意。这大考是京城有口号的，叫作：

“金顶朝珠褂紫貂，群仙终日任逍遥；忽传大考魂皆落，告退神仙也不饶。”

安公子已是一甲三名，授过职的，例应预考，便早晚用起功来。正在不曾考试之前，恰好出了个讲官缺，掌院堂官又拟定了他，题下本来便授了讲官；虽说一样的七品官儿，却例得自己专折谢恩。谢恩这日便蒙召见。临上去，乌克斋又指点了他许多仪节奏对。及至叫上起儿去，圣人见他品格凝重，气度春容[⑤]，一时想起他是从前十本里第八名特恩拔起来点的探花，问了问他的家世学业，又见他奏对称旨，天颜大悦。从此安公子

---

① 麟——麒麟。传说中的一种独角似鹿、全身鳞甲、尾如牛尾的动物。吉祥的象征。

② 阙(jué)里——孔子住地。在今山东曲阜城内阙里街。

③ 西狩获麟——指孔子《春秋》绝笔于鲁哀公十四年“春，西狩获麟”事。狩，打猎。

④ 闲曹——闲差。

⑤ 春容——从容。

便简①在帝心。及至大考，他又考列一等，即日连升五级，用了翰林院侍讲学士，不久便放了国子监祭酒。

这国子监祭酒，虽说也不过是个四品京堂，却是个侍至圣香案为天下师尊的脚色。你道安公子才几日的新进士，让他怎的个品学兼优，也不应快到如此。这不真个是“官场如戏”了么？

岂不闻俗语云“一命二运三风水”？果然命运风水一时凑合到一处，便是个披甲出身的往往也会曾不数年出将入相，何况安公子又是个正途出身，他还多着两层“四积阴功五读书”呢！

话休烦絮。却说那时恰遇覃恩②大典，举行恩科会试。传胪之后，新科状元带了一榜新进士到国子监行“释褐礼”，恰好正是安公子作国子监祭酒。

这释褐礼自来要算个朝廷莫大的盛典，读书人难遇的机缘。规矩这日状元，榜眼，探花，率领二三甲进士到大成殿拜过了至圣先师，便到明伦堂参拜祭酒。那明伦堂预先要用桌子搭起个高台来；台上正中安了祭酒的公座。状元率领众人行礼的时候，先请祭酒上台升座，然后恭肃展拜。

从来“礼无不答”，除了君父之外便是长者先生也必有两句慰劳，独到了状元拜祭酒，那祭酒却是要肃然无声安然不动的受那四拜。你道为何？相传以为但是祭酒存些谦和，一开口，一抬手，便于状元不利。

因此，这日行礼的时候，安公子便照这仪注，朝衣朝冠，升到那个高台正中交椅上端然正坐的受了一榜新进士四拜，便收了一个状元门生。

偏偏那科的状元因“龙头属老成”，点的是个年近五旬的苍髯老者。安公子才得二十岁上下的一个美少年，巍然高坐受这班新贵的礼，大家看了，好不替他得意。

一时，释褐礼成，安公子公事已毕，算了算已经在城里耽搁了好几日了，看那天气尚早，便由衙门径回庄园，要把这场盛事禀慰父母一番；一路走着，想到这典礼之隆，圣恩之重，人生在世，读书一场，得有今日，庶乎无愧。想着想着，忽然从“无愧”两个字上想到“父母俱存”“不愧不怍”，“得天下英才而教育之”的“君子有三乐”来，不由得一个人儿坐在车里欣

---

① 简——存；存于。

② 覃(qín)恩——广布恩泽。多指帝王对臣下普行封赏或赦免。

然色喜，自言自语道："且住！记得那年我们箫史、桐卿两位恭人因我说了句'吃酒是天下第一乐'，就招了他两个许多俏皮话儿，叫我写个'四乐堂'匾挂上，这话其实尖酸可恶！我一向虽说幸而成名，上慰二老，只是不曾得过个学差试差，却说不得'得天下英才而教育之'。到了今日之下，纵说我这座国子监衙门管着天下十七省龙蛇混杂的监生，算不到'英才'的数儿里罢，难道我收了这个状元门生和一榜的新进士还算不得'得天下英才而教育之'，占全了'君子有三乐'不成？少停回家便把这话作乐他两个一番，问问他两个如今可好让我吃杯酒挂那个'四乐堂'的匾？倒也是一段佳话。"

一路盘算，早到家门，进门见过父母。安老爷第一句便道："好了！居然为天下师了！"公子此时也十分得意，侍谈了一刻，便过东院来。一进院门，早见他姊妹两个从屋里迎出来，说："恭喜收了状元门生回来了！"公子道："便是，我正有句话要请教。"他姐妹也道："且慢，我两个先有件事要奉求。"公子道："我忙了这几日才得到家，你两个又有什么差遣？"他两个道："且到房里再说。"

公子进得屋子，只见把他常用的一个大砚海，一个大笔筒，都搬出来，研得墨浓，洗得笔净，放在当地一张桌儿上，桌儿上又铺着一幅绢笺，两边用镇纸压着，当中却又放着一大杯酒。

公子一时不解，问道："这是什么仪注？"他姊妹两个笑吟吟的一齐说道："奉求大笔见赐'四乐堂'三个大字。"

公子断没想到从城里头憋了这么个好灯虎儿来，一进门就叫人家给揭了，不禁乐得仰天大笑，说："你两个怎的这等可恶！"因又点头道："这正叫作'惟识性者可以同居'。"

张姑娘道："真个的换了衣裳，为什么不趁着墨写起来呢？"公子道："这却使不得；且无论'天道忌满，人事忌全'，不可如此放纵，便是一时高兴，写了挂上，倘然被老人家看见，问我何谓'四乐'，你叫我怎么回答？快收拾起来罢。"

他姊妹两个也就一笑而罢。不想只他家这阵闺房游戏又便宜了燕北闲人归结了他"四乐堂"那笔前文。这话且按下不表。

却说安老爷见儿子厕名清华，置身通显，书香是接下去了，门庭是撑起来了，家中无可顾虑，自己又极清闲，算了算邓九公的九旬大庆将近，因前年曾经许过他临期亲去奉祝，此时不肯失这个信，便打算借此作个远游，访访一路的名胜，到他那里并要多盘桓几日，疏散疏散①。商量定了，先在本旗告了个山东就医的假，约在三月上旬起身。

太太便带同两个媳妇忙着收拾行装，又给老爷打点出些给邓九公作寿的礼，无非如意缎疋皮张玩器活计等件，预备请老爷看过了好装箱子。

老爷一看，便说："'君子周急不继②富'，这些东西，九公要他何用。我送他的寿礼只用两色，早已办得停停当当了。一色是他向我要的寿酒，我已经叫人到天津酒行里找了一百二十坛上好的陈绍兴酒，便算祝他的花甲重周，已经从运河水路运了去了；那一色是我送他的寿文，便是我许他的那篇生传。只这两色薄礼，他足可一醉消愁，千秋不死，何须再备寿礼？"

太太一听这话，知道是又左了去了，不好搬驳③，只得说："老爷见得自然是，但是也得配上点儿不要紧的东西才成这么个俗礼儿呀。"便不和老爷再去琐碎，自己就作主意配定了；又敷余带上了几百银子，防着老爷路上要使。随叫进家人们来装箱子，捆行囊。

一切停当，老爷又托了张亲家老爷，程师爷在家照料，并请上小程相公途中相伴；家人们只带了梁材、叶通、华忠、刘住儿、小小子麻花儿几个人并两个打杂儿的厨子剃头的去；又吩咐带上那个乌云盖雪的驴儿作了代步。此外应用的车辆牲口自有公子带同家人们分拨，老爷一概没管。到起身这日，只不过嘱咐了公子几句话便逍遥自在带了一行人上路。

这一上路，老爷是身有余闲，家无多虑，空拉着辆极舒服的咕咚咚太平车儿不坐，只骑着那头驴儿，遇处名胜也要下来瞻仰，见个古迹也要站住考订，一日走不了半站，但有个住处便"随遇而安"，只这等磨去，离家三四天才磨到良乡。

华忠有些急了，晚间趁空儿回老爷说："回老爷，这走长道儿可得趁天气呀，要不，请示老爷，明日赶一个整站罢。"老爷也以为"无可无不可"，次日便起了个早，约莫辰牌时分，早来到涿州关外打早尖。

---

① 疏散——活动。

② 继——即"济"。

③ 搬驳——反驳。

却说这座涿州城正是各省出京进京必由的大路,有名叫作“日边冲要无双地,天下烦难第一州”。

安老爷到得关厢,坐在车里一看,只见那条街上,不但南来北往的车驮络绎不绝,便是本地那些居民也男男女女老老少少的都穿梭一般拥挤不动。

正在看着,一行车马早进了一座客店。众家人服侍老爷下了车,进店房坐下。大家便忙着铺马褥子,解碗包,拿铜旋子,预备老爷擦脸喝茶。

那个跑堂儿的见这光景是个官派,便不敢进屋子,只提了壶开水在门外候着。老爷这趟出来,是闲情逸致,正要问问沿途的景物,因叫跑堂儿的说:“你只管进来。”便问他道:“你这里今日怎的这等热闹?”跑堂儿的见问,答说:“州城里鼓楼西有座天齐庙,今儿十五是开庙的日子,差不多儿都要去烧炷香,都是行好的老爷。”老爷听得烧香拜佛这些事便丢开不往下谈,又问他说:“此地可还有什么名胜?”

安老爷说话只管是这等字斟句酌,再想不到一个跑堂儿的,他可晓得什么叫作“名胜”。只见他听了这话忙接口道:“我的老爷,好话咧！大吓人不喇的,一个天齐爷,也有没灵圣儿的！回来你老打了尖,就打那庙头里过,白瞧瞧那烧香的人有多少！那庙里头中间儿是大高的五间天齐殿,接着寝宫,两边儿是财神殿,娘娘殿;后层儿是文昌阁,周围七十二司。到了那个地方儿,吃喝穿戴,什么都买不短。庙后头摆着十锦杂耍儿,前日还到了个瞧希希罕儿的。为什么今儿逛庙的人更多了呢!”

老爷正觉他所答非所问,程相公那里就打听说:“什么叫作‘希希罕儿’?”跑堂儿的道:“这可真说得起活老了的都没见过的一个希希罕儿!是碜大的一对大凤凰!”

老爷听了,不禁纳罕,忽然又低下头去默默如有所思。早听程相公笑嘻嘻的说道:“老伯,不么,我们今日就在此地歇下,也去望望凤凰罢。”华忠这倔老头子是好容易盼得老爷今日要走个整站,此时师爷忽然又要看凤凰,便说:“师爷信他们那些谣言！那儿那么件事呢!”

不想程相公这话正合了安老爷的意思。你道为何?原来这位老先生自从方才听得跑堂儿的说了句此地有凤凰,便想到这种灵鸟自从轩辕[①]

① 轩辕(xuānyuán)氏——即黄帝。

在位，凤巢[1]阿阁之后，只于舜时来仪，文王时鸣于岐山，汉以后虽亦偶然有之，就大半是影响附会，到了我大清，从前庆云观，黄河清，瑞麦两歧，灵芝三秀，这些嘉祥算都见过，甚至麒麟也来过了，就只不曾见过凤凰。如今凤凰竟见在直隶地方，这岂不是圣朝一桩非常盛事？况且孔夫子还不免有个"凤鸟不至，吾已矣夫"之叹。如今我安某生在圣朝，躬逢盛事，岂可当面错过？心里正要去看看，只是不好出口。正在踌躇，忽听程相公要去，华忠却又从旁拦他，便道："程师爷也是终年闷在书房里，我又左右闲在此，今日竟依然住下，我也陪他走走。"

程相公听了这话大乐，连那个麻花儿听见逛庙也乐的跳跳钻钻。只有华忠口里不言，心里暗想说："我瞧今儿个这趟，八成儿要作冤[2]！"

当下上下一行人吃完了饭，老爷留梁材等两个在店里；自己便同了程相公带了华忠、刘住儿和小小子麻花儿，又带上了一个打杂儿的背着马褥子背壶碗包，还吩咐带了两吊零钱，慢慢的出了店门，步进州城，往天齐庙而来。一路无话。

不一时，早望见那座庙门。原来安老爷虽是生长京城，活了五十来岁，凡是京城东岳庙、城隍庙、曹公观、白云观以至隆福寺、护国寺这些地方从没逛过；此刻才到这座庙门外，见那些买吃食的吆吆喝喝，沿街又横三竖四摆着许多笤帚簸箕掸子毛扇儿等类的摊子担子，那逛庙的人是没男没女出入不断乱挤，老爷见一个让一个，只觉自己挤不上去。华忠道："奴才头里走着罢。"

说着，进山门。那山门里便有些买通草花儿的，香草儿的，磁器家伙的，耍货儿的，以至卖酸梅汤的，豆汁儿的，酸辣凉粉儿的，羊肉热面的。处处摊子上都有些人在那里围着吃喝。

程相公此时两只眼睛不够使的，正在东瞅西望，又听得那边吆喝："吃酪罢！好干酪哇！"程相公便问："什么子叫个'涝'？"安老爷道："叫人端一碗你尝尝。"说着，便同他到钟楼跟前台阶儿上坐下。一时端来，他看了，雪白的一碗东西，上面还点着个红点儿，更觉可爱，接过来就嚷道："哦哟！冰生冷的，只怕要拿点开水来冲冲吃罢。"安老爷说："不妨，

---

① 凤巢——即"凤穴"。喻人才荟萃之地。

② 作冤——白跑。

吃下去并不冷。”他又拿那铜匙子舀了点儿放在嘴里；才放进去，就嚷道：“阿！原来是牛奶！”便龇牙裂嘴的吐在地下。安老爷道：“不能吃倒别勉强。”随把碗酪给麻花儿吃了。

大家就一路来到天王殿。一进去，安老爷看见那神像脚下各各造①着两个精怪，便觉得不然，说：“何必‘神道设教’到如此！”程相公道：“老伯怎的倒不晓得这个？这就是风调雨顺四大天王。”老爷因问：“何以见得是‘风调雨顺’？”程相公道：“哪！那手拿把钢锋宝剑的，正是个‘风’；那个抱着面琵琶，琵琶是要调和了弦才好弹的，可不是个‘调’？那拿雨伞的便是个‘雨’。”

安老爷虽是满腹学问，向来一知半解无不虚心，听如此说，不等他说完，便连连点头说：“讲得有些道理。”因又问：“那个顺天王又作如何讲法呢？”

程相公见问，翻着眼睛，想了半日，说：“正是，他手里只拿了一条满长的大蛇，倒不晓得他怎的叫作顺天王？”刘住儿说：“那不是长虫，人家都说那是个花老虎。”老爷说：“乱道。”因捻着胡子望了会子说道：“哦！据我看来，这桩东西不但非花老虎，亦非蛇也；只怕就是‘雉入大水为蜃’的那个蜃，才暗合这个顺天王的‘顺’字。”程相公道：“老伯又来了。我们南边那个‘蜃’字读作上声，‘顺’字读作去声，怎合得到一处呢？”老爷道：“嗳呀！世兄，你既晓得‘蜃’字读上声，难道倒不晓得这个字是十一轸十二震两韵双收同义的么？”

老爷只顾和世兄这一阵考据风调雨顺，家人们只好跟在后头站住。再加上围了一大圈子听热闹儿的，把个天王殿穿堂门儿的要路口儿给堵住了。只听得后面一个人嚷道：“走着逛拉！走着逛拉！要讲究这个，自己家园儿里找间学房讲去！这庙里是个‘大家的马儿大家骑’的地方儿，让大伙儿热闹热闹眼睛，别招含怨！”

老爷连忙就走。程相公还在那里打听，说：“什么叫作‘热闹眼睛’？”华忠拉了他一把，说：“走罢！我的大叔！”

说着，出了天王殿的后门儿便望见那座正殿。只见正中一条甬路直接到正殿的月台跟前；甬路两旁便是卖估衣的，零剪裁料儿的，包银首饰

---

① 各造——踩。

的，烧料货的；台阶上儿也摆着些碎货摊子。

安老爷无心细看，顺着那条甬路上了月台，只见殿前放着个大铁香炉，又砌着个大香池子，殿门上却拦着栅栏不许人进去。那些烧香的只在当院子里点着香，举着磕头；磕完了头，便把那香撂在池子里，却把那包香的字纸扔在满地，大家踹来踹去，只不在意。

老爷一见，登时老大的不安，嚷道："阿阿！这班人这等作践先圣遗文，却又来烧什么香！"说着，便叫华忠说："你们快把这些字纸替他们拣起来送到炉里焚化了。"

华忠一听，心里说道："好！我们爷儿们今儿也不知是逛庙来了，也不知是拣穷①来了！"但是主人吩咐，没法儿，只得大家胡掳②起来送到炉里去焚化。

老爷还恐怕大家拣得不干净，自己拉了程相公，带了小小子麻花儿，也猫着腰一张张的拣得不了；又望着那些烧香的说道："你众位剥下这字纸来就随手撂在炉里焚了也好。"

众人也有听信这话的，也有佯佯不理倒笑他是个书呆子的。那知他这书呆子这阵呆倒正是场"胜念千声佛，强烧万炷香"的功德！

却说安老爷拣完了字纸，自己也累了一脑门子汗，正在掏出小手巾儿来擦着。程相公又叫道："老伯，我们到底要望望黄老爷去。"老爷诧异道："那位黄老爷？"华忠道："师爷说的就是天齐爷。"安老爷道："东岳大帝是位发育万物的震旦尊神，你却怎的忽然称他是黄老爷？这话又何所本？"程相公道："这也是那部《封神演义》上的。"老爷愣了一愣说："然则你方才讲的那'风调雨顺'也是《封神演义》上的考据下来的，倒累我推敲了半日，这却怎讲？"

说着，不到正殿，便踅回来站在甬路上，望了望那两厢的财神殿娘娘殿。只见这殿里打金钱眼的，又有舍了一吊香钱抱个纸元宝去说是借财气的；那殿里拴娃娃的，又有送了一窝泥儿垛的猪狗来说是还愿心的；没男没女，挨肩擦背，拥挤在一处。

老爷看了便说："我们似乎不必同这班人乱挤，去了罢！"怎禁得那位

---

① 拣穷——拣破烂。

② 胡掳——用手弄成堆。

程相公此时不但要逛逛财神殿娘娘殿，并且还要看看七十二司，只望着老爷一个劲儿笑嘻嘻的唏嚁[1]。老爷看这光景，便叫华忠，说："你同师爷走走去，我竟不能奉陪了，让我在这里静一静儿罢。"因指着麻花儿道："把他也带了去。"

华忠听了，把马褥子给老爷铺在树阴凉儿里一座石碑后头；又叫刘住儿拿上碗包背壶到那边茶汤壶上倒碗茶来。老爷说："不必，你们把这些零碎东西索兴都交给我，你们去逛你们的。"大家见老爷如此吩咐，只得都去。

这里剩了老爷一个人儿，闷坐无聊，忽然想起："何不转到碑前头读读这统碑文？也考订考订这座庙究竟建自何朝何代。"想到这里，便站起来倒背着手儿踱过去扬着脸儿去看那碑文。才看了一行，只听得身背后猛可里嗡的一声，只觉一个人往脊梁上一扑，紧接着就双手搂住脖子，叫了声"嗳哟，我的乖哟。"

老爷冷不防这一下子，险些儿不曾冲个筋斗。当下吃一大惊，暗想："我自来不会和人玩笑，也从没人和我玩笑，这却是谁？"才待要问，幸而那人一抱就松开了。

老爷连忙回过身来，不想那人一个躲不及，一倒脚又正造在老爷脚上那个跺指儿鸡眼上，老爷疼的握着脚嗳哟了一声。疼过那阵，定神一看，原来正是方才在娘娘殿拴娃娃的那班妇女。只见为头的是个四十来岁的矮胖女人，穿着件短布衫儿，拖着双薄片鞋儿。老爷转过身来，才和他对了面儿，便觉那阵酒蒜味儿往鼻子里直灌不算外，还夹杂着热扑扑的一股子狐臭气；又看了看他后头，还跟着一群年轻妇人。一个个粉面油头，妖声浪气，且不必论他的模样儿，只看那派打扮儿就没有一个安静的。

安老爷如何见过这个阵仗，登时吓得呆了，只说了句："这……这……这是怎么讲？"那个胖女人却也觉得有些脸上下不来，只听他口儿嘈嘈道："那儿呀！才刚不是我们打伙儿从娘娘殿里出来吗，瞧见你一个人儿仰着个颏儿尽着瞅着那碑上头，我只打量那上头有个什么希希罕儿

---

① 唏嚁——形容笑脸相求。原指吸鼻子。如北方大人说小孩"唏嚁唏嚁的"。此指诞脸求人的媚态，类似北京俗语"递唏嚁"。

呢，也仰着个颏儿，一头儿往上瞧，一头儿往前走，谁知脚底下横不楞子①爬着条浪狗，叫我一脚就造了他爪子上了。要不亏我躲的溜扫②，一把抓住你，不是叫他敬我一乖乖③，准是我自己闹个嘴吃屎。你还说呢！"

老爷此时肚子里就让有天大的道理，海样的学问，嘴里要想讲一个字儿也不能了，只气得浑身乱颤，呆着双眼待要发作一场。忽见旁边儿又过来了个年轻的小媳妇子，穿一件亸④肩贴背镶大如意头儿水红里子西湖色的濮院绸的半大夹袄；下面不穿裙儿，露半截子三镶对靠青绉绸散裤腿儿裤子；脚下一双过桥高底儿大红缎子小鞋儿；右手擎着根大长的烟袋，手腕子底下还搭拉着一条桃红绣花儿手巾，却斜尖儿拴在镯子上；左手是闹轰轰的一大把子通草花儿，花蝴蝶儿，都插在一根麻秸棍儿举着；梳着大松的鬅头；清水脸儿，嘴上点一点儿棉花胭脂；不必开口，两条眉毛活动的就像要说话；不必侧耳，两只眼睛积伶的就像会听话；不说话也罢，一说话是鼻子里先带点齉音儿⑤，嗓子里还略沾点儿膛调⑥。

他见那矮胖女人和安老爷嘈嘈，凑到跟前把安老爷上下打量两眼，一把推开那个女人便笑嘻嘻的望着安老爷说道："老爷子，你老别计较他。他喝两盅子猫溺⑦就是这么着。也有造了人家的脚倒和人家批礼的？——瞧瞧，人家新新儿的靴子给踹了个泥脚印子，这是怎么说呢？你老给我拿着这把子花儿，等我给你老掸掸啵！"说着，就把手里的花儿往安老爷肩膀子上搁。老爷待要不接，又怕给他掉在地下，惹出事来，心里一阵忙乱，就接过来了。

这个当儿，他蹲身下去就拿他那条手巾给老爷掸靴子上的那块泥。只他往下这一蹲，安老爷但觉得一股子异香异气，又像生麝香味儿，又像松枝儿味儿，一时也辨不出是香是臊是甜甘是哈喇⑧，那气味一直扑到脸

① 横不楞子——突然；猛然。

② 溜扫——及时；利索。

③ 敬我一乖乖——反语。整我一下子；反咬我一口。乖乖，北方人称腮帮子。

④ 亸(duǒ)——下垂。

⑤ 齉(nǎng)音儿——即齉音儿。较重的鼻音。

⑥ 膛调——说话娇声贱气的情态。

⑦ 猫溺——"酒"的戏称。

⑧ 哈(hǎ)喇——时间过长的油质物的气味。

上来。老爷才待要往后退,早被他一只手搬住脚后跟,嘴里还斜叼着根长烟袋,扬着脸儿说:"你到底跷起点腿儿来呀!"

老爷此时只急得手尖儿冰凉,心窝里乱跳;万不得话,只说:"岂敢!岂敢!"他道:"这又算个什么呢?大伙儿都是出来取乐儿,没讲究。"

老爷好容易等他撢完了那只靴子,松开手站起来,自己是急于要把手里那把子通草花儿交还他好走。他且不接那花儿,说道:"你老别忙,我求你老点事儿。"说着,一面伸手拔下耳挖子,从上头褪下个黄纸帖儿来,口里一面说道:"老爷子,你老将才不是在月台上拣那字纸的时候儿吗,我这么冷眼儿瞧着,你老八成儿是个识文断字的;我才在老娘娘跟前求了一签,是求小人儿们的。"说着,又栖在安老爷耳朵底下悄悄儿的说道:"你老瞧我倒有俩来的月没见了,也摸不着是病啊是喜。你老瞧瞧老娘娘这签上怎么说的?给破说破说呢。"

你看这位老爷,他只抱定了"人而无信,不知其可也"的两句书;直到这个场中,还绝绝不肯撒个谎,说"我不识文,我不断字";听得那媳妇子请教他,不由得这手举着花儿,那手就把个签帖儿接过来;可奈此时是意乱心忙,眼光不定;看了半日,再也看不明白,好容易才找着了"病立痊,孕生男"六个字,忙说:"不是病,一定要弄璋①的。"

那媳妇子又不懂这句文话儿,说:"你老说叫我弄什么行子。"这才急出老爷的老实话来了,说:"一定恭喜的。"他这才欢喜,连签帖儿带那把子花儿都接过去;将接过去,又把那签帖儿递过来说:"你老索性再用点儿心给瞧瞧到底是个丫头是个小子。"

安老爷真真被他磨得没法儿,只得嚷道:"准养小子。"那班妇女见老爷断的这等准,轰一声都围上来了。有的拉着那媳妇子就道喜。他也点着头儿说:"喜呀!这是老娘娘的慈悲,也亏人家这位老爷子解得开呀!"

说话间,那班妇女就七手八脚各人找各人的签帖儿,都要求老爷破说。老爷可真玩儿不开了,连说:"不必看了,不必看了,我晓得这庙里娘娘的签灵的很呢!凡是你们一齐来求签的,都要养小子的。"

不想这班人里头夹着个灵官庙的姑子;他身穿一件二蓝洋绉僧衣,脚

---

① 弄璋——语出《诗·小雅·斯干》"乃生男子,载弄云璋。"意祝小男孩长大为王侯执圭璋。后因称生男孩为"弄璋"。圭、璋,礼仪所执玉器。

蹬一双三色挖镶僧鞋，头戴一顶月白纱胎儿沿倭缎盘金线的草帽儿，太阳上还贴着两贴青缎子膏药。他也正求了个签帖儿拴在帽顶儿上，听安老爷这等说，便道："喂！你悠着[①]点儿，老头子！我一个出家人，不当家花拉的，你叫我那儿养小子去呀？"

那小媳妇子同大家都连忙拦说道："师傅，你叫别人家可怎么知道？咱们是一起儿来的呢。"那矮胖女子便向那姑子嘈嘈道："你罢呀！你们那庙里那一年不请三五回姥姥哇！怎么说呢！"那姑子丢下安老爷，赶去就要拧那矮胖妇人的嘴，说："你要这么给我洒，我撕你这张肥……"才说到这里，又一个过去握住他的嘴，说道："当着人家识文断字的人儿呢！别抡荤[②]，看人家笑话！"说着，才大家嘻嘻哈哈拉拉扯扯奔了那座财神殿去了。

老爷受这场热窝[③]，心里下也不让那长姐儿给程师老爷点那袋烟的窝心！这大约也要算小小一个果报！

却说老爷见众人散了，趁这机会，头也不敢回，踅身就走，一溜烟走到将才原坐的那个地方儿。只见华忠早同程相公一群人转了个大弯儿回来了。

华忠一见老爷，就问："老爷把马褥子交给谁了？"老爷一看，才知那马褥子背壶碗包一切零零碎碎的东西不知什么时候早已丢了个踪影全无；想了想，方才自己受的那一通儿又一个字儿不好和华忠说，愣了半天，只得说道："我方才将到碑头里看了看那碑文，怎知这些东西就会不见了呢！"

那华忠急了，说："这不是丢了吗！等奴才赶下去。"老爷连忙拦住说："这又什么要紧。你晓得是什么人拿去，又那里去找他？"

华忠是一肚皮的没好气，说道："老爷只管这么宽恩，奴才们这起子人跟出来是作什么的呢？会把老爷随身的东西给丢了。"老爷道："这话

---

① 悠着——当心。

② 抡荤——说话没约束；胡说。

③ 热窝——特别窝心。如同北京话，受了一场"大窝脖"。

好糊涂。你就讲'虎兕出于柙，龟玉毁于椟中[①]'，——方才是我自己在这里看着，——究竟'是谁之过与'？不必说了，我们干正经的，看凤凰去罢。"

说着，大家就从那个西随墙门儿过后殿来，见那里又有许多攮牙虫的，卖耗子药的，卖金刚大力丸的，卖烟料的，以至相面的，占灯下数的，起六壬课[②]的。又见一群女人蹲在一个卖鸦片烟签子的摊子上讲价儿。

老爷此时是头也不敢抬，忙忙的一直往后走，这才把必应瞻礼的个文昌阁抹门儿[③]过去了。才进了西边那个角门子便见那空院子里圈着个破蓝布帐子，里面锣鼓喧天，帐子外头一个人站在那里嚷道："撒官板儿一位，瞧瞧，这个凤凰单展翅。"

老爷听了，心中暗喜，连忙进去，原来却是起子跑旱船的。只见一个三十来岁漆黑的大汉子，一嘴巴子的胡子碴儿，也包了头，穿了彩衣，歪在那个旱船上，一手托了腮，把那只手单撒手儿伸了个懒腰，脸上还作出许多百媚千姣的丑态来。闹了一阵，又听那个打锣的嚷道："看完了凤凰单展翅，这就该着请太爷们瞧飞蝴蝶儿了。"

安老爷这才明白，原来这就叫作"凤凰单展翅"，连忙回身就走，只说道："'无耻之耻，无耻矣'！"华忠嗐了一声，见那边还有许多要狗熊要耗子的。他看那光景，禁[④]不得再去撒冤[⑤]去了，便一直引着老爷从文昌阁后身儿绕到东边儿。

老爷一看，就比那西边儿安静多了。有的墙上挂了个灯虎儿壁子猜灯虎儿的；有的三个一群两个一伙儿踢球的。只那南边儿靠着东墙围着个帐子，约莫里头是个书场儿；北边却围着簇新的大蓝布帐子，那帐子门儿外头也站着俩人，还都带着缨帽儿，听他说话的口音倒像四川、云、贵一

---

① 虎兕(sì)出于柙(xiá)，龟玉毁于椟(dú)——老虎犀牛从槛里逃出来，龟壳美玉在匣子里毁坏了。柙、椟，均为"匣"。见《论语·季氏》。

② 占灯下数、起六壬(rèn)课——均为算命占卜的迷信活动。六壬，《周易》称卦中的阴爻为六，术数的一种，共有六个壬，七百二十课，六十四种课体，用以占吉凶祸福。

③ 抹门儿——低头匆匆走过。

④ 禁——顾。

⑤ 撒冤——白给钱。

路的人。只听他文绉绉的说道:“人品有个高低,飞禽走兽也有个贵贱。这对飞禽是不轻易得见的,请看看。”程相公听见便说:“老伯,这一定是凤凰了。”

老爷也点点头,摇摇摆摆的进去;见那帐子里头还有一道网城,网城里果然有金碧辉煌的一对大鸟。老爷还不曾开口,刘住儿就说:“这不是咱们城里头赶庙的那对孔雀吗?那儿是凤凰啊!”

安老爷这才后悔:“这趟庙逛的好不冤哉枉也!”他只管这等后悔,心里的笃信好学始终还不信这就叫上了当了,只疑心或者今日适逢其会,凤鸟不至,也未可知。因说:“我们回店去罢。”华忠说:“得请老爷略等一等儿。这么个当儿麻花儿又拉屎去了。”老爷正不耐烦,便说:“这就是方才那碗酪吃的!”谁想恰好程相公也在那里悄悄儿的问刘住儿说:“那里好出大恭?我也去。”

老爷听说,便道:“索性请师爷也方便了来罢。我借此歇歇儿也好。”华忠满院子里看了一遍,只找不出个座儿来,说:“不然,请老爷到南边儿那书场儿的板凳上坐坐去罢。”

老爷此时是不曾看得凤凰,兴致索然,一声儿不言语,只跟了他走。及至走进那书场儿去,才见不是个说书的。原来是个道士坐在紧靠东墙根儿,面前放着张桌儿,周围摆着几条板凳,那板凳上坐着也没多的几个人。另有个看场儿的,正拿着个升给他打钱。那桌子上通共也不过打了有三二百零钱。

老爷看那道士时,只见他穿一件蓝布道袍,戴一顶棕道笠儿。那时正是日色西照,他把那笠儿戴得齐眉,遮了太阳,脸上却又照戏上小丑一般,抹着个三花脸儿,还带着一圈儿狗蝇胡子①;左胳膊上揽着个渔鼓,手里掐着副简板②,却把右手拍着鼓。只听他扎嘣嘣,扎嘣嘣,扎嘣扎嘣扎嘣打着,在那里等着攒钱。忽见安老爷进来坐下,他又把头上那个道笠③儿往下遮了一遮,便按住鼓板发科道:

“锦样年华水样过,轮蹄风雨暗消磨;仓皇一枕黄粱梦,都付人

---

① 狗蝇胡子——稀稀落落的胡须。道具。戏言。

② 简板——由两竹片组成的以左手夹击发音的击乐器。常与渔鼓合用伴奏。

③ 笠(lì)——用竹篾或棕皮编成的笠帽。

间春梦婆。——小子风尘奔走，不道姓名；只因作了半世懵懂痴人，醒来一场繁华大梦，思之无味，说也可怜，随口编了几句道情，无非唤醒痴聋，破除烦恼。这也叫作'只得如此，无可奈何'。不免将来请教诸公，聊当一笑。"

他说完了这段科白①，又按着板眼拍那个鼓。安老爷向来于戏文弹词一道本不留心；到了和尚道士两门，更不对路，何况这道士又自己弄成那等一副嘴脸！老爷看了，早有些不耐烦，只管坐在那里，却掉转头来望着别处。忽然听他这四句开场诗竟不落故套，就这段科白也竟不俗，不由得又着了点儿文字魔，便要留心听听他底下唱些什么。只听他唱道：

"鼓逢逢，第一声。莫争喧，仔细听。人生世上浑如梦，春花秋月消磨尽，苍狗白云变态中，游丝万丈飘无定。诌几句盲词瞎话，当作他暮鼓晨钟。"

安老爷听了，点点头，心里暗说："他这一段自然要算个总起的引子了。"因又听他往下唱道：

"判官家，说帝王。征诛惨，揖让忙。暴秦炎汉糊涂账，六朝金粉空尘迹，五代干戈小戏场，李唐赵宋风吹浪。抵多少寺僧白雁，都成了纸上文章！

"最难逃，名利关。拥铜山，铁券②传。丰碑早见磨刀惨，驮来薏苡冤难雪③，击碎珊瑚酒未寒，千秋最苦英雄汉。早知道三分鼎足，尽痴心六出祁山④！"

安老爷听了想道："这两段自然要算历代帝王将相了；底下要只这等一折折的排下去也就没多的话说了。便听他按住鼓板，提高了一调，又唱道：

"怎如他，耕织图！"

---

① 科白——道白。

② 铜山铁券——汉朝邓通以文帝所赐铜山自行铸钱。

③ 薏(yì)苡(yǐ)难雪——《后汉书·马援传》载，马授曾于交趾拉一车有益身体的薏苡果。但有人在马死后上书谮之"前所载还皆明珠文犀"。后因称蒙冤被谤为"薏苡明珠之谤"。薏苡，俗称药玉米。

④ 六出祁山——相传三国时诸葛亮六出祁山以攻魏。

安老爷才听得这句,不觉赞道:"这一转转得大妙!"便静静儿的听他唱下去道:

"怎如他,耕织图!一张机,一把锄,两般便是擎天柱;春祈秋报香三炷,饮蜡歙豳酒半壶,儿童闹击迎年鼓。一家儿呵呵大笑,都说道'完了官租'。

"尽逍遥,渔半樵。靠青山,傍水坳。手竿肩担明残照:网来肥鳜擂姜煮,砍得青松带叶烧。衔杯敢把王侯笑。醉来时,狂歌一曲;猛抬头,月小天高。

"牧童儿,自在身。走横桥,卧树阴。短蓑斜笠相厮趁,夕阳鞭影垂杨外,春雨笛声红杏林。世间最好骑牛稳。日西矬①,归家晚饭;稻粥香,扑鼻喷喷。"

正听着,程相公出了恭回来说:"老伯候了半日,我们去罢。"老爷此时倒有点儿听进去,不肯走了,点点头。又听那道士敲了阵鼓板唱道:

"羡高风,隐逸流。住深山,怕出头。山中乐事般般有:闲招猿鹤成三友,坐拥诗书傲五侯;云多不碍梅花瘦。浑不问,眼前兴废;再休提,皮里春秋②!

"破愁城,酒一杯。觅当垆,酤旧醅③。酒徒夺尽人间萃:卦中奇偶闲休问,叶底枯荣任几回,倾囊拼作千场醉。不怕你天惊石破,怎当他酣睡如雷!

"老头陀,好快哉!鬓如霜,貌似孩,削光头发须眉在。菩提了悟原非树,明镜空悬那是台?蛤蜊到口心无碍。俺只管薅锄烦恼,没来由见甚如来!

"学神仙,作道家。踏芒鞋④,绾髻髻⑤,葫芦一个斜肩挂。丹

① 西矬(cuò)——西坠。

② 皮里春秋——表面上不作任何批评,而心里却有所褒贬。

③ 当垆(lú)旧醅(péi)——古时酒店垒土为垆,安放酒瓮,卖酒的坐在垆边,谓"当垆"。

④ 芒鞋——草鞋。

⑤ 髻(jì)髻(liǎo)——头发挽束在头顶的发式。

头①不卖房中药，指上②休谈顷刻花。随缘便是长生法。听说他结茅云外，却叫人何处寻他？

“鼓声敲，敲渐低；曲将终，鼓瑟希。西风紧吹啼猿起。《阳关三叠》伤心调，杜老《七哀》写怨诗：此中无限英雄泪。收拾起浮生闲话，交还他鼓板新词！”

安老爷一直听完，又听他唱那尾声道：

“这番闲话，君听者，不是闲饶舌。飞鸟各投林，残照吞明灭。俺则待唱着这道情儿归山去也！”

唱完了，只见他把渔鼓简板横在桌子上，站起来望着众人，转着圈儿拱了拱手，说道：“献丑献丑！列位客官，不拘多少，随心乐助，总成总成。”

众人各各随意给了他几文而散。华忠也打串儿上掳下几十钱来，给那个打钱儿的。

老爷正在那里想他这套道情不但声调词句不俗，并且算了算，连科白带煞尾通共十三段，竟是按古韵十二摄，照词曲家增出灰韵一韵，合着十三折谱成的；早觉这断断不是这个花嘴花脸的道士所能解；待要问问他，自己是天生的不愿意同僧道打交道，却又着实赏鉴他这几句道情，便想多给几文，犒劳犒劳他；见华忠只给了他几十文，就说道：“你怎生这等小器！就多给他些何妨？”回头看着了那串儿上却只剩了没多的钱，因问：“你大家谁还带着钱呢？”不想问了问，连那打杂儿的一时间都把几个零钱使完了。程相公道：“老伯要用，吾这里有银子，可好？”老爷大喜，说：“更好。”

及至他从顺袋里取出来，却是个五两的锭儿，一时又没处夹，老爷便叫小小子麻花儿送给那个道士。那道士接过来，不曾作谢，先望着那银子叹了口气道，道：“嗳！路尽才知蜀道平，恩深便觉秋云厚。”忽然两泪直流，把那个粉脸儿冲得一行一道的，益发不成个模样。他忙忙的用道袍袖子沾了一沾，往前走了两步，向安老爷深深打了一躬，说：“恩官厚赐，贫道在这里稽首了。”

安老爷听他说了这“蜀道”“秋云”两句，觉得这道士不是个蠢人；或

---

① 丹头——卖药的。丹，丹砂，代称精制药物。

② 指上——弹指说书。

者这道情竟是他自己一片哀怨也不可知，便觉他虽是个道士，也不甚讨厌，连忙还了他个揖。

华忠一旁看见，口里咕嚷道："得了！我们老爷索性越交越脚高了！"便走上去直橛橛的说道："回老爷，这天西北阴上来了，咱们可没带雨伞哪。"

老爷看了看西北上果然有些阴过来，便不及和那道士细谈，同了程相公一行人出了天齐庙的那个后门儿，一路回店里来。

梁材在店里已经叫厨子把老爷的晚饭备妥，又给老爷煮下羊肉，打点了几样儿路菜，照旧有他店里的顿饭饼面。

老爷此时吃饭是第二件事，冤了一天，渴了半日，急于要先擦探脸，喝碗茶；无如此时茶碗背壶铜旋子是被老爷一统碑文读成了个"缸里的酱萝卜，没了缨儿"了；马褥子也从碑道里走了。幸而茶碗还有富余带着的。梁材倒上茶来，刘住儿又忙着拿铜盆舀了盆水伺候老爷洗了脸。叶通便把程相公的马褥子给老爷铺上，又把自己那个借给他。

一时，端上菜来，老爷同程相公一面吃着酒，心里还是念念不忘那个凤凰。恰好跑堂儿的端上羊肉来，程相公便叫住他问道："店家，店家，你快些这里来。你早上说的天齐庙有得凤凰看，怎的我们看不着？"跑堂儿的一愣，说："看不着？没有的话！这店里有好几位都瞧了回来了。我们打杂儿的烧香去，回来也说瞧见。你老同老爷在那儿瞧凤凰来着？怎么说看不着呢？"老爷说："果然没有看见，只有一对孔雀在那里。"

跑堂儿的听见，想了想，才笑呵呵的道："是啊！孔雀啊！他那毛儿就像戴的翎子似的，我早起说的就是他，我是把两样东西的名儿记拧了！"老爷一听，这才悟过今儿这一趟算冤足了！

一时，吃完了饭，家人们也有买东西去的，也有打辫子去的，一时只剩了华忠、刘住儿两个。华忠又去走动。

这个当儿，忽见刘住儿跑进来说："外头有个人要见老爷。"老爷说："难道又是位喜贺大爷不成？"

刘住儿又不懂老爷这句"反言以申明之"的话，回道："不是喜贺大爷，那位奴才见过，这个人奴才不认得他。奴才问他，他说老爷见了他认得他。"老爷道："算了罢！你弄不清楚这些事，快把华忠找来罢！"

半日，找了华忠来，老爷正叫他去看看这人到底是谁。华忠道："不用看，奴才才进来就瞧见他了，就是方才在庙上唱道情的那个道士。”

老爷一听，先就急了，说：“我说这些人断招惹不得，所以叫作‘惟女子与小人为难养也’。”因问刘住儿道：“既如此，你在庙上也听他唱了那半日，怎的又说不认得呢？”华忠道：“请老爷别怪刘住儿。他这时候不是方才那个打扮儿了；脸儿也洗干净了，穿着件旧短襟袍儿，石青马褂儿，穿靴戴帽，并且是个高提梁儿。他见了奴才还装糊涂，奴才一瞧他那神情儿就认出他来了，问他来作什么。他说：‘来谢谢老爷。见了老爷还有话说。’奴才想着老爷可见这些人作什么呢，就告诉他说：‘回来替你回罢。’”老爷连道：“很是，很是。”华忠道：“谁知他竟不肯走，说：‘务必见见老爷。’还说他在淮上常见老爷，回明了老爷一定见他的。奴才问他姓名，他又不肯说，只说：‘老爷一见，自然认得。”

老爷没好气道：“怎么你也和刘住儿一般儿大的糊涂！我在淮上常见的人你会不认得吗？”华忠不敢强嘴，等老爷发作完了，才回道：“老爷圣明，奴才赶到青云堡就迎见老爷回了京了，奴才和刘住儿一样，也是没到过淮上的。”

老爷一时无话，只说：“偏偏儿这么一刻儿上过淮上的人又都不在跟前。”因赌气说：“你叫他进来，我见他罢。”华忠只得去叫那人。

及至那人进来，老爷才要欠身，他已经站在当地，望着老爷拖地一躬，起来说道：“水心先生，别来无恙？可还认识当年座上笙歌，今日沿街鼓板的这个道人么？”这正是：

柳絮萍踪浑一梦，相逢何必定来生？

要知说话的这人是谁，下回书交代。

第三十九回

包容量一诺义周贫　矍铄翁九秩双生子

这回书接演上回。话表安老爷叫华忠把那个改装的道士带进来，正要认认这人是谁，问问他的来意；不想他进门就是一躬，起来开口就叫了声“水心先生”，接着便说：“可还认得我这当日座上笙歌，今日沿街鼓板的道人么？”

老爷听了，不胜诧异，这才站起身来定睛一看，原来不是别人，正是自己从前在南河作知县时候受过知遇的那位老恩宪前任河台谈尔音。

老爷断想不到此时忽然和他恁地相逢，仓卒间倒觉举措不安，忙着先让程相公回避过了，自己料是一时换不及衣服，只换了顶帽子，转身说道：“卑职安学海断想不到此地得见宪台。方才蓦遇，既昧于瞻拜，今蒙降临，又不及迎接，且惶且愧。但是草莽之间，不可废礼，请宪台上坐，容卑职参谒。”把个谈尔音慌得上前扶住，说道：“水心先生，我谈尔音具有人心，苟非事到万难，万不敢腼颜来见。我先生要一定这等称谓，这等仪节，使我益发无地自容，却叫我这一肚皮的话怎得说出口？”

安老爷看了他那愧汗不堪的神情，倒觉不好过于拘礼，还朝上打了三躬，才和他分宾主坐下。

此时上街去的家人们也都回来了，倒上茶来。安老爷又亲自送茶，依然是宪台长，大人短。华忠站在旁边听了半日，才知这东西原来就是把我们老爷坑苦了的那个谈尔音；待要得罪他两句，又碍着主人，只气了他个磨掌搓拳，直眉瞪眼。安老爷却只蔼然和气的问他道：“宪台是几时蒙恩赐环①的？竟自不知。怎的既不进京，又不回籍，却只逗留在此？更不敢动问，方才在天齐庙相遇，怎的又装扮成那等个行藏？却是为何？”

那谈尔音见问，未曾开口，眼中落泪，一面摆手，一面摇头，说道：“先

---

① 赐环——称朝廷放逐的臣子被赦召还为赐环。环，圆形玉器，“还”的象征物。如赐玦（jué）则不允还。玦，圆形玉器，有缺口，“绝”的象征物。

生,这话一言难尽!我自从那年获罪,发往军台,原想着河工上还有几个着实受过我些好处的旧日属员,打算叫他们帮助几千金,交了台费,便好还乡;不想这班人不肯也罢了,连回话都没得一句,难得接到他一封回信,又无非告苦说穷,那语言文字之间还带些笑骂:因此没法,在台站上一住三年,才得效力年满回来,便想在京官同乡道里打个把式①。那知我们那班同乡更狠。算起来这些人平日也不知用过我多少别敬②节仪,如今见我这等回来,他们竟自闭门不纳,还道我不是安分之徒,竟大家'鸣鼓而攻'起来。没奈何只得奔到此地,投奔一个州吏目,正是我的妻舅,叫作蔡锡江;不想他这等一个小小官儿,也竟会被上司访着他帷薄不修,又参回去了。把我闪得来进退两难。幸得我们绍兴府上阴道上多有些会唱道情的,我还记得那腔调,也随口编了几句,就弄了副渔鼓简板,每日胡乱唱来糊口;又怕被人看破我的行藏,所以才把些粉墨遮了我这张羞脸。作梦也想不到今日在此遇见你这水心先生,竟慨然助我了五两银子,所以特地到门叩谢。"说罢,站起来又打了一躬。

安老爷此时正在后悔自己方才在庙上不合一时粗心不曾认出他那个假面目来,无端的给了他几两银子,倒像特地去简亵③他一般,如今听他这等说法,果然是把自己的无心犒赏认作了有意酬恩,一时越发不安,连忙说道:"大人,你怎的倒这等说!"

说着,正要往下辩白这个原故。那谈尔音不等老爷说完,接过来也说道:"先生,你才叫作'怎的倒这等说'。你可记得你我同在南河,我作寿时节,你送我那五十金的公分?那时只因我看见各官,除了公分之外,都另有份厚礼,独先生你只单单的送了那公分五十金,我不合一时动了个小人之见,就几乎弄得你家破人亡。今日狭路相逢,我正愁你要在众人面前大大的出我一场丑,不料你'不念旧恶'也罢了,又慨然赠我五两银子。你可晓得我谈尔音当年看了那五十两轻如草芥,今日看得这五两便重似泰山!你叫我怎的不要感激,不要这样说法!只是我方才那番卖唱乞食

① 打把式——"打抽丰"之别称。打把式本指练武术,此指哪儿有钱就在哪儿"练一把"。

② 别敬——离别前赠送的礼物。

③ 简亵(xiè)——怠慢;失敬不恭。

的行径,真真叫作无可奈何,只得如此,还要求老先生函盖包荒。此后见了我们河工上那班旧日的朋友,切切不要提起才好!”

安老爷原是憋着一肚子话,极力要辩白我方才如果认出是你来,断不肯那样亵渎你;他是算认定了,难得老爷认得出是他来还肯这等怜惜他;两下里越说越不得明白。说着说着,他越发提起前情,直言不讳,一味自怨自悔。老爷是位仁厚不过的,便觉这人尚有三分夜气①,早动了一片不忍人之心;一时又替他脸上下不来,又觉自己心上过不去,待要宽慰劝勉他一番,便道:“大人休如此说;贫乃士之常,不足为累。便是市上吹箫,街头鼓板这些事,古人中如汧②国公、芦中人等辈,也都作过。不过方今圣明在上,非其时耳。依学海鄙见,还是早办一条归路,回到家乡,先图个骨肉团聚。一面藏器待时。或者圣恩高厚,想起来还有东山再起之日,也未可知。”他又摆手说道:“先生,这话说得远了!实不相瞒,我谈尔音此时只住在对门一个小车子店里;一日两餐,还没处打算哪!只这两件衣裳还是托店主人赁来的;就方才穿戴的那道衣道笠儿,也是和天齐庙里一个道人借的,他还定要用我五十大钱的酒钱。你看人情这等艰难,叫我一向从那里办条归路起?如今是好了,有了水心先生你这五两头,已经有得一半陶成,怎的再得有这等五两头,我便打算搭了我们绍兴回空的粮船回去。——只是那里还想作的着这样第二个春梦!”

老爷这才明白他是还短几两银子,说不出口,不禁点头叹息了一声,默然不语,便让他吃茶。

要论安老爷素日的为人,此刻的光景,既不是拿不出这几两银子,又不是舍不得这几两银子;要讲急人之急,正该或多或少叫家人立刻拿出银子来当面给了他,打发他走,何等爽快;怎的又默然不语呢?

原来老爷正为此时自己和他是一穷一通,一贵一贱,翻了个局面。待说斟酌个可以与可以无与罢,倒像为了淮安被参的前情,近于“使骄且吝”;待说“博施济众”罢,只这等随便拿出几两银子来给他,不但不是个“富而好礼”的道理,越发显得方才庙上给他那几两银子是有意打趣他了。一时心里怎么想,怎么觉得不合天理人情,只端了碗茶,一面陪着那

---

① 夜气——夜里生长的纯洁清明的心气。

② 汧(qiān)——古邑名。西周末秦襄公所都。

个谈尔音，一面三回九转的心里盘算。一直等到客都把茶碗放下了，老爷还捧着个碗在那里盘算呢。

谈尔音看那神情，料是没指望了，不好久坐，谈了两句散话，也就告辞。老爷便放下茶碗，一直送他出了店门，还等他走了几步，然后才回身进来坐下。又思索了半天，便叫梁材、华忠两个来吩咐道："你们看看有太太给我带上的几百银子在那一个箱子里，给我拿出来。"

此刻程相公也在跟前，便道："老伯，我那五两头不忙，那是老人家要买阿胶用的；等到了山东再把我不迟。"老爷摇摇头道："不是。"梁材也回说："老爷要使银子，外头有留出来的五十两没用完呢。"老爷道："你只给我拿来就是了。"两个听了，便叫了打杂儿的帮着到行李车上松绳解扣，把箱子抬进来，忙着解夹板，拆包皮，找钥匙，开锁头。

老爷看了看那箱子里装着是五百银子，便吩咐梁材向店家借个天平，要平出二百四十两来，分作三包；又叫叶通写三个馈赆①的签字按包贴上；再现买个黑皮子手版来，要恭楷写"旧属安学海"一行字；又叫腾个拜匣预备装银子；又叫打开包袱把行装袍褂拿出来换上。

华忠见老爷这光景像是要去拜客，便请示老爷到那里去，还是车去马去，派谁跟了去。老爷见他那脸上不大平静，恐怕误事，便不要招惹他，只说："一概不用，你只叫个打杂儿的跟着，我要亲身把这银子送给那位谈大人去。"

原来华忠方才问的时候就早猜出老爷这着儿来了，只不敢冒失；如今见老爷不但帮他银子，还要亲身送去，只气得他也顾不得什么叫作规矩，便直言奉上，说道："不是奴才找着挨老爷一顿窝心脚的话，老爷的银子可是没处儿花了！"

一时，梁材大家也觉老爷此举大可不必。程相公也道："老伯，你平日常讲的'以德报德，以直报怨'，怎的此时自己又'以德报怨'起来？"

老爷正为这桩事一个人为难了半天，那一肚子墨水儿不差什么憋得都要漾上来了，那里还禁得起旁边儿再有人去晃荡他，只程相公这一句就开了《四书》闸了。只见他呆着个脸儿问着程相公道："世兄，你可晓得我夫子讲这两句话是怎的个意思？我夫子生在春秋之世，见那时周末文胜，

① 馈赆(jìn)——临别赠人的路费或礼物。

时事务虚而不务实，那或人忽然来问：‘以德报怨何如？’也正是受了文过其实的病，便因此动了我夫子一片挽回世道的深心，所以倒问他‘何以报德’。紧接着便告诉他以直报怨，以德报德。其实轮到自己身上，你就那上下两本《论语》看看他老人家又那一时那一处不受着些怨？其中只有被原壤那傲慢不恭的老头子气不过在他踝子骨上打过一杖，还究竟要算个朋友责善的道理。此外如遇着楚狂接舆①、长沮、桀溺那班人，受了他许多奚落，依然还是好言相向；便是阳货、王孙贾、陈司败②那等无礼，也只就他口中的话说说儿也就罢了。甚至弄到性命呼吸也不过说了句‘天生德于予，桓魋其如予何’。究竟何尝认真去以直报怨？何况我今日这番意思正叫作以德报德。世兄，你怎的倒说我是以德报怨？”

程相公道：“别样事，小侄不晓得，谈尔音这桩事是我天天跟老伯在那里眼见的，难道那还叫作个德？”老爷道：“你们的意思，自然为他参掉了我的官；罚赔了我的银子；因我参官赔银子才累我的儿子赶出来，以致几乎半途丧了性命：大不过讲的是这三桩事要算个怨了。你们可晓得那河工上的官儿，自总河以至河兵，那个不是要靠那条河发财的；单单的放我这样一个不会弄钱的官在里头，便不遇着那位谈大人，别个也自容我不得；长远下去，慢讲到官，只怕连我这条性命都有些可虑。今日之下，怎的还能够这等自在逍遥！——便是幸而不参，我那个知县作到今日，说句老实话，是还想我能去钻营升官呢？是还想我能去谋干发财呢？只怕我这点薄薄家私也就被我一任知县报效在里头了；所赔的又岂止那五千余两！再讲我的儿子，不出来，又怎的遇着我这两房媳妇来立起我家这番事业？我若不回去，又怎得教成我那个儿子来撑起我家这个门庭？你大家想去，那一桩不是谈大人的厚德？怎的还要去怨他？固然说是‘天也，非人之所能为也’，要知他被上天提了一根线儿，照傀儡一般替我家出这许多苦力，也些须有点功劳，我此举又怎的不叫作‘以德报德’？”

华忠听了老爷这段话，才把他那股浑气消下去了；只听他先念了声佛，说道：“真哪！奴才说句不当家的话，照老爷这么存心，怎么怪得养儿养女望上长，奴才大爷有这段造化呢？那么说，这俩钱儿敢则花的不冤。

---

① 楚狂接舆(yǔ)——楚国的狂人接舆。接舆，隐士，非真实姓名。

② 阳货、王孙贾、陈司败——均系《论语》人物。

到底是奴才糊涂。只是奴才到底糊涂，老爷就给他个一二百也不少，就剪直的给他三百也不算多，怎么又不零不落的要现给他平出二百四十两来，这又是个什么原故呢？"

老爷道："蠢才！蠢才！你怎的会明白这个大道理！我竟没许大精神和你闲讲，你只问问程师爷就晓得了。"

程师爷听了一愣，想了半天，说道："今日我竟不得明白，果然的老伯为什么了要把他二百四十两银子？"

老爷只笑而不答。不想叶通这小厮跟老爷在书本儿上磨，磨了这几年，倒摸着老爷胸中些深微奥妙了。他正在那里贴银包上的签子，听了这话，便笑着和程相公说道："老爷给他这银子，正合着三百两的数儿。"程相公道："阿说抛话①！方才通共拿出三百头来，老爷还了我五两，这里还剩五十五两，你那里怎得还会有三百两？我就更不得明白了。"叶通道："师爷要明白这个，只把'子华使于齐'那章书背一遍就明白了。"他听了，从"子华使于齐"一直到"毋以与尔邻里乡党乎"背了一遍；又寻思了半天，摇头道："我不晓得。"

叶通道："当日孔夫子送人东西，都是打八折；不信，师爷算那个'与之釜'的'釜'字，朱注注的是'六斗四升'，那是个'八八六四'；'与之庾'的那个'庾'字，朱注注的是'十六斗'，那是个'二八一六'；'与之粟五秉'的那个'秉'字，朱注注的是'十六斛'，又是个'二八一六'。所以老爷送这位前任河台的礼也平了个三八二百四十两，正是八折的三百两。"

老爷听了，连连点头赞道："使乎！使乎！"程相公按他这话，算了算数目，果然不错，又问他道："叶二爷，我倒请教，然则'与之粟九百'，怎的又不打八折呢？"叶通道："他也是个八折。孔夫子给子华他们老太太的米，那是行人情，自然给的是串②过的细米，那得满打满算。给原思的米，是他应关③的俸禄，自然给的是没串过的糙米。糙米串细米，有一得一，准准的得折耗二成糠秕，刨除'二九一八'，核算起来，下余的正是'九八七二'的八折。这笔账大概连朱子当日也没算清。不然，为什么前头小

---

① 抛话——奉迎话。

② 串——舂；捣。

③ 应关——应得。

注儿里的釜六斗四升，庾十六斗，秉十六斛都注得那么清楚，到了‘与之粟九百’的小注儿里就含糊着说‘九百不言其量，不可考’呢？”

这话程相公始终不曾了了。安老爷听了，只乐得拍案叫绝，说道：“‘孺子可教也’！这讲法虽不足窥圣道之大，大可补朱注之阙。这等看起来，那康成家婢不过晓得了‘薄言往诉，逢彼之怒’①，和‘胡为乎泥中’②的几句《诗经》，便要算作个佳话，真真不足道也！”

说话间，诸事打点齐备。老爷见叶通竟能这样通法，料他事理通达，断不到开罪于那位谈大人，便叫他持了帖，又叫了一个打杂儿的捧着那个装银子的拜匣，跟着出了店门往对过那座小车子店去。到了店门口，叶通忙走了两步，先进了店门，只见满院子歇着许多二把手小车子，又有些倒站驴子，还晾着半院子的驴马粪，却不知这位谈大人在那里；看了看，见那边墙根底下蹲着一群苦汉在那里吃饭。

叶通因在主人面前不敢公然问说有个姓谈的，只得问那班人道：“有位谈大人在那间房住？”一个人答道：“这店里是住驴的，那儿摸大人去呀！”叶通又说明那谈大人的年貌。那人才说道：“你问的是谈花脸儿啊？在那角上堆草的那间屋子隔壁就是。”

叶通走到跟前，不好直进去，便隔窗问了句“这是谈大人的屋子么”。他听得门外有人说话，穿着件破两截布衫儿，趿拉着双皂靴头儿③出来。叶通见了，不敢轻慢，连忙把手本呈上去，说：“家主请见。”

那谈尔音看了看就嚷起道：“这还了得！这个大柬④断不敢当，奉璧⑤！奉璧！”说着，进屋里就那么个样儿戴上了顶帽子出来。

这个当儿，安老爷已经走进房门，朝上打躬，说道：“安学海特来谢步。”见过了礼，就在那铺土炕上和他分宾主坐下。

老爷见他那屋里上下通共一个人，看光景不必再等献茶了，便向叶通使了个眼色，要过那个拜匣来放在桌子上。此时老爷那番仁厚存心的神

---

① 薄言往诉，逢彼之怒——想要前往诉说，正碰上他们大发雷霆。

② 胡为乎泥中——怎么会蹲在泥水中（而不见拯救）呀！

③ 皂靴头儿——皂靴，黑色官靴。靴头儿，棉鞋。

④ 大柬——大礼。

⑤ 奉璧——完璧奉还。

情,真真算得个"见于面,盎于背①"。他会大把的给人银子,他自己倒不得话,好容易宛转其词,把这番意思道达出来。

那谈尔音耳朵里一边听着话,眼睛里一边瞧着银子。老爷这里话也不曾说完,他便望着那银子大哭起来。这一哭倒把安老爷哭的没了主意,再三相劝,才得把他劝住。他早拜倒在地,谢个不了,口里说道:"水心先生,我当日是那等的陷你,你今日是这等的救我,这等看起来,你直头是个圣贤,我直脚是个禽兽了!"安老爷忙道:"大人,此话再休提起。假如当日安学海不作河工知县,怎的有那场事?作河工知县而河工不开口子,怎的有那场事?河工开口子而不开在该管工段上,又怎有那场事?这叫作天实为之,与我宪属什么相干?大人且把这话搁起,是必莫忘方才那几句刍荛②之言,作速回乡,切切不可流落在此,这倒是旧属一番诚意。"

安老爷这话算厚道到那头儿了。他听了连连点头答应,一面收拾银子,把匣子交给叶通。安老爷便起身告辞。他道:"明早再竭诚趋叩。"

安老爷也唯唯答应着,一路回来,店里才得上灯。老爷这件事作的来好不心旷神怡,一觉安稳好睡;醒来才得五鼓,还虑到那谈尔音天明过来脸上不好意思,便催众人收拾行李车辆不曾天亮就起身上路;临起身又留下一个辞行的名帖托了店家送给他。

他正要来拜谢,听得安老爷走了,一时感愧之中,不无依恋,没奈何,把那名帖供在桌儿上拜了两拜,只当日收拾收拾,就坐了那店里一个二把手小车子,赶到运河码头上,趁着绍兴回空粮船回往浙江而去。及至他到了家,感激安老爷这番周济,无可答报,每日起来,不言不笑,不饮不食,望空先烧一炉香,默祝安老爷的富贵寿考,然后才敢开口。这是后话不提。

却说安老爷离了涿州,一路无话;这日早到茌平,因天色尚早,便想不打早尖赶到邓家庄早饭,恰巧从那座悦来店过,见歇着许多车子,满载着一色的花雕大坛酒,问了问,原来正是自己送邓九公的寿礼,也从水路运到了。

老爷大喜,就便下来打了尖,吩咐一应人马车辆后行,自己却换了顶草帽儿,骑上那头驴儿,只叫随缘儿拿着帽盒跟着,要出其不意的先去和

---

① 见于面,盎(àng)于背——盎,丰厚盈溢。以此形容为人真诚仁厚的心怀。

② 刍荛(chúráo)——用作谦词,将自己比做割草打柴的草野鄙陋之人。

邓九公作个不期而会；将进了岔道口，但见那条路上的车马行人，往来不断，还有些抬着食盒送礼去了，挑着空担子送了礼回来的。

老爷在驴子背上想道："邓翁的生日，还有几日呢呀，怎的从今日起就这等热闹？"一面想着，远远的早望见邓家庄的那座庄门。老爷一看，这次来与前番来的光景不大相同了。只见庄门大开，门外歇得车马成群，门里也是不断的人来人往；那两边树底下还歇着许多赶趁卖吃食的。

一时，老爷到了庄门首，下了驴儿，只见一个穿靴戴帽的庄客过来把老爷上下一打量，见老爷戴着顶草帽儿，骑着头驴儿，却又穿着身行衣，不像个来作贺的样子，便上前问道："你们是那儿来的呀？"

老爷见不是前番未见过的那人，正待和他说明来历，只见褚一官从里面说笑着送出一起客来。他一眼望见老爷，也不及招呼客，便连忙赶出门来，说："这不是二叔来了么？怎么一个人来了？"匆匆的见了个礼，起来便和那个庄客嚷道："你还不快进去告诉说：北京的二老爷从京里下来，已经到门了。"那人听了，忙着就往里跑。那几位客都站在一旁等着告辞，老爷便和褚一官说："你且先送客。"他才忙着送了那班人走。

这个当儿，随缘儿一手拉着驴，一手举着帽盒。老爷一面换帽子，一面问褚一官道："你令岳怎的这等高兴，从今日就作起寿来？"褚一官道："好叫二叔得知，今日不是作寿。"

才说得这句，早听得邓九公一路从里头就嚷出来了。只听他叫道："我的老弟呀！你今儿个可是从天上掉下来了！我正说忙过今儿个，明儿个就打发人迎上你去；谁想你倒先来了！可喜可喜！"说着，上前和老爷抱了一抱；一面拉着手先道了公子前番得中并连次高升的喜，接着问了这个又问那个；然后才问安老爷是那天起身的，走了几天，一路行走的光景。

安老爷一面随问随答，一面看他那打扮儿。只见他光着个脑袋，趿拉着双山底儿青缎子山东皂鞋，穿一件旧月白短夹袄儿，敞着腰儿，套着件羽缎夹卧龙袋，从脖纽儿起一直到大襟没一个扣着的；脸是喝了个漆紫，连乐带忙一头说着，只张着嘴气喘如牛的拿了条大手巾擦那脑门子上的汗。

老爷此时不及问他别的，只惦着一官方才不曾说完的那句话，先问道："九兄，你府上今日一定有件什么大喜的事。"他早拉了安老爷一只手说："咱们到里头坐下说。"

说着，便有他家的几个门馆先生和他徒弟们迎出来。内中也有几个戴顶戴的，一个个都望着老爷打躬迎接。老爷也一一还礼。

安老爷前番虽到过他家一次，却不曾进门，一路进来，见那大门里也是路，东一个屏门进去便是个大院落。那院子里有合抱不交的几棵大树，正面却没大厅，只一路腰房。东西群墙，各有随墙屏门。只见那西边屏门里有一群人在门里望外看，里头又夹杂个茶房嚷道："西花厅再摆两桌子。"东边门里便有人答应。看那光景象是往厨房去的路。那腰房当中是个穿堂二门。门外树荫里还安着两块大马台石。进了这座门，里面还有三层门儿。

安老爷才走到甬路上，早望见褚大娘子也打扮着，拉着他那个五六岁的孩子，后面还跟着一群老婆儿，小媳妇子，丫头，都从那个门儿迎出来。

那褚大娘子此时见了安老爷比前番更加亲热，只是他自己想了想，既不好按着官话尊声义父，又不肯依着乡风叫声干爹，也不好通套些儿称作老人家。那么大个个儿儿，再要爸爸长，爸爸短，那可就和唱曲儿的改字儿没什么大分别了。他便索兴亲热起来，照称他父亲一样，也叫作老爷子。只见他上前拜了两拜，笑嘻嘻的说道："老爷子怎么也不赏个信儿，悄默声儿的就来了！也没得叫你女婿接接去！"说着，问了干娘安，又问妹夫子好，两妹子好，以至舅太太、张老夫妻都问到了。安老爷一时竟有些应酬不及，只一总说了句："都好，都说请安问候。"他又拉了他那个孩子过来请安，说："这也是老爷呢。"安老爷见是他前番带到京去的那个孩子，也招呼了招呼，说："都长这样高了。"说着，便一路进了那个三门儿。进去见里头是正面五间正房，东西六间厢房，约莫那后面还有些房子。

一时，邓九公让安老爷进了屋子，二人重新施礼。老爷见他那屋里也摆些钟鼎屏镜之类，一时都不及细看。只见西次间炕上地下都摆着席。有几个女眷正在那里吃面，见安老爷进来，也有藏躲不迭的，也有偷着眼儿看的。邓九公道："你们不用跑。"因拍着安老爷的肩膀儿向大家说道："你大家瞧瞧，今儿个来的，这就是我常说的我那个顶天立地的好朋友！"安老爷正不知谁是谁，无从见礼。褚大娘子道："这都是我们一辈儿的几个当家子和至亲相好家的娘儿们，没外人。他们比我还怯官。你老人家大远的来，先歇歇儿罢，不用和他们见礼了。"

说着,邓九公就往东里间让。老爷看了一周只不曾见着他家那位姨奶奶;才要问起,还要问问他家今日到底是有件什么事,只见邓九公坐也没坐好,先哈哈了一声,才开口说话,说道:"老弟,我先问你,你给我作的那篇东西带来了没有?"安老爷拍着肚子,说道:"现成在这里;少停当面写出来请老兄看。"邓九公笑道:"好极了!你先别忙,索兴求老弟你费点儿事,这里头还得绕绕笔头儿。我要告诉你这个原故,你管保替愚兄一乐,今儿个得喝一坛!告诉你,哥哥得了儿子了!"

安老爷听了又惊又喜:喜得是这老头儿一生任侠好义,颇以无子为憾,如今一朝有后,真是大快平生;惊得是他一个九旬老翁,居然还能生育,益信他至诚格天①;连忙起身给他道喜,说道:"这实在要算个非常喜事!只是我要挑老哥哥,这样一桩喜事,你怎的不早给我个信儿?"褚大娘子道:"我说是不是?才有信儿,我就催你老人家快写封书子去罢,你老人家只嚷,靠不住靠不住。瞧,到底惹人家挑了,我看这可说什么!"

邓九公才要说话,安老爷道:"是了,这也是我大意。大约前番写信和我要那胎产金丹九合香就是有了佳兆了。"九公道:"不是么!那是为你干女儿去要的么。谁知他才俩来的月就掉了呢,倒叫我空喜欢了一场。"

这个当儿,褚大娘子捧过茶来说:"这是雨前,你老人家未必喝,我那儿赶着叫他们熬普洱茶呢。"安老爷一面让座,便料到他家今日是办三朝②,那位姨奶奶一定在产房里不得出来,便告诉褚大娘子叫个人进去道喜。

邓九公笑呵呵的说道:"老弟,你只别忙,听我从头儿把这件事说给你。不用讲,愚兄九十岁的人,盼儿子的这条痴心是早没了。谁知到了上年,忽然二姑娘他会有了信儿了,我可也就没留心。好在他自己也不会言语,赶到俩多月上,只见他吃顿饭儿就是吐天儿哇地的闹。我说:'这是个什么原故呢?准是他娘的得了翻胃了。'还是你干女儿说:'别是胎气罢。'这么着,他就给他找了个姥姥来瞧了瞧,说是喜。我说:'这真算得个新样儿的了!'就那么糊里糊涂的过了有四五个月。

① 格天——有所做为,感通于天,叫格天。

② 三朝(zhāo)——婚后、产后或人死后第三日。

"一天，他忽然跐着个板凳子，上柜子去不知拿什么，不想一个不留神把个板凳子蹬翻了，咕咚一跤跌下来，就跌了个大仰爬脚子①。你说怪不怪？把胯骨栽青了巴掌大的一大片，他这胎气竟会任怎么个儿没怎么个儿②。赶到该着月份儿了，大家都在那里掐着指头算着，盼他养，白说他可再也不养了。大是过了不差什么有一个多月呢！

"这天他正跟着我吃包，只见他才打了个挺大的包，握在嘴上吃着，忽然嗯了一声，说是'不好'，扔下包往屋里就跑。我说：'你们跟了去瞧瞧是怎么了，不是吃了个苍蝇啊。'

"正说着，这个人才跟进屋子，只听得噶喇的一声就把个孩子养在裤裆里了，还是挺大的胖小子。幸而我们姑奶奶在这儿，叫人给他收拾好了，这才找了姥姥来。我说：'叫他把老弟你给的那胎产金丹吃一丸子，那是好的呀。'他且不吃，只嚷饿的荒，要先吃点儿什么。只这一顿，就撮③了三大碗儿小米子粥，还点补④了二十来个鸡子儿，也没听见他嚷个头晕肚子疼的。坐了半天，说：'我这肚子里还像有一个呢。'将说着，爬起来又养了一个，又是个小子。

"你看，我们这个二姑娘跟着我也有这么好几年了，不养就不养，养起来就是垛窝儿⑤的。这实是老天可怜，也是老弟你前年那句说话的吉利。

"今日正是俩小子的满月，可巧老弟你今日进门，这是你侄儿的造化。今儿个屋里也不算暗房咧。他娘是在那儿掇弄孩子呢。就请老弟你到屋里瞧瞧，管保你这一瞧就抵得个福星高照，这俩小子将来就许有点出息儿。"

安老爷听了大喜，站起身来就同他进了那个东进间的屋门。进得屋门，安老爷一看，他家那位姨奶奶正在那里奶孩子呢，慌得老爷回身往外就跑。

---

① 大仰爬脚子——跌脚跌得仰面朝天。

② 怎么个儿没怎么个儿——没任何意外、伤情。

③ 撮（cuō）——狼吞虎咽，食如撮物。撮，集中，一下子；一撮，一堆儿。

④ 点补——吃（零食）。

⑤ 垛窝儿——满窝儿。垛，堆积。

你道安老爷也是五十多岁生儿养女的人，难道连个奶孩子的也没见过不成？何况到了小户人家，再要房屋窄小些，遇着有个亲友来，偏是这个当儿，孩子要吃奶，往往的就彼此回避不来，何至于就把这位老先生吓跑了呢？

原来这位姨奶奶的奶孩子法与众不同。人家奶孩子只得奶一个，他得奶两个。人家养双伴儿的也有，自然是奶了一个再奶一个，他却要是俩一块儿奶。到了要俩一块儿奶了，只解开一个脖纽儿，一个二纽儿，这可就不行了。所以他奶起孩子来是要把里外衣裳上的纽子一件件都解开，大敞辕门的撩两边儿去，然后才用两只胳膊拢着两个孩子，叫两个孩子分着吃他两个咂儿①。他却把俩孩子的四条腿儿搭成个十字架儿，两只手紧紧的抱着给他吃；又苦于外路人儿，轻易不会上炕盘腿儿，只叉着两条腿儿坐在炕沿上在那里奶。

安老爷进门儿一眼就看见他那对鼓蓬蓬的大咂儿，他那对咂儿往小里说也有斤半来重的馒头大小，围腰儿也不曾穿，中间儿还露着个雪白的大肚子。

老爷等闲不曾开过这个眼，只慌得踽踖②不安，才待回避，邓九公一把拉住说："老弟，你这又嫩绰绰了。这有什么的呢？"

他那位姨奶奶见安老爷进来，便笑嘻嘻的说了句："哟！了不的了，他二叔进来了。"待要站起来，怀里是搂着俩孩子，才一欠身儿，左边儿那个孩子早把个咂儿从嘴里脱落出来。不想正在个灌精儿③的时候，他奶头儿里的奶就像激筒④一般往外直冒，冒了那孩子一鼻子一嘴，呛得那孩子又是咳嗽，又是嚏喷。邓九公只急得和他嚷道："二老爷又不是外人，你正经老老实实儿的坐在那儿给孩子吃就完了，又闹这些累赘！"安老爷忙说道："老哥哥，这也是你过于省事。两个孩子叫他一个人奶着，如何来得及，再那奶也断不够。小人儿吃缺了奶，倒是桩要紧的事。"

褚大娘子此时已经笑得咭咭咯咯的，一面接过那孩子去，一面说道：

---

① 咂儿——奶头。
② 踽踖（jújí）——畏缩不安。
③ 灌精儿——指奶水足。
④ 激筒——即汲筒。汲，喷。

“老爷子那儿知道我们这姨奶奶呢，俩孩子吃着，他还不住手儿的揉奶膀子，嚷‘怪胀得慌的呢’！”说着，炕上一个婆儿忙着把右手里那个孩子也接过去。那位姨奶奶才掩上怀依然照前番的礼儿给安老爷请了个安。安老爷连忙还了个揖，说道：“有了侄儿了，以后不可行这样大礼。”他说道：“有他俩怎么着呢？我还敢和老爷论个嫂子小叔儿小婶儿大伯儿呀！”邓九公忙说：“够了，够了。”

这个当儿，再也拦不回他去不算外，他紧接着也照褚大娘子那么这个好这个好把安老爷家的人问了个到。老爷只支吾着答应了两声，才待去看那两个孩子。他又问道：“可是我大妹子好哇？我给他捎的东西到了没有？他到底赶多咱才来看我来呀？”

这一问，老爷可糊涂了，只望着褚大娘子。褚大娘子说：“嗳哟，妈哟！你怎么这么实心眼儿呀？”因和安老爷说道：“他问的就是跟我干娘的那个长姐儿姑娘。论那个人儿啊，本来可真也说话儿甜甘，待人儿亲香，怪招人儿疼的。不是前番我干娘在我们那庄儿上住了那几天吗？他就和人家好了个蜜里调油①，临走和那个怪哭的只问人家多早晚还瞧他来。那一个就赚他说：‘得了空儿就来。’他就从那天盼起一直盼到今儿个了。”

列公，你看只一个长姐儿也会闹得这等千里逢迎，众口交赞，可见声气这途也不可不走的。只是这些事安老爷怎的弄得清楚？无奈那位姨奶奶还只管在那里唠叨着问。老爷只得随口说：“等我回去，大约他就该来看你来了。”说着，才细看那两个孩子。只见一个漆黑，一个雪白。那漆黑的是个宽脑门子，大下巴，逼真的一个邓九公；那雪白的，是个肉眼胞儿，匾脸蛋儿，活脱儿就是他们姨奶奶。

安老爷看了看，到底确是本客自制，货真价实，原版初印，一丝不走的两个孩子，心中十分欢喜，说道：“好两个孩子！宜富当贵，既寿且昌，将来一定大有造化！”把个邓九公乐的说：“借二叔的吉言，托二叔的福。这俩孩子还没个名字呢，老弟索兴借你这管文笔儿和这点福缘儿给他俩起俩名字，替我压一压，好养活。”安老爷说：“这倒用不着文法。”因想了想，道：“九哥，你这山东至高的莫如泰山，至大的莫如东海。就本地风光上

---

① 蜜里调油——形容感情非常融洽。

给他取两个乳名,就叫他‘山儿’‘海儿’。那个大名字竟排着我家玉格那个‘马’字旁的‘骥’字,一个叫他邓世骏,一个叫他马世驯。骏,马之健者也;驯,马之顺者也。你道好不好?”邓九公拍手道:“好极了!好极了!就是这么着!老弟,你瞧愚兄是个糙人,也不懂得如今那些拜老师收门生的规矩,率真了说罢,剪直的我就叫这俩孩子认你作个干老儿,他俩就算你的干儿子,你将来多疼顾他们点儿。你说这比老师门生痛快不痛快?”

安老爷见他这样至诚,倒也无法,只得也收在门下。这才和老头儿出了那间屋子,彼此坐谈,叙了些离情,问了些近况。这话暂且按下不表。

却说邓家来的那班男客因邓九公年高,大家都不敢劳动他相陪,自有褚一官同邓九公的几个徒弟和他家门倌先生们款待。内里的女眷也有邓家从淮安跟了九公来的几个远房本家女眷们张罗。只邓九公和安老爷这阵演说养孩子瞻仰奶孩子,大家早已吃了面告辞而去。褚一官是里外应酬,忙得不得住脚。才得进来,褚大娘子便迎头嘈嘈他道:“喂!你竟忙你的罢!老爷子来了这么半天,你也不知张罗张罗他老人家的饭!”褚一官道:“这会子呢!我才就问了华相公了,他说二叔在悦来店早吃了饭来了。”

邓九公听了便嚷起来道:“可是只顾一阵闹孩子,我怎的也不曾问老弟你吃饭不曾。你来也来到了,却怎的又在镇上打尖,不到我们这里来吃?”老爷才把此来从水路载得一百二十坛好酒给他祝寿,恰好今日也到镇上,方才在那里遇见,照料了一番,就便打了尖,以及把行李车辆都留在后面,自己骑了个驴儿先来的话说了一遍。邓九公听了,乐的连道:“有趣,有趣!多谢,多谢!这够愚兄喝几年的了;喝完了,要还耐着烦儿活着,再和你要去。”

正说着,后面的酒车,行李车,也来到了。邓九公便叫褚一官着落两个明白庄客招呼跟来的人;又托他家的门倌先生管待程相公;又嘱咐把酒先给收在仓里,闲来自己去收。褚大娘子便叫他带人把老爷的行李都搬进来。安老爷道:“行李不必搬进来了,我在什么地方住就搬到那里去,岂不省事?”邓九公道:“就请你先去看看我给你预备的这个地方。”说着,拉了老爷就走。

安老爷正不知是那里,只得跟了他。只见他出了正房就奔了那三间东厢房去。安老爷同他进去一看,只见那三间屋子糊饰得干净,摆设得齐整，铺陈得簇新；里间儿还安着一份儿极清洁的床帐；临窗也摆了一张书案，上面也摆了些墨砚；最奇不过的是这老头儿家里竟会有书，案头还给摆了几套书。老爷看了看，却是一部《三国演义》，一部《水浒传》，一部《绿牡丹》，还有新出的《施公案》和《于公案》。其余如茶具酒具以至漱盥的这份儿东西，弄了个齐全；甚至如新买的马桶，新打的夜壶，都预备在床底下。安老爷看了这两件家伙，自己先觉得有些用不惯，便说道："老兄，你实在过于费事了。但是我在里头住着，究竟不便。"

正说着，褚大娘子和那位姨奶奶也过来，褚大娘子听见，说道："不便，你老人家只好将就点儿罢。依我们老爷子的主意还要请你老人家在正房里一块儿住来着呢。还是我说的，我说：'那位老爷子的脾气，管保断不肯。'我费了这么几天的事，才给你老人家拾掇出这个地方儿来。那边厢房里就是我和女婿住着。说又有什么不方便的呢？"说着，不由老爷作主，便和他女婿说："你把华相公叫过来，我告诉他，就叫他们大伙把行李搬进来，我这儿就瞧着归着了。"安老爷处在这凿不来方孔的地方，也无可如何，只得听他调度。

一时，搬进行李来，凡是老爷的寿礼以及合家带寄各人的东西，老爷自己却不甚了了；幸得太太在家交代得清楚，跟的那班小厮们早一份份的打点了送上了。大家谢了又谢。老爷觉得只要有了他那寿酒寿文二色，其余也不过未能免俗，聊复尔尔①而已。

一时，交代完毕，邓九公又请安老爷到他那庄子前前后后走了一趟，见外面也有个小小的园子，也有两处座落。那地势局面，就比褚一官住的那个东庄儿宽敞多了。到了西边他那个演武厅，便是他说的和海马周三赌赛的那个地方，安老爷看了看，见当中五间大厅，接着抱厦，果然好一个宽阔所在，见院子里正在那里搭天棚，安戏台，预备他寿期祝寿，闹闹吵吵，忙成一处。

邓九公又去应酬了一番程相公，便照旧让安老爷来到正房。褚大娘子已经齐齐整整罢了一桌果子在那里。那些"酒过三巡""羹添二道"的烦文都不必琐述。

却讲安老爷坐下便叫把手下的酒果都挪开了几样，要了份儿纸笔墨

---

① 聊复尔尔——聊复，姑且。尔尔，如此。

砚来放在手下，一面喝酒，一面笔不加点，就把他给邓九公作的那篇生传写出来；写完，先把大意和老头儿细讲了一遍，然后才一手擎着杯，高声朗诵的念给大家听道：

“义士邓翁传

“学海八年出就外傅①，五十成名，其间读书四十余年，凡遇古人豪侠好义事，辄心向往之，而窃以生今之世闻其语而未尝一见其人为憾。

“今天子御极②之四年，岁在丙午，学海官淮上，旋去官，将之山左③，访故人女十三妹于齐鲁之青云山。

“十三妹者，盖曙后孤星④昔为吾师故孝廉子何子明若先生女孙，今归吾子骥，为吾家子媳者也。

“先是女随其先人副总戎何公杞之官甘肃，何公为强有力者所挫，下于理，郁郁以死。女义有所避，饰媪婢以缞绖，伪为母若女者，致其先人槥⑤于京邸，已则窃母而逃，埋头项于青云山间。今义士邓翁者，能急人急，往依而庇门户焉。

“予既至山左，甫得其巅末。然予与翁初无杯酒交，而计非翁又无由梯以见女，乃因翁之子婿褚者介以见翁。既见翁，饮予以酒，言笑甚欢，纵谈其生平事，须眉跃跃欲动，始知古所谓豪侠好义之士者，今非无其人也。

“会女母氏又见背，有岌岌焉不可终日势，凡货财筋力之礼，翁悉锐身任之。已乃为女执柯，以之妃⑥吾子骥，而使归吾家。计女得翁以获安全者，凡三年八月有奇。以道路之人，躬杵臼⑦之事，而卒

---

① 外傅——外任。

② 御极——登位。

③ 将之山左——将去山东。山左，山东的别称。

④ 曙后孤星——即“曙后星孤”。孤女之称。

⑤ 槥(huì)——小而薄的棺材。

⑥ 妃——此指婚配；配偶。

⑦ 杵臼(chǔjiù)之事——典出《后汉书·吴祐传》“杵臼交”之事。后因称交友不嫌贫贱，为杵臼交（交于杵、臼之间）。杵，捣物的棒槌。臼，舂米的器具，石凿而成。

措姁孀崽子于磐石之安，使学海亦得因之报师门而来佳妇，皆翁力也。

“吾媳既外除来归，合卺之夕，翁年且八十七，不远千里来，遗女甚厚，与予饮于堂上，以酒属予曰：‘某浪迹江湖，交游满天下，求其真知某者，无如吾子。吾九十近矣，纵百岁归居，亦来日苦少，子盍为我撰墓志以须乎？’

“予闻命皇皇，疑从翁之言，则豫凶非礼；以不敏辞，又非翁所以属予之意，而没翁可传之贤。

“考古人为贤者立传，不妨及其生存而为之，如司马君实之于范蜀公是也。翁平生出处皆不类范蜀公，而学海视君实且弗如远甚；然其例可援也，请得援此例以质翁。

“谨按翁名振彪，字虎臣，以九行，人称曰九公，淮之桃源人。其大父某公官明崇祯按察副使，从永明王入滇，与邓士廉、李定国诸人同日殉难。父某公时以岁贡生任训导，闻之弃官，徒步万里，冒锋镝①，负骸骨以归，竟以身殉。呜呼！以知翁之得天独厚者，端有自来矣！

“迨翁入本朝，以康熙第一壬寅应童子试，不售，觉占哔非丈夫事，望望然去之，便从事于长枪大戟，驰马试剑，改试武科。

“试之日，弓刀石皆膺上上考，而以默写武经违式，应见黜。典试者将先有所要求而后斡旋之，且许以冠军。翁怒曰：‘丈夫以血气取功名，谁复能持白镪②乞怜昏夜哉！’然犹得缀名榜末，而翁竟由此绝意进取，乃载先人柩，去乡里，走山东，择茌平桐口之二十八棵红柳树地卜筑家焉。至今地以人重，道公者辄道二十八棵红柳树邓九公云。

“性诚笃而毅，间以侠气出，恒为里闬③排难解纷。抑强扶弱，有不顺者则奋老拳捶楚人，人恒乐得其一言以为曲直。久之举益豪，名益重。

---

① 锋镝（dí）——指战乱。锋，刀刃；镝，箭头。

② 白镪（qiǎng）——白银的别称。

③ 里闬（hàn）——邻里。闬，巷门。

“时承平久，萑符蜂起，南北挟巨资通有无者多有戒心，闻翁名，咸挟重币来聘翁偕护行箧，翁因之得以马足遍天下，业此垂六十年，未尝失一事，亦未尝伤一人。卒业之日，诸大贾榜其门曰‘名震江湖’。此诚不足为翁荣，然亦可想见气慨之逸伦矣。

“翁身中周尺九尺，广颡丰下，目光炯炯射人，颏下须如银，长可过脐，卧则理而束之，尝谓：‘不惜日掷千金，此须不得损吾毫末也。’晚无他嗜好，惟纵酒自适，酣则击刺跳踯以为乐。

“翁康强富寿，特有伯道之戚①，居辄怏怏曰：‘使邓某终无子，非天道也。’予以‘洪范五福，子与官不与焉’解之，而翁终不怿。

“岁庚戌，为翁九十初度，予自京邸载酒来，为翁寿；入翁门，适作汤饼会②；问之，则翁簉室③已先一月协熊占而又孪生也。

“噫嘻！学海闻男子八八而不生，女子七七而不长，此理数之常也。九十生子，曾未前闻，乃翁之所以格天，与天所以报翁，一若有非理数所能限者，翁亦人杰也哉！

“然则翁之享期颐，宜孙子，余庆方长，此后之可传者，正未有艾。学海幸旦暮勿死，终将濡笔以待焉。”

安老爷念完了，自己十分得意，料着邓九公听了，不知乐到怎的个神情。那知他听完了，点了点头，只不言语，却不住的抓着大长的那把胡子在那里发愣，像是想着一件什么为难的事情一般。

老爷看了大是不解，不禁问道：“九兄，你听我这篇拙作可还配得来你这个人？”只见他正色道：“什么话！老弟，你这个样儿的大笔，可还有什么说的；就只我这么听着，里头还短一点过节儿，你还得给我添上。”

老爷忙问：“还添什么？”他道：“你这里头没提上我们姑奶奶；我往往看见人家那碑上把一家子都写在后头。再你还得把你方才给俩小子起的那俩名字也给写上。”

老爷道：“阿！不是这等办法。文章各有个体裁，碑文是碑文，生传是生传，这怎好掺在一处？如果要照那等体裁，岂但老兄的子女，连嫂夫

---

① 伯道之戚——“伯道无子”转意。

② 汤饼会——旧俗生儿三日设筵招待亲友称“汤饼筵”。亦称“汤饼会”。

③ 簉(zào)室——旧时对妾的称谓。簉，又读作 chòu。

人的姓氏以至你生于何年月日，将来殁于何年月日，葬于某处，都要入在后面。这是你一百二十岁以后的事，此时如何忙得？"邓九公道："我不管那些，我好容易见着老弟你了，你只当面儿给弄齐全了，我就放心了。"

老爷被他磨得没法，只得另要了张纸，给他写道：

"公生于明崇祯癸酉某年月日，以大清某年月日考终，合葬某处。元配某氏，先翁若干年卒。女一，亦巾帼而丈夫者也，适山东褚生。子二，世骏，世驯。"

他看了这才欢喜，又笑嘻嘻的递给安老爷说："好兄弟，你索兴把后头那几句四六句儿也给弄出来。"安老爷道："老哥哥，你这可是搅了。那叫作墓志铭，岂有你一个好端端的人在这里，我给你铭起墓来的理？"邓九公道："咻！老弟，拿着你这么个人，怎么也这么不通。一个人活到九十岁了，要还有这些忌讳，那就叫贪心不足，不知好歹了。"

老爷在书堆里苦磨了半世，不想此时落得被这老头儿道得个不通；想了想，他这句话竟自有理，便思索了一刻，又在后面写了一行，写道是：

"铭曰：不读书而能贤，不立言而足传。一德无惭，五福兼全。宜其克昌厥后也，而区区者若不予畀①焉；乃亦终协熊占②。其生也孪，且在九十之年。呜呼，此其所以为天，后之来者视此阡。"

老爷念了一遍，又细细的讲给他听。他听了只道了句"得了得了"，跳起来就趴下给安老爷磕了个头。老爷忙得还礼不迭。又听他说道："老弟呀，还是我那句话，我这条身子是父母给的，我这个名是你留的。我有了这件东西，说到得了天塌地陷也是瞎话，横竖咱们大清国万万年，我邓振彪也万万年了。"说着，又亲自给安老爷斟了一杯酒，他自己大杯相陪。

安老爷此时事是完了，礼是送了，和他放量喝了一回，吃过饭，便过厢房去安歇。此时那个麻花儿是和邓九公乐的那班小小子混熟了。褚一官自己搬过来陪着安老爷，又叫了随缘儿进来伺候。

过了两日便是邓九公的寿辰。早有褚一官同他那班徒弟门客大家张

---

① 畀(bì)——给予；付予。

② 熊占——生子。占，梦占，以梦境占卜；熊，熊罴；梦见熊罴即是生男孩的兆头。因以之代称。

罗着在府城里叫了两班小戏。

这日，厅上也挂了些寿画寿联，大家也送了些寿桃寿面，席上摆着寿酒，台上唱着寿戏，男客是士农工商俱有，女眷是老少村俏纷来，有的献过寿意的，有的道句寿词的，无非拜寿贺寿，祝寿翁的百年长寿，把个邓九公的张罗了这个，又应酬那个。当下把众男客让在厅上正中三间，众女眷让在那个西梢间。因恐安老爷和那班俗人坐不到一处，便在东梢间另设了一席，让到那里去坐；又特请本地四位乡绅来作陪客。

这四位乡绅：一位姓曾，名异撰，号瑟庵，因无心进取，便作了个装点山林的名士；一位复姓公西，名相，号小端，因家道殷实，捐了个鸿胪寺①序班；一位姓冉，名足民，号望华，是个教官截取的候选知县；一位姓仲，名知方，号笑岩，是个团练乡勇出力议叙的六品职衔。安老爷见这班人都是圣门贤裔，心中十分敬重。

当下彼此见过礼，早见邓九公笑呵呵的先过这席来把盏安席，斟了一巡酒，将坐下，便指着安老爷向那四位陪客说道："我这位把弟，他有个不醉的量，今儿个屈尊你四位让他多喝几盅，再我还有句话，先告个罪在你四位跟前，交代在头里。你四位可别觉着说你们都算孔圣人的徒孙儿了，照着素来蒙我也似的那么蒙他，和他混抖搂酸②的，人家那肚子里比你们透亮远着的呢！我可白告诉你们。"说罢，又哈哈大笑，随各各的陪饮了一杯便到别席张罗去了。

这里四位陪客见安老爷是个旗人，本就不甚在意，再加上邓九公这套只顾一面儿的话一交代，在个姓曾的听了，心里先就有些大不受用，便益发不来周旋这位远客，只他四个高谈阔论起来。

安老爷此时倒落得一个人呆坐在那里看戏。无如老爷的天性又生来的和看戏这桩事不甚相近，什么叫作宾白③合套，切末排场，平日一概不曾留过这番心，再讲不到梆子二簧了；因此只管看着，却是一丝不懂，但见满台刀枪并举，锣鼓齐喧，一时又见从上场门跳出个黑盔黑甲的黑脸人

① 鸿胪寺——官署名。主官为鸿胪寺卿，职掌朝廷礼仪之赞导。

② 混抖搂酸——贬称说话文绉绉。

③ 宾白——古代戏曲剧本中的说白。唱为主，白为宾；一说为"两人对说曰宾，一人自说曰白"。

来，也不听得他唱，只拿了杆枪“哇呀呀，哇呀呀”，喊了个地动山摇；咕咚咚，咕咚咚，跳了个尘飞烟起。

闹了半日，忽然听他道了四句白，第一句却道得是：“力拔山兮气盖世。”这句老爷懂了，接着留神听下去，他果然道得是那首《垓下歌》，才知这人扮得是西楚霸王。原来台上这半日演的正是梦汉争锋的故事。

这段涑水[①]《通鉴》，老爷是滥熟的，因而便要往下听，听他唱的是些什么。一霎时，前场笙笛合奏，鼓板轻敲，老爷侧着耳朵一字字跟着听明白了两句。唱道是：“盖世英雄，始信短如春梦。”

正在听得有些入神儿，忽听左首坐的那个曾瑟庵望那三个说道：“人生在世，既作了个盖世英雄，焉得不短如春梦！这位霸王果然能照我家子晳公一般，领略些沂水春风乐趣，自然上下与天地同流了哇，又怎得会短如春梦！”

他一句话没讲完，猛可的又听那个仲笑岩说道：“到底还是他算不得个盖世英雄。这场事当日要遇着我家子路公那等本领，敢怕那八千子弟兵早一个个‘急公向义，亲其上，死其长’的先到了关中了，又何愁有十个韩信，一百面埋伏！”

曾瑟庵听了说道：“罢了！罢了！笑岩，你莫来替你家那位子路公撑门面；他要果然有些真本领，也不到得夫子哂之，受那番驳斥了。”

仲笑岩见曾瑟庵卖弄他家先贤的高风，揭挑自家先贤的短处，早有些不悦，也回口道：“须比你家那位子晳公只和些若大若小的孩子厮混的有干头些！”

那瑟庵便翻着双白眼说道：“不敢欺，你可知夫子喟然而叹道，那句‘吾与点也’，正赏识得是他那些儿没干头处。”

座中那个冉望华是个退让不遑的人，见他两个争竞起来了，慌得把身子望后偎了一偎，望着那个复姓公西的说道：“小端，你看今日这等个礼乐雍容之地，他二位倒一言不合，斗起口来，区区只不过志在温饱，自问是断断周旋不来的，这事只得要借重你这位大君子了。”

公西小端见冉望华把场是非磨兑[②]到他身上来了，忙道：“惶恐，惶

---

① 涑(sù)水——即涑水河，在山西省西南部。

② 磨兑——转移；转嫁。

恐！这事小弟也逊谢不敏。所以不敢固辞者，诚以今日承主人的盛意，原为请我们来作个小小傧介，奉陪这位水心先生，我们倒不可在远客面前有失家风，致伤雅道！”说着，便离位出席向曾仲两家各打了一躬，劝他两个和息这场口角。

安老爷坐在上面看他四个闹了这半日，通共穿插的是他各人各人的先哲子路、曾皙、冉有、公西华侍坐言志的那章《论语》。这桩事不比听戏，可正弹在安老爷的痒痒筋儿①上了。当下见公西小端只管那等揖让周旋的赞襄了一阵，曾仲两个依然是一边盛气相向，一边狂态逼人，把个冉望华直吓得退避三舍。

安老爷倒有些看不过，不禁欠了欠身，劝道："四位先生，方才我看你大家这番举动固是不愧家学源渊，只可惜未免有些为宋儒所误。依我鄙见，此刻望华不须退让，小端暂省繁文，瑟庵且自休纵高谈，笑岩也莫过争闲气。你四位先得明白明白这章书不是这等讲法。"

他四个一听这话，各各诧异，暗说："不信我们门里出身的倒会不及个门外汉了！再说这章书，我们只看高头讲章，也不知看过多少次了，怎的说不是这等讲法呢?"四个人便不约而同的问着安老爷说："先生，你这话怎讲？倒要领教。"

安老爷道："大凡我辈读书，诚不得不详看朱注，却不可过信朱注。如不详看朱注，我辈生在千百年后，且不知书里这人为何等人，又焉知他行的这桩事是怎的桩事，说的话是怎的桩话；过信朱注，则入腐障日深，就未免离情理日远。须要自己拿出些见识来读他，才叫作不枉读书。

"即如这章书，揆情度理，我以为你家四位先贤在夫子面前侍坐言志时节，夫子正是赏识三子，并未尝驳斥子路。不但未尝驳斥子路，转有些驳斥曾皙。读者正不得因'吾与点也'一句抬高曾皙，因'夫子哂之'一句看低子路。何也呢？三子中如子路的可使有勇知方，冉子、公西两个的可使足民愿为小相，不待今日，早在夫子赏识之中。这句话只看'孟武伯问子路仁乎'那章书便是夫子给他三个出的切实考语。

"然则此时夫子又何以明知故问呢？自是这日燕居无事，偶见他三个都在座中，一时想到我平日所赏识他三个的如此，只不知他三个的自信

① 弹痒痒筋儿——形容说话说到一个人最爱听的话、最爱做的事上。

何如；果能自信，则明王复作，纵使辙环终老，吾道不行，只二三门弟子为世所知，亦未尝不可各行其志；这正是大圣人一片怜才救世的苦心。及至听他三个各人说了各人的志向，正与自己平日所见略同，所以更不再赘一辞；正所谓得意忘言，默然相赏。这便是夫子赏识三子的明证。

“既云默然相赏，何以三子之中，夫子又独哂子路呢？要知这一哂不是哂他不能可使有勇知方的言大而夸，只后文为国以礼，其言不让的，朱注中也道是夫子盖许其能，特哂其不逊。只是既许其能，又怎的哂他不逊？所谓不逊的去处又安在呢？正是哂他率尔而对。至于怎的就逼得他率尔而对，因之带累冉子、公西两个作许多难，以致会把位大圣人伤到喟然而叹。这场是非，可都是曾子皙那张瑟鼓出来的。”

安老爷讲到这里，不但仲、冉、公西三个听不出这句话头，便是那位名士曾瑟庵也认不清这条理路，便道：“水心先生，你这话就叫人无从索解了！”

安老爷道：“固也，待我言之。你不见朱注中明明道着句‘四子侍坐，以齿为序’么？按子路在圣门最为年长，曾皙次之，冉有又次之，公西华最幼。这章书记者开首第一句记他四个的名次便是他四个座次。按着座次讲话，夫子自应先问子路。只是先生之于弟子，正不必逐位逐位的去向他应酬，想来当日‘如或知尔，则何以哉’这句话自然是望着大家笼统问的。不然，何以不曾见夫子开首先问一句‘由尔何如’呢？只这等望着大家笼统一问，恰好又见座中除了子路、冉有、公西华三子之外，多着一个曾皙。

“这个曾皙，却是终二十篇《论语》不曾见提起的一个人。可想而知，夫子问话时节，一片心神眼光都照在他身上，是想听他讲讲他究竟又是怎的个志向。无如那时节他正在那里鼓瑟，茫然不曾理会到夫子这番神理。

“何以见得？《礼》：‘侍坐于先生，先生问焉，终则对。’那曾皙正当夫子问话时节，不曾留心到此，已经算得个疏略了。岂有夫子既然问话之后，有意置之不答，转去取瑟而歌之理？然则其为那时节他便在那里鼓瑟可知。

“子路那副勇往直前的性儿，却又不能体会到此，见夫子问下这等一句话来，一时没人登答，我既年长，我又首座，我便说了。彼时夫子正望着曾皙应声而谈，忽的被子路凭空一岔，既不便告诉他说：“我是想叫曾皙先讲'；又不好责备他说：'你不应先曾皙作答'；只有付之一笑了。这正叫作事属偶然，无关大体。

"然则后文经曾皙一问，怎的又道出'为国以礼，其言不让'那等个大题目来呢？夫子正是晓喻曾皙说：'我问的，正是何以酬知。酬知不外为国；为国必先以礼；以礼无如克让。我因他只一句话便不肯让人先进，所以笑他这句话，要文言道以俗情。'按如今的世俗话讲起来，只不过叫作笑他没眼色。所以说夫子未尝斥驳子路。

"然则夫子明明道得句'吾与点也'，又何以见得是斥驳曾皙呢？原情而论，先生只管整襟而谈，弟子只管鼓瑟不理，此时代夫子设想，已经就不能没些不然曾皙之意。及至子路率尔也率尔过了，夫子哂之也哂之过了，便依着座次也该这第二座的曾皙开谈了。不道他依然还在那里鼓瑟。

"又何以知之？看夫子和冉子、公西两番问答过后，他还不曾到得鼓瑟希，其为那时节他依然还在那里鼓瑟又可知。夫子心里自然益发觉得不然了；没法，只得越过他去，听冉有讲。

"恰巧那个冉子又是有退无进的，见子路被哂，又见曾皙不答，他便不敢越席而对。夫子见他没话，就不得不问那句'求尔何如'。以致他一为难，才讲了句'方六七十'，又退缩成个'如五六十'，才讲了句'可使足民'，又周旋了个'如其礼乐，以俟君子'这句话。

"在冉子虽未尝一定推尊公西华为君子；在公西华自问，却正是个素娴礼乐的人，因之一时也难于开口。夫子见他也没话，又不得不再问那句'赤尔何如'。以致他一为难，未曾说话，先谦了句'非曰能之，愿学焉'；才说得句'宗庙之事'，又谦作个'如会同'；完来'愿为相焉'之上，还特特的加了个'小'字。

"直到此时，曾皙始终还在那里鼓瑟。夫子却有些不耐烦候他曲终了，便问他句'点尔何如'。他这才鼓瑟希，铿尔，舍瑟而作，未曾言志。又先说了句'异乎三子者之撰'。夫子道：'何伤乎？'也只道他无论怎的个异乎三子，总不出夫子'如或知尔则何以哉'那一问。那知他竟会讲出和夫子所问全不相干的沂水春风一段话来？他的话讲完了，夫子的心便伤透了。

"你道夫子又伤着何来？彼时夫子一片怜才救世之心，正望着诸弟子各行其志，不没斯文，忽然听得这番话，觉道如曾皙者也作此想，岂不正是我平日浮海居夷那番感慨，其为时衰运替可知；然则吾道终穷矣，于是乎就喟叹曰：'吾与点也！'这句话正是个伤心蒿目[①]之词，不是个志同道合之语。果然志同道合，夫子自应莞尔而笑，不应喟然而叹了哇。

"再不料那曾皙又不曾理会夫子这番神理，还只管留后，只管问'夫三子者之言何如'？只管问'夫子何哂由也'？只管问'唯求唯赤则非邦也与'？以至夫子烦恼不过，逐层驳斥，一直驳到底。

"你大家不信这话，只从'亦各言其志也已矣'默诵到'孰能为之大'，摹想夫子那几句话的神理，那一句不是驳斥他的。只此便是子路因他遗笑，冉子、公西因他作难，夫子因他喟然而叹，所以驳斥他的原由。

"这桩公案，据理而断，子路的直率，直率得可原；曾皙的狂简，狂简得无礼。宋儒中如考亭、伊川、明道诸君子，大半是苦拘理路，不问性灵的；见了夫子哂之一句，只道着个哂其不逊，却又解不出其不逊的所以然；又震于'吾与点也'一句，反复推求，不得其故，便闹到什么'胸次悠然'了，'尧舜气象'了，'上下与天地同流'了，替曾皙敷衍了一阵，以致从南宋到今，误了天下后世无限读者。

"今日之下，你四位还要和台上这个优孟衣冠[②]的西楚霸王接演这本侍坐言志的续编，我以为也就大可不必了。"

当下曾瑟庵、仲笑岩、冉望华、公西小端听安老爷讲了这章书，四个人闭口无言，面面厮视，想道："从入学以至通籍，不但不曾听得塾师讲过这等一章清楚书，大约连塾师也未必作过这等一个明白梦。"

当下便是第一个不服的那个曾瑟庵第一个首肯，赶着安老爷满脸堆欢的叫了声"老前辈"，将要说话。那仲笑岩早振臂直前的抢过来说道："你算了罢！这还闹什么老前辈呢！碰见这个样儿的手还不值得趴下磕个头拜老师吗？"说着，他早五体投地的拜下去。

那三个见他拜下去，各各连道"有理"，也随他拜下去。安老爷向来诸处谦光，只有遇着人拜他作老师，从不推让。他不道是"人之患在好为人师"，只道是"有教无类"。见这四个拜倒在地，只出位还了个半礼。

正在拜着，不防邓九公喝得红扑扑儿的一张脸，一脚踏进来，见了，诧

---

① 蒿(hāo)目——极目远望。

② 优孟衣冠——乔装演戏。优，优令、倡优，宫廷演员；孟，名"孟"。

异道:“你们五位这是个什么礼儿?”那四个拜罢起来,便粗枝大叶把前项话告诉了他一遍。只乐得他掀着长髯哈哈大笑,说道:“我说如何?”因又拍着胸脯子,说道:“告诉你们,邓老九的好朋友没有扎空枪卖癣疮药[1]的;不信,打听打听,人家到了咱们山东这么几天儿倒收了六个门生了。”说着,便坐在这席和安老爷大杯价畅饮起来。

饮了一巡,安老爷看了看台上的楚汉争锋是唱得完上来了,厅上的男客女眷也散得净上来了,便大家忙着吃过晚饭。

一时,酒阑人散,乐止礼成。送了四位陪客走后,安老爷和邓九公便进去安置。外间自有褚一官一班人料理。

接着第二三日又热闹了两天。到了第四日,老爷便要告辞,褚大娘子先就苦苦的不放说:“等消停消停,我们还要单唱台戏请你老人家乐一天呢。”邓九公道:“姑奶奶,你不用和他提那个听戏这桩事,警不动他。”因和安老爷说道:“老弟,你难得到我们山东走这趟,可别白走这趟。你前日不说我们山东至高的莫如泰山,至宽的莫如东海吗?等过一天,愚兄陪你去登回泰山,望回东海,如何?”

安老爷听得这话,先就有些高兴。又听邓九公说道:“你先别乐,这还不足为奇,等咱们登罢了泰山,望过了东海回来,我还带你到一个地方儿去见一个人,管保这个人准投你的缘,这个地方儿也对你的劲。”这正是:

观于海者难为水,游于圣门难为言。

要知邓九公同安老爷登泰山望东海之后还要去到个甚的地方见个甚等样人,下回书交代。

---

① 扎空枪卖癣疮药——吹牛说瞎话。

第四十回

虚吃惊远奏《阳关曲》 真幸事稳抱小星裯①

这回书接演上回。话表安老爷在邓家庄给邓九公祝寿，事毕便要告辞，他父女两个是苦留不放。邓九公并说要请老爷去登泰山望东海，这之后还要带老爷到一个地方去见一个人。安老爷见他说得恁般郑重，不禁要问，因问道："九兄，你我只望望泰山东海也就算得个大观了；你还要我到甚的地方，见一个甚的人去？"

邓九公道："你别忙，等我先告诉你这个来历。我这庄儿上有个写字儿的，姓孔的，叫作孔继遥。我们庄儿上大伙儿都叫他老遥。据这老遥自己说，他是孔圣人的嫡派子孙，和现在这个衍圣公②还算得个近支儿的当家子。听他讲究起孔圣人坟上那些古迹儿，庙里的那些古董儿来，那真比听台戏还热闹。他说，这些地方儿他都到的了，就连衍圣公他也见得着。他两次三番的邀我去逛逛，我想我这肚子里斗大的字通共认不上两石，可瞎闹这些作什么？如今难得老弟你来了，你也是个闲身子，莫如多住些日子，等我消停两天，咱们就带上那个老遥先生逛了泰山东海，回来再到孔陵圣庙去瞧瞧，就拜拜那个衍圣公，你和他讲说讲说。你想这对你的胃脘不对？"

安老爷听了，当下只乐得手舞足蹈，说道："九兄，你这话何不早说？这等地方如何不去！既如此，等我写封家信回去通知家里，我就耽搁几天，何妨！"他父女两个见留得安老爷不走了，自是欢喜。当下便商量怎的上路，怎的登山，怎的携酒，怎的带菜。

正在讲得高兴，只见褚一官忙碌碌从外面跑进来，一直跑到安老爷跟前请了个安，说道："二叔大喜！"老爷忙问："什么事？"他道："家里打发戴勤戴爷来了，说少大爷高升了，换上红顶儿，得了大花翎子了。"

---

① 小星裯(chōu)——妾的代称。小星，妾；裯，床帐。

② 衍圣公——孔子后裔的封号。

老爷听了,先就有些诧异,忙问:"他升了什么官了?"褚一官道:"这个官名儿,我学说不上来。戴爷在外头解包袱拿家信呢,就进来。"

说着,早见华忠等一干人跟了戴勤进来。戴勤进了屋子,匆匆的先见过邓九公,转身便给老爷请安叩喜。老爷此刻忙的不及问他别的,只问:"大爷到底放了什么了?"他先把手里那封信递上去,这才吞吞吐吐的回道:"奴才大爷赏了头等辖,加了个副都统衔,放了乌里雅苏台①的参赞大臣了。"

安老爷听得这句话,只"啊呀"一声,登时满脸煞白,两手冰冷,浑身一个整颤儿,手里的那封信早颤的忒愣愣掉在地下,紧接着就双手把腿一拍,说道:"完了!"邓九公忙问:"老弟,你这是怎么说?"安老爷只摇摇头,望空长吁了口气,说道:"九兄,这话一言难尽,你我慢谈!"

这个当儿,叶通早把公子那封禀帖拣起来递给老爷,拆开一看,见上面无非禀知这件事的原由,却声明其余不尽的话都等老爷回家面禀。

老爷看完,把信交给叶通,便问戴勤道:"你是那天起身的?"戴勤回道:"奴才是奴才大爷放下来的第二天起的身。奴才来的这日,奴才大爷还在海淀住着,不曾回家。大爷叫奴才就便请示老爷几时可以回家。奴才太太却叫奴才回老爷,请老爷务必早些回家才好;正有许多事都等老爷回去请示定夺呢。"

安老爷点了点头,说道:"这个自然。"因回头向邓九公道:"九兄,承你爷儿们两个一番厚意,非我苦苦要行,如今岔出这桩意外的事来,其实不好耽搁了,我就此告辞,明日五鼓便走。"说着,便吩咐家人们去归着行李。

邓家爷女见这光景,知是不好强留,只得一面收拾今晚的送行酒,一面预备明早的上马饭给老爷送行。

一时,摆上酒来,老爷勉强坐下。此时什么叫作登泰山,望东海,拜孔陵,谒圣庙,以至子路、曾皙、冉有、公西华怎的个侍坐言志,老爷全顾不来

① 乌里雅苏台——清政区名。包括今蒙古人民共和国,前苏联的图瓦自治州、戈尔诺阿尔泰州、哈卡斯自治州、克美罗沃州的南部,和中国新疆阿勒泰地区的北部,时统称外蒙古。亦指乌里雅苏台参赞大臣的驻地,即今蒙古人民共和国扎布汗省省会扎布哈朗特。

了，只擎着杯酒，愁眉苦眼，一言不发的在座上发愣。

列公，你看这老头儿这一愣愣的好生叫人不解！我朝设立西北西南两路镇守边疆的这几个要缺，每年到了换班的时候，凡如御前乾清门的那班东三省朋友，那个不羡慕这缺是个发财的利途？便是有等获罪的卿贰[①]督抚，又那个不指望这途作个转机的生路？如今安公子才不过一个四品国子监祭酒，便加了个二品副都统衔，已经算得个越级超升了。再讲到那枝孔雀花翎的贵重，只看外省有个经费不继，开起捐来，如那班坐拥厚资的府厅司道，和那班盘剥重利的洋商盐商，都得花到上万的银子，才捐得这件东西到头上，安公子一旦之间，两桩都得了，可不算得个意外的荣华，飞来的富贵么？怎的安老爷得了这个信息，不乐得眉开眼笑，倒愣到苦眼愁眉起来？这是个什么道理！

从来各人的境遇有个不同；志向有个不同；到了性情，尤其有个不同。这位老爷天生的是天性重，人欲轻，再加一生蹭蹬，半世迂拘，他不是容易教养成那等个好儿子，不是容易物色得那等两个好媳妇才成果起这份儿好人家来；如今眼看着书香门第是接下去了，衣饭生涯是靠得住了，他那个儿子只按部就班的也就作到公卿，正用不着到那等地方去名外图利；他那份儿家计只安分守己的也便不愁温饱，正用不着叫儿子到那等地方去死里求生。按安老爷此时的光景，正应了“无官一身轻，有子万事足”的那两句俗语，再不想凭空里无端的岔出这等大岔儿来。这个岔儿一岔，在旁人说句不关痛痒的话，正道是“宦途无定，食路有方”，他自己想到不违性情上头，就未免觉得儿女伤心，英雄短气；至于那路风霜之苦，骨肉离别之难，还是他心里第二第三件事：所以此时只管见安公子这等珊瑚其顶，孔雀其翎，猱狮其补，显耀非常的去干功名，他只觉这段人欲抵不过他那片天性去。一时早把他那一肚子书毒和半世的牢骚一股脑子都提起来，打成一团，结成一块，再也化解不动，撕掳不开了。因此，他就只剩了擎着杯酒，一言不发，愁眉苦眼的坐在那里发愣了。

那邓九公是个热肠子人，见安老爷这等样子，一时测不透其中的所以然，又是心里着急，又是替他难过，便不问长短，只就他那个见识讲了一大篇不入耳之谈，从旁劝道：“老弟，你不是怎么着。人生在世，做官一场，

---

① 卿贰——副卿级官员。

不过是巴结戴上个红顶子；养儿一场，也不过是指望儿子戴上个红顶子。如今我们老贤侄，这么个岁数儿，红顶子是戴上了，大花翎子是扛上了，可是人家说的，‘大丈夫要烈烈轰轰作一场’，从这么起，几天儿的工夫，封侯拜相，你就剩了作老封君①享福了么，这还不乐？怎么倒愁的这么个样儿？真个的拿着你这么个人，不信会连这点理儿看不破吗？”

他这套话一讲，才正讲得是安老爷心里那个皮面儿。老爷待要不答，想了想，自己正在忧患场中，有这等个向热的人殷勤相劝，也自难得；待要和他谈谈自己这段心事，一时和他怎生谈得明白，没法，只就他嘴里的话，炼字炼句的炼成一句，和他说道："看的破，忍不过。九兄，你只细细的体会我这六个字去，便晓得我心里的苦楚了！"

邓九公那个粗豪性儿，如何打得来这个闷葫芦；他听了这话，只拧着个眉，眨巴着两只大眼睛瞅着安老爷。看他那光景，一时比安老爷本人儿烦的还烦。只这等呆呆的瞅了半日，忽然见他把胸脯子一挺，说道："老弟，你这话我听出来咧！放心，这桩事满交给愚兄咧！世界上要朋友是作什么的！"

安老爷此时才叫个"不胜诧异之至"，忙问说："九哥，这事，你有什么法子呀？"他道："你听阿！我这半天细咂你这句话的滋味儿，大似是叫我们老贤侄前回黑风岗能仁寺那桩事把你的胆儿吓细了，如今他走这趟远道儿，你一定有个不放心，怕有个失闪儿。我有主意！"说着，挥拳掳袖的，才要说他那个主意，忽然又道："你等等儿，等我们家里先商量商量看。"说着，便大嚷着叫道："姑爷，姑奶奶呢？"

褚大娘子正在套间里忙着打点东西，褚一官是在厢房里帮着捆箱子，听得他家老爷子这声嚷，忙的都跑了来了。邓老头儿见他两个来了，便道："你们俩坐下，我有话说。"当下便先和他女儿说道："你干老儿现在因他家老大出口，有点子不放心；他心里在这儿受着窄呢。照咱们这个样儿的交情，他既受了窄，咱们要不给他冒股子劲，那还算交情了吗？如今我的意思，想要叫姑爷保着他去走这趟；倘或道儿上有个什么事儿，到底有个仗胆儿的，也叫你干老儿放点儿心。姑奶奶，你想我这个主意怎么样？"

---

① 封君——封建社会子孙贵显，父、祖因而受封典的，叫"封君"，也叫"封翁"。

安老爷一听这话，心里暗笑说："这老头儿这才叫个'问官答花，驴唇不对马嘴'。这与我的心事什么相干？"忙说："老兄，岂有你这样年纪，倒叫大姑爷远行之理？这事断断不可。"他道："你别管。我们姑爷在家里也是白呆着，趁着我还硬朗，叫他出去到官场中巴结巴结；万一遇着个机会，谋干个一官半职，也是件两全其美的事。老弟，你倒别为难。"

这边褚大娘子还没开口，褚一官到底是老实人，听了便说："罢了！老爷子可是这话？也有你老人家养活了我半辈子，这会子，瞧着你老这么大年纪，我倒扔下跑这么远去，自己找官儿作的！真个的，我也忒认得官儿了！知道我有那造化没有呢！"

褚大娘子的性情却又和他丈夫不同；方才听他父亲一说，就早合了他的意思。你道为何？难道他果的看得他那个老玉那般重，看得他这个一官这般轻，无端的就肯叫他到乌里雅苏台给老玉保镖去不成？非也。他是这两年和安府上这阵走动，见安太太那等尊贵，金玉姊妹那等富丽，他把个脚步眼界闹高了；热厮嗯喇①的，一心只想给他家一官大小也闹个前程儿，他好借此作个官儿娘子。听褚一官这等说，他便说道："不是这么着，你听我说，这件事不值什么，家里有我呢。咱们索性把东庄儿的房子交给庄客们看着，我还搬回来跟老爷子住，早晚儿也好照应。你只管干你的去；就留你在家里，也是六枝儿刲痒痒②儿，富余着一个。"说着，他倒站起来向安老爷拜了一拜，说道："就是这么着了，只求你老人家把这话好好儿的替我托付托付我们老玉罢。我也不会花说柳说的，一句话，我就保他不撒谎，出苦力，这两条儿；再讲本事呵，不是我过于奖他，可挂拉枣儿有线限③。"

邓九公在旁呵呵的笑道："姑奶奶，你这是何苦来！"因和安老爷说道："老弟，这一来，你放了心了罢咧；再要不放心，我还有个人。我们那个大铁锤陆老大，老弟，你不也见过他吗？你来的头里，我原说叫他同女婿俩人接你去，没得去，你就来了；如今我还打发他们送你回京，就叫他们

① 热厮嗯喇——此处为"眼红"；"羡慕"。

② 六枝儿刲(kuǎi)痒痒——多余，富余。

③ 挂拉枣儿有线限——谓本领不过如此，有限。挂拉枣，一种用线穿起来的烤干无核大红枣。

去替我给我们老贤侄道喜,这事也得和我们老贤侄商量商量。"说罢,就回头吩咐他女婿道:"姑爷,这话你明白了?你别为我耽误了事。你瞧不得老头子庆了九十了,靠得住老天还赏几年子老米饭吃呢。你只管安心去你的。你出去,就把这话告诉陆老大。你们也别累赘,连夜赶着收拾收拾,马上捎上个小包袱子,明日就跟了走了。到京里,瞧光景是用得着你们,用不着你们。果然用得着你们,再回来取行李,——多远儿呢!大概也还有这工夫,就这么办咧。"

褚一官平日在他泰山跟前还有个东闪西挪,到了在他娘子跟前却是从来说一不二。如今两下里一挤,他响也不敢响,只有一句一答应的尽着答应,便出去找陆葆安收拾行李马匹去了不提。

这里安老爷见他一家这等个至诚向热,心下十分不安,觉得有褚陆这等两个人跟去,也像略为放心;一时倒觉不好推却,只得应允,转向他父女称谢了一番。当下和邓九公吃了几杯,因是明日起早,饭罢,便各各安置。褚大娘子去照料了褚一官一番,又嘱咐了他许多话,回到上房,和他家那位姨奶奶两个张罗了这宗,又打点那项,整忙一夜,不曾得睡。

次早才交五鼓,安老爷和邓九公早都起来,褚一官、陆葆安两个已经遍体行装的上来伺候。九公一见他两个,便道:"可是我昨日还落了嘱咐一句要紧的话。你们这一去,见着少大爷,不比从前,可就得上台唱起戏来了。见面得跪倒爬起,说话得嗻儿喳儿,还照得着督府衙门那些戈什哈①排场儿称他大人,你们自己称是小的,那才是话呢。别说靠着我这个面子儿,和你们两脑袋上纽子大的那个金顶儿,和人家套交情去,这出戏可就唱砸了。"二人听了,只有连连答应。

当下安老爷忙忙的一面吃些东西,一面催齐车马,便辞了大家,带同小程师爷褚陆两个并一众家丁上路。邓九公一直送到岔道口才和安老爷洒泪而别。按下这话不表。

如今话分两头,单表安公子。却说安公子自从他家老爷前往山东去后,那一向适值国子监衙门有几件应奏的事,他连次赴园,都蒙召见。接着吏兵等部有两次奏派验看拣选的差使,也都派得着他,因此就把这位小

---

① 戈什哈——满语。清代高级官员的侍从卫士。

爷热[1]得十分高兴。恰巧那个当儿，正出了个内阁学士缺，祭酒的名次，题本里应得开列在前，他自己心里的红算计[2]，下次御门[3]这个缺八成儿可望。过了几日，恰好衙门里封送了一件某日御门办事的钞来，他算了算，这日正是国子监值日。因是御门的时刻，比寻常较早，他先一日便到海淀住下。次日上去伺候御门事毕，一时，一班卿相各归朝房，早听得大家在那里纷纷议论，说某缺放了某人，某缺放了某人，只这回的阁学[4]缺放了乾清门翰詹[5]班，又过了一个缺了。他这才知这个缺不曾放着他，得失之常，一时心里倒也不觉怎的。候了一刻，奏事的也下来了，叫起见的单子也下来了。他见不曾叫着，便同了一众同寅散值，回到外朝房吃饭。将吃完饭，只见一个军机苏拉[6]进来向他说："乌大人打发苏拉出来，叫回大人：吃完了饭别散，请到乌大人园子里去，有话说。"原来那时乌克斋已经进了军机。

安公子听得老师叫，便忙忙的催着家人吃了饭，辞了诸同寅到老师园子而来。将进门，恰好乌大人也散朝回来，一见他便满脸是笑，却又皱着双眉，说了句"恭喜，放了这等一个美缺"。

安公子还只当是今日这个阁学缺到底放的是他，先笑盈盈的答应了一声"是"。乌大人见他没事人儿似的，便问说："难道你没得信么？"他这才问老师说："门生没得什么信？"乌大人道："我的爷，你赏了头等辖，放了乌里雅苏台的参赞了。"

只这一句，安公子但觉顶门上轰的一声，那个心不住的往上乱迸，要不是气膈挡住，险些儿不曾迸出口来，登时脸上的气色大变；那神情儿不止像在悦来店见了十三妹的样子，竟有些像在能仁寺撞着那个和尚的样子！

乌大人见他如此，说道："你先别慌，咱们到里头去说。"说着，一把拉

---

① 热——忙。

② 红算计——按自己的心愿推算。

③ 御门——皇上亲临国子监。

④ 阁学——内阁学士。

⑤ 翰詹——翰，翰林；詹，詹事。清设詹事府，只用备翰林官的升迁，并无实职。

⑥ 军机苏拉——军机处勤务人员。苏拉，清代内廷机构中担任勤务的人。满语，意为"闲散"或"闲散的人"。

住他进了两重门，一路过假山，渡小桥，绕竹林，穿花径，来到一处三间小小的精致书房里坐下。

早有家人送上茶来。这位爷此时莫讲想升阁学，连生日都吓忘了！但听他老师向他说道："龙媒，昔人有云：'读万卷书不可不行万里路'。如你这等英年，正是为国宣力的时候，作这趟壮游也好。只是这条路你走着却大不相宜，便怎么好？虽然如此，圣人定有一番深意存焉。老贤弟，你倒不可乱了方寸，努力为之。"

安公子这才定了定神，问道："只不知门生怎的忽然有这番意外的更调？不敢请示老师，上头提到放门生这个缺，彼时是怎样个神情？"乌大人道："我要在跟前也好了。向来放个要紧些的缺，军机见面时候，上头总有个斟酌；今日乌里雅苏台这件四百里报缺的折子是军机见面下来到的，也不曾叫第二面；不想折子下来就夹下个朱笔条子来，放了你了。"

安公子听了，便站起来说道："这实道格外天恩。门生的家事，老师尽知，这个缺，门生怎的个去法？怎生还得求老师栽培门生，想个方法挽回这事才好。"说着，便泪如雨下。

乌大人也太息一声，道："龙媒，这个何消你说；但是此时已有成命，如何挽回得来，只好看机会罢。如今且自预备明日谢恩要紧。你的谢恩折子，我已经叫我们军机处的朋友们给你办妥当了，明早并且就是他们替你递。你可想着给他们道乏。"说着，便叫："来个人儿呀。"

当下见个小厮答应着进来。乌大人道："你把大爷的帽子拿进去，告诉太太，找找我从前戴过的亮蓝顶儿，大约还有，就把我那个白玉喜字翎管儿解下来，再拿枝翎子。你就回太太：无论叫那个姨奶奶给拴好了，拿出来罢。"

那个小厮去了一刻，一时拴得停当，托出来。乌大人接过去，又给收拾了收拾，便叫安公子戴上。他谢了一谢，这才想起见师母来。只见乌大人扭了扭头，脸上带着些烦烦儿的，说道："师母又犯了肝气疼了。"

当下安公子只觉心里还有许多话要说，无奈只他坐了这一刻的工夫，便见他老师那里住了这部里画稿，便是那衙门请看折子；才得某营请示挑缺，又是某旗来文打到；接着便是造办处请看交办的活计样子，翰林院来请阅撰文；还有某老师交题的手卷，某同年求写的对联；此外并说有三五起门生故旧从清早就来了，却在外书房等着求见。

安公子见老师实在公忙的很，不好再往下絮烦，只得告辞；一路回到下处，便忙着打发小厮回家回明太太，并叫戴勤来，打发他上山东禀知老爷；忙了半日，一宿无话。

次日，起早上去谢恩，头起儿就叫的是他。及至进去，碰头谢了恩。圣人开口第一句便提的是"记得你是某科从第八名提到第三名点的探花"，跟着降了几句温谕，仍叫第二日递牌子。

一时，军机大人下来，他迎上去见。大家又给他道喜，说："你见面甚妥，有旨意赏加了副都统衔了；等述下旨来，换了顶子，明日还得预备谢恩。"这位爷经这等一提，又提的有些热起来。

列公，你看人生在此，不过如此，无非是被名利赚，被声色赚，被玩好赚，否则便是被诗书赚，被林泉赚，被佛老赚，自己却又把好胜好高好奇一切心去受一切赚；一直赚到鞠躬尽瘁，死而后已。只当不起一切不来赚他，他便想上赚，也无可上那处，便热不来了。安公子此时才遇着些小的一个钉子碰碰，此后正有偌大的一把[1]枣儿嚼嚼，你叫他怎得不热？

闲话休提，话转三叉，踅回来再讲安太太。讲到安太太这面，这件事真好比风中搅雪，这回书又不免节外生枝。列公便好留心看那燕北闲人怎生替他安家，止风扫雪，逗节成枝，出那身臭汗了。

却说安公子赴园这日，太太见老爷、公子都不在家，恰好那两日张亲家太太又在家里害暴发火眼，那个长姐儿又犯了他月月肚子疼的那个病。太太吃过早饭无事，便和舅太太带了两个媳妇四家斗牌。

看看斗到晌午以后，忽见张进宝带了公子一个跟班的小厮——叫四喜儿进来回说："奴才大爷从园子里打发人来回太太说：奴才大爷赏了头等辖，放了乌里雅苏台的参赞大臣了。"

安太太听了，只唬得扔下牌，阿了一声。舅太太接着也道："嗳哟！这是怎么说？"金玉姊妹两个里头，那何玉凤听了"乌里雅苏台"五个字，耳朵里还许有个影子，只在那里愣愣的听；到了张金凤，更不知那是山南海北，还道："怎么也没个报喜的来呀！"

安太太此时是已经吓得懵住了，只问着舅太太，说："这乌里雅苏台可是那儿呀？"舅太太道："咈，姑太太，你怎么忘了呢？家里四大爷当日

---

① 一把——很多。

不是到过这个地方儿吗?”

安太太这才想起来,说道:“嗳哟!天爷!怎么把我的孩子弄到这个地方儿去了呢!再说,他好好儿的作着个文官儿,怎么又给个辖呢?这不顶发了他了吗!这可坑死我了!”说着,便眼泪婆娑的抽搭起来。金玉姊妹见婆婆这个样子,也由不得跟着要哭。舅太太忙劝道:“你们娘儿三个且别尽着哭哇。到底问问那个小子怎么就会出了这么个岔儿?再外甥打发他来还有什么说的呀?”他只管是这等劝着,他却也在那里拿着小手巾儿擦眼泪。

安太太这才详细问了问那个小厮。他便把公子叫他回太太今日怎的在海淀办折子,预备明日谢恩,不得回来;并叫叫戴勤去,吩咐他到山东去见老爷,以至大爷还说叫告诉二位奶奶再打点几件衣裳叫他带回海淀去的话回了一遍。

太太一面吩咐去传戴勤,一面便叫金玉姊妹两个回家去打点衣裳。一时,戴勤来了,四喜儿取的衣裳包袱也领下来了。太太便吩咐他两个:“快去罢。”并说:“告诉大爷,明日谢下恩来没事,务必就回家来见见我。”

二人领命去后,金玉姊妹两个依旧过上房来。安太太见他姊妹一个哭的眼睛红红儿的,一个还不住的在那里擦眼泪,自己不禁又伤起心来。舅太太又说道:“姑太太,你别尽着这么着。外甥是说是出口,到底算升了一步,两三年的工夫也就回来了;再说,大喜的事,这么哭眼抹泪的是为什么呢?”

安太太未曾说话,先长吁一口气,说道:“嗳!大姐姐!你那里知道我这心里的苦楚!你没见你妹夫是作了一任芝麻大的外官儿把个心伤透了。平日我们说起闲话儿来,我只说了句‘咱们这就等跟着小子到外头享福去罢’。你听他这话么,头一句就是‘那可断断使不得’!他说:‘一个人教子成名是自己的事;到了教得儿子成了名了,出力报国,是儿子的事,这不是老子跟在里头搅得的。一跟出去,到了外头,凭是自己怎么谨慎,只衙门多着个老太爷,便带累了儿子的官声。’大姐姐,你只听这话,别说是乌里雅苏台,无论什么地方,还想他肯跟出小子去吗?他一个不出去,我自然不好出去。我不出去,这个玉格我倒舍得。什么原故呢?一则呢,小子也这么大了;再说,既是皇上家的奴才,敢说不给皇上家出苦力吗？就只我这俩媳妇儿，热断忽喇[①]儿的，一时都离开我，我倒有点儿怪舍不得的。”说着又哭了。招的两个媳妇益发哭个不住。

舅太太是个爽快人，看了这样子，便道：“你们娘儿倒不是这么个闹法儿。你们家这不现放着俩媳妇儿呢吗？留一个，去一个，一桩事不就结了？也有娘儿三个尽着这么围着哭的。难道哭会子就算不上乌里雅苏台了罢？”

安太太那片疼儿女的心肠是既不愿意自己离开两个媳妇儿，又不愿意俩媳妇之中有一个离开儿子，听了这话，只是摇头。不想这话倒正合了金玉姊妹两个的意思。你道为何？原来他两个这阵为难，一层为着不忍看着夫婿远行，一层也正为着不忍离开婆婆左右，并且两个人肚子里还各各的有一桩说不出口来的事。一时听了舅太太这话，那何小姐性急口快，便道：“娘这话也说的是，那么着，我就在家里服侍婆婆，叫我妹子跟了他去。”张姑娘道：“自然还是姐姐跟了去好。姐姐到底比我有点本事儿，道儿上走着还便利些儿。这么大远的个道儿，再带上这么个我，越发叫他受了累了。”

何小姐听他这话说得近理，一时找不出句话来驳他。急的肚子里的那句话可就装不住了。只见他把脸一红，低着头说道：“瞧这妹妹！你难道不知道我坐不得车吗？”

安太太听了这话，明白是何小姐有了喜了，自己有信儿抱孙子了，才觉有些欢喜。将要问他，张姑娘肚子里的那句话也装不住了，说：“姐姐这话！姐姐坐不得车，难道我又坐得车吗？”

列公，你看，这等一个“扛七个打八个”的何玉凤，“你有来言我有去语”的张金凤，这么句“嫁而后养”的话会闹得嘴里受了窄，直挨到这个分际还是绕了这半天的弯儿，“借你口中言，传我心腹事”，话挤话，两下里对挤，才把句话挤出来！

安太太听得俩媳妇一时都遇了喜，满心欢喜，只悔知道得晚了，便说道：“你瞧瞧，你们这俩人也有这么个大喜的信儿会憋着不早告诉我一声儿，直到这时候憋得十分十沿儿[②]了，才说出来的。”说着，这才问“多少日

---

① 热断忽喇——此指亲热难舍。

② 十分十沿儿——满满当当。

子了”；一面又抱怨俩嬷嬷，说：“这个老东西，怎么也不先透给我个信儿呢！”当下便要叫来发作他两个几句。何小姐是怕他两个得不是，忙说：“他们上月就要上来回婆婆的；我和妹妹商量，想着知道是不是呢，就吵吵，索兴等过些日子再说罢。谁知这个月俩人又都……”说到这里，脸一红，只瞅着张姑娘笑。张姑娘也只剩了羞了，扭过脸去暗笑。

安太太此时乐得只不错眼珠儿的望着他两个，又嘱咐说：“这可得小心点儿：第一，不许冷的热的胡吃，轻的重的混动，走道儿总叫个人儿招呼着点儿，倒得常活动活动。”

正嘱咐着，只听舅太太和他两个说道：“怪事！你们两个有什么事儿从没瞒过我，怎么这件事两人都嘴严的这个份儿上呢？”安太太也说道：“两媳妇儿呢，还罢了，还说脸上有个下不来；我只可笑我们玉格这个傻哥儿，眼看着这就要作哥儿的爹了，也这么傻头傻脑的，不言语一声儿！”正在一头笑着，忽然又把眉一扢①，就说：“站住！先别乐大发了！这一来，咱们娘儿们不是都去不成了吗？把我们这个傻哥儿一个人儿扔在口外去，可交给谁呀？这事情可不是更累赘了么？”说罢，只皱了眉歪着头儿在那里呆想。呆了半日，忽然说道：“这可也就讲不得了，只好我跟了他去罢！只求大姐姐和张亲家母在家里好好的给我招呼着我这两媳妇儿。”

金玉姊妹两个听得依然得离开婆婆更是不愿意。才要说话，早见舅太太嚷起来了，说道：“咻！姑太太，你这是什么话呀？你把我留在你家招护着外姐姐使得，你叫我和你们那个老爷怎么过得到一块子呀？”

他婆媳一想，这话果然行不去，一为难，重新又哭起来。这一哭，可把舅太太哭急了，说：“姑太太，你们娘儿三个这哭的可实在揉人的肠子②！这么着，我和姑太太倒个过儿：姑太太在家里招呼媳妇，我跟了外甥去，这放心不放心呢？”安太太道：“也有这么大远的道儿，怪冷的地方儿，叫大姐姐你跟了他去受罪，我们倒在家里舒服的？”舅太太道：“这也叫作没法儿了哇！”

安太太见他一副正经面孔，便问：“大姐姐，你这说的是真话呀？”舅

① 扢(gē)——用如“锁”。

② 揉人的肠子——伤心透腹。

太太道:“可不真话!姑太太只想,你我这个样儿的骨肉至亲,谁没用着谁的地方儿?再说,这个孩子,我也疼他;讲到我了,又是个一身无挂碍的人,别说乌里雅苏台呀,就叫我照唐僧那么个模样儿到西天五印度去求取《大藏真经》,我也去了!这又有什么要紧的!”

安太太见他这等关切,说:“真要这么着,我就先给姐姐磕头。这不但是疼孩子,直是疼我了!”说着,站起来,跪下就要行礼。俩媳妇一见,连忙也跟着婆婆跪下。慌得个舅太太连忙也跪下,搀住安太太,说:“妹妹,你这是怎么说?”说着,他也哭了。

列公,你看,只安太太这一拜,叫普天下作儿女的看着好不难过!才知老家儿待儿女这条心真真不是视膳,问安,昏定,晨省就答报得来的!

却说舅太太搀住安太太,又忙着拉起金玉姊妹来。他姑嫂两个一齐归座。安太太心里这才略略的放宽了些,叫丫头装了袋烟来吃;吃着烟儿,忽然的又自言自语的说:“这还不妥当。”因和舅太太道:“这一来,玉格他这个外场儿我算放了心了,讲那贴身儿的事情可叫我怎么好哇?”舅太太问道:“姑太太说的:怎么叫个外场儿,又怎么叫个贴身儿呀?”

安太太道:“类如他到了衙门里过起日子来,凡是出入的银钱,严谨个里外,甚至穿件衣裳的厚薄,吃个东西的冷热,这些事情都算个外场儿。如今我们娘儿们既不能去,有大姐姐你替我辛苦这一趟,好极了,我也不说什么了。讲到他贴身儿的事,俩媳妇此刻既不能去,就说等分娩了随后再打发一个去,这也不是什么一个半个月的事。玉格到了那里,就拿每日早起给他梳梳辫子以至他夏天擦擦洗洗,夜里掖掖盖盖这些事,无论大姐姐你怎么疼他,这也不是惊动得舅母的,难道说一个娶了媳妇儿的人了还叫他那个嬷嬷妈跟在屋里服侍他不成?你说这可不是叫人没法儿的事吗?”这话,舅太太却不好出主意了,只说了句:有日子呢,罢咧,也只好慢慢的商量。”

这个当儿,这老姑嫂两个只顾在这边儿悄悄的说,那小姊妹两个却在那边儿静静的听。听来听去,也不知那句话碰在他两个心坎儿上了,只见何小姐俩眼睛一机伶,便笑着在张姑娘耳边嘁喳了两句,不听得张姑娘说些什么,却只见他不住的笑着点头儿。恰好安太太和舅太太说完了这话,又回过头来问着他两个说:“你们俩白想想我这话虑的是不是?”不承望这一回头，一眼正看见俩人在那里打梯己①的神情儿，因说道："你们俩有什么主意也只管说出来，咱们娘儿们大家商量商量不好吗？"

何小姐听婆婆如此说，将要说话，又望着张姑娘向外间努了个嘴儿，那光景像是叫他瞧瞧外间儿有人没人。紧接着张姑娘走到屋门旁边儿探着身子望外瞧了瞧，回头只笑着和何小姐摆手儿，那神情像是告诉他外间儿没人。

你道安太太家许多丫鬟仆妇，外间儿怎得会一时没人？原来他家的规矩，凡是婆儿媳妇们无事，都在廊下听差；其余的丫头们，一个长姑娘不在上屋里，早一边儿说笑的说笑，淘气的淘气去了，因此一时无人。

金玉姊妹见没人在外间，他两个这才走到婆婆跟前悄悄儿的回道："媳妇们却有个主意；这话倒不因着玉郎今日要出外去才说起，自从今年来，见他的差使渐渐儿的多起来了，往往一进城去就得十日半月的住着，媳妇两个又不好怪厌气②的一趟一趟的只是跟着来回的跑，原想回回婆婆给他弄个服侍的人，总没得这个机会；如今他既出外，媳妇们两个又一时不能同去，请示婆婆，趁这个当儿给他弄个人跟了去，外头又有舅母调理管教。这么着，使得使不得？"

安太太听了，先点了点头儿，又摇了摇头儿；沉吟了一刻，才说道："你们这么年轻轻儿的，心里就肯送到这件事上头，难为你们俩；但是，你们只知道说弄个人，却不知道这弄人的难讲究。外头叫媒人带去，不知道个根底，只图一时有个人使，腥的臭的，弄到家来，那时候调理是别想调理的出来，打发是不好打发出去。不但你们俩得跟着糟心，连玉格可也就受了大累了，那可断乎使不得。这个样儿的，我看得多了。要说就咱们家里这几个女孩子里头给他挑一个罢，你们屋里那俩还是两个糊涂小孩子呢。我这儿的几个里头，不成个材料儿的；不成材料儿，像个人儿的呢，又不合适。你们俩说，这会子可叫我忙忙叨叨的那儿给他现抓人去？"

何小姐道："媳妇两个心里可倒瞧准了一个，只没敢和婆婆提到这里。"太太想了想，说道："哦！我猜着了，你们准是瞧上跟舅母那个丫头的模样儿了。敢是好，只是人家早有了婆婆家了。"

---

① 打梯己——说知心话。梯，体。

② 厌气——俗气。

两人还没及答言，舅太太先摇头儿说："不是，俩外外姐姐知道他有人家儿了。"安太太纳闷儿道："这可罢了我了！你们瞧准了的，这个可是谁呢？"

何小姐见问，又往外看了一眼，才到婆婆耳边悄悄儿回道："媳妇们两个才说相准了的这个人不是别人，就是伺候婆婆的长姐儿姑娘。这个人，要讲他那点儿本事儿，活计儿，眼睛里的那点机伶儿，心里的那点迟急儿，以至他那个稳重，那个干净，都是婆婆这些年调理出来的，不用讲了，最难得的是他那个性情儿。只婆婆止这么一个得力的人。别的都是小事，第一，伺候婆婆梳这个头是个要紧的。再他又在上屋当了这些年差了，可还不知媳妇们和婆婆讨得讨不得？因此，心里只管想准了，嘴里总没敢提。"

太太才听完这话，就笑道："敢是你们俩想的也是他呀。这件事在我心里也不知过过多少过儿[①]了。你们俩才虑的那两层倒都不要紧。打头，如今我这儿拿拿放放的都是你们俩；真要到了没人儿了，就叫你们俩打发我梳梳头，又有什么使不得的呢？再者，还有张进宝的那个孙女儿招儿和晋升的丫头老儿，这俩如今也学着干上来了。到了别的事，我绰总儿和你们说这么句话罢。这丫头自从十二岁上要到上屋里来，只那年你公公碰着还支使支使他。到了第二年，他留了头了，连个溺盆子都不肯叫他拿，甚至洗个脚都不叫他在跟前，说他究竟是从小儿跟过孩子的丫头。你就知道你这位公公拘泥到什么份儿上，别的话更不用深分讲了。至于你们方才说的他那几宗儿好处倒也不是假话，这件事照这么办，我心里也尽有，只我心里还有好些为难。这个人得这么个归着，也算我不委屈他，只是我这位梅香，他还有他娘的多少累赘；不然，我方才为什么说家里挑不出个合适的来呢？这话咱们娘儿们还得从长商量。头一件，我觉着他只管说还大大方方儿的，不贫不下流，只是到底是个分赏罪人的孩子；[②]第二件，他空有那么个模样儿，身段儿，我只说他那皮肉儿太黑翠儿似的，可

---

① 过儿——回；次。

② 分赏罪人的孩子——朝廷赏赐的获罪之人的孩子。下文"罪人不孥"，即清制，罪人无权支配自己的孩子。孥(nú)，古代对妻或儿女的称谓。

怎么配得上我那个白小子呢；第三件，他比玉格儿大着好两岁①呢，要开了脸，显着像个嬷嬷嫂子似的。这是我心里三宗不足处。就让都合适，没这三宗不足，你们只说这件事要和你公公这么一商量能行不能行。"

舅太太接口就说："姑太太，你才说的那三层呀，依我说，都没什么的；眼下只要外甥儿出去有个得力的人持扶他，苗点儿就苗点儿，黑点儿就黑点儿，大点儿就大点儿，那都不打紧；说一定要等着和你们老爷商量，他那个脾气儿，只怕吃个鸡蛋还得挑四楞儿的呢！那可怎么想行得去呀？"安太太道："这句话究竟还说可以想方法儿，商量着碰去。你还不知道呢，我们这个长姐儿是在我跟前告老了，永远不出嫁的了；他说：他等着服侍我归了西，他还给我当女童儿去呢！你说，这时候要和他说这个，怎么说得清楚啊？"

舅太太道："这是多早晚的事？我怎么不知这个影儿啊！"张姑娘道："就是我过来那年，舅母跟我姐姐在园里住的那一程子的事么。那时候还有他妈呢。我婆婆一进城就说他大了，叫他妈上紧给他找个人家儿；后来说了一家子，他妈不是还带了那个小子来请我婆婆相看来着么？"

张姑娘将说到这里，安太太说："亏是有个对证在跟前儿，不然，叫你这一掰文儿②，倒像我这里照着说评书也似的，现抓了这么句话造谣言呢。"因接着张姑娘方才的话说道："我还记得他妈说那个小子是给那一个盐政钞官坐京的一个家人，叫作什么东西的个儿子，家里很过得③；我瞧了瞧那小子倒也长得浑头浑脑的，就只脸上有点子麻子。我想着一个小子罢咧，怕什么呢，就告诉他妈，等定个日子叫他们相看丫头来罢。谁知他妈给他说这个人家儿没和他提过，他这天知道了，和他妈叨叨了倒有几车话，只说他妈怎么没良心了，又是'怎么主儿打毛团子④似的，掇弄到这么大，也不管主儿跟前有人使没人使，这会子你们只图找财主亲戚就硬把我塞出去了！'连数落带发作的就哭闹成一处，把他妈闹得没法儿子，说：'你就不肯出去，也让我回太太一句去呀。'他也不理他妈，就跑了来

---

① 好两岁——好几岁。

② 一掰(bāi)文——引经据典；文绉绉。

③ 很过得——日子很好过；富裕。

④ 毛团子——骂人话。长毛的畜生。

跪在我跟前一行鼻子两行泪的哭个不了，就说了方才我讲的他那套糊涂话，还说这一辈子刀搁在脖子上都使得，也别想他离开我咧。大姐姐，你说这是他娘的苗子不是！”

舅太太听了，只抿着嘴笑说道：“姑太太，我可多不得这件事呀！我只说句公道话，这固然是这丫头的良心，也是你素来待他的恩典。你可得知道，你们那个丫鬟可心高志大呀！素来就讲究个拿身份，好体面，爱闹个酸款儿[1]。你安知他不是跟着你，这么女孩儿似的养活惯了，不肯低三下四的跟了那个蠢头笨脑的奴才小子去呢？”

金玉姊妹听了这话，齐声说：“舅母这话说得是极了；再还有说，人第一难得是彼此知道个性情儿，他又正是从小和玉郎一块儿混，混大了的。”舅太太说：“好哇，就是这话了！这话我可是白说，主意还得姑太太自己拿定。”

这位老太太心里本正在又是疼儿子，怕他没人，又是疼丫头，怕他失所；一时听了这套有成无破的话，想着这件一举三得的事，就把他们那位老爷是怎么个难说话也忘了，不由得说道：“你们娘儿三个这话也说得是，就是这么着。”

才说了这句，下文还没有说出来，金玉姊妹两个见婆婆应了，乐得忙着跪下就磕头。安太太笑道：“咻，你们俩先别磕头啊，知道我这个媒人作得成作不成呢。”

这里正说得热闹，何小姐机伶，一闪身子，早从玻璃里看见那个长姐儿一步挪不了三指，出了东游廊门，从台阶底下慢慢儿的往上屋走了来。何小姐便和太太摆手儿。太太看见，悄悄儿道：“别提了，看他听见。”又和金玉姊妹道：“这话就只咱们娘儿四个知道，别人跟前一个字儿别露；就是玉格儿回来，也先不用告诉他。”当下大家便将这话掩住不提。

且住！长姐儿他既是犯了肚子疼在屋里养病，怎的又得出来？既得出来，大爷这么个惊天动地的人出了这么个惊天动地的岔儿，遍地又都是他的耳报神，他岂有不知道之理，怎的又直到此时才出来呢？

其中有个原故。原来他方才正合着桃仁红花引子服了一丸子“乌金

---

① 酸款儿——装模作样地款待人。

丸”,躺在他屋里就渗[1]着了。他这一渗着,那班小丫头子,谁也不敢惊动他,直等他一觉睡醒了,还是那个小喜儿跑了去告诉他,说:“长姑娘,大爷要出外了。”只这一句,他也不及问究竟是上那儿去,立刻就唬了一身冷汗,紧接着肚子拧着一阵疼。不想气随着汗一开化,血随着气一流通,行动了行动,肚子疼倒好了些。转念想到大爷这一出去,老爷、太太自然断没不同出去的;果然太太出去,太太走到那儿,还怕我不跟到那儿去吗,心里又一松快,便想起多少事由儿,扎挣着出来,将进门,安太太还生恐他听见些什么跑了来了,便先问:“你好了吗?怎么又跑出来了?”他道:“奴才听说大爷要出外了,奴才想起来太太从前走长道儿的那些薄底儿鞋呀,风领儿斗篷呵,还都得早些儿拿出来瞧瞧呢。再还有小烟袋儿咧,吃食盒儿咧,以至那个关防盆儿。这些东西,也还不记得在那儿搁着呢。趁着老爷没回来,明儿个趁早儿慢慢儿的找找,也省得临期忙。”安太太道:“那儿呢!咱们走还早呢。你先装袋烟我吃罢。”他便去装烟不提。

到了次日,安太太从吃早饭起就盼公子,不见回来,忽然听得门上一阵吵闹,便有家人来回说:“大爷赏加了副都统衔了。”安太太听得儿子换上红顶儿了,略有喜色;只想着他明日还得谢恩,今日自然又不得回来了。

那知安公子岂止次日不得回来,只从那日起,便一连召见了八九次,这才有旨意,赏了假,叫他回家收拾。他当日归着了归着,次日起了个大早才回到庄园,和太太一见面儿,娘儿俩先哭了个事不有余。大家劝住,他便忙着到祠堂行礼。才把家庭这点儿礼节完了,外头便回“吴侍郎来拜”,又是位老师,不好不见;接着就是三四起人来。安公子一一送走了,才回到自己房里换了换衣裳。一切没得闲谈,只见上屋里一个小丫头跑来说:“太太叫大爷。戴勤回来了。”

公子和金玉姊妹连忙过去,见戴勤正在那里回太太话,说:“老爷昨日住常新店,叫奴才连夜赶回来,告诉大爷不必远接,只在家候着;老爷今日走得早,大约晌午前后就可到家。”

公子听了,重新去冠带好了去到外面伺候。迟了一刻,便见随缘儿先赶回来,回说:“老爷快到了。”

少时,老爷来到家门,公子迎了几步便在车旁跪接。老爷在车上见他

---

① 渗——睡。原意为稍停一停,与现代口语“稍绷”意同。

头上顶嵌珊瑚，冠飘翡翠，面上却也喜欢，心里却不免十分难过。你看这老头儿好扎挣劲！先在车里点头，说了句"起来"，下了车，便说道："不想你竟也巴结到个二品大员，赶上爷爷了，比我强。这才不枉我教养你一场。有话到里头说去罢。"

公子也明知这是他父亲安慰他的话，只得陪笑答应。这种笑，那脸上的神气却比哭还疼。这个当儿便见褚一官陆葆安两个过来谒见。他两个果然就照着邓九公的话，立刻跪倒请安，口称"大人"。安公子虽说一时不好直受不辞，但是一个钦命二品大员，正合着"三命而不齿"；礼制所在，也不便过于和他两个纡尊降贵；只含笑拱了拱手，说了句"路上辛苦"，便随了老爷一路进来。一时，在家的家人叩接老爷，跟去的家人又叩见公子。

正乱着，张亲家老爷和老程师爷也迎出来。老爷应酬了两句，就托他二位管待褚陆两个；自己进了二门，便见太太带了两个媳妇接到当院子里来。俩媳妇迎着请过安，安老夫妻两个还按着那老年的旧牌子儿①彼此拉了个手儿。那班仆妇丫鬟却远远的排在那边跪。安老爷都不及招呼，见舅太太在廊下候着，便忙着上前，彼此问过好，谈了两句一路风尘的话；又问："亲家太太怎的不见？"张姑娘代说明了原故。老爷一路进房坐下。当下公子行过礼，媳妇便倒上茶来。

此时自安太太以下，都道老爷这一到家，为着公子出口，定有一番伤感，大家都提着全副精神应酬老爷；看了看，老爷依旧是平日那个安详样子，只不过问了问公子奏对的光景，毫不露些张皇烦恼。

公子此刻却是有些耐不得了。原来他自放下来那日起，凡是此番该是从家里怎的起身，到那里怎的办事，这些事，一时且不能打算到此；只他那点家事，几个亲丁，心里盘算了，迨有万转千回，总盘不出个定见来。第一件万难的是这等远路不好请着父母同行；待说把他两个夫人留在家下替自己奉养，又虑到任上内里无人，不成个局面；否则两个之中，酌量留下一个，偏又两个一齐有了喜了，不便远行；便是他两个有喜的这节，也还不曾禀过父母。他好容易盼到今日回家，正想把这话和金玉姊妹私下议计一番，先讨太太个示下，然后等老爷回家再定；不想一进门，不曾消停一

---

① 旧牌子儿——旧规矩；老样子。

刻;才得消停,恰巧老爷早回来了。

他此时见了老爷,只觉万语千言,不知从何说起,想了想,只得回道:“儿子受父母的教养,正想巴结个升途,奉了父母出去安享几年,不想忽然走了这条意外的岔路,实在不得主意。”说着,又行了个家庭礼儿,屈了一膝,说:“请父亲教导。”他那眼泪却是撑不住了。

只听安老爷嗯了一声,说道:“怎的叫个走了这条意外的岔路?我以为正是意中之事。你所为意外者,只不过觉道你从祭酒得了个侍卫,不曾放得试差学政耳。却不道这等地方不用世家旗人去,却用什么人去?用世家旗人,不用你这等轻年新进,用什么人去?且无论文章华国,戎马防边,其为报效一也。便说不然,不君代天司命,君命即是天命,天命所在,便是条意外的岔路,顺天应命,安知非福?你说讨我的教导,我平日和你讲起话来,言必称周孔,不知者鲜不以为我立论过迂,课子过严,可知为子为臣立身植品的大经都不外此。那乌里雅苏台虽是个边地,参赞大臣虽是个远臣,大约也出不了周孔的道理。至于你此行,我家现有的是钱,用多少,尽你用,只不可看得银钱如土。有的是人,带那个,尽你带,只不必闹得仆从如云。讲到眷口,两个媳妇,不消说是和你同行了;太太要果然母子姑媳一时难离,也不妨同去。只留我在家替你们作个守门的老叟,料想还不误事。”

安老爷只管讲了这半日话,这段话却是拈着几根胡子闭着一双眼睛讲的。何以故呢?他要一睁眼,那副眼泪也就撑不住了!

舅太太见安老爷这样子,便点点头,悄和安太太和安老爷说道:“你们这个家可就当成了模样儿了。”便听安太太和老爷说道:“依我想,这件事,不必定忙在这一时;玉格起身尽有日子呢。老爷今日才到家,且歇歇儿;索性等消停了,斟酌斟酌,究竟是谁该去呀,谁不该去呀,谁能去呀,谁不能去呀,且定规不迟。要说请老爷一个人儿在家里,我就跟他们出去,也断没这么个理;我不出去又怕这俩媳妇儿万一在外头一时有个什么喜信儿呢,没个正经人儿招呼他们。我的意思还是请大姐姐替我们辛苦这趟。”

老爷还没听完这话,便道:“呵!一个何家媳妇已经劳舅太太辛苦那场;此时这等远行,却怎的好又去起动!”舅太太说:“嗳哟!不用姑老爷这么操心了,姑太太早和我说明白了。我左右是个没事的人,乐得跟他们出去逛逛呢！"

老爷见舅太太这等爽快向热，心下大悦，连忙打了一躬，说："这个全仗舅母格外费心。"舅太太被安老爷累赘的不耐烦，他便站起身来，也学安老爷那个至诚样子，还了他一躬，口里说道："这个，愚嫂当得效力的。"他打完了这躬，又望着大家道："你们瞧，这那儿犯得上闹到这步田地！"惹得大家无不掩口而笑。

却说安公子方才听老爷那等吩咐，正想把金玉姊妹现在有喜并自己打算不带家眷留他两个在家侍奉的话回明，听太太说了句"老爷才得到家，先请歇歇儿"，便不好只管烦琐；如今却又见他母亲给请了舅母同去，心里一想，这一来弄得一家不一家，两家不两家，益发不便了，登时方寸的章法大乱。他却那里晓得人家娘儿三个早已计议得妥妥当当了呢？偏是这个当儿，老爷又吩咐他邓九公差褚陆两个来，意思要跟他出去的那段话，就叫他出去定夺行止，他无法，只得且去作这件事。

安老爷这里便和大家说了说路上的光景，讲了讲邓九公那里的情由。紧接着行李车也到了，众小厮忙着往里交东西；有的点交带去的衣箱的，有的点交路上的用账的，都在那里等着见长姐儿姑娘。

此时只不见了长姐儿姑娘。你道他此刻又往那里去了？书里交代过的，他原想着是大爷这番出外，大爷走到那儿太太跟到那儿，太太走到那儿他跟到那儿定了；不想方才听得老爷一个不去，连累太太也不去了，眼下太太和公子竟要母子分飞，他也谢三①儿的窝窝剩下了，登时心火上攻，急了个红头涨脸，又犯了那年公子乡试等榜他等不着喜信儿头晕的那个病了；连忙三步两步跑到院子里，扶着柱子，定了会儿神，立刻觉得自己身上穿的那件衣裳的腰褙肥了就有四指，那个领盘儿大了就有一圈儿，不差什么连腰围儿都要落下来了。他便和别的丫头说道："我怪不舒服的，家里躺躺儿去；太太要问我，就答应我作什么去了。"说着，一路低着脑袋来到他屋里，抓了个小枕头儿支着耳跟台子躺下，只把条小手巾儿盖了脸暗暗的垂泪。

他偏又头两天一时高兴作了个抽系儿的大红毡子小烟荷包儿；这日早起，又托随缘儿媳妇儿找人给安一根玉嘴儿，湘妃竹杆儿的小烟袋儿；

---

① 谢三——答谢喜宴。

为的是上了路随身带着，上车下店，使着方便。事有凑巧，恰恰的这么个当儿，随缘媳妇给他送了来；一进门儿，见静悄悄的没个人声儿，便叫了一声“大姐姐”。

他听见有人叫他，这才挣扎着起来，问：“是谁呀?”随缘儿媳妇一见他这个样儿，便问说：“大姐姐，你好好儿的，这是怎么了？哭的这么着!”他叹了口气说道：“好妹妹，你那儿知道我心里的难受！你坐下，等我告诉你。你瞧，自从大爷这么一放下来，我就念佛说：‘这可好了，我们太太要跟了大爷大奶奶享福去了。’谁知叫这位老爷子这么一折，给折了个稀呼脑子烂。你说，这娘儿四位这一分手，大爷大奶奶心里该怎么难受！太太心里该怎么难受！叫咱们这作奴才的旁边瞅着肉燎不肉燎？再者，二位大奶奶素来待我的恩典，我们娘儿们怎么离得开!”说着，又把嘴撇的瓢儿似的。

随缘儿媳妇明镜儿也似的知道何姑娘和张姑娘有喜不能出去，只因何小姐吩咐的严，叫且不许声张，此时是不敢和他露一个字，只说了句：“那儿呢！还有些日子呢。知道谁去谁不去呢，就先把你哭的这么个样儿!”说完了，放下烟袋去了。

他把那根烟袋扔在一边儿，躺下又睡，却又睡不着，只一个人儿在他屋里坐着发愣。上屋这里只管一群人等着他交代东西，那班丫头听他方才说了那句话又不敢去叫他，恰好二位大奶奶都在上屋里，便着人一件件往里收。舅太太见这里乱哄哄的，他也回西耳房去。

安老爷见舅太太走了，这才要脱去行装，换上便服。安老爷的拘泥，虽换件衣裳，换双靴子，都要回避媳妇进套间去换的。只这个当儿，老爷一面换着衣裳，一面和太太提起闲话儿来，说：“难得舅太太这等向热，不辞辛苦。他小夫妻三个得这个人同去照应，你我也就大可放心了。”

安太太憋着一肚子里的话，此时原不要忙着就说；因见老爷这句话是个机会，再看了看左右无人，只得两个小丫头子，便把那两个小丫头也支使开，先给老爷一个高帽儿戴上，说道：“可不是他，自然也是看着老爷平日待他的好处；只是如今他只管肯去了，两个媳妇究竟好去不好去，倒得斟酌斟酌。为什么我方才说等慢慢儿商量呢。”

老爷忙问道：“他两个怎的不好去?”太太满脸含春说道：“好叫老爷得知，俩媳妇儿都有了喜了，老爷说可乐不可乐?”

老爷听了大喜,说道:"这等说,你我眼前就要弄孙了。有趣!有趣!我安水心再要得教出两个孙儿来,看他成人,益可上对祖父矣!"

太太道:"老爷只这么说,世间的事,可就难得两全。老爷只想俩媳妇这有了喜,自然暂且不能跟了小子出去;叫他一个人儿在衙门里怎么是个着落儿呀?"老爷道:"然则有舅太太去,正好了。"太太道:"老爷这话又来了。他舅母去也只好照管个大面皮儿呀,到了小子自己身上的零碎事儿怎么好惊动长辈儿去呢?所以我同俩媳妇儿,为这件事为了这几天难,总商量不出个妥当主意来。依俩媳妇的意思是想求我给他买个人带了去。"

老爷听到这句,才要绷脸,太太便忙着说道:"老爷想玉格这么年轻轻儿的哥儿,屋里现放着俩媳妇儿,如今又买上个人,这不显着太早些儿吗?我就说:'这断乎使不得;就打着我这时候依了你们这话,要一回你公公,你公公也必不准。'老爷说,这话是不是?"

老爷道:"通呵,太太这话是极!所以叫作'惟识性者,可以同居'。太太其深知我者也!我常讲的:夫妻一伦,恩义至重,非五十无子,断断不可无端置妾。何况玉格正在年轻,媳妇又都有了生子的信息。此刻怎的讲得到买人这句话上!"

太太见老爷的话没一点活动气儿,便说道:"老爷不是说我说的是吗?我说可只管这么说了,想了想真也没法儿。老爷想,一个人家儿过日子,在京在外,是一个理:第一件,里外的这道门槛儿得分得清楚。玉格儿这一出去,衙门里自然得有几个丫头女人;就是他舅母也得带两三个人去;俩媳妇呢,少说也得一年的光景才能去呢,这一年的光景,他就这么师爷也似的一个人儿住着,那班大些儿的女孩子和年轻的小媳妇子们,类如拾掇拾掇屋子,以至拿拿放放,出来进去的,可不觉得怪不方便的么?老爷是最讲究这些的,老爷白想想。"

太太说到这里,只见老爷脸上安着五官都添了一团正气,说:"啊嗳!太太,你这一层虑的尤其深远;这倒不可不给他筹划出个道理来。却是怎样才好?"

太太听这话有些意思了,又接着说道:"俩媳妇儿不放心的也是这个;见我不准他买人,就请示我,说:'要不就在家里的女孩子们里头挑一个服侍他罢。'我说:'你们俩瞧,家里这几个丫头,那儿还挑得出个像样儿的来?'谁知他们俩这句话,敢则心里早有了人了。"

老爷道:"他两个心里这人是谁?"太太笑道:"照这么看起来,俩人到底还是俩小孩子,只见得到一面儿,俩人只一个儿劲的磨着我,求我替他们和老爷说,说要咱们上屋里的这个长姐儿。老爷想,这个长姐儿怎么能给他们?我只说:'这一个不能给你们哪。你公公跟前没人儿啊。'"

老爷一听这句话,只急得局促不安,说道:"呵!太太,你这句话却讲得大谬不然了。"太太道:"我想着,打头呢,那丫头是个分赏罪人的孩子,又那么漆黑的个脸蛋子,比小子倒大着好几岁,可怎么给他呢?再者,咱们这上屋里也真离不开,就拿老爷的衣裳帽子讲,向来是不准女人们和那一起子小丫头子们着手的;如今有他经管着,就省着我一半子心呢。所以我就那么回复了俩媳妇儿了。"

老爷道:"嗨!此皆太太不读书之过也。要讲他的岁数儿,岂不闻'妻者,齐也,明其齐于夫也;妾者,接也,侧也,虽接于夫而实侧于妻也'。太太,你怎的把他同夫妻一伦讲起嫁娶的庚申①来?况且女子四德,妇德妇言之后才讲得到妇容,何必论到面目的黑白上去?"太太道:"这么说,他是个贵州苗子②也没什么的?"

老爷道:"太太,你就不读书,难道连'舜,东夷之人也;文王,西夷之人也'这两句也不曾听得讲究过?如今你不要给儿子纳妾,倒也罢了的;既要作这桩事,自然要个年纪长些的才好责成他抱衾与裯③,听鸡视夜。况且我看长姐儿那个妮子,虽说相貌差些,还不失性情之正,便是分赏罪人之子,何伤?又岂不闻'罪人不孥'乎?这话还都是末节而又末节者也。太太,你方才这话讲的还有一层大不通处。你却不想这长姐儿原是自幼伺候玉格的,从十二岁就在上房当差,现在摽梅④已过。如今两个媳妇既这等求你向我说,我要苦苦的不给他,却叫他两个心里把我这个公公怎生敁敠?此中关系甚大,太太,你怎的倒和他们说我跟前没人起来?岂不大谬!"

---

① 庚申——规矩。

② 贵州苗子——意谓低贱。

③ 抱衾与裯——纳妾。

④ 摽(biào)梅——梅子成熟坠落,比喻女子已到结婚年龄。

安太太未曾和老爷提这件事，本就捏着一把汗儿，心里却也把老爷什么样儿的左缝眼儿的话①都想到了，却断没想到老爷会往这么一左，这一左倒误打误撞的把件事左成了，一时喜出望外。虽然暗笑老爷迂腐的可怜，却也深服老爷正派的可敬。再想想，又怕夜长梦多，迟一刻儿，不定老爷想起孔夫子的那句话和这件事不对岔口儿来，又是块糟，连忙说道："老爷说的关系不关系，这些话别说老爷的为人讲不到这儿，就是俩媳妇儿也断不那么想，总是老爷疼他们；既是老爷这么说，等闲了，我告诉他们就是了。"

老爷道："太太，你怎的这等不知缓急？这句话既说定了，那长姐儿怎的还好叫他在上房待得一刻？"太太笑道："老爷这又来了。那儿就至于忙得这么着呢？再者，玉格儿那孩子那个噶牛②脾气，这句话还得我先告诉明白了他。就是那个丫头也是他娘的拐棒子③。"

太太这里话还不曾说完，老爷就拦头说道："阿！太太说那里话！这事怎由得他两个？待我此刻就出去帮太太办起来。"说着，出了屋子，就叫人去叫大爷，大奶奶。

且住！照这段书听起来，这位安老孺人不是竟在那里玩弄他家老爷呢么？这还讲得是那家性情？不然也。世间的妇女要诸事都肯照安太太这样玩弄他家老爷，那就算那个老爷修积着了！这话却不专在给儿子纳妾一端上讲，此正所谓"情之伪，性之真"也。

且自搁起老生常谈，切莫耽误人家好事。却说安太太见老爷立刻就要叫了儿子媳妇来吩咐方才的话，一时虑到儿子已经算个死心眼儿的了，他那个丫鬟又是个一冲的性儿，倘然老爷和他一说，他依然说出"刀搁在脖子上也不离开太太"那句话来，却怎么好？便暗地里叫人去请舅太太来，预备作个和事人。恰好舅太太正在东院里和金玉姊妹说话，听得来请，便和他姊妹说道："莫不是那事儿发作了。"

他娘儿三个便一同过来。安太太一见便和舅太太说："大姐姐来得正好，那句话我和你妹夫说明白了。"回头便告诉俩媳妇说："你公公竟把

---

① 左缝眼儿的话——很固执的话，即"四方话"。

② 噶牛——犟拧。

③ 拐棒子——拧脾气。

他赏了你们了，快给你公公磕头罢。”

金玉姊妹两个连忙给老爷太太磕了头，站起来，只说得句：“这实在是公公婆婆疼我们。”便见公子从二门外进来。

安老爷见了公子，先露着望之俨然的一脸严霜凛凛，不提别话，第一句便问他道：“你可知子事父母和妇事舅姑这桩事是不得相提并论的？”

公子听了，一时摸不着这话从那里说起，只得含糊答应了个“是”。这才听他父亲说道：“两个媳妇遇了喜，他自己自然不好和我说；怎的这等宗祧所关的一桩大事，你也不晓得预先禀我一句？——这也罢了，只是他两个此刻既不便远行，你这番出去倒得……”说到这句，又顿住了。

安太太大家听这话头儿底下这一转，自然就要转到长姐儿身上了，都寂静的听着，要听老爷怎么个说法。谁知老爷从这句话一岔，就咕喇咕喇和他说了一套满洲话。

公子此时梦也梦不到老人家叫了来吩咐这么一段话；踌躇了会子，也番着满洲话回了一套，一边向着老爷说，却又一边望着太太脸上看那神情，好像说的是：这个人，他母亲使着得力；如今自己不能在家侍奉，怎的倒把母亲一个得力的人带去服侍自己呢？仿佛是在那里心里不安，口里苦辞的话，却又听不出他说的果是这么段话不是。

只见老爷沉着脸，说了句“阿那他喇博①”公子听了，仍在絮叨。老爷早有些怒意了，只咻了一声，就把汉话急出来了，说：“你这话好不糊涂！我倒问你：怎的叫个‘长者赐，少者贱者不敢辞’？”

太太这才明白，果然是他父子在那里对凿起四方眼儿来了，便说道：“玉格这孩子真个的怎么这么拧啊！你父亲既这么吩咐，心里自然有个道理，你就遵着你父亲的话就是了，且先闹这些累赘！”

公子见母亲也这么说，只急得满脸为难，说：“儿子怎么敢拧；其如儿子心里过不去何！”安老爷听了，益发不然起来，便厉声道：“这话更谬！然则‘以父母之心为心’的这句朱注是怎的个讲法？不信，你这参赞大臣，连心都比圣贤高一层！”

公子一看老人家这神情是翻了，吓得一声儿不敢言语。这个当儿，再没舅太太那么会凑趣儿的了，说道：“我瞧着他，也不是拧，也不是这些个

① 阿那他喇博——外来话。不能推诿。

那些个的，共总呵，哥还是脸皮儿薄，拉不下脸来磕这个头，还是我来罢！”说着，坐在那里，一探身子，拉住公子的胳膊，说：“不用说了，快给你们老爷太太磕头罢！”

公子被舅母这一拉，心里暗想，这要再苦苦的一打坠咕碌儿①，可就不是话了，只得跪下谢了老爷。老爷这才有了些笑容儿，说道：“这便才是。”公子站起来，又给太太磕了头。老爷又道：“难道舅母跟前还不值得拜他一拜么？”太太也说：“这可是该的，底下仗着舅母的地方儿多着的呢！”

公子此时见人还没收成②，且先满地这一路拜四方，一直的拜到舅母家去了，好不为难；只是迫于严命，不敢不遵，只得又给舅母磕了个头。便听老爷拿着条沉甸甸的正宫调嗓子，叫了声：“长姐儿呢？”外间早有许多丫头女人们接声儿答应说“叫去”。按下这里不表。

再说长姐儿。却说他在他那间房里坐着，发了会子愣，只觉一阵阵面红耳热，躺着不是，坐着不是；一时，无聊之极思，拿起方才安的那根小烟袋儿来抽了抽，其通非常；又把作的那个大红毡子抽系儿的小烟荷包儿，装上烟，拿小火镰儿打了个火点着了，刁着烟袋儿，靠着屋门儿，一只脚跐在门槛儿上，只向半空里闲望。

正望着，忽见一个喜鹊飞了来，落在房檐上，对着他撅着尾巴喳喳喳的叫了三声，就往东南飞了去了。他此时一肚皮没好气，冲着那喜鹊呸的啐了一口，说：“瞎叫的是你妈的什么呢！”

正说着，又觉一个东西从廊檐上直挂下来，搭在他额脑盖儿上，吓得他连忙一把抓下来一看，却是个喜蛛儿。

正看着，又是那个小喜儿跑来说道：“姑姑哇！你瞧！了不得了！老爷那儿咦留哇喇的番着满洲话和大爷生气，大爷直橛橛的跪着给老爷磕头赔不是呢！”

他听了这话，心里轰的一声，立刻连手脚都软了；连忙搁下烟袋，拿起半碗儿冷茶来漱了漱口，才待上去打听打听，只见一个女人迎头跑来，一叠连声儿的说：“老爷叫。”

---

① 打坠咕碌儿——打退堂鼓。

② 没收成——事儿还没办。

他此刻正因老爷耽误了他的事，心里有些不大耐烦；听得老爷叫他，一面唠叨说："老爷好好儿的又叫我作什么呢？"一面便梗梗着个脖子往上屋里来。将走到上屋，只见舅太太和老爷、太太一处坐着，大爷二位奶奶都在跟前侍立；几个大小丫头也一溜儿伺候着；外间还有许多女人们在那里听差，黑压压的挤了半屋子。

他将进屋门儿，太太就告诉他说："老爷这儿叫你，有话吩咐你呢。听着。"他又往前走了两步，便听老爷吩咐道："你大爷现在出外，你二位大奶奶同时遇喜，不便坐车远行；大爷身边一时无人伺候，你二位大奶奶在我跟前讨你去给大爷作个身边人；我因平日看你也还稳重，再又是自幼儿伺候过大爷的，如今就给你开了脸，叫你服侍了他去。此后你却要知你二位奶奶的恩典，听你二位奶奶的教训，刻刻知足自爱；不然，你可知道子妾和儿媳不同，我是有家法的。"

安太太一旁听了这话，又怕决撒①了事情，又怕委屈了丫头，正要把老爷方才这话从头儿款款儿的说一遍给他听。只见他也不说长，也不问短，也不磕头，也不礼拜，只把身子一扭，搭靠在一扇隔扇跟前，拿绢子握了脸，就呜儿呜儿的放声大哭起来了。

安太太生怕老爷见怪，忙道："丫头！不许！这是怎么说？老爷这儿吩咐你话么，怎么不知道好好答应呢？无论你心里怎么委屈，也是等老爷吩咐完了，慢慢儿的再回呀。也有就这么长号儿，短号儿，哭起来的？这可不像样儿了！"

金玉姊妹素日本就待他最好，此刻见是他们屋里的人了，越觉多番亲热；俩人只围着他悄悄儿的劝他，呱咭②说："你瞧，老爷太太这个样儿的恩典，又是这么大喜的事，你还有什么委屈的地方儿呢？有什么话，只好好的说，快别哭了。"

他娘儿三个当下就这等一递一句的劝了个不耐烦，问了个不耐烦。无奈这里只管说破唇皮，万转千回，不住口儿的问，他那里只咬定牙根，一个字儿没有，不住声儿的哭。

列公，你道他这一哭可不哭得来没些情理么？却不道其中竟自有些

---

① 决撒——犹言败露。

② 呱咭——说话声。

情理。岂不闻语云："人各有志，不可相强"？便是妇人女子的志向，也有个不同：有的讲究个女貌郎才，不辞非鸦非凤的，就有讲究穿衣吃饭，只图一马一鞍的。何况这长姐儿还是从前因为他妈给他择婿，决意不嫁，说过这一辈子刀搁在脖子上也休想他离开太太，甚至太太日后归西，他还要跟了当女童儿去的个人呢？要据他这番志向而论，莫讲是安老爷吩咐要把公子安龙媒给他作乘龙婿，便是佛旨纶音，要把他送到龙宫去作个龙女，也许万两黄金买不动他那个"不"字儿。

话虽这等说，但是他果然要不鼻子底下带着嘴，此时正不妨大庭广众，侃侃而谈，请老爷看看他这个心是何等的白日青天，听听他这段话是何等的光风霁月，便是老爷又其奈他何？怎的就委屈到一个字儿没有，只不住声的哭呢？这个情理，又在那里呢？

噫嘻！原来他这副眼泪不是委屈出来的，正是感激出来的。你道感激怎的倒会感激的哭起来？在位的如果不信，只看在朝的那班大臣偶然遇着朝廷施恩，放个好缺，那谢恩折子里必要用"感激涕零"这四个字。这长姐儿心里想这个缺，想了也不是一天半天儿了，苦的是想不到手；待说仗着上头平日待的那点分儿借着告奋勇求个恩典，说奴才情愿巴结这个缺，其实不是个什么巴结得的缺，一时又求不出口。不想正在个想不到手求不出口的当儿，梦也梦不到老爷忽然出其不意的当着阖家大众冠冕堂皇这么一破格施恩，恰恰的放的这个缺，正是他平日想不到手求不出口的那个好缺，人谁没个天良，这有个不感激到二十四分的吗？感激的过了头儿了，那涕零自然也就过了头儿了。所以他就呜儿呜儿呜儿的放声大哭起来了。这正是个天理人情。人家心里正在那里一团的天理人情，感激还感激不过来呢，旁边儿的人只一个劲儿的问他说有什么委屈，这句话却叫他怎的个答应法？所以只急得他心里好像十五个吊桶打水，七上八下，一时越着急越没话，越没话越要哭。

只是安老爷那个方正脾气，那里弄得来这些勾当；见他这样，登时勃然大怒，把桌子一拍，喝道："哇！你这妮子，怎的这等不中抬举！我倒问你，你这委屈安在？"

他见老爷动了气了，当下从着急之中未免又上点害怕，心下暗想说："这一来倒不好了！别的都是小事，老爷那个天性，倘然这一翻脸，要眼睁睁儿的把只煮熟了的鸭子给闹飞了，那个怎么好？俗语说的：'过了这个村儿,没那个店儿。'我一辈子可那儿照模照样儿的再找这么个雪白粉嫩的大河鸭子去!"他想罢,便连忙这跑到老爷跟前双膝跪倒,说:"求老爷先别生气,容奴才慢慢儿的回。圣明不过老爷,老爷替奴才想想,老爷施的这事,什么样儿天高地厚的恩,奴才打那头儿说的上委屈来?就算老爷委屈了奴才罢,主儿就是一层天,天牌压地牌的事,奴才就委屈,又敢说什么?"

安老爷还在那里瞪着双眼睛问他说:"然则你哭着何来呢?"他被老爷这一问,越发说不出个所以然来,只偷眼瞅着太太,瞅了半日,这才抽抽搭搭的说道:"奴才想着是这一跟出去,别的没什么,奴才怪舍不得奴才太太的。"

嗯!你瞧!人家原来是为舍不得太太所以如此;至于那层儿,敢则是不劳老爷费心,他心里早打算到这一跟出去上头了,只是这句话,人心隔肚皮,旁人怎猜得透?倒累老爷发了这场大怒,太太枉着了会子干急。好在他老夫妻二位的性情都吃这个。

老爷听了这话,立刻怒气全消,倒点了点头,望着太太说道:"照这等看起来,他这副眼泪竟是从天性中来的,倒也难得。"

太太这个当儿是听他说了句"舍不得太太",早已眼泪汪汪的那儿从袖口儿里掏小手巾儿擦眼泪,一面又要手纸衅鼻子;听老爷这等说,便勉强笑道:"什么天性啊!竟是他娘的在这儿糊涂蛮缠骚搅呢!"因又望着他说:"这一来不是才如了你的愿,一辈子不离开我了吧?可还哭起是他娘的什么呢?"

却说长姐儿此时是好容易在老爷跟前把一肚子话倒出来了,不哭了;及至方才见太太这一哭,又惹得他重新哭起来。

你道他这一哭又为什么?原来他心里正想到:"二位大奶奶只管是这么讨了,老爷只管是这么赏了,我的话可也只管这么说了,可还不知我们这位老佛爷舍得放我舍不得放我呢?"及至见太太一哭,他只道果然是太太舍不得放他,觉得这事还不大把稳,又急得哭起来。紧接着听太太后来这两句话,他才知敢是太太也有这番恩典,心里一痛快,不觉收了眼泪,嗤的一笑,立刻头就不晕了,心宽体胖,周身的衣裳也合了辙儿了。

金玉姊妹两个见了满心欢喜,便叫他站起来,带他给老爷太太磕了头。他这一乐,乐的忙中有错,爬起来慌慌张张的也给舅太太磕了个头。

舅太太说道："哟！你这孩子，可是迷了头了[①]！这又与我什么相干儿呀？"他一面磕着头，嘴里还说："都是一个样儿的主子。"舅太太听了，好不欢喜。

那知他这个头磕的一点儿不迷头，他心此时早想到此番跟了舅太太出去，是个耳鬓厮磨，先打了个"小大姐儿裁裓子，闲时置下忙时用"的主意呢！

话休饶舌。却说安太太见他给舅太太磕个头，便叫他给公子磕头，他答应了一声，早花飞蝶舞一般过去朝着公子插烛也似的磕下头去。公子此时，一来心里不安，二来有些发讪，三来也未免动了点贤贤易色，满面周身闹了个难的神情儿，共总没得什么话。

那长姐儿早磕完了头站起来；他此时也不用着老爷、太太再说了，便忙过去给二位大奶奶磕头。他姊妹两个受完了，一个人拉着他一只手，说道："这可是老爷、太太的恩典，你往后可得好好儿帮着我们孝顺老爷、太太。这一出去，再好好儿的服侍大爷，老爷、太太就更喜欢了。"

当下安老爷便望着两个媳妇指着长姐儿说道："这妮子从此便是你们屋里的人了，你两个就此带他去罢。"太太一听老爷这话，急了，忙说："老爷，这是什么话呀！到底也让我给他刷洗刷洗，扎裹扎裹；再者，也得瞧个好日子，也有就这么个样儿带了去的？"

无奈老爷此时只说："这个丫鬟，既然给了儿子，立刻就算有了名分了，在此不便。"太太急得没法儿，又不好无端的倒把他撵到下屋里去。

正在为难，便听舅太太笑道："这么着罢，叫他先跟了我去罢。连沐浴带更衣，连装扮带开脸，这些零碎事儿，索兴都交给我，不用姑太太管了。你们那天要人，那天现成。"因指着何小姐笑道："不信，瞧我们那么大的件事，走马成亲，一天也办完了。这算了事了！"说着，就把烟袋递给姐儿，站起来望着他道："走哇，跟了我去。"

长姐儿一瞧这光景，心下大喜，暗说："再不想方才我误打误撞的错磕了一个头，果然就行，行下了秋风，望下了雨，真是人家说的'有枣儿也得一竿子，没枣儿也得一竿子'这话再不错！"他心里只顾这等想着，也不曾听得太太怎样吩咐，只趁接烟袋这机会搭讪着伸手搀上舅太太就跟过

---

① 迷头——糊涂。

西院去了不提。

却说金玉姊妹自从那日探明婆婆口气之后，暗中早把他家那位新人一应妆新的东西办妥；如今见事成了，闲中便把这话回了婆婆。把个安太太乐的说道："你瞧！你们俩这个性急法儿！这要我那天一说，万一你公公有个不准，可怎么好？"

列公，你看这位老孺人这句话说的好不呆气！这桩事那安水心先生怎的会有个不准？假如他果的不准，别的莫讲，长姐儿那副急泪可不枉流了？燕北闲人这身臭汗可不枉出了？

闲话少说。却说过了两日，择定吉期，舅太太早把长姐儿装扮好了，叫金玉姊妹带过来谒见老爷太太。只见他戴着满簪子的钿子，穿一件纱绿地景儿衬衣儿，套一件藕色绛丝氅衣儿，罩一件石青乡花大坎肩儿，上还带了些手串儿，怀镜儿等等，抬裉①里又带着对成对儿的荷包，鬓钗窸窣，手钏铿锵的站在那里。

安太太看了半日，便和老爷说道："老爷瞧，我打扮起来也还像样儿呀！"老爷只点点头。金玉姊妹两个心里只要讨公婆喜欢，又附和着太太问老爷道："公公白瞧他这一开脸，瞧着也还不算黑不是？"偏遇着他这位死心眼儿的公公，素日说话，一字字都要抛砖落地的，便道："黑怎说得不黑，不过在德不在色罢了。这黑白分明上却是含混不得。"

说话间，舅太太也过来了，恰好这日张亲家太太眼睛好了，也出来了。都给安老夫妻道过喜，大家归座。金玉姊妹便叫人铺下红毡子带新人给老爷太太行礼。太太先说："孩儿啊，我今个可只好先受②你个空头儿了。我有些东西要给你，现在忙叨叨的，等有了起身的日子再说罢，如今先把这个活的给你。"说着，便叫："喜儿呢？"只见那小丫头子也擦了一脸怪粉，戴着一脑袋通③草花儿，又换了件新红布袄，笑嘻嘻的跑过来。

太太便望着长姐儿道："我想着你这一过去，手下要个人儿拨弄着使，你招呼了他一场，就叫他跟你罢。"长姐儿更想不到此时水长船高，不曾吃尽苦中苦，早得修成人上人，一时好不兴致，连忙又给太太磕了个头。

---

① 抬裉(kèn)——同"褃"。衣服的挂肩或腰身。此指从肩头到腋下的尺寸。

② 受——给。

③ 通——全部是。

太太因满脸陪笑,望着老爷说:"难道老爷就不赏人家点儿什么吗?"老爷说:"有,在这里。吾夫子有云:'必也正名乎?名不正则言不顺。'他这一跟出玉格去,进了衙门,须要存些体统,却不便只管这等长姐儿、长姐儿的叫他了;我如今看他素日这稳重上,赏他个名字,就叫他作乌珍。乌珍者,便是满洲话的个'重'字。"因和他说道:"你从此益发该处处晓得自重才是。"

太太听了,更加欢喜,便吩咐大家此后都称他作珍姑娘。这句话一传下去,那些男女大小家人便都凑了上来给老爷、太太、大爷、奶奶叩喜;叩完了喜,并说:"请见见珍姑娘。"

珍姑娘这一见,除了那几个陈些的家人,只嘴里说声"姑娘大喜"之外,其余如平日赶着他叫姑姑的那些丫头小厮,不用讲了,还有等虽不叫他姑姑却又不敢和他公然叙姐妹,更不敢官称①儿叫声大姑娘,只指着孩子们也叫声姑姑的;那班小媳妇子老婆儿们,一个个都立刻上前跪倒请安。内中便有几个有点份儿不须如此的,不禁不由的也要搭讪着蹲蹲腿儿。大家没见他以前,只说主儿素来待他的那个份儿,今日又是大爷的姨奶奶了,这一见不知他要大到什么份儿上呢?那知不然,人家照旧是婶子长,大娘短,姐姐亲,妹子热的不离口,并且比向来倒格外加了些亲热和气。到了两个嬷嬷跟前,前两天还不过一例儿的叫声戴婶子,华太太;今日这一见,甚至立刻自己就矬②了一辈儿,改了字儿,一口一个嬷嬷奶奶,嬷嬷老老了。

这里礼节已毕,金玉姊妹两个便回明婆婆要带他到舅太太那边行了礼,还要过张亲家太太那里去。舅太太先拦说:"使不得,先把你们家这点礼儿完了着。"张太太也说:"二位姑奶奶罢呀!他这往后也会那红纸二房也似价的咧!再说咧,你姐儿俩还这么贤良呢!也有我大伙儿倒和他黑母鸡一窝儿,白母鸡一窝儿③。"

安太太听亲家太太这套话,可实在费解到了头儿了,生怕又惹出舅太太的玩笑话儿来,便说:"这话也说的是,恭敬不如从命,索性等过了今日

---

① 官称——普通使用的称呼。

② 矬(cuó)——矮。

③ 黑母鸡一窝,白母鸡一窝——尽白、尽黑都不好,全有最合适。

再叫他过去磕头,倒是趁这个好时辰你们带他家去受头去罢。"说着,便派了两个齐全女人,又叫了华、戴两个嬷嬷来招呼着他;跟舅太太的人也帮着照应他的随身东西;那个小喜儿就张罗他们珍姑娘的烟袋荷包。金玉姊妹又叫他见见老爷太太再走。他这一见却不由的一阵心酸早望着太太含了两胞眼泪,却真是舍不得太太了,不可埋没了人家的眼泪。当下二位大妇前行,一个小星随后,后面还围着一大群仆妇丫鬟,簇拥着他望东院而去。

这一走不但那班有些知识的大丫头看了他如佛升仙,还有安太太当日的两个老陪房此时早已就白头蹀躞的了,也在那里望着他点头咂嘴儿说道:"啧啧!嗳!你瞧!人家这才叫修了来的哪!"

话休饶舌。却说一时到了东院,安公子夫妻归座受礼。他三个自然各有一番教导勉励的正经话,都不须烦琐。

一时,珍姑娘磕完了头起来,见公子那头摘帽子,他便过去接帽子,掸帽子,架帽子,盖帽子;又张罗给二位奶奶装烟倒茶,打发换衣裳,服侍洗手;一进门儿,把眼前的这点儿差使地陀罗儿似的①当了个风雨不透,还带着当的没比②那么搁当儿,得样儿,是劲儿。二位奶奶此时看着,已是心满意足了,那知人家还有过节儿的:只见他来到外间儿,在他那随身包袱里拿出个小红包儿来,打开鼓捣了,又向花铃儿、柳条儿两个叫了声"好姑娘,你给我找俩托盘儿来呢"。那两个答应着,就忙给他拿了俩匣屉儿来。他便把那份儿东西摆好了,两手托着进来,走到二位奶奶跟前跪下,说:"这是奴才给二位奶奶预备了点儿糙活计。"

金玉姊妹接过来一看,只见一盘儿里托着是一双大红缎子平金钉花线儿"卐"字锦地扣百蝠流云三寸半底的满帮着旗装双脸儿鞋,和一双鱼白标布袜子,并一个大红毡子堆瓜瓞绵绵花样的大底儿烟荷包;那一盘儿里是一双大红缎子金掐拉双线锁子如意锦地加四季长春过桥③高底儿的汉装小鞋儿,和一副月白缎子镶沿裤腿儿,并一个绛色满填带子夔龙④献

① 地陀罗似的——干活很快。地陀罗,用鞭绳抽着转动的玩具。

② 带着当的没比——当,样儿;没比,做得好,无可挑剔。

③ 过桥——清代一种汉族鞋的厚底。

④ 夔(kuí)龙——古传说中一种奇异的动物如龙。

寿花样天盖地起墙儿的槟榔盒儿，只这件活计，大约是他特为东屋里大奶奶不会吃烟，想空了心，才憋出来的个西洋法子！此外还有一对挑胡椒眼儿上加喜相逢的扣花儿鸡心荷包，却是一对儿分在两盘儿摆着。

当下就把他姊妹两个乐得笑吟吟的说道："你瞧，你何必还费这个事呢！"因又一样一样拿起来细看。何小姐便和张姑娘笑道："活计儿是不用说了，我纳闷儿，他跟着婆婆，一天到晚不得个闲空儿，还什么工夫给你我作这些针线？"他听了便笑嘻嘻的说道："这点儿糙活计实在算不得个什么。奴才想着二位奶奶待奴才这番恩典，奴才有多大造化，怎么配？所以才亲手作了两双鞋。二位奶奶穿着，就算踹着奴才呢，也省得奴才自己折了福去。"

列公想，世间的人说话要都照这么个说法儿，对面儿那个听话的听着心里有个不受用的吗？这怎么又会得罪了人？只是替这位珍姑娘算算，他的"红鸾星"才动了没两天儿，这几件活计，他是什么功夫作的？便说他平日好用个心儿，会行个事儿，早就作下预备着的，请教连影儿都没梦见的事，他心里是从什么时候，怎么一下子，就会送到这上头了？其理却不可解。这要律以《春秋》之笔，此中就大费推敲。只是不过几句闲人梦话，何须这等推敲他去。

如今剪断残言，言归正传。却说金玉姊妹当晚便在自己屋里给公子备了一席小酌。公子本在个"染指点金金滴液，投怀倚玉玉生香"的温柔乡中，忽然眼前又添了这么一个俏丫鬟，虽说不得白人之白，也犹白马之白；恰是他个髫年伴侣，也算一段闺房佳话。只是他此时一心的怕上乌里雅苏台，那有闲情到此？因此，酒在肚里，事在心里，不肯多饮，只吃了几杯便叫收拾过了。当下金玉姊妹便一个扶着敷粉郎君，一个携了堆鸦俏婢，①，送他二人双双就寝。

这段书交代到这里，要按小说部中，正不知该有多少什么"如胶似漆，似水如鱼"的讨厌话讲出来。这部《儿女英雄传》却从来不着这等污秽笔墨，只替他两个点窜删改了前人两联旧句。安公子这边是"除却金丹不羡仙，曾经玉液难为水"；珍姑娘那边便是"但能容妾消魂日，便算逢郎未娶时"，如斯而已。这话且按下不表。

---

① 堆鸦俏婢——俊俏的丫头婢女。

却说安公子好端端的一个翰苑清班，忽然改换头衔，要到边庭远戍，他这番不得意，且无论头上那个花红顶儿解不动他的牢骚，就眼前就这个墨玉人儿也提不起他的兴致。只是无论他怎的不得意，也却不掉他那些老师同年以至至戚相好的话别饯行。这班人自从他见面赏下假来那日，早已纷纷具贴来请。这其中，也有在戏庄子上公饯的，也有在家里单约的。安公子也只得强整精神，一一的应酬周到。偶然在家空闲两日，又得分拨家事，整理行囊。再加上人来客往，道乏辞行，转眼间早已假期将满。安老爷便叫他看个吉日，先请安陛辞。

陛辞的头一天，公子因要赴园子去住，好预备第二天递折子，便换上行装上来谒见父母。老夫妻一向只那等忙碌碌的张罗儿子起身，心头口头时刻有桩事儿混着倒也罢了；如今见他这一着行衣，就未免觉得离绪满怀。安太太望着他先自有些难过。老爷因他次日还要预备召见，便催说："你就去罢。有什么话，都等陛辞①下来再说不迟。"公子也明白他老人家这番意思，只得答应一声，无精打采，告辞而去。

这里安太太隔着玻璃，望着他的后影儿，早不觉滴下泪来。安老爷浩叹一声，勉强劝道："太太，消盈长虚，天地之至理；离合聚散，人事之常情。世间那有个百年厮守的人家，一步不跌的道路？太太，你怎的这等不达！"

太太听了，只含泪点头不语。此刻正用着媳妇说话解劝公婆了，无如金玉姊妹两个心里那种难过也正合他公婆相同；再加见了公婆这个样子，他两个心里更加难过，怎的还能相劝？舅太太只管是个善谈的，只看着这个最合适的小姑儿和两个最亲热外甥媳妇，眼前就要离别，也就够难过的了，自然也不能相劝。此外张亲家太太是个不善辞令的。那珍姑娘虽然这一向有个正经事儿，也跟在里头嘚啵两句儿；又无如这桩事，他一开口，总觉得像是抱着个不哭的大白鸭子，只说现成儿话。因此，只管一房子人，只大家对愣着，如木雕泥塑，不则一声儿。

正在静悄悄的，忽听得珍姑娘嗳了一声，说："大爷怎么又跑回来了？"大家听了，连忙往外一看，果见公子忙兜兜的从二门外跑进来；忙着跑的把枝翎子也甩掉了。又见他后面还跟了一群小厮。紧接着见张亲家

---

① 陛辞——臣下向皇帝辞行。

老爷也跟进来，只在后面叫说："姑爷站住，翎子甩掉了，快戴上。"他便道："不要了！"

安老爷见这样子隔着窗户就高声问道："怎么了？忙到如此？落下什么了？"他道："没落下什么。回父亲，我不上乌里雅苏台了。"

老爷便问说："不上乌里雅苏台去却上那里去？"他又道："上山东。"老爷问："上山东作什么？"

公子早跑进屋里来，一时忙得连话都不及回，只从怀里掏出一封信来，呈给老爷，说："请父亲看这封信就明白了。"

安老爷百忙里也不及招呼张亲家老爷，只一面伸手接信，一面问道："又是什么信？"安太太听了，只觑着双眼，皱着个眉，夹在里头说道："哎哟！佛爷！怎么又上山东呢？你瞧瞧，这到底都是些什么事情呀？"说着，便站起来，跟着舅太太、张太太也站起来。连金玉姊妹和珍姑娘以至他家那班有些头脸的婆儿媳妇和几个大些的女孩子，一时上上下下，乱乱轰轰，挤了一屋子人。里三层，外三层，把老爷和公子围了个风雨不透，都挤着要听听这到底是怎么一桩事。这一挤，挤得张亲家老爷没地方站，没法儿，一个人儿溜出去了。

你看，此时可再没比安水心先生那么安详的了！他接过那封信去，且自不看，先拿眼镜儿，又擦眼镜儿，然后这才戴上眼镜儿；好容易戴上眼镜儿了，且不急急的抽出那封信来看，先自细看那封信面上的字。

他见那封信是高丽纸裱得极严密的一个小小硬封，签字上写道是"伴瓣室主人密启"，下手是另有一行字，写着"灵鹊书屋手缄"。转过背面看了看，又见图书密密，花押重重。

老爷是个走方步的人，从不曾见过这等鬼鬼祟祟藏头露尾的玩意儿，只问道："这是什么人给你的信？怎么这等个体裁？"

说着，这才把那封信抽出来看，先见那信的盖面一篇只一个梅红名帖，名帖上印着个名字是"陆学机"三个字。老爷这才明白了，说："这不是那个军机章京陆露峰么？"公子答道："正是他；方才将要上车，他专人送到的。"

老爷把那名帖揭过去，见底下那篇信是张虚白斋寸笺，上面写着绝小的蝇头行楷。老爷从头至尾看了一遍，便一手摘下眼镜儿来，那只手还拿了那篇子信，呆着个脸儿问着公子道："这话又从何说起？"

安太太在旁是急于要知道信上说些什么，见老爷这等安详说法，道：“嗳哟！真真的我们这位老爷可怎么好呢！老爷只瞧瞧，这一地人围着，都是要听听这信儿的；老爷看明了，到底也这么念出来叫大家知道知道是怎么件事啊！怎么一个人儿肚子里明白了就算了呢？”老爷这才又重新戴上眼镜儿，一字一板的念道：

“飞启者：顷阁下已蒙恩升授内阁学士，兼礼部侍郎，简放山左督学使者，并特旨钦加右副都御史衔，作为观风整俗使。凡此皆不足为公荣，所喜免此万里长征，洵①为眼前一大快事！此事斡旋，皆克翁力也。此刻旨意尚未发下，先祈密之。此启。余不多及。阅后乞付丙丁②。两浑。即日。”

安老爷一时念完，太太和大家听了会子，又不大懂得那信里的文法儿，急得说道：“这到底说的都是些什么呀？只这么之乎者也，使啊使的呀？”何小姐插嘴道：“听着像是放了山东学台了。”安太太道：“这么着罢，老爷简直的拿白话说，说是怎么件事罢！”

安老爷此时是一天愁早已撇在九霄云外去了，听太太这等说，便满脸精神，先拈着几根胡子，望着太太说道：“太太，信乎世事如苍狗白云之变幻无定也！这桩事，才叫作天外飞来，梦想不到！”

他正待要往下说，旁边早又怄急了一位比安太太还性急的便是那位舅太太。他被安老伯这半日累赘得不耐烦，早不容分说，一把手从老爷手里把那篇子信抢过去，说：“算了罢！我的叔叔，你饶了我罢！要这么怄会子人，只怕明白不了；那信上是什么使，还叫你把人的屎怄出来呢！”说着，便把信递给公子，说：“好阿哥，你说说罢！你可千万别像你们老人家那么怄人！”

公子也不觉好笑，便同他母亲，并望着他舅母岳母和金玉姊妹说道：“我受恩典，升了阁学，升了山东学台，作为观风整俗使的钦差，又加了右副都御史衔，如今是不上乌里雅苏台了。”

安太太又问他说：“那信里还有句什么空啊空的，那是什么话呀？”公

---

① 洵——实在。

② 丙丁——火。即“烧掉。”丙丁于五行属火。

子再没想他令堂百忙里又把克翁两个字给串到韵学里的反切①上去了，因笑道："那便提的是我那位乌克斋老师；看这桩事，我老师颇有点尽力的地方在里头。"

大家听了，才一时都满脸堆笑起来。安太太先念了一声佛；他此刻且顾不得别的，立刻就叫金玉姊妹两个到佛堂去上香许愿；许的是下月初一先在家堂佛前上满堂香供，等看了好日子还要在菩萨庙里装金挂袍，悬幡献供。

金玉姊妹两个答应一声，忙着去净了手，便到佛堂去烧香许愿，一回来回婆婆话，并说："媳妇们也随着婆婆佛前许了个愿心，愿绣一轴观音大士像，写一百部《心经》，答谢菩萨的慈悲，并祝公婆的百年康健。"太太说："很好，这才是你们的孝顺功德呢。"张太太便说："嗳！瞧着你们娘儿们这才叫那'公修公德，婆修婆德，各人修得各人德'咧阿弥陀佛！"

安老爷本是位不信佛的，再加上他此刻正有一肚子话要和公子说，被大家这一路虔诚虔诚的，他搭不上话，便说道："太太，玉格这番更调正是出自天恩君命，却与菩萨何干？此时忙碌碌的，你大家且自作这些不着紧的事！"安太太忙道："老爷，可不许这么说了！这要不仗着佛菩萨的慈悲，小子怎么脱的了这场大难啊！"安老爷只摇着头道："愚哉！愚哉！这样弄法，岂非误会吾夫子'攻乎异端，斯害也已'②两句话的本旨了？"舅太太道："姑老爷先不用和我们姑太太抬杠。依我说：这会子算老天的保佑也罢，算皇上的恩典也罢，算菩萨的慈悲也罢，连说是孔夫子的好处我都依，只要不上乌里雅苏台了就是大家的造化！今日之下，我说句实话罢：乌里雅苏台那个地方儿去得吗？没见我们四太爷讲究，只沿道儿这一走就腻得死人！一出口，连个住处没有，一天一二百地，好容易盼到站了得住那个恶臭蒙古包；到了任，就那么破破烂烂的几间房子，早饭是蘑菇炒羊肉，晚饭要掉个样儿，就是羊肉炒蘑菇，想要吃第三样儿也没有了。一交八月就是屯门的大雪。到了冬天，唾口唾沫，到不了地，就冻成冰疙疸儿了。就我们娘儿三个，这一到那儿怕不冻成青腿牙疳吗？如今这一

① 反切——一种传统的注音方法。即，用两个字拼合成另一个字的读音。

② 攻乎异端，斯害也已——批判那些不正确的议论，祸害就可以消灭了。见《论语·为政》。

来，什么叫调任哪，直算逃出命来了！可够了我的了！”

安老爷向来是经舅太太一嘈嘈就不得话的，何况舅太太这番嘈嘈嘈嘈得大是近理，便说道：“如今且把这些闲话搁起，我们先叫玉格到园子去要紧。”说着，便吩咐公子叫他赶紧到园子去张罗明日的谢恩折子，并去叩谢他老师这番斡旋的大力，就便好详细问问他怎得便有这番调动。

公子此时是乐得忘其所以，听老爷这等吩咐，答应一声，就待要走。老爷又叫道：“你回来。你那枝翎子只管不要了，那个翎管儿还不摘下来吗？爱当辖呀！相公！”

老爷这一句提才把大家提醒，一时间机伶儿都来了。何小姐便忙着过去接公子的帽子，给他解那个翎管儿，翎绳儿，翎垫儿一份儿东西；他手里一面解着，嘴里还在那里自言自语的说道：“都好，我就只怪舍不得这枝翎子的！”说着，忽然又回头和公子道：“你再请示请示公公，既说明日谢恩，不是还得换上长襟衣裳呢？”

老爷听了，才说了句“是呀”。张姑娘那里就说：“那么说，还得换上长飘带手巾呢。”珍姑娘接着就说：“那么说，还得叫他们把数珠儿褂子带上呢。”

说着，他便过东院去打点这些东西。你看他真机伶，去了没一刻的工夫，早都打点齐了，一手托着衣裳，一手拿着数珠儿褂子，胳膊上还搭着两条荷包手巾。一进门儿便笑嘻嘻的向二位奶奶说道：“奴才才还想起件事来：既穿长襟儿衣裳，这个月小建，明儿就是初一，还是个穿补子的日子呢。这褂子上钉的可是狮子补子，这不是武二品吗？爷这一转文，按着文官的二品补子，别该是锦鸡？”舅太太听到这里，连忙就说：“是锦鸡，不错的。好孩子，你可千万的别商量了！”不想舅太太只管这等横拦竖挡的说着，他一机伶，到底把底下那个字儿商量出来了。及至说出口来，他才哟了一声，把小脸儿涨了个漆紫，登时连公子的脸都照得通红的了，惹得满屋子的人无不大笑，只有安老爷和张亲家太太绷的连一丝笑容儿也没有。在张亲家太太的不笑，真听不出那是怎么句话来，安老爷却分明听出来了，觉得自己又是公公，又是家主，这如何笑得，只眼观鼻鼻观心的满脸一团正气。大家看他那脸上一阵阵红的竟比公子脸上红的还红，紫的竟比珍姑娘脸上紫的还紫。

这个当儿，幸得张亲家太太问了珍姑娘一句话，说：“姑爷他明儿个这一上殿见皇上,只穿补褂,不用把那滚龙袍也给他带上喂?"又惹得大家一笑,才把珍姑娘这句玉兔金金丝哈①的笑话儿给裹抹②过去了。

当下老爷便和张亲家太太说道:"我夫子当日的吉月必朝服而朝,此古礼也;我大清的制度却是朔望只穿补褂的。"

正乱着,外头报喜的也来了。接着便是乌大人差人送那道恩旨来给安老爷、安太太道喜,并说:"请大爷即刻到园子里去。"

这个当儿,太太还要忙着叫人抬箱子,找二品文补子,说是"有当日老太爷戴过的,现成儿的"。倒是公子看看不早了,说:"这件东西,到了园子总借得出来的。"便在上屋外间匆匆的换了长襟儿衣裳赴园子去了不提。

且住!这回书只管交代到这个场中,请教安公子好端端一个国子监祭酒,究竟怎的就会赏了头等辖,加了副都统衔,放了乌里雅苏台参赞大臣?怎的才放下来,不曾起身,却又从头等辖转了阁学,从乌里雅苏台参赞调了山东学政,从副都统衔换了右副都御史衔?再说这个右副都御史正是各省巡抚的兼衔,又与学政何干?怎的既说放了他学政又倒放了他观风整俗使?这观风整俗使,就翻遍了《缙绅》也翻不着这个官衔。这些不经之谈,端的都从何说起?难道偌大的官场,真个便同优孟衣冠,傀儡儿戏?还是著书的那个燕北闲人在那里因心造象,信口胡诌呢?皆非也。这场公案真个说也话长!列公若不嫌絮烦,待说书的从头慢慢说起。

如今先讲这位安骥安大人,他原是从金殿传胪那日便蒙帝心简在,从前十本里第八名提到第三名,特点了探花及第的个人。及至他得了讲官,大考起来,渐次升到国子监祭酒,便累蒙召对。圣人因见他气宇凝重,风度高华,见识深沉,心里纯正,早知他是个不凡之器,有用之才,便想用起来。只因他年轻资浅,想要叫他到边疆上磨砺几年,阅历些困苦艰难,然后再加恩重用,便好造就他成个人物。这正是大圣人代天宣化因材而笃的一番深意。

话虽这等说,假使安公子果的从此上了乌里雅苏台,满了北路,再调

---

① 玉兔金金丝哈(hǎ)——隐语。"玉兔金",玉兔金鸡;"金丝哈",金丝哈巴,满语。共隐去两个字,用以开玩笑、骂人。

② 裹抹——遮掩。

南路，满了南路，再调西路，三年不回，便是六年，六年不回，便是九年，弄得他家父子不相见，兄弟妻子离散，无论安水心先生那等的德门，安龙媒那样的天性，断不得遭这些孽障，便算梦幻无常，请教这部天理人情《儿女英雄传》后首该怎的个归着？因此天理人情上早已暗中给他安排了一个乌克斋在那里。

这个乌克斋正是安老爷的受业门生，又正是安公子的会试老师。读书人看得师生一门，情义最重；况他又在当道，一时不忍看着他这位恩师日暮倚闾①，这个高弟天涯陟岵②，心里早想从中为些力，把这桩事斡旋转来。只是旨意已下，怎的斡得旋转？他也正在十分作难。不想正在这个分际，恰好就穿插出朝廷设立观风整俗使的这等个好机会来。

列公，你道这观风整俗使端的是怎生一个来历？这话说来越发绕了远儿了。

却说我大清圣祖康熙佛爷在位，临御六十一年，厚泽深仁，普被寰宇，真个是万民有福，四海同春。那些百姓如果要守分安常的凿井耕田，纳有限太平租税，又何等太不快活。无如众生贤愚不等，也就如五谷良莠不齐，见国家承平日久，法令从宽，人心就未免有些静极思动。其中有膀子蛮力的，不去靠弓马干功名，偏喜作个山闯子，流为强盗。会两句酸文的，不去向诗书求道理，偏喜弄个笔头儿造些是非。甚至画符念咒，传徒习教的；有等养蚕种蛊，惑众害人的。这大约总由于人心不淳，因之风俗不厚。

康熙佛爷在位之日，也曾降了煌煌圣谕告天下兵民。后来佛爷神驭宾天，雍正皇帝龙飞在位，这代圣人正是唐虞再见③，圣圣相传，因此一登大宝，便亲制圣谕广训十六条，颁发各省学宫，责成那班学官按着朔望传齐大众明白讲解。无如积重难返，不惟地方上不见些起色，久而久之，连那些地方官也就视为具文。

那时如湖南便弄成弥天重犯那等大案；浙江便弄成名教罪人那等大案；甘肃便有兵变的案；山东便有抢粮的案。朝廷也曾屡次差了廉明公正大臣出去查办，争奈“法无三日严，草是年年长”。

---

① 倚闾（lǘ）——靠着门框等待。闾，里巷大门。

② 陟岵（zhì hù）——登山。岵，山。

③ 见——现。

当朝圣人早照见欲化风俗，先正人心；欲正人心，先端人望。便在朝中那班真正有些经济学问的儒臣中密简了几员，要差往各省，责成整纲饬纪，易俗移风，因此特殊命了这官一个衔名，叫作观风整俗使。

只是这班人出去，虽有职任，没得衙门，还须牙爪。凡如这些，都不是一时赶办得来的。当下便又有旨，交廷臣会议。廷臣议得，查各省学政本有个教士之责，士习果端，民风自正，且有现成的衙门，额设的吏役；便请由各该省学差上，兼充了这个观风整俗使的钦差，责成他去整顿地方。奏上时，朝廷准奏有旨，不但地方上的风俗责成他整顿，便那省的文武大小官员，但有不守官箴①，不惜民瘼②的，一并准他一体奏参。

这桩事，但凡记得些老年旧事儿的，想都深知，须不是燕北闲人扯谎。

那时自设立了这个观风整俗使之后，一向如浙江甘肃湖南几省都放得有人，只有山东这省，因前任学政不曾满任，尚在不曾放人。

恰好一日山东巡抚奏报该省学政，因病出缺，圣意正因山东地方，连年盗贼出没，骚扰地方，想要用一个轻年壮志的旗员去振作一番，却又一时不得其人。因乌大人是个掌院大臣，便命他在翰詹班里说几个人来。

乌大人想了想，自己素日深知的几个里头，不是年纪过大，便是人地不宜，一念便想到由国子监祭酒新放乌里雅苏台参赞大臣的这个安骥身上。当下便把这话奏明，还声说了一句，说："这安骥已有成命，放了他乌里雅苏台参赞了，只恐更改不便，请旨定夺。"他奏了这句，静听旨意，却见圣人默然不语，只降旨道："再说罢。"

乌大人只道这话奏的不合圣意倒着实有些害怕。那知天下事"无巧不成话"。只这个弯儿里，当下就套出个弯儿来。

原来那个当儿正有一位内廷行走的勋旧近信大臣，因和他家东床③一时口角，翁婿两个竟弄到彼此上折子对参④起来。这位大员便是当日

---

① 箴——规戒。

② 瘼(mò)——病；疾苦。

③ 东床——东晋书法家王羲之坦腹东床，不似其他故作矜持态而被太尉郗鉴选为女婿。因以东床代称女婿。

④ 折子对参——互相奏本告状。折子，此指官员上给皇帝的奏折；参，弹劾、奏参。

安老爷要到河南以前那位卜德成卜三爷来给公子提亲的那个隆府上。他家这个姑爷便是上次御门放了阁学那个乾清门侍卫，彼时圣人见内廷近臣这等不知大体，龙颜大怒，登时把他翁婿两个逐出内廷，又开了许多紧要管项，仍将两个人交部①严加议处。这事只在乌大人保奏安公子的前两天。

隔了没两日，部议上去，朝廷便把那位大员降了个头等辖，放了乌里雅苏台的参赞；他家那位姑爷革去阁学，赏了个蓝翎侍卫，在大门上行走；又一道旨意，便把这阁学缺放了安骥，就放他山东学政兼观风整俗使，一体钦加了副都御史②衔。

列公，请看这场因果，若不是他安家一家的德门积庆，和气致祥，怎的有这般意想不到的天人扶凑？

却不道只这等一番穿插倒正应了安公子中举那年张亲家太太说的那句怯话儿，真个他就作了八府巡按了。此时他一家怎的乐法，所不待言；大概而论，怎的个乐法，总乐不过他家那位新人珍姑娘。

你道这话怎讲？假如安公子依然当他那个国子监祭酒，安老爷怎的便准他纳妾？便是放了山东学政，金玉姊妹一时不能同行，转眼之间，分娩了也就去了，安老爷又怎的准他纳妾？不想朝廷无端的先放了他个乌里雅苏台，在安公子既不便作个孤身客远行，金玉姊妹又不能带着大肚子同去，只这等个天月二德，就把这位珍姑娘的件好事给凑合成了。及至凑合成了，安公子可不上乌里雅苏台了，改了上山东了。这个当儿，珍姑娘的头是磕了，脸是开了，生米是作成熟饭了，大白鸭子是飞不到那儿去了。安老爷凭是怎的个方正，难道还背得出第二部《四书》来不成？你看这可不叫作"运气来了，昆仑山也挡不住"么？还和他讲什么城墙不城墙呢？只是可怜他只知感激二位奶奶，老爷，太太，甚至感激乌大人，感激万岁爷。

如今剪断残言，言归正传。却说安公子这日离了庄园，早到海淀。一时到了乌大人园子门首，门上一时回进去，里面连忙道请。乌大人见了公子，给他道了喜，便说："我的爷！可够了我的了！幸而天从人愿；不然，

---

① 部——吏部。清属内阁。掌握全国官吏的升降、考核和调动等。

② 副都御史——官名。

叫我怎么见老师师母！”公子见说：“实在是老师栽培！”说着，一路进了书房便拜下去。乌大人忙道：“使不得！你还没谢恩呢！这岂不叫作‘受爵公庭，拜恩私室’了么？”因一面还行个半礼，一面拉起他来，说道：“这究竟是出自天恩，也是老师的荫庇，你的官运；所谓天也，非人力之所能为也。”坐下便把上项详细和他说了一遍。不消说，谢恩折子又是老师给办妥当了。

安公子此时只是感激得一面答应，一面垂泪，这便叫作“除感激涕零而外，不能再置一词了”。当下谈了几句便要进去叩谢师母。乌大人陪他来到上房。原来乌大人那位太太相貌虽是不见怎的，本领却是极其来得，虽乌大人那样的精明强干也竟自有些“竖心傍”的。

安公子见了师母，先请了安，跪倒便拜。他那位师母的架子本就来得比老师沉些，更兼又是个大胖子，并且现在也怀三月身孕，门生在那里头磕头，他只微欠了欠身，虚伸了伸手，说：“起来罢。”

公子拜罢起来，他才站起身来，问了老师师母的安，便又坐下，这才让公子坐，问两个门生媳妇好，因说道：“你老师为你这件事只急得几夜没睡；只一来可好了，就只你们这一走，我知道老师师母一定是不肯同你们出外的，难道俩奶奶都去，不留一个在家里伺候老人家吗？”

公子连忙站起来把两个媳妇都现在有喜不能上路的话说了。乌大人道：“然则你一个出去不成？”

公子没及回话，便听师母说道：“一个人儿出去，又有什么使不得的，这可讲不得呀！再说一个人儿在外头，借此操练操练身子，才正好给万岁爷出力呢！”乌大人便不敢言语。

公子是向来有什么事从不敢瞒老师师母的，见老师这等关切，便说：“门生父母也虑到门生此去没人，赏了个丫头叫带了去。”乌大人和安老爷是个通家，他家那班侍婢一个个都见过的，便问：“是那一个？”公子只得答说：“就是那个名字叫长姐儿的。”

乌大人听了，心下暗想：“这一个白的白似雪，一个黑的黑似铁，却怎生闹得到一家子？”因是个师生，一时不好和他戏言，只说了句“倒也罢了”。乌大人太太便道：“这个女孩儿，我也见过，可倒大大方方儿的；只是你这个岁数儿，俩奶奶都遇了喜了，老师师母可又忙着给你放个人作什么呢？”说着，便把嘴向乌大人一努和公子道：“你诸事都跟你老师学，使得，独这条儿可别跟他学。你瞧，这不是吗？新近又弄了俩小的儿了。前前后后，这倒有了八个，够一桌了。说是说为没儿子起见，也得他们有那个造化生长啊。我也不懂得怎么叫个'糙糠之妻不下堂'，又怎么叫个'寡欲多男子'。你们爷儿们的书也不知都念到那儿去！"说完了，还啧啧啧的在那里咂嘴儿。

一片话，把公子唬得一声儿不敢响，只望着老师。老师此时也觉不是劲儿，只得皮着个脸儿向公子说道："我因为今年是你师母个正寿，所以又弄了俩人。合上个八仙庆寿的意思。你师母还只说我不寡欲，却不道九个人里只有你师母遇了喜了，可不算得个'虽有不存焉者，寡矣'！"

这里只管说话，公子却见那一带碧纱橱后面有许多钗光鬓影粉腻脂香的在那里窥探；心里暗想道："看这光景，我走后，管保又有场吵翻。"便不敢多言，谈了几句闲话，起身告辞。到了下处，歇了一晚。次日上去谢恩。一连见了三面，听了许多教导的密旨。上意因是山东地方要紧，便催他即日陛辞。

公子陛辞下来，在海淀拜了两天客，次日又由内城一带辞了行便赶回庄园来。安老爷此时见了他，不是前番那等闭着眼睛的神气了，便先问了问他这番调动的详细。公子一一回明，提到见面的话，因是旨意交代得严密，便用满洲话说。安老爷"色勃如也①"的听完了，和他说道："额基孙扐搏杌哦乌摩什鄂雍窝孤伦寡依扎喀斋斋图业木栖鄂喇库②。公子也满脸敬慎的答应了一声："依是拿③。"

那时候的风气，如安太太舅太太也还懂得眼面前几句满洲话儿，都在那里静静的听着。又听老爷吩咐公子道："你这几日不在家，一切的事情，我都给你计算在这里了。你的盘费带得自有敷余。人要不够使，也还可以再带两个去。眷口不消说，自然仍是请你舅母带了乌珍先去，等两个

---

① 色勃如也——面色矜持庄重。语出《论语·乡党》。

② 额扐基孙扐搏杌哦乌摩什鄂雍窝孤伦寡依扎喀斋斋图业木栖鄂喇库——满语。原文中"扐博杌哦"和鄂喇库"依光绪版本分别为"噶窝劳勃布乌杭哦"、"阿珠喇库"。全句意为"这个话关系到有关的国家机密，很重要，在别人跟前不可泄露"。

③ 依是拿——满语。"依是拿密"的命令式，译为"是"。

媳妇分娩了随后起程。那褚一官、陆葆安，想是九公怕他两个没工夫回去，又打发了两个，叫作什么赵飞腿、铁肩膀的，来给他们送行李来。我倒见了见这两个人，那个赵飞腿高里下里，只书房那个屋门他便进不来；那个铁肩膀，也壮大非常。细问了褚陆两个，据他们说起，才知原来那赵飞腿叫作什么赵飞鹏，因他腿上有两撮毫毛，一日能行三百余里；这人跟着九公各路走了十几年，算他名'长行轿夫'。那个铁肩膀，姓冯，名叫冯小江，是九公水路保镖的个随身伴当，说他两臂有千斤之力。一年，邓九公保着货船，天晚，船搁了浅，船上众人只弄不起，他生恐失事，立刻跳下水去只一肩膀便扛得那船行动了，因此得了这个绰号。九公如今歇了业，便把他两个留在庄上吃碗现成茶饭，连他两个的家眷也在庄上。我方才听你的话，只怕此去这等人正用得着。究竟起来，这些事尚是小焉者也。我以为现在第一桩要紧事，你得请一位认真有些心胸见识的幕友去才好。这桩事却倒大难。我们家里的程氏乔梓，自然非其选也；便是亲友荐个人来，姑无论他人品学问如何，到了那里且自人地情形不熟；至于外省那班作幕的，真真叫作牛鬼蛇神，无般不有，这都是我领教过的。"

公子便回道："这话正要回知父亲，我克斋老师也替我虑到这里，说了两个人：一个姓顾，名綮，号肯堂，浙江绍兴人。据说这人是前纪大将军的业师。他原要帮纪大将军作一番事业，因见他不可与图，便隐在天台雁宕①一带。这一个大概未必肯出山了。"

老爷点了点头，便问："那一个呢？"公子回道："那个便是那个顾肯堂的同学师兄弟，也在纪大将军幕中待过，姓李，名应龙，号素堂，别号子云山人，是唐李邺侯②嫡派后人。据说这人天文地理无所不通，遁甲奇门③

① 天台雁宕(dàng)——天台山和雁荡山，分别在浙江省东部和浙江省东南部。

② 李邺侯——即唐大臣李泌。历仕肃宗、代宗、德宗三朝，位至宰相，封邺侯。

③ 遁(duèn)甲奇门——术数的一种。简称"奇门"、"遁甲"。以"乙、丙、丁"为"三奇"，以八卦的变相"休、生、伤、杜、景、死、惊、开"为"八门"，故名"奇门"；十干中"甲"最尊贵而不显露，"六甲"常隐藏于"戊、己、庚、辛、壬、癸"所谓"六仪"之内，三奇、六仪分布九宫，而"甲"不独占一宫，故名"遁甲"，迷信者根据奇门遁甲推算命运中的吉凶祸福。

无所不晓，以至医卜星相皆能。只是为人却高自位置①的很，等闲的人也入不得他的眼，其学问便可知了。听新近山东抚台勉强请了他去，相处了没几天，便辞馆出来；出来说道：'此非我居停也。'并说这人无家无业，只在茌平一带不知一座什么山里住着，学那严君平的垂帘卖卜②；偶然也出来舍药济人；有时偶然到滕县李家镇来探望亲戚便在那里住，一向作个市隐。我老师嘱咐我沿路留心去访这人，只不知访的着访不着。想着此去正从邓九公庄上经过，详细问问九公，一定晓得。"

安老爷又点了点头，说："这人果是白衣山人③之后，不消讲，一定也是忠孝神仙一流人物。你倘得这等个人相助为理，吾无忧矣。或者有缘遇着，也未可知。但是外省地方，照这等浪得虚名，惯说大话人也尽有；你此去访他，却要自己访个真切，切不可以耳为目，请个不三不四的人来，那却受累不浅！"

列公，你看只安老爷这席话，又给燕北闲人找出许多累赘来了。如今且自按下休提。

却说安大人在家安排了几日，便商定自己按着驿站由旱路先行，家眷顺着运河由水路后去。跟安大人先走的是晋升、叶通、随缘儿、四喜儿和褚、陆、冯、赵四个后拨儿。跟家眷去的便是华忠、戴勤、赶露儿。还有新置的两窝子家人，一名来升，一名进禄；又有舅太太家两个陈人，一名冯祥，一名俞吉，因安大人升了外任，又听见舅太太同去，也投奔了来。安老爷便在这四个里头派了来升跟公子去，俞吉跟家眷去；留下进禄、冯祥两个同着张进宝、梁材等在家照料。

分派已定，看看行期将近，公子着实在父母膝前亲近了几天。这其间，不必讲，安太太和儿子自然有一番的絮话，金玉姊妹和夫婿自然有无限离情；公子依依堂上，眷眷闺中，自然更有一番说不出来的别怀离绪；便是舅太太、珍姑娘和安太太并金玉姊妹，骨肉主婢之间，也有许多的难分

---

① 高自位置——即"标置"。自视甚高，自高自大。

② 严君平的垂帘卖卜——西汉隐士严君平，名遵，蜀人。成帝时，卜筮于成都市，日得百钱即闭门读《老子》，著书《道德真经指归》等十余万言。一生不愿作官，为当时著名文学家杨雄所敬重。

③ 白衣山人——白衣，古代平民着白衣，因以称无功名的人。山人，隐士。

难舍。但是他家前番经了那番要上乌里雅苏台的那场离别,如今再经这场离别,彼此也就排遣了许多了。

到了长行这日,公子便拜别家祠,叩谢父母,带了一行人等先行赴任。过了两日,催齐了船,便是家眷起行。内里跟去的是晋升女人、随缘儿四喜儿的两个媳妇,并跟舅太太的人,跟珍姑娘的喜儿。何小姐还道珍姑娘没个贴己的人照应,那知他不知什么空儿早认了戴嬷嬷作干妈了。何小姐又添派了戴嬷嬷跟了他去,其余的便是两个粗使的老婆儿,小丫头子。舅太太和珍姑娘这一走,安太太和金玉姊妹自然也有一番托付交代,不待烦言。

至于这班人走后,安老夫妻在家,自有金玉姊妹妇代子职侍奉,家事自然依旧还是他两个掌管,这些事也不消烦琐了。

此书原为十三妹而作,到如今书中所叙,十三妹大仇已报,母亲去世,孤仃一人,无处归着,幸遇邓褚等位替安公子玉成[①]其事:这就是此书初名《金玉缘》的本旨。

后来安公子改为学政[②],陛辞后即行赴任,办了些疑难大案,政声载道,位极人臣,不能尽述。金玉姊妹各生一子,安老夫妻寿登期颐[③],子贵孙荣,至今书香不断:这也是安老爷一生正直所感。

这燕北闲人守着一盏残灯,拈了一枝秃笔,不知为这部书出了几身臭汗,好不冤枉!

列公,说书的交代到这里,算通前彻后交代过了,作个收场,岂不妙哉!

---

① 玉成——成全。玉,爱之如玉;成,助之使成。

② 学政——提督学政简称。学官名。监督考核童生秀才。三年一任。任期与督抚平行。

③ 期颐——百岁。期,要;颐,养。